Für Sandra

»Tempori aptari decet –
Man muss sich der Zeit anpassen.«

(Lucius Annaeus Seneca, 1. Jahrhundert)

N
W
O
S
Erzbischof von Trier
Lahn
Rhein
Mosel
Mainz
Wildgraf
Trier
Worms
Saar
Graf von Leiningen
Speyer
Verdun
Bischof von Metz
Metz
Rhein
Weißenburg
HERZOGTUM OBERLOTHRINGEN
Hagenau
Toul
Nancy
Bischof von Straßburg
Straßburg
Mosel
Varennes-Saint-Jacques
ELSASS
Meuse
Vogesen
Schlettstadt
Epinal
Ill
Colmar
Saône
Rhein
0
50 km
Belfort
Basel

Dramatis Personae

Varennes-Saint-Jacques

Michel Fleury, Bürgermeister
Isabelle Fleury, seine Gemahlin, eine Kauffrau
Rémy Fleury, ihr Sohn, ein Meister der Buchmalerei
Louis, ein Knecht Michels
Yves, ein Knecht Michels
Gaston, Rémys Geselle
Anton, Rémys Lehrling
Dreux, Rémys Gehilfe

Ratsherren:
Henri Duval, der städtische Richter
Odard Le Roux, ein Kaufmann
Eustache Deforest, der Vorsteher der Kaufmannsgilde sowie Münzmeister
Soudic Poilevain, ein Kaufmann
Jean Caboche, der Obermeister der Schmiede sowie Schultheiß
Guichard Bonet, der Obermeister der Weber und Tuchfärber
Bertrand Tolbert, der Obermeister der Stadtbauern sowie Marktaufseher
Anseau Lefèvre, ein Wucherer

Kaufleute der Gilde:
Fromony Baffour
Thibaut d'Alsace
René Albert
Philippe de Neufchâteau
Adrien Sancere
Victor Fébus
Girard Voclain

Andere Bewohner Varennes':

Jean-Pierre Cordonnier, der Obermeister der Schuster, Gürtler und Seiler
Gaillard Le Masson, der Obermeister der Steinmetze und Maurer
Adèle, Jean Caboches Frau
Alain, Jeans und Adèles Sohn
Azalaïs, Jean Caboches Stieftochter
Chrétien, Anseau Lefèvres *fattore*
Daniel Levi, ein jüdischer Fernhändler
Olivier Fébus, Victor Fébus' jüngster Sohn
Julien, ein Schmied
Hugo, ein Schuster
Guillaume, ein Stadtknecht
Richwin, ein Stadtknecht
Eugénie, eine Schankwirtin
Hervé, ein jugendlicher Beutelschneider
Maman Marguérite, eine Frauenwirtin

Adel und Klerus

Renouart de Bézenne, ein lothringischer Ritter
Felicitas, sein Weib
Nicolas, ihr Sohn und Erstgeborener, ein Tempelritter
Catherine, ihre jüngste Tochter
Abbé Wigéric, der Vorsteher der Abtei Longchamp
Bruder Adhemar, ein Mönch der Abtei Longchamp
Pater Arnaut, ein Priester

Speyer

Hans Riederer, ein Kaufmann, Michel Fleurys *fattore*
Sieghart Weiß, Riederers Gehilfe
Ludolf Retschelin, ein Patrizier und Ratsherr

Metz

Robert Michelet, ein Kaufmann, Michel Fleurys *fattore*
Évrard Bellegrée, der Schöffenmeister der Republik Metz
Roger Bellegrée, sein Sohn
Jehan d'Esch, ein Ratsherr der Treize jurés
Robert Gournais, ein Ratsherr der Treize jurés
Géraud Malebouche, ein Ratsherr der Treize jurés
Baptîste Renquillon, ein Ratsherr der Treize jurés
Pierre Chauverson, ein Ratsherr der Treize jurés
Messere Ottavio Gentina, ein lombardischer Geldverleiher
Thankmar, ein deutscher Söldner
Pierre Ringois, ein Kaufmann

Historische Personen

Friedrich II. (1194–1250), Kaiser des Heiligen Römischen Reiches; genannt *Stupor mundi*, das Staunen der Welt
Konrad von Scharfenberg (um 1165–1224), Bischof von Metz und Speyer sowie Kanzler des Kaisers
Thiébaut (um 1191–1220), Herzog von Oberlothringen
Gertrude de Dabo (?–1225), sein Weib
Mathieu (um 1193–1251), Thiébauts Bruder, Herzog von Oberlothringen ab 1220
Henri II. (1190–1232), Graf von Bar
Blanche de Navarre (1177–1229), Gräfin von Champagne
Érard de Brienne (um 1170–1246), der Herr von Ramerupt und Venizy
Walther von der Vogelweide (um 1170–1230), ein Lyriker und Minnesänger
Eudes de Sorcy (?–1228), Bischof von Toul ab 1219
Rogier de Marcey (?–1251), Bischof von Toul ab 1231
Theoderich von Wied (um 1170–1242), Erzbischof von Trier
Jean d'Apremont (?–1238), Bischof von Metz ab 1224
Simon von Leiningen, der spätere Gemahl Gertrudes de Dabo
Albertus Magnus (um 1200–1280), ein Universalgelehrter
Leonardo Fibonacci (um 1170–1240), ein Mathematiker

Sonstige

Philippine, eine Dame mit rätselhafter Vergangenheit
Guiberge, ihre Magd
Pater Bouchard, der Kaplan von Warcq
Arnold Liebenzeller, ein Kaufmann aus Straßburg
Villard de Gerbamont, ein gelehrter Ritter
Tristan de Rouen, ein Doctor der Theologie an der Universität von Paris
William von Southampton, ein Magister an der Universität von Paris
Saint Jacques, der Schutzheilige von Varennes
Robyn Hode, eine englische Sagengestalt, heute bekannt unter dem Namen Robin Hood

Im Anhang befindet sich ein Glossar der im Roman verwendeten historischen Begriffe.

Prolog

Oktober 1214

Varennes-Saint-Jacques

Der Abt schaute das Ende der Welt, und die Farbenpracht entzückte ihn.

Das Pergament erstrahlte in Purpur und Blau, in Grünspan und Zinnober. Engel gossen die Schalen des Zornes aus, ihre Schwingen aus Blattgold glitzerten im Kerzenschein, während die Rache des Allmächtigen über die Welt kam. Schön und schrecklich zugleich waren sie, die sieben Plagen der Endzeit; es war ein Gemälde der Furcht und der Herrlichkeit, das unter den Pinselstrichen des Mönchs Form annahm. Hier wurden die Meere zu Blut, da versengte die Sonne die sündige Menschheit, der Euphrat vertrocknete in ihren grausamen Strahlen zu Staub.

»Wunderbar«, flüsterte der Abt, »ganz wunderbar«, und der Mönch am Schreibpult lächelte demütig.

Es geschah nicht oft, dass der Abt mit der Arbeit seiner Brüder zufrieden war. Normalerweise erblickte er überall Nachlässigkeit, wenn er das Skriptorium besuchte, und stets musste er die Mönche antreiben, da sich andernfalls Pfusch und Müßiggang breitmachten.

Heute jedoch kam ihm nichts als Lob über die Lippen. Schreiber, Rubrikatoren, Buchmaler – sie alle hatten sich selbst übertroffen. Der Text der Offenbarung des Johannes war frei von Fehlern und garstigen Tintenklecksen. In Reih und Glied marschierten die heiligen Worte über die Seiten, jeder Buchstabe gestochen scharf. Die Initialen waren kleine Kunstwerke, eines schöner als das andere, ebenso die Miniaturen an den Seitenrändern.

Und das Gemälde. Ach, das Gemälde.

Dieses Buch würde den Ruhm der Abtei Longchamp mehren, das wusste der Abt. Wichtiger noch: Es würde dem Kloster eine stattliche Summe einbringen. Am besten sollte er sogleich mit dem Meister der Kaufmannsgilde sprechen und den neuen Prachtcodex anpreisen. Auf diese Weise würde er gewiss rasch einen vermögenden Käufer finden.

Der Abt ermahnte seine Brüder, nicht in ihrer Sorgfalt nachzulassen, ehe er das Skriptorium verließ und zu seinen Gemächern schritt, wo er sich einen mit Otterfell gefütterten Mantel überwarf. Just in diesem Moment kam ein Novize herein.

»Abbé Wigéric, Euer Gnaden!«, sagte der Bursche atemlos.

»Ich habe keine Zeit, Junge. Komm später wieder.«

»Aber Ihr müsst mich anhören«, beharrte der Novize frech. »Es ist wichtig!«

Obwohl der Abt versucht war, den Burschen scharf zurechtzuweisen, rief er sich ins Gedächtnis, dass dieser Novize nicht dafür bekannt war, seine Oberen mit Nichtigkeiten zu behelligen. Was er zu sagen hatte, mochte tatsächlich wichtig sein. »Na schön. Sprich. Was gibt es?«

»Ich war eben in der Stadt, um bei unseren Brüdern von Saint-Julien neue Kerzen zu holen, als ich von der neuen Werkstatt erfuhr. Sie hat heute aufgemacht, Abbé. Im Viertel der Schuster, Seiler und Gürtler. Die ganze Stadt spricht darüber!«

»Was für eine Werkstatt?«, fragte der Abt gereizt. »Wovon redest du, Junge?«

»Eine Schreibwerkstatt! Ein Skriptorium wie unseres!«

»Du musst dich irren. Die anderen Klöster haben keine Skriptorien. Unseres ist das einzige in ganz Varennes.«

»Nein, nicht die Klöster«, sagte der Novize. »Sie gehört einem gewöhnlichen Bürger. Einem Laien.«

»Eine weltliche Schreibwerkstatt? So etwas gibt es nicht – jedenfalls nicht hier. Man hat dir Lügen aufgetischt.«

»Es ist die Wahrheit, Euer Gnaden. Ganz bestimmt. Der Sohn des Bürgermeisters steckt dahinter. Die Leute sagen, er will der erste weltliche Schreiber und Buchmaler Varennes' werden.«

Der Abt horchte auf. »Rémy Fleury? Der ist doch in Schlettstädt.«

»Er ist vor einigen Tagen zurückgekommen und hat ein Haus in der Stadt gemietet.«

Das Antlitz des Abtes verfinsterte sich. Wenn es wirklich der Wahrheit entsprach, was der Junge erzählte, wäre das eine Katastrophe. Er musste der Sache schnellstens auf den Grund gehen. »Wo finde ich diese Werkstatt?«

»In der Gasse zwischen dem Greifenturm und dem Wagenturm. Ihr könnt sie nicht verfehlen.«

Abbé Wigéric schickte den Novizen weg und verließ seine Gemächer. Sein Besuch beim Gildemeister musste warten – diese Angelegenheit war dringlicher. Draußen zog er seinen Mantel enger um die Schultern. Es war ein goldener Herbsttag, sonnig und klar, und die Blätter der uralten Rotbuche im Klosterhof leuchteten rot, gelb und orange, beinahe wie ein ersterbendes Herdfeuer. Aber die Luft war kalt an diesem Morgen. Sein Atem dampfte, als er an den Klostergärten vorbeischritt, das Tor durchquerte und die mit wildem Wein überwucherten Mauern der Abtei hinter sich ließ.

Ein Schreiber, der nicht dem Klerus entstammte und der seine Arbeit nicht im Skriptorium einer Ordensgemeinschaft verrichtete, war eine Torheit, ein Frevel! Das hatte der Abt schon damals gedacht, als der junge Fleury nach Schlettstädt gegangen war, um die Schreibkunst und das Handwerk der Buchmalerei zu erlernen. Es war allein Sache der Klöster, Schriften zu kopieren und das Wissen zu vervielfältigen. Laien waren für dieses heilige Werk denkbar ungeeignet. Ginge es nach Wigéric, sollte es den einfachen Christen nicht einmal gestattet sein, Lesen und Latein zu lernen. Man brauchte diese Fähigkeiten nicht, um ein gottgefälliges Leben zu führen. Wenn sie das Wort Gottes hören wollten, sollten sie sich gefälligst an einen Priester wenden, der ihnen aus der Heiligen Schrift vorlas. Überdies enthielten viele Bücher komplexes Wissen – Wissen, das ein nicht im Glauben gefestigter Geist missverstehen, das sein Seelenheil gefährden könnte. Die Heilige Kirche tat gut daran, das einfache Volk davon fernzuhalten. Schlimm genug, dass viele Kaufleute lesen und schreiben konnten. Man hatte ja gesehen, wohin das führte: zu Aufstand, Rebellion und Unfrieden allerorten.

Und nun besaß dieser Rémy Fleury auch noch die Frechheit, eine weltliche Schreibwerkstatt zu eröffnen – hier, in Varennes-Saint-Jacques, vor Wigérics Nase. Was für eine Provokation! Wollte er die Abtei Longchamp in den Ruin treiben? Ja, so musste es sein. Die Familie Fleury war seit jeher eine Feindin der Kirche. Zweifellos war der junge Fleury genauso aufsässig und impertinent wie sein Vater, der Bürgermeister, möge der Allmächtige ihn dereinst für seine Sünden strafen.

In seinem Zorn war Wigéric immer schneller ausgeschritten. Nun ging sein Atem schwer, und er spürte Schweißtropfen über die Wangen rinnen. Er war nicht mehr der Jüngste, und seine beträchtliche Leibesfülle tat ihr Übriges. Der Abt spähte die Gasse hinab. Er befand sich mitten im Viertel der Schuster, Gürtler und Seiler und erblickte über den Dächern den Greifen- und den Wagenturm.

Da drüben – das musste es sein!

Die Augen zu Schlitzen verengt, näherte er sich dem Haus. Kisten stapelten sich neben dem Eingang. Die meisten waren leer, zwei enthielten Kleider und etwas Essgeschirr. Energisch klopfte Wigéric an. Als er keine Antwort erhielt, öffnete er kurzerhand die Tür und trat ein.

Das Haus, ein Steingebäude, verfügte über zwei Stockwerke. Früher hatte es einem Schuster gehört, der im Erdgeschoss gearbeitet und im Obergeschoss gewohnt hatte. Es war niemand da. Leise, als befände er sich tief in Feindesland, schlich Wigéric durch die geräumige Werkstatt, die noch so gut wie leer war. Im hinteren Teil standen weitere Kisten, ein Tisch mit zwei Stühlen und ein Schreibpult.

Irgendwo rumpelte es. Der Abt spitzte die Ohren. Die Geräusche kamen aus dem Keller. Er trat zum Pult, betrachtete das Möbelstück mit zusammengekniffenen Lippen und stellte sich vor, wie Fleury hier kauerte und seinem schändlichen Treiben nachging. Wie er Codices kopierte, der Abtei Longchamp wichtige Aufträge wegschnappte und gedankenlos Wissen verbreitete, das die Klöster bisher sorgsam unter Verschluss gehalten hatten. Hatte dieser Mann auch nur einmal darüber nachgedacht, welchen Schaden er anrichten würde?

Auf dem Tisch lagen eine Armbrust – wozu brauchte ein Buchmaler eine Armbrust? – und ein Buch, in Leder gebunden. Wigéric schlug es auf. Es war *De brevitate vitae* von Seneca, ein uraltes philosophisches Machwerk, entstanden in den dunklen Jahren nach Christi Ermordung. Das gottlose Elaborat eines Heiden. Die Falte zwischen Wigérics Augenbrauen vertiefte sich. Seit einigen Jahren gruben gewisse Gelehrte immer mehr heidnische Schriften aus grauer Vorzeit aus und studierten ihren Inhalt. Wenngleich diese Praxis von verschiedenen Kirchenlehrern unterstützt wurde, hielt Wigéric nichts davon. Seneca, Cicero und all die anderen Römer waren Unwissende gewesen, denen niemals die göttliche Wahrheit und das himmlische Heil zuteilgeworden waren. Welchen Sinn hatte es, sich mit ihren Gedanken zu befassen? Dies war sündhaft, ja gefährlich. Der wahre Christ benötigte lediglich die Bibel, allenfalls noch einen Psalter oder ein Stundenbuch. Alle übrigen Bücher waren überflüssig.

Wigéric blätterte in den Seiten. Widerwillig musste er zugeben, dass dieser Codex ein ausgesprochen schönes Exemplar war. Die Schrift war gleichmäßig und gut lesbar, die Miniaturen und Initialen konnten sich durchaus mit jenen messen, die seine Brüder für die neue Kopie der Offenbarung angefertigt hatten. Hier war ein Meister seines Fachs am Werk gewesen. Hieß dieser Meister Rémy Fleury? Falls ja, war er noch gefährlicher, als Wigéric angenommen hatte.

Der Abt vernahm Schritte und hob den Kopf.

Rémy Fleury stand da und blickte ihn an. Sein schlichter Kittel war staubig, auch in seinem Haar hatte sich Schmutz verfangen. Es war kurz und dunkelblond; blond war auch der Stoppelbart, der Kinn und Wangen bedeckte. Als Wigéric ihn das letzte Mal gesehen hatte, war er ein Jüngling gewesen. Inzwischen war er zum Manne gereift – zu einem gut aussehenden noch dazu, wie Wigéric missmutig feststellte.

»Was kann ich für Euch tun?«, fragte Fleury.

Der Abt deutete auf die *Brevitate vitae.* »Habt Ihr dieses Buch angefertigt?«

»Es ist mein Meisterstück. Es ist nicht dafür gedacht, dass man darin blättert.« Frech griff Fleury über den Tisch, zog das Buch zu sich und schlug es zu. »Wenn Ihr es lesen wollt, kann ich Euch eine andere Abschrift besorgen.«

»Ich lese keine Schriften von Heiden«, sagte der Abt und machte kein Hehl aus seinem Abscheu. »Habt Ihr keine Angst, dass Ihr Euch versündigt, wenn Ihr derart gottlose Gedanken in Euch aufnehmt?«

»Warum sollte ich? Die Moralvorstellungen der Heiden enthalten viel Wahres, das wir Christen übernehmen sollen, um es bei der Verkündung des Evangeliums zu gebrauchen. Augustinus lehrt uns das, nicht wahr?«

Einen Kirchenvater zu zitieren, noch dazu den Verfasser einer Mönchsregel, war der Gipfel der Unverfrorenheit. Als wüsste Wigéric das nicht! Stechend blickte er den Buchmaler an. »In der Stadt erzählt man sich, Ihr wollt eine Schreibwerkstatt eröffnen. Ich konnte das nicht glauben und bin hier, um mich zu vergewissern, dass das nichts als Gerede ist. Es ist doch Gerede?«

»Nein, genau das ist meine Absicht.« Fleury ließ ihn stehen, ging nach draußen und trug die Kiste mit dem Essgeschirr herein.

»Eine Werkstatt, in der Ihr Bücher und Codices anfertigen werdet«, hakte der Abt nach.

»Und Verträge, Schuldscheine, Briefe. Was eben anfällt.« Fleury stellte die Kiste ab und ging hinaus, um auch die andere zu holen.

Diese Unhöflichkeit! Der Kerl war schon immer maulfaul und eigenbrötlerisch gewesen, bereits als junger Bursche. Ganz anders als sein Vater, der sich gerne reden hörte und sich immerzu wichtig nahm, aber auf seine Weise genauso unerträglich. »Redet mit mir, Mann!«, blaffte der Abt, als Fleury die Kiste zur anderen stellte.

»Verzeiht, aber ich habe zu tun.«

»Wisst Ihr nicht, wer ich bin?«, fragte Wigéric empört.

»Der Abt des Klosters Longchamp. Euer Besuch ehrt mich.« Fleury nickte ihm knapp zu, ehe er mit dem Essgeschirr in der Küche verschwand, die sich an die Werkstatt anschloss.

Wigéric ging ihm nach. »Aber es gibt bereits eine Schreibwerkstatt in Varennes. Das Skriptorium der Abtei.«

»Das weiß ich.« Fleury begann, das Geschirr aus der Kiste zu räumen.

»Wenn Ihr auch eine eröffnet, gibt es zwei. Dafür ist Varennes zu klein.«

»Varennes ist groß genug. Wenn wir guten Willens sind, wird keiner den anderen stören.«

»Aber wie wollt Ihr ein Gewerbe ausüben, wenn Ihr keiner Bruderschaft angehört? Das ist verboten.«

»Ich gehöre einer Bruderschaft an«, meinte Fleury und untersuchte eine Schüssel, die einen Sprung hatte.

»Ach ja?«, höhnte der Abt. »Welche denn? Gibt es neuerdings eine Bruderschaft der Schreiber, Buchmaler und Rubrikatoren, deren einziges Mitglied Ihr seid?«

»Die Schuster, Gürtler und Seiler waren so freundlich, mich aufzunehmen.« Fleury stellte die Schüssel zurück in die Kiste.

Wigéric wurde immer wütender. Dieser Kerl hatte auf alles eine Antwort. »Was ist mit dem Bischof? Hat er Euch überhaupt erlaubt, als Laie eine Schreibwerkstatt zu eröffnen?«

»Ich brauche keine Erlaubnis des Bischofs. Ich habe die Genehmigung des Rates, das genügt.«

Natürlich. Fleurys Vater war der Bürgermeister; Rémy bekam vom Rat jede Erlaubnis, die er brauchte. Es war genauso, wie Wigéric sich gedacht hatte: Vater und Sohn machten gemeinsame Sache, zum Schaden der Klöster. Diese Familie würde erst ruhen, wenn die Kirche in Varennes zugrunde gerichtet war. »Selten ist mir ein Mann begegnet, der so starrsinnig ist!«, sagte Wigéric heftig. »Ich frage mich, was Euch die Abtei Longchamp getan hat, dass Ihr uns derart böswillig schaden wollt.«

»Ich möchte niemandem schaden. Nichts liegt mir ferner.« Fleury legte ihm den Arm um die Schultern und schob ihn mit sanfter Gewalt aus der Küche und durch die Werkstatt. »Ich habe wirklich viel zu tun, Abbé. Lasst uns weiterreden, wenn ich mehr Zeit habe. Gehabt Euch wohl.«

Bevor der Abt begriff, wie ihm geschah, stand er auf der Gasse, und die Tür fiel hinter ihm zu. Fleury hatte ihn hinausgeworfen, auf die Straße gesetzt wie einen lästigen Bettler. Ihn, den Vorsteher der Abtei Longchamp! Wigéric konnte kaum noch atmen vor Zorn. Aber das würde Fleury bereuen. Wigéric würde sich über ihn beschweren, beim Rat, beim Bischof, beim Erzbischof, wenn es sein musste. Er würde eine

Allianz der Klöster schmieden und diesen unverschämten Kerl zu Fall bringen.

Der Abt wandte sich ab und stolzierte die Gasse hinauf.

Spätestens zu Weihnachten, so schwor er sich, würde diese unselige Werkstatt aufhören zu existieren.

Erstes Buch

Stupor mundi

Mai bis Dezember 1218

Mai 1218

Amance im Herzogtum Oberlothringen

In der Glut der Abenddämmerung erschien Alain Caboche die Burg wie eine Bestie, die niemals schlief. Immerzu regte sich etwas in ihrem steinernen Leib, am Tag wie in der Nacht. Feindselige Augen, die das Heerlager am Fuß des Hügels beobachteten. Münder, die Befehle brüllten. Hände, die einander Steine reichten und die Wunden in der Schildmauer heilten. Und wehrhaft war das Monstrum. Von seinen Türmen und Zinnen regnete es Pfeile, Felsbrocken und siedendes Öl, sobald sich Feinde den Toren näherten.

Die Burg war hungrig. Sie verschlang Menschen.

Über neunzig Leben habe die Festung über dem Dörfchen Amance bereits gefordert, hieß es im Lager. Allein vom Aufgebot der freien Stadt Varennes-Saint-Jacques, dem auch Alain angehörte, waren bereits acht Männer gefallen; noch einmal so viele lagen verletzt auf den Pritschen der Wundärzte. Dabei hatte die Belagerung gerade erst angefangen.

Wen es wohl als Nächsten erwischt?, dachte Alain dumpf, während er an den Latrinengräben am Rande des Heerlagers sein Wasser abschlug. *Hugo. Ja. Ganz sicher Hugo.* Der junge Schustergeselle war eine ängstliche Natur, die mir nichts, dir nichts in Panik geriet und im Kampfgetümmel wild mit seinem Kriegskolben um sich schlug, ohne jedes Gefühl für Angriff und Verteidigung. Es glich einem Wunder, dass er den Feldzug bisher unbeschadet überstanden hatte.

Oder Du lässt den armen Hugo laufen und holst Dir stattdessen

Lefèvre. Anseau Lefèvre war einer der Ratsherren von Varennes und führte das Aufgebot an. Alain hasste ihn, wie er noch nie einen Mann gehasst hatte. *Lefèvre für Hugo – ist das ein Handel, Herr? Komm. Zeig uns, dass Du gerecht sein kannst. Wenigstens einmal.*

Um sein eigenes Leben machte sich Alain keine großen Sorgen. Er war hochgewachsen und muskulös wie sein Vater, dazu zäh und schnell. Außerdem verfügte er über eine erstklassige Kettenrüstung und verstand etwas vom Kämpfen. Obwohl nur Schmied und gerade einmal achtzehn Jahre alt, wusste er sich zu verteidigen. Das hatte er in den letzten Wochen mehr als einmal bewiesen. Nein, wenn ihn nicht gerade hinterrücks ein Armbrustbolzen traf, würde er bis zum Sieg des Königs seinen Mann stehen und danach gesund und munter nach Hause marschieren.

Alain schüttelte sein Glied aus, zog die Bruche hoch und griff nach seinem Gürtel, der mitsamt dem Dolch und der Streitaxt über dem Zaun hing. Auf der anderen Seite des Latrinengrabens, unter dem Vordach einer Hütte, saß ein bärtiger Höriger, der ihn anstarrte und ausspuckte. Alain senkte den Blick und schlang seinen Gürtel um die Hüfte. Die Bauern von Amance taten ihm leid. Als wäre es nicht schlimm genug, dass der König ihnen ihre Schweine und den Ertrag ihrer Felder weggenommen hatte, pissten und schissen ihnen jeden Tag tausendfünfhundert Männer auf die Allmende. Dabei konnten diese armen Teufel wahrlich am allerwenigsten etwas für diesen Krieg.

Es war windstill und warm, sodass der infernalische Gestank der Latrinen Alain bis weit in das Heerlager hinein verfolgte, wo er sich mit dem Rauch der Herdfeuer und dem Schweißgeruch der Männer vermengte. Die meisten Krieger, die vor den Zelten herumlungerten, kamen wie Alain aus Lothringen, doch manche waren auch aus dem Land der Deutschen, dem Elsass und Burgund, einige gar aus Frankreich. Von überall her hatte der junge König seine Vasallen und Verbündeten versammelt, um den aufsässigen Herzog von Oberlothringen zu zerschmettern. Warum – das wusste niemand so recht. Alain hätte bereitwillig einen ganzen Sou darauf gewettet, dass es im Heerlager keine zehn Männer gab, die in allen Einzelheiten erklären konnten, wie es zu der Fehde zwischen König Friedrich und Herzog Thiébaut gekommen war. Auch nicht Alain selbst, obwohl er sich für einen klugen Kopf hielt. Thiébaut hatte sich in Zwistigkeiten in der Grafschaft Champagne eingemischt und sich damit den Zorn des Königs zugezogen, der ihm Verrat an der Krone vorwarf. Während der kurzen, aber heftigen Fehde waren Rosheim zerstört und Nancy geplündert worden, Thiébaut war nach Süden geflohen und hatte sich in Amance verschanzt – und hier saß er nun fest, verlassen von fast all seinen Getreuen, eingeschlossen von einer zehnfachen Übermacht.

Alain erreichte den östlichen Rand des Heerlagers am Fuße des Burghangs. Hier lagerte das Aufgebot von Varennes, denn Lefèvre bestand darauf, dass seine Untergebenen jederzeit in die vorderste Linie stürmen konnten, wenn zum Angriff geblasen wurde. Erdwälle und Palisaden schützten die Zelte vor den feindlichen Wurfmaschinen und Armbrustschützen. Seit dem frühen Abend schwiegen die Waffen. Die Männer ruhten sich aus, pflegten ihre Blessuren oder schlürften Suppe.

Alain hielt nach Lefèvre Ausschau. Als er ihn nirgends entdeckte, setzte er sich zu Julien, Hugo und einigen anderen ans Feuer.

»Ist Satan zur Hölle gefahren?«

»Schön wär's«, meinte Julien, ein Schmied wie Alain, bärtig, sehnig, die Hände und Arme von Funken verbrannt. »Eben ist er weggestiefelt. Weiß der Teufel, was er treibt. Suppe?«

Alain nickte, und Julien reichte ihm einen Napf mit dampfendem Kohleintopf.

»Hab gehört, dass wir morgen früh wieder angreifen«, sagte einer der Männer.

»Hab ich auch gehört«, murmelte Alain und pustete auf seinen Löffel. Die Suppe war so heiß, dass er sich an dem irdenen Napf fast die Finger verbrannte.

»Wieso hungern wir sie nicht einfach aus?«, fragte Hugo, der Brot schneiden wollte, aber mehr damit beschäftigt war, nervös am Griff seines Messers herumzufingern. »Ich meine, warum kämpfen, wenn wir einfach abwarten könnten? In spätestens einem Monat haben sie da drin nichts mehr zu beißen. Dann kommen sie aus ihren Löchern gekrochen, und wir hätten gewonnen, ohne dass einer von uns den Kopf hinhalten müsste.«

»Du weißt nicht, wie viele Vorräte sie haben«, sagte Alain. »Amance ist eine wichtige Burg. Wichtige Burgen sind immer auf Belagerungen vorbereitet.«

»Außerdem hat der König keine Geduld«, ergänzte Julien. »Er will diese Sache so schnell wie möglich hinter sich bringen – und dann ab nach Rom, damit er sich endlich die Kaiserkrone aufsetzen kann.«

Hugo presste die Lippen zusammen und verteilte das Brot. Er hatte sich für den Feldzug gemeldet, weil er dieses Schankmädchen vom Salztor mit seinem Mut beeindrucken wollte. Und allmählich dämmerte ihm, dass das nicht die beste Idee seines Lebens gewesen war.

Das Aufgebot Varennes' bestand nur aus Freiwilligen – so wollte es der Stadtrat. Es gab lediglich die Vorschrift, dass jede Bruderschaft und jeder Pfarrsprengel der Stadt eine gewisse Zahl von Männern bereitstellen musste, wenn der König militärischen Beistand einforderte. Alain, dessen Vater im Rat saß, war einer der wenigen Höhergestellten, die dem Ruf zu den Waffen gefolgt waren. Die anderen waren zumeist einfache Gesellen, Arbeiter und Tagelöhner ohne Bürgerrecht. Sie hatten sich gemeldet, um für einige Wochen ihrem eintönigen Dasein zu entfliehen und um ihren kargen Lohn mit Kriegsbeute aufzubessern. Keiner hatte damit gerechnet, dass der Feldzug so blutig werden würde.

Alain spülte den leeren Napf an einem Wasserfass aus, setzte sich einen Steinwurf von den Männern entfernt auf die zertrampelte Wiese und lehnte sich gegen das Rad eines Ochsenwagens. Die Strapazen der vergangenen Wochen saßen ihm tief in den Gliedern, und ihm war nicht nach Reden zumute. Er wollte in Ruhe seinen Gedanken nachhängen. Vielleicht würde er sogar hier draußen schlafen, denn er hatte die stickige Luft in den Zelten gründlich satt.

Die Sonne war längst hinter der Burg versunken, und die Zinnen der Festung krallten sich wie Reißzähne in den flammenden Himmel. Die schwarzen Mauern und Türme erschienen Alain bedrohlicher denn je. Menschen waren keine auf den Wehrgängen zu sehen, doch er wusste, sie waren da. Warteten. Beobachteten.

Er dachte an Jeanne, während er reglos auf der Erde saß, an ihre Augen, ihr Haar. Sie hatten sich zum ersten Mal geliebt in der Nacht vor seinem Aufbruch, er hatte ihr die Welt und den Himmel versprochen und würde sie zur Frau nehmen, sobald er heimkehrte. Gewiss, er war noch nicht mündig, aber das würde ihn nicht aufhalten. Sein Vater war ein kluger Mann, und er liebte Alain über alles. Er würde ihnen nicht im Wege stehen. Er würde alles tun, um seinen Sohn glücklich zu machen.

Ich werde dich stolz machen, Vater. Du hast mein Wort.

Alain musste eingeschlafen sein, denn als er die Augen öffnete, war es früher Morgen. Grauer Dunst lag über dem Hang und der Zeltstadt. Sein Waffenrock fühlte sich klamm an. Ein dumpfer Aufschlag hatte ihn geweckt. Jetzt hörte er fernes Geschrei und sah, wie ein Schleuderstein gegen die äußere Burgmauer schmetterte. Er sprang auf und griff unwillkürlich nach seiner Streitaxt.

»Alain!« Julien lief über die Wiese. »Es geht los!«

Alain folgte seinem Waffenbruder zu den Zelten, wo aufgeregte Betriebsamkeit herrschte. Die Männer Varennes' schlüpften in ihre Gambesons, stülpten Helme über und griffen nach Äxten, Schilden, Kriegssensen. Der Graf von Bar ritt auf seinem Schlachtross vorbei und rief seine Getreuen zu sich. Ritter schnauzten ihre Schildknappen an. Waffenknechte schulterten Sturmleitern und stellten sich hinter der Palisade auf.

Weitere Felsbrocken schlugen gegen die Burgmauern. Inzwischen schossen nicht mehr nur die kleineren Katapulte, sondern auch die Blide, das gewaltige Hebelgeschütz, das man auf einer Anhöhe errichtet hatte. Die haushohe Belagerungsmaschine übte eine unheilvolle Faszination auf Alain aus. Wenn im Innern der Holzkonstruktion das Gegengewicht nach unten sackte, der Wurfarm in die Höhe schnellte und die lederne Schlinge einen mühlradgroßen Brocken durch die Luft schleuderte, erschien sie ihm wie eine Apparatur aus der Hölle, die ein teuflischer Verstand ersonnen haben musste.

Alain schlüpfte in eines der Zelte, wo Julien ihm half, seine Rüstung anzuziehen. Als sie ins Freie traten, erblickten sie den Mann, den sie Satan nannten.

Anseau Lefèvre war gekleidet und gerüstet wie ein Ritter von adligem Geblüt. Er trug ein schimmerndes Panzerhemd über dem wattierten Untergewand, dazu Beinlinge und Handschuhe aus Kettengliedern und einen grünen Rock, dessen gefranster Saum ihm bis zu den Knien fiel. Der Topfhelm umhüllte seinen ganzen Kopf, und man konnte sein Gesicht nur sehen, weil er das Visier hochgeklappt hatte. Aristokratisch, blass und schmal war es, hager fast, mit vorspringenden Wangenknochen und dunklen, tief in den Höhlen liegenden Augen. Anziehend und zugleich auf eine schwer zu fassende Weise unangenehm. Als er leichten Schrittes zu den Männern trat, umspielte ein höhnischer Zug seine Lippen.

Er macht sich nicht einmal mehr die Mühe, seine Verachtung für uns zu verbergen, dachte Alain.

»Nehmt den Rammbock und macht euch bereit«, befahl Lefèvre.

Der Rammbock, ein gut zwanzig Ellen langer geglätteter Baumstamm mit einem Widderkopf aus Eisen, lag neben den Zelten im Gras. Die sechs stärksten Männer des Aufgebots, darunter Alain und Julien, schulterten ihn. Just in diesem Moment kam der Befehl zum Abmarsch. Der Graf von Bar führte den Angriff und ritt voraus, zahlreiche Ritter und zwei Hundertschaften einfacher Krieger folgten ihm. Während sie den staubigen Weg entlangmarschierten, der sich den Burgberg hinaufschlängelte, streifte Alain Hugo immer wieder mit Blicken. Er hatte dem Schustergesellen gestern versprochen, von nun an auf ihn aufzupassen.

Der eigentlichen Festung war ein kleines Vorwerk vorgelagert, bestehend aus zinnenbewehrten Schildmauern mit überdachten Wehrgängen und zwei Türmen, die das Burgtor flankierten. Die Katapulte hatten die Anlage beschädigt; gleichwohl war es dem königlichen Heer noch nicht gelungen, das Vorwerk zu erstürmen. Bei früheren Angriffen hatte man lediglich den Burggraben mit Geröll zugeschüttet, damit man an die Mauern herankam.

Obwohl der Katapultbeschuss ihnen schwer zusetzte, drängten sich Herzog Thiébauts Getreue auf den Wehrgängen. Da der Bereich vor dem Torhaus großräumig gerodet worden war, hatten sie freies Schussfeld. Folglich empfing die Angreifer ein Hagel aus Bolzen und Pfeilen, kaum dass sie den Schutz der Bäume verlassen hatten und über die Wiese rannten. Rasch suchten die Männer Deckung hinter den Sturmwänden, tragbaren Barrieren aus Holz und Weidengeflecht, die man in den vergangenen Tagen unter beträchtlichen Verlusten aufgestellt hatte. Sie standen zu beiden Seiten des Weges, ganze Reihen davon, die einander überlappten.

Alain und seine Gefährten ließen den Rammbock fallen und schöpften Atem, während die Geschosse über die Sturmwände hinwegzischten oder mit dumpfem Aufschlag darin stecken blieben. Hastig blickte Alain sich um. Alle da. Niemand verletzt. Ein Ritter des Grafen von Bar schräg vor ihnen hatte nicht so viel Glück: Ein Pfeil bohrte sich in den Sehschlitz seines Helmvisiers. Bevor Alain den Kopf einzog, sah er noch, dass der Mann aus dem Sattel kippte, während sich sein Ross wiehernd aufbäumte.

»Wollt ihr hier Wurzeln schlagen?«, schnarrte Lefèvre. »Auf die Füße mit euch, faules Pack!«

»Der Sturmbock ist höllisch schwer, Herr«, begehrte Julien auf. »Wir brauchen eine kurze Verschnaufpause.«

»Pause? Wir sind hier nicht bei der Sonntagsmesse. Verschnaufen könnt ihr später. Weiter jetzt. Oder muss ich euch Beine machen?«

Alain biss die Zähne zusammen. Es war wie immer: Lefèvre wollte, dass das Aufgebot von Varennes in der vordersten Linie kämpfte, denn er lechzte danach, dem König zu gefallen. Den Preis dafür zahlten die Männer, denen Lefèvre ein unmenschliches Maß an Mut und Opferbereitschaft abverlangte.

Doch keiner von ihnen wollte sich den legendären Zorn des Hauptmannes zuziehen. Also hoben Alain und die anderen Schmiede den Rammbock auf und arbeiteten sich von Sturmwand zu Sturmwand nach vorne, gefolgt vom Rest des Aufgebots.

Derweil begannen die Armbrustschützen des Grafen von Bar, die Verteidiger der Burg zu beschießen, ohne dabei viel auszurichten: Die meisten ihrer Bolzen prallten wirkungslos von den Zinnen ab.

Schließlich erreichten sie die vorderste Reihe der Sturmwände, legten den Rammbock ins Gras und duckten sich. Alain bemerkte, dass sie allein waren. Auf dieser Seite des Weges hatte sich keine andere Gruppe so weit nach vorne gewagt. Nur ein einzelner Bogenschütze stand in ihrer Nähe, zog einen Pfeil aus seinem Köcher, schoss ihn ab und ging sofort wieder in Deckung.

Vorsichtig spähte Alain an der Korbwand vorbei. Bis zum

Burggraben waren es noch fünfzehn, zwanzig Klafter und keine Deckung weit und breit. Das Tor unverletzt zu erreichen, erschien ihm ausgesprochen schwierig, wenn nicht unmöglich.

Ein Schleuderstein sauste heran und riss über dem Torhaus einen Teil des Wehrganges weg. Holz barst krachend, Männer schrien. Damit endete der Katapultbeschuss. Jemand stieß ins Horn, auf der anderen Seite des Weges erschienen Waffenknechte zwischen den Sturmwänden, Leitern geschultert. Brüllend rannten sie in Richtung Vorwerk.

Sie kamen nicht weit. Kaum hatten sie die Deckung verlassen, wurden sie so heftig beschossen, dass sie sich zurückziehen mussten. Beim vordersten Trupp wurden zwei Männer von Pfeilen und Bolzen durchbohrt, die übrigen ließen die Leiter fallen und nahmen die Beine in die Hand. Bei den anderen Trupps wurden mehrere Krieger verwundet. Einer hatte einen Bolzen in der Schulter und einen zweiten im Oberschenkel stecken und erreichte die Sturmwände nur kriechend.

»Worauf wartet ihr?«, bellte Lefèvre. »Auf zum Tor, na los!«

»Nein«, sagte Alain. »Das könnt Ihr nicht von uns verlangen. Das ist verrückt.«

Der Ratsherr lächelte dünn. »Angst, Caboche? Ts-ts-ts. Dein Herr Vater würde das gar nicht gutheißen. Du bist doch sein ganzer Stolz.«

»Natürlich habe ich Angst. Ich wäre ein Narr, wenn ich keine hätte. Habt Ihr nicht gesehen, was gerade geschehen ist? Wenn wir die Deckung verlassen, werden wir abgeschlachtet.«

Die Männer murmelten zustimmend.

»Nicht, wenn ihr schnell seid«, sagte Lefèvre. »Du bist doch schnell, Caboche?«

»Nicht mit dem Rammbock auf den Schultern. Außerdem ist es nicht damit getan, da hinüberzulaufen. Wenn diese Sache einen Sinn haben soll, müssen wir das Tor aufbrechen. Schaut es Euch an. Es ist so fest, wie ein verdammtes Burgtor nur sein kann. Es wird dem Rammbock lange standhalten.« Alain wusste, dass es ihm nicht zustand, so mit ihrem Hauptmann zu sprechen, doch er konnte seinen Zorn nicht mehr bändigen. Von Anfang an hatte Lefèvre in seiner Gier nach Ruhm bereitwillig das Leben der Männer aufs Spiel gesetzt, hatte sie ins größte Gemetzel geworfen und geopfert wie Spielsteine in einer Partie Wurfzabel. Alain hatte es satt. »Wir sind tot, bevor wir das Holz auch nur angekratzt haben!«

»Während ihr das Tor aufbrecht, greifen wir anderen die Wehrgänge mit Sturmleitern an«, entgegnete Lefèvre. »Damit verschaffen wir euch die Zeit, die ihr braucht.«

»Wir sind nur vierundzwanzig Mann, Herrgott noch mal! Wir haben keine Chance gegen die ganze Burgbesatzung.« Alain schaute dem Hauptmann in die Augen. »Macht, was Ihr wollt, aber ohne uns. Wir haben schon genug für Euch geblutet.«

»Ja!«, riefen einige Männer.

»Genug ist genug!«

Gut zehn Krieger bauten sich hinter Alain auf, manche die Hand an der Waffe. Lefèvre blickte sie stechend an.

»Verweigert ihr mir den Befehl?«

Niemand antwortete.

»Muss ich euch daran erinnern, dass ihr mir Treue bis zum Tod geschworen habt?«, fragte der Ratsherr scharf.

Alain holte tief Luft. Was sie hier taten, war überaus gefährlich. Wenn sie den Eid brachen, den sie Lefèvre und ihrer Heimatstadt gegenüber abgeleistet hatten, bevor sie in den Kampf gezogen waren, drohten ihnen Schmach und harte Strafen. »Hier geht es nicht um Treue«, sagte er. »Sondern allein um Eure Ruhmessucht.«

Lefèvre trat so nah an ihn heran, dass sich beinahe ihre Gesichter berührten. Sein Atem roch nach Wein und Minze. »Du hast ein großes Maul, Caboche. Ich wette, es wäre nicht so groß, wenn dein Vater nicht im Rat säße.«

»Lasst meinen Vater aus dem Spiel«, sagte Alain.

»Heb den Rammbock auf, und ich vergesse vielleicht diesen Vorfall.«

»Nein.«

»Du verschwendest deine Zeit, Alain«, sagte Julien. »Wir alle wissen, was zu tun ist. Bringen wir's hinter uns.«

Der Schmied zückte seine Streitaxt. Was dann geschah, ging so schnell, dass Alain nicht eingreifen konnte. Lefèvre stieß ihn zur Seite und zog seine Klinge. Julien stürzte sich auf den Ratsherrn, doch er kam nicht einmal zum ersten Schlag, denn sein Gegner war ein verteufelt guter Schwertkämpfer. Er entwaffnete Julien, rammte ihm die Faust samt Schwertknauf ins Gesicht und trat ihm vor die Brust, sodass er auf den Rücken fiel. Als er sich aufrichten wollte, hielt Lefèvre ihm die Klinge an den Hals.

»Noch jemand Lust auf ein Tänzchen?« Der Ratsherr blickte herausfordernd in die Runde.

Einige der Männer schienen tatsächlich in Erwägung zu ziehen, ihn anzugreifen. Doch die Mehrheit rührte sich nicht vom Fleck.

»Ihr«, wandte sich Lefèvre an ein Grüppchen Tagelöhner, »nehmt jetzt sofort den Rammbock, oder ich schicke euren Freund Julien zu seinem Schöpfer. Ihr anderen holt die Sturmleitern da drüben. Habt ihr mich verstanden?«

Die Tagelöhner im Aufgebot, allesamt einfache Männer ohne Bürgerrecht, fürchteten Lefèvre am meisten, und sie beeilten sich, den Befehl auszuführen. Damit bröckelte auch der Widerstand der anderen. Mit einem Fluch auf den Lippen setzte sich ein älterer Schuster in Bewegung. »Helft mir, verdammt noch mal!«, blaffte er die Männer an. »Oder soll ich die Leiter allein schleppen?«

Die Angesprochenen folgten ihm. Erst fünf, dann zehn, dann der Rest des Aufgebots, bis nur noch Julien, Hugo und Alain bei Lefèvre waren.

»Sieht so aus, als wäre deine kleine Rebellion schon zu

Ende.« In Lefèvres Augen blitzte es. »Willst du deinen Freunden nicht helfen? Sie werden dich brauchen.«

»Komm, Alain«, drängte Hugo.

Der Ratsherr schob sein Schwert in die Scheide, spuckte aus und befahl den Männern, die vier Leitern zu einer Lücke zwischen den Sturmwänden zu bringen. Alain half Julien auf. Seinem Freund lief Blut aus der Nase, er wischte es achtlos weg.

»Wieso habt ihr mir nicht geholfen, verdammt noch mal?«

»Das war dumm! Was hast du denn gedacht? Dass du ihm den Schädel einschlägst und damit durchkommst?«

»Verdient hätte er es«, knurrte Julien.

Alain reichte ihm die Streitaxt und verfluchte ihn im Stillen. Hätten sie alle wie ein Mann zusammengestanden, wäre es ihnen vielleicht gelungen, Lefèvre von seinem wahnwitzigen Vorhaben abzubringen. Mit seiner Unbesonnenheit aber hatte Julien es dem Ratsherrn ermöglicht, ihren Widerstand im Keim zu ersticken. Jetzt gab es nichts mehr, was Alain noch tun konnte. Fortlaufen? Wohl kaum. Diese Schande würde seinen Vater umbringen. Und Jeanne würde ganz gewiss keinen Feigling und Eidbrecher heiraten. Er konnte nur hoffen, dass es nicht so schlimm kam, wie er befürchtete.

Derweil feuerte Lefèvre die Männer mit großspurigen Reden an: »Denkt an den Ruhm, der uns bevorsteht! Wenn wir das Torhaus erstürmen, wird der König jeden von uns reich belohnen. Gewiss schlägt er die mutigsten von euch sogar zum Ritter.«

Der Glanz in seinen Augen war mehr als Ehrgeiz, erkannte Alain. Es war nackter Wahnsinn.

»Lasst uns das machen.« Alain scheuchte die Tagelöhner weg und übernahm gemeinsam mit Julien und den anderen Schmieden den Sturmbock.

»Los!«, brüllte Lefèvre.

Die Schmiede liefen voraus, die anderen folgten ihnen mit den Sturmleitern. Sofort wurden sie beschossen. Einer der

Schmiede wurde in den Hals getroffen, Blut quoll aus seinem Mund, während er zusammenbrach. Das zusätzliche Gewicht des Sturmbocks lastete schmerzhaft auf Alains Schulter. Zu allem Überfluss prallte Julien gegen den Sterbenden und verlor das Gleichgewicht. Er ließ die Ramme los, sodass Alain den Baumstamm auch nicht mehr halten konnte. Die Männer sprangen auseinander, und der Sturmbock krachte zwischen ihnen auf die Erde. Julien brüllte vor Schmerz. Er war zu langsam gewesen, und die höllisch schwere Waffe war auf seinem Fuß gelandet.

Um sie herum schwirrten Pfeile und Bolzen durch die Luft.

Alain nahm all seine Kraft zusammen und hob den Sturmbock weit genug an, dass Julien den Fuß darunter hervorziehen konnte. Der ältere Schmied stöhnte vor Schmerz. Hastig nahm Alain seinen Schild vom Rücken und hielt ihn schützend vor sich. »Schaffst du es bis zu den Sturmwänden?«

»Ich versuch's.« Julien hinkte los.

Alain blickte sich um. Der Angriff war binnen weniger Herzschläge zusammengebrochen. Die Männer hatten die Leitern fallen gelassen, einige lagen im Gras und schützten sich mit ihren Schilden, andere waren verwundet oder tot, die übrigen rannten zurück zu den Sturmwänden. Dort entdeckte Alain Lefèvre.

Er ist nicht mitgekommen! Dieser Sauhund ist nicht mitgekommen!

»Zurück mit euch!«, brüllte der Hauptmann. »Greift an, ihr Feiglinge!« Dabei schwenkte er sein Schwert und versuchte die Männer daran zu hindern, hinter den Sturmwänden Deckung zu suchen.

In diesem Moment fasste Alain den Entschluss, ihn zu töten. Zum Teufel mit den Folgen! Sollten sie ihm zu Hause den Prozess machen, sollten sie ihn ächten oder hängen, es war ihm gleichgültig, solange er nur Lefèvre zur Hölle schicken konnte.

Als er gerade loslaufen wollte, entdeckte er Hugo. Der Schustergeselle kniete keine zehn Schritte entfernt neben dem Mäuerchen, das den Weg begrenzte. Er hatte seinen Helm verloren, Blut sickerte aus einer Platzwunde an seiner Schläfe. Bei dem Versuch, sich mit seinem Schild zu schützen, hatte er sich im Ledergurt verheddert.

»Hugo!«, brüllte Alain. »Komm her!«

Der Schuster hob kurz den Kopf und glotzte ihn mit glasigen Augen an, bevor er wieder versuchte, den Gurt abzustreifen.

Alain hob den Schild vor Gesicht und Brust und rannte zu ihm. »Komm mit. Wir müssen hier weg.«

»Ich kann nicht ... ich muss ...«, stammelte Hugo.

Alain zog seinen Dolch, durchtrennte Hugos Schildgurt und zerrte seinen benommenen Gefährten auf die Füße. »Siehst du, wohin unsere Leute laufen? Lauf ihnen einfach nach. Hast du verstanden?«

Hugo nickte.

Etwas prallte gegen Alains Helm. Er keuchte auf und taumelte zur Seite. Ehe er den Schild heben konnte, verspürte er einen schmerzhaften Stoß, als hätte man ihn gegen die Brust getreten.

»Alain!«, schrie Hugo.

Alain kippte nach hinten um, blinzelte, versuchte Luft zu holen. Sein Atem ging rasselnd, gurgelnd, er schmeckte Blut. Er hob die Hand und betastete den gefiederten Schaft, der aus seinem Brustkasten ragte.

»Alain! Alain ...«

Der Verwesungsgestank lag wie ein Nebelstreif über dem Pfad. Sie hatten ihn gerochen, lange bevor sie die Leichen sahen. Michel Fleury zügelte seinen nussbraunen Zelter und betrachtete die Farne, die am Wegesrand zwischen den Birken wuchsen. Eine Hand, bleich und wächsern, ragte unter dem

Gestrüpp hervor und lag wie eine tote Spinne auf dem moosigen Waldboden. Michel presste die Hand auf Nase und Mund.

Als seine beiden Knechte zu ihm aufschlossen, stieg er aus dem Sattel.

»Was habt Ihr vor?«, erkundigte sich Yves.

»Nachsehen, ob das jemand ist, den wir kennen.«

»Lasst gut sein, Herr. Ich mach das schon.«

Der hünenhafte Knecht schwang sich aus dem Sattel, strich sich das grausträhnige Haar hinter ein Ohr und schob mit angehaltenem Atem die Farnwedel zur Seite. Yves und der schweigsame, treue Louis dienten Michel seit vielen Jahren. Sie waren mit ihm alt geworden, und er hätte ihnen jederzeit sein Leben anvertraut.

»Es sind drei«, meldete Yves mit nasaler Stimme. »Keine von uns. Männer des Herzogs.«

Michel bekreuzigte sich. Der Gestank machte sein Pferd nervös, es schnaubte und zuckte mit den Ohren. »Ruhig, Tristan, alter Junge«, raunte er dem Tier zu und tätschelte ihm den Hals. »Bald hast du es überstanden. Bald, hörst du?« Wenn er auf Reisen war, sprach er immerzu mit seinem Pferd – eine Gewohnheit, die Freunde und Bedienstete gerne belächelten. Doch Tristan war für ihn mehr als ein Reittier. Er war sein Gefährte.

Michel stieg wieder auf und unterdrückte ein Stöhnen. Sie saßen seit den frühen Morgenstunden im Sattel, und ihn schmerzte der Rücken, die Beine, die Arme, einfach alles. Er war nun dreiundfünfzig Jahre alt, und an Tagen wie diesem spürte er jedes einzelne davon. »Komm«, forderte er Yves auf. »Reiten wir.«

»Sollten wir nicht unsere Christenpflicht tun und sie begraben?«, fragte der Knecht.

»Es ist schon spät. Wir sollten wirklich weiter. Wenn wir unterwegs Bauern treffen, bitten wir sie, sich um die Toten zu kümmern.«

Sie ritten los. Yves hielt prüfend den Finger in die Luft. »Ihr habt recht, Herr. Wir sollten zusehen, dass wir bald Amance erreichen. Wenn mich nicht alles täuscht, gibt's noch vor dem Abend Regen.«

Michel lachte leise in sich hinein. Schon den ganzen Tag war es warm und trocken, und am Himmel zeigte sich keine einzige Wolke. Es würde ganz gewiss nicht regnen, weder heute noch morgen. Wenn Yves das Wetter vorhersagte, irrte er sich in neun von zehn Fällen – aber gab er deshalb auf? Wer das erwartete, kannte Yves schlecht.

Als sie kurz darauf das Birkenwäldchen verließen, begegnete ihnen ein Trupp Holzfäller. Michel gab jedem der Männer einen frisch geschlagenen Denier aus der Münze von Varennes und bat sie, die Gefallenen zu bestatten. Er vermutete, dass die drei Waffenknechte erschlagen worden waren, als Herzog Thiébaut vor der Streitmacht des Königs nach Amance geflohen war. Da sie als Verräter und Eidbrecher galten, hatte niemand es für nötig gehalten, ihnen ein christliches Begräbnis zu gewähren.

Michel verabscheute Krieg, und diese Fehde verabscheute er ganz besonders. Sie war ein weiteres Beispiel für die Torheit der Mächtigen, die jeden noch so unbedeutenden Konflikt am liebsten mit dem Schwert austrugen. Warum verhandeln, wenn man stattdessen seine Hörigen und Vasallen in den Tod schicken konnte? Dabei wäre eine friedliche Lösung denkbar einfach gewesen, wenn alle Beteiligten nur ein wenig mehr Vernunft, Besonnenheit und guten Willen gezeigt hätten.

Angefangen hatte alles mit Erbfolgestreitigkeiten in Frankreich, wo sich die Gräfin Blanche de Navarre und Érard de Brienne um die Grafschaft Champagne stritten. Blanche hatte weit bessere Chancen, ihre Ansprüche durchzusetzen, denn zu ihren Unterstützern zählten der Papst und der König von Frankreich sowie eine ganze Reihe mächtiger Herren, darunter der Herzog von Burgund und die Bischöfe von Reims und Langres.

Da Érard de Brienne nicht einmal ansatzweise derart zahlreiche und illustre Bundesgenossen hatte, wäre die Auseinandersetzung gewiss frühzeitig zu Ende gewesen – wenn nicht Herzog Thiébaut von Oberlothringen in seiner unendlichen Weisheit beschlossen hätte, für Érard Partei zu ergreifen. Warum er das getan hatte, darüber rätselte man im Heiligen Römischen Reich seit Monaten. Vielleicht, weil zur Gegenseite auch der Graf von Bar gehörte und Thiébaut die Gelegenheit nutzen wollte, seinem alten Widersacher auf dem Schlachtfeld zu begegnen. Was Thiébaut dabei nicht bedacht hatte: Sein eigener Lehnsherr und König, Friedrich II., hatte gerade sein Bündnis mit der französischen Krone erneuert. Folglich wertete Friedrich Thiébauts Verhalten als Verrat, bezichtigte den Herzog der Felonie und überzog Lothringen mit Krieg – wegen einer Sache, die das Herzogtum im Grunde nicht das Geringste anging.

Michels Heimatstadt Varennes-Saint-Jacques war glücklicherweise von den Kämpfen verschont geblieben. Der Rat der Zwölf, der die Geschicke der Stadt lenkte, konnte jedoch nicht verhindern, dass sie in die Fehde hineingezogen wurden. Denn Varennes war dem König zur Heerfolge verpflichtet. Also hatte der Rat eine Kampftruppe aufgestellt, bestehend aus vierzig Freiwilligen, die an Friedrichs Seite gegen Thiébaut zog. In den vergangenen Wochen hatte Michel Nacht für Nacht gebetet, dass die Männer gesund und wohlbehalten heimkehren würden. Inzwischen wusste er, dass Gott seine Gebete nicht erhört hatte.

Am frühen Abend erblickten sie die Burg, die über der kleinen Siedlung Amance aufragte. Es war eine imposante Anlage, deutlich größer und wehrhafter als die Festungen der gemeinen lothringischen Ritter. Weithin sichtbar flatterten auf ihren Türmen die Farben des Hauses Châtenois, der rote Schrägbalken mit den drei silbernen Adlern. Die Burg befand sich also noch in der Hand des Herzogs.

Michel und seine Knechte trieben ihre Pferde an und kanterten zu der Zeltstadt, die sich neben dem Bauerndorf erstreckte.

»Wo lagert das Aufgebot von Varennes-Saint-Jacques?«, fragte Michel einen Kriegsknecht, der sich neben dem Gehege für die Schlachtrösser auf seine Lanze stützte.

»Tut mir leid, Herr, ich versteh kein Lothringisch«, erwiderte der Mann auf Deutsch mit schwäbischem Zungenschlag. Offenbar ein Krieger aus dem Gefolge des Königs, der wie sein Vater und sein Großvater dem Haus der Staufer entstammte. Glücklicherweise beherrschte Michel die Sprache der Deutschen beinahe ebenso gut wie seine Muttersprache. Er wiederholte die Frage.

»Die Gasse zwischen den Zelten entlang, bis es nicht mehr weitergeht, und dann rechts«, antwortete der Wachposten. »Gleich neben dem Aufgang zum Burgtor. Ihr könnt's nicht verfehlen.«

»Hab Dank, Freund. Gott segne dich.« Sie stiegen ab und führten die Pferde an den Zügeln, während sie an den Zelten vorbeischritten. Der König hatte wahrlich ein beeindruckendes Heer zusammengezogen, und Michel vernahm eine Vielzahl von Sprachen und Dialekten. Unter Friedrichs Banner kämpften nicht nur Deutsche und Franzosen, sondern auch Sizilianer und Apulier. Wobei das bei näherer Betrachtung nicht verwunderlich war, hatte der König doch den größten Teil seines jungen Lebens im Süden Italiens verbracht. Er war erst vor wenigen Jahren über die Alpen gekommen, um sein königliches Erbe anzutreten. »Der apulische Knabe« wurde er mal spöttisch, mal liebevoll genannt.

Das Lager der Krieger aus Varennes bestand aus sechs Zelten, vor denen zwei Pferde grasten. Es schien niemand da zu sein, abgesehen von einem Schustergesellen namens Hugo, der neben einem Karren hockte. Er trug einen Verband um den Schädel und bot ein Bild des Elends. Als er Michel erblickte, sprang er auf.

»Herr Bürgermeister! Was macht Ihr denn hier?«

»Wo sind die anderen?«, fragte Michel.

»Die eine Hälfte ist bei den Verwundeten. Die andere besorgt etwas zu essen.«

»Und euer Hauptmann?«

Hugo zuckte mit den Schultern. »Keine Ahnung, wo er steckt. Er ist seit heute früh verschwunden.«

Wenn du abgehauen bist, Lefèvre, sorge ich dafür, dass man dich jagt und am erstbesten Baum aufknüpft.

Michel übergab Louis sein Pferd und trat zu Hugo an den Karren, auf dem sieben in grobes Leinen eingeschlagene Körper lagen. Seine Kehle wurde eng.

»Ich soll sie begraben«, murmelte Hugo kaum hörbar. »Aber ich bring's einfach nicht über mich. Sie hier zu verscharren – das ist doch nicht richtig. Sie gehören auf die Kirchhöfe ihrer Pfarreien.«

»Wer ist es?«

»Zwei Tagelöhner. Weiß nicht, wie sie heißen. Hab sie nie nach dem Namen gefragt. Jean-Pierre von den Metzgern. Arnaut von den Webern. Bruno und Robert von den Schmieden.« Hugos Stimme wurde immer leiser. »Und Alain Caboche.«

Jeans Sohn. Allmächtiger! Michel schloss für einen Moment die Augen. »Wann ist das passiert?«

»Heute früh. Sat…, der Hauptmann wollte, dass wir das Burgtor angreifen. Es hat nicht geklappt«, fügte Hugo hinzu.

»Zeig ihn mir«, verlangte Michel.

Mit zusammengekniffenen Lippen schlug der Schustergeselle das Tuch zurück. Michel rang mit den Tränen – Tränen der Trauer und des Zorns. *Er war gerade einmal achtzehn Jahre alt. Er wollte heiraten.* Wenigstens war er nicht verstümmelt worden. Offenbar hatte ein Armbrustbolzen sein Panzerhemd durchschlagen. Michel war kein Medicus, doch die Wunde in Alains Brust sah aus, als wäre der Junge direkt ins Herz getroffen worden. Gewiss hatte er nicht lange gelitten.

»Wollt Ihr die anderen auch sehen?«

Michel überhörte die Frage. »Erzähl mir, wie es geschehen ist.«

Hugo bedeckte Alain wieder mit dem Leichentuch. »Es gab einen Angriff auf das Vorwerk der Burg. Der Graf von Bar wollte die Mauern mit Leitern erstürmen, aber seine Männer mussten sich zurückziehen. Die Verteidiger waren einfach zu stark. Trotzdem hat uns der Hauptmann befohlen, mit dem Rammbock und Leitern zum Tor zu laufen, damit uns der König reich belohnt, wenn wir das Vorwerk einnehmen.«

»Hat er das so gesagt?«

Hugo nickte geistesabwesend. »Alain hat ihn gewarnt, dass das zu gefährlich ist. Es gab Streit deswegen, und beinahe hätte er Julien umgebracht. Der Hauptmann, meine ich, nicht Alain. Jedenfalls hat er uns gezwungen, ganz allein anzugreifen, ohne die anderen Krieger. Weit sind wir nicht gekommen. Kaum waren wir raus aus der Deckung, wurden wir beschossen.«

Mit jedem Satz, den er vernahm, wurde Michel zorniger. Er hatte gewusst, dass Lefèvre achtlos mit den Männern umsprang – ein Bote des Rates hatte es ihm vor zwei Tagen berichtet, woraufhin er sofort aufgebrochen war, um dem Treiben des Hauptmanns ein Ende zu machen. Doch was Hugo gerade erzählte, übertraf seine schlimmsten Erwartungen.

»Es ist alles meine Schuld«, sagte Hugo. »Hätte ich mich nicht so ungeschickt angestellt, wäre Alain noch am Leben.«

»Hör auf damit. Die Schuld an Alains Tod trägt allein der Hauptmann. Du gehst jetzt los und holst die Männer. Wenn du sie gefunden hast, sucht ihr Lefèvre und bringt ihn her.«

»Wird gemacht, Herr Bürgermeister.« Der Schustergeselle eilte davon.

Michel legte eine Hand auf die Seitenwand des Wagens und starrte die sieben Leichen an. In seinem Kopf drehte sich alles.

Wie viele sind es insgesamt? Fünfzehn. Fünfzehn von vierzig, bei allen Heiligen. Wir hätten diesen Mann niemals zum Hauptmann ernennen dürfen.

»Soll ich Euch einen Becher Wein besorgen?«, fragte Yves, der neben ihn getreten war.

»Ja. Wein wäre gut.«

Der Knecht verschwand im Gewühl des Heerlagers, und Michel setzte sich in den Schatten unter einem Zeltvordach. Jean Caboche war einer seiner besten Freunde – es war seine Pflicht, ihm persönlich zu berichten, was geschehen war. Nur wie? Jean und sein Weib Adèle hatten Alain über alles geliebt. Sein Tod würde ihnen das Herz brechen. Es gab keine tröstenden Worte, die ihren Schmerz würden lindern können.

Irgendwann kam Yves zurück. »Wein gibt es hier leider keinen. Ich habe Euch etwas Bier gebracht.«

»Hab Dank.« Michel nippte an dem Becher und verzog das Gesicht. Die Brühe schmeckte bitter und abgestanden. Er stellte den Becher auf die Bank, sein Blick wanderte zum Karren mit den Leichen, und er fragte sich, wo Hugo blieb.

Anseau Lefèvre war noch nicht lange Ratsherr. Er entstammte keiner der angesehenen Patrizierfamilien Varennes', die seit jeher die Geschicke der Stadt lenkten. Tatsächlich hatte der Aufstieg seiner Familie vor gerade einmal zwanzig Jahren begonnen.

Lefèvres Vater war ein einfacher Händler gewesen, ein Kleinkrämer, der keine weiten Kauffahrten unternahm, sondern die Erzeugnisse der ortsansässigen Bauern und Handwerker auf den hiesigen Märkten feilbot. Seine große Stunde kam, als zwischen Staufern und Welfen ein Bürgerkrieg ausbrach. In großem Stil lieferte er Waffen und Rüstzeug an beide Kriegsparteien – ein schmutziges, aber einträgliches Geschäft, das ihn bald reich machte. Der Kaufmannsgilde blieb nichts anderes übrig, als ihn aufzunehmen, obwohl der alte Lefèvre im ganzen Moseltal für seine Skrupellosigkeit in Geschäftsdingen berüchtigt war. Als er ein paar Jahre später starb, hinterließ er seinem einzigen Nachkommen Anseau ein florierendes Handelsgeschäft, ein prächtiges Haus und Schatullen voller Silber.

Rasch zeigte sich, dass der Sohn keinen Deut besser war als der Vater. Anseau betätigte sich nur dem äußeren Anschein nach als Kaufmann – in Wahrheit verlieh er Geld gegen Zinsen. Das war zwar verboten, doch der junge Lefèvre verschleierte seine Wuchergeschäfte stets so geschickt, dass der Rat ihm nie etwas nachweisen konnte.

Stetig vermehrte er seinen Reichtum, doch das war Lefèvre nicht genug. Im Jahre 1216 kandidierte er für einen Sitz im Rat – und wurde prompt von der Bürgerschaft gewählt. Obwohl er ausgesprochen unbeliebt war in der Stadt, hatten genügend Bürger für ihn gestimmt. Michel vermutete, dass Lefèvre viele von ihnen bestochen oder eingeschüchtert hatte – eine leichte Übung für einen Mann, der über ausgedehnten Grundbesitz verfügte, wodurch viele ärmere Bürger wirtschaftlich von ihm abhängig waren. Beweisen ließ sich das jedoch nicht, und Michel musste sich damit abfinden, dass der Wucherer für die nächsten zwei Jahre dem höchsten Gremium der Stadt angehören würde.

Für Michel war es offensichtlich, dass Lefèvre nicht im Rat saß, weil ihm etwas an Varennes und der Zukunft der Stadt lag – er wollte herrschen, wollte Macht anhäufen. Zweifellos strebte er nach Höherem. Dabei war er klug genug, seine Ambitionen nicht allzu deutlich zu zeigen. Knapp zwei Jahre lang hielt er sich bei den Ratsversammlungen zurück, sodass die Wachsamkeit der anderen allmählich nachließ. Mit seinen geschliffenen Manieren und seinem aristokratischen Auftreten lullte er die Männer regelrecht ein. Manch ein Ratsherr begann sich gar zu fragen, ob er Lefèvre nicht falsch eingeschätzt hatte.

Ein fataler Irrtum, wie sich zeigte.

Als im April die Fehde zwischen Thiébaut und Friedrich ausbrach und der König die Städte Lothringens zu den Fahnen rief, erkannte Lefèvre seine Chance. Er bot an, das städtische Aufgebot Varennes' zu führen, und forderte den Rat auf, ihn zum Hauptmann zu ernennen. »Es gibt in Varennes keinen Besseren für diesen Posten als mich«, erklärte er, strotzend vor Selbstbewusstsein.

Vordergründig stimmte das. Lefèvres Vater hatte keine Kosten und Mühen gescheut, seinem Sohn eine Ausbildung zu ermöglichen, die normalerweise nur Sprösslinge des Adels erhielten. Man hatte den Jungen nicht nur Lesen, Schreiben, Latein und Rhetorik gelehrt; ein Waffenmeister hatte ihn außerdem im Umgang mit Schwert, Lanze und Schild unterwiesen. Von allen Bürgern Varennes' verstand er zweifellos am meisten von der Kriegskunst.

Lefèvres Fähigkeiten änderten freilich nichts daran, dass Michel den jungen Ratsherrn für moralisch verkommen hielt. »Er ist ungeeignet, unsere Männer in den Kampf zu führen«, sagte er bei jener verhängnisvollen Ratssitzung. »Ich bitte euch, ihr Herren, verweigert ihm die Stimme. Lasst uns einen anderen Hauptmann suchen.«

Leider gelang es ihm nicht, eine Mehrheit im Rat von seiner Sichtweise zu überzeugen. Gewiss, Lefèvres Geschäfte bewegten sich am äußersten Rand dessen, was kirchliches und weltliches Recht erlaubten. Aber um der Wahrheit die Ehre zu geben, galt das für das Treiben vieler Kaufleute. Der Rat stimmte ab, Michel verlor. Sieben von zwölf Ratsherren sahen großzügig über Lefèvres charakterliche Schwächen hinweg und ernannten ihn zum Befehlshaber des städtischen Aufgebots.

»Ich mag ihn auch nicht sonderlich«, sagte Guichard Bonet,

der für Lefèvre gestimmt hatte, später im Vertrauen zu Michel. »Trotzdem bin ich davon überzeugt, dass er die Männer umsichtig führen wird. Und nur darauf kommt es an. Ihr seht alles viel zu schwarz, Michel.«

Vier Wochen später erkannten Bonet und die anderen Anhänger Lefèvres ihren Fehler, aber da war es für acht Männer des Aufgebots bereits zu spät.

Es dauerte eine ganze Weile, bis Hugo zurückkam. Bei ihm waren einige Männer des Aufgebots – und Anseau Lefèvre.

Michel trat auf den kleinen Platz zwischen den Zelten und beobachtete den Wucherer. Obwohl die Krieger kein Hehl aus ihrem Hass auf ihn machten, stolzierte er hochmütig vor ihnen her, gekleidet in feines flandrisches Tuch, im Gesicht einen verdrießlichen Ausdruck, als hätte man ihn wegen einer Lappalie von einer wichtigen Verrichtung weggeholt.

Alles in Michel sträubte sich gegen diesen Mann. Wie immer, wenn er Lefèvre gegenüberstand, lief ihm ein Schauder über den Rücken. Es lag an seinen Augen und der Abwesenheit von jeglichem Gefühl darin. Keine Spur von Güte, Barmherzigkeit oder Lebensfreude – da war nichts als Kälte. Als befände sich in Lefèvres Seele ein Dickicht aus Eisendornen, alt, verrostet, von Raureif überzogen.

»Herr Bürgermeister«, begrüßte ihn der Hauptmann nicht sonderlich freundlich. »Was verschafft uns die Ehre Eures Besuchs?«

Michel stand nicht der Sinn nach langen Reden. Er kam sogleich zur Sache. »Louis, lass Herrn Lefèvre bitte die Urkunde sehen.«

Der Knecht trat vor und reichte Lefèvre ein Futteral.

»Was ist das?«, fragte der Hauptmann argwöhnisch.

»Lest selbst«, sagte Michel.

Lefèvre öffnete die lederne Hülle, brach das Wachssiegel und entrollte das Pergament. Während er die Zeilen überflog, zerbröckelte sein Lächeln und wich ungläubiger Verwirrung. Ein Anblick, der mit Geld nicht zu bezahlen war.

»Ihr seid mit sofortiger Wirkung Eures Amtes als Hauptmann enthoben. Von jetzt an führe ich das Aufgebot Varennes'«, erklärte Michel, damit auch die Männer verstanden, worum es ging.

»Das könnt Ihr nicht tun«, sagte der Wucherer. »Der Rat hat mich ernannt und vereidigt!«

»Eine Entscheidung, die er zutiefst bedauert und daher zurückgenommen hat. Übrigens mit einem einstimmigen Beschluss, wie Ihr an den Unterschriften am Ende des Briefs sehen könnt. Nun, nicht ganz einstimmig. Da Ihr nicht zugegen wart, werteten wir Eure Stimme als Enthaltung.«

Lefèvre stand reglos da und starrte ihn an, in der Hand die Urkunde. Die Männer in seinem Rücken konnten nur mühsam ihre Genugtuung verbergen. »Sagt«, meinte er leise, »wie habt Ihr es geschafft, dass der Rat mir derart heimtückisch in den Rücken fällt? Welche Lügen habt Ihr ihm aufgetischt?«

»Lügen?«, wiederholte Michel. »Lügen waren nicht nötig. Die Wahrheit über Eure Taten hat vollkommen ausgereicht, den Rat zu überzeugen.«

»Ich habe nur meine Pflicht getan. Für Varennes und den König.«

»Fünfzehn Männer sind tot!«, fuhr Michel ihn an. »Eure Pflicht wäre es gewesen, sie mit Umsicht zu führen, damit sie diese törichte Fehde unbeschadet überstehen. Stattdessen habt Ihr sie Eurem Verlangen nach Ruhm geopfert. Habt sie abschlachten lassen, weil Ihr dachtet, Eure Kühnheit würde dem König gefallen. Ihr solltet Gott danken, dass sich der Rat damit zufriedengibt, Euch abzusetzen. Ginge es nach mir, würde man Euch in Schimpf und Schande aus der Stadt jagen.«

Einige Männer begannen zu jubeln. Lefèvre wirbelte zu ihnen herum, woraufhin sie augenblicklich verstummten. Ihre Furcht vor diesem Mann war nach wie vor beträchtlich.

»Dieser Ratsbeschluss ist ein wertloser Fetzen Pergament, zustande gekommen durch Lügen und Intrigen. Ich erkenne ihn nicht an.« Lefèvre warf das Dokument auf den Boden und stampfte mit dem Stiefel darauf.

»Glaubt Ihr ernsthaft, dass das etwas ändert?«, fragte Michel.

»In Varennes mögt Ihr der Bürgermeister sein – aber hier, hier seid Ihr ein Niemand. Die Männer haben *mir* Treue geschworen, sie gehorchen *mir* allein. Ihr solltet gehen, bevor ich Euch aus dem Lager prügeln lasse.«

»Gut. Ihr wollt es nicht anders.« Michel wandte sich an die Männer. »Ergreift ihn.«

»Das ist der beste Befehl, den ich seit Langem gehört habe«, knurrte ein Schmied, als er mit drei Gefährten vortrat. Sie packten Lefèvre an den Armen.

»Wie könnt Ihr es wagen!«, fuhr der Geldverleiher sie an. »Ich bin ein gewählter Ratsherr!«

»Bringt ihn nach Varennes und benachrichtigt die Stadtwache«, befahl Michel. »Sie soll dafür sorgen, dass er sein Haus bis zu meiner Rückkehr nicht verlässt. Falls er sich dem Arrest widersetzt, soll man ihn in den Hungerturm werfen.«

»Dafür werdet Ihr mir büßen, Fleury«, fauchte Lefèvre, als die Schmiede ihn abführten. »Das zahle ich Euch heim!«

Die Männer brachen in Jubel aus, und diesmal hinderte sie niemand daran. »Ein Hoch auf den Bürgermeister!«, rief Hugo.

Michel hörte sie kaum, denn er blickte Lefèvre nach und dachte, dass er sich soeben einen neuen Feind fürs Leben geschaffen hatte.

Nun, wen überraschte es? Sich Feinde fürs Leben zu schaffen, war schließlich eines seiner besonderen Talente.

Nachdem Michel sich in Lefèvres Zelt einquartiert hatte, besuchte er die Verwundeten des Aufgebots. Man hatte sie in einer Scheune von Amance untergebracht. Ein Wundarzt aus dem Gefolge des Königs kümmerte sich um die Männer. Michel versuchte, ihnen Trost zu spenden, indem er versprach, dass der Rat für ihre Pflege aufkommen würde, falls sie auch nach der Fehde die Hilfe eines Medicus benötigten. Zwei Männer waren so schwer verletzt, dass sie aller Voraussicht nach nie wieder würden arbeiten können. Michel ließ sie wissen, dass sie und ihre Familien auf die Barmherzigkeit der Stadt zählen konnten und nicht fürchten mussten, am Bettelstab zu enden. Das war das Mindeste, was er für diese armen Seelen tun konnte.

Die Leichen von Alain Caboche und den anderen, die am Morgen gefallen waren, hätte er gerne nach Varennes bringen lassen. Doch es war zu heiß, um die Toten einen derart weiten Weg zu transportieren, zumal er nicht noch mehr Männer entbehren konnte. Also sprach er mit dem Pfarrer von Amance und überredete den Geistlichen, sie auf dem Kirchhof des Dorfes beizusetzen. Glücklich war er damit nicht, aber das war allemal besser, als sie in einem Massengrab irgendwo im Wald zu verscharren wie die anderen Gefallenen aus dem Heer des Königs.

In den nächsten Tagen schwiegen die Waffen. Friedrich wollte seinen Kriegern nach den verlustreichen Kämpfen ein wenig Ruhe gewähren. Michel nutzte die Gelegenheit und bat eines Morgens seine Knechte, ihn zum Burgtor zu begleiten.

»Was wollt Ihr dort oben?«, erkundigte sich Yves.

»Mir die Burg aus der Nähe ansehen.«

»Das ist gefährlich.«

»Wenn wir vorsichtig sind, wird uns schon nichts passieren. Hilf mir, das Panzerhemd anzulegen.«

Je älter Yves wurde, desto gluckenhafter benahm er sich Michel gegenüber. Murrend fügte er sich dem Wunsch seines Herrn, ließ es sich jedoch nicht nehmen, den ganzen Weg darauf hinzuweisen, für wie töricht er dieses Vorhaben hielt.

Gut fünfzig Klafter vom Haupttor entfernt verbargen sie sich im Gebüsch zwischen den Jungeichen. Überall an der Vorderseite der Vorburg hatten die Kämpfe Spuren hinterlassen: Steine, zerstörte Sturmleitern und zurückgelassene Waffen lagen verstreut auf dem zerstampften Gras wie Spielzeug des Sensenmannes. Die Katapulte hatten tiefe Wunden in die Mauern geschlagen.

Waffenknechte standen oben auf den Wehrgängen. Als einer der Männer zum Torhaus schritt und dabei den Schatten des Turmes verließ, fing die Spitze seines Speers das Sonnenlicht auf, sodass das geschliffene Eisen gleißte, als wäre es mit heiliger Macht erfüllt.

Michel konnte selbst nicht recht erklären, was er hier zu finden hoffte. Eines jedoch wusste er mit Sicherheit: Schon zu viele Bürger Varennes' hatten in diesem sinnlosen Krieg ihr Leben gelassen. Es war seine höchste Pflicht, die übrigen vor Schaden zu bewahren. Dafür würde er alles tun. Alles.

Er verstand genug von Belagerungen, um zu erkennen, dass die Burg den Angriffen noch lange standhalten würde. Wegen der steilen Hänge gab es nur wenige Stellen, wo die Getreuen des Königs Sturmleitern einsetzen konnten. Im Grunde war es nur am Vorwerk möglich, das sich dank seiner Lage leicht verteidigen ließ.

Michel kniff die Augen zusammen, beobachtete die Zinnen und fuhr sich dabei mit der Rechten durch den kurz geschnittenen Vollbart. Gelegentlich vernahm er Stimmen, doch sie waren zu leise, als dass er einzelne Worte hätte verstehen können. *Es muss eine andere Möglichkeit geben. Eine ohne neues Blutvergießen. Denk nach!*

Der ersehnte Einfall wollte nicht kommen.

Als Michel gerade im Begriff war zu gehen, erschien Herzog Thiébaut auf dem vorderen Turm. Der Fürst trat an die Brüstung, legte die rechte Faust ans Kinn und blickte zum Heerlager hinab.

»Wir müssen näher heran«, sagte Michel.

»Noch näher?«, fragte Yves.

»Wenn wir hinter den Sturmwänden bleiben, kann uns nichts zustoßen.«

»Ich halte das trotzdem nicht für klug.«

»Zur Kenntnis genommen, Yves.« Geduckt huschte Michel über die zertrampelte Wiese, gefolgt von seinen Knechten. Dank der Sturmwände, die hier dicht an dicht standen, konnten sie sich der Vorburg weitgehend gefahrlos nähern. Hätte ein feindlicher Bogenschütze auf sie angelegt, wäre sein Pfeil in der Palisade aus Korbgeflecht stecken geblieben, ohne Schaden anzurichten.

In der vordersten Reihe der Sturmwände, rund zwanzig Klafter von der Vorburg entfernt, blieb er stehen. Während er durch eine Spalte des hölzernen Schutzwalls die Kriegsknechte hinter den Zinnen beobachtete, dachte er flüchtig an seinen Sohn. Rémy war einer der besten Armbrustschützen Varennes' und hätte sie auf diese Entfernung ohne große Mühe töten können, zumal kein Panzerhemd einen auf kurze Distanz abgeschossenen Armbrustbolzen aufhielt. Er tat also gut daran, in Deckung zu bleiben, wenn er Rémy wiedersehen wollte.

Von hier aus konnte Michel den Herzog gut erkennen. Er erschrak ein wenig, als er Thiébauts Gesicht erblickte. Bei ihrer letzten Begegnung im Sommer des vergangenen Jahres war der Herzog ein junger, gut aussehender Bursche gewesen, strotzend vor Gesundheit, Kraft und Selbstbewusstsein. Der Mann hingegen, der dort oben an den Zinnen stand, wirkte müde, schwach, ausgemergelt. Hätte Michel nicht gewusst, dass Thiébaut erst achtundzwanzig Sommer zählte, er hätte ihn für vierzig und älter gehalten. Und sosehr sich König Friedrich und seine Verbündeten auch bemühten, Thiébaut als Verräter, Kriegstreiber und Friedensbrecher darzustellen, sosehr erschien er Michel in diesem Augenblick wie ein Opfer. Ein Opfer seines jugendlichen Leichtsinns.

Der Herzog wandte sich ab. Hinkte er? Ja. Thiébaut schien verletzt zu sein und verzog vor Schmerz das Gesicht, als er zur Turmtreppe schritt.

»Lasst uns gehen«, sagte Michel zu seinen Knechten und schlüpfte durch das Gebüsch.

Wenn eine Aufgabe so schwierig ist, dass sie undurchführbar erscheint, zerleg sie in einzelne Schritte, dachte er auf dem Rückweg. *Geh einen nach dem anderen und fang mit dem ersten an.* Das war seit jeher seine Maxime. So würde er auch diesmal vorgehen.

Als sie ins Lager kamen, versammelten sich die Männer gerade zum Essen. Ein junger Tagelöhner stand am Kessel und verteilte Eintopf.

»Für Euch auch eine Portion, Herr Bürgermeister?«

Michel nahm den gefüllten Napf entgegen und setzte sich zu einer Gruppe Schuster und Schmiede. Augenblicklich verstummten deren Gespräche. Es waren Gesellen, ausnahmslos einfache Männer und nicht gewohnt, dass ein Patrizier mit ihnen speiste.

Michel wartete, bis sich ihre Befangenheit etwas gelegt hatte, ehe er fragte: »Gab es nie Versuche, Herzog Thiébaut mit friedlichen Mitteln zur Aufgabe zu bewegen?«

»Am Anfang hat ihn ein Herold aufgefordert, die Waffen niederzulegen und die Burg dem König zu übergeben«, antwortete ein Schmied. »Aber daraus wurde nichts. Am nächsten Morgen griffen wir das erste Mal an.«

»Und seitdem hat der König nicht mehr versucht zu verhandeln?«

»Nicht dass ich wüsste, Herr.«

»Das stimmt nicht«, mischte sich Hugo ein. »Der Graf von Bar war noch einmal oben in der Burg. Vor einer Woche war das. Aber er hat auch nichts erreicht.«

»Thiébauts Lage ist aussichtslos«, sagte Michel. »Konnte der Graf von Bar ihm nicht vermitteln, dass es klüger ist aufzugeben, statt noch mehr Leben sinnlos zu opfern?«

»Ich weiß nicht, warum Graf Henri keinen Erfolg hatte«, erklärte der Schustergeselle. »Lefèvre hat uns ja nie etwas erzählt. Man hört immer nur Gerüchte und darf sich zusammenreimen, ob etwas dran ist.«

Nach dem Essen hörte Michel sich im Lager um. Er kam mit einem Ritter aus Burgund ins Gespräch, der Hugos Geschichte bestätigte.

»Als der König beschloss, mit Thiébaut zu verhandeln, bot Graf Henri an, für ihn zu sprechen«, berichtete der Mann. »Er soll sich dem König geradezu aufgedrängt haben.«

»Wieso ließ der König ihn gewähren? Der Graf von Bar ist Thiébauts Erzfeind. Wenn man Frieden anstrebt, schickt man einen Unterhändler, der den Gegner achtet und der imstande ist, ihm in Freundschaft die Hand zu reichen – nicht seinen größten Rivalen.« König Friedrich galt als überaus klug und besonnen. Dass er einen derart törichten Fehler machte, erschien Michel unwahrscheinlich.

»Der Graf von Bar ist einer seiner wichtigsten Verbündeten«, erklärte der Ritter. »König Friedrich konnte ihm diese Bitte nicht abschlagen, ohne ihn zu kränken.«

»Wie sind die Verhandlungen abgelaufen?«

»Sie waren von Anfang an zum Scheitern verurteilt. Graf Henri hatte dem König zwar sein Wort gegeben, maßvoll aufzutreten, aber als er dann vor Thiébaut stand, konnte er der Versuchung nicht widerstehen, seinen alten Feind zu demütigen. Er schwang großspurige Reden und soll Thiébaut mit seinen Drohungen in die Ecke gedrängt haben.«

»Aber er muss ihm doch auch irgendein Angebot gemacht haben.«

»Er sagte, der König werde Thiébauts Leben schonen, wenn er sich ihm unterwerfe. Aber was ist so ein Angebot wert, wenn er ihm gleichzeitig droht, dass man ihm als Strafe für seine Verbrechen den Titel und sämtliche Lehen entziehen und seine Burgen schleifen werde? Thiébaut hatte gar keine andere Wahl, als das Friedensangebot auszuschlagen.«

Michel seufzte in sich hinein. Die Mächtigen und ihr törichter Stolz. Der Graf von Bar hatte Herzog Thiébaut regelrecht dazu gezwungen, sich umso entschlossener in der Burg zu verschanzen. Denn die Zeit spielte für ihn. Wenn er sich nur lange genug verteidigen konnte, würden dem König die immensen Kosten der Belagerung schließlich über den Kopf wachsen, und er würde abziehen müssen. Anschließend wäre Thiébaut vor dem Gesetz zwar immer noch ein exkommunizierter Verbrecher, aber einstweilen würde ihn niemand dafür belangen können, was ihn in die Lage versetzen würde, neue Kräfte zu sammeln.

Aber bis es so weit wäre, würde die Belagerung noch viele Wochen und Monate weitergehen und jeden Tag weitere Leben fordern.

Michel dankte dem Ritter für die Auskunft und kehrte zu den Zelten des städtischen Aufgebots zurück. »Wo lagert der König?«, erkundigte er sich bei Hugo.

»Ganz auf der anderen Seite. Neben dem Bach«, antwortete der Schustergeselle.

»Führ mich hin.«

Friedrich und seine Schildknappen, Priester und Hausbedienten sowie die Rechtsgelehrten der Hofkanzlei bewohnten die prächtigsten Zelte des Lagers. Sie waren in einem Oval angeordnet und bestanden aus feinsten blauen und grünen Tuchen, durchwirkt mit goldenen Fäden; an ihren Stangen hingen Banner mit den drei staufischen Löwen, den Farben des Königreichs Sizilien und dem Königsadler des Heiligen Römischen Reiches. Junge Knechte kümmerten sich um die Schlachtrösser der hohen Herren, herrliche Hengste mit schwellenden Muskeln und schwarzem Fell, die in einem Pferch neben dem Bachlauf untergebracht waren. Zwei Ritter übten sich im

Schwertkampf und umkreisten einander mit blanken Klingen und erhobenen Dreieckschilden, während gut ein Dutzend Edelleute und Gemeine ihnen zuschauten und mal den einen, mal den anderen anfeuerten. Gesprochen wurde nur Italienisch, denn Friedrich umgab sich bevorzugt mit Männern aus dem Land, in dem er aufgewachsen war. Michel, der in jungen Jahren einige Zeit in Mailand gelebt hatte und das Lombardische beherrschte, konnte sie verstehen, wenngleich er mit den ungewohnten sizilianischen und apulischen Dialekten seine Schwierigkeiten hatte.

Er hielt einen grauhaarigen Geistlichen an, offenbar ein Rechtsgelehrter, der mit einigen Schriftrollen unter dem Arm die Wiese überquerte. »Michel Fleury, Bürgermeister der freien Stadt Varennes-Saint-Jacques«, stellte er sich vor. »Ich muss den König sprechen.«

»Seine Majestät empfängt heute niemanden.«

»Es ist aber dringend.«

»Das mag sein, aber Seine Majestät hält sich leider nicht im Lager auf. Er ist heute früh zur Beizjagd ausgeritten.«

Michel nickte. Friedrichs Leidenschaft für die Falknerei war im ganzen Abendland bekannt. Wie man hörte, ließ er keine Gelegenheit aus, mit seinen geliebten Tieren auf die Jagd zu gehen. »Erlaubt Ihr mir, stattdessen mit Bischof Konrad zu sprechen?«

Konrad von Scharfenberg war nicht nur das geistliche Oberhaupt von Speyer und Metz, sondern auch Friedrichs Kanzler, sein Berater und einer der mächtigsten Männer des Reiches. Wenn er Michel anhörte, wäre schon viel gewonnen.

»Ich kann ihn fragen.«

Michel folgte dem Rechtsgelehrten zu einem Zelt und wartete draußen, während der Kleriker von den beiden Wachposten eingelassen wurde. Wenig später kam der Mann wieder heraus und erklärte Michel, Konrad wolle ihn empfangen.

Das Zelt war nicht so karg und zweckmäßig eingerichtet

wie Michels Unterkunft, sondern ähnelte der behaglichen Wohnkammer eines prächtigen Stadtpalastes. Überall Truhen und Kisten für Kleidung, Schriftstücke und Silbergeschirr. Dazwischen ein Bett mit einem Baldachin und purpurnen Vorhängen, ein Bronzespiegel, ein Tisch mit einer Weinkaraffe und zwei bequeme Lehnstühle. Ein mehrarmiger Kerzenleuchter sorgte für ausreichendes Licht.

Ein Diener half Konrad, ein frisches Gewand anzulegen, und zupfte gerade die Falten zurecht. Als Michel eintrat, wandte der Kanzler sich um. Konrad war von hochgewachsener und hagerer Gestalt. Das dünne, strähnige Haar fiel ihm am Hinterkopf bis zu den Schultern, während es sich an Stirn und Schläfen bereits beträchtlich gelichtet hatte. In seinem von tiefen Falten zerfurchten Gesicht saßen wachsame Augen und eine schmale, vorspringende Nase, die das Herrische und Unerbittliche seiner Miene noch betonte.

»Exzellenz.« Michel verneigte sich und küsste den Ring an Konrads rechter Hand. »Ich danke Euch, dass Ihr mir einen Augenblick Eurer Zeit gewährt.«

Der Bischof forderte ihn mit einer Geste auf, sich zu erheben. »Wein?«

»Gern.«

Ein Diener füllte zwei Silberkelche und reichte einen davon Michel.

»Ich habe schon viel von Euch gehört«, sagte Konrad. »Varennes soll prächtig gedeihen, seit Ihr das Stadtregiment führt. Im ganzen Moseltal weiß man nur Gutes über Euch zu berichten.«

»Ich tue nur meine Pflicht als Ratsherr und Bürgermeister.«

Der Kanzler blickte ihn forschend an. »Im Lager gibt es Gerüchte. Es heißt, Ihr hättet Euren Hauptmann abgesetzt. Wie war gleich sein Name?«

»Anseau Lefèvre.«

»Hat er sich etwas zuschulden kommen lassen?«

»Er hat als Hauptmann versagt«, antwortete Michel. »Er ist nicht imstande, das Aufgebot Varennes' zu führen.«

»Tatsächlich? Auf mich machte er stets einen ehrgeizigen und zielstrebigen Eindruck. Unter seiner Führung kämpften die Krieger mutig für unseren König.«

»Bei allem Respekt, Exzellenz, aber dieser Eindruck täuscht. Was Ihr Ehrgeiz und Zielstrebigkeit nennt, ist in Wahrheit Ruhmessucht und Leichtsinn. Seinetwegen starben viele Männer.«

»Das ist nun einmal das Wesen des Krieges. Er fordert tagtäglich Menschenleben. Das ist der Preis, den der König zahlen muss, um das Recht durchzusetzen.«

»Lefèvre hat die Männer regelrecht geopfert«, sagte Michel. »Das kann nicht im Sinne des Königs sein.«

»Nun, ich will mich nicht einmischen«, entgegnete Bischof Konrad. »Es ist allein die Entscheidung des Rates von Varennes, was mit Lefèvre geschieht. Für den König und mich ist lediglich von Belang, dass wir weiterhin auf Eure Krieger zählen können.«

»Die Männer haben dem König Treue geschworen und werden bis zum Ende des Krieges für seine Sache kämpfen.«

Konrad nickte. »Ich hörte, Ihr werdet sie von nun an anführen?«

»Das ist richtig.«

»Seid Ihr dieser Aufgabe gewachsen? Ihr seid kein Mann des Schwertes, Herr Fleury. Ihr habt Euch stets für den Frieden stark gemacht.«

»Ich hoffe, dass ich auch diesmal dazu beitragen kann, das Blutvergießen zu beenden«, sagte Michel. »Vielleicht schon heute.«

»Wie das?«, fragte der Kanzler überrascht.

»Führt mich zum König, Exzellenz. Ich möchte ihn bitten, in seinem Namen mit Herzog Thiébaut zu verhandeln.«

Konrad setzte sich und stellte seinen Kelch auf den Tisch.

»Ein ungewöhnliches Anliegen, das Ihr da an mich herantragt. Weder seid Ihr von adligem Geblüt, noch habt Ihr Erfahrung auf diesem Gebiet.«

»Und doch bin ich zuversichtlich, dass ich Thiébaut dazu bringen kann, die Waffen niederzulegen und dem König die Burg zu übergeben.«

»Der Graf von Bar hat das bereits versucht und ist gescheitert.«

»Mit Verlaub, aber der Graf von Bar war nicht der richtige Mann für diese Aufgabe.«

»Ihr hingegen seid es?«, fragte Konrad.

»Der Herzog und ich achten einander. Ich kann mit ihm sprechen, ohne dass alte Feindschaften und Rivalitäten zwischen uns stehen.«

»Leider ist die Lage ausgesprochen schwierig, seit es zwischen dem Verräter und Graf Henri zum Eklat kam. Thiébaut steht mit dem Rücken zur Wand. Der König glaubt nicht mehr daran, dass es möglich ist, ihn ohne Waffengewalt zur Aufgabe zu bringen.«

»Ich denke, ich weiß, wie ich Thiébaut umstimmen kann. Ich bitte Euch, Exzellenz, lasst mich mit dem König sprechen, damit ich ihm meinen Vorschlag unterbreiten kann.«

Konrad legte die Finger auf den Rand des Kelches, drehte das Gefäß und blickte Michel lange in die Augen. »Ihr seid fest entschlossen, das zu versuchen.«

»Lothringen hat genug unter diesem Krieg gelitten. Je eher er vorbei ist, desto besser.«

Der Kanzler erhob sich schwerfällig. »Ihr seid mutig und klug, Herr Fleury. Der König schätzt Männer wie Euch. Versuchen wir es. Vielleicht hört er Euch an. Aber ich kann für nichts garantieren.«

»Ich danke Euch, Exzellenz«, sagte Michel.

Zwei Ritter begleiteten Michel und Konrad, als sie vom Heerlager aus in die Hügel ritten. Einen Teil des Waldes, der hier wuchs, hatte man gerodet, um Holz für die Belagerungsmaschinen zu gewinnen. Baumstümpfe, dicht über den Wurzeln abgesägt, ragten aus den Hängen. Wagenräder, Hufe und Stiefel hatten den weichen Boden zerfurcht und zerstampft. Überall lagen Haufen aus Ästen und Gestrüpp. Tiefer in den Hügeln war der Forst noch weitgehend unberührt.

Am Waldrand trafen sie schließlich auf die Jagdgesellschaft. Schon von Weitem vernahm Michel das Kläffen der Hunde, die ein Knecht soeben an die Leine legte. Mehrere Männer hielten Greifvögel auf den behandschuhten Fäusten und setzten den Tieren die Kappen auf. Offenbar kam die Jagd gerade zum Ende. Nur noch ein Falke kreiste über den Baumwipfeln. Als der König nach ihm rief, stieß er herab und landete zielsicher auf der linken Hand seines Herrn.

Die Männer hatten einen guten Fang gemacht: Die Jagdtaschen waren prall gefüllt mit Kaninchen, Rebhühnern und Wachteln.

»Ich werde Seiner Majestät Euer Anliegen vorbringen«, sagte Bischof Konrad, als sie aus den Sätteln stiegen. »Wenn ich Euch ein Zeichen gebe, tretet Ihr vor.«

Konrad schritt zu Friedrich, der seinen Kanzler herzlich begrüßte. Bei dem König waren rund zwanzig Männer: Knechte, drei lothringische Ritter, die Michel flüchtig kannte, sowie mehrere hochrangige Edelleute; darunter der Herzog von Burgund, der gerade einen seiner Suchmänner aufforderte, ihm den Weinschlauch zu reichen. Der Graf von Bar war nicht zugegen. *Gut so,* dachte Michel.

Konrad nahm den König zur Seite und sprach leise mit ihm. Schließlich nickte der Kanzler Michel zu. Michel schritt über den Waldboden und kniete nieder.

»Mein Gebieter. Habt Dank, dass Ihr mich empfangt. Ihr erweist mir damit eine große Gunst.«

»Erhebt Euch«, sagte Friedrich.

Es war das erste Mal, dass Michel den jungen König aus nächster Nähe sah. Gerade einmal dreiundzwanzig Jahre alt war das gekrönte Haupt des Heiligen Römischen Reiches, und sein wohlgeratenes Gesicht, seine ganze Erscheinung hatten etwas Jungenhaftes an sich, wenngleich seine dunklen Augen großen Ernst verströmten. Helles Haar fiel ihm bis auf die Schultern, und sein schlanker Leib steckte in einem bequemen Rock aus grünem und braunem Tuch. An seinem Gürtel hing ein Jagdmesser mit juwelenbesetztem Griff. Man sagte Friedrich nach, er sei stets geneigt, einem Mann die Chance zu geben, sich zu bewähren, auch wenn er nicht von adligem Geblüt war. Michel hoffte, dass dies der Wahrheit entsprach.

Der König strich seinem Falken zärtlich über den Kopf, bevor er dem Vogel die Kappe aufsetzte und ihn einem Falkner übergab. »Bürgermeister Fleury. Es ist lange her, dass wir diesen Namen das letzte Mal hörten, doch wir haben ihn nicht vergessen. Unser Onkel Philipp sprach gelegentlich von Euch. Er hielt große Stücke auf Eure Familie.«

Friedrich sprach die Zunge der Deutschen ohne jeden Makel. Nur wenn man genau hinhörte, vernahm man einen leichten Akzent. Denn seine Muttersprache war das *volgare*, der Dialekt der Sizilianer.

»Eure Worte ehren mich, Majestät«, entgegnete Michel. »Meine Familie und Varennes-Saint-Jacques verdanken Eurem Onkel und dem Geschlecht der Staufer unendlich viel.«

»War es nicht sogar Euer Bruder, der auf dem Kreuzzug versuchte, unseren Großvater vor dem Ertrinken zu retten?«

»Jean hat es sich nie verziehen, dass er damals zu spät kam.«

»Was an jenem Tag geschah, war Gottes Wille. Entscheidend ist, dass Euer Bruder nicht zögerte, für seinen König trotz der Gefahr für sein eigenes Leben einzustehen. Wären mehr Männer der Krone so treu ergeben wie er, gäbe es weniger Verbrechen und Unfrieden in unserem Reich.«

»Ein wahres Wort, Majestät«, knurrte einer der Edelleute, die sich um Friedrich scharten. Michel spürte ihre Blicke auf sich ruhen.

»Konrad sagt, Ihr wollt in unserem Namen mit dem Verräter verhandeln«, kam der König zur Sache.

»Der Herr hat mir die Gabe verliehen, zwischen zerstrittenen Parteien zu vermitteln und gegensätzliche Positionen in Einklang zu bringen, auf dass Zwistigkeiten friedlich beigelegt werden können«, erklärte Michel. »Ich möchte diese Gabe zu Eurem Ruhm und zum Wohle des Reiches einsetzen.«

Ein Lächeln huschte über Friedrichs Gesicht. »An Selbstvertrauen mangelt es Euch jedenfalls nicht.« Er wandte sich an Konrad. »Als Bischof von Metz hattet Ihr gewiss bereits das Vergnügen, bei der einen oder anderen Gelegenheit mit Herrn Fleury zu verhandeln. Ist er auf diesem Gebiet tatsächlich so begabt, wie er behauptet?«

»Bürgermeister Fleury und ich sind uns heute das erste Mal begegnet«, antwortete Konrad von Scharfenberg. »Aber es ist wahr, dass man sein Verhandlungsgeschick in ganz Lothringen rühmt. Ich vertraue seinen Fähigkeiten.«

»Dieser Kaufmann mag so geschickt sein, wie er will«, warf einer der Edelleute ein. »Aber das ändert nichts daran, dass jedes vernünftige Wort an Thiébaut verschwendet ist! Er hatte seine Chance auf ein friedliches Ende des Krieges, und er hat sie verspielt.«

Friedrich hob die Rechte. In der Geste lag so viel natürliche Autorität, dass der Ritter, wenngleich fast doppelt so alt wie der König, augenblicklich verstummte. »Ihr wisst, dass der Graf von Bar bereits damit gescheitert ist, den Verräter zur Aufgabe zu bringen?«, wandte sich Friedrich an Michel.

»Das ist mir bekannt.«

»Was macht Euch glauben, dass Ihr mehr erreichen könnt als unser Freund Henri?«

»Ich sage es ganz offen, Majestät«, entgegnete Michel. »Graf

Henri ist Euch ein treuer Lehnsmann und einer Eurer besten Krieger, aber als Feind Thiébauts war er für diesen Auftrag denkbar ungeeignet. Außerdem mangelt es ihm an dem für heikle Verhandlungen nötigen Feingefühl.«

»Graf Henri hat sein Bestes gegeben«, meinte ein anderer Ritter. »Wie könnt Ihr es wagen, ihn derart zu schmähen?«

»Ich schmähe ihn nicht«, erwiderte Michel ruhig. »Ich sage lediglich, dass er sich mitunter im Ton vergreift, wenn eine Auseinandersetzung hitzig wird. Nicht einmal Graf Henri selbst würde dies bestreiten, wie ich ihn kenne. Dass er dessen ungeachtet über zahlreiche Qualitäten verfügt, steht außer Frage.«

Andere Edelleute wollten sich einmischen, doch Friedrich ließ sie nicht zu Wort kommen. »Genug davon. Wir alle wissen, dass Graf Henri in der Burg Amance nicht eben geschickt aufgetreten ist. Dass die Verhandlungen scheiterten, war auch seine Schuld, nicht allein die des Verräters.«

»Erklärt unserem König, wie Ihr vorgehen wollt«, forderte Bischof Konrad Michel auf.

»Als Kaufmann ist es mir zur zweiten Natur geworden, verschiedene Interessenlagen zu berücksichtigen und miteinander in Ausgleich zu bringen. Nur so kann ich meine Unternehmungen zum Erfolg führen. Zunächst einmal werde ich Thiébaut die Möglichkeit geben, sein Gesicht zu wahren. Denn das ist es, was Graf Henri versäumt hat.«

»Wie wollt Ihr das bewerkstelligen?«, fragte der König.

»Wir bauen ihm eine goldene Brücke. Gestattet ihm, dass er Herzog von Oberlothringen bleiben und seine Lehen behalten darf, wenn er sich Euch unterwirft. Dann, so bin ich sicher, wird er noch heute seine Waffen niederlegen.«

Unter den anwesenden Edelleuten brach ein kleiner Aufruhr aus. Auch Konrad von Scharfenberg protestierte entschieden gegen den Vorschlag.

»Thiébaut ist ein schändlicher Verräter!«, rief der Reichskanzler. »Er hat sich der Felonie schuldig gemacht und muss bestraft werden. Ihr könnt doch nicht ernsthaft wollen, dass solch ein Mann Herzog bleibt!«

»Gemach, Ihr Herren.« Der König blickte Michel an, und das Wohlwollen in seinen Augen war einem gefährlichen Glanz gewichen. »Euer Ansinnen befremdet uns. Thiébaut hat zahlreiche Verbrechen begangen. Wenn wir es unterlassen, ihn zur Rechenschaft zu ziehen, wirken wir schwach und laden andere dazu ein, es ihm gleichzutun. Was Ihr da fordert, hätte Chaos und Rechtlosigkeit zur Folge.«

»Ich spreche mich keineswegs dafür aus, dass Thiébaut ungeschoren davonkommt«, sagte Michel. »Natürlich muss er bestraft werden. Aber genauso wichtig ist es, dass Ihr diese Fehde schnell beendet. Burg Amance ist zu stark, als dass Ihr sie im Sturm nehmen könntet. Folglich wird sich diese Belagerung noch viele Monate hinziehen. Sie wird Euch Unsummen kosten. Außerdem hält sie Euch in Lothringen fest. Dabei solltet Ihr längst auf dem Weg nach Rom sein und Euch zum Kaiser krönen lassen.«

»Wir wissen, welche Lasten uns dieser Krieg aufbürdet«, erwiderte Friedrich kühl. »Aber bisher habt Ihr uns nicht davon überzeugt, warum es klüger sein soll, mit dem Verräter zu verhandeln, statt ihn mit Waffengewalt in die Knie zu zwingen.«

»Wenn Thiébaut weiß, dass Ihr ihm im Falle seiner Niederlage den Titel und alle Lehen entzieht, fehlt ihm der Anreiz, sich Euch zu unterwerfen. So zwingt Ihr ihn, bis zum bitteren Ende weiterzukämpfen. Bietet Ihr ihm aber eine andere Sühne für seine Verfehlungen an, kann er einlenken.«

»Ich weiß nicht, welche Strafe Herr Fleury im Sinn hat«, meldete sich der Herzog von Burgund zu Wort, »aber wie soll sie eine angemessene Antwort auf Thiébauts Verbrechen sein, wenn er Herzog bleiben darf? Hört nicht auf diesen Kaufmann, Majestät. Er verschwendet nur Eure Zeit.«

Die anderen Männer pflichteten ihm lautstark bei.

Michel wartete, bis sich der Tumult gelegt hatte, ehe er dem König seinen Vorschlag unterbreitete.

Am frühen Abend ritt Michel zur Burg hinauf. Bei ihm waren vier schwer gerüstete Schildknappen aus dem Gefolge des Königs, zwei Rechtsgelehrte der Hofkanzlei und ein Herold. Er konnte förmlich spüren, dass das ganze Heerlager zu ihnen aufschaute, als sie abstiegen und zum Graben vor der Zugbrücke schritten.

»Wer da?«, rief die Wache auf dem Wehrgang des Torhauses.

»Michel Fleury, Bürgermeister von Varennes-Saint-Jacques und Unterhändler Seiner Majestät König Friedrich«, meldete der Herold, der vorausgegangen war. »Er wünscht, mit Seiner Gnaden Herzog Thiébaut zu sprechen.«

Der Wächter verschwand und kam wenig später mit einem Dutzend Armbrustschützen zurück, die hinter den Zinnen Stellung bezogen. »Haben wir Euer Wort, dass Eure Absichten redlich sind?«

»Mein Wort und das des Königs.« Michel legte die Rechte auf die Brust.

Ketten knirschten, als die Zugbrücke heruntergelassen und das Fallgitter heraufgezogen wurde. Michel und seine Begleiter schritten über die dicken Balken und betraten die Burg. Kaum hatten sie das Torhaus durchquert, rasselte hinter ihnen das Fallgitter hinab. *Wir sind eingesperrt mit einem Feind, der nichts zu verlieren hat*, kam es Michel in den Sinn. Ein unangenehmer Gedanke, den er rasch wegschob.

Der Torwächter eilte mit klirrendem Panzerhemd die Treppe hinab. »Seine Gnaden ist im Palas. Ich führe Euch zu ihm.«

Zwei Schildknappen blieben bei den Pferden, die übrigen Männer folgten Michel. Überall aus den Wohn- und Wirtschaftsgebäuden kamen Ritter, Waffenknechte und gemeine Burgbewohner und starrten sie an, als sie die Festung durchquerten. Viele von ihnen waren verwundet und trugen blutgetränkte Verbände um Arme und Oberschenkel. Auch jene, die bisher von Verletzungen verschont geblieben waren, wirkten blass, kränklich und hohlwangig, denn ebenso zermürbend wie die täglichen Kämpfe waren Hunger, Entbehrungen, Todesangst und all die anderen schrecklichen Folgen der Belagerung.

Auch die Burg selbst hatte schwer unter den Angriffen gelitten. Viele Gebäude und Mauern waren beschädigt, die Stallungen vollständig ausgebrannt. Überall lagen zersplitterte Schleudersteine und Trümmer. Es stank nach Exkrementen, schwärenden Wunden und ungewaschenen Körpern. Aus einem vergitterten Fenster drang das Wimmern eines Sterbenden.

Als sie den inneren Hof betraten, kam ein Mann in Helm, Waffenrock und Kettenrüstung auf sie zu. »Geh zurück auf deinen Posten«, wies der Ritter den Torwächter an. »Ich kümmere mich um unseren Besucher.«

»Renouart.« Michel lächelte. »Ich habe gehofft, Euch hier zu treffen. Wie geht es Euch?«

»Den Umständen entsprechend.« Der Ritter erwiderte das Lächeln auf die ihm eigene karge Weise. »Man ist eben nicht mehr der Jüngste. Wochenlang jeden Tag von früh bis spät kämpfen – dafür bin ich allmählich zu alt. Ich hätte nicht erwartet, Euch hier zu begegnen. Wie kommt es, dass Euch der König zu seinem Unterhändler ernannt hat?«

»Eine lange Geschichte. Ich erzähle sie Euch einmal bei einem Humpen Bier, wenn das hier überstanden ist. Bei Gott, bin ich froh, Euch wohlauf zu sehen. Ich habe schon mit dem Schlimmsten gerechnet.«

»Ihr wisst doch, ich bin unverwüstlich. Mich bringt nichts so schnell um.«

Renouart de Bézenne war ein Vasall von Herzog Thiébaut

und besaß ein Rittergut östlich von Varennes. Wie einst sein Vater Nicolas, der vor einigen Jahren gestorben war, war er ein wichtiger Geschäftspartner der Familie Fleury. Als Thiébaut Anfang des Jahres zu den Fahnen gerufen hatte, war Renouart seinem Lehnsherrn gefolgt. Seitdem hatte Michel um das Leben des Freundes gefürchtet.

»Wer hätte gedacht, dass wir einmal im Krieg auf verschiedenen Seiten stehen«, brummte Renouart, während sie den Hof überquerten.

»Die große Politik nimmt auf Freundschaften nun einmal keine Rücksicht.«

»Sagt«, meinte Renouart zögernd, »habt Ihr etwas von Felicitas und Catherine gehört?«

»Eurer Familie geht es gut. Mein Weib war vor zwei Wochen bei ihnen. Sie beten jeden Tag für Euer Wohlergehen.«

»Also haben die Truppen des Königs ihnen kein Leid angetan?«

»Friedrichs Heer hat Euer Land geschont. Es ist auf der anderen Seite des Moseltales südwärts gezogen. Felicitas und Catherine waren niemals in Gefahr. Andernfalls hätten wir sie schon rechtzeitig in die Stadt geholt.«

Gefühlsausbrüche waren Renouarts Sache nicht, dennoch spürte Michel die grenzenlose Erleichterung des Ritters. Renouart liebte sein Weib und seine Tochter über alles. Es musste ihn innerlich zerrissen haben, sie schutzlos auf dem Rittergut zurückzulassen, während der Krieg immer näher kam. »Ich danke Euch«, murmelte er. »Das ist die beste Nachricht seit Wochen. Was ist mit meinem Land bei Magnières? Hat der König es bereits eingezogen?«

»Er hat die Verwaltung einem seiner Ministerialen übertragen, bis er entschieden hat, was damit geschehen soll«, antwortete Michel.

»Behandelt der Mann die Hörigen anständig?«

»Das kann ich Euch leider nicht sagen. Ich war seither nicht mehr dort. Wenn die Fehde vorbei ist, solltet Ihr dem König anbieten, Euren Treueeid zu erneuern. Vielleicht gibt er Euch das Lehen zurück.«

»Ich werde sehen, was ich tun kann«, meinte Renouart unbestimmt.

Vor der Fehde hatte der Ritter ein Lehen des Herzogs und eines des Königs besessen, beide Ländereien bildeten die wirtschaftliche Grundlage seiner Existenz. Daher war er sowohl Thiébaut als auch Friedrich zur Treue verpflichtet gewesen. Das hatte ihn bei Ausbruch der Fehde in ein schier unlösbares Dilemma gestürzt: Folgte er dem König oder dem Herzog? Diente er der höheren Autorität – oder jener, die ihm am nächsten stand? Es war ein Zwiespalt, in dem viele kleine Edelleute steckten, wenn die Großen Krieg gegeneinander führten. Renouart hatte sich für Herzog Thiébaut entschieden, denn seine Vorfahren waren seit jeher treue Vasallen des Hauses Châtenois. Das Lehen des Königs – das Land bei Magnières – hatte er zurückgegeben, denn hätte er es unter diesen Umständen behalten, wäre er gegenüber Friedrich eidbrüchig geworden und hätte sich wie Thiébaut der Felonie schuldig gemacht. Es war eine ehrbare Entscheidung gewesen, aber auch eine, die neue Schwierigkeiten nach sich zog. Denn nun besaß er weniger als halb so viel Land wie vor der Fehde. Das verbliebene Lehen war möglicherweise zu klein und zu unwirtlich, um seinen Hausstand zu ernähren.

»Lasst es mich wissen, falls Ihr dabei Hilfe braucht«, sagte Michel.

Renouart nickte nur.

Den Rest des Weges schwiegen sie. Erst als sie die große Halle des Burgpalas betraten, richtete der Ritter noch einmal das Wort an Michel. »Seid auf der Hut – wegen der Wunde ist er übler Laune«, murmelte Renouart und klopfte Michel auf die Schulter. »Gott sei mit Euch. Beendet diese unselige Fehde.«

»Wen bringst du mir da, Renouart?«, schnarrte Thiébaut.

»Michel Fleury, den Unterhändler des Königs«, meldete der Ritter.

»Tretet näher.«

Gefolgt von den Schildknappen und Rechtsgelehrten, durchquerte Michel die Halle. Sie war geräumig wie ein Kirchenschiff. Wuchtige Säulen stützten die Decke, und das bedrückende Halblicht ließ einen vergessen, dass draußen der schönste Frühling herrschte. Faulige Binsen bedeckten den Boden, unter den steinernen Rundbögen standen Kerzenleuchter und flackerten wie Irrlichter in der zugigen Luft.

Der Herzog war allein. Er saß an der Stirnseite in einem Stuhl mit hoher Lehne, die Rechte um einen Weinkelch gekrampft, ein Bein hochgelegt, und wirkte winzig in diesem ehrfurchtgebietenden Gemäuer.

»Euer Gnaden.« Michel verneigte sich. »Ich danke Euch, dass Ihr mich empfangen habt.«

»Erhebt Euch.« Ein schmutziger Verband lag um Thiébauts Knie. Sein Gesicht war teigig und verschwitzt, das kurze dunkelblonde Haar klebte ihm strähnig an der Stirn. Er stank, als hätte er sich seit Wochen nicht gewaschen. »Wir kennen uns, nicht wahr?«

»Wir trafen uns, als Ihr im vergangenen Jahr Varennes-Saint-Jacques besucht habt.«

»Richtig, der Bürgermeister. Sagt: Warum schickt Friedrich einen Gemeinen zu mir? Kann er es seinem hochgeschätzten Konrad nicht zumuten, mit einem Eidbrecher zu reden? Und was ist mit dem Grafen von Bar? Wieso lässt Henri sich eine Gelegenheit entgehen, mir neue Beleidigungen und Drohungen entgegenzuschleudern?«

»Es war mein Wunsch, zu Euch zu gehen. Der König gewährte mir die Gunst, in seinem Namen mit Euch zu sprechen.«

»Also hat er eingesehen, dass es nicht sein klügster Einfall war, Henri zu mir zu schicken«, sagte Thiébaut mit dünnem Lächeln. »Wie dem auch sei. Ich hoffe, Ihr habt mehr anzubieten als Euer Vorgänger. Und ich hoffe außerdem, dass es keine weitere Schmähung ist, dass Friedrich einen Bürgerlichen und Krämer mit mir verhandeln lässt.«

Michel entschied, ohne Umschweife zur Sache zu kommen. Der Herzog verhielt sich wie ein verletztes Raubtier, das mit gebleckten Zähnen in einer Ecke kauerte und jeden anfiel, der ihm zu nahe kam. Je länger das Wortgeplänkel andauerte, desto größer wurde die Gefahr, dass Thiébauts Missstimmung in Zorn umschlug. »Diese Fehde bedeutet für Lothringen nur Leid«, erklärte er. »Der König sehnt sich danach, sie zu beenden. Er ist bereit, noch heute Frieden mit Euch zu schließen – wenn Ihr seine Bedingungen akzeptiert.«

»Falls Friedrich nach wie vor darauf besteht, dass ich meinen Titel und meine Lehen mit allen Rechten und Regalien abgeben muss«, sagte der Herzog, »könnt Ihr sogleich wieder gehen und ihm ausrichten, dass ich lieber in diesen Mauern verrotte, als mich ihm zu unterwerfen.«

»Es gibt neue Bedingungen.«

»Ich höre.«

»Zunächst wünscht der König, dass Ihr Eure Waffen niederlegt und ihm Burg Amance übergebt. Ferner müsst Ihr Euer Bündnis mit Érard de Brienne aufkündigen, Euch Friedrich bedingungslos unterwerfen und ihm vor allen Vasallen, Dienstleuten und Verbündeten abermals die Treue schwören. Außerdem besteht er darauf, dass Ihr Eure Verfehlungen gegenüber der Krone in angemessener Weise sühnt.«

»Jetzt bin ich gespannt«, knurrte Thiébaut.

Michel hielt einen Moment inne. Nun war Fingerspitzengefühl gefragt, denn der sehr auf seine Ehre bedachte Herzog durfte auf keinen Fall den Eindruck gewinnen, dass man ihn kränken oder seine Intelligenz beleidigen wollte. »Für das verwüstete Lehen Rosheim, insbesondere für Friedrichs

Weinberge im Elsass, die Ihr niedergebrannt habt, müsst Ihr Schadenersatz leisten. Darüber hinaus müsst Ihr verschiedene Herrschaften abgeben.«

»Welche?«

»Burg Châtenois und drei weitere.« Michel zählte sie auf.

Thiébaut hörte ihm schweigend zu.

»Das ist alles?«, fragte er schließlich.

»Es gibt eine weitere Bedingung«, antwortete Michel. »Der König will sicherstellen, dass er sich fortan auf Eure Treue verlassen kann. Deshalb will er Euch für eine gewisse Zeit in seiner Nähe wissen. Ihr sollt ihn begleiten, wenn er Lothringen verlässt, und mit ihm durch das Land reisen, bis sein Vertrauen in Euch wiederhergestellt ist.«

Es war schwierig gewesen, den König von dieser Vorgehensweise zu überzeugen, zumal der Herzog von Burgund und andere Edelleute darauf beharrt hatten, dass Thiébaut härter bestraft werden müsse. Doch letztlich hatte Friedrich eingesehen, dass diese Sühne ausreichte, wenn Thiébaut sich im Gegenzug ergab, und er hatte Michel gegen den Protest seiner Edlen ermächtigt, dem Herzog dieses Angebot zu unterbreiten.

»Ich soll mich also in Haft begeben«, stellte Thiébaut fest.

»Ja. Aber es wird keine Ketten geben, keine Kerkerzellen, keine Wachen vor Eurer Tür. Dem König genügt Euer Wort, dass Ihr nicht fliehen werdet.«

»Trotzdem bin ich sein Gefangener. Seine Geisel.«

»Nur auf Zeit. Nach einigen Monaten, spätestens nach einem Jahr wird er Euch gehen lassen.«

»Das ändert nichts daran, dass das ganze Reich über mich lachen wird. Nein. Diese Bedingung ist nicht akzeptabel.«

Nun kam der entscheidende Moment. »Auch nicht, wenn Ihr im Gegenzug Herzog bleiben dürft und alle Lehen zurückerhaltet, die Ihr vor der Fehde besessen habt? Abgesehen von Burg Châtenois und den anderen drei Herrschaften.«

Thiébaut lehnte sich zurück und starrte Michel mit gerunzelter Stirn an. »Das sind leere Versprechungen.«

»Nein. Friedrich lässt Euch Euren Titel mit allen damit verbundenen Rechten und Regalien. Ihr habt des Königs Wort.«

Der Herzog versank in brütendes Schweigen. Mit einer Hand umklammerte er die Stuhllehne, mit der anderen führte er den Kelch zum Mund. Er verzog das Gesicht. »Wer hat mir eigentlich dieses Gesöff vorgesetzt? Es schmeckt wie Schweinepisse.« Er schleuderte den Becher gegen die Wand, erhob sich mit schmerzverzerrter Miene und griff nach einer Krücke, die am Stuhl lehnte. »Gehen wir an die frische Luft. Dieses dunkle Loch schlägt mir aufs Gemüt.«

Es tat Michel in der Seele weh, mit anzusehen, wie sich dieser einst so stolze Mann bei jedem Schritt quälte. Doch er wagte nicht, ihm seine Hilfe anzubieten – Thiébaut hätte es gewiss als Kränkung aufgefasst. So ließ er den Herzog vorausgehen, als sie eine enge Treppe im feuchten Mauerwerk hinaufstiegen und auf einen kleinen Balkon traten, der auf den inneren Burghof wies.

Michel stellte sich neben den Herzog an die Brüstung. Die Schildknappen und die Gelehrten warteten drinnen. Der Wind, der um die Palasmauern strich, war kühl. Sogar hier oben roch man die Herdfeuer und Latrinen der Belagerer.

Thiébaut schien das Heerlager gar nicht wahrzunehmen. Sein Blick wanderte über die Wälder, Hügel und Flusstäler in der Ferne.

»Sagt Friedrich meinen Dank für das Angebot«, meinte er nach einer Weile. »Aber ich muss ablehnen. Ich werde mich nicht vor ihm erniedrigen und mich dem Gespött des Pöbels ausliefern, und wenn er mir zehnmal anbietet, dass ich Herzog bleiben darf. Dieser Preis ist mir zu hoch.«

»Ihr haltet es also für vernünftiger weiterzukämpfen?«, fragte Michel.

»Ja, bei Gott, das tue ich!«, gab der Herzog heftig zurück.

»Gegen diese Übermacht? Schaut Euch Friedrichs Streitmacht an, Euer Gnaden. Er hat tausendfünfhundert Männer, darunter die besten Ritter des Reiches. Er hat Katapulte, Rammböcke, Sturmleitern. Wie viele Krieger habt Ihr? Hundert? Hundertzwanzig?«

Thiébaut gab keine Antwort.

»Der König wird Euch Stück für Stück zermürben«, fuhr Michel fort. »Selbst wenn Ihr kämpft wie ein Rudel Löwen, könnt Ihr nicht ewig ausharren. Irgendwann wird er Euch bezwingen, und dann wird er keine Gnade zeigen. Er wird Eure Gefolgsleute bis auf den letzten Mann töten lassen, Euch die Herzogswürde mit allen Lehen entziehen und Euch für den Rest Eures Lebens in den Kerker sperren.«

»Er kann mir den Titel nicht nehmen und mich auch nicht enteignen! Allein meine Standesgenossen dürfen über mich richten. So will es das Gesetz. Wenn er sich darüber hinwegsetzt, macht er sich sämtliche Reichsfürsten zum Feind!«

»Der Papst hat Euch exkommuniziert, und Ihr habt Euren Lehnseid gebrochen«, entgegnete Michel. »Das gibt Friedrich jedes Recht, Euch nach Belieben zu bestrafen.«

Thiébauts Finger krallten sich in die Brüstung. In seinem Gesicht zuckte ein Muskel, als Zorn und Verbitterung in ihm arbeiteten. Michel spürte, dass sein trotziger Widerstand gegen Friedrichs Angebot ein letztes, verzweifeltes Aufbäumen war.

»Ich kann vielleicht nicht ewig ausharren«, sagte der Herzog leise, »aber einige Monate kann ich die Burg gewiss noch halten. Vielleicht lange genug, bis Friedrich diese Fehde lästig wird und er aufgibt.«

»Darauf würde ich mich nicht verlassen.«

»Er ist ungeduldig. Er will nach Rom, sich die Kaiserkrone aufsetzen.«

»Das wird er erst tun, wenn er sich der Treue aller Reichsfürsten sicher ist«, sagte Michel. »Solange er einen mächtigen Feind wie Euch im Rücken weiß, wird er es nicht wagen, den

Norden des Reiches zu verlassen. Und selbst wenn es Euch gelingt, ihm so lange die Stirn zu bieten, bis er abzieht – was dann? Für den Moment mögt Ihr gesiegt haben, aber das verschafft Euch allenfalls eine Atempause. Ihr werdet weiterhin ein exkommunizierter Eidbrecher sein, und irgendwann wird Euch der König dafür strafen. Ihr könnt nicht gewinnen, Euer Gnaden. Deshalb rate ich Euch: Lenkt *jetzt* ein. Verhandelt mit Friedrich, solange er zu Zugeständnissen bereit ist. Eine solche Gelegenheit kommt nie wieder.«

Thiébaut streifte ihn mit einem Blick, und für einen Herzschlag flackerten in seinen trüben Augen Schmerz, Wut und Verzweiflung auf. »Ich wollte nur das Beste für Lothringen«, sagte er, während er wieder das Land jenseits des Heerlagers beobachtete. »Wenn wir in der Champagne Erfolg gehabt hätten, wäre mein Haus so mächtig geworden wie nie zuvor. Ich hätte das Moselland in ein Goldenes Zeitalter geführt.«

»Das könnt Ihr immer noch tun. Vor Euch liegen viele gute Jahre – vorausgesetzt, Ihr akzeptiert Friedrichs Bedingungen.«

»Ihr verlangt viel von mir.«

»Es ist ein hoher Preis, gewiss. Aber es könnte schlimmer sein. Viel schlimmer. Und bedenkt, was Ihr gewinnt: Eure Freiheit. Eure Ehre. Den Frieden. Wenn Ihr Euch Friedrich unterwerft, werden Euch künftige Generationen für Eure Weisheit preisen – eine Weisheit, die nur wenige Fürsten besitzen.«

Wortlos wandte sich Thiébaut ab, griff nach seiner Krücke und hinkte den Korridor entlang.

Einer der Rechtsgelehrten blickte Michel ratlos an und formulierte mit den Lippen eine stumme Frage. *Abwarten,* deutete Michel mit einer Handbewegung an, ehe er dem Herzog folgte.

Sie stiegen hinab zum großen Saal, wo sich Thiébaut mit zusammengebissenen Zähnen in seinem Sessel niederließ. »Auf ein Wort, Renouart.«

Der Ritter trat aus dem Schatten, den Helm unter den Arm geklemmt. »Mein Lehnsherr.«

»Ihr wart stets einer meiner treuesten Ritter, und ich schätze Euren Rat. Ich werde Euch zwei Fragen stellen und erwarte, dass Ihr sie ehrlich beantwortet.«

»Gewiss.« Renouart nickte.

»Sehnt Ihr Euch nach Frieden?«

»Meine Wünsche sind nicht von Belang. Ich folge Euch, was immer die Zukunft bringt.«

»Ihr habt versprochen, ehrlich zu antworten«, erinnerte ihn Thiébaut.

Renouart zögerte, ehe er sagte: »Ja, Euer Gnaden. Ich sehne mich nach Frieden. Ich möchte zu Weib und Tochter.«

»Der König hat mir angeboten, dass ich Herzog bleiben darf und meine Verfehlungen vergeben sind, wenn ich mich ihm unterwerfe. Allerdings sind einige seiner Bedingungen schmerzlich. Würdet Ihr mich für einen Feigling halten, wenn ich mich darauf einließe?«

»Ein Feigling ist nur der, der einem Kampf ausweicht, weil er Schmerzen und Unannehmlichkeiten fürchtet«, antwortete Renouart. »Ihr aber habt einer Übermacht getrotzt und alles versucht, was in Eurer Macht stand. Wenn Ihr jetzt aufgebt, seid Ihr nicht feige, sondern klug, denn Frieden mit dem König wäre das Beste für das Reich, für Lothringen und für das Haus Châtenois.«

Hab Dank, Renouart, dachte Michel.

Thiébaut versank in brütendes Schweigen. Leise und mit tonloser Stimme sagte er schließlich: »Geht zum König, Herr Fleury. Sagt ihm, dass ich in sein Lager kommen und vor ihm knien werde.«

Michel und seine Begleiter verneigten sich. »Ich danke Euch, dass Ihr mich angehört habt, Euer Gnaden. Ihr habt die richtige Wahl getroffen.«

Sie verließen den Palas. Draußen nahm Michel einen tiefen

Atemzug und genoss es, wie die Luft seine Lungen füllte und die Enge in seiner Brust auflöste. Erst jetzt spürte er, dass er am ganzen Leib schwitzte.

»Bei Gott, war das nervenaufreibend«, sagte einer der Gelehrten. »Bis zum Schluss dachte ich, er würde uns gleich zum Teufel jagen.«

»Da seid Ihr nicht der Einzige«, murmelte Michel.

Michel erschien es, als wäre die gesamte Streitmacht Friedrichs gekommen, um zu bezeugen, wie Herzog Thiébaut vor dem König kniete. Scharenweise waren die Männer zu den Zelten des königlichen Gefolges geströmt und umstanden den kleinen Platz, auf dem Thiébaut um Verzeihung für seine Verfehlungen bat und seinen Lehnseid erneuerte. Vorne die Fürsten und Kirchenmänner mit ihren adligen Gefolgsleuten; dahinter die weniger bedeutenden Ritter und all die gemeinen Fußknechte und Bogenschützen, die den Hauptteil des Heeres ausmachten.

Michel wartete mit Yves, Louis und den Männern des städtischen Aufgebots im Schatten einer Eiche auf das Ende der Zeremonie. Seine Knechte reckten die Hälse, doch sehen konnten sie nichts. Der Wind wehte einige Wortfetzen heran, als die Menge buchstäblich den Atem anhielt. Kurz darauf brachen eintausendfünfhundert Krieger in Jubel aus, rissen Schwerter und Spieße in die Höhe und ließen den König hochleben.

»Das ist allein Euer Sieg«, empörte sich Hugo. »Sie sollten Euch feiern, nicht den König.«

»Sie sollen feiern, wen sie wollen. Hauptsache, der Krieg ist vorbei«, erwiderte Michel lächelnd und wandte sich an die versammelten Männer. »Worauf warten wir noch? Brechen wir das Lager ab und gehen wir heim.«

Die Krieger dankten ihm überschwänglich und klopften ihm auf die Schultern. Manche umarmten ihn sogar, bevor der kleine Trupp ein fröhliches Lied anstimmte und zu den Zelten marschierte. Die Männer dachten nicht daran, heute schon aufzubrechen. Sie wollten mit ihren deutschen und französischen Kampfgefährten feiern, und so dauerte es nicht lange, bis jemand ein Bierfass anstach und Krüge verteilte.

Michel ließ sie gewähren. Sie hatten sich einen Abend voller Frohsinn redlich verdient.

Auf Burg Amance wurden derweil neue Fahnen gehisst: Das Banner des Heiligen Römischen Reiches flatterte nun neben den drei Adlern des Herzogtums Oberlothringen als Zeichen der Versöhnung.

Während sich die Männer betranken, sah Michel noch einmal nach den Verwundeten und regelte alles für ihre Heimreise nach Varennes. Als er die Scheune verließ, kam ihm ein Schildknappe des Königs entgegen und zügelte sein Pferd.

»Eure Knechte sagten mir, dass ich Euch hier finden würde«, sprach der junge Kriegsmann ihn auf Italienisch an. »Seine Exzellenz Bischof Konrad schickt mich. Er wünscht Euch zu sehen.«

Michel folgte dem Schildknappen zu Konrads Zelt. Der Kanzler befahl gerade zwei Dienern, Kleider, Essgeschirr und Bücher in die Truhen zu packen.

»Herr Fleury. Immer herein mit Euch!«

»Ihr wünscht, Exzellenz?«

Konrad von Scharfenberg bat ihn, Platz zu nehmen, und setzte sich zu ihm an den Tisch. Ein Diener brachte Wein.

»Ihr habt mir nicht zu viel versprochen – der König ist zufrieden mit Euch. Er lässt Euch wissen, dass er für einige Tage in der Königspfalz von Varennes Quartier beziehen wird, bevor er an den Rhein zurückkehrt.«

»Er ist herzlich willkommen in unserer Stadt. Richtet ihm unseren Dank für diese Ehre aus.«

»Tatsächlich möchte der König *Euch* danken«, sagte Konrad. »Er steht in Eurer Schuld und möchte Euch belohnen. Kommt in die Pfalz, sowie Friedrich dort eingetroffen ist.«

Der Kanzler war gelöster Stimmung und bestand darauf, dass Michel ihm noch eine Weile Gesellschaft leistete. Sie plauderten über dieses und jenes, bis Michel seinen Kelch geleert hatte und sich verabschiedete. Bevor er das Zelt verließ, fiel ihm jedoch noch etwas ein.

»Gestattet Ihr mir eine Frage, Exzellenz?«

»Natürlich. Sprecht.«

»Es geht um Renouart de Bézenne. Er ist ein Ritter, der auf Thiébauts Seite stand.«

»Ich weiß, wer das ist. Was ist mit ihm?«

»Als die Fehde ausbrach, gab er eines seiner Lehen zurück – ein Stück Land, das seine Familie einst vom König bekam. Renouart wollte für klare Verhältnisse sorgen, ehe er dem Herzog folgte.«

»Ich erinnere mich«, sagte Konrad. »Das Lehen liegt bei Magnières, richtig? Der König lässt es seitdem von einem Ministerialen verwalten.«

»Renouart ist ein Ehrenmann«, fuhr Michel fort. »Er ist dem König nach wie vor treu ergeben und wird ihn gewiss bitten, seinen Lehnseid gegenüber der Krone erneuern zu dürfen, nun, da der Krieg zu Ende ist. Kann er hoffen, sein Lehen zurückzuerhalten? Seine Familie ist auf die Erträge daraus angewiesen.«

»Der König hat ohnehin vor, Thiébauts Gefolgsleute zu empfangen, wenn er in Varennes weilt. Dann kann Renouart seinen Fall vortragen. Er sollte aber nicht erwarten, dass ihm der König allzu gewogen sein wird. Renouart hatte die Wahl zwischen ihm und Thiébaut, und er hat sich für den Verräter entschieden. Er kann froh sein, wenn er dafür nicht bestraft wird.«

»Aber Renouart hat kein Verbrechen begangen. Als er das Lehen zurückgab, hat er sich aller Verpflichtungen gegenüber dem König entledigt, ganz so, wie es das Gesetz vorschreibt.«

»Hier geht es nicht um Recht und Gesetz, sondern um

Politik und Macht«, entgegnete Konrad, nun nicht mehr leutselig und dankbar, sondern wachsam und kühl. »Friedrich hat einen Krieg gewonnen, und nun muss er seine Position stärken, damit er Lothringen guten Gewissens den Rücken kehren kann. Hierzu muss er jene belohnen, die ihn unterstützten, und seine Feinde schwächen. Und Renouart war nun einmal sein Feind.«

»Ich kenne Renouart seit seiner Jugend. Er ist eine einfache, gute Seele, rechtschaffen und ehrbar bis in die Fingerspitzen. Als er Thiébaut folgte, tat er, was sein Herz ihm sagte. Niemals wollte er dem König schaden.«

»Das mag sein, Herr Fleury. Trotzdem erschlug er Friedrichs Ritter und Kriegsknechte und tat seinen Teil dafür, dass Thiébaut so lange sein Unwesen treiben konnte.«

»Ich bitte Euch nur darum, beim König ein gutes Wort für ihn einzulegen. Wenn Friedrich ihm gegenüber Milde walten lässt, wird Renouart es ihm danken, indem er ihm fortan treu bis in den Tod sein wird.«

Konrad schob seinen halbvollen Kelch von sich. Das Gespräch war ihm offensichtlich lästig geworden. »Ich werde sehen, was ich tun kann – weil Ihr es seid. Aber erwartet nicht zu viel. Der König hat bereits bei Thiébaut Milde gezeigt. Wenn er nun Härte demonstrieren will, kann ich ihm das nicht verdenken.«

»Habt Dank, Exzellenz. Ich wünsche Euch noch einen schönen Abend.« Michel verneigte sich und trat hinaus in das lärmende Treiben des Heerlagers.

Varennes-Saint-Jacques

Lass mich hinaus«, befahl Anseau Lefèvre.

»Tut mir leid, Herr, das darf ich nicht.« Der Stadtknecht blickte ihm frech in die Augen. »Der Bürgermeister hat verfügt, dass Ihr bis zum Ende der Fehde in Eurem Haus bleiben müsst. Da kann ich nichts machen.«

»Ich bin ein Patrizier Varennes' und ein gewähltes Mitglied des Stadtregiments!«

»Das weiß ich, Herr. Aber solange ich keine andere Order habe, muss ich Euch den Weg nach draußen verwehren. Notfalls mit Waffengewalt«, fügte der Büttel hinzu und konnte sein Grinsen kaum verbergen.

»Fahr doch zum Teufel!«, fauchte Lefèvre, schlug ihm die Tür vor der Nase zu und stampfte die Treppe im Eingangsraum hinauf. Die Knechte und Mägde, die oben standen und gafften, ergriffen hastig die Flucht und versteckten sich in den angrenzenden Kammern, als er den Gang entlangschritt. Keiner wagte zu sprechen oder auch nur zu flüstern, und das war klug von ihnen, denn den Ersten, der lachte oder seine missliche Lage kommentierte, hätte er durch das ganze Haus geprügelt.

Lefèvre betrat den Gesellschaftssaal und goss sich Wein ein. Nachdem er den Silberbecher auf einen Zug geleert hatte, füllte er ihn noch einmal, rieb etwas getrocknete Minze in den Burgunder und setzte sich in eine der beiden Fensternischen. Der Fachwerk-Erker ragte in die Rue de l'Épicier hinein, die zwischen der Unterstadt Varennes' und dem Domplatz verlief. Nur Kaufleute und andere reiche Patrizier wohnten hier. Ihre mehrstöckigen Häuser und ummauerten Höfe säumten die breite Straße, auf der an diesem sonnigen Maimorgen Kleinkrämer, Handwerker und Bauern von der anderen Moselseite mit ihren Karren und Huckelkörben zum täglichen Markt vor dem Dom strömten.

Lefèvre hörte ihr Geschnatter kaum. Auch die beiden Stadtbüttel, die seit gestern Nacht vor seiner Eingangstür Wurzeln schlugen, sah er nicht – seine ganze Aufmerksamkeit galt dem Haus schräg gegenüber auf der anderen Straßenseite.

Bürgermeister Fleurys Anwesen.

Lefèvre trank einen Schluck, doch der bittere Geschmack in seiner Kehle wollte nicht verschwinden. *Gefangen in meinem eigenen Haus. Das wirst du bereuen, Fleury.*

Zwei Bauersfrauen unten auf der Gasse blickten verstohlen zu ihm auf und steckten tuschelnd die Köpfe zusammen, während sie in Richtung Domplatz trippelten. Er konnte sich lebhaft vorstellen, worüber sie sich die Mäuler zerrissen: *Endlich hat der elende Wucherer gekriegt, was er verdient!* Sollten sie. Lefèvre scherte sich einen Dreck um das Gerede des Stadtvolks. Es war Gesindel, ungebildetes Pack, das seiner Familie den Aufstieg neidete. Ob es ihn liebte oder hasste, konnte ihm gleichgültiger nicht sein. Er hatte nicht vor, ewig in diesem stinkenden Nest von einer Kleinstadt zu bleiben. Er war zu Höherem geboren, das wusste er, seit er ein Kind war. Wenn Fleury ihn nicht aufgehalten hätte, wäre er seinem Ziel längst einen großen Schritt näher gekommen.

Friedrichs Fehde gegen den Herzog war die Gelegenheit gewesen, auf die er all die Jahre gewartet hatte. Ein Krieg bot einem Mann mit seinen Talenten mannigfaltige Möglichkeiten. Er konnte seinen Mut beweisen, sich in der Schlacht bewähren. Hätte er nur mehr Zeit gehabt, wäre es ihm gewiss gelungen, den König auf sich aufmerksam zu machen. Friedrich schätzte Männer mit Tatkraft. Den besten stellte er reichen Lohn in Aussicht; wenn es ihm gefiel, schlug er sie sogar zum Ritter.

Ein Ritter. Schon sein ganzes Leben lang arbeitete Lefèvre auf dieses Ziel hin. Er hatte gelernt, wie man ein Schlachtross im Kampfgetümmel bändigte und Schwert und Lanze handhabte. Er hatte sich die höfischen Umgangsformen angeeignet. Es war sein Geburtsrecht, in den Adelsstand aufzusteigen, seine Bestimmung. Diesem selbstgerechten Weltverbesserer Fleury stand es nicht zu, ihn zu behindern.

Lefèvres Herz war ein launisches Ding, unberechenbar wie das Wetter im April, und der Wein hatte sein Übriges getan. Sein Zorn war dumpfer Melancholie gewichen. Er lehnte den

Hinterkopf gegen den Fensterrahmen und versuchte, seine Lage zu durchdenken. Doch in seinem Innern fand er nichts als Leere. Als hätte sich seine Seele zusammengerollt und in einem dunklen Winkel verkrochen.

Langsam öffnete sich die Tür. Chrétien, sein *fattore,* streckte zögernd den Kopf herein.

»Was?«, fuhr Lefèvre ihn an.

»Ich hoffe, ich störe nicht, Herr«, sagte der schmale Handelsbevollmächtigte. »Aber es gibt da etwas, das Ihr Euch ansehen solltet.«

»Ich hoffe für dich, es ist wichtig.«

Chrétien schlüpfte herein, in der Hand ein Bündel Pergamente. »Ich habe heute früh die Warenlisten des vergangenen Monats durchgesehen. Dabei sind mir einige Unstimmigkeiten aufgefallen. Offenbar haben unsere Fuhrleute nicht alle Waren ordnungsgemäß verzollt. Das könnte Ärger mit der Marktaufsicht geben. Ich schlage vor, dass wir …«

»Damit behelligst du mich?«, fiel Lefèvre ihm ins Wort. »Wofür bezahle ich dich eigentlich, wenn du mit jeder Lappalie zu mir kommst?«

»Ich dachte nur … ich meinte …«, stammelte der *fattore.*

»Tu deine Arbeit und lass mich in Ruhe.«

Das ließ sich Chrétien nicht zweimal sagen. Lautlos huschte er davon und schloss die Tür derart vorsichtig, als bestünde sie aus zerbrechlichem venezianischem Glas.

Der *fattore* kümmerte sich um Lefèvres Grundbesitz und führte die Handelsgeschäfte, von denen Lefèvre dem Anschein nach lebte, denn er selbst hatte an dieser Arbeit nicht das geringste Interesse. Sie hatte ohnehin nur den Zweck, die wahre Natur seiner Einkünfte zu verschleiern. Chrétien wusste das, und doch kam er ständig an und belästigte ihn mit langweiligen Einzelheiten. Lefèvre hätte den *fattore* gerne so scharf gemaßregelt, wie er es verdiente, aber er fühlte sich einfach zu müde und zu leblos dafür.

Der Becher war leer. Schwerfällig stand er auf, um ihn zum dritten Mal zu füllen. Dann setzte er sich wieder. Nein. Noch ein Becher, und er würde ins Bett fallen und den Tag verschlafen. Und wenn er den Tag verschlief, würde er die ganze Woche im Bett verbringen. Es wäre nicht das erste Mal.

Er musste handeln, musste der Leere in seinem Innern die Stirn bieten, damit sie gar nicht erst anfing, an seiner Seele zu nagen. Immerhin gab es ein Heilmittel, das stets zuverlässig wirkte.

Er verließ den Saal, stieg zum Eingangsraum hinab und öffnete die Tür. Die beiden Stadtknechte wandten sich zu ihm um. »Ich möchte mit Guillaume sprechen. Schickt ihn zu mir.«

»Weswegen?«

»Das geht euch nichts an.«

Die beiden Männer wechselten einen Blick.

»Ich bin immer noch Ratsherr«, erinnerte Lefèvre sie. »Und Guillaume ist ein städtischer Bediensteter, der dem Rat untersteht. Ich darf ihm Anweisungen geben, wann immer es mir gefällt. Es ist mein Recht. Oder ist mir das auch verboten?«

»Davon hat uns niemand etwas gesagt …«

»Na also. Jetzt holt ihn schon, verdammt noch eins. Wahrscheinlich treibt er sich gerade auf dem Fischmarkt herum.«

Zögernd setzte sich einer der Männer in Bewegung. Lefèvre schloss die Tür und wartete oben im Gesellschaftssaal.

Die Klosterglocken riefen gerade zur Sext, als Guillaume auftauchte. Der Stadtknecht hatte etwas von einer Blindschleiche an sich, fand Lefèvre. Leise schlüpfte er in den Saal und machte die Tür dabei nur so weit auf, dass er gerade so durch den Spalt passte – hätte Lefèvre ihn nicht erwartet, hätte er ihn möglicherweise gar nicht bemerkt. Schmächtig und unscheinbar war er, sah man von seiner ungesunden bleichen Haut ab. Dünnes, blassblondes Haar hockte wie ein in Unordnung geratenes Vogelnest auf seinem Kopf, und seine Augen hatten die Farbe dünnen Bieres. Hätte Lefèvre es nicht besser gewusst, hätte er Guillaume für einen Einfaltspinsel von schwachem Verstand gehalten, der sich ohne Hilfe nicht einmal die Nase putzen konnte. Aber der Stadtknecht war schlau. Und er hatte seine Ohren überall.

»Ihr wünscht?«, fragte Guillaume, der wie immer zu leise sprach.

»Du musst etwas für mich tun. Das Übliche.«

»Davon rate ich ab, Herr. Zu gefährlich. Wartet, bis Ihr nicht mehr unter Beobachtung steht.«

»Ich kann aber nicht warten!«, fuhr Lefèvre ihn an. »Ich brauche Zerstreuung, hörst du? Und ich brauche sie jetzt.«

Jeder andere Mann hätte seinen Protest fortgesetzt. Guillaume nickte nur. Er stellte Lefèvres Bedürfnisse nie infrage – dafür bezahlte der ihn zu gut. »Man wird wissen wollen, warum Ihr mich habt rufen lassen.«

»Dann lass dir etwas einfallen. Herrgott, Guillaume, du bist doch sonst nicht auf den Mund gefallen. Sag ihnen meinetwegen, du sollst irgendwelche Dokumente für mich aus dem Rathaus holen.«

Wieder ein Nicken. »Ich werde wahrscheinlich länger brauchen als sonst.«

»Das ist mir klar.«

»Wie gelangt die … Ware ungesehen in Euer Haus?«

Darüber hatte sich Lefèvre bereits ausgiebig Gedanken gemacht. Er schilderte Guillaume seinen Plan und gab dem Stadtknecht einen Beutel mit Münzen. »Für deine Auslagen. Ich zähle auf dich, Guillaume.«

Der Stadtknecht deutete eine Verneigung an und empfahl sich.

Lefèvre trat ans Fenster und sah, dass Guillaume ein paar Worte mit den beiden Bütteln wechselte, bevor er die Rue de l'Épicier zur Unterstadt hinaufeilte. *Tüchtiger Bursche.* Ein Lächeln umspielte Lefèvres Lippen. Tief in der Dunkelheit seiner Seele begannen die zarten Blüten der Vorfreude zu knospen.

Das Heilmittel begann bereits zu wirken.

Es war ein schlechter Tag für Elise, der schlechteste seit Langem. Die Marktaufseher hatten ihre Augen überall, und an jedem Verkaufsstand, so erschien es ihr, lauerte ein Büttel. Jedes Mal, wenn sie ein lohnendes Ziel ausmachte, die fette Geldbörse eines Kaufmannes oder eine Handvoll Deniers, die unbeaufsichtigt herumlagen, tauchte aus dem Nichts ein Stadtknecht auf und blickte sich argwöhnisch um, sodass Elise es nicht wagte, die Börse vom Gürtel zu schneiden oder rasch die Münzen einzustecken. Es war wie verhext! Dabei hatte sie auf dem Markt vor dem Dom fast immer Glück. In den engen Gassen zwischen den Ständen und Auslagen der Stadtbauern und Kleinkrämer herrschte bei schönem Wetter meist ein solches Gedränge, dass sie ohne große Mühe zuschlagen und verschwinden konnte, bevor ihr Opfer etwas bemerkte. An guten Tagen ergatterte sie auf diese Weise genug Deniers, um eine Weile über die Runden zu kommen.

Aber nicht heute. Heute sollte es nicht sein. Elise hatte gelernt, dass es nicht klug war, das Glück auf die Probe zu stellen. Wenn man sie auf frischer Tat ertappte, drohten ihr harte Strafen, denn der Rat machte kurzen Prozess mit Langfingern, die die Marktbesucher schädigten. Beim nächsten Gerichtstag würde man sie in Ketten vor das Marktkreuz schleifen, wo ihr der Henker mit scharfem Stahl die rechte Hand abschlagen würde.

Nein, das war es nicht wert. Dann lieber einen Tag und eine Nacht hungern und darauf hoffen, dass sie morgen mehr Glück hatte. Elise presste die Lippen zusammen, hielt ihren Beutel mit dem kleinen Messer und den wenigen Habseligkeiten mit beiden Händen fest und ignorierte den betörenden Duft der Garküchen, während sie unauffällig davonhuschte.

Ich weiß, heiliger Jacques, die ganze Stadt ruft dich von morgens bis abends an, und du hast alle Hände voll zu tun, dachte sie mit Blick auf den Dom, unter dem der Stadtheilige von Varennes begraben lag. *Aber vielleicht schaffst du es einmal, auch mir beizustehen. Ich könnte ein bisschen Hilfe gebrauchen.*

Niemand hatte ihr gesagt, dass das Leben in der Stadt so erbarmungslos sein würde. Dabei war sie mit großen Hoffnungen hergekommen. »Geh nach Varennes. Nach einem Jahr und einem Tag bist du frei und kannst tun, was immer du willst!«, hatte man ihr gesagt, und sie hatte es geglaubt. Nie wieder wollte sie einem Herrn hörig sein, und so war sie bei Nacht und Nebel aus ihrem Heimatdorf im Nirgendwo geflohen und hatte sich bis Varennes durchgeschlagen.

Nun, nach fast vierzehn Monaten, war sie tatsächlich frei, doch was hatte sie davon? Sie hatte keine Arbeit, kein Obdach, keine Freunde. Lebte von der Hand in den Mund, schlief in leer stehenden Scheunen und Lagerkellern, bis der Nachtwächter sie verjagte. Es gab einfach zu viele entflohene Leibeigene in der Stadt; nicht alle fanden Arbeit als Erntehelfer oder Tagelöhner. Vielen blieb nichts anderes übrig, als heimzukehren, ihren Herrn um Gnade anzuflehen und sich abermals in Knechtschaft zu begeben. Oder sie wandten sich dem Verbrechen zu wie Elise.

Es gäbe noch einen anderen Weg, flüsterte eine Stimme in ihrem Innern, als ihr Magen besonders laut knurrte. *Du könntest zu Maman Marguérite gehen. Sie hat gesagt, dass sie dich jederzeit aufnehmen wird, wenn du das willst. Sie würde dir sogar einen Denier mehr zahlen als den anderen Frauen.*

Elise war neunzehn Jahre alt und hatte einen wohlgeformten Körper. Gewiss, sie starrte vor Schmutz, aber das war nichts, was etwas warmes Wasser und ein Brocken Seife nicht in Ordnung bringen konnten. Unter dem Schmutz war sie schön, Maman Marguérite hatte das auf den ersten Blick erkannt. »Du bist eine Rose, mein Schatz«, hatte sie gesagt. »Die

Freier würden bei dir Schlange stehen. Du könntest es zu etwas bringen in meinem Haus. Komm wieder, wenn du es dir anders überlegt hast.«

Daran dachte Elise oft, wenn der Hunger sie plagte. Sie rief sich ihren Schwur ins Gedächtnis: Lieber würde sie sich dem Henker ausliefern, als jemals ihren Körper zu verkaufen. Nie und nimmer wollte sie einem Mann gehören. Obwohl es bereits viele Monate her war, spürte sie in dunklen Nächten immer noch die Hände ihres einstigen Grundherrn auf der Haut.

Allerdings wurde der Hunger immer schlimmer. Wann hatte sie den Rest ihres Brotes gegessen? Gestern Morgen – vor mehr als einem Tag. Sie hatte versucht, bei der Abtei Saint-Denis eine Schale Suppe zu ergattern, aber die Bettler waren ihr zuvorgekommen und hatten sie verjagt. Sie waren eine verschworene Gemeinschaft, die nicht zuließ, dass Fremde zu den Armenspeisungen der städtischen Klöster kamen. Und das war sie nun einmal in Varennes-Saint-Jacques immer noch: eine Fremde.

Sie war zum Fischmarkt gegangen, denn sie hoffte, in einem der Lagerschuppen am Moselufer eine Bleibe für die Nacht zu finden. Als sie an den Anlegestegen vorbeischlurfte, beluden gerade mehrere Kaufleute ihre Flusskähne. Vier Ochsenwagen standen herum, es wimmelte von Knechten und Tagelöhnern, die Fässer mit dem kostbaren Salz aus der Saline von Varennes auf die Boote wuchteten. Ein Kaufmann, ein Alter mit krummem Rücken und verdrießlicher Miene, bellte Anweisungen. Elise kannte den Kerl nur zu gut: Es war Fromony Baffour, ein Mitglied der hiesigen Gilde und einer der gierigsten Grundbesitzer der Stadt. Seinetwegen hatte Elise ihr erstes Quartier verloren, eine schäbige Hütte am Kanal der Unterstadt, denn Baffour hatte so oft den Mietzins erhöht, bis sie nicht mehr imstande gewesen war, ihn zu bezahlen.

Baffour hielt seine Börse in der Hand und wollte gerade

die Träger bezahlen. Als ein anderer Kaufmann ihn ansprach, legte er die Geldkatze gedankenverloren auf die nächste Wagenpritsche und folgte seinem Gildenbruder zu den Anlegestegen.

Elise starrte den Lederbeutel an. Er lag einfach da, und niemand bemerkte ihn. Prallvoll war er, gewiss enthielt er Dutzende Deniers und vielleicht sogar ein paar Sous.

Danke, heiliger Jacques, ich danke dir tausendfach! Sie huschte an dem Wagen vorbei, schnappte sich die Börse und ließ sie in einer Falte ihres Kittels verschwinden.

Eine Hand packte sie am Arm. »Nicht so schnell, Kindchen. Lass mal sehen, was du da hast.«

Elises Herz setzte einen Schlag aus. Sie fuhr herum und starrte in ein bleiches Gesicht. Guillaume. Der schlimmste der Stadtknechte. *Allmächtiger, sei mir gnädig …*

»Was hast du da eben genommen?«, fragte er leise, beinahe flüsternd.

»Gar nichts«, presste sie hervor.

»Für mich sah das aber anders aus. Herr Baffour!«

Der Kaufmann schlurfte herbei und stierte erst Elise an, dann Guillaume. »Was ist denn?«, fragte er ungehalten. »Wehe Euch, wenn Ihr meine Geschäfte wegen einer Nichtigkeit stört.«

»Vermisst Ihr etwas?«, fragte Guillaume.

Baffour griff an seinen Gürtel, und seine Augen weiteten sich. »Meine Börse! Wo ist sie hin?«

Elise versuchte sich loszureißen, doch Guillaume war erstaunlich kräftig für seine schmalen Schultern. Seine Hand schloss sich so fest um ihren Arm, dass es schmerzte.

»Keine Sorge, Herr Baffour«, wisperte der Stadtknecht, »weit kann sie nicht sein. Rückst du die Börse freiwillig heraus, oder muss ich dich vor allen Leuten durchsuchen?«

Elise zerrte den Beutel hervor und warf ihn auf den Boden.

»Diebin!«, kreischte Baffour. »Du dreckiges, kleines Luder!

Mich am helllichten Tag zu bestehlen – was fällt dir ein? Ich verlange, dass sie bestraft wird!«

»Gewiss, Herr Baffour«, erklärte Guillaume sanft. »Sie bekommt, was sie verdient. Ich veranlasse alles Nötige, Ihr habt mein Wort.«

Und während der Kaufmann keifte und zeterte, zog Guillaume sie unter den gaffenden Blicken der Leute fort.

»Bitte«, flehte Elise. »Ich habe seit Tagen kaum etwas gegessen. Es sind doch nur ein paar Münzen. Baffour hätte sie doch gar nicht vermisst. Lasst mich gehen. Ich schwöre auch, es nie wieder zu tun.«

»Tut mir leid, Kindchen, ich kann dir nicht helfen«, flüsterte Guillaume. »Gesetz ist Gesetz. Wirst du nun mitkommen, oder muss ich dir Beine machen?«

Ohne seinen Griff auch nur einen Augenblick zu lockern, führte er sie in Richtung Rue de l'Épicier. Ihr Blick fand den Hungerturm, der im Süden die Dächer überragte: das Stadtgefängnis. *Wenigstens habe ich jetzt eine Bleibe für die Nacht,* schoss es ihr durch den Kopf, und sie hätte beinahe hysterisch gekichert, während sie fieberhaft überlegte, wie sie den Kopf aus der Schlinge ziehen könnte.

Sie spielte die Fügsame. Wenn Guillaume dachte, sie habe sich ihrem Schicksal ergeben, gelang es ihr vielleicht, ihn mit einem Schlag ins Gesicht zu überrumpeln, sich loszureißen und im Gassengewirr zu verschwinden. *Ja.* Sie beschloss zu warten, bis sie die Quartiere der Tagelöhner am Kanal der Unterstadt erreichten. Dort waren die Gassen eng, die Schatten tief, die Verstecke zahlreich …

Jählings zerrte Guillaume sie in einen dunklen Winkel zwischen zwei baufälligen Schuppen. Überrascht keuchte Elise auf. Er stieß sie gegen die Holzwand und drückte ihr mit einer Hand die Kehle zu, und als sie noch dachte, er wolle sich an ihr vergehen, hielt er plötzlich einen kurzen Knüppel in der anderen Hand.

»Stillhalten. Umso schneller ist es vorbei.«

Sie wehrte sich mit aller Kraft, doch Guillaume war stärker.

Der Knüppel fuhr herab. Alles wurde schwarz.

»Du schon wieder«, knurrte Lefèvre.

»Ich störe wirklich nur ungern, Herr«, beteuerte Chrétien, »aber unten ist ein Fuhrmann, der Ware für Euch hat. Er sagt, er soll sie Euch persönlich übergeben und niemandem sonst.«

Lefèvre federte hoch, ging hinunter in den Hof und öffnete die kleine Pforte, die in einen Flügel des Tores eingelassen war. Draußen stand ein Wagen, beladen mit bauchigen Fässern. Ein nahezu zahnloser Alter in einem schäbigen Kittel hielt die Leine des Zugochsen. Er war ein stadtbekannter Lumpensammler, der sich gelegentlich als Abdecker, Totengräber und Henkersgehilfe betätigte und draußen bei den anderen Unehrlichen vor der Stadtmauer hauste.

»Soll Euch das bringen«, nuschelte er. Die beiden Stadtknechte vor der Haustür stierten argwöhnisch herüber.

Lefèvre öffnete das Tor und ließ den Alten herein. »Was bekommst du?«

»Zwei Sous für mich und acht für unseren Mittelsmann.«

Lefèvre legte die Münzen auf die Wagenpritsche. Der Alte betrachtete jede mit zusammengekniffenen Augen, bevor er sie einsteckte.

Lefèvre rief derweil seine Knechte und befahl ihnen, die Fässer abzuladen und in den Keller zu schaffen. Als der Lumpensammler von dannen gezogen und die Arbeit getan war, scheuchte er die Knechte fort, schloss die Kellertür hinter sich und legte den Riegel vor. Dann griff er nach einem Stemmeisen und öffnete Fass um Fass.

Im sechsten fand er, wonach er suchte.

Dunkelheit. Vollkommene, undurchdringliche Finsternis. Elise blinzelte noch einmal, doch sie konnte nicht das Geringste sehen.

Ihr Kopf tat weh, ihr war schwindelig. Etwas schnitt schmerzhaft in ihre Hand- und Fußgelenke. Eiserne Fesseln. Ketten klirrten, als sie sich ächzend aufrichtete, und der Schmerz wurde erträglicher, zumindest in den Handgelenken. Hinter ihr Mauerwerk. Man hatte sie an die Wand gekettet, begriff sie.

Als sie die Benommenheit abschüttelte, fiel ihr alles wieder ein. Die Börse. Fromony Baffour. Guillaume. Ihr verdammtes Pech.

Sie war im Hungerturm. Allein in einer Zelle, wie es schien.

Ohne große Hoffnung versuchte sie, ihre Hand durch die Schelle zu zwängen. Sie erreichte damit nur, dass sie sich die Haut aufschürfte. Elise schluckte hart. Das war es also. Irgendwie hatte sie immer geahnt, dass es so enden würde, seit sie in diese verfluchte Stadt gekommen war.

Ich hoffe, du erstickst an deiner Gier, Baffour, und schmorst in der Hölle. Und du auch, Guillaume.

Ein Schlüssel drehte sich im Schloss, und eine Tür öffnete sich knarrend. Eine Gestalt kam herein, ein Mann mit einer Kerze in der Hand. Das Licht fiel auf ein schlichtes Gewand und ein hageres Gesicht. Anseau Lefèvre, der Wucherer. Was hatte er in ihrer Zelle zu suchen?

Er trat näher und lächelte. »Endlich bist du wach. Ich habe schon befürchtet, Guillaume hätte dich zu hart angefasst.«

»Was wollt Ihr von mir?« Sie konnte nicht verhindern, dass ihre Stimme zitterte.

»Du hast zweifellos viele Fragen. Ich verspreche dir, dass du bald Antworten bekommen wirst.«

Er ging mit seiner Kerze herum und entzündete mehrere Kienspäne, die in rostigen Halterungen an den Wänden steckten. Gewölbebögen schälten sich aus der Finsternis und verfestigten sich, als die Schatten zurückwichen.

Das ist nicht der Hungerturm. Sie befand sich in einem Keller. Soweit sie erkennen konnte, gab es keine Fenster und nur eine Tür.

Drei Tische standen vor den Wänden. Als Elise sah, was darauf lag, stockte ihr der Atem. Messer. Zangen. Nadeln. Gerätschaften, die sie nie zuvor gesehen hatte. Die zweifellos grausigen Zwecken dienten. Unwillkürlich riss sie an ihren Ketten.

»Hör auf damit«, sagte Lefèvre sanft, während er den letzten Kienspan anzündete. »Du kannst hier nicht weg, also spar dir deine Kräfte.« Er stellte den Kerzenhalter auf einen Tisch und blickte sie an. »Was macht dir am meisten Freude im Leben?«

»Was?«, ächzte sie.

»Eine ganz einfache Frage: Was bereitet dir den größten Genuss? Ist es die Berührung eines Mannes? Ein Spaziergang im Sonnenschein? Vielleicht eine Speise?«

Dieser Mann war verrückt. Besessen. Vollkommen wahnsinnig. Elise sagte das Erste, was ihr einfiel: »Eiersuppe.«

»Eiersuppe? Wirklich? Hast du nie etwas Besseres gegessen?« Er musterte sie abschätzig. »Nun ja, wahrscheinlich nicht. Mein Geschmack ist zum Glück etwas entwickelter als deiner. Ich ergötze mich an den unterschiedlichsten Dingen. Geld. Macht. Vor allem aber am Wunder des Todes. Dabei zu sein, wenn ein Mensch stirbt, sein Ende aus nächster Nähe zu beobachten – das ist ein Schauspiel, von dem ich nie genug bekomme. Mit meinen eigenen Händen ein Leben zu nehmen: das höchste Vergnügen. Während der Fehde war ich im Paradies, wie du dir sicher denken kannst. Ich habe Männer mit dem Schwert getötet, mit dem Dolch, mit der Lanze.«

Lefèvre schlenderte an den Tischen vorbei, griff nach einem Messer, betrachtete es, legte es wieder hin und nahm schließlich eines mit einer gezackten Klinge. Elises Herz klopfte so heftig, dass sie glaubte, es würde jeden Moment zerspringen.

»Aber nichts währt ewig«, fuhr er fort und kam langsam auf sie zu. »Der König machte Frieden, und der Krieg war zu Ende, bevor er richtig begonnen hatte. Ein Jammer. Kein köstliches Morden mehr. Wenn ein Mann dieser Tage auf seine Kosten kommen will, muss er sich selbst darum kümmern.

Nur deshalb bist du hier.« Er lächelte. »Du bist gewissermaßen meine Eiersuppe.«

Lefèvre blieb dicht vor ihr stehen und fuhr ihr mit dem Messer über die Wange. Es war ein kalter, dünner Schmerz. Als er die Klinge zurückzog, rann ein einzelner Blutstropfen über die Zacken. Lefèvre betrachtete ihn fasziniert.

Elise zitterte am ganzen Leib. Tränen liefen ihr über das Gesicht, und als die Messerklinge auch ihre andere Wange berührte, drang ein Schrei aus ihrer Kehle, stockend, schrill, atemlos.

»Schrei nur.« Lefèvre lächelte abermals. »Aber erwarte nicht, dass jemand dich hören wird. Niemand wird das. Nicht einmal der heilige Jacques.«

Juni 1218

Varennes-Saint-Jacques

Sie erreichten Varennes in den frühen Abendstunden. In der Abtei Notre-Dame-des-Champs läuteten gerade die Glocken zur Vesper, als Michel und seine Knechte vor dem Salztor die Pferde zügelten.

»Willkommen zurück, Herr Bürgermeister«, rief der Torwächter. »Schön, Euch wiederzuhaben.«

»Irgendetwas vorgefallen, während ich fort war?«, erkundigte sich Michel.

»Nichts, Herr. Kein Feuer, keine Überschwemmungen. Alles ruhig. Die Leute freuen sich ihres Lebens, und der heilige Jacques schläft friedlich in seiner Gruft. Heute Mittag war ein Herold des Königs da und hat verkündet, der Krieg sei zu Ende. Sagt, ist das wahr?«

»Aus und vorbei. Der König hat gesiegt – wir haben Frieden«, erklärte Michel lächelnd.

»Das sind wahrlich gute Nachrichten! Wo sind unsere tapferen Helden? Habt Ihr sie nicht gleich mitgebracht?«

Michel war vorausgeritten, denn von den Männern des städtischen Aufgebots besaßen nur wenige ein Pferd, und er wollte nicht auf sie warten. Er hatte zu viel zu tun, bevor der König nach Varennes kam. »Ich schätze, sie werden morgen eintreffen.« Er tippte sich an die Mütze und trabte mit Yves und Louis im Schlepptau durch das Tor.

Es war ein herrlicher Sommerabend, und die Handwerker arbeiteten im Freien vor ihren Häusern, wenn sie nicht bereits das Tagwerk beendet hatten und bei einem Humpen Bier mit ihren Nachbarn in der Sonne saßen. Kinder tollten auf der Grand Rue herum, scheuchten die Hühner auf, die im getrockeneten Schlamm nach Ungeziefer suchten, und winkten fröhlich, als Michel und seine Knechte vorbeiritten. Über die Mauern von Notre-Dame drang der Gesang der Ordensbrüder. Der städtische Dreckmeister und seine Gehilfen sammelten Unrat auf, warfen fauliges Gemüse und den Kadaver einer Katze auf ihren Karren und beschimpften eine Wäscherin, die ihnen einen Eimer Schmutzwasser vor die Füße kippte.

Immer wenn Michel fort gewesen war, und sei es nur für ein paar Tage, fiel ihm bei seiner Rückkehr auf, wie sehr sich Varennes in den letzten Jahren verändert hatte. Dies war nicht mehr die Stadt seiner Jugend. Sie war enorm gewachsen, denn entflohene Leibeigene, freie Bauern und Zugezogene aus Metz, Nancy und anderen Städten Lothringens hatten sich innerhalb der Stadtmauern angesiedelt, angelockt vom Wohlstand, den das Salz der Saline und die städtischen Märkte verhießen. Jahr für Jahr bauten sie neue Häuser, Läden und Werkstätten, weshalb der Wohnraum allmählich knapp wurde. Die alten Fronhöfe mit ihren ummauerten Gärten wichen kleineren Parzellen, die Holzhütten Steinbauten, und in der Grand Rue, der Rue de l'Épicier und den anderen Hauptstraßen bildeten die dicht an dicht stehenden Häuser bereits geschlossene Fassaden, deren Obergeschosse weit in die Gassen hineinragten. Am drängendsten war der Mangel an Wohnraum in der Unterstadt, wo die ärmeren Bürger lebten. Der Rat hatte daher vor einigen Jahren entschieden, auf der anderen Moselseite ein neues Viertel zu errichten. Angesiedelt hatten sich dort hauptsächlich Bornknechte und andere Salinenarbeiter, denn die Salzbrunnen und Siedehütten, wo sie tagtäglich schufteten, befanden sich gleich hinter dem nächsten Hügel.

Die letzte Volkszählung des Rates hatte ergeben, dass in Varennes rund viertausend Menschen lebten, so viele wie nie zuvor. Eine Wehrmauer mit Türmen, befestigten Toren und einem Graben schützte sie vor Räubern und vor Angriffen aus benachbarten Herrschaften. Auf fünf verschiedenen Marktplätzen konnten die Bürger Handel treiben, alle erdenklichen Güter erwerben und ihren Wohlstand mehren. Eine Brücke ermöglichte es Reisenden, die Mosel sicher zu überqueren. Wenn Michel daran dachte, was er alles durchgemacht hatte, um den Bau dieser Brücke gegen den Widerstand von Kirche und Adel durchzusetzen, huschte ein bitteres Lächeln über sein Gesicht. Die Brücke erinnerte ihn an eine Zeit, als es mit der Freiheit von Varennes nicht weit her gewesen war – eine Zeit, die glücklicherweise lange vergangen war. Seit vierzehn Jahren nun regierte ein von der Bürgerschaft gewählter Rat die Stadt, und kein Bischof oder Fürst durfte sich in ihre Geschicke einmischen.

Sie ritten über den zentral gelegenen Domplatz mit der Gildenhalle und dem Rathaus, die, obwohl sie zu den größten weltlichen Bauten Varennes' gehörten, geradezu klein wirkten gegen die Kathedrale Saint-Jacques, die den Stadtkern wie ein Berg aus Türmen, Mauern und Dachgiebeln überragte. Ein steinernes Marktkreuz stand in der Mitte des Platzes als Zeichen dafür, dass hier an jedem Werktag zwischen der Terz und der Vesper Markt abgehalten wurde. Inzwischen hatten die meisten Krämer und Bauern ihre Stände abgebaut und ihre Waren auf Handkarren und Ochsenwagen verstaut. Zwei städtische Aufseher machten die Runde, kassierten die letzten Standgebühren und achteten darauf, dass jeder Händler das gesetzlich vorgeschriebene Ende des heutigen Marktes einhielt.

Vom Dom aus ritten Michel und seine Knechte die Rue de l'Épicier hinauf. Auf halber Höhe zwischen dem Stadtkern und der Unterstadt stiegen sie ab und führten die Pferde an den Zügeln durch das offene Tor in den Hof seines Hauses. Michel wies Yves und Louis an, die Tiere zum Stall zu bringen, schritt am Backhaus und den Gemüsebeeten vorbei und betrat das Wohnhaus durch die Hintertür.

Es war das größte Gebäude in der Rue de l'Épicier, denn Michel war in den letzten zehn Jahren zu einem der reichsten Kaufleute des Moseltales aufgestiegen und ließ es stetig ausbauen. Das Erdgeschoss bestand aus einem einzigen großen Raum, wo er Waren zwischenlagerte, wenn im Gewölbekeller oder im Dachspeicher kein Platz mehr war.

Gerade saßen zwei seiner Knechte auf der Treppe und flickten Schuhe. Als er hereinkam, sprangen sie auf und begrüßten ihn herzlich.

»Ist meine Gemahlin schon zurück?«

»Ja, seit heute Mittag«, antwortete der jüngere der beiden Burschen. »Frau Isabelle ist oben in der Schreibstube.«

Mit einem Lächeln auf den Lippen erklomm Michel die Stufen. Isabelle war mit dem Salzschiff in seiner Handelsniederlassung in Metz gewesen, als er nach Amance aufgebrochen war, und er hatte sie seit fast zwei Wochen nicht gesehen. Er durchquerte das Obergeschoss und erwiderte die freudigen Rufe seiner Mägde, die in der Küche Gemüse schnitten.

Die Tür der Schreibstube im zweiten Stock war offen. Isabelle saß am Pult. Ihr Gänsekiel kratzte über das Pergament, als sie die jüngsten Verkäufe im Hauptbuch eintrug. Sie war so versunken in ihre Schreibarbeit, dass sie ihn nicht bemerkte. Michel blieb in der Tür stehen und betrachtete sie eine Weile. Obwohl fast fünfzig Jahre alt, war sie noch immer eine Schönheit, die stets die Blicke auf sich zog, wenn sie mit dem Wagen zur Saline fuhr oder zur Sonntagsmesse im Dom ging. Ihr blondes, von silbernen Strähnen durchsetztes Haar verbarg sie unter einer Haube; ihre Augen von der Farbe dunklen Bernsteins erinnerten ihn an verwunschene Karfunkel, in denen sich ein Mann vollends verlieren konnte. Gewiss, die Jahre hatten Spuren in ihrem Gesicht hinterlassen – eine Falte hier, ein Krähenfuß da –, doch Isabelle war bei Weitem nicht so verhärmt wie andere Menschen ihres Alters. Was gewiss daran lag, dass sie sich ein jugendliches Herz bewahrt hatte.

Sie blickte auf und zuckte so heftig zusammen, dass sie beinahe die Tinte verschüttete. »Michel! Grundgütiger! Was fällt dir ein, mich so zu erschrecken?«

Lächelnd trat er ein und küsste sie. »Du hast mir gefehlt.«

»Du mir auch.« Isabelle legte die Feder weg, umarmte ihn und küsste seine Wange. »Ich habe gehört, du warst in Amance.«

»Ja. Ich musste nur rasch einen Krieg beenden.«

Sie blickte ihn überrascht an. »Hast du?«

»Du weißt doch, ich mache keine halben Sachen.«

»Erzähl.«

»Später. Es ist eine lange und nicht sehr erfreuliche Geschichte …« Er setzte sich auf die Tischkante und spürte eine Berührung am Saum seines Gewandes. Eine Katze schlüpfte unter dem Tisch hervor, ein stattliches Tier mit getigertem Fell, kleinen Pinseln an den Ohren und einem grau-schwarz gestreiften Schwanz. Sie sprang auf den Fenstersims und blickte ihn auf Katzenart argwöhnisch an. »Nanu, wer ist denn das?«

»Er heißt Samuel. Als ich in Metz war, saß er eines Morgens im Salzschiff. Ich gab ihm einen Hering, denn der arme Kerl sah so ausgehungert aus. Danach wollte er einfach nicht mehr weggehen.«

»Also hast du ihn kurzerhand mitgenommen.«

»Ich brachte es nicht übers Herz, ihn zu verjagen. Wo er doch so ein hübscher Bursche ist, nicht wahr, mein Kleiner?« Sie kraulte den Kater im Nacken, und er rieb seinen Kopf an ihrer Hand und schnurrte voller Wonne.

Michel konnte ein Schmunzeln nicht unterdrücken. In ihrem Haus lebten wahrlich schon genug Tiere – Hunde, Kaninchen, sogar ein alter Esel –, die Isabelle aus den verschiedensten Gründen aufgenommen hatte, meist, um sie vor Krankheit,

Hunger oder bösartigen Besitzern zu retten. Doch er hatte es schon vor langer Zeit aufgegeben, ihr ausreden zu wollen, neue herzubringen. Tiere machten sie glücklich, und wenn sie glücklich war, war er es auch. Außerdem konnten sie eine neue Katze gut gebrauchen. Ihre alte war im Winter gestorben, und seitdem vermehrten sich die Mäuse und Ratten im Haus gefährlich schnell.

»Wie stehen die Dinge in Metz?«, erkundigte er sich. Er hatte dort vor einem Jahr eine geschäftliche Niederlassung eröffnet, die sein *fattore* leitete, ein junger Kaufmann namens Robert Michelet. Robert machte gute Arbeit, hatte jedoch mit der Konkurrenz durch die einheimischen Kaufherren zu kämpfen.

»Die Geschäfte gehen besser als gedacht«, berichtete Isabelle. »Robert hat letzten Monat fast zwanzig Pfund umgesetzt. Er arbeitet gerade an einem Vertrag mit der Abtei Saint-Arnoul. Wenn er Erfolg hat, bekommt er künftig Honig, Bienenwachs und Leder zum Vorzugspreis. Leider hat ihn auch die Tuchhändlergilde gezwungen, Mitglied zu werden. Aber ich konnte den Gildemeister überreden, ihm den halben Beitrag zu erlassen, wenigstens für die ersten zwei Jahre.«

Michel nickte zufrieden. »Ich weiß nicht, was ich ohne dich täte.«

»Oh, das kann ich dir sagen«, erwiderte sie. »Vor der Abtei Longchamp um Almosen betteln – das würdest du tun. Ohne mich wärst du längst ruiniert.«

Isabelles Spott hatte einen wahren Kern. Da die Arbeit im Rat fast seine gesamte Kraft und Zeit beanspruchten, kam er kaum noch dazu, sich um seine Geschäfte zu kümmern – ohne die er jedoch nicht leben konnte, denn die Tätigkeit im Rat wurde nicht bezahlt; Michel bekam dafür lediglich Naturalien wie Wein, Salz und Kerzenwachs. Ohne Isabelle, die ihm einen Großteil der kaufmännischen Arbeit abnahm, hätte er längst sein Amt als Bürgermeister niederlegen müssen.

»Ich werde dir ewig dankbar sein, dass du mir dieses abscheuliche Schicksal ersparst. Ein um Almosen bettelnder Bürgermeister – was würden die Leute denken?«

»Wie ich deine zahllosen Jünger kenne, würden sie dich sogar dafür lieben: ›Schaut her! Er ist sich nicht zu schade, die Mönche um einen Napf Suppe zu bitten. Er ist wahrlich einer von uns!‹«

Michel lächelte. Seine Familie machte sich allzu gern über seine Beliebtheit bei der Bürgerschaft lustig. »Gibt es Neuigkeiten aus Speyer?« Anders als seine Zweigstelle in Metz war jene in Speyer seit einigen Monaten ein steter Quell des Kummers.

»Ich habe nichts gehört.«

»Nun, ich schätze, keine Nachrichten sind gute Nachrichten.«

»Mach dir keine Sorgen. Es ist gewiss alles in Ordnung. Wenn etwas vorgefallen wäre, hätte ich in Metz davon erfahren.«

Michel nickte, obwohl er dem Frieden nicht traute. Er nahm sich vor, nach Speyer zu reisen und dort nach dem Rechten zu sehen, sobald er die Zeit dafür fand.

Wenig später saßen sie zum Abendessen in der Stube. Isabelle hatte die Köchin angewiesen, zur Feier des Tages nur das Beste vom Besten aufzutragen, und der Tisch bog sich schier unter der Last von gebratenem Huhn mit Speck und Honig, gekochten Rüben, frischem Brot und eingelegtem Obst.

Ihr Sohn Rémy, der zufällig erfahren hatte, dass seine Eltern wieder in der Stadt waren, war überraschend erschienen und leistete ihnen Gesellschaft. Rémy hatte sich in den letzten Jahren einen Namen als Schreiber und Buchmaler gemacht, den Meistertitel erworben und in Varennes die erste weltliche Schreiberwerkstatt des Bistums eröffnet. Er fertigte Schriftstücke, Psalter und andere Bücher für seine vermögenden Auftraggeber an und hatte sich, obwohl erst achtundzwanzig, bereits ein beachtliches Ansehen erarbeitet.

Während seiner Jugend hatte es so ausgesehen, als schlage Rémy gänzlich nach seiner Mutter: dieselben Bernsteinaugen, dasselbe fein geschnittene, markante Gesicht. Doch seit er erwachsen war, zeigte sich zu Michels geheimer Freude, dass er auch die eine oder andere Eigenschaft seines Vaters mitbekommen hatte. Wie Michel war er mittelgroß, breitschultrig und, wenngleich kein Kraftprotz, so doch mit einer unverwüstlichen körperlichen Gesundheit gesegnet – zweifellos ein Erbe seiner bäuerlichen Vorfahren väterlicherseits. Auch Rémys Haar war kurz und dunkelblond und von tausend Wirbeln durchsetzt, die jedem Hornkamm trotzten. Inzwischen trug er sogar einen Bart, der jedoch erheblich kürzer war als der von Michel.

Nachdem sie das Tischgebet gesprochen hatten, machten sie sich über das dampfende Fleisch her. Michel erzählte währenddessen von den Geschehnissen in Amance. Isabelle und Rémy bekreuzigten sich, als sie erfuhren, dass Alain Caboche gefallen war. Sie hatten den Jungen gekannt, wenngleich nur flüchtig, und sein Tod bestürzte sie.

»Arme Jeanne«, murmelte Isabelle. »Das wird ihr das Herz brechen.«

Rémy runzelte die Stirn. »Jeanne?«

»Alains Verlobte, die Tochter vom alten Arnaud aus der Rue des Remparts. Sie wollten im Sommer heiraten. Weiß Alains Vater es schon?«

»Ich besuche Jean morgen und sage es ihm.« Michels Magen zog sich zusammen, wenn er an diese traurige Pflicht dachte. Er fuhr mit seiner Geschichte fort.

»Lefèvre hat dir also unverhohlen gedroht?«, fragte Rémy, als sein Vater fertig war.

»Das aufgeblasene Geschwätz eines Mannes, der daran gewöhnt ist, dass andere vor ihm zittern. Ich nehme das nicht ernst.«

»Das solltest du aber. Wer weiß, wozu er fähig ist. Kennst du nicht die Geschichten, die man sich über ihn erzählt?«

»Dass er zum Vergnügen Tiere quält, nachts den Beelzebub anruft und Schwarze Magie betreibt? Ich bitte dich! Die halbe Stadt schuldet ihm Geld, deshalb hassen ihn die Leute und setzen alle möglichen Gerüchte über ihn in die Welt.«

»Ich meine, dass er seinen Vater ermordet haben soll, um an sein Erbe zu kommen.«

Michel nahm sich noch etwas Fleisch, legte es auf die bratfettgetränkte Brotscheibe auf seiner Platte und aß einen Bissen. Der alte Lefèvre war unter seltsamen Umständen ums Leben gekommen, und jeder in der Stadt hatte eine eigene Meinung zu seinem Tod. »Wir konnten ihm nie etwas nachweisen. Der Teufel allein weiß, was damals geschehen ist.«

»Jedenfalls ist der Mann gefährlich«, beharrte Rémy, »und du solltest auf der Hut sein. Wie ich ihn einschätze, wird er versuchen, sich an dir zu rächen.«

»Dazu wird es nicht kommen.«

»Wie meinst du das?«, fragte Isabelle.

»Lefèvre hat genug Unheil angerichtet. Damit ist jetzt Schluss. Bevor der Sommer vorbei ist, ist er ruiniert und vernichtet. Dafür sorge ich.«

»Wie willst du das anstellen?« Rémy schenkte sich einen zweiten Becher Wein ein.

»Genug davon«, sagte Michel. »Lefèvre soll uns nicht den Abend verderben. Reden wir von etwas anderem.« Um die Stimmung aufzulockern, erzählte er von König Friedrichs buntem und exotischem Gefolge.

»Seine Bibliothek soll eine der größten der Christenheit sein«, sagte Rémy. »Ist es wahr, dass er sie auf seinen Reisen immer bei sich hat?«

»Das werden wir wissen, sowie er in der Königspfalz Quartier bezogen hat. Vielleicht gestattet man dir, sie zu besichtigen.«

»Weißt du schon, um welche Gunst du den König bitten wirst, wenn er dich empfängt?«, fragte Isabelle.

»Ich denke schon, ja.«

Rémy machte eine kreiselnde Handbewegung. »Und?«

»Das ist eine Sache zwischen dem König und mir«, erwiderte Michel lächelnd.

»Komm schon«, sagte Isabelle, »jetzt spann uns nicht auf die Folter.«

»Ihr erfahrt es noch früh genug. So lange müsst ihr euch eben in Geduld üben.«

Rémy und Isabelle protestierten noch eine Weile, doch Michel blieb hart. Er wollte nicht über seine Pläne sprechen, bevor sie in trockenen Tüchern waren.

Als die Mägde das Essen abräumten, war es bereits dunkel. Kerzenlicht floss über den Tisch und ließ die Silberkaraffen schimmern. Während sie vom eingelegten Obst naschten, plauderten sie über dieses und jenes, bis Rémy schließlich aufstand.

»Komm mich wieder einmal in der Werkstatt besuchen. Ich habe einige neue Stücke angefertigt, die dir gefallen könnten.«

»Das mache ich – versprochen«, sagte Michel, der die Liebe seines Sohnes zu Büchern und kostbaren Handschriften teilte. Sie umarmten einander zum Abschied.

Kaum war Rémy fort, ergriff Isabelle Michels Hand. »Es ist so lange her – komm«, flüsterte sie.

Er kannte diesen Glanz in ihren Augen, kannte ihn nur zu gut, und er wehrte sich nicht, als sie ihn sanft aus der Stube führte, zu ihrem Schlafgemach am Ende des Ganges.

Er schloss die Tür, sie schlüpfte aus dem Gewand und dem Unterkleid. Im Mondlicht, das durch die beiden Fenster fiel, wirkte ihre Haut wie Alabaster.

»Du bist so schön«, sagte er.

Sie legte ihm die Hände auf die Wangen und küsste ihn. »Liebe mich«, verlangte sie, während sie ihn zum Bett zog.

Und das tat er.

Als die Glocken zur Matutin schlugen, schlief Michel längst. Isabelle aber lag noch wach und lauschte seinem gleichmäßigen Atem in der Dunkelheit der Schlafkammer.

Immer wenn sie sich geliebt hatten, war sie erschöpft und aufgewühlt zugleich, so als hätte Michel ihr mit seinem Samen auch einen Teil seiner unerschöpflichen Tatkraft eingepflanzt, weshalb sie stets eine Weile brauchte, bis sie zur Ruhe kam und schlafen konnte. Obwohl sie wusste, dass sie deswegen morgen müde sein würde, war es ein gutes Gefühl. Sie spürte jede Faser ihres Körpers, das Schlagen ihres Herzens, seine Küsse auf ihrer Haut. Sie fühlte sich lebendig. Und ein wenig traurig.

Sie hatte immer davon geträumt, viele Kinder zu haben, eine ganze Schar, die das Haus von früh bis spät mit Lachen füllte. Zwei Jungen und zwei Mädchen mindestens, die sie aufwachsen sehen konnte, während die Jahre ins Land zogen. Es war anders gekommen. Das Schicksal hatte ihr Leben auf verschlungene Pfade geführt, es hatte sie viele Jahre von Michel entfernt und Michel von ihr, sodass sie ihm in all der Zeit nur einen Sohn geboren hatte. Und nun war sie zu alt.

Manchmal war sie wütend deswegen, denn es war so ungerecht. Sie trug so viel Liebe in sich – warum nur hatte Gott nicht zugelassen, dass Michel und sie mehr Kinder bekamen? Doch ihr Zorn auf das Schicksal währte nie sehr lange, denn stets erinnerte sie sich daran, welch ein Wunder Rémy war. Er war alles, was sich eine Mutter je wünschen konnte. Ein Geschenk.

Michel regte sich neben ihr. Brummend drehte er sich auf die andere Seite, und sie betrachtete die schattenhaften Formen seines Gesichts. Schließlich küsste sie seine Stirn, zog sich die Decke über die Schulter und schlief wenig später ein.

Kurz nach Tagesanbruch schob Rémy seinen Handkarren über den Heumarkt und durchquerte das Tor, das die Wächter soeben geöffnet hatten. Die Dunstschleier, die über den Feldern vor den Stadtmauern lagen, verflüchtigten sich bereits. Verschlafene Bauern verließen ihre Hütten und machten sich mit geschulterten Hacken an die Arbeit.

Rémy ging bis zum Waldrand, wo er die Straße verließ und seinen Karren querfeldein schob, bis er zu seiner Lieblingsstelle kam: eine ausgedehnte Wiese in der Nähe des Kalksteinbruchs, die zur städtischen Allmende gehörte, aber kaum je genutzt wurde, da es am Flussufer besseres Weideland gab. Für seine Zwecke jedoch war sie bestens geeignet. Bevor er seinen Karren auslud, schloss er die Augen, atmete die kühle Morgenluft ein und lauschte dem Schnattern der Buchfinken im Dickicht. Der Lärm der erwachenden Stadt und das Stimmengewirr in den Gassen waren hier draußen nicht zu hören.

Anders als sein umtriebiger Vater war Rémy ein Einzelgänger. Wenn ihn die Umstände dazu zwangen, konnte er reden, aber er tat es nicht gern. Tatsächlich war er am liebsten mit sich und seinen Gedanken allein. So wie jetzt.

Er klemmte sich die Zielscheibe unter den Arm und stellte sie am Waldrand bei den Eichen auf. Sie bestand aus weichem Holz, das er mit Ringen in verschiedenen Farben bemalt hatte. Dreißig Klafter – dreißig lange Doppelschritte – entfernt zog er mit der Ferse eine Linie in den Boden. Anschließend nahm er seine Armbrust vom Karren, zog mit geübten Handgriffen die Sehne auf und steckte neben der Linie mehrere unterarmlange Bolzen in die Erde, bevor er die Waffe spannte. Hierzu schob er seinen Fuß in den eisernen Bügel am vorderen Ende der Armbrust, hängte die Sehne in den Spannhaken an seinem Gürtel ein und trat mit dem Fuß nach unten, bis die Sehne einrastete. Er hätte sie auch von Hand spannen können, aber so ging es leichter. Dann legte er einen Bolzen ein, trat an die Linie und zielte auf die Scheibe.

Er kam oft hierher, um Schießen zu üben – meist an Sonntagen nach der Messe, manchmal auch morgens vor der Arbeit wie heute. Nichts entspannte ihn mehr. Wenn er sich ganz darauf konzentrierte, ruhig zu atmen und das Auge der Scheibe zu treffen, vergaß er alles um sich herum, auch den größten Ärger mit geizigen Kunden oder den Druck eines eiligen Auftrages. Dank der vielen Übung gehörte er inzwischen zu den besten Schützen der Stadt, wie verschiedene Wettkämpfe in den letzten Jahren bewiesen hatten.

Dabei war er nur durch Zufall zum Armbrustschießen gekommen. Während seiner Lehrzeit im elsässischen Schlettstädt hatte er sich gelegentlich die Armbrust seines Meisters geliehen und aus Langeweile auf die Scheibe an der Hofmauer geschossen. In seinem ersten Jahr, als er außer Meister Rabel und dessen Gesellen niemand in Schlettstädt kannte, hatte er sich damit die Zeit an den einsamen Abenden vertrieben. Doch bald schon war aus dieser einfachen Zerstreuung mehr geworden, denn er besaß für die Armbrust beinahe ebenso viel Talent wie für die Buchmalerei. Er hatte jeden Tag geübt und war immer sicherer geworden, bis er es schließlich mit den besten Schützen Schlettstädts hatte aufnehmen können.

Er drückte die Abzugsstange. Der Bolzen zischte durch die Luft und traf die Scheibe mit einem dumpfen Aufschlag. Rémy legte den nächsten Bolzen ein.

Die Kirche wurde nicht müde, die Armbrust zu verteufeln und mit Bannflüchen zu belegen. Sie nannte sie *deo odibilem*, von Gott gehasst, oder *artem mortiferam*, eine todbringende Kunst, da sie es selbst schlecht ausgebildeten Kriegern ermöglichte, schwer gepanzerte Ritter niederzustrecken. Rémy scherte sich jedoch nicht um das Verbot – niemand in Varennes tat das. Die Bürger dachten nicht daran, auf eine Waffe zu verzichten, mit der sie sich in Zeiten der Not gegen machtgierige Adlige und andere überlegene Feinde wehren konnten. Schließlich hatte die wechselhafte Geschichte ihrer Stadt gezeigt, dass sie solche Waffen durchaus brauchten.

Er verschoss Bolzen um Bolzen. Als sein Vorrat aufgebraucht war, ging er zur Zielscheibe und begutachtete das Ergebnis seiner Bemühungen. Alle Bolzen hatten die Scheibe getroffen, nur zwei hatten den schwarzen Kreis in der Mitte verfehlt.

Zufrieden mit sich zog er die Bolzen heraus, vergrößerte die Distanz um zehn Klafter und begann von Neuem.

Michel schritt durch den Torbogen, ließ den Gestank der Gassen hinter sich und betrat eine Welt voller Rauch, Ruß und Asche.

Es war die größte Schmiede Varennes'. Mehrere Steingebäude, alle nach vorne hin offen, umstanden einen Platz, auf dem gerade zwei Burschen Säcke mit Holzkohle von einem Ochsenwagen luden. Hämmer fuhren ohrenbetäubend auf Ambosse nieder, Dampf schoss zischend in die Höhe wie der Giftatem eines Lindwurms, als funkenverbrannte Hände glühendes Metall in einen Bottich tauchten. Vier Meister und noch einmal so viele Gesellen schmiedeten Nägel, Hufeisen, Bratpfannen und Helme; Lehrlinge huschten durch den Rauch, schleppten Wassereimer, fütterten die Essen und kehrten Eisenspäne zusammen. Die Luft stank nach Schlacke und war so heiß, dass Michel nach wenigen Schritten der Schweiß ausbrach.

Die Werkstatt gehörte Jean Caboche, dem Vorsteher der Schmiede, Sarwürker, Schwertfeger, Schlosser und Sporenmacher, deren Bruderschaft in den Gassen hinter der Abtei Longchamp das Sagen hatte. Michel fand seinen Freund in einem Schuppen, wo Caboche gerade einen neuen Helm aus einer Kiste nahm, das Werkstück gründlich begutachtete und dabei mit einem seiner Meister redete.

»Michel! Ihr seid schon zurück! An meine Brust, alter Freund.« Der Schmied warf den Helm auf den Tisch, schlang lachend die Arme um Michel und erdrückte seinen Besucher schier. Jean Caboche war ein Baum von einem Mann, fast einen Kopf größer als Michel, weißbärtig und stark wie ein junger Holzfäller, obwohl er sich unaufhaltsam seinem sechzigsten Sommer näherte. »Ich hörte, Ihr habt es Lefèvre, dem alten Schweinehund, tüchtig gezeigt. Setzt Euch und erzählt mir alles. Ich hole uns Bier.«

Er ahnt nichts. Michel hatte den Schmieden, die Lefèvre nach Varennes gebracht hatten, ausdrücklich verboten, mit ihrem Oberhaupt zu sprechen, damit Jean nicht zwischen Tür und Angel vom Tod seines Sohnes erfuhr. »Können wir ins Haus gehen?«

Jeans Lächeln verschwand. »Gibt es schlechte Neuigkeiten?«

»Es ist besser, wir reden drinnen.«

»Sieh die Helme durch. Wenn sie in Ordnung sind, macht ihr noch einmal zwanzig Stück«, wies Jean den Meister an, bevor er Michel zu seinem Haus führte. Es stand am Ende einer kleinen Gasse, die zwischen den Werkstätten verlief, und konnte sich, was Größe und Komfort anging, durchaus mit den Domizilen der städtischen Patrizier messen. Jean hatte wie viele führende Handwerker Varennes' in den letzten Jahren einen beachtlichen Wohlstand erlangt.

»Ist Adèle zu Hause?«, fragte Michel, als sie durch die Tür traten.

»Sie ist mit Azalaïs zu ihrem Bruder gefahren. Wahrscheinlich kommen sie erst morgen zurück.«

Azalaïs, Alains ältere Halbschwester, war Michels Nichte. Bevor Adèle Jean zum Mann genommen hatte, war sie mit Michels Bruder verheiratet gewesen, den Gott viel zu früh zu sich geholt hatte. *Allmächtiger, fünfundzwanzig Jahre ist das schon her.* Damals hatte Adèle beinahe vor Trauer den Verstand verloren, und nur ihre kleine Tochter Azalaïs hatte sie davor bewahrt, sich der Verzweiflung zu ergeben. Deshalb war Michel nicht wenig erleichtert, dass sie nicht zu Hause war. Dass er Jean die Nachricht von Alains Tod überbringen musste, war wahrlich schwer genug, auch ohne dass er Adèles Schmerz mit ansehen musste.

Jean schloss die Tür. Ohne den eisernen Knauf loszulassen, starrte er ins Nichts, schluckte, suchte nach Worten. Schließlich fragte er mit rauer Stimme: »Es ist Alain, nicht wahr?«

»Er ist vor einigen Tagen vor den Mauern von Amance gefallen«, sagte Michel.

Alle Kraft schien den Schmied zu verlassen. Er sank auf die Knie und barg das Gesicht in den Prankenhänden. Seine Schultern zitterten. Michel schluckte hart. Diesen bärenstarken Hünen weinen zu sehen, war mehr, als er ertrug. Er zog eine Kiste heran, setzte sich darauf und legte seinem Freund die Hände auf die Oberarme.

»Alain. Oh, Alain«, brachte Jean hervor, ehe der Schmerz ihm die Worte nahm. Es dauerte lange, bis er die Sprache wiederfand. »Wie?«, flüsterte er. »Wie ist es geschehen?«

»Ein Schuss ins Herz. Er war sofort tot und hat nicht gelitten.«

»Ist das die Wahrheit? Schwört es.«

»Ich schwöre es. Bei meiner Seele.«

»Schwört es beim Leben Eures Sohnes.«

»Beim Leben meines Sohnes«, sagte Michel, obwohl er die Worte kaum über die Lippen brachte.

»Ich hätte nie zulassen dürfen, dass er sich freiwillig meldet«, murmelte Jean nach einer Weile. »Warum habe ich es ihm nicht verboten, wie das jeder Vater mit Verstand getan hätte?«

»Alain hätte nicht auf Euch gehört. Seit er ein Kind war, hat er davon geträumt, ein Krieger zu werden. Er hat sogar davon gesprochen, ins Heilige Land zu ziehen, wenn er mündig ist. Keine Macht der Welt hätte ihn davon abgehalten, mit dem König zu gehen.«

Jean hörte ihm gar nicht zu. »Es ist allein meine Schuld. Meine Schuld«, wisperte er.

»Wenn jemand die Schuld an Alains Tod trägt, dann gewiss nicht Ihr, sondern Lefèvre.«

Der Schmied blickte ihn fragend an.

»Es war am Morgen vor meiner Ankunft«, fuhr Michel fort. »Lefèvre hatte sich in den Kopf gesetzt, dem König die Burg zu Füßen zu legen. Deshalb befahl er einen aussichtslosen Angriff auf das Vorwerk.« In knappen Worten berichtete er, was er von Hugo erfahren hatte.

Jeans Miene war zunächst bar jeder Regung, dann verfinsterte sie sich zusehends. Bevor Michel zum Ende gekommen war, fuhr er auf und stampfte im Eingangsraum umher. Sein Atem ging schnaufend, er biss die Zähne zusammen und ballte die Rechte zur Faust, sodass an seinem Arm die Muskeln schwollen.

Michel stellte sich vor der Tür auf. Er hatte gewusst, was geschehen würde, und machte sich auf eine heftige Auseinandersetzung gefasst. Jean griff nach einem mächtigen Schmiedehammer, den ein normal gewachsener Mann nur mit Mühe hätte heben können.

»Aus dem Weg«, knurrte er.

»Was habt Ihr vor?«

»Wonach sieht's denn aus?«

»Ihr wollt Rache an Lefèvre nehmen. Aber das ist falsch, Jean. Das dürft Ihr nicht tun.«

»Es kümmert mich einen Dreck, was ich darf. Ich breche diesem Hundesohn alle Knochen und schleife ihn durch die Straßen, bis er vor mir im Staub liegt und mich anfleht, sein jämmerliches Leben zu beenden.«

»Ich verstehe Euren Schmerz – besser, als Ihr denkt. Aber wenn Ihr Lefèvre tötet, macht Ihr Euch unglücklich. Denkt doch an Adèle und Azalaïs. Sie brauchen Euch jetzt. Was soll aus ihnen werden, wenn Ihr im Hungerturm sitzt und darauf wartet, dass man Euch für den Mord an einem Patrizier hängt?«

»Dieses Schwein soll dafür bezahlen, was er mir angetan hat!«, brüllte Jean und weinte wieder.

»Das wird er, Ihr habt mein Wort. Aber nicht so. Nicht so.«

Der Schmied unternahm einen Versuch, Michel zur Seite zu drängen, und Michel hatte alle Mühe, den massigen Mann aufzuhalten. Als er schon fürchtete, Jean werde ihn zu Boden stoßen, wandte sich sein Freund plötzlich ab, ließ den Hammer fallen und ging zu einer Werkbank, wo er sich mit beiden Händen aufstützte, während er lautlos seine Tränen vergoss.

Michel wartete lange, ehe er zu ihm trat. »Gehen wir nach oben. Was Ihr jetzt braucht, ist ein tüchtiger Schluck Wein.«

»Hab keinen im Haus«, murmelte Jean kaum hörbar. »Nur Bier.«

»Ich denke, Bier wird es auch tun.«

»Zuerst will ich Alain sehen.«

»Ich konnte ihn nicht herbringen lassen. Wir mussten ihn und die anderen auf dem Kirchhof von Amance begraben.«

»War ein Priester zugegen?«

Michel nickte. »Er hat die Totenglocke geläutet und für ihre Seelen die Messe gelesen. Es war eine schöne Messe, sie hätte Euch gefallen«, fügte er hinzu, obwohl der ungeduldige Priester seine Pflichten äußerst kurz angebunden erledigt hatte.

»Das ist gut«, flüsterte Jean. »Das ist gut.« Ächzend wie ein von der Gicht gebeugter Greis richtete er sich auf, blickte kurz zur Decke des Raumes empor und legte Michel dann den Arm um die Schultern. »Kommt, alter Freund. Trinken wir auf meinen Jungen, den tapfersten Burschen von ganz Varennes.«

Mit schweren Schritten und hängenden Schultern stieg er die Treppe hinauf.

Michel blieb bis zum frühen Nachmittag bei Jean. Sie saßen in der Stube, tranken Bier und redeten über Alain, seine Kindheit, seine glücklichsten Tage. Als Jean ihm schließlich zu verstehen gab, er wolle nun allein sein, verabschiedete sich Michel.

Er fühlte sich so erschöpft und zerschlagen, als hätte er die ganze Nacht wach gelegen. Doch er konnte nicht nach Hause gehen und sich ausruhen – nicht, ehe er seine Arbeit getan hatte.

Das Rathaus – der einstige Bischofspalast – stand am Domplatz im Schatten der Kathedrale, ein Ehrfurcht einflößendes Gebäude mit wehrhaften Mauern aus grauen Steinen, einem Schieferdach und kleinen Fenstern. Der Rat hatte an der Vorderseite einen Turm anbauen lassen, der das Stadtarchiv, die Schatz- und die Waffenkammer enthielt. Neben dem Eingang hingen die städtischen Maße – eine Elle aus Eisen, die Umrisse eines Salzfasses und eines Brotlaibes und dergleichen –, damit jeder Marktbesucher nachprüfen konnte, ob die feilgebotenen Waren den Vorschriften entsprachen. Über dem Portal prangten in goldenen Lettern die königlichen Privilegien, auf denen Varennes' Eigenständigkeit gründete: das Befestigungsrecht; das Markt-, Zoll- und Münzregal; die niedere und die hohe Gerichtsbarkeit; die Freiheit, niemandem außer dem König Heerfolge leisten zu müssen. Die Bürgerschaft hatte sie den kirchlichen und adligen Herren der Stadt einst in harten Kämpfen abgerungen – ihnen verdankten sie ihre Freiheit.

Michel grüßte den Stadtschreiber und den Kämmerer, die ihm in der Eingangshalle entgegenkamen, und ging zum Obergeschoss hinauf. Als er aus dem Ratssaal vertraute Stimmen hörte, öffnete er die angelehnte Tür. An der Tafel saßen Henri Duval und Eustache Deforest, Ratsherren und Kaufleute wie er und neben Jean Caboche seine engsten Freunde. Die beiden Männer debattierten gerade hitzig über die Höhe der *accisa*, das Ungeld auf Wein, Bier und andere Lebensmittel, unterbrachen ihre Auseinandersetzung jedoch, als sie Michel erblickten.

»Da ist er ja, unser Held und Friedensstifter!«, rief Duval lachend. »Kommt her, lasst Euch umarmen. Wir sind stolz auf Euch. Die ganze Stadt ist stolz auf Euch.«

Michels Überraschung währte nur einen Augenblick. »Hat Isabelle euch alles erzählt?«

»Sie war zur Mittagsstunde in der Gildenhalle, ich habe sie dort getroffen«, erklärte Deforest, der nicht nur Mitglied des Rates und Vorsteher der städtischen Münze war, sondern auch das Amt des Gildemeisters bekleidete und für die Kaufleute Varennes' sprach. »Sagt: Ist es wirklich wahr, dass auch Jeans Sohn unter den Toten von Amance ist?«

Michel nickte. »Er fiel kurz vor meiner Ankunft im Heerlager. Ich war eben bei Jean und habe es ihm gesagt.«

Die beiden Männer bekreuzigten sich.

»Ich wage mir nicht vorzustellen, wie es ihm jetzt geht«, murmelte Duval. »Gewiss ist er halb wahnsinnig vor Trauer und Schmerz. Ich werde ihn später besuchen und ihm mein Beileid aussprechen.«

»Tut das. Er braucht jetzt unsere Freundschaft und allen Trost, den wir ihm geben können.« Michel trat an den Tisch und betrachtete die Steuerlisten, die dort lagen. »Wieso streitet ihr schon wieder wegen der *accisa*? Wir waren uns doch einig, den Steuersatz vorerst nicht anzutasten.«

»Meine Rede«, sagte Henri Duval. »Aber Eustache, dieser Sturkopf, will das nicht einsehen. Ich bitte Euch, Michel, sprecht ein Machtwort.«

Henri war der älteste Sohn von Charles Duval, Michels teuerstem Freund, der vor einigen Jahren nach schwerer Krankheit gestorben war. Von seinem Vater hatte Henri das unvorteilhafte Aussehen, die dünnen Haare und die kränklich blasse Haut geerbt, aber auch den scharfen Verstand und das geradezu enzyklopädische Wissen über Recht und Gesetz. Folgerichtig saß er neben seiner Arbeit als Kaufmann und Ratsherr dem städtischen Gericht vor. Die Bürgerschaft schätzte ihn für seine gerechten und ausgewogenen Urteile.

»Es gibt einen Ratsbeschluss zu dieser Angelegenheit«, sagte Michel. »Wenn ich mich richtig erinnere, haben wir mit acht zu vier Stimmen entschieden, die *accisa* nicht zu senken.«

»Der Beschluss ist ein halbes Jahr alt«, erwiderte Eustache

Deforest. »Seitdem ist viel passiert. Die Fehde hat dem Handel geschadet. Eine Senkung des Ungeldes würde die Nachfrage nach Wein, Bier und dergleichen erhöhen und die Geschäfte beleben.«

Michel seufzte vernehmlich. Für gewöhnlich war Eustache ein zurückhaltender und kluger Mann, doch wenn es um die Belange der Kaufleute ging, konnte er hartnäckig bis zur Sturheit sein. »Ich weiß, Ihr haltet Steuern für ein Werk Satans. Aber die Stadt braucht das Geld nun einmal. Die Waffen für das Aufgebot, der Sold der Männer, all das hat Unsummen verschlungen. Auch anderswo fehlt es an allen Ecken und Enden. Natürlich können wir die *accisa* senken, aber dann müssten wir die Herdsteuer oder die Einfuhrzölle erhöhen, und das wäre kaum in Eurem Sinne, oder?«

»Immerzu beklagt Ihr, wie hoch unsere Ausgaben sind«, hielt Deforest dagegen. »Vielleicht denkt Ihr zur Abwechslung einmal darüber nach, wie sie zu senken wären, statt mit vollen Händen das Geld anderer Leute zum Fenster hinauszuwerfen.«

»›Das Geld anderer Leute‹?«, erwiderte Michel. »Ich darf Euch daran erinnern, dass ich in dieser Stadt die meisten Steuern zahle!«

»Eure Mildtätigkeit rührt mich zu Tränen. Ihr könnt ja so viel Steuern zahlen, wie Ihr wollt. Wir anderen, die wir nicht mit solchen Reichtümern gesegnet sind, würden gelegentlich gerne den einen oder anderen Denier für uns behalten.«

»Jetzt spricht der Neid aus Euch.«

»Neid? Nein – die reine Vernunft. Die Euch mitunter abhandenkommt, mein lieber Freund!«

Sie verstummten beide, starrten einander an – und brachen in Gelächter aus.

»Bei allen Heiligen, was bin ich nur für ein kleinlicher Sturkopf«, meinte Deforest. »Ihr habt gerade einen Krieg beendet und Varennes die Dankbarkeit des Königs gesichert – und ich habe nichts Besseres zu tun, als mit Euch über Steuersätze zu streiten. Bitte entschuldigt meine Verbissenheit.«

»Ich muss mich entschuldigen. Ich neige dazu, mich in solche Dinge hineinzusteigern.«

»Frieden?«

»Frieden«, sagte Michel und ergriff die rechte Hand des Gildemeisters. Das schätzte er so an Duval und Deforest: So heftig er auch mit ihnen stritt, niemals litt ihre Freundschaft darunter. Sie war gefestigt genug, jeden Sturm zu überstehen.

»Warum verschieben wir die *Accisa*-Angelegenheit nicht auf die nächste Ratssitzung?«, schlug Duval vor. »Erzählt uns lieber, wie Lefèvre seine Absetzung aufgenommen hat.«

»Wie ein Kleinkind, dem man den Kreisel weggenommen hat«, sagte Michel, während sie sich an den Tisch setzten. »Er hat Gift und Galle gespuckt und mich bedroht, sodass ich ihn schließlich wie einen Eierdieb abführen lassen musste.«

»Da wäre ich gern dabei gewesen«, feixte Duval.

»Armer Narr«, sagte Deforest. »Das alles wäre halb so schlimm gewesen, wenn er sich einfach dem Ratsbeschluss gebeugt hätte. Jetzt ist er vor der ganzen Stadt gedemütigt. Übrigens habe ich gestern René und Guichard getroffen. Sie sind immer noch zerknirscht, weil sie Lefèvre ihre Stimme gegeben haben. Sie konnten mir kaum in die Augen sehen.«

René Albert und Guichard Bonet waren zwei der sieben Ratsherren, die sich für Lefèvres Ernennung zum städtischen Hauptmann ausgesprochen hatten. Eigentlich zwei grundvernünftige Männer, doch bei jener Abstimmung hatte ihr Urteilsvermögen sie im Stich gelassen.

»Sie werden darüber hinwegkommen. Hauptsache, sie haben endlich erkannt, was für ein Schweinehund Lefèvre ist.«

»Was machen wir jetzt mit ihm?«, fragte Deforest.

»Können wir ihn gerichtlich belangen?«, wandte sich Michel an Duval.

»Das kommt darauf an«, antwortete der städtische Richter.

»Die Männer des Aufgebots haben ihm unverbrüchliche Treue geschworen. Als ihr Hauptmann hatte er jedes Recht, sie in den Tod zu schicken, so bitter das ist. Wenn es uns aber gelingt nachzuweisen, dass er seinen Amtseid gebrochen und nur den eigenen Vorteil gesucht hat, können wir ihm den Ratssitz entziehen und ihn bestrafen.«

Der Stuhl knarrte, als Deforest sich zurücklehnte. Einst ein schlanker Mann, hatte er in den letzten Jahren dank der vielen Bankette mit seinen Gildebrüdern einen anständigen Wohlstandsbauch bekommen. »Nun, er hat geschworen, die Bürger Varennes' zu schützen und sie kraft seines Amtes als Ratsherr vor Schaden zu bewahren. Das hat er nicht getan. Stattdessen hat er die Männer des Aufgebots fortwährend unnötigen Gefahren ausgesetzt und sie seiner Ruhmessucht geopfert. Für mich liegt der Fall klar.«

»Leider ist die Sache nicht ganz so einfach«, entgegnete Duval. »Wenn er den Eidbruch nicht zugibt – und davon können wir wohl ausgehen –, wird sein Wort gegen das seiner Männer stehen. Bedenkt, dass er ein Patrizier ist, während die Männer nur einfache Gesellen und Arbeiter ohne Bürgerrecht sind. Sein Wort wiegt schwerer. Unter diesen Umständen kann nur eine höhere Instanz Lefèvres Schuld zweifelsfrei feststellen.«

»Ein Gottesurteil«, sagte Michel.

Duval nickte. »Wenn sich der Rat einig ist, gegen ihn vorzugehen, werde ich Lefèvre auffordern, sich einem Ordal zu unterziehen, auf dass der Allmächtige seinen Willen offenbare und Lefèvre seinen Eidbruch nicht länger leugnen kann.«

Michel war nicht glücklich mit diesem Vorgehen, denn Gottesurteile waren nicht sonderlich zuverlässig. Doch Henri kannte ihre Gesetze nun einmal am besten. Wenn er der Ansicht war, dass sich Lefèvres Schuld nur so feststellen ließe, dann war man gut beraten, seiner Empfehlung zu folgen. »Gut. Sprecht mit den anderen Ratsherren. Wenn sie einverstanden sind, halten wir das Gottesurteil gleich morgen auf dem Kirchhof von Saint-Pierre ab. Sind genug von uns in der Stadt, sodass das Gericht beschlussfähig ist?«

»Nur Odard ist nicht da; er ist immer noch auf Handelsfahrt in der Champagne, soweit ich weiß«, antwortete Deforest.

Die Abwesenheit eines Ratsmitgliedes war zu verschmerzen. Solange mindestens drei Viertel aller Ratsherren und der Richter an der Gerichtsverhandlung teilnahmen, konnten sie ein rechtskräftiges Urteil fällen. »Dann bleibt es dabei«, sagte Michel.

Just in diesem Moment läuteten die Glocken zur None. Er seufzte. Die Zeit flog nur so dahin, und er hatte mit seiner eigentlichen Arbeit noch gar nicht angefangen. »Es gibt noch etwas, das wir besprechen müssen. Dass der König nach Varennes kommt, wisst ihr?«

Deforest nickte. »Friedrichs Herold hat es dem Rat gestern mitgeteilt.«

»Habt ihr schon mit den Vorbereitungen angefangen?«

»Natürlich«, sagte Duval. »Ein Dutzend unserer Leute ist seit heute früh damit beschäftigt, die Königspfalz herzurichten. Den Kämmerer habe ich angewiesen, die Bestände in den Lagerhäusern zu überprüfen und Wein, Bier, Fleisch und so weiter einzukaufen, falls die Vorräte nicht für das Gefolge des Königs reichen.«

»Ich wusste, auf euch ist Verlass«, sagte Michel erleichtert.

»Verpflegung für über dreihundert Leute, darunter so anspruchsvolle Gaumen wie Konrad von Scharfenberg und der König selbst – ich will mir gar nicht vorstellen, was das kosten wird«, meinte Deforest.

»Damit es nicht zu bösen Überraschungen kommt, sollte ich jetzt nachrechnen, wie viel Silber wir noch in unseren Schatullen haben.« Michel erhob sich. »Ihr entschuldigt mich.«

Draußen auf dem Gang erteilte er einem Stadtknecht den Auftrag, zu Lefèvres Haus zu gehen und den Arrest aufzuheben. Zwar hätte er Lefèvre liebend gern bis zum Ende aller Tage weggesperrt, doch ohne ein Urteil des Gerichts hatte er kein Recht dazu, einen anderen Ratsherrn länger als nötig festzusetzen. Als der Büttel davoneilte, betrat Michel endlich seine Amtsstube und setzte sich an den schweren Eichentisch.

Früher hatte von dieser Kammer aus der Bischof Varennes' Geschicke gelenkt – heute tat dies Michel als gewähltes Oberhaupt der Bürgerschaft, das den Rat der Zwölf als Erster unter Gleichen anführte. Während durch das breite Doppelfenster die Nachmittagssonne hereinschien, blätterte er in dem Buch, in dem der Stadtschreiber jede Entscheidung des Rates in lateinischer Sprache vermerkte. Außerdem enthielt es Urteile des Gerichtes, Angaben zu den steuerpflichtigen Haushalten Varennes' und Abschriften der Steuer- und Zolllisten.

Im Jahre 1204, als die Bürgerschaft zum ersten Mal aus ihrer Mitte einen Rat gewählt hatte, hatten Michel und die anderen frischgebackenen Ratsherren auf die Schnelle eine Verfassung zusammengeschustert, damit sie in der Lage gewesen waren, die drängendsten Nöte der Bürger anzugehen. Seither hatten sie dieses Flickwerk aus eilig hingeworfenen Statuten und Gesetzen mehrmals überarbeitet. Michel hatte sich hierbei am bewährten Regiment der Stadt Speyer orientiert, zu der er beste Beziehungen besaß. Wie in der freien Reichsstadt am Rhein hatten sie festgelegt, dass die wichtigsten Ämter – der Bürgermeister, der Münzmeister, der Schultheiß, die Markt- und Zollaufsicht und der Vorsitz des Gerichts – stets an gewählte Ratsherren vergeben wurden, während die geringeren Posten – etwa der Kämmerer, der Allmendherr und der städtische Baumeister – an bezahlte Beamte auf Lebenszeit fielen.

Die jüngste Neuerung, die der Rat eingeführt hatte, betraf die Namen der Bürger. Die meisten einfachen Bewohner Varennes' hatten lediglich einen Vornamen. Das erschwerte solche Vorhaben wie das Erheben von Steuern beträchtlich, denn niemand konnte die ganzen Jeans, Pierres und Jacques, von denen es jeweils Dutzende gab, auseinanderhalten. Also hatte der Rat verfügt, ein jeder steuerpflichtige und mündige Mann mit Bürgerrecht müsse sich, falls noch nicht geschehen, einen Nachnamen wählen, den fortan auch sein Weib und seine Nachkommen tragen würden. Seitdem hatten alle Bürgerfamilien Namen, die zumeist auf den Beruf, die Herkunft oder besondere Merkmale ihres Oberhaupts verwiesen wie andernorts bereits üblich.

Im Zuge dessen hatte Michel endlich das »de« zwischen seinem Vor- und seinem Nachnamen entfernt. Seine Heimat war seit fünfundvierzig Jahren Varennes. Zwar leugnete er nicht, dass er aus dem kleinen Bauerndorf Fleury im Westen des Moseltales stammte, doch er hielt es für unnötig, ausdrücklich mit seinem Namen auf diese Tatsache hinzuweisen.

Der Stadtschreiber hatte bereits alle Ausgaben, die im Rahmen des königlichen Besuchs anfielen, eingetragen, sodass Michel nur noch die einzelnen Posten addieren und mit den Rücklagen in der Schatzkammer abgleichen musste. Als das Ergebnis feststand, seufzte er unwillkürlich. Es war nicht das erste Mal, dass ein König die Gastfreundschaft Varennes' in Anspruch nahm. Aber dieser Besuch würde zweifellos der teuerste sein, denn Friedrichs Gefolge war viel größer als das seines Vorgängers Otto von Braunschweig. Dabei brauchten sie das Geld dringend für die Instandhaltung der Stadtmauer, die Armenfürsorge, die Löhne der Beamten sowie die Säuberung der Straßen und öffentlichen Brunnen. Blieb zu hoffen, dass all die Ritter, Edelfrauen, Kleriker, Gelehrten und Knechte Friedrichs eifrig die Schenken und Märkte Varennes' besuchten. Denn die von der Fehde geschwächte städtische Wirtschaft konnte frisches Silber gut gebrauchen.

Gründlich sah Michel die Aufzeichnungen durch. Wie es schien, hatten die anderen Ratsherren an alles gedacht. Trotzdem entschied er, zur Königspfalz zu gehen und nachzuprüfen, wie weit die Vorbereitungen bereits gediehen waren. Als er gerade seine Mütze aufsetzte, flog die Tür auf, und Anseau Lefèvre stürmte herein.

»Ich bin in Eile, Herr Lefèvre. Wenn Ihr Euch also bitte kurzfassen würdet.«

»Nein. Ich werde sagen, was ich zu sagen habe, und Ihr werdet mir zuhören.«

»Euren kleinlichen Klagen, wie ungerecht Euch alle behandeln? Wohl kaum. Dafür fehlt mir die Zeit. Wenn Ihr unbedingt mit mir sprechen wollt, dann tut es, während ich mich wichtigeren Dingen widme.« Michel legte die Rechte auf den Knauf der offenen Tür und forderte Lefèvre mit der Linken auf, seine Amtsstube zu verlassen.

»Ihr wagt es, mich hinauszuwerfen wie einen Lakaien?«, fauchte der Geldverleiher.

»Dann eben nicht.« Michel schritt durch den Gang zur Treppe.

»Ihr habt mich vor der ganzen Stadt gedemütigt!«, keifte Lefèvre, während er ihm nachlief. »Ich verlange eine Entschuldigung!«

»Was geschehen ist, habt Ihr Euch selbst zuzuschreiben. Für eine Entschuldigung meinerseits besteht keine Veranlassung. Aber wenn Ihr nur einen Funken Anstand im Leib hättet, würdet *Ihr* um Vergebung bitten – und zwar Jean Caboche, sein Weib Adèle und all jene, deren Söhne, Brüder und Väter wegen Eurer Selbstsucht gestorben sind.«

Lefèvre folgte ihm durch die Eingangshalle nach draußen. »Hört, hört! Hier spricht Michel Fleury, der Heilige von Varennes. Wenn er das Aufgebot geführt hätte, wäre kein einziger Mann zu Schaden gekommen. Mit der Macht seiner unendlichen Liebe hätte er sie vor allen Schwerthieben und Lanzenstößen bewahrt.«

Michel würdigte das nicht mit einer Antwort. Er schritt über den Domplatz zur Grand Rue, vorbei an den Marktständen und dem gaffenden Stadtvolk.

»Verratet mir eins«, sagte Lefèvre. »Wie soll ich meine Arbeit als Ratsherr tun, wenn die halbe Stadt über mich lacht? Habt Ihr darüber schon einmal nachgedacht?«

Michel blieb stehen und blickte dem Geldverleiher in die Augen. Vor dreißig Jahren hätte ihm das kalte Feuer darin gehörigen Respekt eingeflößt. Doch seither hatte er genug kleinliche Bosheit und Niedertracht gesehen, um sich von Männern wie Lefèvre nicht mehr einschüchtern zu lassen. »Was das angeht, kann ich Euch beruhigen. Ihr werdet nicht mehr in die Verlegenheit kommen, für den Rat arbeiten zu müssen. Schon morgen werden wir Euch von dieser lästigen Pflicht befreien und dafür sorgen, dass Ihr den gerechten Lohn für Eure Verworfenheit bekommt.«

Lefèvre starrte ihn bohrend an. »Wie darf ich das verstehen?«

»Das könnt Ihr in der Vorladung nachlesen, die man Euch später zustellen wird. Noch einen schönen Tag, Anseau. Genießt ihn. Es könnte Euer letzter in Freiheit sein.«

Mit diesen Worten ließ Michel den Geldverleiher stehen und schritt die Grand Rue hinauf.

Die Menschen standen zwischen den Grabsteinen, unter den ausladenden Ästen der Bäume, hockten auf den Stufen der Beinhäuser. Halb Varennes, so erschien es Michel, war gekommen, um dem Gottesurteil zuzuschauen. Der Kirchhof von Saint-Pierre, wo Ordale seit jeher abgehalten wurden, war viel zu klein, um solche Menschenmassen aufzunehmen. Die meisten Leute drängten sich daher hinter den Friedhofsmauern und reckten die Köpfe, um ja nichts zu verpassen.

Michel und die anderen Mitglieder des Rates, die gemeinsam das städtische Gericht bildeten, saßen an einer Tafel im Schatten des Kirchenschiffs. Fünfzehn Stadtknechte, bewehrt mit Helmen und Spießen, schirmten den Bereich davor ab. Lefèvre stand stocksteif da und ignorierte die hasserfüllten Blicke, die Jean Caboche ihm zuwarf.

»Das Gericht der freien Stadt Varennes-Saint-Jacques wirft Euch vor, während der Fehde des Königs jenen Eid gebrochen zu haben, den Ihr am Tag Eurer Ernennung zum Ratsherrn geleistet habt«, sagte Henri Duval, der den Prozess in seiner Eigenschaft als Richter leitete. »Einst habt Ihr geschworen, die Bewohner dieser Stadt vor jeglichem Schaden zu bewahren. Als Hauptmann des städtischen Aufgebots aber habt Ihr Eure Männer bei sinnlosen Angriffen geopfert. Wir legen Euch zur Last, dass Euretwegen fünfzehn Bewohner dieser Stadt den Tod fanden und viele weitere verwundet wurden. Wollt Ihr Euch zu diesem Vorwurf äußern?«

»Dass die Männer starben oder zu Schaden kamen, ist nicht meine Schuld«, erwiderte Lefèvre mit fester Stimme. »Der Feind war stark und hat mutig gekämpft. Es stand nicht in meiner Macht, die Männer vor seinen Pfeilen und Schwertern zu schützen.«

Unruhe regte sich in der Menge. »Lügner!«, brüllte jemand. Duval rief die Leute zur Ordnung.

»Also bestreitet Ihr, Euren Amtseid gebrochen zu haben?«

»Aufs Entschiedenste. Seit ich dem Rat angehöre, hatte ich nichts als das Wohl Varennes' und meiner Mitbürger im Sinn, auch und besonders während der Fehde. Wer etwas anderes behauptet, beschmutzt meinen guten Ruf und fügt mir schweres Unrecht zu.«

Er lügt der ganzen Stadt ins Gesicht und hat nicht einmal den Anstand, dabei zu erröten, dachte Michel. *Womöglich glaubt er sogar selbst, was er da erzählt.* Er spähte zu Jean Caboche, der inzwischen so zornig war, dass er am ganzen Leib zu beben schien.

»Ihr wisst, wie unsere Gesetze einen solchen Fall regeln«, sagte Duval. »Wenn unsere Anschuldigungen gegen Euer Wort stehen und es keine eindeutigen Beweise für das eine oder das andere gibt, muss ein Gottesurteil die Wahrheit enthüllen.«

»Recht so!«, riefen einige Bürger. »Lasst den Allmächtigen durch die Feuerprobe sprechen!«

»Ja, die Feuerprobe!«, brüllten nun auch andere. »Wir fordern die Feuerprobe! Er soll seine Hand in die Flammen halten!«

»Als Patrizier der Stadt Varennes-Saint-Jacques steht mir das Privileg zu, meine Unschuld mit einer weniger schmerzhaften Prozedur beweisen zu dürfen«, sagte Lefèvre unbeeindruckt.

»Feigling!«, höhnte die Menge, und Duval musste abermals für Ruhe sorgen.

»Eurer Bitte wird stattgegeben. Wir werden auf dem Altar dieser Kirche zwei gleich große Kerzen entzünden. Wenn die rechte schneller abbrennt als die linke, sehen wir Eure Schuld als erwiesen an. Brennt hingegen die linke schneller ab, sprechen wir Euch von allen Vorwürfen frei.«

Die Menge machte ihrem Unmut Luft. Die Kerzenprobe war die unspektakulärste Methode, ein Gottesurteil herbeizuführen. Dennoch beharrte Duval auf diesem Vorgehen, denn die Gesetze Varennes' verboten es dem Gericht, einen hochrangigen Bürger einem peinigenden und mitunter tödlichen Ordal wie der Feuerprobe auszusetzen.

Die Ratsherren zogen mitsamt der Tafel und den Bänken ins Innere der Kirche um, die Menge strömte durch die Vordertür herein. Lefèvre wurde angewiesen, vor dem Altar zu knien, während Duval höchstselbst die beiden Kerzen anzündete.

»Nun liegt Euer Schicksal in Gottes Hand«, verkündete der Richter.

Bitte, o Herr, betete Michel, *offenbare seine Schuld, damit wir ihn endlich für seine Sünden bestrafen können.*

Die anderen Ratsherren murmelten ebenfalls Gebete. Auch Lefèvre flehte Gott um Beistand an. Anfangs beobachtete die Menge gespannt die Kerzen, doch bald schon machte sich Langeweile breit. Die ersten Leute gingen.

Obwohl man zwei dünne Kerzen genommen hatte, dauerte es mehr als eine Stunde, bis sich ein Ergebnis abzeichnete. Wer gute Augen hatte, konnte erkennen, dass die linke Kerze schneller abbrannte. Es wurde umso inbrünstiger gebetet, doch es half nichts: Nach einer weiteren Stunde war die linke Kerze bereits einen halben Zoll kürzer als die rechte. Ein dünnes Lächeln umspielte Lefèvres Lippen.

Duval verließ seinen Platz auf der Gerichtsbank und trat zum Altar. »Da es unwahrscheinlich ist, dass sich am Ergebnis des Ordals noch etwas ändern wird, schlage ich vor, dass wir es beenden und Gottes Richterspruch akzeptieren.«

»Nein!«, brauste Jean Caboche auf. »Wir warten, bis eine Kerze ganz heruntergebrannt ist!«

Duval setzte sich wieder. Zwei weitere Stunden verstrichen, und die Glocken läuteten zur Sext. Die Menge hatte sich inzwischen zum größten Teil zerstreut. Nur noch gut dreißig Menschen standen und saßen im Kirchenschiff und warteten.

Von der rechten Kerze war noch ein etwa ein Zoll großer Stummel übrig; die linke war so gut wie verschwunden. Als ihre Flamme erlosch, erhob sich Duval. Man hörte seiner Stimme an, wie schwer es ihm fiel, die folgenden Worte zu sprechen:

»Der Herr, unser Schöpfer, hat durch die Kerzenprobe seinen Willen kundgetan: Anseau Lefèvre soll nicht bestraft werden. Er bleibt ein Mitglied des Rates und darf diese Kirche als unbescholtener Bürger verlassen.«

»Ich danke Euch, Henri. Ich wusste, auf die himmlische Gerechtigkeit würde Verlass sein.« Lefèvre erhob sich und verneigte sich mit spöttischer Nonchalance vor dem Richter.

»Er hat betrogen!«, brüllte Caboche. »Hier ging es nicht mit rechten Dingen zu!«

»Wir haben die Kerzen vorab geprüft – sie waren in Ordnung«, sagte Michel. »Ihr müsst das Urteil akzeptieren. Die Wege des Herrn sind nun einmal unergründlich.«

Auch andere Ratsherren redeten beruhigend auf Jean ein. Dennoch wurde der Schmiedemeister immer wütender und wollte sich schließlich auf Lefèvre stürzen, sodass sie ihn festhalten mussten.

»Lasst mich!«, schrie er. »Ich bring ihn um! Ich schlag ihm den Schädel ein!«

»Worauf wartet Ihr? Geht«, sagte Duval zu Lefèvre. »Na los!«

Die verbliebene Menge versperrte dem Geldverleiher den Weg. Viele Bürger waren kaum weniger zornig als Caboche, und in manch einem Augenpaar blitzte die Mordlust auf, sodass Duval sich gezwungen sah, Lefèvre die Hintertür zu öffnen und ihn von vier bewaffneten Stadtknechten sicher durch die Gassen geleiten zu lassen.

»Geht nach Hause«, wies er die Leute an. »Und denkt daran: Wer glaubt, das Recht in die eigene Hand nehmen zu können, bricht den Frieden dieser Stadt und wird mit aller Härte des Gesetzes bestraft.«

Die Stadtknechte trieben die Leute unsanft hinaus, sodass die Ratsherren schließlich mit dem Priester und dem Stadtschreiber allein in der Kirche waren. Jeans Raserei war Verzweiflung gewichen, er kniete auf dem Boden und weinte.

»Wir haben heute eine Niederlage erlitten, aber das ist nicht das Ende«, versuchte Michel den Freund zu beruhigen. »Wir werden einen anderen Weg finden, Lefèvre zu strafen.«

»Wie?«, fragte René Albert, ein Ratsherr aus dem Kaufmannsstand. »Er hat bisher noch immer den Kopf aus der Schlinge gezogen.«

»Zunächst einmal müssen wir dafür sorgen, dass er seinen Ratssitz verliert, damit er nicht noch mehr Unheil anrichten kann. Bei der Wahl nächsten Monat darf er auf keinen Fall genug Stimmen bekommen, um wieder in den Rat einzuziehen. Aber das sollte zu schaffen sein. Die Leute haben ihre Lektion gelernt. Sie werden nicht so dumm sein, ihn noch einmal zu wählen.«

»Ihr glaubt, Lefèvre ist so vermessen, wieder zu kandidieren?«, fragte Guichard Bonet, der Obermeister der Weber und Tuchfärber.

»Darauf würde ich Haus und Hof verwetten. Er wird uns nicht den Gefallen tun, sang- und klanglos abzutreten.«

Deforest nickte bekräftigend. »Solange es genügend arme Teufel gibt, die er einschüchtern oder kaufen kann, wird er es wieder versuchen.«

»Genau das«, sagte Michel, »werden wir diesmal verhindern.«

»Der König!«, hallte der Ruf über die Wiesen. »Der König kommt!«

Nachdem gegen Mittag ein Ritter Friedrichs die baldige Ankunft seines Gebieters gemeldet hatte, hatte Michel einen seiner Knechte angewiesen, den Hügel mit der Richtstätte zu erklimmen und die Straße zu beobachten. Der Bursche war kurzerhand auf den Galgen geklettert, damit er das Tal überblicken konnte. Jetzt, eine gute Stunde später, saß er breitbeinig auf dem Querbalken, winkte wie ein Besessener mit beiden Armen und brüllte wieder und wieder: »Der König! Der König!«

Die halbe Stadt hatte sich auf dem Viehmarkt versammelt, schwitzte in der heißen Nachmittagssonne und labte sich am Bier, das geschäftstüchtige Schankwirte herbeigeschafft hatten. In der vordersten Reihe, am Rand der alten Römerstraße, stand alles, was in Varennes Rang und Namen hatte: die Domherren, die Priester aller Pfarreien, die Obermeister der Handwerksbruderschaften, die Kaufleute der Gilde sowie die Ratsherren. Alle Mitglieder des Bürgerkollegiums, die gerade in der Stadt weilten, waren erschienen – alle außer Anseau Lefèvre, der es vorzog, sich in seinem Haus zu verkriechen.

Unruhe kam in die Menge, als die hinteren Reihen nach vorne drängten. Michel hatte wohlweislich Stadtknechte aufstellen lassen, die verhindern sollten, dass die begeisterten Bürger in Massen auf die Straße strömten und den König bedrängten.

Das Erste, was Michel sah, war eine Staubwolke, die zwischen den Birken am Moselufer aufstieg. Dann erschienen Reiter in der vor Hitze flirrenden Luft, verschwommen und unwirklich wie Geistererscheinungen. Erst zwei, dann vier, dann Dutzende – ein waffenstarrender Zug, ein wandernder Wald aus Lanzen, Bannern und Standarten. Es folgten Fußknechte, Sänften, Reisewagen, Saumpferde, bis schließlich der König selbst in Sicht kam. Er saß im Sattel seines Schlachtrosses, weithin erkennbar an der goldenen Krone auf seinem Haupt, und scherzte mit Konrad von Scharfenberg, der neben ihm ritt.

Das königliche Gefolge zog zum Salztor, bejubelt vom Stadtvolk, das solche Pracht nur selten zu sehen bekam. Als der König den Viehmarkt erreichte, traten die Ratsherren auf die Straße und fielen auf die Knie.

»Der Rat von Varennes-Saint-Jacques begrüßt Euch in unserer Stadt, mein Gebieter«, sagte Michel.

»Erhebt euch, ihr Herren«, forderte Friedrich die Männer lächelnd auf. Er bot eine wahrhaft königliche Erscheinung: Seine Tunika aus grünem Tuch war von goldenen Fäden durchwirkt, die an den Borten verschlungene Ranken bildeten. Über seinen Schultern lag ein roter Mantel, geschmückt mit dem Adler des Reiches, der gebieterisch seine Schwingen ausbreitete. Die Perlen und Edelsteine an seiner Krone glühten im Sonnenlicht, als bestünden sie aus purem überirdischem Feuer.

»Euer Besuch ehrt uns über alle Maßen«, fuhr Michel fort. »Bitte, seid unser Gast, solange Ihr wünscht. Lasst mich Euch zur Königspfalz geleiten.«

»Ein Pferd für Herrn Fleury«, befahl der König einem Schildknappen. Nachdem Michel aufgestiegen war, setzte sich der Zug wieder in Bewegung, und die Stadtoberen und das einfache Volk schlossen sich ihm an.

»Eine schöne Stadt habt Ihr da«, sagte Friedrich, während sie die Grand Rue hinaufritten. »Erzählt uns von ihr.«

Michel berichtete von der wechselhaften Geschichte Varennes', vom Wirken des heiligen Jacques, von den verschiedenen Märkten und der Mosel, die Varennes mit den größeren Städten im Norden verband. Friedrich war ein aufmerksamer Zuhörer, der kluge Fragen stellte. Bereits nach wenigen Sätzen des jungen Staufers wusste Michel, dass die Geschichten über ihn nicht übertrieben waren: Der König war ein vielseitig gebildeter und belesener Mann. Wenn er sich zum Handel, zur Stadtpolitik und zum christlichen Glauben äußerte, spürte man sein breit gefächertes Interesse an der Philosophie und den Naturwissenschaften sowie seine fortschrittliche Denkweise, die ihn aufgeschlossen für neue Ideen machte.

Michel stellte fest, dass er den jungen König mochte.

Sie durchquerten die Stadt und verließen sie durch das Nordtor. Jenseits der Wehrmauer, auf einem künstlichen Hügel, stand die Pfalz von Varennes, ein befestigter Palast, in dem der jeweilige König stets Obdach fand, wenn ihn seine Reisen ins lothringische Moseltal führten. Die einfachen Knechte und Dienstleute waren bereits hineingegangen, um alles für die Ankunft ihrer Herren vorzubereiten, während Friedrich und seine adligen Vasallen vor dem Tor warteten.

»Wir haben keine Kosten und Mühen gescheut, um Euch den Aufenthalt in Varennes so angenehm wie möglich zu machen«, erklärte Michel. »Sollte es dennoch an etwas fehlen, lasst es uns wissen.«

Tatsächlich hatte ein ganzes Heer städtischer Bediensteter bis vor einer Stunde in der Pfalz geschuftet, die Kammern geputzt, zahllose Ratten getötet, die Betten hergerichtet, Vorräte und Hafer für die Pferde hergeschafft und Bäder vorbereitet: eine wahre Herkulesarbeit, da sie nur drei Tage Zeit gehabt hatten. Der Kämmerer, der für all das die Verantwortung trug, war inzwischen reif für das Kloster.

»Wir danken Euch für Eure Gastfreundschaft, Herr Fleury«, sagte Friedrich. »Gewiss wird es uns in Eurer Stadt gefallen.«

»Ich denke, sie sind nun so weit, mein Gebieter«, meinte Konrad von Scharfenberg, der das Treiben in der Pfalz beobachtete.

»Vergesst nicht, uns morgen aufzusuchen«, erinnerte der König Michel, bevor er seinem Pferd die Sporen gab und mit seinen Vertrauten durch das Tor trabte.

Michel stieg aus dem Sattel, gab den Hengst den königlichen Schildknappen zurück und ging zu den Ratsherren und städtischen Würdenträgern, die auf der Straße warteten.

Eustache Deforest betrachtete mit kleinen Augen das königliche Gefolge, das in der Pfalz Quartier bezog, fuhr sich durch den Bart und murmelte kaum hörbar: »Die Kosten für all das! Die Kosten, der Herr sei uns gnädig …«

Rémy erwachte, als die Klosterglocken zur Prim riefen, dem ersten Gebet des Tages. Er blinzelte und blickte zu den Deckenbalken der kleinen Kammer auf, bis die Glockenschläge verklangen. Eugénie schlief noch tief und fest. Ihr Gesicht war in das Daunenkissen vergraben, ihr langes schwarzes Haar lag wirr auf dem Leinenbezug, sodass er nur ihre Stupsnase und einen Teil ihrer Wange sehen konnte. Rémy lächelte. Der frühe Morgen war nichts für sie, ganz und gar nicht. Eugénie war ein Mensch der Abendstunden und lag manchmal bis zum späten Vormittag im Bett. Sie konnte es sich erlauben: Ihre Schenke öffnete meist erst zur Sext.

Rémy hingegen liebte den Morgen. Vorsichtig, um sie nicht zu wecken, schob er ihre Hand, die auf seiner Brust lag, zur Seite, schlug die Decke auf und trat nackt an das winzige Fenster. Obwohl Eugénie und er erst gegen Mitternacht zu Bett gegangen waren und sich anschließend lange geliebt hatten, fühlte er sich weder müde noch schlapp. Wie sein Vater brauchte er nicht viel Schlaf.

Eugénies Kammer befand sich unter dem Dach ihrer Schenke. Vom Fenster aus konnte man den Salzmarkt und die angrenzende Judengasse überblicken. Es war ein Morgen, wie Rémy ihn schätzte: klar, frisch und sonnig. Gerade hoben die Stadtknechte mit vereinten Kräften den Balken aus den Halterungen und öffneten das Tor. Draußen warteten bereits auswärtige Händler und Bauern aus der Umgebung. Die Bauern wurden sofort eingelassen und riefen den Torwächtern ihre Grüße zu, während ihre Ochsenwagen über den Platz rumpelten. Die Kaufleute hingegen mussten warten, bis der städtische Zöllner ihre Waren begutachtet hatte.

»Komm wieder ins Bett.«

Eugénie hatte sich das Haar zur Seite gestrichen und blickte ihn mit trüben Augen an. Wie jeden Morgen bot ihr hübsches Gesicht einen bejammernswerten Anblick, blass und teigig. Bevor sie den Kopf in einen Bottich mit kaltem Wasser gesteckt und einen Becher verdünnten Wein getrunken hatte, war nichts mit ihr anzufangen.

»Ich muss gleich los, Anton wecken.«

»Lass den armen Teufel schlafen. Es ist doch noch fast Nacht.«

»Er hat lange genug geschlafen. Als ich noch Lehrling war, hat mich der Meister manchmal schon vor Sonnenaufgang aus dem Bett gescheucht.«

»Du bist ein Unmensch, Rémy. Ihr Handwerker seid alle Unmenschen. Mit eurer Frühaufsteherei macht ihr allen anderen das Leben zur Hölle. Ich werde beim Rat eine Eingabe machen und verlangen, dass niemand mehr vor der Terz das Bett verlassen darf. Wer dagegen verstößt, bekommt Schläge auf die nackten Fußsohlen.«

Lachend schlüpfte er in seine Bruche, verknotete die Kordel an der Hüfte und wusch sich an dem Bottich neben dem Fenster. Anschließend griff er nach seinem Gewand, das über der Stuhllehne hing.

»Küss mich wenigstens zum Abschied«, forderte Eugénie.

Rémy setzte sich auf die Bettkante und küsste sie auf die Lippen. Warm und weich waren sie, ihre Zungenspitze schlüpfte in seinen Mund, sie vergrub ihre Hand in seinem Haar, ergriff mit der anderen seine Linke und zog sie unter die Decke, sodass er ihren Busen berührte. Ihre Brustwarzen waren steif und fest. Obwohl Rémy jähe Erregung durchfloss, gelang es ihm irgendwie, sich von Eugénie zu lösen und aufzustehen.

»Das war hinterhältig von dir«, schalt er sie mit gespielter Strenge.

»Es war einen Versuch wert, oder?«, gab sie grinsend zurück.

»Ich muss wirklich los.« Er küsste sie noch einmal, diesmal züchtig auf die Stirn, und zog Schuhe und Gürtel an.

»Ja, geh. Geh nur zu deinen verdammten Büchern, während sich deine Geliebte nach dir verzehrt.«

»›Während sie den ganzen Morgen verschläft‹, wolltest du sagen. Wir sehen uns heute Abend.«

Fluchend zog sie sich die Decke über den Kopf, als er die Tür öffnete und die enge Stiege zum Schankraum hinabging.

Wie immer, wenn er die Nacht mit Eugénie verbracht hatte, fragte er sich, ob er sie liebte. Er wusste es nicht. Vielleicht – ein wenig. Sie kannten sich seit Jahren, doch das Bett teilten sie erst seit ein paar Monaten miteinander. Sie genossen ihr Zusammensein und vermieden es, Verpflichtungen einzugehen. Eugénie hatte ihm gleich zu Beginn zu verstehen gegeben, dass sie nicht heiraten wollte. Ihre Eigenständigkeit, die sie sich mühsam gegen den Widerstand ihrer Brüder erkämpft hatte, bedeutete ihr viel. Sie wollte sich noch nicht an einen Mann binden, der sich womöglich in ihr Geschäft einmischte und von ihr verlangte, als Mutter seiner Kinder das Haus zu hüten.

Und Rémy? Er war jetzt achtundzwanzig, überreif für die Ehe, woran sein Vater ihn regelmäßig erinnerte. Doch er verspürte keinerlei Verlangen danach, eine Familie zu gründen. Woran das lag, vermochte er nicht zu sagen. Möglicherweise hatte er die Richtige einfach noch nicht gefunden. Eugénie – bei all ihrem Liebreiz – war es ganz sicher nicht.

Eine fröhliche Melodie pfeifend, schlenderte er durch die Gassen. Ein städtischer Ausrufer hatte gestern verkündet, der Rat habe verfügt, dass heute nur bis zur Sext gearbeitet werde. Denn der König werde im Dom zu Varennes die Messe besuchen und wünsche, dass anschließend jeder Bürger sein Tagwerk ruhen lasse und auf sein Wohl trinke. Deshalb wurde in den meisten Werkstätten bereits gearbeitet, denn die Handwerker wollten die knappe Zeit bis zur Mittagsstunde nutzen, bevor sie sich mit ihren Nachbarn auf den Kirchhöfen ihrer Pfarreien trafen und auf Friedrich anstießen.

Rémys Haus befand sich auf halber Höhe zwischen Salz- und Heumarkt, in einer Gasse, die noch vor wenigen Jahren zu den ärmeren dieser Gegend gehört hatte, bevor der allgemeine wirtschaftliche Aufschwung auch hier angekommen war. Inzwischen waren viele der alten Holz- und Lehmhütten Steingebäuden gewichen. Auch Rémys Haus bestand gänzlich aus Stein. Anfangs hatte er es für einen günstigen Zins gepachtet, bis er es vor zwei Jahren dem einstigen Besitzer mitsamt der Parzelle abgekauft hatte.

Rémy schloss die Tür auf und grüßte seinen Nachbarn, ein Schuster wie fast alle Bewohner dieser Gasse. Das gesamte Viertel befand sich in fester Hand der Schuhmacher, die sich wie alle Handwerker Varennes' schon vor ewigen Zeiten zu einer Gemeinschaft zusammengeschlossen hatten. Die Handwerksbruderschaften traten für die Interessen ihrer Mitglieder ein, kümmerten sich um alte, kranke oder in Not geratene Meister und organisierten in ihrem Viertel an hohen Feiertagen die Festlichkeiten. Da es in Varennes keine anderen weltlichen Schreiber und Buchmaler gab, deren Bruderschaft Rémy hätte beitreten können, war ihm nichts anderes übrig geblieben, als sich den Schustern anzuschließen, zu denen auch die Gürtler und Seiler gehörten. Obwohl er in diesen Gassen anfangs als Sonderling gegolten hatte, hatten ihn die Männer herzlich in ihrer Mitte aufgenommen. Rémy hatte es ihnen gedankt, indem er die Statuten der Bruderschaft, die zweihundert Jahre lang mündlich überliefert worden waren, in lateinischer Sprache für sie niedergeschrieben hatte. Die Urkunde wurde in der Kapelle der Bruderschaft aufbewahrt. Da Rémy einer der wenigen Meister war, die lesen konnten, fiel bei den Zusammenkünften der Bruderschaft stets ihm die Aufgabe zu, neuen Mitgliedern die Statuten vorzutragen.

Er musste Anton nicht wecken – sein Lehrling war bereits wach und werkelte in der Küche. Der vierzehnjährige Bursche hatte ein beinahe unheimliches Talent entwickelt, die Wünsche seines Meisters vorauszuahnen. Er brachte Rémy die ersehnte warme Ziegenmilch sowie einen Kanten Brot, etwas Hartkäse und einen Zipfel Räucherwurst.

»Rühr doch schon einmal den Leim, die Tinte und die Farben an«, wies Rémy ihn an.

»Ultramarin und Zinnoberrot wie gestern, Meister?«

»Auch ein wenig Grün, Braun und Gold. Wir müssen heute unbedingt mit den Miniaturen anfangen.« Während sich der Junge an die Arbeit machte, setzte sich Rémy an den Tisch und verzehrte sein Morgenbrot.

Kurz darauf trafen seine Mitarbeiter ein. Gaston, ein unscheinbarer Bursche von zwanzig Jahren mit Pagenkopf, war sein Geselle. Rémy hatte ihn selbst ausgebildet und nach dem Ende der Lehrzeit fest eingestellt. Gaston und er verstanden sich blind, sodass er ihm kaum je Anweisungen geben musste. Das kam ihnen beiden entgegen: Genau wie Rémy war der Geselle ein wortkarger Einzelgänger, der am besten arbeitete, wenn man ihn in Ruhe ließ. Manchmal sprach er stundenlang kein einziges Wort. So hatte es Rémy am liebsten.

Dreux hingegen redete gerne und oft, denn außer Rémy,

Gaston und Anton hatte er niemanden, der ihm zuhörte. Der Alte hauste in einer trostlosen Kate in der Unterstadt, Familie hatte er keine, und von seinen Freunden lebte niemand mehr. Früher war er der Gehilfe des Stadtschreibers gewesen, bis sich sein Augenlicht getrübt hatte und er nicht mehr imstande gewesen war, seine Arbeit auszuüben. Die Almosen, die er von seiner Bruderschaft bekam, reichten vorne und hinten nicht, sodass er eines Tages bei Rémy vor der Tür gestanden und um Arbeit gebeten hatte. Anfangs hatte Rémy nicht gewusst, was er mit dem Alten anfangen sollte. Dreux konnte zwar lesen und schreiben und beherrschte einigermaßen Latein, doch wegen seiner Augen konnte er keine Schriftstücke kopieren, geschweige denn Bücher illuminieren. Außerdem gestattete die Bruderschaft Rémy nur einen Gesellen. Da er es jedoch nicht übers Herz gebracht hatte, den Alten wegzuschicken, hatte er ihm gelegentlich einfache Hilfsarbeiten gegeben oder ihn auf dem Markt neues Pergament einkaufen lassen. Dankbar erfüllte Dreux jeden Auftrag und fing irgendwann an, unaufgefordert alle möglichen anderen Arbeiten auszuführen. Er fegte die Werkstatt, wusch die Pinsel aus und half Anton, das Pergament zu glätten. Nach ein paar Monaten schließlich tauchte er wie selbstverständlich jeden Morgen auf und machte sich nützlich. Als Rémy erkannte, dass er den Alten nicht mehr loswerden würde, fügte er sich seufzend in sein Schicksal, ernannte ihn zu seinem Gehilfen und zahlte ihm mehr Lohn.

Während die Männer ein paar Bissen aßen und sich einen Krug Dünnbier teilten, plapperte Dreux aufgeregt vom König, den er gestern gesehen hatte. Glaubte man dem Alten, war Friedrich nicht nur ein Universalgenie, das sieben Sprachen beherrschte und jede Wissenschaft des Abendlandes studiert hatte, sondern auch ein neuer Heiland, der herabgestiegen war, um die Christen zu erlösen von Aberglauben und Unwissenheit.

»Ich sage Euch, mit diesem König sind wir in ein neues

Zeitalter eingetreten!«, verkündete er und wedelte dabei belehrend mit dem Zeigefinger. »Ein Goldenes Zeitalter der Bildung. Friedrich wird die Menschen aus der Finsternis der Illiteralität führen. Bald wird es niemanden mehr geben, der nicht lesen und schreiben kann. Sogar die Gerber und die Tagelöhner werden miteinander Latein sprechen.«

»Wenn das so ist«, sagte Rémy, »sollten wir schleunigst unseren Beitrag zu Friedrichs Feldzug gegen die Dummheit leisten. An die Arbeit, meine Herren. Es soll später nicht heißen, wir hätten das Goldene Zeitalter verschlafen!«

Rémy und seine Mitarbeiter waren eine eingespielte Truppe, und jeder wusste, was er zu tun hatte. Dreux und Anton schnitten Pergament für künftige Aufträge zurecht, schabten die verbliebenen Fellhaare ab und linierten die Seiten mit dem Knochengriffel. Rémy und Gaston arbeiteten weiter an dem Stundenbuch für den Kaufmann Fromony Baffour. Den Text der Gebetssammlung hatten sie in den vergangenen Wochen kopiert. Heute begann Gaston mit der Initiale des ersten Kapitels, dem einleitenden Buchstaben, der viel größer als die übrigen Lettern war und fast ein Viertel der Seite einnahm. Rémy hatte die Initiale mit groben Strichen vorgezeichnet; der Geselle verwandelte sie nun mit geübten Pinselstrichen in ein kleines Kunstwerk. Rémy nahm sich derweil eine andere Seite vor und begann, die freie Fläche um das Gebet mit Miniaturen zu verzieren.

Illuminierte Handschriften fertigte Rémy meist auf Bestellung an, manchmal aber auch für den freien Verkauf: Dann kopierte er Bücher, die er ohnehin für einen Auftraggeber abschreiben musste, einfach ein zweites Mal, bot das Exemplar später auf dem Markt feil oder gab es seiner Mutter, damit sie es für ihn verkaufte. Auf diese Weise überbrückte er Auftragsflauten, denn mit aufwendig verzierten Psaltern, Bibeln oder Versromanen ließ sich in Metz und anderen großen Städten gutes Geld verdienen.

Zu seinem Leidwesen machten Handschriften nur einen geringen Teil seiner Aufträge aus, denn der Bedarf an Büchern war in Varennes ausgesprochen gering. Nur wenige Bürger konnten sich teure Stundenbücher oder Liederhandschriften leisten; davon abgesehen, waren abseits des Klerus nur wenige Menschen schriftkundig und der lateinischen Sprache mächtig. Dabei hatte sich die Lage in den letzten fünfzig Jahren merklich gebessert. Inzwischen konnten wenigstens die meisten Kaufleute lesen und schreiben. Noch in der Mitte des vergangenen Jahrhunderts hatte kaum ein Laie diese Kunst beherrscht. Folglich war Rémy gezwungen, sein Geld hauptsächlich mit anderen Schreibarbeiten zu verdienen. Für seine Auftraggeber fertigten Gaston und er Rechnungen, Schuldscheine und Urkunden aller Art an. Handwerker und Krämer kamen in die Werkstatt und diktierten für ein paar Deniers Briefe und Verträge; illiterate Bürger baten ihn, ein Schriftstück vorzulesen und die lateinischen Worte in verständliches Lothringisch zu übersetzen.

All diese Arbeiten, obwohl nicht sonderlich anspruchsvoll, machte Rémy gern. Sie stellten sicher, dass ihm nie das Brot ausging und er stets seine Leute bezahlen konnte. Am glücklichsten jedoch war er, wenn er jenes Handwerk ausüben konnte, das er einst gelernt hatte: die Buchmalerei. Sie war für ihn das herrlichste Handwerk der Welt. Wenn er einen Text mit Miniaturen verzierte, mit Dornblattranken, Bordüren, winzigen Tieren, Menschen und Chimären, vergaß er alles um sich herum. Miniaturen begleiteten den Text wie die Leier eine gesungene Melodie, sie reicherten sie mit neuen Motiven an und verließen manchmal gar die Pfade, die Sätze und Wörter vorgaben, um eine gänzlich eigene Geschichte zu erzählen. Und Rémy hatte die Miniaturenmalerei zur Meisterschaft gebracht. Jedes Bildchen am Rand der Buchseite trug seine Handschrift; manchmal versteckte er darin kleine Botschaften, die nur er verstand, er pries den Scharfsinn des

Verfassers oder verspottete seine Irrtümer, wenn ihm dies angebracht erschien.

Inzwischen hatte sich die Qualität seiner Arbeit im ganzen Moseltal herumgesprochen. Seine Kunden kamen aus Metz, Toul und Épinal, reiche Patrizier und Edelleute, die bei Rémy Psalter, epische Erzählungen und Abschriften antiker philosophischer Werke bestellten. Sie zahlten gut, und doch war das Leben mitunter hart. Die Abtei Longchamp, deren Skriptorium bis vor vier Jahren die einzige Schreibwerkstatt in der Stadt gewesen war, betrachtete ihn als einen Rivalen, den es mit allen Mitteln zu bekämpfen galt. Was hatte Abt Wigéric, der Vorsteher des Klosters, nicht alles versucht, um ihm das Leben schwer zu machen. Zuerst hatte er sich beim Rat und den Bruderschaften über Rémy beschwert und verlangt, dass seine Werkstatt geschlossen werde. Als er dort nichts erreichte, wandte er sich an den Bischof und bat ihn einzuschreiten. Doch der Bischof konnte nichts gegen Rémy unternehmen, denn Varennes war eine freie Stadt, in der sich seine Befugnisse auf geistliche Angelegenheiten beschränkten. Also fing Wigéric an, Gerüchte zu verbreiten, Rémy betrüge seine Kunden, verwende minderwertiges Material und beherrsche nicht richtig Latein. Doch das böswillige Gerede konnte Rémys Aufstieg nicht verhindern. Er wehrte sich, indem er schneller, billiger und besser arbeitete als die Abtei Longchamp, sodass Wigéric schließlich besiegt aufgab.

Rémy legte die fertige Doppelseite zum Trocknen auf das Gestell und nahm sich eine neue Seite vom Stapel. Das Stundenbuch für Baffour war ein äußerst lukrativer Auftrag, er rechnete mit einem Reingewinn von anderthalb Pfund Silber. Folglich war er diesmal besonders darauf bedacht, gute Arbeit abzuliefern. Bevor er anfing, den Text zu verzieren, kontrollierte er die Seite gründlich auf Schreibfehler, Tintenkleckse und andere Mängel. Zum Glück konnte er sich auf Gaston verlassen: Wenn seinem Gesellen ein Fehler unterlief, was selten genug geschah, meldete er ihn sofort, damit Rémy sogleich etwas dagegen unternehmen konnte.

Fromony Baffour galt als der schlimmste Geizhals und Ausbeuter Varennes', obendrein war er ein Heuchler, der jeden Morgen in die Kirche rannte und schluchzend seine Sünden beichtete. Rémy konnte der Versuchung nicht widerstehen, an passender Stelle den einen oder anderen verborgenen Hinweis auf Baffours charakterliche Mängel in die Miniaturen einzuflechten: hier ein winziger Kaufmann, der wegen seiner Habgier in der Hölle brannte; da ein Reicher, der vom Schiff fiel und vom Gold in seinen Taschen auf den Meeresgrund gezogen wurde. Rémy machte sich keine Sorgen, dass Baffour dies bemerken würde: Der Kaufmann hatte keinen Sinn für die Schönheit von Buchschmuck – ihn interessierte allein das Prestige, das der Besitz einer kostbaren Handschrift einbrachte. Vermutlich würde er das Buch kein einziges Mal lesen – die Gebete darin kannte er ohnehin auswendig –, sondern es gleich nach dem Kauf im Gesellschaftssaal ausstellen, damit Besucher es bewundern konnten.

Heute kamen sie zügig voran, sodass Rémy die Arbeit guten Gewissens beenden konnte, als die Glocken zur Sext schlugen. »Bis morgen, Meister«, sagte Gaston, bevor Dreux und er nach Hause gingen. Anders als die meisten Gesellen wohnte Gaston nicht bei seinem Lohnherrn, sondern in einem Mietquartier in der Grand Rue. Da Rémy ihn anständig bezahlte, konnte er sich eine eigene Unterkunft leisten.

Inzwischen war es heiß geworden. Rémy zog sich oben in seinen Wohnräumen ein leichteres Gewand an, ehe er die Werkstatt abschloss und sich auf den Weg zur Königspfalz machte.

Auf den Kirchhöfen floss bereits das Bier in Strömen, die Leute ließen den König hochleben, manche hatten Flöten und Leiern mitgebracht und stimmten ausgelassene Lieder an. »Setz dich zu uns, Rémy!«, rief Jean-Pierre Cordonnier, der Obermeister der Schuster, Gürtler und Seiler, der mit seliger Miene an der Friedhofsmauer lehnte, in der Hand einen Humpen und den Arm besitzergreifend um seine junge Frau gelegt.

»Ein andermal, Jean-Pierre, ich hab heute noch was zu tun.« Rémy winkte den Männern seiner Bruderschaft zu und ging seines Weges.

Als er durch das Nordtor schritt, roch er schon von Weitem den Duft gebratenen Fleisches. Die einfachen Ritter und Fußknechte aus dem Gefolge Friedrichs, für die in den Wohngebäuden der Pfalz kein Platz mehr war, hatten auf den Wiesen ihre Zelte aufgeschlagen und grillten an den Feuern Wildbret. Es herrschte eine Stimmung wie auf einem Volksfest. Fahrende Spielleute unterhielten die Männer mit Musik und Gaukelspiel, in der Hoffnung auf ein paar Silbermünzen. Einige Ritter hatten spontan ein kleines Turnier auf die Beine gestellt und maßen sich im Lanzenstechen, zur Freude einiger Edeldamen, die auf der Hofmauer standen und ihren Favoriten zujubelten.

Rémy ließ sich treiben. Nachdem er eine Weile durch die Zeltstadt geschlendert war, kaufte er bei einem Schankwirt, der mit seinem Handkarren herumschlurfte, einen Becher Bier, setzte sich neben der Kapelle in den Schatten und beobachtete das Geschehen.

Wären die Birken vor dem Palas nicht gewesen und das lothringische Geschrei der fliegenden Händler, er hätte glauben können, er sei nicht mehr im Moseltal, sondern irgendwo im fernen Apulien. Die Knechte und Dienstboten, die über die Wege eilten, die Geistlichen und die Edelleute beim Tric Trac, fast alle sprachen sie *volgare*, die Zunge Süditaliens. Die Männer hatten ledrige, von der Sonne gegerbte Haut, die Frauen dunkle, verführerische Augen; beide Geschlechter schmückten sich mit Edelsteinen aus fernen Ländern und kleideten sich in

Gewänder von einer Pracht und Eleganz, die man in Varennes selten zu sehen bekam.

Und dann die Tiere. Nicht nur Pferde und Jagdhunde führte Friedrichs Gefolgschaft mit sich, auch Dromedare und Kamele erblickte Rémy. Mitten auf der Wiese hatten Friedrichs Tierpfleger mehrere Käfige errichtet. Einer enthielt ein Löwenpaar, die anderen Leoparden, Panther sowie eine Horde kreischender und überaus agiler Kreaturen, die Rémy bisher nur auf Bildern gesehen hatte: Affen. Vor dem Palas stand außerdem eine Voliere mit verschiedenen Greifvögeln, Friedrichs geliebten Jagdgefährten. Zwei Falkner kümmerten sich pausenlos um die Tiere und hatten offenbar keine andere Aufgabe, als ihr Wohlergehen sicherzustellen.

Rémy trank sein Bier aus und erkundigte sich bei einem Knecht, wo sich die königliche Bibliothek befand. Der Bursche schickte ihn zur großen Aula, in der Friedrich schon den ganzen Morgen Besucher und Günstlinge empfing. Rémy betrat den Palas durch einen Seiteneingang und ging zu einer Pforte im rückwärtigen Teil des Hauptflügels.

Vor der eisenbeschlagenen Tür hielt ein Knappe in Kettenrüstung Wache. Rémy stellte sich vor und bat darum, in die Bibliothek eingelassen zu werden. Als der Knappe ihn nicht verstand, wiederholte er sein Anliegen auf Latein und auf Deutsch, das Rémy seit seiner Kindheit beherrschte. Zur Antwort bekam er einen gereizten Wortschwall auf *volgare*. Obschon der italienische Dialekt mit dem Lateinischen verwandt war, verstand Rémy kaum die Hälfte. Der Knappe schien jedenfalls entschlossen, ihn nicht hereinzulassen.

»Ich bin Schreiber und Meister der Buchmalerei«, erklärte Rémy geduldig. »Ich weiß, dass man mit Büchern sorgsam umgehen muss. Ihr habt mein Wort, dass ich nichts anfassen werde.«

Der Knappe wurde nur noch wütender. Angelockt von seiner aufgebrachten Stimme, erschien ein zweiter Bewaffneter. Die beiden Männer bauten sich bedrohlich vor Rémy auf.

»Ich verstehe die Aufregung nicht. Alles, was ich will, ist, die Büchersammlung des Königs zu besichtigen. Kein Grund, mich zu beschimpfen …«

Plötzlich packten die Knappen ihn an den Armen.

»He! Was fällt euch ein?«

Sein Protest nutzte nichts. Unsanft schoben die Männer ihn von der Tür weg und versetzten ihm einen Stoß, sodass er zurücktaumelte.

»So könnt ihr nicht mit mir umspringen! Ich werde mich über euch beschweren!«, rief Rémy, als er leises Kichern vernahm. Er fuhr herum und erblickte einen Mann, der grinsend an einer Säule lehnte. »Was gibt's da zu lachen?«, blaffte er.

»Oh, eine Menge«, antwortete der Mann auf Deutsch. »Angefangen mit Eurem rührenden Versuch, diesem Kerl mit Vernunft beizukommen. Glaubtet Ihr ernsthaft, ein Schlagetot wie er verstünde auch nur ein Wort Latein?«

Missmutig strich Rémy sein Gewand glatt und musterte den Fremden. Er mochte fünfundvierzig, vielleicht fünfzig Sommer alt sein und hatte ein von Falten zerfurchtes, aber anziehendes Gesicht. Silbernes Haar floss ihm über die Schultern; silbern war auch der spitze Kinnbart. Der Kleidung nach zu schließen, war er Ministeriale oder Ritter.

»Ich will nur die Bibliothek besichtigen«, meinte Rémy. »Ich habe nicht erwartet, dass einem das so schwer gemacht wird.«

»Nun, der König hütet seine Bücher wie einen Schatz.« Der Fremde kam näher. »Die Wachen haben den Auftrag, nur Männer hineinzulassen, die würdig sind und etwas von Büchern verstehen. Euch hielten sie offenbar für einen Herumtreiber, dem es zuzutrauen ist, dass er sich an den kostbaren Prachtcodices vergreift.«

»Ich bin …«, begann Rémy aufgebracht, doch der Fremde beendete den Satz für ihn.

»… Schreiber und Meister der Buchmalerei, ich habe es gehört. Rémy, richtig? Ich bin Walther.«

Zögernd schüttelte Rémy die dargebotene Hand.

»Braucht Ihr vielleicht meine Hilfe, Meister Rémy?«, fragte Walther.

»Könnt Ihr diese Rohlinge dazu bringen, mich hineinzulassen?«

»Wartet hier. Ich zeige Euch, wie man es macht.« Walther ging zur Pforte und bellte einen scharfen Befehl auf *volgare*, woraufhin die beiden Knappen die Tür ohne Widerworte öffneten. Rémy schritt an ihnen vorbei und lächelte süffisant. Aus ihren Gesichtern sprach die blanke Mordlust, doch mit Walther in der Nähe wagten sie nicht, ihn noch einmal zu bedrohen.

»Seht Ihr?«, sagte Walther lächelnd. »So einfach ist das.«

»Warum gehorchen sie Euch aufs Wort? Stehen sie in Euren Diensten?«

»Das nicht. Aber ich habe das Ohr des Königs. Deshalb werden sie sich hüten, sich mir zu widersetzen.«

Rémy musterte seinen neuen Freund genauer. War Walther womöglich ein hochrangiger Edelmann? »Gehört Ihr zur Hofkanzlei?«

»Sehe ich aus wie ein dröger Pfaffe, der den ganzen Tag in alten Urkunden wühlt und sterbenslangweilige Vorträge über römisches Recht hält? Ich bin Minnesänger und Poet am Hofe Friedrichs.«

»Ein Poet.« Rémy verbarg seine Erheiterung. »Kenne ich etwas von Euch?«

»Davon dürft Ihr ausgehen – sofern Ihr kein Banause seid, der echte Liedkunst nicht vom Geschrei einer rolligen Katze unterscheiden kann.«

»Zum Beispiel?«, bohrte Rémy weiter.

»›Under der linden‹ ist eines meiner Stücke. Schon einmal davon gehört?«

»Natürlich. Jeder kennt ›Under der linden‹. Bei Gott – Ihr seid *der* Walther? Walther von der Vogelweide?«

»So nennt man mich zwischen Elbe und Rhein.« Walther deutete eine Verneigung an.

Rémy konnte es nicht fassen. Da sprach er mit dem berühmtesten Minnesänger des Reiches und ahnte nichts! »Ich bin ein großer Bewunderer Eurer Kunst. ›Under der linden‹ ist ein Meisterwerk. Jedes Mal, wenn ich es höre, rührt es mich zu Tränen.«

Walther schien um zwei Fingerbreit zu wachsen. »Ihr seid ein Kenner meines Werks?«

»Das will ich doch meinen. Ich kenne jedes Eurer Gedichte. Liederhandschriften mit Euren Stücken sind begehrt bei meinen Kunden. Erst letzten Winter habe ich eine Sammlung Eurer Lieder kopiert und illuminiert.«

»Was wären wir Dichter nur ohne euch Schreiber? Man würde uns vergessen, kaum dass der letzte Ton unserer Leier verklungen ist.«

»Was macht Ihr in Varennes-Saint-Jacques?«, fragte Rémy. »Zieht Ihr mit dem König durch das Land?« Walther war zweifellos ein eitler Pfau, doch irgendwie mochte er ihn.

»Bischof Konrad wünscht, dass ich einige politische Traktate für ihn verfasse. Loblieder auf Friedrich, Schmähungen seiner Gegner und dergleichen. Eine anspruchslose und mitunter stumpfsinnige Arbeit, aber was tut ein Mann nicht alles, um die Gunst des Königs zu gewinnen. Kommt. Ich führe Euch herum.«

Sie befanden sich in einem Gewölbesaal. Durch große Buntglasfenster mit biblischen Motiven fiel das Sonnenlicht herein und schuf ein verwirrendes Schattenspiel zwischen den Säulen. Überall standen schwere Truhen, und alle enthielten sie Bücher. Da der König nur wenige Tage in Varennes bleiben würde, hatten seine Archivare nur die schönsten Stücke ausgepackt. Sie lagen aufgeschlagen auf Tischen und Lesepulten, an manchen arbeiteten Schreiber und fertigten Kopien an, die der König verdienstvollen Klöstern schenken würde.

Ergriffen blickte Rémy sich um. Er hatte noch nie so viele Bücher auf einem Fleck gesehen – es mussten Hunderte sein, ein Schatz von unvorstellbarem Wert.

»So etwas sieht man nicht alle Tage, nicht wahr?«, meinte Walther.

»Wahrhaftig nicht.« Rémy flüsterte beinahe. An diesem Ort der Weisheit die Stimme zu erheben, erschien ihm wie Blasphemie.

Er schritt an den Folianten vorbei und konnte sich kaum sattsehen an ihrer Schönheit. Die königliche Bibliothek enthielt Bücher aller Größen und Formen: handliche Taschenbibeln und riesige Prachtcodices; Stundenbücher, Psalter und Lektionare, Chroniken, Versromane, medizinische Abhandlungen. Rémy hätte seine linke Hand dafür gegeben, sie sich ausleihen und kopieren zu dürfen.

Schließlich fiel ihm ein Codex auf, der aus der allgegenwärtigen Pracht noch herausstach. Das Buch war so mächtig, dass es den halben Tisch bedeckte.

»Nur zu. Schlagt es auf«, sagte Walther.

Rémy fuhr mit den Fingerkuppen über das Pergament, betrachtete die Miniaturen, überflog den Text. Es war das *Decretum Gratiani,* eine Sammlung von Gesetzen und Synodalbeschlüssen, zusammengestellt und kommentiert von einem Rechtsgelehrten der berühmten Universität zu Bologna. Die zahlreichen Bilder an den Seitenrändern und die winzigen Figuren, die die Initialen und Bordüren bevölkerten, illustrierten die jeweils behandelten Rechtsfragen auf höchst unterhaltsame Weise.

Solch ein Schatz gehört nicht hinter verschlossene Türen, dachte Rémy. *Jeder Mann, jede Frau sollte daran teilhaben dürfen.*

Stimmengewirr riss ihn aus seinen Gedanken. Durch eine offene Tür im hinteren Teil des Saales kamen mehrere Männer herein. Einige riefen Walther ihre Grüße zu, ehe sich die Gruppe an einem Tisch niederließ.

»Meine Freunde«, erklärte Walther. »Ich mache Euch mit ihnen bekannt.«

Sie setzten sich zu den Männern, bei denen es sich ausnahmslos um Gelehrte handelte, um Juristen, Theologen und Dichter wie Walther. Sie hielten sich aus den verschiedensten Gründen am Hof auf, erklärte der Minnesänger, denn der König sei ein Förderer von Kunst und Wissenschaft und umgebe sich gern mit gelehrten Männern. Am Tisch wurde ausschließlich Latein gesprochen, und man debattierte angeregt über philosophische Fragen. Ein Mann namens Leonardo da Pisa, den alle nur Fibonacci nannten, machte sich beispielsweise dafür stark, man solle in Mathematik und Buchhaltung die gängigen Ziffern durch die besser geeigneten indischen Zahlen ersetzen und obendrein eine gänzlich neue Ziffer einführen, die Null. Diese kuriose Forderung erregte am Tisch einigen Spott, doch Fibonacci verteidigte seine Ansicht derart wortgewandt, dass Rémy sich bald fragte, warum ihm der Gedanke, man brauche in der Rechenkunst dringend ein Zeichen für die Null, nicht längst selbst gekommen war.

Während er den Männern und ihren Gesprächen lauschte, wurde ihm bewusst, dass er nie zuvor Zeuge von so viel Wissen und Gelehrsamkeit gewesen war. Gewiss, auch in Varennes gab es gebildete Männer. Doch keiner von ihnen – nicht einmal sein weltgewandter Vater – konnte Friedrichs Dichtern und Philosophen das Wasser reichen.

Plötzlich erschien ihm seine Heimatstadt eng, provinziell und ganz und gar rückständig.

»Wenn Ihr mich fragt, ist das eine Unverschämtheit«, murrte Eustache Deforest und tupfte sich den Schweiß von der Stirn. »Ihr habt die Fehde beendet und Lothringen den Frieden gebracht, nicht diese ganzen Ritter und Grafen. Euch sollte Friedrich den Vorzug geben, nicht ihnen.«

Michel, Isabelle und ihre Freunde Duval und Deforest waren bereits früh am Morgen in die Pfalz gekommen, denn Michel wollte den König auf keinen Fall warten lassen. Dabei hätte er sich denken können, dass Friedrich zuerst seine Vasallen und Verbündeten empfangen würde, um ihnen für ihre Treue beim Kampf gegen Herzog Thiébaut zu danken. Zur Strafe für seinen Irrtum saßen sie seit Stunden im spärlichen Schatten unter den Birken und beobachteten die Edlen, die in der großen Aula ein und aus gingen. Wenigstens brachte ihnen ein Lakai gelegentlich gekühlten Wein, an dem sie sich dankbar labten. Nur Henri Duval rührte keinen Tropfen davon an. Er hatte miterlebt, wie die Trunksucht seinen Vater beinahe zugrunde gerichtet hatte, und trank daher seit frühester Jugend nur Wasser, Ziegenmilch und verdünnten Apfelmost.

»So ist das eben«, meinte Michel. »Es wird sicher nicht mehr lange dauern.«

Wenig später erschien ein Edelknecht und teilte Michel mit, Friedrich wolle ihn nun empfangen.

In der Aula, dem großen Saal der Pfalz, war es angenehm kühl. Friedrich, der Zweite seines Namens, thronte auf einem mit reichen Schnitzwerken versehenen Stuhl in der Mitte eines steinernen Podestes. An seiner Seite saß sein Kanzler, Bischof Konrad von Scharfenberg. Vier Schildknappen mit Lanzen und Dreieckschilden flankierten die beiden Männer. Zu ihrer Linken, im Schatten zwischen den Säulen, kauerten die Rechtsgelehrten und Schreiber der Hofkanzlei, setzten Urkunden auf, glichen sie mit alten Dokumenten aus dem Archiv ab und versahen sie mit dem Siegel des Königs.

Michel und seine Begleiter knieten nieder. »Ich grüße Euch in Christi Namen, Majestät. Dies sind mein Weib Isabelle und die Ratsherren Henri Duval und Eustache Deforest.«

»Erhebt euch.«

Der König blickte freundlich auf Michel herab. Falls ihn das stundenlange Sitzen auf dem Thron und die immer gleichen Gespräche mit seinen Gefolgsleuten erschöpft hatten, so ließ er es sich nicht anmerken. Er wirkte so frisch wie heute Morgen, als er zur Voliere gegangen war und nach seinen Falken gesehen hatte. Anders als sein Vater Heinrich, der launisch und ungeduldig gewesen war, scheute Friedrich das mühsame Klein-Klein der Reichspolitik nicht.

»Kaum ein Mann hat in diesem Jahr so viel für uns und das *Sacrum Imperium* getan wie Ihr, Herr Fleury«, begann er. »Ihr habt Lothringen und dem Elsass nach Wochen des Kampfes Frieden gebracht und uns ermöglicht, Herzog Thiébaut die Hand zu reichen und unsere Freundschaft mit ihm zu erneuern. Dafür gebührt Euch unser Dank.«

»Ich habe nur meine Christenpflicht getan«, sagte Michel.

»Weit mehr als das. Ihr habt Euch um die Einheit des Reiches verdient gemacht, ohne die es keinen Frieden, keinen Wohlstand und keinen Fortschritt geben kann. Bittet uns um eine Gunst, Herr Fleury. Was es auch ist, wir werden es Euch gewähren.«

»Ich habe die beste Frau von allen geheiratet und einen wohlgeratenen Sohn großgezogen, ich bin reich und genieße den Respekt meiner Freunde und Nachbarn. Gott hat mir bereits alles geschenkt, was ich mir je wünschte. Erlaubt mir daher, Euch um eine Gunst für meine Stadt zu bitten.«

»Ihr scheint Varennes-Saint-Jacques wahrlich über alles zu lieben.«

»Das tue ich, mein König.«

»Glücklich die Bürgerschaft, die von einem solchen Mann geführt wird. Nun denn, sprecht. Was können wir für Eure Stadt tun?«

Michel spürte die gespannten Blicke von Isabelle, Henri und Eustache, als er zu sprechen begann. »Wie Euch bekannt ist, erblüht Varennes, seit uns Euer Onkel König Philipp von Schwaben – möge er selig ruhen – in die Eigenständigkeit entlassen hat. Der Handel gedeiht, die Stadt wächst, von überall her kommen Menschen zu uns, weil sie Freiheit und Wohlstand suchen. Nur eines fehlt uns noch, damit Varennes zu einer mächtigen Reichsstadt aufsteigen kann.«

»Und das wäre?«, fragte Friedrich.

»Eine Handelsmesse, vergleichbar mit den großen Märkten in der Champagne.« Michel hörte, wie Deforest hinter ihm scharf einatmete. Was er da verlangte, war viel, vielleicht zu viel. Aber diese Gelegenheit war zu gut, um nicht alles zu versuchen. Die Kaufmannsgilde wartete bereits seit Jahrzehnten darauf, endlich aus dem Schatten des übermächtigen Nachbarn Metz zu treten. »Eine Messe, die in der ganzen Christenheit bekannt ist, würde Kaufleute aus Frankreich, England, Flandern, der Lombardei, vielleicht sogar aus Spanien und Byzanz nach Lothringen führen, sie würde im ganzen Moseltal Wohlstand und Fortschritt mehren. Varennes-Saint-Jacques könnte zu einem wichtigen Handelszentrum des westlichen Reiches neben Metz, Köln und Gent aufsteigen.«

Der König schwieg eine Weile, ehe er antwortete: »Das ist ein äußerst großzügiger Lohn, den Ihr da fordert, Herr Fleury.«

»Gewiss, mein Gebieter. Aber die Bürger von Varennes sind Euch und dem Haus Hohenstaufen stets treu ergeben. Sie scheuen keine Opfer, wenn Ihr sie um Hilfe ruft. Ich bitte Euch, zeigt ihnen, dass ihre Liebe zu Euch nicht unbemerkt geblieben ist. Außerdem würde eine Messe auch Euch zugutekommen. Je reicher und mächtiger wir sind, desto besser können wir Euch dienen. Ganz zu schweigen von den Steuern, die Euch ein neuer Markt einbringen würde.«

»Varennes ist eine kleine Stadt«, gab Friedrich zu bedenken. »Seid Ihr sicher, dass die Bürgerschaft in der Lage ist, die Herausforderungen, die ein Markt von internationalem Rang an sie stellt, zu meistern?«

»Ja, das bin ich. Die Bürger von Varennes haben schon weitaus größere Hindernisse überwunden.«

»Trotzdem fragen wir uns, ob eine neue Messe im Moseltal wirklich ein solcher Segen wäre, wie Ihr es schildert. Das Gleichgewicht zwischen der Champagne, dem Herzogtum und den anderen Handelsstädten Lothringens ist zerbrechlich. Ein großer Markt könnte es zerstören und so mehr Schaden als Nutzen bringen.«

»Wir würden unsere Messe nicht missbrauchen, um mit der Grafschaft Champagne und Metz in Konkurrenz zu treten«, sagte Michel. »Sie soll eine Ergänzung zu den vorhandenen Märkten sein und eine Lücke schließen, die zwischen dem südlichen Moseltal und Frankreich besteht.«

Der König beriet sich flüsternd mit Konrad von Scharfenberg. Der Kanzler rief einen Rechtsgelehrten zu sich und hieß ihn, verschiedene Verträge und Urkunden herzubringen. Nachdem er die Dokumente studiert hatte, sprachen Friedrich und er weiter miteinander, länger diesmal.

»Unter keinen Umständen darf eine neue Messe in Varennes den Champagnemärkten Schaden zufügen«, wandte sich der König schließlich wieder an Michel, »denn dies würde uns unser treuer Freund König Philippe von Frankreich nicht verzeihen. Wir fordern Euch daher auf, die Messe im Herbst auszurichten, wenn der Markt in Provins nur schwach besucht ist.«

»Das war ohnehin meine Absicht. Die Messe soll in der Woche nach dem Festtag des heiligen Jacques am fünfzehnten Tag des Oktober stattfinden.«

»Dann sind wir uns einig, Herr Fleury. Ein Schreiber der Hofkanzlei wird Euch später unsere Genehmigung der Messe mit Brief und Siegel geben. Ihr dürft Euch nun zurückziehen.«

»Ich danke Euch, Majestät, ich danke Euch tausendfach.«

Michel und seine Begleiter verneigten sich tief und verließen die Aula.

Draußen war Deforest der Erste, der Michel dankte. Der feiste Gildemeister legte ihm beide Hände auf die Schultern und rief: »Eine Messe! Eine eigene Handelsmesse für Varennes! Ihr seid wahrlich ein Teufelskerl.« Er drückte Michel an seinen ausladenden Bauch. »Bitte vergebt mir, dass ich Euch einen Verschwender genannt habe. Vom heutigen Tage an steht die Gilde tief in Eurer Schuld. Man wird Euch wie einen Helden feiern.«

»Jetzt lasst ihn schon los, Eustache«, meinte Isabelle. »*Ich* bin mit ihm verheiratet, schon vergessen?«

Rémy vergaß die Zeit, während er bei Walther und dessen Freunden saß – die gelehrten Debatten der Männer hatten ihn völlig in den Bann geschlagen. Erst als sich die Gruppe allmählich zerstreute, fiel ihm auf, dass der Nachmittag bereits weit vorgerückt war. Zu seinem Bedauern stand schließlich auch Walther auf.

»Ich muss noch ein wenig arbeiten«, sagte der Minnesänger. »Der König erwartet Ergebnisse, und Schmähreime gegen seine Feinde schreiben sich leider nicht von allein. Es hat mich gefreut, Eure Bekanntschaft zu machen, Meister Rémy.«

»Die Ehre ist ganz meinerseits. Hört nicht auf zu dichten, damit mir nie der Stoff für neue Liederhandschriften ausgeht.«

»Das steht nicht zu befürchten«, erklärte Walther lächelnd.

Nachdem er sich verabschiedet hatte, saß Rémy noch eine Weile bei Leonardo Fibonacci und einem sizilianischen Dichter namens Giacomo Pugliese, ehe sich der gelehrte Kreis vollends auflöste.

Rémy verließ die Bibliothek und schlenderte ziellos durch die Königspfalz. Er hatte Kopfschmerzen. Er war es nicht gewohnt, anderen stundenlang zuzuhören, denn normalerweise mied er Zusammenkünfte, bei denen viel geredet wurde, wie der Teufel das Weihwasser. Gleichzeitig erfüllte ihn eine seltsame Euphorie, eine ungeheure Tatkraft, als hätten ihn diese Männer mit ihren hochfliegenden Plänen angesteckt. Er dachte an Dreux und dessen Prophezeiung von einem Goldenen Zeitalter, das mit Friedrichs Krönung angebrochen sei.

Heute Morgen hatte er den Alten für sein schwärmerisches Gerede verspottet, nun kam es ihm plötzlich gar nicht mehr so töricht vor.

Wenn es nur mehr Männer wie Walther, Fibonacci und all die anderen gäbe.

Wenn es sie auch in Varennes gäbe.

Er setzte sich in den Schatten einer Linde und holte ein Stück Pergament und einen Bleigriffel hervor, die er immer bei sich trug. Er musste nachdenken, und das konnte er am besten, wenn er mit den Händen arbeitete.

Der Griffel huschte über das Pergament, Striche und Linien verschmolzen zu Ranken, verwunschenen Türmen, winzigen Rittern. Eine Idee nahm Gestalt an.

Als Renouart de Bézenne in der Königspfalz zu Varennes eintraf, war es bereits früher Abend. Ein frischer Wind vertrieb die drückende Hitze und raschelte in den Birkenwipfeln, weiße Wölkchen belagerten die sinkende Sonne.

Renouart war allein gekommen, ohne seine Waffenknechte, ohne sein Weib und seine Tochter. Er übergab sein Schlachtross den Pferdeknechten und schritt in Kettenpanzer und Waffenrock zum Palas. Vor dem Tor zur Aula sprach ihn ein königlicher Edelknecht an, ein stiernackiger Bursche mit quadratischem Schädel.

»Ihr kommt spät. Der König wartet seit dem Morgen auf Euch.«

»Sagt ihm, dass ich auf meinen Gütern aufgehalten wurde.«

»Sagt ihm das selbst«, blaffte der Edelknecht und betrat die Aula, um Renouarts Ankunft zu melden.

Die anderen Kriegsknechte vor dem Palas schauten verächtlich zu ihm herüber, spuckten aus und tuschelten miteinander, laut genug, dass er es auch ja mitbekam. Das Wort *traditore* fiel – Verräter. Renouart würdigte die Männer keines Blickes, obwohl es ihm schwerfiel. Seine Hand schloss sich um den

Schwertgriff. Unter anderen Umständen hätte er sie für diese Beleidigung zur Rechenschaft gezogen, doch er konnte es sich nicht leisten, Gefolgsleute des Königs zum Zweikampf zu fordern. Nicht hier, nicht jetzt. Seine Lage war heikel genug. Er konnte froh sein, dass er nach Thiébauts Kapitulation nicht in Gefangenschaft geraten war. Friedrich hatte ihn und die anderen Ritter des Herzogs gehen lassen, nachdem sie geschworen hatten, freiwillig nach Varennes zu kommen und sich seinem Urteil auszuliefern. Trotzdem war er nach wie vor ein Geächteter, denn der König hatte alle Getreuen Thiébauts bei Ausbruch der Fehde mit der Reichsacht belegt. Bis Friedrich den Bann aufhob, galt Renouart als Ausgestoßener, als Verbrecher und tat gut daran, sich demütig und unauffällig zu geben.

Man ließ ihn warten, natürlich. Renouart stand da, die Hand auf dem Schwertgriff, während eine volle Stunde verstrich. Schließlich kam der bullige Edelknecht zurück und hieß ihn hineinzugehen.

Da das Tageslicht zu schwinden begann, hatte man in der Aula Kerzen entzündet. Renouart trat vor Friedrich und Bischof Konrad und beugte das Knie.

»Verzeiht die Verspätung, Majestät. Ich war lange nicht auf meinen Gütern und musste mich zwei volle Tage lang um die Klagen meiner Hörigen kümmern.«

Mit einer knappen Handbewegung forderte Friedrich ihn auf, sich zu erheben. Sein Blick war kühl.

»Wir haben Euch herbestellt, um über Euer Verhalten während der Fehde zu richten und zu entscheiden, was fürderhin mit Euch geschehen soll«, begann er ohne Umschweife. »Wir geben zu, dass wir ratlos sind. Als Herzog Thiébaut für Érard de Brienne Partei ergriff, seid Ihr ihm gefolgt, obwohl Ihr wusstet, dass er unserem Willen zuwiderhandelt und unser Bündnis mit Philippe von Frankreich verletzt. Immerhin hattet Ihr den Anstand, zuvor das Lehen zurückzugeben, das Ihr einst von der Krone erhalten habt. Wir müssen anerkennen, dass Ihr ehrenhaft gehandelt habt. Gleichwohl habt Ihr Euch in einem schändlichen Krieg offen gegen uns gestellt. Was also sollen wir nun mit Euch tun?«

Renouart spürte die Blicke der Anwesenden auf sich ruhen. Die Männer der Hofkanzlei, die Schildknappen, die deutschen Ritter auf den Bänken, sie alle erwarteten seine nächsten Worte mit Spannung. »Ich lege mein Schicksal in Eure Hand und beuge mich Eurem Richterspruch.«

»Die Gelehrten der Hofkanzlei sind sich einig, dass Ihr Euch nicht der Felonie schuldig gemacht habt. Daher nehmen wir die Acht von Euch und erlauben Euch, in die Gemeinschaft unserer Untertanen zurückzukehren.«

»Habt Dank, mein König.«

»Trotzdem habt Ihr falsch gehandelt«, fuhr Friedrich fort. »Es wäre Eure Pflicht gewesen, Thiébaut die Treue aufzukündigen und die Seite des Rechts zu wählen – unsere. Erklärt uns, warum Ihr dennoch mit Thiébaut gegangen seid.«

»Seit über hundert Jahren dient meine Familie dem Haus Châtenois«, sagte Renouart. »Mein Großvater war ein Vasall von Herzog Mathieu. Mein Vater folgte Simon und später Simons Neffen Ferry. Ich selbst schwor Herzog Thiébaut die Treue, als mein Vater starb und Thiébaut mir das Gut meiner Familie zum Lehen gab. Ich wusste, dass es nicht klug von ihm war, mit Érard de Brienne gegen Blanche de Navarre zu ziehen. Aber hätte ich ihm die Gefolgschaft verweigert, hätte ich mit einer alten Familientradition gebrochen und das Werk meiner Vorfahren mit Füßen getreten. Die Ehre hat mir dies verboten.«

»Auch uns habt Ihr die Treue geschworen«, erwiderte der König schneidend. »Und ein Eid gegenüber Eurem König wiegt schwerer als Euer Bund mit Thiébaut, ganz zu schweigen von irgendeiner Familientradition.«

»Das weiß ich, mein Gebieter. Aber ich konnte nicht anders. Also entschied ich, das königliche Lehen zurückzugeben, um meinen Lehnseid Euch gegenüber in aller Form aufzulösen und klare Verhältnisse zu schaffen.«

Friedrich blickte ihn stechend an. »Und nun wollt Ihr Euren Lehnseid erneuern und uns abermals die Treue schwören?«

»Ja, mein König«, antwortete Renouart. »Die Umstände zwangen mich, gegen Euch zu kämpfen, aber ich tat es nicht gern. Bitte gestattet mir, Euch wieder zu dienen.«

»Wer garantiert uns, dass Ihr das nächste Mal uns folgt, wenn Ihr Euch wieder zwischen Eurem König und dem Herzog entscheiden müsst? Nach allem, was wir gehört haben, müssen wir davon ausgehen, dass Euch die Ehre auch in Zukunft verbieten wird, mit Eurer Familientradition zu brechen. Folglich können wir uns nicht auf Euch verlassen. Unter diesen Umständen müssen wir Euer Ersuchen ablehnen und können Euch das Land bei Magnières nicht zurückgeben. Es wird dem Ministerialen, der es seit Beginn der Fehde verwaltet, zum Lehen gegeben.«

Obwohl Renouart nicht erwartet hatte, dass der König in dieser Angelegenheit Milde walten lassen würde, krampfte sich sein Magen zusammen, als er Friedrichs Entscheidung vernahm. Ohne das Land bei Magnières standen seiner Familie harte Zeiten bevor. Ohne die Einkünfte aus diesen Gütern konnte er seinen finanziellen Verpflichtungen nur noch schwerlich nachkommen. Es kostete ihn große Überwindung, den Richterspruch demütig anzunehmen und sich zu verneigen. »Ich danke Euch, dass Ihr mich angehört habt, Majestät. Bitte erlaubt mir, mich zurückzuziehen.«

»Wir sind noch nicht fertig«, sagte der König kalt. »Bevor Ihr geht, müssen wir entscheiden, was mit Eurem anderen Lehen geschehen wird.«

Renouart stand stocksteif da. »Majestät?«

»Als Thiébaut unsere Ländereien im Elsass überfiel, hat er uns großen Schaden zugefügt. Da Ihr an diesem Feldzug teilgenommen habt, tragt Ihr eine Mitschuld an der Verwüstung von Rosheim. Es ist nur recht und billig, dass Ihr dieses Verbrechen sühnt und für den angerichteten Schaden aufkommt. Wir ziehen daher Euer verbliebenes Lehen ein und geben es einem unserer Ritter, der sich bei der Belagerung von Amance durch großen Mut hervorgetan hat und eine Belohnung für seine Treue verdient.«

Ein Raunen ging durch die Menge. Renouart holte tief Luft, bevor er das Wort an den König richtete. »Das Lehen wurde mir einst von Herzog Thiébaut verliehen. Nur er kann es mir nehmen. So will es das Gesetz.«

»Wir sind das gekrönte Haupt des Heiligen Römischen Reiches«, dröhnte Friedrich. »Nicht wir unterstehen dem Gesetz – das Gesetz untersteht uns! Und Ihr als unser Untertan habt Euch unserem Urteil zu fügen!«

»Aber wenn Ihr mir das Lehen nehmt, bin ich mittellos, und meiner Familie drohen Ruin, Armut und Schande.«

»Ihr wusstet, worauf Ihr Euch eingelassen habt, als Ihr Euch gegen Euren König stelltet. Nun tragt die Folgen wie ein Ehrenmann.«

Mit einem Mal begriff Renouart, was hier geschah. Friedrich hatte Thiébaut verziehen und ihm ermöglicht, das Gesicht zu wahren. An den einfachen Rittern hingegen, die dem Herzog die Treue gehalten hatten, wollte er ein Exempel statuieren, damit er sich nicht nachsagen lassen musste, mit seinen Feinden allzu nachsichtig zu sein. Auf Renouarts Kosten wollte Friedrich sein Ansehen beim Volk und beim Adel stärken. Renouart war ein Bauernopfer.

»Auf ein Wort, mein König«, sagte plötzlich Konrad von Scharfenberg.

Verärgert über die Unterbrechung, runzelte Friedrich die Stirn. Er neigte den Kopf zur Seite und hörte sich an, was sein Kanzler zu sagen hatte. Verwundert nahm Renouart zur Kenntnis, dass Konrad sich für ihn einsetzte. Obwohl der Bischof sehr leise sprach, vernahm er die Wortfetzen »Zwiespalt«, »Ehre« und »Gnade vor Recht«.

Renouart hielt den Atem an. Er wagte kaum zu hoffen.

»Nein«, schnitt der König Konrad das Wort ab. »Für das, was er getan hat, muss er bestraft werden. Renouart, wir entziehen Euch hiermit Euer Lehen sowie jeglichen Besitz, der auf diesem Lehen gründet. Behalten dürft Ihr allein Eure Rüstung, Eure Waffen, Euer Ross, die Kleider, die Ihr am Leib tragt, und ein Barvermögen von vierzig Sous. Damit seid Ihr kein Ritter mehr und verliert alle Privilegien, die mit diesem Rang verbunden sind. Ihr dürft Euch zurückziehen.«

Renouart spürte eine Enge in der Kehle, als habe man ihm die Henkersschlinge um den Hals gelegt. *Kein Ritter mehr.* Er unterdrückte das Zittern seiner rechten Hand und verneigte sich steif. »Gott segne Euch, Majestät«, brachte er leise hervor, ehe er sich abwandte und davonschritt.

Er war als Ritter und Vasall des Herzogs gekommen, als ein Mann der Ehre. Der Renouart, der nun die Königspfalz verließ, war ein gefallener Edelmann, der Schandfleck seiner Familie, ein Niemand.

Bézenne

Vor dem Tor des Rittergutes zügelte Michel Tristan, als ein Waffenknecht vortrat und ihm den Weg versperrte. Es war kein Getreuer Renouarts, sondern ein Kriegsmann des Stauferkönigs, erkennbar an den drei schwarzen Löwen auf seinem gelben Gambeson.

»Ihr wünscht?«, erkundigte sich der Mann wenig freundlich.

»Ich will mit Renouart de Bézenne sprechen.«

»Er ist nicht mehr der Herr dieses Lehens.«

»Das weiß ich. Ich will ihn trotzdem sprechen. Ist er noch da?«

»Ihr findet ihn vor dem Wohnhaus. Aber haltet ihn nicht auf. Er muss dieses Land vor Sonnenuntergang verlassen haben.«

Michel führte Tristan am Zügel den Pfad entlang, vorbei am Brunnen und der Kornkammer des Rittergutes. Renouart legte seinem Schlachtross soeben die Satteltaschen an und stopfte die wenigen Habseligkeiten hinein, die er mitnehmen durfte. Auf einer Mauer vor dem Haus saßen sein Weib und seine Tochter. Felicitas hatte den Arm um Catherine gelegt, strich dem Mädchen über das Haar und weinte leise. Mehrere staufische Waffenknechte standen herum und stellten sicher, dass Renouart das Gut zügig räumte. Renouarts Dienstmannen und das Gesinde hatten sie offenbar bereits verjagt – Michel sah nirgendwo ein bekanntes Gesicht.

Der gefallene Ritter begrüßte ihn mit einem knappen Nicken, schloss die Satteltasche und zurrte den Gurt fest.

»Ich habe gehört, was geschehen ist«, sagte Michel. »Lasst mich Euch helfen.«

»Der König hat mich enteignet und aus dem Ritterstand verstoßen«, meinte Renouart voller Bitterkeit. »Ich bezweifle, dass Ihr dagegen etwas unternehmen könnt.«

»Ich kann wenigstens versuchen, Eure Not zu lindern. Kommt mit mir nach Varennes. Ihr könnt bei mir wohnen, bis Ihr wisst, wie es weitergeht.«

»Habt Dank für das Angebot, aber ich komme zurecht.«

»Ihr habt kein Obdach mehr. Wo wollt Ihr schlafen?«

»Wir werden uns ein billiges Quartier mieten oder in einer Pilgerherberge unterkommen. Mein Geld reicht noch eine Weile.«

Michel senkte die Stimme. »Ihr wisst doch, wie es in diesen Herbergen zugeht. Das könnt Ihr Eurem Weib und Eurer Tochter nicht zumuten. Kommt mit mir. Was ist denn dabei?«

»Ich kann nicht«, blaffte der einstige Ritter und suchte nach Worten. »Ich … habe meine Gründe. Respektiert das bitte.«

Was am Königshof geschehen war, musste ihn derart gekränkt haben, dass er niemandem mehr vertraute, nicht einmal einem alten Freund. Anders konnte Michel sich nicht erklären, warum Renouart ein vernünftiges Hilfsangebot so harsch zurückwies. Nun, er konnte ihn zu nichts zwingen. »Lasst es mich wissen, wenn Ihr Eure Meinung ändert.«

»Ihr geht jetzt besser«, sagte Renouart. »Die Männer des Königs werden allmählich ungeduldig.«

»Alles Gute, alter Freund.« Michel stieg in den Sattel und blickte ein letztes Mal zu Felicitas und Catherine, ehe er Tristan antrieb und durch das Tor ritt.

Varennes-Saint-Jacques

Eine Woche vor Johanni verließ Friedrich Varennes. Michel und die anderen städtischen Würdenträger standen draußen beim Nordtor und verabschiedeten den König, als er mit seinem Gefolge aus der Pfalz auszog und unter dem Jubel des Stadtvolkes gen Osten aufbrach.

Kurz darauf kehrte der Alltag nach Varennes zurück, und von Friedrichs glanzvollem Besuch blieben nur Erinnerungen. Die Menschen gingen wieder ihrer Arbeit nach, verbrachten die lauen Abende mit ihren Nachbarn und bereiteten sich auf einen heißen und trockenen Sommer vor.

Isabelle hatte entschieden, in den nächsten Wochen keine Handelsfahrt zu unternehmen. In der ersten Jahreshälfte hatte sie viele gute Geschäfte gemacht, und sie konnte es sich erlauben, den Sommer über in Varennes zu bleiben. Michel, der sie in den vergangenen Monaten manchmal wochenlang nicht gesehen hatte, verbrachte so viel Zeit wie möglich mit ihr. Sie liebten sich beinahe jede Nacht und lagen am Morgen danach manchmal bis zur Terz im Bett. Sie fühlten sich wie ein junges Liebespaar.

Tagsüber arbeitete Michel im Rathaus, kümmerte sich um das Tagesgeschäft und machte Pläne für die neue Messe. Als er eines Morgens die städtischen Grundbücher durchsah und überlegte, welcher Platz am besten für einen großen Markt geeignet wäre, bekam er unerwarteten Besuch von Rémy.

»Kann ich dich kurz sprechen?«

»Natürlich. Nur herein mit dir.«

Rémy setzte sich zu ihm an den Tisch und legte seine Armbrust auf den Boden. Offenbar kam er gerade von seinem Schießstand draußen am Waldrand, wohin er sich immer zurückzog, wenn er Abstand von seiner Arbeit brauchte. Michel füllte zwei Kelche mit Apfelmost. Rémys letzter Auftrag hatte ihn derart beansprucht, dass Michel seinen Sohn seit Tagen nicht gesehen hatte. Er sah müde aus.

»Ich brauche deine Unterstützung«, begann Rémy. »Besser gesagt, die des Rates.«

»Wobei?«

»Ich muss etwas weiter ausholen, um das zu erklären. Es ist so: Ich habe mir die königliche Bibliothek angesehen …«

»Tatsächlich? Man hat dich einfach so hineingelassen?«

»Es war keineswegs einfach, aber ich hatte einen einflussreichen Fürsprecher«, antwortete Rémy lächelnd.

»Ist sie so großartig, wie man sich erzählt?«

»Du kannst es dir nicht vorstellen, Vater. Dutzende Bücher, eines schöner als die anderen. Etwas Vergleichbares habe ich noch nie gesehen. Aber noch mehr beeindruckt haben mich die Männer, die dort ein und aus gehen. Wusstest du, dass der König Dichter und Gelehrte an seinen Hof geholt hat?«

»Ich hörte, Walther von der Vogelweide soll neuerdings in seinen Diensten stehen.«

»Ich habe mit ihm gesprochen. Er war es, der mir Zutritt zur Bibliothek verschafft hat.«

»Du hast den berühmten Walther kennengelernt?« Michel war beeindruckt. »Was ist er für ein Mann?«

»Nun, er ist klug, beredsam und eitel wie ein Pfau – ein Dichter eben«, antwortete Rémy grinsend. »Er machte mich mit seinen Freunden bekannt, mit Leonardo Fibonacci, Giacomo Pugliese und all den anderen Gelehrten an Friedrichs Hof. So viel Weisheit auf einem Fleck habe ich noch nicht erlebt – und seitdem habe ich diesen Traum, der mich nicht mehr loslässt.« Als Rémy diese Worte sprach, änderte sich seine ganze Ausstrahlung. Plötzlich war er gar nicht mehr müde. In seinen Augen flammte ein Feuer auf, seine Stimme war fest und klar und voller Tatkraft.

»Was ist das für ein Traum?«, fragte Michel.

»Eine Schule, hier in Varennes«, erklärte sein Sohn. »Ein Ort des Wissens, wo Bürgersöhne Lesen, Schreiben und Latein lernen können, außerdem Rhetorik, Arithmetik und Geografie. Um die Bildung in Varennes ist es schlecht bestellt, Vater. Das ist mir klar geworden, als ich bei Walther und seinen Freunden saß. Wie viele Bürger in dieser Stadt können richtig lesen? Vielleicht einer von fünf oder zehn. Bei den Armen sieht es noch schlechter aus, da ist es allenfalls einer von hundert. Es wird höchste Zeit, das zu ändern.«

»Aber wir haben doch schon eine Schule.«

»Mit Verlaub, aber die Klosterschule ist ein schlechter Scherz. Was lernen die Schüler dort? Singen und Theologie, daneben ein bisschen Latein und Rechnen, damit gute Priester und folgsame Mönche aus ihnen werden. An echter Bildung ist man dort nicht interessiert. Außerdem stehen für Laien jedes Jahr nur vier oder fünf Plätze zur Verfügung – viel zu wenige für eine Handelsstadt wie Varennes. Davon abgesehen, ist das Schulgeld so hoch, dass es sich nur Patrizierfamilien erlauben können, ihre Söhne auf die Klosterschule zu schicken. Für die meisten Handwerker ist es nach wie vor unerschwinglich.«

Da sprach Rémy ein wahres Wort. Die Klosterschule wurde von den vier Stiften Varennes' betrieben und stand unter der Aufsicht von Abbé Wigéric, dem Vorsteher der Abtei Longchamp, der das Amt des städtischen Scholasticus innehatte. Folglich diente sie vorrangig den Interessen der Kirche, indem sie Jungen auf eine geistliche Laufbahn vorbereitete. Die wenigen Laien in der Schule wurden mehr schlecht als recht nebenher unterrichtet. Trotz des hohen Schulgeldes vermittelte man ihnen kaum jene Kenntnisse, die sie für eine Laufbahn als Kaufmann, Medicus, Baumeister oder Beamter brauchten. Folglich verzichteten die meisten Patrizier darauf, ihre Söhne auf die Klosterschule zu schicken. Stattdessen ließen sie sie zu Hause von ihrem Beichtvater unterrichten oder versuchten, ihnen selbst alles Nötige beizubringen. Das hatte zur Folge, dass nach wie vor viele Bürger bestenfalls dürftig lesen und schreiben konnten.

Rémys Idee zielte darauf ab, dieses Übel an der Wurzel zu packen. Und doch war Michel skeptisch. »Ich weiß nicht, Rémy …«

»Wir brauchen eine Schule in städtischer Hand«, beharrte sein Sohn. »Eine Schule, die Jungen all das vermittelt, was sie als Kaufmann und Handwerksmeister brauchen. Wir können nicht erwarten, dass uns die Klosterschule diese Aufgabe abnimmt. Der Rat soll mir helfen, eine solche Schule aufzubauen. Was unsere Söhne dort lernen werden, wird allen zugutekommen: dem Handel, der Verwaltung, der ganzen Stadt.«

»Ich sage ja nicht, dass deine Idee schlecht ist. Tatsächlich hat sie einiges für sich. Aber du vergisst etwas Entscheidendes. Eine Schule zu gründen und zu unterhalten, kostet Geld«, sprach Michel seine Bedenken aus. »Geld, das wir nicht haben, weil es bereits anderweitig verplant ist. Eine neue Messe aufzubauen, wird große Summen verschlingen und den Hauptteil der städtischen Steuereinnahmen auf Jahre hinaus binden. Eine weitere teure Unternehmung können wir uns nicht leisten, so sinnvoll sie auch sein mag.«

»Aber eine richtige Schule ist für Varennes genauso wichtig wie eine neue Handelsmesse, wenn nicht wichtiger.«

»Trotzdem hat die Messe Vorrang. Varennes lebt nun einmal vom Handel, deshalb müssen wir alles tun, dass das Geschäft gedeiht.«

Rémy machte kein Hehl aus seiner Enttäuschung. »Also wirst du mich nicht unterstützen?«

»Ich bin ja nicht grundsätzlich gegen das Vorhaben. Ich sage nur, dass du warten sollst. Es gibt für alles die rechte Zeit. In drei, vier Jahren, wenn die Messe etabliert ist, können wir uns immer noch um die Schule kümmern.«

»Ich halte es für falsch, so lange zu warten. Überleg doch, welche Möglichkeiten sich durch eine städtische Schule ergeben – wie sehr sie das Ansehen Varennes' mehren würde! Kann ich denn gar nichts tun, um dich von meinen Plänen zu überzeugen?«

Es kam nicht oft vor, dass sich Rémy für eine Sache einsetzte, und Michel hatte vergessen, wie hartnäckig er sein konnte, wenn er es doch einmal tat. *Und ausgerechnet ich lege ihm Steine in den Weg.* Er seufzte und sagte: »Ich mache dir einen Vorschlag. Stell deine Pläne dem Rat vor. Es steht mir ohnehin nicht zu, allein darüber zu entscheiden. Sollen die Ratsherren abstimmen, ob die Stadt dir hilft oder nicht. Ist das ein Angebot?«

»Warum hast du das nicht gleich gesagt?« Rémy lächelte. »Mehr wollte ich gar nicht von dir.«

»Dann sind wir uns ja einig.« Insgeheim war Michel erleichtert. Streit mit seinem Sohn war ihm die Angelegenheit nicht wert. »Ich hoffe, dir ist klar, worauf du dich einlässt. Dir wird ein rauer Wind entgegenwehen. Du kennst Eustache: Er hütet das städtische Vermögen wie ein Bluthund und verteidigt verbissen jeden Sou in unseren Schatullen.«

»Und wenn schon. Solange ich sieben Ratsherren für das Vorhaben gewinnen kann, braucht mich sein Widerstand nicht zu kümmern. Wann ist die nächste Sitzung des Rates?«

»In der Woche nach Peter und Paul.«

»Wieso erst so spät?«

»Die Gilde soll daran teilnehmen – es wird um die neue Messe gehen, und wir müssen sie von Anfang an in unsere Planung einbeziehen. Viele Kaufleute sind aber noch auf Handelsreise in der Champagne und werden erst Anfang Juli zurück sein.«

»Nun, umso besser. So kann ich mir wenigstens gründlich Gedanken über alles machen und meine Pläne in Ruhe ausarbeiten.« Rémy stand auf, ergriff Michels Rechte und umschloss sie mit beiden Händen. »Hab Dank, Vater.«

»Du willst schon gehen?«

»Ich muss zurück zur Werkstatt. Die Arbeit ruft.«

Als Rémy gegangen war, trat Michel ans offene Fenster seiner Amtsstube, betrachtete das Treiben auf dem Domplatz und forschte dem unguten Gefühl in seinem Magen nach. Er war davon überzeugt, dass der Rat Rémys Pläne abschmettern würde. Ließ er seinen Sohn ins offene Messer laufen? Nein, er hatte ihn gewarnt. Rémy wusste, was auf ihn zukam, und kannte die Hindernisse auf seinem Weg. Er war kein Kind mehr – Michel hatte nicht das Recht, ihn zu bevormunden, nur um ihn vor einer wahrscheinlichen Niederlage zu bewahren.

Und doch … das ungute Gefühl blieb. Denn zum ersten Mal, seit Rémy erwachsen war, verfolgten er und Michel gegensätzliche Pläne. Blieb zu hoffen, dass sie darüber niemals vergaßen, einander zu achten und mit Liebe und Respekt zu behandeln.

Es musste bereits weit nach Mitternacht sein, doch noch immer klapperten die Würfel. Die Pilger, Tagelöhner und armen Scholaren, die die verlausten Betten des Schlafsaals bevölkerten, störte das nicht im Geringsten – sie schnarchten samt und sonders, als hätte man ihnen Baldrian unter das Dünnbier gemischt. Renouart hingegen hatte seit Stunden kein Auge zugetan. Er drehte sich um und spürte, dass sein Weib und seine Tochter sich unter der groben Wolldecke regten. Wenigstens hatten sie diesmal eine Bettstatt für sich allein. In der vergangenen Nacht hatten sie das Lager mit einer zahnlosen Alten teilen müssen, die unaufhörlich schmatzte.

»Seid ihr noch wach?«, flüsterte er.

»Denkst du, ich kann bei diesem Höllenlärm schlafen?«, gab Felicitas, seine Gemahlin, missmutig zurück.

»Ich bin todmüde«, klagte Catherine. »Könnt Ihr sie nicht bitten, endlich still zu sein, Vater?« Seine Tochter war sechzehn Jahre alt und gewiss nicht auf den Mund gefallen – normalerweise wusste sie sich zu wehren. Doch die ungewaschenen Herbergsbewohner mit ihren schlechten Manieren und gottlosen Flüchen jagten ihr eine Heidenangst ein.

»Ich rede mit ihnen.« Renouart schlüpfte in sein Untergewand, wuchtete seinen erschöpften Leib aus dem Bett und durchquerte den Saal. In einer Nische, deren Fensterschlitz auf den Kanal der Unterstadt wies, glomm ein Kienspan. Zwei schwarze Gestalten kauerten daneben, eine hämmerte den Holzbecher auf den Steinboden und beugte sich über die Würfel.

»Sieh an – ein Pasch! Schon wieder. Na los, alter Freund, immer her mit dem Hälbling.«

»Gebt ihm die Münze, und dann ist Schluss für heute«, forderte Renouart den Verlierer mit barscher Stimme auf. »Ihr habt lange genug gespielt. Es ist schon spät – wir wollen schlafen.«

»Ach ja?«, meinte der Angesprochene, ein magerer Tagelöhner mit fettigem Haar. »Und wer seid Ihr, dass Ihr glaubt, uns Vorschriften machen zu können?«

»Kennst du ihn nicht?«, fragte sein Kumpan, ein kleinwüchsiger Bursche mit dünner Stimme, die nur so triefte vor Gemeinheit. »Das ist der Herr Ritter. Ein hochwohlgeborener Edelmann, o ja.«

»Ein Ritter? Glaub ich nicht«, sagte der andere, während er eine Münze aus seinem Beutel fischte und über den Boden schob. »Hohe Herren steigen nicht in diesem Loch ab. Sie suchen sich ein Quartier am Domplatz oder am Salztor, wo sie eine Kammer für sich allein haben und die Magd ihnen jeden Morgen zwei Eimer heißes Wasser heraufträgt.«

»Dieser schon. Er hat nämlich alles verloren. Der König hat ihm sein Land weggenommen, nicht wahr?« Der Kleine grinste verschlagen.

»Seid einfach leise, in Ordnung?«, wiederholte Renouart mit Nachdruck, und die Drohung in seiner Stimme verfehlte ihre Wirkung nicht: Der Hagere schluckte und griff nach dem Würfelbecher.

»Komm«, murmelte er. »Hauen wir uns aufs Ohr.«

»Nein, nein, nein«, sagte der andere. »Wir spielen schön weiter. Ich hab gerade eine Glückssträhne, und ich seh nicht ein, drauf zu verzichten, nur weil der hochwohlgeborene Herr 's nicht gewohnt ist, beim einfachen Volk zu schlafen. So isses doch, was? Tut mir aufrichtig leid, Herr Ritter. Ihr seid hier nicht auf Eurer Burg, wo Ihr die Tür hinter Euch zuschlagen könnt, wenn der Pöbel Euch belästigt. Hier müsst Ihr unser Schnarchen und Furzen und Rülpsen ertragen, ob's Euch passt oder nicht.«

Er nahm seinem Kumpan den Becher aus der Hand, ließ die Würfel darin klappern und knallte ihn auf den Boden. Renouarts Rechte schnellte vor und ergriff die Würfel, als der kleine Tagelöhner den Becher anhob.

»He! Was soll das? Gebt sie her!«

Renouart warf die Würfel aus dem Fenster. »Gute Nacht.«

Als er sich zum Gehen umwandte, sprang der Kleine auf. »Das waren meine Würfel! Ihr werdet sie mir ersetzen!«

»Ich denke nicht.«

»Der König hat schon recht, dass er Euch bestraft hat!«, keifte der Tagelöhner. »Ein Dieb seid Ihr! Ein ehrloser Sauhund!«

Renouart verharrte in der Bewegung, ehe er sich langsam umdrehte. »Wie hast du mich gerade genannt?«

»Ihr habt schon verstanden.«

Renouarts Kopf zuckte vor, und seine Stirn traf den Mann mit voller Wucht am Nasenrücken. Brüllend fiel der Tagelöhner in die Fensternische und hielt sich die Hände vors Gesicht, während ihm das Blut aus der Nase schoss.

»Wag es ja nicht, mich noch einmal anzusprechen.« Renouart ging zu seinem Bett zurück.

Inzwischen war fast der ganze Schlafsaal aufgewacht. Die Leute starrten ihn an, als er zu seinem Weib und seiner Tochter unter die Decke kroch. »Sie werden uns nicht mehr belästigen.«

Felicitas hatte Catherine in den Arm genommen. Seine Tochter zitterte. Als Ruhe im Saal einkehrte, hörte er, dass sie schluchzte.

»Soll das jetzt jede Nacht so gehen?«, murmelte sein Weib. »Das ist doch kein Leben.«

Renouart hätte ihr gerne gesagt, dass alles gut werden würde. Doch er machte keine Versprechungen, die er nicht würde halten können. Also ergriff er Felicitas' Hand und ließ sie bis zum Morgen nicht mehr los.

Er schlief nur wenig in dieser Nacht. Als er am Morgen zum Hof der Herberge ging, um sich zu waschen, fühlte er sich müde und zerschlagen wie nach einem mehrtägigen Ritt. Sämtliche Pilger und Tagelöhner waren bereits auf den Beinen, und am Brunnen herrschte ein lärmendes Gedränge. Trotzdem gelang es ihm, einen Eimer mit sauberem Wasser zu ergattern. Er trug ihn hinauf in den Schlafsaal, wo sein Weib und seine Tochter auf der Bettkante saßen und sich das restliche Brot vom Vortag teilten.

»Für euch.« Renouart stellte ihnen den Eimer hin und holte sein Gewand und seine Stiefel aus der Kiste, in der sie ihre

Habe verwahrten. »Ich muss für ein paar Stunden fort. Macht so lange einen Spaziergang oder wartet in der Kapelle von Saint-Denis auf mich.«

»Wohin gehst du? Suchst du dir Arbeit?«

Renouart schwieg, denn er wollte Felicitas nicht anlügen. Mit zusammengepressten Lippen gürtete er sich sein Schwert um.

»Ich habe gehört, dass die Stadtwache noch Männer braucht«, sagte sie. »Rede doch mit Herrn Fleury. Er kann sicher etwas für dich tun.«

»Zuerst muss ich etwas erledigen.« Er küsste sein Weib. »Bis später. Und haltet euch von diesem Gesindel fern.«

Er verließ die heruntergekommene Herberge, die eingezwängt zwischen einem nicht minder schäbigen Badehaus und einer Wäscherei stand, schritt über die Kanalbrücke zur Rue de l'Épicier und stand wenig später vor Anseau Lefèvres Haus. *Steht mir bei, ihr Erzengel, ich bitte euch.* Er nahm einen tiefen Atemzug und trat durch das Hoftor.

Vor der Remise beluden gerade zwei Knechte einen Ochsenwagen mit leeren Salzfässern. Bei ihnen war Chrétien, Lefèvres *fattore*. Der schmächtige Kaufmann kam auf ihn zu.

»Renouart! Gut, dass Ihr da seid. Mein Herr erwartet Euch bereits. Er ist oben in seiner Schreibstube. Soll ich Euch hinführen?«

»Habt Dank, ich kenne den Weg.« Renouart entging nicht, dass Chrétien ihm mitfühlend nachblickte, als er zur Tür schritt. Stufe um Stufe stieg er hinauf, seine Knie schmerzten, sein Herz pochte heftig, als wolle es aus der Enge seiner Brust ausbrechen.

Er klopfte an.

»Immer hereinspaziert«, erklang Lefèvres Stimme.

Der Geldverleiher saß am Tisch, hielt einen Gänsekiel in der von kostbaren Ringen geschmückten Hand und beschrieb ein Pergament, von dem er nur kurz aufsah, während er seinen

Besucher mit einer knappen Bewegung der Linken hereinbat. »Setzt Euch.«

Renouart zog es vor, stehen zu bleiben. Er verschränkte die Arme vor der Brust.

Lefèvre ließ sich Zeit. Schließlich pustete er auf die frische Tinte, legte das Dokument zu den anderen und lehnte sich zurück. »Ihr seid meiner Bitte gefolgt – lobenswert. Daran erkennt man den Ehrenmann. Andere in ähnlicher Lage sind nicht so … zuvorkommend. Sie neigen dazu, fortzulaufen oder sich zu verstecken, was für alle Beteiligten stets unnötigen Ärger bedeutet.«

»Ich verstecke mich nicht«, sagte Renouart steif, »und laufe auch nicht davon. Weder vor Euch noch vor sonst jemandem.«

»Richtig, richtig. Ein Ritter des Herzogs blickt den Fährnissen des Lebens stets unerschrocken ins Auge, und wenn sie noch so unerfreulich sind, nicht wahr? Leider fürchte ich, dass sie in Eurem Fall außerordentlich unerfreulich sind.«

»Das ist mir bekannt.«

»Ach ja? Seid Ihr Euch da ganz sicher? Warum werfen wir nicht einen Blick in den Vertrag, den wir beide vor nunmehr zwei Jahren geschlossen haben?« Der Wucherer zog ein Dokument hervor und schob es über den Tisch.

»Das ist nicht nötig«, sagte Renouart. »Ich weiß, was da steht.«

»Im Jahre des Herrn 1216, fünf Tage nach Ostern, habt Ihr Euch die Summe von zweihundert Pfund Silber von mir geliehen«, erklärte Lefèvre trotzdem. »Wenn ich mich recht entsinne, hattet Ihr die Absicht, das Geld zu verwenden, um einen Wald zu roden und einen Sumpf trockenzulegen, das Land für den Ackerbau nutzbar zu machen und so den Ertrag Eures Lehens zu steigern. Eine hehre Absicht, aber leider liegt genau hier der Hase im Pfeffer. Denn das besagte Lehen befindet sich nicht mehr in Eurem Besitz. Der König hat es vor wenigen Tagen eingezogen und einem seiner Ritter gegeben.

Einem Manne also, der gewiss nicht die Absicht hat, mir die Darlehenssumme zurückzuzahlen. Wie auch? Das Geld, falls überhaupt noch etwas davon übrig ist, hat der König ebenfalls eingezogen, und der Ritter wird kaum so großzügig sein, mich aus seinem Privatvermögen zu entschädigen. Versteht Ihr, worauf ich hinauswill?«

»Natürlich«, antwortete Renouart.

»Mit anderen Worten«, fuhr der Geldverleiher fort, »Ihr schuldet mir nach wie vor zweihundert Pfund Silber plus einen beträchtlichen Betrag für die inzwischen angefallenen Strafzahlungen wegen der Terminüberschreitung, aber sämtliche Sicherheiten, die Ihr bei mir hinterlegt habt, sind unwiederbringlich dahin. Außerdem – und dies ist meine eigentliche Sorge – seid Ihr nun ein gänzlich mittelloser Mann, der keinen anständigen Beruf hat und auf absehbare Zeit nicht imstande sein wird, mir mein Geld zurückzuzahlen.«

»Ich werde mir Arbeit suchen. Gewiss kann ich einen Posten bei der Stadtwache oder als Söldner bei der Gilde bekommen. Ich brauche nur etwas Zeit.«

»Ich zweifele nicht daran, dass Ihr entschlossen seid, jede Arbeit anzunehmen, die Ihr finden könnt. Aber seien wir ehrlich – Ihr schuldet mir fast zweihundertfünfzig Pfund. Selbst wenn Ihr hundertzwanzig Jahre alt würdet und jeden Tag für den Rest Eures Lebens schuftet wie ein Zugochse, könntet Ihr mir nicht einmal die Hälfte zurückzahlen.«

»Lasst es mich wenigstens versuchen«, sagte Renouart.

»Wieso sollte ich?«, erwiderte Lefèvre, und seine Stimme war plötzlich so schneidend und kalt wie eine Klinge aus Eis. »Damit alle Welt sieht, was für ein barmherziger und mildtätiger Mann ich bin? Was das angeht, habe ich schlechte Neuigkeiten für Euch: Ich erweise niemandem nette Gefälligkeiten, schon gar nicht, wenn es um mein Geld geht. Und hier geht es um viel Geld – um eine Summe, deren Verlust einen weniger wohlhabenden Kaufmann in den Ruin getrieben hätte. Ich habe mich darauf verlassen, sie zurückzubekommen, aber Ihr habt mein Vertrauen missbraucht. Ihr habt mich enttäuscht und mir schweren Schaden zugefügt. Ich sehe nicht ein, Euch auch nur einen Fingerbreit entgegenzukommen. Was also schlagt Ihr vor, Renouart? Wie wollt Ihr das Debakel, das Ihr angerichtet habt, wenigstens teilweise beheben?«

Renouart musste all seine Willenskraft aufbringen, um es auszusprechen: »Lasst mich in Eure Dienste treten, damit ich meine Schuld abarbeiten kann.«

Lefèvre stützte die Ellbogen auf die Stuhllehnen, fuhr mit dem Mittelfinger der Linken über einen rubinbesetzten Ring an seiner Rechten und blickte Renouart stechend an. »Wie alt seid Ihr? Sechsundvierzig?«

»Siebenundvierzig.«

»Euch bleiben also noch fünf, höchstens zehn gute Jahre, ehe Euer von Edelmut erfülltes Herz zu schlagen aufhört oder Eure Gelenke so von der Gicht zerfressen sind, dass Ihr nicht einmal mehr Euer Schwert heben könnt. Das reicht nie und nimmer, um Eure Schuld zu tilgen. Ich sage Euch, was Ihr tun werdet, Renouart: Ihr werdet nicht bloß für mich arbeiten. Ihr werdet mein Knecht – mit Leib und Seele, Haut und Haaren. Euer Weib und Eure Tochter ebenso. Und zwar so lange, bis ich der Meinung bin, dass Eure Schuld beglichen ist.«

»Nein«, brachte Renouart hervor. »Das könnt Ihr nicht von mir verlangen …«

»Ich verlange nichts – ich entscheide«, schnitt Lefèvre ihm das Wort ab. »Und ich entscheide allein. Denn Euer Mitspracherecht in dieser Angelegenheit ist in dem Moment erloschen, da Ihr so töricht wart, Euer Vermögen, Euren Stand und Euren guten Namen der Ehre zu opfern.«

Renouarts Hand krampfte sich um den Schwertgriff. Der Boden unter seinen Füßen schien zu schwanken, und der Atem brannte in seiner Kehle. Dieser Mann hatte ihn in der Hand. Es gab nichts, was er dagegen tun konnte. »Nehmt mich, aber nicht Felicitas und Catherine. Lasst sie in Frieden, ich bitte Euch.«

»Nein. Das ist mein Angebot. Akzeptiert es, oder richtet Euch darauf ein, gemeinsam mit Euren Lieben den Rest Eurer Tage im Hungerturm zu verrotten.«

Lefèvre holte ein Dokument hervor und legte es auf den Tisch. Obwohl die Zeilen vor Renouarts Blick verschwammen, erkannte er, dass es sich um einen Vertrag handelte, der seine Schuldknechtschaft besiegeln würde. Ein hieb- und stichfester Vertrag, denn das Gesetz war auf Lefèvres Seite. Widersetzte Renouart sich seinem Gläubiger, würde man ihn ächten, verbannen und ihm das letzte bisschen Würde nehmen, das ihm geblieben war.

»Unterschreibt«, befahl der Wucherer.

Später konnte sich Renouart kaum daran erinnern, dass er den Gänsekiel ergriffen und seinen Namen unter den Vertrag gesetzt hatte. Wie in Trance schritt er durch die Gassen, bis er schließlich zur Kapelle des Klosters Saint-Denis am Fischmarkt kam.

Drinnen, vor dem Altar, knieten Felicitas und Catherine, ins Gebet versunken. Als sie seine hallenden Schritte vernahmen, wandten sie sich um. Seine Tochter erhob sich und kam auf ihn zu.

»Vater! Was ist denn geschehen? Ihr seht aus, als hättet Ihr ein Gespenst gesehen.«

Weder sie noch Felicitas wussten, dass er sich bei Lefèvre Geld geliehen hatte.

»Setzen wir uns«, sagte er. »Ich muss euch etwas sagen.«

Wenig später sank sein Weib weinend zu Boden.

Kurz nach der Vesper betrat Michel die Schenke neben der städtischen Münze und blickte sich um, während er die Grüße der Gäste erwiderte. Er wollte mit Deforest über die neue Messe sprechen, und da Eustache den ganzen Tag weder im

Rathaus noch in der Münze gewesen war, weil er sich um seine Geschäfte kümmern musste, hatten sie sich für den Abend zum Essen verabredet.

An den Tischen unter den steinernen Rundbögen und rußverschmierten Deckenbalken saßen Kleinkrämer, auswärtige Kaufleute und Stadtbauern, die den Tag mit einem Krug Bier ausklingen ließen. Deforest war noch nicht da. Michel wechselte ein paar Worte mit dem Wirt und ging mit seinem Becher Wein zu einem Tisch, als er Renouart de Bézenne entdeckte. Der gefallene Ritter kauerte einsam in einer dunklen Nische, nippte an seinem Krug und starrte ins Nichts.

Es war seit einigen Tagen Stadtgespräch, dass Renouart bei Lefèvre in Schuldknechtschaft geraten war. Nun wohnte er mit seiner Familie im Haus des Geldverleihers und verrichtete für seinen neuen Herrn niedere Dienste aller Art.

Mit dem Becher in der Hand ging Michel zu ihm. »Ihr erlaubt?«

Renouart hob den Blick und senkte ihn sogleich wieder. »Bitte«, brummte er und wies mit einem Nicken auf den freien Hocker.

Michel setzte sich ihm gegenüber an den Tisch. »Das Darlehen bei Lefèvre – habt Ihr deswegen meine Hilfe ausgeschlagen?«

»Ich wollte niemanden in die Sache hineinziehen.«

»Wieso habt Ihr mir damals nicht gesagt, dass Ihr Geld braucht? Ich hätte Euch sicher mit einem zinslosen Darlehen unter die Arme greifen können.«

»Ich bitte meine Freunde nicht um Geld.«

»Ihr geht lieber zu einem Kerl wie Lefèvre«, meinte Michel.

»Lefèvre oder irgendein anderer Wucherer – es macht doch keinen Unterschied. Sie sind alle gleich.«

»Ihr habt es für den Sumpf gebraucht, richtig? Und für das Waldstück, das Ihr habt roden lassen.«

Renouart nickte und trank.

»Wie viel schuldet Ihr ihm?«

»Knapp zweihundertfünfzig Pfund.«

»Zweihundertfünfzig!«, wiederholte Michel heftig. »Herrgott, Renouart!«

»Nur zu«, knurrte der einstige Ritter. »Nennt mich einen Dummkopf und einen Narren, dann haben wir's hinter uns.«

Michel fehlten die Worte. Gewiss, Renouart hatte stets danach gestrebt, den Besitz der Familie zu mehren und seinen Vater zu übertreffen. Aber das – nein. Das war einfach verrückt. *Wie kann man sich nur derart übernehmen?* Andererseits: Wäre ihm die Fehde nicht dazwischengekommen und König Friedrichs maßlos übertriebene Strenge, hätte Renouart das Darlehen vermutlich über die Jahre still und leise zurückgezahlt, und niemand hätte je davon erfahren.

Michel trank von seinem Wein. Nein, es stand ihm nicht zu, Renouart zu verurteilen. Davon abgesehen, wäre seinem alten Freund damit kaum geholfen. »Ihr seid kein Dummkopf«, sagte er schließlich. »Nur ein Mann, der im Bann seiner Leidenschaften stand und obendrein viel Pech hatte. Das macht Euch nicht zu einem Narren – nicht in meinen Augen.«

»Ich danke Euch«, erwiderte Renouart aufrichtig.

»Ich bitte Euch – lasst mich Euch diesmal helfen.«

»Ich bezweifle, dass Ihr das könnt. Ich hätte damals kein Geld von Euch genommen, ich werde auch jetzt keines nehmen. Falls es das ist, was Ihr mir vorschlagen wollt.«

Michel hatte tatsächlich in Erwägung gezogen, Renouarts Schulden zu übernehmen – bevor er erfahren hatte, wie hoch sie waren. Er war ein reicher Mann, aber selbst er konnte keine zweihundertfünfzig Pfund Silber aus dem Ärmel schütteln und einem Wucherer in den Rachen werfen, ohne eine reale Hoffnung, das Geld je wiederzusehen. »Ein Darlehen in dieser Höhe übersteigt meine Kräfte. Außerdem respektiere ich Euren Wunsch. Aber vielleicht gibt es eine andere Möglichkeit. Ich könnte mir den Darlehensvertrag ansehen.«

»Wozu?«

»Lefèvre hat doch gewiss Zinsen von Euch genommen. Und Zinsen sind verboten. Der Rat versucht schon lange, ihm seine Wuchergeschäfte nachzuweisen. Vielleicht schaffen wir es diesmal und können ihn endlich vor Gericht bringen. Außerdem wäre das Geschäft dann null und nichtig.«

»Natürlich wollte er Zinsen. Aber er hat es nicht so genannt. Ich verstehe nicht viel von Geldgeschäften, aber ich war mir damals sicher und bin es immer noch, dass der Vertrag rechtens war. Sonst hätte ich mich nicht darauf eingelassen.«

»Bei allem Respekt, Renouart, aber ich verstehe mehr von solchen Dingen als Ihr. Und bei Kreditgeschäften steckt der Teufel im Detail. Lasst mich den Schuldschein sehen, bitte. Ihr habt doch sicher eine Abschrift.«

»Ich müsste ihn erst holen«, sagte Renouart unschlüssig.

»Gut. Ich warte hier auf Euch.«

Der einstige Ritter hatte gerade die Schenke verlassen, als Deforest hereinkam. Michel bat ihn darum, ihre Unterredung zu verschieben, worüber der Gildemeister nicht eben traurig war. »Ich habe mich den ganzen Tag mit dem Salinenvorsteher herumgeschlagen und Salz zu meinem Haus geschafft«, sagte er. »Ich bin todmüde und habe nichts dagegen, wenn ich ausnahmsweise einmal früh ins Bett komme. Wir sehen uns morgen im Rathaus. Grüßt Isabelle von mir.«

Deforest schlurfte davon.

Eine halbe Stunde später kam Renouart zurück. »Bitte entschuldigt, dass es so lange gedauert hat. Ich wollte nicht, dass Lefèvre etwas mitbekommt, und musste warten, bis er sich in seine Gemächer zurückgezogen hat, bevor ich den Vertrag holen konnte.«

Michel faltete das Pergament auseinander und hielt es nah an den glimmenden Kienspan. »Das ist Eure Kopie?«

»Ja.«

»Seid Ihr sicher, dass sie mit dem Original identisch ist?«

Renouart nickte. »Ich habe es damals genau nachgeprüft.«

Es war ein Schuldschein über die Darlehenssumme von zweihundert Pfund Silber. Michel studierte sorgfältig Wort für Wort des Vertrages, denn ob Lefèvre mit dem Geldgeschäft das Gesetz gebrochen hatte, konnte von einzelnen Formulierungen abhängen. Es war Christenmenschen verboten, für geliehenes Geld Zinsen zu nehmen – zuletzt hatte die Kirche das Zinsverbot im Jahre des Herrn 1139 im *Decretum Gratiani* bekräftigt. Ein Christ durfte allein durch seiner eigenen Hände Arbeit Geld verdienen, nicht aber mithilfe der Zeit, denn diese gehörte Gott allein. Außerdem arbeitete gegen Zinsen verliehenes Geld auch nachts, und der nächtliche Gelderwerb war zutiefst verwerflich. Wer gegen dieses Verbot verstieß, riskierte die Exkommunikation, eine schmerzliche Schandstrafe und die Verbannung aus der christlichen Gemeinschaft.

Leider hatten lombardische Bankiers und andere findige Wucherer im Laufe der Zeit Methoden entwickelt, um die gesetzlichen Bestimmungen bezüglich des Zinsverbots zu umgehen: Anstelle eines Zinses einigten sich Gläubiger und Schuldner auf ein Geldgeschenk. Oder es wurde ein fingierter Schuldschein über einen Beitrag ausgestellt, der über der eigentlichen Darlehenssumme lag. Oder der Schuldner verkaufte zum Schein eine Ware und zahlte seinem Gläubiger beim späteren Rückkauf einen höheren Preis. Auch Lefèvre bediente sich dieser Mittel, weshalb es weder dem Rat noch dem Bischof bisher gelungen war, ihm einen Verstoß gegen das Zinsverbot nachzuweisen.

Auch diesmal musste Michel feststellen, dass der Vertrag hieb- und stichfest war: Lefèvre hatte mit Renouart Strafgebühren für eine verspätete Rückzahlung der Darlehensraten vereinbart und die Zahlungstermine mit Renouarts Einverständnis so knapp gesetzt, dass dieser sie unmöglich hatte einhalten können. So waren über die bisherige Laufzeit des Kredits Strafgebühren von fast fünfzig Pfund aufgelaufen. Obwohl es sich dabei natürlich um versteckte Zinsen handelte, war ein derartiges Vorgehen nicht strafwürdig. Haarspalterei, gewiss, aber sowohl kirchliches wie weltliches Recht untersagten nun einmal nur echten Wucher.

Wie immer hatte sich Lefèvre außerdem dagegen abgesichert, dass sein Schuldner der Versuchung erlag, sich seiner finanziellen Verpflichtungen zu entledigen, indem er Lefèvre kurzerhand umbrachte. Ganz am Ende des Vertrages stand ein Passus, in dem der Geldverleiher darauf hinwies, dass im Falle seines Todes alle Forderungen aus dem Schuldverhältnis auf einen lombardischen Bankier aus Metz namens Ottavio Gentina übergingen, mit dem er eine geschäftliche Partnerschaft unterhielt.

»Lässt sich da etwas machen?«, fragte Renouart ohne große Hoffnung.

»Ich fürchte, nein«, antwortete Michel. »Der Vertrag ist rechtens. Unmoralisch zwar, aber nicht ungesetzlich. Es tut mir leid.«

Der gefallene Ritter nickte müde. »Trotzdem danke für Eure Hilfe, alter Freund.« Als er sich zum Gehen anschickte, sagte Michel:

»Wann immer ich etwas für Euch tun kann, lasst es mich wissen. Und haltet die Augen offen. Wenn sich Lefèvre bei seinen Geschäften auch nur die kleinste Blöße gibt, nageln wir ihn fest, das verspreche ich Euch.«

»Ich melde es Euch, wenn mir etwas auffällt. Noch einen schönen Abend, Herr Bürgermeister.«

Mit hängenden Schultern schritt Renouart zur Tür, erschöpft, gebrochen, besiegt.

Michel blieb noch eine Weile sitzen und trank seinen Wein aus. Renouarts Schicksal machte ihm zu schaffen. Sein ganzes Leben hatte der Ritter der Ehre und seiner Familie gewidmet, nur um zu guter Letzt als Schuldknecht eines Wucherers zu enden. Das hatte er nicht verdient.

Seufzend legte Michel einen Hälbling neben den leeren Becher und ging.

Zu Hause kam ihm im Eingangsraum Yves entgegen. »Gut, dass Ihr da seid«, sagte der Knecht. »Herr Le Roux ist eben gekommen. Er will Euch dringend sprechen. Er sitzt mit Frau Isabelle oben in der Stube.«

»Bitte sag mir, dass er keine schlechten Nachrichten bringt. Mein Bedarf an Unglück ist für heute mehr als gedeckt.«

»Ich weiß nicht, was ihn herführt. Aber sonderlich glücklich sah er nicht aus.«

Odard Le Roux stand auf und reichte Michel zum Gruß die Hand, als er die Stube betrat. Wie sein Vater Isoré, der vor einer Weile gestorben war, war Odard ein kleiner und schmächtiger Mann mit zerknautschtem Gesicht, das ihn älter als seine vierunddreißig Jahre aussehen ließ. Er war ein angesehenes Mitglied der Gilde und saß im Rat,.

»Es tut gut, Euch zu sehen, alter Freund«, begrüßte Michel ihn lächelnd. »Wie gehen die Geschäfte?«

»Ich kann nicht klagen«, erwiderte Odard. »Deutsche, Franzosen und Flamen zahlen gerade gut für unser Salz – was will ein Kaufmann aus Varennes mehr?«

»Odard bringt schlechte Nachrichten aus Speyer«, sagte Isabelle, die am Tisch saß.

»Speyer?«, fragte Michel. »Wart Ihr nicht auf der Messe in der Champagne?«

»Das wollte ich zuerst, aber dann hat es sich anders ergeben. Meine Partner in Speyer haben überraschend vierzig Fuder Salz geordert.«

Sie setzten sich.

»Lasst mich raten – es geht wieder einmal um Hans Riederer«, meinte Michel.

»Natürlich«, sagte Isabelle. Der neue *fattore* in Speyer, der Leiter ihrer dortigen Handelsniederlassung, machte ständig Scherereien.

Michel spürte Ärger in sich aufsteigen. »Was hat er diesmal angestellt?«

»Man will es kaum sagen«, murmelte Odard verlegen.

»Heraus damit. Ich kann die Wahrheit schon vertragen.«

»Zwei Büttel des Nachtwächters haben ihn vor drei Wochen im städtischen Hurenhaus aufgegriffen. Er war schwer betrunken, weigerte sich, die beiden Huren zu bezahlen, deren Dienste er in Anspruch genommen hatte, und zertrümmerte im Zorn mehrere Stühle und einen Tisch. Die Büttel nahmen ihn in Gewahrsam und brachten ihn für die Nacht ins Gefängnis, um ihn auszunüchtern.«

Derb fluchend schlug Michel mit der Faust auf den Tisch.

»Der Frauenwirt hat ihn beim Rat angezeigt«, fuhr Odard fort. »Man hat Riederer zu einer Geldstrafe verurteilt. Außerdem muss er für den entstandenen Schaden aufkommen und darf vierzig Tage lang keine Schenke und kein Hurenhaus betreten.«

»Und natürlich lacht seitdem die ganze Stadt über ihn, richtig?«

Odard ersparte ihm eine Antwort.

Michel schob seinen Stuhl zurück und stampfte durch die Stube. »Was denkt sich dieser Kerl? Schlimm genug, dass er mit seinem zügellosen Verhalten dem Geschäft schadet, aber jetzt macht er mich auch noch zum Gespött von Speyer. Wisst ihr, was ich tun sollte? Tristan satteln, hinreiten und Hans auf die Straße setzen!«

»Hans ist noch jung«, versuchte Isabelle ihn zu beschwichtigen. »Mit sechsundzwanzig schlägt man gelegentlich über die Stränge. Du solltest das eigentlich wissen.«

»Mag sein. Aber ich bin nie so tief gesunken, dass ich in einem Hurenhaus randaliert habe, Herrgott noch mal!«

»Trotzdem. Gib ihm noch eine Chance.«

Michel stützte sich mit den Händen auf der Stuhllehne ab. »Mir wird gar nichts anderes übrig bleiben – weil ich nämlich keine Zeit habe, um mal eben nach Speyer zu reisen. Und das weiß Riederer ganz genau. Deswegen sitzt er wahrscheinlich just in diesem Moment in seiner Schreibstube und dreht mir eine lange Nase.«

»Bitte verzeiht meine Neugierde«, sagte Odard, »aber wenn dieser Riederer ein solcher Tunichtgut ist, wieso habt Ihr ihn überhaupt eingestellt?«

»Das frage ich mich inzwischen auch. Die traurige Wahrheit ist wohl, dass mich meine Menschenkenntnis im Stich gelassen hat. Aber als er bei mir vorsprach und sich um die Stelle als *fattore* bewarb, machte er nun einmal den besten Eindruck.«

»Nicht nur dich hat er mit seinen guten Manieren geblendet«, sagte Isabelle. »Ich bin ja auch auf ihn hereingefallen.«

»Jedenfalls hat er mir damals so gut gefallen, dass ich darauf verzichtet habe, mich in Speyer über ihn umzuhören«, fuhr Michel fort. »Ein böser Fehler. Denn hätte ich das getan, hätte ich erfahren, dass er schon als junger Bursche wegen Trunkenheit und Zügellosigkeit aufgefallen ist.«

»Grämt Euch nicht. Wir alle machen Fehler«, sagte Odard. »Schreibt ihm einen Brief, der sich gewaschen hat. Wenn er Angst um seinen Posten bekommt, bessert er sich gewiss.«

»Ja«, meinte Michel düster. »Das werde ich tun.«

Nachdem Odard gegangen war, zog er sich in seine Schreibstube zurück, rührte Tinte an und begann sein Schreiben an Hans Riederer. Er hielt sich nicht mit den üblichen Floskeln auf, die jeden Brief einleiteten, sondern kam gleich zur Sache. Scharf ermahnte er den *fattore* für seine jüngsten Verfehlungen und rief ihn streng zur Ordnung. Der Zorn beflügelte seinen Gänsekiel, und als draußen die Glocken zur Komplet riefen, hatte er den ganzen Bogen vollgeschrieben.

Zu guter Letzt las er sich alles noch einmal durch. Es war, um es mit Odards Worten zu sagen, ein Brief, der sich gewaschen hatte. Jeder Satz eine Drohung, jedes Wort ein wohlgezielter Streich mit der literarischen Zuchtrute. Michel war zufrieden mit sich. Wenn Messere Agosti, für den er als junger Mann in Mailand gearbeitet hatte, ihm einen derartigen Brief geschrieben hätte, hätte er vor lauter Angst und Scham nicht mehr gewagt, seine Kammer zu verlassen.

Wenn das nichts hilft, hilft gar nichts.

Er faltete das Pergament und trug es hinunter in den Eingangsraum, wo seine Bediensteten noch beim Abendbrot zusammensaßen. »Trag diesen Brief morgen zur Gildenhalle«, wies er Louis an. »Ein berittener Bote soll ihn auf dem schnellsten Weg nach Speyer zu Hans Riederer bringen.«

Wenig später lag er neben Isabelle im Bett.

»Beim heiligen Jacques, gleich zwei Huren«, murmelte er im Halbdunkel ihrer Schlafkammer. »Jung müsste man noch einmal sein …«

»Beneidest du Riederer etwa?«, fragte Isabelle belustigt.

»Zumindest bewundere ich so viel Ausdauer.«

»Tröste dich mit dem Gedanken, dass am Ende des Tages allein die Qualität zählt.«

»Oh, was das angeht, kann es kein Jungspund mit mir aufnehmen.«

»Keine großen Reden schwingen, Herr Bürgermeister«, sagte Isabelle. »Beweisen.«

»Das lässt sich einrichten …«

Juli 1218

Varennes-Saint-Jacques

Gerade als die Ratsherren die Kapelle verließen, fing es an zu regnen.

Es war ein heftiges Sommergewitter, das sich über Varennes entlud. Blitz und Donner zerrissen den Himmel, dicke Tropfen prasselten auf die Schieferdächer der Patrizierhäuser und schlugen Krater in den Straßenstaub, während die Glocken des Gotteshauses läuteten und der Gesang der Ministranten aus dem Portal hallte. Die fluchenden Ratsherren und ihre Knechte eilten mit tief ins Gesicht gezogenen Mützen und Mantelkapuzen die Gasse hinunter und schlüpften der Reihe nach durch eine kleine Nebenpforte ins Rathaus. Drinnen warteten bereits die Kaufleute der Gilde, und gemeinsam ging man hinauf zum großen Saal.

Zahlreiche Kerzen brannten in der Halle, deren Wände mit biblischen Szenen bemalt waren, damit der Rat nie vergaß, die christlichen Gebote zu achten. Der Regen trommelte gegen die Fensterscheiben, bevor er wenig später genauso plötzlich aufhörte, wie er begonnen hatte. Michel konnte sich nicht erinnern, dass der Saal je so voll gewesen wäre. Damit neben den zwölf Ratsherren auch die Gildenmitglieder an der Tafel Platz fanden, hatten die Bediensteten zusätzliche Tische und Bänke aufgestellt. Zinn- und Silbergeschirr funkelte im Kerzenschein, in den Gängen roch es nach dem gebratenen Fleisch und dem frischen Brot, das sie in Kürze auftragen würden. Ein Diener ging mit einer bauchigen Karaffe herum und füllte die Kelche mit Wein.

Neben Michel, Duval, Deforest und den anderen Kaufleuten, die im Rat saßen, waren über zwanzig Schwurbrüder gekommen, nahezu sämtliche Mitglieder der Gilde. Viele von ihnen waren noch in der vergangenen Woche in der Champagne gewesen und erst vor wenigen Tagen heimgekehrt. Entsprechend freudig war das Wiedersehen mit ihren daheimgebliebenen Gefährten. Es wurde reichlich gelacht, miteinander angestoßen, auf Schultern geklopft.

Nur mit Anseau Lefèvre sprach niemand. Der Geldverleiher stand einsam da, in der blassen Hand einen Weinkelch, und trug eine finstere Miene zur Schau. Es wunderte Michel, dass er überhaupt gekommen war.

Er ging zu einer Gruppe um Henri Duval. Der alte Baffour hielt den Männern mit gewohnt missmutiger Stimme einen Vortrag über das Verbrechen in Varennes, das seiner Meinung nach ausuferte.

»... Mich hat man sogar am Fischmarkt bestohlen!«, empörte er sich gerade. »Ein junges Ding, stinkend und verlaust, ein scheußlicher Anblick, greift sich einfach meine Börse. Am helllichten Tag! Könnt ihr euch das vorstellen? Ein rechtschaffener Mann ist auf unseren Straßen seines Lebens nicht mehr sicher. Zum Glück war ein Büttel zur Stelle und hat sie abgeführt. Guillaume war das – ein tüchtiger Mann, wahrlich. Bei den Knochen des heiligen Jacques, wie gern hätte ich das Luder hängen sehen! Aber sie hat nicht einmal mehr den nächsten Gerichtstag erlebt. Sie sei im Hungerturm krepiert, hat man mir gesagt. Ein Jammer ist das ... Ah, Herr Bürgermeister. Mit Euch will ich schon die ganze Zeit reden. Wann unternimmt der Rat endlich etwas gegen die zahllosen Diebe und Beutelschneider in unserer Stadt? Wie sollen wir Geld verdienen, wenn man uns ständig bestiehlt?«

Michel ignorierte ihn und wandte sich an Duval. »Habt Ihr Jean gesehen? Kommt er heute Abend nicht?«

»Ich schätze, er will *ihm* nicht begegnen«, antwortete Henri und blickte unauffällig zu Lefèvre hinüber.

Das sieht Jean gar nicht ähnlich, dachte Michel – da entdeckte er den Schmiedemeister in der Tür.

Viele Kaufleute hatten erst bei ihrer Heimkehr von Jeans Verlust erfahren, und die Gespräche verstummten, als der stämmige Ratsherr hereinkam. Caboche tat, als merke er es nicht. Mit steinerner Miene schritt er zur Stirnseite des Saales, um seinen Platz am Ende der Tafel einzunehmen.

Lefèvre, an dem er wie zufällig vorbeikam, versetzte er einen wuchtigen Rempler, sodass der Geldverleiher seinen Wein verschüttete und gegen die Wand prallte.

»Wie könnt Ihr es wagen!«, fauchte Lefèvre.

Michel schob sich durch die Menge, um einzuschreiten, doch Caboche setzte sich einfach an den Tisch und füllte seinen Krug, während Lefèvre einem Diener einen Lappen aus der Hand riss und schimpfend die Weinflecken auf seinem Gewand betupfte.

Michel setzte sich neben Jean auf die Bank. »Ihr habt mir versprochen, ihn nicht anzurühren«, raunte er seinem Freund zu.

»Ich habe ihn nur daran erinnert, dass ich nicht so schnell vergesse. Wenn ich jemanden anrühre, sieht das anders aus.« Caboche trank, legte die mächtigen Arme auf den Tisch und blickte herausfordernd in die Runde.

Das peinliche Schweigen im Saal währte nur wenige Augenblicke, denn just in diesem Moment trugen die Diener das Essen herein: Zinnplatten mit gewaltigen Fleischbergen, Schüsseln mit gedünstetem Gemüse und ofenwarmes Brot. Ratsherren und Schwurbrüder setzten sich und machten sich über die dampfenden Speisen her. Vor Baffour und seinem besten Freund Thibaut d'Alsace türmte sich das Fleisch, sie rupften große Brocken von den Knochen und stopften sie sich in die fettverschmierten Münder, als hätten sie seit Tagen gehungert. Tatsächlich erzählte man sich in der Stadt, die beiden alten Geizkragen würden sich zu Hause nur von trockenem Brot und Dünnbier ernähren und dafür bei öffentlichen Versammlungen, wenn das Essen nichts kostete, umso gieriger zulangen.

Die Sitzordnung am breiten Ende der u-förmigen Tafel entsprach der Organisation des Stadtrats, dem seit jeher sechs Männer aus dem Kaufmannsstand und sechs Obermeister der Bruderschaften angehörten. Michel als der Bürgermeister saß in der Mitte; zu seiner Linken hatten Henri Duval, Eustache Deforest, Odard Le Roux, René Albert und Anseau Lefèvre Platz genommen; zu seiner Rechten Jean Caboche, Guichard Bonet von den Webern, Bertrand Tolbert von den Stadtbauern sowie drei weitere angesehene Handwerker, die ihren jeweiligen Bruderschaften vorstanden.

Nachdem die Männer ihren ersten Hunger gestillt hatten, ergriff der Kaufmann Adrien Sancere das Wort. »Ich bin erst gestern aus Provins zurückgekehrt und habe bis jetzt nichts als Gerüchte gehört«, sprach er Michel an. »Darum verzeiht mir, dass ich ohne Umschweife frage: Ist es wahr? Hat uns der König wirklich erlaubt, eine Handelsmesse auszurichten?«

Michel wischte sich die Hände am Tischtuch ab und rief nach Yves. Der Knecht, der vor der Tür gewartet hatte, kam herein und überreichte ihm ein Futteral. Michel öffnete die lederne Hülle und entnahm ihr Friedrichs Urkunde.

»Es ist wahr – hier steht es schwarz auf weiß«, sagte er und hielt das Dokument hoch. »Der König hat uns die Messe mit Brief und Siegel genehmigt, als er nach seinem Sieg über Herzog Thiébaut in Varennes weilte. Deshalb habe ich euch eingeladen – damit wir besprechen können, was nun zu tun ist.«

»Ich kann es kaum glauben! Das wäre ein wahrer Segen für unsere Stadt«, sagte ein anderer Kaufmann namens Girard Voclain. »Darf ich die Urkunde sehen?«

»Wir reichen sie herum. Aber denkt daran, ihr Herren, es

ist ein Dokument des Königs. Bitte behandelt es pfleglich. Ich will anschließend keine Fettflecken darauf finden.«

Gelächter schloss sich Michels Worten an. Trotzdem säuberten sich die Männer die Hände, bevor sie die Urkunde begutachteten und an ihren Nachbarn weitergaben. Nach wenigen Augenblicken herrschte ein heilloses Durcheinander im Saal, als die Schwurbrüder von ihren Bänken aufsprangen, weil sie es nicht abwarten konnten, bis das Dokument ihre Seite der Tafel erreichte. Sie umringten Adrien Sancere, der sie zuletzt erhalten hatte, und verliehen ihrer Begeisterung lautstark Ausdruck.

»Eine Messe wie in der Champagne – dass ich das noch erleben darf!«

»Denkt nur an die Möglichkeiten, die sie uns bietet!«

»Wir werden reich werden!«

»Hoch lebe der Bürgermeister!«

Es gelang Michel nur mit Mühe, für Ruhe zu sorgen. Er stellte sich auf die Bank und klatschte zweimal in die Hände. »Ich bitte euch, ihr Herren, setzt euch! Ich kann eure Begeisterung verstehen, aber wenn wir wollen, dass die Messe gelingt, müssen wir jetzt mit den Vorbereitungen anfangen. Und dafür brauchen wir einen kühlen Kopf.«

Als die Kaufleute wieder ihre Plätze eingenommen hatten, fragte Fromony Baffour: »Die Messe soll schon diesen Oktober stattfinden?«

»Der König wünscht, dass wir sie im Herbst ausrichten. Deshalb halte ich es für am besten, wenn die Messewoche am Festtag des heiligen Jacques beginnt.«

»Eine gute Wahl.« Der alte Baffour nickte. »Es kann nie schaden, wenn ein Heiliger die Hand über unsere Geschäfte hält. Außerdem sind an diesem Tag viele Reisende und Pilger in der Stadt, das sorgt für Kundschaft.«

»Das heißt, uns bleiben noch drei Monate, um alles vorzubereiten«, sagte Voclain. »Ist das nicht etwas kurzfristig?«

»Die Zeit ist tatsächlich recht knapp«, räumte Michel ein. »Aber ich will mit der Messe nicht erst nächstes Jahr beginnen – wir warten schon zu lange auf diese Gelegenheit. Wenn wir uns sputen, schaffen wir das schon.«

»Die Begeisterung scheint euch allen den Verstand vernebelt zu haben«, sagte plötzlich Lefèvre, der schon eine ganze Weile nicht mehr am Tisch saß, sondern neben einem Fenster an der Wand lehnte. »Fragt sich in diesem Saal auch nur einer, warum der König will, dass die Messe im Herbst stattfindet?«

»Ihr!«, brauste Jean Caboche auf. »Ihr habt jedes Recht verwirkt, in dieser Runde zu sprechen. Wenn Ihr auch nur einen Funken Anstand im Leib hättet, würdet Ihr bis zu Eurer Abwahl das Maul halten!«

Nicht wenige Ratsherren und Schwurbrüder bekundeten ihre Zustimmung. Lefèvre presste die Lippen zu einer schmalen Linie zusammen und umklammerte seinen Kelch.

»Lasst ihn ausreden, Jean«, mischte sich Michel ein. »Solange er dem Rat angehört, darf er in diesem Saal sprechen. So verlangen es unsere Statuten. Bitte, Anseau, erläutert uns Eure Bedenken.«

»Friedrich hat Angst, seinen neuen Freund, den König von Frankreich, zu verprellen«, fuhr Lefèvre fort. »Deshalb will er, dass wir unseren Jahrmarkt im Oktober abhalten – damit wir der Herbstmesse in der Champagne ja keine Konkurrenz machen.«

»Das wissen wir. Der König hat nie ein Hehl aus seinen Absichten gemacht«, sagte Duval. »Erzählt Ihr uns noch etwas Neues, oder legt Ihr es nur darauf an, das Vorhaben schlechtzumachen?«

»Ich muss es nicht schlechtmachen«, erwiderte der Geldverleiher. »Es ist auch ohne mein Zutun durch und durch blödsinnig. Die Herbstmesse in Provins hat nur wenige Besucher. Warum sollten zu uns mehr kommen? Ich sage euch, der König hat unseren Herrn Bürgermeister hereingelegt. Wir sollten das Unternehmen aufgeben, bevor die Stadt Unsummen für nichts und wieder nichts verschleudert.«

»Das ist der größte Unsinn, den ich seit Langem gehört habe«, krächzte Thibaut d'Alsace. »Die Sankt-Aigulf-Messe in Provins hat so wenige Besucher, weil die Champagne im Herbst im Schlamm versinkt. Deshalb nehmen nur Franzosen und ein paar Flamen und Niederlothringer die Fahrt dorthin auf sich. Im Moseltal aber ist die Lage eine ganz andere. Unsere Handelswege kann man das ganze Jahr über benutzen, außer vielleicht im tiefsten Winter. Ihr würdet das wissen, wenn Ihr gelegentlich auch einmal in die Champagne reisen würdet, statt von früh bis spät faul auf dem Hintern zu sitzen und Euer Geld mit gottlosen Wuchergeschäften zu verdienen«, fügte der strenggläubige d'Alsace mit schneidender Stimme hinzu.

Als das Gelächter verklungen war, meinte Lefèvre schmallippig: »Trotzdem könnt ihr nicht leugnen, dass diese Messe maßlose Kosten verursachen wird. Herr Fleury will wieder einmal Geld verprassen, das ihm nicht gehört und das uns schon jetzt an allen Ecken und Enden fehlt.«

»Ach was«, winkte Deforest ab. »Zum Teufel mit den Kosten. Wenn wir es halbwegs geschickt anstellen, holt eine große Messe alle Ausgaben zehnfach wieder herein.«

»Recht hat er!«, riefen mehrere Kaufleute.

Lefèvre sagte daraufhin kein Wort mehr und schien entschlossen, wahlweise Michel, Caboche oder Deforest mit Blicken zu ermorden.

»Der Rat wird in den nächsten Wochen und Monaten alles Nötige in die Wege leiten«, wandte sich Michel an die versammelten Männer. »Wir werden die Landstraßen der Umgebung ausbessern und Unterkünfte für die auswärtigen Kaufleute errichten.«

»Ich werde Stadtknechte auswählen, die während der Messe den Marktfrieden schützen und Taschendiebe und dergleichen dingfest machen«, fügte Duval hinzu. »Ein eigenes Marktgericht, dem ich vorsitze, wird im Schnellverfahren Streitigkeiten zwischen Kaufleuten regeln und Straftäter aburteilen.«

»Die Messe braucht außerdem einen Schirmherrn, der für die Sicherheit der anreisenden Kaufleute sorgt«, meinte Bertrand Tolbert. »Varennes ist für diese Aufgabe zu klein. Wir haben nicht genug Leute, um alle Straßen in der Umgebung zu schützen.«

Der Vorsteher der Stadtbauern war ein Mann von fünfzig Jahren, mittelgroß, wuchtig gebaut, mit breitem Gesicht und kurzem grauem Haar, das sich an der Stirn bereits lichtete. Michel schätzte ihn für seine Klugheit und sein verbindliches Wesen, wenngleich sie bei den Ratssitzungen häufig aneinandergerieten.

»Darum kümmere ich mich«, sagte Michel. »Sobald ich die Zeit finde, suche ich Herzog Thiébaut auf und bitte ihn, die Schirmherrschaft zu übernehmen.« Zwar weilte Thiébaut nach wie vor als Gefangener am Königshof, doch Michel war zuversichtlich, dass er bald nach Lothringen zurückkehren würde. »Zuallererst aber müssen wir geeignetes Land finden«, fuhr er fort. »Ich halte es für am sinnvollsten, die Messe draußen auf dem Viehmarkt abzuhalten. Er ist viel größer als die Marktplätze innerhalb der Stadtmauern.«

»Der Viehmarkt wird nicht ausreichen«, gab Adrien Sancere zu bedenken. »Wenn unsere Messe so groß werden soll wie jene in Troyes, Provins oder Bar-sur-Aube, brauchen wir mindestens doppelt so viel Platz.«

Michel nickte. Dies hatte er bereits bedacht. »Das meiste Land, das an den Viehmarkt angrenzt, gehört Bauern aus Bertrands Bruderschaft. Bertrand und ich werden mit ihnen sprechen und ihnen Äcker und Wiesen abkaufen, damit wir das Gelände in alle Richtungen vergrößern können.«

Auch andere Kaufleute machten Vorschläge. Michel schrieb alles auf und hatte zwei Stunden später einen ausgefeilten Plan für die Vorbereitungen der nächsten Wochen. Zu guter Letzt entschied die Versammlung, noch im Juli berittene Boten nach Metz, Köln, Gent und zu anderen Handelsstädten zu schicken, auf dass die dortigen Kaufmannsgilden frühzeitig von der neuen Messe erfuhren und ihre Mitglieder nach Varennes sandten sowie der Jahrmarkt im Oktober seine Tore öffnete.

Es war bereits dunkel, als die Schwurbrüder nach Hause gingen. Die Ratsherren blieben noch, um weitere städtische Angelegenheiten zu besprechen. Während die Diener das Essen abräumten und den Bettlern, die unter den Fenstern warteten, die Reste hinwarfen, winkte Michel Yves zu sich.

»Ist Rémy schon da?«

»Er wartet draußen«, antwortete der Knecht.

»Sag ihm, er soll hereinkommen. Es ist so weit.«

Mit der Wachstafel in der Hand betrat Rémy den Ratssaal. »Ihr Herren«, begrüßte er die Männer an der Tafel, die ihn erwartungsvoll anblickten. »Ich danke euch, dass ihr mir gestattet, vor dem Rat zu sprechen.«

»Wir sind neugierig, Meister Rémy«, sagte Duval. »Euer Vater deutete an, Ihr wollt uns für ein neues Vorhaben gewinnen. Mehr wollte er uns aber nicht verraten. Also – wie können wir Euch helfen?«

Rémy war kein großer Redner. Anders als sein Vater besaß er nicht die Gabe, andere mit flammenden Ansprachen von einer Sache zu begeistern. Er beschloss daher, sein Anliegen mit einfachen Worten zu schildern und die Idee für sich sprechen zu lassen.

»In den letzten zwanzig Jahren hat Varennes große Fortschritte gemacht«, begann er. »Unsere Kaufleute treiben Handel mit dem ganzen Abendland. Jeden Monat entstehen neue Gewerbe. Der Wohlstand der Bürgerschaft wächst. Ihr Ratsherren sprecht Recht und macht Politik, ihr verhandelt mit benachbarten Städten, Fürsten und Königen. All das ist nur möglich, weil es in Varennes gebildete Männer gibt – Bürger, die lesen und schreiben können, die Latein und andere fremde Sprachen sprechen und etwas von Mathematik und den verschiedensten Wissenschaften verstehen.«

»Wir hören uns schon den ganzen Abend schöne Reden an«, sagte Lefèvre ungehalten. »Kommt zur Sache, Mann.«

Rémy ließ sich nicht beirren. »Dass Varennes gedeiht, hat viele Gründe, aber ihr werdet mir zustimmen, dass einer der wichtigsten die Bildung ist. Ohne Bildung wäre unsere Stadt nicht da, wo sie heute ist. Umso verwunderlicher ist es, dass wir dieses Gebiet bisher sträflich vernachlässigt haben. Was tut die Obrigkeit dafür, dass mehr Bürger Lesen und Schreiben lernen? Dass sie sich mit lateinischer Grammatik, Arithmetik und Geografie vertraut machen? Nichts! Wir überlassen diese Aufgabe einer Klosterschule, die kein Interesse daran hat, unsere Söhne zu künftigen Kaufleuten und Handwerksmeistern auszubilden. Dabei sind es vorrangig Kaufleute und Handwerker, die Varennes groß gemacht haben.«

Zwei, drei Ratsherren nickten bei diesen Worten, doch die meisten blickten Rémy nach wie vor abwartend an.

»Wir müssen uns endlich darum kümmern, dass viel mehr Menschen als bisher in den Genuss echter Bildung kommen«, fuhr er fort. »Stellt euch vor, wie das unsere Stadt voranbringen würde! Mehr Bürger könnten sich als Kaufleute betätigen. Mehr junge Männer könnten die neue Universität in Paris besuchen und würden mit fortschrittlichen Ideen heimkehren. Wir hätten bessere Ärzte, bessere Beamte. Philosophen und Scholaren aus dem ganzen Reich kämen nach Varennes, um sich mit den einheimischen Gelehrten auszutauschen. Die Verwaltung würde besser arbeiten, weil endlich auch einfache Handwerker die Beschlüsse des Rates lesen könnten.«

»Worauf wollt Ihr hinaus?«, fragte Henri Duval, ehe er mit knochigen Fingern nach seinem Kelch griff und ihn an die schmalen Lippen führte.

»Wir brauchen eine neue Schule. Eine Schule in städtischer

Hand. Sie würde gewährleisten, dass unsere Söhne endlich die Ausbildung erhalten, die sie verdienen und die unsere Stadt so dringend braucht.«

Schweigen schloss sich an. Rémy musterte die Mienen der Ratsherren und sah überwiegend Skepsis.

»Wenn ich Euch richtig verstehe«, sagte Deforest, »wollt Ihr den Rat davon überzeugen, eine solche Schule zu gründen?«

»Nicht ganz«, erwiderte Rémy. »Ich würde mich darum kümmern, die Schule aufzubauen, damit Rat und Verwaltung möglichst wenig Arbeit damit haben und die Kosten nicht überhandnehmen. Ich bitte euch lediglich um eure Erlaubnis und um finanzielle Unterstützung.«

»Ihr wollt also Geld«, stellte Deforest fest. »Wie viel, wenn ich fragen darf?«

»Das hängt davon ab, ob ihr mir Räumlichkeiten für die Schule zur Verfügung stellen könnt. Vielleicht gibt es im Rathaus eine Kammer, die ich nutzen kann. Falls nicht, müsste ich ein geeignetes Gebäude kaufen oder anmieten.« Rémy blickte auf die Wachstafel mit seinen Notizen. »Außerdem muss ich Bücher besorgen, Schreibwerkzeug und einen Abakus für jeden Schüler kaufen und natürlich einen Schulmeister einstellen. Alles in allem schätze ich die Kosten im ersten Jahr auf höchstens vierzig Pfund Silber. In jedem weiteren Jahr dann nur noch zehn bis fünfzehn.«

»Ihr tut so, als wäre das eine Kleinigkeit«, sagte Deforest. »Dabei ist das eine Menge Geld, Meister Rémy. Zumal wir gerade beschlossen haben, eine neue Messe aufzubauen, und kaum Spielraum für weitere Ausgaben haben.«

Rémy bemerkte, dass sein Vater ihn ansah. *Ich habe dich gewarnt,* schien sein Blick zu sagen.

»Aber es wäre gut angelegtes Geld«, beharrte Rémy. »Die Ausgaben für die Schule würden sich schon in wenigen Jahren bezahlt machen.«

»Ich weiß nicht«, meldete sich René Albert zu Wort. »Ich

finde, dass die Klosterschule ihre Aufgabe eigentlich ganz gut erfüllt. Außerdem kann man sich ja einen Hauslehrer für seine Söhne nehmen. Ich sehe nicht, dass wir eine neue Schule brauchen.«

»Zumal der Pöbel viel zu dumm ist, um lesen zu lernen«, sagte Lefèvre verächtlich. »Daran kann die beste Schule nichts ändern. Tagelöhner und Schweinehirten, die lateinische Grammatik üben – allein der Gedanke ist lächerlich.«

Dass besonders Lefèvre das Vorhaben schlechtmachen würde, lag auf der Hand – Rémy hatte nichts anderes erwartet. Hingegen überraschte ihn, dass er plötzlich Unterstützung von Bertrand Tolbert bekam.

»Die Klosterschule wurde gegründet, um Mönche und Kapitulare heranzuziehen«, erklärte der Vorsteher der Stadtbauern. »Meister Rémy hat vollkommen recht, wenn er sagt, dass sie für weltliche Zwecke ungeeignet ist. Und was die Sache mit den Hauslehrern angeht, René – Ihr wisst genau, wie rar und teuer gute Lehrer sind. Allenfalls ein Kaufmann kann es sich leisten, einen einzustellen, der sein Geld wert ist. Die Männer meiner Bruderschaft können davon nur träumen. Ich bin sicher, euch Handwerkern geht es ähnlich«, wandte Tolbert sich an die anderen Obermeister.

»Hauslehrer sind unerschwinglich für meine Leute«, sagte Guichard Bonet von den Webern und Tuchfärbern. »Die Klosterschule übrigens auch. Das Schulgeld ist viel zu hoch für einen einfachen Handwerker. Außerdem sind die wenigen Plätze, die Laien zur Verfügung stehen, meist auf Jahre hinaus belegt. So ist es kein Wunder, dass kaum einer von uns lesen und schreiben kann.«

Tolbert blickte die Ratsherren aus dem Kaufmannsstand an. »Für euch Patrizier ist es leicht, euren Kindern eine anständige Bildung zukommen zu lassen. Für die Söhne ärmerer Familien ist das aber nach wie vor unerreichbar. Deshalb würden sie enorm von einer städtischen Schule profitieren – vorausgesetzt, ein Platz in der Schule wäre kostenlos«, fügte er hinzu.

»Wir würden kein Schuldgeld nehmen«, stellte Rémy klar. »Alle Kosten, die durch die Schule anfallen, müsste in voller Höhe die Stadt tragen. Andernfalls wäre ihr Zweck verfehlt. Die Schule soll ausdrücklich *allen* Jungen offenstehen. Auch solchen, die aus ärmlichen Verhältnissen kommen. Durch die Schule sollen sie die Möglichkeit erhalten, später einmal einen angesehenen Beruf zu ergreifen und in der städtischen Gesellschaft aufzusteigen.«

»Ist das nicht rührend?«, höhnte Lefèvre. »Wie der Vater, so der Sohn. Die Familie Fleury scheint nur aus Wohltätern und barmherzigen Samaritern zu bestehen. Wo ist Euer Heiligenschein, Meister Rémy? Habt Ihr ihn zu Hause gelassen?«

»Noch ein Wort, Lefèvre«, knurrte Caboche, »und ich stopfe Euch das Maul.«

»Lasst ihn doch reden, Jean«, mischte sich Michel ein. »Was kümmert Euch sein Geschwätz?«

»Ob die Familie unseres Bürgermeisters nur Heilige hervorbringt, vermag ich nicht zu beurteilen«, sagte Deforest säuerlich. »Ganz sicher aber haben ihre männlichen Mitglieder die Neigung, die städtischen Steuereinnahmen als ihr Privateigentum anzusehen, das sie nach Belieben verprassen können …«

»Das will ich nicht gehört haben«, meinte Michel.

Einige Ratsherren lachten, aber der Gildemeister war nicht zum Scherzen aufgelegt.

»Ich habe zwar bereits darauf hingewiesen, aber ich sage es gern noch einmal«, fuhr er mürrisch fort. »Neben der Messe können wir uns keine weitere kostspielige Unternehmung leisten. Das würde den städtischen Haushalt über Gebühr belasten – und wenn Meister Rémy zehnmal behauptet, dass sich die Ausgaben bald bezahlt machen. Zunächst einmal wären es nur zusätzliche Kosten.«

»Eustache hat recht«, pflichtete Albert ihm bei. »Die Messe

hat nun einmal Vorrang, und wir sollten uns ganz auf sie konzentrieren. Außerdem: Eine städtische Schule – das hat man ja noch nie gehört.«

Rémy hätte nicht gedacht, dass es ausgerechnet bei den Kaufleuten im Rat so viel Engstirnigkeit gäbe. »Ihr lehnt eine Idee ab, nur weil sie neu ist?«, entgegnete er mit kaum unterdrücktem Ärger. »Wenn alle Patrizier so denken, muss man sich fragen, wie Varennes jemals die Herrschaft des Bischofs abschütteln konnte.«

Albert lief rot an, doch Tolbert kam seiner zornigen Erwiderung zuvor: »Ich sehe nicht, dass die Messe Vorrang vor allem anderen hat. Gewiss, sie verheißt euch Kaufleuten fette Gewinne – aber was ist mit uns Bauern und Handwerkern? Wir wollen auch etwas haben, das unser Leben verbessert. Ich sage, wir unterstützen Meister Rémy!«

Damit erntete er begeisterte Zustimmung aus den Reihen der Obermeister. »Ihr habt eure Messe – wir wollen unsere Schule!«, dröhnte Bonet.

Rémy schöpfte neue Zuversicht. Vielleicht war seine Sache doch noch nicht verloren.

»Aber die Ausgaben für die Stadt …«, begann Deforest von Neuem.

»… werden uns schon nicht ruinieren«, beendete Tolbert seinen Satz. »Bei Gott, Eustache, wenn man Euch reden hört, könnte man meinen, Varennes nage am Hungertuch und jede weitere Ausgabe bräche uns das Genick. Das ist schlicht nicht wahr. Selbst wenn die Messe teurer wird als gedacht, haben wir noch genug Rücklagen.«

Michel forderte die aufgebrachten Kaufleute auf, ruhig zu sein. »Wir haben das Für und Wider ausreichend erörtert. Lasst uns abstimmen. Wer spricht sich für Rémys Schule aus?«

Es meldeten sich Tolbert, Bonet, Caboche und die anderen drei Obermeister. *Sechs Stimmen*, dachte Rémy. *Das reicht nicht.*

»Wer ist dagegen?«

Diesmal hoben Deforest, Le Roux, Albert und natürlich Lefèvre die Hand.

»Was ist mit euch, Henri und Michel?«, fragte der Gildemeister.

»Ja«, wandte sich Le Roux an Rémys Vater. »Von Euch hat man zu dieser Sache noch gar nichts gehört.«

Michel seufzte. »Rémy und ich haben lange über seine Pläne gesprochen. Er weiß, dass ich sie nicht gutheiße – aus denselben Gründen wie Eustache. Trotzdem möchte ich mich bei der Abstimmung enthalten. Ich werde mich nicht offen gegen meinen eigenen Sohn stellen. Seht es mir nach, dass ich mich heraushalte.«

Wieder begegneten sich ihre Blicke, und Rémy nickte. Sein Vater hatte klargemacht, wo er in dieser Angelegenheit stand. Rémy hätte nicht gewollt, dass er gegen seine innere Überzeugung für die Schule stimmte, nur um seinem Sohn zu helfen. Außerdem – wie hätte das ausgesehen? Man sollte seinem Vater nicht nachsagen können, er würde kraft seines Amtes die eigene Familie begünstigen.

»Und Ihr, Henri?«, sprach Tolbert Duval an. »Wie es scheint, seid Ihr das Zünglein an der Waage.«

Gespannte Stille herrschte, als der städtische Richter nach Worten suchte. »Ihr macht die ganze Arbeit«, sagte er schließlich zu Rémy, »behelligt keine städtischen Bediensteten damit und haltet die Kosten so gering wie möglich?«

»Henri!«, sagte Deforest scharf, doch Duval hob abwehrend die Hand.

»Versprecht Ihr uns das?«

Rémy nickte. »Ihr habt mein Wort.«

»Unter diesen Umständen bekommt Ihr meine Stimme«, sagte Duval nach einigem Zögern. »Aber denkt daran, Meister Rémy: Ich verlasse mich auf Euch. Ich will diese Entscheidung nicht in einem halben Jahr bereuen.«

»Sieben Stimmen für die Schule!«, rief Tolbert. »Damit ist es beschlossene Sache.«

Die Obermeister verließen ihre Plätze, umringten Rémy und überschütteten ihn mit Glückwünschen.

Ich habe es geschafft, dachte er benommen. *Ich habe es tatsächlich geschafft.*

Es war fast Mitternacht, als Rémy nach Hause kam. Leise betrat er die Werkstatt und schlich die Treppe hinauf, um Anton nicht zu wecken. Oben in der Stube saß Eugénie und zählte ihre Tageseinnahmen aus der Schenke.

Niemand im Viertel nahm Anstoß daran, dass sie gelegentlich bei ihm übernachtete, deshalb machte Rémy kein Geheimnis aus ihrer Liebschaft. Kirche und Rat duldeten Beziehungen zwischen Unverheirateten, solange es keine gravierenden Standesunterschiede zwischen ihnen gab und sie sich um die nötige Diskretion bemühten. Daher achteten Rémy und Eugénie darauf, einander in der Öffentlichkeit niemals zu berühren oder gar zu küssen.

Sie blickte von den Münzstapeln auf. »Wie war es?«

»Du wirst es nicht glauben«, meinte er grinsend.

»Nun sag schon – konntest du sie überzeugen?«

»Sie haben mir ihre Erlaubnis gegeben. Varennes bekommt eine neue Schule.«

»Das ist großartig, Rémy!« Eugénie sprang auf und fiel ihm um den Hals. Lachend hob er sie hoch und drehte sich mit ihr um die eigene Achse. Sie war von Anfang an Feuer und Flamme für das Vorhaben gewesen. Sie selbst konnte gerade genug lesen und schreiben, um über die Einnahmen und Ausgaben ihrer Schenke buchführen zu können. Daher fand sie die Vorstellung, dass künftig auch einfache Leute zur Schule würden gehen können, ausgesprochen reizvoll.

»Darauf trinken wir.« Eugénie füllte zwei Krüge mit Bier und reichte einen Rémy. »Auf die Schule.«

»Auf die Schule.«

Sie setzten sich an den Tisch. »Wie geht es jetzt weiter? Wirst du dich nach einem Scholaren umsehen, der die Kinder unterrichtet?«

»Das kommt später. Zuerst muss ich geeignete Räumlichkeiten für die Schule finden.«

»Hat man dir nicht gestattet, einen Saal des Rathauses zu nutzen?«

»Im Rathaus ist kein Platz«, antwortete Rémy. »Ich muss mir anderswo etwas suchen.« Allzu teuer durfte das Gebäude jedoch nicht werden. Man hatte ihm nur vierzig Pfund Silber bewilligt, und das Geld musste reichen, um alle Ausgaben im ersten Jahr zu decken. »Anschließend muss ich Bücher auftreiben und Schreibwerkzeug kaufen. Währenddessen fange ich an, mich nach einem Schulmeister umzuhören.«

»Wie viele Bücher brauchst du?«

»Mindestens ein Werk von Donatus für die Latein- und Grammatik-Lectura, etwas von Cicero über Rhetorik, einen Boethius oder Fibonacci, natürlich die Bibel. Diese Bücher sind unverzichtbar. Darüber hinaus wäre es schön, wenn ich an eine Enzyklopädie herankäme, das *Organon* von Aristoteles oder die *Etymologiae* von Isidor von Sevilla. Aber das kann warten.«

»Willst du all diese Bücher selbst kopieren?«, fragte Eugénie.

»Das werde ich müssen, denn ich kann es mir nicht leisten, sie zu kaufen. Wenn ich sie mir ausleihe und abschreibe, muss ich nur für das Pergament und die Tinte aufkommen.«

»Klingt nach viel Arbeit.«

»Nun, ich habe diese Sache angefangen. Jetzt muss ich sie auch zu Ende bringen.« Rémy lächelte. »Aber ich schaffe das schon.«

»Solange du darüber deine Liebste nicht vernachlässigst.«

»Das würde mir nie einfallen.« Er ergriff ihre Hände, und

sie setzte sich mit gespreizten Beinen auf seinen Schoß. »Du hast mein Wort.«

»Dann bin ich ja beruhigt.« Sie küsste ihn, er stand auf und trug sie hinüber zur Schlafkammer.

»Vater!«

»Hier steckst du! Verdammter Bengel! Wieso bist du nicht oben in der Schreibstube, wie ich es dir gesagt habe?«

»Ich wollte gleich hinaufgehen, wirklich. Ich wollte nur rasch Émile füttern.«

»Wann lernst du endlich, mir zu gehorchen? Ich sollte dich prügeln, Junge, draußen auf der Gasse vor allen Leuten.«

»Was machst du mit Émile, Vater?«

»Du hast genug Zeit mit diesem Vieh verschwendet. Ich habe es satt. Hier, nimm.«

»Nein, Vater, bitte …«

»Nimm das verdammte Messer.«

»Ich kann nicht …«

»Willst du mich zornig machen, Junge, willst du das? Halt ihn am Nacken fest – so. Jetzt sei doch nicht so ungeschickt, Herrgott. Hier stichst du zu. Stich zu, oder du lernst mich kennen …«

Keuchend fuhr Lefèvre auf, die Hände in die Decke gekrallt. Sein Herz pochte so heftig, als wolle es jeden Augenblick zerspringen, und es dauerte lange, bis sich sein Atem beruhigte.

Wieder dieser Traum. Schon das dritte Mal diese Woche. Dabei hatte er gedacht, er hätte ihn längst vergessen, hätte die Vergangenheit endlich hinter sich gelassen. Doch der Traum war zurückgekommen, genau wie die anderen Nachtmahre. Beinahe jede Nacht quälten sie ihn, seit jenem Tag in Amance.

Das ist alles deine Schuld, Fleury. Der Teufel soll dich holen.

Es war tiefste Nacht, die Sonne würde frühestens in zwei Stunden aufgehen. Lefèvre wusste, dass er keinen Schlaf mehr finden würde, also stand er auf, spritzte sich kaltes Wasser ins Gesicht und schlüpfte in ein dünnes Gewand. Leise stieg er in den Eingangsraum hinab und von dort aus in den Warenkeller. Zündete eine Kerze an, ging an den Kistenstapeln vorbei, schloss eine Tür auf und betrat einen Raum, der nur selten genutzt wurde. Anders als im Rest des Kellers bestanden hier die Wände nicht aus behauenem Sandstein, sondern aus dicken Holzbalken, mit Lehm verfugt. Er schloss die Tür hinter sich ab, packte den Rahmen eines staubigen Weinregals und zog mit aller Kraft daran. Das Regal mitsamt dem Wandstück dahinter schwang knirschend zur Seite und gab einen dunklen Tunnel frei. Lefèvre tat einen Schritt über die Schwelle, schloss die Geheimtür und betrat seinen verborgenen Keller.

Sein Vater – möge er in der Hölle brennen – hatte das unterirdische Gewölbe anlegen lassen, um Waffen und andere Schmuggelware vor den städtischen Zöllnern zu verstecken. Er hatte viel Geld dafür ausgegeben, besonders für die Geheimtür, eine raffinierte Konstruktion, die ein Lombarde erfunden hatte. Nach seinem Tod hatte Anseau die Räume einem neuen, persönlicheren Zweck zugeführt.

Er stellte die Kerze auf einen Tisch, setzte sich und legte die Füße hoch. Versonnen spielte er mit einem Messer. Hier unten konnte er am besten denken.

Fleury musste bezahlen für das, was er ihm angetan hatte. Nur wie? Der Mann war mächtig, und er hatte zahlreiche Freunde in der Stadt und im Herzogtum. Es würde nicht leicht werden, ihn zu Fall zu bringen.

Die neue Messe, kam es Lefèvre in den Sinn. Hier musste er ansetzen, denn mit dem Jahrmarkt riskierte Fleury viel. Wenn er scheiterte, würden die Stadt und die Kaufleute Unsummen verlieren, und man würde Fleury dafür verantwortlich machen.

Und er *würde* scheitern. Dafür würde Lefèvre sorgen. Er hob das Messer und fuhr mit dem Daumen über die stumpfe Seite der Klinge.

Zunächst aber musste er sich um die Ratswahl kümmern. Sie war bereits in zwei Wochen, und es gab noch viel zu tun.

»Viel zu tun«, murmelte Lefèvre, schloss die Augen und dachte an Elises Schreie, die er so klar und deutlich vernahm, als wäre das Mädchen noch immer hier.

Am Morgen nach der Ratsversammlung saß Michel in seiner Amtsstube und ging seine Notizen zur Messe durch. Zuerst würde er mit dem Baumeister über die neue Herberge sprechen müssen. Anschließend würde er den anderen städtischen Bediensteten ihre Aufgaben zuteilen.

Das Knarren der Tür riss ihn aus seinen Gedanken. Lefèvre kam herein. Der Geldverleiher sah unausgeschlafen und noch blasser aus als sonst.

»Ich habe zu tun«, sagte Michel. »Kommt später wieder.«

Lefèvre warf ein zusammengerolltes Stück Pergament auf den Tisch.

»Was ist das?«

»Meine Kandidatur für die Ratswahl.«

Michel blickte den Geldverleiher an. »Kennt Eure Verworfenheit denn keine Grenzen?«

»Es ist mein Recht als freier Bürger, mich um ein öffentliches Amt zu bewerben«, erklärte Lefèvre. »Ich bin reich, habe Grundbesitz und erfülle auch alle übrigen Voraussetzungen. Ihr könnt mir das nicht verwehren.«

»Nein, das kann ich nicht«, bestätigte Michel. »Wohl aber kann ich dafür sorgen, dass Ihr diese Wahl so schmählich verlieren werdet, dass der letzte Rest Ansehen, den Ihr vielleicht noch bei der Bürgerschaft habt, auf einen Schlag beim Teufel ist.«

»Und wie wollt Ihr das bewerkstelligen?« Lefèvre lächelte dünn. »Es ist eine freie Wahl. Wenn Ihr auch nur einen Bürger zwingt, mir seine Stimme zu verweigern, wird *Euer* Ansehen beim Teufel sein.«

»Im Gegensatz zu Euch zwinge ich niemanden. Es wird vollauf genügen, wenn ich die Erinnerung an Eure Schandtaten bis zur Wahl wachhalte. Und sollte ich Euch dabei erwischen, dass Ihr Stimmen kauft, dann gnade Euch Gott. Jetzt verschwindet, oder ich lasse Euch aus meiner Amtsstube entfernen.«

Michel widmete sich wieder seinen Aufzeichnungen. Als er einige Zeit später aufblickte, war der Wucherer fort.

»Sind alle da?«, erkundigte sich Lefèvre am Abend desselben Tages.

»Der Letzte ist eben gekommen«, antwortete Renouart. »Sie warten im Saal auf Euch.«

Lefèvre ging von seiner Schreibstube zur Treppe und wandte sich um, als er bemerkte, dass Renouart ihm nicht folgte. »Du auch. Na los.«

Mit seinem neuen Knecht im Schlepptau betrat er den Gesellschaftssaal, wo etwa dreißig Männer herumstanden. Sie waren Bauern, Winzer, Viehzüchter und Handwerker und hatten alle ein Stück seines ausgedehnten Grundbesitzes gepachtet – Ackerland, eine Parzelle innerhalb der Stadtmauern, ein Wohnquartier. Samt und sonders einfache Männer, die vielfach von der Hand in den Mund lebten und anderen armen Schluckern aus der Unterstadt letztlich nur eines voraushatten: Jeder von ihnen besaß das Bürger- und damit auch das Wahlrecht.

Als Lefèvre hereinkam, verstummten die Gespräche. Renouart baute sich schräg hinter ihm auf, die Hand am Schwertgriff, genau so, wie Lefèvre es dem gefallenen Ritter eingeschärft hatte.

»In zwei Wochen wird der neue Rat gewählt«, sprach er zu den Männern. »Ich werde mich wieder um einen Sitz bewerben und habe euch herbestellt, um mich zu vergewissern, dass ich auf euch zählen kann. Das kann ich doch, nicht wahr?«

Die Männer starrten ihn an, keiner wagte zu sprechen. Sämtliche Blicke folgten ihm, als er langsam durch den Saal schritt. Man machte ihm furchtsam Platz.

»Euch allen muss daran gelegen sein, dass ich dem Rat weitere zwei Jahre angehöre. Wenn ich meinen Sitz verliere, ist niemand mehr da, der gegenüber Fleury, Deforest und den anderen Pfeffersäcken eure Anliegen vertritt. Ihr wärt ihren Launen schutzlos ausgeliefert, sie würden maßlos Steuern und Abgaben erhöhen, und niemand würde sie daran hindern.« Er blieb vor einem feisten Weinbauern stehen, dem feuchte Haarsträhnen an der geröteten Stirn klebten. »Alfons, richtig?«

»Ja, Herr Lefèvre.« Der Mann konnte ihm nur mit Mühe in die Augen sehen.

»Nun, Alfons – wirst du mir deine Stimme geben, wenn deine Pfarrei an die Wahlurnen gerufen wird? Werden das auch deine Brüder und dein Sohn tun?«

»Gewiss, Herr Lefèvre. So wie beim letzten Mal.«

»Ausgezeichnet, Alfons. Denn würdest du mir deine Stimme verweigern, sähe ich mich leider gezwungen, die Pacht für deinen Weinberg heraufzusetzen, und das wäre nicht gut fürs Geschäft, nicht wahr?«

»Ich sagte doch, meine Leute und ich werden für Euch stimmen. Ihr habt mein Wort.«

»Gut. Gut. Ihr anderen solltet euch ein Beispiel an Alfons nehmen. Denn keiner von euch kann sich einen höheren Pachtzins leisten. Ihr würdet wichtige Einkünfte verlieren oder, schlimmer noch, euer Wohnquartier. Ihr müsstet mit euren Familien in schäbigen Herbergen hausen, und das ist nicht angenehm, wie euch mein Freund Renouart bestätigen kann. Also – kann ich mich auf euch verlassen?«

Die Männer nickten und versicherten ihm ihre bedingungslose Treue.

Lefèvre lächelte. »Wie schön, dass wir uns einig sind. Wieder einmal zahlt es sich aus, dass ich meinen Besitz solch vernünftigen Männern anvertraut habe. Eins noch, bevor ihr geht: Sollte auch nur ein Wort von dem, was in diesem Saal gesprochen wurde, mein Haus verlassen, werde ich das erfahren. Und dann gnade Gott dem Unseligen, der seinen Mund nicht halten konnte. Habe ich mich verständlich ausgedrückt?«

»Gewiss, Herr Lefèvre«, murmelten die Männer und beeilten sich zu gehen.

»Die Ratswahl auf diese Weise zu beeinflussen, ist verboten«, bemerkte Renouart, nachdem der letzte Pächter verschwunden war.

»Was du nicht sagst«, meinte Lefèvre, der sich Wein einschenkte. »Es ist auch verboten, an der Seite eines verfehmten Herzogs in den Krieg zu ziehen, aber hat dich das daran gehindert, es zu tun? Nein. Also halte dich zurück mit deinen Ratschlägen. Vergiss nicht, wer in diesem Haus der Herr und wer der Knecht ist.«

Renouarts Gesicht war wie aus Granit gemeißelt. »Braucht Ihr mich noch?«

»Nein. Du kannst dich zurückziehen. Vielleicht willst du zu deiner Gemahlin gehen und sie trösten. Sie hat schon wieder die halbe Nacht geflennt, und allmählich wird es lästig. Ach ja«, sagte Lefèvre, als Renouart zur Tür schritt. »Was ich zu meinen Pächtern gesagt habe, gilt auch für dich: Ein Wort zu irgendwem, und du wirst es bereuen. Verstanden?«

»Ihr habt mich rufen lassen, Herr Bürgermeister?«, sagte Alfons, während er die Amtsstube betrat.

»Bitte setzt Euch«, forderte Michel den Weinbauern auf. »Keine Sorge. Ich werde Euch nicht lange aufhalten. Es geht um Anseau Lefèvre«, sagte er, nachdem Alfons Platz genommen hatte. Ihm entging nicht, dass sein Besucher dabei leicht zusammenzuckte. »Ich weiß, dass Ihr einen seiner Weinberge gepachtet habt und dringend auf die Einkünfte daraus angewiesen seid. Ich kenne Euch als ehrlichen und gottesfürchtigen Mann, Alfons. Ich muss von Euch wissen, ob Lefèvre wegen der anstehenden Ratswahl versucht hat, Euch einzuschüchtern. Hat er Euch angedroht, den Pachtzins zu erhöhen, falls Ihr ihm die Stimme verweigert?«

»Ich weiß nicht, wovon Ihr sprecht, Herr Bürgermeister«, murmelte Alfons.

»Ihr könnt mir vertrauen. Niemand wird von unserer Unterredung erfahren.«

Der Weinbauer schluckte und schwieg.

»Ihr müsst es mir sagen«, beharrte Michel. »Falls mein Verdacht zutrifft, verstößt Lefèvre gegen das Gesetz und muss bestraft werden.«

»Nichts dergleichen ist geschehen. Herr Lefèvre hat mich und meine Familie stets anständig behandelt«, sagte Alfons.

Michel roch die Lüge zehn Klafter gegen den Wind. Doch er spürte, dass er aus diesem Mann kein Wort herausbringen würde – der arme Kerl hatte viel zu viel Angst vor seinem Grundherrn. Für Lefèvres andere Pächter galt vermutlich dasselbe. »Gut, Alfons. Ich danke Euch für Eure Zeit. Gehabt Euch wohl.«

Nachdem der Weinbauer gegangen war, suchte Michel Deforest und fand den Münzmeister schließlich im Keller des Stadtarchivs, wo er in verstaubten Pergamenten wühlte und dabei gotterbärmlich fluchte. »Ihr wisst nicht zufällig, wo wir die Ratsbeschlüsse zum Münzwesen aus dem vergangenen Jahr hingetan haben?«

»In diese Kiste, wenn ich mich nicht irre«, antwortete Michel.

»Da habe ich schon gesucht. Ihr glaubt nicht, was ich alles gefunden habe. Wusstet Ihr, dass Bischof Ulman, Gott hab ihn selig, seinerzeit eine Gebührenordnung für die Hurenhäuser Varennes' verfasst hat? Eine spannende Lektüre, für meine Zwecke aber leider vollkommen nutzlos.«

»Wieso fragt Ihr nicht den Archivar? Dafür ist er schließlich da.«

»Er hatte Halsschmerzen. Ich habe ihn heute früh nach

Hause geschickt. Bei Jacques' heiligem Blut, wir brauchen dringend ein ordentliches Verzeichnis für diesen Keller! Erinnert mich daran, dass ich den Archivar bitte, eins zu erstellen, wenn er wieder gesund ist.«

»Ich habe gerade mit einem Pächter Lefèvres gesprochen«, sagte Michel, während Deforest schimpfend weitersuchte. »Er wollte es nicht zugeben, aber ich glaube, dass Lefèvre ihn und die anderen unter Druck setzt. Wir müssen handeln, Eustache. Wenn Lefèvre damit durchkommt, gewinnt er auf einen Schlag achtzig, neunzig sichere Stimmen.«

»So viele?« Deforest runzelte die Stirn. »Er hat doch höchstens fünfunddreißig Pächter.«

»Aber er wird auch die wahlberechtigten Angehörigen seiner Pächter zwingen, für ihn zu stimmen.«

Der Münzmeister richtete sich auf. »Das wäre verheerend. Beim letzten Mal reichten hundertzwanzig Stimmen für ihn aus, um in den Rat einzuziehen. Wenn diesmal mehr Männer als vor zwei Jahren kandidieren, könnte er es sogar mit weniger schaffen.«

»Ich schlage vor, dass wir sofort den Pachtzins für Äcker, Wiesen, Weinberge, Fischteiche und Wohnquartiere einfrieren, sagen wir für zwei Jahre. Dann wäre ihm die Möglichkeit genommen, seine Leute zu erpressen. Es ist ohnehin höchste Zeit, dass wir der Habgier von Fromony Baffour und den anderen großen Grundbesitzern einen Riegel vorschieben.«

»Bertrand und Henri wird das nicht gefallen. Sie verpachten auch viel Land.«

»Aber anders als Fromony und Thibaut erhöhen sie nicht ständig den Zins. Und selbst wenn sie gegen uns stimmen, dürften wir immer noch eine bequeme Mehrheit haben.«

»Ihr habt recht. Versuchen wir es«, sagte Deforest.

»Gut. Ich spreche gleich mit den anderen.«

»Das kann ich machen. Wenn ich hier fertig bin, treffe ich mich ohnehin mit Odard, Henri und René in der Gildenhalle, und anschließend sehe ich Jean Caboche und Guichard Bonet im Badehaus. Sowie ich ihre Zustimmung habe, lasse ich den Schreiber eine Verordnung aufsetzen und sie zur Vesper auf allen Marktplätzen verkünden.«

»Wenn die Ausrufer schon dabei sind, sollen sie die Bürgerschaft daran erinnern, dass jeder, der seine Stimme verkauft, sein Bürgerrecht verliert und es frühestens nach fünf Jahren wiederbekommt. Nur für den Fall, dass Lefèvre bereits fleißig sein Silber an das Stadtvolk verteilt.«

Michel ging wieder nach oben.

In seiner Amtsstube erwartete ihn ein Besucher, ein beleibter Mönch, dessen Haar um die Tonsur bereits ergraut war. Es war Abbé Wigéric, der Vorsteher der Abtei Longchamp, einer der mächtigsten Kleriker Varennes'. Sie begrüßten einander in aller Form.

»Was führt Euch zu mir, Abbé?«

Der Geistliche litt sichtlich unter der Hitze und schwitzte stark. Michel trat zum Tischchen mit der Kanne und reichte ihm einen Becher mit kühlem Birnenmost. »Es geht um die jüngsten Pläne der Obrigkeit. Ich habe erfahren, dass Euer Sohn eine neue Schule gründen will und hierfür die Erlaubnis des Rates erhalten hat.«

Michel unterdrückte ein Seufzen. Wigéric war der Leiter der Klosterschule und der städtische Scholasticus. Ihm oblag die Aufsicht über das Schulwesen Varennes', also auch über sämtliche Hauslehrer und wandernde Scholaren, die in der Stadt unterrichteten. Seiner Miene nach zu schließen, passte ihm das neue Vorhaben des Rates gar nicht, und er wollte in der Angelegenheit ganz offenbar ein Wort mitreden. »Die Bürgerschaft bekommt eine eigene Schule, richtig. So hat es der Rat beschlossen. Mein Sohn sucht gerade nach einem geeigneten Gebäude, in dem die Schüler unterrichtet werden sollen.«

Wigéric umklammerte den Zinnbecher mit seinen kurzen,

fleischigen Fingern. »Bevor der Rat so etwas entscheidet, hätte er mich anhören müssen. Ich bin der Scholasticus von Varennes – bei allen Fragen zur schulischen Erziehung habe ich das letzte Wort. Eine neue Schule kann nur mit meinem Einverständnis gegründet werden.«

»Mit Verlaub, Abbé, aber Eure Befugnisse erstrecken sich allein auf die Klosterschule und die Hauslehrer aus dem geistlichen Stand«, widersprach Michel. »Nirgendwo in den Stadtrechten steht geschrieben, dass dem Scholasticus auch eine weltliche Schule untersteht, die sich gänzlich in städtischer Hand befindet.«

»Weil es bisher nicht notwendig war, solche Selbstverständlichkeiten niederzuschreiben!«, entgegnete Wigéric harsch. »Wer hätte ahnen können, dass der Rat dereinst auf die Torheit verfallen würde, eine eigene Schule aufzubauen? Die Erziehung der Kinder zu anständigen Christenmenschen ist seit Jahrhunderten Aufgabe der Kirche – aus gutem Grund.«

»Nun, ab jetzt teilen wir uns eben diese Aufgabe. Niemand will Euch etwas wegnehmen, Abbé. Ihr könnt in der Klosterschule weiterhin Jungen, die dies möchten, auf eine Laufbahn als Ordenspriester oder Kapitular vorbereiten. Die städtische Schule ergänzt dieses Angebot, indem sie Bürgersöhne alles lehrt, was sie brauchen, um Kaufleute, Ärzte oder Baumeister zu werden. Auf diese Weise werden alle Bedürfnisse erfüllt, geistliche wie weltliche.«

»Diese Schule zielt zuvörderst darauf ab, einfachen Christen Lesen, Schreiben und Latein beizubringen. Ist Euch nicht klar, welcher Schaden daraus erwachsen wird?«

»Nein, das ist mir nicht klar«, entgegnete Michel, der allmählich die Geduld mit seinem Besucher verlor. »Wenn mehr Menschen lesen und schreiben können, ist das ein Segen für die Christenheit. Was daran schädlich sein soll, erschließt sich mir nicht.«

»Es ist gefährlich für ihr Seelenheil!«, schnarrte der Abt und knallte den Becher auf den Tisch. »Sie könnten mit Gedankengut in Berührung kommen, das ihren Glauben erschüttert und ihr Herz mit Zweifeln an der göttlichen Wahrheit erfüllt.«

»Mir scheint, Ihr seht in unseren Plänen vor allem eine Gefahr für Euren Geldbeutel«, sagte Michel. »Wie viel Schulgeld würde Euch entgehen, wenn sämtliche Laien, die bisher die Klosterschule besuchten, fortan zu uns kämen? Zehn Pfund jedes Jahr? Zwanzig? Das wäre ein herber Schlag für die Klöster, und das wollt Ihr verhindern. Nur deshalb seid Ihr hier, nicht wahr?«

Wigéric funkelte ihn an. »Meine Absichten sind redlich, und wenn Ihr mir zehnmal Habgier und Geiz unterstellt. Ich sorge mich allein um das Wohl der Christen Varennes', und darum fordere ich Euch auf, diesen unseligen Ratsbeschluss zurückzunehmen.«

»Nein«, sagte Michel entschieden. »Die Schule wird gegründet. Noch vor dem ersten Schnee wird der Unterricht beginnen, ob es Euch passt oder nicht.«

»Das werden wir sehen. Ich werde den Bischof benachrichtigen. Er wird einschreiten und dieser Torheit ein Ende machen.«

»Varennes ist eine freie Stadt, der Bischof hat hier keine weltlichen Befugnisse. Ich dachte, das hätte sich inzwischen herumgesprochen. Aber bitte – tut, was Ihr nicht lassen könnt.«

Wigéric stampfte davon. Michel trat zum Fenster und beobachtete, wie der feiste Abt über den Domplatz stolzierte. Mit Wigéric war nicht zu spaßen. Michel erinnerte sich noch gut daran, wie er damals Rémys Werkstatt bekämpft hatte. Der Teufel allein wusste, was er sich diesmal würde einfallen lassen, um ihnen Steine in den Weg zu legen.

Er setzte seine Mütze auf und beschloss, seinen Sohn zu warnen. Je eher Rémy sich wappnen konnte, desto besser.

Als Isabelle am nächsten Morgen das Haus verließ, spürte sie sofort, dass etwas nicht stimmte.

Sie wollte die restlichen Waren aus Metz zur Gildenhalle bringen, damit ein Makler der Gilde sie auf den Märkten feilbieten konnte. Während sie mit dem Ochsenwagen die Rue de l'Épicier entlangfuhr, starrten die Leute sie an, tuschelten hinter vorgehaltener Hand und verstummten, wenn Isabelle in ihre Richtung blickte.

Hatte sie einen hässlichen Fleck auf dem Gewand? Klebte ihr Dung an den Kleidern? Sie schaute an sich hinab. Nichts. Das blaue Leinen war sauber und makellos.

Was ging hier vor?

Kurz darauf wusste sie es: Auf eine Hofmauer am Domplatz hatte man in großen roten Lettern ihren Namen geschrieben. Darunter stand das lateinische Wort *moecha* – Ehebrecherin. Aussagekräftiger noch war die krude Zeichnung, die ihr von der Hauswand entgegensprang. Eine blonde Frau, unverkennbar ihr jüngeres Selbst, kniete vor einem Mann, der nur Michel sein konnte. Genussvoll lutschte sie sein Glied, unbeeindruckt von den zornigen Blicken eines weiteren Mannes, bei dem es sich zweifellos um ihren ersten Ehemann handelte, den Tuchfärber Hernance Chastain.

Sie fuhr weiter, biss die Zähne zusammen, ignorierte die höhnischen Blicke. Tat, als hätte sie das scheußliche Bild nicht gesehen. *Bei Gott, wie lange ist das jetzt her? Fast dreißig Jahre.* Doch die Leute wollten einfach nicht vergessen. Obwohl sie ihre Verfehlungen gesühnt, obwohl sie teuer dafür bezahlt hatte.

Der Weg von ihrem Haus zur Gildenhalle erschien ihr plötzlich unendlich lang. Ihre Augen brannten, doch sie kämpfte mit aller Kraft gegen die Tränen an. Lieber wollte sie tot vom Wagenbock fallen, als dem Stadtvolk ihren Schmerz zu zeigen.

An den Mauern der Gildenhalle erblickte sie ein weiteres Bild.

»Wir können wohl davon ausgehen, dass Lefèvre dahintersteckt«, sagte Michel zu Duval, Le Roux und Deforest, mit denen er im Ratssaal saß. »Er rächt sich an mir, weil ich ihm in die Suppe gespuckt habe. Und er will mich beim Stadtvolk verunglimpfen, in der Hoffnung, dass mich das Stimmen kostet.«

»Macht Euch deswegen keine Sorgen«, sagte Le Roux. »Die Leute wissen, was sie Euch verdanken. Von solch einem Unflat lassen sie sich nicht beeinflussen.«

»Da wäre ich mir nicht so sicher«, meinte Duval. »Der Herr hat leider nicht jeden unserer Mitbürger mit großem Verstand gesegnet, und nicht wenige zeigen für ihr Leben gern mit dem Finger auf ihren Nachbarn. Vor allem, wenn der Nachbar ein angesehener und reicher Patrizier wie Michel ist.«

»Wie geht es Isabelle?«, erkundigte sich Deforest.

»Das war ein scheußlicher Tag für sie«, antwortete Michel. »Aber sie hat es gut weggesteckt und arbeitet schon wieder in der Schreibstube. Sie ist stärker als so mancher Mann.« Tatsächlich hatte Isabelle ihm versichert, dass sie nicht mehr an die Bilder denke. Er wollte ihr gern glauben, doch er wusste, wie hart die Schmierereien sie getroffen hatten. Dass man sie damals wegen Unzucht und Ehebruchs zu einer Schandstrafe verurteilt hatte, gehörte zum Schlimmsten, was sie je erlebt hatte. Dieser Schmerz in ihren Augen … Wenn er daran dachte, packte ihn der Zorn.

»Ich nehme an, es wird schwierig, Lefèvre deswegen zu belangen?«, fragte er Duval.

»Ihr kennt ihn doch. Er wird wie immer dafür gesorgt haben, dass man ihm nichts nachweisen kann.«

Es klopfte, und Yves und Louis kamen herein. Michel stand auf und ging ihnen entgegen.

»Wie schlimm ist es?«

»Wir haben in der ganzen Stadt Schmierereien gefunden«, berichtete Yves. »In der Grand Rue, an allen Marktplätzen. Da hat jemand ganze Arbeit geleistet. Wir haben sie alle weggemacht – die Stadtknechte haben uns geholfen.«

»Yves hat einem von den Mistkerlen die Nase gebrochen«, sagte Louis.

»Der Kerl war gerade dabei, die Hofmauer von Notre-Dame zu beschmieren, als wir des Weges kamen. Er lief weg – schnell, aber nicht schnell genug«, fügte Yves grimmig hinzu.

»Habt ihr etwas aus ihm herausbekommen?«, fragte Michel.

»Er konnte uns nicht sagen, wer ihn bezahlt hat. ›Ein Mann mit schwarzer Kapuze‹, der ihn gestern Abend in der Schenke angesprochen hat.« Louis zuckte mit den Schultern.

Michel unterdrückte einen Fluch. »Sagt den Stadtknechten, dass ich eine Belohnung aussetze. Wer jemanden dabei erwischt, wie er Wände beschmiert, bekommt einen Sou. Zehn für den, der mir Namen nennt.«

»Machen wir«, sagte Yves. »Ich glaube aber nicht, dass viel dabei herauskommt. Lefèvre hat erreicht, was er wollte. Wahrscheinlich wird er es dabei belassen.«

Yves' Irrtum hätte nicht größer sein können: Am nächsten Morgen entdeckten die Stadtknechte in ganz Varennes neue Schmierereien, und sie waren noch abstoßender als die vorherigen.

Dasselbe am Morgen darauf.

Und so ging es weiter bis zum Tag der Wahl.

Es war ein klarer Sommermorgen. Bereits zur Terz, als das Stadtvolk scharenweise auf den Marktplatz strömte, brannte die Sonne heiß von einem saphirblauen Himmel herab.

Die Ratswahl fand traditionell am ersten Samstag nach dem Zwölfbotentag statt. Es war ein städtischer Feiertag. Bauern, Kleinkrämer und Kaufleute hatten ihre Marktstände abgebaut, damit es vor dem Dom genug Platz gab für alle Einwohner Varennes'. Zwischen Kathedrale, Rathaus und Gildenhalle saßen und standen rund viertausend Menschen, von denen allerdings nur knapp ein Drittel stimmberechtigt war: Wählen durften ausschließlich mündige und freie Männer, die das Bürgerrecht hatten und entweder der Gilde oder einer Bruderschaft angehörten. Alle übrigen machten sich auf dem Domplatz einen schönen Tag, labten sich an Backwerk und Bier und erfreuten sich am Spektakel der Spielleute und Feuerspucker, während ihre Väter, Ehemänner und Brüder zu den Urnen vor dem Rathaus strömten.

Die Zeremonie wurde von den Domherren, dem Stadtschreiber und anderen städtischen Beamten geleitet. Die Männer saßen im Schatten unter aufgespannten Tuchplanen und riefen der Reihe nach die Bürger der verschiedenen Pfarrsprengel auf. Im ersten Wahlgang wurden die Ratsherren aus dem Kaufmannsstand gekürt, im zweiten jene der Bruderschaften. Zur Stimmabgabe warf man eine farbige Bohne in die Urne seines Kandidaten, bei der es sich um einen eigens für diese Wahl getöpferten Tonkrug handelte. Folglich hatte jeder wahlberechtigte Bürger zwei markierte Bohnen erhalten, und die Domherren achteten mit Argusaugen darauf, dass niemand betrog.

Die Arbeit im Rat war ein Ehrenamt, man erhielt dafür keinen Lohn, sondern nur eine kleine Aufwandsentschädigung in Form von Wein, Brennholz und Kerzenwachs, die der Stadtschreiber nach jeder Sitzung verteilte. Aus diesem Grund stellten sich nur Männer zur Wahl, die wirtschaftlich unabhängig waren und sich die mitunter zeitraubende Ratsarbeit leisten konnten: Kaufleute mit gutgehenden Unternehmen wie Michel, Bürger mit ausgedehntem Grundbesitz oder wohlhabende Handwerker mit vielen Gesellen, die für sie die Arbeit machten.

Die Kaufleute hatten unter den Arkaden der Gildenhalle Tische und Bänke aufstellen lassen, damit sie während der langwierigen Zeremonie nicht in der prallen Sonne sitzen mussten. Michel und Isabelle hatten sich zu Duval, Deforest, Le Roux und deren Ehefrauen gesetzt und warteten angespannt auf die Stimmauszählung. Von dieser Wahl hing weit mehr ab als von früheren. Wenn es Michel und seinen Verbündeten nicht gelang, abermals in den Rat einzuziehen, würde das unabsehbare Folgen für die neue Messe und letztlich für das Schicksal der ganzen Stadt haben.

Zudem machte er sich Sorgen um Isabelle. Lefèvres Angriffe auf ihre Würde hatten ihr schwer zugesetzt, wenngleich sie sich nichts anmerken ließ. Heute früh hatte Michel ihr vorgeschlagen, zu Hause zu bleiben, denn er fürchtete, dass man sie vor der ganzen Bürgerschaft verspotten oder ihr anzügliche Bemerkungen nachrufen würde. Doch Isabelle wollte davon nichts hören. »Wenn ich mich verkrieche, gebe ich Lefèvre Macht über mein Leben, und das lasse ich nicht zu«, hatte sie erwidert. »Nichts und niemand wird mich davon abhalten, zur Wahl zu gehen – keine biblischen Plagen, keine neue Sintflut und erst recht nicht das Gerede irgendwelcher Dummköpfe. Und wenn es das Letzte ist, was ich tue.«

Das war seine Isabelle. Wo andere verzagten, biss sie die Zähne zusammen und bot dem Leben die Stirn.

Und tatsächlich wagte niemand, sie zu verhöhnen. Fromony Baffour, der die Schmierereien der vergangenen Woche zum Anlass genommen hatte, ihr gegenüber eine zweideutige Bemerkung zu machen, hatte sie mit spitzer Zunge bloßgestellt. Seitdem saß der alte Kaufmann beleidigt in der Ecke und beschwerte sich unablässig über die Hitze, den Lärm des Stadtvolks und die Albernheiten der Gaukler.

Michel lauschte den Gesprächen seiner Schwurbrüder nur mit einem Ohr. Er hielt schon den ganzen Morgen Ausschau nach Lefèvre, der sich jedoch nicht blicken ließ. Hatte der Geldverleiher die Flucht ergriffen, weil die Wahl nicht gut für ihn lief? Als letzte Maßnahme gegen ihn hatte Michel die Veteranen der Fehde gebeten, in ihren Schenken, Pfarrkirchen und Bruderschaftshäusern jeden Tag von den Ereignissen in

Amance zu erzählen, damit die Bürger Lefèvres Untaten nicht vergaßen. Ob dies etwas bewirkt hatte, vermochte Michel nicht zu beurteilen: Von hier aus konnte er nicht erkennen, wie viele Männer Lefèvre ihre Stimme gaben.

Schließlich riefen die Kapitulare die bisherigen Ratsherren auf. Die Tradition verlangte, dass sie ihre Stimmen ganz am Schluss abgaben, nachdem alle anderen Bürger gewählt hatten.

Das Stadtvolk bildete eine Gasse, und die elf Männer schritten über den Domplatz. Vor dem Rathaus trafen sie Lefèvre, der offenbar eben erst gekommen war. Der Geldverleiher lächelte dünn, als er Michel erblickte.

»Herr Fleury. Habt Ihr Euren letzten Tag als Ratsherr genossen?«

»Ihr wärt besser zu Hause geblieben«, erwiderte Michel barsch. »Das hätte Euch eine neuerliche Demütigung erspart.«

»Warum sollte ich mir Eure Niederlage entgehen lassen?«

»Lasst mich nachdenken … Weil Ihr feige und rückgratlos seid? Weil Euch der Mut fehlt, die Folgen Eurer Taten zu tragen?«

»Ihr meint, so wie Ihr damals, als Ihr beherzt vor das Gericht des Bischofs getreten seid, damit man Euch für Euren Mangel an Ehre, Moral und Sittlichkeit bestraft? Ach, das Leben ist so ungerecht: All die Jahre opfert Ihr Euch auf für diese Stadt, und der Pöbel dankt es Euch, indem er sich das Maul über Eure Jugendsünden zerreißt. Diese Schmierereien an den Wänden – ich kann Euch sagen, ich war schockiert! Einfach abscheulich.«

Es kostete Michel all seine Willenskraft, Lefèvre nicht hier und jetzt das gehässige Grinsen aus dem Gesicht zu schlagen. Aber das war genau das, was der Geldverleiher erreichen wollte. Er wollte ihn so lange reizen, bis er vor der versammelten Bürgerschaft die Fassung verlor und sich zum Narren machte. »Das war nur ein Dummejungenstreich. Ich nehme das nicht ernst«, sagte er, während der Dompropst herumging und jedem Ratsherrn zwei farbige Bohnen aushändigte.

»Und wie geht es Eurer Gemahlin?«, fragte Lefèvre. »Ich hörte, sie grämt sich sehr deswegen. Sie soll tagelang geweint haben.«

»Dummes Gerede. Sie hat darüber gelacht und es gleich darauf vergessen.« Michel warf seine Bohnen auf den Boden und zertrat sie. Die anderen Ratsherren taten es ihm nach, auch Lefèvre. Die alten Mitglieder des Bürgerkollegiums machten traditionell keinen Gebrauch von ihrem Wahlrecht, denn der Anstand verbot ihnen, für sich selbst zu stimmen. Anschließend ließ Michel Lefèvre stehen und trat zu Duval, Deforest und Le Roux.

»Die Wahl ist zu Ende«, rief der Propst. »Wir beginnen jetzt mit der Auszählung der Stimmen. Die Bürgerschaft ist aufgerufen, Ruhe zu bewahren, bis die letzte Urne geöffnet und ausgezählt ist.«

»Jetzt heißt es warten«, murmelte Le Roux angespannt.

Als die Männer des Domkapitels die Urnen mit Hämmern zerschlugen, drängte von hinten die Menschenmenge heran, denn jeder wollte sehen, wer gewonnen hatte. Die Stadtknechte ergriffen ihre Spieße und sperrten den Bereich unmittelbar vor dem Rathaus ab, damit die Domherren und Beamten ungestört ihre Arbeit tun konnten.

Die Bohnen aus jeder Urne wurden zweimal gezählt, zuerst von einem Domherrn, dann von einem städtischen Amtsträger. Man begann mit den Stimmen für die Kandidaten aus den Reihen der Handwerker, Stadtbauern und Lohnarbeiter. Zehn Männer, allesamt Vorsteher einer Bruderschaft, bewarben sich um sechs Ratssitze, sodass es voraussichtlich einiges an Bewegung geben würde.

Jean Caboche und Bertrand Tolbert erhielten mit Abstand die meisten Stimmen und hatten damit ihre Ratssitze erfolgreich verteidigt. Auch der Obermeister der Wundärzte, Bader und Bartscherer behielt seinen Platz im Rat. Die Vorsteher der Zimmerleute, Tischler, Dreher und Wagner sowie der Bäcker und Zuckerbäcker hatten sich nicht wieder zur Wahl gestellt; für sie zogen die Obermeister der Metzger, Schlachter und Kürschner sowie der Fischer, Flussschiffer und Fuhrleute in das Bürgerkollegium ein – beides Männer, die Michel für ihre Integrität und Ehrbarkeit schätzte.

Guichard Bonet von den Webern und Tuchfärbern hatte ausgesprochenes Pech: Er bekam nur neun Stimmen weniger als der Vorsteher der Wundärzte, der es gerade so in den Rat geschafft hatte. Damit verlor er seinen Sitz an Gaillard Le Masson, den Obermeister der Steinmetze, Bildhauer, Maurer, Maler und Dachdecker. Michel sprach ihm sein aufrichtiges Bedauern aus und dankte ihm für die gute Zusammenarbeit der vergangenen zwei Jahre.

Bonet ließ sich seine Enttäuschung nicht anmerken und tönte herum, jetzt habe er endlich wieder Zeit, bei seinem Weib zu liegen und sich zu betrinken. Mit Letzterem fing er sogleich an, als man ihm einen Bierhumpen reichte, den er auf einen Zug leerte.

Als die Ratsherren für die Bruderschaften feststanden, zählte man die Stimmen der Kandidaten aus dem Kaufmannsstand. Es ging schneller als bei den Bruderschaften, denn um diese sechs Ratssitze bewarben sich nur acht Männer.

Mit bloßem Auge war zu erkennen, dass Michel wie bei allen Wahlen zuvor wieder die meisten Stimmen erhalten hatte, dicht gefolgt von Eustache Deforest und Henri Duval. Michel konnte seine Erleichterung nicht verbergen, während das Stadtvolk jubelte und Isabelle, Rémy und seine Freunde ihm gratulierten. Doch als der Dompropst kurz darauf die genaue Zahl seiner Stimmen bekanntgab, dämpfte dies seine Freude etwas: 273 Bürger hatten ihn gewählt – das war sein schlechtestes Ergebnis aller Zeiten. Sogar bei der letzten Wahl im Jahre 1216 hatte er über dreihundert Stimmen bekommen, obwohl sich die Gesamtstimmen auf neun Kandidaten verteilt hatten, einen mehr als diesmal. Lefèvres Attacken der vergangenen Tage hatten seinem Ansehen zweifellos Schaden zugefügt.

Odard Le Roux bekam das viertbeste Ergebnis und zog sicher in den Rat ein. Danach zählten Domherren und Beamte die Stimmen für René Albert, Anseau Lefèvre sowie für die Kaufleute Soudic Poilevain und Victor Fébus, die sich zum ersten Mal um einen Sitz im Rat bewarben. Atemlose Stille lag über dem Platz, als die Männer an den Tischen die Bohnen aus den Scherben klaubten.

»162 Stimmen für René Albert«, verkündete der Dompropst schließlich. »99 für Victor Fébus ...«

Michel biss die Zähne zusammen und spähte zu Lefèvre, der mit unbewegter Miene dastand, die Arme vor der Brust verschränkt. Isabelle ergriff seine Hand.

»137 Stimmen für Soudic Poilevain und 42 für Anseau Lefèvre. Damit ist es entschieden«, rief der Propst. »Herr Albert und Herr Poilevain ziehen in den Rat der Zwölf ein, Herr Lefèvre hingegen verliert seinen Sitz.«

Ohrenbetäubender Jubel brandete über den Platz. Bevor Isabelle ihn umarmte und auf den Mund küsste, sah Michel noch, wie Lefèvre zwei jubelnde Männer zur Seite stieß und mit seinem *fattore* und seinen Knechten im Schlepptau in der Menge verschwand.

»Du hast es geschafft«, flüsterte Isabelle und küsste ihn noch einmal. »Du hast es geschafft.«

Sein Arm lag um ihre Hüfte, während er weitere Glückwünsche entgegennahm und aus einem Silberpokal trank, den Deforest ihm weitergab.

Wenig später läuteten die Glocken des Doms und jeder anderen Kirche Varennes', und das Stadtvolk begann, die Wahl des neuen Rates ausgelassen zu feiern. Die Ratsherren hingegen zogen zur Kathedrale, wo sie den restlichen Tag und die Nacht im Gebet verbringen würden.

Es war stets ein erhabener Moment, wenn die zwölf Männer vor dem Altar im Hauptschiff knieten und dem Gesang der Ministranten lauschten. Der Thuriferar des Domkapitels schwenkte das Weihrauchfass, die Nachmittagssonne schien durch die hohen Buntglasfenster, und das Licht zersplitterte in tausend Farben, die Boden und Säulen mit verwirrenden Mustern überzogen. Obwohl von draußen der Lärm des Stadtvolks und die Musik der Spielleute hereindrangen, vernahm Michel bald nur noch seine eigenen Gedanken.

Ich bitte dich, o Herr, betete er, *gib mir die Kraft, meine Pflichten als Ratsherr zu erfüllen.*

Längst lag die Nacht über Varennes. Die Leute feierten noch immer, doch Lefèvre hörte weder ihr trunkenes Grölen noch die Musik der Spielleute. Er saß auf seiner Bettstatt, die Hände auf den Oberschenkeln, und starrte ins Nichts.

Du Versager! Habe ich dir nicht gesagt, du musst dich mehr anstrengen? Allmächtiger, warum hast du mich nur mit so einem dummen Bengel gestraft ...

Es war die Stimme seines Vaters, die in seinen Gedanken wisperte, seit Stunden schon.

Versager! Nichtsnutz! Eine Schande für unseren Namen!

Anfangs hatte er noch etwas gefühlt – Enttäuschung, Verzweiflung, Hass auf Fleury, dem es wieder einmal gelungen war, ihn zu demütigen. Doch das war lange vorbei. Längst hatte die wohlbekannte Leere alle Empfindungen aufgesaugt und erfüllte seine Seele mit eisiger Schwärze.

Er war tot, obwohl sein Herz schlug, obwohl es unaufhörlich heißes Blut durch seine Adern pumpte.

Er ballte die Rechte zur Faust, bis sich die Fingernägel in sein Fleisch bohrten. Der Schmerz war gut, er erinnerte ihn daran, dass es doch noch etwas Leben in ihm gab. Irgendwann fand er genug Kraft in sich, um aufzustehen und zu seiner Schreibstube zu gehen.

Chrétien war noch wach. Mit krummem Rücken saß sein *fattore* über das Hauptbuch gebeugt da und schrieb.

»Such Guillaume«, sagte Lefèvre.

Chrétien schrak zusammen und stieß das Tintenfass um, woraufhin es seinen Inhalt über die Seiten ergoss. Fluchend ergriff er einen Lappen und wischte das Malheur auf. »Bei allen Heiligen, Herr, müsst Ihr mich so erschrecken?«

»Sag ihm, dass er herkommen soll.«

»Wer?«

»Guillaume, Dummkopf. Hörst du mir nicht zu?«

»Jetzt? Mit Verlaub, Herr, es ist schon spät, fast Mitternacht ...«

»Geh ihn holen«, befahl Lefèvre schneidend, »oder du kannst dir morgen eine neue Arbeit suchen.«

Chrétien schluckte. »Gewiss, Herr. Ich mache mich gleich auf den Weg.«

Als der *fattore* fort war, setzte sich Lefèvre an den Tisch und blickte aus dem Fenster, betrachtete das Flackern der Fackeln unten auf der Straße.

Er brauchte einen neuen Gast für seinen Keller. Dringender denn je.

Sie unterbrachen ihre Andacht nur, um etwas Brot zu essen und kaltes Brunnenwasser zu trinken. Wenn einem Ratsherrn die Augen zufielen, eilte sofort der Domdechant herbei und erinnerte ihn streng an seine Pflicht zum Gebet.

Als schließlich der Morgen dämmerte, holten die Domherren den Schrein mit den Gebeinen des heiligen Jacques aus den Gewölben und stellten ihn vor den zwölf Männern auf. Angefangen mit Michel, traten die Ratsherren der Reihe nach vor, legten die Schwurfinger der rechten Hand auf den Reliquienschrein und sprachen ihren Amtseid:

»Bei Gott, den Heiligen und der Jungfrau Maria gelobe ich, Varennes-Saint-Jacques redlich zu dienen, der Stadt Ehre und

Nutzen zu mehren, ihre Bürger zu schützen und sie kraft meines Amtes vor Krieg, Armut und jedem Schaden zu bewahren. Ich schwöre, Arme wie Reiche nach gleichem Recht zu richten, die Geheimnisse des Rates zu hüten und stets den Frieden der Stadt zu schützen. Dies gelobe ich beim Heil meiner unsterblichen Seele. Amen.«

Anschließend zogen die neu gewählten Vertreter der Bürgerschaft in das Rathaus ein. Begleitet von den Kapitularen, zwei Dutzend Ministranten und den Vorstehern aller Bruderschaften, schritten sie über den Domplatz und traten durch die Rathauspforte. Drinnen dankte Michel den Domherren für die Erfüllung ihrer heiligen Pflichten und führte die Ratsherren hinauf zum großen Saal, wo sie an der Tafel Platz nahmen.

Michel vertrug eine durchwachte Nacht nicht mehr so gut wie früher. Sein Rücken schmerzte, die Glieder waren ihm schwer. Dennoch hatte ihm die lange Meditation gutgetan, und sein Verstand erschien ihm so klar und scharf wie lange nicht. Er musterte die Männer an der Tafel, mit denen er die nächsten zwei Jahre Varennes' Geschicke lenken würde. Von den neuen Ratsherren war Soudic Poilevain der Einzige, den er kaum kannte. Mit seinen dreißig Jahren war Poilevain das jüngste Mitglied des Bürgerkollegiums. Obwohl sein Vater, ein zugezogener Kaufmann, zu seinen Lebzeiten immer recht glücklos gewesen war, war es ihm gelungen, seinen Sohn zum Studium der Rechte nach Bologna zu schicken. Nach seinem Tod hatte Soudic das Geschäft übernommen und agierte seitdem bescheiden und unauffällig. Michel wusste nichts Schlechtes über ihn zu sagen – trotzdem empfand er keine Sympathie für den jungen Kaufmann. Für seinen Geschmack lächelte Poilevain ein wenig zu oft.

»Ihr Herren, ich begrüße euch zur ersten Zusammenkunft des neuen Rates«, ergriff Jean Caboche das Wort. »Als ältestes Mitglied dieses Kollegiums fällt mir die Aufgabe zu, die Sitzung zu leiten, bis wir einen Bürgermeister ernannt haben. Ich schlage vor, dass wir damit beginnen, die Ämter zu verteilen.« Als niemand Einwände vorbrachte, fuhr Caboche fort: »Bestimmen wir zunächst den Bürgermeister, der unserem Kreis als *Primus inter Pares* vorsitzt. Wer stellt sich zur Wahl?«

»Ich.« Michel erhob sich.

»Noch jemand?«

»Herr Fleury hat unsere Stadt viele Jahre lang weise und umsichtig geführt«, sagte Deforest. »Ich denke, wir sind uns alle einig, dass es unsinnig wäre, einen anderen mit diesem Amt zu betrauen.«

Die Männer an der Tafel nickten. Als Caboche sie zur Wahl aufforderte, hoben alle für Michel die Rechte, auch die Neuen.

»Ich danke euch, ihr Herren«, sagte Michel. »Ihr habt mein Wort, dass ich unserer Stadt auch weiterhin nach bestem Gewissen dienen werde.«

»Wollt Ihr nun die Leitung der Zusammenkunft übernehmen?«, fragte Caboche, wie es ihm die Ratsstatuten vorschrieben.

Michel dankte ihm und forderte das Kollegium auf, auch die anderen Posten zu besetzen. Beinahe alle Ratsherren wurden mit großer Mehrheit im Amt bestätigt: Deforest blieb Münzmeister, Caboche Schultheiß und Hauptmann der Stadtwache, Tolbert oberster Marktaufseher und Zöllner.

»Kommen wir jetzt zum Vorsitz des Stadtgerichts«, sagte Michel. »Henri, wollt Ihr wieder für das Richteramt kandidieren?«

»Natürlich«, antwortete Duval.

Zur Überraschung aller erhob sich Soudic Poilevain. »Ich stelle mich ebenfalls zur Wahl.«

Ein Raunen ging durch die Runde. Was Poilevain da tat, stand zwar in Einklang mit den Statuten, war jedoch unüblich. Normalerweise überließen die jüngeren Ratsherren den älteren die wichtigen Ämter, besonders, wenn sie zum ersten Mal in den Rat eingezogen waren. Manch einer fand jedoch Gefallen an Poilevains Vorstoß.

»Dass Soudic sich zur Wahl stellt, ist sein gutes Recht«, übertönte René Albert das Stimmengewirr. »Außerdem ist er der Einzige von uns, der je eine Universität besucht hat. Seine gelehrten Kenntnisse der Rechte können für das Gericht nur von Vorteil sein.«

»Mag sein«, bestätigte Duval. »Ich gebe allerdings zu bedenken, dass ein Richter nicht nur das Gesetz kennen muss. Menschenkenntnis und ein fester Charakter sind für dieses Amt ebenso wichtig.«

»Wollt Ihr mir einen gefestigten Charakter absprechen?«, fragte Poilevain und lächelte auf die ihm eigene Weise.

»Keineswegs.« Duval hob entschuldigend die Hände. »Ich wollte nur hervorheben, dass ich Euch einiges an Jahren und Erfahrung voraushabe, das ist alles.«

»Es liegt mir fern, die Traditionen dieses ehrwürdigen Kollegiums zu verspotten und euch zu verärgern«, wandte sich Poilevain an die Ratsherren. »Lasst mich erklären, was mich zu diesem Schritt bewogen hat. Wir leben in Zeiten des Wandels. Die Welt, wie wir sie kennen, verändert sich rasant. Wenn unsere Stadt Schritt halten will, müssen wir uns von alten Gewohnheiten verabschieden und Neues versuchen. Das Gesetz ist hierbei von entscheidender Bedeutung. Die alten Volksrechte, die unseren Vätern gute Dienste geleistet haben, sind nicht mehr zeitgemäß – der Prozess gegen Lefèvre hat das bewiesen. Wir brauchen neuartige Mittel zur Wahrheitsfindung. Wenn ihr mich zum Richter wählt, werde ich deshalb das moderne römische Recht einführen, wie es an der Universität von Bologna gelehrt wird, auf dass Varennes für die Zukunft gewappnet ist.«

»Gut gesprochen«, lobte Albert. Andere Ratsherren nickten.

»Wollt Ihr darauf antworten?«, fragte Michel Henri Duval.

»Ich denke, ich habe meinen Wert oft genug bewiesen und

habe es nicht nötig, meine Person mit schönen Reden anzupreisen«, entgegnete Henri ein wenig beleidigt. »Gestattet mir lediglich eine Bemerkung zum Prozess gegen Lefèvre: Das Ordal mag nicht das Resultat erbracht haben, das wir uns erhofften. Aber wir dürfen nicht vergessen, dass Gott daraus gesprochen hat. Wenn der Allmächtige nicht wünscht, dass ein Angeklagter bestraft wird, steht es uns nicht zu, dies anzuzweifeln. Seine Wege sind nun einmal unergründlich. Deswegen sind Gottesurteile nicht veraltet oder gar nutzlos.«

»Nun lasst uns wählen«, sagte Michel. »Wer stimmt für Henri?«

Deforest, Le Roux, Tolbert und er selbst hoben die Hand. Duval enthielt sich. Caboche zögerte. Michel konnte sich ausrechnen, was für einen Kampf der Schmied gerade innerlich ausfocht. Jean hatte am meisten unter dem Ergebnis des Gottesurteils gelitten, und Poilevains Versprechungen hatten gewiss ihren Reiz für ihn. Schlussendlich siegte seine Loyalität gegenüber Duval, und er hob ebenfalls die Hand.

»Wer spricht sich für Soudic aus?«

Es meldeten sich Albert, die Obermeister der Metzger und der Fischer – und Poilevain.

»Ich weise Euch darauf hin, dass der Kandidat üblicherweise darauf verzichtet, sich selbst zu wählen«, sagte Michel.

»Aber verboten ist es nicht, oder?«, erwiderte Poilevain.

»Nein.« Michel machte kein Hehl aus seiner Verärgerung. »Was ist mit euch?«, wandte er sich an die verbliebenen Ratsherren.

Der Vorsteher der Wundärzte, Bader und Bartscherer rang sichtlich mit sich. »Ach, zum Teufel mit der Tradition«, sagte er schließlich. »Der Bursche soll seine Chance bekommen. Etwas frischer Wind schadet dem Gericht sicherlich nicht. Ich stimme für Soudic.«

»Ich auch«, sagte Gaillard Le Masson von den Steinmetzen.

»Damit ist es entschieden«, erklärte Michel. »Soudic Poilevain wird mit sechs zu fünf Stimmen zum neuen Vorsitzenden des Gerichts gewählt.«

»Entschuldigt mich«, murmelte Duval gepresst und stürmte mit zusammengekniffenen Lippen aus dem Saal.

Betroffenes Schweigen schloss sich an.

»Seltsam.« Poilevain lächelte wieder. »In der Gilde ist Henri stets freundlich und zuvorkommend. Ich hätte nicht gedacht, dass er solch ein schlechter Verlierer ist.«

August 1218

Varennes-Saint-Jacques

»Ich schlage vor, dass wir die Herberge gleich neben der Straße errichten«, sagte der Baumeister. »Die meisten Kaufleute werden mit dem Wagen kommen, und wir sollten ihnen die Anreise so einfach wie möglich machen. Außerdem ist nur hier vorne der Untergrund fest genug, um ein Steingebäude zu tragen. Zum Flussufer hin wird der Boden immer weicher.«

Der städtische Baumeister war ein magerer Mann mit eingefallenen Gesichtszügen, der auch im Hochsommer stets schwere Wollgewänder trug. Es war Michel ein Rätsel, warum der Mann in seinen Kleidern nicht verging. Er selbst hatte sich an diesem heißen und schwülen Tag für ein Gewand aus leichtem Leinen entschieden – und schwitzte trotzdem. Dabei hatte Yves für heute ein erfrischendes Sommergewitter vorhergesagt. *Er hätte doch wenigstens einmal recht haben können,* dachte Michel verdrießlich.

»Es wird kein Steingebäude geben«, sagte er. »Der Rat hat entschieden, die Unterkünfte für die auswärtigen Kaufleute vollständig aus Holz zu bauen.«

»Aber ein Holzhaus kann niemals so wohnlich sein wie eines aus Stein. Und wir wollen unseren Gästen doch etwas bieten.«

»Ein Steingebäude ist aber zu teuer. Ihr baut die Herberge aus Holz.«

»Gewiss, Herr Bürgermeister«, meinte der Baumeister, doch der Ausdruck in seinem Gesicht zeigte, was er von diesem Ratsbeschluss hielt.

Michel konnte ihm seinen Ärger nicht verdenken – auch er hätte die Messebesucher lieber in einer Herberge untergebracht, die sich hinsichtlich des Komforts mit jenen auf den Champagnemärkten messen konnte. Leider hatten sie die Kosten des neuen Jahrmarkts unterschätzt. Allein der Ankauf der Liegenschaften rund um den Viehmarkt hatte die Stadt fast einhundert Pfund gekostet, denn die früheren Eigentümer hatten hart verhandelt, da sie genau wussten, wie dringend der Rat das Land benötigte. Das hatte den Etat für die Messe empfindlich verkleinert. Hinzu kamen die Kosten für die Schule. Zum tausendsten Mal wünschte Michel, er hätte Rémy überzeugen können, mit seinem Vorstoß noch zwei Jahre zu warten.

Wenigstens besaß die Stadt nun ein Gelände, das groß genug war für einen Jahrmarkt mit zahlreichen Verkaufsständen und vielen Hundert Besuchern. Es lag im Süden Varennes' und reichte vom Salztor bis zur Richtstätte und vom Moselufer bis zu den Rübenfeldern am Waldrand. Die Arbeiter hatten bereits begonnen, Bäume zu fällen, Strauchwerk zu roden und das Erdreich zu begradigen. Ein weiterer Bautrupp arbeitete auf der Handelsstraße, die am Fluss entlang nach Süden führte, und besserte Schlaglöcher aus. Denn über die Salzstraße, wie dieser Weg genannt wurde, würden voraussichtlich die meisten Messebesucher kommen.

Der Baumeister führte Michel quer über den Viehmarkt zur Gerichtslinde und erklärte, wo er die Brunnen für die Messe auszuheben gedachte.

»Wir sollten vier anlegen. Keine Sorge, das wird nicht viel kosten. So nah am Fluss müssen wir nicht tief graben, bis wir auf Grundwasser stoßen. Was wir bei den Brunnen einsparen, können wir in die Deiche stecken.«

»Deiche?«, fragte Michel.

»Die Messe findet im Oktober statt, richtig? Die Mosel hat im Herbst nun einmal die Neigung, über die Ufer zu treten und den Viehmarkt zu überschwemmen. Ich nehme an, das wollt Ihr nicht, wenn hier gerade zweihundert auswärtige Kaufleute ihre Stände aufgebaut haben.«

Michel hob abwehrend die Hand. »Ich habe es verstanden. Wir brauchen Deiche. Was wird das kosten?«

»Summa summarum nicht mehr als zwanzig Pfund Silber ...«

Michel unterdrückte ein Stöhnen.

»... die zusätzlichen Arbeiter, die Ihr mir bewilligen müsst, nicht eingerechnet.«

»Ihr braucht noch mehr Arbeiter? Wir haben Euch bereits jeden verfügbaren Tagelöhner der Unterstadt zugeteilt!«

»Die meisten von ihnen brauche ich für die Straßen. Ich soll sowohl die Salz- als auch die alte Römerstraße auf einer Länge von zwei Wegstunden ausbessern, und das in weniger als vier Monaten. Das geht nun einmal nicht mit fünf Männern.«

»Na schön, na schön. Ihr bekommt weitere Arbeiter. Wie viele braucht Ihr?«

»Ein Dutzend. Besser wären zwei.«

»Ist Euch klar, was das kostet?«, brauste Michel auf.

»Natürlich. Aber es ist ganz einfach: Entweder ich bekomme sie – oder wir werden nicht rechtzeitig fertig, und Eure Besucher werden im Oktober in einer Bauruine Geschäfte machen. Was ist Euch lieber?«

»Ich rede mit dem Rat«, sagte Michel müde, »und wir werden sehen, was sich machen lässt.«

»Vielleicht«, meinte der Baumeister, während sie über die zertrampelte Wiese stapften, »wäre es klug gewesen, Ihr hättet zuerst mit mir gesprochen und dann die Kosten kalkuliert ...«

Bei Einbruch der Dunkelheit schritt Rémy über den Salzmarkt. Eugénies Schenke hatte noch geöffnet. Er beschloss, ihr einen Besuch abzustatten, denn er brauchte dringend ein Bier und etwas Zuspruch.

Anstrengende Wochen lagen hinter ihm. Beinahe jeden Tag hatte er sich nach einem Gebäude für die Schule umgesehen – ein schwieriges Unterfangen, wie sich herausstellte. Varennes war in den letzten Jahren viel zu schnell gewachsen, Platz und Wohnraum waren knapp. Wer ein Haus besaß und es nicht nutzte, hatte es längst an eine der zahlreichen hoffnungsfrohen Familien vermietet, die aus dem Umland in die Stadt zogen. Leerstehende Lagerhäuser oder Werkstätten waren noch schwerer zu bekommen, denn Gebäude dieser Art waren begehrt bei wohlhabenden Kaufleuten und Handwerkern, die ihre Betriebe vergrößern wollten.

Also hatte Rémy es bei der Kirche versucht – das Domkapitel, die einzelnen Pfarreien und die Klöster besaßen ausgedehnte Liegenschaften innerhalb der Stadtmauern. Leider war kein Domherr, kein Pfarrer und kein Abt bereit, Rémy etwas zu verkaufen. Denn Wigéric hatte seine Drohung wahrgemacht und jeden Kleriker der Stadt, so erschien es Rémy, gegen die Schule in Stellung gebracht. Überall hatte man ihn abgewiesen, ihn beschimpft, ihm die Tür vor der Nase zugeschlagen.

Seine letzte Hoffnung waren die Juden gewesen. Heute nach der Arbeit war er zur Rue des Juifs gegangen und hatte mit Daniel Levi gesprochen, einem reichen Fernhändler, der auch außerhalb der Judengasse Grund und Boden besaß. Obwohl Levi gerade einen Käufer für ein Haus am Heumarkt suchte, hatte er Rémy harsch abgewimmelt und ihn wissen lassen, er könne nichts für ihn tun. Vermutlich hatte er vom Zwist wegen der Schule erfahren und fürchtete, sich Wigérics Zorn zuzuziehen, wenn er die falsche Partei unterstützte. Bei allem Ärger konnte Rémy Levis Vorsicht sogar verstehen: Obwohl das Verhältnis zwischen Juden und Christen in Varennes besser war als anderswo, konnte es sich kein jüdischer Bewohner der Stadt erlauben, sich einen mächtigen Kirchenmann zum Feind zu machen.

Rémy betrat die Schenke und hielt nach Eugénie Ausschau. Sämtliche Gäste waren bereits gegangen, und sie wischte hinten einen Tisch ab.

»Wieder nichts?«, fragte sie, als sie seinen Gesichtsausdruck sah.

»Levi will mir auch nicht helfen. Es ist vertrackt.«

Sie küsste ihn auf den Mund. »Setz dich. Ich komme gleich zu dir.«

Eugénie warf den Lappen in den Eimer, ging zu einem der Fässer, die an der Stirnseite des Schankraums aufgereiht waren, zapfte zwei Krüge und setzte sich zu ihm. »Hier. Genau das brauchst du jetzt.«

Rémy trank und wischte sich den Schaum aus dem Bart. Eugénies Bier war ohne jeden Zweifel das beste der ganzen Stadt. Seine Sorgen wurden davon zwar nicht weniger, doch es hatte ihn noch immer auf andere Gedanken gebracht.

»Wieso bittest du nicht deinen Vater um Hilfe, bevor du noch einen Monat lang suchst?«, fragte sie. »Wenn einer weiß, wie du an ein geeignetes Gebäude kommst, dann er.«

»Er hat genug mit der Messe zu tun. Ich will ihm nicht auch noch meine Sorgen aufhalsen. Außerdem habe ich dem Rat versprochen, mich allein um alles zu kümmern.«

»Hast du eigentlich schon mit Thibaut d'Alsace geredet?«

»Nein. Wieso?«

»Du kennst doch das alte Lagerhaus auf der anderen Seite des Salzmarktes«, sagte Eugénie. »Es geht das Gerücht, dass er es verkaufen will. Wäre das etwas für dich?«

»Groß genug wäre es zumindest«, sagte Rémy. »Natürlich müsste man es etwas umbauen, aber davon bin ich ohnehin ausgegangen. Wieso will er es loswerden?«

»Weiß ich nicht. Wie gesagt, es ist nur ein Gerücht. Sprich am besten gleich morgen mit ihm. Nicht, dass man es dir wegschnappt.«

»Mache ich.« Plötzlich schmeckte ihm das Bier noch ein

wenig besser. Gewiss, nach den Erfahrungen der letzten Wochen setzte er besser nicht allzu große Hoffnungen in das Gerücht. Möglicherweise erwies es sich als falsch. Trotzdem erschien ihm seine Lage nicht mehr ganz so aussichtslos wie eben noch.

»Da sieht man es wieder«, meinte Eugénie. »Ohne mich wärst du verloren.«

»Meine Retterin, wie kann ich mich erkenntlich zeigen?«

»Indem du dich nützlich machst.« Sie warf ihm den Lappen zu. »Die Tische starren vor Schmutz. An die Arbeit, na los.«

Rémy fand, Thibaut d'Alsace sah aus wie ein Kabeljau, den ein schwer betrunkener Bischof im Rausch zum Priester geweiht hatte. Schuld daran waren die hängenden Wangen und Mundwinkel des alten Kaufmannes, die trüben Augen und das fliehende Kinn, von dem ein dünnes Bärtchen wie eine Bartel herabhing – vor allem aber das graue und hochgeschlossene Gewand, das d'Alsace immerzu anhatte. Es war Trauerkleidung. Der Kaufmann trug sie nach wie vor, obwohl sein Weib vor nunmehr neun Jahren gestorben war und er sie dem Vernehmen nach wöchentlich gezüchtigt hatte, um ihr die Sündhaftigkeit auszutreiben. In Thibauts Welt waren alle Sünder, außer vielleicht Papst Honorius, der heilige Jacques und er selbst. Weshalb ihm die Aufgabe zufiel, seine Mitmenschen beharrlich auf ihre Verfehlungen hinzuweisen.

»Die Leute reden über Euch«, sagte er missmutig, als sie das Lagerhaus am Salzmarkt betraten. »Sie sagen, Ihr hättet ein unsittliches Verhältnis mit dieser Schankwirtin. Ist das wahr?«

»Ich weiß nicht, was das zur Sache tut«, erwiderte Rémy. »Ich dachte, wir wollen ein Geschäft abschließen, nicht über meinen Lebenswandel reden.«

»Und ob das etwas zur Sache tut.« D'Alsace entzündete einen Kienspan und steckte ihn in die Halterung an der Wand. »Ich bin ein angesehener Mann in dieser Stadt und meiner Pfarrgemeinde. Ich treibe keinen Handel mit Sündern, die Gottes Gesetz verhöhnen. Denn ein Mann, der nicht willensstark genug ist, seine Lust im Zaum zu halten, ist auch in Geschäftsdingen unehrlich und wenig verlässlich. Das ist meine Erfahrung. Also: Ist etwas dran an dieser Geschichte?«

Rémy sah sich nicht in der Pflicht, diesem Mann Auskunft über seine privatesten Angelegenheiten zu geben. »Es ist nur Gerede«, log er daher ohne jedes schlechte Gewissen. »Ein böswilliges Gerücht. Ihr wisst doch, wie die Leute sind.«

D'Alsace blickte ihn stechend an. »Treibt Ihr Unzucht mit dieser Wirtin – ja oder nein?«

»Nein.«

»Schwört es.«

Rémy lachte auf. »Ich bitte Euch, Thibaut, das ist lächerlich.«

»Lächerlich?«, schnarrte der Kaufmann. »Ich treibe keine Scherze, wenn es um die Gebote des Herrn geht. Schwört, oder setzt Euch dem Verdacht aus, ein Lügner zu sein.«

Das Lagerhaus war ideal für Rémys Zwecke, und er war bereit, einen guten Preis dafür zu zahlen – doch gewiss nicht jeden. Auf keinen Fall würde er sich, um es zu bekommen, von d'Alsace erniedrigen lassen. Lieber würde er noch einen Monat weitersuchen. »Wenn das so ist, sind wir hier fertig«, sagte er höflich. »Ich wünsche Euch einen schönen Tag, Herr d'Alsace. Hoffentlich findet Ihr bald einen Käufer, der Euren sittlichen Ansprüchen genügt.«

Er wollte gerade durch die offene Tür des Lagerhauses treten, als der Kaufmann rief: »Wartet!«

Rémy wandte sich um. D'Alsace stand da, in der Hand die Schale mit dem Kienspan, und suchte nach Worten.

»Ich hatte in den letzten Wochen bei meinen Geschäften mit einigen windigen Gesellen zu tun«, presste er schließlich hervor. »Das hat mich übervorsichtig werden lassen. Bitte seht mir mein Misstrauen nach. Ihr seid ein Ehrenmann, und es steht mir nicht zu, dies in Zweifel zu ziehen.«

Sieh an. Da will jemand dringend verkaufen. »Keine Fragen mehr zu meinem Lebenswandel?«

»Ihr habt mein Wort.«

Rémy nickte. »Sehen wir uns das Lagerhaus an.«

Es war überaus solide gebaut, wie er feststellte, als d'Alsace ihn herumführte. Steinerne Pfeiler trugen das Dachgebälk, die Wände waren fast eine Elle dick. Im Geiste baute Rémy es bereits um und richtete im vorderen Teil einen Saal ein, in dem die Schüler den gelehrten Worten des Lehrers lauschen würden. Fenster hatte das Gebäude keine, aber es ließen sich gewiss welche einbauen.

Abgesehen von einigen Fässern in einer Ecke war es leer. Eine vage Ahnung von Pfeffer- und Teergeruch hing in der muffigen Luft und erinnerte an die Waren, die der Kaufmann einst hier gelagert hatte.

»Wieso wollt Ihr das Gebäude verkaufen? Ist etwas nicht in Ordnung damit?«

»Es ist in tadellosem Zustand. Aber ich habe am Fischmarkt ein neues gebaut und brauche es nicht mehr.«

Wenn man den Gerüchten glauben konnte, verdankte Rémy diesen glücklichen Umstand eher dem geschäftlichen Pech, das Thibaut seit Monaten zu schaffen machte. Offenbar hatte er bei verschiedenen Unternehmungen viel Geld verloren und brauchte nun dringend frisches Silber. Dies würde auch erklären, warum er nicht gezögert hatte, Rémy zu empfangen, obwohl er normalerweise darauf achtete, nie auch nur den Anschein zu erwecken, er handele gegen die Interessen der Kirche. Aber was war schon der Zorn eines Abtes, verglichen mit drohender Armut? Letztlich war Thibaut doch nur ein Kaufmann, der zuallererst an den Inhalt seiner Geldkatze dachte.

»Würdet Ihr es auch verpachten?«, fragte Rémy.

»Nein. Wenn Ihr das Lagerhaus haben wollt, müsst Ihr es kaufen.«

»Welcher Preis schwebt Euch vor?«

»Ihr bekommt es für fünfundzwanzig Pfund.«

Rémy blieb abrupt stehen. »Das ist vollkommen inakzeptabel. So viel kostet ein einstöckiges Steinhaus in meinem Viertel. Ich biete Euch die Hälfte.«

»Für ein Lagerhaus dieser Größe und in dieser Lage? Seid Ihr von Sinnen? Dreiundzwanzig – das ist mein letztes Wort.«

Es waren harte Verhandlungen. Normalerweise wäre Rémy diesem erfahrenen und abgebrühten Kaufmann nicht gewachsen gewesen. Hier und heute jedoch arbeiteten die Umstände für ihn. Die wirtschaftliche Not schwächte Thibauts Verhandlungsposition, und das nutzte Rémy gnadenlos aus, um ihn in die Enge zu treiben.

»Neunzehn Pfund, und Ihr bekommt Euer Geld noch in dieser Stunde«, sagte er schließlich. »Alles auf einmal, keine Ratenzahlung.«

»Einverstanden«, entgegnete d'Alsace erschöpft. »Neunzehn und keinen Denier weniger.«

»Schlagt ein.« Sie schüttelten einander die Hand.

Der Kaufmann zog einen Vertrag hinter dem Gürtel hervor, legte ihn auf eines der Fässer, öffnete eine Phiole mit frischer Tinte und trug den Kaufpreis ein. Anschließend unterschrieben sie beide. »Ich lasse gleich eine Abschrift anfertigen und sie Euch zukommen.«

»Sowie der Vertrag da ist, bringt Euch mein Geselle das Geld.«

»Hier ist der Schlüssel. Viel Glück mit Eurer Schule, Meister Rémy. In meinen Augen ist dieses Vorhaben zwar eine große Torheit, aber wenn es mir einen Batzen Silber einbringt, will ich mich nicht beklagen.«

Nachdem d'Alsace gegangen war, schloss Rémy das Tor und sperrte den Lärm der Stadt aus. *Was für ein ermüdendes Gespräch.*

Er stellte sich genau in die Mitte des Lagerhauses und blickte zum Dach auf. Es war nicht ganz dicht – hier und da klafften kleine Löcher und Spalten und ließen die Mittagssonne herein. Gewiss, es gab noch viel zu tun, doch er konnte sich bereits vorstellen, wie die Schule einmal aussehen würde.

Ganz vorne ein Pult, an dem der Schulmeister stand und über Grammatik, Rhetorik und Zahlenlehre sprach.

Der Saal voller Schüler, die murmelnd lateinische Sentenzen wiederholten und in ihre Wachstafeln einritzten.

Schränke voller Bücher und Codices.

Rémy lächelte. *Endlich geht es los.* Gleich morgen würde er anfangen, das Lagerhaus umzubauen.

Auf der Brücke herrschte wie immer rege Betriebsamkeit. Bäuerinnen mit geschulterten Huckelkörben, wandernde Gesellen und Pilger aus dem Elsass strömten in die Stadt; Kaufleute und Kleinkrämer ruckelten mit ihren Ochsenwagen in die entgegengesetzte Richtung, um sich in der Saline mit frischem Salz einzudecken. Renouart ritt langsam und führte sein Schlachtross mit größter Vorsicht, um niemanden zu verletzen. Als er das neue Stadtviertel am anderen Ufer der Mosel erreichte und sich das Gedränge lichtete, überholte er die Fußgänger und ritt im Trab an den Hütten der Bornknechte und Salinenarbeiter vorbei. Draußen vor der Stadt schließlich gab er seinem Pferd die Sporen und galoppierte querfeldein über das Land.

Sanfte Hügel erstreckten sich östlich des Flusses bis zu den dunstverhangenen Vogesen am Horizont. Früher, so sagte man, habe es hier überall Wald gegeben. Renouart konnte sich nicht daran erinnern – niemand konnte das. Die letzten Reste des Waldes waren bereits vor hundert Jahren dem unstillbaren Hunger der Saline nach Brennholz zum Opfer gefallen. Seitdem brachten Flößer aus dem Quellgebiet der Mosel tagtäglich neues Holz, mit dem die Bornknechte des Erzbischofs die Feuer in den Siedehütten nährten.

Renouart ritt über die Wiesen und Viehweiden, machte einen Bogen um die Saline, von der er nur ferne Rauchsäulen zu sehen bekam, und galoppierte nach Osten.

Am frühen Nachmittag schließlich erblickte er die Ruine des alten Gehöfts, von der Chrétien ihm erzählt hatte. Warum Lefèvre ausgerechnet hier mit ihm sprechen wollte, wusste er nicht. Er hinterfragte die bizarren Befehle seines neuen Herrn schon lange nicht mehr. Der Geldverleiher war schlicht und einfach wahnsinnig, daran zweifelte Renouart keinen Augenblick.

Er zügelte sein Ross und band es neben Lefèvres Pferd an der von Moos und Flechten bedeckten Mauer fest. Lefèvre saß im Innern der Ruine auf einem Steinhaufen und begrüßte ihn mit einem dünnen Lächeln. An der Wand lehnte eine Armbrust, zu seinen Füßen lag eine Jagdtasche, die mehrere tote Kaninchen enthielt.

»Dieses Land gehört Herzog Thiébaut«, sagte Renouart, als er die Ruine betrat.

»Tatsächlich?« Der Geldverleiher zog eine Augenbraue hoch. »Verdammt noch eins! Ich hätte schwören können, ich sitze auf dem Tempelberg in Jerusalem. Wieder einmal hast du mich vor einem schwerwiegenden Irrtum bewahrt. Hab Dank, mein Freund.«

Renouart wies mit einem Nicken auf die Ledertasche. »Hier zu jagen, ist Wilderei. Wenn man Euch erwischt, knüpft Euch der Herzog am nächsten Baum auf.«

»Nun, wenn das so ist, müssen wir eben dafür sorgen, dass er es nicht erfährt, nicht wahr? Setz dich und trink einen Schluck Wein mit mir. Der Ritt hat dich gewiss durstig gemacht.«

Renouart rührte den Schlauch, den Lefèvre ihm hinhielt, nicht an. Er verschränkte die Arme vor der Brust. »Ich habe mich umgehört, wie Ihr mir befohlen habt.«

»Ich bin ganz Ohr.« Der Geldverleiher zog den Korken heraus und spritzte sich blutroten Wein in den Mund.

»Die Vorbereitungen für die neue Messe sind in vollem Gange. Der Rat hat das Land um den Viehmarkt aufgekauft und lässt die Straßen ausbessern.«

»Das weiß ich schon. Was noch?«

»Michel …«

»Ich will diesen Namen nicht hören«, fuhr Lefèvre ihn an.

»Der Bürgermeister«, sagte Renouart stattdessen, »hat vor ein paar Tagen mit dem städtischen Baumeister gesprochen. Als Nächstes sollen auf dem Messegelände Brunnen gegraben, Deiche aufgeschüttet und eine Herberge gebaut werden.«

Lefèvre wischte sich den Mund ab, verschloss den Weinschlauch und warf ihn neben der Jagdtasche auf den Boden. »Sie sind ja emsig wie die Bienchen.«

»Nun, die Zeit drängt. Bis zum Tag des heiligen Jacques sind es nur noch zwei Monate.«

Der Geldverleiher trat an die bröckelnde Mauer und starrte mit zusammengekniffenen Augen über das Land, als könne er von hier aus Varennes sehen, das irgendwo hinter den Hügeln lag. »Nicht auszudenken, was geschähe, wenn ihre Pläne durcheinandergerieten. Das würde horrende Kosten verursachen, richtig? Kosten, die man unserem geliebten Bürgermeister anlasten wird.«

Renouart fragte sich, worauf Lefèvre hinauswollte. Er schwieg jedoch, denn er hatte entschieden, nur noch das Nötigste mit diesem Mann zu sprechen.

»Du wirst die Messevorbereitungen stören«, sagte der Geldverleiher unvermittelt und wandte sich zu ihm um. »Heute Nacht nimmst du dir zwei, drei meiner Knechte und stiftest Chaos. Ich will, dass ihr bejubeltes Vorhaben um Wochen zurückgeworfen wird. Hast du verstanden?«

»Ist das Euer Ernst?«

»Natürlich ist es mein Ernst. Sehe ich aus, als machte ich einen Scherz?«

Wahrhaftig, er ist vollkommen wahnsinnig, dachte Renouart. »Der neue Jahrmarkt ist außerordentlich wichtig für Varennes. Ihr nehmt es in Kauf, der ganzen Stadt zu schaden, nur um Euch am Bürgermeister zu rächen?«

»Oh, ich würde dem ganzen Herzogtum schaden, um mich an ihm zu rächen – sogar dem ganzen verdammten Reich. Weißt du auch, warum? Weil mich all diese kleinen Menschen einen Dreck kümmern. Ich will, dass Fleury winselnd im Staub liegt. Das ist alles, was mich interessiert.«

»Tut, was Ihr wollt«, sagte Renouart steif. »Aber lasst mich dabei aus dem Spiel.«

»Du weigerst dich, deinen Befehl auszuführen?«

»Ja. Außerdem werde ich dem Rat melden, was Ihr beabsichtigt.«

Lefèvre fing leise an zu kichern. Er blickte zu Boden, rieb sich die Nase und schüttelte den Kopf. »Du bist unverbesserlich. Einfach unverbesserlich. Trotz allem, was geschehen ist, klammerst du dich an deine Ritterehre wie ein Ertrinkender an ein Stück Treibholz. Renouart, der Beschützer der Witwen, Waisen und Schwachen. Niemals würde er Unschuldigen willentlich Schaden zufügen.« Er hob den Kopf, blickte Renouart in die Augen. »Was für ein Glück, dass ich dich inzwischen ein wenig kenne. Ja, Renouart. Das wirst du nicht gerne hören, aber ich habe das vorausgesehen und … Vorkehrungen getroffen. Maßnahmen, die sicherstellen werden, dass du mir gehorchst.«

Renouart war, als krieche die Furcht auf dünnen Beinen sein Rückgrat hinauf. »Welche Maßnahmen?«

»Während du den weiten Weg hierhergeritten bist, haben meine Leute dein Weib und deine Tochter fortgebracht. An einen sicheren Ort außerhalb der Stadt, wo man gut auf sie aufpasst.«

»Wo sind sie?«, brachte Renouart mit erstickter Stimme hervor.

»Das werde ich dir nicht sagen, mein Freund. Das ist doch gerade der Sinn der Sache.«

Renouarts Rechte schnellte vor, und er packte den Geldverleiher am Hals. »Wenn Ihr ihnen etwas antut, dann gnade Euch Gott!«

Lefèvre machte keinen Versuch, sich zu befreien. Er hob nur die Arme und krächzte: »Ob ihnen etwas zustößt, liegt in deiner Hand. Solange du mir gehorchst, sind sie sicher.«

»Ich sollte Euch hier und jetzt töten!«

»Davon rate ich dir ab«, ächzte der Geldverleiher, dessen Kopf rot anlief. »Wenn du mir ein Leid zufügst, ist ihr Leben verwirkt.«

Renouart ließ ihn los, Lefèvre taumelte zurück und schöpfte Atem. »Na also. Ich wusste doch, dass du vernünftig sein würdest.«

Renouart spuckte aus, umklammerte den Schwertgriff und wandte sich ab. Er schloss die Augen. *Felicitas. Catherine. Was habe ich euch nur angetan? Es ist meine Schuld. Meine Schuld …*

»Nun – kann ich mich darauf verlassen, dass du tun wirst, was ich dir sage?«

Renouart fuhr herum. Seine Kehle war eng, der Hass lag wie ein eiserner Käfig um seine Brust. Nie zuvor hatte er ein solches Verlangen verspürt, jemanden zu töten, wie jetzt.

Lefèvres Lippen formten wieder jenes Lächeln, das Renouart so verabscheute. »Meine Knechte haben präzise Anweisungen erhalten, was sie mit Felicitas und Catherine anstellen sollen, wenn du dich weigerst. Möchtest du sie hören?«

Renouarts Stimme war leise, kaum hörbar. »Wie soll ich vorgehen?«

»Deine Sache. Dir fällt schon etwas ein. Stell dir einfach vor, Fleury und die anderen Ratsherren wären Feinde des Herzogs, und nur du kannst sie aufhalten. Das sollte deine Fantasie beflügeln, habe ich recht?«

Ein Schnurren weckte Michel in den frühen Morgenstunden. Es war Samuel, Isabelles Kater, der zwischen ihren Kopfkissen saß und sich putzte.

»Da hat wohl jemand Hunger«, murmelte er schlaftrunken.

»Ich gebe ihm etwas von dem Braten, der von gestern übrig ist«, sagte Isabelle, die schon wach war.

»Er soll sich eine Maus fangen.«

Sie ignorierte ihn und schlüpfte in ein leichtes Gewand. Samuel sprang vom Bett und lief ihr nach, als sie zur Küche ging.

Halb lächelnd, halb seufzend stand Michel auf und wusch sich am Badezuber. Isabelle vergötterte Samuel geradezu und verwöhnte ihn nach Strich und Faden. Der Kater dankte es ihr, indem er ihr aufs Wort gehorchte – ein Verhalten, das Michel noch nie an einer Katze beobachtet hatte. Aber Isabelle liebte Tiere nicht nur. Sie hatte die beinahe magische Gabe, sich in sie einzufühlen und sie zu beeinflussen.

Kurz darauf saßen sie beim Morgenbrot in der Stube, und Samuel hockte unter dem Tisch und schlang ein Bratenstück herunter. Michel hatte noch keine zwei Löffel von seiner Milchsuppe gegessen, als Louis hereinkam.

»Herr Duval ist da. Er möchte Euch sprechen.«

»Hat das nicht Zeit bis nach dem Essen?«

»Er sagt, es sei dringend.«

»Na gut. Schick ihn herauf.«

Michel sah sofort, dass etwas nicht stimmte, als Duval hereinkam.

»Ich fürchte, ich bringe schlechte Neuigkeiten«, sagte sein alter Freund. »Der Baumeister wurde überfallen.«

»Wann?« Michel stand auf.

»Gestern am späten Abend. Er war in der Schenke, und

man hat ihm auf dem Heimweg aufgelauert. Anscheinend wurde er verletzt.«

»Wie schlimm ist es?«

»Ich weiß es nicht – ich habe es auch eben erst erfahren. Man hat ihn nach Hause gebracht, wo sich ein Medicus um ihn kümmert.«

Keine Viertelstunde später schritten Michel und Duval durch die Rue du Palais hinter dem Rathaus, wo der städtische Baumeister mit seiner Familie ein Steinhaus bewohnte. Ein Knecht ließ sie herein und führte sie hinauf ins Schlafgemach.

Der Baumeister war bei Bewusstsein, aber das war das einzig Gute, was sich über seinen Zustand sagen ließ. Er sah schrecklich aus: überall Prellungen, Blutergüsse und Platzwunden, die eine kundige Hand verbunden hatte. Sein linkes Auge war zugeschwollen, der rechte Arm lag steif und geschient auf der Bettdecke. Neben ihm saßen sein Weib und seine beiden Töchter, die Gesichter grau vor Sorge. Der Medicus betupfte das verletzte Auge mit einem Kräutersud. Die Arznei schien zu brennen, denn der Baumeister zuckte heftig zusammen.

»Können wir mit ihm sprechen?«, fragte Michel.

»Ja, wenn Ihr ihn nicht zu sehr aufregt«, antwortete der Medicus. »Er braucht jetzt vor allem Ruhe.«

»Wie schlimm steht es um ihn?«

»Er wird es überleben. Der Arm ist gebrochen, aber ich habe alles dafür getan, dass er gut verheilt und nicht steif wird. Jetzt muss er erst einmal für eine Weile das Bett hüten.«

Michel wandte sich an den Verletzten. »Wer hat das getan?«

»Wenn ich das wüsste …« Trotz allem war die Stimme des Baumeisters kräftig und klar. »Er kam von hinten, und ehe ich begriff, wie mir geschah, lag ich schon auf dem Boden, und er prügelte mit einem Knüppel auf mich ein.«

»Es war nur einer?«

»Ich glaube schon, ja.«

»Was ist dann passiert?«

»Er nahm mir die Geldkatze weg, dann wurde ich ohnmächtig. Als ich wieder zu mir kam, war er fort.«

»Also ein gewöhnlicher Straßenräuber.« Duval blickte Michel an.

»Ihr konntet wirklich nicht erkennen, wie er aussah?«

»Er war groß. Breitschultrig«, antwortete der Baumeister. »Das ist alles. Sein Gesicht verbarg er in der Mantelkapuze. Außerdem war's stockfinster.«

Seine Stimme wurde rau, woraufhin ihm der Medicus etwas Wasser mit Kräutern einflößte.

»Das ist genug für heute«, sagte der Arzt. »Er sollte jetzt schlafen.«

»Ihr glaubt nicht, dass es ein gewöhnlicher Räuber gewesen ist?«, fragte Duval, als sie das Haus verließen.

»Es ist schon ein merkwürdiger Zufall, dass unser Baumeister ausgerechnet dann zusammengeschlagen wird, wenn wir ihn am dringendsten brauchen. Dass ihm die Geldkatze gestohlen wurde, kann auch Tarnung gewesen sein.«

Duval senkte die Stimme. »Ihr denkt an Lefèvre, richtig?«

»Zuzutrauen wäre es ihm.«

»Aber warum sollte er so etwas tun?«

»Um sich an mir zu rächen, was sonst?«

»Wenn er die Messevorbereitungen stört, schadet er auch der Gilde, der ganzen Stadt. Er kann doch nicht ernstlich wollen, dass wir scheitern.«

»Ich weiß nicht, was er will«, murmelte Michel. »Ich habe noch nie einen Mann getroffen, den ich so wenig verstehe wie Lefèvre.«

»Ich rede später mit Jean«, sagte Duval, als sie zum Rathaus kamen. »Er soll seine Büttel auf die Sache ansetzen. Vielleicht hat irgendjemand etwas gesehen, das uns hilft, den Angreifer zu finden.«

»Tut das. Aber erwartet nicht, dass es viel bringt. Wer das getan hat, ist vermutlich längst über alle Berge.«

»Was unternehmen wir wegen des Baumeisters? Ihr habt den Medicus gehört. Wir brauchen einen neuen.«

»Ich kümmere mich darum.«

Michel verabschiedete sich von Duval, der zu Hause zu tun hatte, und stieg die Treppe in der Eingangshalle hinauf. Dieser Vorfall warf sie ein gewaltiges Stück zurück, denn er würde eine Weile brauchen, um Ersatz zu finden. Gute Baumeister waren selten und obendrein meist bei einer Stadt, der Kirche oder einem Fürsten angestellt – sie würden kaum einen sicheren Posten aufgeben, um für einige Monate nach Varennes zu gehen. Außerdem benötigte der neue Baumeister Zeit, um sich einzuarbeiten – Zeit, die sie nicht hatten. An die Kosten, die all das verursachte, wagte Michel gar nicht erst zu denken.

Er zog sich in seine Amtsstube zurück und machte eine Liste aller Baumeister, die er kannte. Er kam gerade einmal auf drei Namen.

Mit zusammengekniffenen Lippen blickte er aus dem Fenster – als ihn plötzlich ein gänzlich anderer Gedanke durchzuckte.

Groß … breitschultrig … Renouart? Nein. Auf keinen Fall. Er würde so etwas nicht tun, selbst wenn Lefèvre ihm Gewalt androhte.

Er kam nicht dazu, diesen Gedanken weiterzuverfolgen, denn just in diesem Augenblick flog die Tür auf, und Isabelle betrat die Kammer.

»Schau, was gerade gekommen ist. Neue Nachrichten aus Speyer.«

»Von Riederer?«

»Von Sieghart Weiß. Lies selbst.«

Stirnrunzelnd nahm Michel den Brief in die Hand. Sieghart, ein Bursche von achtzehn Jahren, arbeitete in ihrer Speyerer Niederlassung als Handelsgehilfe für Hans Riederer. Wieso schrieb er Michel einen Brief? Es war die alleinige Aufgabe des *fattore*, den Inhaber des Geschäfts über alle wichtigen Ereignisse zu benachrichtigen.

Hochgeehrter Herr Fleury, schrieb Weiß. *Ich weiß, es ist höchst unüblich, dass sich ein einfacher Handelsgehilfe an Euch wendet. Aber ich möchte Euch bitten, darüber hinwegzusehen, denn ich weiß mir nicht mehr anders zu helfen. Es geht um meinen Lohnherrn Hans Riederer…*

Mit jedem Satz, den Michel las, wurde er zorniger. Weiß berichtete, Riederer habe wiederholt zu später Stunde verschiedene Schenken besucht, obwohl ihm der Speyerer Rat nach dem Vorfall im Hurenhaus verboten hatte, sich Wirtshäusern zu nähern. Er sei betrunken gewesen und habe sich abfällig über andere Kaufleute geäußert, weshalb ihm Rat und Gilde neuerliche Geldstrafen auferlegt hätten.

Die Gilde hat sogar gedroht, ihn auszuschließen, wenn er sich nicht zügelt, las Michel weiter. *Ich fürchte, wenn das so weitergeht, ist Euer Geschäft in Gefahr. Bitte unternehmt etwas. Kommt nach Speyer und redet meinem Herrn ins Gewissen!*

»Ich werde ihm nicht ins Gewissen reden, ich werde diesen Kerl auf die Straße setzen!«, donnerte Michel und knallte den Brief auf den Tisch. »Ich habe es im Guten versucht. Ich habe ihn gewarnt, aber er will mich offensichtlich zum Narren halten. Jetzt ist es genug!«

Er ging in der Kammer umher, presste die Hände gegeneinander und pochte sich mit den Zeigefingern gegen die Lippen. Er musste so schnell wie möglich handeln – aber wie? Die Messevorbereitungen wuchsen ihm allmählich über den Kopf, schon ohne die Sache mit dem Baumeister. Er konnte Varennes bis zum Herbst unmöglich verlassen.

»Lass mich gehen«, sagte Isabelle, als hätte sie seine Gedanken gelesen. »Ich kümmere mich um alles.«

»Wirst du mit Riederer fertig?«

Sie blickte ihn strafend an. »Ich bitte dich. Bürschchen wie ihn verputze ich zum Frühstück.«

»Also gut. Kannst du noch heute aufbrechen? Je länger wir warten, desto mehr Schaden richtet er an.«

»Ich kaufe noch rasch etwas Salz, dann mache ich mich auf den Weg.«

Er küsste sie. »Ich liebe dich. Viel Glück. Der heilige Nikolaus schütze dich.«

Als Isabelle wieder zu Hause war, wies sie die Knechte an, den Ochsen einzuspannen, leere Salzfässer aufzuladen und alles für die Reise nach Speyer vorzubereiten. Sie selbst ging derweil zur Gildenhalle und forderte vier Söldner an. Zwar führte ihr Weg durch dicht besiedeltes und friedliches Gebiet, doch selbst bei vergleichsweise sicheren Fahrten war es nicht ratsam, an Geleitschutz zu sparen. In der Wildnis außerhalb der Städte und Dörfer warteten vielfältige Gefahren auf den Reisenden – Vogelfreie, Straßenräuber und ausgehungerte Wölfe. Michel, der auf seinen Fahrten schon mehrmals angegriffen worden war, konnte ein Lied davon singen.

Anschließend fuhr sie zur Saline, denn wenn sie schon den weiten Weg nach Speyer auf sich nehmen musste, wollte sie dies wenigstens mit einem guten Geschäft verbinden. Das weiße Gold aus Lothringen war begehrt am Rhein.

Das Salzwerk lag auf der anderen Seite der Mosel, in einer Talsenke zwischen den Hügeln. Die rauchverhangenen Sudhütten glichen einer Ansammlung gigantischer Pilze, zwischen denen Bornknechte und Tagelöhner ihre schweißtreibende Arbeit verrichteten. Die heiße Luft roch immerzu nach Dampf, Salz und verbranntem Holz. Isabelle stieg vom Wagenbock und ging zur Hütte des Salinenvorstehers, einem Ministerialen des Erzbischofs, dem die Anlage gehörte.

»Ich brauche fünfzehn Fuder Salz.«

»Ich fürchte, es ist kaum noch welches da«, sagte der Vorsteher. »Ich könnte Euch allenfalls vier, fünf Fuder verkaufen. Mehr gibt's erst wieder Ende der Woche.«

»Hat die Gilde alles aufgekauft?«, fragte Isabelle verwundert. Die Saline produzierte so viel Salz, dass ihre Vorräte kaum je zur Neige gingen.

»Nicht die Gilde – ein einzelner Kaufmann, Soudic Poilevain. Kam heute Morgen her und hat hundertzwanzig Fuder gekauft.«

»Hundertzwanzig!«

»So wahr ich hier stehe. Ich konnte es erst auch nicht glauben. Dachte, er nimmt mich auf den Arm. Aber dann hat er seine pralle Geldkatze gezückt und alles ordentlich bezahlt, bis auf den letzten Denier.«

Hundertzwanzig Fuder waren eine gewaltige Menge Salz. Man brauchte mehrere Wagen, um es abzutransportieren. Und nur außergewöhnlich reiche Kaufleute wie Michel oder Eustache Deforest wären imstande, es zu bezahlen – auf keinen Fall aber ein Mann wie Poilevain, der eher bescheiden wirtschaftete und obendrein bisher nie durch große Freude am Risiko aufgefallen war.

»Hat er gesagt, was er mit so viel Salz anfangen will?«

»Nun, ich nehm an, er will's in der Champagne verkaufen. Engländer, Flamen und Burgunder zahlen nach wie vor gut für unser Salz.«

Nun, das war zweifellos seltsam, aber es ging sie nichts an – zumal sie eigene Sorgen hatte. Sie kaufte das restliche Salz und fuhr zurück zur Stadt, wo sie andere Waren besorgte.

Am Nachmittag dann verließ sie Varennes, ruckelte auf ihrem Wagen die alte Römerstraße entlang und fuhr gen Norden – nach Speyer.

Am frühen Abend, nachdem er Gaston und Dreux nach Hause geschickt hatte, packte Rémy etwas Werkzeug in den Handkarren und ging mit Anton zum Lagerhaus. Er hatte beschlossen, die Umbauten daran selbst vorzunehmen, denn wenn er Handwerker beauftragte, reichte sein Geld nicht mehr für all die anderen Ausgaben, die noch anfallen würden. Zwar hatte er noch nie ein Dach geflickt und Fensterschlitze geklopft, doch er war handwerklich begabt genug, dass er sich solch einfache Arbeiten zutraute.

Rémy schloss das Tor auf und zündete einen Kienspan an, Anton schob den Karren hinein. Zunächst musste er das Lagerhaus vermessen und einen Grundriss anfertigen. Dann würde er entscheiden, wo er zusätzliche Wände einziehen und Löcher für die Fenster brechen würde. Anton leuchtete ihm mit dem Kienspan, während Rémy mit dem Zollstock herumging und die Messergebnisse auf seiner Wachstafel vermerkte.

»Was für ein dunkles Loch. Und wie es stinkt! Wer hier drin lateinische Grammatik lernen muss, kann einem wahrlich leidtun.«

Rémy, der gerade in einer Ecke kniete, hob den Kopf. Im offenen Tor stand eine gedrungene Gestalt: Abbé Wigéric. Rémy hatte sich schon gefragt, wann der Vorsteher der Abtei Longchamp auftauchen würde. Seit sein Vater ihn gewarnt hatte, rechnete er täglich damit. Er beachtete den Mönch nicht weiter und setzte seine Arbeit fort.

»Löcher im Dach, durch die es hereinregnet. Modrige Wände.« Wigérics Schritte knirschten auf dem schmutzigen Boden. »In den Fässern dahinten nisten vermutlich die Ratten. Welcher Vater, der bei Verstand ist, lässt seinen Sohn in dieser Ruine unterrichten? Andererseits – da Ihr dem Vernehmen nach auch Tagelöhner und Lumpensammler aufnehmen wollt, ist dies wohl als Versuch zu verstehen, Euren Schülern eine vertraute Umgebung zu bieten.«

»Dummkopf«, murmelte Rémy.

»Bitte?«, fragte der Abt scharf.

»Ich habe mich verrechnet. Weil Ihr mich abgelenkt habt. Jetzt müssen wir von vorn anfangen.« Rémy strich seine Wachstafel glatt. Anton neben ihm trat von einem Fuß auf den anderen. Der Junge hatte eine Heidenangst vor Wigéric.

»Beantwortet mir eine Frage, Meister Rémy. Wann werdet Ihr meine Brüder und mich endlich in Frieden lassen? Was müssen wir tun, dass wir nicht mehr zum Ziel Eurer Streitsucht werden?«

»Wovon zum Teufel redet Ihr?« Rémy ging in die Hocke, forderte Anton mit einer Geste auf, mit dem Kienspan näher zu kommen, und legte den Zollstock an die Wand an.

»Jahrelang versucht Ihr alles, um das Skriptorium meiner Abtei in den Ruin zu treiben. Erst die Werkstatt. Jetzt diese Schule ...«

»Ihr steht im Licht«, sagte Rémy.

Wigéric rührte sich nicht von der Stelle. »Damit werdet Ihr uns neuen Schaden zufügen. Und nicht nur uns – auch den Zöglingen der Klosterschule. Woher soll das Geld kommen, sie anständig zu unterrichten, wenn die Schüler aus dem Laienstand alle zu Euch gehen?«

»Die Klöster Varennes' sind reich. Ihr werdet schon einen Weg finden. Und was meine Werkstatt angeht: Es gibt sie jetzt seit vier Jahren, trotzdem musstet Ihr das Skriptorium nicht schließen. Auch die Klosterschule wird meinetwegen nicht untergehen. Ihr seht Gespenster, Abbé.«

»Denkt Ihr auch einmal an die einfachen Christen?«, fauchte Wigéric.

»Ich denke die ganze Zeit an sie«, entgegnete Rémy. »Ihretwegen gründe ich diese Schule.«

»Ihr macht ihnen falsche Hoffnungen! Aus einem Tagelöhner wird kein Patrizier, nur weil er ein paar lateinische Sätze aufsagen kann. Außerdem setzt Ihr sie Gedankengut aus, das nicht für sie bestimmt ist. Zu viel Wissen ist gefährlich für die meisten ...« Der Abt verstummte und wich einen Schritt zurück, als Rémy abrupt aufstand.

»Darum geht es Euch doch in Wahrheit – um das Wissen. Ihr fürchtet den Fortschritt, den meine Schule bewirken wird. Ihr fürchtet, Eure Macht könnte schwinden, wenn nicht mehr nur der Klerus lesen und schreiben kann. Was das angeht, habe ich schlechte Neuigkeiten für Euch, Abbé: Genauso wird es eines Tages kommen. Ihr könnt nichts dagegen tun. Also findet Euch damit ab.«

Wigéric schluckte. »Ich fürchte viele Dinge«, erwiderte er schließlich. »Satan, Dämonen, den Zorn des Allmächtigen – aber ganz gewiss nicht Eure Schule. Denn Ihr werdet damit scheitern. Dafür sorge ich.«

»Tatsächlich?« Rémy lächelte dünn. »So, wie es Euch damals gelungen ist, mich aus dem Geschäft zu drängen?«

»Ihr arbeitet für einen Hungerlohn, beutet Eure Gehilfen aus und betrügt die Kunden mit mangelhafter Ware. Gegen so viel Raffgier und Niedertracht konnten wir nichts ausrichten. Aber diesmal ist der Fall anders gelagert. Diesmal seid Ihr zu weit gegangen. Und Gott steht auf unserer Seite!«

Mit diesen Worten rauschte Wigéric davon.

Anton blickte dem Abt nach und presste die Lippen zusammen. Sein Adamsapfel bewegte sich auf und ab.

»Hab keine Angst, Junge. Er kann uns nichts tun«, sagte Rémy. »Jetzt lass uns weitermachen, damit wir fertig werden, bevor es dunkel wird.«

September 1218

Varennes-Saint-Jacques

Wie jeden Samstagabend war Eugénies Schenke brechend voll. Krämer, Handwerker und Fuhrleute bevölkerten die Tische, stießen miteinander an und machten sich heißhungrig über ihren dampfenden Eintopf her. Einige Maurergesellen veranstalteten ein Trinkspiel, einer der Burschen leerte seinen Humpen in einem Zug, die anderen feuerten ihn an. Ihr Grölen und ihr Gelächter waren bis nach draußen zu hören.

Rémy entdeckte Eugénie inmitten der Gäste. Obwohl man ihr von allen Seiten Bestellungen zurief und sie kaum hinterherkam, Bier nachzuschenken, blieb sie stets gelassen und hatte für jeden ein freundliches Wort übrig. Eugénie brachte nichts so leicht aus der Ruhe.

»Ist mein Vater schon da?«

»Noch nicht«, antwortete sie. »Siehst du den Tisch dahinten? Den hab ich für euch freigehalten.«

Rémy setzte sich und nahm einen Schluck von dem Bier, das sie ihm brachte. Seine Eltern und er hatten es sich zur Gewohnheit gemacht, wenn möglich jeden Samstagabend gemeinsam zu essen. Andernfalls konnte es geschehen, dass sie sich wochenlang gar nicht sahen – jeder von ihnen neigte dazu, sich von seinen Pflichten derart in Anspruch nehmen zu lassen, dass keine Zeit mehr für die Familie blieb. Heute würde er sich nur mit seinem Vater treffen. Seine Mutter würde frühestens in zwei Wochen von Speyer heimkehren.

Rémy musste fast eine Stunde warten, bis sein Vater endlich

auftauchte. Er stand auf, um ihn zu umarmen, doch Michel setzte sich ohne ein Wort des Grußes und warf seine Mütze auf den freien Stuhl.

»Wir waren zur Vesper verabredet.«

»Ich weiß. Bitte entschuldige. Ich habe es nicht früher geschafft.« Mit gerunzelter Stirn blickte Michel zu den grölenden Gesellen. »Wir hätten in die Schenke bei der Münze gehen sollen. Dort wäre es nicht so laut gewesen.«

»Das weiß man vorher eben nicht. Sie werden schon irgendwann Ruhe geben.« So übellaunig hatte Rémy seinen Vater lange nicht erlebt.

Eugénie trat an ihren Tisch. »Was darf ich Euch bringen, Herr Bürgermeister?«

»Ein Bier. Was gibt es zu essen?«

»Erbseneintopf.«

»Hast du nichts anderes?«

»Heute nicht, tut mir leid. Möchtet Ihr trotzdem welchen?«

»Bitte«, brummte Michel.

Rémy hob Zeige- und Ringfinger: zwei Portionen.

Als Eugénie gegangen war, fragte sein Vater: »Triffst du dich noch mit diesem Mädchen?«

»Ab und zu«, antwortete Rémy kurz angebunden. Sein Vater war nicht glücklich damit, dass er ein Verhältnis mit einer Schankwirtin unterhielt, denn er glaubte, sein Sohn habe etwas Besseres verdient. Außerdem solle er endlich heiraten und eine Familie gründen. Vor einigen Monaten hatten sie sich heftig deswegen gestritten und seitdem nicht mehr darüber gesprochen. Rémy beschloss daher, das Thema zu wechseln, damit ihnen diese Angelegenheit nicht den Abend verdarb. »Was hat dich vorhin aufgehalten? Gab es Ärger im Rat?«

»Nein, mit dem Bischof. Und mit Eustache.«

»Weswegen?«

»Ich habe dir doch erzählt, dass ich einen Ersatz für unseren Baumeister suche. Jedenfalls habe ich mich überall umgehört, zwei Wochen lang – ohne Erfolg«, erklärte Michel. »Alle Baumeister, die ich kenne, haben eine feste Anstellung, die sie nicht aufgeben wollen. Épinal, Verdun und Saint-Dié können ihre Leute nicht entbehren. Schließlich wusste ich mir nicht mehr anders zu helfen, als Bischof Gerard zu bitten, uns seinen Baumeister auszuleihen, wenigstens so lange, bis die Herberge steht. Eben kam ein Bote mit seiner Antwort.«

»Er weigert sich?«

»Nein, er hilft uns – vorausgesetzt, wir zahlen seinem Mann denselben Lohn, den er zu Hause in Toul bekommt.«

»Wie viel ist das?«

»Halt dich fest: vierzehn Deniers am Tag!«

Rémy pfiff durch die Zähne. Das war ein überaus großzügiger Lohn, selbst für einen erfahrenen Meister.

»Das Anderthalbfache dessen, was wir unserem zahlen!«, empörte sich Michel. »Kannst du dir das vorstellen?«

»Was machst du jetzt?«

»In den sauren Apfel beißen und den Mann einstellen. Was bleibt mir denn anderes übrig? In sechs Wochen beginnt die Messe. Wenn die Herberge nicht bald weitergebaut wird, kommen wir in Schwierigkeiten.«

Rémy trank von seinem Bier. »Und Eustache sitzt dir wegen der Kosten im Nacken«, mutmaßte er.

»Er hat mir die Hölle heißgemacht, als er hörte, was der neue Baumeister verlangt. Die Ausgaben für die Messe sind schon jetzt viel zu hoch. Sie fressen allmählich unsere Rücklagen auf.«

Eugénie kam zurück und stellte einen Krug mit Bier und zwei dampfende Schüsseln auf den Tisch. Michel zückte seinen Löffel, kostete von dem Eintopf und verzog das Gesicht.

»Stimmt etwas nicht?«, fragte Eugénie.

»Da fehlt das Salz! Speck ist auch keiner drin. Und das nennst du Eintopf?«

»Bitte entschuldigt, Herr Bürgermeister. Ich bringe sofort etwas Salz und Speck.« Sie eilte davon.

»Der Eintopf schmeckt so wie immer. Er ist völlig in Ordnung«, sagte Rémy.

»Das Bier schmeckt mir auch nicht«, murrte Michel. »Diese Schenke taugt nichts mehr. Wir hätten wirklich woanders hingehen sollen. Warum wolltest du unbedingt hier essen?«

»Wir waren schon hundertmal hier, und bisher hattest du nie etwas daran auszusetzen. Was ist denn plötzlich in dich gefahren?«

Eugénie brachte ihnen eine Schale mit Salz und eine Platte, auf der etwas Brot und ein großzügig bemessenes Stück Speck lag. »Lasst es euch schmecken.«

»Hab Dank«, sagte Rémy stellvertretend für seinen Vater, der sie keines Blickes würdigte und wortlos am Speck herumsäbelte. Eugénie, die hinter ihm stand, hob nur vielsagend eine Augenbraue, ehe sie sich wieder den anderen Gästen widmete.

»Du bist wütend wegen des Baumeisters. Gut, das verstehe ich«, sagte Rémy. »Aber du brauchst deinen Ärger nicht an Eugénie auszulassen. Was kann sie denn dafür?«

»Ich kann ihn auch an dir auslassen, wenn dir das lieber ist!«, schnappte Michel.

»Wenn du mir etwas zu sagen hast – nur zu. Heraus damit.«

Sein Vater knallte das Messer auf den Tisch. »Die Sache mit dem Baumeister wäre kein Problem gewesen, wenn du den Rat nicht überredet hättest, dir vierzig Pfund zu geben.«

»Ich hätte es mir denken können«, murmelte Rémy.

»Wegen deiner Schule haben wir kaum noch Spielraum für unvorhergesehene Widrigkeiten. Deinetwegen müssen wir jeden Sou zweimal umdrehen!«

»Und das liegt nicht vielmehr daran, dass ihr schlecht geplant habt? Am Anfang hattet ihr zu wenig Arbeiter. Auf dem Messegelände habt ihr die Deiche vergessen. Das ganze Unternehmen ist überhaupt nicht richtig durchdacht. Deswegen wachsen euch die Kosten über den Kopf – nicht wegen der Schule.«

»Bei einem so großen Vorhaben treten zwangsläufig Schwierigkeiten auf, die man nicht vorhersehen kann«, hielt Michel dagegen. »Das ist völlig normal. Man kann nicht an alles denken.«

»Kann man schon, wenn man sich genug Zeit für eine sorgfältige Planung nimmt. Aber es musste ja alles ganz schnell gehen.«

»Sagt ausgerechnet der, der seine Schule unbedingt sofort haben wollte, statt zwei Jahre zu warten, wie es vernünftig gewesen wäre.«

»Natürlich«, meinte Rémy beißend. »Alles, was deinen Absichten zuwiderläuft, ist unvernünftig. Wer gibt dir eigentlich das Recht zu entscheiden, dass deine Messe wichtiger für die Stadt ist als meine Schule?«

»Die Tatsache, dass Varennes vom Handel lebt!«, donnerte Michel. »Ohne den Handel gibt es keinen Wohlstand, keine Steuern, keine Verwaltung. Ohne den Handel könntest du morgen deine Werkstatt zumachen, und deine Schule bliebe auf ewig ein törichter Traum.«

Inzwischen waren in der Schenke sämtliche Gespräche verstummt. Sogar die betrunkenen Maurergesellen glotzten zu ihnen herüber.

»›Ein törichter Traum‹«, wiederholte Rémy. »So denkst du also darüber. Gut zu wissen.«

»Allmählich frage ich mich sogar, ob Abbé Wigéric nicht doch recht hat und dieses ganze lächerliche Unterfangen mehr Schaden anrichtet, als dass es irgendwem nutzt.«

»Du schlägst dich auf Wigérics Seite? Nach allem, was mir dieser Mann angetan hat?«

Anstelle einer Antwort stocherte Michel in seinem Eintopf herum.

»Mir reicht es. Lass es mich wissen, wenn du wieder zur

Vernunft gekommen bist.« Rémy stand auf und knallte zwei Münzen auf ein Fass, als er an Eugénie vorbeiging. »Für das Bier und das Essen.«

Verdattert starrte sie ihn an. Rémy ließ sie stehen, riss die Tür auf und trat hinaus in die Nacht.

Speyer

Auf der Straße, die von Süden her nach Speyer führte, herrschte stets reger Verkehr. Besonders an Markttagen drängten sich vor dem Kreuztor Reiter, Ochsenwagen und Bauern mit voll beladenen Handkarren, die einander behinderten. Heute war es besonders schlimm. Ständig musste Isabelle anhalten und warten, bis sie wieder zwei Wagenlängen weiterfahren konnte. Schuld daran waren die städtischen Zöllner, die am Tor standen und jedes einzelne Fuhrwerk durchsuchten.

Die Leute wurden immer ungeduldiger, Wut lag in der Luft. Ein Junker, der hinter Isabelle ritt, schimpfte seit einer halben Stunde auf das Bauernpack, weil es die Straße verstopfe. Plötzlich trieb der junge Edelmann sein Ross an, überholte den Karrenzug im Galopp und preschte durch das offene Stadttor. Dabei verschreckte er die Zugpferde eines Reisewagens. Die Tiere gerieten in Panik und brachen zur Seite aus, sodass der Wagen über die unebene Wiese holperte, durch ein Erdloch fuhr und umkippte. Die Tür flog auf, ein benommener Bischof in roter Soutane streckte den Kopf heraus und fiel in den Matsch, als er hinauskletterte. Ein Bauer wollte ihm zu Hilfe eilen, doch der Kirchenmann hielt ihn irrtümlich für den Übeltäter, schlug ihm die Faust ins Gesicht und deckte ihn mit Ohrfeigen ein, wobei er gotteslästerliche Verwünschungen ausstieß. Erst als die bischöflichen Waffenknechte ihren Herrn über das Missverständnis aufklärten, ließ er von dem armen

Teufel ab und warf ihm einige Silberpfennige hin als Entschädigung für die zu Unrecht erlittene Pein.

»Habt Dank, Exzellenz«, krächzte der Bauer und klaubte die Münzen aus dem Schlamm, während ihm das Blut aus der Nase lief. »Sehr großzügig, Exzellenz.«

»Hört auf zu lachen.« Isabelle unterdrückte ein Grinsen. »Das ist nicht lustig.«

»O doch. Und wie!«, schnaufte Yves, der mit Louis hinten auf der Wagenpritsche saß und kaum noch Luft bekam vor Erheiterung.

Nun schritt der Bischof ein. Mit hochrotem Kopf stolzierte er zum Stadttor und sprach einige deutliche Worte mit den Wächtern und Zöllnern. Er drohte den Männern mit sofortiger Exkommunikation, was seine Wirkung nicht verfehlte: Sie flehten den Kirchenmann wortreich um Verzeihung an und ließen von nun an jeden Wagen durch. Der Stau löste sich augenblicklich auf, und wenig später fuhr Isabelle endlich nach Speyer hinein.

Auf der anderen Seite des Kreuztores empfing sie ein bestialischer Gestank. Sie lenkte ihren Wagen durch die Gilgenvorstadt, ein Viertel im Süden, in dem hauptsächlich Bäcker wohnten. Beinahe jeder Haushalt hier besaß Mastschweine, und der Kot der Tiere lag in den Gassen, den Höfen, einfach überall, er vergiftete das Wasser und verpestete die Luft, sodass man kaum atmen konnte. Auch Varennes litt unter den vielen freilaufenden Schweinen, doch da Speyer um einiges größer war, gab es viel mehr Nutztiere und somit weitaus schlimmeren Gestank. Deshalb beeilte sich Isabelle, zum etwas weniger schmutzigen Zentrum zu kommen.

Speyer war eine der größten Städte am Oberrhein. Eine mächtige Wehrmauer, fast eine Meile lang, mit vorgelagerten Wassergräben und über sechzig Türmen, umschloss verschiedene Viertel, in denen Tausende von Menschen lebten. Die Via triumphalis durchschnitt die Stadt von West nach Ost und endete am prächtigen Dom Sankt Maria und Sankt Stephan, in dem zahlreiche Mächtige des Reiches begraben lagen. Die mehrstöckigen Steinhäuser an der Hauptstraße zeugten vom Wohlstand und Fleiß ihrer Bewohner.

Speyer war nicht nur reich – es war frei. Wie in Varennes lag alle Macht in den Händen der Bürgerschaft, die einen Rat wählte. Dessen Mitglieder, zumeist Kaufleute und Patrizier, lenkten die Geschicke der Stadt und führten sie in Frieden und Krieg.

Isabelle fuhr in Richtung Rhein zur Kaufleute-Siedlung, die an den ummauerten Bischofspalast angrenzte. Ihre Handelsniederlassung lag ganz in der Nähe des Flusshafens, gegenüber dem Stapelplatz. Sie steuerte den Wagen durch das breite Hoftor und hielt vor dem Haupthaus.

»Braucht Ihr uns noch, Herrin?«, erkundigte sich der Anführer der Söldner, die ihr die ganze Zeit mit geschulterten Speeren gefolgt waren.

»Frühestens morgen wieder. Haltet euch in der Gildenhalle bereit. Hier«, sie gab den Männern jeweils einen Speyerer Pfennig, »geht etwas essen.«

Kaum waren die Söldner fort, trat ein rothaariger Bursche aus dem Haus.

»Frau Isabelle!«, rief Sieghart Weiß und eilte über den Hof. »Gott sei Dank, Ihr seid gekommen. Ist Euer Gemahl auch da?«

»Er kann gerade nicht fort aus Varennes. Aber ich weiß über alles Bescheid.« Isabelle sprach fließend Deutsch, denn sie hatte in jungen Jahren lange in der Nähe von Speyer gelebt. »Wo ist dein Herr?«

»Unten am Hafen, um eine Tuchlieferung nach Worms aufzugeben.« Das aufgeweckte, sommersprossige Gesicht des Handelsgehilfen verfinsterte sich. »Es wird immer schlimmer mit ihm, Frau Isabelle. Er trinkt jeden Abend und vernachlässigt seine Arbeit. Meist kommt er erst zur Terz aus dem Bett.

Gestern ist er kurz vor der Sext aufgetaucht, könnt Ihr Euch das vorstellen? Ich weiß nicht mehr, was ich noch tun soll. Seinetwegen gehen die Geschäfte schlecht, und ich habe Angst, meine Arbeit zu verlieren. Aber er hört nicht auf mich. Er hört auf niemanden, nicht einmal auf den Gildemeister.«

»Beruhige dich, Sieghart, jetzt bin ich ja da. Wieso gehen wir nicht erst einmal hinein und essen eine Kleinigkeit? Ich bin hungrig von der Reise.«

Weiß schlug sich klatschend gegen die Stirn. »Natürlich, was bin ich nur für ein Tölpel! Vor lauter Ärger vergesse ich schon meine Manieren. Bitte, folgt mir.«

Er führte Isabelle, Yves und Louis hinauf zu Riederers Schreibstube, wo sie sich an den Tisch setzten, während Weiß einen Knecht anwies, ihnen Bier, Brot und Käse zu bringen.

Das Hauptgebäude des Handelshofs war wesentlich kleiner als ihr Haus in Varennes, es enthielt lediglich zwei Lagerkeller im Erdgeschoss sowie einen kleinen Empfangsraum und die Schreibstube im ersten Stock. Die Knechte und Weiß schliefen in zwei großen Kammern über den Ställen; Hans Riederer besaß ein eigenes Haus an der Via triumphalis.

»Wenn Riederer zurückkommt – was werdet Ihr unternehmen?«, fragte Weiß nach dem Essen.

»Lass das meine Sorge sein. Wieso bringst du nicht einstweilen die Waren zum Stapelplatz?«

Das hiesige Marktrecht schrieb auswärtigen Kaufleuten vor, alle Handelsgüter, die keinem bestimmten Kunden ins Haus geliefert wurden, auf dem Stapelplatz anzubieten, damit jeder Speyerer Bürger sie begutachten und kaufen konnte. Wer dagegen verstieß, bekam Ärger mit der Marktaufsicht. Weiß nahm etwas Silber aus der Truhe, um den Einfuhrzoll bezahlen zu können, und bat Yves und Louis, ihn zum Stapelplatz zu begleiten.

Als die drei Männer gegangen waren, schob Isabelle die Platte mit den Brotresten zur Seite und nahm sich das Hauptbuch vor, das Angaben über alle Geschäfte der Handelsniederlassung enthielt. Michel benutzte seit dreißig Jahren die *metodo italiano*, die fortgeschrittene lombardische Buchführung, und stellte nur Kaufleute ein, die diese Kunst ebenfalls beherrschten. Riederer hatte vorgegeben, ein Meister darin zu sein, und tatsächlich ließ das Hauptbuch keine Wünsche offen: Akribisch hatte der *fattore* über alle Transaktionen buchgeführt und Monat für Monat auf den Pfennig genau Umsätze und Gewinne sowie entrichtete Steuern und Zölle vermerkt. Seltsam, dass ein Mann einerseits so penibel und andererseits derart unzuverlässig sein konnte.

Isabelles besonderes Augenmerk lag auf den Einkünften der Niederlassung. Riederer war jetzt seit einem halben Jahr *fattore*. Lediglich in einem Monat hatte er Gewinn gemacht, in allen anderen hohe Verluste. Gewiss, ein neuer *fattore* brauchte Zeit, um sich einzuarbeiten, und Michel war durchaus bereit gewesen, ihm ein volles Jahr zu geben. Doch die Einträge im Hauptbuch ließen keinerlei Bemühungen Riederers erkennen, seine Leistung zu steigern. Im Gegenteil, von Woche zu Woche verlor er mehr Geld.

Während Isabelle in den Seiten blätterte, blickte sie gelegentlich aus dem Fenster. Kurz nach der None schließlich tauchte Riederer auf. Elegant schlenderte er die Gasse herauf und hob lächelnd seine Mütze, wenn eine Dame des Weges kam.

Er sah gut aus, verteufelt gut sogar mit seinem spitzen Kinnbart, den leuchtend grünen Augen und dem eng anliegenden Gewand, das seinen muskulösen Körperbau betonte. In jungen Jahren wäre Isabelle diesem Mann möglicherweise verfallen. Doch inzwischen war sie klug genug, ihn als das zu erkennen, was er war: ein Tunichtgut, der seinen Charme benutzte, um sich auf Kosten anderer ein leichtes Leben zu machen.

»Frau Isabelle«, sagte Riederer, als er die Schreibstube betrat. »Was für eine angenehme Überraschung. Was führt Euch nach Speyer?«

»Eine ganze Reihe von Fragen«, sagte Isabelle, ohne vom Hauptbuch aufzublicken. »Zum Beispiel diese: Wieso habt Ihr von Juni bis August über achtzig Pfund Silber verloren? Oder diese: Warum habt Ihr im Juli zwölf Ballen englischer Wolle gekauft, obwohl der Preis so hoch ist wie seit zwei Jahren nicht? Ihr könnt mir diese Fragen doch sicher zufriedenstellend beantworten, nicht wahr?« Sie schaute dem *fattore* in die Augen.

Riederer setzte sich und strahlte sie an. »Wieso gehen wir nicht zuerst etwas essen, bevor wir über das Geschäft reden? Ich kenne ein gutes Wirtshaus am Dom, dort gibt es heute …«

»Danke, ich habe bereits gegessen. Sieghart hat mich bestens versorgt.«

»Wo steckt der Bursche eigentlich?«

»Er tut seine Arbeit. Was man von anderen nicht behaupten kann.«

Der Kaufmann hob die Hände in einer Geste der Ergebenheit. »Ich merke, Ihr seid nicht zufrieden mit mir. Das ist nur zu verständlich, in Anbetracht der jüngsten Ereignisse. Aber ich versichere Euch, es gibt für alles eine Erklärung.«

»Ihr habt in einem Hurenhaus die Zeche geprellt und die Einrichtung zertrümmert, sodass Euch der Nachtwächter mit Gewalt abführen musste. Auf die Erklärung hierfür bin ich gespannt.«

»Herzeleid«, sagte Riederer.

»Bitte?«

»Ich litt an Liebeskummer, nachdem meine süße Anna die Verlobung aufgelöst hat …«

»Man fragt sich wirklich, was sie wohl dazu bewogen hat«, bemerkte Isabelle.

»Wir waren einander seit unserem fünfzehnten Sommer versprochen, aber jetzt hat sich für sie eine bessere Partie aufgetan. Ein Kaufmann aus Basel, was sagt man dazu? So etwas bricht einem Mann das Herz, und ich wusste nicht, wohin mit meinem Schmerz.«

»Also habt Ihr ihn ins Hurenhaus getragen.«

»Hübschlerinnen wissen, was ein Mann in dieser Lage braucht. Euer Gemahl würde das verstehen. Wo ist er überhaupt? Ich würde mich wohler fühlen, diese Angelegenheit mit ihm zu besprechen.«

»Ich fürchte, Ihr müsst mit mir vorliebnehmen.«

»Gewiss.« Riederer lächelte wieder. »Es ist nur so, dass mich die Anwesenheit einer schönen Frau wie Euch ablenkt und es mir außerordentlich schwerfällt, mit Euch über Geschäfte zu sprechen.«

»Ich kann Euch einen Eimer kaltes Wasser holen, damit Ihr den Kopf hineintauchen könnt, falls das hilft«, sagte Isabelle unbeeindruckt. »Nun gut. Ihr wart also im Hurenhaus, um Euer gebrochenes Herz zu pflegen. Mein Gemahl hat Euch deswegen geschrieben und Euch aufgefordert, dergleichen künftig zu unterlassen. Trotzdem hat man Euch wenig später wieder in einer Schenke aufgegriffen – wieder sturzbetrunken. Was ist hierfür die Erklärung?«

»Ich habe keinen Brief bekommen«, sagte Riederer.

»Ein berittener Bote der Gilde hat ihn überbracht. Er müsste spätestens zu Maria Magdalena in Speyer eingetroffen sein.«

»Er muss ihn verloren haben. Ich weiß von keinem Brief.«

»Lügt mich nicht an.«

»So etwas tue ich nicht. Ich bin ein Ehrenmann.«

»Ganz sicher«, meinte sie verächtlich. »Nun, es ist so, Hans: Über Euer peinliches Benehmen könnten wir gerade noch hinwegsehen, wenn Ihr wenigstens so klug wärt, Euch nicht vom Rat und der Gilde dabei erwischen zu lassen. Aber wir haben allmählich den Eindruck, dass Ihr es darauf anlegt, uns der Lächerlichkeit preiszugeben.«

»Das ist nicht wahr. Ich schätze Euren Gemahl außerordentlich und würde ihm nie willentlich schaden …«

»Und dann sind da noch die Zahlen«, fuhr Isabelle fort, »die, gelinde gesagt, eine Schande sind. Seit Monaten werft Ihr unser Geld mit vollen Händen zum Fenster hinaus.«

»Die geschäftliche Lage ist nun einmal schwierig. Der Krieg in Lothringen und der Champagne …«

»… hat allenfalls Metz, das Elsass und Burgund geschädigt, nicht aber die Städte am Rhein. Hier ist die geschäftliche Lage so gut wie lange nicht. Ihr seid nur nicht fähig, sie zu nutzen. Bei Gott, Hans, jeder dahergelaufene Kleinkrämer könnte diese Niederlassung besser führen als Ihr. Ich weiß nicht, wie es Euch gelungen ist, Euch diesen Posten zu erschleichen, aber jetzt ist unsere Geduld erschöpft.«

Der *fattore* lehnte sich zurück und blickte sie lange an. Das Lächeln in seinen Augen war kühler Berechnung gewichen, und sie ahnte, dass sie erstmals den wahren Hans Riederer sah.

»Was wollt Ihr jetzt tun?«

»Das fragt Ihr noch? Ihr seid entlassen. Holt Eure Sachen und geht.«

»Ihr seid sehr hart zu mir. Gewiss können wir uns auf eine andere Lösung einigen.«

»Nein. Ihr hattet Eure Chance.«

Riederer legte die Arme auf den Tisch und beugte sich ihr entgegen. Da war es wieder, dieses Lächeln – nur erschien es ihr auf einmal nicht mehr anziehend, sondern nur noch schmierig. »Wisst Ihr, was ich mich schon die ganze Zeit frage? Was geschehen wäre, wenn wir uns unter anderen Umständen kennengelernt hätten. Ohne Euren Gemahl in unserer Nähe. Gewiss hätten wir Gefallen aneinander gefunden. Ihr seid immer noch eine schöne Frau, und wenn mich nicht alles täuscht, fühlt Ihr Euch auch zu mir hingezogen.«

Isabelle stand auf und öffnete die Tür. »Raus mit Euch. Sofort.«

»Jetzt ziert Euch nicht so.« Plötzlich war er neben ihr, griff nach ihrer Hand. »Wie alt seid Ihr? Neunundvierzig? Gar schon fünfzig? Wenn Euch ein jüngerer Mann Avancen macht, solltet Ihr die Gelegenheit ergreifen. Wer weiß, ob sie wiederkommt?«

Sie riss sich los. Seine Hände schnellten hoch und packten ihre Unterarme. »Ihr verzehrt Euch nach mir, ich spüre es.« Sein Atem roch nach saurem Wein. »Jetzt hört schon auf zu zappeln und gebt Eurem Verlangen …«

Just in diesem Moment rammte ihm Isabelle das Knie in den Schritt, und seine Augen quollen schier aus den Höhlen, bevor er wimmernd zusammensackte. Zuerst ging er in die Hocke, als wolle er sich auf einen Nachttopf setzen. Dann kippte er zur Seite und krümmte sich auf dem Boden.

Zwei Knechte kamen herein. »Wir haben einen Schrei gehört. Ist alles …« Der Mann verschluckte sich beinahe, als er seinen Herrn auf dem Boden liegen sah.

»Herr Riederer wollte gerade gehen«, sagte Isabelle. »Bitte helft ihm die Treppe hinunter.«

Die Knechte verstanden. Sie hoben Riederer hoch und schleiften ihn die Stufen hinab.

»Er darf diesen Hof ab jetzt nicht mehr betreten«, rief Isabelle ihnen nach. »Bitte sorgt dafür, dass er sich daran hält.«

Sie setzte sich, legte ihre zitternden Hände auf die Armlehnen und nahm mehrere tiefe Atemzüge. Glücklicherweise hatte sie Erfahrung mit Kerlen wie Riederer. Sie hatte vorausgesehen, was geschehen würde, und entsprechend gehandelt. Früher war sie nicht so abgebrüht gewesen.

Sollte sie ihn beim Rat anzeigen? Nein. Er war gestraft genug. Wenn sich sein Versagen in Geschäftsdingen erst herumsprach, würde er in Speyer nie wieder Arbeit als Kaufmann finden. Wichtiger war nun, dass sie einen Nachfolger für ihn fand. Die Niederlassung brauchte einen *fattore*, der die Geschäfte führte.

Der unschöne Zwischenfall hatte ihr schwerer zugesetzt, als sie zugeben wollte. Sie beschloss daher, an die frische Luft zu gehen, denn zuallererst brauchte sie einen klaren Kopf.

Kurz darauf schlenderte sie über den Stapelplatz. Vor den Häusern und Hofmauern türmten sich Fässer, Kisten und Säcke mit Waren aus dem ganzen Abendland: Wolle aus England, Tuche aus Flandern und Prato, Leder aus Córdoba. Fremdländische Kaufleute machten Geschäfte mit einheimischen Händlern, man sprach Lateinisch, Deutsch, Französisch, Englisch.

Sie grüßte zwei Männer aus der Speyerer Gilde, der Michel angehörte, und ging zu Sieghart Weiß. Der junge Handelsgehilfe redete gerade mit dem städtischen Zöllner und entrichtete den Einfuhrzoll, den Speyer auf alle Waren von außerhalb erhob.

»Wieso haben die Knechte Riederer auf die Straße getragen?«, fragte Weiß, nachdem der Beamte gegangen war.

»Ich habe ihn entlassen.«

»Aber er sah aus, als leide er Schmerzen.«

»Ja. Ich hoffe, nicht zu knapp.«

Weiß blinzelte verwirrt. Dann rieb er sich die Nase. »Wer wird jetzt die Geschäfte führen?«

»Das wird sich ergeben. Morgen spreche ich mit dem Gildemeister. Vielleicht kann er mir jemanden empfehlen.« Isabelle betrachtete den Warenstapel. »Wo sind das restliche Salz und das Kerzenwachs hin?«

»Verkauft. Das Salz ging an einen hiesigen Fleischer und das Kerzenwachs an das Augustinerkloster. Ich konnte jeweils einen guten Preis heraushandeln.«

»Wie viel genau?«

»Vier Pfennig für das Fuder Salz und zwölf Schilling für das Wachs. Das Geld ist in der Schatulle unter dem Wagenbock. Ich habe alles aufgeschrieben und trage es später in den Büchern nach.«

Isabelle war beeindruckt. Weiß war es gelungen, Preise zu erzielen, die ein gutes Stück über dem Marktwert lagen. Das konnte nicht jeder, schon gar nicht bei der großen Konkurrenz auf dem Stapelplatz. Sie musterte das Sommersprossengesicht des Handelsgehilfen. Zweifellos ein wacher Verstand. *Und er liebt seine Arbeit, das sieht man auf den ersten Blick.* Sie traf eine Entscheidung. Eine riskante und unübliche, gewiss, aber ihr kaufmännisches Gespür, ihr *senno*, sagte ihr, dass sie damit richtiglag.

»Ich glaube, ich weiß, wer der neue *fattore* wird«, sagte sie lächelnd.

»Wer?«

»Du.«

Weiß stand da wie vom Donner gerührt. »Aber … das geht doch nicht«, brachte er schließlich hervor. »Ich bin erst achtzehn – noch nicht einmal mündig. Und ich weiß zu wenig über das kaufmännische Handwerk.«

»Du könntest Riederer zehnmal in die Tasche stecken. Und ich glaube, tief in dir drin siehst du das auch so.«

Angespannt leckte sich Weiß über die Lippen. »Und wenn ich einen Fehler mache?«

»Wir alle machen Fehler. Das ist menschlich. Aber bei dir weiß ich, dass du dazu stehen würdest, statt mir mit Lügen und Ausflüchten zu kommen. Wieso versuchst du es nicht einfach? Wir geben dir zwölf Monate. Wenn du währenddessen erkennst, dass du der Aufgabe nicht gewachsen bist, suchen wir einen anderen *fattore*, und du darfst weiter als Handelsgehilfe für uns arbeiten.«

»Was sagt Euer Gemahl dazu? Sollten wir ihn nicht zuerst benachrichtigen?«

»Ich bin sicher, er wird es gutheißen, wenn ich es ihm erzähle.« Sie streckte die Rechte aus. »Na los. Schlagt ein, Herr Weiß.«

Sieghart ergriff ihre Hand. Das Lächeln in seinen Augen breitete sich über das ganze Gesicht aus, und Isabelle erschien es, als wäre er plötzlich um drei Zoll gewachsen.

Eine Woche vor Michaelis kehrte Isabelle heim, den Wagen schwer beladen mit Tuchballen, Färberkrapp und Salzfisch aus Speyer. Michel erwartete sie im Hof ihres Hauses und küsste sie zur Begrüßung auf den Mund, ohne sich darum zu scheren, dass das Gesinde dies unschicklich finden könnte. Er war stets heilfroh, wenn sie von einer Kauffahrt unversehrt zurückkam. Immer wenn sie in der Fremde weilte, quälte ihn die Angst, ihr könnte etwas zustoßen und er würde sie nie wiedersehen.

Sie ließen die Knechte ihre Arbeit tun und gingen hinauf zur Stube. Nachdem Isabelle von den Geschäften erzählt hatte, die sie in Speyer getätigt hatte, kam sie auf Hans Riederer zu sprechen.

»Er wird uns keinen Ärger mehr machen. Ich habe ihn auf die Straße gesetzt und die Hausbedienten angewiesen, ihn zu verjagen, wenn er sich noch einmal blicken lässt.«

»Gut so«, sagte Michel grimmig. »Der Kerl hätte uns früher oder später in den Ruin getrieben.«

»Ich kann immer noch nicht fassen, dass wir auf so einen hereingefallen sind.« Isabelle lachte kurz und trocken. »Was für ein Maulheld und aufgeblasener Gimpel. Du hättest sehen sollen, wie er sich gebärdete.«

»Fehler macht jeder einmal. Hauptsache, wir sind beim nächsten Mal klüger. Wer leitet die Niederlassung, bis wir einen Nachfolger für Riederer gefunden haben?«

»Oh, ich habe schon einen Nachfolger.« Isabelle lächelte, als er die Stirn runzelte. »Keine Sorge. Es ist jemand, dem wir vertrauen können. Du kennst ihn sogar.«

Michel brauchte einen Augenblick, um zu begreifen. »Du hast Sieghart zum *fattore* befördert?«

»Nun, er ist klug und geschäftstüchtig, und er würde sich

eher die rechte Hand abhacken, als uns zu betrügen. Bei ihm ist das Handelshaus in guten Händen.«

»Aber er ist noch sehr jung.«

»Als du damals bei Messere Agosti in Mailand angefangen hast, warst du auch nicht viel älter. Er wird uns nicht enttäuschen, Michel. Ich würde für ihn meine Hand ins Feuer legen.«

Tatsächlich erkannte Michel sich stark in Sieghart wieder. Genau wie er stammte der junge Handelsgehilfe aus einfachsten Verhältnissen und hatte sich mit Fleiß und Zielstrebigkeit hochgearbeitet. Und gelehrig war er obendrein: Weiß hatte erst vor drei Jahren in der Domschule lesen und schreiben gelernt, inzwischen konnte er fließend Latein und beherrschte die *metodo italiano*. »Gut. Er bekommt seine Chance. Nach der Messe reise ich nach Speyer, führe ihn in die Gilde ein und stelle ihn dem Rat vor. Er soll wissen, dass ich hinter ihm stehe.«

Eine Magd kam herein und erkundigte sich nach ihren Wünschen für das Abendbrot.

»Isst du mit mir, oder trifft sich nachher der Rat?«, fragte Isabelle.

»Ich müsste noch das eine oder andere mit Eustache und Soudic besprechen, aber das hat Zeit bis morgen«, antwortete Michel. »Heute Abend gehöre ich ganz dir.«

Isabelle wies die Magd an, ihnen etwas Brot, Wurst und Käse zu bringen, und sie setzten sich an den Tisch.

»Da du Soudic erwähnst … Weißt du, ob er kürzlich zu Geld gekommen ist? Hat er eine Erbschaft gemacht?«

»Wieso fragst du?«

»Bevor ich nach Speyer aufbrach, hat er fast die ganzen Salzvorräte der Saline aufgekauft«, erklärte Isabelle. »Hundertzwanzig Fuder.«

Überrascht blickte Michel sie an. Poilevain war bekannt für seine Zurückhaltung in Geschäftsdingen. Soweit Michel wusste, hatte er noch nie einen derart großen Handel getätigt.

»Ich habe nichts gehört. Aber das muss nichts heißen. Wenn du willst, erkundige ich mich bei den Schwurbrüdern.«

»So wichtig ist es nicht. Es ist mir nur aufgefallen, das ist alles.« Sie füllte einen Becher mit Wein, verdünnte ihn mit Wasser und rieb einige Kräuter hinein. »Erzähl mir lieber von Rémy. Wie geht es ihm? Wie kommt er mit der Schule voran?«

»Gut, nehme ich an«, meinte Michel einsilbig.

»Du nimmst an? Hat er dir denn nichts erzählt?«

»Wir haben uns seit einer Weile nicht gesehen.«

»So viel Arbeit?«

»Das auch, ja.«

»Ihr habt euch gestritten«, stellte Isabelle fest.

Michel nahm das Brot, das die Magd hinstellte, und brach ein Stück ab. Er war nach wie vor nicht gut auf Rémy zu sprechen und verspürte nicht das Bedürfnis, mit seiner Gemahlin über den Vorfall in der Schenke zu reden.

»Hast du ihm wieder Vorhaltungen wegen Eugénie gemacht?«, hakte sie nach.

»Es kümmert mich nicht, was er mit dieser Schankwirtin treibt. Das ist seine Sache.«

»Weswegen dann? Wegen der Schule?«

Er biss von dem Brot ab.

Sie deutete sein Schweigen richtig. »Ich dachte, du hättest dich damit abgefunden.«

»Ich hätte ihm die Sache ausreden müssen. Seinetwegen fehlt uns jetzt an allen Ecken und Enden das Geld. Das will er einfach nicht verstehen. Dann wurde er auch noch unverschämt und warf mir vor, wir hätten den Jahrmarkt schlecht geplant – während uns die ganze Schenke zuhört!«

»Rémy würde so etwas nicht tun. Dafür ist er viel zu besonnen.«

»Soll das heißen, ich habe mir das alles nur eingebildet?« Es war immer dasselbe: Wenn Rémy und er aneinandergerieten, konnte er nicht mit Isabelles Unterstützung rechnen. Stets schlug sie sich auf Rémys Seite, und wenn der Junge zehnmal im Unrecht war.

»Nein«, erwiderte sie. »Aber zu einem Streit gehören immer zwei. Du wirst deinen Teil dazu beigetragen haben.«

»Ein Wort gab das andere, wie das eben so ist, und in der Hitze des Gefechts habe ich Dinge gesagt, die möglicherweise zu hart waren«, gab Michel zu. »Aber das gibt ihm nicht das Recht, vor allen Leuten so mit seinem Vater zu reden. Ich erwarte, dass er sich bei mir entschuldigt. Jetzt genug davon. Lass uns essen.«

Den Rest des Abends herrschte Schweigen zwischen ihnen, und in der Nacht schlief jeder auf seiner Seite des Bettes, ohne den anderen zu berühren.

Am nächsten Morgen ging Isabelle zu Rémys Haus im Viertel der Schuster, Gürtler und Seiler. Es war ein warmer Tag, und er hatte die Tür offen stehen, damit sich die Hitze nicht in der Werkstatt staute. Konzentrierte Stille empfing Isabelle, als sie eintrat. Dreux und Rémys Lehrjunge waren nicht da, vermutlich waren sie gerade auf dem Markt und besorgten neues Pergament. Gaston rührte frische Tinte an, er hob kurz den Kopf und begrüßte sie mit einem kaum wahrnehmbaren Nicken. Der Geselle war noch maulfauler als ihr Sohn, falls das überhaupt möglich war. Isabelle konnte sich nicht erinnern, ob sie Gaston in diesem Jahr schon einmal sprechen gehört hatte.

Rémy saß an seinem Schreibpult und führte den Gänsekiel über einen Bogen Pergament. Wie immer war er so in seine Arbeit vertieft, dass er seine Mutter nicht einmal dann bemerkte, als sie ihm über die Schulter schaute. Er verfasste einen Kaufvertrag für eine Parzelle in der Unterstadt, vermutlich für einen Kunden, der nicht schreibkundig war und ihm für diese Arbeit ein paar Deniers zahlte.

Isabelle räusperte sich. Rémy blickte auf, und ein Lächeln erschien auf seinem Gesicht.

»Mutter! Ich wusste nicht, dass du schon wieder da bist.« Er umarmte sie. »Wie war die Reise?«

Isabelle erzählte ihm in knappen Worten, was sie in Speyer erlebt hatte, ehe sie auf ihr eigentliches Anliegen zu sprechen kam. »Ich hörte, dein Vater und du, ihr redet nicht mehr miteinander.«

Seine Miene verfinsterte sich. Isabelle kannte diesen Blick: Er wollte nicht darüber sprechen. Doch sie würde nicht lockerlassen. Rémy war ebenso stur wie sein Vater. Wenn sie nicht eingriff, würde dieser Streit wochenlang das Familienleben vergiften. Es wäre wahrlich nicht das erste Mal.

»Jetzt sag schon – was ist vorgefallen?«

»Hat er dir das nicht erzählt?«

»Er hat mir seine Sicht der Dinge erzählt. Jetzt will ich deine hören.«

»Das ist eine Sache zwischen Vater und mir«, erklärte Rémy starrsinnig. »Es ist besser, du hältst dich heraus.«

»Ich soll tatenlos dabei zusehen, wie ihr euch wegen einer Nichtigkeit entzweit? Nein, Rémy. So weit lasse ich es nicht kommen. Ich gehe erst weg, wenn ich dein Wort habe, dass du mit ihm sprichst und diese Sache noch heute aus der Welt schaffst.«

»Ich sehe nicht ein, dass immer ich den ersten Schritt tun soll. Er soll sich bei mir entschuldigen – dann rede ich mit ihm. Vorher nicht. Schließlich hat er angefangen.«

Wie zwei Vierjährige. Isabelle unterdrückte ein Seufzen. »Was hat er denn gesagt, dass du so wütend auf ihn bist?«

»Er hat meine Schule ›einen törichten Traum‹ genannt und mir vorgeworfen, ich würde das Geld des Rates verprassen.«

»Dein Vater ist sehr angespannt wegen der Messe. Die Arbeit wächst ihm über den Kopf. Ich bin sicher, er hat es nicht so gemeint.«

»Dann sollte es ihm ja nicht schwerfallen, sich zu entschuldigen«, meinte Rémy.

»Das verbietet ihm sein Stolz. Du kennst ihn doch.«

»Und was ist mit meinem Stolz? Zählt mein Stolz etwa nichts?«

»Rémy …«

»Ich werde ihn nicht um Verzeihung anflehen – darauf kann er warten, bis er schwarz wird«, beharrte ihr Sohn. »Er soll zu mir kommen. Richte ihm das aus. Wenn er sich dafür zu schade ist – bitte. Dann reden wir eben nicht. So einfach ist das.«

Rémy setzte seine Arbeit fort, und Isabelle wusste, dass sie heute kein Wort mehr aus ihm herausbringen würde.

Obwohl der September allmählich zu Ende ging, war es noch immer ungewöhnlich warm im Moseltal. Michel konnte sich nicht erinnern, wann es das letzte Mal geregnet hatte – es musste Wochen her sein. In den ungepflasterten Seitengassen wirbelte man mit jedem Schritt eine Staubwolke auf. Die Flößer, Fischer und Flussschiffer beklagten den niedrigen Wasserstand der Mosel. Gestern erst war ein Kahn der Gilde auf Grund gelaufen und gekentert, wodurch mehrere Kaufleute kostbare Ware verloren hatten.

Michel trug eine Tunika aus dünnem Tuch und leichte Schlupfschuhe aus Kalbsleder, als er über den Salzmarkt schritt und die Treppe des Torhauses erklomm – nur so ließ sich die trockene Hitze ertragen. Oben trat er an die Zinnen und genoss die frische Brise, während er seinen Blick über den Viehmarkt und die angrenzenden Gemarkungen schweifen ließ.

Er kam jeden Tag hierher, denn vom Wehrgang des Salztors aus hatte man den besten Blick über das Messegelände. Seit drei Wochen gingen die Arbeiten zügig voran. An mehreren Stellen hatte man Brunnen gegraben, die Löcher ummauert und mit Schöpfwerken versehen. Am Flussufer hatten die Männer Geröll und Erde aufgeschüttet und einen gut vierzig Klafter langen Deich errichtet, um das Gelände vor Überschwemmungen zu schützen. Von der Herberge stand bereits das vollständige Balkengerüst. In den nächsten Tagen würden die Zimmerleute die Außenwände und das Dach anbringen.

Sorgen bereiteten Michel die Straßen. Da sich der Herzog und die anderen Landesherren kaum je um sie kümmerten, waren sie im ganzen Moseltal in einem schlechten Zustand. Gestern war er von Varennes aus jeweils eine Stunde nach Süden und nach Norden geritten und hatte gesehen, dass die Arbeiter die schlimmsten Schlaglöcher zugeschüttet und das Dornengestrüpp an den Rändern zurückgeschnitten hatten. Jetzt verbreiterten sie die Piste, soweit der mitunter sumpfige Untergrund dies zuließ. Michel bezweifelte, dass sie rechtzeitig fertig werden würden – die Messe begann in weniger als drei Wochen. Aber sie taten ihr Bestes, und mehr konnte er nicht von ihnen verlangen.

Glücklicherweise war es zu keinen weiteren Zwischenfällen gekommen. Offenbar hatte er Lefèvre zu Unrecht verdächtigt, für den Überfall auf den Baumeister verantwortlich zu sein. Wie es schien, war dies tatsächlich das Werk eines Straßenräubers gewesen. Was den neuen Baumeister betraf: Wenigstens war der Mann sein Geld wert. Binnen weniger Tage hatte er sich eingearbeitet und trieb den Bau der Herberge seither mit Umsicht und Tatkraft voran. Gerade kletterte er behände im Dachgebälk herum, denn er schreckte nicht davor zurück, selbst Hand anzulegen, wenn Not am Mann war.

Zufrieden kehrte Michel zum Rathaus zurück. In der Waffenkammer fand er Jean Caboche, der gerade die neuen Spieße und Gambesons für die Stadtknechte begutachtete.

»Ich reite morgen nach Nancy zu Herzog Thiébaut und brauche Geleitschutz«, sprach Michel den Schultheißen an. »Könnt Ihr mir einige Eurer Männer zur Verfügung stellen?«

»Der Herzog ist wieder da?«, fragte Jean stirnrunzelnd. »Ist er nicht mehr beim König?«

»Man hat ihm letzten Monat gestattet heimzukehren.«

Michel hatte diese erfreuliche Nachricht heute früh von einem Kaufmann aus Metz gehört. »Inzwischen müsste er längst wieder in Nancy sein.«

»Ich wähle vier Männer aus«, sagte der Schultheiß. »Oder wollt Ihr mehr?«

»Vier reichen vollauf. Habt Dank.«

Eine Stunde nach Sonnenaufgang brachen Michel und seine Begleiter auf und ritten auf der alten Römerstraße nach Norden. Gut anderthalb Tage später, an einem windigen und trüben Nachmittag, erreichten sie nach ereignisloser Reise ihr Ziel.

Obwohl seit über hundertfünfzig Jahren die Residenz der lothringischen Herzöge, war Nancy nicht sonderlich groß; tatsächlich besaß die Siedlung nicht einmal Stadtrechte. Sie lag in einer Talsenke zwischen Mosel und Meurthe, eingekeilt von Wald und Hügeln, und bestand aus vielleicht dreihundert Hütten und Häusern mit der Burg im Zentrum. Die hölzernen Befestigungsanlagen hatten während der Fehde schwer gelitten, als König Friedrich im Mai die Ortschaft erstürmt und teilweise niedergebrannt hatte. Die schlimmsten Schäden hatten die Bewohner inzwischen behoben, doch es würde noch Jahre dauern, bis sich Nancy zur Gänze von den schrecklichen Kämpfen erholt haben würde.

Es war ein trostloser Ort, fand Michel, auch ohne die Zerstörungen des Krieges. Die Mehrzahl der Dörfler war arm und unfrei und schuftete unter harten Bedingungen in der nahen Eisenerzmine. Sie erblickten verhärmte Gestalten mit rußschwarzen Gesichtern, als sie die ungepflasterten Wege entlangritten. In der Luft hing der Rauch der Schmelzöfen und Schmiedeessen. Die Burg, die den alten Namen *Nanciacum* trug, war ein dunkler Kasten am Ufer der Meurthe. Friedrichs Kriegsmaschinen hatten tiefe Wunden in die Mauern geschlagen – überall standen Gerüste, auf denen Maurer und Steinmetze arbeiteten.

Im Zwinger stiegen Michel und seine Männer ab.

»Sollen wir Euch begleiten, Herr Bürgermeister?«, fragte Guillaume, einer der vier Stadtknechte. Michel konnte den Kerl nicht ausstehen – ihn umwehte ein Hauch von Grausamkeit. Doch andere Männer waren nicht abkömmlich gewesen.

»Es wird nicht lange dauern. Bleibt hier und tränkt die Pferde.«

Michel fiel auf, dass nicht alle Waffenknechte auf den Wehrgängen Soldaten des Hauses Châtenois waren – bei manchen handelte es sich um Getreue des Königs. Er ging zum Tor der Kernburg und erkundigte sich nach Herzog Thiébaut.

»Geht zum Palas«, sagte der Wächter. »Wahrscheinlich ist er in seinen Gemächern.«

»Was machen die deutschen Soldaten hier?«, fragte Michel.

Der Mann senkte die Stimme. »Sie sind mitgekommen, als Seine Gnaden heimkehrte. Befehl des Königs.«

»Steht dein Herr unter Arrest?«

»Er darf die Burg verlassen und gehen, wohin er will. Aber Friedrichs Männer folgen ihm auf Schritt und Tritt und haben den Auftrag, ihn wieder nach Deutschland zu bringen, wenn er sich den Wünschen des Königs widersetzt. Ich gebe Euch einen Rat: Wenn Ihr mit ihm sprecht, seid auf der Hut. Er ist übler Laune deswegen.«

Michel dankte dem Torwächter und schritt zum Palas. Er konnte nur Vermutungen darüber anstellen, warum Friedrich gegen die Abmachung verstieß, die er in Amance mit ihm ausgehandelt hatte. Jedenfalls war Thiébauts Zorn nur zu verständlich. Dass ihn der König in seiner eigenen Burg beaufsichtigen ließ, war eine noch größere Demütigung als sein Zwangsaufenthalt an Friedrichs Hof.

All das verhieß nichts Gutes für das Gespräch, das er mit dem Herzog zu führen gedachte.

Thiébauts Stimmung schien sich auf seinen ganzen Haushalt zu übertragen. Eine dumpfe Niedergeschlagenheit erfüllte die Gänge und Treppenfluchten des Palas, als liege ein Fluch auf der Burg. Knechte und Mägde bewegten sich geduckt und vorsichtig, und wer sprach, tat es leise.

Im obersten Stockwerk klopfte Michel an eine schwere Holztür.

»Herein«, erklang Thiébauts Stimme.

Der Herzog saß am Kaminfeuer, in der Hand einen Silberpokal. Er sah noch schlechter aus als bei ihrer letzten Begegnung, falls das überhaupt möglich war: bleich, abgemagert, eingefallen. Schon auf fünf Ellen Entfernung roch Michel den Wein, den er aus jeder Pore ausdünstete. Thiébaut war ganz offensichtlich der Trunksucht verfallen.

Am Fenster saß Gertrude, sein Weib, und arbeitete an einer Stickerei. Auch ihre Haut war kränklich blass. Als Michel eintrat, blickte sie scheu auf, und er entdeckte einen Bluterguss an ihrer Halsbeuge.

»Euer Gnaden.« Michel verneigte sich.

»Ihr«, knurrte Thiébaut. »Dass Ihr die Stirn habt, mir noch einmal gegenüberzutreten.«

»Wenn es Euch nicht genehm ist, komme ich morgen wieder.«

»Der heutige Tag ist so gut wie jeder andere. Sagt, was Ihr zu sagen habt, damit wir es hinter uns haben.« Der Herzog leerte seinen Pokal, griff nach dem Krug und füllte Wein nach.

»Die Stadt Varennes wird von nun an jährlich eine Messe ausrichten«, begann Michel. »Der Jahrmarkt beginnt in zwei Wochen, nach dem Festtag des heiligen Jacques …«

»Ich weiß von Euren hochfliegenden Plänen. Von Eurem Judaslohn, den Ihr für Eure Hinterlist bekommen habt.«

»Ihr werft mir vor, ich hätte Euch getäuscht?«

»›Es wird keine Ketten geben, keine Kerkerzellen, keine Wachen vor Eurer Tür. Und nach ein paar Monaten wird Friedrich Euch gehen lassen.‹ Waren das nicht Eure Worte in Amance?«

»Ja, Euer Gnaden«, sagte Michel. »Aber …«

»Oh, er ließ mich gehen, unser milder und großmütiger König«, unterbrach Thiébaut ihn harsch. »Aber dass meine Gefangenschaft damit nicht zu Ende sein würde, habt Ihr mir verschwiegen. Habt Ihr Euch in der Burg umgesehen? Seine Männer sind überall. Ich kann nicht ausreiten, nicht essen, nicht Gericht halten, ohne dass man mich beobachtet – ich könnte derweil ja neuen Verrat aushecken. Was kommt als Nächstes, Herr Fleury? Lässt mich der König künftig auch überwachen, wenn ich scheiße und mein Weib besteige?«

»Der König hat das ohne mein Wissen entschieden. In Amance war davon nie die Rede.«

»Hört auf, mir Märchen zu erzählen. Ihr wusstet von Anfang an, was der König vorhat. Eure Aufgabe war es, mich mit schönen Worten einzulullen und mich in die Falle zu locken.«

»So war es nicht, Euer Gnaden«, sagte Michel. »Das schwöre ich Euch beim Heil meiner Seele.«

»Wie auch immer«, knurrte der Herzog. »Weshalb seid Ihr hier?«

»Wir rechnen mit Besuchern aus Deutschland, Frankreich, Flandern und Burgund. Varennes allein ist zu klein, um den Kaufleuten sicheres Geleit durch Lothringen zu garantieren. Deshalb bitte ich Euch im Namen meiner Stadt und ihrer Bürger, für die Dauer der Messe Ritter und Waffenknechte auszusenden, die für Sicherheit auf den Straßen sorgen.«

Der Herzog stierte ihn an. Dann fing er plötzlich an zu lachen. Es war ein raues, hässliches Lachen, ohne jede Spur von Heiterkeit. Gertrude zuckte zusammen. Als Thiébaut sich wieder beruhigt hatte, lehnte er sich zurück und breitete die Arme aus. »Sagt mir, Herr Bürgermeister – was seht Ihr, wenn Ihr mich anschaut?«

»Einen Sohn des Hauses Châtenois. Einen Fürsten des Reiches.«

»Ihr seid ein Lügner und ein schlechter dazu. In Wahrheit

seht Ihr einen Mann, der seine Ehre verloren hat. Der nicht länger würdig ist, dieses Herzogtum zu führen. Und wessen Schuld ist das?« Thiébaut richtete die Hand, mit der er den Pokal hielt, auf Michel. »Eure. Ganz allein Eure. Ihr habt mir mit Eurem Gerede von Frieden und Vernunft den Verstand vernebelt, und jetzt seht, wohin es mich gebracht hat.«

»Trotz allem war es klug von Euch, Euch dem König zu ergeben«, erwiderte Michel. »Es war das Beste für Lothringen und Euer Haus. Hättet Ihr ihm weiter getrotzt, hättet Ihr nichts erreicht und lediglich Tod und Verderben über Euch gebracht.«

»Na und?«, schrie der Herzog. »Es wäre immerhin ehrenvoll gewesen! Ich wäre in der Schlacht gefallen, wie es sich für einen Edelmann geziemt. Diesen Ausweg habt Ihr mir genommen. Ihr habt mich zu einem Leben in Trübsal und Schande verurteilt.« Thiébaut beugte sich vor und starrte Michel aus fiebrig glänzenden Augen an. »Ich sage Euch, was ich tun werde: gar nichts. Keinen einzigen Ritter werde ich aussenden. Soll Eure Messe doch zum Teufel gehen.«

»Ich muss Euch daran erinnern, dass die Sicherheit der Landstraßen ein Regal ist, das Ihr einst vom König erhalten habt. Es ist Eure Aufgabe als Herzog, die anreisenden Kaufleute zu schützen.«

»Was Ihr nicht sagt.« Thiébaut verzog die Lippen zu einem wölfischen Grinsen. »Und wenn ich mich weigere? Schwärzt Ihr mich dann beim König an, damit er mich wieder zu sich nach Deutschland holt?«

»Vielleicht sollte ich das tun.«

»Hast du das gehört, Gertrude? Herr Fleury droht mir. Ist er nicht ein mutiger kleiner Krämer?«

Thiébauts Weib presste die Lippen aufeinander und tat, als hätte sie nichts gehört.

»Ich kann Eure Bitterkeit verstehen«, sagte Michel. »Aber Ihr lasst mir keine Wahl. Ich bin für das Wohl Varennes' verantwortlich, es hat für mich absoluten Vorrang.«

»Ja, ja. Das übliche Gerede. Es langweilt mich schon jetzt. Ich stelle vier Ritter ab. Das reicht für eine kleine Stadt wie Varennes.«

»Das reicht bei Weitem nicht, und das wisst Ihr. Es müssen mindestens zwanzigmal so viele sein, wenn sie in der Lage sein sollen, alle Straßen in der Stadtmark und der näheren Umgebung zu schützen.«

»Tatsächlich? Nun, so viele kann ich aber nicht entbehren. Der Großteil meiner Männer ist gerade anderweitig beschäftigt.«

»Euer Gnaden«, sagte Michel eindringlich. »Dies ist außerordentlich wichtig für Varennes. Ich muss darauf bestehen, dass Ihr Eurer Aufgabe nachkommt.«

»Das tue ich. Habt Ihr mir nicht zugehört? Wenn ich sage, dass vier Männer genügen, dann genügen vier Männer. Wache!«, rief der Herzog. »Herr Fleury möchte gehen. Geleite ihn hinaus.«

Ein Waffenknecht kam herein. Michel verbeugte sich knapp und ging ohne ein Wort des Abschieds.

»Wart Ihr erfolgreich, Herr Bürgermeister?«, erkundigte sich Guillaume, als er zu den Stadtknechten trat, die bei den Ställen warteten.

»Das kann man so nicht sagen, nein.« Mit einem harten Zug um den Mund blickte Michel zu den schwarzen Wolken am Himmel auf. »Lasst uns aufbrechen, damit wir das Tal hinter uns lassen, bevor das Wetter umschlägt.«

Sie bestiegen die Pferde und ritten wenig später durch das Burgtor, das Michel auf einmal erschien wie ein riesiges, hungriges Maul.

Oktober 1218

Varennes-Saint-Jacques

Jedenfalls können wir nicht mit dem Herzog rechnen«, sagte Michel. »Wenn wir wollen, dass die Landstraßen sicher sind, müssen wir uns selbst darum kümmern. Weiß der Teufel, wie wir das schaffen sollen.«

Er war soeben von Nancy zurückgekehrt. Es war ein scheußlicher Ritt gewesen, es hatte die ganze Zeit geregnet, er war durchgefroren, müde und gereizt. Im Schlafgemach rieb er sich trocken und zog frische Unterkleider an.

»Hat der Rat dafür überhaupt genügend Stadtknechte?«, fragte Isabelle.

»Nicht einmal ansatzweise. Ich muss mit Jean reden. Er soll Freiwillige suchen, die mit den Stadtknechten losziehen.« Er öffnete eine Kleidertruhe, wählte ein Gewand aus und streifte es sich über. Isabelle zupfte es zurecht, während er den Gürtel anlegte.

»Gewiss helfen euch die Bruderschaften, wenn du ihnen klarmachst, wie sehr auch die Handwerker und Bauern von der Messe profitieren.«

»Ja, das wäre eine Möglichkeit.« Michel trat ans Fenster. Es wollte gar nicht mehr aufhören zu regnen. Aber es half nichts – er musste heute noch mit Jean sprechen.

»Warte«, sagte Isabelle, als er zur Tür ging. Er blickte sie an und wusste sofort, was sie wollte.

»Fang nicht wieder von Rémy an, bitte. Ich habe gerade andere Sorgen.«

»Jetzt sei doch vernünftig und rede mit ihm. Was ist denn dabei?«

»Ich warte immer noch auf seine Entschuldigung. Vorher habe ich ihm nichts zu sagen.«

»Deine Sturheit ist kindisch, und das weißt du.«

Michel schluckte eine beißende Erwiderung herunter. Es hatte keinen Zweck. Wenn es um Rémy ging, war sie blind. Ohne ein weiteres Wort verließ er die Kammer, rief nach einem Knecht und befahl ihm, Jean Caboche zu holen.

Sie warteten am Waldrand und verbargen sich im Gebüsch, bis der Abend dämmerte und die Wächter die Stadttore schlossen: Renouart und vier Knechte Lefèvres, allesamt in schwarze Gewänder gehüllt. Als es so dunkel war, dass man kaum noch die Hand vor Augen sah, befahl Renouart einem der Männer, zum Messegelände zu schleichen und sich umzusehen.

Der Knecht war nicht lange fort. »Es gibt nur zwei Wachposten«, sagte er bei seiner Rückkehr. »Sie beginnen ihren Rundgang bei der Gerichtslinde, gehen am Deich entlang nach Süden, dann zur Herberge auf der anderen Straßenseite und wieder zurück.«

Renouart kniff die Augen zusammen. Von hier aus konnte er die Wachposten sehen, besser gesagt: ihre Fackeln. Sie bewegten sich zwei Irrlichtern gleich langsam durch die Finsternis über dem weiten Feld. »Ihr beide versteckt euch am Flussufer hinter der Gerichtslinde«, befahl er zwei Knechten. »Wenn sie bei der Herberge sind, schlagt ihr Krach.«

Die beiden Männer zogen sich ihre Kapuzen über und huschten davon.

Renouart umklammerte den Griff seines Schwertes. Dies war abscheulich – ein schändliches Verbrechen wie der Überfall auf den Baumeister. Aber was hatte er für eine Wahl? Er hatte sich heimlich umgehört: Kein Hausbedienter Lefèvres wusste, wohin man Felicitas und Catherine gebracht hatte, ob sie noch in Varennes waren oder ganz woanders. Er konnte nichts für sie tun, war dem Geldverleiher ausgeliefert. Auf Gedeih und Verderb.

Eines Tages wirst du dafür bezahlen. Es war dieser Schwur, der ihn davor bewahrte, dass der Selbsthass ihn innerlich auffraß. Der ihm half, nicht in Verzweiflung zu versinken. Renouart erneuerte ihn jeden Morgen und jede Nacht, wenn er seine Gebete sprach.

In der Ferne erklang Geschrei. Die beiden Irrlichter verharrten abrupt, dann bewegten sie sich hüpfend zum Flussufer.

Renouart und die zwei verbliebenen Knechte ergriffen die Rübensäcke, schlüpften aus dem Gebüsch und eilten geduckt über die Wiese, bis sie zur Herberge kamen. Die Zimmerleute hatten in wenigen Wochen ganze Arbeit geleistet: Die drei langgezogenen Gebäude boten gewiss hundert und mehr Männern Quartier. Sie waren fast fertig. Es fehlten nur noch Türen und Fensterläden.

Renouart holte die Fackeln aus dem Sack, schlug mit dem Feuerstein Funken und setzte den Zunder in Brand. Derweil bespritzten die Knechte die Gebäude mit Lampenöl, das sie in Weinschläuche gefüllt hatten.

»Vergib mir, o Herr«, murmelte Renouart und hielt die brennende Fackel an die matt schimmernde Holzwand.

»Herr! Ihr müsst aufwachen, Herr!«

Blinzelnd öffnete Michel die Augen. Neben dem Bett stand Louis, in der Hand eine Kerze.

»Was ist denn?«, murmelte Isabelle verschlafen.

»Die Herberge brennt!«

Michel war schlagartig hellwach und federte aus dem Bett. »Wie ist das passiert?«, stieß er hervor, während er in sein Gewand schlüpfte.

»Ich weiß es nicht. Die Turmwächter haben eben erst Alarm geschlagen.«

Kurz darauf verließen Michel, Isabelle, Louis und Yves das Haus und eilten zum Salztor, wohin die halbe Stadt strömte. Wie es die städtische Feuerordnung vorschrieb, hatten die Turm- und Nachtwächter sofort an sämtliche Türen geklopft, um möglichst viele Menschen zu wecken und für die Löscharbeiten einzuteilen. Das Salztor stand weit offen, und die Leute eilten scharenweise hinaus auf das Messegelände, wo der Brandmeister und die Vorsteher der Bruderschaften Eimerketten auf die Beine stellten. Obwohl bereits Dutzende Menschen gegen das Feuer kämpften, sah Michel, dass für die Herberge jede Rettung zu spät kam. Alle drei Gebäude brannten lichterloh. Tosend umhüllten die Flammen Wände und Dächer, ein einziges Inferno. Die Löscharbeiten zeigten kaum Wirkung. Für jede Stelle, wo man das Feuer eindämmte, flammte es anderswo umso heftiger auf.

Michel erblickte Lefèvre, der abseits der Eimerkette auf der Straße stand. Der Flammenschein lag rot und orange auf seinem Gesicht wie eine heidnische Maske, er hatte die Daumen hinter den Gürtel gehakt und lächelte dünn.

»Das ist Euer Werk, nicht wahr?« Michel lief zu ihm, packte ihn am Kragen. »Ihr habt das getan!«

»Nur die Ruhe, Herr Fleury. Ich bin nicht schuld an jedem Unglück der Welt, ob Ihr es glaubt oder nicht. Jetzt nehmt gefälligst Eure Hände weg.«

Lefèvre stieß ihn von sich. Michel wollte sich auf ihn stürzen, doch jemand hielt ihn von hinten fest.

»Schon gut, Michel. Ich übernehme das.«

Jean Caboche schob ihn mit seinen Bärenpranken zur Seite und zog seinen Dolch. »Ich hätte Euch schon im Mai abstechen sollen. Bei Gott, das hätte uns viel Ärger erspart.« Er spuckte aus und ging langsam auf Lefèvre zu.

Links und rechts des Geldverleihers schälten sich Gestalten aus der Dunkelheit: Renouart und mehrere Knechte, alle bewaffnet.

»Ich bitte Euch, Jean«, sagte der gefallene Ritter. »Bleibt stehen, oder ich muss Euch aufhalten.«

»Ihr würdet für diesen Bastard den Kopf hinhalten?«, knurrte Caboche. »Seid kein Narr und tretet zur Seite.«

»Nein.« Mit einem schleifenden Geräusch glitt Renouarts Schwert aus der Scheide.

»Renouart ist eben ein treuer Diener, der weiß, wem seine Loyalität gehört«, sagte Lefèvre und lächelte sardonisch.

Renouarts Miene war wie aus Stein gehauen.

»Lasst gut sein, Jean.« Mühsam bezwang Michel seinen Zorn. »Er ist es nicht wert.«

»Nein. Hier und heute bezahlt er für seine Verbrechen.« Der Schmiedemeister erwiderte Renouarts Blick. »Ich werde Euch töten, wenn es sein muss.«

»Nur zu. Versucht es.«

Michel sah, dass Poilevain und einige andere Mitglieder des Rates nicht weit entfernt beim Brandmeister standen. »Soudic! Kommt her, schnell!«, rief er, ehe er sich mit seinen Knechten zwischen Jean und Renouart aufstellte. »Niemand tötet hier irgendwen. Ich bitte Euch, seid vernünftig.«

Just in diesem Moment eilten die Ratsherren herbei. Poilevain erfasste mit einem Blick, was hier geschah.

»Aufhören!«, rief er. »Jean, Renouart, ihr steckt sofort die Waffen weg, oder ich lasse euch wegen Störung des Friedens festnehmen.«

»Mischt Euch nicht ein, Mann«, bellte Caboche. »Das geht Euch nichts an.«

»Ich bin der Richter dieser Stadt – ich glaube doch, dass mich das etwas angeht. Und von unserem Schultheißen kann ich erwarten, dass er nicht so töricht ist, das Gesetz in die eigene Hand zu nehmen. Von allen Männern solltet Ihr am besten wissen, dass wir das nicht dulden. Also runter mit der Waffe, oder Ihr seid der erste Ratsherr Varennes', der eine Nacht im Hungerturm verbringt. Und Ihr auch, Renouart.

Welcher Dämon sitzt Euch im Nacken, dass Ihr Euch auf solch eine Narretei eingelassen habt? Ich dachte, Ihr seid ein Ehrenmann.«

»Hol Euch der Teufel!«, schnarrte Caboche und spuckte noch einmal aus, bevor er seinen Dolch in die Scheide rammte und davonschritt.

Renouart steckte sein Schwert weg.

»Ihr solltet auch gehen«, wandte sich Poilevain an Lefèvre. »Ihr habt für heute wahrlich genug Unfrieden gestiftet.«

»Gute Nacht, ihr Herren. Und noch viel Erfolg bei den Löscharbeiten.« Der Geldverleiher tippte sich an die Mütze und empfahl sich mit seinen Männern.

Inzwischen gab es zehn Eimerketten, die Wasser vom Stadtgraben und der Mosel heranschafften. Trotzdem schlugen die Flammen immer höher. Der Brandmeister ließ zwei Birken neben der Herberge fällen, um zu verhindern, dass das Feuer auf die übrigen Bäume am Straßenrand und die Bauernhöfe vor dem Salztor übergriff. Mehr konnte er nicht tun.

»Wo sind die Männer, die heute Nacht Wache hielten?«, fragte Michel in die Runde.

»Sie helfen bei den Löscharbeiten«, sagte Bertrand Tolbert.

»Bringt sie zu mir.«

»Was macht Euch so sicher, dass Lefèvre hinter dem Feuer steckt?«, fragte Poilevain, als der Vorsteher der Stadtbauern zu einer der Eimerketten ging. »Ebenso gut könnten es Betrunkene oder irgendwelche Herumtreiber gewesen sein. So etwas geschieht doch ständig.«

»Habt Ihr nicht sein Gesicht gesehen?«, erwiderte Michel harsch. »Er war es – darauf würde ich mein ganzes Vermögen wetten. Vermutlich hat er Renouart gezwungen, das Feuer zu legen, damit er sich nicht selbst die Hände schmutzig machen muss.«

»Renouart?« Duval schüttelte den Kopf. »Er würde so etwas niemals tun.«

»Wir wissen nicht, was Lefèvre gegen ihn in der Hand hat«, sagte Isabelle.

»Ich habe da einen Verdacht«, meinte René Albert, woraufhin alle ihn anblickten.

»Ich habe das Gerücht gehört, dass Lefèvre Renouarts Weib und Tochter aus der Stadt bringen ließ«, erklärte Albert. »Ich hielt das nicht für wichtig, deshalb habe ich euch nichts davon erzählt. Jetzt lässt das die Sache natürlich in einem anderen Licht erscheinen.«

»Lefèvre erpresst ihn«, sagte Michel. »Anders kann ich mir Renouarts Verhalten nicht erklären.«

Tolbert kam mit den Stadtknechten zurück. Die beiden Männer schafften es kaum, Michel in die Augen zu blicken.

»Nennt mir einen Grund, warum ich euch für euer Versagen nicht auf dem Domplatz züchtigen lassen soll.«

»Es war nicht unsere Schuld, Herr Bürgermeister«, stammelte einer der Knechte. »Wir wurden hereingelegt. Jemand hat uns von der Herberge weggelockt.«

»Wer?«, fragte Michel.

»Irgendwelche Männer. Sie sind verschwunden, ehe wir sie einholten.«

»Und dann brach das Feuer aus?«

»Ja.«

»Das ist alles? Herrgott, Mann, ihr müsst doch irgendetwas gesehen oder gehört haben!«

Die Büttel schüttelten die Köpfe.

»Ihr seid entlassen«, sagte Michel. »Der Rat wird entscheiden, was darüber hinaus mit euch geschieht. Jetzt geht mir aus den Augen.«

Eine Funkenwolke stieg zum Himmel auf, als das erste Gebäude krachend in sich zusammenstürzte.

Am nächsten Morgen waren von der Herberge nur noch rauchende Haufen aus Asche und rußgeschwärzten Balken übrig. Die meisten Bürger waren längst nach Hause gegangen. Geblieben waren nur einige Freiwillige, die dem Brandmeister dabei halfen, die schwelenden Überreste zu löschen und mit Ochsenwagen wegzuschaffen.

Michel stand auf dem Wehrgang des Salztors und beobachtete gerade den Fortgang der Arbeiten, als er jemanden die Treppe heraufkommen hörte.

»Ich habe mit allen Turm- und Torwächtern gesprochen, die in der vergangenen Nacht Dienst taten«, sagte Henri Duval, der noch bleicher war als sonst. »Niemand hat nach Einbruch der Dunkelheit die Stadt verlassen. Die Brandstifter kamen entweder von außerhalb, oder sie haben draußen gewartet, bis es dunkel wurde.«

»Sonst irgendwelche Hinweise? Was ist mit Renouart? Wurde er gesehen, als er mit Lefèvre aus der Stadt kam, oder war Lefèvre zunächst allein?«

»Alle, die ihn gesehen haben, sagen, es seien Männer bei Lefèvre gewesen. Aber niemand weiß, ob Renouart unter ihnen war.«

Michel kniff die Lippen zusammen. »Hat sich Eustache um die Zelte gekümmert?«

Duval nickte. »Die Gilde hat einige, die sie uns zur Verfügung stellt. Außerdem hat er die Bruderschaften, das Domkapitel und die Bürger aufgefordert, uns welche zu leihen. Er will Euch Bescheid geben, sowie er weiß, wie viele wir zusammenbekommen.«

»Wir brauchen mindestens dreißig. Eher vierzig.«

»Ich denke, das schaffen wir. Falls nicht, nähen uns die Schneider rasch welche zusammen. In der Gildenhalle ist genug Tuch eingelagert.«

Es war eine Notlösung, die auswärtigen Kaufleute in Zelten unterzubringen. Doch die Messe begann bereits in drei Tagen – sie hatten keine Zeit mehr, bessere Unterkünfte zu bauen. Michel wünschte nun, er hätte im Rat durchgesetzt, die

Herberge aus Stein zu errichten. Dann hätte das Feuer sie vielleicht nicht zur Gänze zerstört. *Beim heiligen Jacques – Zelte. Was wird das für einen Eindruck machen …*

Er verabschiedete sich von Duval, stieg die engen Stufen im Mauerwerk des Torhauses hinab und betrat wenig später, pünktlich zur Sext, die Schenke neben der städtischen Münze. Dort bestellte er sich etwas Bier, Brot und Käse und behielt die Tür im Auge, während er aß.

Wenig später tauchte Renouart auf. Der gefallene Ritter kam fast jeden Mittag hierher, um eine Kleinigkeit zu essen. Als er Michel erblickte, zögerte er kurz, dann setzte er sich an einen Tisch auf der anderen Seite des Schankraums.

Mit seinem Bier und seiner Platte ging Michel zu ihm. »Ihr erlaubt?«

»Ihr seid der Bürgermeister«, sagte Renouart barsch. »Ich kann Euch schwerlich verbieten, Euch an diesen Tisch zu setzen.«

Michel nahm Platz und sah ihm geradewegs in die Augen. »Hat Lefèvre Euch gezwungen, die Herberge anzuzünden?«

»Ist Euch klar, wie absurd das klingt?«

»Er erpresst Euch, richtig? Er versteckt Catherine und Felicitas vor Euch und droht, sie zu töten, wenn Ihr nicht tut, was er verlangt. Deshalb habt Ihr auch den Baumeister überfallen.«

Anstelle einer Antwort winkte der einstige Ritter den Wirt herbei und orderte ein Bier und etwas zu essen.

»Renouart«, sagte Michel beschwörend. »Ihr müsst es mir sagen, bitte. Ich will Euch doch nur helfen. Aber dafür muss ich wissen, was los ist.«

»Ich möchte in Ruhe essen«, entgegnete Renouart, und sein Gesicht war bar jeder Regung. »Wenn Ihr mich bitte entschuldigen würdet.«

Er stand auf, nahm Krug und Napf und setzte sich woanders hin.

Der Mann war wahrlich ein Könner: Lautlos schlüpfte er durch das Unterholz am Straßenrand, sodass Renouart ihn erst bemerkte, als er aus dem Gebüsch brach.

»Es kommt jemand«, meldete der Söldner, ein Lohnkrieger aus Metz wie die anderen acht Männer, die Lefèvre Renouart zur Seite gestellt hatte. Tautropfen glitzerten auf den schäbigen Kleidern, die sein Panzerhemd verbargen. »Zwei schwer beladene Pferdewagen. Kaufleute, wahrscheinlich aus dem Elsass.«

»Geleitschutz?«

»Vier bewaffnete Knechte, zwei Söldner.«

»Irgendwelche Stadtknechte in der Nähe?«

»Nur oben bei der Zollschranke sind welche. Die anderen, die wir heute früh gesehen haben, sind zur Stadt zurückgeritten.«

Die Zollschranke war fast eine halbe Wegstunde von ihrem Versteck in den Hügeln entfernt – die Stadtknechte stellten folglich keine Gefahr dar. Die Trupps, die der Rat von Varennes vor zwei Tagen ausgesandt hatte, bemühten sich redlich, die anreisenden Kaufleute zu schützen. Doch genauso gut hätten sie versuchen können, die Mosel mit bloßen Händen leerzuschöpfen. Das zu sichernde Straßennetz war viel zu weitläufig. Selbst wenn der Rat fünfmal so viele Männer aufgeboten hätte, hätte Renouart leichtes Spiel mit ihnen gehabt.

»Wir greifen sie uns. Aber denkt daran: Niemand soll getötet werden. Sowie wir die Wagen mit den Waren haben, verschwinden wir.«

Die Männer griffen nach ihren Waffen, zogen ihre Masken aus Rübensäcken über und verbargen sich links und rechts des Hohlwegs im Gebüsch. Dank der zerschlissenen Kittel sahen sie aus wie ausgehungerte Vogelfreie oder gewöhnliche Straßenräuber und nicht wie die ausgebildeten und in vielen Schlachten gestählten Lohnkämpfer, die sie waren.

Kurz darauf kam der Handelszug in Sicht. Auf den Wagenböcken saßen jeweils ein Knecht und ein Kaufmann, die übrigen Bediensteten und der Geleitschutz schritten mit Knüppeln in den Händen und geschulterten Speeren nebenher. Geladen hatten die Wagen Tuchballen sowie Kisten und Fässer mit anderen Handelsgütern, darunter Gewürze, nach dem exotischen Duft zu schließen, den der kalte Herbstwind herwehte. Die Männer plauderten vergnügt miteinander, offenbar froh, bald nach Varennes zu kommen.

Renouart wartete, bis der vordere Wagen an ihm vorbeigefahren war. Dann steckte er Daumen und Mittelfinger in den Mund und pfiff.

Brüllend stürmten die Söldner auf die Straße.

»Ein Zelt?« Der flämische Tuchhändler hob eine Augenbraue. »Wollt Ihr mich auf den Arm nehmen? Die Reise war hart, und meine Männer sind müde. Gibt es keine Herberge mit einem Kaminfeuer und anständigen Betten für uns?«

»Ich fürchte, sämtliche Herbergen in der Stadt sind seit heute Morgen belegt«, erklärte Michel bedauernd. »Ihr hättet einen Tag früher kommen müssen.«

»Nein, ich meine hier, auf dem Messegelände – wie sich das für einen anständigen Jahrmarkt gehört.«

»Es gab eine Herberge. Leider wurde sie vor einigen Tagen bei einem Brandunglück zerstört. Aber ich versichere Euch, unsere Leute werden ihr Möglichstes tun, damit es Euch an nichts mangelt. Bitte, trinkt einen heißen Würzwein mit dem Meister unserer Gilde, während Eure Knechte die Wagen entladen.«

Murrend stapfte der Tuchhändler zu Eustache Deforest, der ihn ebenfalls herzlich in Varennes begrüßte und versuchte, ihn mit einigen Scherzen zu besänftigen.

Michel rieb sich derweil müde die Stirn. Der Flame war beileibe nicht der einzige unzufriedene Messebesucher. Schon den ganzen Nachmittag schlug er sich mit verärgerten Kaufleuten herum, denen es missfiel, dass sie Mitte Oktober bei kaltem Wind und klammer Nässe eine ganze Woche lang in Zelten nächtigen mussten. Michel konnte ihnen ihren Unmut nicht einmal verdenken. Sie waren Besseres gewohnt: Auf allen großen Märkten, sei es in der Champagne, in Metz oder am Rhein, gab es Häuser für die Messebesucher, die zumindest einen bescheidenen Komfort boten.

Heiliger Nikolaus, bitte hilf uns, uns nicht vor der ganzen Welt zu blamieren, dachte Michel, während er durch die kleine Zeltstadt schritt.

Wenigstens mangelte es ihnen nicht an Gästen. Auf dem Messegelände und in der Stadt hatten inzwischen gut hundertfünfzig Kaufleute aus Deutschland, Frankreich, Burgund, Niederlothringen und dem Elsass Quartier bezogen, sogar einige Engländer hatte Michel begrüßt. Sie richteten sich in den Zelten ein, während ihre Knechte die Waren abluden und die Saumtiere versorgten. Die Mitglieder der Gilde bauten bereits ihre Stände auf und ließen große Mengen Salz von der Saline heranschaffen, damit sie gleich nach dem Festtag des heiligen Jacques beginnen konnten, Geschäfte zu machen.

Und gib, dass das Wetter hält. Der Wind war über Nacht stärker geworden, er fegte in heftigen Böen über das Gelände und ließ die Zeltplanen knattern wie die Segel eines Küstenfahrers bei rauer See. Michel hielt seine Mütze fest und wollte gerade zu Isabelle und seinen Knechten gehen, als Duval auf ihn zukam.

»Ihr müsst kommen. Es gibt Ärger.«

»Bitte sagt nicht, dass uns die Zelte ausgegangen sind.«

»Schlimmer. Zwei Gewürzhändler aus Straßburg wurden auf dem Weg hierher überfallen.«

Michel folgte seinem Freund zu einigen Männern, die sich lauthals bei Jean Caboche beklagten. Jean versuchte, sie zu beruhigen, doch es gelang ihm nicht, sich Gehör zu verschaffen. Den beiden Kaufleuten, ihren Bediensteten und Söldnern war anzusehen, dass sie einiges mitgemacht hatten: Ihre Kleider waren zerrissen und verdreckt, sie hatten Schürfwunden und Blutergüsse an verschiedenen Körperteilen. Einer der Knechte saß bleich auf einer Kiste, während ein Wundarzt eine Platzwunde an seiner Stirn verband.

»Seid Ihr der Bürgermeister?«, fragte der ältere Kaufmann aufgebracht.

»Michel Fleury, zu Euren Diensten. Ich hörte, man hat Euch angegriffen.«

»Angegriffen und ausgeraubt, keine Wegstunde vor den Toren Eurer Stadt! Sie haben uns Waren im Wert von dreißig Pfund Silber gestohlen. Pfeffer, Honig, *panno pratese* – alles weg. Und meinen armen Dodo haben sie beinahe totgeschlagen.«

»Könnt Ihr die Angreifer beschreiben?«, fragte Michel, dem Übles schwante.

»Gemeines Lumpenpack war es!«, ereiferte sich der Kaufmann. »Vogelfreie, Ausgestoßene, weiß der Teufel! Kamen wie aus dem Nichts, prügelten auf uns ein und verschwanden mit beiden Wagen, bevor wir begriffen, wie uns geschah.«

Michel wechselte einen Blick mit Duval. »Lefèvres Leute«, sagte er leise.

»Wie kann das sein?«, rief der Kaufmann. »Habt Ihr nicht dafür gesorgt, dass die Straßen sicher sind? In dem Brief an unsere Gilde habt Ihr uns sicheres Geleit durch das Moseltal versprochen.«

»Wir tun, was wir können. Leider können wir nicht garantieren, dass nicht trotzdem etwas passiert. Die Wildnis ist nun einmal gefährlich …«

Der Mann hörte ihm gar nicht zu. »Ich verlange, dass unser Verlust ersetzt wird – bis auf den letzten Denier! Wenn wir gewusst hätten, wie unsicher diese Gegend geworden ist, wären wir zu Hause geblieben. Nicht wahr, Érard? Sag doch auch einmal was …«

Der Gewürzhändler schimpfte und zeterte und gab erst

Ruhe, als Michel ihm einen Becher Wein bringen ließ und ihm versprach, für seinen Verlust aufzukommen.

»Aber wir können doch nicht jeden Kaufmann entschädigen, der auf dem Weg hierher bestohlen wird«, meinte Duval, als die beiden Elsässer schließlich zu ihren Zelten gebracht wurden.

»Nicht jeden«, erwiderte Michel. »Nur die, die man in der Stadtmark und der näheren Umgebung beraubt hat. Was außerhalb des Moseltals geschieht, dafür tragen wir keine Verantwortung.«

»Trotzdem. Das kann sich der Rat nicht leisten.«

»Wir haben keine Wahl. Wenn sich herumspricht, dass wir weder für sicheres Geleit sorgen können noch für die Verluste unserer Gäste durch Raubüberfälle aufkommen, war es das mit unserer Messe. Das lasse ich nicht zu, Henri, ganz egal, was es kostet.«

Bis zum Abend wurden zwei weitere Überfälle gemeldet.

Ein Beutelschneider musste schnell, geschickt und unauffällig sein. Er brauchte scharfe Augen, gute Ohren und eine ruhige Hand. Vor allem aber benötigte er Geduld – das hatte Hervé bereits vor Jahren gelernt.

Er hatte Geduld im Übermaß. Seit zwei Stunden schon folgte er dem Priester über den Marktplatz, ließ ihn nicht aus den Augen, verbarg sich flink hinter einer Bude, wenn der Kleriker stehen blieb, die Äpfel auf einem Tisch befingerte oder mit Schäfchen aus seiner Herde sprach. Hervé wartete auf den richtigen Augenblick, und er ließ sich Zeit. Denn von jenem Augenblick hing es ab, ob er mit einem Beutel voller Silber nach Hause ging – oder seine rechte Hand verlor.

Hervé war erst vierzehn Jahre alt, aber schon jetzt der beste Taschendieb von Varennes. Von der Unterstadt bis zum Heumarkt, vom Nord- bis zum Salztor verfluchten ihn Krämer, Kaufleute und Patrizier, die er um ihr Geld erleichtert hatte, freilich ohne dass sie je erfuhren, wem sie ihr Unglück verdankten. Heute hatte Hervé es besonders leicht, denn wegen des Windes sorgten sich die Leute nur darum, dass ihnen die Mützen nicht wegflogen. Niemand achtete auf eine kleine Gestalt, die unauffällig durch die Menge huschte.

Vor dem Stand eines Weinhändlers traf der Priester auf den Dompropst. Lachend begrüßten die Männer einander, schoben sich durch das Gedränge und orderten jeweils einen Becher Würzwein.

Jetzt. Hervé kniff die Lippen zusammen, vergewisserte sich, dass kein Marktaufseher in der Nähe war, zückte sein kleines Messer und schlenderte beiläufig an den Leuten vorbei. Seine Linke zuckte vor, teilte mit einer hundertfach geübten Bewegung die Gewänder des Priesters und bekam den Almosenbeutel zu fassen. Mit dem Messer durchtrennte er das Lederband. Schwer lag das goldbestickte Säckchen in seiner Hand – ein prächtiger Fang. Hervé ließ Beutel und Messer in seinem Kittel verschwinden und huschte davon, bevor der Priester auch nur ahnte, was geschehen war.

Mit einem fröhlichen Lied auf den Lippen eilte er durch die Gassen, bis er zu seinem Quartier in der Unterstadt kam, einem windschiefen Bootsschuppen, der abenteuerlich am Ufer des Wasserkanals lehnte, von seinem Besitzer vergessen. Er schlüpfte ins Innere, in dem es nach feuchtem Holz, muffigen Decken und Kienspanharz roch. Kaum hatte er die klapprige Tür hinter sich geschlossen, bemerkte er die Gestalt, die im Halbdunkel kauerte. Keuchend fuhr Hervé herum und wollte fliehen, doch eine zweite Gestalt, ein großer und stämmiger Kerl, hatte sich vor der Tür aufgebaut und versperrte ihm den Weg.

Hervé zog sein Messer. Er konnte sich verteidigen, wenn es darauf ankam. Einmal hatte er einen wesentlich älteren Straßenjungen, der ihn bedrohte, mit einem Stich ins Herz getötet. »Wer seid Ihr?«, stieß er hervor.

»Hab keine Angst. Ich will dir nichts tun«, sagte die sitzende Gestalt. »Hör mir zu. Ich will dir ein Angebot machen.«

Hervé verfluchte den Umstand, dass sein Schuppen kein richtiges Fenster hatte. In dem Zwielicht konnte er die Gesichter der Männer nicht erkennen, zumal sie sich die Mantelkapuzen übergezogen hatten. »Schickt Euch der Schultheiß? Ich hab nichts gemacht! Ich bin nur ein Bettler.«

»Wir wissen beide, dass das nicht wahr ist«, entgegnete der Mann mit sanfter Stimme. »Und nein, nicht der Schultheiß schickt uns. Ich bin hier, weil ich deine Arbeit bewundere.«

Hervé runzelte die Stirn. Was redete der Mann da? Er erwog, den Kerl an der Tür mit dem Messer zu verletzen und seine Verwirrung auszunutzen, um das Weite zu suchen. Nein. Zu gefährlich. Er beschloss, auf eine günstigere Gelegenheit zur Flucht zu warten.

»Du bist der beste Beutelschneider der ganzen Stadt«, fuhr der Mann auf der Kiste fort. »Und nicht nur das – mit deinem Geschick hast du dir bei den anderen Straßenjungen einen Namen gemacht. Sie hören auf dich, nicht wahr? Sie tun, was du ihnen sagst.«

Hervé spürte, wie sein Herz in der Brust wummerte. Woher wusste der Mann diese Dinge über ihn? Er war doch all die Jahre so vorsichtig gewesen, hatte stets darauf geachtet, dass niemand ihn sah, niemand ihm folgte, niemand seinen Namen erfuhr.

»Deshalb habe ich einen Auftrag für dich. Ich möchte, dass du zu deinen Freunden gehst und die fünf besten Diebe unter ihnen auswählst. Wenn dann übermorgen der Jahrmarkt beginnt, geht ihr zum Messegelände und tut, was ihr am besten könnt: Ihr bestehlt die Kaufleute. Besonders die auswärtigen. Raubt ihnen ihr Silber, erleichtert sie um ihre Münzen – je mehr, desto besser. Hast du verstanden?«

»Ihr wollt, dass wir die Beute Euch geben«, sagte Hervé.

»Nein. O nein. Das hast du ganz falsch verstanden.« Der

Mann lachte leise. »Ich bin nicht interessiert an dem Geld. Ihr könnt alles behalten, jeden einzelnen Pfennig. Im Gegenteil, für jeden Sou, den ihr stehlt, lege ich einen Denier obendrauf, den ihr ebenfalls behalten könnt. Na, ist das ein Angebot?«

Das war der absonderlichste Handel, den man Hervé je angeboten hatte. Die Sache klang zu gut für seinen Geschmack. »Wo ist der Haken?«

»Du fragst dich, was mein Gewinn bei diesem Geschäft ist?«

»Genau.«

»Sagen wir so: Ich mag diesen Jahrmarkt nicht. Er ist mir ein Dorn im Auge. Ich will, dass er für alle Beteiligten ein gänzlich unerfreuliches Erlebnis wird. Genügt dir diese Erklärung?«

Hervé dachte gründlich über alles nach. Dieser Mann wollte sich offenkundig an der Obrigkeit rächen. Nun, das war etwas, das Hervé gut verstehen konnte – auch er hatte das eine oder andere Hühnchen mit dem Schultheißen und dessen Bütteln zu rupfen. Und das Geschäft, das der Mann vorschlug, war ausgesprochen reizvoll. Hervé hatte ohnehin vorgehabt, zur Messe zu gehen und die reichen Kaufleute um ihr Erspartes zu erleichtern. Wenn ihn dann noch jemand dafür bezahlen würde – da sagte er nicht Nein. »Einen Denier für jeden gestohlenen Sou?«, hakte er nach.

»Ganz genau. Und wenn ich am Ende zufrieden mit eurer Arbeit bin, bekommt jeder von euch zusätzlich einen kleinen Bonus. Also – bist du einverstanden?«

Hervé spuckte in die Rechte und streckte sie aus.

»Hast du dir gerade in die Hand gespuckt?«, fragte der Mann angewidert.

»So machen wir das in der Unterstadt«, erklärte Hervé.

Auch tags darauf pfiff der Herbstwind um die Dächer Varennes'. Und obwohl die Böen während der Nacht noch einmal kälter geworden waren, versammelte sich das Stadtvolk zur Terz in ihren Pfarrkirchen oder den Kapellen der Bruderschaften, um den Festtag des heiligen Jacques zu begehen. Bürger aller Stände trugen ihre besten Gewänder. Viele hielten Stangen mit daran befestigten Kruzifixen in die Höhe und verstreuten Salz in den Gassen, als die einzelnen Gemeinden singend zum Dom zogen, wo Männer und Frauen, Patrizier und Hörige am goldenen Schrein mit den Gebeinen Jacques' knieten und kleine Geschenke niederlegten, Blumen, geschnitzte Kreuze oder Figuren des Heiligen aus Salzteig. Bischof Gerard war aus Toul angereist, um die Messe zu lesen. Er stand am Altar und erzählte von Jacques' Wirken und seinem Martyrium, während die Domherren Weihrauch verbrannten. Anschließend kehrte das Stadtvolk zu seinen Pfarrkirchen zurück, wo man auf den Friedhöfen Bierfässer anstach, Fleisch und Fisch briet und bis zu den Abendstunden an den Feuern zusammensaß.

Am nächsten Morgen dann strömten Bürger und Auswärtige zum Messegelände vor den Stadtmauern. Die Domherren, die den Reliquienschrein trugen, schritten voraus, Ministranten sangen Choräle. Der Bischof besprengte die Erde mit Weihwasser, segnete die Messe und bat die Heiligen Jacques und Nikolaus, die Besucher zu schützen und ihren Wohlstand zu mehren.

Die Ratsherren stiegen auf ein Podest unter der Gerichtslinde, Michel begrüßte die auswärtigen Kaufleute auf Französisch, Deutsch und Latein und wünschte allen gute Geschäfte. Die Glocken des Doms läuteten zur Terz, zweihundert Kaufleute und ihre Gehilfen eilten zu den Verkaufsständen, öffneten Fässer, Kisten und Säcke, priesen wortgewaltig ihre Waren an.

Bertrand Tolbert und seine Zöllner ergriffen die Taue und richteten mit vereinten Kräften das Marktkreuz im Zentrum des Geländes auf.

Die Messe zu Varennes-Saint-Jacques hatte begonnen.

Bald schon herrschte ein unbeschreibliches Gedränge in den Gassen zwischen den Zelten, Buden und Kistenstapeln. Es gab nichts, das es nicht gab: exotische Gewürze aus Outremer; Wolle, Leder und Pökelfleisch aus dem Moseltal; Stockfisch, Pelze und Bernstein aus dem fernen Norden; Getreide, Wachs, Alaun; Landkarten aus Barcelona und Schwerter aus Toledo. Und Salz. Salz in rauen Mengen. Die Gilde hatte sämtliche Erzeugnisse der Saline des vergangenen Monats aufgekauft und herbringen lassen. Die mit Pech abgedichteten Fässer bildeten mannshohe Pyramiden und warteten an jeder Ecke auf Abnehmer. Das Stimmengewirr war ohrenbetäubend. Händler tauschten Waren und feilschten über Preise, das Stadtvolk und auswärtige Besucher erfreuten sich an Silberschmuck, süßem Wein und modischen Gewändern aus Burgund. Überall standen Büttel und städtische Marktaufseher, um die Standgebühren einzutreiben und jeden, der den Marktfrieden störte, in Gewahrsam zu nehmen und dem Richter vorzuführen.

Lefèvre konnte spüren, wie sie ihn misstrauisch beäugten, während er mit zwei Hausbedienten im Schlepptau über den Jahrmarkt schlenderte. Gewiss hatte Fleury, der alte Fuchs, ihnen befohlen, auf ihn achtzugeben. Überhaupt schien der Bürgermeister entschlossen zu sein, ihn nicht mehr aus den Augen zu lassen. Seit die Herberge niedergebrannt war, drückten sich stets zwei Knechte in der Nähe seines Hauses herum und beobachteten die Eingangstür und das Hoftor. Sie stellten sich so ungeschickt an, dass es Lefèvre noch jedes Mal gelungen war, ihnen ein Schnippchen zu schlagen. Gestern, als er gegen Mittag kurz vor die Tür gegangen war, hatten sie sogar versucht, ihn zu verfolgen. Bereits zwei Gassen weiter hatte er die beiden Tölpel abgehängt.

Er kam mit einem englischen Wollhändler ins Gespräch, heuchelte Interesse an dessen Waren, handelte ihn ein wenig herunter und kaufte schließlich vier Säcke. Seine Knechte luden die Wolle auf den Handkarren und brachten sie weg.

Lefèvre schüttelte dem Engländer die Hand, holte sich einen Becher Wein und ging zu einer der Birken am Straßenrand, wo ein stämmiger Mann herumstand. Es war einer der Söldner, die er in Metz angeworben hatte. Er trug schlichte Lederschuhe, einen einfachen Wollkittel und eine Filzkappe, sodass er wie ein Knecht oder Tagelöhner aussah.

»Du weißt, was du zu tun hast?«, raunte Lefèvre ihm zu.

»Hab schon alles vorbereitet«, sagte der Mann und klopfte auf den Sack in seiner Hand.

»Dann mal los.«

Der Söldner schulterte den Sack und verschwand in der Menge.

Der bischöfliche Segen hatte allem Anschein nach nicht das Geringste bewirkt: Bereits am Morgen des zweiten Messetages ahnte Michel, dass der Jahrmarkt auf dem besten Weg war, zu einer Katastrophe zu geraten.

»Wie viele Kaufleute sind betroffen?«, fragte er Duval, während sie über den Salzmarkt schritten und sich gegen die Böen stemmten.

»Fünf, allesamt Niederlothringer. Sie hatten die Zelte ganz am Rand der Zeltstadt. Der Wind hat sie einfach weggerissen und die Habe der Männer gleich mit. Die Stadtknechte haben versucht zu retten, was zu retten ist, und die Kaufleute und ihre Gehilfen in der Gildenhalle untergebracht.«

»Hat sie das etwas besänftigt?«

»Würde es Euch besänftigen, wenn Ihr die Hälfte Eurer Habseligkeiten verlieren würdet, stundenlang in der Kälte herumstehen und dann den Rest der Nacht in einer zugigen Halle schlafen müsstet?«

Michel verzog den Mund. »Eustache soll mit ihnen reden. Er soll ihnen sämtliche Zölle und Standgebühren erstatten, um ihren Schaden auszugleichen.«

»Leider ist das nicht alles«, meinte Duval. »Irgendetwas

geht in der Zeltstadt um. Eine ansteckende Krankheit. Zwei Dutzend Kaufleute, Söldner und Knechte sind bereits krank geworden, und stündlich werden es mehr.«

»Woran leiden sie? Ist es ernst?«

»Schwer zu sagen. Alle klagen sie über Kopfschmerzen und Bauchkrämpfe, ein paar haben Fieber und müssen laufend erbrechen. Der Medicus sagt, es sei ein Darmleiden. Er tut alles, was in seiner Macht steht, um sie zu kurieren.«

Michel fluchte derb. »Das haben wir Lefèvre zu verdanken. Habt Ihr bereits die Brunnen untersuchen lassen?«

»Ihr meint, er hat das Wasser vergiftet?«, fragte Duval bestürzt.

»Es muss eine Erklärung für diese plötzliche Seuche geben – so viel Pech wie wir in diesen Tagen hat doch niemand. Der Brunnenmeister soll die Brunnen genau untersuchen. Einstweilen darf niemand daraus trinken.« Michel wandte sich an Louis. »Wann hat Lefèvre das letzte Mal sein Haus verlassen?«

»Gestern. Aber da war er nur kurz auf der Messe, hat Wolle gekauft und ist wieder gegangen.«

»Und heute Nacht?«

»Yves meint, er hat nichts gesehen.«

Das musste nichts heißen. Zwar ließ Michel Lefèvre seit Tagen beobachten, doch der Geldverleiher war gerissen genug, sich seinen Bewachern ständig zu entziehen. Außerdem ging Michel davon aus, dass er sich nicht selbst die Hände schmutzig machte. Gewiss bezahlte er Leute dafür, die ihm die Arbeit abnahmen. Leute, die niemand in der Stadt kannte.

»Ich will, dass wir ihn wieder unter Arrest setzen. Bis zum Ende der Messe darf er sein Haus nicht verlassen. Könnt Ihr einen entsprechenden Beschluss vorbereiten und den anderen Ratsherren vorlegen?«

»Natürlich«, antwortete Duval. »Ich bin mir nur nicht sicher, ob wir ihre Zustimmung bekommen. Bei der Fehde lag der Fall klar: Lefèvre hatte Fehler gemacht, für die wir ihn zur Verantwortung ziehen konnten. Aber jetzt? Alles, was wir haben, ist ein unbewiesener Verdacht.«

»Trotzdem – versucht es. Vielleicht können wir so verhindern, dass es noch schlimmer kommt. Falls es dafür nicht schon zu spät ist.«

Louis ging mit Duval zum Rathaus zurück, um den Brunnenmeister zu holen. Michel wartete derweil am Eingang der Zeltstadt. Die meisten Kaufleute waren bereits auf dem Jahrmarkt, doch nicht wenige waren wegen der Seuche nicht mehr in der Lage, Geschäfte zu tätigen. Er sah Männer mit fahlen, verschwitzten Gesichtern, die sich zu den Latrinengräben am Rand des Lagers schleppten. Mehrere Ärzte gingen von Zelt zu Zelt und kümmerten sich um die Kranken.

Verflucht sollst du sein, Lefèvre. Wenn auch nur einer dieser Männer stirbt, knüpfe ich dich persönlich am Galgen auf.

Kurz darauf kam Louis mit dem Brunnenmeister und dessen Gehilfen zurück, und Michel erklärte ihnen seinen Verdacht. Die drei Männer hatten lange Hakenstangen mitgebracht, mit denen sie in den Brunnenschächten stocherten. Die Brunnen am Nordrand des Messegeländes und im Zentrum schienen sauber zu sein. In jenem am Deich jedoch fanden sie eine tote Katze. Der Verwesungsgeruch raubte Michel schier den Atem, als der Brunnenmeister den Kadaver vom Haken löste und zu Boden warf.

»Da habt Ihr es. Jetzt wissen wir, warum die armen Leutchen krank geworden sind.«

Während die Gehilfen die Katze in einen Sack steckten, entfernten sich Michel und der Brunnenmeister einige Schritte von der Quelle des Gestanks.

»Geschieht es oft, dass Tiere in Brunnen ertrinken?«

»Es kommt vor. Aber wenn Ihr meine Meinung hören wollt: Jemand hat die Katze da reingeworfen. Ich weiß, wie Tiere aussehen, die tagelang im Wasser lagen. Das da lag höchstens einen Tag drin. Aber es ist zu stark verwest, um im

Brunnen ertrunken zu sein – es muss schon vorher tot gewesen sein.«

»Würdet Ihr das unter Eid vor dem Rat wiederholen?«

»Gewiss.«

Michel dankte dem Brunnenmeister und ging zur Gerichtslinde am Nordrand des Viehmarktes, wo Soudic Poilevain jeden Tag das Marktgericht abhielt. Spätestens seit jener Nacht, als die Herberge abgebrannt war und Poilevain einen Kampf zwischen Caboche und Lefèvre verhindert hatte, hatte Michel seine Meinung über diesen Mann revidiert. Als Richter leistete Poilevain ebenso gute Arbeit wie weiland Duval. Seine Urteile waren nicht nur ausgewogen und gerecht, er hatte obendrein sein Versprechen wahrgemacht und viele Neuerungen aus dem modernen römischen Recht eingeführt. So setzte er bei der Wahrheitsfindung hauptsächlich auf Vernunft, Beweise sowie Zeugenaussagen und kaum noch auf die traditionellen Mittel Zweikampf und Eideshelfer. Das Gottesurteil hatte er sogar gänzlich abgeschafft. Bisher hatte das Gericht von diesen Veränderungen profitiert, doch ob sich die neuen Methoden auch bei schwierigen Prozessen bewähren würden, musste sich freilich noch zeigen.

Poilevain war noch nicht da, wohl aber Jean Caboche, der gerade mit zweien seiner Büttel sprach. Nachdem Michel ihm berichtet hatte, was vorgefallen war, ordnete Caboche an, die Brunnen von nun an Tag und Nacht zu bewachen.

Inzwischen war der Jahrmarkt in vollem Gange. Michel und Louis bahnten sich ihren Weg durch das Gedränge, bis sie zu den Ständen der Gilde kamen. Isabelle bot die Waren aus Speyer sowie eine größere Menge Salz feil. Gerade feilschte seine Gemahlin mit einem Kaufmann aus Burgund. Ein Beutel mit Silber wechselte den Besitzer, und der Kaufmann ließ vier Fässer Salz auf seinen Karren laden.

»Wie gehen die Geschäfte?«, fragte Michel, als der Burgunder gegangen war.

»Es könnte besser sein«, antwortete Isabelle. »Es ist weniger los als gestern. Wahrscheinlich liegt es an der Seuche. Viele sind zu Hause geblieben, wohl aus Angst, sich anzustecken.«

»Es hat sich also schon herumgesprochen, ja?«

»Die Leute reden heute Morgen über nichts anderes. Zwei Tuchhändler aus Brügge sollen deswegen schon abgereist sein.«

Michel lehnte sich gegen den Tisch, fuhr sich durch den Bart und beobachtete das Treiben an den Buden und Zelten. Er sah vornehmlich müde und schlecht gelaunte Gesichter. Den Kaufleuten fehlte die Zuversicht und Tatkraft, die ein großer Jahrmarkt so dringend brauchte, um zu gelingen. Gereizt und kurz angebunden fertigten sie ihre Kunden ab. Folglich befingerten die Leute lustlos die Auslagen und gingen meist wieder, ohne etwas zu kaufen. *Vielleicht können wir das Ruder noch herumreißen. Aber jetzt darf nichts mehr schiefgehen.*

Wenigstens hatte der Wind inzwischen nachgelassen. Er fegte immer noch kalt über das Messegelände, doch längst nicht mehr stark genug, um weitere Zelte umzureißen.

Duval erschien, in der Hand ein Pergament. »Es ist so gekommen, wie ich dachte. Außer uns beiden wollten nur Eustache, Odard, René und Jean den Beschluss unterzeichnen. Die anderen sind dagegen.«

»Soudic auch?«

»Er will erst unterschreiben, wenn es einen Beweis für Lefèvres Schuld gibt. Ein bloßer Verdacht genügt ihm nicht.«

»Also haben wir ein Patt.«

»Ja.«

Kam es bei Abstimmungen im Rat zu einem Unentschieden, sahen die Statuten vor, dass entweder neu gewählt wurde oder dass der Bürgermeister entschied. Von diesem Recht machte Michel allerdings höchst selten Gebrauch, denn die anderen Ratsherren schätzten es nicht, wenn sich der Bürgermeister über sie erhob, Statuten hin oder her.

Ihre gegenwärtige Lage erforderte jedoch ungewöhnliche Maßnahmen. Er strich das Pergament auf dem Tisch glatt, ließ sich von Isabelle Feder und Tinte geben und unterzeichnete den Beschluss mit seinem Namen. Darunter vermerkte er, dass er in seiner Eigenschaft als Bürgermeister entschieden habe, Lefèvre trotz der sechs Gegenstimmen unter Hausarrest zu setzen.

»Den anderen wird das nicht gefallen«, bemerkte Duval.

»Sie werden es überleben.« Michel blies die Tinte trocken und rollte das Pergament zusammen. »Wo ist Jean?«

»Er wollte zum Rathaus gehen, um weitere Stadtknechte für die Messe einzuteilen.«

Mit dem Beschluss in der Hand schob sich Michel durch die Menge.

»Der Rat verbietet Euch von nun an bis zum Ende der Messe, Euer Haus zu verlassen«, sagte der Stadtknecht. »Wenn Ihr über diese Schwelle tretet, ohne dass Euch der Bürgermeister dies ausdrücklich gestattet, wird man Euch festnehmen und in den Hungerturm werfen …«

»Ich weiß. Ich kann lesen, Mann!« Lefèvre warf das Pergament auf den Tisch. »Hier steht, dass auch mein *fattore* und meine Bediensteten unter Arrest stehen. Wie soll ich Geschäfte machen, wenn sie das Haus nicht verlassen dürfen? Wie sollen sie einkaufen?«

»Man wird Euch jeden Morgen alles, was Ihr zum Leben braucht, an die Haustür liefern – auf Eure Kosten.«

Lefèvre starrte den Stadtknecht an. Dann lehnte er sich zurück und legte die Arme auf die Stuhllehnen. »Nun, so soll es sein. Ich bin ein rechtschaffener Bürger, der das Gesetz achtet. Ich heiße diesen Beschluss nicht gut, aber ich werde mich ihm klaglos fügen. Richtet das dem Bürgermeister aus.«

»Man wird trotzdem Stadtknechte vor Eurer Tür postieren.«

»Der Rat soll tun, was ihm beliebt.«

Als der Mann gegangen war, nahm Lefèvre den Ratsbeschluss in die Hand und las die Namen der Unterzeichner.

»Michel Fleury«, murmelte er und lachte leise. »Bürgermeister von Varennes-Saint-Jacques. Bürgermeister von Varennes-Saint-Jacques …«

Im Lauf des Tages erkrankten weitere Messebesucher. Als der Abend der Nacht wich, lagen fast vierzig Männer darnieder, gepeinigt von Bauchkrämpfen, Übelkeit und blutigem Durchfall. Die schwersten Fälle ließ Michel in das Spital der Abtei Longchamp bringen, wo sich ein erfahrener Medicus auf Kosten der Stadt um sie kümmerte.

»Sie alle haben die Nacht überlebt«, berichtete Deforest, als Michel am nächsten Morgen ins Rathaus kam und sie gemeinsam die Treppe hinaufstiegen. »Die Ärzte sagen, sie seien dem Tod gerade noch einmal entronnen. Aber es wird noch Tage dauern, bis sie wieder auf den Beinen sind.«

»Sind neue Fälle dazugekommen?«

»Nein. Wie es scheint, haben wir das Schlimmste überstanden – zumindest, was das angeht. Denn es gibt schon wieder neue Hiobsbotschaften.«

»Bitte nicht«, stöhnte Michel. »Was ist es diesmal? Wurde der Gildemeister von Straßburg vom Blitz erschlagen? Haben sich die Toten aus ihren Gräbern erhoben und die Zeltstadt verwüstet?«

»Taschendiebe und Beutelschneider.«

»Die gibt es auf jedem Jahrmarkt.«

»Nicht in dieser Zahl. Es ist eine richtige Plage. Vorgestern wurden Jean zehn Fälle gemeldet. Gestern dreizehn. Hauptsächlich haben sie es auf die auswärtigen Kaufleute abgesehen. Sie sind wütend auf uns. Sie fragen sich, warum wir sie nicht besser schützen.«

Michel stieß die Tür seiner Amtsstube auf. »Was ist mit Jeans und Bertrands Leuten? Schlafen sie?«

»Sie tun, was sie können. Aber das sind keine gewöhnlichen Diebe – es sind wahre Meister. Sie entwischen ihnen ständig. Jean und Bertrand sagen, sie brauchen mehr Männer.«

»Ich habe ihnen bereits die Hälfte der Torwächter und die Gehilfen des Brunnenmeisters zugeteilt. Mehr Männer haben wir nicht.«

»Was ist mit den Stadtknechten draußen auf den Straßen?«

»Wir können sie nicht abziehen. Es reisen noch immer Kaufleute an. Allenfalls die Gilde könnte uns helfen. Warum stellt Ihr Jean und Bertrand nicht ein Dutzend Söldner zur Verfügung? Wenigstens für einfache Aufgaben, für die man keine Zöllner oder Marktaufseher braucht.«

»Söldner kosten Geld«, meinte Deforest.

»Zur Hölle mit den Kosten! Seht Ihr nicht, was gerade geschieht? Unsere Messe geht zum Teufel. Wenn wir jetzt nicht entschlossen handeln, blamieren wir uns vor dem halben Abendland.«

Der Gildemeister gab sich geschlagen. »Ich werde sehen, was ich tun kann. Vielleicht kann ich durchsetzen, dass die Söldner aus der Gildenkasse bezahlt werden.«

Als Deforest fort war, sah Michel die Aufzeichnungen des Stadtkämmerers zur Messe durch. Die Kostenaufstellung war schlichtweg verheerend. Der Rat hatte bis jetzt mehr als doppelt so viel für den Jahrmarkt ausgegeben wie ursprünglich veranschlagt. Und angesichts der jüngsten Entwicklungen war es mehr als fraglich, dass die eingenommenen Standgebühren, Zölle und Steuern hoch genug sein würden, um die enormen Kosten zu rechtfertigen. Er konnte nur hoffen, dass die Kaufleute, Handwerker, Bauern und Gastwirte Varennes' in den kommenden Tagen gute Geschäfte machen würden. Andernfalls würde die nächste Ratssitzung heiter werden.

»Wir haben einen der Diebe geschnappt, Herr«, meldete tags darauf ein Stadtknecht. »Wollt Ihr ihn sehen?«

»Bringt ihn her«, sagte Michel.

Kurz darauf betraten Jean Caboche und zwei seiner Männer die Amtsstube. Bei ihnen war ein halbwüchsiger Bursche, dem man Hand- und Fußschellen angelegt hatte. Mit klirrenden Ketten trat der junge Dieb vor Michels Tisch und hielt den Blick gesenkt.

»Wir haben schon alles versucht«, sagte Caboche, der ein Schwert am Gürtel trug wie immer, wenn er als Schultheiß auftrat. »Der Junge schweigt wie ein Grab. Aus dem kriegen wir keinen Ton heraus.«

»Schau mich an«, befahl Michel, woraufhin der Bursche den Kopf hob. Furcht und Verschlagenheit gleichermaßen blitzten in seinen grünen Augen auf.

»Arbeitest du allein, oder gehörst du zu einer Bande?«

Der junge Dieb schwieg.

»Hat jemand dich angestiftet, die Kaufleute zu bestehlen?«

Wieder keine Antwort.

»Lasst uns allein«, bat Michel Caboche und die beiden Büttel. Nachdem die Männer die Kammer verlassen hatten, blickte Michel den Burschen lange an. »Wie heißt du?«

In dem Jungen arbeitete es. Schließlich antwortete er mit belegter Stimme: »Pierre.«

»Wie alt bist du?«

»Fünfzehn. Sechzehn. Weiß nicht genau.«

»Weißt du, welche Strafe in Varennes auf Diebstahl steht?« Obwohl Pierre nickte, erklärte Michel: »Der Scharfrichter hackt dem Dieb die rechte Hand ab. Hast du schon einmal gesehen, wie so etwas vonstattengeht? Man presst deine Rechte auf einen Holzblock und hält dich fest, während die Menge johlt und dich mit faulem Obst bewirft. Die Axt fährt nieder. Wenn du Glück hast, hat der Henker sie vorher geschärft, und es gelingt ihm, deine Hand mit einem Schlag abzutrennen. Wenn nicht, ist sie stumpf, und er braucht mehrere Hiebe, um den Knochen zu durchschlagen. Das Blut spritzt nur so aus dem Stumpf, deswegen muss er die Wunde mit einem glühenden Eisen versiegeln, damit du nicht verblutest. Die Schmerzen sind beträchtlich. Vielleicht stirbst du kurz darauf, weil der Stumpf brandig wird. Du wärst nicht der Erste.

All das wird noch heute Abend geschehen – es sei denn, du beantwortest meine Fragen. Dann kann ich vielleicht dafür sorgen, dass du eine mildere Strafe erhältst. Also – kommst du mir entgegen?«

Pierre war erbleicht. Die Ketten klirrten, als er von einem Fuß auf den anderen trat und die Hände zu Fäusten ballte. »Wir sind sechs. Ich, Hervé und vier andere. Jemand bezahlt uns dafür, dass wir die Geldsä …, die Kaufleute ausnehmen.«

»Wer?«

»Weiß ich nicht. Außer Hervé hat niemand ihn getroffen. Und Hervé hat ihn nicht richtig gesehen.«

»Könnte es Anseau Lefèvre gewesen sein?«

»Der Geldverleiher?«

Michel nickte, und der Bursche zuckte mit den Schultern.

»Keine Ahnung.«

»Wenn wir dich laufen lassen, würdest du uns helfen, den Rest deiner Bande zu fangen? Besonders diesen Hervé?«

Pierre blickte wieder zu Boden und kaute auf der Unterlippe.

»Früher oder später fangen wir sie ohnehin. Mit deiner Hilfe geht es nur ein bisschen schneller. Komm schon, Pierre«, sagte Michel eindringlich. »Sei nicht dumm. Wenn einer von ihnen in deiner Lage wäre, würden sie dich auch nicht schützen.«

Der Junge schluckte mehrmals. Dann nickte er kaum merklich.

»Du hilfst uns?«, hakte Michel nach.

»Ja«, flüsterte Pierre.

Als es dunkel wurde, setzte sich Guillaume von den anderen Stadtknechten ab, schlüpfte durch die Brombeerhecken, die nördlich des Deichs wucherten, und stieg über die glitschigen Steine zum Flussufer hinab. Dort, unterhalb des Hurenhauses von Maman Marguérite, wartete er zwischen den Sträuchern.

Kerzenschein erhellte die Fensterschlitze des Steingebäudes, gedämpftes Gelächter und fröhliche Musik rieselten zu Guillaume hinab. Die Messe bescherte den Hübschlerinnen lukrative Geschäfte – die auswärtigen Kaufleute nahmen ihre Dienste zu Dutzenden in Anspruch. Guillaume lächelte dünn und rieb sich im Schritt, als er das theatralische Stöhnen einer Dirne vernahm. Er beschloss, auch einen Angriff auf das Hurenhaus zu reiten, sowie seine Arbeit hier getan war.

Das Gebüsch raschelte, und Hervé schälte sich aus der Dunkelheit. Er griff in den Kragen seines Kittels und reichte Guillaume eine prall gefüllte Geldkatze.

Der Stadtknecht setzte sich auf einen halbwegs trockenen Felsbrocken, öffnete den Lederbeutel und zählte die Münzen. Genau achtunddreißig Sous und sieben Deniers – keine schlechte Ausbeute. Er entschied daher, großzügig zu sein, holte aus seiner eigenen Börse vierzig Deniers und legte sie neben den Haufen aus Silbermünzen. Wortlos zählte Hervé seinen Gewinn und tat das Geld schließlich in die Geldkatze.

»Warte«, sagte Guillaume, als sich der junge Meisterdieb mit einem Nicken verabschieden wollte. »Der Schultheiß wird Pierre laufen lassen, damit er euch ans Messer liefert. Meidet ihn, wenn euch euer Leben lieb ist. Am besten verhaltet ihr euch ein, zwei Tage ruhig.«

»Habt Dank«, murmelte Hervé nur, bevor er in der Nacht verschwand.

Just in diesem Augenblick täuschte die Dirne den besten Höhepunkt vor, den Guillaume seit Langem gehört hatte.

»Nichts«, berichtete Jean Caboche am Mittag des nächsten Tages, als er sich mit Michel und Tolbert am Marktkreuz traf.

»Sie scheinen Pierre aus dem Weg zu gehen. Offenbar haben sie Wind von der Sache bekommen.«

Michel murmelte einen Fluch, zum hundertsten Mal in dieser Woche.

»Wenigstens sind die Diebstähle zurückgegangen«, sagte Tolbert. »Wie es scheint, haben sie es mit der Angst zu tun bekommen und aufgegeben.«

»Hat Pierre ihnen verraten, was wir vorhaben?«

»Der Junge hat viel zu viel Angst vor dem Henker, um uns zu hintergehen«, erwiderte Caboche. »Ich sage es nicht gern, aber ich befürchte, wir haben einen Maulwurf in unseren Reihen. Ein Stadtknecht oder Zöllner, der heimlich für Lefèvre arbeitet und ihm alles zuträgt.«

»Findet diesen Maulwurf«, sagte Michel. »Und sucht weiter nach den Dieben, auch ohne Pierre.«

Weder der Maulwurf noch die Beutelschneider wurden gefunden.

Am Tag darauf begannen die Diebstähle von Neuem.

»Das ist die schlechteste Messe, auf der ich jemals war«, wetterte der Salzhändler aus Niederlothringen. »Zuerst wird mein Zelt weggeweht, dann erkrankt einer meiner Knechte, und dann stiehlt man mir auch noch die Geldkatze! Fehlt nur noch, dass ich auf dem Heimweg ausgeraubt werde. Beim heiligen Nikolaus, das war das erste und letzte Mal, dass ich nach Varennes gekommen bin.«

»Ich bitte Euch, bleibt noch zwei Tage«, sagte Michel. »Ich weiß, Euch ist viel Unglück widerfahren, aber wir werden unser Möglichstes tun, Eure Verluste zu mindern.«

Der Mann hörte ihm überhaupt nicht zu. Mit verkniffener Miene trieb er den Ochsen an, und der Wagenzug setzte sich in Bewegung.

Niedergeschlagen schritt Michel durch die Zeltstadt. Gut ein Drittel der Zelte stand bereits leer, denn ihre ehemaligen

Bewohner lagen entweder im Hospital oder hatten bereits die Heimreise angetreten. Allein heute Morgen waren über ein Dutzend Kaufleute vorzeitig aufgebrochen, verärgert über die chaotischen Zustände auf der Messe. Dabei hatte Michel nichts unversucht gelassen, sie mit Zugeständnissen bei Standgebühren, Zöllen und Steuern zu entschädigen.

Sieh der Wahrheit ins Auge: Du bist gescheitert.

Als der Rat die Messe am Abend des nächsten Tages mit einem Fest ausklingen ließ, kamen neben den Schwurbrüdern der Gilde und den Vorstehern der Bruderschaften gerade einmal dreißig Kaufleute. Und statt zu trinken und sich an der Musik und dem üppigen Essen zu erfreuen, beklagten sie sich unentwegt über das Wetter, die Taschendiebe und das verseuchte Brunnenwasser.

»Nimm es nicht so schwer«, sagte Isabelle in jener Nacht. »Beim nächsten Mal seid ihr vorbereitet und könnt es besser machen.«

»Falls es ein nächstes Mal gibt«, murmelte Michel.

Anders als die meisten Kaufleute, wohnte Soudic Poilevain nicht am Domplatz, in der Grand Rue oder der Rue de l'Épicier, sondern im Viertel der Zimmerleute, Tischler, Dreher und Wagner zwischen Nordtor und Moselbrücke. Es war ein unauffälliges Steinhaus, das im Schatten der Stadtmauer stand, zweistöckig und kleiner als die Anwesen der anderen Patrizier. Doch als Michel eintrat, sah er, dass der äußere Schein trog: Poilevain war ganz offensichtlich zu Geld gekommen. Im Eingangsraum stapelten sich verschiedenste Waren, darunter die Fässer mit dem restlichen Salz, das er im Spätsommer gekauft hatte; im Obergeschoss waren die Wände frisch gestrichen, die Stube enthielt nagelneue Möbel, teure Wandteppiche und Kerzenleuchter aus massivem Silber.

Sich selbst hatte Poilevain ebenfalls einen neuen Anstrich gegeben. Das schlichte Gewand, stets sein Markenzeichen, war vornehmen Kleidern gewichen – tatsächlich sah er mehr wie ein lombardischer Edler denn wie ein lothringischer Bürger aus, als er den Saal betrat. Er trug eine Tunika aus *panno pratese* in grünen und roten Farben, Halbstiefel aus Hundsleder, mit Perlen besetzt, und einen von Goldfäden durchwirkten Gürtel. Die Ringe an seinen Fingern und die Silberkette glitzerten im Schein der Kerzen. Der Aufzug stand in einem seltsamen Gegensatz zu seinem unscheinbaren Äußeren. Mittelgroß und schmal war er, das Haupthaar hatte sich bereits beträchtlich gelichtet, obwohl er gerade einmal dreißig Sommer zählte; und sein Gesicht wies keinerlei besondere Merkmale auf – nichts, was einem im Gedächtnis haften blieb.

Abgesehen von dem Lächeln. Auch jetzt lächelte er, als wisse er etwas, das anderen verborgen blieb.

»Herr Bürgermeister, was für eine Überraschung«, sagte er. »Es ist das erste Mal, dass Ihr mich zu Hause besucht, nicht wahr?«

»Ich war schon einmal hier, kurz nachdem Euer Vater nach Varennes gezogen war. Seitdem hat sich einiges verändert«, sagte Michel mit Blick auf die große Tapisserie, die Christus zeigte, der über die Sünder zu Gericht saß.

»Ja, ich habe das Haus gerade erst neu eingerichtet. Die meisten alten Möbelstücke gehörten schon meinem Großvater. Ich konnte sie nicht mehr sehen.«

»Ein schönes Stück.« Michel betrachtete den Wandteppich, der geschmackvoll in Grün, Blau und Braun gehalten war. »Habt Ihr ihn hier anfertigen lassen?«

»Nein, in Metz. Ich fürchte, in Varennes gibt es keine Bildwirker, die meinen Ansprüchen genügen.«

»Er hat gewiss ein Vermögen gekostet.«

»Er war nicht billig, ja. Aber die Geschäfte gehen gut, und ich liebe nun einmal schöne Dinge.«

Michel hätte zu gern gewusst, woher das Geld kam, von dem Poilevain zuerst das viele Salz und dann die schönen Dinge gekauft hatte. Doch Poilevain hätte eine entsprechende Frage zu Recht als unverschämt empfunden. Und es ging ihn ja auch nichts an. Also räusperte er sich und sagte: »Ich muss etwas Wichtiges mit Euch bereden, Soudic. Können wir uns setzen?«

»Natürlich.« Der Richter bot ihm einen Stuhl an. »Worum geht es?«

»Ich will, dass Lefèvre bestraft wird für das, was er uns angetan hat. Und dass er den angerichteten Schaden aus seinem Vermögen ersetzt.«

Poilevain nickte. Das Lächeln verschwand nicht ganz. »Habt Ihr schon eine Klageschrift aufgesetzt?«

»Ich wollte zuerst mit Euch sprechen, ob eine Klage Aussicht auf Erfolg hätte.«

»Ihr wisst, dass es sehr schwer ist, jemanden zu belangen, der nicht auf handhafter Tat ertappt wurde. Was genau werft Ihr ihm vor?«

»Der Angriff auf den Baumeister. Das Feuer in der Herberge.« Michel zählte die Vorfälle an den Fingern ab. »Die Sache mit dem Brunnen. Die Überfälle auf die Kaufleute. Die Beutelschneider. Seinetwegen haben Stadt und Gilde große finanzielle Verluste erlitten, und das Ansehen Varennes' wurde beschädigt.«

»Und Ihr glaubt, er hat das alles nur getan, um sich an uns zu rächen?«

»Anders kann ich mir sein Verhalten nicht erklären.«

Poilevain lehnte sich zurück. »Das sind schwerwiegende Vorwürfe. Wenn sie sich als wahr erweisen, droht ihm die Todesstrafe.«

Michel nickte. »Also – wie schätzt Ihr die Sache ein? Können wir ihn dafür belangen?«

»Wir können ihn nur verurteilen, wenn er gesteht. Also müssen wir ihn mit Zeugenaussagen in die Enge treiben, bis keinerlei Zweifel mehr an seiner Schuld bestehen. Ihr habt doch Zeugen?«

»Da wäre der Brunnenmeister. Die Stadtknechte, die in der Nacht des Feuers auf dem Messegelände Wache hielten. Und Pierre.« Poilevain hatte den jungen Dieb begnadigt, um ihm für seine Hilfe im Kampf gegen die anderen Beutelschneider zu danken. »Allerdings sind ihre Aussagen recht dürftig.«

»Was genau können sie bezeugen?«

»Die Stadtknechte können berichten, dass sie kurz vor dem Ausbruch des Feuers von der Herberge weggelockt wurden«, erklärte Michel. »Der Brunnenmeister, dass die tote Katze offensichtlich in den Brunnen geworfen wurde.«

»Und Pierre, dass man ihn und die anderen Diebe gezielt angeheuert hat, um die Messebesucher zu bestehlen«, sagte Poilevain.

»Richtig.«

»Aber keiner Eurer Zeugen hat Lefèvre gesehen oder kann beweisen, dass er hinter den Vorfällen steckt.«

»Leider nicht.«

»Phantome, Geräusche in der Nacht und eine tote Katze – das ist zu wenig, Herr Fleury. Das reicht nicht für eine gerechtfertigte Klage. Und Ihr wisst, was geschehen kann, wenn wir Lefèvre unter diesen Umständen vor Gericht stellen.«

Das wusste Michel nur zu gut. Ein Mann, der Opfer einer ungerechten Klage geworden war, durfte Urteilsschelte einlegen, und zwar nicht beim Rat, sondern beim Oberhof, der höheren Instanz – in ihrem Fall Speyer. Eine Verurteilung Michels wäre wahrscheinlich, er müsste mit schmerzlichen Geldstrafen und dem Verlust aller Ämter rechnen. »Was ist mit Euch? Haltet Ihr Lefèvre für schuldig?«

»Es ist unerheblich, was ich denke. Für mich zählen ausschließlich Zeugenaussagen und heilige Eide. Davon abgesehen urteile ich nicht allein, wie Ihr wisst – die übrigen Ratsherren haben auch ein Wort mitzureden.«

»Die anderen wollen Lefèvre genauso gern hängen sehen wie ich«, sagte Michel.

»Da wäre ich mir nicht so sicher«, entgegnete Poilevain und ließ wieder sein wissendes Lächeln aufblitzen. »Einige von uns tragen Euch nach, dass Ihr das Patt bei der letzten Abstimmung ignoriert und Lefèvre eigenmächtig unter Hausarrest gesetzt habt. Das könnte sich jetzt rächen.«

»Ihr würdet mir vor Gericht Eure Stimme verweigern, nur um mir das heimzuzahlen?«

»Ich nicht – zumindest nicht deswegen. Aber ich kann nicht für Tolbert und die anderen sprechen. Sie sind immer noch wütend auf Euch. Wer weiß, wozu der Zorn sie treibt.«

»Also müssen wir ihn laufen lassen – obwohl alle wissen, dass er schuldig ist.«

»Ich fürchte, ja. Alles andere wäre ein Rückschritt in die dunkle Zeit der Unvernunft, als wir auf den Kirchhöfen Gottesurteile abhielten und Verdächtige unter dem Johlen der Menge über glühende Pflugscharen gehen ließen. Und das wäre kaum in Eurem Sinne, oder?«

Michel sah ein, dass Poilevain recht hatte. Lefèvre hatte zweifellos viel Schaden angerichtet. Doch wenn sie ihre Macht als Ratsherren missbrauchten, um ihn zu vernichten, obwohl seine Schuld nicht gerichtlich erwiesen war, wären sie nicht besser als Bischof Ulman, der seinerzeit das Gesetz immer so ausgelegt hatte, wie es ihm gerade passte. Er durfte sich von Lefèvre und dessen Niedertracht nicht dazu verleiten lassen, all seine Grundsätze aufzugeben. Wenn er das zuließ, hätte der Geldverleiher weit schlimmeren Schaden angerichtet, als nur eine Handelsmesse zu stören.

Michel stand auf. »Nun denn. Eines Tages werden wir eine Möglichkeit finden, ihn dingfest zu machen. Ich danke Euch, dass Ihr mich angehört habt.«

Poilevain brachte ihn zur Tür. »Vertraut auf die himmlische Gerechtigkeit, Herr Bürgermeister. Früher oder später ereilt sie jeden. Lefèvre, mich – und irgendwann auch Euch«, sagte er lächelnd.

Am Abend desselben Tages trat der Rat zusammen. Die Stimmung im großen Saal des Rathauses war so schlecht wie lange nicht, spürte Michel, als er an der Tafel Platz nahm. Sogar die Kerzen schienen weniger hell als sonst zu brennen.

Bertrand Tolbert kam sogleich zur Sache. »Ich habe mir heute früh die Aufzeichnungen des Kämmerers angesehen«, sagte der Vorsteher der Stadtbauern und breitete verschiedene Schriftstücke vor sich aus. »Die Messe war ein Misserfolg, ein Fehlschlag von katastrophalen Ausmaßen. Sie hat der Stadt mehr geschadet als die Fehde. Wenn man die immensen Kosten mit den spärlichen Einnahmen aus Gebühren und Zöllen verrechnet, ergibt sich ein Verlust von fast dreihundert Pfund Silber.«

Einige Ratsherren stöhnten auf.

»Und dabei sind die Bruderschaften und die Gilde noch gar nicht berücksichtigt«, fuhr Tolbert fort. »Allein meine Leute haben durch schlechte Geschäfte vierzig Pfund verloren. Wie sieht es bei Euch aus, Eustache?«

»Die Gilde allein hat nur etwa zwanzig Pfund Verlust gemacht«, antwortete Deforest. »Aber die einzelnen Kaufleute hat es härter getroffen. Sie haben große Mengen Waren eingekauft, auf denen sie jetzt sitzen bleiben, wenn sie Pech haben. Wie schlimm es ist, kann ich noch nicht sagen. Aber ich gehe davon aus, dass sich ihre Einbußen alles in allem auf hundertfünfzig bis zweihundert Pfund belaufen.«

»Was sagt Ihr dazu?«, wandte sich Tolbert an Michel.

»Ihr alle wisst, wem wir das zu verdanken haben«, erklärte Michel. »Leider können wir Lefèvre nicht für seine Verbrechen belangen. Ich habe heute Mittag mit Soudic gesprochen …«

»Wieso können wir ihn nicht belangen?«, fiel Jean Caboche ihm ins Wort. »Es besteht nicht der kleinste Zweifel daran, wer die Herberge angezündet, den Brunnen vergiftet und die Taschendiebe angeheuert hat.«

»Das mag sein«, fuhr Michel fort, »aber ohne Beweise und

glaubwürdige Zeugen hält Soudic eine Klage für aussichtslos. Ich fürchte, wir müssen uns damit abfinden, dass Lefèvre gewonnen hat. Verbuchen wir den Misserfolg als Erfahrung, auch wenn es uns schwerfällt. Lasst uns nach vorne schauen und überlegen, wie wir uns künftig besser vorbereiten können, damit so etwas nicht noch einmal passiert.«

»Und dafür haben wir dieses ach so großartige römische Recht eingeführt?«, polterte Caboche. »Was nutzen die ganzen Neuerungen, wenn sie am Ende dazu führen, dass das Gesetz den Täter schützt und Lefèvre doch wieder davonkommt?«

»Das Gesetz schützt keineswegs den Täter«, entgegnete Poilevain. »Dass wir Lefèvre nicht belangen können, liegt daran, dass es keine eindeutigen Beweise für seine Schuld gibt.«

»Wieso ordnet Ihr dann kein Gottesurteil an?«

Der Richter hob eine Augenbraue. »Ein Gottesurteil? Habt Ihr vergessen, was beim letzten geschehen ist?«

»Inzwischen sind seine Verbrechen so zahlreich, dass der Herr ihn nicht noch einmal verschonen wird.«

»Ich erschüttere Euren kindlichen Glauben nur ungern – aber ist Euch schon einmal in den Sinn gekommen, dass es nicht der Allmächtige ist, der durch die Kerzenprobe spricht, sondern Gevatter Zufall?«

Als Caboche zu einer zornigen Erwiderung ansetzte, bekam Poilevain Unterstützung von unerwarteter Seite. »Bitte, Jean, das führt doch zu nichts«, sagte Henri Duval. »Wenn Soudic anhand von Beweisen und Zeugenaussagen entscheiden will, statt sich auf Gottesurteile zu verlassen, ist das sein gutes Recht, und wir anderen haben uns seiner richterlichen Autorität zu beugen. So halten wir es seit Jahren.«

»Ihr schlagt Euch auf seine Seite?« Caboches Gesicht glühte schier vor Zorn. »Nach allem, was er Euch angetan hat?«

»Er hat mir nichts ›angetan‹, sondern mich lediglich in einer fairen Wahl bezwungen«, entgegnete Duval. »Natürlich hat mich meine Niederlage anfangs verbittert – man gewöhnt sich allzu rasch an das Ansehen, das mit dem Richteramt verbunden ist, und kann nur schwer davon lassen. Doch inzwischen sehe ich ein, dass der Rat richtig gehandelt hat, als er Soudic wählte. Ich war zu sehr in überkommenen Traditionen gefangen, um notwendige Neuerungen einzuführen. Dabei hätten wir die Gottesurteile schon vor Jahren abschaffen sollen. Sie sind als Mittel der Rechtsfindung veraltet. Beweise, Zeugenaussagen und Geständnisse sind besser geeignet, um die Wahrheit ans Licht zu bringen – auch wenn das dem Gericht mitunter viel abverlangt.«

»Diese neuen Methoden bringen nicht die Wahrheit ans Licht, sie verdammen uns zur Untätigkeit!«, rief Caboche.

»Das ist nicht wahr. Irgendwann werden wir einen Weg finden, Lefèvre vor Gericht zu bringen. Es ist nur eine Frage der richtigen Vorgehensweise.«

Der Schmied schnaubte verächtlich, verschränkte die funkenverbrannten Arme vor der Brust und sagte kein Wort mehr.

»Schön, dass wir das geklärt haben«, meinte Bertrand Tolbert beißend. »Wenn ihr nichts dagegen habt, würde ich jetzt gern auf die Messe zurückkommen.« Er blickte in die Runde. »Ich weiß nicht, wie ihr es seht, aber ich bin nicht gewillt, die Sache einfach auf sich beruhen zu lassen, wie Herr Fleury es offenbar gerne hätte. Bevor wir die Angelegenheit ›als Erfahrung verbuchen‹ und ›nach vorne schauen‹, sollten wir genau untersuchen, warum die Messe gescheitert ist.«

»Wozu?«, fragte Odard Le Roux. »Wir wissen doch, wer hinter den ganzen Vorfällen …«

»Hört endlich auf, Lefèvre für alles verantwortlich zu machen«, unterbrach ihn der Obermeister der Stadtbauern. »Damit macht ihr es euch zu einfach. Außerdem gewinne ich allmählich den Eindruck, dass gewisse Leute ihn benutzen, um ihr eigenes Versagen zu verschleiern. Mag ja sein, dass Lefèvre den Brunnen vergiftet und die Herberge angezündet hat. Aber er ist nur ein einzelner Mann, und seine Möglichkeiten sind begrenzt. Dass er so viel Schaden anrichten konnte, hat ganz andere Ursachen.«

»Worauf wollt Ihr hinaus?«, fragte Michel.

Tolberts Blick war herausfordernd. »Wir waren schlecht vorbereitet. Und damit kommen wir zu der Rolle, die Ihr bei alldem gespielt habt. Bei der Vorbereitung des Jahrmarkts wurde übereilt gehandelt. Hätten wir uns ein Jahr länger Zeit gelassen, hätten wir die Herberge aus Stein bauen und für besseren Geleitschutz sorgen können. Dann hätte Lefèvre nicht so ein leichtes Spiel mit uns gehabt. Aber Ihr wolltet die Messe ja unbedingt schon dieses Jahr ausrichten.«

Bei diesen Worten nickten Gaillard Le Masson sowie zwei andere Obermeister demonstrativ. Offenbar hatte Tolbert vor der Ratssitzung eifrig für seine Sache geworben und sich zumindest die Unterstützung jener drei Männer gesichert.

»Es ist richtig, dass ich nicht noch ein Jahr warten wollte«, gab Michel zu. »Aber ich habe diese Entscheidung nicht allein getroffen – alle Ratsherren und Kaufleute haben sie mitgetragen. Ich habe niemanden zu etwas gedrängt. Nur ein Anwesender hat damals Bedenken angemeldet, die Zeit könnte knapp werden. Einer von vierzig. Alle anderen – darunter auch Ihr, Bertrand – wollten gar nicht aufhören, mir zuzujubeln.«

»Ich habe nicht gejubelt«, widersprach Tolbert entschieden. »Das haben allein die Kaufleute getan. Wir Bauern und Handwerker hielten uns an jenem Abend zurück, weil wir wussten, dass man uns in der allgemeinen Begeisterung ohnehin nicht zuhören würde.«

»Wollt Ihr mir erzählen, Ihr wart zu schüchtern, um vor der Versammlung zu sprechen?« Michel lächelte dünn. »Ich bitte Euch, Bertrand. Das wäre das erste Mal, dass es Euch gekümmert hätte, was andere von Euch und Eurer Meinung halten. Wie dem auch sei – falls Ihr damals schon Bedenken hattet, hättet Ihr sie uns mitteilen müssen. Das habt Ihr nicht getan, also könnt Ihr mir jetzt nicht vorwerfen, ich hätte Euch übergangen und eigenmächtig entschieden. So viel Anstand kann ich von Euch erwarten.«

»Gut. Was das betrifft, muss ich Euch recht geben«, räumte Tolbert ein. »Aber das ändert nichts daran, dass Ihr uns vor vollendete Tatsachen gestellt habt. Ihr hättet mit dem Rat Rücksprache halten müssen, bevor Ihr den König um die Genehmigung für einen Jahrmarkt bittet. Das habt Ihr unterlassen, obwohl eine Messe gewaltige Veränderungen für eine Stadt bedeutet. Veränderungen, die ein Mann allein nicht überblicken kann, nicht einmal Ihr. Damit habt Ihr Eure Befugnisse als Bürgermeister weit überschritten.«

»Vielleicht habe ich das«, sagte Michel. »Aber bei Gott, ich war es, der in Amance seinen Kopf hingehalten hat. *Ich* habe mit all den hohen Herren verhandelt und riskiert, mir ihren Zorn zuzuziehen. Deshalb nahm ich mir das Recht heraus, allein zu entscheiden, welche Gunst mir der König gewähren soll. Denn wohlgemerkt – er wollte *mich* begünstigen, nicht den Rat. Wäre es Euch lieber gewesen, ich hätte ihn um Gold für meine Schatullen gebeten, statt um etwas, das allen nutzt?«

»Darum geht es nicht. Ihr habt selbstherrlich gehandelt, eher wie ein Fürst denn wie das gewählte Oberhaupt der Bürgerschaft. Und wenn Ihr allein entscheidet, dass unsere Stadt eine Messe bekommen soll, ist es auch Eure alleinige Verantwortung, dass sie gelingt. So einfach ist das. Leider habt Ihr Euch dieser Verantwortung nicht gewachsen gezeigt. Deshalb muss man sich in der Tat die Frage stellen, ob Ihr als Bürgermeister noch tragbar seid.«

Totenstille schloss sich Tolberts Worten an.

»Ihr sprecht Michel das Misstrauen aus?«, fragte Deforest fassungslos.

»Ja, bei Gott, das tue ich!«, erwiderte Tolbert heftig. »Ich finde, er sollte für sein Versagen geradestehen und sein Amt niederlegen. So. Jetzt ist es heraus. Ihr braucht mich nicht so schockiert anzuglotzen«, blaffte er die Anwesenden an. »Er ist nur unser Bürgermeister, nicht der heilige Jacques. Er ist nicht unantastbar. Wenn er Fehler macht, muss er die Folgen tragen und einem besseren Mann Platz machen, so wie jeder andere von uns auch.«

»Recht hat er!«, rief Le Masson. Als auch die Vorsteher der Fischer und der Metzger vehement ihre Zustimmung kundtaten, sprangen Henri, René und Odard auf und versuchten, sie niederzubrüllen.

»Wir verdanken ihm unsere Freiheit und unseren Wohlstand. Ist das plötzlich alles vergessen?«

»Was tut das zur Sache? Er hat uns in die Katastrophe geführt, seinetwegen ist die Stadt fast bankrott – nur darum geht es hier!«

»Ihr seid undankbar!«

»Und ihr verblendet, wenn ihr die Wahrheit nicht sehen wollt!«

»Ruhe!«, rief Michel und schlug mit der flachen Hand auf den Tisch. »Es ist das gute Recht eines jeden Ratsherrn, meinen Rücktritt zu fordern, wenn er der Meinung ist, ich hätte Varennes geschadet. Also lasst uns das wie vernünftige und zivilisierte Männer regeln.« Er schaute Tolbert an, der seinen Blick kühl erwiderte. »Ich bin nach wie vor der Überzeugung, dass ich mir nichts vorzuwerfen habe. Dass die Stadt wegen der Messe viel Geld verloren hat, ist nicht meine Schuld. Daher lehne ich Euer Gesuch ab.«

»In diesem Fall fordere ich eine Abstimmung«, sagte Tolbert. »Der Rat soll entscheiden, ob es an der Zeit ist, dass Ihr Euer Amt als Bürgermeister niederlegt.«

Michel nickte. Eine Abstimmung war in seinem Sinne. Seine Stellung war angeschlagen, und er musste sie dringend festigen, indem er eine Mehrheit der Ratsherren hinter sich vereinte. »Wenn mindestens sieben Männer der Meinung sind, dass ich die Bürgerschaft nicht länger führen soll, werde ich noch heute zurücktreten. Wenn mir aber eine Mehrheit das

Vertrauen ausspricht, werde ich bis zur nächsten Ratswahl Bürgermeister bleiben. Seid ihr mit diesem Vorgehen einverstanden?«

»Es entspricht den Statuten«, sagte Poilevain.

Als keiner der Anwesenden Einwände vorbrachte, nahm Michel einen tiefen Atemzug. »Da es bei dieser Wahl um meine Zukunft geht, wäre es unangemessen, wenn ich selbst sie leiten würde.« Er wandte sich an Jean Caboche. »Ihr seid das älteste Mitglied des Rates. Erweist Ihr uns die Ehre?«

Der Schultheiß stand auf und blickte mit ernster Miene in die Runde. »Wer spricht Michel das Misstrauen aus und fordert seinen Rücktritt?«

Bertrand Tolbert, Gaillard Le Masson sowie die Vorsteher der Fischer und der Metzger hoben die Rechte.

»Wer wünscht, dass er Bürgermeister von Varennes-Saint-Jacques bleibt?«

Es meldeten sich Henri, Odard, Eustache, René, Jean, der Obermeister der Wundärzte, Bader und Bartscherer – sowie nach kurzem Zögern Soudic Poilevain, wie Michel mit einiger Überraschung zur Kenntnis nahm. Was diesen Mann im Innersten bewegte, blieb ihm ein Rätsel.

Michel selbst enthielt sich.

»Das macht vier zu sieben Stimmen für Michel«, erklärte Caboche. »Damit bleibt er unser Bürgermeister.«

Jubelnd verließen Michels Freunde ihre Plätze, umarmten ihn und klopften ihm lachend auf den Rücken.

»Habt Dank. Ich danke euch«, sagte Michel, während er Hände schüttelte. Aus dem Augenwinkel sah er, dass Tolbert ein Gesicht machte, als wolle er sogleich jemanden erwürgen. Nun, er würde sich wieder beruhigen. Der Mann war stur und aufbrausend, aber weder nachtragend noch rachsüchtig.

Als sich der Tumult gelegt hatte und alle wieder auf ihren Plätzen saßen, sagte Michel: »Dieses Jahr haben wir viel Geld verloren, und unser Ansehen hat Schaden genommen.

Das kann ich nicht rückgängig machen. Aber ich verspreche euch, dass wir es im kommenden Jahr besser machen werden. Wir werden aus unseren Fehlern lernen und dafür sorgen, dass Lefèvre uns nichts mehr anhaben kann …«

»Seid Ihr denn von allen guten Geistern verlassen?«, fuhr Tolbert auf. »Es wird keine neue Messe geben! Einmal hat vollauf gereicht. Ein zweites Mal lassen wir uns auf diesen Irrsinn nicht ein.«

»Es wäre grundfalsch, jetzt aufzugeben«, widersprach Michel. »Habt ihr ernsthaft erwartet, dass wir einen großen Jahrmarkt aufbauen können, ohne Rückschläge hinnehmen zu müssen? Rom wurde auch nicht an einem Tag errichtet. Jedes große Unternehmen braucht Jahre, bis es gedeiht, und Niederlagen gehören nun einmal dazu. Der schlechte Kaufmann verzweifelt daran und steckt den Kopf in den Sand, aber der gute stellt sich den Herausforderungen und wächst an ihnen. Ist es nicht so?«

»Ja«, sagten Duval und Le Roux entschieden. Die anderen Kaufleute nickten.

»Varennes wäre nicht da, wo es heute ist, wenn wir bei jedem kleinen Rückschlag den Mut verloren hätten«, fuhr Michel fort. »Solange ich denken kann, haben die Bürger dieser Stadt entschlossen für ihr Wohl gekämpft, und Gott hat sie dafür mit Freiheit und Wohlstand beschenkt. So sollten wir es auch diesmal halten.«

»Außerdem ist eine neue Messe die einzige Möglichkeit, die Verluste aus diesem Jahr wettzumachen«, ergänzte Deforest. »Wir sind geradezu gezwungen, es noch einmal zu versuchen, sonst bleiben wir darauf sitzen. Von den Kosten für den Deich, die Brunnen und das Land ganz zu schweigen. Ohne einen neuen Jahrmarkt haben wir das Geld für nichts und wieder nichts zum Fenster hinausgeworfen.«

»Wir wissen inzwischen, dass Ihr nie um schöne Worte verlegen seid, Herr Fleury«, meinte Tolbert mürrisch. »Aber das ganze klangvolle Gerede vom Geist Varennes' und den Verheißungen der Zukunft ändert nichts daran, dass wir uns gründlich übernommen haben. Unsere Stadt ist zu klein, um eine solche Messe auszurichten. Wir werden ja nicht einmal mit ein paar Straßenräubern und Beutelschneidern fertig. Wir sollten so vernünftig sein und das einsehen, statt dem schlechten Geld noch gutes nachzuwerfen. Denn darauf wird es hinauslaufen: neue Kosten – für eine Herberge, besseren Geleitschutz, mehr Marktaufseher. Außerdem würde ich gerne wissen, wie Ihr die ganzen verärgerten Kaufleute dazu bringen wollt wiederzukommen. Ich an ihrer Stelle würde um einen Jahrmarkt, auf dem man mich bestohlen und mit der Ruhr angesteckt hat, in Zukunft einen weiten Bogen machen.«

»Wir werden ihnen Zollvergünstigungen anbieten«, sagte Michel. »Vielleicht sollten wir sogar darüber nachdenken, zwei oder drei Jahre lang gar keine Abgaben zu verlangen, bis unser guter Ruf wiederhergestellt ist.«

»Keine Abgaben?«, erwiderte Le Masson. »Und wie wollen wir unsere Ausgaben hereinholen?«

»Wie ich bereits sagte: Jedes große Unternehmen braucht Zeit, bis es Gewinn abwirft. Die Champagnemessen waren am Anfang gewiss auch nicht lukrativ. Aber heute gehören sie zu den größten Märkten der Christenheit.« Michel ließ seinen Blick über die Anwesenden schweifen. Er sah viel Zweifel, aber die Zuversicht überwog. »Bevor wir noch länger streiten, schlage ich vor, dass wir abstimmen. Wer ist dafür, dass wir eine neue Messe ausrichten?«

Duval, Deforest, Le Roux, Caboche, der Vorsteher der Wundärzte und Michel selbst hoben die Hand. Tolbert und die übrigen Obermeister stimmten dagegen, womit es sechs zu vier Stimmen stand – eine zu wenig für die erforderliche einfache Mehrheit von sieben Ratsherren.

»Was ist mit euch?«, fragte Michel René Albert und Soudic Poilevain, die sich leise berieten.

»Ihr bekommt unsere Stimmen«, antwortete Albert. »Allerdings haben wir eine Bedingung. Wir setzen ein Jahr aus und halten die nächste Messe erst im Jahr darauf ab. Denn Bertrand hat recht – es wurde übereilt gehandelt. So hätten wir genug Zeit für die Vorbereitungen, und es könnte Gras über die ganzen unschönen Vorfälle wachsen.«

»Ich halte das für einen Fehler«, entgegnete Michel. »Wenn im nächsten Jahr keine Messe stattfindet, wird man im ganzen Abendland glauben, wir hätten aufgegeben, und das wird unserem Ruf nicht guttun.«

»Noch weniger nutzt es unserem Ruf, wenn wir wieder alles überstürzen und noch einmal auf die Nase fallen«, sagte Poilevain. »Das ist unsere Bedingung, Herr Fleury. Akzeptiert sie oder lasst es, aber dann gibt es gar keine Messe.«

Michel musterte die beiden Männer und sah eisenharte Entschlossenheit in ihren Augen. Er war lange genug Bürgermeister, um zu wissen, wann man besser Kompromisse einging, statt zu kämpfen. »Einverstanden. Die kommenden zwei Jahre nutzen wir zur Vorbereitung. Die nächste Messe findet dann im Oktober 1220 statt.«

Seine Anhänger bekräftigten die Entscheidung, indem sie mit den Fingerknöcheln auf die Tische klopften. Michel bat den Stadtschreiber, den soeben gefassten Beschluss ins Ratsbuch einzutragen.

Derweil kamen zwei Diener herein. Einer füllte die Weinkaraffen auf dem Tisch auf, der andere ersetzte die heruntergebrannten Kerzen durch neue. Mehrere Ratsherren gähnten. Odard Le Roux rieb sich Stirn und Augen und blinzelte.

»Bei Gott, bin ich müde«, murmelte er. »Die letzten Wochen waren dermaßen anstrengend, ich könnte zwei volle Tage und Nächte durchschlafen.«

»Ich weiß, ihr alle seid erschöpft und wollt nach Hause«, sagte Deforest, der die Aufstellungen des Kämmerers an sich gebracht hatte. »Aber bevor wir die Sitzung beenden, müssen wir über den städtischen Haushalt sprechen. Ich habe es eben rasch durchgerechnet – fast unsere gesamten Rücklagen sind aufgebraucht. Außerdem sind unsere monatlichen Ausgaben in die Höhe geschnellt. Wenn wir jetzt nicht handeln, sind wir im nächsten Frühjahr zahlungsunfähig.«

Mehrere Ratsherren fluchten vernehmlich oder schüttelten die Köpfe.

»Erhöhen wir die Steuern«, sagte Albert. »Wahlweise den Zoll oder die anderen Marktgebühren.«

»Die Abgaben dürfen wir nicht antasten«, erwiderte Michel. »Die Kaufleute und Handwerker haben wegen der Messe schon genug Geld verloren. Wir müssen alles vermeiden, was sie zusätzlich belasten würde. Es ist besser, wir verringern unsere Ausgaben. Das ist zwar auch nicht gut für den Handel, aber das können die Bürger eher verschmerzen. Seht Ihr Möglichkeiten, wo wir Geld einsparen können?«, wandte er sich an Deforest.

»Ist das nicht offensichtlich?«, entgegnete der Gildemeister. »Bei der neuen Schule natürlich. Am besten schließen wir sie ganz. Wenn wir uns das Geld zurückholen, das Euer Sohn noch nicht ausgegeben hat, bringt uns das auf einen Schlag einen ordentlichen Batzen Silber ein.«

»Die Schule wird nicht angerührt!«, brauste Tolbert auf.

»Wo wollt ihr sonst sparen?«, fragte Deforest ungehalten. »Am Lohn der Stadtknechte? Sie verdienen ohnehin kaum genug zum Leben. An der Reinigung der öffentlichen Brunnen? Nur zu, aber dann beklagt euch nicht, wenn demnächst eine Seuche ausbricht. Auch auf die Instandhaltung der Stadtmauer können wir nicht verzichten. Auf die Schule dagegen schon. Zumal das ganze Vorhaben noch gar nicht richtig angefangen hat. Wenn wir sie jetzt schließen, leidet niemand darunter.«

»Nur all die Jungen, die niemals lesen und schreiben lernen werden, weil sie nicht das Glück hatten, in eine Patrizierfamilie hineingeboren worden zu sein.«

»Und wenn schon. Besser, sie bleiben ungebildet, als dass sie krank werden, einem Verbrechen zum Opfer fallen oder im Ansturm der Feinde sterben, weil der Rat seinen lebensnotwendigen Aufgaben nicht mehr nachkommen kann.«

»Bitte, Eustache«, meldete sich Duval zu Wort. »Die Lage mag schwierig sein, trotzdem sind derartige Zuspitzungen fehl am Platz.« Er wandte sich an Michel. »Wie viel hat Euer Sohn bereits von dem Geld ausgegeben, das wir ihm bewilligt haben?«

»Fragt das jemanden, der besser über das Vorhaben Bescheid weiß«, erwiderte Michel harscher als beabsichtigt.

»Als ich Meister Rémy das letzte Mal traf«, sagte Tolbert, »waren es neunzehn Pfund und ein paar Sous für Steine, Mörtel und Holz.«

»Also brächte es uns gerade einmal zwanzig Pfund ein, das Vorhaben aufzugeben«, meinte Duval. »Das lohnt sich nicht.«

»Es wäre immerhin ein Anfang«, widersprach Deforest. »Außerdem würden wir uns die laufenden Kosten sparen, die nach dem ersten Jahr anfallen.«

Tolbert schlug mit der Faust auf den Tisch. »Es war die Messe, die Varennes an den Rand des Bankrotts gebracht hat!«, dröhnte er. »Wir Handwerker und Bauern werden nicht für den Schaden aufkommen, indem wir auf unsere Schule verzichten. Das ist mein letztes Wort!«

Der Streit, der daraufhin entbrannte, tobte bis Mitternacht.

Rémy schien noch wach zu sein: In seiner Stube über der Werkstatt flackerte Kerzenlicht. Michel trat zur Tür und haderte einen Augenblick mit sich. Schließlich gab er sich einen Ruck und klopfte an. *Das bist du Rémy schuldig. Trotz allem.*

Ihm öffnete Anton, der schon geschlafen hatte, dem zerzausten Haar nach zu schließen.

»Guten Abend, Herr Bürgermeister«, murmelte der Lehrjunge benommen und ließ sie herein. Yves und Louis löschten ihre Fackeln in dem Wasserfass neben der Tür und warteten in der Werkstatt, während Michel die Treppe hinaufstieg.

In der Stube prasselte ein Kaminfeuer. Sein Sohn saß am Tisch und las in einem Buch. Der Blick, mit dem er Michel bedachte, war nicht eben freundlich.

»Darf ich mich setzen?«

»Tu dir keinen Zwang an.«

Schweigend saßen sie sich gegenüber. Das Feuer knisterte und knackte.

»Es ist schon spät; ich möchte bald zu Bett gehen«, sagte Rémy. »Wenn du dich entschuldigen willst, solltest du allmählich damit anfangen.«

»Deswegen bin ich nicht gekommen …«

»Gut. Dann kannst du gleich wieder gehen.«

»Hör mir zu, Rémy«, sagte Michel, als sein Sohn aufstand und die Tür öffnete. »Es ist wichtig. Ich komme gerade von einer Sitzung des Rates. Um die Stadt steht es schlecht. Wir mussten einige harte Einschnitte vornehmen, um die Zahlungsunfähigkeit abzuwenden. Einschnitte, die leider auch dich betreffen.«

Rémy starrte ihn an. »Ihr wollt die Schule aufgeben.«

»Der Rat hat entschieden, das Vorhaben aufzuschieben. Es ist einfach zu teuer. Momentan können wir es uns nicht leisten, so, wie die Dinge liegen. In zwei Jahren sieht es sicher anders aus.«

Rémy zischte einen hässlichen Fluch, ging in der Stube umher und ballte die Linke zur Faust.

»Du bist nicht der Einzige, den es trifft«, fuhr Michel fort. »Der Stadtschreiber, der Kämmerer und andere Beamte erhalten ab Allerheiligen weniger Lohn. Die Stadtknechte, Marktaufseher und Zöllner bekommen bis auf Weiteres keine neuen Röcke, Stiefel und Waffen. Die Instandhaltung der Stadtmauer wird zwei Jahre lang ausgesetzt. Wir Ratsherren verzichten auf unsere Aufwandsentschädigung.«

»Keinen Wein und kein Salz mehr für euch? Auch kein kostenloses Kerzenwachs? Einfach schrecklich. Es erwischt immer die ärmsten der Armen.«

»Spotte, so viel du willst. Es mag dich überraschen, aber mir macht das keine Freude.«

»Ach nein?« Rémy stemmte die Hände auf die Tischplatte und beugte sich vor. »Eines wüsste ich gern: Es gab doch sicher eine Abstimmung darüber, ob die Schule aufgegeben werden soll.«

Michel nickte. »Es gab sieben Stimmen dafür.«

»Und wofür hast du gestimmt?«

»Ich habe mich enthalten, so wie im Sommer, als du den Vorschlag eingebracht hast.«

Rémy lachte, ein kurzes, trockenes Schnauben.

»Frag Henri oder Eustache, wenn du mir nicht glaubst«, sagte Michel. »Ich habe damals entschieden, mich im Rat nicht gegen dich zu stellen. Daran habe ich mich auch diesmal gehalten. Bloß weil es zwischen uns nicht zum Besten steht, falle ich meinem eigenen Sohn nicht in den Rücken.«

»Du hast ja auch so bekommen, was du wolltest. Da ist es leicht, sich zurückzulehnen und den integren Ratsherrn zu spielen, der niemals seine hehren Grundsätze aufgibt.«

Allmählich wurde Michel wütend. »Wäre es dir lieber gewesen, ich hätte gegen dich gestimmt?«

»Es wäre wenigstens ehrlich gewesen. Gib es doch zu: In Wahrheit bist du heilfroh, dass du die teure, lästige, überflüssige Schule endlich vom Hals hast.«

»Wieso mache ich mir eigentlich die Mühe, mit dir zu reden, wenn du ohnehin immer das Schlechteste von mir annimmst?«

»Ich habe deine Selbstherrlichkeit einfach satt!« Rémy schrie jetzt. »Du allein weißt, was gut für Varennes ist. Andere Meinungen zählen nicht. Und wehe dem, der etwas tut, das deinen Plänen zuwiderläuft. Er wird beschimpft, behindert und ins Abseits gedrängt, und wenn es dein eigener Sohn ist.« Er stürmte aus der Kammer, kam mit einer Geldkatze zurück und knallte sie auf den Tisch. »Hier. Das restliche Geld des Rates. Vielleicht könnt ihr damit wenigstens einen Teil des Schadens beheben, den deine Messe angerichtet hat. Nimm es und verschwinde.«

Am nächsten Morgen kam ein Schuster aus dem Viertel in die Werkstatt und bat Rémy, für ihn einen Brief an seinen Bruder in Saint-Dié-des-Vosges zu schreiben. Rémy setzte sich an das Schreibpult, forderte den Schuster auf, ihm den Brief zu diktieren – und bereute sogleich, dass er den Auftrag angenommen hatte. Die Ausführungen des Mannes waren derart umständlich und wirr, dass Rémy ihnen kaum folgen konnte, zumal er schlecht geschlafen hatte. Ständig fing der Schuster von vorne an, weil er sich immerzu in den eigenen Sätzen verhedderte. Stumm betete Rémy um die Kraft, den Mann nicht anzubrüllen.

Glücklicherweise erschien wenig später die Rettung in Gestalt von Bertrand Tolbert, der ihn um ein Gespräch bat. Rémy wies Gaston an, den Brief zu Ende zu schreiben, und zog sich mit dem Obermeister der Stadtbauern in die Stube zurück.

»Ich fürchte, ich habe schlechte Neuigkeiten für Euch«, begann Bertrand. »Der Rat hat gestern entschieden, Eure Schule nicht mehr zu unterstützen.«

»Ich weiß«, entgegnete Rémy. »Mein Vater hat es mir schon gesagt.«

»Ich habe es leider nicht geschafft, den Rat davon abzubringen. Außer mir stimmten nur Henri und zwei andere dagegen. Es tut mir leid.«

»Ihr müsst Euch nicht entschuldigen, Bertrand. Ihr habt Euch stets für das Vorhaben stark gemacht. Mehr konntet Ihr nicht tun.«

Tolbert verschränkte die schwieligen Hände auf dem Tisch

und presste die Daumen gegeneinander. »Die Entscheidung des Rates ist ein herber Rückschlag für uns. Trotzdem dürfen wir nicht aufgeben. Die Schule ist zu wichtig für Varennes.«

Rémy nickte. Auch er war nicht bereit, sich geschlagen zu geben. Die halbe Nacht hatte er wach gelegen und überlegt, ob sich die Schule nicht doch retten ließe. »Die Frage ist: Wo bekommen wir das Geld für die Bücher, das Schreibwerkzeug und den Lohn des Schulmeisters her? Ich schätze, dass ich noch etwa zehn bis zwölf Pfund für das Gebäude und alle Anschaffungen brauche. Plus fünf bis zehn pro Jahr für den Schulmeister, je nachdem, wie viel Lohn er verlangt. Das ist eine Menge Geld, aber es ist nicht unüberschaubar. Vielleicht können wir eine Stiftung gründen, die nicht an den Rat angegliedert ist, und die Bürgerschaft um Spenden bitten.«

»Ich fürchte, damit werden wir nicht weit kommen. Die meisten Kaufleute halten nichts von dem Vorhaben, sie werden uns nichts geben. Mit den Handwerkern können wir auch nicht rechnen, sie haben wegen der Messe viel Geld verloren. Und die ärmeren Familien, für die die Schule hauptsächlich gedacht ist, wollten wir von vornherein nicht an den Kosten beteiligen. Wenn wir sie jetzt um Spenden bitten, ist das auch nichts anderes als ein Schulgeld.«

»Habt Ihr einen anderen Vorschlag?«

»Wir warten. Momentan sind die Zeiten schlecht, aber das ändert sich auch wieder. Wenn es der Stadt besser geht, kann ich sicher eine neue Mehrheit für das Unternehmen gewinnen. Die Wartezeit nutzen wir, um alles für den Beginn des Unterrichts vorzubereiten, sodass wir nur noch einen Lehrer einstellen müssen, wenn der Rat uns seine Unterstützung gewährt.«

Rémy war nicht überzeugt. »Und woher nehmen wir das Geld für die ganzen Anschaffungen?«

»Das Material, das Ihr zum Umbau der Lagerhalle braucht, habt Ihr bereits gekauft. Die Arbeit leistet Ihr selbst, sodass durch das Gebäude kaum neue Kosten anfallen sollten. Bleiben das Schreibwerkzeug für die Schüler und das Material für die Bücher, die Ihr kopieren wollt. Dafür kann ich aufkommen.«

»Seid Ihr sicher? Wir reden von einem Betrag von mehreren Pfund.«

»Ich mag nicht so reich sein wie Euer Vater, aber ich bin durchaus ein wohlhabender Mann«, entgegnete Bertrand mit einem kargen Lächeln. »Ich kann mir das schon leisten. Es ist ja für eine gute Sache.«

»Das kann ich nicht annehmen. Wir teilen uns die Kosten.«

»Nein. Ihr leistet bereits die ganze Arbeit. Ihr sollt nicht auch noch Euer sauer verdientes Geld in das Vorhaben stecken. Das soll mein Beitrag sein – ich bestehe darauf.«

Rémy sah die Entschlossenheit in Bertrands Augen und wusste, dass jeder Widerspruch zwecklos war. »Einverstanden«, sagte er. »Ich werde darauf achten, die Kosten so niedrig wie möglich zu halten. Ihr habt mein Wort.«

Sie schüttelten einander die Hand.

»Wir werden unsere Schule bekommen, Meister Rémy«, sagte der Vorsteher der Stadtbauern. »Wir müssen nur Geduld haben.« Mit diesen Worten verabschiedete er sich.

Von neuer Zuversicht erfüllt, stieg Rémy in die Werkstatt hinunter. Anton und Dreux glätteten gerade neues Pergament und grinsten. Der Schuster war immer noch da und diktierte stammelnd seinen Brief. Gaston kauerte steif am Schreibpult, die Finger um den Gänsekiel gekrampft, und wartete, dass der Schuster seinen Satz beendete. Sein Gesicht war bar jeder Regung, doch wer den Gesellen kannte, sah auf einen Blick, dass er Mordgedanken hegte.

Rémy erlöste den armen Kerl, bevor es zu Handgreiflichkeiten kam.

Als der Oktober dem Ende zuging, regnete es lange und heftig im Moseltal. Die Gassen versanken im Schlamm. Wer konnte, blieb zu Hause und wärmte sich am Herdfeuer. Der Fluss schwoll an, wogte gegen die Fundamente der Stadtmauer und hätte die Unterstadt überschwemmt, wenn die Bruderschaften am Fischmarkt keinen Deich aus Sandsäcken errichtet hätten.

Das Wasser war braun vom Schlamm der Uferböschungen und voller Treibholz und Unrat. Deshalb bemerkte niemand den Sack, der eines Abends unter der Brücke hindurchtrieb. Er verfing sich bei der Königspfalz in einer Ansammlung abgestorbener Äste, wo er hängen blieb, bis ihn am nächsten Morgen der Flusskahn eines Kaufmanns streifte. Der Sack schwamm weiter, schrammte an einigen Felsen entlang, riss auf, drehte sich.

Ein Gesicht kam zum Vorschein, bleich, wächsern, aufgequollen. Hervé starrte zum Himmel hinauf. In seinen toten Augen stand noch immer das Grauen, das er während seiner letzten Stunden verspürt hatte. Braunes Wasser schwappte über seine Wangen, füllte seinen Mund, während er nach Norden trieb, Meile um Meile.

Erst zwei Wegstunden vor Metz entdeckte man ihn – zwei Flößer zogen ihn aus der Mosel, schnitten den Sack auf und legten die geschundene Leiche auf die Wiese. Kratzten sich am Kopf, tranken noch mehr Bier und verscharrten ihn schließlich unter einer alten Eiche. Einer der beiden sprach ein trunkenes Gebet, während der andere an einem nahen Busch seine Blase leerte, bevor sie wieder auf ihr Floß kletterten und weiterfuhren.

In Varennes hatte man Hervé bereits vergessen. Nur Pierre, der geläuterte Dieb, fragte sich gelegentlich, was wohl aus ihm geworden war – bis eines Nachts Guillaume in seinen Unterschlupf kam und auch ihm einen Knüppel über den Schädel zog.

November 1218

Varennes-Saint-Jacques

Der Mörtel reichte gerade so. Rémy kratzte ihn aus dem Eimer, trug ihn mit der Kelle auf und setzte den letzten Stein in die Mauer. Fertig. Er wischte sich den Schweiß von der Stirn und stieg von der Leiter, um sein Werk zu begutachten. Die Wand reichte bis hinauf zum Dachgebälk und trennte den hinteren Teil der Lagerhalle vom Rest des Gebäudes ab. In der neu geschaffenen Kammer würden sie das Schreibwerkzeug und die Bücher aufbewahren. Eine feste Tür, die er einsetzen würde, sobald der Mörtel getrocknet war, würde die kostbaren Handschriften vor Dieben schützen.

Rémy blinzelte und nahm einen Schluck aus dem Bierkrug, den Anton ihm reichte. In den letzten Wochen hatten sie geschuftet wie Leibeigene, denn er wollte das Gebäude noch in diesem Jahr fertigstellen. Abend für Abend waren sie nach der Arbeit in der Werkstatt hergekommen und hatten die Löcher im Dach geflickt, das Mauerwerk ausgebessert, das Dachgebälk verstärkt. Die Fensterschlitze waren längst fertig. Es gab vier in jeder langen Wand, damit stets genügend Tageslicht in den Saal fiel, in dem später einmal der Unterricht stattfinden sollte.

Die Mühe hatte sich ausgezahlt: Sie lagen gut in der Zeit. Es gab nur noch Kleinigkeiten zu tun. So musste er einen Bücherschrank und ein Lesepult für den Schulmeister zimmern. Wenn das geschafft war, konnte er anfangen, sich geeignete Bücher auszuleihen und zu kopieren.

Er meinte sich zu erinnern, dass es vor einiger Zeit zur Komplet geläutet hatte. Rémy beschloss, es für heute gut sein zu lassen, und wusch den Eimer am Wasserfass aus; Anton reinigte das Werkzeug. Als sie die Bretter auf die Schragen legten, damit sie gleich morgen mit der Tür anfangen konnten, klopfte jemand energisch an das Tor.

Seufzend öffnete er. Vor ihm stand der Nachtwächter mit seinem Spieß und der Laterne. Diese Woche tat Raimbaut von der Bruderschaft der Gerber und Pergamentmacher Dienst. Mit dem Mann war nicht gut Kirschen essen. Raimbauts Hund zerrte an der Leine, die sich der Gerber um das Handgelenk geschlungen hatte, und beschnüffelte Rémy geifernd.

»Schon wieder!«, sagte der Nachtwächter. »Habe ich Euch nicht aufgefordert, zur Vesper Schluss zu machen? Aber Ihr arbeitet einfach weiter bis nach der Komplet!«

»Wir wollten gerade aufhören«, erwiderte Rémy beschwichtigend. »Lasst uns nur noch rasch das Werkzeug saubermachen, dann gehen wir nach Hause.«

»Wie oft muss ich Euch noch sagen, dass es verboten ist, bei Nacht zu arbeiten? Es ist gottlos und gefährlich. Wenn Ihr vor lauter Müdigkeit einen Kienspan fallen lasst, brennt womöglich das ganze Viertel nieder!«

»Ich kann nun einmal nur in den Abendstunden hier arbeiten. Tagsüber bin ich in meiner Werkstatt und muss Geld verdienen.«

»Das kümmert mich nicht! Wenn ich Euch noch einmal bei Dunkelheit hier erwische, melde ich Euch dem Schultheißen, mein Wort darauf.«

»Gut. Verstanden. Es wird nicht wieder vorkommen.«

»Das will ich hoffen. Nur Schurken und Ehrlose arbeiten bei Nacht, merkt Euch das.«

»Erbsenzähler«, murmelte Rémy, als der Nachtwächter mit Hund und Laterne von dannen zog.

Sie wuschen sich die Hände und löschten die Kienspäne.

Raimbaut würde zweifellos dafür sorgen, dass künftig jeden Abend ein Nachtwächter vorbeischaute. Wenn Rémy eine empfindliche Geldbuße vermeiden wollte, würde er die Arbeit an der Schule während der Wintermonate weitgehend einstellen müssen, denn er hatte fast jeden Tag bis Einbruch der Dunkelheit in der Werkstatt zu tun. Er würde mit dem Rat sprechen müssen. Vielleicht gewährte man ihm eine Ausnahmegenehmigung, wenigstens bis zur Komplet in der Schule arbeiten zu dürfen.

Einstweilen würde er das Beste aus seiner misslichen Lage machen. Die vergangenen Wochen und Monate hatten ihm alles abverlangt. Insofern war es von Vorteil, dass man ihn zwang, in nächster Zeit kürzerzutreten, denn er brauchte dringend Ruhe. Außerdem lebte er seit geraumer Zeit wie ein Eremit. Seit einer Ewigkeit war er bei keiner Zusammenkunft seiner Bruderschaft mehr gewesen. Auch Eugénie hatte er seit … wie vielen Wochen nicht gesehen? Er wusste es nicht genau. Sieben oder acht waren es bestimmt.

Rémy beschloss, sie mit einem Besuch zu überraschen. Er schickte Anton mit dem Handkarren nach Hause, schloss die Schule ab und schritt über den dunklen Salzmarkt.

In ihrer Taverne brannte noch Licht. Die letzten Gäste waren bereits gegangen, und Eugénie wuchtete gerade ein leeres Bierfass auf den Stapel, als er den rauchverhangenen Schankraum betrat.

»Ich hab schon geschlossen … du!«, sagte sie.

»Guten Abend, Eugénie«, begrüßte er sie lächelnd.

»Dass du dich auch mal wieder blicken lässt.« Sie stellte das Fass zu den anderen und begann, einen Tisch abzuwischen.

Er legte ihr von hinten die Hände um die Taille und drückte sie an sich. »Bekomme ich keinen Kuss?«

»Lass das.« Sie löste sich unsanft von ihm.

»Was ist denn los mit dir?«

»Was los ist? Das ist nicht dein Ernst, oder?« Sie fuhr herum und klatschte den Lappen auf den Tisch. »Wochenlang tauchst du nicht auf und meldest dich nicht, und dann stehst du plötzlich da und verlangst einen Kuss? Wofür hältst du mich? Für eine billige Hure, die du nehmen kannst, wann es dir gerade passt?«

»Unsinn. Was redest du da? Ich hatte eben viel zu tun. Die Schule ...«

»Die Schule, die Schule. Sie ist dein Ein und Alles, was? Alles andere kümmert dich nicht mehr.«

»Du kümmerst mich.«

»Ach, wirklich? Du verstehst es ja trefflich, einem Mädchen deine Zuneigung zu zeigen.«

»Ich wusste nicht, dass ich dir gegenüber zu etwas verpflichtet bin«, entgegnete er ungehalten. »Wir hatten eine Abmachung. Wir waren uns einig, einander nicht zu bedrängen.«

»Du weißt genau, worum es in unserer Abmachung ging. Dass du einfach verschwindest und wochenlang nichts von dir hören lässt – davon war nie die Rede. Du hättest wenigstens etwas sagen können!«

»Es tut mir leid, in Ordnung? Ja, ich hätte etwas sagen sollen. Aber ich habe nun einmal nicht daran gedacht. Ich versinke in Arbeit. Seit Monaten stehe ich bei Sonnenaufgang auf und falle um Mitternacht ins Bett. Ich hätte nicht einmal mitbekommen, dass in Varennes ein Jahrmarkt stattfindet, wenn mein Vater mich nicht gezwungen hätte, mit ihm hinzugehen.«

»Du bist nicht der Einzige, der viel arbeitet. Ich schufte auch von früh bis spät und finde trotzdem die Zeit, mich um die Menschen zu kümmern, die mir etwas bedeuten.«

Hilflos breitete Rémy die Arme aus. »Gut, Eugénie. Einverstanden. Ich habe mich wie ein Mistkerl verhalten. Aber ich habe mich entschuldigt. Was soll ich noch tun?«

»Vielleicht solltest du einfach gehen«, meinte Eugénie und wischte weiter den Tisch ab.

»Nein. So leicht wirst du mich nicht los. Ich bleibe, bis du meine Entschuldigung annimmst.«

Eine Weile stand sie reglos da, über den Tisch gebeugt, in der Hand den Lappen. Er sah, dass sie einen tiefen Atemzug nahm. »Wir können uns nicht mehr sehen, Rémy«, sagte sie schließlich.

»Das ist doch lächerlich. Wenn du mich bestrafen willst – bitte. Vermutlich habe ich das verdient. Aber doch nicht so. Das ist kindisch.«

»Du kannst nicht ewig verschwinden und anschließend erwarten, dass alles noch so ist, wie es war. Das Leben geht weiter, auch ohne dich. Ich werde heiraten«, fügte sie leise hinzu.

Es dauerte lange, bis Rémy seine Sprache wiederfand. »Wen?«, brachte er hervor.

»Hugo, den Schustergesellen. Er hat am Tag des heiligen Jacques um meine Hand angehalten.«

»Und du hast Ja gesagt?«

»Noch nicht. Aber ich werd's tun.«

»Aber du wolltest doch nie heiraten.«

»Hugo ist anders. Er hat mir versprochen, sich nie in mein Geschäft einzumischen. Wenn wir ein Kind bekommen, wird seine Schwester mir helfen, damit ich weiterarbeiten kann.«

Rémy begann, im Schankraum umherzugehen. Er konnte einfach nicht fassen, was er da hörte. »Aber Hugo ist … er ist …«

»Er ist was?«, fragte Eugénie barsch.

»Ein Feigling. Ein Hasenfuß.«

»Woher willst du das wissen? Du kennst ihn kaum.«

»Ich habe Geschichten gehört. Während der Fehde soll er vor jedem Kampf so gezittert haben, dass er kaum seine Waffe halten konnte.«

»Wenigstens hat er in der Fehde gekämpft.« Sie blickte ihn herausfordernd an. »Was man von anderen nicht behaupten kann.«

»Trotzdem«, gab Rémy gereizt zurück. »Er passt überhaupt nicht zu dir.«

»Doch, das tut er. Er kümmert sich um mich. Er bringt mir Blumen. Er würde nicht einfach ohne ein Wort verschwinden.«

»Macht er dich glücklich?«

»Ja«, sagte sie eine Spur zu entschieden.

»Und wenn ich dich bitte, Hugo nicht zu heiraten?«

»Was soll das, Rémy?«

»Heirate ihn nicht«, sagte er. »Bitte.«

»Das kommt ein bisschen spät.«

»Ich meine es ernst.«

Sie lachte freudlos. »Aus dir spricht die gekränkte Eitelkeit. Das ist mir zu wenig.« Sie sammelte einige Krüge auf und stellte sie auf den Tisch neben der Küchentür.

Rémy wusste nicht, was er noch sagen sollte. Sie hatte offenbar ihre Entscheidung getroffen. »Also ist es vorbei?«

»Ja.«

»Sag es mir wenigstens ins Gesicht.«

Sie wandte sich zu ihm um. »Es ist vorbei«, sagte sie mit einem harten Zug um den Mund. »Bist du jetzt zufrieden?«

Rémy nickte. Er biss die Zähne zusammen und setzte seine Mütze auf. »Leb wohl, Eugénie.«

Er stieß die Tür auf und trat hinaus in die Nacht.

Während Rémy durch die dunklen Gassen schritt, lag Anseau Lefèvre bereits im Bett und schlief. In seinem Traum stand er vor dem Spiegel, den ihm einst seine Mutter geschenkt hatte. Er konnte sich kaum an sie erinnern, und die kleine Bronzescheibe war eines der wenigen Dinge, die ihm von ihr geblieben waren.

Sein Spiegelbild lächelte ihn an. *»Lange nicht gesehen, Anseau«*, sagte es.

»Du bist mein Spiegelbild. Wir sehen uns jeden Tag«, gab er verwirrt zurück.

»Ich bin nicht dein Spiegelbild.«

»Was bist du dann?«

»Ich denke, das weißt du.«

Lefèvre schauderte, obwohl es in seiner Kammer plötzlich ungewöhnlich warm war. Der Mann im Spiegel zwinkerte ihm zu, seine Zähne waren so weiß und makellos wie Alabaster.

»Was willst du von mir?«

»Dich daran erinnern, dass ich auf dich warte. Du neigst dazu, mich zu vergessen. Sehr leichtfertig von dir, Anseau. Ich mag es nicht, wenn man mich vergisst.«

Lefèvre wollte den Spiegel umreißen, doch seine Hand bewegte sich so langsam, als sei die Luft plötzlich zäh wie Schleim. Deshalb sah er noch, dass in den Augen seines Spiegelbildes Flammen aufloderten, ehe er die Bronzescheibe zu fassen bekam.

»Wir sehen uns, Anseau. Schon bald. Schon bald …«

Er knallte den Spiegel mit der polierten Seite auf den Truhendeckel – und wachte keuchend auf.

Es dauerte lange, bis sich sein Atem beruhigte. In seiner Kammer war es ganz und gar nicht warm, sondern eiskalt. Trotzdem klebte ihm die Decke an der verschwitzten Haut. Er schlug sie zurück und versuchte, mit Feuerstein und Zunder einen Kienspan zu entzünden. Seine Hände zitterten so stark, dass er mehrere Anläufe brauchte, bis es ihm endlich gelang.

Mit der Schale in der Hand trat er zu der Truhe, auf der der Spiegel lag, hob ihn auf, schluckte, blickte hinein.

Kein Lächeln, keine flammenden Augen. Nur ein müdes, teigiges, unrasiertes Gesicht.

Verdammte Träume! Er riss die Pergamentbespannung aus dem Fenster und warf den Spiegel hinaus. Scheppernd landete die Bronzescheibe auf dem Straßenpflaster. Anschließend setzte er sich in die Fensternische, schlang sich seinen Mantel um die Schultern und atmete die kalte Novemberluft ein, denn er verspürte keinerlei Verlangen, ins Bett zurückzukehren.

Er war wieder zwölf Jahre alt und lauschte angstvoll, ob sich seiner Kammer Schritte näherten. Schwere, schleppende Schritte, die die Zuchtrute ankündigten.

Feiger Rotzbengel! Wo steckst du wieder? Komm raus und hol dir deine Strafe ab.

Die Stimmen, die Erinnerungen – er hatte sie noch lange nicht besiegt. Er schloss die Augen und öffnete sie erst wieder, als sein Herz nicht mehr klopfte wie eine Kriegstrommel kurz vor der Schlacht. Seine Kehle war ausgedörrt, doch ihm fehlte die Kraft, aufzustehen und den Wasserkrug zu holen.

Es dämmerte allmählich. Beim ersten Licht des Tages lehnte er den Kopf zurück und beobachtete das Kaufmannshaus schräg gegenüber.

»Fleury«, flüsterte er mit einer Stimme wie knirschender Sand. »F-l-e-u-r-y. Fleury. F-l-e-u-r-y …«

Dezember 1218

Varennes-Saint-Jacques

Mit ruhiger Hand führte Rémy den Pinsel über das Pergament, zeichnete Linien, Bögen und Ecken und füllte die Flächen mit strahlenden Farben.

Es war lange her, dass sie ein richtiges Buch angefertigt hatten. In den vergangenen Monaten hatte die Werkstatt ausschließlich von Verträgen, Rechnungen und anderen kleineren Aufträgen gelebt. Rémy hatte gutes Geld damit verdient, doch es war einfach nicht dasselbe, wie ein Buch zu kopieren. Umso mehr genoss er die Arbeit an seinem neuesten Auftrag: ein Evangeliar für einen reichen Patrizier aus Épinal. Ein Prachtcodex sollte es werden, prallvoll mit Miniaturen und Ornamenten, jede einzelne Seite ein Kunstwerk. Der Patrizier zahlte ein kleines Vermögen für das Buch und erwartete nichts weniger als Höchstleistungen von Rémy und seinen Mitarbeitern.

Gaston besorgte die Abschrift des Textes. Das Matthäus-Evangelium war bereits fertig. Während der Geselle mit dem Evangelium nach Markus anfing, sah Anton die Seiten nach Fehlern durch und reichte sie an Rémy weiter, der den Buchschmuck einfügte. Wie immer begann er mit den Initialen, den vergrößerten Anfangsbuchstaben der einzelnen Textabschnitte. Gerade arbeitete er an einem P und versah das Schriftzeichen mit Schnörkeln und Ranken. Im Bauch des Buchstaben kauerte eine Figur, ein blonder Schreiber, der an seinem Pult saß wie just in diesem Moment Rémy. Tatsächlich war die Miniatur ein Selbstportrait. Rémy wäre nie so weit gegangen, ein Buch, das er angefertigt hatte, mit seinem Namen zu versehen. Dergleichen galt als plump und dünkelhaft und war unter Schreibern verpönt. Kleine, versteckte Hinweise auf seine Urheberschaft waren das einzige Zugeständnis an seine Eitelkeit, das er sich gelegentlich gestattete.

Während er die Initiale malte, gab es nur ihn, das Pergament und die Farben. Die Welt da draußen, seine Sorgen wegen der Schule, Eugénie – all das war vergessen. Deshalb bemerkte er seinen Besucher erst, als Dreux ihn ansprach.

»Meister Rémy – Euer Herr Vater.«

Rémy hob den Kopf. Michel stand bei der Tür der Werkstatt, Schneeflocken auf Mantel und Mütze. Rémy legte den Pinsel weg. »Es wird bald dunkel. Wir machen Schluss für heute.«

»Aber wir müssen noch aufräumen und die Pinsel reinigen«, sagte Dreux.

»Das mache ich nachher. Geht in die Schenke und trinkt auf den neuen Auftrag. Nehmt Anton mit. Aber nur ein Bier für den Jungen. Wehe euch, wenn er betrunken zurückkommt.«

Das ließen sich seine Leute nicht zweimal sagen. Sie warfen ihre Umhänge über und waren kurz darauf im Schneegestöber verschwunden.

Langsam kam Michel näher und betrachtete die Buchseiten, die auf dem Tisch auslagen. »Du hast einen neuen Auftrag?«

»Seit Langem wieder ein Buch.«

»Zahlt der Kunde gut?«

»Ich kann nicht klagen.«

Michel nahm eine Seite in die Hand und schien jedes Wort einzeln zu studieren. »Saubere Arbeit«, murmelte er.

Seit ihrem letzten Streit hatten sie nicht mehr miteinander gesprochen. Rémy hatte oft und lange über jene Nacht nachgedacht, und inzwischen schämte er sich für so manches Wort, das er im Zorn gesagt hatte. Er wollte sich entschuldigen, doch er wusste nicht, wie er es angehen sollte. Zu widersprüchlich waren die Gefühle, die er für seinen Vater empfand. Er ärgerte sich nach wie vor über ihn, daran änderte auch das schlechte Gewissen nichts, das ihm zusetzte.

Michel räusperte sich. »Weswegen ich hier bin … ich habe etwas für dich.« Er öffnete die Ledertasche, die er an einem Riemen über der Schulter trug, und entnahm ihr ein Buch. »Es ist Ciceros *De inventione*. Ich habe es bei einem Buchhändler in Speyer gefunden und dachte, es könnte dir für die Schule nützlich sein. Es ist ein Standardwerk für den Rhetorikunterricht.«

Zögernd nahm Rémy das ledergebundene Büchlein in die Hand und schlug es auf. Es war eines jener handlichen Exemplare, die neuerdings an der Universität von Paris kursierten. Schlicht und zweckmäßig – genau das, was er brauchte.

»Deine Mutter hat erzählt, dass du nicht weißt, wo du die Zeit hernehmen sollst, all die Lehrbücher zu kopieren«, erklärte Michel. »Also dachte ich, du hast gewiss nichts dagegen, wenn du zumindest den Cicero nicht abschreiben musst.«

»Es ist ein Geschenk?« Rémy fragte sicherheitshalber nach. Selbst ein solch einfaches Buch war nicht eben billig.

»Betrachte es als Spende für die Schule.«

»Die Schule, die du für einen ›törichten Traum‹ und ein ›lächerliches Unterfangen‹ hältst?«

Es kostete seinen Vater sichtlich Überwindung, die nächsten Worte auszusprechen. »Es war nicht recht von mir, das zu sagen. Es war unüberlegt und kränkend. Jedenfalls ist es an der Zeit, dass ich mich dafür entschuldige.«

Rémy hatte plötzlich einen Kloß im Hals. »Ich sollte mich ebenfalls entschuldigen. Als ich dich selbstherrlich nannte …«

Michel winkte ab. »Vergeben und vergessen. Im Zorn sagen wir alle törichte Dinge, die wir nicht so meinen.«

Schweigend standen sie sich gegenüber.

»Frieden?«, fragte sein Vater.

»Frieden«, antwortete Rémy und reichte ihm die Hand. Michel ergriff sie, zog seinen Sohn an sich und schloss ihn in die Arme.

»Herrgott, Rémy, was ist nur in uns gefahren? Wir lieben uns doch. Wie können wir nur so miteinander umspringen?«

»Wir waren einfach Narren. Reden wir nicht mehr davon.«

»Lass uns etwas vereinbaren: Was auch geschieht, wir werden nicht mehr zulassen, dass wir uns deswegen entzweien. Wir können uns streiten, uns beschimpfen, aber spätestens am Tag darauf reichen wir einander die Hand zur Versöhnung.«

»Einverstanden«, sagte Rémy.

Michel wischte sich eine Träne ab. »Deine Mutter wird drei Kreuze schlagen, wenn sie das hört. Sie hat mir die Hölle heißgemacht in den letzten Wochen.«

»Nicht nur dir«, sagte Rémy grinsend.

»Komm. Gehen wir etwas trinken, und du erzählst mir, wie die Arbeit an der Schule vorangeht.«

»Gern. Lass mich nur rasch die Werkstatt aufräumen.«

Michel packte mit an, und kurz darauf verließen sie das Haus.

Inzwischen war es dunkel. Dicke Schneeflocken rieselten vom Abendhimmel und zerschmolzen in den Fackeln, die in den Hoftoren flackerten. In ihre Mäntel gehüllt, schritten sie durch die Gassen. Als sie den Salzmarkt erreichten, fiel Rémy etwas ein.

»Hast du die Schule überhaupt schon einmal von innen gesehen?«

»Bisher nicht, nein.«

»Dann wird es Zeit.« Glücklicherweise hatte Rémy den Schlüssel der einstigen Lagerhalle immer bei sich. Er schloss das Tor auf und zündete drinnen zwei Kienspäne an. »Sieh dich um.«

Michel nahm eine Fackel an sich. »Beeindruckend, was du geleistet hast«, sagte er, während er herumging.

»Vieles ist noch nicht ganz fertig. Aber das wird, spätestens im Frühjahr.« Seit der Nachtwächter Rémy verboten hatte, bei Dunkelheit zu arbeiten, fand er kaum noch die Zeit, Hand an die letzten Kleinigkeiten zu legen. Wenigstens hatte er inzwischen eine Tür für die hintere Kammer gezimmert. Allerdings war er noch nicht dazu gekommen, sie einzusetzen. Seit zwei Wochen lag sie auf den Schragen und setzte Staub an.

»Bertrand hat übrigens bei der letzten Ratssitzung von euren Plänen gesprochen«, sagte Michel. »Momentan hat der Rat andere Sorgen, aber ich bin zuversichtlich, dass wir dir im übernächsten Jahr Geld für einen Schulmeister bewilligen können – vorausgesetzt, der Jahrmarkt wird ein Erfolg.«

Rémy nickte. Er hatte sich bereits darauf eingestellt, dass sie frühestens in zwei Jahren mit dem Unterricht würden beginnen können. Von der nächsten Messe hing nun einmal alles ab.

»Und was die Kosten für das Schreibwerkzeug, die Bücher und all die anderen Anschaffungen betrifft – die übernehme ich. Bertrand weiß schon Bescheid.«

»Bist du sicher?«, fragte Rémy. »Da geht es um einen ordentlichen Batzen Silber.«

»Es ist das Mindeste, was ich tun kann. Außerdem – wie sieht das denn aus, wenn Bertrand alles bezahlt, aber dein steinreicher Vater gibt dir keinen roten Heller? Ich müsste mich ja schämen.«

Rémy unterdrückte ein Grinsen. »Hab Dank. Ich weiß das zu schätzen.«

Michel brummte nur. »Die Tür da – die ist für dahinten, richtig?«

»Ich bin noch nicht dazu gekommen, sie einzusetzen.«

»Dann machen wir das jetzt. Komm, ich helfe dir.«

Mit vereinten Kräften trugen sie die Tür zur hinteren Kammer. Rémy stellte sie im Rahmen aufrecht hin, sein Vater hielt sie von der anderen Seite fest und versuchte, die beiden schmiedeeisernen Ösen über die Dornen der Angeln zu stülpen, während Rémy die nicht eben leichte Tür auf einem Fuß balancierte. Als sie endlich einrastete, hörte er hinter sich energische Schritte.

»Jetzt reicht es!«, sagte Raimbaut, der diese Woche wieder seinen Dienst als Nachtwächter versah. Sein Köter zerrte an der Leine. »Ich habe es im Guten versucht und Euch mehrmals erklärt, dass Arbeit bei Nacht verboten ist, aber Ihr seid offenkundig unbelehrbar. Jetzt setzt es ein Bußgeld! Meldet Euch morgen beim Schultheißen. Und Euer Handlanger auch!«

»Bußgeld?« Michel öffnete die Tür und trat aus der Kammer. »Was für ein Bußgeld?«

»Herr ... Herr Bürgermeister!«, stammelte Raimbaut. »Ich dachte ... ich wusste nicht ...« Der Nachtwächter stand stramm. »Kein Bußgeld. Ein Irrtum meinerseits. Bitte entschuldigt.« Er ergriff die Flucht und zerrte seinen Hund hinter sich her.

»Ein tüchtiger Bursche, dieser Raimbaut«, sagte Michel. »Nichts entgeht ihm. Männer wie er sind das Rückgrat des Stadtregiments.«

»Das verlängerte Rückgrat, wolltest du sagen.«

»Rémy, bitte. So spricht man nicht über verdienstvolle Bürger, die nur ihre Pflicht tun. Komm morgen ins Rathaus und besorg dir eine Genehmigung für Nachtarbeit, damit alles seine Richtigkeit hat. Jetzt lass uns endlich in die Schenke gehen. Ich bin durstig. Zu Eugénie?«

»Ich wäre dir dankbar, wenn wir woanders hingehen könnten.«

Michel hob eine Augenbraue. Rémy hoffte, dass sein Schweigen Antwort genug war.

»Na gut. Dann eben nicht. Das Essen dort taugt ohnehin nichts. Hast du mal ihren Erbseneintopf gekostet? Einfach scheußlich. Es ist nicht mal Speck drin.«

Rémy lachte, und sein Vater klopfte ihm auf den Rücken. »Gehen wir in die Schenke bei der Münze. Ich bezahle.«

Zweites Buch

Tempora nova

August 1220
bis Januar 1221

August 1220

Varennes-Saint-Jacques

Michel hasste die Krypta.

Sie sei ein geweihter Ort, sagten die Domherren, das Grab des heiligen Jacques und so vieler Bischöfe, eine Stätte der Andacht und des ewigen Friedens. Für Michel hingegen war es einfach ein dunkles Loch voller Särge und morscher Knochen, feucht, kalt und unheimlich. Die Treppenstufen, die hinab zur Gruft unter dem Chor der Kathedrale führten, waren so ausgetreten, dass man bei jedem Schritt riskierte, sich den Hals zu brechen. In den engen Grabgängen stieß man sich laufend den Kopf an, wenn man nicht gerade so klein wie der Domdechant war. Und der Mann war kaum größer als ein Zwerg.

Mit eingezogenem Kopf stieg Michel die Treppe hinab. Prompt glitt er aus und wäre gestürzt, wenn er sich nicht im letzten Moment an einem Mauervorsprung festgehalten hätte. Seine Laterne schwankte quietschend, Schatten zuckten über die Wände wie eine entfesselte Geisterschar. Er fluchte vernehmlich.

Im Vorraum der Domkrypta stand der Reliquienschrein mit den Gebeinen des heiligen Jacques. Ein Eisengitter schützte die vergoldete Truhe vor Dieben. Eudes de Sorcy, der neue Bischof von Toul und Varennes, kniete auf dem Felsboden, demütig das Haupt gesenkt, und murmelte ein Gebet. Ein Diener stand mit einer Fackel daneben.

Michel wartete, bis der Geistliche seine Andacht beendet hatte. Nach dem plötzlichen Tod Bischof Gerards im vergangenen Jahr war Eudes zum neuen Oberhirten des Bistums gewählt worden. Wie sein Vorgänger residierte er in Toul, dessen Stadtherr er war. Varennes, wo der Bischof kaum noch weltliche Macht hatte, betrachtete er als lästiges Anhängsel, das er nur besuchte, wenn die Pflicht es verlangte. Höchstens einmal im Monat kam er zur Visitation und las anschließend im Dom die Messe.

Michel hatte sich noch keine abschließende Meinung über diesen Mann gebildet. Einerseits bemühte Eudes sich um gute Beziehungen zum Rat und mischte sich nicht in die Politik Varennes' ein, andererseits lenkte er Toul mit strenger Hand und ließ einen unguten Hunger nach Macht und Prunk erkennen.

Schließlich stand der Bischof auf. Eudes de Sorcy entstammte einer alten lothringischen Adelsfamilie und hatte von seinen kriegerischen Vorfahren die rohe Muskelkraft und das eherne Selbstvertrauen geerbt. Er war ein Ochse von einem Mann, breitschultrig und fast vier Ellen groß. Ein Kranz aus rotem Haar umgab die kahlgeschorene Schädeldecke.

»Exzellenz.« Michel verneigte sich und küsste den Ring an Eudes' Hand.

»Erhebt Euch«, sagte der Bischof mit sonorer Stimme, ehe er sich wieder zum Reliquienschrein umwandte. »Der heilige Jacques. Jacobus von Warennas. Von allen Heiligen, die in lothringischer Erde begraben liegen, fühle ich mich ihm am meisten verbunden. Wusstet Ihr, dass er ein Krieger war, bevor er zum Glauben fand?«

»Er war ein Gefolgsmann Kaiser Karls und kämpfte gegen die Bretonen. Ich bin mit Jacques' *vita* vertraut.« Michel lächelte. »Jedes Kind in Varennes wächst mit den Geschichten seiner Abenteuer und Wundertaten auf.«

»In jungen Jahren war ich ebenfalls ein Krieger. Ich wurde zum Ritter erzogen, ehe mein Vater entschied, ich solle dem weltlichen Leben entsagen und der Kirche dienen. Das war ein harter Schlag für mich. Nie wieder ein Schwert schwingen und in die Schlacht ziehen. Nie wieder zur Jagd ausreiten und im Zweikampf meinen Mann stehen. Stattdessen beten, beten, beten, jeden Tag das gleiche Einerlei. Dabei hatte ich doch von großen Taten geträumt. Was habe ich meinen Vater verflucht! Mich ins Kloster zu stecken, mich, den künftigen Recken – wie konnte er mir das antun? Von Anfang an begehrte ich gegen mein Schicksal auf. Ich floh. Man fing mich wieder ein und bestrafte mich, damit ich Demut lernte. Aber nichts half gegen meine Aufsässigkeit, keine Schläge, keine harte Arbeit. Ich war davon überzeugt, ich sei für dieses Leben nicht geschaffen. Da hörte ich zum ersten Mal von Jacques und seiner späten Wandlung. Ein Krieger, der zu einem Mann des Friedens geworden war – ich erkannte mich in ihm wieder. In jener Nacht begriff ich, dass es mir bestimmt war, ihm nachzueifern. Ich musste nicht hinter Klostermauern versauern. Ich konnte nach wie vor Großes vollbringen, dafür brauchte ich kein Schwert. Mein Glaube konnte zu einem mächtigeren Werkzeug werden als jede Waffe. Der heilige Jacques gab mir die Kraft, meinen Trotz zu überwinden und mein Schicksal zu akzeptieren. Seine Führung machte mich zu dem Mann, der ich heute bin. Dafür danke ich ihm jeden Tag.«

Der Bischof verfiel in Schweigen, während sein Blick auf dem Reliquienschrein ruhte.

Nach einer Weile fragte Michel: »Weshalb wolltet Ihr mich sprechen?«

Der Bischof lachte dröhnend. »Verzeiht, Herr Bürgermeister. Ich wollte Euch nicht mit alten Geschichten behelligen. Aber an diesem Ort neige ich dazu, mich in Erinnerungen zu verlieren. Gehen wir nach oben. Eine Unterredung zwischen zwei rechtschaffenen Männern sollte nicht in einer finsteren Gruft stattfinden.«

Als sie die dunklen Katakomben hinter sich ließen und den Altarraum betraten, schien Michel das Atmen sogleich leichter zu fallen. Er blies die Kerze aus und hängte die Laterne an den Haken.

»Ihr kennt die Kathedrale von Toul?«, fragte Bischof Eudes, während sie unter den Arkaden des Seitenschiffs entlangschritten.

»Ich habe sie einige Male besucht.«

»Sie ist dem Dom von Varennes recht ähnlich, aber noch älter als dieser, fast hundert Jahre. Die Wände sind marode, und wer weiß, wie lange die Säulen noch tragen. Es ist höchste Zeit, dass wir sie erneuern.«

»Ihr wollt sie umbauen lassen?«

»Ich werde sie niederreißen und eine gänzlich neue Kirche errichten, viel größer und prachtvoller als die alte. Die traditionelle Bauweise für Kathedralen hat ausgedient. Das Bistum braucht einen Dom im neuen französischen Stil: Spitz- statt Rundbögen. Filigrane Strebepfeiler statt klobiger Säulen. Helligkeit und Weite statt Düsternis und drückender Enge. Große Fenster, durch die das Sonnenlicht hereinströmt, als wären sie Pforten zum Himmelreich.«

»Eine Kathedrale wie jene in der Île-de-France«, sagte Michel, der die neuartigen Entwicklungen in der Baukunst, von denen Eudes sprach, mit Interesse verfolgte.

Der Bischof nickte. »Eine Kirche, die mehr ist als ein Tempel des Herrn. Ein Stein gewordenes Versprechen der himmlischen Herrlichkeit. Ein Denkmal für Gottes Allmacht.«

»Die neuen Kathedralen sind ausgesprochen teuer«, gab Michel zu bedenken.

»Teuer und aufwendig in Planung und Bau«, bestätigte Eudes. »Ich rechne mit einer Bauzeit von siebzig Jahren. Aber es kann leicht doppelt so lange bis zur Fertigstellung dauern. Genaueres werde ich erst wissen, wenn ich die Pläne vorliegen habe und die Kosten berechnen kann.«

»Ihr seid wahrlich entschlossen, Großes zu vollbringen.«

»Wir treten in ein neues Zeitalter ein, Herr Fleury. Unsere

Welt wandelt sich. Das verängstigt die Gläubigen. Sie brauchen ein starkes Symbol für Gottes Güte, das ihnen Trost spendet. Einen Ort, wo sie Zuflucht suchen können, wenn die Zweifel sie übermannen.«

»Ich nehme an«, sagte Michel lächelnd, »Ihr erzählt mir das nicht aus einer Laune heraus. Ihr seid hier, weil Ihr Euch Unterstützung für Eure Pläne erhofft.«

»Ich will ganz offen sein«, erklärte der Bischof. »Toul allein kann die Kosten einer Kathedrale kaum bewältigen. Daher möchte ich Euch und den Rat bitten, einen Beitrag zu leisten. Schließlich ist es auch im Interesse Varennes', dass das Bistum eine neue Mutterkirche bekommt.«

Eudes war ein stolzer Mann – Michel konnte sich ausrechnen, welche Überwindung es ihn gekostet haben musste, als Bittsteller aufzutreten. Doch der Bischof hatte keine Wahl. Da allein der Rat und der König in Varennes Steuern und Abgaben erheben durften, konnte er die Bürgerschaft nicht zwingen, sich an den Kosten der neuen Kathedrale zu beteiligen. Er war auf das Wohlwollen des Rates angewiesen.

Michel überlegte sich seine nächsten Worte sehr genau. »Ihr wisst, dass wir immer noch dabei sind, uns von der gescheiterten Messe zu erholen. Wir können uns keine neuen Belastungen erlauben. Jede zusätzliche Ausgabe würde den zaghaften Aufschwung gefährden.«

»Ich hörte, die Handwerker und Kaufleute hätten ihre Verluste aus der Messe längst verwunden«, entgegnete der Bischof. »Und die Schatullen des Rates seien wieder voll.«

»Es stimmt, dass wir seit etwa einem Jahr wieder Rücklagen bilden können. Aber dieses Geld brauchen wir dringend für den nächsten Jahrmarkt im Oktober. Und was die Handwerker und Kaufleute betrifft: Bei Weitem nicht alle konnten ihre Verluste wettmachen. Manch einer konnte nur überleben, weil seine Bruderschaft oder die Gilde ihm unter die Arme griff.«

Der Kirchenmann blieb stehen. »Einen bescheidenen Betrag werdet Ihr doch gewiss erübrigen können.«

»Unsere wirtschaftliche Lage ist nach wie vor so schwierig, dass wir keinen einzigen Sou entbehren können. Ginge es um einen neuen Dom in Varennes, sähe es vielleicht anders aus. Aber eine Kathedrale in Toul? Was hätten unsere Bürger davon? Die meisten von ihnen kommen nie nach Toul. Sie müssten mit ihren Steuern für eine Kirche bezahlen, die sie niemals sehen würden.«

»Ihr wollt Eurem Bischof also nicht helfen.«

»Es tut mir leid, Exzellenz, aber es ist nun einmal nicht möglich. Bitte versteht das.«

Eudes starrte Michel an. Jegliche Freundlichkeit war aus seiner Miene, seiner Stimme verschwunden. »Ich empfehle Euch, Eure Auffassung noch einmal zu überdenken, Herr Bürgermeister. Eure Weigerung könnte Folgen für das Seelenheil der Bürger Varennes' haben.«

Die übliche Drohung, wenn man einem Prälaten nicht zu Willen war. Michel machte kein Hehl aus seinem Ärger. »Unsere Bürger sind gottesfürchtige Christen, die brav den Kirchenzehnt entrichten, stets Buße für ihre Sünden tun und großzügig den Armen spenden. Ich bin davon überzeugt, dass ihr Seelenheil in keiner Weise gefährdet ist.«

»Ich habe das Gespräch mit Euch gesucht, weil ich Euch für einen verständigen Mann hielt. Offenbar habe ich mich in Euch getäuscht. Nun denn – glücklicherweise dürft Ihr diese Entscheidung nicht eigenmächtig treffen. Ich werde daher meine Bitte dem Rat vorbringen, in der Hoffnung, dort mehr Demut und Hilfsbereitschaft vorzufinden.«

»Das ist Euer gutes Recht, Exzellenz. Der Rat tagt heute Abend. Kommt nach der Vesper ins Rathaus. Man wird Euch anhören.«

Eudes' Hand schnellte vor, Michel küsste den Ring, und der Kirchenmann stolzierte ohne einen Abschiedsgruß davon.

Michel seufzte in sich hinein. Ärger mit dem Bischof hatte ihm gerade noch gefehlt. Er verließ den Dom und schritt hinüber zum Rathaus. In seiner Amtsstube schrieb er eine kurze Nachricht, die er einem städtischen Boten überreichte.

»Gib das den Ratsherren. Es ist wichtig, dass sie es vor der Sitzung heute Abend lesen.«

»Ich beeile mich, Herr Bürgermeister.«

Anschließend ging er hinunter zu den Ställen, wies einen Knecht an, Tristan zu satteln, und ritt kurz darauf durch das Salztor. Es war ein schwül-warmer Morgen, dunkle Wolken zogen von Westen heran, Regen lag in der Luft. Auf den Wiesen vor der Stadtmauer brachten die Bauern das Heu ein, und Michel dachte flüchtig daran, wie sein Bruder und er damals bei der Mahd geholfen hatten, vor vielen, vielen Jahren in Fleury, als sie noch Leibeigene gewesen waren. Ein Lächeln umspielte seine Lippen. Hätte man ihm weiland prophezeit, er werde einmal Bürgermeister sein und mit Bischöfen und Fürsten verhandeln, er hätte vor Unglauben und Verwirrung kein Wort herausgebracht.

Der Wind trieb Staubschwaden über das Messegelände, das sich zu beiden Seiten der Straße erstreckte. Michel blickte zur neuen Herberge, die vergangene Woche fertig geworden war. Wie die vorherige bestand sie aus drei langgezogenen Gebäuden, dazu gab es Stallungen, zwei Wagenremisen und ein Badehaus, damit sich die auswärtigen Kaufleute nach einem langen Markttag waschen und erfrischen konnten. Diesmal hatte Michel im Rat durchgesetzt, dass sie zur Gänze aus Stein gebaut wurde, allen Kosten zum Trotz. Jean Caboches Büttel bewachten sie Tag und Nacht, damit sich ihr niemand unbemerkt näherte.

Von der Herberge aus ritt er nach Südosten. Als die Stadt außer Sicht war, verließ er die Salzstraße und kanterte querfeldein über die Felder, durch den Wald, einen halb vergessenen Köhlerpfad entlang, der zu einem alten Hügelgrab tief im

Forst von Varennes führte. Dort stieg er ab und band Tristan am Ast einer jungen Esche fest.

Leichter Wind raschelte in den Baumkronen und wehte den sauren Gestank einer Wildschweinsuhle herbei. Michel setzte sich auf einen der moosbewachsenen Felsen und wartete. Das letzte Mal war er vor sechzehn Jahren hier gewesen, um mit den Bruderschaften ein geheimes Bündnis gegen einen tyrannischen Stadtherrn zu schmieden. Auch heute war es der Kampf gegen einen Feind, der ihn an diesen Ort geführt hatte.

Wird er kommen?

Chrétien ließ ihn lange warten. Erst als die Sonne sich ihrem Zenit näherte, erschien er auf der Lichtung, im Gesicht wie immer jenen gehetzten Ausdruck, der zu seinem Wesen gehörte wie das strohige blonde Haar und die blasse Haut.

»Bitte entschuldigt«, sagte er. »Ich konnte erst gehen, als mein Herr das Haus verlassen hatte.«

»Habt Ihr Euch vergewissert, dass Euch niemand gefolgt ist?«

»Ich war vorsichtig. Niemand außer dem Torwächter hat mich gesehen, als ich die Stadt verließ.« Chrétien betrachtete stirnrunzelnd den Hügel, auf dem Gras, Farne und allerlei Unkraut wuchsen. »Was ist das für ein Ort?«

»Das Grab eines Fürsten aus den Tagen der Heiden.«

Der *fattore* bekreuzigte sich.

»Ein Ort, an dem wir ungestört sprechen können«, fügte Michel hinzu. »Was sagt Ihr zu meinem Angebot?«

Chrétien löste den Blick von der alten Grabstätte und ließ ihn über die Eschen und Rotbuchen wandern. Michel versuchte seit Wochen, ihn für seine Pläne zu gewinnen, denn er hielt den jungen *fattore* für einen Ehrenmann, der Lefèvre und dessen Geschäftspraktiken insgeheim verabscheute und nur auf eine Gelegenheit wartete, seinem verhassten Herrn all die Demütigungen der letzten Jahre heimzuzahlen. Er hoffte, dass er sich in dem Mann nicht täuschte.

»Reden wir noch einmal über meinen Lohn«, sagte Chrétien.

»Gewiss.«

»Wenn ich Euch und dem Rat helfe, Lefèvre vor Gericht zu bringen, bekomme ich genug Silber, dass ich mein eigenes Unternehmen gründen kann.«

»Vereinbart sind zwanzig Pfund.«

»Ich will dreißig.«

»Das ist viel Geld.«

»Ich will in die Champagne gehen, dort ist das Leben teuer. Das muss Euch meine Hilfe wert sein«, sagte Chrétien.

»Warum wollt Ihr nicht in Varennes bleiben? Ihr seid ein fähiger Kaufmann. Die Gilde wird Euch mit offenen Armen aufnehmen.«

»Ich will noch einmal neu anfangen. Ich habe genug von dieser Stadt.«

»Also gut«, sagte Michel. »Dreißig. Außerdem helfen wir Euch, unbemerkt die Stadt zu verlassen und in der Champagne Fuß zu fassen.«

Sie besiegelten die Abmachung mit einem Handschlag. Chrétiens Rechte war kalt und feucht.

»Was genau soll ich tun?«

»Bald findet der nächste Jahrmarkt statt. Wir erwarten, dass Lefèvre wieder versuchen wird, ihn zu stören.« Tatsächlich zweifelte niemand im Rat daran, dass der Wucherer noch härter und gemeiner zuschlagen würde als beim letzten Mal. Zwar hatte er sich in den vergangenen anderthalb Jahren ruhig verhalten, doch Michel wäre ein Narr, wenn er glaubte, dass Lefèvres Verlangen nach Rache erloschen war. Ein Mann wie er hörte erst auf, wenn er seine Feinde vernichtet hatte. Aber er war nicht dumm. Er wusste, dass er unter normalen Umständen wenig gegen Michel ausrichten konnte. Also wartete er auf eine günstige Gelegenheit, auf einen Moment der Schwäche. Mit der Messe riskierte Michel viel, denn ein erneutes

Scheitern des Jahrmarktes würde er nicht überstehen. Hier konnte Lefèvre ihn empfindlich treffen. »Beobachtet ihn«, bat er Chrétien. »Versucht herauszufinden, was er vorhat. Meldet mir alles, was Euch verdächtig vorkommt.«

»Das könnte schwierig werden. Ich habe Euch gesagt, dass er mich nie in seine Pläne einweiht.«

»Aber irgendwen muss er einweihen. Die Anschläge beim letzten Mal kann er unmöglich alle allein verübt haben. Findet heraus, wer ihm hilft. Durchsucht seine Schreibstube. Lauscht, wenn er mit jemandem spricht. Wir können ihn nur dingfest machen, wenn wir handfeste Beweise für seine Schuld haben.«

»Ich habe Renouart in Verdacht«, sagte Chrétien. »Ich kann es nicht beweisen, aber ich glaube, er hat damals den Baumeister verprügelt und das Feuer in der Herberge gelegt.«

»Das vermuten wir auch. Stimmt es, dass Lefèvre ihn neuerdings zwingt, Schulden einzutreiben?«

»Er schickt ihn gelegentlich zu säumigen Schuldnern, ja.«

»Was unternimmt Renouart, wenn sie nicht zahlen? Tut er ihnen Gewalt an?«

»Zumindest wird er sie einschüchtern«, sagte Chrétien. »Aber das sind nur Vermutungen. Lefèvre achtet sorgsam darauf, dass ich so wenig wie möglich von seinen Wuchergeschäften erfahre.«

Michel presste die Lippen zusammen. Der tiefe Fall seines alten Freundes schmerzte ihn. Aus dem einst so stolzen Ritter war ein Schläger und Brandstifter geworden, ein Verbrecher. »Ich nehme an, Ihr wisst nicht, wo Lefèvre Renouarts Familie versteckt hält?« Seit er erfahren hatte, dass Renouart erpresst wurde, suchten Isabelle und er nach Felicitas und Catherine, bisher vergeblich.

»Nein, tut mir leid«, antwortete Chrétien.

»Ihr müsst doch irgendetwas gehört haben. Schickt Lefèvre nicht hin und wieder einen seiner Knechte zu ihnen, um nach dem Rechten zu sehen?«

»Keiner seiner Hausbedienten hat etwas mit der Sache zu tun. Es waren Fremde, die sie damals fortbrachten. Männer, die ich nie zuvor gesehen habe. Wahrscheinlich Söldner. Mit heiklen Aufträgen betraut Lefèvre meistens Leute von außerhalb.«

»Solltet Ihr dennoch etwas von Felicitas und Catherine hören, lasst es mich wissen.«

Der junge Kaufmann nickte.

»Da wäre noch etwas«, sagte Michel. »Bei der letzten Messe war Lefèvre uns immer einen Schritt voraus. Es muss eine undichte Stelle im Stadtregiment geben – anders lässt sich das nicht erklären. Wisst Ihr etwas darüber? Arbeitet ein Büttel für ihn? Besticht er städtische Bedienstete?«

Chrétien dachte nach. »Es kann sein, dass Guillaume ihm früher geholfen hat. Jedenfalls ging er auffallend oft bei uns ein und aus. Einmal musste ich ihn sogar mitten in der Nacht holen. Aber was er für Lefèvre getan hat, habe ich nie herausbekommen.«

Michel war nicht überrascht – er hatte Guillaume nie ausstehen können und traute ihm die abscheulichsten Verbrechen zu. Leider half ihm dieser Hinweis nicht weiter: Der Stadtknecht war vor über anderthalb Jahren, kurz nach der letzten Messe, spurlos verschwunden. »Was ist aus Guillaume geworden? Hat Lefèvre ihn womöglich ermordet, weil er zu viel wusste?«

»Mag sein. Der Mann ist zu allem fähig.«

»Und seither? Hat er einen neuen Spitzel?«

»Falls ja, ist mir nichts aufgefallen. Aber ich werde die Augen offen halten.« Der junge Kaufmann wirkte zunehmend angespannt. »Es ist schon spät. Ich sollte allmählich zurückgehen.«

Michel nickte. »Schickt mir eine Nachricht, sobald es etwas zu berichten gibt. Ich muss Euch nicht sagen, dass Ihr weiterhin vorsichtig sein müsst.«

»Sorgt Euch nicht um mich. Wenn man einem Mann wie Lefèvre dient, lernt man mit der Zeit, auf sich aufzupassen«, sagte Chrétien, und aus seiner bedrückten Miene sprachen Jahre der Angst und der Erniedrigung.

Er schlüpfte ins Gebüsch, und im nächsten Moment hatte ihn der Wald verschluckt.

Nach der Vesper trat der Rat zusammen. Die Abendsonne schien durch die Rundbogenfenster, als die Männer den Saal betraten und an der Tafel Platz nahmen. Die Ratsherren waren seit nunmehr vier Jahren dieselben, denn bei der Wahl im Juli hatten sich keine Änderungen in der Zusammensetzung des Kollegiums ergeben.

Michel machte sich nichts vor: Die meisten von ihnen waren nicht wiedergewählt worden, weil die Bürgerschaft so zufrieden mit ihnen war. Tatsächlich waren die drastischen Sparmaßnahmen, die sie nach der letzten Messe eingeleitet hatten, häufig Anlass von scharfem Protest gewesen, und manch ein Ratsherr, Michel eingeschlossen, hatte deswegen um seine Wiederwahl gebangt. Allein der Umstand, dass die Gruppe der möglichen Ratsherren recht klein war und sich angesichts der schwierigen wirtschaftlichen Lage niemand um einen Ratssitz riss, hatte verhindert, dass man sie geschlossen abgewählt hatte. Die Bürgerschaft hatte ihnen gezwungenermaßen eine zweite Chance gegeben. Eine dritte würden sie jedoch nicht bekommen.

Bischof Eudes ließ seiner Ankündigung Taten folgen und trat mit großer Geste vor den Rat. Mit einer flammenden Rede warb er für die neue Kathedrale und flehte die Ratsherren emphatisch an, das Vorhaben zu unterstützen. Er stellte ihnen himmlischen Lohn in Aussicht, wenn sie sich bereit erklärten, einen Teil der Baukosten zu übernehmen. Zugleich sparte er nicht mit Andeutungen, dass ihnen Gottes Zorn drohe, sollten sie Michels schändlichem Beispiel folgen und ihm jede Hilfe verweigern.

Glücklicherweise hatten alle Ratsherren Michels Nachricht gelesen und waren daher vorbereitet, sodass Eudes' beeindruckendes Auftreten sie nicht überrumpelte. Bei der kurzen Debatte, die sich anschloss, zogen nur drei Männer ernsthaft in Erwägung, Varennes solle sich an den Kosten beteiligen. Die übrigen neun verwiesen den Bischof auf den baldigen Jahrmarkt und die damit verbundenen Ausgaben – und schmetterten sein Ersuchen ab. Eudes verließ daraufhin wutschnaubend den Saal, nicht ohne noch einmal darauf hinzuweisen, dass diese Entscheidung schmerzliche Folgen für Varennes haben werde.

»Eins steht fest«, sagte Deforest, als die Schritte des Geistlichen verklungen waren. »Mit diesem Mann ist nicht gut Kirschen essen. Wir stellen uns besser darauf ein, dass er uns das heimzahlen wird.«

»Was soll er denn tun?«, erwiderte Tolbert. »Uns in seiner nächsten Predigt als geizig und verkommen verdammen? Mir zittern die Knie.«

»Er wird sicher versuchen, die Bürgerschaft gegen uns aufzustacheln«, sagte Odard Le Roux.

»Soll er. Lasst die Ausrufer verkünden, dass er nur ihr Geld will. Dann wissen die Leute schon, woran sie sind.«

»Bischof Eudes hat noch genug weltliche Macht, um uns ernstlich zu schaden«, gab Deforest zu bedenken. »In Varennes zwar nicht, dafür aber in Toul und im restlichen Bistum. Möglicherweise belegt er Kaufleute aus Varennes mit Strafzöllen.«

»Die muss ihm der Herzog erst einmal genehmigen«, entgegnete Michel. »Davon abgesehen würde er sich damit ins eigene Fleisch schneiden. In seiner Lage kann er es sich nicht leisten, den Handel zu behindern.« Als der Gildemeister einen weiteren Einwand vorbringen wollte, sagte Michel: »Es bringt nichts, dass wir uns darüber den Kopf zerbrechen, Eustache. Wir behalten den Bischof im Auge. Mehr können wir momentan nicht tun. Sprechen wir lieber über erfreuliche Dinge.

Ich habe heute Mittag Lefèvres *fattore* getroffen. Er hat sich bereit erklärt, uns zu helfen.«

»Gelobt sei der heilige Jacques!« Duvals bleiches, hageres Gesicht hellte sich auf. »Ich habe schon nicht mehr damit gerechnet. Gute Arbeit, Michel.«

»Wie will er vorgehen?«, fragte Poilevain, der nach wie vor das Amt des städtischen Richters bekleidete.

»Er will mich benachrichtigen, wenn Lefèvre ein Verbrechen plant, damit wir ihn dingfest machen können, bevor er Schaden anrichtet.«

»Habt Ihr ihm klargemacht, dass wir eindeutige Beweise für seine Schuld brauchen? Zwei voneinander unabhängige und übereinstimmende Zeugenaussagen – andernfalls kann ich ihn nicht verurteilen.«

»Chrétien weiß, was er zu tun hat – er ist nicht auf den Kopf gefallen«, sagte Michel.

»Ich hoffe, der Bursche weiß, worauf er sich eingelassen hat«, meinte Tolbert. »Wenn Lefèvre ihn erwischt, dann gnade ihm Gott ...«

»Deshalb darf kein Wort von alldem diesen Saal verlassen. Übrigens habe ich Chrétien auch zu dem Spitzel befragt. Leider weiß er nichts. Wir müssen selbst nach der undichten Stelle suchen.«

»Wir haben doch schon alle städtischen Bediensteten verhört«, sagte Caboche.

»Verhört sie noch einmal. Vielleicht habt Ihr damals etwas übersehen.«

»Wir könnten viel Zeit sparen, wenn wir Lefèvre einfach in den Hungerturm steckten und ihn so lange drinbehielten, bis er alles gesteht«, bemerkte Le Roux.

»Damit bekommt Ihr kein einziges Wort aus ihm heraus«, entgegnete Duval. »Das Einzige, was Ihr erreicht, ist, dass er beim Oberhof Urteilsschelte einlegt, seine Freilassung erzwingt und uns anschließend mit Klagen überzieht.«

»Nicht, wenn wir ihn härter anpacken. Ein Schlag in die Magengrube lockert gewiss seine Zunge. Wenn das nicht ausreicht: kein Essen, kein Wasser, jede Stunde zehn Stockhiebe auf die Fußsohlen.«

»Von mir aus gern«, knurrte Caboche. »Aber man hat mir ja zu verstehen gegeben, dass solche Methoden nicht erwünscht sind.«

Michel wechselte einen Blick mit Poilevain. Es war nicht das erste Mal, dass Mitglieder des Rates forderten, einen Verdächtigen zu foltern und auf diese Weise ein Geständnis zu erlangen. Seit sie das Gottesurteil abgeschafft hatten, fühlte sich manch ein Ratsherr hilflos gegenüber dem Verbrechen und sehnte rauere Methoden herbei. Aber was die Folter als Mittel der Wahrheitsfindung betraf, war die Rechtslage im Reich nun einmal eindeutig: Sowohl der König als auch der Papst verdammten sie als unzuverlässig und barbarisch und stellten ihre Anwendung unter Strafe.

»Zum letzten Mal«, sagte Poilevain gereizt, »wir foltern niemanden. Erstens ist es verboten. Zweitens ist kein Verbrechen so schrecklich, dass es sich lohnt, dafür seine Menschlichkeit aufzugeben. Denn das ist Folter: unmenschlich. Für den Gefolterten, aber auch für den Folterer. Er wird dadurch zum Monstrum. Und jetzt will ich nichts mehr davon hören.«

Le Roux errötete gekränkt, doch er wagte nicht, Poilevain zu widersprechen.

»Es bleibt dabei«, sagte Michel. »Jean verhört noch einmal alle städtischen Bediensteten. Anschließend sehen wir weiter. Vielleicht findet Chrétien derweil etwas heraus.«

Eine Mehrheit der Ratsherren war mit diesem Vorgehen einverstanden.

»Ihr Herren, können wir jetzt über die Messe sprechen?« Deforest hatte die Hände vor dem mächtigen Bauch gefaltet. »Ich darf euch daran erinnern, dass sie schon in zwei Monaten beginnt, und es gibt noch einiges zu tun.«

Er holte seine Aufzeichnungen hervor. Sie gingen die Liste mit den verschiedenen Zöllen und Marktgebühren durch und einigten sich darauf, den auswärtigen Kaufleuten die meisten Abgaben zu erlassen, um sie für all den Ärger zu entschädigen, den sie beim letzten Mal erlitten hatten.

Michel musste zugeben, dass es die richtige Entscheidung gewesen war, ein Jahr zu überspringen und die Messe erst wieder dieses Jahr auszurichten. So hatten sie genug Zeit gehabt, die Herberge zu bauen, den Damm zu vergrößern und die Straßen auszubessern. Gaillard Le Masson, der Vorsteher der Steinmetze, ging dem städtischen Baumeister dabei zur Hand. Gerade berichtete Gaillard, die Arbeiten an der Salz- und der Römerstraße seien weitgehend abgeschlossen.

»Ich bin beide Straßen letzte Woche abgeritten. Auf einer Länge von zwei Wegstunden sind sie in einem ausgezeichneten Zustand. Danach lässt es etwas nach, aber sie sind nirgendwo so schlecht, dass man mit dem Wagen nicht durchkommt.«

Deforest studierte seine Wachstafel. »Was ist mit dem Geleitschutz für die anreisenden Kaufleute?«

»Ich spreche so bald wie möglich mit Herzog Mathieu«, sagte Michel. »Anders als sein Bruder hegt er keinen Groll gegen mich. Es sollte nicht allzu schwer sein, ihn dazu zu bewegen, seine Pflicht zu tun.«

Herzog Thiébaut war im vergangenen Winter gestorben, ein Jahr vor seinem dreißigsten Geburtstag. Die genauen Umstände seines Todes lagen im Dunkeln. Einige sagten, er habe sich voller Verbitterung das Leben genommen, andere munkelten von einer schweren Krankheit. Wieder andere behaupteten, er sei betrunken eine Treppe hinabgestürzt und habe sich den Hals gebrochen. Seit Thiébauts Tod regierte sein jüngerer und, wie es hieß, umsichtigerer Bruder das Herzogtum.

»Ich begleite Euch nach Nancy«, bot Poilevain an. »Falls

er Schwierigkeiten macht, ist es sicher von Vorteil, wenn Ihr einen Magister der Rechte an Eurer Seite habt.«

Michel nickte. »War es das für heute?«, fragte er Deforest.

»Was die Messe betrifft, ja. Aber wenn mich mein Gedächtnis nicht täuscht, steht noch manch anderes auf der Tagesordnung. Richtig?«, wandte sich Deforest an den Stadtschreiber.

»So ist es, ihr Herren«, erklärte der Beamte, der während jeder Ratssitzung an seinem Schreibpult saß und Protokoll führte. Er entrollte ein Pergament. »Da wäre zum Beispiel die Beschwerde des Bäckers Didier über die vielen Sickergruben in der Rue des Boulangers. Er behauptet, der Gestank werde allmählich unerträglich …«

Rémy legte den Pinsel zur Seite und betrachtete sein Werk. Der Lindwurm schlängelte sich von der Initiale zum unteren Seitenrand, wo er sein abscheuliches Maul aufriss. Von rechts stürmte der Held Siegfried heran, in der Faust das Nibelungenschwert Balmung, bereit, das Untier mit einem kühnen Streich zu erschlagen.

Rémy war noch nicht zufrieden mit der Miniatur. Es fehlten die Details. *Der Drache sollte Feuer speien,* dachte er. Außerdem würde er einige Felsen und Tropfsteine hinzufügen, damit es aussah, als käme der Wurm aus einer Höhle gekrochen.

Aber das hatte Zeit bis morgen. Er richtete sich auf und bewegte kreisend die schmerzenden Schultern. »Wie weit bist du?«, fragte er Gaston, der am anderen Schreibpult kauerte.

»Gleich mit der Seite fertig, Meister.«

Rémy wies Dreux an, die Pinsel zu säubern, und löschte seinen Durst mit einem Schluck Bier. Dreux machte sich sogleich ans Werk. Der Alte erledigte inzwischen alle Hilfsarbeiten, die in der Werkstatt anfielen, auch jene, die früher Antons Aufgabe gewesen waren: Farben mischen, die Pergamentbögen linieren und dergleichen. Denn Anton arbeitete seit einigen Monaten nicht mehr für Rémy. Als seine Lehrzeit zu Ende gegangen war, hatte Rémy ihn zu seinem großen Bedauern nicht weiterbeschäftigen können – die Werkstatt erwirtschaftete einfach nicht genug, als dass er einen zweiten Gesellen bezahlen könnte. Also war Anton nach Straßburg gegangen, um sich dort eine Stelle als Schreiber zu suchen.

Gaston pustete auf die fertige Seite und legte sie zu den anderen auf den Tisch. Die Pergamentbögen waren Teil eines Buches, das der Ratsherr Henri Duval in Auftrag gegeben hatte. Duval war geschäftlich in Köln gewesen und hatte bei einem befreundeten Kaufmann eine besondere Handschrift gesehen. Es handelte sich um einen jener neuartigen Versromane, die sich beim gebildeten Publikum wachsender Beliebtheit erfreuten. Ein Roman erzählte in Versform epische Sagen, meist handelten sie von griechischen Helden des Altertums oder von Artus und den Rittern der Tafelrunde. Im Roman des deutschen Kaufmannes hießen die Helden Siegfried, Kriemhild, Gunther und Etzel, sie erlebten Abenteuer voller Verrat, Mord und Krieg. »Nibelungenlied« hieß diese blutrünstige, aber ungeheuer packende Geschichte, und Duval hatte sich sogleich in sie verliebt. Er lieh sich das Buch von seinem Freund und beauftragte Rémy, eine Kopie anzufertigen und das Epos zu illuminieren. Der Preis, den er dafür zu zahlen bereit war, war ausgesprochen großzügig. Tatsächlich handelte es sich um einen der lukrativsten Aufträge, die Rémy je bekommen hatte.

Er teilte Duvals Begeisterung für das Nibelungenlied. Auch ihn hatte die Saga vom ersten Vers an gefesselt. Siegfrieds Kampf gegen den Drachen, die Machenschaften des finsteren Hagen, Kriemhilds Hochzeit mit dem Hunnenkönig – all diese schillernden Episoden beflügelten seine Fantasie und hatten ihn zu einigen seiner besten Miniaturen inspiriert.

Seit nunmehr sechs Wochen arbeiteten sie an dem Buch, doch allmählich kam das Ende in Sicht. Gaston war fast fertig mit der Abschrift des Textes. Während er die restlichen fünfzig Verse kopierte, würde Rémy die letzten Initialen einfügen und hier und da den Buchschmuck verfeinern. Vielleicht konnte er Duval die Handschrift schon nächste Woche überreichen.

Obwohl es erst in einer Stunde dunkel werden würde, beschloss Rémy, es für heute gut sein zu lassen. Er wollte das restliche Tageslicht nutzen, um in der Schule nach dem Rechten zu sehen. Also schickte er Gaston nach Hause und ging zum Salzmarkt. Dreux begleitete ihn, denn die Schule lag auf seinem Heimweg.

Zu Rémys Leidwesen wurde der Alte von Jahr zu Jahr redseliger. In der Werkstatt – wo das ungeschriebene Gesetz herrschte, dass man nur sprechen durfte, wenn es einen *sehr* guten Grund dafür gab – hielt er zwar meistens den Mund; dafür plapperte er umso mehr in den Pausen und beim Essen.

Auch jetzt schwatzte er ununterbrochen. Während sie durch die Gassen schlenderten, erzählte er von einer Begebenheit, die sich in seiner Nachbarschaft zugetragen hatte.

»…Jedenfalls hat er beschlossen, die Parzelle zu verkaufen. Ich nehme an, er braucht das Geld. Das Geschäft geht wohl nicht mehr so gut. Gibt einfach zu viele Gerber in der Unterstadt, ich frage mich, warum ihre Bruderschaft das nicht besser regelt. Ich meine, dafür ist sie schließlich da, oder? Fulbert will also verkaufen, er hört sich um und erfährt, dass Bruno die Parzelle vielleicht brauchen könnte. Bruno der Krämer, nicht der Bruno aus der Rue de Saint-Denis. Vorher räumt er aber erst einmal das ganze Gerümpel weg – man kann so ein Grundstück ja schlecht verkaufen, wenn es mit morschen Fässern vollgestellt ist. Als er alles auf seinen Karren lädt, findet er plötzlich eine Art Deckel im Boden. Darunter ist ein Schacht. Ein alter Brunnen. Könnt Ihr Euch das vorstellen, Meister? All die Jahre stellt er dort sein Gerümpel hin, ohne auch nur zu ahnen, dass dort ein Brunnen ist. Was für ein verteufeltes Glück der Kerl hatte. Ich meine, was, wenn er hineingefallen wäre? Er hätte sich gewiss den Hals gebrochen. Rasch holt er den Brunnenmeister, damit der sich die

Sache anschaut. Der Brunnenmeister kommt mit seinen Gehilfen, sie werfen einen Kienspan in den Schacht und stellen fest, dass der Brunnen schon lange ausgetrocknet ist. Nun gut, das ist nicht überraschend, warum sollte man einen Brunnen abdecken, den man noch verwenden kann? Aber das ist noch nicht alles. Der Brunnenmeister hat seine Hakenstange mitgebracht und stochert damit in dem Schacht herum – und wisst Ihr, was er findet?«

»Sag es mir, bevor die Spannung mich zerreißt«, meinte Rémy.

»Ratet!«

»Die Heilige Lanze?«

»Einen Stiefel!«

»Donnerwetter.«

»Ein Stiefel aus Wildleder. Ist das zu fassen? Ich meine, so etwas tragen nur Patrizier und Edelleute – er war gewiss teuer. So einen Stiefel wirft man doch nicht einfach weg. Ich könnte es ja verstehen, wenn er kaputt gewesen wäre, aber das war er nicht. Jetzt natürlich schon, schließlich lag er eine Ewigkeit in dem Brunnen, aber davor muss er noch gut in Schuss gewesen sein. In der Sohle war jedenfalls kein Loch. Wer tut denn so etwas?«

»Dieses Rätsel wird Varennes noch Jahre in Atem halten«, bemerkte Rémy.

»Und wo ist der andere?«, sinnierte Dreux. »Es wirft doch niemand den linken Stiefel weg und behält den rechten …«

Als sie zum Salzmarkt kamen, blieb Rémy abrupt stehen. Dreux plapperte munter weiter, doch Rémy hörte ihm nicht mehr zu: Er hatte soeben Eugénie und Hugo erblickt.

Es war eine Weile her, seit er Eugénie das letzte Mal gesehen hatte, denn nach Möglichkeit ging er ihr aus dem Weg – was nicht eben einfach war, schließlich lag die Schule gegenüber ihrer Schenke. Gerade betraten die beiden das Wirtshaus. Eugénie lachte, und Hugo küsste sie, während sie die Tür aufschloss.

Unter dem Leinengewand wölbte sich ihr Bauch. Sie war schwanger, gewiss bereits im sechsten oder siebten Monat.

Rémy wartete, bis Eugénie und Hugo in der Schenke verschwunden waren. Er wollte vermeiden, dass sie ihn entdeckten und in ein Gespräch verwickelten. Als die Tür zufiel, überquerte er eilends den Platz. Dreux konnte kaum mit ihm Schritt halten.

Fast zwei Jahre waren vergangen seit jener Novembernacht, als sie ihm gesagt hatte, es sei vorbei, sie wolle ihn nicht mehr sehen. Zwei Jahre, eine lange Zeit – und doch war da immer noch dieser Schmerz, der stets von Neuem aufflammte, wenn er ihr zufällig über den Weg lief. Der ihn daran erinnerte, was für ein Feigling er gewesen war. Er hätte sie haben können, hätte ihr nur sagen müssen, was er fühlte. Stattdessen hatte er sich eingeredet, er liebe sie nicht, er wolle nur das Bett mit ihr teilen – und wieso? Weil er um seine Unabhängigkeit fürchtete, seine heiß geliebte Freiheit. Was er wirklich für sie empfand, hatte er erst begriffen, als es bereits zu spät gewesen war. Jetzt hatte ein anderer ihr Herz gewonnen, und dass ihn das schmerzte, geschah ihm ganz recht.

Er tröstete sich mit anderen Frauen. An entsprechenden Gelegenheiten mangelte es nicht. Obwohl kein Schönling und alles andere als ein Charmeur, war es ihm noch nie schwergefallen, Frauen zu erobern. Und falls ihn doch einmal das Glück verließ, gab es immer noch Maman Marguérite und ihre Mädchen. Den Schmerz linderte das freilich nicht. Aber es ließ ihn wenigstens für eine Nacht vergessen, wie einsam er war.

Wie glücklich sie ausgesehen hat.

Mit einem bitteren Zug um den Mund schloss Rémy die Tür der Schule auf. »Bis morgen, Dreux. Komm gut nach Hause.«

»Ich helfe Euch gern beim Saubermachen«, bot der Alte an.

Rémy war nicht in der Verfassung für weitere Stiefelgeschichten. »Das schaffe ich schon allein. Geh nur und ruh dich aus.«

»Wie Ihr wollt, Meister.« Widerwillig schlurfte Dreux von dannen.

Rémy ließ die Tür offen stehen und fegte den Saal aus. Er war über eine Woche nicht hier gewesen, und es hatte sich einiges an Schmutz angesammelt, hauptsächlich Straßenstaub, den der Wind durch die Fenster hereinwehte.

Nach der Sache mit Eugénie hatte er sich in die Arbeit gestürzt. Wann immer er etwas Zeit erübrigen konnte, war er hergekommen und hatte Bodenplatten verlegt, die Wände gestrichen, ein Lesepult gezimmert. Als es am Schulgebäude nichts mehr zu tun gab, hatte er Lehrbücher beschafft, die Handschriften kopiert und gebunden. Inzwischen war er auch damit fertig. Die Bücher, insgesamt acht an der Zahl, lagerten jedoch nicht hier in der Schule. Aus Angst vor Einbrechern – und vor Abt Wigéric, dem er durchaus zutraute, sie zu stehlen – bewahrte er sie zu Hause im Keller auf, zusammen mit den Wachstafeln und dem anderen Schreibwerkzeug für die Schüler.

Im Grunde konnte der Unterricht jederzeit beginnen. Das Einzige, was der Schule noch fehlte, war ein Lehrer.

Rémy fegte den Staub zusammen und schaufelte ihn in einen Eimer, als er aufgebrachte Stimmen hörte. Er lehnte den Besen an die Wand und ging zur Tür. Draußen auf dem Platz stritt ein junger Mann mit Wigéric. Der feiste Abt hatte sich in Rage geredet und rief gerade:

»Aber diese Schule taugt nichts! Seht doch nur, wo sie untergebracht ist. In einem alten Lagerhaus, wo es von Ratten nur so wimmelt! Kommt mit mir. Ich kann Euch gewiss eine bessere Stelle verschaffen, vielleicht als Hilfslehrer in der Klosterschule.«

»Mit Verlaub, Euer Gnaden«, erwiderte der junge Mann mit mühsam gezügelter Ungeduld, »ich würde mir gern selbst ein

Bild von der Schule machen. Wenn Ihr mich also entschuldigt …«

Wigéric dachte nicht daran, ihn gehen zu lassen. Er hielt den Burschen am Arm fest und redete beschwörend auf ihn ein.

Rémy beschloss einzuschreiten.

»Ich hörte, Ihr sucht meine Schule«, sprach er den jungen Mann an. »Sie ist gleich dort drüben. Kommt, ich führe Euch hin.«

»Meister Rémy?«, fragte der Jüngling.

Rémy nickte.

»Was fällt Euch ein?«, fauchte Wigéric. »Seht Ihr nicht, dass ich gerade mit dem jungen Albertus spreche?«

»Das sehe ich durchaus. Aber mir scheint, Albertus hat genug von diesem Gespräch. Bitte, hier entlang.« Rémy legte dem Jüngling die Hand auf den Rücken und schob ihn von Wigéric weg, was sich Albertus nur zu gern gefallen ließ.

»Ihr seid ein durch und durch verkommener Flegel, der nicht einmal die grundlegenden Umgangsformen beherrscht!«, keifte der Abt. »Das wird Folgen haben!« Wutschnaubend stolzierte er davon.

»Ein … ungestümer Mann«, meinte Albertus, als sie zur Schule schritten. Er sprach Französisch mit starkem deutschem Zungenschlag. »Wenn ich fragen darf – was hat er gegen Euch?«

»Ich besitze die Frechheit, Bücher herzustellen, obwohl ich nur ein Laie bin.«

»Aber man rühmt Eure Handschriften im ganzen Moseltal. Eure Werkstatt kann es mit jedem geistlichen Skriptorium aufnehmen. Weiß er das nicht?«

»Oh, das weiß er genau.« Rémy lächelte grimmig. »Das weiß er nur zu gut.«

An der Tür der Schule blieb der junge Mann stehen. »Entschuldigt, ich habe mich noch gar nicht vorgestellt. Ich bin Albertus von Lauingen, Sohn des Markward.«

»Willkommen in Varennes-Saint-Jacques, Albertus«, sagte Rémy, als sie einander die Hand schüttelten. Albertus war groß und schlank, seine Haltung war aufrecht, fast ein wenig steif. Er trug einen Pagenkopf, das dunkle Haar rahmte ein blasses, schmales Gesicht ein, aus seinen blauen Augen sprach eine große Ernsthaftigkeit. Der Staub an seinen ausgeleierten Schuhen und am Saum seines braunen Wollgewandes verriet, dass er seit einer Weile zu Fuß unterwegs war.

Rémy machte eine einladende Handbewegung, Albertus trat ein und schaute sich um.

»Eine Schule in städtischer Hand. Ich konnte es zuerst nicht glauben, als ich in Straßburg davon hörte. Wahrlich beeindruckend.«

»Nun ja, viel gibt es nicht zu sehen«, sagte Rémy. »Sie hat noch nicht eröffnet.«

»Wann soll der Unterricht beginnen?«

»Ich rechne mit Oktober.«

»Warum erst so spät?«

»Erst dann wird mir der Rat den Lohn für den Schulmeister bewilligen.« Zumindest hoffte Rémy das. Tolbert hatte durchgesetzt, dass der Rat die Schule wieder unterstützen würde, sobald sich die städtischen Finanzen erholt hatten. Nun hing alles von der nächsten Oktobermesse ab. Wenn der Jahrmarkt ein Erfolg wurde und frisches Silber in die Schatullen des Rates spülte, würde Rémy einen größeren Geldbetrag erhalten, der mehrere Jahre reichen würde.

»Betrüblich«, sagte Albertus.

»Ihr wolltet uns Eure Dienste als Lehrer anbieten?«

Albertus nickte. »Eine Schule von der Bürgerschaft für die Bürgerschaft ist ein faszinierendes Unterfangen. So etwas hat es noch nie gegeben. Als Lehrer hätte man ganz neue Möglichkeiten.« Ein schüchternes Lächeln huschte über das blasse Gesicht. »Außerdem zahlt der Rat von Varennes gewiss besser als meine bisherigen Lohnherren.«

»Ihr habt bereits als Lehrer gearbeitet?«

»Seit zwei Jahren schlage ich mich als Wanderlehrer durchs Leben. Zuletzt unterrichtete ich die Söhne eines Straßburger Kaufmannes, bevor er von heute auf morgen entschied, dass er meine Dienste nicht mehr benötigte.«

Rémy betrachtete seinen Besucher. »Wie alt seid Ihr?«

»Zwanzig.«

»Das ist sehr jung für einen Lehrer.«

»Trotzdem besitze ich alle notwendigen Fertigkeiten«, erklärte Albertus. »Ich habe die Domschule besucht und beherrsche Latein in Wort und Schrift. Darüber hinaus habe ich mich ausgiebig mit Grammatik, Arithmetik und Geometrie beschäftigt. Auch in der Musik und der Astronomie kenne ich mich aus. Wartet – ich habe Empfehlungsschreiben meiner früheren Lohnherren.«

Er holte ein Bündel Pergamente aus seiner Tasche und reichte sie Rémy, der sie überflog. Albertus hatte in den vergangenen zwei Jahren für verschiedene Patrizier und Kaufleute in Schwaben und im Elsass als Hauslehrer gearbeitet und deren Söhne Latein und die Grundlagen der *Septem Artes liberales* gelehrt. Seine früheren Lohnherren priesen sämtlich Albertus' überragende Bildung und sein Geschick im Umgang mit den Kindern.

»Das sind beeindruckende Zeugnisse.«

Albertus schwieg bescheiden.

Rémy gab ihm die Empfehlungsschreiben zurück und musterte den jungen Gelehrten eingehend. Eigentlich wollte er erst nach einem Schulmeister Ausschau halten, wenn ihm das Geld des Rates sicher wäre – aber warum warten? Albertus hatte alle Fähigkeiten, die einen guten Lehrer auszeichneten. Einen besseren würde Rémy schwerlich finden. »Nun, wir haben noch keinen Schulmeister«, sagte er und lächelte. »Wenn Ihr wollt, könnt Ihr den Posten haben – natürlich vorausgesetzt, dass der Rat mir das Geld bewilligt. Aber davon gehe ich aus.«

»Habt Dank, Meister Rémy. Euer Angebot ehrt mich«, sagte Albertus. »Nur leider kann ich nicht bis Oktober warten. Mein Erspartes reicht nur noch für wenige Tage. Wenn ich nicht bald eine neue Arbeit finde, muss ich hungern. Gibt es keine Möglichkeit, dass Ihr die Schule schon eher eröffnet?«

»Ich fürchte, nein. Aber Ihr werdet Euch schon so lange über Wasser halten können. Ein Mann mit Euren Fähigkeiten findet schnell eine Stelle als Hauslehrer. Ich höre mich um. Es müsste schon mit dem Teufel zugehen, wenn Ihr nicht bald eine neue Arbeit habt. Wärt Ihr damit einverstanden?«

»Voll und ganz. Könnt Ihr mir außerdem helfen, eine preiswerte Unterkunft zu finden?«

»Wieso besprechen wir alles Weitere nicht bei einem Krug Bier?«, schlug Rémy vor.

Die Schenke zur städtischen Münze war brechend voll. Kaufleute, Krämer, Fuhrknechte und Söldner saßen dicht an dicht und zechten lärmend. Dennoch gelang es Rémy, einen freien Tisch zu ergattern. Hammelfleisch briet zischend über dem nahen Herdfeuer. Oben auf den gestapelten Bierfässern saß ein halbwüchsiger Bursche, ließ die Beine baumeln und spielte auf seiner Knochenflöte fröhliche Weisen.

»Lasst«, sagte Rémy, als Albertus seine Geldkatze vom Gürtel lösen wollte. »Ihr seid mein Gast.«

Sie orderten Bier, Fleisch und Brot. Albertus war so ausgehungert, dass er sich auf das Essen stürzte, kaum dass die Schankmaid es hingestellt hatte. Tatsächlich schmeckte der Braten köstlich: nach Knoblauch, Zwiebeln und dem harzigen Rauch des Kiefernholzfeuers.

»Wir sprechen gleich morgen mit meinem Vater«, sagte Rémy. »Er ist der Bürgermeister – er wird Euch sagen können, welche Familien gerade einen Hauslehrer benötigen. Was Eure Unterkunft betrifft: Leider ist in Varennes Wohnraum knapp, und die Mietquartiere sind teuer, sogar in der Unterstadt. Wenn Ihr wollt, könnt Ihr bei mir wohnen, bis Ihr etwas gefunden habt.«

»Nur wenn es Euch keine Umstände bereitet«, erwiderte Albertus, während er das Bratfett mit dem Brot auftunkte.

»Macht Euch keine Gedanken. Mein Lehrling ist gerade ausgezogen. Ihr könnt seine Kammer haben. Es ist nichts Besonderes, aber sie erfüllt ihren Zweck.« Normalerweise scheute Rémy davor zurück, Fremde zu sich nach Hause einzuladen. Doch dieser junge Gelehrte war ihm sympathisch, und er konnte sich beim besten Willen nicht vorstellen, dass Albertus ihm zur Last fallen würde.

»Ich bin es gewohnt, in eiskalten Nächten auf der nackten Erde zu schlafen. Wenn ich ein Dach über dem Kopf, einen Nachttopf und ein nicht allzu verwanztes Bett habe, bin ich mehr als zufrieden.«

»Ich habe sogar ein sauberes Bett zu bieten«, entgegnete Rémy lächelnd. »Nun zu Eurem Lohn: Im ersten Jahr würden wir Euch dreieinhalb Sous pro Woche zahlen, ab dem zweiten vier. Einverstanden?«

»Ein Sou – entspricht das einem Straßburger Schilling?«

»Der Silbergehalt ist etwa der gleiche.«

»Als Hauslehrer habe ich oft nur drei Pfennig am Tag und eine warme Mahlzeit bekommen. Ihr bietet mir das Doppelte. Wie könnte ich da Nein sagen?«

»Nun, dafür müsst Ihr härter und länger arbeiten als ein Hauslehrer. Ihr seid der einzige Schulmeister – Ihr seid also für alle Schüler verantwortlich. Und dies ist keine Dom- oder Klosterschule, es ist nicht damit getan, den Kindern Singen, etwas Lesen und die Psalmen beizubringen. Ihr sollt sie alles lehren, was sie brauchen, um in der städtischen Gesellschaft aufsteigen zu können. Dazu gehören neben Latein, Grammatik und Rhetorik die Rechenkunst, die Grundlagen unseres Rechts sowie Geschichte und Geometrie. Seht Ihr Euch dazu imstande?«

»Es wird zweifellos eine Herausforderung, aber dafür bin ich schließlich hergekommen. Ich werde Euch nicht enttäuschen«, erklärte Albertus selbstbewusst.

Rémy hob seinen Krug. »Auf Euch, den ersten weltlichen Schulmeister von Varennes-Saint-Jacques.«

Sie stießen miteinander an.

»Es gibt da noch etwas, das mir Kopfzerbrechen bereitet«, sagte Albertus. »Die Lehrbücher. Ich habe leider keine eigenen. Meine *Artes grammaticae* und mein Cicero wurden mir unterwegs gestohlen. Sogar meine Taschenbibel haben die Diebe mitgehen lassen«, fügte er mit finsterer Miene hinzu.

»Dafür ist gesorgt. Ich habe eine Bibel und einen Psalter, außerdem die *Ars minor* und die *Ars major* von Donatus, Ovids *Metamorphosen*, Ciceros *De inventione*, das Organon und das *Liber abbaci* von Leonardo Fibonacci.«

Albertus war beeindruckt. »Ihr seid gut ausgestattet.«

»Nicht so gut, wie ich es gerne wäre. Beispielsweise fehlt der Schule eine Enzyklopädie, ein Werk wie die *Etymologiae* von Isidor von Sevilla mit dem gesammelten Wissen der Christenheit. Leider konnte ich bisher kein Exemplar auftreiben.«

»Ich hörte, die Abtei Longchamp soll eine große Bibliothek haben. Gibt es dort keine *Etymologiae*, die Ihr Euch leihen und kopieren könnt?«

»Soweit ich weiß, hat die Abtei Longchamp alle zwanzig Bände. Aber Abbé Wigéric würde sich lieber die rechte Hand abhacken, als mir auch nur einen Psalter zu leihen.«

Albertus trank sein Bier aus und stellte den Krug geräuschvoll ab. »Ich weiß, was Ihr tun müsst: Sprecht mit Villard de Gerbamont. Wenn jemand Euch helfen kann, dann er.«

»Wer ist das?«

»Ein alter Ritter, der in den Vogesen lebt. Ich habe ihn auf meinem Weg nach Varennes besucht. Er nennt eine der größten privaten Bibliotheken Lothringens sein Eigen. Er besitzt auch die *Etymologiae* – ich habe sie mit eigenen Augen gesehen.«

»Wie kommt es, dass ich noch nie von ihm gehört habe?«

»Er lebt sehr zurückgezogen und empfängt nicht oft Gäste. Ich habe auch nur durch Zufall von ihm erfahren. Besucht ihn. Er ist ein mürrischer alter Kauz, aber auch ein Mann des Geistes. Wenn er von Eurer Schule hört, leiht er Euch vielleicht die Bücher.«

Rémys Interesse war erwacht. »Wie finde ich ihn?«

Albertus schluckte den letzten Bissen Brot hinunter, bestellte noch ein Bier und beschrieb ihm den Weg zum Rittergut des alten Villard.

Metz

Obwohl die Mosel wegen der anhaltenden Trockenheit nur wenig Wasser führte und an manchen Stellen gerade noch zwei Ellen tief war, brauchte Isabelle mit dem Salzschiff nicht einmal anderthalb Tage nach Metz. Als sie damals begonnen hatte, für Michel die Geschäfte zu führen, war es ihr noch recht schwergefallen, den sperrigen Kahn zu steuern, ohne auf Grund zu laufen oder ins Schlingern zu geraten. Inzwischen jedoch beherrschte sie das Ruder im Schlaf und lenkte die Zille mit traumwandlerischer Sicherheit durch Stromschnellen und tückische Untiefen.

Auch im Flusshafen von Metz behielt sie die Ruhe, obwohl das chaotische Treiben mitunter auch erfahrene Flussschiffer ins Schwitzen brachte. Wie eh und je wimmelte es von Fischerbooten, Treidelkähnen und Flößen, die alle um die knappen Plätze an den Anlegestegen kämpften. Männer fluchten. Boote stießen gegeneinander. Ladung drohte ins Wasser zu rutschen. Zwei Flößer gerieten in Streit, schüttelten schimpfend die Fäuste und wären gewiss mit den Rudern aufeinander losgegangen, wenn der städtische Zöllner am Flussufer sie nicht zur Ordnung gerufen hätte.

Isabelle hatte Glück und ergatterte einen freien Platz, als ein voll beladener Lastkahn der hiesigen Tuchhändlergilde gen Norden ablegte. Behände sprangen Yves und Louis auf den Anlegesteg, banden das Salzschiff fest und halfen ihr und den beiden Söldnern, den Wagen samt Ochsen abzuladen. Nachdem sie die Salzfässer auf der Wagenpritsche befestigt und den Einfuhrzoll entrichtet hatten, machten sie sich auf den mühsamen Weg durch die engen Gassen.

Auf dem Hang über dem Moselufer erstreckte sich die Altstadt von Metz, ein summendes, rauchverhangenes, stinkendes Wirrwarr aus Steinhäusern, schäbigen Hütten, Kornspeichern, Werkstätten, Kirchen und winzigen Friedhöfen, das in der Nachmittagssonne briet. Auf der Hügelkuppe thronte die alte Basilika, erbaut aus *Pierre de Jaumont,* einem ockerfarbenen Kalkstein, der das Sonnenlicht auffing und von innen heraus zu glühen schien. Dahinter lagen der Stadtkern mit seinen Palästen, Markthallen und Geschlechtertürmen sowie die äußeren Viertel, die eine Stadtmauer mit zwölf Toren vor Feinden schützte.

Isabelle war schon oft hier gewesen, doch die Handelsstadt zwischen Mosel und Seille beeindruckte sie jedes Mal aufs Neue. Metz war gut und gerne fünfmal so groß wie Varennes, es war die imposanteste Metropole Lothringens und eine der ältesten und mächtigsten Stadtrepubliken des Reiches. Der Reichtum der hiesigen Kaufleute und Bankiers war legendär, und ihre Gilden hatten Verbindungen bis nach Spanien, Konstantinopel und Outremer. Die Regierungsmacht lag gänzlich in den Händen der sechs Paraiges, verzweigten Geschlechterverbänden, bestehend aus den ältesten und reichsten Patrizierfamilien. Die Paraiges besetzten alle wichtigen Räte und Ämter des Stadtregiments, allen voran die Treize jurés, das mächtige Kollegium der Dreizehngeschworenen, das die Geschicke der Republik lenkte und Einfluss nahm auf Fürsten und hohe Herren der Kirche.

Deshalb war es überaus klug von Michel gewesen, hier eine Handelsniederlassung zu eröffnen. In Metz wurde große Politik gemacht, auf seinen Marktplätzen entstanden Angebot und Nachfrage, und ein Kaufmann tat gut daran, all dies zu beobachten – vor Ort, wenn möglich, denn oft dauerte es Tage, bis wichtige Nachrichten von Metz nach Varennes gelangten, und Zeit war Geld. Tatsächlich hatte sich die Niederlassung schon hundertfach bezahlt gemacht, allen Schwierigkeiten zum Trotz, die sie in den ersten Jahren gehabt hatten. Zwar war das Handelshaus klein, verglichen mit den Unternehmen der Bellegrées und anderer Metzer Patrizierfamilien – doch seine bloße Existenz hatte ihnen schon zahlreiche gute Geschäfte beschert, die ihnen andernfalls entgangen wären.

Die Niederlassung stand am Place de Vésigneul, einem Platz außerhalb der Stadtmauern, auf dem jeden Tag Markt abgehalten wurde. Isabelle fuhr an den Zelten, Viehgehegen und feilschenden Kaufleuten vorbei auf einen ummauerten Hof, der zwei schlichte Steingebäude und einen Lagerschuppen umgab. Während ihre Knechte die Fässer vom Wagen wuchteten, betrat sie das Haupthaus und wies eine Magd an, Robert Michelet zu rufen.

Der *fattore* war in jeder Hinsicht das exakte Gegenteil von Hans Riederer, den sie vor nunmehr zwei Jahren zum Teufel gejagt hatte: unscheinbar, steif, langweilig, aber auch penibel und pflichtbewusst bis zur Selbstaufgabe. »Sogar der Pflock in seinem Arsch hat einen Pflock in seinem Arsch«, hatte Yves den Kaufmann einmal treffend beschrieben. Gewiss, die Tugenden Freundlichkeit und Humor besaß Michelet nicht gerade im Übermaß. Dafür war sein *senno* scharf, und in Geschäftsdingen legte er große Sorgfalt an den Tag, was Isabelle nach den Erfahrungen mit Riederer sehr zu schätzen wusste.

»Frau Isabelle, seid willkommen in Metz.« Michelet verneigte sich linkisch. Alle Frauen machten ihn nervös und Isabelle ganz besonders.

Sie unterdrückte ein Lächeln. »Ich habe Euch fünfzehn Fuder Salz mitgebracht. Meine Knechte bringen sie gerade in den Lagerschuppen.«

»Ausgezeichnet. Der Salzpreis steigt seit einigen Tagen – heute Morgen lag er bei dreieinhalb Deniers pro Fuder. Mit etwas Glück steht er Ende der Woche bei vier, wenn die Treize nicht einschreiten. Trotzdem ist die Nachfrage nach gutem Salz gleichbleibend hoch. Ich denke, ich kann es mit ordentlichen Gewinnen verkaufen«, sagte Michelet, während sie zum ersten Stock hinaufstiegen. »Wünscht Ihr jetzt meine Aufzeichnungen zu sehen?«

»Später, Robert. Zuerst hätte ich gerne einen Becher Most, wenn es Euch keine Umstände bereitet.«

»Aber keineswegs.« Michelet gab einer Magd eine entsprechende Anweisung und führte Isabelle in den Gesellschaftssaal. Die kleine Halle war so sauber und aufgeräumt wie der Rest des Gebäudes. Ordnung ging für Michelet über alles.

»Ist Sieghart Weiß schon da?«, erkundigte sich Isabelle, als sie saß und einen Krug mit Birnenmost in der Hand hielt.

»Bis jetzt nicht. Aber er müsste bald eintreffen. In seinem Brief schrieb er, er wolle spätestens am Morgen nach Mariä Himmelfahrt aufbrechen. Was wollt Ihr mit uns besprechen?«

»Es geht um die Oktobermesse. Aber das hat Zeit, bis Sieghart da ist. Erzählt – was gibt es Neues in Metz?«

Michelet berichtete von den Konflikten zwischen der Kirche und dem Patriziat, die die Stadt seit einiger Zeit in Atem hielten. Wenngleich die Paraiges den Bischof schon vor Jahrzehnten entmachtet hatten und Metz seither allein regierten, versuchte Konrad von Scharfenberg nach wie vor, Einfluss auf die Bürgerschaft zu nehmen, was bei den führenden Familien zu Unmut führte. Michelet beobachtete diese Entwicklung mit großer Sorge. »Beten wir, dass beide Seiten vernünftig sind und es nicht zu Blutvergießen kommt«, schloss er.

Am frühen Abend, als die Hitze etwas erträglicher war, zog sich Isabelle in die Schreibstube zurück und überprüfte das Hauptbuch. Nicht, dass das wirklich nötig gewesen wäre. Michelet beherrschte die *metodo italiano* wie kein Zweiter; in seiner gestochen scharfen Handschrift hatte er jede noch so unbedeutende Transaktion penibel vermerkt und Woche für Woche die Umsätze auf den Hälbling genau berechnet. Zufrieden stellte sie fest, dass die Niederlassung im vergangenen Jahr jeden Monat Gewinn gemacht hatte. Sie freute sich schon darauf, Michel bei ihrer Rückkehr eine Schatulle voller Silber zu präsentieren. Als sie Michelet für die gute Arbeit lobte und seinen Wochenlohn um einen ganzen Sou erhöhte, erschien nicht das kleinste Lächeln auf seinen Zügen. Der *fattore* verneigte sich lediglich und dankte ihr spröde für das Vertrauen.

Wahrhaftig, dachte Isabelle. *Sogar der Pflock in seinem Arsch hat einen Pflock in seinem Arsch.*

Am nächsten Morgen dann traf Sieghart Weiß mit seinem Wagenzug ein. Als er Isabelle begrüßte, kam sie nicht umhin festzustellen, dass der junge *fattore* zum Mann gereift war. Wenngleich immer noch fröhlich und unbekümmert, strahlte er eine natürliche Autorität aus, und seine Knechte gehorchten ihm aufs Wort. Obendrein zierte ein Bart seine Wangen, und er hatte sein Französisch verfeinert. Dass Isabelle und Michel so viel Vertrauen in ihn gesetzt hatten, tat ihm sichtlich gut. Er dankte es ihnen, indem er ihre Niederlassung gewissenhaft führte. Seit Isabelle ihn zum *fattore* ernannt hatte, vernahmen sie aus Speyer nur noch gute Nachrichten.

»Wie Ihr wisst, richtet Varennes im kommenden Oktober wieder einen Jahrmarkt aus«, erklärte sie, als sie wenig später mit den beiden Kaufleuten im Gesellschaftssaal saß. »Der Rat hat Einladungen an alle wichtigen Handelsstädte der Region verschickt, und viele Gilden haben bereits zugesagt zu kommen. Wir haben ihnen versichert, dass wir diesmal besser vorbereitet sind, und sie wollen uns noch eine Chance geben.

Leider haben wir noch nichts von den Metzer und Speyerer Gilden gehört. Wir sind aber auf sie angewiesen. Wenn sie der Messe fernbleiben, macht das einen schlechten Eindruck und könnte künftig auch andere Gilden abschrecken.«

»Nun, ich kann nicht für Metz sprechen«, sagte Weiß, »aber in Speyer hat man beträchtliche Zweifel, was Eure Messe betrifft. Meine Schwurbrüder haben den letzten Jahrmarkt in böser Erinnerung. Einer ist damals beinahe an der Ruhr gestorben. Ihn bringen keine zehn Pferde dazu, noch einmal nach Varennes zu reisen.«

»Hier sieht man es ähnlich«, ergänzte Michelet. »Ein paar Kaufleute werden sicher kommen, aber dass die großen Gilden geschlossen hingehen, bezweifle ich.«

»Deshalb brauchen wir Eure Hilfe«, sagte Isabelle. »Sprecht mit Euren Schwurbrüdern und den Vorstehern der Gilden. Überzeugt sie davon, dass wir diesmal alles Menschenmögliche zum Schutz der auswärtigen Kaufleute tun werden.«

»Dieser Wucherer, den Ihr im Verdacht habt, die Herberge angezündet und die Brunnen vergiftet zu haben – hat man ihm inzwischen das Handwerk gelegt?«

»Wir konnten ihm leider nie etwas nachweisen. Aber er wird die Messe nicht noch einmal stören. Wir haben eine neue Herberge aus Stein gebaut, die wir Tag und Nacht bewachen lassen – genau wie die Brunnen auf dem Messegelände. Doppelt so viele Stadtknechte und freiwillige Helfer wie beim letzten Mal werden die Gäste vor Taschendieben schützen.«

»Was ist mit dem Geleitschutz auf den Landstraßen?«, fragte Michelet.

»Mein Gemahl wird deswegen mit Herzog Mathieu sprechen. Wir sehen keinen Grund, warum er uns nicht helfen sollte.«

»Ich weiß nicht, ob das ausreicht, meine Leute umzustimmen«, meinte Weiß. »Damit sie der Messe noch einmal eine

Chance geben, müsste sie deutlich attraktiver sein als andere Jahrmärkte.«

»Das ist sie«, sagte Isabelle. »Der Rat wird diesmal keine Einfuhrzölle erheben. Und Standgebühren nur für Viehhändler mit mehr als zwanzig Tieren. Alle anderen zahlen nichts. Ist das ein Wort?«

Weiß nickte. »Sehr gut. Ich denke, damit kann ich sie überzeugen.«

»Es ist das Mindeste, was der Rat tun muss«, sagte Michelet weit weniger begeistert. »Vor zwei Jahren haben viele Kaufleute einen dicken Batzen Geld verloren – sie erwarten zu Recht, dass man sie entschädigt. Nun, ich werde sehen, was ich tun kann. Aber erwartet nicht zu viel. Mein Einfluss in den Gilden ist nicht groß, und nicht wenige Metzer Kaufleute denken mit Grausen an die letzte Oktobermesse zurück.«

»Jetzt unterschätzt Ihr Euch aber. Sieghart und Ihr seid fähige Kaufleute und genießt hohes Ansehen. Wenn jemand es schaffen kann, dann Ihr.« Isabelle lächelte. »Aber genug der Sorgen und Bedenken. Lasst uns trinken: auf die Messe!«

»Auf die Messe!«, sagten Weiß und Michelet, und ihre Weinkelche trafen sich klirrend über der Tafel.

Varennes-Saint-Jacques

Eine knappe Woche nach der Ratsversammlung suchte Michel Jean Caboche in dessen Amtsstube im Hungerturm auf, dem städtischen Gefängnis. Der Schultheiß aß gerade einen Hähnchenschlegel und warf den abgenagten Knochen in den Eimer, als Michel sich erkundigte, wie die Befragung der städtischen Bediensteten voranging.

»Die letzten Stadtknechte und Zöllner habe ich mir heute Morgen zur Brust genommen«, berichtete Caboche. »Nichts.

Alle schwören sie beim Heil ihrer Seele, nichts mit Lefèvre zu schaffen zu haben.«

»Welche dabei, die offensichtlich lügen?«

»Schwer zu sagen. Ein paar waren auffallend nervös. Meine besten Leute haben sie überprüft, fanden aber nur die üblichen Geschichten: Ein paar betrügen ihre Ehefrauen, einer hat Spielschulden und so weiter. Nirgendwo eine Verbindung zu Lefèvre.«

»Was ist mit dem Stadtschreiber, dem Kämmerer und den anderen wichtigen Beamten?«, fragte Michel.

»Der Stadtschreiber ist über jeden Verdacht erhaben, für den Mann lege ich die Hand ins Feuer. Auch die anderen wirken sauber. Ich habe Euch gesagt, dass das zu nichts führt. Wenn Lefèvre wirklich einen Spitzel in unseren Reihen hat, finden wir ihn so nicht.«

»Oder wir sehen Gespenster, und es gibt keine undichte Stelle.«

»Und wie erklärt Ihr Euch, dass Lefèvre uns beim letzten Jahrmarkt immer einen Schritt voraus war?«

Michel erzählte Jean von Chrétiens Beobachtung betreffend Guillaume. »Ich vermute, dass Guillaume damals für ihn gearbeitet hat. Anschließend hat Lefèvre ihn umgebracht, weil er zu viel wusste. Seitdem hat er noch keinen neuen Zuträger gefunden, oder er hat entschieden, von nun an allein zu arbeiten.«

»Möglich«, sagte Caboche harsch. »Aber letztlich sind das alles nur Vermutungen, die nirgendwo hinführen. Wir reden und reden, währenddessen lacht Lefèvre sich ins Fäustchen und heckt neue Verbrechen aus. Odard hat verdammt noch mal recht: Wir sollten die Wahrheit aus ihm herausprügeln. Gebt mir eine Stunde mit ihm. Danach weiß ich alles, was wir brauchen, um ihn an den Galgen zu bringen.«

»Jean …«, begann Michel.

»Ich weiß. Das Gesetz. Der König. Der Papst.« Caboche

hob abwehrend die Hände. »Verschont mich damit. Ich kann es nicht mehr hören.«

Besorgt musterte Michel den Schultheißen. Sein alter Freund versank mit jedem Monat tiefer in Bitterkeit. Auch nach nunmehr zwei Jahren hatte er Alains Tod noch nicht verwunden. Die Trauer saß tief in seiner Seele fest und wucherte dort wie ein Geschwür. Michel wünschte, er könnte ihm helfen, könnte etwas tun, um seinen Schmerz zu lindern. Aber Jean ließ niemanden an sich heran. »Chrétien wird uns helfen, Lefèvre vor Gericht zu bringen. Habt Vertrauen«, sagte Michel und spürte sogleich, wie lahm das klang.

»Vertrauen«, wiederholte Caboche verächtlich und nahm den Schlüsselring vom Haken. »Sind wir fertig?«

»Ich denke schon.«

»Wir sehen uns bei der Ratssitzung.« Ohne ein weiteres Wort stieg Jean die Stufen zu den Gefängniszellen hinauf.

Hoffentlich nimmt es kein böses Ende mit dir, alter Freund, dachte Michel, ehe er die dunklen Gewölbe des Hungerturms verließ und hinaus ins Sonnenlicht trat.

Lefèvre schlug die verklebten Augen auf und blinzelte. Es dauerte lange, bis er richtig zu sich kam und die verschwommenen Formen ringsherum als Wände und Decke seiner Schlafkammer erkannte. Erst nach einer Weile war er imstande, einen klaren Gedanken zu fassen. Er bewegte seine schweren Glieder, setzte sich auf und spritzte sich etwas Wasser aus dem Krug ins Gesicht.

Durch das Fenster drang das geschäftige Treiben der Rue de l'Épicier herein. Er hatte lange geschlafen, die Terz war gewiss schon vorüber. Bevor er zu Bett gegangen war, hatte er etwas Milch mit zerstoßenen Mohnsamen getrunken, damit er besser einschlafen konnte und nicht mehrmals in der Nacht mit rasendem Herzen aufwachte. Dass ihn der Schlummertrunk so benommen machte, dass bis zum späten Vormittag kaum etwas mit ihm anzufangen war, nahm er gern in Kauf, solange ihm nur die Träume erspart blieben.

Die Nachtmahre plagten ihn seit nunmehr zwei Jahren. Anfangs nur etwa einmal im Monat, dann jede Woche, inzwischen beinahe jede Nacht. Es war immer derselbe Traum: Er stand vor einem Spiegel, sein Ebenbild erschien darin, lächelte wissend und wisperte von Verdammnis und Höllenqualen. *»Ich warte auf dich, Anseau«*, sagte der Mann im Spiegel stets zum Abschied, bevor die Flammen ihn verschlangen. Gebete richteten nichts gegen ihn aus. Nur der Mohntrunk konnte ihn vertreiben. Wobei auch die Arznei nicht immer half. Manchmal schlüpfte sein dämonischer Bruder trotzdem in seine Träume und peinigte ihn mit Hohn, Spott und düsteren Andeutungen.

Lefèvre kleidete sich an und genehmigte sich ein ausgedehntes Morgenbrot. Als er sich besser fühlte, machte er einen Spaziergang über die Wiesen am Stadtgraben. Wind war aufgekommen, frische Böen bliesen ihm ins Gesicht und wehten den letzten Rest des Nebels fort, der seinen Verstand umhüllte.

Gut so. Er musste nachdenken. Mit dem heutigen Tag ging der August zu Ende, schon in sechs Wochen begann die Messe. Höchste Zeit, dass er Pläne schmiedete.

Er machte sich nichts vor: Diesmal waren seine Möglichkeiten begrenzt. Der Rat hatte keine Kosten und Mühen gescheut, um den Jahrmarkt zu schützen. Auf dem Messegelände standen Tag und Nacht Wachen, und er erwartete, dass der neue Herzog für sicheres Geleit sorgen würde. Das bedeutete Ritter und Kriegsknechte auf allen wichtigen Straßen – vor, während und nach der Messe.

Schwierig, dieses dicht geflochtene Netz der Vorsicht zu durchbrechen.

Andererseits – Fleury und seine Speichellecker konnten nicht überall sein. Ein großer Jahrmarkt, und war er noch so gut organisiert, war immer unübersichtlich. Massen von

Menschen, ein ständiges Kommen und Gehen, viel Geld, das scharenweise Diebe und Betrüger anlockte – Caboche und Tolbert konnten dieses Gewimmel nicht immer und zu jeder Zeit überblicken, selbst wenn sie zweihundert Büttel ins Feld führten. Lefèvre würde einen Weg finden, sie zu überlisten und zuzuschlagen, wenn sie nicht damit rechneten.

Er würde seine Rache bekommen, auf die er nun schon so lange wartete. Sofern er geduldig war und den rechten Moment abpasste.

Leider musste er diesmal ohne Guillaume auskommen – Guillaume, der ihn stets über die Pläne der Obrigkeit unterrichtet hatte. Er war ein so nützlicher Diener gewesen – warum nur musste er gierig werden? Er hatte Lefèvre erpresst, hatte gedroht, mit seinem Wissen zum Rat zu gehen, wenn er nicht mehr Lohn bekam. Zuletzt war der Mann eine dauernde Bedrohung gewesen, sodass Lefèvre schlussendlich gezwungen gewesen war, ihn zum Schweigen zu bringen.

Ein schmerzlicher Verlust, in mehr als einer Hinsicht. Wie kam er nun an neue Gäste für seinen Keller? Ohne Guillaume war das ausgesprochen schwer. Bis vor einigen Monaten war er gelegentlich allein auf die Jagd gegangen und hatte in den verwinkelten Gassen der Unterstadt Bettler und andere arme Teufel entführt, die niemand vermisste. Doch seit ihn einmal beinahe der Nachtwächter überrascht hatte, versagte er sich dieses Vergnügen und unterdrückte sein Verlangen.

Ein Ärgernis – aber eines, mit dem er leben konnte. Wichtiger war, dass er wieder jemanden fand, der ihm die Pläne des Rates zutrug und ihn warnte, wenn aus dieser Richtung Gefahr drohte.

Wer käme dafür in Betracht?

Während er über diese Frage nachdachte, schlenderte er in Richtung Fluss. Bei den Fischteichen unter der Königspfalz blieb er stehen und betrachtete versonnen das moosgrüne Wasser zu seinen Füßen.

Zu spät erkannte er seinen Fehler. Sein Spiegelbild zwinkerte ihm zu.

»Verschwinde«, sagte Lefèvre unwirsch und trat einen Stein in den Teich, woraufhin sich das Wasser kräuselte und sein Spiegelbild in tausend kleine Splitter zerbrach.

September 1220

Vogesen

Auf der Anhöhe zügelte Rémy sein Pferd und betrachtete das Tal, das sich vor ihm ausbreitete.

Dicht belaubte Eichen wuchsen auf den Berghängen, ein üppiger grüner Teppich, hier und da bereits von feuerroten Flecken durchsetzt. Ein Bach sprudelte schäumend über den nackten Fels und speiste einen Fischteich, der zu einem Bauerndorf gehörte. Zwei Dutzend Hütten umstanden eine kleine Steinkirche, und ringsum erstreckten sich Viehweiden, Äcker und Gemüsegärten, auf denen Hörige arbeiteten.

Einen Steinwurf vom Dorf entfernt erblickte Rémy einen Gutshof, bestehend aus einem zweistöckigen Steinhaus mit einem Turm und mehreren Holzgebäuden. Aus den Schornsteinen quoll Rauch. *Das muss es sein,* dachte er. Er rückte die Armbrust zurecht, die er an einem Gurt auf dem Rücken trug, und kanterte hinab ins Tal.

Dank Albertus' Wegbeschreibung hatte er Villard de Gerbamonts Rittergut auf Anhieb gefunden, obwohl es recht einsam in den Vogesen lag. Es war ein zweitägiger Ritt gewesen, zuletzt durch nahezu menschenleere Täler, doch Rémy hatte jeden Moment davon genossen. Kein Lärm, keine Sorgen. Keine Leute, die ihn mit ihrem Geschwätz belästigten. Am liebsten wäre er sogleich losgeritten, nachdem Albertus ihm von Villard erzählt hatte. Aber er hatte zuerst das Nibelungenlied für Duval fertigstellen müssen, bevor er aufbrechen konnte. Albertus hätte ihn gern begleitet, doch seine neuen

Pflichten ließen es nicht zu, dass er Varennes verließ. Erwartungsgemäß hatte Rémy schnell eine Stelle für ihn gefunden: Seit einigen Tagen arbeitete Albertus als Hauslehrer für den Kaufmann Victor Fébus und unterrichtete dessen Kinder.

Ein Zaun aus angespitzten Pfählen, vor dem Unkraut und Dornenhecken wucherten, umgab den Gutshof. Bei den Waffenknechten am Tor erkundigte sich Rémy nach Villard.

»Er müsste im Haupthaus sein. Euer Pferd könnt Ihr zu den Stallungen bringen. Ein Knecht wird es versorgen.«

Wenig später stieg Rémy die knarrende Außentreppe zum Obergeschoss des Steingebäudes hinauf und durchquerte einen dunklen Saal, in dem ein einziger Kienspan brannte. Frisch gehackte Binsen knirschten unter seinen Schuhsohlen, als er an den Tischen und Bänken vorbeiging und bei einer jungen Magd nach dem Ritter fragte. Das Mädchen wies auf eine Tür, die er im Halbdunkel beinahe übersehen hätte.

Dahinter befand sich eine geräumige Turmkammer voller Bücher. Sie lagen in Truhen, stapelten sich auf Tischen – es mussten fünfzig, sechzig sein, wenn nicht mehr. Stufen schraubten sich hinauf ins nächste Stockwerk, aus dem leises Murmeln in lateinischer Sprache drang.

Rémy war beeindruckt. Nicht einmal sein vermögender und belesener Vater besaß so viele Handschriften. Tatsächlich war dies die größte Bibliothek in Privatbesitz, die er je gesehen hatte. Dass sie ausgerechnet einem Ritter gehörte, war mehr als ungewöhnlich. Nach wie vor konnten nur wenige Laienadlige lesen und schreiben, noch weniger verfügten über eine fundierte literarische Bildung.

Rémy betrachtete ein Buch, das auf einem Tisch lag. Der Einband trug den Titel *Liber ignium*, das Buch des Feuers, von einem gewissen Marcus Graecus. Er warf einen Blick hinein. Offenbar behandelte die Schrift Feuer und alles, was damit zu tun hatte. Auf der Doppelseite, die Rémy aufgeschlagen hatte, ging es um die medizinische Behandlung von Brandwunden.

Faszinierend. Er hatte noch nie von diesem Buch gehört. Dabei hatte er angenommen, alle wichtigen wissenschaftlichen Werke zumindest dem Namen nach zu kennen.

Er wollte gerade zur Treppe gehen, als er die *Etymologiae* entdeckte. Die Enzyklopädie des Isidor von Sevilla stand in einer Wandnische: fünf dicke Folianten, alle in Leder gebunden. Der sechste lag aufgeschlagen auf einem Lesepult. Er war sehr schlicht gestaltet, ohne jeglichen Buchschmuck. Rémy konnte nicht anders, als in den Pergamentseiten zu blättern. Der Codex enthielt die Bücher Eins bis Drei, die die Künste Grammatik, Rhetorik, Dialektik, Mathematik, Musik und Astronomie behandelten. Er merkte kaum, dass er den Atem anhielt. Dies war das wichtigste und umfangreichste Nachschlagewerk der Christenheit. Villard musste ein Vermögen für die vollständige Ausgabe bezahlt haben.

»Hände weg von dem Buch!«, befahl eine scharfe Stimme.

Rémy fuhr herum. Ein Mann in einem einfachen grauen Gewand stakste die Treppe herunter, ein Greis von mindestens sechzig Jahren, der mit klauenartigen Fingern den Knauf eines Gehstocks umklammerte. Sein Rücken war gebeugt und sein dünnes Haar schlohweiß, doch in den blassblauen Augen funkelte ein höchst vitaler Zorn.

»Was habt Ihr in meiner Bibliothek zu suchen?«, fragte der Alte harsch.

»Eure Magd sagte mir, ich würde Euch hier finden. Verzeiht, ich hätte auf mich aufmerksam machen müssen. Aber da sah ich die *Etymologiae* und ...«

»Wer seid Ihr überhaupt?«

»Rémy Fleury, Meister der Buchmalerei aus Varennes-Saint-Jacques.« Er verneigte sich. »Und Ihr seid gewiss Villard de Gerbamont. Zu Euren Diensten.«

Der betagte Ritter schien sich etwas zu entspannen. »Fleury ... Heißt so nicht der Bürgermeister von Varennes?«

»Er ist mein Vater.«

»Dann seid Ihr der Bursche, der diese neue Schule gegründet hat?«

»Genau der«, sagte Rémy überrascht. »Ihr habt von mir gehört?«

»Natürlich. Ich bin alt, aber nicht taub. Meine Söhne berichten mir regelmäßig, was im Herzogtum vor sich geht, wenn sie auch sonst zu nichts zu gebrauchen sind. Weswegen behelligt Ihr mich?«

»Albertus, ein Wanderlehrer aus Deutschland, hat mir von Euch erzählt. Er war sehr angetan von Eurer Bibliothek.«

»Albertus, ja. So angetan, dass er gar nicht mehr gehen wollte«, fügte Villard missmutig hinzu. »Ein kluger Bursche, das muss ich zugeben. Leider auch ungestüm und lauter törichte Ideen im Kopf. Ich nehme an, er hat Euch empfohlen, mich aufzusuchen, und nun wollt Ihr Euch meine Bücher ausleihen, richtig?« Ohne Rémys Antwort abzuwarten, sagte er: »Was das betrifft, habe ich schlechte Neuigkeiten für Euch: Ihr seid umsonst hergekommen. Ich verleihe meine Bücher nicht. Niemals. Und schon gar nicht die *Etymologiae*, die es Euch so angetan haben.«

Rémy schwieg abwartend. Albertus hatte ihn vor dem Starrsinn des Alten gewarnt und ihn darauf vorbereitet, dass er einiges an Überzeugungsarbeit würde leisten müssen.

Der Edelmann verzog das Gesicht, als er sich umständlich auf einem Stuhl niederließ. Wie viele alte Ritter, die auf ein Leben voller Kämpfe zurückblickten, schien er unter kranken Gelenken und schlecht verheilten Kriegswunden zu leiden. Offenbar konnte er sich nur noch unter Schmerzen bewegen.

Villard legte seinen Stock quer über die Knie. »Oben auf dem Tisch liegt eine Ausgabe von *De brevitate vitae* von Seneca. Holt sie. Aber fasst sonst nichts an.«

Rémy stieg die Treppe hinauf und betrat ein Turmgemach, das weitere Schriftstücke enthielt. Er fand das Buch, das aufgeschlagen neben einer brennenden Kerze lag, und brachte es Villard.

»Das habe ich gerade gelesen, als Ihr mich gestört habt«, erklärte der Alte und fuhr mit den Fingerkuppen über den Ledereinband. »Es ist eine Abhandlung über die rechte Art, wie ein Mann sein Leben verbringen soll.«

»Ich kenne das Buch«, sagte Rémy.

»Ach ja?«

»Ich bewahre ein Exemplar in meiner Werkstatt auf. Es ist mein Meisterstück.«

Villard starrte ihn forschend an. »Dann wisst Ihr, wie tröstlich es ist, sich in Senecas Gedanken zu vertiefen. Er lebte zu einer Zeit, als die Menschen klüger waren. Sie debattierten über Philosophie und die Natur der Welt, statt wie die Schweine zu grunzen wie so mancher unserer Zeitgenossen. Deshalb ist mir dieses Buch teuer wie ein Freund. Alle meine Bücher sind das, umso mehr, seit Gott den letzten meiner menschlichen Freunde zu sich geholt hat. Solange ich atme, wird kein einziges diesen Turm verlassen.«

»Ich brauche nur die *Etymologiae*. Ich würde mir die Bücher nur so lange ausleihen, bis ich eine Abschrift angefertigt habe, und sie so pfleglich behandeln wie irgend möglich. Bei mir wären sie in guten Händen.«

»Die Antwort lautet Nein«, sagte Villard harsch. »Ihr könnt sie lesen, aber das müsst Ihr hier tun. Ihr könnt derweil beim Gesinde schlafen und von meiner Tafel essen, wenn Ihr versprecht, nach spätestens einer Woche wieder zu verschwinden.«

»Darum geht es mir nicht. Ich brauche sie für die Schule. Ihr fehlt ein umfangreiches Nachschlagewerk für den Philosophie-, Geografie- und Geschichtsunterricht.«

Der Ritter begann zu husten und presste sich die Faust auf die rissigen Lippen. Ehe er sie hastig wegwischte, sah Rémy drei Blutstropfen auf dem Handrücken, glitzernd wie Rubinsplitter.

»Fühlt Ihr Euch nicht wohl? Soll ich morgen wiederkommen?«

Villard winkte ab. »Ich bin ein kranker Mann. Morgen wird es eher schlechter als besser sein. Das hat das Alter so an sich. Nein. Gebt mir lieber von dem Wein da und tut etwas geraspelten Ingwer hinein. Nehmt Euch auch ein Horn.«

Rémy füllte zwei Trinkhörner mit dunklem Südwein und gab eines seinem Gastgeber. Villard nahm einen Schluck, woraufhin seine schmirgelnde Stimme gleich etwas weicher klang.

»Ist Eure Schule überhaupt schon geöffnet? Ich hörte, Ihr habt noch nicht einmal einen Lehrer.«

Für einen Mann, der abgeschieden inmitten der Vogesen lebte, war Villard erstaunlich gut auf dem Laufenden, was Varennes betraf. »Albertus wird unterrichten«, entgegnete Rémy. »Sobald der Rat ihn eingestellt hat, kann er anfangen. Schon im Oktober, so Gott will.«

Villard blickte ihn lange an … und plötzlich verspürte Rémy eine eigentümliche Seelenverwandtschaft mit diesem Mann, obwohl er ihn kaum kannte. Sie beide schätzten Bücher und die Einsamkeit und gaben sich nicht mit oberflächlichen Betrachtungen zufrieden; sie wollten den Dingen auf den Grund gehen, ihnen bis zu ihrer letzten Wahrheit nachspüren.

»Was bezweckt Ihr damit?«, wollte Villard wissen. »Seit ich das erste Mal von Euch und Eurer Schule gehört habe, frage ich mich das. Die ganze Arbeit, die Scherereien mit den Klöstern – warum tut Ihr Euch das an? Kaum einer weiß Eure Bemühungen zu schätzen, manche lachen sogar über Euch. Geld verdient Ihr auch keines damit. Und doch treibt Ihr dieses Vorhaben mit all Eurer Kraft voran. Wofür?«

»Varennes lebt vom Handel, vom Austausch mit anderen Städten«, antwortete Rémy. »Trotzdem können die allermeisten Bürger nicht einmal einen einfachen Brief lesen, geschweige denn einen schreiben. Das will ich ändern. Bisher gibt es in Varennes nur die Klosterschule. Aber sie taugt nichts. In meiner Schule werden nur Laien unterrichtet, auch die Söhne einfacher Familien, damit sie die Möglichkeit erhalten, etwas aus ihrem Leben zu machen …«

»Ich will nicht wissen, was Ihr dem Rat erzählt habt, damit man Euch hilft«, fiel Villard ihm ins Wort. »Ich will Eure wahren Gründe hören. Was treibt Euch an, Euer Leben diesem Unternehmen zu verschreiben?«

Rémy schwieg eine Weile, ehe er sagte: »Ich habe einen Traum. Ihr werdet ihn gewiss töricht finden.«

»Wenn es Euer Traum ist und wenn Ihr daran glaubt, darf es Euch nicht kümmern, was ich davon halte. Also – was ist es?«

Rémy wurde das Gefühl nicht los, dass der Alte ihn einer Prüfung unterzog. Er begegnete Villards stechendem Blick. »Wir treten in ein neues Zeitalter ein, ein Zeitalter des Wissens. Ich will meinen Beitrag dazu leisten. Alle sollen die Möglichkeit haben, lesen und schreiben zu lernen – Handwerker, Tagelöhner, sogar Bauern, damit Wissenschaft, Kunst und Philosophie ihr Leben bereichern können. Damit sie eines Tages wieder so klug werden wie die Menschen zu Senecas Zeiten.«

»All das soll Eure Schule bewirken? Da habt Ihr Euch viel vorgenommen.«

»Ich weiß, es ist schwierig. Wahrscheinlich werden noch viele Lebensalter vergehen, bis dieses Ziel erreicht ist. Aber jede lange Fahrt beginnt mit dem ersten Schritt.«

Villard trank von seinem Wein, er umklammerte das Horn mit seinen knöchernen Fingern. »Wieso glaubt Ihr, ich würde Euch für diesen Traum verspotten? Gewiss, er ist ehrgeizig, vielleicht sogar hochmütig. Aber töricht? Nein. Ganz und gar nicht töricht. Damit sich die Dinge zum Besseren ändern, braucht es Männer mit Visionen.«

»Ihr könnt mir helfen, diesen Traum zu verwirklichen«, sagte Rémy. »Leiht mir die *Etymologiae*, ich bitte Euch. Mit diesen Büchern könnten zahllose Schüler lernen, unsere Welt zu verstehen.«

»Es bleibt dabei: Ich verleihe meine Bücher nicht. Aber ich kann Euch etwas anderes anbieten. Ich bin alt und krank. Der Herr gewährt mir allenfalls noch ein paar Monate, bevor er mich zu sich holt. Und sobald ich unter der Erde bin, werden meine nichtsnutzigen Söhne anfangen, sich um ihr Erbe zu streiten. Sollen sie – es kümmert mich nicht, was aus diesem Haus und diesem Stück Land wird. Auf keinen Fall aber werden sie meine Bücher bekommen. Sie halten die Beschäftigung damit für Zeitverschwendung und eines Ritters unwürdig. Mein Jüngster kann nicht einmal richtig lesen, könnt Ihr Euch das vorstellen? Nein, der Gedanke, dass sie meine Bücher fortschaffen, um sie auf dem nächsten Jahrmarkt für ein paar Sous zu verscherbeln, ist mir ein Graus. Deshalb sollt Ihr sie bekommen. Holt sie, wenn ich tot bin. Nehmt sie für Eure Schule. Die Gewissheit, dass sie anderen von Nutzen sein werden, wird mir das Sterben erleichtern.«

Rémy verspürte plötzlich einen Kloß im Hals. »Seid Ihr Euch da sicher? Diese Bücher sind ein großer Schatz. Sie einfach so wegzugeben ... Ich meine, Ihr kennt mich kaum.«

»Es ist Jahre her, dass ich mir das letzte Mal bei etwas so sicher war. Wie lehrt uns Seneca? ›*Geben wir so, wie wir selbst empfangen möchten: vor allem gern, rasch und ohne jedes Zögern.*‹«

»Ich danke Euch, Villard. Habt vielen Dank«, sagte Rémy schlicht.

»Ja, ja. Schon gut. Bringt mich nicht in Verlegenheit. Helft mir lieber, aufzustehen und wieder nach oben zu gehen. Ich möchte mein Buch zu Ende lesen, bevor es dunkel wird. Wer weiß, wie lange mein Augenlicht das noch zulässt.«

Sie entdeckten ihn, kaum dass er auf der Hügelkuppe erschienen war. Renouart schlug seinem Pferd die Absätze in die Flanken und preschte den Hang hinunter, sodass die Schafe auf der Wiese blökend auseinanderstoben. Unten auf dem Acker rief Jean-Baptiste mit schriller Stimme nach seiner Frau und seinen Töchtern, und im nächsten Moment floh die ganze Familie Hals über Kopf zu dem kleinen Bauernhaus neben dem Bachlauf. Als Renouart vor dem Schweinekoben aus dem Sattel stieg, waren längst alle Türen von innen verrammelt.

Jean-Baptiste war ein Freisasse, ein freier Bauer und keinem Grundherrn hörig. Sein Hof bestand aus einem steinernen Wohnhaus, einer schäbigen Scheune und einem Stall, der auch schon bessere Zeiten gesehen hatte. Die Schafe waren mager, auf dem Acker sprossen ein paar kümmerliche Kohlköpfe. Renouart sah auf den ersten Blick, dass hier nicht viel zu holen war. Jean-Baptiste tat ihm leid … und einen Herzschlag lang erwog er, wieder aufzusteigen, nach Varennes zurückzureiten und Lefèvre ins Gesicht zu spucken. Aber dann dachte er an Catherine und Felicitas, biss die Zähne zusammen und klopfte an.

Nichts regte sich.

»Mach die Tür auf, Jean. Sei vernünftig und lass uns das im Guten regeln.«

Stille.

Schon beim zweiten Tritt brach der Riegel der klapprigen Tür. Von innen hatten sie eine Kiste dagegengeschoben. Trotzdem gelang es Renouart ohne große Mühe, in das Haus einzudringen.

Licht sickerte durch die Luftlöcher im Mauerwerk, im Herd flackerten ersterbende Flammen. Jean-Baptistes Weib und die Mädchen kauerten in einer Ecke des halbdunklen Wohnraumes, klammerten sich aneinander und schluchzten. Der Freisasse hielt eine rostige Forke in den Händen und richtete die Zinken auf Renouart.

»Was wollt Ihr von mir?«, stieß er hervor.

»Du weißt, wer ich bin?«

»Natürlich weiß ich das. Lefèvres Geldeintreiber. Sein Schlagetot. Keinen Schritt weiter – ich warne Euch!«, keuchte Jean-Baptiste.

Renouart hob beschwichtigend die Hände. »Du hast dir von Lefèvre dreißig Sous geliehen. Zu Himmelfahrt wäre die erste Zinsrate fällig gewesen – vor drei Wochen.«

Eigentlich handelte es sich um vertraglich vereinbarte Strafgebühren, und Lefèvre hatte ihm eingeschärft, vor seinen Schuldnern niemals von Zinsen zu sprechen. Aber zum Teufel damit, es waren Zinsen, gleichgültig, wie gut Lefèvre seine Wuchergeschäfte verschleierte.

»Ich hätte ja bezahlt, wenn ich gekonnt hätte«, sagte Jean-Baptiste. »Aber die letzte Ernte war schlecht. Die Erbsen sind mir allesamt auf dem Acker verfault. Die Bohnen auch. Ich habe kein Geld.«

»Du schuldest ihm vier Sous. So viel wirst du gerade noch zusammenkratzen können.«

»Fünf lausige Deniers – das ist alles, was ich habe. Ich zahle zu Allerheiligen. Ich schwör's beim heiligen Jacques. Auf der Messe kann ich gewiss meine Wolle verkaufen. Bittet Euren Herrn, sich nur noch ein paar Wochen zu gedulden.«

»Seine Geduld ist erschöpft. Er wartet schon lange genug auf sein Geld. Vier Sous, Jean. Vorher gehe ich nicht weg.«

»So habt doch Erbarmen!«, rief Jeans Weib. »Seht Ihr nicht, wie schlecht es uns geht? Noch eine Missernte, und wir müssen hungern.«

»Letzten März sind mir drei Schafe weggestorben«, sagte der Freisasse. »Nicht mal schlachten konnte ich sie mehr, so krank waren sie. Von Lefèvres Geld hab ich neue Lämmer gekauft, weil ich mich ohne meine Herde gleich aufhängen kann. Herrgott, glaubt Ihr, ich mache das, um ihn zu ärgern? Man leiht sich Geld, eins kommt zum anderen, und plötzlich steht man da. Gerade Ihr müsstet das doch verstehen. Ja, ich weiß, was Euch passiert ist. Früher wart Ihr mal ein hochwohlgeborener Ritter, aber jetzt müsst Ihr vor Lefèvre buckeln. Ist das Eure Schuld? Nein. Ihr hattet Pech – genau wie ich. *Genau wie ich!*«

»Genug«, sagte Renouart. »Du gibst mir jetzt das Geld, oder ich stelle dein Haus auf den Kopf, bis ich es gefunden habe.«

»Versucht's doch.« Jean-Baptiste umklammerte die Forke.

Renouart machte einen schnellen Schritt nach vorne und bekam den Schaft der Waffe zu fassen, ehe Jean-Baptiste damit zustoßen konnte. Heftig zog er daran, der Freisasse stolperte ihm entgegen, und Renouart rammte ihm das Knie in die Magengrube. Sein Weib und die Mädchen schrien, Renouart warf die Forke weg, packte den Bauern am Kragen und hielt seinen Arm fest, bevor dieser das Messer an seinem Gürtel ziehen konnte. Renouart schlug ihm hart ins Gesicht. Jean sackte zu Boden.

»Aufhören!«, schrie sein Weib, als Renouart noch einmal zuschlagen wollte. »Ich hole das Geld. Ich hol's ja schon. Bitte tut ihm nichts, ich flehe Euch an.«

Jean-Baptiste blutete aus der Nase und wimmerte leise. Renouart hielt ihn fest, während die Frau in den Nebenraum huschte. Sie kam zurück und legte einige Silbermünzen auf den Tisch.

»Vier Sous, seht selbst.«

Renouart ließ von Jean-Baptiste ab und nahm die Münzen an sich. Seine Kehle war mit einem Mal so eng, dass er kaum noch Luft bekam. »Die nächste Rate wird zu Lichtmess fällig, vergiss es nicht. Zahl pünktlich, dann ersparst du dir Ärger«, sagte er, bevor er mit schweren Schritten die Hütte verließ.

An seinen Händen, am Rock, überall klebte Jean-Baptistes

Blut, stellte er fest, als er in den Sattel stieg. Er trieb sein Pferd an und jagte den Hang hinauf, galoppierte durch die Hügel, bis der Bauernhof nicht mehr zu sehen war, bis er nur noch den Wind in seinem Gesicht spürte und die Muskeln des Pferdes, die sich unter ihm hoben und senkten.

Irgendwann kam er zu einem kleinen Bach, der durch das Unkraut plätscherte. Renouart glitt aus dem Sattel, bevor sein Ross richtig zum Stehen gekommen war, fiel neben dem Bach auf die Knie und tauchte seine Hände hinein. Rote Schlieren schlängelten sich durch das Wasser und flossen mit der Strömung davon.

Plötzlich packte ihn die Wut, ein würgender, alles verzehrender Zorn. Er riss sich seinen Gürtel vom Leib, zerrte sich den Rock über den Kopf und bespritzte seinen Oberkörper mit dem kalten Wasser. Er rieb sich ab, bis der letzte Tropfen Blut verschwunden war, wusch gründlich seine Kleider aus und fühlte sich doch nicht sauberer.

Lange saß er da. Tropfen glitzerten auf seinen Armen, in seinem Brusthaar. Renouart blickte zum Himmel auf und betrachtete die Wolken, die beharrlich nach Süden zogen, als erhofften sie sich dort ein besseres Schicksal.

Was war nur aus ihm geworden?

Müde stand er auf, wrang seinen Rock aus und zog sich an. Kalt und klamm klebte das Tuch an seiner Haut, als er weiterritt, doch er spürte es kaum. *Catherine*, dachte er wieder und wieder, *Felicitas* – denn wenn er seinen Verstand nicht beschäftigte, würde er immerzu Jean-Baptiste vor sich sehen, Jean-Baptistes blutverschmiertes Gesicht und seine weinenden Töchter.

Es war früh am Abend, als er Varennes erreichte. Renouart ritt auf den Hof von Lefèvres Haus, übergab sein Pferd einem Knecht und stieg die Treppe hinauf, in der Faust die vier Schillingmünzen.

Die Tür von Lefèvres Schreibstube war geschlossen. Durch das Holz drangen leise Stimmen.

»…bekommt jeden Monat fünf Sous von mir«, sagte der Wucherer gerade. »Das muss reichen, verdammt noch eins.«

»Das tut's ja normalerweise auch«, erwiderte ein Mann, dessen Stimme Renouart nicht kannte. »Aber nicht, wenn wir einen Medicus bezahlen müssen. Ihr wisst doch, wie teuer die sind. Und Felicitas braucht nun einmal dringend einen.«

Renouart war, als setze sein Herz einen Schlag aus. Er hielt den Atem an und ging so nah an die Tür heran, dass sein Ohr fast das Holz berührte.

»Wie schlimm ist es?«, fragte Lefèvre missmutig.

»Schwer zu sagen. Sie hat seit Tagen Fieber. Es will einfach nicht weggehen. So etwas ist tückisch. Hab's schon erlebt, dass Leute – keine Frauen, kräftige Männer – über Nacht dran gestorben sind. Haben sich abends ins Bett gelegt, und am nächsten Morgen dann …«

»Ja, ja, schon gut«, fiel Lefèvre dem Fremden ins Wort. »Hier sind zehn Sous. Such dir einen Medicus, aber einen verschwiegenen, hörst du? Er soll zusehen, dass er das Weib kuriert. Und jetzt verschwinde. Renouart müsste bald zurückkommen, und er soll dich hier nicht sehen.«

In der Schreibstube knarrte eine Bodendiele. Renouart huschte in den Nebenraum, zog die Tür zu und ließ einen Spalt offen, durch den er auf den Flur spähte. Ein stämmiger Mann, der Kleidung nach ein Knecht, verließ die Schreibstube und ging zur Treppe. Lefèvre ließ sich nicht blicken.

Renouart wartete einen Moment, bevor er dem Fremden folgte. Der Mann schritt zum Eingangsraum. Renouart nahm die hintere Treppe, schlenderte betont gelassen durch den Hof und lugte durch das offene Tor. Gerade verließ der Knecht das Haus und ging in Richtung Domplatz.

Einige Bedienstete hatten Renouart gesehen. Es war nur eine Frage der Zeit, bis Lefèvre erfuhr, dass er zurück war. Wenn der Wucherer dann hörte, dass Renouart kurz nach seiner Ankunft wieder gegangen war, ohne ihn aufzusuchen, zog er mit Sicherheit die richtigen Schlüsse. Das bedeutete: Renouart musste schnell handeln.

Unauffällig nahm er die Verfolgung auf. Der Fremde überquerte den Domplatz, wandte sich auf halber Strecke nach rechts und ging die Grand Rue hinauf. Bei der Abtei Longchamp, wo mehrere Ärzte wohnten, machte er langsamer und betrachtete unschlüssig die Steinhäuser.

Renouart beschleunigte seine Schritte und legte ihm von hinten eine Hand auf die Schulter. »Nicht umdrehen«, flüsterte er. »Du gehst jetzt in diese Gasse da und tust so, als wären wir zwei alte Freunde.« Damit der Fremde seine Rolle auch überzeugend spielte, presste Renouart ihm die Spitze seines Dolches in die Nierengegend.

»Lange nicht gesehen! Wie geht's denn so? Hab gehört, dein Weib ist schon wieder schwanger«, sagte Renouart, während er den Mann in die Gasse schob. Sie verlief zwischen den Hinterhöfen der Patrizierhäuser, führte ins Schmiedeviertel und war zu Renouarts Erleichterung nahezu menschenleer. Nur ein Bettler wühlte in den Abfällen, die aus den Eimern neben einem Tor quollen.

»Verschwinde«, schnauzte Renouart ihn an, woraufhin die zerlumpte Gestalt das Weite suchte.

Er schob den Fremden weiter und stieß ihn in eine Sackgasse hinter einer Waffenschmiede. Morsche Kisten stapelten sich vor den Mauern. Der Fremde griff nach seinem Dolch, doch Renouart war schneller und versetzte ihm mit der Linken einen Schlag in den Magen. Als der Fremde sich vor Schmerzen krümmte, packte Renouart ihn an den Haaren, presste ihn gegen eine Wand und hielt ihm den Dolch unter das Kinn. »Wo sind mein Weib und meine Tochter?«, zischte er.

Der Mann schluckte nur trocken. Noch ein Fausthieb, diesmal ins Gesicht.

»Rede, verdammt noch mal!«

»Lefèvre … wird … mich umbringen«, ächzte der Fremde, als er wieder Luft bekam.

Renouart hielt ihm wieder den Dolch an die Kehle. »Vielleicht. Wenn du nicht redest, stirbst du in jedem Fall. Du hast die Wahl.«

Der Fremde biss die Zähne zusammen. Renouart drückte die Dolchspitze fester gegen seinen Hals, sodass die Haut verletzt wurde. Ein Blutstropfen rann über den Adamsapfel.

»Sie sind in einem alten Gestüt. Bei Savigny.«

»Wie weit ist das weg?«

»Ungefähr eine Wegstunde mit dem Pferd.«

»Wie komme ich da hin?«

»Vom Heutor die Straße nach Westen, Richtung Mirecourt. Irgendwann kommt ein altes Sühnekreuz. Von da aus kann man's schon sehen.«

»Wie viele von euch sind dort?«

»Vier … mit mir.«

»Wenn Felicitas stirbt, dann gnade dir Gott.« Renouart hämmerte ihm die Stirn zwischen die Augen. Ohne einen Laut sank der Mann zu Boden.

Er fesselte den Bewusstlosen mit alten Lumpen, die er in den Kisten fand, und knebelte ihn, bevor er ihn zum Ende der Gasse schleifte und hinter den Kisten verbarg, so gut es ging. Gewiss dauerte es allenfalls eine Stunde, bis der Kerl aufwachte und auf sich aufmerksam machte. Zwei, wenn er Glück hatte. Nicht viel Zeit, um seine Familie zu retten.

Mit einem harten Zug um den Mund betrachtete er den reglosen Körper. *Nein.* Er tötete keinen Wehrlosen. Er war tief gesunken, aber nicht so tief.

Renouart nahm ihm das Geld ab, das der Mann von Lefèvre bekommen hatte, steckte es in seine Börse zu den Münzen von Jean-Baptiste und eilte durch die Gassen des Schmiedeviertels. Zuerst brauchte er ein Pferd. Seines konnte er nicht holen – das Risiko, dass Lefèvre ihn aufhielt und ihm auf die

Schliche kam, war zu groß. Er musste sich anderweitig behelfen.

Er verließ die Stadt durch das Heutor. Auf den Feldern zwischen der Wehrmauer und dem Waldrand arbeiteten Bauern in der Abendsonne. Renouart ging die Straße entlang und entdeckte vor einer Scheune einen Wagen. Die beiden Zugpferde hatte man ausgespannt und angepflockt, sie fraßen das Unkraut, das in dichten Büscheln am Rand des Feldes spross.

Besser als nichts.

Renouart eilte über den brachliegenden Acker und achtete darauf, dass er stets die Scheune zwischen sich und den Bauern hatte. Er band eines der beiden Pferde los und schwang sich auf seinen Rücken. Beinahe wäre er abgeworfen worden, so sehr bockte es. Vermutlich wurde es nur selten geritten, und dass er keinen Sattel hatte, machte es nicht eben leichter. Doch Renouart war ein hervorragender Reiter – er hatte schon weit schlimmere Rösser gebändigt. Er zwang der Stute seinen Willen auf, trieb sie hart an und galoppierte nach Westen.

Als die Bauern ihn entdeckten und aufgebracht schrien, hatte er bereits den Wald erreicht.

Nancy

»Ich habe gehört, wie mein Bruder damals mit Euch umgesprungen ist«, sagte Herzog Mathieu, während er Michel und Soudic Poilevain durch die Flure von Burg Nanciacum führte. »Es war unklug von ihm wie so vieles. Er hätte gut daran getan, Eure Messe zu unterstützen, statt seinem Verlangen nach Rache nachzugeben. Aber ich fürchte, der Wein und die Bitterkeit in seinem Herzen hatten ihm bereits so zugesetzt, dass er nicht mehr imstande war zu erkennen, was das Beste für Lothringen ist.«

»Ich hege keinen Groll gegen Euren Bruder, Euer Gnaden«,

erwiderte Michel. »Er war ein verzweifelter Mann. Ein Schatten lag auf seiner Seele. Als er mir seine Hilfe verweigerte, war er nicht mehr er selbst.«

»Eure Nachsicht ehrt Euch, aber was geschehen ist, hatte er sich selbst zuzuschreiben. Thiébaut war ein Heißsporn, schon als Jüngling. Wir alle wussten seit Jahren, dass ihn sein Mangel an Weisheit und Geduld einmal in ein frühes Grab bringen würde. Mit dieser törichten Fehde hätte er beinahe ganz Lothringen in den Untergang geführt. Ihr habt ihm geholfen, sein Gesicht zu wahren und seine Ämter zu behalten, obwohl er eine weitaus härtere Strafe verdient hätte. Und so dankte er es Euch? Nein, er hat Euer Mitleid wahrlich nicht verdient.«

Es war bekannt, dass Mathieu nie viel Liebe für Thiébaut empfunden hatte. Dennoch überraschte es Michel, dass der Herzog derart schlecht über seinen toten Bruder sprach.

»Ich hoffe, meine harten Worte erschrecken Euch nicht«, sagte Mathieu, als hätte er Michels Gedanken gelesen. »Aber die Châtenois' sind ein altes und ehrwürdiges Geschlecht, das stets treu zum Haus der Staufer stand. Thiébaut hat unserer Familie Schande gebracht. Es wird noch lange dauern, bis ich ihm vergeben kann.«

Sie erklommen eine enge, gewundene Treppe, an die sich Michel nicht erinnern konnte.

»Gehen wir nicht zu Euren Gemächern?«

»Meine Kammer befindet sich im Südturm. Ich wollte nicht in die Räume meines Bruders ziehen. Sie sind dunkel und bedrückend, als wäre sein Geist noch immer dort. Deshalb ließ ich sie versiegeln, bis ich weiß, was ich mit ihnen anstellen soll.«

Ein Schauder lief Michel über den Rücken, als sie Mathieu die Stufen hinauffolgten, und er unterdrückte das Bedürfnis, sich zu bekreuzigen.

Bereits bei ihrer Ankunft im Zwinger war ihm aufgefallen, dass sich die Burg seit seinem letzten Besuch verändert hatte.

Neue, farbenfrohe Wandteppiche und Schilde mit den Wappen der herzoglichen Vasallen schmückten die Säle, auf den Böden lag frisches Stroh. Es roch nach Kräutern und Sauberkeit statt nach Rauch, saurem Wein und feuchten Mauern. Knechte und Mägde lachten bei der Arbeit, ihre Stimmen und das Klappern ihres Werkzeugs hallten von den Wänden wider und erfüllten den Palas mit Leben und Fröhlichkeit. Michel erschien es, als wäre mit Thiébauts Tod auch die drückende Melancholie verschwunden, die wie ein böser Zauber auf dem Gemäuer gelegen hatte.

Herzog Mathieu war ein ganz anderer Mann als sein Bruder. Obwohl sich die beiden recht ähnlich sahen – auch Mathieu war groß und breitschultrig und hatte das kantige Gesicht der Châtenois-Männer –, hätten sie verschiedener nicht sein können. Mathieu war klug und belesen, er eiferte König Friedrich nach und interessierte sich für die verschiedenen Wissenschaften und die antiken Philosophen. Vor allem aber galt er als besonnen und vorsichtig. Anders als Thiébaut wollte er politische Konflikte nicht mit dem Schwert lösen, sondern mit Verträgen, Verhandlungsgeschick und dem Ausgleich von Interessen. Ein Mann nach Michels Geschmack. Tatsächlich setzte Michel große Hoffnungen in ihren neuen Fürsten.

»Bitte, setzt Euch«, forderte Mathieu sie auf, als sie das Turmgemach betraten. »Man wird Euch Wein bringen. Ich bin gleich bei Euch.«

Während er durch eine Tür in den Nebenraum verschwand, füllte ein Diener zwei Kelche mit hellem Frankenwein, der im Kerzenlicht schimmerte wie flüssiges Gold. Michel schmeckte er ganz ausgezeichnet, Poilevain nicht so sehr – zumindest verzog er das Gesicht, als er an seinem Becher nippte.

Er hatte darauf bestanden, Michel zum Herzog zu begleiten, um ihn mit seinen Kenntnissen von Recht und Gesetz beraten zu können. Während der Reise nach Nancy hatten sie nur wenig gesprochen. Poilevain war seit Tagen übler Laune, und das Lächeln war ihm gründlich vergangen. Michel kannte keine Einzelheiten, aber es ging das Gerücht, Poilevain habe jüngst bei einem wichtigen Geschäft viel Geld verloren.

Aus dem Nebenraum drangen leise Stimmen. Schließlich kam Mathieu zurück. Bei ihm war ein grauhaariger Geistlicher, der mit gebeugten Schultern in die Kammer schlurfte, in den Händen einen Stapel Dokumente.

»Mein Kaplan. Er versteht mehr von den Rechten als ich und wird darauf achten, dass unser Vertrag hieb- und stichfest ist.« Mathieu und der Kleriker setzten sich zu ihnen an den Tisch. »Ich werde Schirmherr der Messe von Varennes-Saint-Jacques und sorge für einen umfassenden Geleitschutz«, kam er ohne Umschweife zur Sache. »Während des Jahrmarkts sowie eine Woche vorher und eine Woche danach werden meine Ritter auf allen Straßen sein, damit die auswärtigen Kaufleute sicher an- und abreisen können.«

»Habt Dank«, sagte Michel. »Damit erweist Ihr unserer Stadt einen großen Dienst. Aber gestattet mir die Frage: Wofür brauchen wir einen Vertrag?«

»Meine Unterstützung ist an eine Bedingung geknüpft«, erwiderte Mathieu mit einem schmalen Lächeln.

»Was für eine Bedingung?«, fragte Poilevain.

»Ich bekomme zwei von hundert Teilen aus allen städtischen Einnahmen durch die Messe, also Zölle, Standgebühren, Ungelder und dergleichen, auszuzahlen spätestens zu Martini des jeweiligen Jahres.«

Michel und Poilevain wechselten einen Blick.

»Bei allem Respekt, Euer Gnaden«, sagte Poilevain, »aber der Geleitschutz auf den Landstraßen ist Eure Aufgabe als Herzog. Zur Deckung Eurer Ausgaben dürft Ihr Wegezoll erheben, mehr aber nicht. Eure Bedingung verstößt gegen Königliches Recht.«

»Das Gesetz schreibt mir lediglich vor, die Straßen zu schützen«, entgegnete Mathieu kühl. »Es verbietet mir nicht, zusätzliche Abgaben zu erheben, sofern sie ein vernünftiges Maß nicht überschreiten. Und davon kann bei meiner Forderung keine Rede sein. Sie ist moderat.«

»Unsere Rechtsauffassung ist eine andere«, widersprach Michel.

»Jedes Jahr eine Messe zu schützen und vielen Hundert Kaufleuten sicheres Geleit zu gewähren, geht weit über das hinaus, was ich zu leisten verpflichtet bin«, fuhr der Herzog fort. »Das verursacht hohe Kosten: Lohn für meine Kriegsknechte, Futter für die Pferde, neue Waffen und Rüstungen – all das will bezahlt werden.«

»Das mag sein. Trotzdem ist Eure Forderung rechtswidrig«, beharrte Michel.

»Würdet Ihr darauf bestehen«, ergänzte Poilevain, »sähen wir uns gezwungen, beim König und der Hofkanzlei Beschwerde einzureichen.«

Mathieu beriet sich flüsternd mit seinem Kaplan. Michel wusste, dass sie sich auf dünnem Eis bewegten. Sie mochten das Recht auf ihrer Seite haben, doch es war selten klug, einen Fürsten zu verärgern. Mit leiser Stimme wandte er sich an Poilevain: »Eine Klage vor dem Hofgericht muss das letzte Mittel sein. Ich versuche, mit ihm zu verhandeln. Am wichtigsten ist, dass Varennes nicht mit einer neuen Abgabe belastet wird. Vielleicht kann ich ihn davon abbringen, indem ich ihm kleinere Zugeständnisse mache.«

Poilevain nickte. »Einverstanden. Aber lasst keinen Zweifel daran, dass wir im Ernstfall klagen. Einen Rechtsstreit würde er verlieren. Das weiß er.«

»Euer Gnaden?«, sprach Michel den Herzog an.

Mathieu beendete seine Unterredung mit dem Kaplan und blickte ihn an.

»Was haltet Ihr von folgendem Angebot? Diejenigen Eurer Ministerialen, die sich als Kaufleute betätigen, dürfen jetzt und für alle Zeit ihre Waren zollfrei nach Varennes einführen, nicht nur zur Messe, sondern das ganze Jahr über – gleichgültig, ob sie Vieh, Tuch, Gewürze oder etwas anderes liefern.« In ganz Lothringen gab es allenfalls zwanzig, dreißig herzogliche Ministerialen, die neben ihren eigentlichen Aufgaben Handel trieben. Da sie sich obendrein nur selten nach Varennes verirrten, konnte die Stadt es verschmerzen, ihnen sämtliche Zölle zu erlassen. »Außerdem werden wir Kaufleute aus Metz, Épinal und allen anderen Städten des Herzogtums bei der Vergabe von Standplätzen und Herbergsbetten bevorzugt behandeln«, fuhr Michel fort. »Sie sollen in besonderem Maß von der Messe profitieren, damit der Handel in ganz Lothringen gedeiht. Im Gegenzug verzichtet Ihr auf Eure Forderung. Varennes hatte in den vergangenen Jahren hohe Ausgaben, und es wird noch lange dauern, bis der Jahrmarkt Gewinn abwirft. Eure Forderung würde unsere Einnahmen weiter schmälern, sodass die Messe nicht mehr lukrativ wäre und wir den Betrieb einstellen müssten. Das kann nicht in Eurem Sinne sein.«

»Und wenn ich Euer Angebot ablehne?«, fragte der Herzog gedehnt.

»Varennes war stets an guten Beziehungen zum Haus Châtenois gelegen, und wir möchten die Freundschaft mit Euch erhalten. Aber wenn wir uns nicht gütlich einigen können, müssen wir vor das Hofgericht ziehen. Bitte versteht, dass es unsere vorrangige Pflicht ist, Varennes vor Schaden zu bewahren.«

Mathieu schwieg lange. Schließlich erklärte er: »Auch ich möchte die Freundschaft zwischen meinem Haus und der freien Stadt Varennes-Saint-Jacques nicht gefährden. Ich bin einverstanden.«

»Eine weise Entscheidung«, sagte Michel. »Habt Dank, Euer Gnaden.«

Der Herzog forderte seinen Kaplan auf, ihre Absprachen schriftlich festzuhalten. Zu Michels Erleichterung wirkte Mathieu nicht verärgert oder gekränkt. Anders als sein Bruder schien er es nicht persönlich zu nehmen, wenn man ihm die Stirn bot und ihn an seine Pflichten erinnerte. Zumal sie ihm weit genug entgegengekommen waren, dass er sich nicht als Verlierer fühlen musste und daher keinen Grund hatte, Varennes gegenüber nachtragend zu sein.

Der Geistliche führte die Feder, glich jeden Satz des Vertrages mit Urkunden und Gesetzessammlungen ab und versah ihn zu guter Letzt mit dem herzoglichen Siegel. Michel und Poilevain unterzeichneten beide Exemplare im Namen des Rates.

Sie standen auf und reichten einander die Hand.

»Meine Herren«, sagte Herzog Mathieu, »Euer Besuch war mir eine Freude. Möge Gott schützend seine Hand über Euch und Eure Stadt halten, auf dass der Jahrmarkt unser aller Wohlstand mehre.«

Michel war bester Laune, als sie wenig später durch das Burgtor ritten. Poilevain hingegen brütete wieder vor sich hin und sprach für den Rest des Tages kaum ein Wort.

Bois de Varennes und Varennes-Saint-Jacques

Renouart ritt, als wäre der Leibhaftige hinter ihm her. Die Stute hatte sich schnell an ihn gewöhnt und schien den wilden Galopp sogar zu genießen. Schließlich erblickte er das Sühnekreuz, einen steinernen Zapfen, von Wind und Wetter abgeschliffen und kaum noch als Kreuz zu erkennen, zumal es vollständig von Efeu überwuchert war. Der Wald hatte sich etwas gelichtet, links und rechts der Straße erstreckten sich Gebüsch und verblühende Wiesen.

Zwischen den Schwarzerlen, eine halbe Bogenschussweite von ihm entfernt, entdeckte er ein heruntergekommenes Steingebäude. Rauch stieg vom Schornstein auf.

Er führte das Pferd in den Wald und band es an. Hinter einer Brombeerhecke, die auf den Resten einer niedrigen Mauer wucherte, legte er sich auf die Lauer.

Er vermutete schon lange, dass Lefèvre Felicitas und Catherine irgendwo auf seinen ausgedehnten Ländereien versteckte. Leider wusste außer Lefèvre niemand, wo er überall Güter besaß. Falls es Unterlagen darüber gab, hielt der Geldverleiher sie gut versteckt – nicht einmal Chrétien durfte sie sehen. Von diesem Gestüt hatte Renouart noch nie gehört.

Pferde schienen dort schon lange keine mehr gezüchtet zu werden – die Stallungen waren halb zerfallen. In einem Fenster des Wohngebäudes brannte Licht.

Renouart hätte gerne bis Einbruch der Nacht gewartet, aber es würde frühestens in einer Stunde dunkel werden. So viel Zeit hatte er sicher nicht. Im Schutz der Büsche pirschte er sich an das Gestüt heran und verbarg sich hinter dem Stall. Von hier aus sah er, dass das Wohngebäude eine Hintertür hatte. Er hastete zur Seitenwand des niedrigen Hauses, duckte sich unter den Fensterschlitzen und kroch zur Tür. Seine alten Knochen protestierten bei jeder Bewegung, doch der Schmerz machte ihm nicht das Geringste aus. So lebendig hatte er sich seit Jahren nicht gefühlt.

Es roch nach Eintopf, und er vernahm hämmernde Geräusche. Die Tür hing verzogen im Rahmen und sah nicht sonderlich widerstandsfähig aus. Renouart stand auf, zog sein Schwert und trat sie ein.

Vor ihm lag eine kleine Küche, an einem Tisch stand ein bulliger Mann und zerhackte rohes Fleisch. Seine Verblüffung währte nur einen Wimpernschlag. Mit dem Hackmesser in der Hand wich er zurück, stieß den Tisch um und griff nach einem Schürhaken, der am Herd lehnte. Renouart sprang über den Tisch, parierte den Schlag mit der Eisenstange und trat dem Mann in den Bauch. Der Hüne prallte rücklings gegen die Tür, und Renouarts Schwertstreich öffnete seinen Torso von der Lende bis zur Brust.

Renouart packte den zuckenden Körper an den Schultern und wuchtete ihn zur Seite, damit er die Tür öffnen konnte. Mit dem blutverschmierten Schwert in der Hand betrat er die benachbarte Kammer, eine kleine Stube mit einem Tisch, zwei Bänken und einem hölzernen Kruzifix an der Wand.

»Catherine! Felicitas!«

Keine Antwort. Stattdessen flog eine der Türen auf, und zwei Männer stürzten herein, breitschultrig wie der erste, beide mit Äxten bewaffnet. Sie waren muskulös und allenfalls halb so alt wie er, doch Renouart übte sich seit seinem siebten Sommer in der Kunst des Kampfes – zwei Bauerntölpel, und waren sie noch so kräftig, hatten ihm wenig entgegenzusetzen. Er wich dem Hieb des ersten aus, woraufhin sich das Axtblatt in den Tisch bohrte. Renouart rammte dem Angreifer den Ellbogen ins Gesicht und wandte sich dem zweiten zu, einem grimmigen Burschen mit vernarbtem Gesicht. Der Kerl war vorsichtiger als sein Kumpan und parierte Renouarts Streiche zunächst, bevor ihm ein Fehler unterlief und er bei einem ungeschickten Angriff seine Deckung öffnete. Renouart verletzte ihn am Arm, und als er seine Waffe fallen ließ und keuchend zurücktaumelte, schlitzte ihm das Schwert die Kehle auf.

Derweil hatte der andere seine Axt aus dem Tisch gezerrt, bleckte die Zähne und ließ die Waffe durch die Luft zischen. Renouart wich zurück und täuschte einen tiefen Schwertstoß an. Sein Gegner fiel prompt darauf herein und riss seine Waffe herum, um den vermeintlichen Angriff abzuwehren. Renouarts Klinge beschrieb einen weiten Bogen, traf den Mann zwischen Schulter und Hals und spaltete ihm das Schlüsselbein.

Schwer atmend blickte Renouart sich um. Drei Gegner – drei Tote. Wenn der Kerl in der Gasse nicht gelogen hatte, waren das alle.

»Catherine! Felicitas!«, brüllte er noch einmal.

»Vater!«, erklang die Stimme seiner Tochter aus einer benachbarten Kammer.

Bevor Renouart die Tür erreichte, wurde sie aufgestoßen. Catherine stand da, die Hand auf dem Knauf, ihre Augen weiteten sich beim Anblick des Blutbades. Dann fiel sie ihm um den Hals.

Ihm versagte die Stimme. »Bist du wohlauf?«, brachte er hervor. »Haben sie dir wehgetan?«

»Mir geht es gut.« Sie schluchzte. »Vater. Oh, Vater!«

Der Duft ihres Haars. Ihr zarter, zerbrechlicher Körper. Er musste sich zwingen, sie loszulassen. »Wo ist deine Mutter?«

Sie ergriff seine Hand und führte ihn in die Kammer, aus der sie gekommen war. Felicitas lag im Bett, ihr kleiner Leib zeichnete sich unter der Decke ab. Sie lächelte, das Gesicht blass und fiebrig.

»Renouart.«

Er ließ das Schwert fallen, ging neben dem Bett auf die Knie, ergriff ihre Hand. Ihre Haut glühte schier. »Meine Felicitas. Meine kleine, süße Felicitas …« Seine Augen brannten. Sie war so dünn. Es war nicht allein das Fieber, das ihr derart zugesetzt hatte, er sah es ihr an. Die Gefangenschaft, die Angst, die Verzweiflung hatten sie ausgelaugt, sie gebrochen.

»Bring uns fort von hier, mein Geliebter«, flüsterte sie.

»Gibt es hier Reitpferde?«, wandte er sich an seine Tochter.

»Nur eins. Aber Pierre ist damit heute Mittag weggeritten.«

Pierre musste der Kerl sein, den er in der Gasse überwältigt hatte. »Haben sie wenigstens einen zweiten Sattel?«, fragte er.

»Ich glaube schon.«

»Geh ihn holen. Draußen am Waldrand hinter der Brombeerhecke findest du ein Pferd. Sattle es. Wir kommen gleich nach.«

Als seine Tochter die Kammer verlassen hatte, stand er auf.

»Bitte, geh nicht weg«, sagte Felicitas.

»Ich bin gleich wieder da.« Er küsste sie auf die Stirn, steckte sein Schwert in die Scheide und ging hinüber in die Stube. An einem Haken neben der Tür hing ein speckiger Sack, den er an sich nahm. Er öffnete die beiden Truhen, die jedoch nur wertloses Geschirr enthielten. In einer anderen Kammer, dem Schlafraum der Männer, fand er, was er suchte: eine Geldkatze, die auf dem Bett lag. Es waren nur ein paar Deniers darin, aber er nahm sie trotzdem mit und steckte außerdem etwas Essen aus der Speisekammer und drei Wolldecken in seinen Beutel, ehe er zu Felicitas zurückging.

»Kannst du laufen?«

»Gewiss.« Sie wollte tapfer sein und versuchte aufzustehen, doch er sah, dass sie keine fünf Schritte weit kommen würde.

Er legte ihr den Arm um die Taille. »Wo sind eure Kleider?«

»Da, in der Kiste.«

Er setzte Felicitas auf die Bettkante, holte ihr ein einfaches Gewand und Schuhe und half ihr beim Anziehen.

»Wie hast du uns gefunden?«

»Später«, sagte er. »Wir sollten zusehen, dass wir fortkommen.«

Er hob sie auf und trug sie hinaus, über die Wiese, wo Catherine bereits mit der gesattelten Stute wartete. Renouart ließ erst seine Tochter aufsitzen, dann half er Felicitas beim Aufsteigen. Catherine hielt sie fest, denn sie konnte sich kaum aus eigener Kraft im Sattel halten. Renouart führte das Pferd an den Zügeln zu den Bäumen.

»Wohin gehen wir?«, fragte Catherine.

»Wir verbringen die Nacht im Wald.«

»Das können wir Mutter nicht zumuten – sie ist zu schwach. Hier in der Nähe gibt es eine Herberge. Wieso gehen wir nicht dorthin?«

Renouart kannte diese Herberge. Sie war keine halbe Wegstunde zu Fuß vom Gestüt entfernt, aber das war genau seine Sorge. »Lefèvre weiß vielleicht schon, was geschehen ist. Wenn er mit seinen Männern herkommt und sieht, dass ihr verschwunden seid, wird er sich denken können, dass wir nicht weit sein können. In der Herberge wird er zuerst nach uns suchen.«

»Aber sie braucht ein Bett. Und einen Medicus.«

»Ich werde sehen, was ich tun kann.«

Catherine schwieg, doch sie war nicht glücklich mit seiner Entscheidung. Erst jetzt fiel ihm auf, dass sie in den letzten zwei Jahren zu einer wunderschönen jungen Frau herangereift war. Anders als Felicitas hatte die Gefangenschaft sie nicht gebrochen, sondern stark gemacht. Er spürte Kampfgeist in ihr, Zorn und den Willen zu überleben.

Sie wird ihn brauchen.

Während der Tag allmählich der Nacht wich, führte er die Stute tiefer in den Wald hinein.

»… Ich weiß nicht, wie lange ich ohnmächtig war. Aber lang kann's nicht gewesen sein. Eine halbe Stunde höchstens. Zum Glück tauchte ein bisschen später ein Stadtknecht auf und band mich los«, schloss Pierre seinen Bericht.

Lefèvre hörte ihm schon nicht mehr zu. Er trommelte mit den Fingern auf dem Tisch. Wenn es Renouart gelang, seine Familie zu befreien, bedeutete das Schwierigkeiten. Renouart wusste zu viel. Wenn er damit zum Rat ging, hatten Fleury und Caboche den Zeugen, den sie sich so herbeisehnten. Gewiss, Renouart galt als Eidbrecher und Verräter, dessen Wort vor Gericht nicht viel zählte. Aber so, wie die Dinge standen, schenkte man ihm sicher trotzdem Gehör.

Er schlug mit der flachen Hand auf den Tisch, sodass Pierre erschrocken zusammenzuckte. »Komm.«

Sie verließen den Saal und gingen zur hinteren Treppe. Auf dem Flur kam ihnen Chrétien entgegen.

»Was ist denn los, Herr? Ist etwas passiert? Wer ist dieser Mann?«

»Niemand. Geh nach oben. In der Schreibstube wartet Arbeit auf dich. Na los, oder muss ich dir Beine machen?«

Chrétien eilte davon wie ein getretener Hund. Neuerdings tauchte er zuverlässig dann auf, wenn man ihn am wenigsten brauchte. Und immer diese Fragen. Der Kerl wurde allmählich übermütig, hielt sich für unersetzlich. Das kam davon, dass Lefèvre ihm bei den Geschäften freie Hand ließ. Er nahm sich vor, den Burschen zurechtzustutzen, sowie diese Sache ausgestanden war.

Er scheuchte die Mägde aus dem Eingangsraum und befahl einem Hausbedienten, die anderen Knechte zu holen.

»Renouart ist verschwunden, und ich will, dass er gefunden wird«, erklärte Lefèvre, als die Männer vollzählig waren. »Er wird sich wehren, also nehmt Waffen mit. Tötet ihn, wenn es sein muss.«

Er teilte die Männer in mehrere Gruppen auf. Pierre und zwei Knechte würden zum Gestüt reiten und nachsehen, ob Renouart bereits dort aufgetaucht war. Die übrigen würden die Gegend absuchen.

»Er darf uns unter keinen Umständen entwischen und in die Stadt zurückkehren. Los jetzt.«

Die Männer eilten davon, während Lefèvre hinaufging, um sein Panzerhemd anzulegen.

Renouart musste nicht weit reiten, um einen Heilkundigen zu finden. Als er sich in der Herberge nach einem Medicus erkundigte, sagte ihm der Wirt, am frühen Abend habe sich ein fahrender Wundarzt in seinem Haus einquartiert. Leider war der Mann bereits schlafen gegangen und nicht gerade erfreut darüber, dass Renouart ihn unsanft aus dem Bett warf. Während sich der Heiler nörgelnd anzog, erklärte ihm Renouart, weshalb er ihn brauchte.

»Auf einer Lichtung im Wald? Seid Ihr von Sinnen? Wenn sie so krank ist, wie Ihr sagt, gehört sie ins Bett!«

»Das geht leider nicht.«

»Was seid Ihr? Gesetzlose?«, fragte der Wundarzt. »Ich helfe keinen Geächteten. Ich habe keine Lust, mir Ärger einzuhandeln.«

»Wir sind keine Geächteten, Ihr habt mein Wort. Ich bitte Euch, helft meiner Frau. Ich zahle gut.«

Der kleine Mann starrte ihn argwöhnisch an. »Ich verlange drei Deniers für meine Dienste. Amputationen und Kräutertrünke kosten extra.«

»Ihr bekommt das Doppelte, wenn Ihr keine Fragen stellt.«

»Zeigt mir Euer Silber.«

Renouart öffnete seine Börse, die insgesamt vierzehn Sous und einige Deniers enthielt. Geldgier blitzte in den Augen des Heilers auf.

»Reicht das?«

»Ich denke schon.«

Wenig später ritten Renouart auf seiner Stute und der Wundarzt auf seiner Schindmähre durch den Wald. Es war stockdunkel, und der Chirurg beschwor sämtliche Gefahren der Wildnis herauf, während sie einem gewundenen Pfad folgten.

»Ich habe gehört, hier gibt es Wölfe. Und Vogelfreie. Ganze Banden von ihnen sollen durch die Wälder ziehen …«

»Wenn Ihr weiterredet, finden sie uns bestimmt. Also seid endlich still, Mann!«, fuhr Renouart ihn an.

Schließlich kamen sie zu der Lichtung. Catherine hatte ein Feuer gemacht, obwohl er sie angewiesen hatte, dies nicht zu tun.

»Mutter hat gefroren«, verteidigte sie sich stur. »Und Kälte ist Gift für sie.«

Der Wundarzt machte sich sogleich an die Arbeit, untersuchte Felicitas, machte ihr Umschläge und verabreichte ihr etwas Saft aus einer seiner zahlreichen Phiolen. Derweil starrte Renouart in die Flammen und dachte nach.

Was machen wir jetzt? Wohin sollen wir gehen?

Nicolas, sein Sohn und Erstgeborener, war kurz nach seiner Schwertleite den Tempelrittern beigetreten und vor vier Jahren ins Heilige Land aufgebrochen, um seinem Orden in den Kreuzfahrerstaaten zu dienen. Renouart wusste nicht einmal, ob er noch lebte. Seine ältere Tochter hatte einen niederlothringischen Ritter geheiratet und wohnte weit im Norden – eine derart lange Reise konnte er Felicitas nicht zumuten.

Nein, die Familie konnte ihm nicht helfen. Blieb nur Varennes. Michel hatte ihm mehrmals Beistand angeboten. Vielleicht war es an der Zeit, darauf zurückzukommen.

Und seine Rache? Alles in ihm schrie danach, Lefèvre mit seinen eigenen Händen zu töten, ihm all das Leid heimzuzahlen, das er seiner Familie angetan hatte. Aber Renouart machte sich nichts vor. Lefèvre war geradezu krankhaft vorsichtig. Sobald er erfuhr, dass Renouart Felicitas und Catherine befreit hatte, würde er sich mit Bewaffneten umgeben, um sich vor seinem Zorn zu schützen. Renouart würde ihn nicht zum Zweikampf stellen können.

Nein. Es wäre klüger, gleich zu Michel zu gehen, wenngleich das bedeutete, auf seine Rache zu verzichten. Wenn er unter Eid Lefèvres Verbrechen bezeugte, konnte der Rat Lefèvre endlich dingfest machen – falls sein Wort noch etwas wert war.

Die Flammen knisterten, leckten an den Ästen, zehrten sie Stück für Stück auf.

Wer hat den Baumeister verprügelt?

Wer die Herberge angezündet?

Wer die Kaufleute überfallen?

Es waren nicht nur Lefèvres Verbrechen – es waren auch seine. Man würde ihn hart dafür bestrafen. Gewiss, Lefèvre hatte ihn dazu gezwungen, doch er bezweifelte, dass er deswegen mit Milde rechnen konnte. Brandstiftung bei Nacht war eine überaus schändliche Tat, auf die die Todesstrafe stand. Und er war nur ein gefallener Ritter ohne Ehre.

Er blickte zu Felicitas, die mit geschlossenen Augen an

einem Baumstamm lehnte, während der Wundarzt ihr die Stirn tupfte. Wenn er ihr zumutete, mit ihm nach Frankreich oder Burgund zu fliehen, würde sie sterben. Und Catherine stünde ein Leben in Armut bevor.

Er nahm einen Ast und stocherte im Feuer. Funken wallten auf, verglühten in der Nachtluft. Er musste nach Varennes – er hatte keine Wahl. Vielleicht gelang es ihm, mit dem Rat einen Handel abzuschließen: seine Zeugenaussage gegen eine milde Strafe. Mit Michel hatte er immerhin einen einflussreichen Fürsprecher.

»Ich habe ihr Umschläge gemacht und ihr etwas gegen das Fieber gegeben«, sagte der Wundarzt. »Mehr kann ich nicht für sie tun. Hier ist ein Kräutertrunk. Gebt ihr morgen und übermorgen davon. Das sollte das Fieber austreiben und die üblen Säfte aus dem Körper leiten.«

Renouart nahm die Phiole entgegen und hielt dem Wundarzt drei Sous hin. Als der kleine Mann danach griff, schloss Renouart die Hand um die Münzen.

»Schwört, dass Ihr niemandem von uns erzählt.«

»Das war nicht Teil unserer Abmachung.«

»Schwört es.«

»Na schön. Wie Ihr wollt. Ich schwöre es beim Heil meiner Seele. Bekomme ich jetzt mein Geld?«

Renouart gab es ihm. Wortlos packte der Mann seine Sachen zusammen, stopfte sie in die Satteltaschen und zog mit seinem Klepper von dannen.

»Ich bin müde«, sagte Felicitas leise. »Ich möchte jetzt schlafen.«

Er überließ ihr seine Decke und bereitete ihr neben dem Feuer ein Lager, auf das Catherine und er sie behutsam betteten. Sie schlief sofort ein.

»Ruh dich aus«, sagte er zu Catherine. »Ich halte Wache.«

»Ihr seht erschöpft aus.«

»Es geht schon.« Er zwang sich zu einem Lächeln. »Nun

schlaf schon, damit du dich morgen um deine Mutter kümmern kannst.«

Sie wickelte sich in ihre Decke und legte sich auf den Waldboden, und es dauerte nicht lange, bis er ihren gleichmäßigen Atem vernahm. Renouart warf noch etwas Holz ins Feuer, streckte sich neben Felicitas aus und legte den Arm um sie. Durch die Decke spürte er die fiebrige Hitze, die ihr Körper abstrahlte. Sie schwitzte sehr stark. War das ein gutes Zeichen?

Er lauschte ihrem Atem und dem Knistern des Feuers, und irgendwann fielen ihm die Augen zu.

Er schlief nicht, war aber auch nicht richtig wach. Alte Erinnerungen regten sich in seiner Seele, Erinnerungen an längst vergangene Schlachten und Liebesnächte, und füllten seinen Geist mit Bildern und wispernden Stimmen. Als der Morgen graute und trübes Licht durch die Baumkronen rieselte, stand er auf und streckte seine müden Glieder.

Das Feuer war vollständig niedergebrannt. Er schürte die glühende Asche mit einem Ast, legte Holz nach und nahm sich etwas Brot und Käse aus dem Beutel, während die Flammen an den Zweigen leckten. Felicitas schlief tief und fest, aber Catherine wachte wenig später auf und pflückte sich mit verschlafener Miene trockene Blätter aus dem langen, kastanienbraunen Haar. Er reichte ihr den Beutel mit den Vorräten.

»Ich gehe gleich nach Varennes«, sagte er. »Du bleibst bei deiner Mutter und siehst zu, dass sie genug isst und trinkt, wenn sie wach ist.«

»Was wollt Ihr tun?«

»Verschiedenes«, antwortete er knapp. »Ich sollte spätestens heute Abend wieder da sein. Wenn nicht, geht ihr zu Herrn Michel. Er wird euch gewiss helfen. Das Pferd lasse ich euch da.«

Sie blickte ihn an, in den Augen einen dunklen Glanz. Dann stand sie auf und umarmte ihn.

»Nicht weinen. Du musst stark sein. Deine Mutter braucht dich jetzt.«

»Ist gut«, sagte sie und wischte sich die Tränen ab.

Er küsste sie auf die Stirn und befestigte das Schwert am Gürtel, während er über die Lichtung schritt. Die Luft war frisch und klar, und er atmete tief ein, bis die Müdigkeit aus seinen Gliedern verschwunden war. In seinen Adern prickelte das Blut. Er fühlte sich wie vor einer Schlacht, wenn sich auf dem Feld die Heere gegenüberstanden und die gepanzerten Rösser mit den Hufen scharrten.

Er brauchte eine gute Stunde, bis er Varennes erblickte. Das Heutor wurde gerade geöffnet. Wie jeden Morgen zogen Pilger, fahrendes Volk und Bauern mit ihren Handkarren und Huckelkörben in die Stadt.

Renouart verbarg sich hinter einem Eibenstrauch und beobachtete die Äcker und Wiesen. Wenn er Lefèvre wäre, würde er erwarten, dass sein Schuldknecht nach Varennes zurückkehrte, und die Straßen überwachen lassen. Eine Aufgabe, die wenige Männer ausführen konnten, denn es war sehr schwer, sich der Stadt ungesehen zu nähern. Die wenigen Bäume, Büsche und Hütten zwischen Waldrand und Stadtmauer boten kaum Schutz vor unwillkommenen Blicken.

Renouart kniff die Augen zusammen. Da drüben, auf dem Dach des verlassenen Bauernhofes – war das ein Mann? Ja. Er kauerte neben dem Schornstein, kaum zu erkennen in seinem grauen Kittel, und beobachtete die Gegend.

Renouart schlüpfte in den Wald zurück, ging nach Süden an der Richtstätte vorbei und versteckte sich an der Grenze der Stadtmark neben der Römerstraße im Gebüsch.

Er musste mehr als eine Stunde warten, bis ein Wagen vorbeikam, der seinen Zwecken dienlich war. Ein Ochsenkarren, der leere Salzfässer beförderte. Der Wagenlenker war allein – kein Geleitschutz, keine Knechte, die ihn begleiteten.

Renouart huschte auf die Straße, kletterte auf die Pritsche und verbarg sich zwischen den Fässern. Der Mann auf dem Bock schien noch nicht ganz wach zu sein. Stumpf glotzte er geradeaus, er hatte nichts bemerkt.

Der Wagen rumpelte in Richtung Messegelände. Renouart wagte nicht, den Kopf zu heben. Als sie nicht mehr weit von der Stadt entfernt sein konnten, hielten sie plötzlich an.

»Was wollt ihr?«, fragte der Fuhrmann ungehalten. »Aus dem Weg mit euch, oder ich lass euch die Peitsche spüren.«

»Du darfst gleich weiterfahren«, sagte ein Mann. »Wir wollen nur rasch einen Blick in deinen Wagen werfen.«

Renouart kannte diese Stimme: Sie gehörte einem Knecht Lefèvres.

»Wer seid ihr? Stadtbüttel?«

»So was Ähnliches.«

Schritte knirschten auf den Steinplatten der Straße. Jemand schob ein Fass zur Seite. Renouart zögerte nicht. Er federte hoch, riss sein Schwert aus der Scheide und schlug zu. Er erwischte den Knecht am linken Arm. Schreiend taumelte der Mann zurück. Leider war er nicht allein. Ein zweiter stieß mit dem Speer zu. Renouart schlug den Schaft mit seiner Klinge zur Seite und sprang von der Wagenpritsche. Der erste Knecht hatte sich von seiner Überraschung erholt und griff mit seinem gesunden Arm nach der Axt am Gürtel. Bevor er sie richtig zu fassen bekam, zog Renouart ihm das Schwert quer über die Brust, und er fiel röchelnd ins Gras.

Der Fuhrmann war aufgesprungen und brüllte: »Ich hab damit nichts zu tun! Ich schwör's!«

Der unverletzte Knecht war zurückgewichen und versuchte, Renouart mit dem Speer in Schach zu halten. »Jetzt schieß schon!«, schrie er. »Schieß, verdammt noch mal!«

Erst jetzt bemerkte Renouart den dritten Mann, der um den Wagen herumkam, in den Händen eine geladene Armbrust. Renouart duckte sich gerade rechtzeitig. Der Bolzen traf eines der Fässer. Während der Schütze fluchend nachlud, trieb Renouart den Speerträger mit zwei, drei ungezielten Streichen zurück und nahm die Beine in die Hand.

Nur bis zum Stadttor! Wenn er es bis zum Tor schaffte und den Wächtern sein Anliegen vorbringen konnte, wäre er in Sicherheit. Er hastete die Straße entlang, sprang über eine niedrige Mauer am Wegesrand und hetzte über das Messegelände, damit er hinter der Herberge Deckung suchen konnte.

Hinter ihm blies jemand ein Horn. Kurz darauf kamen ihm zwei Reiter entgegen, ein weiterer Knecht und Lefèvre in voller Rüstung. Renouart schlug einen Haken und rannte zur Straße zurück.

Er war immer ein ausdauernder Läufer gewesen, aber jetzt spürte er allmählich jeden einzelnen Monat seiner neunundvierzig Jahre. Der Atem brannte in seiner Kehle, stechender Schmerz fuhr ihm in die Seite, und er wurde langsamer.

Die Reiter näherten sich ihm von rechts. Er setzte über den Graben neben der Straße und lief über die Wiese.

Ein Pfeifen, ein wuchtiger Stoß in den Rücken. Renouart taumelte. Bohrender Schmerz, der sich von den Schultern über das Rückgrat bis zur Hüfte ausbreitete. Er hustete, und ein Schwall Blut quoll zwischen seinen Lippen hervor. Seine Beine gaben nach, er fiel der Länge nach hin.

Er konnte kaum noch atmen. Er spürte den Armbrustbolzen zwischen seinen Schulterblättern und versuchte aufzustehen. Vergeblich. Seine Arme ließen ihn im Stich.

Alles verschwamm. Ein Pferd erschien neben ihm, beschlagene Hufe zerstampften die Erde.

»Schau dich an«, sagte Lefèvre. »Jetzt liegst du da und krepierst auf einem Acker. Ein Tod, der eines Ritters würdig ist, was?«

Er stieg ab und ging neben Renouart in die Knie.

»Es war sehr dumm von dir, vier meiner Männer zu töten. Wen soll ich bestrafen, wenn du nicht mehr da bist? Ich fürchte, es läuft auf Catherine und Felicitas hinaus. Ich werde sie auspeitschen müssen. Aber vorher hole ich die süße, kleine Catherine in mein Bett. Na, was sagst du dazu?«

»Satan … sitzt dir im Nacken«, flüsterte Renouart und lächelte. »Ich kann … ihn sehen.«

Lefèvres überhebliches Grinsen verschwand. »Halt dein Maul!«, fauchte er.

»Er wird … dich holen. Schon … bald.«

Lefèvre zückte sein Messer und zog es Renouart über die Kehle. Der Schmerz war scharf und kurz.

Felicitas … Catherine, dachte er, während sein Blut zu Boden rann. *Schütze sie, o Herr. Bitte schütze sie,* betete Renouart, bevor die Dunkelheit kam.

»Ich möchte mit deinem Herrn sprechen«, verlangte Isabelle.

»Ich hole ihn«, sagte der Knecht. »Bitte wartet so lange hier unten.«

Es war das erste Mal, dass sie Lefèvres Haus betrat. Sie konnte nicht behaupten, dass sie sich wohl in ihrer Haut fühlte. Wohlweislich hatte sie Yves, Louis und zwei weitere Knechte mitgenommen. Alle vier Männer trugen Dolche am Gürtel. Isabelle ging nicht davon aus, dass sie die Waffen brauchen würden, doch sie wollte auf alles vorbereitet sein. Bei Lefèvre konnte man nie wissen.

Mitten im Eingangsraum stand ein Tisch, auf dem ein Körper lag, in ein Leichentuch gehüllt. Ihr Magen zog sich zusammen. Sie schlug das Tuch zurück, woraufhin ein Knecht, der auf der Treppe saß und eine Axt schärfte, missbilligend die Stirn runzelte.

»Der Herr hat Euch das nicht erlaubt.«

»Dein Herr soll sich mal nicht so haben. Ich erweise nur einem alten Freund die letzte Ehre.«

Der Knecht verstummte, doch er ließ sie nicht aus den Augen.

Trotz der gewaltsamen Umstände, unter denen Renouart gestorben war, sahen seine Gesichtszüge weich und entspannt aus, frei von Schmerz und Qual. Dadurch wirkte das getrocknete Blut in seinem Bart umso grotesker.

Isabelles Augen füllten sich mit Tränen. Renouart war ihrer Familie viele Jahre lang ein treuer Freund gewesen, seine Rechtschaffenheit und sein Ehrgefühl waren Michel und ihr stets ein Beispiel gewesen. Warum nur hatten sie es nicht vermocht, ihm in seiner größten Not zu helfen?

Sie wünschte, Michel wäre hier, damit auch er Abschied von Renouart nehmen könnte. Doch er war noch nicht aus Nancy zurück.

Sie hatte gleich nach ihrer Rückkehr aus Metz am späten Vormittag erfahren, was geschehen war. Leider kannte niemand die Einzelheiten. Manche behaupteten, Renouart habe einen Knecht Lefèvres angegriffen und verletzt; andere sagten, er habe den Mann umgebracht. Wieder andere glaubten gehört zu haben, er habe sogar vier Menschen auf dem Gewissen. Isabelle hatte noch nicht mit Jean Caboche gesprochen, der Renouarts Tod sogleich untersucht hatte. Daher wusste sie nur, dass Lefèvre und dessen Männer den ehemaligen Ritter vor dem Salztor niedergeschossen hatten, warum auch immer. Und dass der Rat wieder einmal keine Handhabe hatte, den Wucherer zu belangen.

Stumm sprach sie ein Gebet für den alten Freund. Sie kam jedoch nicht über die ersten Worte hinaus, denn just in diesem Moment stieg Lefèvre die Treppe hinab.

»Frau Isabelle.« Nicht einmal jetzt besaß er den Anstand, sein höhnisches Lächeln zu verbergen. »Was verschafft mir die Ehre Eures Besuchs?«

»Ich bin gekommen, weil ich die Wahrheit erfahren wollte«, erwiderte sie barsch. »Aber das habe ich bereits – sie steht Euch in großen Lettern ins Gesicht geschrieben.«

»Ach ja? Und welche Wahrheit wäre das?«

»Dass Ihr ein Mörder seid. Renouarts Mörder.«

Lächelnd schüttelte Lefèvre den Kopf. »Ich fürchte, da täuscht Ihr Euch. Meine Männer haben in Notwehr gehandelt und obendrein einen flüchtigen Friedensbrecher zur Strecke gebracht. Das Recht ist auf ihrer Seite, mehr noch: Sie sind Helden, die unsere Stadt vor einem gemeingefährlichen Verbrecher bewahrt haben. Gleichwohl enthält Eure Anschuldigung einen Funken Wahrheit: In diesem Raum befindet sich tatsächlich ein Mörder. Er liegt hier auf diesem Tisch. Schaut mich nicht so grimmig an. Renouart hat vier meiner Männer abgeschlachtet, heimtückisch und ohne Gnade. Manche von ihnen hatten Frauen, Kinder, die jetzt schier wahnsinnig vor Trauer sind. Aber das wollt Ihr nicht hören, nicht wahr? Für Euch wird Renouart stets der aufrechte und ehrbare Ritter bleiben, gleichgültig, wie viel Blut an seinen Händen klebt.«

»Irgendwann werden wir herausfinden, was da draußen wirklich passiert ist. Und dann wird Euch der Henker unter dem Johlen der Menge aufs Rad flechten.«

»Ganz wie Ihr meint.« Lefèvre presste die Hände zusammen. »Wenn das alles war, möchte ich Euch jetzt bitten zu gehen. Ich habe noch etwas anderes zu tun, als mir Eure haltlosen Anschuldigungen anzuhören.«

»Ich hoffe, Ihr werdet dafür sorgen, dass Renouart ein anständiges Begräbnis bekommt, damit seine Seele in Frieden ruhen kann«, sagte Isabelle. »Das seid Ihr ihm schuldig, nach allem, was Ihr ihm angetan habt.«

»Ein anständiges Begräbnis?« Lefèvres Mundwinkel zuckten. »Mit einem Totengräber, einem Grabstein und einer kostspieligen Trauerfeier? Er war kein Ehrenmann, Isabelle. Ich denke, ich lasse ihn draußen bei der Richtstätte im Schindanger verscharren, wie es sich für einen Eidbrecher und Mörder geziemt.«

»Nur Geächtete und Exkommunizierte kommen auf den

Schindanger. Ihr seid verpflichtet, Renouart in geweihter Erde zu bestatten, damit seine Seele Frieden finden kann.«

»Bedaure. Meine Entscheidung steht fest. Jetzt geht. Oder ich sehe mich gezwungen, meine Männer zu rufen.«

»Yves, Louis«, sagte sie, »nehmt Renouart an euch und bringt ihn zu meinem Haus.«

»Wagt es ja nicht, die Leiche anzurühren!«, schnappte der Wucherer.

»Er ist nicht Euer Eigentum – er gehört Gott allein. Wenn Ihr ihn nicht freigebt, melde ich dem Rat, dass Ihr dem Allmächtigen einen Toten vorenthaltet.«

Zorn blitzte in Lefèvres Augen auf. Doch schon einen Wimpernschlag später hatte er sich wieder in der Gewalt und lächelte dünn. »Wenn Ihr unbedingt für die Kosten des Begräbnisses aufkommen wollt – bitte. Nehmt ihn. Im Grunde ist es mir gleich, was aus ihm wird.«

Ihre Knechte trugen Renouart fort.

Sie wandte sich noch einmal zu Lefèvre um. »Was wird jetzt aus Catherine und Felicitas? Werdet Ihr sie endlich freilassen?«

»Wohl kaum. Sie werden mir weiterhin dienen, bis Renouarts Schuld abgetragen ist. Gehabt Euch wohl.«

Mit diesen Worten schloss Lefèvre die Tür.

Isabelle hatte ihn sehr genau beobachtet, in der Hoffnung, eine Regung in seinem Gesicht zu entdecken, die ihre Vermutung bestätigte. Hatte Renouart Felicitas und Catherine befreit? Waren sie geflohen? Irgendetwas in der Art musste geschehen sein, anders konnte sie sich die Geschehnisse um Renouarts Tod nicht erklären. Doch Lefèvres Miene hatte nichts preisgegeben.

Zu Hause wies sie die Knechte an, Pferde zu nehmen, die Gegend nach Felicitas und Catherine abzusuchen und die beiden herzubringen, falls sie sie fanden. Viel Hoffnung hatte sie jedoch nicht. Wenn es Renouart tatsächlich gelungen war, sie zu befreien, waren sie gewiss längst über alle Berge.

Anschließend ging sie zum Priester ihres Pfarrsprengels und bat ihn um ein Begräbnis für Renouart. »Mein Gemahl und ich kommen für alle Kosten auf«, erklärte sie, woraufhin der Geistliche ihr versprach, ihn gleich morgen auf dem Kirchhof beizusetzen.

Hernach setzte sie sich zu Renouart, den sie im Eingangsraum aufgebahrt hatten. Im Grunde gab es nur noch eines, was sie tun konnte. Sie ließ sich Tinte und Pergament bringen, schrieb Briefe an Renouarts Sohn Nicolas und seine älteste Tochter und berichtete ihnen vom Tod ihres Vaters. Als sie die Briefe mit Wachs versiegelt hatte, betrachtete sie die Nachricht an Nicolas mit zusammengepressten Lippen. Der junge Tempelritter weilte irgendwo im Heiligen Land, Gott allein wusste, wo. Unwahrscheinlich, dass ihn dieser Brief je erreichen würde. Vielleicht würde er nie erfahren, dass sein Vater gestorben war.

Müde bat sie eine Magd, die Briefe zur Gilde zu bringen.

Bois de Varennes

Der Nachmittag wich dem Abend, doch ihr Vater kehrte nicht zurück.

Seit Stunden schon kämpfte Catherine mit ihrer Angst, starrte immer wieder in den Wald, fragte sich, was ihren Vater aufgehalten haben mochte. Die Ahnung, dass etwas Schreckliches geschehen war, wurde immer quälender – bis sie sich schließlich einen Ruck gab. Nein. Die vergangenen zwei Jahre hatten sie gelehrt, sich niemals der Verzweiflung zu ergeben, sondern auf Gott zu vertrauen und zu handeln. Ihr Vater hatte ihr klare Anweisungen gegeben. Sie würde sie befolgen und stark sein, denn ihre Mutter war auf sie angewiesen.

Felicitas ging es tatsächlich besser – der lange und tiefe Schlaf sowie der Kräutertrunk des Wundarztes hatten das Fieber gesenkt und die Entzündung in ihrem Rachen gelindert. Gerade kauerte sie, in ihre Decke gehüllt, am Feuer und blickte in die Flammen. Sie hatte sogar etwas Brot und Käse gegessen.

»Wir sollten nach Varennes gehen, bevor die Tore schließen«, sagte Catherine.

»Er ist tot, nicht wahr?«, flüsterte ihre Mutter. »Lefèvre hat ihn gekriegt.«

»Das wissen wir nicht. Deshalb müssen wir jetzt zu Herrn Michel gehen. Er kann uns gewiss sagen, was geschehen ist. Könnt Ihr reiten?«

Felicitas nickte kaum merklich.

Catherine sattelte das Pferd und half ihrer Mutter beim Aufstehen. Bevor Felicitas aufsteigen konnte, vernahm Catherine Stimmen aus dem Wald. Ihr Herz machte einen Sprung. Vater! Er war zurückgekehrt. Wie hatte sie je an ihm zweifeln können?

Dann hörte sie, dass es sich um mehrere Personen handelte. Zweige knackten, als sich die Gestalten der Lichtung näherten. Sie konnte keine Einzelheiten erkennen, doch etwas sagte ihr, dass das nicht ihr Vater war.

»Wir müssen sofort hier weg. Beeilt Euch, Mutter, bitte.«

»Ich kann nicht so schnell«, sagte Felicitas, die große Schwierigkeiten hatte, in den Sattel zu steigen, geschwächt, wie sie war. Catherine half ihr, so gut es ging, doch es dauerte alles viel zu lange, und als ihre Mutter endlich saß, traten mehrere Bewaffnete auf die Lichtung.

Lefèvre und seine Männer. Bei ihnen war der Wundarzt.

»Ihr habt es geschworen!«, schrie Catherine. »Ihr seid ein dreckiger Lügner!«

Der Mann mied ihren Blick. »Ich habe Euch hergeführt«, wandte er sich an Lefèvre. »Jetzt will ich mein Geld.«

»Hier ist dein Judaslohn. Nimm ihn und verschwinde.« Lefèvre warf einen Lederbeutel ins Gras, bevor er lächelnd näher kam. »Die große Familie de Bézenne – wie tief sie gesunken ist. Versteckt sich im Wald wie Vogelfreie.«

Mit seiner schlanken, blassen Hand gab er einen Wink, woraufhin seine Männer die Zügel des Pferdes ergriffen und Catherine festhielten. Ihre Mutter hatte die Augen aufgerissen, erstarrt vor Entsetzen.

»Absteigen«, befahl Lefèvre.

»Lasst sie doch reiten. Es geht ihr nicht gut.«

»Nein. Wer fliehen kann, kann auch laufen.«

Die Knechte zerrten Felicitas aus dem Sattel.

»Wo ist Vater?«, fragte Catherine. »Ich will ihn sehen.«

»Das wird schwerlich möglich sein«, erwiderte Lefèvre. »Er ist tot. Wir haben ihn niedergeschossen wie ein flüchtendes Karnickel. Morgen ist die Beerdigung, aber ich fürchte, ich kann euch nicht erlauben hinzugehen«, fügte er mit dünnem Lächeln hinzu.

Felicitas hatte angefangen zu weinen. Auch Catherines Augen brannten, doch sie wollte lieber sterben, als Lefèvre ihre Tränen sehen zu lassen. Als er zu ihr trat, spuckte sie ihm ins Gesicht.

»Mörder!«, zischte sie.

Er wischte den Speichel von seiner Lippe. »Mein liebes Kind, das war ein Fehler. Ich hatte eigentlich entschieden, ein Auge zuzudrücken und euch nicht zu bestrafen. Aber angesichts deiner Aufsässigkeit erscheint es mir klüger, nun doch das Versprechen einzulösen, das ich deinem Vater gab, bevor er auf dem Acker krepierte. Runter mit ihren Kleidern«, befahl der Wucherer, woraufhin ein Knecht ihre Röcke zerriss, während zwei andere sie festhielten.

»Nein!«, wimmerte ihre Mutter. »Nicht. Ich bitte Euch …«

»Sie soll zusehen«, befahl Lefèvre, während er sein Gewand hob und an seiner Bruche herumnestelte.

Nun konnte Catherine die Tränen nicht mehr zurückhalten. Heiß flossen sie ihr über die Wangen, während die Männer sie zu Boden zwangen. Lefèvre spreizte ihre Beine und hielt sie fest, während er sich zwischen sie schob.

Doch sein Glied hing schlaff herab. Er starrte sie an, die Augen zu Schlitzen verengt, und plötzlich verwandelte sich sein Antlitz in eine Grimasse des Hasses, als wäre ein Dämon in ihn gefahren.

Er schlug ihr hart ins Gesicht – einmal, zweimal, wieder und wieder – und keuchte dabei wie ein wildes Tier. Sein Glied ruckte und wurde hart.

Catherine schrie, als er in sie eindrang.

Varennes-Saint-Jacques

Michel saß in der Stube und lauschte fassungslos Isabelles Bericht. Sie und Rémy waren am Morgen auf Renouarts Beerdigung gewesen und trugen noch ihre weißen Trauergewänder.

»…Jean wollte ihn in Gewahrsam nehmen, doch Lefèvre machte Notwehr geltend«, schloss Isabelle. »Er behauptet, Renouart hätte vier seiner Hausbedienten ermordet. Tatsächlich haben ein Fuhrmann und mehrere Bauern geschworen, sie hätten mit eigenen Augen gesehen, wie Renouart einen Knecht Lefèvres mit dem Schwert niederstreckte. Deshalb blieb Jean nichts anderes übrig, als ihn gehen zu lassen.«

Michel saß reglos da. Er war voller Hoffnungen von Nancy heimgekehrt – und nun das. Er fuhr sich mit der Hand über den Mund, stand ruckartig auf und ging in der Stube umher. »So weit hätte es nicht kommen dürfen. Ich hätte das verhindern müssen. Herrgott!«

»Wie denn?«

»Ich weiß es nicht. Aber irgendetwas hätte ich unternehmen müssen, damit Renouart von Lefèvre freikommt.«

»Du hast alles getan, was möglich war«, sagte Rémy. »Es stand nicht in deiner Macht, das zu verhindern.«

Michel pochte mit den Fingerknöcheln auf den Tisch, während er versuchte, das Durcheinander in seinem Kopf zu bändigen. »Was ist mit Felicitas und Catherine? Weiß man etwas von ihnen?«

»Ich habe Yves und die anderen ausgeschickt, sie zu suchen, aber Lefèvre ist mir zuvorgekommen. Er hat sie gestern Abend nach Varennes zurückbringen lassen.«

Michel setzte seine Mütze auf, griff nach seinem Mantel und ging zur Tür.

»Was hast du vor?«, fragte Isabelle.

»Ich schlage Lefèvre ein Geschäft vor.«

»Ich komme mit«, sagte Rémy.

»Ich gehe allein«, erwiderte Michel entschieden. »Das ist eine Sache zwischen Lefèvre und mir. Ich will nicht, dass du da hineingezogen wirst.«

Bisher hatte der Wucherer seinen Sohn glücklicherweise in Ruhe gelassen. Michel wollte Lefèvre keinen Anlass liefern, seine Rachepläne auf Rémy auszuweiten.

Wenig später stand er vor dem Haus des Geldverleihers und klopfte an. Chrétien öffnete ihm.

»Herr Bürgermeister. Was kann ich für Euch tun?«

»Ich möchte mit Eurem Lohnherrn sprechen. Ist er zu Hause?«

»Gewiss.« Chrétien führte ihn zum Gesellschaftssaal, wo er ihm einen Becher Wein anbot, ehe er Lefèvre holen ging. Der *fattore* spielte seine Rolle vortrefflich – mit keiner Regung ließ er sich anmerken, dass ihn mit Michel mehr verband als eine oberflächliche Bekanntschaft unter Kaufleuten.

Während sie durch das Haus gegangen waren, hatte Michel Ausschau nach Felicitas und Catherine gehalten, sie aber nirgendwo gesehen. Vermutlich hielt Lefèvre sie im oberen Stockwerk fest, wo keine Besucher hinkamen.

»Erst Eure Gemahlin, jetzt Ihr«, sagte Lefèvre, als er hereinkam. »Ich beginne mich zu fragen, was mein Haus für die Familie Fleury so reizvoll macht, dass sie mich ständig besuchen kommt. Sind es die Wandteppiche? Ich kann Euch den

Bildwirker nennen, der sie geknüpft hat, wenn Ihr versprecht, mich nicht mehr zu belästigen. Allerdings bezweifle ich, dass Ihr Euch seine Dienste leisten könnt. Sie sind ausgesprochen teuer und dürften die Mittel eines gemeinen lothringischen Salzhändlers weit übersteigen.«

»Eure Wandteppiche interessieren mich nicht«, sagte Michel. »Ich bin wegen Felicitas und Catherine hier.«

»Wieso überrascht mich das nicht?«, meinte Lefèvre mit dünnem Lächeln.

»Nun, da Renouart tot ist, haben sie keinen Wert mehr für Euch. Ich möchte sie freikaufen. Ich biete Euch vierzig Pfund Silber, wenn Ihr sie hier und heute aus der Knechtschaft entlasst und ihnen ihre Freiheit zurückgebt.«

»Vierzig Pfund sind eine lächerlich geringe Summe, gemessen an dem Schaden, den ich Renouart verdanke. Er schuldete mir fast zweihundertfünfzig Pfund, von denen er bis zu seinem Tod keine fünfzig abgetragen hat. Bleiben zweihundert. Euer Angebot ist davon weit entfernt.«

»Mehr werdet Ihr nicht bekommen, selbst wenn die beiden den Rest ihres Lebens für Euch arbeiten.«

»Wer redet denn von arbeiten? Catherine ist ein ausgesprochen hübsches Mädchen. Und im Bett überaus geschickt«, fügte Lefèvre lächelnd hinzu. »Wenn ich sie mit einem reichen Freisassen oder Handwerker verheirate, bringt mir das gewiss einen ordentlichen Batzen Silber ein.«

Im Bett überaus geschickt, hallte es in Michel nach. Nein, er durfte sich nicht reizen lassen. Das war genau das, was Lefèvre wollte. »Ich bezweifle, dass irgendein Mann von Stand Interesse an der mittellosen Tochter eines gefallenen Ritters hat.«

»Mag sein. Aber dann kann ich sie immer noch in ein Hurenhaus geben. Und die Mutter gleich mit. Es soll Männer geben, die Gefallen an älteren Edeldamen finden. Wie viel, würdet Ihr sagen, würde mir Maman Marguérite für die beiden zahlen? Fünfzig Pfund bestimmt, oder?«

»Gut. Sechzig. Das ist mein letztes Angebot.«

»Ihr habt mich gehört – zweihundert«, erwiderte Lefèvre. »Das sind Renouarts Schulden – so viel will ich haben. Und keinen Denier weniger. Also hört auf mit diesem peinlichen Geschachere. Ich bin keiner dieser tumben flämischen Kleinkrämer, denen Ihr mit schönen Worten Euer Salz aufschwatzen könnt.«

Als Michel schwieg, fragte der Geldverleiher höhnisch: »Was ist, Herr Fleury? Ich dachte, Eure Nächstenliebe kennt keine Grenzen – und nun muss ich feststellen, dass diese Grenze schon bei sechzig Pfund verläuft. Ich bin enttäuscht von Euch. Ich habe Euch für einen Wohltäter gehalten, für einen barmherzigen Samariter, der für die Menschen, die er liebt, das letzte Hemd geben würde. Solltet Ihr in Wahrheit doch nur ein gewöhnlicher Pfennigfuchser sein, dessen höchste Sorge seiner Geldkatze gilt?«

Michel war bereit gewesen, beträchtliche Opfer auf sich zu nehmen, um Felicitas und Catherine zu helfen – das war er Renouart schuldig. Aber zweihundert Pfund überstieg schlicht und einfach seine Kräfte, trotz all der guten Geschäfte der letzten Jahre. Wenn er eine derartige Summe aus seinem Unternehmen abzog, gefährdete er alles, was Isabelle und er in vielen Jahren aufgebaut hatten, und letztlich auch das Wohlergehen ihrer Hausbedienten und all der Menschen, die von ihnen abhängig waren. Das konnte er nicht tun, auch wenn das bedeutete, Renouarts Familie im Stich zu lassen.

Mit versteinerter Miene stand er auf. »Ich hätte wissen müssen, dass es nicht möglich ist, mit einem gottlosen Wucherer wie Euch Geschäfte zu machen. Wenn ich an Eurer Stelle wäre, würde ich Tag und Nacht beten. Eure Sünden und Verbrechen türmen sich immer höher auf und stinken zum Himmel wie ein Haufen verwesender Kadaver. Wie könnt Ihr noch ruhig schlafen, wenn Ihr wisst, dass der Teufel nur auf eine

Gelegenheit wartet, Eure erbärmliche kleine Seele in die Hölle hinabzuziehen?«

Lefèvre reagierte nicht wie erwartet. Die nächste höhnische Bemerkung blieb ihm im Hals stecken, sein Lächeln gefror. »Raus«, sagte er. »Verschwindet. Und wagt es nicht noch einmal, dieses Haus zu betreten.«

Auf dem Weg nach draußen begegnete Michel abermals Chrétien. Sie waren allein auf dem Flur.

»Wir müssen uns treffen«, sagte Michel leise. »Heute Abend?«

Chrétien nickte kaum merklich und schritt an ihm vorbei zur hinteren Treppe.

Als Michel kurz nach der Vesper zum Hügelgrab kam, erwartete ihn Chrétien bereits.

»Was wisst Ihr über die Umstände von Renouarts Tod?«, fragte Michel.

»Ich fürchte, leider nicht viel mehr als das, was Lefèvre dem Schultheißen erzählt hat. Renouart hat offenbar herausgefunden, wo Lefèvre seine Familie festhielt, und versuchte, sie zu befreien. Dabei tötete er mehrere Knechte und wurde auf der Flucht zur Strecke gebracht.«

»Das behauptet Lefèvre. Glaubt Ihr, dass es sich wirklich so zugetragen hat?«

»Nichts deutet darauf hin, dass es anders gewesen ist.«

Renouart war nicht weit vom Salztor niedergeschossen worden. Michel vermutete, dass er Catherine und Felicitas in Sicherheit gebracht und anschließend versucht hatte, nach Varennes zu gelangen, um dem Rat von Lefèvres Untaten zu berichten, nun, da der Wucherer ihn nicht mehr in der Hand hatte. Das würde erklären, warum Lefèvre so versessen darauf gewesen war, Renouart zum Schweigen zu bringen.

Leider half Michel diese Erkenntnis nicht weiter. Er hatte gehofft, Chrétien könnte ihm Hinweise liefern, dass Lefèvre gelogen hatte, als Jean Caboche ihn verhörte – dass in Wahrheit alles ganz anders gewesen war und sie den Wucherer für ein neues Verbrechen vor Gericht bringen konnten. Doch wie es schien, war das Gesetz auch diesmal auf Lefèvres Seite. Unter den gegebenen Umständen hatten sie jedenfalls keine Handhabe, ihn für den Mord an Renouart zu belangen. »Wie geht es Felicitas und Catherine? Sind sie wohlauf?«

»Ich sehe die beiden nur selten – Lefèvre hält sie in einer Dachkammer fest, die ich nicht betreten darf«, erklärte der blasse *fattore*. »Felicitas scheint krank zu sein, ich höre sie manchmal husten. Catherine weint die ganze Zeit.«

»Könnt Ihr versuchen, mit ihnen zu sprechen?«

»Schwierig. Die Dachkammer ist abgeschlossen, und ich weiß nicht, wo Lefèvre den Schlüssel versteckt.«

»Solltet Ihr dennoch etwas in Erfahrung bringen, lasst es mich umgehend wissen.«

Chrétien nickte. »Natürlich.«

»Gibt es sonst etwas Neues?«, fragte Michel. »Konntet Ihr etwas über Lefèvres Spitzel herausfinden?«

»Lefèvre verhält sich seit Wochen ausgesprochen ruhig. Er scheint zu spüren, dass die halbe Stadt ihn beobachtet. Falls er etwas plant, verbirgt er es gut. Was seinen Spitzel angeht – ich habe nichts beobachtet.«

»Keine heimlichen Treffen mit Bütteln und anderen städtischen Bediensteten?«

»Nichts. Aber das muss nichts heißen. Wer weiß, was er treibt, wenn er allein in der Stadt ist. Ich habe schon versucht, ihm heimlich zu folgen, es aber wieder aufgegeben. Er ist zu wachsam.«

»Haltet weiter die Augen offen.«

»Ich tue mein Bestes, Herr Bürgermeister. Jetzt muss ich gehen.«

Chrétien reichte ihm zum Abschied die Hand und verschwand anschließend im Unterholz.

Speyer

»Ein törichter Vorschlag«, sagte Ludolf Retschelin, während er im Hof seines Hauses die Tuchballen begutachtete, die seine Knechte von den Wagen luden. »Habt Ihr etwa schon vergessen, wie viel Geld die Gilde beim letzten Mal verloren hat? Ganz zu schweigen von dem Ärger, den wir hatten. Nein, Sieghart. Wer so verrückt ist, noch einmal nach Varennes zu fahren, soll das meinetwegen tun. Aber ich werde ganz gewiss nicht die gesamte Gilde zu dieser unseligen Messe schicken. Wir bleiben den Herbst über hier und lassen Kölner, Flamen und Engländer zu uns kommen. Das hat sich bewährt – so machen wir es wieder.«

Retschelin sah überaus gewöhnlich aus mit seinem Doppelkinn, den hängenden Wangen und dem Wanst, der ihm über den Ledergürtel quoll – man hätte ihn für einen Schankwirt oder Metzgermeister halten können. Doch der Schein trog: In Wahrheit entstammte Retschelin einer hochangesehenen Patrizierfamilie, saß im Rat von Speyer und stand obendrein der Kaufmannsgilde vor, der auch Sieghart Weiß angehörte, seit er unversehens zum *fattore* aufgestiegen war.

Sieghart hatte gehörigen Respekt vor diesem Mann, den die ganze Gilde für seinen Jähzorn fürchtete, und er bereute bereits, dass er keine günstigere Gelegenheit abgewartet hatte, um mit ihm über die Messe in Varennes zu sprechen. Etwa eine Gildenversammlung, bei denen der großzügig ausgeschenkte Wein Retschelin stets in eine leutselige Stimmung versetzte. Doch die nächste Versammlung war erst in einer Woche – zu spät für Sieghsarts Zwecke. Er musste seinen Gildemeister jetzt überzeugen, denn die Messe begann bereits in zweieinhalb Wochen. Das war er seinem Lohnherrn und vor allem Frau Isabelle schuldig. Sie setzten all ihr Vertrauen in ihn. Er durfte sie nicht enttäuschen.

»Der Rat von Varennes hat Vorkehrungen getroffen, damit sich das Debakel vom vorletzten Jahr nicht wiederholt«, entgegnete er, als er neben Retschelin an den Ochsenwagen entlangschritt. Der Handelszug war eben erst von Brügge zurückgekehrt und hatte kostbare Tuche mitgebracht. »Es gibt eine neue Herberge, mehr Marktaufseher und Geleitschutz auf den Landstraßen. Der Herzog will mit seinen Rittern dafür sorgen, dass die auswärtigen Kaufleute sicher an- und abreisen können.« Sieghart musste die Stimme erheben, um sich Gehör zu verschaffen, denn der Trubel auf dem Hof wurde noch verschlimmert durch den Lärm des nahen Holzmarktes, der über die Mauer drang.

Doch Retschelin hörte ihm gar nicht zu. Als zwei Knechte einen Tuchballen fallen ließen, sprang er vor und schlug einem der Männer hart mit dem Gehstock auf die Hand. »Ihr Tölpel!«, schrie er mit hochrotem Kopf. »Wollt ihr mich ruinieren? Wenn das Tuch gerissen ist, prügele ich euch bis zum Dom und wieder zurück!«

Die Knechte stammelten Entschuldigungen und beeilten sich, ihrem Herrn zu zeigen, dass der Ballen keinen Schaden genommen hatte. Es war kein Geheimnis, dass Retschelin regelmäßig seine Hausbedienten züchtigte. Er war nicht durch Sanftmut und Nachsicht zu Reichtum und politischer Macht gekommen.

»Verzeiht – diese Dummköpfe bringen mich mit ihrer Unfähigkeit noch in ein frühes Grab«, knurrte er. »Wenn man ihnen nicht ständig auf die Finger schaut, lassen sie alles fallen und torkeln herum wie blinde und taube Krüppel. Was sagtet Ihr gerade?«

Geduldig wiederholte Sieghart seine Worte. »Jedenfalls bin ich mir sicher, dass die diesjährige Messe ein Erfolg werden wird«, fuhr er fort. »Es wäre ein Fehler, nicht hinzufahren, nur weil es beim letzten Mal einige Schwierigkeiten gab. Uns würden gute Geschäfte entgehen.«

»›Einige Schwierigkeiten‹?« Retschelin streifte ihn mit einem mürrischen Blick. »Mehrere unserer Schwurbrüder wurden bestohlen. Einer wurde so krank, dass er beinahe gestorben wäre. Einem weiteren wehte der Wind das Zelt und einen Teil seiner Handelswaren fort. Blickt den Tatsachen ins Auge, Sieghart: Der Jahrmarkt war ein Reinfall. Es ehrt Euch, dass Ihr Euch so entschieden für das Vorhaben Eures Lohnherrn einsetzt. Aber Ihr müsst auch mich verstehen. Es ist meine Aufgabe als Gildemeister, die Schwurbrüder vor Unheil und schlechten Geschäften zu bewahren. Deshalb werde ich sie nicht zu einer Messe schicken, wenn mich mein *senno* davor warnt – Geleitschutz hin, neue Herbergen her. Dieser Jahrmarkt steht unter keinem guten Stern. Anderswo lässt sich einfacher Geld verdienen.«

»Aber anderswo müsst Ihr Einfuhrzölle und Standgebühren zahlen und nicht zu knapp«, sagte Sieghart, der sich sein bestes Argument wohlweislich bis jetzt aufgehoben hatte. »Das mindert den Gewinn erheblich. Und was nutzt einem leicht verdientes Geld, wenn am Ende kaum etwas davon übrig bleibt?«

Retschelin vergaß die Tuchballen und blickte ihn stechend an. »Wollt Ihr damit sagen, Varennes erlässt den auswärtigen Kaufleuten die Marktgebühren?«

»Viehhändler mit mehr als zwanzig Tieren zahlen weiterhin die üblichen Sätze. Aber alle anderen müssen diesmal keinen Pfennig berappen. Wir dürfen alles Silber, das wir verdienen, behalten und mit nach Hause nehmen.«

»Der Rat von Varennes muss wahrlich verzweifelt sein, dass er sich bemüßigt sieht, zu solchen Maßnahmen zu greifen«, meinte Retschelin. »Wie will er unter diesen Umständen seine Ausgaben hereinholen?«

»Wieso kümmert Euch das? Alles, was zählt, ist, dass unsere Gewinne dadurch kräftig steigen werden. Um ein Sechstel bis ein Fünftel, je nachdem.«

Sieghart blickte den Gildemeister erwartungsvoll an, doch

Retschelin schwieg zögernd. Seine Vorbehalte gegen die Messe mussten größer sein, als Sieghart angenommen hatte. Andererseits – bei all den Gerüchten, die seit zwei Jahren die Runde machten, war das nicht verwunderlich. Einige ältere Speyerer Kaufleute behaupteten gar, auf der Oktobermesse liege ein Fluch. So viel Pech auf einmal, hatten sie damals bei ihrer Rückkehr gesagt, das konnte doch kein Zufall sein!

Sieghart beschloss nachzusetzen, bevor Retschelins Zweifel die Oberhand gewannen. In den vergangenen Jahren hatte er gelernt, dass sich Hartnäckigkeit bei Verhandlungen stets auszahlte. »Die Zollvergünstigungen gelten nur dieses Jahr«, sagte er. »Im nächsten Jahr vielleicht nicht mehr. Wollt Ihr Euch wirklich diese einmalige Gelegenheit entgehen lassen, nur weil Ihr Euch vor ein paar Unannehmlichkeiten fürchtet? Denn es *sind* lediglich Unannehmlichkeiten, seien wir ehrlich. Wind? Taschendiebe? Schlechtes Brunnenwasser? Die Fernhändler der alten Zeit, die Speyer groß gemacht haben, hätten darüber gelacht. Sie reisten bis nach Dänemark und Schottland, um ihre Waren zu verkaufen, obwohl es damals nirgendwo komfortable Herbergen und Schutz vor Straßenräubern gab. Sie trotzten Stürmen und kriegerischen Heiden – aber wir sollen uns zu Hause verkriechen und darauf warten, dass die guten Geschäfte zu uns kommen. Ich bin sicher, dass die Metzer, Kölner und Straßburger nicht so verzagt sind. Sie werden nach Varennes gehen, haufenweise Silber scheffeln und im nächsten Frühjahr, wenn wir sie in der Champagne treffen, mit ihren prallen Geldkatzen protzen. Was wollt Ihr ihnen dann sagen? Dass es Euch wichtiger war, Eure Schwurbrüder vor nassen Kleidern und einer Magenverstimmung zu bewahren?«

Die umstehenden Knechte hielten den Atem an, während Retschelin rot anlief und die Faust um seinen Gehstock ballte. »Für einen Burschen, der noch feucht hinter den Ohren ist, nehmt Ihr den Mund ganz schön voll«, schnappte er. »Ich sollte Euch hinauswerfen.«

Sieghart spürte, dass er drauf und dran war, den Bogen zu überspannen. Seine nächsten Worte wählte er daher mit Bedacht. »Ihr wisst, dass ich Euch achte und Eure Arbeit bewundere. Es liegt mir fern, Euch zu beleidigen. Aber es ist meine Pflicht als Mitglied dieser Gilde, Euch vor einem schweren Fehler zu bewahren. Geht nicht als der Gildemeister in die Geschichte ein, der den Speyerer Kaufleuten den Wagemut ausgetrieben hat.«

»Bei Gott, Weiß«, knurrte der feiste Patrizier, »Ihr hört Euch schon an wie Euer Lohnherr. Diese Ansprache eben hätte glatt von Fleury kommen können.«

»Er ist mir ein Vorbild. Ich habe viel von ihm gelernt«, erwiderte Sieghart bescheiden.

»Offenbar auch, wie man anderen das Wort im Mund verdreht und ihnen den Verstand mit schönen Reden vernebelt. Also gut – Ihr habt mich überzeugt. Fahren wir zu dieser verdammten Messe. Aber wenn die Sache schiefgeht, mache ich Euch dafür verantwortlich, hört Ihr?«

»Das heißt, die Gilde wird geschlossen nach Varennes reisen?«

»Ja. Ja, Herrgott noch mal! Das habe ich doch gerade gesagt. Jetzt seht zu, dass Ihr verschwindet. Ich habe heute noch etwas anderes zu tun, als mir Euer salbungsvolles Gerede anzuhören.«

Sieghart verneigte sich mit einem knappen Segenswunsch und verließ den Hof, wobei er sorgsam darauf achtete, sein zufriedenes Lächeln zu verbergen.

Oktober 1220

Varennes-Saint-Jacques

Bereits eine Woche vor dem Festtag des heiligen Jacques kamen die ersten Messebesucher nach Varennes. Als man Michel meldete, dass sich der Stadt von Norden ein Handelszug näherte, schickte er einen berittenen Boten aus, der in Erfahrung brachte, dass es sich um den Meister der größten Kaufmannsgilde von Straßburg handelte. Sogleich versammelte Michel einige Stadtknechte um sich und schritt dem Wagenzug entgegen.

»Gott zum Gruße, Arnold«, rief er, als der Gildemeister gerade das Nordtor durchquerte. »Seid willkommen in Varennes, alter Freund!«

Der Tross bestand aus vier Ochsenwagen, alle schwer beladen mit den verschiedensten Handelswaren. Ein halbes Dutzend Söldner und noch einmal so viele Knechte begleiteten den Kaufmann. Arnold Liebenzeller stieg vom vordersten Wagen und umarmte Michel lachend. Er war ein kleiner, energischer Mann, der seine Gilde seit vielen Jahren klug und umsichtig führte. Michel und Isabelle machten oft und gern Geschäfte mit ihm.

»Gut seht Ihr aus«, sagte Liebenzeller. »Keinen Tag älter als fünfundvierzig. Die Arbeit im Rat scheint Euch jung zu halten.«

Michel winkte ab. »Der Schein trügt. Es gibt Tage, da fühle ich mich wie achtzig.« Sie lachten. »Hattet Ihr eine angenehme Fahrt?«

»Keine Zwischenfälle. Sogar das Wetter war uns gewogen. Es wird Euch freuen zu hören, dass Herzog Mathieu Wort hält. Westlich der Vogesen trafen wir mehrmals seine Ritter. In Zweiergruppen reiten sie sämtliche Landstraßen ab. Räuber und anderes Gesindel werden es schwer haben.«

Michel nickte erleichtert. Diesmal musste alles gelingen. Ein neuerliches Scheitern der Messe würde man ihm nicht verzeihen. »Ihr seid früh dran. Wir hatten erst Ende der Woche mit Euch gerechnet.«

»Ich will mit Eustache verschiedene Geschäfte bereden, bevor die Messe beginnt. Außerdem will ich mich mit eigenen Augen davon überzeugen, dass es kein Fehler war, Eurem Jahrmarkt noch eine Chance zu geben.« Aus Liebenzellers Augen sprachen Vorsicht und Wachsamkeit.

»Ihr werdet sehen, dass wir alles dafür getan haben, dass die Messe ein Erfolg wird«, versicherte Michel ihm. »Wenn Ihr wollt, führe ich Euch später herum und zeige Euch die neue Herberge. Wisst Ihr schon, wo Ihr wohnen werdet?«

»Eustache hat angeboten, mich zu beherbergen.«

»Ich bringe Euch zu ihm. Er war den ganzen Vormittag in der Münze und weiß noch gar nicht, dass Ihr schon in der Stadt seid.«

Deforest wohnte am Domplatz gleich neben der Gildenhalle. Nachdem sich Liebenzeller mit seinen Mannen in dem prächtigen Steinhaus einquartiert hatte, aß Michel mit ihm, Eustache und einigen anderen Ratsherren in der besten Schenke am Platz zu Mittag.

Als Michel später zum Rathaus zurückging, begegnete ihm prompt Lefèvre. Der Wucherer schritt an ihm vorbei, ohne ihn eines Blickes zu würdigen. Michel schaute ihm verstohlen nach. Lefèvre verhielt sich verdächtig ruhig seit der Sache mit Renouart. Bisher hatte er nichts unternommen, um die Messevorbereitungen zu behindern. Vielleicht, weil die Schutzmaßnahmen des Rates zu gut waren, als dass er etwas dagegen ausrichten konnte? Zumal er gerade mehrere Männer und mit Renouart seinen wichtigsten Handlanger verloren hatte. Trotzdem rechnete Michel jeden Tag mit einem Vorfall. Lefèvre war gerissen und skrupellos, er würde einen Weg finden, ihnen zu schaden, selbst wenn der heilige Jacques persönlich die Messe schützte.

Der Geldverleiher musste seinen Blick gespürt haben, denn plötzlich fuhr er herum. »Kann ich etwas für Euch tun, Herr Bürgermeister?«, erkundigte er sich unwirsch. »Oder bewundert Ihr nur meinen Aufzug?«

»Ich habe mich nur gefragt, was Ihr uns diesmal bieten werdet. Wieder Taschendiebe und bezahlte Schläger? Oder langweilt Euch das inzwischen? Es muss ermüdend sein, immer neue Verbrechen aushecken zu müssen. Und die ständige Angst vor dem Teufel – wie ertragt Ihr das nur?«

Die Spitze saß. Über Lefèvres Antlitz huschte wieder der Schatten der Höllenfurcht, den Michel schon einmal beobachtet hatte. »Ich weiß nicht, wovon Ihr sprecht«, erwiderte der Geldverleiher schmallippig. »Aber falls Ihr auf die letzte Messe anspielt, könnte man das als üble Nachrede auffassen. Nehmt Euch in Acht. Eine Klage ist schnell eingereicht, und Euer Amt schützt Euch nicht vor einer empfindlichen Strafe.« Damit wandte er sich ab und stolzierte davon.

Wir kriegen dich – verlass dich drauf, dachte Michel, als Lefèvre im Gewühl zwischen den Marktständen verschwand.

Die Gelegenheit hierfür ergab sich schon am nächsten Tag. Als Michel morgens die Waren inspizierte, die Isabelle und er für den Jahrmarkt in der Gildenhalle eingelagert hatten, erschien unversehens Chrétien.

»Auf ein Wort, Herr Bürgermeister.«

Michel schloss die Tür des Lagerraums, damit niemand sah, wie sie miteinander sprachen. An einem Wandhaken hing eine rostige Blechlaterne und verströmte schummriges Licht.

»Gibt es etwas Neues von Catherine und Felicitas? Geht es Felicitas inzwischen besser?«

»Ich glaube schon. Zumindest hustet sie nicht mehr. Leider konnte ich noch immer nicht mit ihnen sprechen.« Chrétien wirkte angespannt und schwitzte unter den Achseln, obwohl es draußen recht kühl war. »Aber ich habe etwas anderes herausgefunden. Lefèvre plant, den Gildemeister von Straßburg zu überfallen. Ich habe gestern Nacht ein Gespräch zwischen ihm und Namus belauscht …«

»Wer ist das?«

»Einer seiner Tagelöhner. Ein ehemaliger Söldner, der nicht davor zurückschreckt, sich die Hände schmutzig zu machen. Lefèvre hat ihm den Auftrag gegeben, Liebenzeller aufzulauern und ihn zu verprügeln. Das alles soll noch vor dem Festtag des heiligen Jacques geschehen, vermutlich, um den Jahrmarkt bei den anderen Messebesuchern in Misskredit zu bringen.«

Michel biss die Zähne zusammen. Das war genau die Art von Niedertracht, auf die er seit Wochen wartete. Ein Anschlag auf einen angesehenen Kaufmann würde der Messe den Todesstoß versetzen. Die Kunde von einem derartigen Vorfall würde sich wie ein Lauffeuer verbreiten, und die anderen Händler würden sofort abreisen oder gar nicht erst kommen, wenn sie davon erfuhren.

»Wie wollen sie an Arnold herankommen? Er ist bekannt für seine Vorsicht. Er wird kaum ohne Begleitung aus dem Haus gehen.«

»Lefèvre will ihn aus der Stadt locken, indem er ihm eine geheimnisvolle Nachricht zuspielt und ihm im Namen irgendeines Gildenmitglieds ein lukratives Geschäft vorschlägt. Falls Liebenzeller darauf nicht anspringt, soll Namus ihm auflauern, wenn er ins Hurenhaus geht.«

Es war ein offenes Geheimnis, dass Liebenzeller regelmäßig die Dienste von Huren in Anspruch nahm, seit sein Weib gestorben war. Gewiss würde der Gildemeister auch Maman Marguérites Haus besuchen, während er in Varennes weilte – darauf konnte Lefèvre sich verlassen. Das Bordell draußen am Flussufer war ein dunkler, unübersichtlicher Ort, wo einen selbst die besten Leibwächter kaum schützen konnten. Sowie Arnold in den Armen einer Dirne lag, konnte Namus schnell und brutal zuschlagen und wieder verschwinden, ehe jemand Alarm schlug.

»Hat Lefèvre gesagt, wann genau der Anschlag stattfinden soll?«, fragte Michel.

»Ich weiß es nicht. Sie haben eine ganze Weile miteinander geredet, aber ich musste mich zurückziehen, bevor sie fertig waren. Sonst hätte man mich bemerkt.«

»Ihr habt mir trotzdem sehr geholfen. Ich danke Euch, Chrétien. Dafür werden wir Euch reich belohnen.«

Der *fattore* nickte knapp. »Wird das genügen, um Lefèvre das Handwerk zu legen?«

»Ich muss zuerst mit dem Rat sprechen. Aber jetzt haben wir endlich etwas, wo wir ansetzen können. Seid Ihr nach wie vor bereit, gegen ihn vor Gericht als Zeuge auszusagen?«

»Natürlich«, sagte Chrétien.

»Konntet Ihr darüber hinaus etwas über Lefèvres Spitzel in Erfahrung bringen?«

»Ich glaube allmählich, dass es keinen Spitzel mehr gibt. Wenn er sich mit einem städtischen Bediensteten trifft, hätte ich inzwischen etwas mitbekommen.«

»Gut. Geht jetzt zurück und verhaltet Euch unauffällig, damit er keinen Verdacht schöpft. Sucht mich nur dann auf, wenn sich seine Pläne ändern.«

Als der *fattore* gegangen war, schritt Michel zügig über den Domplatz. Sein Herz pochte wie wild in der Brust. Das war die Gelegenheit, auf die er seit Jahren wartete. Deshalb musste er jetzt einen kühlen Kopf bewahren.

Im Rathaus angekommen, schickte er Boten zu den Ratsherren. Keine halbe Stunde später saß er mit Poilevain, Caboche und den anderen im Ratssaal und berichtete den Männern von Chrétiens Enthüllungen.

»Endlich!« Caboche hämmerte mit der Faust auf den Tisch. »Worauf warten wir noch? Greifen wir uns den Kerl und bringen wir ihn vor Gericht!«

»Ja!«, riefen Gaillard Le Masson und einige andere. Poilevain hingegen schloss sich der allgemeinen Begeisterung nicht an.

»Ich enttäusche euch nur ungern«, sagte der Richter, »aber Chrétiens Aussage allein genügt nicht für eine Verurteilung.«

»Was soll das heißen, verdammt noch eins?«, polterte Caboche. »Auch die Planung eines Verbrechens ist bereits ein Verbrechen. Und mit Chrétien haben wir einen glaubwürdigen Zeugen. Was wollt Ihr noch?«

Poilevain streifte ihn mit einem mürrischen Blick. Der Mann hatte sich auffallend verändert in den letzten Wochen. Aus dem ständig lächelnden Spötter war ein sauertöpfischer Eigenbrötler geworden, der sich immerzu um seine Geschäfte sorgte. »Wir brauchen zwei Zeugen, die unabhängig voneinander dasselbe aussagen«, erklärte er. »So lautet das Gesetz. Davon abgesehen ist Chrétien nicht so glaubwürdig, wie ihr gerne hättet. Lefèvre ist ein Patrizier und Chrétien nur sein *fattore*. Der Standesunterschied ist groß. Man könnte Chrétien niedrige Beweggründe unterstellen, etwa dass er seinen Herrn bei der Obrigkeit angeschwärzt hat, um sich für geringen Lohn und schlechte Behandlung zu rächen.«

»Was ist mit diesem Namus?«, fragte Michel. »Vielleicht können wir ihn dazu bringen, gegen Lefèvre auszusagen, wenn wir ihm eine milde Strafe in Aussicht stellen.«

»Der Mann ist nur ein Tagelöhner und obendrein einer mit schlechtem Leumund. Er ist noch weniger glaubwürdig als Chrétien.«

Unmut regte sich an der Tafel.

»Das ist doch alles nur gelehrtes Geschwätz ohne jeden praktischen Wert«, schnarrte Caboche. »Lefèvre will ein Verbrechen begehen – bringen wir ihn dafür an den Galgen. Zum Teufel mit dem Gesetz!«

»Das Gesetz gilt für jeden, auch für uns, ob es euch passt oder nicht«, erwiderte Poilevain ungehalten. »Ich werde nicht tatenlos dabei zusehen, dass ihr euch darüber hinwegsetzt.«

»Seht Ihr eine Möglichkeit, Lefèvre trotzdem vor Gericht zu bringen?«, fragte Michel den Richter.

»Man müsste Namus auf handhafter Tat ertappen. Wenn Jeans Männer ihn just in dem Augenblick festnehmen, da er Liebenzeller überfallen will, brauchen wir keine Zeugen mehr. Dann ist die Sache so gut wie entschieden – vorausgesetzt, Namus sagt unter Eid aus, wer ihn mit dem Anschlag beauftragt hat. Aber das wird er tun, wenn wir ihm im Gegenzug den Galgen ersparen.«

»Aber das ist doch nicht durchführbar«, meldete sich Deforest zu Wort. »Wir können Arnold dieser Gefahr nicht aussetzen. Wenn Jeans Leute auch nur einen Augenblick zu spät kommen, schlägt Namus ihn womöglich tot.«

»Manchmal müssen Opfer gebracht werden, um ein größeres Übel aus der Welt zu schaffen«, sagte Poilevain, und es fehlte nur noch, dass er dabei mit den Achseln zuckte.

»Das ist ungeheuerlich!«, ächzte Deforest und sprang auf, doch Michel bat ihn mit einer Geste, wieder Platz zu nehmen.

»Arnold ist unser Freund und Gast. Wir setzen sein Leben nicht aufs Spiel«, erklärte Michel entschieden. »Es muss einen anderen Weg geben.«

»Auf die Gefahr hin, dass ich mir keine Freunde mache«, sagte Duval, »aber was wäre, wenn wir Arnold einweihen und ihn fragen, ob er bereit wäre, Namus für uns in die Falle zu locken? Wenn wir ihm erklären, dass Lefèvre hinter den ganzen Vorfällen während der letzten Messe steckt, will er uns vielleicht helfen.«

»Auf keinen Fall«, entgegnete Deforest. »Wir machen ihn nicht zu unserem Werkzeug.«

Auch Michel war nicht glücklich mit diesem Vorschlag, doch wie es schien, standen Eustache und er damit allein da. Die anderen Ratsherren bekundeten ihre Zustimmung zu Duvals Idee.

»Fragen wir ihn einfach«, meinte Tolbert. »Arnold ist ein kluger und umsichtiger Mann. Er wird uns schon sagen, wenn ihm die Sache zu gefährlich ist.«

»Holt ihn«, bat Michel Deforest. »Aber achtet darauf, dass Lefèvre ihn nicht zum Rathaus gehen sieht. Sonst schöpft er womöglich Verdacht. Am besten verlasst Ihr Euer Haus durch die Hintertür, und Arnold verhüllt sein Antlitz mit einer Kapuze.«

Mit einem Fluch auf den Lippen stand der feiste Münzmeister auf und verließ den Saal.

Wenig später kam er mit seinem Gast zurück. Nachdem Liebenzeller seine Mantelkapuze zurückgeschlagen und sich gesetzt hatte, nahm Michel ihm den Schwur ab, mit niemandem über die Vorgänge in diesem Saal zu sprechen. Sodann berichtete er von Lefèvres Schandtaten bei der letzten Messe, erklärte Arnold die Gefahr, die ihm drohte, und legte ihm ihr waghalsiges Vorhaben dar.

Der Straßburger hörte schweigend zu und ließ mit keiner Regung erkennen, ob ihn die Furcht gepackt hatte. »Damit ich das richtig verstehe«, sagte er schließlich. »Ich soll mein Leben riskieren, damit ihr endlich genug Beweise habt, um Lefèvre an den Galgen zu bringen?«

»Wir wollen Euch nichts vormachen, Arnold – genau darauf läuft es hinaus«, bestätigte Michel. »Jean wird seine besten Männer auswählen, die sich immerzu diskret in Eurer Nähe aufhalten werden, damit sie sofort eingreifen können, wenn Namus zuschlägt. Aber ein gewisses Risiko bleibt natürlich bestehen. Überlegt Euch daher gut, ob Ihr Euch dieser Gefahr aussetzen wollt.«

»Ihr müsst das nicht tun«, sagte Deforest beinahe beschwörend. »Wenn es Euch zu gefährlich ist, werden wir das respektieren. Wie Eure Entscheidung auch ausfällt, wir werden Verständnis dafür haben.«

Schweigen senkte sich herab, als alle Augen auf Liebenzeller ruhten.

»Ich mache es«, sagte der Straßburger. »Meine Schwurbrüder haben vor zwei Jahren viel Geld verloren. Ich will meinen Beitrag leisten, dass Lefèvre dafür zur Verantwortung gezogen wird.«

Die Erleichterung im Saal war beinahe mit Händen zu greifen. Mehrere Ratsherren sprangen auf, klopften Liebenzeller auf die Schultern und überschütteten ihn mit ihrem Dank.

»Überlegen wir nun, wie wir vorgehen«, sagte Michel, als die Männer auf ihre Plätze zurückgekehrt waren.

»Arnold soll mich benachrichtigen, sowie er Lefèvres Botschaft erhalten hat«, schlug Caboche vor. »Ich schicke dann meine besten Männer zu dem Ort, an den er gehen soll. Dort verstecken sie sich und warten auf Namus. Zwei weitere Stadtknechte folgen Arnold heimlich, wenn er sich zu dem Treffpunkt aufmacht, für den Fall, dass der Angriff schon unterwegs erfolgt.«

»Bedenkt, dass wir möglicherweise einen Verräter im Stadtregiment haben«, warf Duval ein. »Das kann den ganzen Plan gefährden.«

»Einen Verräter?«, fragte Liebenzeller alarmiert.

»Chrétien vermutet inzwischen, dass Lefèvre keinen Spitzel hat«, sagte Michel. »Trotzdem sollten wir keine Stadtknechte mit der Aufgabe betrauen – sicher ist sicher.«

Tolbert nickte. »Das wollte ich ohnehin vorschlagen. Namus wird die meisten Stadtknechte kennen. Selbst wenn sie ihre Gesichter verhüllen, bemerkt er sie womöglich und wird dann nichts unternehmen.«

»Könnt Ihr Söldner anheuern?«, fragte Michel.

»Ich kenne zu wenig Söldner, denen ich voll und ganz vertraue«, entgegnete Caboche. »Ich nehme Männer meiner Bruderschaft – Gesellen, die damals für den König gekämpft haben. Sie sind verlässlich und mit allen Wassern gewaschen.« Der Schultheiß wandte sich an Liebenzeller. »Sie werden sofort eingreifen, wenn Namus auftaucht – Ihr könnt Euch auf sie verlassen. Für den Fall, dass trotzdem etwas schiefgeht, nehmt diesen Dolch. Ich habe ihn selbst geschmiedet, er ist überaus scharf. Mit ihm könnt Ihr Euch Namus vom Leib halten, bis Hilfe naht.«

Liebenzellers Finger schlossen sich um den Griff der Waffe. »Habt Dank«, murmelte er.

Michel atmete tief durch und blickte in die Runde. »Beten wir nun für den Erfolg des Vorhabens.«

Die Tage vergingen. Weitere Kaufleute aus nah und fern reisten an und quartierten sich in der Stadt oder der neuen Herberge auf dem Messegelände ein. Drei Tage vor dem Fest des heiligen Jacques kamen die Speyerer mit langen Wagenzügen. Alle großen Gilden der Stadt am Rhein hatten Kaufleute nach Varennes gesandt, ihre Waren füllten die Lagerhäuser am Salz-, Fisch- und Heumarkt.

Die Metzer trafen am Abend desselben Tages ein. Robert Michelet war nicht ganz so erfolgreich gewesen wie Sieghart Weiß – er hatte nur zwei Gilden überzeugen können, dem Jahrmarkt in Varennes noch eine Chance zu geben. Trotzdem waren Michel und Isabelle ausgesprochen zufrieden mit ihm und luden ihn und Weiß zum Dank für ihren hartnäckigen Einsatz zu einem üppigen Festmahl ein.

Lefèvre jedoch verhielt sich ruhig. Weder er noch Namus zeigten sich in der Stadt. Arnold Liebenzeller erhielt keine Nachricht von einem Unbekannten. Niemand griff ihn an, während er in den Abendstunden durch die Gassen schlenderte.

»Irgendetwas stimmt nicht«, sagte Michel eines Abends zu seiner Gemahlin, als sie zu Bett gingen. »Lefèvre muss Wind von der Sache bekommen haben, ich kann es spüren.«

»Hab Geduld«, riet ihm Isabelle. »Gewiss wartet er bis kurz vor dem Fest. Dann wäre der Anschlag am wirkungsvollsten.«

Michel sagte sich, dass sie vermutlich recht hatte. Dennoch plagten ihn in jener Nacht dunkle Träume.

»Wo sind sie?«, fragte Jean Caboche mit rauer Stimme.

»Sie liegen hinter den Fässern«, antwortete einer der Stadtknechte, die am Eingang der Gasse warteten. Die drei Männer waren blass und wortkarg. Sie hatten schon viel gesehen in ihrem Leben, doch auf eine Begegnung mit dem Tod war man niemals vorbereitet.

Jean schob sich an ihnen vorbei, die Hand auf dem Schwertgriff, und schritt zum Ende der Gasse, die von einer der breiteren Straßen der Unterstadt zum Kanal führte. Hinter mehreren morschen Fässern fiel die überwucherte Böschung steil ab. Im Gras lagen die Leichen, die eine Wäscherin heute Morgen in aller Frühe gefunden hatte, als sie Wasser holen wollte. Beiden hatte man die Kehlen von einem Ohr zum anderen aufgeschlitzt. Ihr Blut, schwarz und geronnen, hatte ihre Kleider getränkt. Mit toten Augen starrten sie hinüber zu einer Hofmauer auf der anderen Seite des Kanals.

Der eine war Chrétien. Der andere, ein großer, bulliger Kerl, musste Namus sein.

Jean wollte sich bekreuzigen und verharrte mitten in der Bewegung, als alles verzehrender Zorn in ihm aufstieg. Nur mit Mühe gelang es ihm, das Verlangen zu unterdrücken, seine Wut in den Morgen hinauszubrüllen. Mit schweren Schritten stampfte er zu seinen Männern zurück.

»Ihr beide holt die Leichen herauf und bringt sie zur nächsten Kirche«, befahl er. »Du kommst mit mir zum Rathaus.«

»Wer, glaubt Ihr, hat das getan?«, fragte der Stadtknecht, der ihn durch die Gassen begleitete.

»Rate mal«, knurrte Jean. »Aber das war sein letztes Verbrechen. Das schwöre ich. Das schwöre ich bei Gott und allen Erzengeln. Diesmal wird er hängen.«

»Er muss irgendwie von unserem Plan erfahren haben«, sagte Michel. »Deshalb hat er die einzigen beiden Zeugen zum Schweigen gebracht.« *Und sie so hingelegt, dass wir sie auch ja finden,* fügte er in Gedanken hinzu. *Er konnte der Versuchung nicht widerstehen, uns eine lange Nase zu drehen.*

»Aber wie?«, fragte Duval. »Nur wir Ratsherren, der Stadtschreiber und Liebenzeller wussten von dem Plan, und wir alle haben geschworen, ihn geheim zu halten. Glaubt Ihr, dass einer von uns der Verräter ist?«

Michel gab keine Antwort. Der Aufstieg zum obersten Stockwerk des Hungerturms erschien ihm wie ein Albtraum, der nicht enden wollte. Stufe um Stufe der gewundenen Treppe erklommen sie, während ihre Fackel zuckende Schatten an die nackten Steinwände zeichnete.

Es ist meine Schuld. Ich habe Chrétien in diese Lage gebracht. Er starb meinetwegen.

Der Schmerz wurde so stark, dass er stehen bleiben musste und die Augen schloss.

»Fühlt Ihr Euch nicht wohl?«, fragte Duval besorgt.

»Es geht schon wieder«, antwortete Michel gepresst, nahm seinem erschöpften Freund die Fackel aus der Hand und schritt voraus.

Im obersten Stock befand sich ein kleiner Raum, von dem zwei eisenbeschlagene Türen abzweigten. Eine Wandfackel rußte vor sich hin, durch einen winzigen Fensterschlitz fiel trübes Tageslicht auf einen Tisch, an dem Poilevain saß. Caboche stand mit zweien seiner Büttel in der gegenüberliegenden Ecke und hatte die mächtigen Arme vor der Brust verschränkt. Michel erschien es, als wollten die beiden Männer möglichst viel Abstand zueinander halten.

»Wo ist er?«, fragte er.

»Da drin.« Caboche wies mit einem Nicken auf eine der beiden Türen.

»Was sagt er zu den Morden?«

»Er streitet alles ab. Straßenräuber hätten sie umgebracht. Behauptet, sie seien gegen seinen ausdrücklichen Rat nach Einbruch der Dunkelheit losgezogen, um im *Les Trois Frères* einen trinken zu gehen. Als ob Chrétien mit einem Kerl wie Namus in die Schenke gehen würde«, knurrte der Schultheiß.

»Gibt es Zeugen, die Lefèvres Behauptungen bestätigen oder widerlegen?«, erkundigte sich Duval.

»Nein. Niemand. Jean hat alle Bewohner der Gasse verhört. Keine Menschenseele will etwas gesehen haben.« Poilevain schaute niemandem in die Augen, während er das sagte, nicht Michel und erst recht nicht Caboche. »Jeans Anschuldigungen werden deshalb vor Gericht keinen Bestand haben. Wir müssen Lefèvre gehen lassen.«

»Das ist doch Wahnsinn!«, brüllte Caboche. »Er hat zwei Menschen bestialisch abgeschlachtet! Was wollt ihr denn noch?«

»Ich fürchte, Soudic hat recht«, sagte Duval. »Wir können ihm nichts nachweisen. Bitte öffnet die Tür.«

»Nein.« Caboche legte die Hand auf den Schwertgriff und baute sich vor der Tür auf. »Er bleibt in der Zelle. Wenn ihr ihn herausholen wollt, müsst ihr mich erschlagen.«

»Bitte, Jean«, sagte Michel behutsam. »Seid vernünftig.«

Der Schultheiß knetete seinen Schwertgriff, sein Kiefer mahlte, in seinen Augen glitzerte der Hass. »Wenn ich herausfinde«, brachte er schließlich hervor, »wer Chrétien verpfiffen hat, schlage ich ihm eigenhändig den Kopf ab – mein Wort darauf.« Er löste den Schlüsselring von seinem Gürtel, warf ihn Michel zu und trat zur Seite. »Tut Ihr es. Ich kann es nicht.«

Michel drehte den Schlüssel im Schloss und öffnete die schwere Kerkertür. »Ihr könnt gehen«, sagte er harsch.

Lefèvre stand von der Pritsche auf, strich sein Gewand glatt und schlenderte aus der Zelle. Als er Caboche erblickte, umspielte ein höhnisches Lächeln seine Lippen.

»Ein Wort«, sagte der Schultheiß, »und Ihr seid ein toter Mann.«

Lefèvre war klug genug, den Mund zu halten. Lächelnd schritt er an den Ratsherren vorbei und pfiff ein fröhliches Lied, als er die Stufen hinabstieg. Caboche starrte ihm nach, seine Schultern bebten.

»Geht nach Hause, Jean«, riet Michel seinem alten Freund. »Geht und ruht Euch aus. Wir können jetzt ohnehin nichts ausrichten.«

Schweigend schritt Caboche davon.

Poilevain verabschiedete sich nicht von ihnen, als sie den Hungerturm verließen. Ohne ein Wort des Grußes ging er seines Weges.

Michel blickte ihm nach, erfüllt von hilflosem Zorn – nicht auf den Richter, sondern auf Lefèvre, die Umstände, das Schicksal. Er konnte Jean wahrlich verstehen. Auch ihm erschien es wie Hohn, dass sie den Wucherer gehen lassen mussten, wieder einmal.

»Sehen wir zu, dass wir Lefèvre an den Galgen bringen. Ich will, dass er hängt, bevor der Monat zu Ende ist.«

»Wie wollt Ihr das bewerkstelligen?«, fragte Duval. »Niemand hat etwas gesehen.«

»Wenn es keine Zeugen gibt«, sagte Michel grimmig, »kaufen wir eben welche.«

Der Ratsherr starrte ihn an.

»Wir suchen zwei vertrauenswürdige Männer, die hohes Ansehen in der Stadt genießen«, erklärte Michel, »und bitten sie, vor Gericht zu bezeugen, dass sie die Morde an Chrétien und Namus beobachtet haben. Es sollte nicht allzu schwer sein, jemanden zu finden. Die Leute werden sich darum reißen, Lefèvre ans Messer zu liefern.«

»Ich habe Euch schon verstanden. Aber das verletzt all unsere Grundsätze.«

»Vielleicht ist es an der Zeit, diese Grundsätze zu überdenken.«

»Michel …«, begann Duval, doch der ließ ihn nicht ausreden.

»Lefèvre hat uns diesen Kampf aufgezwungen. Also spielen wir nach seinen Regeln. Er bettelt ja geradezu darum.«

»Ihr wart doch auch dagegen, ihn zu foltern.«

»Das ist etwas anderes.«

»Ist es das?«, fragte Duval. »Ihr wollt das Gesetz brechen, vor Gott und den Heiligen die Unwahrheit behaupten und zwei Männer anstiften, einen Meineid zu sprechen. Wenn Ihr mich fragt, ist das eine ebenso schändlich wie das andere.«

»Seid Ihr nicht auch davon überzeugt, dass Lefèvre die Morde begangen hat?«, fuhr Michel ihn an.

»Darum geht es nicht …«

»Doch. Genau darum geht es. Zwei Menschen mussten sterben, weil uns die Rechtschaffenheit wie eine Fessel einschnürt. Aber damit ist jetzt Schluss. Morgen suche ich zwei Männer, die bereit sind, die Aufgabe zu übernehmen.«

»Poilevain wird Euren Winkelzug durchschauen.«

»Das werden wir sehen. Bis es so weit ist, verlasse ich mich darauf, dass Ihr Stillschweigen über meine Absichten wahrt. Kann ich auf Euch zählen, Henri?«

»Ich bin Euer Freund – ich falle Euch nicht in den Rücken«, erklärte Duval. »Aber ich muss Euch noch einmal eindringlich ermahnen, dass Ihr im Begriff seid, einen schweren Fehler zu begehen.«

»Zur Kenntnis genommen«, knurrte Michel und schritt davon.

Die Tür des Lagerschuppens war nur angelehnt. Lefèvre vergewisserte sich, dass niemand ihn beobachtete, und schlüpfte hinein. Drinnen brannte kein Licht. Deshalb dauerte es einen Moment, bis er die Gestalt entdeckte. Sie kauerte auf einem Fass und stand auf, als Lefèvre hereinkam.

»Schließt die Tür«, sagte Poilevain harsch und zündete umständlich einen Kienspan an. Licht flammte auf und schälte staubige Kistenstapel aus der Dunkelheit.

Lefèvre verschränkte die Arme und wartete ab. Dieser Mann erheiterte ihn. Poilevain wollte so gern ein großer Kaufmann wie Fleury oder Deforest sein – und war doch nur ein Kleinkrämer, der am liebsten in Gesetzbüchern wühlte. Denn Recht und Gesetz, das war berechenbar – was man von Handel und Geschäft nicht eben behaupten konnte.

»Habt Ihr ihn?«

Lefèvre zog den Schuldschein hinter seinem Gürtel hervor und gab ihn Poilevain, der das Pergament öffnete und den Vertrag überflog.

»Ist das das einzige Exemplar?«

»Mein Partner in Metz besitzt eine Abschrift, aber ich werde ihn bitten, sie zu vernichten.«

»Kann ich mich darauf verlassen?«

»Ihr habt mein Wort.«

»Als ob Euer Wort etwas zählte«, entgegnete Poilevain verächtlich. »War es nötig, sie zu ermorden? Hätte es nicht gereicht, sie zum Schweigen zu verpflichten?«

»Nein. Fleury hätte nicht eher Ruhe gegeben, bis Chrétien vor Gericht gegen mich ausgesagt hätte.«

»Wenigstens Namus hättet Ihr am Leben lassen können.«

»Hört doch auf mit der Heuchelei«, meinte Lefèvre. »Er war ein Schlagetot, eine gottlose Söldnernatur. Wenn Ihr ehrlich wärt, würdet Ihr zugeben, dass Euch sein Tod gleichgültig ist. Der Mann war ein Risiko. Und Risiken kann ich mir nicht erlauben.«

Poilevain schluckte seinen Zorn und seinen Selbsthass herunter, faltete den Vertrag und steckte ihn ein. »Damit sind meine Schulden null und nichtig«, erklärte er schneidend.

Lefèvre nickte. »Ihr habt mir die Absichten des Rates zugetragen – im Gegenzug erlasse ich Euch die restliche Darlehenssumme von hundertzwanzig Pfund Silber. Das war unsere Abmachung. Daran halte ich mich.«

»Niemand darf je von diesem Handel erfahren. Niemand, hört Ihr?«

»Nur die Ruhe. Ich habe wahrlich keinen Grund, jemandem davon zu erzählen.«

»Dieser Kredit war ein Fehler. Der größte Fehler meines Lebens. Ich hätte mir niemals Geld von Euch leihen dürfen.«

Lefèvre lächelte nur. »Wollt Ihr meine Neugier befriedigen und mir verraten, was aus dem Geld geworden ist? Ich hörte, es gab einige geschäftliche Rückschläge.«

In Poilevains Augen blitzte der Zorn auf. »Geht«, sagte er. »Von nun an haben wir nichts mehr miteinander zu schaffen. Ich wünschte, ich hätte Euch nie getroffen.«

An der Tür wandte sich Lefèvre noch einmal um. »Wenn ich Euch einen Rat für die Zukunft geben darf: Versucht nicht mehr, Euch mit Fleury und den anderen zu messen. Das bekommt Euch nicht. Es ist keine Schande, mittelmäßig zu sein. Euer Vater war sein ganzes Leben lang mittelmäßig und ist gut damit gefahren. Er hat es sogar geschafft, Euch nach Bologna zu schicken.«

»Raus mit Euch! Sofort!«

Leise kichernd schlüpfte Lefèvre aus dem Lagerschuppen und ließ Poilevain allein in der Dunkelheit.

Sie saßen und standen im Eingangsraum seines Hauses – Schmiede, Schwertfeger und Harnischmacher, dreißig Männer, sämtliche Mitglieder seiner Bruderschaft. Jean hatte sie nicht gerufen. Sie waren gekommen, als sie gehört hatten, was geschehen war. Er erzählte ihnen alles. Ihr Zorn wuchs mit jedem seiner Worte.

»Er hat zwei Menschen ermordet und sie ausbluten lassen wie geschlachtete Schweine!«, empörte sich Julien, ein Veteran der Fehde. »Was muss noch passieren, damit der Rat ihn endlich zur Strecke bringt?«

»Das Gesetz ist auf seiner Seite«, erklärte Jean. »Ich kann nichts tun. Mir sind die Hände gebunden.«

»Das Gesetz!«, rief ein anderer Schmied. »Ich glaube allmählich, das Gesetz ist dazu da, die Täter zu schützen.«

»So ist es!«, brüllten die Männer. »Recht hat er!«

»Das ist alles Poilevains Schuld!«, rief ein Schwertfeger. »Früher haben wir Schweinehunde wie Lefèvre ohne viel Federlesens am nächsten Baum aufgeknüpft. Aber seit Poilevain Richter ist, ist das Stadtgericht so zahnlos wie meine alte Mutter.«

»Poilevain ist ein Schwätzer und Rechtsverdreher«, stimmte ein Harnischmacher zu. »Im Kopf nichts als wirre Vorschriften und lateinische Phrasen, aber vom Verbrechen hat er keine Ahnung!«

Zustimmendes Geschrei hallte von den Wänden wider.

Julien stieg auf eine Kiste, das Gesicht rot vor Rage. »Lefèvre hält die Stadt seit Jahren mit seinen gottlosen Wuchergeschäften im Würgegriff. Bei der Fehde hat er Jeans Sohn und viele gute Männer in den Tod geschickt. Dann die Messe. Und jetzt das.« Er schlug mit der Faust in die Luft. »Ich sage euch: Es reicht!«

»Ja!«

»Genug ist genug!«

»Der Rat will ihn laufen lassen?«, brüllte Julien. »Nicht mit uns!«

»Nicht mit uns!«, schrien die Männer und begannen, mit den Füßen und den Schäften ihrer Schmiedehämmer aufzustampfen. »Nicht! Mit! Uns! Nicht! Mit! Uns! Nicht! Mit! Uns …!«

Jean saß reglos da, während das Gebrüll lauter und lauter wurde. Er wusste, er sollte aufstehen, sollte die Männer beruhigen … Doch dann dachte er an Alain, sah ihn vor sich, wie er sich von ihm und Adèle und Azalaïs verabschiedete, an jenem verfluchten Tag, als er mit dem Heer des Königs losgezogen war.

Nein.

Er lehnte sich zurück und ließ den Dingen ihren Lauf.

Es begann im Viertel der Schmiede, doch bald schon erfasste es auch die benachbarten Gassen. Die Schmiede hatten Freunde und Verwandte in den anderen Bruderschaften, sie erzählten den Schustern, Tischlern und Bäckern von ihrem Plan, wie ein Fieber verbreitete sich ihr Zorn in der Stadt. Als es dunkel wurde, griffen überall in Varennes Männer und Frauen nach Messern, Äxten, Forken, strömten zu den Schenken und Bruderschaftshäusern, berauschten sich am Wein, an ihrem Hass, schrien einen Namen hinaus in die Nacht.

»Lefèvre!«

»Lefèvre!«

Das Herdfeuer war fast heruntergebrannt. Rémy legte Holz nach und schürte die Glut mit dem Haken. Währenddessen erzählte Albertus von seiner Arbeit als Hauslehrer bei Victor Fébus.

»Die ältesten Söhne schlagen beide nach dem Vater. Ich sage es nicht gern, aber sie sind genauso verstockt und griesgrämig wie Victor. Bücher? Bildung? Philosophie? Wozu soll das gut sein? Damit lässt sich ja kein Geld verdienen. Wenn ich es schaffe, ihnen genug Latein beizubringen, dass sie einen Pachtvertrag lesen können, kann ich froh sein. Zum Glück ist da noch der Jüngste …«

»Olivier, richtig?«, meinte Rémy.

»Der Bursche ist klug und gelehrig – er hängt mir regelrecht an den Lippen, wenn ich von den alten Denkern erzähle. Die Regeln der Grammatik versteht er auf Anhieb. Er kann jetzt schon besser Latein als seine Brüder. Es ist eine Freude, ihm beim Lernen zuzusehen.«

Als das Feuer aufflackerte, setzte sich Rémy wieder an den Tisch und trank von seinem Bier. Albertus und er saßen beinahe jeden Abend zusammen und redeten. Der junge Wanderlehrer wohnte nach wie vor bei ihm, denn er hatte keine Unterkunft gefunden, die er sich leisten konnte – Fébus bezahlte ihn nicht eben großzügig. Rémy hatte nichts dagegen, er schätzte Albertus' Gesellschaft. Tatsächlich waren sie in den letzten Wochen Freunde geworden.

»Leider hat er es zu Hause nicht leicht«, fuhr Albertus fort. »Victor macht ihm das Leben schwer, wo er nur kann, heißt ihn einen Nichtsnutz und sagt ihm ständig, er tauge nicht zum Kaufmann. Gut, der Junge ist mitunter ein Träumer, das kann einen schon verrückt machen. Aber mit übertriebener Strenge wird man ihm das nicht austreiben. Er braucht vor allem Duldsamkeit und jemanden, der seine Fähigkeiten würdigt …«

Der Gelehrte brach ab, als sie Stimmengewirr und Geschrei vernahmen.

Mit gerunzelter Stirn öffnete Rémy das Fenster. Männer mit Fackeln marschierten an seinem Haus vorbei. Am Ende der Gasse schien sich eine Menschenmenge zu versammeln. Was die Leute riefen, konnte er nicht verstehen, doch es war nicht zu überhören, dass die Stimmung aufgeladen war.

Jemand hämmerte gegen die Tür der Werkstatt.

Sie eilten nach unten. Rémy nahm seine Armbrust, die stets griffbereit neben der Treppe lag. Er spannte und lud die Waffe, ehe er die Tür öffnete. Draußen in der Dunkelheit standen Hugo und zwei andere Schuster. Einer hielt eine Fackel, alle drei hatten sie rote Gesichter und stanken nach Bier.

»Es geht gegen Lefèvre!«, stieß Hugo hervor. »Die Schmiede

und die Zimmerleute sind auch dabei. Kommt mit, Meister Rémy. Wir brauchen Euch!«

Ohne seine Antwort abzuwarten, eilten Hugo und seine Kumpane davon.

»Lefèvre – sagt, ist das nicht dieser Wucherer?«, fragte Albertus.

»Wie ich die Sache einschätze, ist er bald ein toter Wucherer«, meinte Rémy. Er hatte gehört, Lefèvre habe ein neues Verbrechen begangen, die Rede war von kaltblütigem Mord. Die Einzelheiten kannte er nicht, doch wie es schien, hatte der Rat Lefèvre gehen lassen. Kein Wunder, dass die Leute aufgebracht waren.

Rasch legte er seinen Spanngürtel an, hängte sich den Köcher mit den Bolzen um und schritt mit Albertus zur Kapelle der Bruderschaft, wo sich die Menge zusammenrottete. Es waren rund zwei Dutzend Männer aus dem Viertel, die meisten betrunken. Sie schwenkten Waffen und Fackeln und stachelten sich gegenseitig mit zornigen Reden auf. Aus mehr als einem Gesicht sprach die Mordlust. Rémy hielt nach Gaston Ausschau. Zu seiner Erleichterung war sein Geselle nicht dabei. Nicht, dass er ernsthaft damit gerechnet hätte: Gaston war viel zu klug und zu besonnen, um sich einem gewaltbereiten Mob anzuschließen.

Da entdeckte er Jean-Pierre Cordonnier, den Obermeister der Bruderschaft, der etwas abseits im Hoftor seines Hauses stand und das Geschehen beobachtete.

»Was ist hier los?«, fragte Rémy den Schustermeister.

»Sie wollen Lefèvre an den Kragen. Die ganze Stadt ist auf den Beinen. Diesmal hat er's zu weit getrieben.«

»Willst du sie nicht zur Vernunft bringen?«

»Wieso? Der Kerl hat's verdient, dass sie ihn totschlagen. Wenn der Rat ihm nicht gewachsen ist, müssen wir uns eben selbst drum kümmern. Ich werde mich unseren Leuten jedenfalls nicht in den Weg stellen.«

»Du lässt sie mordend durch die Stadt ziehen? Ist das jetzt die Art, wie wir Gerechtigkeit ausüben?«

»Du kannst gern versuchen, sie aufzuhalten«, sagte Jean-Pierre verächtlich. »Aber erwarte nicht, dass ich dir helfe.«

Rémy ließ ihn stehen und schritt zur Menge. »Brüder, hört mich an!«, übertönte er das aufgebrachte Geschrei. »Brüder, ich bitte euch!«

Endlich hatte er die Aufmerksamkeit der Männer.

»Ich kann verstehen, dass ihr zornig seid«, begann er. »Viele von uns warten schon so lange darauf, dass Lefèvre endlich an den Galgen kommt. Was hat er unserer Stadt nicht schon alles angetan? Aber immer wieder zieht er den Kopf aus der Schlinge. Auch mich macht das wütend. Trotzdem steht es uns nicht zu, das Gesetz in die eigene Hand zu nehmen. Wenn wir hingehen und ihn erschlagen, sind wir nicht besser als er. Allein dem Rat steht es zu, ihn zu bestrafen.«

Wütendes Geschrei erhob sich.

»Aber der Rat macht nichts!«, rief Clovis, ein bulliger Seiler. »Im Rathaus sitzt ein Haufen Schlappschwänze. Von morgens bis abends reden sie klug daher, schwatzen von Recht und Gesetz, aber zupacken, wenn's angebracht ist, das können sie nicht. Wir haben es satt! Wir werden nicht tatenlos zuschauen, dass Lefèvre sich herauswindet und uns allen ins Gesicht lacht. Diesmal ist Schluss!«

»Ja!«, brüllten die Männer.

»Was also wollt ihr tun?«, fragte Rémy.

»Wir gehen zu seinem Haus und schlagen alle tot!«, schrie Clovis. »Dann ist ein für alle Mal Ruhe!«

»Alle? Auch das Gesinde?«

»Geschieht ihnen recht, wenn sie einem Wucherer und Mörder dienen!«, rief ein junger Gürtler.

»Und die Büttel, die sich euch in den Weg stellen? Werden die auch gleich umgebracht?« Rémy blickte in die Runde. »Viele Knechte Lefèvres sind einfache Männer wie ihr. Sie dienen ihm, weil sie keine bessere Arbeit finden konnten. Und seine Mägde könnten eure Schwestern sein, eure Töchter. Weshalb haben sie den Tod verdient? Erklärt mir das.«

Manch einer stierte ihn wütend an, doch niemand sagte etwas.

»Denkt doch mal nach!«, sagte Rémy heftig. »Glaubt ihr, der Rat wird es einfach hinnehmen, dass ihr euch über das Gesetz erhebt? Gleich morgen wird man die Friedensbrecher ausfindig machen und aufhängen. Und dann?« Er schaute Hugo an. »Was soll aus Eugénie werden, wenn du tot bist? Soll dein Kind ohne Vater aufwachsen?«

Der Schustergeselle senkte verlegen den Blick.

»Und du, Bruno – während du im Kerker vermoderst, wer kümmert sich um deine alte Mutter?«

»Sie können nicht alle von uns aufhängen!«, rief Bruno.

»Nein, können sie nicht. Aber wenn ihr davonkommt, klebt anschließend Blut an euren Händen. Ihr seid alle gute Männer, keine Mörder. Das Wissen um euer Verbrechen wird euch zerstören.«

Ein Schustermeister trat vor. »Du verlangst also von uns, dass wir die Hände in den Schoß legen und abwarten, bis Lefèvre wieder mordet? Das kann nicht dein Ernst sein.«

»Ich verlange nur, dass ihr die Obrigkeit ihre Arbeit tun lasst. Im Rat sitzen ausnahmslos kluge Leute – deshalb haben wir sie gewählt. Sie werden einen Weg finden, Lefèvre zur Strecke zu bringen. Vielleicht nicht heute, aber irgendwann bestimmt.«

Der Zorn der Menge hatte merklich an Schwung verloren. Rémy spürte, dass er sein Ziel fast erreicht hatte. Da sah er, wie Clovis nach einem Knüppel griff.

»Ein Schwätzer, genau wie sein Vater«, knurrte der Seiler. »Ich hör mir das nicht länger an!«

Mit gebleckten Zähnen stürmte er heran.

Ohne einen Wimpernschlag zu zögern, hob Rémy die Armbrust und schoss. Die Menge stöhnte auf. Der Bolzen traf den Knüppel und riss Clovis die Waffe aus der Hand.

»Beim nächsten Mal treffe ich deinen Arm – mein Wort drauf.« Rasch lud Rémy die Armbrust nach. »Geht nach Hause«, wandte er sich an die Menge. »Zeigen wir der Stadt, dass unsere Bruderschaft vernünftig und besonnen ist.«

Hugo und seine Kumpane waren die Ersten, die davonschlurften. Andere folgten ihrem Beispiel, und kurz darauf zerstreute sich die Menge. Clovis funkelte Rémy an und spuckte aus. Dann ging auch er.

»Das wäre deine Aufgabe gewesen«, sagte Rémy zu Jean-Pierre Cordonnier.

Der Vorsteher der Bruderschaft, sonst nie um eine kecke Bemerkung verlegen, wandte sich wortlos ab und verschwand in der Dunkelheit hinter dem Hoftor.

»Dieser Schuss … beeindruckend«, sagte Albertus. »So etwas habe ich noch nie gesehen.«

»Seid so gut und verrammelt zu Hause alle Türen und Fenster«, bat Rémy den Gelehrten. »Ich komme später nach.«

»Wo wollt Ihr hin?«

»Zu meinen Eltern. Sie wohnen in der gleichen Straße wie Lefèvre. Ich muss wissen, ob es ihnen gut geht.«

»Seid vorsichtig!«, rief Albertus ihm nach, als er die Gasse hinaufeilte.

Vom Fenster der Stube aus beobachtete Michel, wie die Menschenmenge vom Dom die Rue de l'Épicier hinaufzog. Viele trugen Waffen und Fackeln, die meisten grölten betrunken. Es mussten hundert oder mehr sein.

»Stellt Wasser bereit, falls ein Feuer ausbricht«, wies er die Hausbedienten an, die mit besorgten Gesichtern in der Stube standen. »Verrammelt die Türen, sobald ich fort bin. Und geht unter keinen Umständen auf die Straße.« Er schlüpfte in seinen Mantel.

»Was hast du vor?«, fragte Isabelle.

»Ich gehe zu Jean. Er muss diesen Wahnsinn aufhalten. Ich frage mich, warum er nicht längst eingeschritten ist.«

»Sollen sie Lefèvre doch am Marktkreuz aufknüpfen«, meinte Yves. »Wen kümmert's?«

»Und was ist mit Catherine und Felicitas?«, erwiderte Michel heftig. »Der Mob wird sie umbringen. Sie werden jeden in Lefèvres Haus totschlagen.«

»Sollen wir Euch begleiten?«, fragte Sieghart. Er und Robert Michelet wohnten bis zum Ende des Jahrmarktes bei ihnen und hatten sich mit den Bediensteten in der Stube eingefunden, als der Tumult begonnen hatte.

»Mir ist es lieber, Ihr bleibt hier und helft, das Haus zu schützen, falls sich der Aufruhr ausweitet.«

»Sei vorsichtig, ja?« Isabelle küsste ihn und drückte seine Hand, ehe er die Stufen hinuntereilte.

Inzwischen drängte sich die Menge vor Lefèvres Haus und hämmerte mit Fäusten und Werkzeug gegen die verbarrikadierte Vordertür und das Hoftor. Nachttöpfe und faules Gemüse flogen durch die Luft und zerplatzten an den Fensterläden. Es waren hauptsächlich Handwerker und Arbeiter, viele der Männer und Frauen kannte Michel als anständige und gottesfürchtige Christen. Manche von ihnen hatten Schulden bei Lefèvre, was sie gewiss in dem Entschluss bestärkt hatte, sich der Meute anzuschließen. Sich seiner Schulden zu entledigen, indem man den Gläubiger umbrachte – nach zwei Krügen Wein ein verlockender Gedanke. Dass Lefèvres Darlehensverträge stets den Passus enthielten, dass sämtliche Forderungen im Falle seines Todes auf seinen Partner in Metz übergingen, mussten diese braven Bürger in der Hitze des Gefechts vergessen haben.

Michel wagte nicht, ihnen zu nahe zu kommen. Die Stimmung war so aufgeladen, dass jeder zur Zielscheibe ihres Zorns werden konnte – auch er. Deshalb eilte er durch die Gassen um die Rue du Palais und ging von dort aus zum Rathaus.

Mehrere Stadtknechte standen an der Ecke und beobachteten den Aufruhr in der Rue de l'Épicier.

»Wo ist der Schultheiß?«, erkundigte sich Michel.

»Keine Ahnung«, sagte einer der Männer. »Hab ihn nicht gesehen.«

»Zu Hause«, meinte ein anderer.

»Ruft die restlichen Männer und treibt die Leute auseinander«, befahl Michel.

Die Büttel rührten sich nicht vom Fleck.

»Worauf wartet ihr?«, schnarrte er.

Der Wortführer der Büttel grinste herausfordernd. »Tut mir leid, Herr Bürgermeister, aber ich wüsste nicht, was wir da machen könnten. Die Leute trinken und feiern doch nur ein wenig. Kein Grund, sie zu behelligen. Nicht wahr, Freunde?«

Auch die anderen Stadtknechte rührten sich nicht von der Stelle.

»Ich werd nicht mein Leben riskieren, um einen Mörder und Wucherer zu retten«, meinte einer frech.

»Das werde ich mir merken!« Michel ließ die Männer stehen und eilte über den Domplatz. Die aufgebrachte Menge hatte einige Marktstände umgeworfen, aber ansonsten keine größere Verwüstung angerichtet. Die Patrizier hatten dennoch Fenster und Türen verrammelt und sich in ihren Häusern verkrochen. Michel traf keine Menschenseele, als er zum Schmiedeviertel lief.

»Jean, ich bin es, Michel. Bitte lasst mich herein!« Er pochte gegen die Tür, bis seine Knöchel schmerzten.

Schließlich öffnete ihm Adèle. Ihr Gesicht war verweint.

»Was ist?«, fragte sie harsch.

»Ich muss mit Jean sprechen. Lass mich zu ihm, bitte.«

Widerwillig machte Adèle ihm Platz. Michel eilte die Treppe hinauf und fand Jean in der Stube, wo er auf einem Stuhl saß und versonnen ein klobig geschmiedetes Messer betrachtete.

»Wieso seid Ihr nicht bei Euren Männern? Habt Ihr nicht gesehen, was da draußen los ist?«

»Das hat Alain gemacht.« Jean rieb mit seinem schwieligen Daumen über den Messergriff. »Sein erstes Messer. Er war zehn Jahre alt, als er es schmiedete, aber es ist schon recht gut, nicht wahr? Manche Gesellen bekommen das mit sechzehn nicht besser hin. Ich habe es all die Jahre aufgehoben. Ich wollte es ihm schenken, wenn er dereinst seinen Meister gemacht hat.«

Michel musste sich zusammenreißen, seinen alten Freund nicht anzuschreien. »Ich verstehe Euren Schmerz. Wirklich, das tue ich. Als damals mein Bruder ermordet wurde, fühlte ich genauso. Aber Ihr dürft nicht zulassen, dass der Hass Euch beherrscht. Das ist Lefèvre nicht wert. Tut Eure Pflicht, Jean, ich flehe Euch an. Befehlt Euren Männern, diesen Irrsinn zu beenden, bevor es Mord und Totschlag gibt.«

»Und den Mörder meines Sohnes schützen?« Jean blickte ihm erstmals in die Augen. »Nein.«

»Zum Teufel mit Lefèvre. Mir geht es um seine Knechte und Mägde, um Catherine und Felicitas. Wollt Ihr, dass der Mob sie abschlachtet?«

Caboche gab keine Antwort, senkte den Blick, streichelte wieder das Messer.

»Bitte, Jean. Ihr habt geschworen, den Frieden in unserer Stadt zu schützen.«

Adèle trat neben ihren Mann, legte ihm die Hand auf die Schulter. »Wir wollen endlich Rache für Alain«, sagte sie. »Wenn du das schon nicht verstehen kannst, dann lass uns wenigstens in Ruhe.«

Michel begriff, dass er hier nichts ausrichten konnte. Jean war in seinem Hass gefangen, nichts und niemand würde ihn heute dazu bringen, das Haus zu verlassen. »Gott schütze Euch«, sagte er nur. »Hoffentlich weist er Euch bald einen Weg aus der Dunkelheit.«

Als er auf die Straße trat, vernahm er Lärm, der von Norden kam. Von einer bösen Vorahnung erfüllt, folgte er den Geräuschen und gelangte ins Viertel der Zimmerleute, Tischler und Dreher. Gebrüll und das Bersten von Holz hallten durch die Gassen. Schatten zuckten im Fackelschein.

Nein. O Gott, nein.

Michel spähte um die Ecke. Eine zweite Menschenmenge hatte Poilevains Haus gestürmt, die Türen aufgebrochen, Knechte und Mägde auf die Straße getrieben und erschlagen. Reglose Körper lagen im Schmutz, Tische und Kleidertruhen flogen aus den Fenstern, die Betrunkenen johlten.

Poilevain hatte man am Dachgeschoss aufgeknüpft. Er hing am Lastkran, ein schwarzes Bündel, das zappelte und zuckte wie eine Gliederpuppe, ehe es schließlich erschlaffte.

Lefèvre hörte die dumpfen Schläge bis hinauf in seine Schreibstube. Er brauchte nicht aus dem Fenster zu schauen, um festzustellen, dass die Meute sein Anwesen umstellt hatte. Alle Fluchtwege waren blockiert, und es war nur eine Frage der Zeit, bis der Pöbel ins Haus gelangen würde. Wenn er mit heiler Haut davonkommen wollte, musste er sich beeilen.

Er packte den Eisenring an der Seite der Truhe und versuchte, sie aus der Kammer zu ziehen. Ohne Erfolg – sie war zu schwer. Mit einem hässlichen Fluch auf den Lippen fischte er den Schlüssel aus dem Kragen seines Gewands, schloss die Kiste auf und nahm die dickste Geldkatze an sich. Dann ließ er den Deckel zufallen und eilte nach unten.

Seine Hausbedienten hatten sich im Saal versammelt, trugen furchtsame Gesichter zur Schau und zuckten jedes Mal zusammen, wenn ein Wurfgeschoss gegen die Fensterläden prallte.

»Worauf wartet ihr?«, schnarrte Lefèvre. »In den Eingangsraum mit euch, na los. Haltet sie auf, wenn sie die Tür aufbrechen. Nehmt euch Waffen und stecht sie ab, oder muss ich euch Beine machen?«

Weder Knechte noch Mägde rührten sich von der Stelle.

»Verdammte Feiglinge! Ich sollte euch züchtigen allesamt!« Lefèvre umklammerte die Geldkatze und rannte die vordere Treppe hinunter. Die Eingangstür erzitterte unter einem weiteren Stoß. Nicht mehr lange, und die Angeln würden aus dem Mauerwerk brechen. Er riss die kleine Tür unter den Stufen auf, stieg hinab ins Warenlager, öffnete die Geheimtür, schlüpfte hindurch, schloss sie mit geübten Handgriffen hinter sich. Augenblicklich verstummte der Lärm. Er stand allein in der Dunkelheit.

Lefèvre fand sich in seinem verborgenen Keller blind zurecht. Er legte die Geldkatze auf einen Tisch, ertastete die Zunderbüchse und einen Kienspan, machte Licht.

Setzte sich auf einen Stuhl und wartete.

Die Männer schwangen die Bank wie eine Ramme und schmetterten sie wieder und wieder gegen die Tür. Eine Weile hielt das Holz stand, aber dann gab es unter dem Jubel der Menge nach. Julien, der Schmied, drang als Erster in Lefèvres Haus ein, gefolgt von den anderen Betrunkenen.

Keine Spur von Michel, Jean, den Stadtknechten.

Isabelle beschloss zu handeln. Sie wandte sich vom Fenster ab und sagte zu den Bediensteten: »Kommt. Wir müssen Catherine und Felicitas da rausholen.«

»Aber der Herr hat gesagt, wir sollen nicht auf die Straße gehen«, meinte ein junger Knecht.

»Ich weiß, was er gesagt hat. Aber wenn wir nichts tun, ergeht es Catherine und Felicitas schlecht.«

»Ich komme mit Euch«, bot Sieghart an.

»Nein. Ihr seid unser Gast – ich will nicht, dass Ihr Euch in Gefahr begebt. Ihr bleibt hier. Ich bestehe darauf«, fügte sie hinzu, als der junge *fattore* widersprechen wollte.

Im Eingangsraum bewaffneten sich Yves, Louis und die anderen beiden Männer mit Knüppeln und Äxten. Isabelle schob sich einen kurzen Dolch hinter den Gürtel und befahl den Mägden, die Tür hinter ihnen zu verrammeln, bevor sie mit den Knechten auf die Rue de l'Épicier trat.

Die Straße vor Lefèvres Anwesen bot ein Bild der Verwüstung. Überall lagen Tonsplitter und Unrat, es stank nach saurem Wein, Rauch und Exkrementen. Gut ein Drittel der Menge befand sich mittlerweile im Haus, Isabelle hörte sie brüllen und Möbel zerschlagen. Die restlichen Männer und Frauen blieben draußen, weil sie zu betrunken oder zu feige waren, und jubelten jedes Mal, wenn es drinnen krachte.

Im zweiten Stock wurde ein Fenster aufgerissen. »Nein, nein, bitte«, flehte ein Knecht, bevor man ihn hinausstieß. Wenige Schritte von Isabelle schlug er auf dem Boden auf mit einem widerwärtigen fleischigen Geräusch. Er röchelte, seine Hand kroch über den Boden, als wolle er sich irgendwo festhalten. Dann starb er.

Isabelle starrte die Leiche an, musste sich zwingen, sich loszureißen. Sie konnte nichts für den armen Kerl tun. Sie musste weiter. Weiter.

»Mutter!« Rémy kam auf sie zu, in der Hand seine Armbrust. »Was macht ihr hier draußen? Geht wieder ins Haus.«

»Wir müssen Felicitas und Catherine retten.«

»Wo ist Vater?«

»Bei Jean Caboche.«

»Ich helfe euch. Aus dem Weg!«, fuhr Rémy mehrere Betrunkene an, die vor der Tür herumstanden. Als die Männer nur dümmlich grinsten, stießen er, Yves und Louis sie zur Seite, und Isabelle betrat mit der Hand am Dolch den Eingangsraum.

Nichts als Chaos und Zerstörung. Männer wühlten in den Kisten und Fässern, schlitzten Tuchballen und Säcke auf. Vom Hof kamen die Schreie einer Magd.

»Wo finden wir sie?«

Isabelle erinnerte sich, dass Michel davon gesprochen hatte,

Lefèvre halte Catherine und Felicitas in einer Dachkammer fest. »Die Treppe hinauf.«

Zuckendes Fackellicht erfüllte den ersten Stock. Im Gang lag ein regloser Knecht, Blut strömte aus einer klaffenden Kopfwunde. Drei Bäckergesellen rissen das silberne Kruzifix von der Wand des Gesellschaftssaales, stopften Leuchter in die Säcke, durchsuchten die Truhen. Auch die Küche wurde geplündert.

»Lefèvre!«, rief jemand. »Komm raus, du Hund. Zeig dich!« Axthiebe spalteten Holz. Etwas zerbarst krachend.

Mit der Armbrust im Anschlag ging Rémy voraus. Zwei Körper lagen auf der hinteren Treppe. Isabelle hoffte beinahe, dass es sich bei einer der Leichen um Lefèvre handelte. Doch es waren nur Tagelöhner, denen man die Schädel zertrümmert hatte. Im zweiten Stock wüteten die Plünderer sogar noch schlimmer. Sie zerschlugen Stühle, rissen Wandteppiche herunter, raubten alles, was irgendwie von Wert war. Lefèvres Schreibstube glich einem Trümmerfeld. Zwei rotgesichtige Frauen wuchteten eine Kiste zum Fenster und kippten den Inhalt hinaus. Dutzende Schuldscheine flatterten durch die Luft. Draußen jubelte die Menge.

Auf dem Gang kam ihnen Julien entgegen, das Gesicht rot und verschwitzt, in der Faust einen Knüppel. Rémy hielt ihn am Arm fest.

»Mach, dass dieser Wahnsinn aufhört, ich bitte dich. Sag den Leuten, sie sollen nach Hause gehen. Auf dich hören sie.«

Julien glotzte ihn an, schien ihn gar nicht zu erkennen. Dann riss er sich los und stampfte in die Stube.

»Lefèvre!«, brüllte er. »Wo zum Teufel steckst du?«

Hass erfüllte die Luft wie ein übler Gestank, Isabelle konnte kaum noch atmen. Es dauerte eine Weile, bis sie die Stiege zum Dachgeschoss fand, denn sie lag in einem dunklen Winkel hinter einer schmalen Tür. Oben angekommen, pochten

Isabelle und Rémy an die verschiedenen Türen, die von der Treppe abgingen.

»Felicitas! Catherine!«, rief sie. »Seid ihr da drin?«

Eine dünne Stimme, leise, verängstigt: »Frau Isabelle. Seid Ihr das?«, fragte Felicitas.

»Ja! Ich komme euch holen.«

Die Tür war verschlossen, natürlich. Yves und Louis warfen sich dagegen und brachen sie schließlich auf. In einer engen Kammer, nicht viel wohnlicher als eine Kerkerzelle, standen Felicitas und Catherine, in dünne Nachtgewänder gekleidet, die Gesichter blass und verweint.

»Bei allen Erzengeln«, stammelte Felicitas, »was geschieht da draußen?«

»Ein Mob, der Lefèvre umbringen will«, sagte Isabelle. »Schnell. Zieht euch etwas an. Wir bringen euch fort. Beeilt euch!«

Ihr Befehlston riss die beiden Frauen aus ihrer Erstarrung. Rasch zogen sie sich Kleider und Schuhe an und folgten ihnen die Treppe hinab.

Draußen torkelten ihnen zwei Betrunkene entgegen. »Sieh mal einer an«, lallte der größere, »so viele schöne Frauen …« Catherine keuchte auf, als der Mann sie am Arm packte. Doch Rémy war bereits zur Stelle und rammte ihm den Kolben der Armbrust ins Zwerchfell. Der Kerl fiel zu Boden, der andere wich taumelnd zurück, der Weg war frei.

Isabelle, Rémy und die Knechte nahmen die Frauen in die Mitte und führten sie nach Hause.

Kein Geräusch drang in den unterirdischen Keller. Nichts, das ihm verriet, was oben vor sich ging. Lefèvre musste sich auf sein Gespür verlassen. Er zählte die Minuten, die Stunden. Als es Morgen sein musste, schob er sich einen Dolch hinter den Gürtel, nahm eine zweite Klinge in die Hand und öffnete die Geheimtür.

Die Plünderer hatten das Warenlager verwüstet, die Kisten zerschlagen und alles von Wert mitgenommen. Blasses Licht fiel durch die offene Kellertür auf die Steinstufen.

Niemand zu sehen.

Stille.

Mit zusammengebissenen Zähnen ging er hinauf, warf einen Blick in jede Kammer. Der Mob hatte nichts als Verwüstung zurückgelassen. Zertrümmerte Möbel, zerrissene Teppiche – sein Haus war ein einziges Schlachtfeld. Die Hausbedienten hatte man erschlagen allesamt. Ihre Körper lagen im Saal, in den Gängen, auf den Treppen. Lefèvre stieß einen Knecht mit dem Fuß an. Er regte sich nicht.

Am schlimmsten sah es im zweiten Obergeschoss aus. Von seinem Bett, den Tischen und Stühlen war nur noch zersplittertes Holz übrig. Flüche und Beschimpfungen zierten die Wände, mit Kaminasche und dem Blut seiner Bediensteten hingeschmiert. Die Truhen in seiner Schreibstube hatten sie aufgebrochen, das Geld war fort bis auf den letzten Denier. Er hörte Stimmen und spähte aus dem Fenster. Unten standen zwei Stadtknechte, begafften das Haus, lachten. Wandten sich ab und gingen davon, stapften über die Schuldscheine, die vor der Tür im Dreck lagen.

Lefèvre rammte seinen Dolch in die Überreste des Schreibpults, lehnte sich gegen eine Wand und kniff die Lippen zu einer schmalen Linie zusammen.

Sie hatten Felicitas und Catherine in zwei Gästekammern untergebracht. Isabelle sorgte dafür, dass es ihnen an nichts fehlte. Beiden Frauen ging es den Umständen entsprechend gut, sah man davon ab, dass Catherine bisher kein einziges Wort gesprochen hatte.

»Es liegt nicht an Euch«, erklärte ihre Mutter beim Morgenbrot. Catherine hatte sich vor einigen Stunden hingelegt und schlief noch. »Wenn sie könnte, würde sie Euch hundertfach danken für alles, was Ihr für uns getan habt. Aber sie ist verstummt seit… jenem unseligen Tag.«

Isabelle vermutete, dass Felicitas den Tag meinte, an dem Renouart gestorben war und Lefèvre sie zurück nach Varennes geholt hatte. »Was ist geschehen? Hat Lefèvre ihr Gewalt angetan?«

Felicitas kniff die Lippen zusammen und wich ihrem Blick aus. Diese einst so stolze Edelfrau wirkte auf sie wie eine verängstigte zwölfjährige Maid.

»Ihr müsst es uns sagen«, bat Michel sie eindringlich. »Wenn Lefèvre ein Verbrechen begangen hat, müsst Ihr ihn beim Rat anzeigen.«

»Er kommt doch ohnehin jedes Mal ungeschoren davon«, murmelte Felicitas.

»Diesmal nicht.«

»Wir werden nie wieder über das sprechen, was dort im Wald geschehen ist. Vielleicht hilft Gott meinem Kind, es eines Tages zu vergessen.«

Isabelle warf Michel einen warnenden Blick zu, als er nachhaken wollte. Er war feinfühlig genug, auf sie zu hören.

»Lefèvre hat uns verboten, das Haus zu verlassen«, sagte Felicitas. »Ich war noch nicht an Renouarts Grab. Morgen möchte ich es besuchen.«

»Ich fürchte, das wird nicht möglich sein«, erwiderte Isabelle behutsam. »Ihr könnt nicht in Varennes bleiben. Noch leckt Lefèvre seine Wunden, aber bald schon wird er sich fragen, wo Ihr steckt. Wenn er herausfindet, dass Ihr bei uns seid, wird er Euch zurückfordern. Ihr müsst die Stadt verlassen. Am besten schon morgen in aller Früh.«

»Meine Knechte werden Euch nach Speyer bringen«, sagte Michel. »Ihr könnt in meiner Handelsniederlassung wohnen. Sieghart wird für Euch und Eure Tochter sorgen und Euch vor Lefèvre schützen, für den unwahrscheinlichen Fall, dass er nach Speyer kommt, um Euch zu holen.«

»Wäre es nicht einfacher, sie reisen mit mir und meinen Schwurbrüdern zurück nach Speyer?«, fragte Weiß. »Ein großer Handelszug kann ihnen mehr Schutz bieten.«

»So lange können wir nicht warten«, erwiderte Isabelle. »Ihr kennt Lefèvre nicht. Glaubt mir, es ist am sichersten, sie verlassen Varennes so bald wie möglich.«

Felicitas hatte angefangen zu weinen. Sie senkte den Blick, während die Tränen über ihre Wangen rannen.

»Michel und ich werden an Eurer Stelle zu Renouarts Grab gehen und für seine Seele beten«, sagte Isabelle. »Jede Woche, Ihr habt mein Wort.«

»Renouart«, flüsterte Felicitas mit erstickter Stimme. »Mein Renouart. Warum musste er sterben?«

Sie vergrub das Gesicht in den Händen. Isabelle nahm sie in die Arme.

Zur Sext trat der Rat zusammen. Es erschienen nur zehn Männer. Poilevains Platz blieb leer. Caboches ebenfalls.

»Wurde inzwischen Lefèvres Leiche gefunden?«, fragte Le Roux.

»Er hat überlebt«, sagte Michel. »Ich habe ihn heute Morgen gesehen.«

»Dieser Schweinehund«, murmelte Le Masson. »Dieser verdammte Mistkerl.«

»Ich sage euch, die Gerüchte sind wahr«, meinte der Vorsteher der Metzger. »Er hat magische Kräfte. Er steht mit dem Teufel im Bunde. Sonst hätten sie ihn gekriegt.«

»Unsinn«, erwiderte Duval. »Wahrscheinlich hat er sich irgendwo auf dem Dachboden verkrochen und gewartet, bis alles vorbei ist.«

»Sie haben das ganze Haus vom Keller bis zum Dach durchwühlt. Wenn er sich nur versteckt hätte, hätten sie ihn gefunden. Nein. Da waren böse Mächte im Spiel. Er hat sich unsichtbar gemacht, ich sag's euch …«

»Hört auf damit, das bringt uns nicht weiter«, sagte Michel. »Wir müssen nun schleunigst den Frieden wiederherstellen. Ich will, dass die Rädelsführer gefunden und vor Gericht gestellt werden. Wir können es nicht dulden, dass das Stadtvolk das Gesetz in die eigene Hand nimmt.«

»Damit ist es nicht getan«, fügte Tolbert hinzu. »Jean hat den Dingen seinen Lauf gelassen, statt entschlossen zu handeln, wie es seine Aufgabe gewesen wäre. Damit hat er aufs Schändlichste seine Pflichten verletzt. Ich sage es nicht gern, aber unter diesen Umständen kann er nicht mehr unser Schultheiß sein.«

Mehrere Ratsherren nickten. Michel musste sich eingestehen, dass sie recht hatten, wenngleich es ihm schwerfiel. Jean war sein Freund seit vielen Jahren. Aber was er getan hatte, war unentschuldbar. Dafür musste er die Verantwortung tragen.

»Am besten teilen wir ihm unsere Entscheidung gleich mit.« Duval wandte sich an den Stadtschreiber. »Setzt eine Nachricht auf und schickt einen Boten zu Jean.«

»Nein, ich möchte es ihm persönlich sagen«, erklärte Michel. »Ich gehe später zu ihm.«

Als Nächstes bestimmten sie einen neuen Schultheißen. Nur Bertrand Tolbert stellte sich zur Wahl – er bekam die Stimmen aller Anwesenden. Seine bisherigen Ämter, die Marktaufsicht und die Leitung des städtischen Zolls, gab er an René Albert und den Obermeister der Metzger ab.

»Angesichts der Aufgaben, die vor uns liegen, benötigen wir außerdem dringend einen neuen Richter«, sagte Duval. »Ich möchte mich zur Wahl stellen.«

Auch er bekam neun von zehn möglichen Stimmen. Er selbst enthielt sich.

»Die Statuten verlangen, dass diesem Rat zu jeder Zeit zwölf Männer angehören – zwölf Ratsherren für die zwölf Apostel Jesu«, sagte Michel. »Es mag hartherzig klingen, aber wir müssen deshalb so schnell wie möglich einen Ersatz für Soudic finden.«

»Der arme Mann ist noch nicht einmal unter der Erde«, bemerkte Le Masson. »Hat das nicht Zeit bis nach seiner Bestattung?«

»Glaubt mir, nichts wäre mir lieber. Aber nächste Woche ist die Messe. Wir müssen jetzt Stärke und Geschlossenheit zeigen, damit die Gäste nach den Ereignissen der letzten Nacht nicht den Eindruck gewinnen, wir hätten die Lage nicht im Griff.«

Deforest nickte. »Ich denke, wir können davon ausgehen, dass Soudic es so gewollt hätte.«

»Bei der Wahl im Sommer hat Philippe de Neufchâteau knapp einen Sitz im Rat verfehlt«, sagte Duval. »Nach den Statuten würde er für Soudic nachrücken.«

»Benachrichtigt ihn«, wies Michel den Stadtschreiber an. »Er soll sich zur Vesper im Dom einfinden, um seinen Amtseid zu leisten.«

»Jemand sollte mit den auswärtigen Kaufleuten sprechen, sie beruhigen und ihnen versichern, dass ihnen keine Gefahr droht«, gab Tolbert zu bedenken. »Nicht, dass sie vor lauter Angst wieder abreisen und überall herumerzählen, in Varennes herrsche das Faustrecht.«

»Das übernehme ich.« Michel wandte sich an Deforest. »Helft Ihr mir?«

»Natürlich.«

Die Glocken des Doms begannen zu läuten. Einige Männer runzelten verwundert die Stirn.

»Ich habe vorhin mit dem Domkapitel gesprochen«, erklärte Michel. »Sie wollen für die Opfer der vergangenen Nacht eine Messe lesen.«

Als die Ratsherren kurz darauf zur Kathedrale schritten, sonderten sich Michel und Duval von den anderen ab.

»Ich bin verwirrt«, sagte der neu gewählte Richter. »Wolltet ihr dem Rat nicht zwei Zeugen präsentieren?«

»Ich habe meine Meinung geändert«, erklärte Michel einsilbig. »Es wird keine Zeugen geben.«

»Wie das?«

»Die vergangene Nacht hat mir gezeigt, was geschieht, wenn sich Einzelne über das Gesetz erheben. Chaos und immer neue Verbrechen sind die Folge. Das kann nicht unser Weg sein.«

Duval lächelte. »Eine gute Entscheidung.«

Michel nickte nur, als sie die Treppe vor dem Domportal emporstiegen.

Zum ersten Mal seit vielen Jahren wurde an einem Werktag in Jean Caboches Schmiede nicht gearbeitet. Jean hatte seine Meister, Gesellen und Lehrlinge nach Hause geschickt und ihnen befohlen, erst nächste Woche wiederzukommen. Anschließend hatte er sich hingesetzt, einen Krug Bier getrunken und seine Werkstatt betrachtet. Wann war hier das letzte Mal richtig aufgeräumt worden? Es musste Jahre her sein. Er nahm sich einen Besen und fegte die einzelnen Gebäude aus. Es tat ihm gut. Es half ihm, seine aufgewühlten Gedanken zu ordnen.

Jean wusste, was geschehen würde. Er wollte nicht warten, bis sie kamen und ihm sagten, er habe seinen Amtseid verletzt und könne kein Schultheiß mehr sein. Er setzte sich hin und schrieb eine kurze Nachricht. Darin erklärte er, er lege sein Amt als Schultheiß von Varennes-Saint-Jacques nieder und verzichte auf seinen Sitz im Rat.

Anschließend rief er einen seiner Lehrjungen und reichte ihm das Pergament. »Bring das zum Rathaus und gib es dem Bürgermeister.«

Der Bursche eilte davon, wandte sich nach einigen Schritten jedoch noch einmal um. »Es war richtig von Euch, gestern nicht einzugreifen. Das sagen alle.«

Jean nickte nur. Als der Junge fort war, betrat er eine der Werkstätten und holte seinen größten Schmiedehammer, ein wahres Monstrum von einem Werkzeug. Die Muskeln an seinen Armen schwollen, als er den Hammer anhob.

»Was hast du vor?« Adèle stand im Hof und rieb sich die Arme, als würde sie frieren.

»Etwas, das ich schon längst hätte tun sollen.«

Sie hielt ihn nicht auf, versuchte nicht, es ihm auszureden. Ging nur zu ihm hin und hauchte ihm einen Kuss auf die Wange.

»Ich liebe dich«, flüsterte sie. »Mehr als mein Leben. Vergiss das nie.«

Er zog ein neu geschmiedetes Schwert aus einer Tonne und schritt, den Hammer geschultert, die Grand Rue hinab, vorbei an den Leuten, die stehen blieben und ihn anstarrten. Es weilten nicht viele Menschen auf den Straßen an diesem Nachmittag, denn die meisten Bürger waren zur Messe im Dom gegangen. Doch die wenigen, die ihn sahen, gingen ihm nach, und als er den Marktplatz erreichte, folgte ihm eine ganze Menschentraube, darunter auch einige Stadtknechte.

Vor Lefèvres Haus blieb er stehen. Die Leute bildeten einen Halbkreis hinter ihm, verstummten, warteten.

»Anseau!«, brüllte er zu den Fenstern hinauf. »Zeigt Euch!«

Es dauerte nicht lange, bis die Vordertür aufschwang. Lefèvre erschien und bedachte die Menge mit einem verächtlichen Blick.

»Was soll das? Schon wieder ein wütender Mob? Habt Ihr Euch entschieden, den Pöbel diesmal persönlich anzuführen, Caboche?«

»Ich fordere Euch zum Zweikampf. Euer Leben gegen das meines Sohnes, wie es in der alten Zeit üblich war.« Jean warf Lefèvre das Schwert zu. Der Geldverleiher fing es am Griff.

»Das ist doch lächerlich. Ich kämpfe nicht gegen einen Greis.«

»Euch wird nichts anderes übrig bleiben. Denn der Greis ist gekommen, um Euch zu töten.«

Jean griff an, schwang seinen Hammer, sodass sich Lefèvre mit einem Sprung zur Seite retten musste. Der Hammer schmetterte gegen den Türrahmen und schlug einen Brocken aus dem Mauerwerk. Die Menge stöhnte auf.

»Das ist ein Fehler, Caboche«, zischte Lefèvre. »Ihr seid mir im Kampf nicht gewachsen. Keiner in dieser Stadt ist das.«

Der zweite Hammerschlag traf den Boden. Lefèvre entging ihm mit knapper Not, tänzelte einige Schritte zurück und brachte sich in Verteidigungsstellung.

»Ist das alles?«, höhnte er. »Ihr seid so langsam wie ein Buckliger mit Hinkefuß. Euer Tod wird schnell und schmachvoll sein – mein Wort darauf.«

Die Mienen der Stadtknechte waren hart und voller Zorn. Zwei wollten ihre Schwerter ziehen, um Jean zu Hilfe zu kommen, doch er schüttelte den Kopf.

Lefèvre ging nicht zum Gegenangriff über. Er ließ ihn kommen, vielleicht weil er Jean müde machen wollte. Jean tat ihm den Gefallen nicht. Er wog den Hammer in den Händen und teilte sich seine Kräfte gut ein, indem er nur angriff, wenn er glaubte, Lefèvre zu einem Fehler verleiten zu können.

Aber Lefèvre machte keinen Fehler. Jeden Hieb wehrte er ab, indem er sich im letzten Moment wegdrehte oder den Hammer mit dem Schwert parierte. Einem weniger fähigen Fechter hätte Jean längst die Waffe aus der Hand geschlagen, doch Lefèvre verstand sich darauf, die Wucht des Hammers so abzuleiten, dass er kaum etwas davon spürte. Was Jean ihm an Erfahrung und Körperkraft voraushatte, machte er durch Schnelligkeit und überlegene Kampfkunst wett.

Sie umkreisten einander, täuschten Finten an, führten Streiche gegen Arme, Beine und Kopf ihres Gegners, ohne ihn zu verwunden. Hammer und Schwert trafen einander klirrend, trennten sich wieder, zischten erneut durch die Luft. Anfangs hatten die Stadtknechte und die anderen Zuschauer Jean noch angefeuert, inzwischen jedoch waren sie verstummt und beobachteten gebannt den Zweikampf auf der Rue de l'Épicier.

Jean war stark, zäh und ausdauernd wie kaum ein anderer Mann in Varennes, doch sein Alter machte sich schließlich bemerkbar. Sein Atem ging schwer, seine Muskeln schmerzten, seine Hiebe verloren an Schwung. Lefèvre machte sich seine Erschöpfung zunutze und griff an, immer schneller, immer wirkungsvoller. Jean wich Schritt um Schritt zurück, hielt den Hammer mit beiden Händen und fing die Schwerthiebe mit dem eisenharten Schaft auf. Trotzdem konnte er nicht verhindern, dass er bald aus einem halben Dutzend kleiner Schnitte blutete.

Er musste bald einen entscheidenden Treffer landen, sonst würde er verlieren. Als Lefèvre nach einem Angriff für einen winzigen Augenblick um sein Gleichgewicht rang, machte er einen Ausfallschritt und schwang den Hammer in einem weiten Bogen. Das erwies sich als Fehler. Lefèvre hatte diese Bewegung vorausgesehen, wirbelte herum, sodass der Schlag ihn verfehlte, und stach von der Seite zu. Die Schwertspitze bohrte sich in Jeans Oberarm, schlitzte Stoff, Haut und Fleisch auf. Jean brüllte vor Schmerz und wich zurück, Lefèvre setzte sofort nach und deckte ihn mit einer Serie von blitzschnellen Streichen ein, denen er nur mit äußerster Mühe ausweichen konnte.

Blut strömte aus der Wunde, er spürte, dass sein Arm erlahmte. Er dachte an Alain und an Adèles Trauer, spürte dem Schmerz in seiner Seele nach, verwandelte ihn in Zorn, der ihm neue Kraft verlieh. Über seine Lippen kam ein beinahe tierhaftes Brüllen, als er nach vorne stürzte und Lefèvre mit wuchtvollen Hammerschlägen zurücktrieb.

»Passt auf!«, keuchte einer der Büttel.

Die Warnung kam zu spät. Lefèvre trat in den Unrat auf der Straße und schleuderte ihm eine Ladung Staub und Dreck entgegen. Jean gelang es gerade noch, den Kopf wegzudrehen, damit der Unrat nicht seine Augen traf. Einen halben Herzschlag lang war er abgelenkt, Lefèvre nutzte die Gelegenheit und stieß ein zweites Mal zu. Heißer Schmerz durchbohrte Jeans Brust dicht unter dem Schlüsselbein. Als der Geldverleiher die Klinge zurückzog, spritzte Blut aus der Wunde.

»Ich habe es mir anders überlegt, Caboche. Ich werde Euch nicht schnell töten, sondern langsam und qualvoll. Ihr sollt krepieren wie ein Hund – wie Euer geliebter Sohn vor Amance.« Aus Lefèvres Grinsen sprach der nackte Wahnsinn.

Der Hammer erschien Jean plötzlich schwer wie ein Mühlstein. Er ließ ihn fallen, taumelte zurück, griff nach dem Messer an seinem Gürtel. Seine Rechte wollte ihm nicht mehr gehorchen, die Finger rutschten ab und bekamen den Messergriff nicht zu fassen. Lefèvre versetzte ihm einen Tritt in den Magen. Jean stürzte zu Boden, versuchte sich hochzustemmen. Vergeblich. Der Geldverleiher stellte ihm einen Stiefel auf die Brust und trieb ihm ganz leicht die Schwertspitze in die Armwunde, sodass Jean vor Schmerz brüllte.

»Hört auf, ihn zu quälen!«

Mehrere Büttel machten einen Schritt nach vorne und verharrten, als Lefèvre ihnen drohend das Schwert entgegenhielt.

»Ich warne euch. Dem Ersten, der mir zu nahe kommt, schlage ich den Kopf ab.«

Alain, dachte Jean. *Alain. Alain.* Irgendwo fand er einen letzten Rest Kraft in sich, zückte sein Messer und stieß es Lefèvre über dem Knie ins Bein. Der Geldverleiher heulte auf und zuckte zurück, Jean hielt ihn am Gewand fest und rammte ihm die Klinge in die Hüfte, wo sie vom Knochen abglitt und das Fleisch aufschlitzte. Lefèvre fiel und verlor sein Schwert, Jean wälzte sich auf ihn und stach erneut zu. Diesmal traf er seinen Gegner irgendwo an der Schulter, ehe Lefèvre ihm einen Faustschlag versetzte und ihm das Messer abnahm. Die Klinge blitzte auf, Jean rollte sich zur Seite, spürte jedoch noch, dass sie ihn am Brustkasten traf.

Er lag im Staub, atmete unregelmäßig, schmeckte Blut. Lefèvre griff nicht noch einmal an. Jean drehte den Kopf und sah den Geldverleiher ein paar Schritte neben sich liegen, keuchend, blutüberströmt.

»Holt einen Medicus!«, rief jemand. »Schnell, einen Medicus!«

Hände ergriffen Jean, hoben ihn hoch, legten ihn auf einen Karren. Wolken zogen über ihm dahin wie riesige graue Untiere, ehe ihm die Sinne schwanden.

Lefèvre kroch von Caboche fort, kroch zu seinem Haus, versuchte sich am Türrahmen hochzuziehen. Heißer Schmerz durchzuckte seinen Leib, er spürte das Blut über seine Haut strömen. Irgendwie gelang es ihm, sich aufzurappeln. Alles verschwamm vor seinen Augen. Nein. Er durfte nicht das Bewusstsein verlieren. Er hatte die Mordlust in den Augen der Büttel gesehen – wenn er hier liegen blieb, war er so gut wie tot.

Er musste fort. Brauchte einen Wundarzt. So schnell wie möglich. Schaffte er es bis zur Grand Rue? Er musste es schaffen. Er biss die Zähne zusammen, ließ die Mauer los, taumelte zur Seite. Hob sein Schwert auf, verlor das Gleichgewicht und wäre beinahe gefallen. Stieß die Klinge in den Straßenstaub, stemmte sich daran hoch, ging weiter. Die Menge wich zurück, machte ihm furchtsam Platz, als wäre er ein Aussätziger.

Keiner folgte ihm. Gut. Das Schwert wie eine Krücke benutzend, schleppte er sich weiter, Schritt für Schritt, während sein Blut zu Boden troff.

Die Stadtknechte brachten Jean zu einem Heiler in der Unterstadt. Zur gleichen Zeit schleppte sich Lefèvre zu einem Feldscher nahe der Abtei Longchamp und brach in dessen Hof zusammen.

Beide Wundärzte waren erfahrene Männer, sie taten ihr

Bestes. Sie bereiteten den Verletzten ein Lager, schnitten ihre Kleider auf, stillten die Blutungen. Sowohl Jean als auch Lefèvre hatten längst das Bewusstsein verloren, doch das machte die Arbeit nur leichter. Keine Schmerzensschreie, kein wildes Zucken beim Nähen der Wunden.

Beide hatten schwere Verletzungen erlitten und viel Blut verloren. Beide rangen mit dem Tod. Die Wundärzte wachten an ihren Lagern, besprachen Schnitte und Stiche mit heiligem Segen, wechselten regelmäßig die Verbände. Flößten ihnen Kräutertrünke ein und Mohnsaft, wenn sie vor Schmerz aufstöhnten.

So vergingen die Stunden. Der Abend wich der Nacht. Als die Glocken zur Matutin riefen, öffnete einer der Verletzten die Augen.

Der andere starb.

Dutzende waren dem Läuten der Sterbeglocke gefolgt, Freunde, Nachbarn, Männer der Bruderschaft. Sie standen im Hof und im Saal des Hauses, wo man Jean aufgebahrt hatte, umgeben von brennenden Kerzen. Azalaïs, ihr Mann und die Kinder waren da, Jeans Geschwister mit ihren Familien, mehrere Ratsherren und Männer der Gilde – sie alle erwiesen Jean die letzte Ehre und weinten mit Adèle, während der Priester Psalmen sang und das Weihrauchfass über dem Leichnam schwenkte.

Michels Kehle war rau und eng, als Isabelle, Rémy und er den Saal betraten. Beim Anblick des toten Freundes überwältigte ihn die Trauer. Man hatte Jean gewaschen und in ein Leichenhemd gekleidet, das seine Wunden verbarg. Seine Augen waren geschlossen, aber sein Gesicht war keineswegs friedlich: Schmerz und Seelenqual hatten sich in seine Züge eingegraben.

Er hatte Alain nicht rächen können. Sein Tod war vergebens, und das hatte er gewusst. Tränen rannen Michel über die Wangen.

Er ging zu Adèle, die er kaum erkannte. In ihrem Schmerz hatte sie sich das Gesicht zerkratzt und das Gewand zerrissen. Bleich und reglos stand sie am Totenbett und hielt Jeans Hand. Er musste daran denken, wie sie vor vielen, vielen Jahren um einen anderen Jean getrauert hatte, um Michels Bruder, den ebenfalls ein gewaltsamer Tod aus dem Leben gerissen hatte. Er umarmte sie, doch Adèle schien es kaum zu spüren. Weder ließ sie Jeans Hand los, noch nahm sie den Blick von seinem Gesicht.

Michel war, als halte er eine steife Puppe in den Armen. Er suchte nach den richtigen Worten, aber alles, was ihm einfiel, war das, was Henri gestern zu ihm gesagt hatte: *Es war ein Zweikampf nach den alten Regeln. Jean hat ihn angefangen, Lefèvre hat sich nur verteidigt, dafür gibt es viele Zeugen. Wir können nichts tun. Nichts.*

Wenigstens Isabelle machte es besser. Sie ergriff Adèles Hand und flüsterte ihr etwas zu, woraufhin Adèle leise zu weinen begann und sich von ihr über das Haar streichen ließ.

Michel wusste nicht, wie lange er am Totenbett stand, bis schließlich die Glocken der Pfarrkirche zu läuten begannen. Vier Männer von der Bruderschaft betteten Jean auf eine Bahre und trugen ihn aus dem Saal, gefolgt von Adèle, Azalaïs, Isabelle, Michel und all den anderen. Der Priester ging voraus und besprengte Jeans letzten Weg mit Weihwasser. Ein Ministrant trug das Kreuz, ein zweiter schwenkte das Weihwasserbecken. An der Hausschwelle setzten die Schmiede die Bahre dreimal ab, wie es Sitte war.

Draußen schlossen sich ihnen die übrigen Trauernden an, in den Gassen strömten weitere herbei, sodass sich der Pfarrkirche schließlich ein Trauerzug aus vielen Hundert Menschen näherte. Die meisten mussten vor dem Kirchenportal warten, denn das kleine Gebäude bot nur Platz für Jeans Familie, seine engsten Freunde und die Mitglieder seiner Bruderschaft, die sich um die Bahre im Chor versammelten, während der Priester die Totenmesse las.

Michel hielt Isabelles Hand und lauschte den Klängen des Requiems, das er in seinem Leben schon zu oft gehört hatte. Wie viele Freunde, wie viele Verwandte musste er noch zu Grabe tragen? Mit einem Mal fühlte er sich alt. Alt und müde.

Irgendwann war die Messe zu Ende, und man trug Jean hinaus auf den Kirchhof, wo der Totengräber bereits ein Grab ausgehoben hatte. Worte wurden gesprochen und der Leichnam mit Weihwasser benetzt, bevor man ihn in das Leichentuch hüllte. Vorsichtig ließ man ihn in die Grube hinabgleiten, der Priester zeichnete mit der Rechten ein Kreuz in die Luft und ergriff die Schaufel. Während der Messe war Adèle gefasst gewesen, doch als die Erdkrumen auf Jean hinabrieselten, weiteten sich ihre Augen vor Entsetzen. Sie riss sich von Azalaïs und Isabelle los, warf sich neben dem Grab auf die Erde und schrie, bis ihr die Stimme versagte.

»Wann kann ich aufstehen?«, krächzte Lefèvre.

»Allerheiligen«, antwortete der Wundarzt mürrisch, während er im Kerzenschein die Verbände wechselte. »Frühestens.«

»Das muss schneller gehen.«

»Ihr seid schwer verletzt – Ihr könnt von Glück sagen, dass Ihr noch am Leben seid. Wenn Ihr das Lager zu früh verlasst, werden die Wunden wieder aufbrechen. Wollt Ihr das?«

Lefèvre sparte sich eine Antwort.

»Ihr werdet tun, was ich sage, oder ich kann für nichts garantieren«, meinte der Wundarzt. »Hier. Trinkt das. Das hilft gegen die Schmerzen.«

Der Mohnsaft war so stark, dass er zu wirken begann, kaum dass der Heiler die kleine Kammer verlassen hatte. Die Schmerzen verschwanden, aber auch alle anderen Empfindungen. Lefèvre war, als treibe er gelähmt in einem schwarzen Ozean.

Er musste eingeschlafen sein, denn als er die Augen aufschlug, war es nicht mehr dunkel. Tageslicht fiel durch das kleine Fenster, und er vernahm die Geräusche der Grand Rue. Wie lange lag er bereits in diesem Bett? Gewiss mehrere Tage, aber er konnte sich irren – der Mohnsaft trübte jegliches Zeitgefühl. *Ob der Jahrmarkt schon begonnen hat?*

Er versuchte, seine Lage zu durchdenken – vergeblich, seine Gedanken waren viel zu träge.

Erst am nächsten Morgen, als er etwas Brotsuppe gegessen hatte, fühlte er sich klarer im Kopf. Er weigerte sich, seinen Mohnsaft zu trinken, scheuchte den Wundarzt hinaus und betrachtete mit zusammengekniffenen Augen das helle Viereck des Fensterschlitzes. Es dauerte nicht lange, bis sich die brennende Pein in seinen Gliedern zurückmeldete. Er ertrug sie. Besser Schmerzen als dieses totengleiche Dahindämmern im Nebel.

Es stand nicht gut um ihn. Die Plünderer hatten sein Haus verwüstet und fast seine gesamten Reichtümer geraubt. Seine Bediensteten waren tot. Zu allem Überfluss musste er einen Medicus bezahlen. Eine derart aufwendige und langwierige Behandlung war gewiss nicht für ein paar Sous zu haben.

Sieh den Tatsachen ins Auge, Anseau: Du bist ruiniert.

Nun, nicht ganz. Er hatte immer noch seinen Grundbesitz und zahlreiche offene Forderungen aus verschiedenen laufenden Darlehen. Mit den Zahlungen seiner Pächter und Schuldner kam er wohl über die Runden und konnte neue Bedienstete einstellen und sein Haus neu einrichten. Die grenzenlose Unabhängigkeit und der fürstliche Luxus jedoch waren vorerst dahin.

Aber das war nicht einmal das Schlimmste. Dass er hier lag wie ein altersschwacher Greis, ans Bett gefesselt, zur Untätigkeit verdammt – das war es, was ihn schier zur Weißglut trieb. Draußen vor den Toren hielt Fleury seine verdammte Messe ab und ließ sich als Wohltäter feiern – und er konnte nichts dagegen tun.

Ein unangenehmer Gedanke stieg in ihm auf. Was, wenn der Wundarzt gelogen hatte? Wenn er mit Fleury unter einer Decke steckte und ihm regelmäßig Mohnsaft einflößte, damit er die Messe verschlief? Wenn er, Lefèvre, gar nicht so schwer verwundet war, wie der Kerl behauptete?

Es gab nur einen Weg, das herauszufinden.

Umständlich schlug er die Decke zur Seite, stellte einen Fuß auf den Boden und schrie beinahe auf, als der Schmerz heißen Blitzen gleich durch seinen Oberschenkel zuckte. Er biss die Zähne zusammen und richtete sich auf. Es war ganz einfach: Wenn er das verletzte Knie belasten konnte, konnte er auch laufen. Mühsam schwang er das unversehrte Bein aus dem Bett und setzte sich auf die Kante des Lagers. So weit, so gut. Zwar fühlte er sich ganz trunken und wirr im Kopf, aber ein Anfang war gemacht.

»Hoch mit dir«, presste er hervor, hielt sich am Bettrahmen fest und richtete sich auf.

Schmerz und Schwindel trafen ihn wie ein Faustschlag. Beinahe hätte er das Bewusstsein verloren. Es gelang ihm gerade noch, sein Gleichgewicht so zu verlagern, dass er rücklings aufs Bett fiel, nicht auf den Boden. Während er keuchend um Atem rang, sah er, dass sich auf dem Knieverband ein dunkler Fleck ausbreitete.

»Heiler!«, krächzte er. »Komm her, verdammt. Heiler! Heiler!«

Die Tür flog auf. Der Wundarzt erfasste mit einem Blick, was geschehen war. Mit einer Zornesfalte zwischen den Augenbrauen eilte er zum Bett, legte Lefèvre richtig hin und begann sofort, den Verband aufzutrennen.

»Ich habe schon viele Männer behandelt – aber keiner war so stur und dumm wie Ihr!«, schimpfte er. »Habe ich nicht gesagt, Ihr müsst liegen bleiben? Jetzt ist die Wundnaht aufgebrochen. Wollt Ihr unbedingt verbluten?«

Er wusch das Blut ab, hielt das Bein fest und zückte Nadel

und Faden. »Das wird jetzt sehr wehtun, aber das habt Ihr Euch selbst zuzuschreiben.«

Diesmal gelang es Lefèvre nicht, die Zähne zusammenzubeißen. Als sich die Nadel in sein geschundenes Fleisch bohrte, hörte man sein Geschrei bis hinauf zur Abtei Longchamp.

Zwei Tage lang suchten Bertrand Tolbert und Henri Duval nach den Rädelsführern des Aufruhrs. Nachdem sie zahlreiche Zeugen befragt hatten, stand fest, dass hauptsächlich die Männer der Schmiedebruderschaft für die Ereignisse jener Nacht verantwortlich waren, sowie die Zimmerleute und die Bäcker aus den benachbarten Vierteln. Mitgemacht hatten außerdem einige Weber, Schneider und Tagelöhner sowie das übliche Gesindel, das stets zugegen war, wenn das Bier in Strömen floss und die Fäuste flogen. Dass der Aufruhr nicht auch die übrigen Bruderschaften erfasst hatte, war allein der Führungsstärke ihrer Obermeister und der Besonnenheit einzelner Männer wie Rémy zu verdanken, die ihren Brüdern ausgeredet hatten, sich der mordlüsternen Meute anzuschließen. Viel hatte jedoch nicht gefehlt, dass ganz Varennes im Chaos versunken wäre.

Über dreißig Friedensbrecher wurden verhaftet und zum Hungerturm gebracht. Der Rat machte ihnen sogleich den Prozess. Julien von den Schmieden und sechs weitere Männer wurden gehängt. Die übrigen wurden geächtet und aus der Stadt verbannt. Auch die Stadtknechte, die Michel den Befehl verweigert hatten, erfuhren keine Gnade: Duval wies den Scharfrichter an, sie am Schandpfahl festzuschließen und mit der Rute zu züchtigen.

Nachdem man die Strafen vollstreckt hatte und der Frieden wiederhergestellt war, zog sich Michel in seine Amtsstube zurück. Nach den aufwühlenden Ereignissen der letzten Tage wollte er allein sein. Es gab vieles, über das er nachdenken musste.

Leider war ihm das nicht vergönnt: Keine Stunde später erschien Tolbert. »Ich habe einige Männer angewiesen, Soudics Haus aufzuräumen«, sagte der neue Schultheiß. »Seht, was sie gefunden haben.«

Er reichte Michel ein Stück Pergament. Obwohl es an einer Seite angesengt war, konnte man die Schrift noch lesen, wenigstens den größten Teil davon. Es handelte sich um einen Schuldschein. Poilevain hatte sich vor über zwei Jahren von Lefèvre die stattliche Summe von zweihundertzwanzig Pfund Silber geliehen und mit dem Wucherer vereinbart, das Geld in Raten zurückzuzahlen, zu ähnlichen Bedingungen wie seinerzeit Renouart.

Michel lehnte sich zurück. Er dachte an das viele Salz, das Poilevain vor zwei Jahren gekauft hatte; an Soudics plötzlichen Reichtum. Endlich wusste er, auf welche Weise der Richter zu Geld gekommen war.

»Das lässt die ganze Angelegenheit in einem völlig neuen Licht erscheinen«, bemerkte Tolbert.

»Inwiefern?«

»Wenn Soudic derart hoch verschuldet war, hatte Lefèvre ihn bis zuletzt in der Hand.«

Michel rieb sich die müden Augen. Die Trauer um Jean machte ihm zu schaffen, und das Denken fiel ihm schwer. »Ich weiß nicht, Bertrand ... Das ist Lefèvres Exemplar des Schuldscheins – da steht es. Soudic muss das Darlehen bereits zurückgezahlt haben. Andernfalls hätte Lefèvre ihm kaum seine Kopie überlassen.«

»Wenn die Schulden beglichen wurden, wieso versucht er dann, den Schuldschein zu vernichten? Warum legt er ihn nicht einfach ins Hauptbuch, wo er hingehört?«

»Die Brandspuren können alles Mögliche bedeuten. Vielleicht hat er Feuer gefangen, als die Meute Soudics Haus verwüstete.«

»In jener Nacht ist aber kein Feuer ausgebrochen«, widersprach Tolbert. »Ich vermute viel mehr, er war gerade dabei, den Schuldschein zu verbrennen, als die Leute sein Haus erstürmten. Sie griffen ihn in der Schreibstube an, er ließ den Schuldschein fallen, und die Flammen erloschen, als das Pergament unter das Pult rutschte.«

Michel blickte den Schultheißen lange an. »Und wieso verbrennt man einen Schuldschein? Doch nur, wenn man Beweise vernichten will. Niemand sollte je von diesem Geschäft erfahren.«

»Denn es war kein gewöhnliches Darlehensgeschäft. Es musste unbedingt geheim gehalten werden. Lefèvre hatte ihm nämlich die restlichen Schulden erlassen.«

»Eine beträchtliche Summe, die Soudic nicht zurückzahlen konnte, weil er gerade mehrere geschäftliche Rückschläge erlitten hatte.«

Tolbert nickte. »Also hat er mit Lefèvre einen neuen Handel abgeschlossen. Seine Schulden gegen einen kleinen, aber entscheidenden Hinweis.«

»Bei Gott!«, flüsterte Michel.

»Leider sind das alles nur Vermutungen ohne praktischen Wert«, sagte der Vorsteher der Stadtbauern. »Dieses halbverbrannte Stück Pergament wird jedenfalls kaum ausreichen, Lefèvre doch noch die Morde an Chrétien und Namus nachzuweisen. Aber wenigstens wissen wir jetzt, wer uns verraten hat.«

Als Tolbert gegangen war, nahm Michel den Schuldschein in die Hand, betrachtete Poilevains Unterschrift und fragte sich, was einen Mann dazu trieb, sich ohne jede Not von Lefèvre Geld zu leihen. Soudic musste doch gewusst haben, dass ein Geschäft mit dem Wucherer einem Pakt mit dem Teufel glich: Man konnte dabei nicht gewinnen.

Du warst Kaufmann, Ratsherr, Richter. Du hattest doch alles: Geld, Ansehen, Einfluss. Wieso war dir das nicht genug?

Er fand keine Antworten auf seine Fragen.

Am nächsten Morgen begann der Jahrmarkt.

In jener Nacht tat Sieghart Weiß kein Auge zu. Seit Stunden lag er wach und sorgte sich um die Messe. Würde sie diesmal gelingen? War der nächtliche Aufruhr vor vier Tagen ein schlechtes Omen? Nichts deutete darauf hin. Anders als vor zwei Jahren hatte es im Vorfeld der Messe keinerlei Zwischenfälle gegeben. Kein Kaufmann war bei der Anreise überfallen worden. Die Herberge war nicht abgebrannt. Lefèvre war ans Bett gefesselt und konnte nichts tun. Aber was hieß das schon? Der Jahrmarkt konnte trotzdem scheitern. Während Sieghart sich von einer Seite des Bettes auf die andere wälzte, fielen ihm immer neue Unglücke ein, die ihnen die Geschäfte verderben würden. Unwetter, Hochwasser, Krankheiten.

Dabei war es gar nicht seine Art, sich mit Sorgen und Bedenken zu quälen. Im Grunde besaß er ein sonniges Gemüt und blickte stets zuversichtlich in die Zukunft. Allerdings hatte er nie zuvor solche Verantwortung getragen. Er hatte seine Gilde überzeugt, zur Messe im fernen Varennes zu reisen – ihn würde man daher für schlechte Geschäfte und anderes Unheil zur Rechenschaft ziehen. Das hatte ihm Ludolf Retschelin gestern noch einmal unmissverständlich dargelegt.

Sie werden mich aus der Gilde verstoßen, dachte er. *Fortjagen werden sie mich, in Schimpf und Schande.*

Als er es nicht mehr ertrug, schlug er die Decke zur Seite und setzte sich auf. *Hör auf damit. Nichts wird geschehen. Es wird eine großartige Messe werden.*

Sieghart kleidete sich an, verließ seine Kammer und stieg hinab in den Hof. Ganz Varennes schien noch zu schlafen. Er atmete die kühle Nachtluft ein, betrachtete den Sternenhimmel und wartete auf den Morgen.

Isabelle rieb sich die Arme, während sie ihren Blick über die benachbarten Zelte und Verkaufsstände schweifen ließ. Es war ein sonniger, aber kalter Herbstmorgen, der Nebel auf dem Messegelände hatte sich eben erst verflüchtigt. In ihrem Rücken stapelten sich Salzfässer, Kisten mit Wachs und Säcke voller Gewürze sowie die Handelsgüter, die ihre *fattori* mitgebracht hatten: Getreide, Eisenwaren und Färberkrapp aus Metz, Tuchballen, Frankenweine und gepökelter Stör aus Speyer. Robert Michelet und Sieghart Weiß standen neben ihr und waren genauso angespannt wie sie. Sieghart bemühte sich redlich, sich seine Müdigkeit nicht anmerken zu lassen. Aber dem armen Kerl war anzusehen, dass er vor Aufregung die ganze Nacht nicht geschlafen hatte. Aufmunternd lächelte Isabelle ihm zu.

Just in diesem Moment läuteten die Glocken zur Terz. Die Kaufleute an ihren Ständen wurden unruhig. Isabelle reckte den Kopf und sah, dass die Stadtknechte auf dem freien Platz im Zentrum des Messegeländes soeben das Marktkreuz aufrichteten. Als der letzte Glockenschlag verklungen war, stieg Michel auf das kleine Podest neben dem Kreuz und rief: »Die Messe von Varennes-Saint-Jacques ist hiermit eröffnet!«

Jubel aus vielen Hundert Kehlen brandete über das weite Gelände. Die Stadtknechte öffneten die Absperrungen, woraufhin Scharen von Menschen zu den Marktständen strömten.

»Auf gute Geschäfte«, sagte Isabelle und schüttelte Robert und Sieghart die Hand.

Kurz darauf war die Morgenluft erfüllt vom Geschrei der Händler und dem Klimpern der Silbermünzen.

»Erstaunlich, was Eure Stadt geleistet hat«, sagte Albertus, als Rémy und er am Nachmittag über die Messe schlenderten.

Auch Rémy war beeindruckt – der Rat hatte sich wahrhaftig selbst übertroffen. Das Geschehen war viel besser organisiert als vor zwei Jahren. Die Brunnen wurden ständig bewacht, die neue Herberge ebenso. An jeder Ecke standen Aufseher und Stadtknechte und sorgten dafür, dass jedermann den Marktfrieden achtete. Freiwillige Helfer unterstützten sie dabei. Die Gänge zwischen den Buden, Zelten und Warenstapeln waren fast doppelt so breit wie beim letzten Mal, was das Gedränge verringerte und Beutelschneidern das ehrlose Handwerk erschwerte. Henri Duval schritt mit zwei Gerichtsdienern von Stand zu Stand, stellte sich den auswärtigen Kaufleuten als Richter vor und griff sofort ein, wenn es irgendwo Streitigkeiten gab.

Auch die Stimmung war merklich besser. Die Leute lachten, plauderten miteinander und erfreuten sich an den vielfältigen und exotischen Waren; es wurde gefeilscht, geschachert und getauscht, was das Zeug hielt. Ganze Wagenladungen Salz, Tuche und Eisenerz wechselten stündlich den Besitzer. Münzen funkelten in der Herbstsonne, während sie in die Schatullen der Händler prasselten.

»Wahrlich beeindruckend«, sagte Albertus, als er das bunte Treiben beobachtete. »Das lässt doch Gutes für die Schule erhoffen, nicht wahr?«

Rémy lächelte verhalten. »Abwarten, Albertus«, sagte er nur. Insgeheim jedoch war er zuversichtlich, was die Schule betraf. Die anwesenden Kaufleute machten allem Anschein nach gute Geschäfte. Wenn das die kommenden Markttage so blieb, würde sich die Messe für ganz Varennes bezahlt machen. Dann hatte der Rat endlich keine Ausreden mehr, warum er Albertus nicht einstellen konnte – immer vorausgesetzt, dass er trotz des Verzichts auf Zölle und Standgebühren genügend Steuern einnehmen würde. Von daher war es für allzu überschwängliche Freude zu früh. Zumal der Jahrmarkt gerade erst angefangen hatte.

Sie machten verschiedene Besorgungen. Albertus kaufte sich neue Schuhe, Rémy brauchte Material für die Werkstatt. Glücklicherweise gab es auf der Messe schlicht alles. Rasch fand er einen Händler, der günstiges Pergament anbot, und nur eine Gasse weiter einen Stand, wo es Schreibwerkzeug und Pigmentpulver zum Herstellen von Malfarben gab. Bei den Metzer Gilden, die Rüstzeug und Waffen aller Art feilboten, kaufte er außerdem zwei Ersatzsehnen für seine Armbrust, ein Bündel Bolzen sowie einen neuen Spannhaken, denn sein alter würde nicht mehr lange halten.

Als sie nach Hause schlenderten, ging es bereits auf den Abend zu. Auf dem Salzmarkt kam ihnen Gaston entgegen.

»Gut, dass Ihr da seid, Meister. Ich wollte Euch gerade holen. Ihr habt Besuch.«

»Wer ist es?«

»Ein Bote. Sein Herr heißt Villard de Gerbamont. Er wartet in der Werkstatt.«

Von Neugier getrieben, beschleunigte Rémy seine Schritte. Vor seinem Haus war ein Pferd angebunden und trank aus einem Eimer. Der Reiter, ein junger Waffenknecht, saß drinnen und ruhte sich von der Reise aus. Dreux hatte ihm bereits einen Becher Wein gegeben.

»Meister Rémy?« Der Soldat stellte den Kelch hin und erhob sich.

Rémy nickte. »Ihr wünscht?«

»Mein Herr ist vor einigen Tagen gestorben. Kurz vor seinem Tod bat er mich, Euch dies zu geben.«

»Villard ist gestorben?«, murmelte Rémy, während er den gefalteten Brief entgegennahm. Gaston, Dreux und Albertus bekreuzigten sich.

»Er war schwer krank. Seit Michaeli hat sich sein Zustand täglich verschlechtert. Zuletzt war er so schwach, dass er nicht mehr ohne Hilfe das Bett verlassen konnte. Deshalb war sein Tod keine Überraschung für uns. Trotzdem ist unsere Trauer groß. Er war ein guter Herr, gerecht und gottesfürchtig an jedem Tag seines Lebens.« Der Schmerz in den hellen Augen des jungen Mannes war echt.

Rémy ließ sich auf einen Stuhl sinken. Er wusste nicht, was er sagen sollte. Er hatte den alten Villard nur ein einziges Mal getroffen – und doch umschloss eine eigentümliche Traurigkeit sein Herz. Als hätte er einen langjährigen Freund verloren.

»Es war ihm sehr wichtig, dass Ihr diesen Brief bekommt«, sagte der Waffenknecht. »Bitte öffnet ihn.«

Rémy brach das Wachssiegel und las die Zeilen. Die Nachricht war ein Testament, eine schriftliche Verfügung über Villards Erbe. Rémy hatte so etwas noch nie gesehen. Testamente wurden ausschließlich von hochwohlgeborenen Herrschaften benutzt. Bei der städtischen Bürgerschaft konnten sie sich bislang nicht durchsetzen.

Der kurze Text in lateinischer Sprache war unmissverständlich: Villard vermachte ihm seine gesamte Bibliothek, all seine Bücher, Codices und Folianten. Das Testament schloss mit Villards Segen und der Bitte, Rémy möge die Handschriften so schnell wie möglich abholen.

Darunter befand sich ein Zitat von Seneca: *Der Tod, was ist er? Das Ende oder ein Übergang. Ich fürchte beides nicht.*

Der alte Ritter hatte tatsächlich Wort gehalten. *Nehmt sie für Eure Schule. Die Gewissheit, dass sie anderen von Nutzen sein werden, wird mir das Sterben erleichtern.*

Als Rémy sich an Villards Worte erinnerte, verspürte er einen Kloß im Hals. Er räusperte sich, fuhr sich flüchtig mit der Hand über das Gesicht und wandte sich an Gaston und Dreux.

»Ich muss für einige Tage fort. Bitte kümmert euch so lange um die Werkstatt.«

Gerbamont

Rémy ließ den Ochsenwagen, den er sich von seiner Bruderschaft geliehen hatte, vor den Stallungen des Ritterguts stehen und ging hinüber zum Wohngebäude. Es war ein grauer, dunkler Herbsttag; im Saal flackerten Kerzen, in den beiden Kaminen brannten Feuer. Nur zwei Männer waren da. Sie standen auf verschiedenen Seiten eines Tisches, auf dem mehrere Waffen lagen, und stritten geräuschvoll miteinander.

»Du kannst sagen, was du willst – die Schwerter bekomme ich. Das Testament ist eindeutig.«

»Ist es eben nicht! Das versuche ich dir doch die ganze Zeit zu erklären, du Hornochse. Den Zweihänder vom Kreuzzug hat er mit keinem Wort erwähnt. Deshalb fällt er unter die ›übrige bewegliche Habe‹ und gehört folglich mir, so wie sein Panzerhemd.«

»Er hat ihn nicht erwähnt, weil er ihn vergessen hat. Er war nicht mehr ganz bei Sinnen, als er das Testament diktierte. Du hast ihn doch gesehen, verdammt noch eins! Jetzt lass uns seinen Letzten Willen so auslegen, wie es sein mutmaßlicher Wunsch gewesen wäre. Diese Wortklauberei ist töricht und dieses Hauses unwürdig, Bruder.«

»Ach ja? Als es um die Pferde ging, hat dich sein ›mutmaßlicher Wunsch‹ auch nicht interessiert. ›Da steht es schwarz auf weiß‹, hast du gesagt. ›Schwarz auf weiß!‹ Aber das war keine Wortklauberei, was?«

»Hör dich reden. Er ist noch keine Woche unter der Erde, und du schacherst um seinen Nachlass wie ein Fischweib. Du solltest dich was schämen.«

»Ich habe damit nicht angefangen!«

»Also bin ich schuld, oder wie darf ich das verstehen?«

»Ich war jedenfalls nicht derjenige, der versucht hat, das Testament vor dem Kaplan zu verstecken.«

»Das habe ich nie getan. Hör auf, diese Lügen zu verbreiten!«

»Du nennst mich einen Lügner? Sag das noch mal, und du wirst es bereuen!«

»Willst du dich mit mir schlagen?«

»Nur zu gern!«

Die beiden Männer waren drauf und dran, zu den Schwertern auf dem Tisch zu greifen. Erst als Rémy sich geräuschvoll räusperte, bemerkten sie ihn. Beide verharrten in der Bewegung und starrten ihn an.

»Gott zum Gruße, ihr Herren«, sagte er. »Ich nehme an, ihr seid Robert und Savary, Villards Söhne?«

»Wer will das wissen?«, schnarrte Savary, der jüngere der beiden.

»Meister Rémy aus Varennes-Saint-Jacques. Ich war ein Freund Eures Vaters.«

»Vater hatte keine Freunde«, sagte Robert unwirsch, während er seinen Bruder beobachtete. Erst als Savary die Hand von den Schwertern zurückzog, ließ auch er von den Waffen ab. »Von einem Meister Rémy hat er nie gesprochen.«

»Ich habe ihn erst kurz vor seinem Tod kennengelernt – möge er in Frieden ruhen. Ich hatte ihn vor einigen Wochen besucht, um seine Bibliothek zu besichtigen.«

»Was wollt Ihr?«, fragte Savary voller Argwohn.

»Villard hat mich in seinem Letzten Willen berücksichtigt. Er hat mir seine Bücher vermacht.«

Die beiden Ritter hörten davon zum ersten Mal, nach ihren verblüfften Gesichtern zu schließen.

»Das kann nicht sein«, sagte Savary. »Wir sind seine einzigen Erben.«

»Außer uns hat er nur die Abtei Remiremont begünstigt«, fügte Robert hinzu. »Sie bekommt zwei Silberleuchter und etwas Geld. Von Büchern ist nirgendwo die Rede.«

Beide Brüder waren hochgewachsen und breitschultrig und unverkennbar Villards Nachkommen: dieselben harten Gesichtszüge, dieselben Augen. Doch damit endete die Ähnlichkeit mit dem alten Villard auch schon. Weder Robert noch Savary hatten etwas Feinsinniges an sich. Sie waren tumbe Kriegsmänner, ohne jede Spur der Gelehrsamkeit ihres Vaters. Rémy erinnerte sich, wie Villard gesagt hatte, Savary könne kaum richtig lesen. Tatsächlich erweckte der stiernackige Ritter den Eindruck, er könne ohne Landkarte nicht einmal den eigenen Hintern finden.

»Er ließ mir eine Nachricht zukommen.« Rémy zog das

Testament hinter seinem Gürtel hervor. »Hier steht es mit Brief und Siegel. Seht – erkennt Ihr seine Schrift?«

Savary riss ihm das Testament aus der Hand. Denkfalten, fett wie Nacktschnecken, wölbten sich an seiner Stirn, als er das Dokument studierte. Stumm formten seine Lippen die Worte.

»Gebt es mir zurück«, forderte Rémy, doch der Ritter ignorierte ihn.

»Es ist tatsächlich seine Schrift«, bemerkte Robert, der seinem Bruder über die Schulter schaute.

»Dieser Fetzen ist eine Fälschung«, erklärte Savary entschieden, »eine dreiste und überaus schändliche dazu.«

Er warf das Testament ins Kaminfeuer.

Mit einem Fluch auf den Lippen stürzte Rémy vor, um das Pergament aus den Flammen zu retten, doch Savary hielt ihn fest.

»Dankt dem Herrn, dass wir Euch für diesen frechen Betrug nicht nackt auf einen Esel binden und durchs Dorf prügeln. Jetzt verschwindet. Wir wollen Euch hier nie mehr sehen.«

Rémy schluckte seinen Zorn herunter. Mit Drohungen und Beschimpfungen kam er hier nicht weiter. Bei Kerlen wie Robert und Savary führten List und Klugheit eher zum Ziel. »Wir sind doch vernünftige Männer. Ich bin sicher, wir können uns irgendwie einigen. Um ehrlich zu sein, brauche ich nur eine Handvoll Bücher aus der Bibliothek Eures Vaters. Lasst sie mich mitnehmen. Die übrigen – den Löwenanteil – könnt Ihr behalten. Im Gegenzug verzichte ich darauf, Euch dem Herzog zu melden, weil Ihr Villards Letzten Willen missachtet«, fügte er hinzu, als sich Savarys Gesicht verfinsterte.

»Ihr könnt nichts beweisen«, sagte der Ritter.

»Ich habe eine Kopie des Testaments angefertigt und zu Hause sicher verwahrt«, log Rémy. »Denkt daran, ich bin Buchmaler – ich weiß, wie so etwas geht. Der Herzog wird keinen Unterschied erkennen. Wollt Ihr es wirklich darauf ankommen lassen, vor dem Vasallengericht als Lügner und Erbschleicher dazustehen?«

»Ihr seid ein dreckiger, kleiner …«

»Die Bücher, die ich haben will, sind kaum etwas wert«, fuhr Rémy fort. »Gebundenes Pergament, mehr nicht. Keine Miniaturen, keine vergoldeten Einbände, nichts. Ich finde, das ist ein geringer Preis dafür, dass ich Euch eine Klage erspare.«

Bevor Savary einen Schwall Flüche und Beleidigungen ausstoßen konnte, sagte sein leidlich klügerer Bruder: »Wir können doch ohnehin nichts mit diesem Plunder anfangen. Jetzt lass ihn schon seine Bücher holen, damit er Ruhe gibt.«

»Aber ich werde genau aufpassen, dass er uns nicht hintergeht!«, schnaubte Savary und stampfte zum Turm des Anwesens.

Die Bibliothek hatte sich nicht verändert, seit Rémy den alten Villard besucht hatte. Beim Anblick der Handschriften und Codices wurde ihm schwer ums Herz. Dieser Turm war Villards Zuflucht gewesen, sein Heiligtum, die Bücher seine Freunde. Und nun fielen sie seinen geistlosen Söhnen in die Hände, die nicht einmal wussten, welch ein Schatz des Wissens hier lagerte. Rémy war froh, dass Villard dies nicht mit ansehen musste. Es hätte ihm das Herz gebrochen.

Savary baute sich an der Tür auf, verschränkte die Arme vor der Brust und beobachtete Rémy mit Argusaugen. Rémy gab vor, sich für eine Ausgabe der *Consolatio philosophiae* von Boethius zu interessieren. Wenngleich das Buch prunkvoll gestaltet war, hatte es keinen besonderen Wert für ihn, denn er besaß längst eine Kopie davon.

»Ihr habt gesagt, nur wertlose Bücher!«, schnappte Savary. »Das bleibt hier. Versucht ja nicht, mich zu betrügen.«

Rémy machte ein enttäuschtes Gesicht und wandte sich der *Etymologiae* des Isidor von Sevilla zu. Da die Bände schmucklos und schlicht, ja beinahe schäbig aussahen, hatte Savary nichts dagegen, dass er sie an sich nahm. *Armer Dummkopf,* dachte Rémy, als er die Bücher neben der Tür auf den Tisch legte.

»Das reicht«, sagte der Ritter. »Sechs Bücher sind genug.«

»Nur die beiden noch.« Rémy griff nach *De brevitate vitae* von Seneca. Sie hatte Villard viel bedeutet, weswegen er das Bedürfnis hatte, sie von diesem tristen Ort des Ungeistes zu retten. Das zweite Buch, das er an sich nahm, war das *Liber ignium*, das Buch des Feuers. Er hatte zwar keine rechte Verwendung dafür, doch wenn der Codex bei ihm zu Hause herumlag und Staub ansetzte, wäre das immer noch besser, als wenn er Robert und Savary in die Hände fiele. »Sie haben keinerlei Verkaufswert. Seht selbst.«

Savary betrachtete die beiden Folianten mit gerunzelter Stirn. Abermals ließ er sich von der einfachen Machart täuschen. »Werdet glücklich damit. Jetzt nehmt Eure Bücher und seht zu, dass Ihr verschwindet. Mein Bruder und ich sind in Trauer. Wir haben keine Zeit für dahergelaufenes Lumpenpack wie Euch.«

Draußen verstaute Rémy die Bücher auf seinem Wagen und stieg auf. Ehe er losfuhr, wandte er sich noch einmal um und betrachtete das Haus, den Turm, die Lesekammer im obersten Stock. »Ruht in Frieden, Villard. Legt da oben ein gutes Wort für meine Schule ein. Ich könnte ein wenig Hilfe gebrauchen.«

Er trieb den Ochsen an und fuhr durch das Tor.

Varennes-Saint-Jacques

Auch am zweitletzten Abend des Jahrmarkts blieb Michel auf dem Messegelände, bis der letzte Kaufmann seine Waren verstaut und sich zu den Schenken in der Stadt aufgemacht hatte. Als sich die Wiese schließlich geleert hatte, gab er den Nachtwächtern letzte Anweisungen, bevor er bei Einbruch der Dunkelheit zum Salztor schlurfte.

Er konnte sich nicht erinnern, wann er das letzte Mal so erschöpft gewesen war. Die letzte Woche war hart gewesen. Jeden Tag hatte er sich von früh bis spät um die auswärtigen Kaufleute gekümmert, ihren Sorgen und Nöten gelauscht und versucht, wenn möglich Abhilfe zu schaffen, sodass sie zufrieden ihren Geschäften nachgehen konnten. Dazwischen hatte er Isabelle am Stand geholfen. Allmählich forderte der ständige Einsatz seinen Tribut, zumal er jede Nacht höchstens vier Stunden geschlafen hatte. Mit jeder Faser seines Körpers sehnte er sich nach seinem Bett.

Dafür hatten sich die Mühen mehr als gelohnt. Heute hatte er überall nur zufriedene Gesichter erblickt. Jeder erzählte von glänzenden Geschäften, von neuen Partnerschaften und Handelsbeziehungen, die verschiedene Gilden und einzelne Unternehmen geknüpft hatten. Deforest wusste Ähnliches zu berichten. Der Münzmeister besaß noch keine endgültigen Zahlen, doch nach seinen Schätzungen hatte sich der Jahrmarkt für alle Beteiligten mehr als bezahlt gemacht. Niemand sprach mehr von den hohen Kosten und dem Aufwand, den das Vorhaben für die Stadt bedeutete.

Michel war überaus zufrieden mit sich. Doch er wusste, dass er seinen Erfolg letztlich Jean Caboche verdankte. Jean hatte Lefèvre für lange Zeit außer Gefecht gesetzt und dafür gesorgt, dass der Wucherer die Messe nicht behindern konnte. Sein Tod war also doch nicht völlig sinnlos gewesen. Ein tröstlicher Gedanke, wenngleich er Michels Trauer kaum linderte.

Die Wirtshäuser an der Grand Rue und am Domplatz waren allesamt brechend voll. Fröhliche Musik drang nach draußen. Michel vermutete, dass Duval und die anderen in der Schenke neben der Münze mit ihren auswärtigen Freunden und Partnern zechten, doch er verspürte kein Verlangen, sich ihnen anzuschließen. Morgen Abend, wenn sie die Messe mit einem Fest ausklingen ließen, konnte er immer noch mit ihnen anstoßen. Jetzt wollte er nichts als schlafen.

Im Saal seines Hauses brannte Licht, Schatten bewegten sich in den Fenstern, er vernahm mehrere Stimmen. Hatte Isabelle Gäste eingeladen? Mit einem Seufzen auf den Lippen schloss er die Tür auf und ging nach oben.

Zu seiner Überraschung standen sämtliche Ratsherren im Saal, außerdem mehrere Kaufleute sowie die Vorsteher verschiedener Bruderschaften. Als er den Kopf hereinstreckte, brachen sie in Jubel aus und strömten ihm entgegen.

»Da ist ja unser Wohltäter!«, rief Deforest, dessen rundes Gesicht schon ganz rot vom Wein war. »Ein dreifaches Hoch auf den Mann, der uns alle reich gemacht hat!«

»Er lebe hoch! Hoch! Hoch!«, brüllten die Männer, während sie ihn umringten und ihm einen Krug Wein in die Hand drückten, sodass Michel keine Wahl hatte, als zu trinken, zu lachen und für einen weiteren Abend seinem Bett zu entsagen.

Vogesen

Es war ein alter Saumpfad, den kaum jemand kannte, ein schmaler Weg, der sich zwischen rußgrauen Schieferfelsen und vereinzelten Latschenkiefern den Hang hinaufschlängelte. Über den Bergkuppen türmten sich Wolken auf wie titanische Festungswälle, von Westen wehte Wind heran und scheitelte das dürre Gras.

Vorsichtig setzte Yves einen Fuß vor den anderen und stützte sich dabei auf seinen Wanderstab, denn der Boden war bröckelig und tückisch. Obwohl ihn der Aufstieg ins Schwitzen brachte, genoss er die Wanderung durch die einsamen Berge. Seit jeher liebte er lange Fußmärsche. Sie erinnerten ihn an seine Kindheit, als er mit seinem Vater, einem Tagelöhner, von Dorf zu Dorf gezogen war, auf der Suche nach Arbeit. Obendrein war es für eine gute Sache.

Yves bemerkte, dass die anderen zurückgefallen waren, und

blieb stehen. Louis und die beiden Frauen waren einen Steinwurf hinter ihm und quälten sich den Pfad hinauf. Wie Yves hatten die drei ihre wenigen Habseligkeiten an den Wanderstäben befestigt. Catherine und Felicitas hielten sich wacker. Obwohl sie Damen von edlem Geblüt waren und daran gewohnt, in einem Wagen oder einer Sänfte zu reisen, beklagten sie sich nie. Dabei brachte sie der Marsch an die Grenzen ihrer Kräfte, besonders hier, im Gebirge. Aber die Furcht vor Lefèvre und der Wille, Varennes hinter sich zu lassen, schien sie anzutreiben, und sie hielten tapfer Schritt.

Gewiss wäre es einfacher gewesen, die beiden Frauen mit einem Reisewagen auf den Handelsstraßen nach Speyer zu bringen. Herr Michel wollte jedoch vermeiden, dass sie unterwegs gesehen wurden, damit Lefèvre später ihre Spur nicht verfolgen konnte. Also mieden sie die Straßen und wanderten querfeldein, fernab aller Siedlungen.

Yves löste die Wasserflasche von seinem Stab und zog den Pfropfen heraus. Als er sie ausgetrunken hatte, schlossen seine Gefährten zu ihm auf.

»Wir sollten rasten«, meinte Louis.

»Erst wenn es dunkel wird«, sagte Felicitas, obwohl ihr Gesicht rot vor Anstrengung war und ihr das Haar schweißnass an den Schläfen klebte.

»Sicher?«, fragte Yves.

»Ein, zwei Stunden können wir noch. Nicht wahr, mein Kind?«

Catherine nickte nur. Sie waren seit mehreren Tagen unterwegs, aber das Mädchen hatte noch kein einziges Wort gesprochen, nicht einmal mit seiner Mutter. Außerdem war Yves aufgefallen, dass Catherine stets einen gewissen Abstand zu Louis und ihm hielt. Machte man einen unbedachten Schritt in ihre Richtung, wich sie sofort zurück. Was immer Lefèvre mit ihr angestellt hatte, es hatte tiefe Wunden in ihre Seele geschlagen. Yves konnte nur hoffen, dass das arme Ding in Speyer seinen Frieden finden würde und das Grauen der vergangenen Wochen eines Tages vergessen konnte.

So zart, so zerbrechlich, dachte er. *Was für ein Mann muss man sein, um solch einem Geschöpf Gewalt anzutun?*

Catherine kniff die Lippen zusammen und senkte den Blick, als er sie anschaute. Rasch wandte er sich ab. »Vielleicht erreichen wir bis Einbruch der Nacht den Gipfel«, sagte er und schritt voraus.

Sie lagerten in einer Schäferhütte, die von Weitem wie ein Haufen aus Bruchsteinen und toten Ästen aussah. Drinnen fanden sie Feuerholz und mehrere Wolldecken, sodass sie in der Nacht nicht froren. Als Yves am nächsten Morgen von einem nahen Gebirgsbach zurückkam, wo er ihre Wasserflaschen aufgefüllt hatte, erwartete ihn ein betreten dreinblickender Louis.

»Sie wollen nicht mehr nach Speyer gehen«, sagte sein alter Freund.

»Wieso denn nicht?«

»Dort ist es nicht sicher«, antwortete Felicitas, die mit Catherine vor der Hütte am Feuer saß. »Früher oder später wird Lefèvre uns dort finden.«

»Herr Sieghart wird Euch beschützen, er hat es unserem Herrn versprochen. Wenn Lefèvre wirklich in Speyer auftaucht, wird er schon mit ihm fertig.«

»Trotzdem«, beharrte Felicitas. »Wir haben uns anders entschieden. Catherine braucht eine abgeschiedene Zuflucht, wo sie Beistand und Trost bekommt. Und wo es keine Männer gibt«, fügte sie leise hinzu.

Endlich begriff Yves. »Ein Kloster.«

Die Edelfrau nickte. »Wir sind ganz in der Nähe der Abtei Andlau, einem Stift der Benediktinerinnen. Ich kenne die Äbtissin. Wir wollen sie bitten, uns in ihre Ordensgemeinschaft aufzunehmen.«

Yves legte die Trinkflaschen auf den Boden und setzte sich

auf einen flachen Felsen. Er wusste nicht recht, was er sagen sollte. »Ihr wollt Nonnen werden.«

»Wir sind dem weltlichen Leben nicht mehr gewachsen – es ist zu viel geschehen. Es erscheint uns am weisesten, uns in die Obhut des Herrn zu begeben.«

Yves' Blick wanderte zu Catherine, die ihm erstmals ohne jegliche Furcht in die Augen schaute. In ihrem Gesicht las er nichts als Entschlossenheit.

»Vielleicht sollten wir darüber zuerst mit Herrn Michel reden«, meinte Louis.

»Ihr wisst, wir empfinden große Liebe für euren Herrn und sind ihm überaus dankbar, aber er hat das nicht zu entscheiden«, erklärte Felicitas freundlich, aber bestimmt. »Allein Catherine und ich wissen, was das Beste für uns ist.«

Yves blickte Louis ratlos an. Nun, ihre Schützlinge waren Edeldamen und Louis und er nur einfache Männer – sie hatten kein Recht, Felicitas und Catherine ihren Willen zu verwehren. Er zuckte mit den Achseln und stand auf. »Wie Ihr wünscht. Gehen wir nach Andlau.«

Es war ein beschwerlicher Weg, denn nachdem sie die Gipfel der Vogesen überquert hatten, mussten sie den Saumpfad verlassen und sich südlich halten, wo es kaum richtige Wege gab. Sie wanderten durch menschenleere Wälder und mussten viele Pausen einlegen, da der Marsch über Stock und Stein an ihren Kräften zehrte, bis sie drei Tage später endlich das Kloster erblickten.

Es lag in einem Tal und war umgeben von Äckern und Weideland, auf dem Kühe und Schafe grasten. Catherine und ihre Mutter blieben auf der Anhöhe stehen und betrachteten die Türme und Dächer der Abtei. Yves glaubte, auf dem Antlitz der jungen Frau die Andeutung eines Lächelns zu sehen.

»Den Rest des Weges gehen wir allein«, sagte Felicitas. »Habt Dank für alles. Gott schütze euch.«

»Gott schütze euch«, sagte Yves, und Louis wiederholte es murmelnd.

Die kleine Edelfrau stellte sich auf die Zehenspitzen und küsste sie beide auf die Wange, bevor sie Catherines Hand ergriff und mit ihrer Tochter zum Klostertor schritt.

Varennes-Saint-Jacques

Am Montag nach der Messe trat der Rat zusammen.

»Meine Herren«, sagte Deforest und entrollte ein Pergament, »der Kämmerer hat mir soeben seine Berechnungen für die Messe vorgelegt. Wir können zufrieden sein. In der vergangenen Woche haben wir an Zöllen, Ungeldern und sonstigen Gebühren genau dreiunddreißig Pfund Silber, vier Sous und sechs Deniers eingenommen.«

»Dreiunddreißig Pfund?«, wiederholte Guichard Bonet von den Webern, der für Jean Caboche in den Rat nachgerückt war. »Das erscheint mir aber nicht viel. Das deckt doch nicht einmal einen Bruchteil unserer Ausgaben, oder?«

»Das war zu erwarten«, erklärte Michel. »Wir haben den auswärtigen Kaufleuten fast alle Zölle und Marktgebühren erlassen. Das macht aber nichts. Die ganze Stadt hat in der vergangenen Woche hervorragende Geschäfte gemacht. Kaufleute, Handwerker, Wirte, Bader – sie alle haben dank des Jahrmarktes vermutlich mehr Geld verdient als in den zwei Monaten davor. Das bedeutet, dass in den nächsten Wochen die Steuereinnahmen nur so sprudeln werden.«

»Richtig«, stimmte Deforest ihm zu. »Für exakte Zahlen ist es noch zu früh, aber ich schätze, dass wir bis zum Jahresende mit Mehreinnahmen von zwei- bis dreihundert Pfund rechnen können.«

»Mit anderen Worten«, fügte Michel hinzu, »Varennes steht besser da als je zuvor.«

Jubel schloss sich seinen Worten an.

»Nun, wenn das so ist«, bemerkte Odard Le Roux, »wäre zu überlegen, ob wir die Messe künftig jedes Jahr abhalten.«

Michel nickte. »Das wollte ich gerade vorschlagen – so hatten wir es ursprünglich ja auch geplant. Oder hat jemand Einwände?«

Das war nicht der Fall: Alle zwölf Ratsherren gaben dem Vorschlag ihre Stimme. Der große Erfolg des Jahrmarktes stimmte die Männer euphorisch. Sogleich brachten einige ihre Ideen vor, wie man die Messe weiter verbessern könnte.

»Ihr Herren, das hat doch noch ein paar Monate Zeit«, fiel Bertrand Tolbert ihnen ins Wort. »Ich darf euch daran erinnern, dass es noch ein anderes großen Vorhaben gibt, um das wir uns kümmern müssen.« Er blickte in die Runde. »Reden wir über die Schule.«

Rémy und Albertus waren noch wach, als Michel und Bertrand am späten Abend auftauchten.

»Wir kommen gerade von der Ratssitzung«, erklärte sein Vater, als Rémy die beiden Männer hereinließ. »Es gibt gute Neuigkeiten.«

»Der Rat wird Albertus einstellen?«

Tolbert nickte. »Wir haben seinen Lohn für die ersten zwei Jahre bewilligt. Er kann gleich morgen anfangen.«

»Das sind wahrlich gute Nachrichten!« Lachend umarmte Rémy erst ihn und dann seinen Vater.

Geräuschvoll eilte Albertus die Treppe hinab. »Habe ich richtig gehört? Man will mich einstellen?«

»So ist es.« Michel lächelte den jungen Gelehrten an. »Meinen Glückwunsch, Albertus – oder sollte ich sagen: ›Herr Schulmeister‹?«

»Ich danke euch für das Vertrauen – ich danke euch tausendfach.« Albertus schüttelte beiden Männern die Hand. »Ich werde es nicht enttäuschen. Eure Söhne sind bei mir in guten

Händen. Sie werden den besten Unterricht bekommen, den man sich vorstellen kann.«

»Vorher ist noch Verschiedenes zu klären«, sagte Michel. »Wir erwarten etwa, dass Ihr das Bürgerrecht annehmt und Varennes die Treue schwört. Immerhin seid Ihr nun ein städtischer Beamter von Rang.«

Albertus nickte. »Das versteht sich von selbst.«

»Kommt am besten gleich morgen früh ins Rathaus. Der Stadtschreiber wird sich um alles kümmern.«

»Aber das Bürgerrecht ist nicht eben billig«, gab Rémy zu bedenken.

»Das sollte keine Schwierigkeit darstellen«, erwiderte Tolbert. »Wir haben entschieden, Albertus das Bürgergeld zu erlassen.«

Nachdem Michel und Tolbert gegangen waren, setzten sich Rémy und Albertus wieder in die Stube. Der frischgebackene Schulmeister griff nach seinem Becher.

»Darauf sollten wir trinken.«

»Aber nicht mit Dünnbier. Dieser Festtag verlangt nach etwas Besserem.« Rémy öffnete eine Flasche mit teurem Südwein, die er sich für besondere Anlässe aufgehoben hatte, und füllte zwei Kelche.

»Auf die Schule!«, sagte Albertus.

»Auf Euch, den ersten weltlichen Schulmeister von Varennes-Saint-Jacques!«, sagte Rémy.

Der junge Gelehrte nahm einen tiefen Schluck und schmatzte genießerisch. »Wie wollen wir nun vorgehen?«

»Nun, zuerst werde ich die Ausrufer bitten, überall zu verkünden, dass man nun seine Söhne zur Schule anmelden kann. Einstweilen bereiten wir den Unterricht vor.«

»Was schätzt Ihr – wie viele Jungen werden kommen?«

»Das wird sich zeigen. Bei den Bruderschaften besteht großes Interesse an der Schule, auch einige Kaufleute werden sie sicher nutzen wollen. Ich schätze, mindestens dreißig. Vielleicht sogar vierzig.«

»Das ist eine Menge.«

»Werdet Ihr mit so einer Schar fertig?«, fragte Rémy lächelnd.

»Wer mit Victor Fébus' Söhnen zurande gekommen ist, den schreckt nichts mehr.«

»Was den Unterricht betrifft – ich schlage vor, dass er jeden Morgen zur Prim beginnt und zur Vesper endet. Der Sonntag sollte frei sein.«

Albertus nickte. »So ist es an Dom- und Klosterschulen üblich – das hat sich bewährt. Zum Ablauf des Unterrichts habe ich mir bereits Gedanken gemacht. An den Vormittagen möchte ich lateinische Grammatik lehren, die höheren Künste an den Nachmittagen und den Feiertagen. Was haltet Ihr davon?«

»Das scheint mir eine sinnvolle Vorgehensweise zu sein«, antwortete Rémy.

Bis spät in die Nacht saßen sie zusammen, leerten die Weinflasche und schmiedeten Pläne.

Am nächsten Morgen, nach Albertus' Vereidigung im Rathaus, trafen sie sich an der Schule. Rémy schloss die Tür auf und überreichte dem jungen Gelehrten den Schlüssel.

»Von nun an obliegt Euch allein die Aufsicht über die Schule.«

Sie traten ein.

»Am besten kehren wir den Saal noch einmal gründlich aus«, sagte Rémy. »Anschließend bringe ich die Bücher und das Schreibwerkzeug her.«

Albertus schritt zum Stehpult an der Stirnseite, umfasste die Kanten mit den Händen und ließ mit gebieterischer Miene seinen Blick durch den Saal schweifen, als würde er sich vergewissern, dass alle Schüler anwesend seien.

»Und, wie fühlt es sich an?«, fragte Rémy lächelnd.

»Habe ich dir das Wort erteilt?«, rügte ihn Albertus mit gespielter Strenge. »Setz dich, Schüler Rémy. Von nun an redest du nur, wenn ich dich auffordere.«

Rémy spielte mit. »Gewiss, Magister.« Im Schneidersitz ließ er sich auf dem Steinboden nieder.

»Sprich mir nach«, forderte Albertus ihn auf. »›*Semper aliquid addiscendum* est.‹«

»*Semper aliquid addiscendum est*«, wiederholte Rémy.

»Welchem antiken Philosophen verdanken wir diese Weisheit?«

»Cicero, Magister Albertus.«

»Was will uns Cicero damit sagen?«

»Dass wir niemals aufhören dürfen zu studieren, denn es gibt immer etwas zu lernen.«

Jemand klatschte in die Hände. Rémy wandte sich um. Zwei Mönche kamen herein.

»Vortrefflich, Schüler Rémy«, sagte Abbé Wigéric mit einer Stimme, die vor Hohn nur so triefte. »Ihr habt Eure Aufgaben gemacht. Wir müssen nicht zur Zuchtrute greifen.«

Rémy stand auf. »Was können wir für Euch tun, Abbé?«, fragte er kühl.

»Zunächst einmal möchte ich Euch mit einem meiner Ordensbrüder bekannt machen«, entgegnete Wigéric. »Dies ist Bruder Adhemar.«

Rémy musterte den anderen Mönch, der mehr wie ein Holzfäller denn wie ein Geistlicher aussah. Adhemar überragte ihn um einen halben Kopf, hatte breite Schultern, narbige Hände und das Gesicht eines Schlagetots. Finster erwiderte er Rémys Blick.

»Bruder Adhemar wird von heute an diese Schule leiten und die Jungen in lateinischer Grammatik und allen anderen Künsten unterrichten«, erklärte der Abt.

»Hier muss ein Missverständnis vorliegen, Euer Gnaden«,

sagte Albertus, der zu Rémy getreten war. »Ich werde in der städtischen Schule unterrichten. Der Rat hat mich soeben eingestellt.« Verwirrt wandte sich der junge Gelehrte an Rémy. »Oder soll ich etwa einen Hilfslehrer bekommen? Wieso erfahre ich davon erst jetzt?«

»Falls wir je einen Hilfslehrer einstellen, nehmen wir ganz gewiss keinen Mönch der Abtei Longchamp.« Rémy blickte Wigéric an. »Was soll das, Abbé? Das ist eine städtische Schule. Allein der Rat entscheidet, wer hier unterrichtet. Ihr habt nichts mitzureden.«

»Ich fürchte, da irrt Ihr Euch, Meister Rémy.« Der Abt lächelte schmallippig. »Ich bin der Scholasticus dieser Stadt. Ohne meine Zustimmung darf niemand in Varennes unterrichten. Kraft meines Amtes darf nur ich den Schulmeister ernennen, gleich welcher Schule. Dass das ausdrücklich auch für die städtische Schule gilt, hat mir seine Exzellenz Bischof Eudes erst gestern bestätigt. Lest selbst.«

Er zog ein Pergament hinter dem Gürtel hervor. Rémy entrollte es und las die Zeilen. Es handelte sich um ein offizielles Dekret des Bischofs von Toul und Varennes, in dem Eudes de Sorcy Abt Wigéric mit Brief und Siegel bescheinigte, er allein dürfe in Varennes den Schulmeister ernennen und absetzen, auch in der städtischen Schule.

»Das haben wir gleich«, knurrte Rémy, verließ mit dem Dekret in der Hand den Saal und schritt zum Rathaus.

»Wir können wohl davon ausgehen, dass dies ein Racheakt ist«, sagte Michel, als sie kurz darauf im Ratssaal saßen. Außer Albertus, Rémy und Rémys Vater waren drei Ratsherren anwesend, die anderen hatten auf die Schnelle nicht kommen können. »Bischof Eudes zürnt uns immer noch, weil wir uns geweigert haben, den Bau der neuen Kathedrale zu unterstützen. Auf diese Weise zahlt er es uns jetzt heim.«

»So oder so – dieses Dekret ist wertlos«, knurrte Tolbert. »Eudes hat in Varennes keine weltliche Macht mehr. Er kann uns nicht vorschreiben, wer an unserer Schule unterrichten wird.«

»Zumal der Schulmeister ein städtischer Beamter ist«, ergänzte Deforest. »Allein der Rat darf Beamte ernennen und entlassen. Das ist in den Stadtrechten seit fast fünfzehn Jahren festgeschrieben.«

»Also ignorieren wir den Erlass einfach?«, fragte Rémy.

Duval, der das Dokument soeben noch einmal gelesen hatte, hob den Kopf, eine tiefe Falte zwischen den Augenbrauen. »Das würde ich nicht empfehlen. Die Rechtslage ist nämlich nicht so eindeutig, wie wir es gern hätten.«

»Inwiefern?«, fragte Michel.

»Es ist nicht so, dass der Bischof von Toul und Varennes gar keine weltliche Macht mehr in unserer Stadt hätte. Ein kleiner Rest von Einfluss ist ihm geblieben, als König Philipp uns damals in die Selbstverwaltung entließ.«

»Ja, er darf Verstöße gegen das Kirchenrecht ahnden und mitreden, wenn ein neuer Pfarrer eingesetzt werden soll«, meinte Tolbert missmutig. »Mehr aber auch nicht.«

»Das stimmt so nicht«, widersprach Duval. »Zu seinen Aufgaben gehört nach wie vor die Aufsicht über das städtische Schulwesen, die in der Praxis von seinem Scholasticus ausgeübt wird. Das gibt Abt Wigéric das Recht, den Schulmeister zu ernennen, gleichgültig, wer der Träger der Schule ist. Natürlich darf der Rat geeignete Personen für diesen Posten vorschlagen, aber Wigéric und Eudes dürfen unsere Wünsche ignorieren.«

»Und wenn wir darauf bestehen, dass nur der Rat den Schulmeister ernennen darf – was könnte dann geschehen?«, erkundigte sich Rémy.

»Das wäre ein klarer Rechtsbruch. Bischof Eudes würde uns vermutlich beim königlichen Gericht anzeigen, und wir müssten mit einer empfindlichen Strafe rechnen. Im schlimmsten Fall könnte er uns sogar die Fehde erklären.«

»Ich kann mir nicht vorstellen, dass er so weit gehen würde«, sagte Michel.

»Wahrscheinlich nicht«, räumte Duval an. »Aber er könnte andere Maßnahmen ergreifen, um Druck auszuüben: Sonderzölle, Einfuhrverbote für Waren aus Varennes und dergleichen. Da viele unserer Kaufleute regen Handel mit Toul treiben, würde uns das hart treffen.«

»Das können wir uns gegenwärtig nicht erlauben«, erklärte Deforest entschieden. »Wir haben uns wirtschaftlich gerade erst erholt. Ein Zwist mit Bischof Eudes könnte alles zunichtemachen, was wir in den vergangenen Monaten erreicht haben.«

Rémy blickte die Ratsherren an. »Aber wir können Wigéric doch nicht einfach gewähren lassen. Wenn er den Schulmeister bestimmen darf, bekommen wir eine zweite Klosterschule, und alles war umsonst!«

»Leider können wir momentan nichts gegen das Dekret ausrichten«, meinte Duval. »Gesetz ist Gesetz.«

»Aber was wird dann aus Albertus?«

»Sicher können wir ihn anderweitig beschäftigen, bis wir eine Lösung gefunden haben«, sagte Michel. »Vielleicht ist er einverstanden, einstweilen als Gehilfe des Stadtschreibers zu arbeiten.«

»Ich weiß Eure Bemühungen zu schätzen«, entgegnete Albertus, der die ganze Zeit schweigend zugehört hatte. »Aber ich bin nach Varennes gekommen, um als Lehrer an der ersten weltlichen Schule des Reiches zu arbeiten. Ein minderwertigerer Posten kommt für mich nicht infrage – nichts für ungut, ihr Herren. Außerdem möchte ich nicht zur Ursache eines Streites zwischen Varennes und der Kirche werden.«

Betroffenes Schweigen senkte sich herab.

»Das ist es also?«, meinte Rémy fassungslos. »Wir geben einfach auf und überlassen Wigéric das Feld?«

»Ich fürchte, vorerst bleibt uns nichts anderes übrig«, erwiderte Duval. »Es tut mir leid, Rémy.«

Tolbert schlug mit der flachen Hand auf den Tisch. »Herrgott!«, stieß er hervor, ehe er aufstand und den Saal verließ.

»Ich habe nachgedacht«, sagte Albertus, als sie am Abend in Rémys Stube saßen und Trübsal bliesen. »Nach allem, was geschehen ist, kann ich nicht mehr als Lehrer arbeiten – die Enttäuschung sitzt zu tief. Ich werde mir einen alten Traum erfüllen, nach Italien gehen und ein Studium aufnehmen. Ich habe einen Onkel in Padua, der mir gewiss gestatten wird, bei ihm zu wohnen.«

»Wann wollt Ihr aufbrechen?«, fragte Rémy.

»Gleich morgen.«

»Wollt Ihr nicht noch eine Weile in Varennes bleiben?«

»Mein Entschluss steht fest. Warum also warten?«

Schweigend trank jeder sein Bier.

»Ihr seid mir ein guter Freund geworden, Rémy«, sagte Albertus nach einer Weile, »und ich danke Euch für alles, was Ihr für mich getan habt. Euretwegen werde ich Varennes immer in angenehmer Erinnerung behalten.«

»Besucht mich, wenn es Euch wieder einmal ins Moseltal verschlägt«, meinte Rémy.

»Das werde ich tun – ganz gewiss. Ihr habt mein Wort.«

Beim ersten Licht des Tages verließ Albertus Varennes. Rémy stand am Salztor und blickte ihm nach, bis er hinter der Wegbiegung verschwand.

Zwei Tage später eröffnete Bertrand Tolbert im Namen des Rates die Schule. Früh am Morgen – die Glocken hatten gerade zur Prim gerufen – versammelten sich fast vierzig Schüler auf dem Salzmarkt. Es waren Jungen jeden Alters, die sich vor der Schule einfanden, manche waren erst sieben, andere hatten bereits ihren vierzehnten Sommer erlebt. Die meisten entstammten einfachen Bürgerfamilien, ihre Väter waren Handwerksmeister oder standen in städtischen Diensten.

Aber auch einige Patrizier und Kaufleute hatten ihre Söhne angemeldet.

Die meisten Jungen kamen in Begleitung ihrer Eltern, die sich ein Bild von der neuen Schule machen wollten. Die Erwachsenen drängten sich an der Tür und an den Fenstern und versuchten, einen Blick auf ihre Sprösslinge zu erhaschen, die sich soeben auf dem Boden des Saales niederließen. Bruder Adhemar hatte am Pult Aufstellung bezogen. Neben ihm stand Abbé Wigéric und trug eine herrische Miene zur Schau, die keinen Zweifel aufkommen ließ, dass er und nur er das Oberhaupt der neuen Schule war. Gelegentlich spähte er zu Rémy, der im vorderen Teil des Saales bei Tolbert und einigen anderen Ratsherren stand, und Genugtuung blitzte in seinen Schweinsäuglein auf. *Was ihr auch tut, wie sehr ihr euch anstrengt – am Ende gewinne ich,* schien sein Blick zu sagen.

»Mein Name ist Bruder Adhemar – ich bin euer Schulmeister«, richtete Adhemar das Wort an die Jünglinge. »Ihr werdet mich mit ›Magister Adhemar‹ ansprechen und mich jeden Morgen mit den Worten *›Salve, Magister‹* begrüßen.« Auffordernd blickte er in die Runde.

»Salve, Magister«, sagten die Jungen wie aus einem Mund.

Adhemar verließ das Stehpult und schritt zwischen den Reihen der Schüler einher, in der prankenhaften Hand die Zuchtrute. »Der Unterricht findet jeden Werktag statt und beginnt zur Prim. Wer beim letzten Glockenschlag nicht auf seinem Platz sitzt, wird bestraft. Ebenso bestraft wird, wer meinen Anweisungen nicht unverzüglich Folge leistet oder mit dem Nachbarn flüstert. Dass ihr ein Talglicht mitbringen müsst, damit ihr auch bei Dunkelheit arbeiten könnt, wisst ihr bereits.« Der hünenhafte Mönch blieb stehen. »Du – wie ist dein Name?«

Der angesprochene Junge war so voller Furcht, dass er kaum den Blick zu heben wagte. »Olivier Fébus«, sagte er.

»Wie heißt es?«

»Olivier Fébus, Magister Adhemar.«

»Wo ist dein Talglicht?«

Der Junge murmelte etwas.

»Was war das?«

»Hab's zu Hause vergessen«, wiederholte Olivier nur wenig lauter.

»Deine Hand«, befahl Adhemar. Kaum hatte Olivier die Rechte ausgestreckt, schnellte die Zuchtrute vor, und der Junge keuchte vor Schmerz.

»Morgen denkst du an dein Talglicht, oder ich muss dich vor der ganzen Schule züchtigen«, erklärte der Mönch.

Rémy spähte zu Victor Fébus, der bei den anderen Kaufleuten an der Tür stand. Der Mann lächelte grimmig. Dies schien ihm die rechte Art zu sein, seinem ungehörigen Sohn Zucht und Anstand beizubringen.

Adhemar kehrte zum Stehpult zurück. »Lasst uns nun den Herrn preisen. Anschließend werde ich euch Passagen aus der Heiligen Schrift vortragen, damit ihr mit der lateinischen Sprache vertraut werdet.«

Dröhnend stimmte der Schulmeister einen Psalm an, die Schüler fielen ein.

Singen, Bibelverse und Schläge für die kleinsten Vergehen, dachte Rémy. *Das ist jetzt also die Schule, von der ich seit Jahren träume.*

Er hatte genug gesehen. Er schob sich durch das Gedränge, schritt davon und hatte den Salzmarkt hinter sich gelassen, lange bevor der Gesang verstummte.

November 1220 bis Januar 1221

Varennes-Saint-Jacques

Bei der ersten Gildenzusammenkunft nach der Messe trat Lefèvre vor die versammelten Schwurbrüder und klagte ihnen sein Leid.

Zu Michels Verdruss erholte er sich allmählich von seinen Verletzungen. Den Arm trug er in einer Schlinge, und das Gehen bereitete ihm sichtliche Schmerzen – aber er *konnte* gehen. Sein Wundarzt, mit dem Michel ein vertrauliches Wort gewechselt hatte, sagte gar, es würden voraussichtlich keine dauerhaften Schäden zurückbleiben. Lefèvre habe verteufeltes Glück gehabt. Noch zwei, höchstens drei Monate, und er sei wieder vollkommen hergestellt.

»Die Plünderer haben nicht nur meine Hausbedienten umgebracht«, lamentierte der Wucherer gerade, »sie stahlen außerdem mein ganzes Geld, nahmen jeden Wertgegenstand mit und verwüsteten mein Haus. Auch meine Pferde und Saumtiere sind fort.« Er streifte Michel mit einem Blick. »Und meine Schuldknechte.«

»All das ist uns hinlänglich bekannt«, sagte Deforest nicht sonderlich freundlich. »Seit Tagen behelligt Ihr den Rat mit Euren kleinlichen Sorgen. Erlaubt mir daher die Frage, wieso Ihr nun auch die Gilde damit langweilt.«

»Ich fordere euren brüderlichen Beistand ein und bitte die Gilde, mir in dieser Stunde der Not zu helfen.«

Es geschah ständig, dass sich ein Schwurbruder nach einem Unglück oder geschäftlichem Rückschlag hilfesuchend an die

Gilde wandte – dafür war sie schließlich da. Noch nie aber hatte eine dahingehende Anfrage zu solchem Tumult in der Halle geführt. Einige Kaufleute schüttelten fassungslos den Kopf, andere lachten höhnisch, wieder andere machten ihrer Wut Luft. Deforest erhob die Stimme und bat um Ruhe.

»Ich wusste zwar, dass Eure Schamlosigkeit keine Grenzen kennt«, sagte er, »aber mit dieser Unverfrorenheit habt Ihr endgültig bewiesen, dass Euch jegliche Moral fremd ist. Wenn Ihr nur einen Funken Anstand im Leib habt, zieht Ihr Euer Hilfegesuch zurück und bittet Eure Schwurbrüder um Verzeihung für diese beispiellose Frechheit.«

»Ich habe einen schweren wirtschaftlichen Schaden erlitten, und als Mitglied der Gilde steht mir Hilfe zur Linderung meiner Not zu«, beharrte Lefèvre. »Das ist mein in den Statuten verankertes Recht. Darauf poche ich.«

»Seit Jahren versucht Ihr uns zu schaden, wo Ihr nur könnt!«, schrie Thibaut d'Alsace, dessen Stimme sich beinahe überschlug. »Und jetzt fordert Ihr unseren Beistand? Wie könnt Ihr es wagen! Wir sollten Euch stattdessen aus dem Fenster werfen oder, noch besser, am Marktkreuz aufknüpfen!«

»Ja!« und »Recht hat er!«, brüllten einige Kaufleute.

»Ich habe mir nichts zuschulden kommen lassen«, erklärte Lefèvre ungerührt. »Ich bin ein rechtschaffenes Mitglied dieser Bruderschaft, zahle regelmäßig meine Beiträge und besuche jede Zusammenkunft. Wer etwas anderes behauptet, ist ein verleumderischer Lügner.«

»Ihr nennt mich einen Lügner?«, kreischte d'Alsace. »Ihr widerwärtiger, gottloser, infamer …«

»Beruhigt Euch, Thibaut, bitte«, sagte Deforest. »Gebt ihm keine Gelegenheit, Euch wegen Rufmordes zu verklagen. Nun, Anseau, ich werde nicht im Einzelnen aufzählen, was Ihr dieser Gilde und ihren Mitgliedern in den vergangenen Jahren angetan habt, da ich keine Lust habe, Euch vor Gericht wiederzusehen. Ich denke, es genügt der Hinweis, dass Ihr jegliches Recht auf unsere Unterstützung schon vor langer Zeit verwirkt habt. Tatsächlich könnt Ihr Gott danken, dass wir bisher keine Handhabe hatten, Euch aus der Gilde auszuschließen. Denn eines könnt Ihr mir glauben: Sowie wir Euch auch nur den kleinsten Fehltritt oder den geringfügigsten Verstoß gegen unsere Statuten nachweisen können, werden wir Euch zum Teufel jagen.«

Kalt musterte Lefèvre die Schwurbrüder und den Gildemeister. »Ganz wie ihr wollt«, sagte er schließlich. »Wir können diese Angelegenheit gern vor dem Oberhof in Speyer austragen. Ich bin es wahrlich leid, dass mir der Rat und die Gilde fortwährend meine Rechte verwehren. Ich werde mir anderswo Wiedergutmachung holen.«

»Das ist lächerlich, und Ihr wisst es«, warf Duval ein. »Der Schultheiß und ich haben die halbe Stadt befragt, um die Rädelsführer des Angriffs auf Euer Haus zu finden. Wir haben über dreißig Männer und Frauen verhaftet, ich persönlich habe sie verhört und ihnen den Prozess gemacht. Sieben von ihnen wurden gehängt, die übrigen verbannt. Mehr kann ein Gericht nicht tun. Aber bitte, wendet Euch an den Oberhof, wenn es Euch Freude bereitet. Der Speyerer Rat weiß eine überflüssige Klage gewiss zu schätzen.«

»Und was ist mit meinem Geld? Meinen geraubten Besitztümern?«, schnappte Lefèvre. »Habt ihr überhaupt versucht, sie zu finden?«

»Verratet mir, wie der Schultheiß das anstellen soll«, erwiderte Duval. »An dem Aufruhr waren an die zweihundert Menschen beteiligt. Sollen die Stadtknechte jedes Haus, jede Hütte, jeden Schuppen in der Stadt durchsuchen? Woran sollen sie Euer Silber erkennen? Habt Ihr Euren Namen in jede Münze eingeritzt?«

»Meine Pferde …«

»… hat man vermutlich gleich am nächsten Morgen geschlachtet. Jedenfalls sind sie verschwunden, was Euch nicht überraschen sollte: Selbst der dümmste Pferdedieb ist nicht so töricht, auf einem gestohlenen Zuchthengst durch die Stadt zu reiten. Und was Eure Schuldknechte angeht: Ich schätze, sie haben die Gelegenheit genutzt und die Flucht ergriffen. Wahrscheinlich sind sie längst über alle Berge. Wer könnte es ihnen verdenken, nach allem, was Ihr ihnen angetan habt?«

»Man hat ihnen zur Flucht verholfen. Das Weib und der Sohn des Bürgermeisters haben sie in jener Nacht weggebracht.«

»Wer behauptet so etwas?«, fragte Michel.

»Mehrere Leute haben sie gesehen!«

»Die Leute sehen auch Kobolde in den Büschen und Wassermänner in der Mosel, zumal wenn sie getrunken haben. Habt Ihr jemanden gefunden, der das unter Eid bezeugen möchte? Nein? Wenn das so ist, solltet Ihr Euch mit aus der Luft gegriffenen Anschuldigungen zurückhalten.«

»Ich werde mir Catherine und Felicitas zurückholen!«, fauchte Lefèvre. »Verlasst euch darauf.«

»Es reicht jetzt«, sagte Deforest. »Diese Zusammenkunft ist nicht dazu da, Euch eine Bühne für Euer theatralisches Gebaren zu bieten. Wir haben wahrlich Wichtigeres zu bereden. Um diese Sache endlich abzuschließen: Euer Gesuch wird abgelehnt. Ihr seid immer noch ein reicher Grundbesitzer und habt unseren Beistand nicht nötig, geschweige denn verdient. Ihr werdet gewiss einen Weg finden, Euren Wohlstand aus eigener Kraft wiederherzustellen. Vielleicht schafft Ihr es diesmal sogar mit ehrlichem Handel statt mit gottlosen Wuchergeschäften.«

Lefèvres Lippen bildeten eine dünne Linie, in seinen Augen blitzte der Hass. Er griff nach seiner Krücke und hinkte unter den Hohnrufen der Schwurbrüder aus dem Saal.

In jener Nacht lag Michel lange wach. Er dachte unentwegt an Eustaches Worte: *Ihr werdet gewiss einen Weg finden, Euren Wohlstand wiederherzustellen.*

Wie ließ sich das verhindern?

Michel verwarf die Idee, den Geldverleih in der ganzen Stadtmark zu verbieten. Lefèvre hatte noch jedes Mal einen Weg gefunden, das Gesetz zu umgehen. Außerdem würde der Rat mit einer solch drastischen Maßnahme die Lombarden und Metzer Bankiers verschrecken, die zur Messe kamen. Varennes brauchte aber ihre Finanzkraft zum Gedeihen des Jahrmarkts. Sie mussten anders vorgehen.

Bisher gibt es außer Lefèvre kaum Wucherer im Bistum, dachte er. *Er hat keine Konkurrenz. Vielleicht ist es an der Zeit, das zu ändern.* Wenn andere Geld zu günstigeren Bedingungen verliehen, würde Lefèvre es schwer haben, Kunden zu finden. Einige jüdische Fernhändler Varennes' betätigten sich nebenher als Bankiers. Vielleicht konnte er sie für ihre Sache gewinnen.

Auf dem vierten Laterankonzil vor einigen Jahren hatte die Kirche Juden vom Verbot der Zinsnahme ausgenommen. Fortan durften sie Geld gegen Zinsen verleihen, solange sie gewisse gesetzliche Begrenzungen einhielten. Da sich ihre rechtliche Lage zugleich in vielen Gegenden des Reiches dramatisch verschlechtert und man sie von nahezu allen christlichen Gilden ausgeschlossen hatte, wurde der Geldverleih für viele Juden zum einzigen erlaubten Geschäftszweig überhaupt.

In Varennes war ihre gesellschaftliche Stellung nicht ganz so schlecht, da die Bischöfe ihnen im Interesse der städtischen Wirtschaft stets gestattet hatten, ihre Gewerbe auszuüben und eigene berufsständische Vereinigungen zu unterhalten. Deshalb bestritten bisher nur wenige Juden ihren Lebensunterhalt mit Geldverleih. Aber was sprach dagegen, sie zu ermutigen, ihre Bankgeschäfte auszuweiten? Michel war nicht so naiv zu glauben, den Wucher ausrotten zu können. Die Menschen würden immer Geld verleihen und damit Geschäfte machen, ob es der Obrigkeit passte oder nicht. War es da nicht klüger, den Wucher in geregelte Bahnen zu lenken, damit man ihn wenigstens kontrollieren konnte?

Michel kannte die fraglichen Bankiers recht gut, denn als Bürgermeister oblag ihm die Aufgabe, regelmäßig die führenden Köpfe der jüdischen Gemeinde zu treffen. Gewiss, ihre religiösen Bräuche waren fremdartig, ihre geschäftlichen Methoden ungewöhnlich, doch davon abgesehen waren diese Männer verlässlich, gesetzestreu und ehrlich. Ehrlicher jedenfalls als Lefèvre.

Am nächsten Morgen ging er in aller Frühe zum Salzmarkt. Er schritt durch das breite Tor an der Ostseite und betrat die Rue des Juifs, die an der Stadtmauer verlief und sich bis zum Kanal erstreckte. Etwa neunzig Juden lebten hier. Die Stadtoberen hatten ihnen schon vor Jahrhunderten einen eigenen Wohnbezirk zugewiesen, denn viele Bürger Varennes' fühlten sich von ihren andersartigen Gebräuchen belästigt und duldeten sie nicht in ihrer Mitte. Feste Mauern begrenzten die Gasse und schützten die Bewohner vor dem mitunter feindseligen Argwohn ihrer christlichen Nachbarn.

Wie immer, wenn Michel hierherkam, war ihm, als betrete er eine fremde Welt. Angefangen bei den Gebäuden: Keine Kirche dominierte das Viertel, sondern die Synagoge. In ihrer Nähe standen zwei weitere Bauwerke, die es in keinem anderen Stadtteil gab: die Mikwe, das rituelle Bad, sowie das Tanzhaus, wo man Hochzeiten und andere Feste feierte. Die Juden kleideten sich anders als das übrige Stadtvolk, denn die Kirche bestand darauf, dass man sie auf einen Blick von den Christen unterscheiden konnte. So trugen die jüdischen Männer lange Mäntel sowie einen gelben, breitkrempigen Hut, der oben in einem länglichen Zipfel auslief, die Frauen weite Kleider und Schleier – alles recht schlicht gehalten, denn die öffentliche Zurschaustellung von Luxus und Prunk war den Juden verboten.

Die Rue des Juifs war eine kleine Stadt in der Stadt, mit eigenen Brunnen und Backöfen, einem Friedhof und einem

Spital. Ein fiebriger Mann schleppte sich zu dem zweistöckigen Gebäude, gestützt vom Arzt und einem Freund, der die Gänse auf dem Weg verscheuchte. Als Michel die schlammige Gasse entlangschlenderte, kam ihm ein fliegender Händler entgegen, der Honig, Gebäck und andere Speisen von seinem Handkarren feilbot. Zu seiner Rechten räucherte ein Fleischer gerade Lammfleisch über einem offenen Feuer und wies seine Gehilfen an, neues Holz herbeizuschaffen. Michel schritt durch den beißenden Qualm und ging zum Anwesen des Fernhändlers Daniel Levi.

Im Hof des imposanten Hauses stapelten sich die verschiedensten Waren. Levi unterhielt Kontakte zu Glaubensbrüdern in Byzanz, Spanien und Outremer und kam daher an Güter heran, die christliche Kaufleute nur unter Schwierigkeiten beschaffen konnten. Beispielsweise handelte er mit Alaun, Sandelholz und Pelzen vom Schwarzen Meer, aber auch mit Elfenbein aus Afrika sowie Pfeffer, Muskat und anderen exotischen Gewürzen.

»Wo finde ich deinen Herrn?«, erkundigte sich Michel bei einem Knecht.

»Er ist noch in der Synagoge, Herr Bürgermeister«, ließ ihn der Bursche wissen.

Das jüdische Gebetshaus war ein imposanter Bau aus rötlichem Sandstein, bestehend aus einem Kuppelturm und einem nach Osten ausgerichteten Saal. Im Innern umfing Michel samtiges Halbdunkel, denn durch die Fensterschlitze fiel an diesem trüben Herbstmorgen kaum Helligkeit. Über der Lade mit der Thorarolle, in einem glitzernden Davidstern aus Gold und Buntglas, brannte das Ner Tamid, die einzige Lichtquelle im Saal. Der Raum war so gut wie leer, denn das Morgengebet war bereits zu Ende.

Daniel Levi stand neben dem Podest des Vorsängers und verabschiedete sich soeben vom Rabbi, der mit einigen Schriftrollen unter dem Arm davonschlurfte. Als er Michel erblickte, lächelte er zur Begrüßung. Levi war etwa vierzig Jahre alt und trug wie alle jüdischen Männer den Bart und das Haupthaar lang; dazu kräuselten sich graue Schläfenlocken unter seinem Hut hervor. Er war der Judenmeister – ein gewählter Beamter, der gemeinsam mit dem Rabbi die jüdische Gemeinde leitete und sie gegenüber der christlichen Obrigkeit vertrat.

Sie plauderten ein wenig über ihre Familien und andere Belange des Alltags, ehe Michel sein Anliegen vorbrachte.

»Der Rat braucht Eure Unterstützung, Daniel. Wir hoffen, Ihr könnt uns helfen, Lefèvre ein für alle Mal unschädlich zu machen.«

Der Fernhändler blickte ihn überrascht an. »Er macht euch immer noch Scherereien? Ich dachte, er sei ruiniert.«

»Es ist nur eine Frage der Zeit, bis er wieder auf die Füße kommt. Ohne seinen Reichtum ist er ein Niemand. Er wird alles daransetzen, ihn zurückzuerlangen.«

»Ich hörte, er hat kaum noch Silber, das er verleihen kann.«

»Aber eine ganze Reihe offener Forderungen aus bestehenden Schuldverhältnissen. Und ausgedehnten Grundbesitz, der jeden Monat üppigen Pachtzins abwirft. Wenn er sich einigermaßen klug anstellt, kann er schon bald wieder wuchern, und in spätestens einem Jahr hat er sich von dem Rückschlag erholt. Aber nicht mit mir«, erklärte Michel grimmig. »Wenn wir ihn schon nicht für seine Verbrechen strafen können, werden wir ihn wenigstens wirtschaftlich zugrunde richten.«

»Und dabei sollen wir dem Rat zur Hand gehen?«

»So Gott will, werdet ihr ihn aus dem Geschäft drängen.« Michel schilderte Levi sein Vorhaben.

»Damit das gelänge, müssten wir sehr viel weniger Zinsen fordern als Lefèvre«, gab der Fernhändler zu bedenken. »Dann wäre der Geldverleih aber nicht mehr lukrativ.«

»Der Rat könnte euch im Gegenzug teilweise Steuern erlassen und so eure niedrigen Gewinne ausgleichen.«

»Zwei von zehn Teilen bei der Herdsteuer – so viel müsste es schon sein, damit es sich lohnt.«

»Darüber ließe sich reden.«

Levi nickte und fuhr sich durch den Bart.

»Habt Ihr Bedenken?«, fragte Michel.

»Ich sage es ganz offen, Herr Fleury: Ich sorge mich um die Sicherheit meiner Gemeinde. Das Stadtvolk fürchtet uns Juden. Und aus Furcht kann rasch Hass werden, wenn meine Brüder und ich unsere Wuchergeschäfte ausweiten. Was, wenn unsere Schuldner sich zusammenrotten und uns Gewalt antun, um sich ihrer Schulden zu entledigen? Es wäre nicht das erste Mal, dass meine Gemeinde angegriffen wird.«

Levi spielte auf einen Vorfall aus dem Jahre 1096 an, als fanatische Kreuzfahrer auf ihrem Weg nach Palästina durch Lothringen gezogen waren und verschiedene jüdische Gemeinden an der Mosel überfallen hatten. Damals waren allein in Varennes über zwanzig Juden erschlagen worden, darunter Frauen und Kinder. Gewiss, nicht Wuchergeschäfte waren der Anlass des Blutbads gewesen, sondern religiöser Eifer. Doch der schreckliche Vorfall zeigte, dass die allgemeine Ablehnung gegenüber den Juden jederzeit in Mordlust umschlagen konnte.

»Ihr habt mein Wort, dass wir alles tun werden, um euch und eure Familien zu schützen«, sagte Michel.

»Euer Wort genügt mir nicht«, entgegnete Levi. »Ich will einen Schutzbrief, in dem das Stadtregiment die Sicherheit aller Juden in Varennes garantiert.«

»Ich setze den Rat in Kenntnis und lasse das Dokument sogleich ausfertigen.«

Der Fernhändler nickte. »Gehen wir zu meinem Haus und besprechen wir die Einzelheiten.«

Wenig später hatten sie ein schlagkräftiges Bündnis gegen Lefèvre geschmiedet.

Während Varennes sich auf den Winter vorbereitete und die Kaufleute ihre letzten Geschäfte des Jahres zum Abschluss brachten, geschah im fernen Rom etwas, das das Abendland entscheidend verändern sollte: Am 22. November krönte Papst Honorius Friedrich zum Kaiser des *Sacrum Imperium.* Damit endete eine mehr als zwanzig Jahre währende Ära, die von Chaos, politischer Instabilität und Bürgerkrieg gekennzeichnet gewesen war. Endlich hatte das Reich wieder einen unangefochtenen Herrscher, der auf einer Stufe mit dem Papst stand und den deutsch-römischen Fürstentümern Frieden und Beständigkeit gewährleisten konnte.

Es dauerte Wochen, bis die Kunde von diesem freudigen Ereignis nach Lothringen gelangte. Die Bewohner Varennes' erfuhren wenige Tage vor Weihnachten davon, strömten spontan in die Kirchen und beteten für den jungen Stauferkaiser, dem sie so viel verdankten. Der Rat erklärte den 22. November kurzerhand zu einem städtischen Feiertag.

Einstweilen kehrte Friedrich in seine Heimat Sizilien zurück. Die Herrschaft über die Reichsteile nördlich der Alpen hatte er zuvor seinem Sohn Heinrich übertragen, der bereits im April von den Fürsten zum König gewählt worden war. Da Heinrich erst neun Sommer zählte, regierte Erzbischof Engelbert von Köln als Reichsverweser an seiner statt.

Für Rémy waren es Wochen voller bitterer Enttäuschung. Genau wie er befürchtet hatte, verwandelten Wigéric und Adhemar seine Schule in eine zweite Klosterschule, in der die Kinder nicht viel mehr lernten als ein paar lateinische Phrasen – und ansonsten den ganzen Tag beteten, Psalmen sangen und die Bibel studierten. Einige Kaufleute hatten ihre Söhne daher aus dem Unterricht genommen und wieder in die Obhut eines Hauslehrers gegeben, der ihnen wenigstens die Grundrechenarten beibrachte. Der Rat hatte sogar zeitweise darüber nachgedacht, die Schule zu schließen, da sie ihren Zweck verfehlte.

Tolbert und die anderen Obermeister hatten sich jedoch dagegen gewehrt: Besser eine schlechte Schule als gar keine, argumentierten sie.

Rémy tat, was er immer tat, wenn ihn hilfloser Zorn quälte: Er stürzte sich in die Arbeit. Jeden Tag schuftete er von früh bis spät, sodass er abends tief erschöpft ins Bett fiel. Einige seiner schönsten Miniaturen entstanden in jenen Wochen, denn er schöpfte Kraft aus seiner Enttäuschung und schuf Bilder, die Leben und Leidenschaft versprühten. Seine Auftraggeber dankten es ihm, indem sie ihn großzügig entlohnten. Im Spätherbst und Winter verdiente er mehr Geld als im ganzen Jahr davor.

Es war in der Woche nach dem Dreikönigstag, als jemand frühmorgens lautstark an seine Tür klopfte. Rémy war gerade aufgestanden. In einem dünnen Gewand ging er nach unten und öffnete. Es war Dreux.

»Meister Rémy!«, stieß der Alte hervor. Sein Atem dampfte in der Kälte. »Ihr müsst sofort kommen. Die Bücher! Sie verbrennen die Bücher!«

»Langsam, Dreux – alles der Reihe nach. Wovon redest du?«

»Die Schulbücher! Bruder Adhemar verbrennt sie auf dem Salzmarkt. Und die Schüler müssen zusehen!«

Rémy fluchte derb. Er rannte nach oben, warf sich den Mantel über und hastete wenig später durch die verschneiten Gassen. Dreux, der nicht mit ihm Schritt halten konnte, fiel immer weiter zurück.

Tatsächlich – auf dem Salzmarkt loderte ein Feuer, um das die Schüler einen Kreis bildeten. Schweigend, mit blassen Gesichtern und schlotternd vor Kälte standen sie da, während Bruder Adhemar, flankiert von zwei stämmigen Mönchen der Abtei Longchamp, ein Buch hochhielt und mit dröhnender Stimme verkündete:

»Teufelswerk! Ein falscher Prophet wie all die anderen. Mit seinen Lügen verwirrt er unseren Geist und füllt unseren

Verstand mit Zweifeln an der göttlichen Wahrheit, sodass das Heil unserer Seele in Gefahr gerät!«

Das Buch war Ciceros *De inventione,* das Rémy einst von seinem Vater bekommen hatte.

»Lasst mich durch!«, fuhr er die Schüler an und drängte sich durch die dichtstehenden Leiber.

»Deshalb sage ich: Ins Feuer damit!«, rief Bruder Adhemar. »Vernichten wir diese frevelhaften Schriften! Erst wenn all die heidnischen Lügen zu Asche verbrannt sind, ist unser Blick frei für das himmlische Heil.«

Rémy stürzte vor und wollte Adhemar aufhalten, doch er war zu langsam: Das Buch flog in die Flammen.

»Was wollt Ihr hier?«, knurrte Bruder Adhemar. »Ich erteile meinen Schülern gerade eine wichtige Lektion. Ihr stört den Unterricht.«

»Das nennt Ihr Unterricht?«, schrie Rémy. Er fiel auf die Knie und versuchte, das Buch aus den Flammen zu holen. Bevor er es zu fassen bekam, ergriffen ihn die beiden anderen Mönche und zogen ihn vom Feuer weg. Rémy rammte einem den Ellbogen in die Magengrube und versuchte, sich loszureißen. Doch der andere Mönch umfasste ihn von hinten mit beiden Armen. Sein Griff war so unnachgiebig wie eine Eisenfessel.

Rémy hatte gesehen, dass *De Inventione* nicht das einzige Buch war, das auf dem Scheiterhaufen verbrannte. In den Flammen lagen auch all die anderen Handschriften, die er für die Schule kopiert und angeschafft hatte: Ovids *Metamorphosen*, die Grammatikbücher von Donatus, auch die *Etymologiae*, sämtliche Bände.

»Diese Bücher sind Eigentum der Schule!«, schrie Rémy. »Ihr habt kein Recht, sie zu vernichten!«

»Als Lehrer ist es meine Pflicht, meine Schüler vor heidnischem Gedankengut zu schützen«, entgegnete Adhemar. »Das gibt mir jedes Recht, diese Bücher zu verbrennen.«

»Heidnisch?«, wiederholte Rémy. »Donatus, Boethius und Isidor von Sevilla waren Christen, du dummer, verblendeter Narr!«

»Ihre Schriften sind falsch und ketzerisch«, beharrte Adhemar. »Nur ein Buch müssen meine Schüler kennen – die Bibel. Darüber hinaus mag sich ein Psalter als nützlich erweisen. Alle anderen Texte verwirren sie nur und werden daher für alle Zeiten aus meiner Schule verbannt.«

Endlich gelang es Rémy, sich aus dem Griff des Mönchs zu befreien. Doch es war zu spät. Knisternd loderten die Flammen höher. Die Bücher brannten bereits lichterloh. Er konnte nichts mehr tun, um sie zu retten.

»Dankt Eurem Schöpfer, dass wir keine weiteren Schritte unternehmen«, erklärte Adhemar. »Allein die Tatsache, dass Ihr diese Machwerke angeschafft habt, um Kinder vom rechten Weg abzubringen, grenzt an Ketzerei.«

Rémys Magen krampfte sich zusammen, als er sah, wie das Feuer die Handschriften aufzehrte. Er musste all seine Willenskraft aufbieten, Adhemar nicht das selbstgefällige Grinsen aus dem Gesicht zu schlagen.

»Das wird Folgen haben«, sagte er nur, ehe er sich abwandte und ging.

»Gewiss, die mutwillige Zerstörung städtischen Eigentums ist eine Straftat, für die wir ihn belangen können«, sagte Henri Duval. »Leider gibt uns das jedoch keine Handhabe, ihm das Amt des Schulmeisters zu entziehen.«

Rémy hatte Duval nicht im Rathaus angetroffen. Der städtische Richter stand im Hof seines Anwesens, die Arme hinter dem Rücken verschränkt, und beaufsichtigte zwei Zimmerleute, die eine neue Wagenremise bauten, während er Rémys Klagen anhörte.

»Erstens kann nur Abbé Wigéric in seiner Eigenschaft als Scholasticus den Schulmeister entlassen«, fuhr der Ratsherr fort. »Zweitens unterstehen die Mönche der Abtei Longchamp der Gerichtsgewalt des Bischofs, nicht der unsrigen.«

»Könnt Ihr wenigstens dafür sorgen, dass er uns die Bücher ersetzt?«, fragte Rémy.

»Ich werde bei Bischof Eudes durchsetzen, dass die Abtei Longchamp Kopien der Bücher anfertigt und uns kostenlos zur Verfügung stellt. Außerdem werde ich darauf bestehen, dass Bruder Adhemar zur Verantwortung gezogen wird. Aber erwartet nicht zu viel. Wahrscheinlich kann ich lediglich erreichen, dass die Abtei eine Strafe an den Rat zahlen muss.«

»Das ist alles?«

»Bischof Eudes ist nach wie vor nicht gut auf uns zu sprechen. Er wird uns nur so weit entgegenkommen, wie er von Rechts wegen muss.« Duval blickte ihn mitfühlend an. »Ich weiß, die letzten Monate waren hart für Euch. Aber Wigéric und Adhemar werden es nicht schaffen, Eure Schule zugrunde zu richten. Ihr seid der Sohn Eures Vaters – eines Tages werdet Ihr einen Weg finden, Eure Gegner in die Schranken zu weisen und Euren Traum wahr werden zu lassen.«

Rémy schluckte seinen Zorn hinunter. Duval tat sein Bestes. Er hatte es nicht verdient, dass Rémy seine Enttäuschung an ihm ausließ. »Ich danke Euch, Henri«, sagte er schließlich. »Lasst es mich wissen, sowie Ihr etwas erreichen konntet.«

Er schüttelte dem schmächtigen Ratsherrn zum Abschied die Hand und verließ das Anwesen durch das Hoftor.

Als er zu Hause war, trat er gegen einen Hocker und schleuderte den Schemel gegen die Wand.

Drittes Buch

Invidia

September 1224
bis April 1225

September 1224

Metz

Wann lässt er endlich richtige Treppen einbauen?, dachte Roger Bellegrée missmutig, während er die Sprossen erklomm. *Diese Leitern sind eine einzige Zumutung. Irgendwann breche ich mir noch den Hals. Und alles wegen seiner gottverdammten Vorsicht!*

Die Holzleitern, die von Stockwerk zu Stockwerk führten, stammten noch aus einer Zeit, als die Metzer Patrizierfamilien einander erbittert bekämpft hatten und man es Angreifern so schwer wie möglich machen wollte, in die oberen Kammern des Geschlechterturms vorzudringen. Das war Ewigkeiten her, aber was kümmerte das Rogers Vater? »Die Leitern bleiben«, sagte er stur, wenn sich jemand darüber beklagte. »Wir leben in unsteten Zeiten. Wenn es Krieg gibt, werdet ihr mir für diese sichere Zuflucht danken.«

Für Roger war der Turm keine »sichere Zuflucht«, sondern ein dunkles Loch mit winzigen Fenstern, feuchten Mauern und engen Räumen, in denen es immerzu nach Rauch und fauligen Binsen stank. Deshalb hielt er sich lieber in ihrem Gästehaus am Place de Chambre oder dem Handelskontor an der Rue du Changé auf, wo es Licht, Luft und genügend Platz für alle Mitglieder ihrer verzweigten Familie gab. Tatsächlich musste es Wochen her sein, dass er den Turm das letzte Mal betreten hatte. Aber wenn er seinen Vater sprechen wollte, blieb ihm nichts anderes übrig. Je älter Évrard Bellegrée wurde, desto seltener verließ er das wehrhafte Gemäuer. Hier wohnte er, hier empfing er Besucher. Von seiner Kammer aus lenkte er die Geschicke ihres Paraige und des Handelsimperiums, dem die Bellegrées ihren märchenhaften Reichtum verdankten.

Noch ein Stockwerk, noch eine Leiter. Von allen Metzer Geschlechtertürmen war ihrer der höchste, ein ehrfurchtgebietendes Symbol der Macht, weithin sichtbar für Freunde und Feinde. Zu allem Überfluss residierte sein Vater im obersten Geschoss, sodass Roger schweißgebadet und äußerst übellaunig war, als er endlich das Gemach unter dem Dachgebälk betrat.

Kerzen erhellten den Raum, der recht karg eingerichtet war, wenn man bedachte, dass hier einer der reichsten Männer Lothringens lebte. Neben einem Bett und zwei großen Wandteppichen enthielt er lediglich einige eisenverstärkte Truhen, die allesamt randvoll mit Silber waren, wie Roger wusste. Der einzige Wandschmuck neben den Tapisserien bestand aus einem Banner mit dem Wappen des Geschlechterverbandes, dem die Familie angehörte, dem Paraige Porte-Muzelle. Es zeigte acht Querstreifen, die golden und azurblau leuchteten.

Évrard saß am Tisch und beschrieb ein Pergament. Eine massige Erscheinung im flackernden Licht, groß und breitschultrig, das Gesicht kantig, das Haar silbern und wellig wie die Mähne eines alten Löwen. Er war nicht nur der Kopf der Familie Bellegrée und des Paraige Porte-Muzelle, sondern bekleidete auch das Amt des Schöffenmeisters von Metz und gehörte den Treize jurés sowie den Sieben des Krieges an, was ihn zum mächtigsten Mann der Stadtrepublik machte. Wie immer, wenn Roger ihm gegenübertrat, durchströmte ihn eine ganze Kaskade von widersprüchlichen Empfindungen. Ehrfurcht war darunter, Respekt, sogar ein klein wenig Angst. Aber keine Liebe. Gewiss, er verdankte diesem Mann alles. Évrard hatte ihn gezeugt, aufgezogen und zu einem der einflussreichsten Patrizier Lothringens gemacht; er würde ihm einmal ein Vermögen von vielen Tausend Pfund Silber und beträchtlichen politischen Einfluss hinterlassen. Dennoch hegte

Roger keine Zuneigung für ihn. Wie sollte man einen Mann lieben, der nichts als Kälte verströmte? Der seinem Sohn stets alles abverlangte, aber nie ein freundliches Wort für ihn übrig hatte?

Es gab Tage, da Roger hoffte, der Alte würde endlich zur Hölle fahren und ihm Platz machen. Als Erstes würde er diesen verfluchten Turm niederreißen und an seiner Stelle eine Taverne mit allzeit fröhlichen Schankmädchen erbauen.

»Heute Morgen habe ich mit Pierre Ringois gesprochen«, sagte Évrard, ohne von seinem Dokument aufzuschauen. »Er erzählte, er hat dich gestern aus dem Hurenhaus an der Rue du Moulin kommen sehen. Ich muss dir nicht sagen, was das für einen Eindruck macht. Du solltest endlich lernen, dich diskreter zu verhalten – oder deine Besuche bei den Dirnen auf das notwendige Maß beschränken, wenn du schon nicht ganz darauf verzichten kannst.«

»Euch auch einen guten Tag, Vater«, erwiderte Roger säuerlich. »Mit Verlaub, aber es geht Pierre einen Dreck an, wo ich meine Abende verbringe. Er hat kein Recht, sich das Maul über mich zu zerreißen. Sagt ihm das nächste Mal, wenn ihm etwas an mir missfällt, soll er das mit mir persönlich besprechen.«

»Er sorgt sich nur um dein Ansehen. Du bist ein verheirateter Mann, Roger. In den Gilden redet man über dich.«

»Weil manche unserer Schwurbrüder Heuchler und Pharisäer sind, die gerne mit dem Finger auf andere zeigen. Dabei gehen nicht wenige von ihnen selbst ganz gerne ins Hurenhaus. Soll ich dir erzählen, wen ich schon alles in der Rue du Moulin getroffen habe? Letzte Woche saß da zum Beispiel …«

Évrard hob mahnend die Hand. »Ich will das nicht hören. Es ist doch ganz einfach: Zügle deine Leidenschaften, oder verbirg sie wenigstens besser, bevor man sich zu fragen beginnt, wie ein Mann die Geschäfte eines großen Unternehmens führen soll, wenn er seine Fleischeslust nicht im Griff hat. Das kann doch nicht in deinem Sinne sein.«

Sein Vater verstand es besser als jeder andere, ihn mit wenigen Worten zur Weißglut zu bringen. Es kostete Roger einige Mühe, ruhig zu bleiben. »Ich bin einer der besten Kaufleute Lothringens«, sagte er gepresst. »Unsere Schwurbrüder und Partner wissen das und respektieren mich. Alles andere hat sie nicht zu kümmern. Und Euch auch nicht.«

»Ich bin das Oberhaupt dieser Familie, es ist meine Pflicht ...«

»Vor allem ist es Eure Pflicht, unser Unternehmen und unsere Stadt vor Schaden zu bewahren«, schnitt Roger ihm das Wort ab. »Und was das angeht, liegt gerade einiges im Argen.«

Ohne abzuwarten, dass sein Vater ihn dazu aufforderte, setzte er sich an den Tisch. »Nächsten Monat ist in Varennes wieder Jahrmarkt. Alles spricht dafür, dass er noch größer werden wird als letztes Jahr. Kaufleute aus dem ganzen Abendland haben ihr Kommen angekündigt. Sogar aus Krakau wollen welche anreisen. Der Rat von Varennes soll zusätzliches Land gepachtet haben, weil das Messegelände inzwischen zu klein für die ganzen Zelte und Verkaufsstände ist.«

»Worauf willst du hinaus?«, fragte Évrard, während er Sand auf das Pergament streute.

»Varennes wird zu stark, wenn wir nichts unternehmen. Es wird Zeit, dass wir handeln.«

»Es ist nur ein Jahrmarkt. Und nicht einmal ein sonderlich bedeutender. Ich sehe nicht, wie er uns gefährlich werden könnte.«

Es lag auf der Hand, dass sein Vater die Vorgänge in Varennes nicht ernst nahm. Roger hatte anfangs denselben Fehler begangen. Inzwischen hatte er seine Meinung revidiert. »Weil Ihr in den letzten zwei Jahren nicht dort wart. Was Bürgermeister Fleury geschaffen hat, ist beeindruckend. Es ist keine gewöhnliche Messe, wie es im Reich Dutzende gibt. Es ist der Versuch, Varennes zum bedeutendsten Handelsknoten im Moseltal aufzubauen. Fleury will uns herausfordern. Er will Metz den Rang ablaufen.«

»Du hörst dich an, als würdest du diesen Mann fürchten.«

»Natürlich fürchte ich ihn«, gab Roger unumwunden zu. »Ihr habt mich gelehrt, niemals einen Rivalen zu unterschätzen. Ihr kennt Bürgermeister Fleury. Ihr wisst, wie ehrgeizig er ist. Er wird nicht eher ruhen, bis er sein Ziel erreicht hat.«

Sein Vater faltete die Hände auf dem Tisch und blickte ihn stechend an. Obwohl Évrard das fünfzigste Lebensjahr längst überschritten hatte, war er noch immer ein gut aussehender Mann mit markanten Zügen und wachen Augen. Roger hörte ständig, er sei seinem Vater wie aus dem Gesicht geschnitten, doch wenn er in den Spiegel blickte, fiel es ihm schwer, diese Ähnlichkeit zu erkennen.

»Ich habe erst im Sommer mit den anderen Oberhäuptern der Paraiges und den Vorstehern der Gilden über den Jahrmarkt von Varennes gesprochen«, sagte Évrard. »Keiner verzeichnet deswegen Verluste. Vielmehr scheint das Gegenteil der Fall zu sein: Die Messe ist ein Garant für gute Geschäfte. Wie kann das sein, wenn sie angeblich so bedrohlich ist?«

»Ich habe mich umgehört«, erwiderte Roger. »Mehrere Kaufleute aus Köln, Gent, Straßburg und Speyer denken darüber nach, ihre Aktivitäten in Varennes auszuweiten. Sie wollen dort dauerhafte Niederlassungen aufbauen, um den Jahrmarkt besser nutzen zu können. Offenbar bietet ihnen der Rat von Varennes günstige Bedingungen an. Wenn sie davon Gebrauch machen, werden wir das schon bald zu spüren bekommen. Spätestens dann, wenn sie ihre Handelshäuser in Metz schließen, weil sie nicht mehr lukrativ sind.«

»Welche Kaufleute sind das?«

Roger zählte nur die großen Namen auf: »Arnold Liebenzeller. Gunter Hintzen. Hanns van Apeldoorn. Ludolf Retschelin.«

»Retschelin auch?«

»Es sind nur Gerüchte, aber ich gehe davon aus, dass sie wahr sind. Retschelin und viele andere Speyerer unterhalten seit Jahren enge Beziehungen zur Gilde von Varennes. Dauerhafte Niederlassungen in Varennes wären nur der nächste Schritt. So hat es damals in Pisa auch angefangen. Muss ich Euch wirklich daran erinnern, was deswegen später mit Amalfi geschehen ist?«

»Nein, das ist nicht nötig«, meinte sein Vater.

Pisa war vor rund hundertzwanzig Jahren zu Reichtum gelangt und hatte wenig später die weitaus mächtigere Seerepublik Amalfi herausgefordert. Schließlich hatte Pisa die glorreiche Metropole am Tyrrhenischen Meer zweimal geplündert, wovon sich Amalfi bis heute nicht erholt hatte. Dieses Ereignis, fand Roger, sollte allen Patriziern von Metz eine Lehre sein, keinen Rivalen je zu unterschätzen. Wer es versäumte, den Anfängen zu wehren, legte womöglich die Saat für den eigenen Untergang.

Endlich schien Évrard seine Warnung ernst zu nehmen. Er lehnte sich zurück und legte die Hände auf die Armlehnen. »Wenn es stimmt, was du sagst, wäre das in der Tat eine bedenkliche Entwicklung.«

»Unsere guten Beziehungen in den Norden und Osten sind das Fundament unseres Reichtums«, setzte Roger nach. »Metz ist die wichtigste Station der Deutschen auf dem Weg zur Champagne. Diesen Vorteil dürfen wir nicht aufs Spiel setzen, Vater. Wir müssen dringend …«

»Es ist gut, Roger, ich habe dich verstanden«, sagte Évrard. »Spar dir deine Belehrungen. Du weißt, dass ich das nicht ausstehen kann.«

Unter dem Tisch ballte Roger die Rechte zur Faust und öffnete sie wieder. »Also werdet Ihr handeln?«

»Ich spreche mit den Treize und den Oberhäuptern der Paraiges. Wenn sie die Sache so einschätzen wie du, werde ich ihnen gewisse … Maßnahmen vorschlagen, Varennes betreffend.«

»Was für Maßnahmen sind das?«

»Solche, die das Ärgernis aus der Welt schaffen werden. Jetzt lass mich allein. Du siehst, ich habe zu tun.«

Évrard wandte sich wieder seinen Dokumenten zu.

Roger fühlte sich abgefertigt wie ein Lakai, der seine Pflicht getan hatte und keine weitere Beachtung verdiente. Kein Wort des Lobes. Keinen Dank, weil er Évrard auf eine drohende Gefahr hingewiesen hatte. Doch Roger schluckte seinen Zorn einmal mehr herunter. Gefühlsausbrüche hasste sein Vater über alles. Wenn Roger die Beherrschung verlöre, durfte er sich gewiss eine Predigt über die Tugenden der Demut und der Gelassenheit anhören wie schon so oft.

Ohne ein weiteres Wort wandte er sich ab und tröstete sich mit dem Gedanken, dass noch kein Mann in seiner Familie älter als sechzig Jahre geworden war. Nicht mehr lange, und dieser Turm, das Silber in den Truhen, das ganze verdammte Handelsimperium der Bellegrées würde endlich ihm gehören.

Und dann tanze ich auf deinem Grab, dachte Roger, bevor er die Leiterholme ergriff und sich an den beschwerlichen Abstieg machte.

Varennes-Saint-Jacques

Lefèvre fragte sich, wie es sich wohl anfühlte, den ganzen Tag Angst zu haben.

Pater Arnaut kannte dieses Gefühl zweifellos. Der junge Priester, der vor einigen Monaten die Pfarrei übernommen hatte, fürchtete sich vor allem und jedem: vor Hunden, Schimpfwörtern, lauten Stimmen, sogar vor abrupten Bewegungen. Wenn man die Kirche betrat, ohne sein Kommen vorher mit einem Klopfen anzukündigen, stolperte er vor Schreck oder ließ den

Messwein fallen. Beim Gottesdienst genügte ein ruppiger Zwischenruf, dass er ins Stottern geriet.

Vor allem aber fürchtete er Lefèvre.

Während Anseau neben ihm auf dem Boden kniete, rutschte der Geistliche unruhig auf dem Beichtstuhl herum und klammerte sich krampfhaft an den Armlehnen fest. Der Schweißgeruch, den er verströmte, war inzwischen derart penetrant, dass Lefèvre Mühe hatte, sich auf seine Beichte zu konzentrieren.

»Können wir etwas Weihrauch verbrennen?«

»Weihrauch? Nein. Nur bei der Messe. Nicht bei der Beichte. Das weißt du doch, mein Sohn.«

»Dann versucht, weniger zu schwitzen«, knurrte Lefèvre. »Ich bekomme kaum noch Luft, Mann!«

Arnauts Finger krallten sich in die Armlehnen. »Ich kann nichts dafür. Hier drin ist es warm. Dann schwitze ich eben. W-wo waren wir stehen geblieben?«, stammelte er. »Richtig – der Knecht, den du geschlagen hast.«

»Der Kerl hat es verdient. Hat die ganze englische Wolle im Regen liegen lassen. Es hat ewig gedauert, das Zeug zu trocknen.«

»Trotzdem darfst du deine Hausbedienten nur bei schweren Vergehen züchtigen. Sie unterstehen deinem Schutz. Begnüge dich in Zukunft mit einer scharfen Ermahnung.«

»Dafür kann ich nicht garantieren. Sie treiben mich zur Weißglut mit ihrer Unfähigkeit.«

»Du musst es versuchen. Wenn es dir ernst ist mit deinem Vorhaben, ein besserer Mann und gottesfürchtiger Christ zu werden, musst du lernen, nachsichtig mit deinen Nächsten zu sein. Hast du deine Sünden vom letzten Mal gesühnt?«

»Ja, habe ich«, antwortete Lefèvre missmutig. Pater Arnaut hatte ihn angewiesen zu fasten. Seit drei Wochen ernährte er sich ausschließlich von trockenem Brot und dünner Suppe. Sein Magen knurrte, wenn er nur daran dachte.

»Hat es geholfen?«

»Zumindest die Träume sind seltener geworden«, gab Lefèvre widerwillig zu. Inzwischen plagten ihn die Nachtmahre höchstens einmal in der Woche. Das war immer noch zu viel für seinen Geschmack, aber eine klare Verbesserung gegenüber den vergangenen Monaten, als sie ihn beinahe jede Nacht heimgesucht hatten.

»Sehr gut. Und die Höllenfurcht?« Pater Arnaut zog die richtigen Schlüsse aus seinem Schweigen. »Also quält sie dich noch immer. Du hast doch nicht wieder angefangen, Wucher zu treiben?«

»Nein, Herrgott noch mal! Damit ist Schluss. Wie oft soll ich es noch sagen, dass Ihr mir endlich glaubt? Kein Wuchergeschäft seit fast einem Jahr. Kein einziges. Wie denn auch? Die siebenmal verfluchten Juden haben den ganzen Geldhandel an sich gerissen. Selbst wenn ich wollte, käme ich auf keinen grünen Zweig mehr. Ich bin raus aus diesem Geschäft. Dafür hat Fleury gesorgt, der Teufel und alle Dämonen sollen ihn holen.«

Arnaut war zusammengezuckt und bekreuzigte sich hastig. »Bitte. Dies ist ein Haus Gottes. Befleißige dich einer respektvollen Sprache.«

»Verzeiht mir, Ehrwürden«, meinte Lefèvre schmallippig. »Der Hunger macht mir zu schaffen, das ist alles.«

»Wenn … wenn du keinen Wucher mehr treibst, wie kann es sein, dass dich trotzdem die Furcht vor dem Fegefeuer umtreibt? Gibt es andere Sünden, die du mir verschweigst? Schlimmere Sünden?«

Lefèvre starrte den jungen Priester an. »In mir ist eine große Dunkelheit. Sie zwingt mich dazu … Dinge zu tun.«

»Welche Dinge?«

»Böse Dinge.«

Arnaut schielte zur Seite, schluckte und ließ es auf sich beruhen. Vermutlich wollte er die Einzelheiten gar nicht so genau wissen. »Und deshalb fürchtest du, dereinst zur Hölle zu fahren?«

Lefèvre packte ihn am Arm. »Manchmal kann ich hören, wie Satan mich ruft. Es gibt Tage, da bringt mich die Angst schier um den Verstand. Ihr müsst mir helfen, Pater. Ihr müsst den Teufel vertreiben. Das könnt Ihr doch, oder?«

Mit der freien Hand wischte sich Arnaut den Schweiß von der Stirn. »Gott allein kann die Mächte der Hölle bezwingen. Wir Menschen können ihm allenfalls dabei helfen – wenn wir stark im Glauben sind.«

»Was muss ich tun? Sagt es mir! Ich halte das nicht mehr aus.«

»Ich denke … ich schätze, du solltest regelmäßig beten. Morgens, mittags und abends jeweils ein *Pater noster*. Und weiter fasten. Ja. Vierzig Tage diesmal. Vierzig und keinen Tag weniger.«

»Das ist alles?«, brauste Lefèvre auf. »Mehr fällt Euch nicht ein?«

»Fasten ist ein mächtiges Werkzeug gegen das Böse. Es wird deinen Geist reinigen und dir helfen, die Dunkelheit in deiner Seele zu bekämpfen.«

»Nein. Ich zahle regelmäßig den Kirchenzehnt – ich will etwas haben für mein Geld. Wahrscheinlich bin ich besessen. Macht einen Exorzismus – oder was immer ihr Priester in solch einem Fall tut …«

Pater Arnaut riss sich los und stand ruckartig auf. »Genug für heute.« Er zeichnete ein Kreuz in die Luft. *»Deus, Pater misericordiarum, qui per mortem et resurrectionem Fílii sui mundum sibi reconciliavit et Spiritum Sanctum effudit in remissionem peccatorum, per ministerium Ecclesiae indulgentiam tibi tribuat et pacem.* So spreche ich dich los von deinen Sünden im Namen des Vaters und des Sohnes und des Heiligen Geistes. Tu wie dir geheißen, Anseau, und komm in vierzig Tagen wieder. Auf keinen Fall früher.«

Der Kleriker eilte davon.

Lefèvre starrte ihm nach und war versucht, ihn zurückzuholen, auf den Beichtstuhl zu setzen und so lange festzuhalten, bis der Kerl ihm endlich half. Aber damit würde er nur erreichen, dass man ihn vor den Bischof zitierte. Mit einem bitteren Zug um den Mund stand er auf, strich sein Gewand glatt und trat durch das Kirchenportal hinaus in den Regen.

Es hatte beträchtlich abgekühlt, während er bei der Beichte gewesen war. Augenblicklich begann die alte Wunde an seinem Knie wieder zu schmerzen, sein Andenken an den Kampf gegen Jean Caboche. Der Wundarzt hatte damals gute Arbeit geleistet, seine vielfältigen Verletzungen waren gut verheilt und behinderten ihn nicht mehr. Nur der Schmerz kehrte gelegentlich zurück und erinnerte ihn an jenen unseligen Tag vor fast vier Jahren, als er um ein Haar krepiert wäre.

Er biss die Zähne zusammen, zog sich die Mantelkapuze tief ins Gesicht und schritt durch die schlammigen Gassen. Als er sein Haus betrat, stieg ihm ein betörender Duft in die Nase. Seine Bediensteten waren oben in der Küche und buken Brot – es roch himmlisch. Sein leerer Magen zog sich schmerzhaft zusammen. Hatten diese Tölpel keinen Verstand im Kopf? Was fiel ihnen ein, ihn derart zu foltern? Er war bereits auf dem Weg nach oben, um sie für ihre Gedankenlosigkeit zu züchtigen, als ihm wieder einfiel, was Pater Arnaut gesagt hatte: *Lerne, nachsichtig mit deinen Nächsten zu sein.*

Eins stand fest: Wenn er da hinaufging und seine Hausbedienten schmausen sah, würde er alle guten Vorsätze vergessen und sie durch das Haus prügeln, bis sie um Gnade wimmerten.

Nachsicht. Er konnte Arnauts näselnde Stimme beinahe hören. *Geduld, Nächstenliebe, Barmherzigkeit sind die Tugenden des wahren Christen.*

Er machte auf dem Absatz kehrt und stieg hinunter in seinen geheimen Keller.

Vierzig weitere Tage Brotsuppe und Dünnbier. Wie, bei der

Gnade des Himmels, sollte er das durchstehen? Leider hatte er keine Wahl. Wenn er schwach wurde, erstarkte die Finsternis in seiner Seele. Er würde wieder jede Nacht von seinem Vater und dem Mann im Spiegel träumen, und die Furcht würde ihn so sehr quälen, dass er kaum noch die Kraft fände, das Bett zu verlassen. So weit würde er es nie wieder kommen lassen. Er war entschlossen, sich zu ändern.

Die Flamme des Kienspans zitterte, als er mit den Fingern auf dem Tisch trommelte. Über vier Jahre war es her, dass er das letzte Mal einen Gast in seinem Keller beherbergt hatte. Er versagte sich dieses Vergnügen, obwohl es ihm schmerzlich fehlte, schmerzlicher noch als Fleisch und Butter und Wein und all die anderen Speisen, auf die er gerade verzichtete. Es war ein weiterer Preis, den er zahlen musste, wenn er seine Seele dem Zugriff Satans entziehen wollte.

Sehnsüchtig betrachtete er die Folterwerkzeuge an den Wandhaken. Wie gern hätte er eines davon in die Hand genommen und den Schreien eines Gastes gelauscht.

Das Leben, fand er, war ein Scheißdreck.

Wenn es ihm wenigstens gelungen wäre, seinen verlorenen Reichtum zurückzugewinnen… Aber was das anging, trat er auf der Stelle. Seit die Juden ihn aus dem Geldhandel verdrängt hatten, versuchte er sich gezwungenermaßen als ehrbarer Kaufmann und handelte wie die anderen Mitglieder der Gilde mit Salz, Tuchen und englischer Wolle, die er auf den Champagnemärkten kaufte. Denn allein mit der Zinspacht aus seinem Grundbesitz konnte er auf Dauer keine großen Sprünge machen. Leider waren die Gewinnspannen im Warenhandel erschreckend gering, verglichen mit jenen im Kreditgeschäft. Und der Aufwand war ungleich größer. Mit dem bisschen Geld, das er damit verdiente, konnte er das Haus unterhalten, die Bediensteten bezahlen und die Saumtiere füttern – aber weder dem Luxus frönen noch Einfluss auf die Geschicke der Stadt nehmen, so wie früher.

Er war nur noch ein Kaufmann unter vielen, ein Niemand. Fleury hatte ihn besiegt.

Es hatte Nächte gegeben in den vergangenen Jahren, da hatte ihn dieser Gedanke um den Schlaf gebracht. Auch jetzt noch verspürte er allzu oft das Verlangen, sich an Fleury zu rächen, ihm all die Demütigungen heimzuzahlen. Doch er gab ihm nicht nach. Was geschehen war, war geschehen. Es war an der Zeit, die Vergangenheit ruhen zu lassen und nach vorne zu schauen. Auch wenn es ihm mitunter schwerfiel.

Wer dich auf die rechte Wange schlägt, dem halte auch die andere hin, lehrt uns Gottes Sohn, hörte er Pater Arnaut sagen. *Du musst ihm vergeben. Vorher wirst du keinen Frieden finden.*

Lefèvre verzog den Mund. Fürs Erste genügte es, Fleury aus dem Weg zu gehen. Was die Sache mit der Wange und der Vergebung anbelangte – man musste es nicht übertreiben.

Der Kienspan war fast abgebrannt. Er musste über eine Stunde hier gesessen haben. Trotz allem entfaltete der Keller immer noch seine wohltuende Wirkung: Die Unruhe in seinem Innern, die ihn seit der Beichte gequält hatte, war verschwunden.

Er verließ das Gewölbe, schloss die Geheimtür hinter sich und ging nach oben.

Im Haus roch es noch immer nach frischem Brot. Obwohl ihm das Wasser im Mund zusammenlief, widerstand er dem Drang, in die Küche zu stürzen und sich darüber herzumachen. Stattdessen setzte er sich in die Stube und rief nach einer Magd.

»Bring mir mein Fastenmahl«, wies er das Mädchen an. »Dünnbier und Brotsuppe wie immer.«

Rémy wartete vor der Schenke neben der städtischen Münze. Es war ein sonniger Abend. Soeben hatten die Glocken zur Vesper geläutet, und auf dem Domplatz bauten die Händler gerade ihre Stände ab. Sein Vater erschien wenig später.

»Schön, dich zu sehen«, sagte Michel lächelnd, und sie umarmten einander, ehe sie das Wirtshaus betraten. Rémy ging nach wie vor jeden Samstag mit seinen Eltern essen, wenn es sich einrichten ließ. Leider war seine Mutter bereits das vierte Mal in Folge nicht dabei, denn sie weilte gerade in Straßburg, um mit Arnold Liebenzeller einen Handel abzuschließen. Davor war sie in der Champagne gewesen und hatte dem Vernehmen nach gute Geschäfte gemacht.

Sie fanden einen Tisch am Fenster und bestellten Südwein und gebratenes Rebhuhn.

»Wie kommt Gaston mit seinem Meisterstück voran?«, erkundigte sich Michel.

»Gut. Gerade ist es recht ruhig in der Werkstatt. Er kann jeden Tag daran arbeiten. Bis zur Messe will er fertig sein.«

»Will er anschließend seine eigene Werkstatt eröffnen?«

»Ja, aber nicht hier. Varennes ist zu klein für zwei weltliche Schreiber. Außerdem will er keinen Ärger mit der Abtei Longchamp. Ich nehme an, er wird nach Metz gehen und dort sein Glück versuchen.«

»Metz ist ein teures Pflaster«, bemerkte Michel.

»Das wird schon. Gaston hat in den letzten Jahren etwas Geld zurückgelegt«, sagte Rémy. »Er ist genügsam. Eine kleine Werkstatt, eine billige Unterkunft – das reicht ihm für den Anfang.«

Gaston hatte ihm vor einigen Monaten eröffnet, er wolle Meister werden – ein allzu verständlicher Wunsch, schließlich arbeitete er bereits seit Jahren als Geselle und wollte sich etwas Eigenes aufbauen. Rémy hatte daher beschlossen, ihn nach Kräften zu unterstützen, und sogleich mit der Bruderschaft gesprochen, um den Ablauf der Meisterprüfung festzulegen. Ein weltlicher Schreiber, der Meister werden wollte – das war in Varennes ein völlig neuartiger Vorgang. Jean-Pierre Cordonnier hatte ihm daher freie Hand gelassen. Rémy hatte entschieden, Gaston solle einen Prachtcodex anfertigen und jeden Arbeitsschritt – vom Kopieren des Textes bis zum Ausschmücken des Buches mit Initialen und Miniaturen – eigenständig ausführen.

Michel lächelte. »Er wird dir fehlen, was?«

»Hör auf. Ich will gar nicht daran denken. So einen guten Gesellen finde ich nie mehr.« Ganz davon abgesehen, war Gaston einer der wenigen Männer, die Rémy als seine Freunde bezeichnete. Es war ein schmerzlicher Gedanke, dass er bald fortgehen und sie sich vielleicht nie wiedersehen würden.

»Aber ganz ohne Geselle wird es nicht gehen, nehme ich an.«

»Ich werde mir jemanden suchen müssen«, sagte Rémy. »Bei den wirklich wichtigen Arbeiten kann Dreux mir kaum helfen. Wahrscheinlich werde ich einen neuen Lehrburschen einstellen.«

»Ein Lehrling braucht Jahre, bis er dir richtig zur Hand gehen kann.«

»Ein ausgebildeter Geselle wäre mir natürlich lieber. Aber wo soll ich den hernehmen? Du weißt, wie rar weltliche Schreiber sind. Buchmaler erst recht. Ein Lehrling hat immerhin den Vorteil, dass ich ihn formen kann, wie ich ihn brauche.«

Michel nippte an seinem Becher. »Wenn du willst, höre ich mich um. Vielleicht möchte einer meiner Schwurbrüder seinen Jungen bei dir in die Lehre geben.«

Rémy nickte. »Aber es muss einer sein, der schon lesen und schreiben kann. Ich nehme keinen, der nicht wenigstens das Alphabet beherrscht. Und geschwätzig darf er nicht sein.«

Sein Vater lachte. »Keine Sorge. Ich habe nicht vor, dich zu quälen.«

»Weißt du, was mich wirklich ärgert?«

»Die Schule.«

»Seit wann kannst du Gedanken lesen?«

»Mein Sohn, wenn dich etwas ärgert, ist es immer die Schule.«

»Ich habe ja auch allen Grund dazu. Nimm zum Beispiel die Sache mit dem Lehrling: Hätte Adhemar es nicht geschafft, die Schule zugrunde zu richten, gäbe es heute schon genügend junge Burschen, die anständig lesen, schreiben und rechnen könnten. Ich müsste nur mit den Bruderschaften sprechen und hätte vermutlich schon morgen einen neuen Lehrling, der es in zwei, drei Jahren zum Gesellen bringen könnte. Aber wer heute die Schule verlässt, kann froh sein, wenn er den eigenen Namen schreiben kann. Dafür können sie die Evangelien zitieren wie die Pfaffen«, fügte Rémy bitter hinzu.

»Ganz so schlimm ist es auch wieder nicht«, sagte Michel. »Lesen und schreiben können die meisten.«

»Aber es könnte besser sein. Von Arithmetik und den ganzen anderen Künsten, die Adhemar ihnen vorenthält, will ich gar nicht anfangen.«

»Nun, wenn alles nach Plan verläuft, sind Adhemars Tage ja bald gezählt. Wann wollt ihr nach Toul reisen?«

»Wir brechen am Montag auf.« Nach nunmehr vier Jahren hatten Rémy und Bertrand endlich einen Weg gefunden, Abbé Wigéric zu überlisten und Bruder Adhemar loszuwerden. Nun mussten sie nur noch mit Bischof Eudes handelseinig werden.

»Lass uns trinken«, sagte sein Vater. »Auf dass eure Reise ein Erfolg wird!«

Anschließend plauderten sie über dieses und jenes, bis Michel plötzlich aus dem Fenster zeigte.

»Sieh mal, da draußen ist Eustache mit Weib und Tochter. Helvide ist ein hübsches Mädchen, nicht wahr?«

»Durchaus«, meinte Rémy, der wusste, was nun kam.

»Gefällt sie dir etwa nicht?«

Rémy brummte etwas, das man so oder so verstehen konnte. Glücklicherweise kam in diesem Moment das Essen, und er widmete sich hingebungsvoll seinem Rebhuhn, in der Hoffnung, dass sein Vater die Sache fallen ließe. Leider tat er ihm den Gefallen nicht.

»Sie wird nächsten Monat siebzehn. Eustache hat angedeutet, er wolle bald einen Mann für sie suchen. Wenn du willst, spreche ich mit ihm.«

»Ich bezweifle, dass ein Patrizier und Ratsherr seine Tochter mit einem Schreiber verheiraten will. Außerdem ist sie viel zu jung für mich.«

»Das ist Unsinn«, erwiderte Michel. »Du entstammst einer angesehenen Familie und führst die beste Buchmalerwerkstatt im ganzen Moseltal. Es wird Eustache nicht stören, dass du kein Kaufmann bist. Und was Helvides Alter angeht: Viele Patrizier heiraten Frauen, die fünfzehn Jahre jünger sind. Du wärst wahrlich nicht der Erste.«

»Trotzdem ziehe ich es vor, mir meine zukünftige Frau selbst zu suchen – hab Dank. Jetzt genug davon. Reden wir über die Messe. Was gibt es Neues?«

»Weich mir nicht aus, Rémy. Wir müssen über diese Dinge sprechen. Du bist jetzt vierunddreißig. Du kannst es nicht mehr ewig aufschieben, eine Familie zu gründen.«

Rémy stöhnte. Sie führten dieses Gespräch etwa alle drei Monate, und er hatte es gründlich satt.

»Willst du warten, bis du vierzig bist?«, setzte sein Vater nach. »Vielleicht denkst du dabei auch einmal an deine Mutter und mich. Wir hätten gerne Enkel, aber wir werden nicht jünger. Wir wollen sie aufwachsen sehen, bevor wir zahnlose Greise sind.«

»Ich heirate, sowie ich die Richtige gefunden habe, in Ordnung? So lange müsst ihr euch eben gedulden.«

»Du lässt dir aber ganz schön Zeit damit.«

»So ist das eben.« Missmutig nippte Rémy an seinem Wein.

Michel blickte ihn argwöhnisch an. »Du fühlst dich doch nicht zu Männern hingezogen, oder?«

Rémy verschluckte sich und begann zu husten. »Herrgott, Vater! Wenn dich jemand hört!«

»Wieso? Habe ich recht?«

»Denk mal scharf nach. Eugénie hat zwei Brüste und bekommt gerade ihr zweites Kind. Wenn mich nicht alles täuscht, macht sie das zu einer Frau. Was schließt du daraus?«

»Das mit Eugénie ist – wie lange her? Sechs Jahre? Seitdem bist du allein und sitzt von morgens bis abends zwischen deinen Büchern. Verzeih mir, wenn das ein wenig seltsam auf mich wirkt.«

»Es gab andere«, sagte Rémy einsilbig.

»Frauen?«

»Nein. Bettelmönche.… Natürlich Frauen.«

»Wieso hast du uns nie jemanden vorgestellt?«

»Weil es nichts bedeutete. Es waren Abenteuer. Nichts von Dauer.«

Michel nickte verständnisvoll. »Ein Mann muss sich die Hörner abstoßen. Das gehört dazu. Aber irgendwann muss er zur Ruhe kommen, heiraten und Kinder zeugen. Das ist der natürliche Lauf der Dinge. So will es Gott.«

Weil du in dieser Hinsicht ein so leuchtendes Vorbild warst, dachte Rémy. Doch er sagte nur: »Gewiss, Vater. Jetzt lass uns essen.«

»Ich sehe schon, dich zu bedrängen, führt zu nichts. Also gut. Warte auf die Richtige. Ich übe mich derweil in Geduld. Aber wenn du Hilfe brauchst, lass es mich wissen. Eustache ist nicht der einzige Freund, der einen Mann für seine Tochter sucht. Gewiss kann ich jederzeit etwas arrangieren.«

»Sollte mich irgendwann die Verzweiflung übermannen, komme ich gern darauf zurück.«

»Gut.« Michel riss seinem Rebhuhn einen Flügel ab. »Aber bedenke, dass Helvide nicht ewig zu haben sein wird.«

Rémy blickte ihn strafend an.

»Schon gut. Schon gut. Ich halte ja schon meinen Mund. Kein Wort mehr dazu. Lass uns in Ruhe essen. Dafür sind wir schließlich hier… Bei allen Höllen, ist das Fleisch scharf gewürzt! Deins auch? Die Kruste besteht ja fast nur aus Pfeffer.

Will der Wirt mit seinem Reichtum prahlen? Dabei war das früher mal eine der besten Schenken der Stadt. Eine Schande. Auf nichts ist mehr Verlass. Mädchen! Wasser, aber gut gekühlt, wenn ich bitten darf. Mein Gaumen steht in Flammen …«

Toul

Rémy stand am Rande der Baustelle und betrachtete den neuen Dom zu Toul.

Es war spät am Nachmittag, die Sonne versank bereits hinter den Dächern der Patrizierhäuser und zeichnete lange Schatten auf den Platz. Eine leichte Brise wirbelte den Staub auf, der die nackte Erde bedeckte, denn es hatte seit Tagen nicht geregnet. Ein gewaltiges Gerüst hüllte das Bauwerk ein, ein abenteuerliches Konstrukt aus Balken, Leitern und Lastenaufzügen. Tagelöhner und Hörige wuchteten Steine zu den Lastkränen und beförderten sie hinauf zur obersten Ebene, wo die Blöcke von den Maurern verarbeitet wurden.

Viel war noch nicht zu sehen. Obwohl man bereits seit drei Jahren an der Kathedrale baute, stand gerade einmal der Chor. Von den übrigen Gebäudeteilen existierten bislang nur die Grundmauern. Vom ehemaligen Dom hatte man lediglich die Fundamente übrig gelassen – uraltes Mauerwerk aus den Tagen der frühen Christen, das wie zähes Wurzelwerk tief im Erdreich steckte und bestens geeignet war, das neue Bauwerk zu tragen: eine Kirche, die viel größer, viel prachtvoller sein würde als die alte.

Es war ein ehrgeiziges Vorhaben, für dessen Verwirklichung Bischof Eudes keine Kosten und Mühen gescheut hatte. Allerdings wuchsen ihm die Kosten langsam, aber sicher über den Kopf, so das Gerücht – vor allem die Ausgaben für den Mörtel, der auf der Baustelle jeden Tag in großen Mengen verarbeitet wurde. Den Kalk, den man zur Mörtelherstellung benötigte, musste Bischof Eudes aus der Grafschaft Vaudémont heranschaffen, denn Toul hatte keinen eigenen Steinbruch. Vor zwei Monaten jedoch hatte Graf Hugo plötzlich entschieden, eine neue Burg zu bauen, und allen benachbarten Herrschaften die Nutzung seiner Steinbrüche untersagt. Der Kirchenbau drohte ins Stocken zu geraten. Eudes blieb nicht anderes übrig, als den dringend benötigten Baustoff woanders zu beschaffen. Er war nach Varennes ausgewichen, wo sich der nächstgelegene Kalksteinbruch befand. Nun konnten seine Arbeiter zwar wieder Mörtel mischen, aber der Preis dafür war hoch. Denn der Rat von Varennes ließ sich die Nutzung des Steinbruchs teuer bezahlen.

Hier kamen Rémy und Bertrand Tolbert ins Spiel.

»Suchen wir den Bischof«, sagte Tolbert und ging voran über die Baustelle.

»Ein Geschäft?«, wiederholte Eudes säuerlich, während sie durch die Flure des bischöflichen Palastes schritten. »Wenn ich raten darf: Es geht um den Kalksteinbruch, richtig? Besser gesagt: die Nutzungsgebühren. Gewiss werdet ihr mir sogleich mitteilen, dass sich der Rat bedauerlicherweise gezwungen sieht, sie zu erhöhen. Die Bürger Varennes' haben es schließlich seit jeher verstanden, die Notlage anderer in klingende Münze zu verwandeln. Das ist es, was eure Stadt groß gemacht hat, nicht wahr?«

»Es geht tatsächlich um den Steinbruch«, sagte Bertrand. Rémy überließ ihm das Reden. Der Ratsherr verstand mehr von Politik als er und wusste, wie man mit einem hohen Herrn der Kirche verhandelte. »Aber wir haben keineswegs die Absicht, die Nutzungsgebühren heraufzusetzen. Ganz im Gegenteil: Wir wollen sie senken, damit Eure Materialkosten nicht ins Uferlose steigen.«

Der Bischof musterte ihn argwöhnisch. »Sagtet ihr tatsächlich ›senken‹?«

»Betrachtet es als unseren Beitrag zum Gelingen Eures Bauvorhabens.«

»Als ich den Rat damals um Unterstützung bat, ließ man mich wissen, man sei weder willens noch fähig, mir zu helfen. Verzeiht also, wenn es mir schwerfällt zu glauben, dass ihr plötzlich mildtätig geworden seid. Wo ist euer Vorteil bei diesem Geschäft?«

»Ich will ganz offen zu Euch sein, Exzellenz«, sagte Bertrand. »Unsere Motive sind durchaus eigennützig. Wir werden die Nutzungsgebühren nur herabsetzen, wenn Ihr im Gegenzug etwas für uns tut.«

»Nämlich?«

Tolbert forderte Rémy mit einem Blick auf, es dem Bischof zu erklären. »Ihr erlasst ein Dekret, in dem das Amt des Scholasticus zweigeteilt wird. Abbé Wigéric behält die Aufsicht über die Klosterschule. Die städtische Schule jedoch geht in die alleinige Obhut des Rates über.«

»Mit anderen Worten«, meinte Eudes, »künftig darf nur der Rat entscheiden, wer die Schüler unterrichtet?«

»Es ist unsere Schule«, entgegnete Rémy. »Es ist nur recht und billig, dass wir den Lehrer selbst ernennen.«

»Die neuen Gebühren für die Nutzung des Steinbruchs – von welchem Betrag sprechen wir?«

»Bisher zahlt Ihr monatlich dreißig Pfund Silber«, antwortete Bertrand. »Künftig würden wir nur die Hälfte verlangen. Rechnet man die Transportkosten ein, lägen Eure Ausgaben für das Kalk nur wenig über dem, was Ihr früher dem Grafen von Vaudémont gezahlt habt.«

»Und ich darf weiterhin so viel abbauen, wie ich brauche?«

Tolbert nickte.

Bischof Eudes blieb stehen und schaute zu einer Wandnische, in der eine kleine Statue des heiligen Jacques stand, als erhoffe er sich den Rat seines Patrons. »Ihr verzichtet jeden Monat auf einen Batzen Silber, nur damit ihr einen Lehrer ernennen dürft? Bedeutet euch diese Schule wirklich so viel?«

»Wir sind davon überzeugt, dass sie für unsere Stadt außerordentlich wichtig ist, Exzellenz«, antwortete Rémy. »Ihr Nutzen ist mit Geld nicht aufzuwiegen.«

»Wenn ich diesem Handel zustimme, verärgere ich Abbé Wigéric«, meinte der Kirchenfürst.

»Wenn Ihr es nicht tut«, erwiderte Bertrand, »lauft Ihr Gefahr, Eure Kirche nicht weiterbauen zu können, weil Euch eines nicht allzu fernen Tages das Geld ausgeht. Wollt Ihr das wirklich riskieren, nur weil Ihr den Zorn eines Abts fürchtet?«

Eudes' Stirn lag in Falten. Ein weiterer Blick zum heiligen Jacques in seinem Alkoven.

»Gehen wir zu meiner Amtsstube«, sagte der Kirchenmann schließlich.

Abtei Andlau

Die None war gerade vorüber, als Isabelle den beiden Nonnen durch den Kreuzgang folgte. Überall im Kloster gingen die Ordensschwestern ihrer Arbeit nach. Im Hof hegten zwei Frauen in schwarz-weißen Gewändern den Kräutergarten, der würzig und betörend duftete.

»Wie schön, dass Ihr uns wieder einmal besucht«, sagte Felicitas. »Seid Ihr gerade auf dem Weg nach Speyer?«

»Ich bin auf dem Heimweg«, entgegnete Isabelle. »Ich war die vergangenen Tage in Straßburg und dachte, dass ich rasch bei Euch vorbeischaue. Wer weiß, wann ich das nächste Mal in der Gegend bin?«

»Catherine, mein Kind, warum holst du nicht einen Becher Birnenmost für Frau Isabelle?«, wandte sich Felicitas an ihre Tochter. »Sie ist gewiss durstig von der Reise.«

Catherine nickte und schritt davon. Felicitas' Habit knisterte leise, als sie sich neben Isabelle auf die Steinbank unter den Arkaden setzte. Am heutigen Tag war es fast genau drei Jahre her, dass die beiden Frauen ihr Noviziat abgeschlossen hatten und vollwertige Ordensschwestern des Frauenkonvents geworden waren. Sie hatten ihren Frieden in Andlau gefunden, Felicitas zumindest. Was Catherine betraf, ließ sich das schwer beurteilen.

»Sie spricht noch immer nicht«, stellte Isabelle fest, als die junge Nonne in einem Durchgang verschwand.

»Nein«, sagte Felicitas leise.

»Auch nicht mit Euch?«

»Auch nicht mit mir.«

Isabelle beschloss, das Thema ruhen zu lassen – es war zu schmerzlich für ihre Freundin. Was immer Lefèvre Catherine angetan hatte, es hatte Wunden in ihre Seele geschlagen – Wunden, so tief, dass sie auch nach vier Jahren nicht verheilt waren.

Wenigstens musste sich Isabelle schon lange nicht mehr um ihre und Felicitas' Sicherheit sorgen. Zwar hatte Lefèvre damals, im Frühjahr nach Renouarts Tod, seine Drohung wahrgemacht und begonnen, die beiden Frauen zu suchen. Doch allem Anschein nach war er nie auch nur in die Nähe des Klosters gekommen. Er war nach Speyer und Metz gereist und hatte dort Nachforschungen angestellt, in der Annahme, Michel hätte sie in einer seiner Niederlassungen versteckt. Als er damit nichts erreichte, brach er seine Suche ab und kehrte unverrichteter Dinge nach Varennes zurück. Seitdem ließ er Catherine und Felicitas in Ruhe. Alles deutete darauf hin, dass er inzwischen jegliches Interesse an ihnen verloren hatte.

Catherine kam zurück, überreichte Isabelle lächelnd einen Becher und setzte sich zu ihnen. Isabelle und Felicitas plauderten über dies und das, bis die Glocken schließlich zur Vesper riefen.

»Ich danke Euch für den köstlichen Most«, sagte Isabelle, als sie sich erhob. »Es war schön, Euch wiederzusehen.«

»Ihr wollt schon gehen?«, fragte die ältere Nonne. »Bleibt doch noch zum Gebet und speist anschließend mit uns zu Abend.«

»Ich sollte wirklich aufbrechen. Sonst wird es zu spät für mich.«

»Ihr kommt ohnehin nicht mehr weit, bevor es dunkel wird. Wieso übernachtet Ihr nicht hier? Die Mutter Oberin hat gewiss nichts dagegen.«

Einerseits wollte Isabelle so schnell wie möglich nach Hause, damit sie Michel bei den Messevorbereitungen helfen konnte. Andererseits konnte sie nicht verhehlen, dass die vielen Kauffahrten der letzten Monate sie tief erschöpft hatten. Die Aussicht, die Nacht in einer behaglichen Klosterzelle zu verbringen statt unter freiem Himmel, erschien ihr ausgesprochen verlockend. »Also gut«, sagte sie lächelnd. »Ich bleibe bis morgen früh.«

Die beiden Nonnen nahmen sie in die Mitte, hakten sich bei ihr unter und geleiteten sie zur Kapelle.

Varennes-Saint-Jacques

Auf diesen Moment freute sich Rémy seit Wochen.

Mit seinem Vater und Bertrand Tolbert im Schlepptau schritt er zur Schule, in der Hand Bischof Eudes' Urkunde. Die Schüler kauerten auf dem Boden, ihre Wachstafeln auf den Knien. Da es noch recht früh am Morgen war, hatten sie ihre Talglichter angezündet. Bruder Adhemar schritt zwischen ihnen umher, bereit, jeden zu züchtigen, der lärmte oder eine falsche Antwort gab. Dank eines glücklichen Zufalles war Abbé Wigéric ebenfalls zugegen. Der feiste Abt stand an der Stirnseite des Saales und beaufsichtigte den Unterricht.

»Wie bestimmt man das Datum des Osterfestes?«, fragte Bruder Adhemar soeben, als Rémy die Tür aufstieß. Die Schüler wandten sich um.

»Was fällt Euch ein, die Lectura zu stören?«, schnappte Wigéric. »Seht Ihr nicht, dass Bruder Adhemar gerade wichtiges Wissen abfragt?« Dann erst bemerkte der Abt Michel und Bertrand Tolbert. Argwöhnisch beobachtete er die beiden Männer.

»In Ordnung, ich mache es kurz und schmerzlos«, sagte Rémy. »Bruder Adhemar, ab sofort dürft Ihr die Schüler der städtischen Schule nicht mehr unterrichten. Bitte verlasst den Saal. Von nun an ist es Euch verboten, ihn zu betreten. Euch auch, Abbé.«

Der stämmige Mönch war so verblüfft, dass er kein Wort herausbrachte. Wigéric jedoch stürzte Rémy entgegen und keifte: »Das ist unerhört! Ich werde Euch dem Bischof melden. Bürgermeister Fleury, ich verlange eine Erklärung für das freche Verhalten Eures Sohnes.«

»Frech? Keineswegs«, erwiderte Michel freundlich. »Rémy handelt im Auftrag des Rates und im Einklang mit Bischof Eudes' Wünschen.«

»Lest selbst.« Rémy überreichte Wigéric das Schriftstück, in dem der Bischof bestätigte, dass das Amt des Scholasticus künftig zwischen dem Rat und dem Vorsteher der Abtei Longchamp aufgeteilt werde und Abbé Wigéric fürderhin nur noch für die Klosterschule zuständig sei.

Der Abt stierte auf die Urkunde. »Ich weiß nicht, mit welch niederträchtigen Winkelzügen ihr euch dieses Machwerk erschlichen habt«, sagte er schließlich, »aber ich versichere euch: In dieser Angelegenheit ist das letzte Wort noch nicht gesprochen.«

Er klatschte Rémy das Schriftstück vor die Brust, und die beiden Mönche stolzierten davon.

Bertrand war derweil ans Stehpult getreten. »Die Lectura

ist für heute beendet. Geht nach Hause. Die Schule fällt aus, bis wir einen anderen Lehrer gefunden haben. Eure Väter hören von uns.«

Folgsam bliesen die Schüler ihre Talglichter aus und legten die Wachstafeln auf den Tisch neben der Tür. Kaum hatten sie den Saal verlassen, ging eine erstaunliche Veränderung mit ihnen vor: Aus verängstigten kleinen Seelen wurden übermütige Kinder, die lachend und schreiend über den Salzmarkt rannten und in alle Richtungen davonstürmten.

Rémy blickte ihnen nach und lächelte dünn, als er an Wigérics Gesicht beim Anblick der Urkunde dachte. *Doch, alles in allem ein gelungener Morgen.*

»Ich spreche gleich mit den Ausrufern«, erklärte Bertrand. »Sie sollen eine Woche lang auf allen Marktplätzen verkünden, dass wir einen neuen Schulmeister suchen.«

»Auch in der Woche darauf«, sagte Rémy. »Während der Messe sind viele Scholaren in der Stadt. Vielleicht sucht der eine oder andere eine neue Anstellung.«

»Sollen sich die Kandidaten bei Euch melden?«

Rémy nickte. »Ich treffe eine Vorauswahl und stelle die geeigneten dem Rat vor.«

»Was ist mit dem Burschen, der damals eine Weile bei dir gewohnt hat?«, fragte Michel.

»Meinst du Albertus?«

»Können wir auf ihn zurückkommen? Vielleicht ist er noch interessiert.«

»Er ist längst in Italien bei seinem Onkel. Ich fürchte, diese Gelegenheit haben wir verpasst.« Dann und wann bekam Rémy einen Brief von seinem Freund. In seiner letzten Nachricht hatte Albertus ihm mitgeteilt, er studiere seit einem Jahr die Freien Künste in Padua und sei in den jungen Mönchsorden der Dominikaner eingetreten. Nein, mit Albertus konnten sie nicht mehr rechnen. Der Gelehrte aus Lauingen strebte inzwischen nach Höherem.

»Betrüblich«, meinte Michel. »Ich habe damals nur wenige Male mit Albertus gesprochen, aber er machte einen guten Eindruck auf mich. Er wäre gewiss ein trefflicher Schulmeister geworden. Er hätte genau die richtige Mischung aus Strenge, Weisheit und Gelehrsamkeit.«

»Wir finden einen anderen.« Rémy ging zur hinteren Kammer und holte den Besen. Er hatte das dringende Bedürfnis, gründlich zu fegen und zu lüften, denn der ganze Saal, so erschien es ihm, miefte nach Adhemars verstaubten Lehrmethoden und dem Angstschweiß der Schüler.

Oktober 1224

Varennes-Saint-Jacques

Die Ratsherren hatten sich von ihren Plätzen erhoben, als die Metzer in den Saal strömten. Die Männer legten ihre Mäntel ab und setzten sich an die Tafel, die man für die Gäste aufgestellt hatte. Der Reihe nach musterte Michel ihre Besucher. Es waren ausnahmslos Patrizier, gekleidet in kostbare Gewänder, die Umhänge gefüttert mit Hermelinpelz und Fuchsfell. Sie gehörten der Stadtaristokratie an und entstammten den Paraiges, den sechs großen Geschlechterverbänden von Metz. Die meisten saßen außerdem im mächtigen Kollegium der Treize jurés, das die Stadtrepublik regierte. Obwohl ein berittener Bote ihr Kommen schon vor Tagen angekündigt hatte, kannte niemand im Rat den Anlass des Besuchs. Da Évrard Bellegrée die Abordnung höchstpersönlich anführte, musste die Angelegenheit von höchster Wichtigkeit sein. Immerhin war Évrard einer der reichsten Kaufleute Lothringens und obendrein der Schöffenmeister von Metz, er besaß enormen politischen Einfluss im Herzogtum. Gewiss hatte er seinen Geschlechterturm nicht wegen einer Lappalie verlassen.

Der Mann, der neben Évrard saß, war sehr viel jünger, doch die Ähnlichkeit zwischen beiden war unverkennbar. Er hatte dasselbe gut aussehende, kantige Gesicht und dieselben Augen mit dem stechenden Blick wie sein Nachbar; auch ihm fiel das gescheitelte Haar bis in den Nacken, wenngleich seines noch voll und schwarz war. Er hatte sich die vorderen Strähnen hinter die Ohren gestrichen und trug eine Bundhaube aus Seide und feinem Wildleder, die seine Vorliebe für teure Kleidung erkennen ließ. Michel hatte ihn bereits bei der einen oder anderen Gelegenheit getroffen – es handelte sich um Évrards Sohn Roger. Ein exzellenter Kaufmann und wie sein Vater ein Mann von großem Verstand und nahezu grenzenloser Skrupellosigkeit, wenngleich er als Hitzkopf galt, berüchtigt für seine Wutausbrüche. Doch das machte ihn nicht weniger gefährlich, im Gegenteil. Wer es mit den Bellegrées zu tun bekam, sei es mit Vater oder Sohn, übte sich besser in Vorsicht. Andernfalls erging es einem womöglich wie diesem Gewürzhändler aus Toul, der so dumm gewesen war, sich Évrard zum Feind zu machen. Es hieß, der Mann wohne seitdem in einem Armenspital und bettele vor den Klosterhöfen um Almosen.

»Ich bin kein Freund großer Reden – ich komme gleich zur Sache«, begann Évrard Bellegrée ohne Umschweife. »Der Handel in Lothringen, Burgund, dem Rheinland und dem Osten Frankreichs fußt auf einem zerbrechlichen Gleichgewicht aus verschiedenen Interessen. Es hat Jahrhunderte gedauert, dieses Gleichgewicht aufzubauen, ihm verdanken wir unser aller Wohlstand. Der Jahrmarkt von Varennes-Saint-Jacques aber gefährdet das friedliche Miteinander. Wir, die Treize jurés von Metz und die Ältesten der Paraiges, fordern euch daher auf, seinen Betrieb einzustellen.«

Stille folgte seinen Worten.

Deforest war der Erste, der seine Sprache wiederfand. »Ist das Euer Ernst?«, fragte er.

»Ich habe die Fahrt nach Varennes ganz gewiss nicht auf mich genommen, um Scherze mit euch zu treiben«, erwiderte Évrard schneidend. »Eure Messe bedroht den Frieden. Wenn sie nicht verschwindet, stehen Lothringen Zwist und Chaos bevor.«

Tumult brach aus. Einige Ratsherren von Varennes sprangen auf und machten ihrer Wut Luft.

»Ist es nicht viel eher so, dass unsere Messe die Vormachtstellung von Metz bedroht?«, rief René Albert. »Das ist es, wovor Ihr Euch fürchtet, richtig? Frieden in Lothringen – dass ich nicht lache! Der Frieden hat Euch noch nie interessiert.«

Zwei Metzer Patrizier nannten ihn einen Lügner und begannen, ihn zu beschimpfen. Als das Gebrüll überhandnahm, hieb Michel mit der flachen Hand auf den Tisch und forderte die Beteiligten mit scharfer Stimme auf, ruhig zu sein.

»Habt Dank«, sagte er, als die Männer wieder saßen. »Ich muss sagen, Évrard, Euer Ansinnen befremdet mich. In den vergangenen vier Jahren hat unser Jahrmarkt allen Kaufleuten der Region zu guten Geschäften verholfen – auch und besonders den Paraiges von Metz. Was also verleitet Euch zu der Annahme, unsere Messe sei eine Gefahr für den Handel?«

Roger Bellegrée antwortete anstelle seines Vaters: »Euer Jahrmarkt wird allmählich zu einer Konkurrenz für andere Handelszentren. Damit zerstört ihr eine gewachsene und bewährte Ordnung. Außerdem schwächt ihr die Warenströme in die Champagne. Damit werdet ihr den König von Frankreich verärgern, falls das nicht bereits geschehen ist.«

»Diese Bedenken hatte auch Kaiser Friedrich«, räumte Michel ein. »Deshalb haben wir Sorge getragen, mit den Champagnemessen nicht in Rivalität zu treten. Unsere Messe soll keine Konkurrenz zu den bestehenden Märkten sein, sondern sie ergänzen. Und das scheint gelungen zu sein – die lobenden Worte der französischen, niederlothringischen und elsässischen Kaufleute für unsere Messe sprechen eine klare Sprache.«

»Wenn eure Absichten so friedlich sind«, entgegnete Roger, »wieso lockt ihr dann auswärtige Kaufleute nach Varennes? Kaufleute, die bisher zufrieden damit waren, Niederlassungen in Metz zu unterhalten? Das ist ein frecher Angriff auf unseren Wohlstand, der nicht so recht zu euren Beteuerungen passt, mit niemandem konkurrieren zu wollen.«

»Wir locken niemanden«, meldete sich Henri Duval zu

Wort. »Wir machen Kaufleuten, die sich hier niederlassen wollen, lediglich günstige Angebote. Wir tun also nichts anderes als die Treize. Das wird kaum dazu führen, dass die fraglichen Händler ihre Niederlassungen in Metz schließen werden. Nur ein Dummkopf würde einen etablierten Stützpunkt in einer großen Handelsstadt leichtfertig aufgeben.«

»Jetzt gewiss noch nicht. Aber vielleicht in ein paar Jahren.«

»Dann sorgt eben dafür, dass sich die auswärtigen Kaufleute weiterhin in Metz wohlfühlen, damit sie bleiben«, sagte Michel. »Ich sehe nicht, wohin diese Debatte führen soll.«

»Ich auch nicht«, meinte Évrard Bellegrée. »Wir haben unseren Wunsch deutlich geäußert, aber ich wiederhole ihn gern noch einmal für Euch, Herr Fleury: Beendet den Betrieb des Jahrmarkts, oder spürt die Folgen.«

»Und welche Folgen wären das? Ich erinnere Euch daran, dass der Kaiser persönlich diese Messe genehmigt hat. Wenn Ihr uns daran hindert, den Jahrmarkt auszurichten, verletzt Ihr königliches Recht.«

»Der Kaiser sitzt in Sizilien und schert sich nicht um den Norden des Reiches, und sein Sohn Heinrich ist ein unmündiger Knabe von dreizehn Jahren. An eurer Stelle würde ich mich nicht allzu sehr auf die Krone verlassen.«

»Ihr droht uns?«, fragte Michel gedehnt. »In unserem eigenen Rathaus?«

»Ich appelliere nur an eure Einsicht. Nun liegt es an euch, die richtigen Schlüsse daraus zu ziehen. Ihr habt die Wahl: Bemüht euch, die lange Freundschaft zwischen Varennes und Metz zu bewahren – oder tretet sie weiter mit Füßen. Aber alles, was dann geschieht, habt ihr euch selbst zuzuschreiben.«

Geschlossen standen die Metzer auf und verließen den Saal.

»Was erlaubt sich dieser Kerl?«, ereiferte sich Gaillard Le Masson, als die Männer fort waren. »Kommt hierher und glaubt, er könnte Forderungen stellen, nur weil er der große Évrard Bellegrée ist. Bei Gott! So eine Unverschämtheit ist mir noch nie untergekommen. Ich hätte nicht übel Lust, die Büttel zu rufen und ihn aus der Stadt zu treiben.«

»Ja, eine Unverschämtheit ist es.« Duval faltete die schlanken Hände auf der Ratstafel. »Leider eine, die wir ernst nehmen müssen. Mit den Bellegrées ist nicht zu spaßen.«

»Ihr habt doch nicht etwa vor, ihm nachzugeben?«, fragte Guichard Bonet.

»Natürlich nicht«, antwortete Michel. »Der Jahrmarkt ist die wichtigste Neuerung der letzten zehn Jahre. Wir werden den Teufel tun und ihn aufgeben, nur weil Bellegrée um seinen Wohlstand fürchtet. Dennoch sollten wir vorsichtig sein. Évrard ist kein Mann, der leere Drohungen von sich gibt. Gewiss wird er versuchen, uns das Leben schwerzumachen, bis wir einlenken.«

»Steht es in seiner Macht, uns am Ausrichten der Messe zu hindern?«, fragte Tolbert.

»Évrard ist der Schöffenmeister von Metz«, sagte Deforest. »Er steht an der Spitze der größten und reichsten Stadt Lothringens. Wenn er es wünscht, kann er gewaltige Kräfte in Bewegung setzen. Natürlich könnte er uns daran hindern. Aber ich glaube nicht, dass er das tun wird. Er gibt zwar vor, die Krone nicht zu fürchten, doch ich bezweifle, dass er riskieren will, sich den Zorn des Kaisers zuzuziehen. Er wird subtiler vorgehen. Hinterhältiger.«

Das war auch Michels Einschätzung der Lage. »Machen wir uns auf alles gefasst. Bertrand, versetzt die Stadtknechte in Alarmbereitschaft. Verdoppelt die Wachen auf dem Messegelände. Sowie die ersten auswärtigen Kaufleute angekommen sind, sollen sie den bestmöglichen Schutz bekommen. Und was die Metzer betrifft, lassen wir uns auf keine Spielchen ein. Wenn sie Ärger machen und den Marktfrieden verletzen, werden sie ohne viel Federlesens der Stadt verwiesen.«

Er blickte in die Runde. »Meine Herren, wir haben Bischöfen und Edelleuten getrotzt. Évrard mag reich und mächtig sein, aber letztlich ist er nur ein Kaufmann – ein Kaufmann wie wir. Es wäre doch gelacht, wenn wir nicht mit ihm fertigwerden würden.«

»Recht hat er!«, rief Deforest und erhob sich, in der Hand seinen Weinkelch. »Auf Michel! Auf Varennes-Saint-Jacques!«

»Auf Michel! Auf Varennes-Saint-Jacques!«, brüllten die anderen.

Rémy prüfte jede einzelne Seite des Psalters, las jeden Psalm, begutachtete sämtliche Miniaturen. Anfangs hatte Jean-Pierre Cordonnier ihm noch über die Schulter geschaut und versucht, etwas beizutragen. Doch da der Obermeister der Bruderschaft kaum lesen konnte und nichts von Buchmalerei verstand, hatte er es bald aufgegeben. Er hatte sich zu Gaston und Dreux an den Tisch gesetzt und überließ es Rémy, Gastons Meisterstück zu beurteilen.

Der Geselle hatte zuletzt jeden wachen Augenblick an dem Psalter gearbeitet, mitunter bis spät in die Nacht hinein. So war er schon einige Tage vor der Messe fertig geworden. Das Ergebnis konnte sich sehen lassen. Die Texte waren fehlerfrei, das Schriftbild war gleichmäßig, elegant und angenehm zu lesen. Auch bei der Gestaltung des Buchschmucks hatte Gaston handwerkliches Geschick bewiesen: Jede einzelne Initiale und Miniatur war ein kleines Kunstwerk. Rémy war nicht wenig beeindruckt, wie sehr sich sein Geselle in den vergangenen Jahren weiterentwickelt hatte. Früher hatte Gaston lediglich seinen Stil imitiert, doch aus dieser Phase war er längst heraus: Seine Illustrationen besaßen durchweg eine individuelle Note.

Es war bereits spät am Abend, als Rémy den Codex endlich zuklappte. Wie auf Kommando standen Gaston und Dreux auf. Der Alte benahm sich, als ginge es hier um ihn. Er war beinahe so nervös wie Gaston.

»Was sagst du?«, erkundigte sich Jean-Pierre.

»Ich bin schockiert«, antwortete Rémy.

»Ist es so schlecht?«, fragte Gaston.

Rémy lächelte. »Ich bin schockiert, wie vollkommen es ist. Im ganzen Buch kein einziger Fehler. Ich fürchte, ich habe mir einen gefährlichen Konkurrenten herangezogen.«

Dreux runzelte verwirrt die Stirn. »Und was heißt das jetzt? Kann Gaston kein Meister werden?«

»Ich mache doch nur Spaß. Gaston, das ist eine herausragende Arbeit, eines Meisters würdig. Ich bin stolz auf dich.«

Gaston strahlte bis über beide Ohren, als Rémy und Jean-Pierre ihm gratulierten. Dreux klopfte ihm auf die Schultern und krächzte: »Hab ich's dir nicht gesagt? Hab ich's dir nicht gesagt?«

Glücklich und verlegen bedankte sich Gaston. Jean-Pierre füllte vier Becher mit Wein, und sie stießen miteinander an.

»Komm morgen in die Kapelle, damit ich dich in aller Form zum Meister ernenne«, sagte Cordonnier. »Anschließend feiern wir mit unseren Brüdern.«

»Ich habe etwas vorbereitet.« Rémy öffnete eine Truhe und reichte Gaston ein Pergament. »Dein Meisterbrief. Damit darfst du überall im Reich eine eigene Werkstatt betreiben, Gesellen einstellen und Lehrlinge ausbilden.«

Ehrfürchtig las Gaston die Urkunde. »Ich danke Euch, Meister.«

»Hör endlich mit diesem Ihr- und Euch-Unsinn auf«, sagte Jean-Pierre. »Wir sind jetzt gleichgestellt. Sag ›du‹ zu uns.«

»Wie sind deine Pläne für die Zukunft?«, erkundigte sich Rémy. »Bleibt es dabei, dass du nach Metz gehen wirst?«

»Ich habe mich anders entschieden«, antwortete der frischgebackene Meister. »Ich versuche mein Glück in Verdun. Dort gibt es noch keinen weltlichen Schreiber. Ich habe neulich dem Bischof geschrieben. Er will mir erlauben, eine Werkstatt zu eröffnen.«

»Wann willst du aufbrechen?«

»Nach dem Fest.«

»So bald schon? Willst du nicht noch eine Weile für mich arbeiten, wenigstens bis Ende des Monats? Ich zahle dir auch mehr Lohn.«

Gaston lächelte scheu. »Danke für das Angebot, aber ich will endlich etwas Eigenes haben. Ich kann nicht mehr länger warten.«

Rémy nickte. »Niemand könnte das besser verstehen als ich. Wir werden dich vermissen. Nicht wahr, Dreux?«

Der Alte gab keine Antwort. Er hielt den Kopf gesenkt, und seine Schultern zitterten.

»Sag bloß, du weinst.«

»Ich doch nicht!«, gab der Alte zurück und wischte sich mit dem Ärmel über das Gesicht. »Mir ist nur etwas ins Auge geflogen. Eine Mücke oder so etwas. Verdammte Viecher! Hol's der Teufel …«

Eine Woche nach dem unerfreulichen Besuch der Metzer begann die Messe.

Nachdem Michel wie jedes Jahr die auswärtigen Kaufleute begrüßt hatte, trat Bertrand Tolbert auf den Platz im Zentrum des Messegeländes und rief: »Auf drei! Eins … zwei … drei!«

Mehrere Stadtknechte ergriffen die Taue und richteten das Marktkreuz auf, die Gesichter vor Anstrengung zu Grimassen verzerrt. Michel zog sich derweil unter die aufgespannte Zeltplane zurück und beobachtete das Treiben an den Verkaufsständen und Viehgehegen, das kurz darauf begann. Es nieselte, aber das hielt auswärtige und einheimische Kaufleute, Handwerker und Bauern nicht davon ab, ihre Waren anzupreisen und nach Herzenslust Geschäfte zu machen. Tatsächlich hatte der Jahrmarkt trotz des schlechten Wetters so viele Besucher wie noch nie. Die Gästehäuser in der Stadt platzten aus allen Nähten, obwohl der Rat in weiser Voraussicht die Herberge auf dem Messegelände vergrößert hatte.

Wir brauchen Markthallen, dachte Michel, *damit Gewürze*

und andere empfindliche Waren besser vor Wind und Wetter geschützt sind. Er beschloss, dem Rat bei der nächsten Zusammenkunft einen entsprechenden Vorschlag zu unterbreiten. Vielleicht würden sie schon im nächsten Frühjahr mit dem Bau beginnen können.

Zu seiner Überraschung waren die Metzer Gilden geschlossen angereist und hatten wie in den Vorjahren eine komplette Gasse auf dem Gelände angemietet. Ihre Mitglieder trieben Handel, als wäre nichts geschehen. In der Menschenmenge entdeckte er Évrard und Roger Bellegrée, die ihre Knechte beim Abladen der Tuchballen überwachten. Die beiden Patrizier standen auf einer kleinen Lichtung inmitten des Gewühls, als hätten die Leute Angst, ihnen zu nahe zu kommen. Trotz des Lärms konnte er ihre herrischen Stimmen hören.

»Ein Goldstück für eure Gedanken«, murmelte Michel.

Isabelle, Sieghart Weiß und Robert Michelet hatten den ganzen Vormittag alle Hände voll zu tun. Die Messe begann äußerst vielversprechend. Makler auswärtiger Gilden, Handwerker aus den Nachbarstädten sowie englische, französische und flämische Händler strömten in Scharen an ihren Stand und rissen sich schier um ihr Salz, ihr Eisenerz, ihr *panno pratese*. Als die Glocken zur Sext riefen, hatten sie bereits über zwanzig Pfund Silber eingenommen – so viel wie noch an keinem ersten Messetag. Das Wetter hatte sich etwas gebessert, die Sonne kam heraus, und viele Besucher stärkten sich zur Mittagsstunde an den zahlreichen Buden und Garküchen, die dicht an dicht neben der Straße standen. Isabelle beschloss, die Ruhe zu nutzen, denn sie würde gewiss nur von kurzer Dauer sein. Sie holte etwas Brot, Hartwurst und Käse aus ihrem Beutel, setzte sich auf eine leere Kiste und plauderte mit Sieghart und Robert, während sie aß.

Lefèvres Stand befand sich auf der anderen Seite der Gasse, schräg gegenüber ihrem. Der ehemalige Wucherer nahm zum ersten Mal an der Messe teil und schien gute Geschäfte zu machen, soweit Isabelle das beurteilen konnte. Sie beobachtete ihn schon den ganzen Morgen. Gerade hatte er einem Engländer mehrere Fässer Salz verkauft und besiegelte das Geschäft mit einem Handschlag.

Sollte der Mann tatsächlich geläutert sein?

Isabelle hatte ihre Zweifel, was das anging. Die Bosheit saß tief in ihm – so etwas schüttelte man nicht von heute auf morgen ab. Allerdings musste sie zugeben, dass er sich seit geraumer Zeit nichts hatte zuschulden kommen lassen. Keine Wuchergeschäfte, keine Machenschaften am Rande der Legalität, keine Intrigen gegen den Rat oder Isabelles Familie. Zum ersten Mal in seinem Leben ging er einer ehrlichen Arbeit nach.

Sie kniff die Augen zu schmalen Schlitzen zusammen. Jeder Mann verdiente eine zweite Chance, sogar ein Scheusal wie Lefèvre. Und doch – sein Wohlverhalten erschien ihr nicht echt. Sie konnte einfach nicht glauben, dass er zu Gott gefunden hatte, wie manche behaupteten.

Sie dachte an Catherine, die seit vier Jahren kein Wort mehr gesprochen hatte – die immer noch zusammenzuckte, wenn der Name Lefèvre fiel. *Glaub ja nicht, wir hätten deine Untaten vergessen. Wir behalten dich im Auge.*

Als hätte der einstige Wucherer ihre Gedanken gehört, wandte er sich plötzlich um und kam auf sie zu. Aus reiner Gewohnheit wappnete sich Isabelle für einen hässlichen Wortwechsel. Doch Lefèvre nickte ihr nur zu und sagte: »Frau Isabelle. Wie gehen die Geschäfte?«, bevor er in der Menge verschwand.

»Was zum Teufel war das gerade?«, murmelte Sieghart.

Isabelle starrte Lefèvre nach. Plötzlich fröstelte sie, als hätte sie der Atemhauch eines Dämons gestreift.

Niemand wusste genau, wie viele Menschen jedes Jahr zur Oktobermesse kamen. Zehntausend, schätzte der Rat. Manche reisten frühmorgens an und gingen abends wieder, doch die meisten blieben mindestens eine Nacht, wenn nicht gar die ganze Woche. Das bedeutete, dass sich die Zahl der Menschen innerhalb der Stadtmauern zeitweise verdoppelte. Jedes freie Bett wurde vermietet. Die Herbergen waren völlig überfüllt. Die Leute schliefen in Ställen, Kirchen und den Kreuzgängen der Klöster. In den Gassen herrschte ein unbeschreibliches Gedränge, wohin man ging, vernahm man ein Dutzend verschiedener Sprachen und Dialekte. Die Bader, die Schankwirte und Maman Marguérites Freudenmädchen konnten sich vor Kundschaft kaum retten.

Auch Rémy hatte während des Jahrmarktes alle Hände voll zu tun. Jeden Tag von früh bis spät schrieb er Briefe und kopierte Kaufverträge und Schuldscheine, denn bei Weitem nicht alle Messebesucher waren Kaufleute und konnten schreiben. Die meisten waren einfache Bauern, Handwerker und Kleinkrämer, die bei diesen Dingen seine Hilfe brauchten.

Nun, da Gaston nicht mehr da war, kam er mit der Arbeit kaum nach. Dreux bemühte sich nach Kräften, ihn zu entlasten, indem er sich um die wartenden Kunden kümmerte, das Pergament für den nächsten Auftrag vorbereitete oder frische Tinte anrührte. Die eigentliche Arbeit jedoch konnte er Rémy nicht abnehmen, denn inzwischen war sein Augenlicht zu sehr getrübt.

Rémy brauchte dringend einen neuen Lehrburschen. Tatsächlich hatte sein Vater ihm bereits einen vermittelt: Vor einigen Tagen war der Kaufmann Victor Fébus da gewesen und hatte angeboten, sein jüngster Sohn Olivier könne bei ihm in die Lehre gehen. »Der Bengel taugt nicht zum Kaufmann«, hatte Fébus abfällig gesagt. »Vielleicht könnt Ihr wenigstens einen anständigen Handwerker aus ihm machen.« Rémy hatte daraufhin mit Olivier gesprochen und festgestellt, dass der schüchterne, schlaksige Junge zumindest alle Voraussetzungen für eine Lehre in seiner Werkstatt erfüllte: Er beherrschte Latein in Wort und Schrift. Offenbar hatte Albertus damals als Oliviers Hauslehrer gute Vorarbeit geleistet, sodass Bruder Adhemar nicht verhindern konnte, dass Olivier in der Schule tatsächlich so etwas wie Bildung erwarb.

Leider stand der Junge in nächster Zeit nicht zur Verfügung. Seit der Schließung der Schule musste Olivier im Handelsgeschäft seines Vaters helfen, und nach der Messe würde er mit Victor und seinen älteren Brüdern nach Deutschland reisen. Zwar unternahmen die Kaufleute Varennes' normalerweise im Spätherbst und Winter keine längeren Fahrten, doch da ein lukratives Geschäft in Magdeburg lockte, wollte Fébus nicht bis zum Frühjahr warten. Olivier würde daher erst nach seiner Rückkehr mit der Lehre anfangen können – frühestens in zwei Monaten.

»Das ist zu spät. Ich brauche ihn schon diese Woche«, hatte Rémy gesagt.

»Ich kann den Jungen aber nicht entbehren«, hatte Victor erwidert. »Einer meiner Knechte ist gestorben, und bis ich Ersatz gefunden habe, muss er im Geschäft mit anpacken.«

Rémy wusste, dass er keinen anderen Lehrling mit derart guten Lateinkenntnissen finden würde. Also war ihm nichts anderes übrig geblieben, als sich auf dieses Arrangement einzulassen, wenngleich das bedeutete, dass er die viele Arbeit während des Jahrmarktes allein bewältigen musste.

Der Trubel begann am späten Vormittag des ersten Messetages. Stunde um Stunde gaben sich die Kunden den Türknauf in die Hand, sodass Rémy und Dreux kaum die Zeit fanden, einen Bissen zu essen. Erst als es bereits auf die Vesper zuging, wurde es ruhiger.

Rémy saß gerade mit seinem letzten Kunden, einem Viehhändler, zusammen und notierte auf seiner Wachstafel den Text, den der Mann ihm diktierte, als eine junge Frau hereinkam.

Nach der kostbaren Kleidung zu urteilen, musste sie eine Patrizierin oder Edeldame sein. Sie schlug die Kapuze zurück, ihr Mantel war feucht vom Nieselregen. Rémy hatte sie noch nie in Varennes gesehen. Dreux war gerade im Keller, also wartete sie an der Tür und schaute sich neugierig um.

Rémy notierte den letzten Satz. »Ich schreibe den Vertrag noch heute Abend ins Reine. Gleich morgen früh könnt Ihr ihn abholen.«

»Wie viel macht das?«, fragte der Viehhändler.

»Vier Deniers. Zwei für das Pergament und die Tinte, zwei für meine Arbeit.«

Nachdem der Kunde gegangen war, wandte sich Rémy der Frau zu. Sie war von zierlichem Wuchs, schlank und etwas kleiner als er. Das Haar verbarg sie unter einem Gebende. Das Leinenband der Haube umgab ein herzförmiges Gesicht mit moosgrünen Augen, geschwungenen Brauen und einer schmalen Nase, deren Spitze leicht nach oben zeigte.

Rémy konnte nicht anders, als sie einen Moment zu mustern. Sie war keine klassische Schönheit, aber etwas an ihrem Antlitz faszinierte ihn. Es schien aus vielen kleinen Besonderheiten zu bestehen, die vortrefflich zueinander passten und es unverwechselbar machten.

Er durfte sich nicht von ihrem Liebreiz blenden lassen – hier war Vorsicht geboten. Frauen von Stand gehörten zu den schwierigsten Kunden. Meist stellten sie überzogene Ansprüche an seine Arbeit, äußerten zahllose Sonderwünsche und hatten anschließend an allem etwas auszusetzen. Aufträge von Edeldamen entpuppten sich später nicht selten als Quell endlosen Ärgers.

»Ihr wünscht?«, fragte er.

»Meister Rémy?« Sie sprach Lothringisch.

Er nickte.

Sie öffnete ihre Tasche und entnahm ihr ein kleines Buch. »Könnt Ihr davon eine Kopie anfertigen?«

Es war ein Stundenbuch, ein abgegriffenes und zerlesenes Exemplar, das bald auseinanderfallen würde. Rémy blätterte darin. Es war sehr schlicht gehalten und enthielt die üblichen Lied- und Gebetstexte, dazu einen Kalender, Ausschnitte aus den Evangelien, die Litanei und das Toten-Officium.

»Wünscht Ihr nur eine Abschrift der Texte, oder soll ich sie auch mit Buchschmuck verzieren?«

»Keinen Buchschmuck. Es ist kein Sammlerstück. Ich brauche es nur für meine Gebete.«

»Das macht sechs Sous. Ihr könnt es in sechs Wochen abholen – sagen wir, am Montag nach dem ersten Advent.«

»Warum erst so spät?«

Rémy war müde und hungrig, und seine Antwort klang gereizter als beabsichtigt. »Ich habe gerade viel zu tun. Schneller schaffe ich es nicht. Wenn Euch das zu lange dauert, müsst Ihr woanders hingehen.«

Leicht befremdet blickte sie ihn an. »Nein, das ist in Ordnung«, sagte sie. »Ich kann ja so lange meinen alten Psalter nehmen.« Sie öffnete ihre Geldkatze und reichte ihm sechs Schillingmünzen.

»Drei sind genug. Bei größeren Aufträgen nehme ich die Hälfte als Anzahlung«, erklärte er. »Den Rest bezahlt Ihr, wenn Ihr das Buch erhaltet.«

»Nicht nötig. Ich vertraue Euch.«

»Habt Dank.« Rémy schämte sich ein wenig, dass er zuvor so unfreundlich gewesen war.

Er erwartete, dass sie nun gehen würde. Doch sein schroffes Auftreten schien sie nicht beeindruckt zu haben. Sie schritt an ihm vorbei und betrachtete das Regal mit den Farbpigmenten, das Schreibpult und den Tisch, wo das Pergament zugeschnitten wurde.

»Das ist also die Werkstatt des berühmten Meister Rémy.«

»Berühmt?« Er rieb sich die Nase. »Das erscheint mir etwas übertrieben.«

Sie lächelte. »Keineswegs. Man kennt Euren Namen in ganz Lothringen und darüber hinaus. Sogar in Basel rühmt man Eure Arbeit, wusstet Ihr das?«

»Das ist mir neu«, sagte Rémy verblüfft.

»Ich wollte Eure Werkstatt schon lange einmal besuchen – jenen Ort, wo all diese herrlichen Bücher entstehen. Ich muss gestehen, ich habe mir Euch ganz anders vorgestellt.«

»Tatsächlich?«

»Älter. Kahlköpfiger. Mehr wie einen betagten Mönch.« Sie schüttelte lächelnd den Kopf. »Ich weiß, töricht. Fragt mich nicht, wie ich darauf gekommen bin.«

Da entdeckte sie die *Brevitate vitae* von Seneca, das Rémy im hinteren Teil der Werkstatt ausstellte. Ihre Augen begannen zu leuchten.

»Mein Meisterstück«, erklärte er, als sie ihn fragend anblickte.

»Darf ich?«

Er nickte. Sie legte den Codex auf das Schreibpult und schlug ihn auf.

»Nach diesem Buch suche ich seit Jahren. Ist es tatsächlich so klug und gelehrsam, wie man sagt?«

»Es ist eines der schönsten Bücher, die ich kenne. Es hat mein Leben verändert.«

Voller Ehrfurcht blätterte sie in den Seiten. Rémy dachte, dass er sich offenbar in ihr getäuscht hatte. Sie schien keine jener hochnäsigen Edeldamen zu sein, die Bücher sammelten, weil man mit prächtig illuminierten Codices Gäste beeindrucken konnte. Sie interessierte sich tatsächlich für den *Inhalt*.

Verlegen blickte sie ihn an. »Ich möchte nicht unverschämt erscheinen, aber meint Ihr, Ihr könntet es mir leihen? Ich würde es zu gerne lesen. Ihr habt mein Wort, dass ich es sorgsam behandle und Euch zurückgebe, sobald ich es beendet habe.«

»Tut mir leid, aber dieses Buch gebe ich nicht aus der Hand. Es ist zu kostbar.«

»Natürlich«, sagte sie, doch er sah die Enttäuschung in ihren Augen.

Rémy seufzte innerlich. »Aber ich habe noch ein anderes Exemplar. Wartet hier.« Er eilte nach oben und holte die *Brevitate vitae* aus Villards Nachlass. »Es sieht nicht ganz so hübsch aus, aber der Inhalt ist derselbe. Bringt es mir einfach in den nächsten Tagen zurück.«

Wieder dieses Lächeln, das ihre Augen erstrahlen ließ, als er ihr das Buch überreichte. »Ich weiß nicht, was ich sagen soll. Tausend Dank. Ich werde gut darauf aufpassen, versprochen.«

Er nickte nur. Irgendetwas sagte ihm, dass das Buch bei ihr in guten Händen war.

Just in diesem Augenblick schlugen die Glocken von Notre-Dame-des-Champs zur Vesper.

»Bei allen Erzengeln, ist es wirklich schon so spät? Ich muss gehen.« Sie verstaute das Buch in ihrer Tasche. Rémy öffnete ihr die Tür, sie zog ihre Mantelkapuze über und trat in den Nieselregen. »Bis bald, Meister Rémy«, verabschiedete sie sich.

»Wartet. Ihr habt mir nicht Euren Namen gesagt.«

»Wieso müsst Ihr ihn wissen?«, fragte sie lächelnd.

»Ich muss nicht. Aber ich würde gern.«

»Philippine.«

»Nur Philippine?«

»Philippine Deschamps«, fügte sie hinzu, ehe sie schließlich ging.

»Philippine. Philippine Deschamps«, wiederholte Rémy leise, während er in der Tür stand und ihr nachblickte.

Dreux trat neben ihn, staubig von seinem Ausflug in den Keller, in den Händen mehrere Pergamentrollen. Der Alte kniff die trüben Augen zusammen. »Wer war das?«

»Nur ein Kunde«, antwortete Rémy und schloss die Tür.

Den ganzen Tag über verhielten sich die Metzer ruhig. Keiner von ihnen versuchte, die Messe zu stören oder anderweitig Ärger zu machen. Michel begann sich zu fragen, ob er Évrard Bellegrées Macht und Bösartigkeit überschätzt hatte. Vielleicht waren die großspurigen Worte des Schöffenmeisters nichts als leere Drohungen gewesen. Vielleicht war Évrard und Roger insgeheim klar, dass selbst sie nichts gegen einen vom Kaiser genehmigten Jahrmarkt ausrichten konnten.

Doch als er am späten Nachmittag mit einigen anderen Ratsherren sprach, erkannte er, dass er sich zu früh gefreut hatte.

»Was soll das heißen, sie wollen nicht zahlen?«, fragte er.

»Nicht nur die Standgebühren, auch die Einfuhrzölle auf ihre Handelswaren«, erklärte René Albert, der nach wie vor das Amt des obersten Marktaufsehers bekleidete. »Als unsere Leute das Geld eintreiben wollten, haben sie sich rundweg geweigert, auch nur einen Denier zu geben.«

»Alle Metzer Kaufleute machen mit«, ergänzte Guichard Bonet, dem seit der letzten Ratswahl die städtischen Zöllner unterstanden. »Sie müssen sich abgesprochen haben.«

»Alle Metzer? Auch Robert Michelet?«

»Unsere *fattori* natürlich ausgenommen«, antwortete Albert. »Aber sie sind die einzigen ihrer Gilden.«

»Und das habt ihr euch bieten lassen?«, fragte Duval.

»Was hätten die Männer denn tun sollen?«, entgegnete Bonet. »Sie gehen immer zu zweit von Stand zu Stand. Als sie sich mit den Metzern herumstritten, ließen deren Gildemeister alle verfügbaren Söldner aufmarschieren. Sie wurden regelrecht fortgejagt.«

»Das haben wir gleich«, meinte Michel grimmig. »Ruft Bertrand. Er soll fünfzig Stadtknechte um sich scharen und so schnell wie möglich herkommen.«

»Fünfzig?«, fragte Duval, als Bonet und Albert davonschritten. »Ist das nicht etwas übertrieben?«

»Wir haben es mit Évrard und Roger Bellegrée zu tun. Ihr habt sie doch bei der Ratssitzung gehört. Ihnen kommt man nicht mit schönen Worten bei. Wenn wir ihnen jetzt nachgeben, nehmen sie uns nicht mehr ernst. Nein. Stärke ist das Einzige, was sie respektieren. Sie wollen die Konfrontation – sollen sie sie haben.«

Kurz darauf kam Tolbert, seit nunmehr vier Jahren der städtische Schultheiß, mit seinen Männern. Unter den erstaunten Blicken der Messebesucher marschierte der Trupp zu jenem Bereich des Geländes, wo die Metzer ihre Verkaufsstände aufgebaut hatten. Die Sergeanten der Treize jurés, die vor einem Zelt an einem Feuer saßen, griffen zu ihren Waffen, ebenso die Söldner der Kaufleute. Die Metzer Gildemeister und die Oberhäupter der Paraiges versammelten sich am Stand der Bellegrées und bauten sich drohend vor Michel und seinen Begleitern auf.

»Was soll das werden?«, blaffte Évrard mit Blick auf die halbe Hundertschaft Stadtknechte. »Eine Kriegserklärung?«

»Man hat mir berichtet, ihr würdet euch weigern, Zölle und Standgebühren zu bezahlen«, erklärte Michel harsch. »Es fällt mir schwer zu glauben, ehrbare Kaufleute wie ihr könnten so nachlässig sein. Immerhin seid ihr unsere Gäste. Gewiss würdet ihr es nicht wagen, derart rücksichtslos die Gesetze Varennes' zu missachten und obendrein unsere Gastfreundschaft mit Füßen zu treten, nicht wahr? Also – wie konnte es zu diesem betrüblichen Irrtum kommen?«

»Das ist kein Irrtum«, entgegnete Roger Bellegrée angriffslustig. »Wir haben die Gebühren einbehalten als Ersatz für den Schaden, den ihr uns mit diesem Jahrmarkt zufügt. Davon abgesehen sind sie viel zu hoch und ein Schlag ins Gesicht für jeden hart arbeitenden Kaufmann.«

»Jeder, der unsere Messe besucht, verpflichtet sich, sämtliche Handelsgebühren in voller Höhe zu entrichten. Wer dagegen verstößt, verletzt den Marktfrieden. Muss ich Euch wirklich erklären, welche Strafe darauf steht?«

»Es ist kein Vergehen, sich gegen Straßenraub und geschäftsschädigende Machenschaften zur Wehr zu setzen!«, bellte Roger.

»Bertrand«, wandte sich Michel an den Schultheißen. »Lasst Eure Männer unverzüglich die Verkaufsstände aller Kaufleute aus Metz abbauen und ihre Handelsgüter, Wagen, Saumtiere und Zelte vom Messegelände entfernen. Beschlagnahmt außerdem Waren im Wert der Gebühren, die man uns vorenthalten hat. Kaufleute, Söldner, Sergeanten oder Gehilfen, die sich Euch widersetzen, sind in Gewahrsam zu nehmen. Wer dabei zur Waffe greift oder gar einen städtischen Amtsträger verletzt, gilt als Friedensbrecher, der sogleich vor das Marktgericht gestellt und abgeurteilt wird.«

»Mit dem größten Vergnügen«, knurrte Tolbert und befahl seinen Leuten, sich an die Arbeit zu machen.

»Das wagt Ihr nicht«, sagte Évrard gepresst.

»Was nun geschieht, liegt allein in Eurer Hand«, erwiderte Michel. »Zahlt die Gebühren – oder lebt mit den Folgen.«

Als die Stadtknechte ausschwärmten, biss Bellegrée vor Zorn die Zähne zusammen und fuhr zu seinen Leuten herum. »Brecht die Stände ab!«, rief er. »Wir sind hier nicht mehr erwünscht. Das werdet Ihr noch bereuen«, sagte er zu Michel. »Niemand macht sich die Stadt Metz ungestraft zum Feind.«

»Ich wünsche Euch eine gute Heimreise, Évrard.«

Bis zum Abend hatten die Metzer das Messegelände ohne weitere Zwischenfälle geräumt.

»Wenn ich gewusst hätte, was die Paraiges vorhaben, hätte ich euch natürlich gewarnt«, sagte Robert Michelet, als sie später in Michels Haus zusammensaßen. »Aber man hat mich nicht eingeweiht. Ich habe erst heute Nachmittag davon erfahren.«

»Macht Euch keine Vorwürfe. Wir wissen, dass wir uns auf Euch verlassen können«, entgegnete Isabelle. »Überlegen wir lieber, wie wir Euch schützen können. In den Augen der

Paraiges seid Ihr jetzt ein Handlanger des Feindes. Das wird man Euch spüren lassen.«

Robert nickte. »Davon gehe ich aus.«

Er sagte das ohne jede Furcht, obwohl er wissen musste, dass ihm eine schwierige, vielleicht sogar gefährliche Zeit bevorstand. Michels Achtung vor ihrem *fattore* war heute enorm gestiegen. Der Mann mochte steif, pedantisch und humorlos sein, aber er hatte Rückgrat, das musste man ihm lassen.

»Werdet Ihr morgen mit Eurer Gilde nach Metz zurückkehren?«, fragte Michel.

»Das ist eure Entscheidung«, entgegnete Robert. »Was ratet ihr mir?«

Michel blickte Isabelle an. Da sie in den letzten Jahren weitaus häufiger als er in Metz gewesen war, konnte sie die dortige Lage besser einschätzen.

»Ihr solltet gehen«, sagte sie. »Wenn Ihr bleibt, legt man Euch das am Ende als Verletzung Eures Gildeneides aus und entzieht Euch die Mitgliedschaft – und damit wäre niemandem gedient. Verhaltet Euch in der nächsten Zeit am besten so unauffällig wie möglich. Liefert Eurer Gilde und den Treize jurés keinen Vorwand, gegen Euch vorzugehen.«

»Und wenn sie es trotzdem tun?«

»Verschwendet keine Kraft damit, Euch zu wehren«, sagte Michel. »Die Treize und Évrard kontrollieren die Stadtwache, die Gerichte und alle wichtigen Ämter. Ihr könnt nichts gegen sie ausrichten. Wenn man Euch bedroht, schließt das Handelshaus und kommt sofort nach Varennes. Ihr werdet auf keinen Fall Eure Unversehrtheit aufs Spiel setzen.«

»Vielleicht haben wir ja Glück, und es kommt nicht dazu«, meinte der *fattore*.

»Eure Zuversicht ehrt Euch, aber das bezweifle ich«, entgegnete Michel und drehte den Weinkelch in seiner Hand. »Ich fürchte, diese Geschichte hat noch nicht einmal richtig angefangen …«

Die ganze Stadt sprach am nächsten Morgen über Michels Zusammenstoß mit Évrard Bellegrée. Dreux wurde deswegen immer aufgeregter. »Das sind wahrlich schlimme Neuigkeiten«, meinte er düster, als ein Kunde Rémys erzählt hatte, die Metzer seien überstürzt abgereist. »Die Bellegrées sind mächtig und skrupellos. Wenn es zum Zwist mit ihnen kommt, dann gnade uns Gott!«

Rémy hatte derweil andere Sorgen: Die ersten Bewerber für den Posten des Schulmeisters meldeten sich bei ihm. Da er während der Arbeit keine Zeit hatte, mit ihnen zu sprechen, forderte er sie auf, gegen Mittag wiederzukommen. Als die Glocken zur Sext läuteten, schloss er seine Werkstatt für eine Stunde und bat die Männer der Reihe nach herein.

Alle drei stammten nicht von hier. Sie waren mit den Handelszügen der auswärtigen Gilden nach Varennes gekommen, weil sie Arbeit suchten. Obwohl sie Erfahrung als Hauslehrer besaßen, vermochte keiner Rémy zu überzeugen. Der Erste war ein ehemaliger Söldner, der zwar vorgab, Latein zu sprechen, aber keinen einzigen korrekten Satz bilden konnte. Der Zweite, ein einstiger Student der Pariser Artistenfakultät, war derart schüchtern, dass Rémy ihm schlicht nicht zutraute, eine Kinderschar zu bändigen. Der dritte Bewerber schließlich brüstete sich mit seiner Strenge und seiner locker sitzenden Zuchtrute und erinnerte Rémy ungut an Bruder Adhemar. Also schickte er die Männer weg und hoffte, dass er morgen mehr Glück haben würde.

Anschließend widmete er sich wieder der Arbeit. Den ganzen Nachmittag über spähte er zur Tür und ertappte sich bei dem Wunsch, Philippine möge auftauchen. Dabei rechnete er erst in einigen Tagen mit ihr – sie hatte gewiss noch etwas anderes zu tun, als in *De brevitate vitae* zu lesen. Umso überraschter war er, als sie kurz nach der None in die Werkstatt kam.

Lächelnd öffnete sie ihre Tasche. »Hier. Euer Buch wie versprochen.«

»Ihr habt es schon gelesen?«

»Ich habe es verschlungen. Ich fürchte, wenn mich ein Buch begeistert, neige ich zu Gier und Maßlosigkeit.«

»Freut mich, dass es Euch gefällt.«

»Ihr wirkt überrascht«, sagte sie. »Ihr kennt wohl nicht viele Frauen, die sich für die antiken Philosophen interessieren?«

»Nein, nicht viele«, bestätigte Rémy. »Aber auch nicht viele Männer.«

»Erstaunlich, oder? Man sollte meinen, jeder Gebildete müsste Gefallen an Seneca und den anderen alten Denkern finden. Was wir alles von ihnen lernen können. Sie waren so viel klüger und kultivierter als wir. Geht es Euch auch so, dass Ihr Euch manchmal wünscht, Ihr hättet im alten Rom gelebt?«

Die Überraschung stand ihm offenbar ins Gesicht geschrieben, denn sie lächelte irritiert. »Habe ich etwas Falsches gesagt?«

»Ganz und gar nicht. Ein Freund hat einmal ganz ähnlich über Seneca gesprochen. Ihr habt mich gerade an ihn erinnert.«

»Möchtet Ihr ein wenig über das Buch plaudern?«, fragte Philippine. »Oder halte ich Euch von der Arbeit ab?«

»Ich habe so viel zu tun, dass ich nicht weiß, wo mir der Kopf steht.« Er lächelte. »Ich schätze, eine kurze Pause wird mir guttun.«

»Aber wir müssen heute noch den Schuldschein für Jean-Pierre Cordonnier vervielfältigen, Meister«, sagte Dreux, der im hinteren Teil der Werkstatt saß und vorgab, die Wachstafeln zu glätten, in Wahrheit aber schon die ganze Zeit neugierig die Ohren spitzte.

»Das hat Zeit bis morgen früh.«

»Morgens kommen wir aber vor lauter Kunden zu nichts. Außerdem stehen sicher wieder haufenweise Bewerber für die Schule vor der Tür.«

»Lass das mal meine Sorge sein. Die Wachstafeln, Dreux. Und anschließend muss das Regal aufgeräumt werden.«

Widerwillig widmete sich der Alte wieder seiner Arbeit.

»Möchtet Ihr etwas trinken?«, wandte sich Rémy an Philippine.

»Gern.«

»Bitte, setzt Euch.« Er ging nach hinten zur Küche und füllte zwei Becher mit Bier. »Seid Ihr wegen der Messe in Varennes?«, fragte er beiläufig, während er zu ihr ging.

»Kann es nicht sein, dass ich die Reise nur auf mich genommen habe, um Eure Werkstatt zu besuchen?«

»Also kommt Ihr von weit her?«

Ihre Augen blitzten spöttisch. »Versucht Ihr etwa, mich auszufragen, Meister Rémy?«

»Ich möchte nur wissen, mit wem ich es zu tun habe.« Er setzte sich zu ihr.

»Nun, Ihr kennt meinen Namen und wisst, dass ich Bücher liebe. Genügt Euch das nicht?«

Er lächelte. Sie wollte also ihr Spiel mit ihm treiben. Nun denn, die Herausforderung nahm er gerne an. »Worauf trinken wir?«

»Auf Seneca?«

»Auf Seneca.«

Sie prosteten einander zu.

»Lebt Ihr danach?« Philippine deutete auf die *Brevitate vitae*, die vor ihr auf dem Tisch lag.

»Ich denke, ich führe ein erfülltes Leben. Falls es das ist, was Ihr meint.«

»Ihr widmet Euch ganz der Muße und der Weisheit, wie Seneca empfiehlt? Gibt es keine Leidenschaften und Begierden, die Euch gelegentlich vom guten Leben entfernen?«

»Ich habe alle Begierden überwunden«, erklärte er mit gespieltem Ernst. »Ich lebe durch und durch tugendhaft.«

»Also seid Ihr ein Langweiler?«

»Ich ziehe die Bezeichnung ›Philosoph‹ vor.«

»Bescheidenheit ist nicht eben Eure Stärke, was?«

Er blickte ihr herausfordernd in die Augen. »Was sind Eure Leidenschaften? Frönt Ihr dem Würfelspiel? Sammelt Ihr teuren Schmuck? Gibt es womöglich einen Geliebten?«

»Ihr tut es schon wieder. Und allmählich werdet Ihr frech«, erwiderte sie, obwohl sie dieses Wortgefecht sichtlich genoss.

Rémy hob abwehrend die Hände. »Wir sprechen über Seneca. Wenn wir herausfinden wollen, ob wir in seinem Sinne leben, müssen wir unsere niederen Begierden aufdecken.«

»Ach? Euch treibt also nur die wissenschaftliche Neugier an?«

»Ich will Euch lediglich helfen, Eure Leidenschaften zu bezwingen.«

»Es gibt eine Leidenschaft«, sagte sie. »Aber die könnt Ihr mir nicht nehmen. Zumal Ihr ihr bereits neue Nahrung gegeben habt.«

»Die wäre?«

»Bücher. Ich verzehre mich nach ihnen. Ich kann nicht genug von ihnen bekommen.«

»Und mich nennt Ihr einen Langweiler«, sagte er.

»Was wäre eine Leidenschaft, die Euch gefiele?«

»Wie gesagt, mein Streben gilt allein den Tugenden.«

»Und welche Tugenden schätzt Ihr an einer Frau?«, fragte sie keck.

»Offenheit. Aufrichtigkeit. Ein Mann sollte wissen, woran er bei einem Weib ist.«

»Reizen Euch nicht eher die Frauen, die von Rätseln und Geheimnissen umwittert sind?«

»Geheimnisse wecken in mir stets das Verlangen, sie zu lüften.«

»Also seid Ihr doch nicht ganz frei von Begierden!«, sagte sie triumphierend.

»Ertappt«, gestand er.

»Aber wie bezeichnen wir diese Leidenschaft?«, setzte sie nach. »Ist es krankhafte Neugierde – oder womöglich Wollust?«

»Stillt mein Verlangen, indem Ihr mir sagt, wer Ihr seid und woher Ihr kommt, und ich erkläre Euch die genaue Natur meiner Passion.«

»Ich denke, Euer wahrer Charakter wird eher zum Vorschein kommen, wenn ich Euch dieses Wissen noch eine Weile vorenthalte …«

In diesem Moment kamen zwei Männer in die Werkstatt. »Wir suchen Meister Rémy, den Schreiber«, erklärte einer. »Er soll uns helfen, einen Vertrag aufzusetzen.«

Rémy seufzte innerlich. »Entschuldigt mich«, sagte er und stand auf.

»Das macht nichts«, entgegnete Philippine. »Ich muss ohnehin gehen.«

»Wollen wir unseren gelehrten Disput morgen fortsetzen?«

Sie lächelte nur. »Gehabt Euch wohl, Meister Rémy.« Dann legte sie ihren Mantel um und ging.

Wer ist diese Frau?, dachte Rémy, als die Tür ins Schloss fiel.

Der nächste Tag verstrich, ohne dass Philippine sich blicken ließ. Immer wenn die Tür sich öffnete, machte Rémys Herz einen Sprung, aber es waren stets nur Werkstattkunden oder neue Bewerber für den Posten des Schulmeisters. Er konnte sich kaum auf seine Arbeit konzentrieren.

Am Abend war seine Laune schließlich auf dem Tiefpunkt. Ausbaden musste es Dreux.

»Ich habe dir doch gesagt, du sollst die Werkstatt fegen!«, fuhr er den Alten an. »Wie es hier aussieht! Was sollen meine Kunden denken?«

»Mach ich gleich, Meister. Ich hole nur rasch neues Pergament aus dem Keller.«

»Feg sie jetzt. Das Pergament kann warten.«

Dreux ergriff den Besen und machte sich an die Arbeit. »Ich verstehe ja, wie es Euch ergeht. Herzeleid kann einem Mann übel zusetzen. Aber deswegen müsst Ihr mich nicht so anbrüllen. Was kann ich denn dafür, dass sie nicht kommt?«

»Herzeleid?« Rémy lachte. »Wovon redest du?«

»Na, wegen dieser Philippine. Sie hat Euch ganz schön den Kopf verdreht.« Dreux grinste. »Ich wünschte, mein Augenlicht wäre besser. Ich würde zu gern ihr Gesicht sehen. Gewiss ist sie eine Schönheit, sonst würdet Ihr nicht mit ihr schäkern, nicht wahr?«

»Ich schäkere nicht!«

»Gestern habt Ihr jedenfalls so viel geredet wie im ganzen letzten Monat nicht. Und Ihr habt sie gefragt, ob sie einen Geliebten hat. Ich weiß nicht, wie Ihr das nennt, aber für mich ist das Schäkern.«

»Herrgott, Dreux! Wenn du in dem Tempo weiterfegst, bist du in zwei Stunden nicht fertig.« Rémy riss ihm den Besen aus den Händen. »Ich mach das. Geh nach Hause.«

Der Alte schlüpfte in seinen zerschlissenen Mantel und setzte die Mütze auf. »Morgen kommt sie bestimmt«, sagte er in der Tür und grinste vielsagend. »Sie mag Euch nämlich. Das kann sogar ich erkennen.«

Als sein Gehilfe fort war, setzte Rémy sich an den Tisch, zückte seinen Griffel und bemalte einen Fetzen Pergament mit Ranken und Figuren wie immer, wenn er angestrengt nachdachte. Was, wenn Dreux sich irrte und Philippine morgen nicht auftauchte? Wenn sie erst in sechs Wochen wiederkam, um ihr Stundenbuch abzuholen?

Dieser Gedanke missfiel ihm außerordentlich.

Er musste sie wiedersehen. Nur wie? Außer ihrem Namen wusste er nichts über sie.

Kurz darauf schloss er die Werkstatt ab und schritt zur Rue de l'Épicier, denn er wollte mit seinen Eltern speisen. Unterwegs hielt er Ausschau nach Philippine, konnte sie in den überfüllten Gassen aber nirgendwo entdecken. Er vermutete, dass sie in einer der teuren Herbergen an der Grand Rue wohnte, wo reiche Kaufleute und andere Reisende von Stand Quartier bezogen. Sollte er dort nach ihr suchen?

Nein. Das ging entschieden zu weit. Es gehörte sich nicht, einer Dame nachzuspionieren.

Beim Essen redeten seine Eltern, Sieghart Weiß und Robert Michelet über den Zwist mit den Metzern, der ihnen große Sorgen bereitete. Rémy beteiligte sich kaum an dem Gespräch.

»Du bist so still«, meinte seine Mutter. »Ist alles in Ordnung?«

»Sagt euch der Name Deschamps etwas?«, fragte Rémy in die Runde.

»Wer ist das?«, erkundigte sich sein Vater.

»Eine Adelsfamilie aus der Gegend. Vielleicht auch ein Kaufmann von außerhalb.«

Michel schüttelte den Kopf. »Der Name sagt mir nichts. Wieso fragst du?«

»Nur so. Ein Kunde hat ihn heute erwähnt«, fügte Rémy hinzu, weil alle ihn anblickten.

»Ich kann mich umhören, wenn du willst«, bot Isabelle an.

»So wichtig ist es nicht.« Er steckte sich einen Brocken Fleisch in den Mund und kaute so lange darauf herum, bis die anderen endlich ihr Gespräch fortsetzten.

»Bestimmt kommt sie jeden Moment«, sagte Dreux am frühen Abend des nächsten Tages.

»Warum sollte sie?«, gab Rémy gereizt zurück. »Sie wird kommen, wenn ihr Stundenbuch fertig ist, und keinen Tag früher.«

»Als ob es ihr nur um das Stundenbuch geht«, feixte der Alte.

»Hast du eigentlich nichts zu tun, oder bezahle ich dich neuerdings fürs Herumstehen?«

Mit einem Grinsen auf den Lippen setzte sich Dreux in Bewegung. Während er frische Tinte anrührte, summte er ein unanständiges Lied.

Rémy legte den Gänsekiel zur Seite und rieb sich die müden Augen. Seit Tagen nichts als Verträge und Schuldscheine, allmählich hatte er genug davon. Überhaupt erschien ihm die Werkstatt plötzlich trostlos und eng. Er brauchte dringend frische Luft. Er beschloss, ein paar Schritte zu gehen, griff nach seinem Mantel und riss die Tür auf.

Vor ihm stand Philippine.

»Oh«, sagte sie, »Ihr wollt gerade gehen. Soll ich morgen wiederkommen?«

Mit einem Mal war Rémys üble Laune wie weggeblasen. Aber das musste sie nicht wissen. So begrüßte er sie lediglich mit einem knappen Lächeln. »Das kommt darauf an. Ist Euer Anliegen denn dringend?«

»Gar nicht. Ich will Euch nur etwas geben.«

Er machte eine einladende Handbewegung, und sie betrat die Werkstatt. Der feine Duft von Rosenessenzen umgab sie. Hinten reckte Dreux den Hals.

»Ich möchte mich für die *Brevitate vitae* revanchieren und Euch dies ausleihen.« Sie reichte ihm eine dünne, in Leder gebundene Handschrift. »Aber wahrscheinlich kennt Ihr es schon.«

Rémy schlug das Büchlein auf. »Die *Ars amatoria* von Ovid«, las er. »Nein, das kenne ich noch nicht.«

»Ihr nennt Euch Philosoph und habt die *Ars amatoria* nicht gelesen? Schämt Euch«, spottete sie.

»Ich hole es heute Abend nach – versprochen.«

»Ich bitte darum. Morgen komme ich und will Eure Meinung dazu hören.«

Er blickte sie durchdringend an. »Verdun. Oder Metz. Auf keinen Fall weiter südlich als Toul.«

»Bitte?«

»Euer Dialekt. Ihr kommt ganz sicher aus dem Norden.«

Sie lächelte rätselhaft. »Bis morgen, Meister Rémy.«

Als sie gegangen war, betrachtete er das Buch. *Ars amatoria* bedeutete »Liebeskunst«.

Was zum Teufel wollte sie ihm damit sagen?

»Elf Bewerber, und keiner genügt Euren Ansprüchen«, sagte Bertrand Tolbert aufgebracht. »Das kann doch nicht sein!«

»Sie waren eben durchweg ungeeignet«, verteidigte sich Rémy. »Hättet Ihr mit ihnen gesprochen, würdet Ihr das genauso sehen.«

»Was genau habt Ihr an ihnen auszusetzen? Ist ihr Latein nicht gut genug?«

»Wenn es nur das wäre. Der eine kann nicht mit Kindern umgehen. Der Nächste hält nichts von Körperpflege. Und so geht es weiter. Glaubt mir, Ihr wollt nicht, dass solche Leute Eure Söhne unterrichten.«

»Und es hat nichts damit zu tun, dass Ihr jeden Bewerber an Albertus messt?«

»Wie meint Ihr das?«

»Albertus war ein Ausnahmetalent. Neben ihm kann niemand bestehen. Selbst ein erfahrener Lehrer hätte es schwer, es mit ihm aufzunehmen.«

»Das habe ich ihm auch gesagt«, mischte sich Dreux ein, der soeben Rémys Schreibpult mit frisch angespitzten Gänsekielen ausstattete. »›Ihr dürft die Leute nicht mit Albertus vergleichen‹, hab ich gesagt. ›Eure Ansprüche sind so hoch, dass nicht einmal Aristoteles ihnen genügen würde.‹«

»Ihr müsst realistische Maßstäbe an die Bewerber anlegen«, stimmte Bertrand dem Alten zu. »Sonst finden wir nie einen Schulmeister.«

»Es mag ja sein, dass ich mit dem einen oder anderen zu streng war«, räumte Rémy ein. »Aber meine hohen Ansprüche lasse ich mir nicht nehmen. Wir warten schon zu lange auf diese Gelegenheit. Wir dürfen jetzt keine faulen Kompromisse eingehen, nur weil wir ungeduldig sind.«

Der Ratsherr seufzte und gab sich geschlagen. »Macht, was Ihr wollt. Ihr lasst Euch ja ohnehin nichts von mir sagen. Aber denkt daran: Morgen ist der letzte Messetag. Wenn der Jahrmarkt erst vorbei ist, wird es noch schwieriger werden, geeignete Leute zu finden.«

Als Tolbert ging, bemerkte Rémy, dass Philippine in der Tür der Werkstatt stand. Offenbar hatte sie seiner Auseinandersetzung mit Bertrand zugehört.

»Darf ich fragen, worum es eben ging?«, erkundigte sie sich, als sie hereinkam.

»Wir haben eine Schule gegründet«, erklärte Rémy. »Mir fällt die Aufgabe zu, einen Lehrer zu suchen. Leider ist das nicht so einfach.«

»Davon habe ich gehört. Was hat Euch zu diesem Vorhaben bewogen? Ist die Klosterschule zu klein?«

»Vor allem bietet sie nicht den Unterricht, den unsere Söhne brauchen. Sie sollen keine Psalmen lernen, sondern Latein und Arithmetik, damit sie aufsteigen und einmal bessere Berufe ergreifen können als ihre Väter.«

»Nur die Söhne? Was ist mit den Töchtern?«

»Die Töchter?« Rémy runzelte die Stirn. »Wieso die Töchter?«

»Sollen sie nicht auch Latein lernen dürfen?«

»Schon jetzt können mehr Frauen lesen als Männer. Ausgerechnet Euch muss ich das doch nicht erklären.«

»Vielleicht in den höheren Ständen. Aber wie viele Handwerkerinnen oder Bäuerinnen kennt Ihr, die Latein verstehen?«

»Irgendwann werden wir in der Schule sicher auch Mädchen unterrichten«, entgegnete Rémy. »Aber für den Anfang ist sie Jungen vorbehalten. Dieses Unternehmen ist völlig neuartig, und wir müssen viele Widerstände überwinden. Da bleibt es nicht aus, dass Abstriche gemacht werden müssen.«

»Ich will Euch doch nur necken.« Sie lächelte. »Eine Schule für Mädchen, das wäre unerhört, nicht wahr?«

Er hielt es für klüger, das Thema zu wechseln – auf diesem Gebiet konnte er nur verlieren. »Ich nehme an, Ihr seid gekommen, weil Ihr über Ovid sprechen wollt.«

»Ihr habt die *Ars amatoria* gelesen?«

»Ich fürchte, ich habe gelogen, was das angeht.«

Philippine hob eine Augenbraue. »Ach ja?«

»Ich habe sie schon vor Jahren gelesen. Es war eines der ersten Bücher, das ich als Geselle kopieren durfte.«

»Wieso habt Ihr das nicht gesagt?«

»Weil Ihr dann keinen Grund gehabt hättet, heute wiederzukommen.«

»Also habt Ihr mich niederträchtig in die Falle gelockt«, sagte sie mit gespieltem Ärger. »Ist das Eure Art, mit Damen umzugehen?«

Nun war er es, der lächelte. »Ich halte mich nur an die Ratschläge, die Ovid uns Männern erteilt: ›Betrügt die Mädchen, wenn ihr Verstand habt. Nur auf diesem Gebiet ist Redlichkeit eine größere Schande als Betrug.‹ Genauso steht es in der *Ars amatoria,* nicht wahr?«

»Ich bin sicher, dass er das anders gemeint hat«, entgegnete Philippine kokett, doch sie wirkte bei Weitem nicht mehr so selbstsicher wie eben noch.

Diese Runde geht an mich, dachte er zufrieden.

»Was denkt Ihr nun über das Buch?«, fragte sie.

»Als ich es damals las, war ich enttäuscht.«

»Enttäuscht? Wieso?«

»Ich hatte gehofft, es wäre freizügiger.«

»Aber freizügiger geht es nicht mehr! Es ist das frivolste Buch der Welt.«

»Ich fand es größtenteils langweilig. Uferlose Ausführungen, wie man sich kleiden und dass man ins Theater gehen soll, um Mädchen zu treffen. Was soll man damit anfangen?

Hier gibt es weit und breit kein Theater. Und auf die verschiedenen Stellungen beim Liebesakt geht er erst auf der letzten Seite ein. Dabei interessiert gerade das einen Sechzehnjährigen brennend.«

Philippine schlug sich die Hand vor den Mund und lachte auf. Es war ein warmes, herzliches, ansteckendes Lachen. »Meister Rémy! Wie könnt Ihr nur!«

»Nun, Ihr wolltet meine Meinung hören – das ist sie. Gestattet mir eine Frage: Warum habt Ihr mir die *Ars amatoria* geliehen? Seid Ihr der Ansicht, ich brauche Unterricht in Liebesdingen?«

»Dass Ihr über dreißig seid und noch immer unverheiratet, könnte darauf hindeuten.«

»Und das wisst Ihr woher?«

»Man hört das eine oder andere über Euch.«

»Ihr habt also Nachforschungen über mich angestellt.«

»Mag sein, dass ich das getan habe«, sagte sie.

»Aber über Euch gebt Ihr nicht das Geringste preis. Das ist nicht gerecht.«

»Nun, wenn Ihr mich besser kennenlernen wollt, müsst Ihr Euch eben mehr anstrengen.«

»Ist das eine Aufforderung?«, fragte er.

»Sagt Ovid nicht ›Der Mann tue den ersten Schritt, er spreche bittende Worte‹?«

»Ganz wie Ihr wollt.« Rémy lächelte. »Morgen endet der Jahrmarkt. Abends gibt es ein Fest. Bitte begleitet mich.«

Philippines moosgrüne Augen glitzerten geheimnisvoll. »Ihr wollt Euch mit einer fremden Frau in der Öffentlichkeit zeigen? Habt Ihr keine Angst, dass es Gerede gibt?«

»Falls Ihr um Euren Ruf fürchtet, können wir stattdessen einen Spaziergang machen. Draußen bei der Königspfalz, wo niemand uns sieht.«

»Kann ich das wagen? Was, wenn Ihr in Wahrheit ein Lüstling seid, der es auf meine Tugend abgesehen hat?«

»Ist das wirklich der Eindruck, den Ihr von mir habt?«

»Wer weiß? Vielleicht sind all die schönen Worte über Bücher und Philosophie nur eine raffinierte Tarnung.«

»Ich glaube vielmehr, Ihr versucht nur davon abzulenken, dass der Satz noch weitergeht.«

»Welcher Satz?«

»›Der Mann tue den ersten Schritt.‹ Danach heißt es nämlich: ›Und die Frau möge die schmeichelnden Bitten liebenswürdig aufnehmen.‹ Ich habe meinen Schritt getan. Nun seid Ihr am Zug.«

Ein Schatten huschte über ihr Gesicht. »Ihr gebt nie auf, was?«

»Wenn wir Fleury-Männer ein Ziel ins Auge gefasst haben, ruhen wir nicht eher, als bis wir es erreicht haben.«

Was immer auf ihrem Gemüt lastete, sie schob es fort. Schon im nächsten Moment lächelte sie wieder. »Nun denn, Meister Rémy. Dann will ich handeln, wie Ovid es empfiehlt – schließlich würde nur eine Närrin den Rat eines großen Philosophen missachten. Morgen Abend begleite ich Euch auf einen Spaziergang. Erwartet mich zur Vesper.«

»Euer Buch«, sagte Rémy, als Philippine zur Tür schritt. Er hielt ihr die *Ars amatoria* hin.

»Behaltet es. Ich schenke es Euch.«

»Das kann ich nicht annehmen.«

»Ich bestehe darauf.«

Mit diesen Worten ging sie.

Rémy schlug das Büchlein klatschend gegen seine Handfläche und lächelte in sich hinein. Ovid hatte recht: Die Liebe glich wahrlich dem Dienst im Kriege. Philippine hatte ihm einen harten Kampf geliefert, aber zumindest diese Schlacht hatte er für sich entschieden.

Er wandte sich um und bemerkte, dass Dreux ihn angrinste.

»Ich will kein Wort hören!«

»Ich will Euch doch nur loben, Meister. Das war gute Arbeit. Den ersten Schritt habt Ihr geschafft. Jetzt muss es Euch nur noch gelingen, sie in Euer Bett zu locken.«

»Du bist eine lüsterne alte Blindschleiche, weißt du das?«

»Daran ist Ovid schuld«, gab der Alte zurück. »Ja, ich habe ihn auch gelesen, als ich jung war. Ich fürchte, er hat mich für alle Zeiten verdorben.«

Am Samstagmorgen verließ Rémy in aller Frühe die Stadt und schob seinen Handkarren mit der Armbrust und der Zielscheibe zur Wiese am Waldrand. Bevor er die Werkstatt öffnete, wollte er ein wenig Schießen üben. In letzter Zeit kam er viel zu selten dazu.

Hier draußen war es ruhig wie immer. Die Messe hatte noch nicht begonnen, man hörte nichts als das Rascheln des Windes in den Baumkronen und die fernen Rufe der Bergleute, die seit Tagesanbruch im Kalksteinbruch arbeiteten. Trotzdem fiel es ihm schwer, sich zu sammeln. Immerzu musste er an Philippine denken. Eine Frau wie sie hatte er noch nie getroffen. Und die Wirkung, die sie auf ihn hatte, war erstaunlich. Ihretwegen wurde er auf seine alten Tage richtig redselig. Er erkannte sich selbst nicht wieder.

Er stellte die Zielscheibe vor den Bäumen auf, zählte dreißig Doppelschritte ab und spannte die Armbrust. Was er für Philippine fühlte, hatte er schon lange nicht mehr für eine Frau empfunden. Vielleicht noch nie. War er bereit dafür? Er dachte an Eugénie und die schmerzvollen Monate nach ihrer Trennung. Hatte er aus seinen Fehlern von damals gelernt? War er inzwischen wieder imstande, die Liebe in sein Leben zu lassen? Oder war er noch derselbe egoistische Einzelgänger, der die Flucht ergriff, sobald ihm jemand zu nahe kam? Er war entschlossen, diesmal alles richtig zu machen und nichts zu tun, das Philippine verletzen könnte.

Aber was, wenn sie ihn verletzte? War er stark genug, das zu überstehen?

Er legte einen Bolzen ein, zielte und schoss. Der Pfeil sirrte durch die Luft – und verschwand eine ganze Elle neben der Scheibe im Unterholz.

Rémy ließ die Armbrust sinken und rieb sich die Nase.

Es musste Jahre her sein, dass er auf diese Distanz vorbeigeschossen hatte.

Den Nachmittag verbrachte Rémy damit, die letzten eiligen Aufträge abzuarbeiten. Dreux überbrachte die Schriftstücke seinen Kunden. Als der Alte bei Einbruch der Dunkelheit fertig war, schickte Rémy ihn nach Hause und räumte die Werkstatt auf. Im ganzen Viertel war es eigentümlich still. Das Fest hatte bereits begonnen, all seine Nachbarn und die Messebesucher feierten draußen auf dem Viehmarkt. Wenn er die Ohren spitzte, konnte er den Gesang der Spielleute und das Grölen der Betrunkenen hören.

Schließlich schlugen die Glocken zur Vesper.

Die Minuten verstrichen. Rémy saß an seinem Schreibpult und bemalte einen Pergamentfetzen. *Sie wird nicht kommen*, dachte er.

Eine halbe Stunde musste vergangen sein, als jemand anklopfte. Rémy ließ sich Zeit, die Tür zu öffnen.

Es war Philippine. Sie trug eine eng anliegende Tunika aus dunklem Samt mit weiten Ärmeln, dazu einen grünen Leinenmantel, der vorne von einer Kupferbrosche zusammengehalten wurde. Ihre Augen funkelten wie verwunschene Kristalle. Wortlos trat sie ein. Diesmal verströmte sie den Duft von Lavendel und Veilchen.

»Ich hole rasch meinen Mantel, dann können wir gehen.«

Er war sich nicht sicher, ob sie ihn gehört hatte. Sie schritt durch die Werkstatt, strich mit den Fingerkuppen über das Schreibpult.

»Draußen ist es windig und kalt«, sagte sie. »Warum bleiben wir nicht hier und plaudern?«

»Allein in meinem Haus?« Er lächelte. »Ist das nicht riskant? Was, wenn ich tatsächlich ein Wüstling bin, der die Gelegenheit nutzen wird, Euch zu bedrängen?«

»Ich weiß mich zu wehren. Ein Stich mit der Haarnadel hat noch jeden aufdringlichen Verehrer verjagt.«

Obwohl sie seinen Scherz mit der ihr eigenen Schlagfertigkeit pariert hatte, spürte er, dass ihr nicht der Sinn nach geistreichen Wortgefechten stand. Eine seltsame Melancholie umgab sie. »Gehen wir nach oben«, sagte er.

»Können wir nicht hierbleiben?«

»In der Stube ist es behaglicher.«

»Aber ich mag Eure Werkstatt. Den Duft der Farben, den Geruch des Pergaments.«

»Wie Ihr wünscht. Ich hole uns Wein.«

Er ging nach oben und füllte zwei Becher. Als er wieder in die Werkstatt kam, hatte sie die Haube abgelegt. Ihr Haar, das von einem solch dunklen Rot war, dass er es zunächst für schwarz gehalten hatte, fiel ihr in sanften Wellen über die Schultern. Eine einzelne Strähne lag auf ihrer Wange und erschien im Kerzenlicht wie gesponnenes Kupfer. Sie hatte seine Armbrust entdeckt und die Waffe in die Hand genommen.

»Wofür braucht ein Buchmaler so ein Ding?«

»Sie dient meinem Schutz, wenn ich auf Reisen bin.«

Philippine hielt die Armbrust so, als wolle sie auf ihn schießen.

»Legt sie besser wieder hin.«

»Warum?« Sie zielte auf ihn, ein seltsames Glitzern in den Augen. War es Spott? Furcht? »Weil ich mich verletzen könnte?«

»Es kann nichts passieren, sie ist nicht gespannt.«

»Vielleicht will ich stattdessen Euch wehtun«, fuhr sie mit leiser Stimme fort. »Fürchtet Ihr, ich könnte Euch wehtun, Meister Rémy?«

»Ich bin hart im Nehmen.«

»Vielleicht nicht hart genug.«

»Überlasst es mir, das zu beurteilen.« Er stellte die Becher auf den Tisch, nahm ihr die Armbrust aus den Händen und legte sie zur Seite.

»Ich bringe Männern Unglück«, sagte sie, und ein Schatten huschte über ihr Gesicht. »Gewiss auch Euch.«

»Ich bin nicht abergläubisch.«

Sie blickte ihn an, tausend Fragen in den Augen. »Was nun, Rémy?«, wisperte sie kaum hörbar.

Zögernd trat er auf sie zu. *Das ist falsch,* dachte er und spürte gleichzeitig, wie sein Herz immer schneller pochte. Ihre Lippen öffneten sich einen Spalt, und sein Verlangen nach ihr spülte jeden weiteren Gedanken fort. Er legte die Hände auf ihre Arme, beugte sich zu ihr, bis er die Wärme ihres Gesichtes und ihren Atem spüren konnte. Dann küsste er sie.

Als sie sich voneinander lösten, flüsterte sie: »Das dürfen wir nicht.«

»Wer kann uns daran hindern?«

Sie berührte seine Wange. »Niemand«, sagte sie und verschloss seinen Mund mit ihren samtweichen Lippen. Scheu zunächst, doch dann wurde ihr Kuss immer fordernder und leidenschaftlicher. Sie strich über sein Haar, sein Ohr, seinen Nacken.

»Komm.« Er ergriff ihre Hand und führte sie nach oben.

In seiner Schlafkammer wandte sie sich zu ihm um und blieb reglos stehen, ein schwarzer Schatten vor dem Widerschein der Fackeln draußen auf der Gasse. Ihm schien, als wolle sie etwas sagen, doch stattdessen legte sie ihm nur eine Hand auf die Brust. Wollte sie ihn an sich ziehen? Ihn fortstoßen? Er wusste es nicht, die Dunkelheit verbarg ihr Gesicht, ihre Augen. Als er ihre Taille umfasste, wich sie nicht zurück, sondern erwiderte seine Küsse mit demselben Verlangen und vergrub ihre Finger in seinem Haar, während er sie zum Bett schob. Nur Augenblicke später lag er auf ihr. Sie öffnete die

Schenkel und umschloss sein Gesicht mit den Händen, strich mit den Fingerspitzen darüber, als wolle sie sich jede Einzelheit für alle Zeit einprägen.

»Rémy.« Es war kaum mehr als ein Hauch. Ihr Atem ging schwer, ihr Körper war erhitzt.

Er öffnete seinen Gürtel, streifte hastig das Gewand und die Bruche ab. Dann schob er ihre Röcke zurück und fuhr ihr mit den Händen über die Schenkel, die weich und fest waren. Ihre Scham war feucht. Sie zuckte zusammen und keuchte auf, als er sie dort berührte und behutsam streichelte.

»Sieh mich an«, sagte sie. Es klang beinahe wie ein Befehl.

Sie ergriff sein Glied, und er spürte es in ihrer Hand pochen, ehe sie die Fersen in seine Gesäßbacken grub und ihn in sich einführte. Erregt stieß er in sie hinein, dann zügelte er seine Lust und bewegte sich langsam, gleichmäßig, im Rhythmus ihres Atems, das Gesicht nah an ihrem. Trotzdem dauerte es nicht lange, bis er sich keuchend in sie ergoss.

Sie umschlang ihn mit den Armen. Schwer atmend vergrub er das Gesicht in ihrer Halsbeuge, roch ihr Haar, ihren Schweiß, die duftenden Essenzen auf ihrer Haut und wollte sie nie wieder loslassen.

Schließlich wälzte er sich von ihr herunter und küsste ihre Wangen, ihre Lippen, während seine Hand zwischen ihre Schenkel wanderte. Ihr Atem ging schneller, und bald stöhnte auch sie vor Lust.

Später zogen sie sich ganz aus und krochen unter die Decken. Er hatte das Fenster geöffnet, die Abendluft lag kühl auf ihrer Haut. Musik erklang, fern und unwirklich. Sie schmiegte sich an ihn und legte den Kopf auf seine Brust.

»Wer bist du?«, fragte er.

»Wieso ist das so wichtig?«

»Weil du mir wichtig bist.«

Sie hob den Kopf und blickte ihn an. »Was empfindest du für mich?«

»Ich liebe dich.« Er erschrak, kaum dass er die Worte ausgesprochen hatte. Das war zu viel. Damit machte er gewiss alles kaputt. Aber es war nun einmal die Wahrheit, erkannte er. So empfand er für sie, so und nicht anders.

»Das muss dir genug sein. Bitte. Erzähl nie jemandem von mir. Versuch nie herauszufinden, wer ich bin. Versprich mir das, Rémy.«

»Wieso?«

»Versprich es mir«, wiederholte sie mit Nachdruck. »Begnüg dich mit dem, was wir haben. Fordere nie mehr von mir. Ich werde es dir nicht geben können.«

»Bist du verheiratet?«

»Rémy…«

»Beantworte mir nur diese eine Frage. Bitte. Dann werde ich dich nicht mehr bedrängen.«

»Nein«, sagte sie. »Ich bin nicht verheiratet.«

»Gut«, meinte er nur.

Sie legte ihren Kopf wieder auf seine Brust. Er spürte, dass sie lächelte. »Ich liebe dich auch«, wisperte sie.

»Weinst du?«, fragte er nach einer Weile.

»Es ist nichts.« Sie wischte die Tränen weg. »Ich bin nur glücklich, das ist alles. Und ein bisschen traurig.«

Rémy wartete. »Wie geht es jetzt weiter?«

»Wir sehen uns, sooft es mir möglich ist.«

»Wie oft wird das sein?«

»Das kann ich nicht sagen.«

Sie legte ihm einen Finger auf die Lippen, als er den Mund öffnete. »Bitte, Rémy. Keine Fragen mehr. Du hast es versprochen.«

»Keine Fragen mehr.« Er strich ihr übers Haar.

Sie küsste ihn, erst sanft, dann fordernder, bevor sie sich mit gespreizten Beinen auf ihn setzte. Abermals fanden ihre Körper zueinander, sie liebten sich noch einmal, behutsamer und weniger gierig diesmal, und schliefen eng umschlungen ein.

Rémy hatte seltsame Träume. Er schritt durch sein Haus, das viel größer war als in Wirklichkeit, und irrte durch endlose Flure und Zimmer, ohne zu wissen, was er eigentlich suchte.

Beim ersten Licht des Tages wachte er auf. So früh am Morgen waren die Gassen noch menschenleer. Stille lag über dem Viertel. Irgendwo krähte ein Hahn.

Vorsichtig, um Philippine nicht zu wecken, stand er auf, schlüpfte in einen Kittel und ging zur Küche, wo er ein Feuer schürte und das Morgenbrot zubereitete. Als er gerade die Milch erhitzte und zwei Eier briet, kam Philippine herein. Sie hatte sich das Haar gebürstet und eins seiner Untergewänder angezogen. Beim Anblick des Essens auf dem Tisch strahlte sie über das ganze Gesicht. Keine Spur mehr von jener melancholischen Schwere der Nacht. Heißhungrig machte sie sich über das Brot und den Honig her.

»Zuerst die Spiegeleier«, sagte Rémy. »Du magst doch Spiegeleier?«

»Ich liebe Spiegeleier!«

Er schob ihr ein Ei aus der Pfanne auf die Brotscheibe und nahm sich das andere.

»Hast du inzwischen einen Schulmeister gefunden?«, fragte sie, während sie aßen.

Er lächelte. »Darüber willst du sprechen?«

»Du nicht?«

Vielleicht reden wir lieber über uns, dachte er. *Über unsere gemeinsame Zukunft, falls wir überhaupt eine haben.* Doch er behielt es für sich. Er hatte ihr versprochen, sie nicht zu bedrängen. »Auch die restlichen Bewerber waren ungeeignet«, sagte er. »Ich schätze, mir bleibt nichts anderes übrig, als weiterzusuchen.«

»Wie seid ihr bisher vorgegangen?«

»Die Ausrufer verkünden unser Gesuch jeden Tag auf den Marktplätzen, damit gelehrte Männer, die in der Stadt sind, von der offenen Stelle erfahren.«

»Ihr wartet also darauf, dass geeignete Kandidaten zu euch kommen. Ich fürchte, auf diese Weise findet ihr nie einen Lehrer, der deinen Ansprüchen genügt. Varennes ist einfach zu klein und kann Gelehrten nicht viel bieten …«

»Vorsicht«, drohte er mit gespieltem Ärger. »Schmähungen gegen meine Heimatstadt nehme ich persönlich.«

»Dafür sind das Salz und die Männer Varennes' gleichermaßen köstlich. Wie klingt das?«

»Schon besser.«

»Es ist doch so«, sagte Philippine. »Gelehrte, die etwas taugen, haben kaum einen Grund, nach Varennes zu kommen. Sie gehen dahin, wo man etwas für die Wissenschaft tut – nach Bologna oder Cambridge. Dort solltest du nach einem Lehrer suchen.«

»Ich glaube, du vergisst, dass ich nur ein Handwerker bin, kein Patrizier mit Schatullen voller Silber. Ich muss Geld verdienen. Ich kann es mir nicht leisten, monatelang zu verreisen.«

»Das war doch nur ein Beispiel. Es gibt auch Universitäten, die nicht so weit weg sind. Paris etwa. Sie ist noch neu, aber ich habe gehört, dass sie schon jetzt Gelehrte aus dem ganzen Abendland anziehen soll.«

Philippines Idee hatte tatsächlich ihren Reiz. Paris war von Varennes nicht viel weiter entfernt als die Messestädte der Champagne, die seine Mutter regelmäßig besuchte. Wenn man Glück mit dem Wetter hatte, war die Strecke mit dem Pferd in acht bis zehn Tagen zu schaffen. Alles in allem wäre er vielleicht einen Monat fort. Da er während der Messe gutes Geld verdient hatte, konnte er es sich durchaus erlauben, die Werkstatt so lange zu schließen. Dennoch zögerte er. »Leider kenne ich niemanden, der an der Universität lehrt«, sagte er. »Ich wüsste gar nicht, an wen ich mich wenden muss.«

»Dafür hast du ja mich«, entgegnete sie lächelnd. »Als wir Kinder waren, hatten mein Bruder und ich einen Hauslehrer, Tristan de Rouen. Er hat in Saint-Victor die Sieben Freien

Künste studiert und lebte einige Jahre bei uns. Ihm verdanke ich meine Liebe zu den antiken Philosophen.«

Rémy hörte ihr aufmerksam zu, in der Hoffnung, sie würde etwas über ihre Familie preisgeben. Aber den Gefallen tat sie ihm nicht.

»Anschließend kehrte er nach Paris zurück, um seine Studien wieder aufzunehmen«, fuhr sie fort. »Inzwischen ist Tristan ein Doctor der Theologie und einer der führenden Köpfe der Universität. Wir schreiben uns gelegentlich – ich weiß, wo er wohnt. Gewiss kann er uns helfen, einen Lehrer für eure Schule zu finden.«

»Kannst du mich einfach so nach Paris begleiten? Hast du keine Verpflichtungen in deiner Heimat?«

»Du kannst es nicht lassen, was?«

»Die Frage ist berechtigt, oder?«

»Keine Verpflichtungen«, antwortete sie. »Ich bin ungebunden und kann tun, was mir gefällt. Genügt dir das?«

Lachend schüttelte er den Kopf. »Du bist unmöglich. Einfach unmöglich.«

Philippine ergriff seine Hand. »Komm schon, Rémy, die Idee ist großartig. Sag Ja.«

»Du bist also fest davon überzeugt, dass wir in Paris einen Schulmeister finden.«

»An der Universität gibt es Hunderte Studenten und Gelehrte. Viele von ihnen warten gewiss nur auf eine Gelegenheit, wie du sie bietest. Ich meine, mit eurer Schule geht ihr ganz neue Wege. Jeder, der ernsthaft an Wissenschaft und Bildung interessiert ist, muss von diesem Vorhaben begeistert sein. Wahrscheinlich wirst du dich vor Bewerbern kaum retten können.«

»Spätestens zum zweiten Advent muss ich wieder hier sein. Länger kann ich meine Werkstatt nicht allein lassen.«

»Das schaffen wir – ganz bestimmt.«

Rémy betrachtete ihr herzförmiges Gesicht, ihre moosgrünen Augen. Er hätte nicht zu sagen vermocht, was ihn mehr reizte: die berühmte Universität von Paris zu besuchen – oder mit Philippine die nächsten Wochen zu verbringen.

»Na schön.« Er lächelte. »Reden wir mit deinem alten Lehrer. Was habe ich schon zu verlieren? Wenn er mir nicht helfen kann, habe ich wenigstens einmal Paris gesehen.«

Bertrand Tolbert war außer sich, als er erfuhr, dass Rémy auch die restlichen Bewerber für ungeeignet befunden und weggeschickt hatte. Die Idee, an der Universität von Paris nach einem Lehrer zu suchen, hielt er für töricht, und er drohte, Rémy kraft seines Amtes zu verbieten, sich noch weiter mit dieser Angelegenheit zu befassen. Rémy musste seine ganze Überredungskunst aufbieten, ihn zu besänftigen.

»Wie Ihr wollt – reist nach Paris«, willigte der Ratsherr schließlich resigniert ein. »Aber das ist Eure letzte Chance. Wenn Ihr dort auch keinen Lehrer findet, der Euch passt, stellen wir den erstbesten Bewerber ein, der sich bei den Ausrufern meldet – falls Ihr nicht schon alle gelehrten Männer im Umkreis von drei Tagesreisen vergrault habt.«

Am nächsten Morgen wollte Rémy seine Eltern besuchen, um sie über seine bevorstehende Fahrt nach Paris in Kenntnis zu setzen. In der Rue de l'Épicier traf er seinen Vater, der bereits früh auf den Beinen war. Während sie über den Domplatz schlenderten, sprach Michel über den drohenden Zwist mit Metz.

»... Schwer zu sagen, was die Paraiges jetzt unternehmen«, meinte er, als sie das Rathaus betraten. »Gegen den Jahrmarkt an sich können sie wenig ausrichten. Also werden sie wahrscheinlich versuchen, uns anderweitig zu schaden, um uns zu Zugeständnissen zu zwingen. Handelsblockaden, Preiskämpfe – wenn man nur bösartig genug ist, findet man mannigfaltige Möglichkeiten, einen vermeintlichen Rivalen einzuschüchtern.«

Rémy musterte seinen Vater besorgt. Die ungewisse Zukunft machte Michel sichtlich zu schaffen. »Muss Mutter in nächster Zeit nach Metz?«

»Nicht, wenn sie es vermeiden kann. Aber letztlich hängt es von unseren Kunden ab. Wenn einer vor dem Winter dringend Salz benötigt, können wir ihn schlecht auf nächstes Jahr vertrösten.«

»Was sie auch tut, sie soll vorsichtig sein.«

»Sorge dich nicht um sie. Du weißt, deine Mutter kann auf sich aufpassen.« Michel schloss die Tür seiner Amtsstube auf. »Wann willst du aufbrechen?«

»Gleich morgen«, antwortete Rémy, als sie eintraten.

Sein Vater blickte ihn zweifelnd an. »Und du bist sicher, dass du mit dieser Reise etwas erreichst?«

»Wenn es irgendwo einen guten Schulmeister gibt, dann in Paris.«

Michel trat zum Tisch und blätterte flüchtig in den Pergamenten, die dort lagen. »Brauchst du ein Pferd?«

»Ich leihe mir eins von der Bruderschaft«, log Rémy.

Seine Eltern, Bertrand und Dreux glaubten, er würde allein nach Paris reisen. Niemandem hatte er von Philippine erzählt. Da sie vermeiden wollte, dass man sie zusammen sah, würden sie Varennes morgen auf getrennten Wegen verlassen. In einer Herberge eine Wegstunde westlich der Stadt würden sie sich treffen und von dort aus gemeinsam in Philippines Reisewagen weiterfahren.

»Komm doch heute Abend zum Essen, damit wir uns noch einmal sehen, bevor du aufbrichst«, schlug Michel vor.

»Gern«, sagte Rémy.

Wenig später war er wieder zu Hause, nahm den Beutel vom Haken und begann, seine Sachen zu packen.

November 1224

Metz

Als die Stadtmauern von Metz in Sicht kamen, nahm Isabelle einen tiefen Atemzug. Nun würde sich zeigen, ob Évrard Bellegrée seinen Drohungen Taten hatte folgen lassen.

Einige Tage nach dem Jahrmarkt hatte sie eine Nachricht von Robert Michelet erhalten. Robert ließ sie wissen, die Benediktinerabtei Saint-Arnoul habe eine große Menge Salz bei ihm bestellt. Leider könne er die Abtei nicht beliefern, denn sämtliches Salz, das er auf der Messe besorgt hatte, sei bereits verkauft. Er bat Isabelle, die Ware schnellstmöglich nach Metz zu bringen.

Michel und sie hatten lange überlegt, ob es nicht klüger wäre, die Handelsfahrt angesichts der gegenwärtigen Lage zu verschieben. Schlussendlich hatte Isabelle entschieden, es zu wagen. Saint-Arnoul war einer ihrer wichtigsten Geschäftspartner – sie konnten es sich nicht erlauben, einen solchen Kunden zu verprellen. Also hatte sie das gewünschte Salz auf den Wagen geladen und war nach Norden aufgebrochen.

Isabelle zügelte den Ochsen und fuhr langsamer, als sie sich dem Stadttor näherte. Kaum erblickte sie die feindseligen Gesichter der Wachen, wusste sie, dass ihr Ärger bevorstand.

»Kommt Ihr aus Varennes-Saint-Jacques?«, bellte einer der Männer.

»Ich bringe Salz für die Abtei Saint-Arnoul. Tut es etwas zur Sache, wo ich herkomme?«

»Das entscheiden wir. Also – ja oder nein?«

Sie seufzte innerlich. »Ja, wir kommen aus Varennes.«

»Runter vom Wagen«, befahl der Torwächter.

Sie stieg ab und trat zu ihren Knechten und den beiden Söldnern, während die Wächter begannen, ihre Ware zu durchsuchen. Dabei sprangen sie nicht sonderlich rücksichtsvoll mit den Fässern um.

»Passt auf damit«, sagte Isabelle scharf. »Wenn das Salz nass wird, stelle ich es Euch in Rechnung.«

»Das will ich sehen«, meinte der Stadtknecht höhnisch.

Ein Zöllner und zwei Sergeanten der Treize jurés tauchten auf. Die beiden Männer trugen Waffenröcke in den Farben der Republik Metz, Schwarz und Weiß, und waren mit versilberten Ruten bewaffnet, Insignien ihres Amtes, das darin bestand, die Treize, den Schöffenmeister und andere hochrangige Amtsträger in jeder erdenklichen Weise zu unterstützen.

Der Zöllner schätzte den Warenwert. Als er den Einfuhrzoll nannte, verschlug es Isabelle für einen Moment die Sprache.

»Dreißig Sous? Seid Ihr von Sinnen? Das grenzt ja an Straßenraub! Ich zahle Euch anderthalb pro Fass wie immer und keinen Denier mehr.«

»Bedaure«, sagte der Zöllner mit einem schmierigen Grinsen. »Aber seit Allerheiligen gelten Sonderzölle auf Waren aus Varennes. So haben's die Dreizehn beschlossen.«

Isabelle verkniff sich eine beißende Erwiderung, denn die Sergeanten warteten gewiss nur darauf, sie für die Beleidigung eines Amtmannes zu belangen. Mit zusammengekniffenen Lippen zählte sie dem Zöllner die Münzen in die Hand. *Da geht er hin, der Gewinn.*

»Außerdem ist es Besuchern aus Varennes verboten, Waffen nach Metz einzuführen«, erklärte einer der Sergeanten. »Händigt uns sofort alle Schwerter, Äxte und Spieße aus. Bei Eurer Abreise könnt Ihr die Waffen beim Schöffenmeister abholen.«

»Tut, was er sagt«, wies Isabelle ihre Leute an.

Als die Sergeanten alle Waffen eingesammelt hatten, trat einer zu Yves. »Den Dolch da auch.«

»Das ist ein Messer – bist du blind?«, knurrte der stämmige Knecht.

»Yves«, sagte Isabelle, doch ihre Warnung kam zu spät. Der Sergeant griff dem Knecht an den Gürtel, um ihm das Messer wegzunehmen. Yves hielt seine Hand fest.

»Pfoten weg, oder ich brech dir den Arm.«

»Sieh an, sieh an«, meinte der Zöllner sichtlich zufrieden. »Noch keine halbe Stunde in Metz, und schon widersetzt er sich der Obrigkeit. Nehmt den frechen Kerl fest und führt ihn dem Schöffenmeister vor.«

Die Sergeanten packten Yves. Louis war drauf und dran, seinem Freund zu Hilfe zu eilen, doch Isabelle befahl ihm, sich nicht von der Stelle zu rühren.

»Ich bitte Euch, seid nachsichtig mit ihm«, wandte sie sich an den Zöllner. »Es war eine lange Reise, wir sind müde und gereizt. Er wollte den Frieden nicht stören. Belasst es bei einer Ermahnung, und ich sorge dafür, dass er keinen Ärger macht.«

»In Varennes mag man ja duldsam mit Schlägern und Messerstechern sein, aber hier in Metz herrscht Ordnung. Wenn das Euch nicht passt, beschwert Euch bei den Eswardours.«

Die Sergeanten führten Yves ab. Isabelle konnte nichts anderes tun, als ihren Zorn herunterzuschlucken, auf den Wagenbock zu klettern und durch das Tor zu fahren.

»Wir müssen ihm helfen«, murmelte Louis. »Sie werden ihn einsperren, ihn womöglich prügeln.«

»Keine Sorge. Die Eswardours können sich auf etwas gefasst machen«, murmelte sie grimmig.

Nachdem sie das Fuhrwerk zu ihrer Niederlassung gebracht hatte, ging sie mit Louis und den Söldnern im Schlepptau zum Turm, in dem auswärtige Gefangene festgehalten wurden. Es war ein bedrückender und dunkler Bau, in dem es nach faulem Stroh, Moder und Exkrementen stank. Die beiden wachhabenden Sergeanten weigerten sich, sie zu Yves vorzulassen. Erst als Isabelle ihnen die Hölle heißmachte, bequemten sie sich, ihren Vorgesetzten zu holen.

Der Mann, der erschien, war ein Eswardour, ein Amtmann, der für Beschwerden gegen Strafen und Urteile der Treize zuständig war. Narben verunzierten sein Gesicht, und er wirkte auf Isabelle wie ein alter Krieger, der in vielen Fehden gefochten hatte.

»Ihr wünscht?«, fragte er wenig freundlich.

»Einer meiner Knechte wird hier festgehalten – sein Name ist Yves«, erklärte Isabelle. »Er wird zu Unrecht beschuldigt, den Frieden gestört zu haben. Ich verlange, dass man ihn freilässt.«

»Er hat sich geweigert, den Sergeanten seine Waffen auszuhändigen. Damit hat er den Frieden verletzt. Er bleibt im Kerker, bis die Treize über ihn zu Gericht sitzen, und Ihr kommt solange für seine Verpflegung und alle Kosten der Haft auf.«

»Es war nur ein Messer. Herrgott, er benutzt es zum Brotschneiden! Wegen einer solchen Nichtigkeit wird man in Metz bereits vor Gericht gestellt? Haben die Treize nichts Besseres zu tun?«

»Wachen!«, bellte der Eswardour. »Entfernt diese Frau.«

»Wag es ja nicht, mich mit deinen schmutzigen Händen anzufassen!«, fuhr Isabelle den Sergeanten an, der sich ihr näherte. Überrumpelt blieb der Mann stehen. »Ich mache Euch einen Vorschlag«, wandte sie sich an den Eswardour, bevor sich die Wache von ihrem Schreck erholte. »Ich zahle ein Bußgeld, und Ihr lasst Yves gehen. Das erspart Euch Arbeit und Ärger. Denn ich verspreche Euch: Wenn Ihr ihn vor Gericht stellt, werde ich alles daransetzen, ihn herauszuhauen und Euch und Eure Sergeanten vor der ganzen Stadt zum Gespött zu machen.«

Der Eswardour stierte sie an und schien zu erwägen, sie eigenhändig vor die Tür zu setzen. Seine knochigen Finger krampften sich um den Knauf seines Gehstocks.

»Ich gehe erst weg, wenn Ihr ihn freigelassen habt«, setzte sie nach. »Ich kann sehr hartnäckig sein, mein Wort darauf.«

»Das Bußgeld beträgt acht Sous«, schnarrte der Eswardour. »Zahlt es, und dann will ich Euch hier nicht mehr sehen.«

Dieser Betrag war geradezu unverschämt hoch, doch Isabelle verzichtete darauf, mit dem Eswardour zu handeln. Sie hatte erreicht, was sie wollte. Eine mildere Strafe würde sie kaum durchsetzen können.

Wortlos gab sie dem Amtmann die Münzen, der sie in eine Schatulle warf und den Sergeanten befahl, Yves zu holen.

Wenigstens war der Knecht wohlauf. Nachdem ein erleichterter Louis ihn umarmt hatte, sagte er zerknirscht: »Bitte verzeiht mir, Frau Isabelle. Ich bin manchmal ein Riesenrindvieh. Ich verspreche Euch, ich werde die Geldbuße abarbeiten.«

Anschließend holte sie den Wagen und fuhr zu Saint-Arnoul. Das Kloster war reich, es dominierte ein ganzes Stadtviertel und beschäftigte in seinen Gewerken und auf seinen Ländereien Hunderte von Menschen. Isabelle stellte das Fuhrwerk auf dem weitläufigen Platz zwischen Gotteshaus, Dormitorium und den Wirtschaftsgebäuden ab und bat einen Mönch, den Cellerar zu ihr zu schicken.

Der Kellermeister ließ lange auf sich warten. Als er endlich auftauchte, spürte Isabelle sofort, dass etwas nicht stimmte. Dieser sonst so freundliche und selbstbewusste Mann wirkte sorgenvoll und fuhr sich verlegen durch den Bart, während er die Fässer auf der Wagenpritsche betrachtete.

»Ist etwas nicht in Ordnung?«, erkundigte sich Isabelle. »Soll ich ein Fass aufmachen, damit Ihr die Ware prüfen könnt?«

»Ich fürchte«, sagte er zögernd, »ich kann Euch das Salz nicht abnehmen.«

»Wie das? Wart Ihr mit der letzten Lieferung nicht zufrieden?«

»Das Salz war wie immer ausgezeichnet. Daran liegt es nicht. Es ist … Politik.«

»Lasst mich raten«, sagte Isabelle missmutig. »Évrard Belegrée war hier und hat Euch aufgefordert, keine Geschäfte mehr mit mir zu machen. Habe ich recht?«

Sein Schweigen war Antwort genug.

»Und das lasst Ihr Euch bieten? Nach all den Jahren unserer Partnerschaft?«

Ihre Worte machten ihm sichtlich zu schaffen. »Die Paraiges sind überaus mächtig. Wir können es uns nicht erlauben, sie und die Treize jurés gegen uns aufzubringen.«

»Lieber opfert Ihr unsere Freundschaft.«

»Der Abt will es so. Es tut mir ehrlich leid.«

Ohne ein weiteres Wort stieg Isabelle auf den Wagen und fuhr davon.

Am nächsten Morgen versuchte sie mit Robert Michelets Hilfe, einen anderen Käufer für das Salz zu finden. Sie probierten ihr Glück überall, bei den Handwerksbruderschaften, auf dem Place de Chambre, in den Markthallen auf dem Place de Vésigneul. Doch niemand wollte ihr Salz haben. Manche Händler weigerten sich gar, mit ihnen zu sprechen, und schlugen ihnen die Tür vor der Nase zu.

An jenem Tag begann der Handelskrieg zwischen Metz und Varennes-Saint-Jacques.

Île-de-France und Paris

Rémy schreckte aus dem Halbschlaf auf, als der Reisewagen abrupt zum Stehen kam.

»Wieso halten wir an?«, fragte Guiberge, Philippines Magd, mit schreckgeweiteten Augen. Das dickliche Mädchen fürchtete sich ständig, seit sie die vertrauten Lande an der Mosel verlassen hatten.

»Sicher nur eine Zollschranke«, sagte Philippine und ergriff Guiberges Hand.

Rémy spähte aus dem Fenster und erblickte eine Steinhütte am Wegesrand. Davor standen zwei Waffenknechte, deren Röcke das Wappen der französischen Krone zierte, die goldene Lilienblüte. Als die beiden Männer näher kamen, ergriff Rémy seine Armbrust und stieg aus dem Wagen. Die Grafschaft Meaux, durch die sie seit gestern fuhren, war ein raues Land mit tiefen Wäldern und einsamen Flusstälern. Zwar sorgte die Gräfin von Blois auf den Straßen für Schutz vor Gesetzlosen, doch ihre Ritter konnten nicht überall sein. Mit der Armbrust fühlte Rémy sich einfach sicherer. Wenn Gefahr drohte, hatte er sie mit wenigen Handgriffen geladen und konnte etwaige Angreifer in Schach halten.

Als er von der Trittleiter auf den Weg sprang, verzog er vor Schmerz das Gesicht. Er war es nicht gewohnt, mit einem Wagen zu reisen, schon gar nicht zehn Tage lang. Die klobigen Räder übertrugen jedes Schlagloch ungedämpft ins Wageninnere – und Schlaglöcher gab es zuhauf auf den ungepflasterten Straßen der Champagne. Inzwischen schien ihm jeder Knochen im Leib wehzutun.

»Ihr seid im Begriff, die Grafschaft Meaux zu verlassen. Ab hier gelten Recht und Gesetz der französischen Krondomäne«, erklärte einer der Waffenknechte.

»Wie weit ist es noch bis Paris?«, erkundigte sich Rémy.

»Sechs Wegstunden zu Fuß, vier mit dem Pferd. Wenn Ihr Euch beeilt, schafft Ihr es bis Einbruch der Dunkelheit. Habt Ihr etwas zu verzollen?«

»Nein. Wir wollen nur die Universität besuchen.«

Die Waffenknechte warfen einen flüchtigen Blick in den Wagen und machten den Weg frei, nachdem sie Rémy belehrt hatten, den Frieden dieses Landes zu wahren. *Nur noch ein paar*

Stunden, dachte Rémy, als der Wagen losrumpelte und sein gepeinigtes Gesäß zu protestieren begann. *Heiliger Jacques, ich danke dir.*

Von Lothringen aus waren sie eine Woche lang durch die Grafschaft Bar und die Champagne gereist, hatten die Messestädte Troyes und Provins besucht und waren der Seine flussabwärts gefolgt. Es waren unbeschwerte Tage gewesen trotz der Strapazen der Fahrt. Sie nächtigten in den besten Herbergen, wo sie sich als Ehepaar ausgaben, sodass der Wirt ihnen stets eine einzelne Kammer gab. Jede Nacht liebten sie sich, lagen anschließend lange wach und genossen jeder die Gegenwart des anderen, bis sie schließlich eng umschlungen einschliefen.

Rémy wusste nicht, wann er das letzte Mal so glücklich gewesen war. Philippine verkörperte alles, was er sich von einer Frau wünschte – sie war klug, schön, gewitzt, heißblütig. Er verspürte eine Verbundenheit zu ihr, eine Seelenverwandtschaft, als würde er sie schon Jahre kennen. Umso quälender waren die Zweifel, die seit ihrer ersten Nacht an ihm nagten.

Wieso verbarg sie ihre Vergangenheit vor ihm? Warum ließ sie nicht zu, dass er mehr über sie erfuhr?

Konnte ihre Liebe unter diesen Umständen eine Zukunft haben?

Obwohl sie tagsüber, während sie viele Stunden im Wagen saßen, reichlich Gelegenheit hatten, einander besser kennenzulernen, wechselte Philippine rasch das Thema, sobald das Gespräch allzu persönlich wurde. Rémy hielt sein Versprechen, sie nicht mit Fragen zu bedrängen. Er hätte alles für sie getan, wenn sie ihn darum gebeten hätte. Gleichwohl war ein Teil von ihm stets damit beschäftigt, sie genau zu beobachten, um herauszufinden, wer sie war.

Der Reisewagen und die Pferde, die ihr gehörten; die Magd und der Fuhrknecht; die kostbaren Kleider; ihre prall gefüllte Geldkatze; ihre geschliffenen Umgangsformen; ihre außergewöhnliche Bildung; das selbstsichere Auftreten, das manchmal herrische Züge annahm, wenn sie mit Leuten von niedrigem Stand sprach: All dies deutete darauf hin, dass sie tatsächlich eine Edeldame war und einer Familie des lothringischen Adels entstammte.

Leider wusste er nicht, was er mit diesem Wissen anfangen sollte. Doch je länger er darüber nachdachte, desto häufiger stellte sich das Gefühl ein, dass es gefährlich war, diese Frau zu lieben. Ein Schreiber und eine Adlige? Unerhört, empörend, skandalös. Vielleicht war all das ein Fehler. Ein Fehler, der schlimme Folgen haben würde.

Ich bringe Männern Unglück. Gewiss auch Euch.

Es war nicht so, dass sie ihn nicht gewarnt hatte. Und tatsächlich verging kaum eine Stunde, in der er nicht an ihre Worte dachte. Doch jedes Mal, wenn er kurz davor war, sie zur Rede zu stellen, Antworten zu fordern, brach die Nacht herein, wenig später lag er in ihren Armen und vergaß seine bösen Ahnungen, seine Fragen, seine Zweifel.

In den Abendstunden schließlich erreichten sie Paris. Der Reisewagen hielt auf einer Anhöhe, und Rémy, Philippine und Guiberge stiegen aus und betrachteten die Stadt, die vor ihnen aus dem Nebel wuchs, verwunschen und unwirklich. Es war die gewaltigste Metropole, die Rémy je gesehen hatte, größer noch als Metz, viel größer. Man sagte, achtzigtausend Seelen bevölkerten diesen Moloch, der sich zu beiden Ufern der Seine ausbreitete, seit Jahrzehnten unkontrolliert wucherte und sich immer neue Vororte einverleibte. Der Stadtkern lag auf der Île de la Cité in der Mitte des Flusses, dort standen die Kathedrale Notre-Dame und der Palast des Königs. Die anderen Viertel verschwanden unter einer immerwährenden Dunstglocke, genährt von zahllosen Herdfeuern. Schiffe pflügten durch die Nebelschwaden, liefen die Flusshäfen an und versorgten Paris mit Holz aus dem Umland, Salz aus der Bretagne und Fisch aus Rouen. Ein steter Strom von Ochsen- und Pferdewagen ruckelte die Straßen entlang, schwer beladen mit Korn, Gemüse und flandrischen Tuchen, um die wimmelnden Menschenmassen innerhalb der Stadtmauern zu ernähren und einzukleiden.

Sie stiegen in den Wagen und fuhren die Handelsstraße entlang, vorbei an den Gärten der berühmten Abtei Saint-Victor, deren Klosterschule seit hundert Jahren die größten Denker des Abendlandes anzog und die daher als Keimzelle der Universität galt. Zu ihrer Linken strömte das Flüsschen Bièvre, ehe es in einer vergitterten Pforte im Fundament der Stadtmauer verschwand. Die Wächter waren gerade dabei, die Tore zu schließen, doch Philippine überredete die Männer, sie noch hineinzulassen. Das Viertel jenseits der Mauern beherbergte die Universität, es trug den Namen Quartier Latin, denn hier lebten Studenten und Lehrkräfte aus aller Herren Länder, die sich untereinander auf Latein verständigten.

In den schlammigen Gassen zwischen den Hütten und Mietquartieren herrschte ein derartiges Gedränge, dass der Wagen nur mit Schrittgeschwindigkeit vorankam. Junge Männer in schlichten, einfarbigen Kitteln, die sie als Studenten auswiesen, strömten in die Schenken oder tranken im Freien. Rémy vernahm ein halbes Dutzend verschiedener Sprachen und noch einmal so viele französische Dialekte. Buchhändler zogen mit ihren Handkarren umher und boten preiswerte Abschriften der Evangelien und antiker Schriften feil. Außerdem fiel Rémy auf, dass an beinahe jeder Straßenecke Soldaten standen, bewaffnet mit Eisenhelmen, Dreieckschilden und Speeren, die die Burschen argwöhnisch beobachteten. Die Studenten wiederum warfen den Kriegsknechten finstere Blicke zu, murmelten hässliche Verwünschungen und schüttelten die Fäuste, wenn ein Trupp Bewaffneter des Weges kam. Eine seltsame Spannung lag in der Luft, eine Gereiztheit, die jederzeit in Gewalt umschlagen konnte. Rémy fühlte sich an jene Nacht erinnert, als das Stadtvolk von Varennes Lefèvres Haus erstürmt hatte.

Sie fanden eine Herberge nahe einer kleinen Kirche. Da es außer ihnen kaum Gäste gab, bekamen Rémy und Philippine wieder eine Kammer für sich allein.

Als sie am nächsten Morgen im Schankraum saßen und mit Honig gesüßten Brei verzehrten, sagte Philippine: »Ich werde allein zu Tristan gehen.«

»Wieso denn?«, fragte Rémy.

»Er ist ein eigenbrötlerischer Kauz, er mag keinen Besuch von Leuten, die er nicht kennt. Außerdem ist seine Gesundheit angegriffen. Wir sollten ihn wirklich nicht überfallen. Es ist besser, wenn ich allein mit ihm spreche, bevor ich euch miteinander bekannt mache.«

»Ich halte das für keine gute Idee. Du hast doch gesehen, was da draußen los ist. Es könnte gefährlich werden.«

»Ich weiß schon auf mich aufzupassen.« Ihr Lächeln war entwaffnend. »Und es ist ja nicht weit.«

Ein Eigenbrötler mit angegriffener Gesundheit – Rémy erkannte eine Ausrede, wenn er eine hörte. In Wahrheit fürchtete Philippine, ihr alter Lehrer könnte Dinge über sie preisgeben, die Rémy nicht wissen sollte. Aber er wollte deswegen keinen Streit mit ihr anfangen. »Tu, was du für richtig hältst«, sagte er. Doch es gelang ihm nicht, seinen Unmut zur Gänze zu verbergen.

»Du bist ein Schatz.« Sie küsste ihn auf die Wange, ehe sie ihren Mantel anlegte und die Herberge verließ.

Rémy blieb sitzen und trommelte mit den Fingern auf dem Tisch. Seinen restlichen Brei ließ er stehen – der Appetit war ihm soeben vergangen. Er hielt Ausschau nach Guiberge, doch die Magd war nirgends zu sehen. Vermutlich weilte sie bei Philippines Fuhrmann draußen auf dem Hof.

Leise fluchend schlüpfte er in seinen Mantel, stieß die Tür auf und trat ins Freie. Die Gassen des Quartier Latin waren heute an diesem trüben grauen, nebelverhangenen Morgen bei Weitem nicht so überfüllt wie gestern Abend, und er sah

Philippines grüne Mantelkapuze gerade hinter der nächsten Hausecke verschwinden.

Er folgte ihr. *Nur zu ihrem Schutz*, sagte er sich, doch er war noch nie gut darin gewesen, sich selbst zu belügen. Er fühlte sich zum Narren gehalten und wollte nicht brav in der Herberge sitzen, bis sie zurückzukommen geruhte. Er wollte verdammt noch eins wissen, wohin sie ging. Falls er auf diese Weise mehr über sie herausfand – umso besser.

Philippine schritt nach Norden, und die äußere Erscheinung des Viertels besserte sich deutlich. Hier wohnten keine armen Studenten, die sich zu zehnt ein billiges Quartier teilen mussten – in dieser Gegend des Quartier Latin lebten Patrizier, königliche Beamte und die Oberen der Universität. Die Gebäude waren allesamt aus Stein und Fachwerk errichtet, Stadthaus stand neben Stadthaus, schäbige Hütten suchte man vergeblich. Doch auch hier traf man an jeder Ecke auf Soldaten, bei denen es sich um Männer des Stadtvogts handelte, wie Rémy vermutete. Die bewaffneten Knechte streiften in kleinen Gruppen durch die Gassen, beobachteten Schenken und Kirchen, in denen Unterricht abgehalten wurde, und hielten gelegentlich Fußgänger an, um sie zu befragen.

Rémy blieb zehn, zwölf Klafter hinter Philippine, sodass er stets ihren Mantel im Blick behielt und zugleich die Gefahr gering war, dass sie ihn bemerkte.

Sie betrat den Hof eines zweistöckigen Anwesens. Er wartete einen Moment, ehe er durch das Tor spähte. Gut ein Dutzend Studenten saßen unter freiem Himmel und trotzten tapfer der feuchten Kälte, während sie Bücher studierten oder über Fragen der Wissenschaft debattierten. Dies war ganz offensichtlich das Haus eines Universitätslehrers – zumindest hatte Philippine ihn nicht angelogen, was den Sinn und Zweck ihres Spaziergangs betraf. Just in diesem Moment klopfte sie an die Tür des Wohngebäudes. Ein Diener ließ sie herein.

Wie es schien, konnte er hier nichts mehr ausrichten. Rémy

nahm einen tiefen Atemzug, bevor er zur Herberge zurückging.

Philippine folgte dem Diener zum oberen Stock, wo der junge Mann auf eine der Türen wies, ehe er sich zurückzog. Das Anwesen war etwa so groß wie Rémys Haus in Varennes und ausgesprochen schlicht eingerichtet. Obwohl Tristan ein angesehener Doctor war, schien sein Lohn nicht eben üppig zu sein; außerdem hatte er noch nie viel Wert auf Silberleuchter und andere kostbare Einrichtungsgegenstände gelegt. Er war ein Mann des Geistes, mit Äußerlichkeiten konnte er wenig anfangen. Dafür besaß er Unmengen Bücher und Handschriften. Auf jeder freien Fläche standen und lagen welche – Kommentare zur Bibel, Abhandlungen zu lateinischer Grammatik, Sammlungen über jedes noch so obskure Gebiet der Wissenschaft. Philippine lächelte, als zahllose Erinnerungen in ihr aufstiegen. Erinnerungen an die Jahre mit Tristan, an seinen Unterricht, an die lehrreichen Geschichten, die er ihr an den Abenden erzählt hatte. Neben ihrem Vater war es vor allem er, dem sie ihre Belesenheit verdankte. Ohne ihn wäre sie heute gewiss eine andere und weniger kluge Frau.

Sie klopfte an und betrat eine kleine Kammer, deren einziges Fenster zur Straße wies. Es war zweifellos das Studierzimmer. Auf den Tischen stapelten sich abgegriffene Codices, überall lag Pergament herum, es herrschte ein heilloses Durcheinander in der engen Stube. Ordnung war nicht Tristans Stärke.

Ihr einstiger Lehrer kauerte am Tisch und beschrieb einen Pergamentbogen, der Gänsekiel huschte nur so über die Seite. Philippine kannte niemanden, der derart schnell schreiben konnte. Tristan beherrschte das Lateinische wie seine Muttersprache. Gewiss arbeitete er gerade an einem Kommentar zur Heiligen Schrift. Seine theologischen Glossen waren inzwischen weit über die Universität Paris hinaus bekannt.

Er blickte auf, und ein herzliches Lächeln erschien auf seinem Gesicht. »Philippine! Allmächtiger. Was macht Ihr denn hier?«

Er stand auf und schloss sie in die Arme. Er war ein hochgewachsener Mann mit geradezu feldherrenhaften Zügen – sein Gesicht wirkte wie eine jener alten römischen Marmorbüsten, die sie vor Jahren während einer Italienreise gesehen hatte: hager, scharf geschnitten, mit einer vorspringenden Nase und tief in den Höhlen liegenden Augen, aus denen große Gelehrtheit sprach. Er war älter und grauer geworden, aber davon abgesehen hatte er sich kein bisschen verändert. Es tat gut, ihn wiederzusehen.

»Ich hoffe, ich störe Euch nicht«, sagte sie.

»Unsinn. Meine klügste Schülerin ist mir immer willkommen.« Er musterte sie. »Wie lange ist es her?«

»Sieben Jahre.«

»Sieben Jahre«, wiederholte er. »Es kommt mir vor wie gestern. Seitdem seid Ihr noch schöner geworden. Wie ist das nur möglich?«

Sie lächelte und machte einen Knicks, als wäre sie wieder jenes junge Mädchen, das sie gewesen war, als er angefangen hatte, sie zu unterrichten.

»Ich fürchte, ich habe nichts da, was ich Euch anbieten kann. Allenfalls Dünnbier, aber das möchte ich einer Dame von Stand wahrlich nicht zumuten.«

»Das macht nichts«, erwiderte Philippine.

»Sagt – was führt Euch nach Paris? Begleitet Ihr Euren Gemahl auf einer Reise?«

Innerlich zuckte sie zusammen. Sie hatte diese Frage gefürchtet – genau deshalb hatte sie darauf bestanden, allein herzukommen. Sie hasste sich dafür, dass sie Rémy all diese Geheimnisse, Halbwahrheiten und Ausflüchte zumuten musste. Aber was blieb ihr anderes übrig? Ihr Leben war nun einmal kompliziert. Sie hatte sich fest vorgenommen, ihm so bald wie möglich die Wahrheit zu sagen, ihm endlich zu verraten, wer sie war. Sie wusste nur noch nicht, wie. Sie hatte Angst, ihn zu verlieren, sobald ihm klar werden würde, worauf er sich eingelassen hatte.

Sie liebte Rémy, daran bestand nicht der kleinste Zweifel. Aber reichte Liebe aus? War sie stark genug, all die Hindernisse zu überwinden, die vor ihnen lagen? Sie wusste es nicht. Zu gerne hätte sie mit jemandem über ihre Sorgen gesprochen, bei einem verständnisvollen Freund ihr Herz erleichtert. Tristan, sosehr sie ihn schätzte, kam dafür nicht infrage. Als Doctor der Theologie war er ein Mann der Kirche, ein ranghoher Kleriker, der bei aller Freundschaft, die er für sie empfand, ganz gewiss kein Verständnis dafür haben würde, dass sie die Ehe brach.

»Ich bin allein hier«, beantwortete sie kurz angebunden seine Frage.

»Euer Gemahl lässt es zu, dass Ihr ohne ihn nach Paris reist?«

»Ich habe ihm frühzeitig beigebracht, mir meine Freiheit zu lassen«, erwiderte sie, doch Tristan fiel nicht auf ihr Lächeln herein. Er bedachte sie mit einem forschenden Blick.

»Geht es Euch gut, Philippine?«

»Natürlich. Wieso fragt Ihr?«

»Euer letzter Brief. Als ich ihn las, gewann ich den Eindruck, dass Euch Sorgen plagen.«

Wenn sie sich recht erinnerte, hatte sie ihm nichts als Belanglosigkeiten geschrieben. Aber vielleicht hatte sich das Unglück ihres Lebens irgendwie in den Brief geschlichen und war in der einen oder anderen verräterischen Formulierung aufgeblitzt. Tristan verstand es, zwischen den Zeilen zu lesen.

»Jeder hat Sorgen. Ihr. Ich. Mein Gemahl. Eure Studenten«, entgegnete sie spöttisch. »Sorgen sind Teil des Lebens. Wenn man über sie spricht, verleiht man ihnen mehr Gewicht, als ihnen zusteht, findet Ihr nicht auch?«

»Es kann die Last auf der Seele aber auch verringern.« Als

sie schwieg, fuhr er fort: »Ich bin Euer Freund. Ihr könnt Euch mir immer anvertrauen. Falls es nicht gut um Eure Ehe steht und Euer Gemahl Euch schlecht behandelt, sagt es mir. Vielleicht weiß ich Rat.«

Philippine spürte, dass sich ihr Lächeln verkrampfte. »So ein Unsinn. Warum sollte er mich schlecht behandeln?«

»Es ist viel geschehen. Nicht jeder Mann hat die Weisheit, in einem Schicksalsschlag Gottes unergründlichen Plan zu erkennen. Allzu viele hadern mit ihrem Schöpfer oder geben gar ihrem Weib die Schuld.«

Sie wusste, er meinte es gut. Seit jeher hegte Tristan väterliche Gefühle für sie und wollte sie vor aller Unbill beschützen. Das änderte jedoch nichts daran, dass ihr unbehaglich zumute war. Diese Unterredung ging ihr zu weit. Sie wollte nicht mit ihm über diese Dinge sprechen; sie waren zu schmerzlich. »Nichts für ungut, Tristan«, sagte sie daher eine Spur schärfer als beabsichtigt, »aber wenn das der Fall wäre, würde ich zu meinem Beichtvater gehen, nicht zu meinem alten Hauslehrer.«

Das Schweigen, das ihren Worten folgte, war unangenehm. Aber wenigstens bedrängte er sie nicht länger.

Philippine war zum Fenster getreten und blickte hinaus auf die Gasse. Kalte Zugluft zwängte sich durch den Spalt zwischen dem Mauerwerk und der Abdeckung aus Leinwand. »Weswegen ich eigentlich hier bin«, begann sie. »Ein Freund braucht meine Hilfe. Er kommt aus Varennes-Saint-Jacques an der Mosel. Er hat dem Stadtrat geholfen, eine neue Schule zu gründen …«

»Dem Stadtrat?«, fragte Tristan stirnrunzelnd. »Das Schulwesen ist Sache der Kirche.«

»Nicht in Varennes. Die Bürgerschaft wollte eine eigene Schule.«

»Überaus ungewöhnlich. Wie kam es dazu?«

»Das ist eine lange Geschichte. Man war wohl unzufrieden

mit der Klosterschule. Jedenfalls sucht mein Freund im Auftrag des Rates einen Schulmeister. Leider hat er Schwierigkeiten, einen zu finden, der seinen Ansprüchen genügt.«

»Und nun ist er nach Paris gereist, in der Hoffnung, dass er hier mehr Glück hat?«

»Es war meine Idee«, erklärte Philippine. »Ich dachte, dass Ihr uns gewiss helfen könnt. Vielleicht wisst Ihr einen Magister oder einen fortgeschrittenen Studenten, der geeignet wäre.«

»Geeignet sind sicher viele«, meinte Tristan. »Die Frage ist vielmehr: Wer ist willens, Paris zu verlassen und nach Varennes im entlegenen Lothringen zu gehen?« Er setzte sich wieder, faltete die Hände und tippte sich mit den Zeigefingern gegen den Mund – eine Geste, die überaus typisch für ihn war und die sie an früher erinnerte.

»Möglicherweise«, sagte er schließlich, »gibt es da jemanden …«

Als Rémy wieder in der Herberge war, erkundigte er sich beim Wirt, was es mit den vielen Bewaffneten im Quartier Latin auf sich hatte.

»Das verdammte Studentenpack ist schuld!«, wetterte der Mann, während er einen Tisch abwischte. »Ständig müssen sie Ärger machen. Vorgestern Nacht haben sie in der Schenke oben am Tor eine Schlägerei angefangen – schon zum dritten Mal in diesem Jahr. Diesmal war's besonders schlimm. Nicht nur die Tische und Bänke haben sie zertrümmert, einer von den gottverfluchten Engländern hat sogar den Neffen des Tuchhändlers Barbou abgestochen. Könnt Ihr Euch das vorstellen? Aufhängen sollte man diese Mörderbande, jeden einzelnen davon!«

»Und jetzt sucht der Stadtvogt nach dem Schuldigen?«, fragte Rémy.

»Schön wär's. Aber er kann ja nichts machen. Erstens versteckt sich der Kerl irgendwo, und zweitens dürfte der Vogt ihn nicht festnehmen, selbst wenn er wüsste, wo er ist.«

»Wieso nicht?«

»Weil die Studenten der Kirche und ihrer Gerichtsgewalt unterstehen. Deshalb können sie tun und lassen, was sie wollen. Dem Vogt sind die Hände gebunden. Nicht einmal bei Mord und Totschlag darf er eingreifen.«

»Aber wenn er nichts unternehmen darf – was machen dann die ganzen Büttel hier?«

»Den Männern reicht's allmählich. Sie haben es satt, dass ihnen das Universitätsgesindel ungestraft auf der Nase herumtanzen darf. Sie wollen sich rächen und warten nur darauf, dass einer der Studenten so töricht ist, ihnen den passenden Anlass zu liefern. Würde mich nicht wundern, wenn es heute noch losgeht. Und dann wird's blutig. Aber das haben sie sich selbst zuzuschreiben ...«

Rémy ging nach oben in ihre Kammer und wartete.

Als Philippine zurückkam, saß er am Tisch, vor sich ein Stück Pergament, und zeichnete mit einem Stückchen Blei Figuren und Tiere.

»Was machst du da?«, fragte sie.

»Ich denke nach«, antwortete er einsilbig, faltete das Pergament und schob es hinter seinen Gürtel. »Wie war dein Besuch bei Tristan? Ist er bereit, mich zu treffen?«

»Es ist nicht nötig, dass wir ihn noch einmal behelligen. Er hat mir gesagt, an wen wir uns wenden sollen.«

»Wieso überrascht mich das nicht?«, murmelte Rémy.

Philippine blickte ihn schweigend an, ehe sie sagte: »Sein Name ist William von Southampton. Er hat früher bei Tristan studiert. Jetzt ist er Magister der Artistenfakultät und unterrichtet seit einiger Zeit die jüngeren Studenten in den *Artes liberales.*«

»Ein Engländer also.«

»Ist das ein Problem?«

»Solange er Latein und Französisch beherrscht, kümmert es mich nicht, wo er herkommt.«

»Sein Latein soll ausgezeichnet sein«, sagte Philippine.

»Und Tristan hält ihn für geeignet?«

»Er sagt, William sei Lehrer mit Leib und Seele. Zwar studiert er gerade die Rechte, aber wohl nur halbherzig. Am liebsten würde er nur noch unterrichten.«

»Dann reden wir doch am besten mit ihm. Wo kann ich ihn finden?«

»Er hält den ganzen Morgen Lektionen in der Kirche Saint-Julien-le-Pauvre. Wenn wir uns beeilen, erwischen wir ihn noch.«

Rémy stand auf und griff nach seiner Armbrust.

»Ist es wirklich nötig, dass du sie mitnimmst?«, fragte Philippine.

»Ich habe das dumpfe Gefühl, ich werde sie brauchen.«

Kurz darauf schlenderten sie durch das Quartier Latin. Rémy erschien es, als hätte sich die Zahl der Büttel im Viertel in der vergangenen Stunde verdoppelt. Inzwischen waren sie in jeder Gasse, standen breitbeinig vor Schenken und Hurenhäusern und bemühten sich nach Kräften um ein bedrohliches Auftreten. Auch die Studenten rotteten sich zusammen. Rémy beobachtete eine Gruppe Deutscher und Lombarden auf einem Kirchhof, die sich gegenseitig mit großspurigen Reden aufstachelten. Einige hielten Knüppel in den Händen, hier und da blitzte ein Messer auf.

Rémy gefiel das ganz und gar nicht. »Sehen wir zu, dass wir mit diesem William reden und dann rasch zur Herberge zurückkehren.«

Glücklicherweise war es nicht weit bis Saint-Julien-le-Pauvre. Das Gotteshaus, das, dem Baustil nach zu urteilen, bereits viele Jahrhunderte alt war, stand am Flussufer direkt gegenüber der Kathedrale Notre-Dame und überragte die Holzbrücke, die zur Île de la Cité hinüberführte. Ein Baugerüst, auf dem gerade niemand arbeitete, hüllte eines der Seitenschiffe ein. Rémy und Philippine gingen zum Hauptportal, dessen rechter Flügel offen stand, und spähten hinein.

Etwa dreißig Studenten kauerten auf dem Boden der Kirche. Die meisten waren noch jung, vierzehn oder fünfzehn Jahre alt, doch es waren auch einige ältere darunter. Am Altar stand ein kleiner Mann in der Robe eines Magisters – offenbar William von Southampton. Unter den Studenten entwickelte sich gerade eine angeregte Diskussion in lateinischer Sprache über ein philosophisches Problem.

»Aber angenommen, Aristoteles hat recht, und die Naturgesetze gelten absolut und ausnahmslos«, sagte einer, »wie lassen sich dann das Wirken Gottes und gewisse Dogmen der Kirche erklären? Etwa die Wandlung von Brot und Wein in den Leib und das Blut Christi während der heiligen Messe – steht dies nicht in Widerspruch zu allem, was Aristoteles uns lehrt?«

»Es liegt doch auf der Hand«, meldete sich ein anderer Student zu Wort. »Gott steht über den Naturgesetzen. Er hat sie geschaffen, um der Welt Ordnung zu geben. Aber er kann sie auch zeitweise außer Kraft setzen. Wenn das geschieht, sprechen wir von einem Wunder. Ich sehe hier keinen Widerspruch zu Aristoteles.«

»Damit machst du es dir aber sehr einfach«, rief ein Dritter und legte mit messerscharfer Logik seine Argumente dar, was seinen Vorredner veranlasste, in rhetorisch geschliffener Form seinen Standpunkt zu verteidigen. Andere Studenten mischten sich ein, und bald war ein gelehrtes Streitgespräch auf höchstem philosophischem Niveau im Gange.

Rémy gefiel, was er sah. Hier wurde selbstständiges Denken gelehrt. Jeder durfte ohne Angst seine Meinung kundtun, und nebenher verfeinerten die Studenten obendrein ihr grammatisches Verständnis und ihr rhetorisches Können. Kein Klima der Furcht wie bei Bruder Adhemar, kein stupides Nachbeten einzelner Psalmen bis zur Erschöpfung. William leistete ausgezeichnete Arbeit. Er griff nur ein, wenn er einen neuen Gedanken einbringen wollte; ansonsten hielt er sich zurück und überließ die Disputation seinen Studenten, im Vertrauen darauf, dass sie auf diese Weise am meisten lernten. Sein Latein war nahezu vollkommen.

»Na, habe ich dir zu viel versprochen?«, murmelte Philippine.

Rémy lächelte. Tatsächlich brannte er darauf, diesen Mann kennenzulernen.

Da versetzte ihm jemand einen Stoß. Ein Student stürzte an ihm vorbei. Der Bursche hatte sein Gewand über die Knöchel gehoben, stürmte in die Kirche und brüllte etwas auf Englisch. Rémy verstand kein Wort. Unter den Studenten hingegen schienen viele Engländer zu sein, die sogleich erschrocken aufsprangen.

Rémy fuhr herum. In der Gasse auf der anderen Seite des Kirchhofs erschienen Büttel des Stadtvogts, bewaffnet mit Knüppeln und Reitpeitschen. Gleichzeitig erklang aus einer anderen Richtung Geschrei.

»In die Kirche – schnell!«, stieß Rémy hervor.

Philippine und er schlüpften durch das Portal, das einige Studenten soeben schließen wollten. Sie waren jedoch zu langsam – schon stürmten die Waffenknechte heran und prügelten auf sie ein. Einige Studenten stellten sich den Angreifern und schwangen brüllend die Fäuste, doch die meisten ergriffen panisch die Flucht, sodass in der nicht allzu großen Kirche von einem Moment auf den nächsten ein heilloses Durcheinander herrschte.

Rémy nahm die Armbrust in eine Hand, presste Philippine an sich und versuchte, sie mit seinem Körper vor Schlägen und Stößen abzuschirmen, während er sich einen Weg zum Chorraum bahnte, wo es ihm sicherer erschien.

Plötzlich war ein Büttel vor ihm. Der Mann bleckte die Zähne und hob seinen Schlagstock. Ohne zu zögern, rammte

Rémy ihm den Schaft der Armbrust ins Gesicht und traf den Nasenschutz des Helms, woraufhin der Büttel zurücktaumelte. »Weiter!«, keuchte er, und sie schoben sich durch das Gedränge.

Er sah, dass einige Studenten zum hinteren Teil des linken Seitenschiffs rannten und dort eine Tür aufstießen. »Da lang!«, sagte er, ergriff Philippines Hand und wollte loslaufen. Just in diesem Moment bemerkte er, dass William neben dem Altar auf dem Boden lag. Er wirkte benommen, Blut sickerte aus einer Wunde an seiner Stirn. Offenbar hatte man ihn angerempelt, er war gefallen und hatte sich den Kopf gestoßen. Der Magister erweckte nicht den Eindruck, als wäre er in der Verfassung, sich zu wehren, sollten die Büttel auf ihn losgehen. Rémy beschloss, ihm zu helfen.

Philippine und er eilten zu William und halfen ihm auf. »Kommt«, sprach Rémy den Gelehrten an. »Wir müssen Euch in Sicherheit bringen.«

Der Engländer hatte glasige Augen, sein Blick irrlichterte zwischen Rémy und dem Handgemenge an der Kirchenpforte hin und her. »Wer seid Ihr?«

»Ein Freund. Kommt jetzt. Alles Weitere klären wir später.«

»Aber meine Studenten ...«

»Ihr könnt nichts für sie tun. Wenn Ihr hierbleibt, erreicht Ihr nur, dass man Euch verprügelt.«

Mit sanfter Gewalt führte Rémy den Magister zur Pforte im Seitenschiff. Den Studenten war es inzwischen gelungen, die Vordertür zu verriegeln, sodass keine weiteren Soldaten in die Kirche eindrangen. Jene, die bereits drin waren, lieferten sich eine Schlägerei mit den Studenten und bemerkten daher nicht, dass Rémy und Philippine William nach draußen brachten.

Es war Rettung im letzten Augenblick, denn kaum hatten sie das Gotteshaus verlassen, kamen mehrere Büttel um das Seitenschiff herum, offenbar in der Absicht, den Studenten den Fluchtweg abzuschneiden. Rémy und Philippine nahmen ihren Schützling in die Mitte und rannten in die entgegengesetzte Richtung, eine schäbige Gasse oberhalb des Seine-Ufers entlang, wo sie sich schließlich in einer Lücke zwischen zwei Hütten versteckten.

Die Soldaten waren ihnen nicht gefolgt. Doch die Gefahr war längst nicht ausgestanden. Von überall her vernahm Rémy Schreie. Wie es schien, kam es im ganzen Quartier Latin zu Zusammenstößen zwischen Studenten und Stadtbütteln.

William war außer Atem wegen des Spurts. Er fasste sich an die Stirn und betrachtete erschrocken das Blut an seinen Fingern.

Philippine sah sich die Wunde an. »Nur ein Kratzer – nicht weiter schlimm«, beruhigte sie den Gelehrten. »Es hört gewiss gleich auf zu bluten.«

»Am besten bringen wir Euch hinüber zur Île de la Cité«, sagte Rémy. »Dort scheint es sicher zu sein.«

William nickte fahrig. »Könnt Ihr mich zum Bischof geleiten? Er muss einschreiten und diesen Wahnsinn beenden.«

Rémy trat zum Flussufer und spähte an der Hütte vorbei. »Die Soldaten haben die Brücke abgeriegelt. Glaubt Ihr, sie lassen uns durch, wenn sie sehen, dass wir keine Studenten sind?«

»In der Öffentlichkeit werden sie es nicht wagen, einen Magister der Universität zu belästigen.«

Rémy spannte seine Armbrust und legte einen Bolzen ein.

»Was macht Ihr da?«, fragte William entsetzt. »Wollt Ihr Euch etwa den Weg freischießen?«

»Ich will niemanden verletzen. Aber falls uns jemand bedroht, will ich die Möglichkeit haben, an seine Vernunft zu appellieren«, entgegnete Rémy grimmig, während er den Eingang der Gasse beobachtete.

Der kleine Gelehrte starrte ihn an. »Sagt mir endlich, wer Ihr seid.«

»Rémy Fleury, zu Euren Diensten.«

»Seid Ihr einer der Söldner, die die Artistenfakultät zu unserem Schutz angeheuert hat?«

»Nein, kein Söldner.«

»Was dann? Ein Schütze des Königs?«

»Buchmaler.«

Endlich war die Luft rein. Sie eilten zu Saint-Julien-le-Pauvre zurück, huschten am Chorhaus vorbei und schlugen den kürzesten Weg zur Brücke ein. In der Gasse, die von der Kirche wegführte, stellten sich ihnen plötzlich zwei Büttel entgegen, bewaffnet mit Spießen. Die Männer waren betrunken und grinsten mordlüstern.

Rémy hob seine Armbrust, zielte erst auf den einen, dann auf den anderen. »Lasst uns vorbei, oder einer von euch lernt sogleich seinen Schöpfer kennen.«

Furchtsam wichen die Männer zurück und ließen sie passieren.

»Seht Ihr, wie vernünftig plötzlich alle sind?«, sagte Rémy zu William, ehe sie zur Brücke eilten.

Als der Abend hereinbrach, wärmten sie sich im Schankraum ihrer Herberge auf und genehmigten sich einen Becher Wein. William hatte darauf bestanden, Rémy und Philippine zum Dank für seine Rettung einzuladen. Die Wunde an seiner Stirn hatte längst aufgehört zu bluten, zumal Philippine, die in ihrem Wagen diverse Kräutertrünke und Salben aufbewahrte, die Wunde fachkundig versorgt hatte.

Im Quartier Latin herrschte wieder Ruhe, seit der Bischof von Paris eingegriffen hatte. Er war das Oberhaupt der Universität, ihm oblag der Schutz der Studenten und Lehrkräfte. Als William ihn benachrichtigte, hatte der Kirchenmann sogleich den Stadtvogt zu sich zitiert und seine Getreuen ausgeschickt mit dem Befehl, im Viertel für Ordnung zu sorgen. Sein beherzter Einsatz hatte bewirkt, dass sich die Büttel kurz darauf aus dem Quartier Latin zurückzogen. Inzwischen kümmerten sich Wundärzte der verschiedenen kirchlichen Hospitäler um die vielen Studenten, die bei den Übergriffen verletzt worden waren.

Williams Schützlingen ging es den Umständen entsprechend gut. Sobald es im Viertel wieder einigermaßen sicher gewesen war, hatte der Magister seine Studenten aufgesucht und dafür gesorgt, dass sie zügig Hilfe bekamen. Einige hatten beim Handgemenge in der Kirche Prellungen und Blessuren erlitten, aber im Großen und Ganzen waren sie glimpflich davongekommen.

»Vorerst ist die Sache ausgestanden«, erklärte William, nachdem er seinen Becher zur Hälfte geleert hatte. »Aber lange hält der Frieden gewiss nicht. Die Spannungen zwischen der Universität und dem Stadtvogt werden von Jahr zu Jahr schlimmer. Beim nächsten Vorfall werden uns seine Büttel sicher wieder spüren lassen, wer die wahren Herren im Quartier Latin sind. Ach, wie ich diese ständigen Reibereien satthabe …«

Er nahm noch einen Schluck und drehte anschließend den Becher in seinen eigentümlich kurzen Fingern. William hatte ein rundliches Gesicht und trug keinen Bart, auch keine Tonsur wie viele andere Universitätslehrer, sondern besaß kurze rötlich braune Locken. Rémy schätzte sein Alter auf sieben- oder achtundzwanzig Sommer. Französisch sprach er beinahe akzentfrei, ungewöhnlich für einen Engländer und ein weiterer Hinweis auf seine Begabung für Sprachen. Nun, da er Wein getrunken und sich beruhigt hatte, zeigte sich, dass er eine gelassene, freundliche Natur war. Gewalt schien er zutiefst zu verabscheuen, weswegen ihm der heutige Vorfall sehr zu schaffen machte.

»Ihr habt mir immer noch nicht gesagt, warum Ihr heute Morgen in meine Lectura gekommen seid«, sagte er schließlich. »Das war doch kein Zufall, oder?«

»Keineswegs«, bestätigte Rémy schmunzelnd. »Wir wollten

mit Euch sprechen. Euer früherer Lehrer Tristan de Rouen hat Euch mir empfohlen.«

Dass ein angesehener Doctor gegenüber Fremden seinen Namen ins Spiel gebracht hatte, schmeichelte William sichtlich. »Empfohlen wofür?«

Rémy erzählte von der Schule und seiner bisher fruchtlosen Suche nach einem Schulmeister. »Tristan hält Euch für einen guten Lehrer und glaubt, dass der Posten vielleicht etwas für Euch wäre.«

»Damit ich Euch richtig verstehe – die Schule befindet sich in städtischer Hand? Es ist keine Einrichtung der Kirche? So etwas höre ich zum ersten Mal.«

Rémy holte etwas weiter aus und erklärte, wie es zur Gründung der Schule gekommen war und was sich die Bürgerschaft davon erhoffte. Damit weckte er Williams Interesse. Der Gelehrte stellte unentwegt Fragen und wollte offenbar alles ganz genau wissen.

»Eine Schule für die Söhne der Bürgerschaft«, sagte er. »Ein wahrhaft nobles und fortschrittliches Vorhaben. Wie kann es sein, dass Ihr dafür keinen Lehrer findet? Jeder Magister, der wirklich etwas mit seiner Arbeit bewirken will, würde sich um diesen Posten reißen.«

Rémy lächelte. »Es gab durchaus Bewerber, aber meine Ansprüche sind hoch.«

»Und Ihr glaubt, ich würde ihnen genügen?«

»Es ist so, William …«

»Einfach Will«, unterbrach ihn der Engländer. »Niemand nennt mich William.«

»Will.« Rémy nickte. »Zunächst einmal sollten wir klären, ob Ihr den Posten überhaupt haben wollt.«

»Da fragt Ihr noch?« Wills Augen leuchteten. »Von einer solchen Aufgabe träume ich seit Langem. So gern ich Vorlesungen über die Philosophie des Aristoteles halte, aber jüngere Kinder zu unterrichten, ist dankbarer und wichtiger. Man hat die einmalige Gelegenheit, ihnen alles mitzugeben, was sie brauchen, um gute Christen zu werden und einen angesehenen Beruf zu ergreifen. Und was Ihr über Eure Schule erzählt, klingt überaus faszinierend. Als Lehrer hätte ich weit mehr Möglichkeiten als an einer Dom- oder Klosterschule.«

Wills Einstellung gefiel Rémy. Hatte er endlich jemanden gefunden, der an Albertus heranreichte? Er ermahnte sich, nichts zu überstürzen. Er wollte ganz sichergehen, dass Will den Anforderungen entsprach. »Euch ist klar, dass Ihr Paris verlassen müsstet – Varennes liegt nicht eben in der Nähe. Außerdem müsstet Ihr das Bürgerrecht unserer Stadt erwerben.«

»Das versteht sich von selbst. Und was Paris angeht – um ehrlich zu sein, will ich schon lange weg. Diese Stadt ist mir zu groß. Und der ständige Zwist mit dem Vogt schlägt mir aufs Gemüt.«

»Ich möchte offen zu Euch sein«, sagte Rémy. »Ihr macht einen guten Eindruck auf mich, aber das reicht mir nicht. Bevor ich Euch den Posten anbiete, möchte ich Euch besser kennenlernen, damit ich beurteilen kann, ob Ihr wirklich geeignet seid.«

Will nickte. »Gewiss.«

»Warum erzählt Ihr nicht ein wenig von Euch?«, schlug Philippine vor.

Der Engländer schien nicht recht zu wissen, was er von ihr halten sollte. War sie Rémys Gemahlin? Seine Schwester? Eine Freundin? Sie hatten es bisher vorgezogen, Will über die Natur ihres Verhältnisses im Unklaren zu lassen. »Ich komme aus Southampton im äußersten Süden Englands«, begann er. »Mein Vater ist Wollhändler und sehr wohlhabend. Er stammt aber aus einfachen Verhältnissen und wollte daher all seinen Söhnen eine anständige Bildung ermöglichen.«

Als Kind war Will zur Domschule gegangen, wo er Latein gelernt hatte. Anschließend besuchte er die Universität Cambridge und studierte die Sieben Freien Künste. Nach dem Trivium zog es ihn nach Paris, denn er wollte seinen geistigen Horizont erweitern und bei den großen Lehrern studieren. Nach wenigen Jahren schloss er das Quadrivium mit Erfolg ab und wurde zum Magister ernannt, woraufhin er begann, Studenten zu unterrichten und Vorlesungen zu halten.

»Aber Ihr studiert weiterhin, richtig?«, erkundigte sich Rémy.

»Ja, die Rechte«, antwortete Will. »Aber nicht mit großer Tatkraft, um der Wahrheit die Ehre zu geben. Es erfüllt mich nicht. Als Lehrer zu arbeiten, das ist meine Bestimmung.«

Anschließend plauderten sie über dieses und jenes: Religion, Philosophie, Politik, die Lage in Paris, Frankreich, Varennes. Will erwies sich als aufmerksamer Zuhörer, der kluge Fragen stellte, wenn ihn etwas näher interessierte. Rémy kannte nur wenige Männer, die eine derart umfassende Bildung hatten – es schien kaum ein Gebiet zu geben, über das er nicht Bescheid wusste.

Als der Engländer zu fortgeschrittener Stunde auf dem Abort verschwand, wandte sich Rémy an Philippine: »Was meinst du?«

»Tristan hatte recht – einen Besseren werden wir nicht finden. Ich rate dir, ihn so schnell wie möglich einzustellen, bevor er es sich noch anders überlegt.«

Rémy sah es genauso. Wenn Will von seiner Arbeit sprach, spürte man die Leidenschaft, mit der er unterrichtete. Einen solchen Lehrer hatte er gesucht.

Als der Magister zurückkam, sagte er daher: »Ich glaube, ich kenne Euch jetzt gut genug, dass ich guten Gewissens eine Entscheidung treffen kann. Wenn Ihr immer noch wollt, könnt Ihr die Stelle haben.«

Will war kein Mann, der seiner Begeisterung lautstark Ausdruck verlieh. Er lächelte nur, doch das Leuchten in seinen Augen verriet, wie glücklich er war. »Das freut mich sehr, Meister Rémy. Ich verspreche, ich werde Euch nicht enttäuschen.«

»Wann könnt Ihr bei uns anfangen?«

»Am liebsten würde ich sofort mit Euch nach Varennes gehen, aber ich fürchte, das ist nicht möglich. Zuerst muss ich den Bischof und die Leitung der Universität bitten, mich aus ihren Diensten zu entlassen. Anschließend muss ich einige persönliche Dinge regeln. Ich schätze, dass ich Anfang Dezember in Varennes sein kann.«

»Gut. Ich werde derweil alles für Euer Kommen vorbereiten. Ihr kennt den Weg?«

»Ich werde ihn finden.«

»Wenn Ihr da seid, fragt nach mir. Ich werde Euch empfangen und Euch dem Rat vorstellen.«

Sie schüttelten einander zum Abschied die Hand.

Nachdem Will gegangen war, zogen sich Rémy und Philippine in ihre Kammer zurück. Er schloss die Tür und breitete die Arme aus.

»Wir haben einen Lehrer«, sagte er lächelnd.

»Das ist wundervoll, Rémy. Ich freue mich so für dich.«

»Und wem habe ich das zu verdanken?« Er zog sie an sich. »Nur dir.«

Sie küssten einander. Er hielt sie an der Taille fest und liebkoste ihre Wange und die Stelle unter dem Ohr mit den Lippen. Ihr Atem ging schneller. Sie ergriff seine Hand und führte ihn zum Schlaflager, er schob ihr die Röcke über die Schenkel.

Später schmiegte sie sich an ihn und fuhr ihm mit den Fingern durch das Brusthaar.

»Wann reisen wir ab?«

»Morgen«, antwortete Rémy.

»Können wir nicht noch ein paar Tage bleiben?«

»Ich muss zurück. Ich kann die Werkstatt nicht so lange allein lassen. Dreux schläft wahrscheinlich kaum noch, weil er sich jede Nacht ausmalt, was mir alles zustoßen könnte.«

»Wenn es nur immer so sein könnte wie jetzt. Keine Verpflichtungen. Niemand, der uns einschränkt. Nur du und ich.«

»Das geht ganz einfach.«

Philippine sagte nichts. Ihre Hand lag still.

»Bleib bei mir in Varennes«, sagte er. »Heirate mich.«

»Tu das nicht, Rémy. Bitte«, flüsterte sie.

»Du liebst mich doch, oder?«

»Darum geht es nicht.«

»Es geht nur darum«, beharrte er.

Sie löste sich von ihm, setzte sich auf und blickte ihn an. »Warum brichst du dein Wort?«

»Weil ich deine Heimlichtuerei satthabe. Diese ganzen Geheimnisse …«

»Ich habe meine Gründe.«

»Erklär sie mir.«

»Wenn ich das tue, wirst du mich hassen.«

Er wartete, doch sie sprach nicht weiter.

»Du kannst es nicht, richtig?«, fragte Rémy.

»Ich habe Angst, dass nachher nichts mehr so ist, wie es war. Dass wir nicht mehr zurückkönnen.«

»Du hast mich belogen, nicht wahr? Du bist doch verheiratet.«

Wieder schwieg sie. Eine einzelne Träne rann ihr über die Wange.

»Gottverdammt!«, stieß er hervor, sammelte seine Kleider auf und zog sich an.

»Wo willst du hin?«

Anstelle einer Antwort öffnete er die Tür und trat hinaus auf den Gang. Er wollte nur fort, fort aus dieser Kammer, die ihm plötzlich erdrückend eng erschien. Das Hochgefühl, das ihn eben noch erfüllt hatte, war würgendem Zorn gewichen – auf Philippine, ihre zahllosen Geheimnisse und die undurchsichtigen Regeln, die sie ihm aufzwang.

Er verließ die Herberge und streifte durch die nächtlichen Gassen des Quartier Latin. Es war ein Fehler gewesen, ihr zu versprechen, ihre Geheimnisse zu respektieren. Er hatte doch von Anfang an gewusst, dass er dieses lächerliche Versteckspiel irgendwann leid sein würde. Aber er hatte nicht auf seine innere Stimme gehört, die ihn beharrlich gewarnt hatte. Weil seine Liebe zu ihr ihn blind gemacht hatte.

Er hatte kaum darauf geachtet, wohin er ging, doch nun stellte er fest, dass er sich ganz in der Nähe von Tristans Haus befand. Er trat zum Hoftor, das inzwischen geschlossen war. Das Holz wies leichte Schäden auf. Offenbar hatten die Männer des Stadtvogts versucht, gewaltsam in das Anwesen einzudringen. Ohne Erfolg, wie es schien.

In einem Fenster brannte noch Licht. Für einen Moment erwog Rémy, um Einlass zu bitten und Tristan über Philippine auszufragen. Aber natürlich war dieser Gedanke ebenso töricht wie undurchführbar. Der Doctor würde ihn auslachen oder hochkant hinauswerfen – oder ihn höchstwahrscheinlich gar nicht erst hineinlassen.

Schließlich begann es zu regnen. Rémy zog sich die Mantelkapuze tief ins Gesicht und eilte zurück zur Herberge. Als er den Hof betrat, erblickte er Guiberge, die unter dem Vordach der Wagenremise stand und mit einem Pferdeknecht plauderte. Er fasste einen Entschluss.

»Meister Rémy«, sagte die Magd und lächelte unsicher, als er näher kam. »Was macht Ihr denn draußen im Regen? Ihr holt Euch ja den Tod.«

»Ich muss allein mit Guiberge sprechen«, wandte sich Rémy an den Knecht, der nickte und zum Stallgebäude eilte. Rémy öffnete das Tor der Remise, packte die dicke Magd am Arm und schob sie hinein.

»Ihr tut mir weh!«, beklagte sie sich.

Drinnen war es dunkel, weiter hinten fiel etwas Fackellicht durch ein Fenster. Drei Reisewagen standen in der Remise, schwarze Quader in der Finsternis. Leise trommelte der Regen auf das Holzdach des Gebäudes.

»Wer ist deine Herrin?«, fragte Rémy.

»Ich… ich verstehe nicht…«

»Wie ist ihr richtiger Name? Wie heißt ihre Familie?«

Guiberge blickte ihn angstvoll an. »Das darf ich Euch nicht sagen.« Sie wich zurück, als er auf sie zuging, und stolperte dabei fast über einen leeren Eimer.

»Ich warne dich, Guiberge. Ich bin sehr, sehr wütend. Also rede mit mir, verdammt noch mal.«

»Aber dann breche ich mein Wort!«

»Wenn du es nicht tust, hilfst du ihr, mich anzulügen und mich zum Narren zu halten. Willst du das?«

Die Magd fing an zu schluchzen.

»Hör auf damit!«, fuhr er sie an.

»Ihr macht mir Angst!«

Es bereitete Rémy keine Freude, das Mädchen einzuschüchtern. Aber mit guten Worten kam er ja nicht weiter. »Dafür gibt es keine Veranlassung – wenn du meine Fragen beantwortest«, sagte er. »Also – ist deine Herrin verheiratet?«

»J-ja.«

Rémy holte tief Luft. Ein Teil von ihm hatte es von Anfang an gewusst. Noch etwas, das er nicht hatte wahrhaben wollen. »Mit wem?«

Guiberge sagte es ihm. Rémy brauchte einen Moment, bis er das Gehörte voll erfasste.

»Das ist nicht dein Ernst.«

»Es ist die Wahrheit«, beteuerte das Mädchen. »Ich schwöre es!«

»Wie lange schon?«

Die Magd runzelte die Stirn, als wäre das eine unfassbar schwierige Frage. »Vier Jahre.«

Rémy verließ die Remise. In der Herberge eilte er die Treppe hinauf und stieß die Tür ihrer Kammer auf.

Philippine hatte eine Kerze angezündet, saß am Tisch und las einen Roman. Sie blickte von den Seiten auf. »Rémy«, sagte sie. Ihre Augen waren gerötet.

»Du bist mit Roger Bellegrée verheiratet und dachtest, dass ich das nie erfahre?«

»Wer hat dir das gesagt?«

Er konnte kaum atmen vor Zorn. »Mich so zu hintergehen – wie konntest du mir das nur antun?«

»Hör mir zu…«

»Du hast mir ins Gesicht gelogen!«

»Siehst du?«, sagte sie leise. »Ich wusste es.«

»Was? Was wusstest du?«

»Dass du mich hassen wirst, wenn du es erfährst.«

»Was hast du denn erwartet?« Rémy musste sich bemühen, sie nicht anzuschreien. »Roger ist ein Feind meiner Familie. Und du hältst es nicht für nötig, mir zu sagen, dass er dein gottverfluchter Ehemann ist?«

»Wenn ich es dir gesagt hätte – was wäre dann geschehen?«

»Dann hätte ich verdammt noch mal die Hände von dir gelassen!«

Sie sagte nichts, aber ihr Blick verriet, dass genau das ihre Angst gewesen war.

»Weiß er von uns?«, fragte er.

»Natürlich nicht.«

»Diese Reise… Er hat dich einfach so gehen lassen? Was hast du ihm erzählt?«

»Es ist kompliziert, Rémy. Viel komplizierter, als du denkst. Lass es mich erklären…«

Er hob abwehrend die Hände. »Danke, ich verzichte. Ich habe genug von deinen Ausflüchten.«

»Ich habe dich belogen. Das war falsch.« Sie stand auf. »Aber ich habe das nur getan, weil ich keine andere Möglichkeit sah.«

»Du meinst, weil du etwas Abwechslung brauchtest von

deinem tristen Alltag als Gemahlin eines steinreichen Patriziers.«

»So war es nicht. Ich liebe dich. Wirklich. Ich hatte Angst, dich zu verlieren. Das hätte ich nicht ertragen.«

Sie kam um den Tisch herum und wollte ihn berühren, doch er wich zurück.

»Du hattest recht«, sagte er. »Es war ein Fehler. Ich hätte mich niemals mit dir einlassen dürfen.«

Rasch packte er seine Sachen zusammen und verbrachte die Nacht im Stall.

Am nächsten Morgen brach er allein nach Varennes auf.

Troyes

Es war erst Mitte November, aber der Wind trug bereits den Winter im Rachen. Schneidend kalte Böen fegten über das Messegelände vor den Mauern der Stadt Troyes und rissen an den Zelten der Kaufleute und den Gewändern der Menschen, die vereinzelt an den Warenstapeln vorbeischlurften. Im Spätherbst kamen nie viele Besucher zu den Jahrmärkten in der Champagne, doch dieses Jahr waren es wegen des anhaltend schlechten Wetters besonders wenige. Außer Anseau Lefèvre hatten lediglich ein paar Nordfranzosen, zwei, drei unverdrossene Engländer und eine Handvoll Flamen den Weg hierher gefunden.

Lefèvre hatte sich eine windgeschützte Ecke gesucht und schlürfte heißen Würzwein, während seine Knechte auf die Ware aufpassten. Bei ihm standen mehrere Büttel der Gräfin von Blois, der Schirmherrin der Champagnemessen. Die Männer hatten nichts zu tun und schlugen die Zeit tot, indem sie sich den einen oder anderen Schluck genehmigten und mit ihren Bettgeschichten prahlten.

Lefèvre umklammerte seinen Becher und versuchte, den

ziehenden Schmerz in seinem Knie zu ignorieren. In der Gilde hatte man ihm davon abgeraten, zu dieser Jahreszeit nach Troyes zu reisen. Zu mühsam, zu wenig lukrativ, hatten seine Schwurbrüder gesagt. Lefèvre hatte nicht auf sie gehört. Auf der Oktobermesse in Varennes hatte er dem Zisterzienser-Orden eine größere Menge Stahl abgekauft, gewonnen aus Minette, einem hochwertigen Erz, das die Mönche bei Nancy abbauten. Sein Gefühl hatte ihm gesagt, dass er es in der Champagne, wo man sich nach lothringischem Stahl die Finger leckte, gewinnbringend verkaufen könnte. Allmählich stellte er sich jedoch der Erkenntnis, dass sein Gefühl ihn in die Irre geführt hatte. Er war bereits seit drei Tagen hier, und kein Mensch interessierte sich für seinen Stahl.

Er knallte den leeren Becher auf den Tisch des Weinhändlers und schlurfte mit zusammengebissenen Zähnen zu einer Garküche, um sich etwas Erbsensuppe mit Speck zu kaufen. Wenigstens musste er nicht mehr fasten. Er hätte es auch keinen Tag länger ausgehalten.

Als er bezahlte und den gefüllten Napf entgegennahm, bemerkte er, dass ihn einer der Männer an den Bänken beobachtete. Es war ein Händler aus Metz, der einzige andere Lothringer in Troyes. Er hieß Ringues oder so ähnlich – Lefèvre kannte ihn nur flüchtig und wusste nicht, ob der Mann den Paraiges angehörte und wie er zu den Bellegrées stand. Er zog es daher vor, ihm aus dem Weg zu gehen. Ärger mit den Metzern war wahrlich das Letzte, was er brauchte.

Er hatte seinen Eintopf erst zur Hälfte gegessen, als einer seiner Knechte zu ihm eilte.

»Gerade ist ein Flame gekommen, Herr. Er will wissen, was Ihr für den Stahl verlangt.«

Lefèvre ließ den Napf stehen und folgte dem Knecht zu seinem Verkaufsstand. Die Planen des Zeltes knatterten im Wind wie die Segel eines sturmgebeutelten Küstenfahrers. Ein Mann mit kahlem Schädel und rotem Rauschebart stand vor den Kisten, hatte eine der Stangen herausgenommen und begutachtete sie.

»Das ist guter Stahl«, sagte er. »Aus Minette?«

Lefèvre nickte. »Bestens geeignet für Rüstungen, Waffen und Werkzeug aller Art. Aus einer Mine der Zisterzienser. Auch der Herzog von Oberlothringen kauft dort ein.«

»Was wollt Ihr für die Stange?«

Er nannte seinen Preis und ließ sich von dem Flamen ein wenig herunterhandeln, bis sie sich schließlich auf einen moderaten Betrag einigten. Der Mann wollte zwei Dutzend Kisten kaufen, mehr als die Hälfte seines gesamten Stahls. Lefèvre überschlug die Zahlen rasch im Kopf und kam auf einen Reingewinn von fast acht Pfund Silber. Damit hätte sich die weite Fahrt mehr als gelohnt. Sein Gespür hatte ihn also doch nicht getäuscht.

»Wenn ich sechsundzwanzig Kisten nehme«, fragte der Flame, »lasst Ihr mir einen halben Pfennig pro Stange nach?«

»Gewiss – weil Ihr es seid.« Lächelnd streckte Lefèvre die Rechte aus, um das Geschäft mit einem Handschlag zu besiegeln.

Just in diesem Augenblick tauchte dieser Ringues auf.

»Wartet, bevor Ihr einschlagt«, wandte er sich an den Flamen. »Ich habe auch Stahl. Bestimmt kann ich Euch ein besseres Angebot machen.«

Varennes-Saint-Jacques

Es blieb nicht bei den Sonderzöllen«, berichtete Isabelle den Schwurbrüdern. »Einen meiner Knechte nahmen sie wegen einer Nichtigkeit fest und sperrten ihn in den Kerker. Es kostete mich viel Zeit und Geld, ihn herauszuholen. Anschließend musste ich erfahren, dass die Paraiges einen unserer wichtigsten Kunden eingeschüchtert hatten, sodass er sich weigerte, mit mir Geschäfte zu machen.«

Am Abend nach ihrer Rückkehr von Metz hatten Michel und Deforest eine außerordentliche Gildenversammlung einberufen, um die Schwurbrüder über die neusten Entwicklungen in Kenntnis zu setzen. Wie erwartet, versetzte Isabelles Bericht die Männer in Wut.

»Ruhe, ihr Herren, ich bitte euch!«, rief Deforest. »Man versteht sein eigenes Wort nicht mehr. Jeder darf sprechen, aber bitte der Reihe nach, nicht alle gleichzeitig.«

Als sich der Tumult gelegt hatte, ereiferte sich Victor Fébus mit hochrotem Kopf: »Das ist einfach unerhört! So können sie nicht mit uns umspringen. Damit treten sie alle Traditionen des respektvollen Miteinanders im Moseltal mit Füßen!«

»Ich fürchte, so, wie die Dinge stehen, scheren sich die Bellegrées gerade einen Dreck um irgendwelche Traditionen«, sagte Duval. »Das hat doch Methode. Sie wollen uns das Leben schwermachen, bis wir klein beigeben und den Betrieb der Messe einstellen.«

»Aber was soll ich denn jetzt machen?«, jammerte Fromony Baffour, inzwischen ein klappriger Greis von siebzig Jahren. Seit dem Tod von Thibaut d'Alsace Anfang des Jahres war er mit Abstand das älteste Mitglied der Gilde. »Ich habe mehrere Kunden in Metz, die auf wichtige Lieferungen warten. Soll ich den ganzen Winter auf den Waren sitzen bleiben?«

»Tatsächlich halten Isabelle, Eustache und ich es für das Beste, vorerst nicht nach Metz zu reisen«, sagte Michel. »Die Risiken sind einfach zu groß, zumal wir uns kaum dagegen wehren können. Außerdem sollten wir den Metzern so wenig Gelegenheit wie möglich geben, uns zu schaden.«

»Und was ist mit meinen Kunden?«, klagte der Alte. »Ich verliere sie, wenn ich sie zu lange warten lasse.«

»Ich sage es nicht gern, Fromony, aber vermutlich haben sie Euch ohnehin bereits fallen gelassen. Die Paraiges sind mächtig genug, all unsere Geschäftsbeziehungen nach Metz zu zerstören. Alles, was Ihr tun könnt, ist, ihnen eine Nachricht zu schicken und sie um Geduld zu bitten. Aber ich würde mich darauf gefasst machen, dass es nicht allzu viel nützt.«

»Wer schon eine Handelsfahrt nach Metz geplant hat und sie unter keinen Umständen verschieben kann«, ergänzte Deforest, »sollte nicht allein gehen. Nehmt doppelt so viele Söldner mit wie sonst, und tut Euch mit anderen Schwurbrüdern zusammen. Je größer die Gruppe ist, desto besser könnt Ihr Euch vor Übergriffen schützen.«

»Was ist mit Adrien, Philippe und Anseau?«, fragte Odard Le Roux. »Sie sind schon vor Tagen nach Metz aufgebrochen und wissen von nichts.«

»Lefèvre ist nicht in Metz«, sagte Duval. »Er ist nach Troyes gereist, gegen meinen ausdrücklichen Rat. Aber wenigstens dürfte er dort sicher sein.«

»Hast du Adrien und Philippe unterwegs getroffen?«, wandte sich Michel an Isabelle.

»Leider nicht.«

»Wir schicken ihnen einen Reiter nach«, sagte Deforest. »Vielleicht holt er sie ein, ehe sie Metz erreichen und ins offene Messer laufen.«

Michel stand auf und musterte die angespannten Gesichter. »Ich kann verstehen, dass Ihr Euch sorgt. Aber Furcht und Zukunftsangst bringen uns nicht weiter. Geht jetzt nach Hause und betet für den Frieden. Gleich morgen wird der Rat zusammentreten und beratschlagen, wie wir dieser *crisis* begegnen. Ich bin sicher, wir werden eine Lösung finden.«

»Bitte verzeiht, dass ich Euch so früh störe«, sagte die Magd, »aber Herr Michelet ist eben gekommen. Ich glaube, er wurde überfallen.«

Michel und Isabelle federten aus dem Bett und schlüpften hastig in ihre Gewänder.

»Ist er verletzt?«

»Er nicht, aber zwei seiner Knechte.«

Sie stiegen hinab in den Eingangsraum, wo Robert mit seinen Hausbedienten stand. Michels Mägde hatten ihnen bereits Würzwein, Brot und Käse gebracht, während die Knechte Michelets Habseligkeiten ins Haus trugen.

Einer der Männer hatte einen Verband am Arm, ein zweiter einen um die Stirn. Auch Robert selbst sah nicht gut aus: Abschürfungen und Prellungen verunzierten sein Gesicht und die Arme, seine Kleider waren schmutzig und zerrissen.

»Bei allen Heiligen, Robert, was ist geschehen?«, fragte Michel.

»Man hat uns aus Metz verjagt«, antwortete der *fattore* mit Grabesstimme.

»Kommt nach oben in die Stube, dort könnt Ihr uns alles in Ruhe erzählen.«

Nachdem Michel nach einem Medicus für die verletzten Knechte geschickt hatte, führte er Robert hinauf zur Stube. Er verscheuchte Samuel, der sich wieder einmal auf dem Tisch breitgemacht hatte, und sie setzten sich. Der getigerte Kater verzog sich beleidigt in eine Fensternische und setzte sich so auf den Sims, dass sein gestreifter Schwanz schnurgerade herabhing und wie ein Senkblei zu Boden zeigte.

»Roger Bellegrée hat durchgesetzt, dass man mich aus allen Gilden ausschließt«, berichtete Robert. »Ich sei ein Freund ihres Feindes und damit eine Gefahr für die Schwurgemeinschaft. Ich habe Euren Rat befolgt und mich ruhig verhalten. Leider gaben sich die Bellegrées damit nicht zufrieden. Évrard schickte Sergeanten zu mir, die mich zwangen, sofort die Geschäfte einzustellen und das Handelshaus zu schließen.«

»Habt Ihr gehorcht?«, fragte Isabelle.

»Natürlich. Was hätte ich denn dagegen tun sollen?«

»Das meine ich nicht. Ich frage mich nur, warum sie Euch trotzdem Gewalt angetan haben.«

»Die Sergeanten haben sämtliche Waren beschlagnahmt und meine Leute gezwungen, sie nach draußen zu bringen. Als einer der Knechte zu langsam arbeitete, gingen sie auf uns los. Ich glaube, sie haben nur auf einen Vorwand gewartet, uns zu prügeln.«

»Die Waren sind weg?«, fragte Michel.

»Ja. Alle.« Robert blickte ihm in die Augen. »Ich weiß, was Ihr nun denkt. Ich bin ein Versager, der Euch schweren Schaden zugefügt hat. Ich kann Euch nur um Verzeihung bitten und Euch mein Wort geben, dass ich hart dafür arbeiten werde, diesen Verlust wettzumachen.«

»Ich bitte Euch, so war das doch nicht gemeint. Schuld an dem Vorfall tragen allein die Bellegrées.«

»Wenn ich vorsichtiger gewesen wäre, hätte ich vielleicht verhindern können, dass es so weit kommt.«

»Wie denn? Es wäre so oder so passiert. Die Paraiges wollen uns schaden, wo sie nur können. Wenn jemand das hätte verhindern können, dann ich. Ich hätte niemals zulassen dürfen, dass Ihr nach Metz zurückgeht.«

»Wenigstens Euer Geld konnte ich retten.« Der Anflug eines Lächelns huschte über Michelets zerschundenes Gesicht. »Als die Sergeanten auftauchten, versteckte ich die Schatulle und schmuggelte sie später in einem leeren Fass auf dem Wagen aus der Stadt.«

»Ihr seid ein überaus mutiger Mann«, sagte Isabelle. »Andere an Eurer Stelle hätten den Kopf verloren und nicht nur das Geld, sondern auch die Bediensteten im Stich gelassen. Ihr aber habt Euch vorbildlich verhalten. Dafür gebührt Euch unser Dank.«

Wie es seine Art war, nickte Robert lediglich steif.

»Jetzt ruht Euch erst einmal aus und lasst Eure Blessuren versorgen«, sagte Michel. »Die Bediensteten werden Euch eine Kammer herrichten. Ihr könnt so lange bei uns wohnen, bis wir wissen, wie es weitergeht.«

Michel und Isabelle waren nicht die einzigen Kaufleute, deren Metzer Niederlassung gewaltsam geschlossen wurde: Im Lauf des Tages trafen weitere *fattori* in Varennes ein, ähnlich zugerichtet und demoralisiert wie Robert Michelet. Besonders hart hatte es Eustache Deforest getroffen. Die Treize jurés hatten nicht nur all seine in Metz eingelagerten Waren beschlagnahmt, sondern auch seinen *fattore* in den Kerker geworfen und ihm Silber im Wert von vierzig Pfund geraubt.

Nach der Mittagsstunde setzte sich Michel mit den anderen Ratsherren zusammen und besprach die Lage.

»Metz ist ein übermächtiger Gegner«, sagte Duval. »Die Paraiges verfügen über Ressourcen, von denen wir nur träumen können. Wenn sie es darauf anlegen, können sie uns binnen weniger Jahre wirtschaftlich ruinieren. Wir sollten daher überlegen, ob wir ihren Forderungen nicht doch nachgeben.«

»Und die Messe aufgeben, nachdem wir so hart für sie gearbeitet haben?«, entgegnete Michel. »Auf keinen Fall. So schnell geben wir nicht klein bei. Wir mögen eine kleine Stadt sein, aber wir sind nicht wehrlos. Ich schlage vor, dass wir es ihnen mit gleicher Münze heimzahlen. Jeder Metzer, der sich in der Stadtmark blicken lässt, zahlt auf seine Waren Strafzölle, die sich gewaschen haben. Wer sich widersetzt, wird in Gewahrsam genommen. Außerdem riegeln wir die Römerstraße und die Mosel ab und lassen Metzer nur gegen hohe Zahlungen passieren. Was sie können, können wir schon lange.«

Die meisten Ratsherren nickten entschlossen. Ihr Zorn auf die Selbstherrlichkeit der Paraiges war groß, und Michels Vorschläge fielen auf fruchtbaren Boden.

»Ich bin auch dafür, den Kampf aufzunehmen«, sagte Tolbert. »Ich gebe allerdings zu bedenken, dass wir damit wahrscheinlich nicht viel ausrichten. Wir sind auf Metz angewiesen, aber die Metzer nicht auf uns. Sie können uns einfach ignorieren, ohne dass sie das viel kostet.«

»Das werden wir sehen«, meinte Michel. »Einstweilen zeigen wir ihnen, dass sie so nicht mit uns umspringen können.«

Albert, Le Masson und einige andere bekundeten ihre Zustimmung, indem sie mit den Fingerknöcheln auf den Tisch klopften.

»Um unsere Abhängigkeit von Metz zu verringern«, sagte Deforest, »werde ich der Gilde vorschlagen, ihre Geschäfte nach Frankreich und Burgund zu verlagern. Auch in der Champagne braucht man unser Salz, aber dort können uns die Bellegrées nicht so ohne Weiteres Steine in den Weg legen.«

»Das würde ich so nicht sagen«, bemerkte jemand.

Michel wandte sich zur Tür des Saales um und sah Lefèvre hereinkommen. Der einstige Wucherer trat an die Ratstafel und begrüßte die Männer. Für Michel hatte er nur ein knappes Nicken übrig. Bloß weil er sich seit einiger Zeit als ehrbarer Kaufmann versuchte, hieß das nicht, dass er plötzlich seine unverbrüchliche Liebe zu Michel entdeckt hatte. Ihr Verhältnis war nach wie vor schwierig und von Misstrauen geprägt.

»Ich war gerade in Troyes«, berichtete Lefèvre. »Ich wollte einem Flamen meinen Stahl verkaufen und hatte das Geschäft schon so gut wie abgeschlossen, als einer von den Metzern auftauchte und es mir vor der Nase wegschnappte.«

»Wer war das?«, fragte Deforest.

»Ein Mann namens Ringues oder so ähnlich.«

»Pierre Ringois«, sagte Duval. »Er handelt hauptsächlich mit Stahl, Erzen und Waffen. Ein treuer Anhänger der Bellegrées, wenn mich meine Erinnerung nicht im Stich lässt. Ich glaube, er gehört auch zum Paraige Porte-Muzelle.«

»Jedenfalls hat er seinen Stahl zu einem Betrag angeboten, der noch unter dem Einkaufspreis liegen muss«, fuhr Lefèvre fort. »Er hat ihn regelrecht verschleudert. Es ging ihm nur darum, mir zu schaden. So viel zu Eurer Überlegung, wir wären in der Fremde sicher vor den Metzern«, sagte er zu Deforest.

Betretenes Schweigen schloss sich seinen Worten an.

»Das kann nur bedeuten«, mutmaßte Michel, »dass sämtliche Metzer Gilden ihre Mitglieder angewiesen haben, uns bei jeder sich bietenden Gelegenheit das Geschäft zu verderben. Wahrscheinlich sollen sie uns um jeden Preis unterbieten, auch wenn sie dabei drauflegen. Für ihre Verluste kommen wahrscheinlich die Gilden auf.«

»Das kostet doch Unsummen«, meinte Tolbert. »Das werden sie nicht lange durchhalten.«

»Ich fürchte, schon«, erwiderte Duval. »Die Metzer Gilden sind überaus finanzstark, sogar die kleinen.«

»Unsere ist aber auch nicht gerade arm«, sagte Deforest grimmig. »Wenn die Metzer einen von uns unterbieten, ersetzen wir ihm eben seinen Verlust. Dieser Preiskampf wird sie teuer zu stehen kommen, dafür sorge ich. Anseau, kommt heute Abend in die Gildenhalle. Ich werde die Schwurbrüder bitten, Euch aus der Gemeinschaftskasse zu entschädigen.«

»Habt Dank«, sagte Lefèvre kühl.

»Es bleibt dabei«, wandte sich Michel an die Ratsherren. »Wir verlagern unsere Geschäfte weg von Metz. Zwar mögen wir nirgendwo richtig sicher sein, aber die Bellegrées und ihre Leute können nicht überall sein. Außerdem dürfen wir bei allem Ungemach nie vergessen, dass wir den Metzern eines voraushaben: unser Salz. Solange es in Frankreich, Burgund und Flandern beliebt und begehrt ist, werden wir immer Geld verdienen – ganz gleich, was die Bellegrées tun.«

Metz

»Stellt sie zu den anderen«, befahl Roger Bellegrée, worauf seine Tagelöhner begannen, die Fässer von den Ochsenwagen abzuladen und in das Lagerhaus zu schaffen.

Es war ein ausgesprochen ungemütlicher Nachmittag, kalt, windig, verregnet. Roger ging nach drinnen und wies einen der Männer an, heißen Würzwein aufzutreiben. Während er an seinem Becher nippte, beaufsichtigte er die Arbeiten. Die Paraiges hatten das Lagerhaus vor einigen Jahren gebaut, es lag zentral am Place de Chambre und war eines der größten der Stadt. Ganze Schiffsladungen von Handelswaren fanden darin Platz, breite Holzrampen führten nach oben, zwei Lastkräne ragten unter dem Dach hervor wie die Fangarme eines monströsen Insekts.

Das Erdgeschoss war bereits so gut wie voll. Die Fässer enthielten Salz aus den Salinen von Salins-Les-Bains und Lons-le-Saunier in der Pfalzgrafschaft Burgund, zweihundertfünfzig Fuder. Und es würden noch mehr werden in den nächsten Tagen, wenn die *fattori* und Makler seiner Familie ihre Arbeit richtig machten. Viel mehr.

Roger hatte gerade seinen Becher geleert, als sein Vater auftauchte. Auf seinen Gehstock gestützt, trat Évrard durch das Tor des Lagerhauses, den mit Hermelinpelzen besetzten Mantel eng um die Schultern gezogen. Roger spannte sich innerlich an. *Was zum Teufel will er hier?* Der Alte verließ seinen Turm nur, wenn der Familie Gefahr drohte, ihn politische Umstände dazu zwangen – oder wenn er seinem Sohn Vorhaltungen machen wollte.

Roger stellte seinen Becher auf den Tisch. »Seid gegrüßt, Vater.«

Wortlos schritt Évrard an ihm vorbei und betrachtete die Fässer, die wie eine Wand aus dicht gemauerten Blöcken vor ihm aufragten. »Ist das alles Salz?«

»Ja. Zweihundertfünfzig Fuder bis jetzt.«

Évrard streifte ihn mit einem Blick. »›Bis jetzt‹? Du hast noch mehr bestellt?«

»Ich hoffe, dass es bis Ende des Jahres fünfhundert sein werden.«

»Das ist sehr viel Salz. Mehr, als wir üblicherweise in drei Jahren verkaufen.«

Mit Bemerkungen wie dieser wollte der Alte Roger dazu bringen, sich zu rechtfertigen. Aber wenn er sich rechtfertigte, hatte er bereits verloren, das wusste Roger aus leidvoller Erfahrung. Er ließ sich seinen aufkeimenden Ärger nicht anmerken. »Das weiß ich, Vater. Ich kenne unsere Bücher genauso gut wie Ihr.«

»Dann kennst du auch die Kosten für dieses Lagerhaus. Sie sind nicht eben niedrig. Wenn wir das Salz monate- oder gar jahrelang hier einlagern müssen, wird es außerordentlich schwierig, es mit Gewinn zu verkaufen. Sogar unmöglich, würde ich meinen.«

»Es ist nicht meine Absicht, mit dem Salz Geld zu verdienen. Tatsächlich rechne ich sogar mit hohen Verlusten für unsere Familie und den Paraige.«

Évrard blickte ihm erstmals in die Augen. »Aber die Verluste für Varennes werden noch weitaus höher sein, nicht wahr? Wenn wir mit unserem Salz die Märkte überschwemmen und es zu Schleuderpreisen verkaufen, werden Bürgermeister Fleury und seine Schwurbrüder auf ihrem sitzen bleiben. Ein herber Schlag für eine Stadt, die größtenteils vom Salzhandel lebt.«

Roger nickte. »Davon gehe ich aus.«

Der Alte schwieg. Sein Blick war stechend. Was kam jetzt? Vorwürfe? Eine spitzfindige Bemerkung zum sagenhaft hohen Preis dieses Vorhabens, der in keinem Verhältnis zum Ertrag stand? Plötzlich blitzte eine Regung in Évrards Augen auf, ganz kurz nur, nicht länger als ein Wimpernschlag: ein Lächeln.

»Ein Preiskampf wird ihnen über kurz oder lang das Genick brechen«, sagte der Alte. »Gute Arbeit, Sohn.«

Er stützte sich auf seinen Gehstock und schritt davon. Roger kniff die Augen zusammen.

Bei allen Heiligen – war das tatsächlich ein Lob?

Rémy fuhr mit der flachen Hand über das Pergament, das auf den Tischen auslag.

»Von Jungrindern – feinste Qualität!«, pries der Händler seine Ware an. »Normalerweise verlange ich für den Bogen einen ganzen Sou, aber Euch, Meister Rémy, mache ich einen besonderen Preis: zehn Deniers. Na, was meint Ihr?«

Rémy meinte, dass die Qualität ganz und gar nicht feinst war, sondern stark zu wünschen übrig ließ. Die Häute waren nicht richtig geschabt worden, hier und da hingen noch Haare und vertrocknete Fleischreste daran. Die Risse, die beim Schlachten der Rinder unweigerlich entstanden, hatte man allenfalls notdürftig vernäht. Außerdem wellte es sich, ein Hinweis darauf, dass das Pergament beim Lagern feucht geworden war. Wortlos ging er weiter.

»Ich habe auch welche von der Ziege da, wenn Euch die nicht gefallen. So wartet doch, Meister Rémy!«, rief ihm der Händler nach.

Rémy musste den halben Markt absuchen, bis er endlich Pergament fand, das seinen Ansprüchen genügte. Er hatte kaum noch welches in der Werkstatt, also kaufte er genug für den ganzen Winter, verstaute die Rollen in seinem Handkarren und machte sich auf den Nachhauseweg.

Seit seiner Rückkehr von Paris vor drei Tagen hatte er es ruhig angehen lassen. Es war so viel geschehen in den letzten Wochen, dass er keine Muße für die Arbeit hatte. Aber allmählich musste er wieder Geld verdienen und sich um neue Aufträge bemühen, denn seine Ersparnisse würden nicht ewig reichen. Leider waren in den vergangenen Tagen kaum Kunden in seine Werkstatt gekommen, und ob sich die Auftragslage in nächster Zeit bessern würde, war mehr als fraglich. Die Stimmung in Varennes war schlecht – die ganze Stadt litt unter dem Handelskrieg mit Metz. Die Leute hielten ihr Geld zusammen und gaben es lediglich für Essen, Feuerholz und Kleidung aus. Schreibarbeiten waren mit das Erste, auf das sie in schlechten Zeiten verzichteten.

Der Wind zerrte an seinem Gewand, als er den Karren an den Marktständen vorbeischob. An der Bude eines Weinhändlers wurde er von Jean-Pierre Cordonnier angehalten. Wie immer war der Obermeister der Schuster, Seiler und Gürtler allein – seine Frau sah man nur zu den Gottesdiensten in der Stadt. Jean-Pierre mochte es nicht, wenn sie das Haus verließ. Sie war wesentlich jünger als er und ausgesprochen hübsch, weswegen er sie am liebsten vor den Blicken anderer Männer verbarg.

»Wie war es in Paris? Hast du endlich einen Schulmeister gefunden?«, erkundigte sich Cordonnier, der an diesem Nachmittag offenbar schon den einen oder anderen Becher getrunken hatte, nach seinen geröteten Wangen zu urteilen.

»Habe ich«, antwortete Rémy einsilbig.

»Es ist immer dasselbe mit dir. Alles muss man dir aus der Nase ziehen. Alter Eigenbrötler«, meinte Jean-Pierre. »Jetzt erzähl schon – was ist es für ein Mann? Taugt er etwas?«

Der Schustermeister war nicht nur neugierig, sondern auch geschwätzig. Rémy fand Gespräche mit ihm ermüdend und beschloss daher, sich kurzzufassen. »Sein Name ist Will. Er ist Engländer. Du lernst ihn sicher bald kennen. Ich muss los, Jean-Pierre. Zu Hause wartet Arbeit auf mich.«

»Eine Sache noch – das wollte ich dich schon vor Wochen fragen.« Jean-Pierre grinste anzüglich. »Wer ist denn diese Schönheit, die während der Messe ständig in deiner Werkstatt gewesen ist?«

»Ich weiß nicht, wen du meinst.«

»Komm schon. Mach mir nichts vor. Dreux hat erzählt, du hättest mit ihr geschäkert. Ist da was im Busch? Hat unser ewiger Junggeselle womöglich endlich die Richtige gefunden?«

Rémy wollte nicht über Philippine sprechen. Am liebsten hätte er sie und die Geschehnisse in Paris vergessen – den letzten Abend, ihre Tränen, seine verzehrende Wut. Den Schmerz hatte er tief in sich eingeschlossen, damit er ihn nicht mehr spürte. Das Letzte, was er brauchte, waren neugierige Fragen. »Dreux erzählt viel, wenn der Tag lang ist. Der Kerl ist halb blind. Weiß der Teufel, was er sich wieder eingebildet hat.«

»Du bist ein lausiger Lügner, schon immer gewesen«, meinte Jean-Pierre. »Also – wie heißt sie?«

»Sie ist eine Patrizierin aus Nancy oder Verdun«, log Rémy. »Ich kenne ihren Namen nicht.«

»Sie war jeden Tag da, und du hast sie nie danach gefragt?«

»Einen schönen Abend, Jean-Pierre.« Rémy klopfte ihm auf die Schulter, griff nach den Holmen des Karrens und ging seines Weges.

»Ich finde es schon noch raus. Verlass dich drauf!«, rief der Schustermeister ihm nach.

Mit finsterer Miene schritt Rémy durch die Gassen. Als er seine Werkstatt betrat, stellte er fest, dass Dreux noch nicht gegangen war. Das traf sich gut. Während der Alte das Pergament ins Regal räumte, hielt Rémy ihm einen ausgedehnten Vortrag über den tieferen Sinn diverser Tugenden, namentlich Verschwiegenheit und Diskretion.

Bei Einbruch der Dunkelheit schickte er Dreux nach Hause und setzte sich ans Herdfeuer, um seine Armbrust zu reinigen. Während der langen Heimreise von Paris war die Waffe mehrmals nass geworden und hatte merklich gelitten. Rémy tauschte die Sehne aus und polierte die Metallteile, bis die Rostflecken verschwunden waren. Anschließend zielte er auf die Küchentür und stellte sich vor, wie der Bolzen mit einem befriedigenden *Tock* in das Holz einschlug. Gleich morgen bei Tagesanbruch würde er zur Wiese beim Steinbruch gehen und ein wenig Schießen üben. Es würde ihn gewiss auf andere Gedanken bringen.

Es klopfte. Wer besuchte ihn so spät? Jean-Pierre Cordonnier, der ihn mit weiteren Fragen belästigen wollte? Rémy legte die Armbrust weg und öffnete die Tür, eine beißende Bemerkung auf den Lippen. Doch die Gestalt, die draußen im Regen stand, war nicht Jean-Pierre. Sie hob den Saum ihrer Mantelkapuze, sodass er ihr Gesicht sehen konnte.

»Lässt du mich herein?«, bat Philippine.

Ohne seine Antwort abzuwarten, schlüpfte sie an ihm vorbei in die Werkstatt. Rémy war so überrumpelt, dass er sie gewähren ließ.

»Was willst du hier?«

»Ich musste dich sehen.«

Sein erster Gedanke war, sie hinauszuwerfen. Doch dann sah er, dass sie völlig durchnässt war. Er schluckte einen Fluch hinunter und forderte sie mit einer knappen Geste auf, ihm zu folgen.

»Darf ich meinen Mantel ablegen?«

»Gib ihn mir.« Er hängte den Mantel neben der Küchentür auf, während sie sich ans Herdfeuer setzte. Rémy blieb stehen und verschränkte die Arme vor der Brust. Philippine war noch blasser als sonst und wirkte müde. Sie rieb ihre Hände und legte sie dann in den Schoß, zu Fäusten geballt.

»Du hast allen Grund, mich zu hassen«, begann sie. »Das kann ich dir nicht verdenken. Aber es gibt einiges, das du wissen solltest – damit du verstehst, warum ich mich so verhalten habe.«

Rémy war nicht sicher, ob er hören wollte, was sie zu sagen hatte. Aber sein Zorn war nicht mehr groß genug, sie abzuweisen. Die Wut, die Enttäuschung hatten ihn ausgelaugt. Er ließ sie reden.

Philippine senkte den Blick. Der Flammenschein lag auf ihrem herzförmigen Gesicht wie eine Maske aus Licht und Schatten.

»Roger und ich … Wir führen schon lange keine gute, christliche Ehe mehr. Streng genommen haben wir das nie getan, allenfalls in den ersten beiden Jahren.«

»Was ist geschehen?«, fragte Rémy widerwillig.

»Es war eine Zweckehe. Eine politische Verbindung. Ich entstamme einem lothringischen Adelsgeschlecht. Meine Familie ist alt und angesehen, aber verarmt. Mein Vater gab mich Roger zur Frau, weil er hoffte, vom Reichtum der Bellegrées zu profitieren. Die Bellegrées wiederum dachten, der Glanz unseres Namens würde auf sie übergehen.«

»Politische Verbindungen sind das Los der meisten Frauen von Stand«, sagte er mit rauer Stimme.

Philippine nickte nur. »Ich liebe meinen Vater – ich hätte alles getan, um meine Familie vor dem Niedergang zu bewahren. Also fügte ich mich in mein Schicksal, obwohl ich Roger fürchtete. Ich spürte schon damals, dass er ein kaltherziges Scheusal ist. Das Einzige, was ihn bewegt, sind Geld und Macht … und die schwärende Wut auf seinen Vater«, fügte sie verächtlich hinzu.

»Ich dachte, Roger und Évrard sind ein Herz und eine Seele.«

»Das sieht nur so aus. In Wahrheit verabscheut Roger seinen Vater. Jedenfalls war ich für Roger von Anfang an nur eine Art Trophäe, mit der er sich vor den anderen Patriziern brüsten konnte: ›Seht her, meine Gemahlin ist eine Edle, nicht so eine gewöhnliche Bürgersfrau wie Eure Weiber.‹ Die Bellegrées sehnen sich schon lange danach, in den Adelsstand aufzusteigen.«

»Sie sind doch längst adlig.«

»Sie gehören der städtischen Aristokratie von Metz an – das ist ein Unterschied. Der echte Adel von Lothringen blickt auf sie herab und hält sie für Emporkömmlinge. Ein unerträglicher Zustand für Roger und Évrard. Mit meiner Hilfe wollten sie ihr großes Vorhaben vorantreiben. Roger hoffte, unsere

Söhne dereinst am Hof des Herzogs unterzubringen, damit man sie zu Rittern schlägt und mit Töchtern des Hauses Châtenois vermählt.«

»Du hast Söhne?«

»Nein. Auch keine Töchter«, sagte Philippine, und ein Schatten huschte über ihr Gesicht. »Wie sich herausstellte, kann ich keine Kinder bekommen, die lebensfähig sind. Ein knappes Jahr nach unserer Hochzeit gebar ich ein Mädchen, es war eine Totgeburt. Ebenso die Zwillinge, die ich im Jahr darauf bekam. Rogers Beichtvater sagte, auf mir laste ein Fluch. Der Medicus gab ihm recht. Sie versuchten, mich zu kurieren, doch ihre Gebete und Arzneien blieben wirkungslos. Wie es scheint, bin ich unfruchtbar.«

Sie kniff die Lippen zusammen. Als sie aufschaute, war ihr Gesicht vollkommen ausdruckslos.

»Roger hat mir das nie verziehen«, fuhr sie fort. »›Was soll ich mit einer Frau, die keine Söhne gebären kann?‹ Ich sei wertlos für ihn, hat er gesagt. Anfangs ließ er seinen Zorn an mir aus und schlug mich, bis sein Vater davon erfuhr und dem ein Ende machte. Seitdem bin ich Luft für Roger. Er überließ mir eines seiner Häuser am anderen Ende der Stadt, damit er mir aus dem Weg gehen kann und ich es nicht mitbekomme, wenn er zu seinen Dirnen geht. Abgesehen von seltenen Anlässen, wenn ich ihn zu einem Bankett der Paraiges begleiten muss, führen wir getrennte Leben und meiden einander. Deshalb konnte ich von heute auf morgen mit dir nach Paris reisen. Roger hat vermutlich nicht einmal bemerkt, dass ich fort war. Oder es hat ihn nicht gekümmert«, erklärte Philippine.

Rémys Kehle war plötzlich eng und trocken. »Warum hast du mir das nicht gleich gesagt?«

»Ich konnte es nicht. Es tut mir leid, Rémy«, sagte sie leise.

»Und diese Sache mit dem falschen Namen … Wieso? Damals gab es doch noch gar keinen Grund dafür.«

»Als ich das erste Mal in deine Werkstatt kam, stand es schon nicht gut zwischen Metz und Varennes. Ich dachte, wenn ich mich dir als eine Bellegrée zu erkennen gebe, wäre es vorbei mit deiner Freundlichkeit.«

Er musterte sie schweigend. In seinem Innern tobten die widersprüchlichsten Gefühle. »Was soll ich jetzt damit anfangen?«

»Kannst du versuchen, mir zu verzeihen?«

»Ich weiß es nicht.«

»Ich liebe dich, Rémy. Bitte stoß mich nicht weg. Du bist alles, was ich habe.« Sie flehte ihn nicht an, sondern sagte es ganz schlicht.

»Wir werden nie zusammen sein können«, sagte er. »Wenn Roger von uns erfährt, wird er dich töten.«

»Er wird es nicht erfahren.«

»Das kannst du nicht wissen.«

»Er lässt mir meine Freiheit. Ich kann tun und lassen, was ich will. Manchmal vergehen Wochen, ohne dass wir miteinander sprechen. Verstehst du denn nicht? Ich bedeute ihm nichts. Wenn ich morgen sterbe, wäre er erleichtert, dass er mich endlich vom Hals hat.«

»Trotzdem bezweifle ich, dass er es hinnehmen würde, sich Hörner aufsetzen zu lassen. Ganz davon abgesehen, dass es eine Sünde ist. Und ein Verbrechen dazu.«

Sie schwiegen.

»Alles, worum ich dich bitte«, sagte sie schließlich, »ist, mit mir zu warten.«

»Worauf?«

»Dass Roger unsere Ehe auflösen lässt.«

»Das hat er vor?«

»Wie gesagt, ich bin ohne Nutzen für ihn, und Roger ist kein Mann, der sich von anderen in seinem Fortkommen behindern lässt. Sobald er eine Möglichkeit gefunden hat, unsere Verbindung zu lösen, wird er es tun.«

»Wenn er so denkt – wieso hat er das nicht längst versucht?«

»Er braucht dafür die Einwilligung des Bischofs. Aber Konrad von Scharfenberg ist kein Freund seiner Familie. Er macht die Paraiges für den Machtverlust des Bistums mitverantwortlich. Er würde Roger nicht helfen – nicht für viel Geld. Ich vermute, Roger setzt seine Hoffnungen in Konrads Nachfolger. Wenn Konrad tot ist – und das kann nicht mehr lange dauern, er ist schwerkrank –, wird Évrard versuchen, die Bischofswahl zu seinen Gunsten zu beeinflussen. Wenn er damit Erfolg hat und ein Mann Bischof wird, der den Bellegrées gewogen ist, ist das Ende unserer Ehe besiegelt. Vielleicht schon nächsten Monat«, fügte sie hinzu.

»Das sind doch alles nur Vermutungen«, meinte Rémy.

»Glaub mir, ich weiß, wie Roger denkt. Genauso wird es kommen.«

»Und was ist, wenn sich Konrad erholt und noch zehn Jahre lebt? Oder auch der neue Bischof sich weigert, eure Ehe aufzulösen?«

»Ist unsere Liebe es nicht wert, dass wir dieses Risiko eingehen?«

»Angenommen, wir warten gemeinsam. Wie stellst du dir das vor? Erklär mir das.«

»Ich habe einen kleinen Hof, keine drei Wegstunden von hier. Er gehört zu meinem Wittum. Dort können wir uns treffen, sooft wir wollen, ohne dass jemand davon erfahren wird.«

»Das dachten meine Eltern damals auch«, murmelte Rémy, woraufhin sie fragend die Stirn runzelte. Er machte eine wegwerfende Handbewegung. »Gibt es dort Hausbediente?«

»Zwei Knechte. Aber sie sind verschwiegen. Außerdem mögen sie Roger nicht besonders. Sie würden ihm nie etwas verraten.«

Er betrachtete ihr Gesicht. Als er den Ausdruck in ihren Augen nicht mehr ertrug, senkte er den Blick und fuhr sich durch das Haar am Hinterkopf. »Ich kann das nicht, Philippine. Es steht zu viel auf dem Spiel.«

»Was meinst du?«

»Varennes. Metz. Wo warst du in den letzten Monaten?«

»Das hat doch nichts mit uns zu tun.«

»Doch, hat es. Ich bin nicht irgendein Bürger von Varennes – ich bin ein Fleury. Wenn Roger von uns erfährt, bricht die Hölle los.«

»Verstehe. Politik. Dagegen ist unser Glück belanglos.«

»Alles andere wäre unverantwortlich. Es geht hier eben nicht nur um dich oder mich.«

Sie presste die Lippen zusammen und nickte. Dann stand sie auf und griff nach ihrem Mantel. »Den Hof findest du, wenn du von Varennes nach Osten reitest und dich bei Damas-aux-Bois nördlich hältst. Du kommst an einer Mühle vorbei, die dem Erzbischof von Trier gehört. Dahinter ist es. Du erkennst den Hof an der alten Linde, die neben dem Stall steht. Wenn Roger unsere Ehe aufheben lässt, werde ich dir eine Nachricht schicken und dort auf dich warten.«

Er schwieg. Es gab nichts mehr zu sagen.

Philippine öffnete die Tür. »Leb wohl, Rémy.«

Sie trat hinaus in die Nacht, zog sich die Mantelkapuze tief ins Gesicht und verschwand wenig später im Regen.

Dezember 1224

Varennes-Saint-Jacques

Der Winter kam früh in jenem Jahr. Am Morgen des ersten Advent fing es heftig an zu schneien und hörte drei Tage lang nicht auf. Inzwischen lag der Schnee in manchen Straßen und Höfen knietief, und der Dreckmeister und seine Gehilfen kamen kaum nach, ihn wegzuschaffen. Karren blieben stecken. Handwerker schlossen ihre Werkstätten, wenn es ihnen zu kalt wurde. Die Bewohner des Viertels deckten sich mit Vorräten und Feuerholz ein und setzten kaum noch einen Fuß vor die Tür.

Rémy und William hingegen konnten es sich nicht erlauben, sich zu Hause zu verkriechen. In dicke Winterkleidung gehüllt, stapften sie durch die Gassen. Weiße Atemwolken quollen aus ihren Mantelkapuzen. Will war vor zwei Tagen in Varennes eingetroffen. Rémy hatte ihn sogleich dem Rat vorgestellt und dafür gesorgt, dass man ihn einstellte, ihm das Bürgerrecht verlieh und ihm eine preiswerte Unterkunft beschaffte. Glücklicherweise waren Bertrand und die anderen Ratsherren genauso angetan von dem Engländer wie er, sodass ihnen niemand Steine in den Weg legte.

»Ich habe Eure Gemahlin noch gar nicht gesehen«, bemerkte Will, als sie in die Rue du Puits einbogen. »Ich hoffe, es geht ihr gut.«

»Philippine ist nicht meine Gemahlin.«

Der Magister war diskret genug, nicht nachzufragen.

Nach einer Weile meinte Rémy: »Ich möchte Euch bitten, mit

niemandem über sie zu sprechen. Falls Euch jemand fragt – ich war allein in Paris.«

Will streifte ihn mit einem Blick. »Gewiss«, sagte er nur und schwieg den Rest des Weges.

Auf dem Salzmarkt blieben sie stehen.

»Das ist sie«, sagte Rémy.

Der Engländer betrachtete die Schule, während Rémy den Schlüssel hervorholte und das Portal aufschloss. Ehe sie eintraten, stampften sie auf der Schwelle mit den Füßen auf, damit sie den Schnee an ihren Schuhsohlen nicht hineintrugen.

»In diesem Saal werdet Ihr die Schüler unterrichten. Die Fenster sind so angelegt, dass Ihr von morgens bis abends Tageslicht habt. Zusätzlich bringt jeder Schüler ein Talglicht mit.«

»Es gibt einen Kamin – dem Allmächtigen sei Dank«, sagte Will, der sich die kalten Hände rieb.

»Ich sorge dafür, dass man Euch genug Feuerholz für die ganze Woche bringt. Hier hinten bewahren wir das Schreibwerkzeug und die Lehrbücher auf.«

Rémy öffnete die Tür der hinteren Kammer, schloss die beiden Truhen auf und legte die Bücher auf den Tisch. Nachdem Bruder Adhemar damals die Handschriften verbrannt hatte, war es Henri Duval schließlich gelungen, die Abtei Longchamp zu zwingen, sie zu ersetzen und auf eigene Kosten Abschriften anzufertigen. Aber es war ein harter Kampf gewesen, bis Rémy endlich das letzte Buch in den Händen hielt. Abbé Wigéric hatte alles versucht, die Anweisung des Rates zu hintertreiben, etwa indem er die Mönche des Skriptoriums vorsätzlich langsam arbeiten ließ. Immer wieder hatte er Ausreden vorgebracht, warum seine Brüder nicht vorankamen, eine dreister als die anderen. Hätte Duval nicht konstant Druck ausgeübt, wären die Bücher vermutlich immer noch nicht fertig.

Will betrachtete die Handschriften und schlug eine auf.

»Ich bin beeindruckt, Meister Rémy. Ich hätte nicht gedacht, dass Eure Schule so gut ausgestattet ist. Ihr habt sogar die vollständige *Etymologiae*.«

Rémy lächelte. »Nun ist es an Euch, die Bücher zu benutzen.«

»Oh, das werde ich.« Der Engländer strich mit den Fingerkuppen über das Pergament. »Keine Sorge, das werde ich.«

Am nächsten Morgen begann Will mit dem Unterricht. Falls irgendjemand Zweifel gehabt hatte, ob er der Aufgabe gewachsen sein würde, so zerstreute er sie nach kürzester Zeit. Der Engländer machte seine Sache ausgezeichnet. Er verlangte viel von den Kindern, doch da er es trefflich verstand, sein umfassendes Wissen zu vermitteln, verloren seine Schüler nie die Freude am Lernen. Rémy schaute täglich vorbei, um sich ein Bild vom Unterricht zu machen. Was er sah, bestätigte ihn darin, die richtige Wahl getroffen zu haben. Wills gelehrte Ausführungen zu lateinischer Grammatik, Arithmetik oder Philosophie waren nicht nur lebendig und nachvollziehbar. Seine stille Autorität bewirkte außerdem, dass ihm die Schüler aufs Wort gehorchten, auch ohne dass er ständig die Zuchtrute anwenden musste.

Am Ende der ersten Woche erschien es Rémy, als hätten die Kinder in den vergangenen Tagen mehr gelernt denn in einem halben Jahr bei Bruder Adhemar. Das sprach sich herum. In der Woche darauf hatte Will plötzlich acht Schüler mehr. Es waren die Söhne jener Kaufleute, die ihre Kinder einst aus dem Unterricht genommen hatten, weil sie wegen Bruder Adhemar keinen Sinn mehr in der neuen Schule sahen.

Einige Tage vor dem dritten Advent bekam Rémy plötzlich Besuch von Abbé Wigéric. Es war noch recht früh am Morgen. Rémy hatte sich gerade ans Schreibpult gesetzt, um an einer Kopie des Lukas-Evangeliums weiterzuarbeiten. Er führte einen Buchstaben zu Ende, bevor er fragte:

»Wie kann ich Euch helfen, Euer Gnaden?«

»Ich bin hier, um Euch zu gratulieren, Meister Rémy«, erwiderte der feiste Kirchenmann. »Endlich habt Ihr einen Lehrer gefunden, der nach Eurer Pfeife tanzt. Tagtäglich darf er die Kinder heidnischem Gedankengut aussetzen, und niemand hindert ihn daran. Der Klosterschule laufen die Laien davon. Es ist nur eine Frage der Zeit, bis auch der Letzte in Eure Schule gewechselt ist. Ein Sieg auf der ganzen Linie also. Wieder einmal ist es der Familie Fleury gelungen, der Kirche einen harten Schlag zu versetzen. Ihr müsst stolz auf Euch sein.«

»Ich könnte Euch jetzt erklären, dass es nie meine Absicht war, der Kirche zu schaden, und dass ich obendrein bezweifle, ob Euch überhaupt ein Nachteil entstanden ist. Aber es wäre vergebliche Liebesmüh, nicht wahr? Wenn das also alles war, Abbé, möchte ich Euch bitten zu gehen. Wie Ihr seht, habe ich zu tun.« Rémy tauchte den Gänsekiel in die Tinte und fing den nächsten Buchstaben an.

»Arrogant wie eh und je«, zischte Wigéric. »Aber Hochmut kommt vor dem Fall. Lasst Euch das gesagt sein, Meister Rémy. Eines Tages werdet Ihr feststellen, dass es nicht klug war, mich zu demütigen. Aber dann wird es für Reue zu spät sein.«

Rémy beachtete den Abt und seine nebulösen Drohungen nicht. Als er das nächste Mal den Kopf hob, war Wigéric verschwunden. Er hatte die Tür offen gelassen. Eisige Luft wehte herein. Rémy erhob sich vom Schreibpult, um sie zu schließen. Einen Moment stand er da und betrachtete die Spuren, die der Mönch im Schnee hinterlassen hatte.

Wigéric war ein gefährlicher Mann, das durfte er niemals vergessen. Gewiss, momentan gab es nichts, was der Abt gegen die Schule ausrichten konnte. Er hatte den Rückhalt des Bischofs verloren – man munkelte gar, Wigéric hätte Eudes die Freundschaft aufgekündigt, nachdem dieser ihm die Aufsicht über die städtische Schule entzogen hatte. Gleichwohl: Wigéric war nur geschwächt, keineswegs vernichtet. Rachsüchtig, wie er war, würde er irgendwann einen Weg finden, Rémy die Niederlage heimzuzahlen. Das war so sicher wie nur irgendetwas.

Sei also immer auf der Hut.

Ein kalter Windhauch ließ ihn frösteln. Er zog die Tür zu, warf ein Holzscheit in den Kamin und hauchte gegen seine Hände, ehe er sich wieder ans Pult setzte.

»Ich weiß nicht, wo Eure Mutter ist, Meister Rémy«, sagte Yves, der gerade damit beschäftigt war, Feuerholz in einen großen Weidenkorb zu packen. »Kann sein, dass sie in die Stallungen gegangen ist.«

Mit dem Lederfutteral unter dem Arm durchquerte Rémy den Hof, den die Knechte weitgehend vom Schnee gereinigt hatten, und betrat das Gebäude neben der Wagenremise. Seine Mutter war bei einem der Saumpferde und redete beruhigend auf das Tier ein. In einem leeren Stallabteil nebenan lauerte Samuel vor einem Mauseloch und war wie erstarrt. Nur seine Schwanzspitze zuckte gelegentlich.

»Ich bringe dir die Abschriften der Verträge, um die du mich gebeten hast.« Rémy hob das Futteral.

»Du bist ein Engel – hab Dank«, sagte Isabelle und widmete sich wieder dem Pferd. »Schsch, mein Guter, das wird wieder.«

»Was hat er?«

»Eine Verletzung am vorderen Huf. Zum Glück verheilt sie gut. Vor einer Woche sah es noch so aus, als müssten wir ihn von seinen Qualen erlösen.«

Das Pferd schnaubte, es schien Schmerzen zu haben. Trotzdem ließ es zu, dass Isabelle seinen Huf untersuchte und Salbe auf die Wunde strich. Bei jedem anderen hätte es gewiss unruhig getänzelt oder sogar ausgekeilt. Nicht so bei Rémys Mutter. Obwohl er schon oft miterlebt hatte, dass sich selbst

Tiere in Todesangst in ihrer Gegenwart beruhigten, erstaunte ihn dieser wundersame Vorgang jedes Mal aufs Neue. Manchmal bedauerte er, dass er diese Gabe nicht von ihr geerbt hatte.

Als sie fertig war, verließ sie das Stallabteil und reinigte ihre Hände mit einem Lappen. »Du bleibst doch zum Essen?«

»Ich hatte es vor.«

Während sie ins Haus gingen, sagte Isabelle: »Hast du schon gehört? Bischof Konrad ist vorige Woche gestorben. Ich habe es heute früh von zwei wandernden Maurergesellen gehört, die gerade aus Metz kamen.«

Rémy starrte sie an, ehe er sich erinnerte, was sich gehörte. Rasch zeichnete er vor der Brust das Zeichen des Kreuzes.

»Überrascht dich das?«, fragte seine Mutter. »Wusstest du nicht, dass er an einer schweren Krankheit litt?«

»Doch, das hatte ich gehört. Hat man schon einen Nachfolger gefunden?«, fragte er beiläufig.

»Ich weiß nichts Genaues. Es gibt wohl verschiedene Bewerber, aber das Domkapitel hat noch keine Wahl getroffen. Offenbar versuchen die Paraiges, einen Kandidaten durchzusetzen, der ihnen gewogen ist. Hoffentlich scheitern sie, damit diese Schweinehunde endlich lernen, dass sie nicht alles haben können, was sie wollen.«

»Ja, das wäre ihnen zu wünschen«, meinte Rémy, obwohl er insgeheim hoffte, der gegenteilige Fall möge eintreten. Wenn Philippine mit ihrer Einschätzung richtiglag, würde ein Bischof, der den Bellegrées zugetan war, ihre Ehe mit Roger gewiss zügig auflösen. Und dann wäre sie frei – frei für ihn.

Rémy schüttelte den Kopf. Das waren selbstsüchtige Gedanken. *Du bist ein Bürger Varennes'. Alles, was die Paraiges noch mächtiger macht, muss dir verhasst sein,* sagte er sich, während er seiner Mutter hinauf zur Stube folgte.

Februar 1225

Lagny-sur-Marne

»Es wird noch einmal Schnee geben – ich kann es riechen«, hatte Yves gesagt und sich dabei wissend an die Nase geklopft. »Wartet mit der Reise besser noch ein paar Tage. Nicht, dass wir mitten im Nirgendwo mit dem Wagen stecken bleiben und uns unsere besten Teile abfrieren.«

Aber Yves wäre nicht Yves, wenn er mit seiner Wettervorhersage nicht gründlich danebengelegen hätte. Seit Lichtmess war in ganz Lothringen und dem Osten Frankreichs keine einzige Schneeflocke gefallen. Es war immer noch kalt, dafür schien seit einer Woche die Sonne, und der Schnee auf den Straßen war bereits im Januar geschmolzen. Also hatten Isabelle und die anderen Kaufleute Varennes' beschlossen, die Geschäfte wieder aufzunehmen und die erste Handelsfahrt des Jahres zu unternehmen – nach Lagny-sur-Marne, wo im Februar eine der Champagnemessen stattfand. Denn der Winter zehrte stets an ihren Rücklagen, und es wurde höchste Zeit, wieder Geld zu verdienen.

Es war einer der größten Handelszüge, an dem Isabelle je teilgenommen hatte. Zwanzig Wagen, schwer beladen mit Salz, Tuchen, Stahl und anderen Gütern, rumpelten die Straße entlang, flankiert von Reitern und allerlei Saumtieren. Fast die gesamte Gilde reiste nach Lagny-sur-Marne, und die Kaufleute hatten dreißig Söldner mitgenommen, viel mehr als bei früheren Unternehmungen von ähnlicher Größe. Auch die zahlreichen Knechte und die Kaufleute selbst trugen Waffen.

Isabelle hatte sich Michels Schwert ausgeliehen und es an Tristans Sattel befestigt, damit sie es sofort ziehen konnte, wenn Gefahr drohte. Während der Wintermonate war es ruhig gewesen – man hatte kaum etwas von dem Handelskrieg gespürt. Es zweifelte jedoch niemand daran, dass der Zwist im Frühjahr mit unverminderter Härte weitergehen würde, und sie wollten auf alles vorbereitet sein.

Am Morgen des zwölften Reisetages durchquerten sie einen Nadelwald unweit der Marne. Isabelles Atem dampfte in der Kälte, in den turmhohen Fichten hingen immer noch Reste von Schnee und einzelne Eiszapfen, die glitzernd das Licht der Morgensonne auffingen. Als sich das Wäldchen lichtete, konnten sie Lagny-sur-Marne bereits sehen. Obwohl die Stadt nicht eben klein war, wirkte sie winzig, verglichen mit dem riesigen Moloch eine Tagesreise weiter westlich. Wenn Isabelle sich anstrengte, konnte sie die zahllosen Rauchsäulen erkennen, die von Paris und seinen Herdfeuern aufstiegen.

Menschen und Tiere waren müde von der Reise, doch der Anblick ihres Zieles verhalf allen zu neuer Kraft. Knechte trieben die Ochsen an, Kaufleute ihre Pferde, und der Handelszug wälzte sich zügig über die Ebene. Der Zufall wollte, dass Isabelle neben Lefèvre ritt, als sie eine Stunde später das Messegelände vor den Stadtmauern erreichten. Da er sich seit geraumer Zeit redlich bemühte, ein ehrbarer Kaufmann zu werden, hatte man ihm gestattet, sich der Reisegemeinschaft anzuschließen. Zuvor hatte er stets allein Geschäfte gemacht – dies war das erste Mal, dass er an einem Handelszug der Gilde teilnahm. Bisher hatte er sich ruhig verhalten, doch insgeheim wartete Isabelle nur darauf, dass er ihnen Ärger machen würde.

Ihre Ankunft bei der Messe lief ab wie immer. Der oberste Marktaufseher tauchte in Begleitung mehrerer Büttel auf und begrüßte sie im Namen seiner Herrin, der Gräfin von Blois. Anschließend wies man ihnen Plätze auf dem schlammigen Gelände zu und kassierte die Zölle und Standgebühren, während die Söldner die Ochsen ausspannten und die Knechte Tische und Zelte aufbauten. Am frühen Nachmittag bildeten die Verkaufsstände und Warenstapel eine stattliche Gasse im Zentrum der ausgedehnten Wiese.

»Sind die Metzer schon da?«, erkundigte sich Deforest bei Philippe de Neufchâteau, der gerade von seinem Rundgang zurückkam.

»Ja – in großer Zahl«, antwortete der Kaufmann. »Sie lagern da drüben, gleich hinter dem Marktkreuz. Fast alle Gilden haben Kaufleute geschickt. Roger Bellegrée ist auch dabei.«

»Habt Ihr gehört?«, wandte sich Deforest an Isabelle und die anderen. »Geht ihnen nach Möglichkeit aus dem Weg. Lasst Euch auf keine Händel ein. Wir wollen jeden Ärger vermeiden«, fügte er mit einem Seitenblick auf Lefèvre hinzu.

Die Kaufleute zerstreuten sich und gingen zu ihren Ständen.

Obwohl sich die Messe über mangelnde Besucher wahrlich nicht beklagen konnte und aus Paris zahlreiche Bauern, Händler, wohlhabende Edelfrauen und Truchsesse wichtiger Familien angereist waren, hielt sich das Interesse an den Waren aus Varennes in Grenzen. Lediglich etwas Stahl und Tuche verkauften Isabelle und ihre Gefährten. Das Salz hingegen lag wie Blei in den Fässern.

»Es ist viel zu teuer«, sagte ein Pariser Gerbermeister, dem Isabelle erfolglos ein Fass hatte verkaufen wollen. »Warum soll ich drei Deniers für das Fuder ausgeben, wenn ich es bei den Metzern für einen bekommen kann?«

»Die Metzer verlangen einen Denier für das Fuder Salz? Das kann nicht Euer Ernst sein!«

»Geht nachsehen, wenn Ihr mir nicht glaubt.«

Als der Mann gegangen war, berichtete Isabelle Deforest und den anderen, was sie erfahren hatte. Sofort machte sich Wut unter den Kaufleuten breit.

»Das ist ein abgekartetes Spiel!«, ereiferte sich Victor Fébus.

»Niemand kann so billig Salz verkaufen und dann noch Geld damit verdienen. Ich sage Euch, sie verschleudern absichtlich ihre Ware, um uns in den Ruin zu treiben!«

Die anderen Kaufleute taten lauthals ihre Zustimmung kund.

»Wir sollten ihnen zeigen, dass sie so nicht mit uns umspringen können!«, rief Adrien Sancere.

»Nichts überstürzen«, mahnte Deforest die aufgebrachten Männer zur Ruhe. »Bisher haben wir nur das Wort eines einzelnen Mannes. Bevor wir etwas unternehmen, sollten wir nachprüfen, ob es stimmt, was der Gerber gesagt hat.«

»Ich gehe«, sagte Lefèvre, der dem Gespräch mit versteinerter Miene zugehört hatte.

»Nein, ich mache das«, sagte Isabelle. »Nichts für ungut, Anseau, aber Euer … Temperament könnte Euch in Schwierigkeiten bringen.«

Sie rief Yves und Louis zu sich und bahnte sich einen Weg durch das Menschengewühl.

Das Warenangebot der Metzer Gilden war wahrlich beeindruckend, wie sie widerwillig zugeben musste. Ihre Zelte und Verkaufsstände bedeckten eine Fläche, die gut und gerne dreimal so groß war wie die Gasse der Kaufleute aus Varennes. Kisten und Fässer mit den erlesensten Gütern bildeten mannshohe Stapel, überall türmten sich Ballen aus flandrischem und lombardischem Tuch, auf den Tischen lagen Waffen, Kettenhemden, Bücher, Schmuck. Exotische Aromen geisterten durch die kalte Luft, es roch nach Pfeffer, Safran, Zimt und Muskatnuss. Gut zwei Dutzend Schlachtrösser warteten in abgetrennten Gehegen auf blaublütige Käufer.

Wie wollen wir gegen diesen Reichtum bestehen?, kam es ihr in den Sinn.

Salz war für die Metzer Gilden stets nur ein Handelsgut unter vielen gewesen. Doch jetzt machte es bestimmt die Hälfte des Warenangebots aus. Alle Gilden hatten sich in rauen Mengen damit eingedeckt, sogar die Tuch- und Pferdehändler schienen es zu verkaufen. Und die Leute rissen es ihnen nur so aus den Händen. Vor den Fässerstapeln drängten sich die Käufer und transportierten das Salz wagenweise ab.

»Entschuldigt«, sprach Isabelle einen einfach gekleideten Mann an, der soeben ein Fass in seinen Handkarren gewuchtet hatte. »Darf ich fragen, was Ihr für dieses Salz bezahlt habt?«

»Einen Denier für das Fuder, könnt Ihr Euch das vorstellen?«, erwiderte der Mann strahlend. »Wenn Ihr auch welches haben wollt, solltet Ihr gleich zuschlagen. Es geht das Gerücht, dass sie den Preis morgen auf anderthalb raufsetzen wollen.«

Isabelle dankte ihm für die Auskunft und wollte sich zum Gehen wenden, als plötzlich ein bekanntes Gesicht vor ihr stand.

»Ich glaube, wir hatten noch nicht das Vergnügen«, sagte Évrard Bellegrées Sohn und lächelte dünn. »Roger, zu Euren Diensten.« Er ergriff ihre Hand und hauchte einen Kuss darauf. »Ihr müsst Isabelle Fleury sein. Ich habe schon viel von Euch gehört. Ihr seid tatsächlich so schön, wie man sich erzählt.«

»Ich bin nicht hier, um von bartlosen Jungspunden für mein Aussehen gepriesen zu werden, sondern um Geld zu verdienen«, erwiderte sie. »Leider wird mir das gerade ziemlich schwergemacht – dank Euch und dieser Schweinerei mit dem Salzpreis. Einen Denier für das Fuder – seid Ihr noch ganz bei Trost? Bei dieser Menge Salz, die Ihr da aufgefahren habt, zerstört Ihr auf Jahre den Markt, wenn Ihr so weitermacht. Und zwar nicht nur in Varennes, sondern in ganz Lothringen, dem Elsass, Burgund und dem Osten Frankreichs.«

»Verehrteste, wir haben Krieg, falls Ihr es noch nicht gemerkt habt«, meinte Roger lächelnd. »Und im Krieg ist jedes Mittel recht.«

»Auch wenn das bedeutet, die Existenzen Unschuldiger zu vernichten?«

»Wo gehobelt wird, da fallen Späne. Ich habe die Regeln für dieses Spiel nicht gemacht. Wenn ich Euch daran erinnern darf: Ihr habt damit angefangen. Hätte Euer Gemahl uns nicht mit dieser unseligen Messe herausgefordert, wären Metz und Varennes nach wie vor die besten Freunde.«

»Das ist eine eigentümliche Betrachtung der Wahrheit. Glaubt Ihr eigentlich selbst, was Ihr da sagt?«

»Ginge es mir um den Glauben, wäre ich Priester geworden. Aber ich bin Kaufmann, und als Kaufmann vertraue ich allein dem Geld. Denn Geld ist Macht, und Macht heißt, dass ich mein Salz verschleudern kann, bis die ganze verdammte Gilde von Varennes am Bettelstab geht. Das ist eine einfache Wahrheit. Akzeptiert sie und handelt danach – oder geht zugrunde.«

Isabelle blickte ihm geradewegs in die Augen. »Tatsächlich, die ganzen Geschichten über Euch, sie stimmen alle. Könnt Ihr überhaupt noch in den Spiegel schauen?«

»Ich kann – und was ich sehe, gefällt mir von Tag zu Tag besser. Es hat mich gefreut, Eure Bekanntschaft zu machen, Frau Isabelle. Wenn Ihr in der Gosse angekommen seid, schreibt mir doch einen Brief. Ich habe mich schon immer gefragt, wie sich das Leben da unten anfühlt.«

Er deutete eine Verneigung an und ging.

»Ein Wort von Euch«, murmelte Yves, »und wir brechen ihm beide Arme. Hab ich recht, Louis?«

»Kann's kaum erwarten«, meinte der andere Knecht.

»Ein verlockendes Angebot, aber den Gefallen tun wir ihm nicht«, sagte Isabelle. »Kommt, gehen wir zurück zu den anderen.«

Ihre Reisegefährten reagierten erwartungsgemäß erschüttert auf ihren Bericht.

»Diese Schweinehunde«, murmelte Philippe de Neufchâteau. »Diese verdammten Metzer Geldsäcke!«

»Aber das können sie doch nicht mit uns machen!« Der alte Baffour raufte sich die wenigen verbliebenen Haare. »Wenn ich mein Salz nicht verkaufen kann, bin ich ruiniert! Vernichtet!«

»Das lassen wir uns nicht bieten«, sagte Deforest. »Ich rede mit dem Marktvogt. Gewiss lässt er eine Beschwerde gegen diesen sittenlosen Preiskampf zu.«

Victor Fébus hatte einen hochroten Kopf und sah aus, als würde er gleich platzen. »Das bringt doch alles nichts. Der Marktvogt schert sich einen Dreck um den Salzpreis. Ihn kümmert doch nur, ob die Metzer ihren Zoll bezahlen. Beim heiligen Jacques, ich habe ein kleines Vermögen in diese Salzfuhre gesteckt – niemand wird es mir wegnehmen. Ich gehe jetzt zu Bellegrée und sage ihm, was ich von seinen schmutzigen Tricks halte. Wer kommt mit?«

»Ich bin dabei!«

»Ich auch!«

»Auf mich kannst du zählen!«

Gut ein Dutzend Kaufleute griffen nach Knüppeln und Messern und befahlen ihren Knechten und Söldnern, ihre Waffen zu holen. In so manchem Augenpaar blitzte pure Mordlust auf.

»Ihr seid Narren allesamt«, sagte Lefèvre. »Das ist doch genau das, was Bellegrée will. Wenn Ihr den Marktfrieden stört, wimmelt es hier gleich von Bütteln, und die Metzer lachen sich ins Fäustchen.«

Sieh an, dachte Isabelle. *Von Varennes' stadteigenem Teufel zur Stimme der Vernunft.*

Leider waren sie und Deforest die Einzigen, die Lefèvre zuhörten. Alle anderen brüllten herum und stachelten sich gegenseitig auf, bis sie schließlich keulen- und axtschwingend über das Messegelände zogen – ausgenommen Baffour, der von alldem nichts mitzubekommen schien, weil er fortwährend über seinen baldigen Ruin lamentierte.

»Wir müssen mitgehen und versuchen, das Schlimmste zu verhindern«, meinte Deforest, dem trotz der Kälte der Schweiß auf der Stirn stand. »Wenn jemand zu Schaden kommt, gnade uns Gott.«

Der Gildemeister, Lefèvre und Isabelle folgten ihren Gildebrüdern durch das Gedränge. Als der alte Baffour erkannte, dass er plötzlich allein war, stakste er ihnen nach, ohne jedoch mit dem Jammern aufzuhören. Bei den Zelten der Metzer kam es sofort zu einem hitzigen Wortwechsel mit den Anhängern der Bellegrées. Alles ging sehr schnell. Bevor Isabelle und Deforest einschreiten konnten, flogen bereits derbe Beleidigungen durch die Luft, Warenstapel wurden umgestoßen, Knechte rangelten miteinander. Fébus machte Roger Bellegrée aus, sprang über einen Tisch und wäre auf den Patrizier losgegangen, wenn ihn nicht zwei Söldner festgehalten hätten.

»Sind denn auf einmal alle verrückt geworden?«, krächzte Baffour. »So benimmt man sich doch nicht auf einem Markt!«

Isabelle schob sich durch das Gewühl, bis sie zu Odard Le Roux kam, der gerade einen Metzer Kaufmann beschimpfte. »Hört auf damit, verdammt noch mal! Gerade von Euch hätte ich mehr Verstand erwartet.«

Odard streifte sie mit einem Blick und wollte etwas sagen, als der Metzer ihm einen Schlag ins Gesicht versetzte. Le Roux begann zu brüllen, seine Knechte stürzten sich auf den Angreifer und rangen ihn zu Boden.

Plötzlich wich die Menge der Schaulustigen zurück, und überall erschienen bewaffnete Büttel. Sie richteten ihre Speere auf die Kaufleute aus Varennes und befahlen ihnen, die Waffen fallen zu lassen.

»So eine unverschämte Störung des Marktfriedens habe ich schon lange nicht mehr erlebt«, sagte der Marktvogt von Lagny-sur-Marne, der soeben zwischen seinen Männern auftauchte. »Wenn die Gräfin davon erfährt, wird sie außer sich sein. Mitkommen allesamt! Und wehe dem, der sich uns widersetzt.«

Man brachte sie zu einem Steingebäude am Rande des Messegeländes und verteilte sie auf fünf stinkende Zellen, in denen man sie festhielt, während der Marktvogt sie einzeln verhörte. Isabelle wurde mit Le Roux, Lefèvre und dem alten Baffour eingesperrt. Der einstige Wucherer machte sich auf der schmalen Pritsche unter dem Gitterfenster breit, sodass die anderen stehen mussten.

»Verhaftet!«, jammerte Baffour, und seine Stimme wurde immer schriller. »Eingesperrt wie ein schäbiger Dieb! Und das auf meine alten Tage!« Er trommelte mit den Fäusten gegen die Tür. »Ich habe mit alldem nichts zu tun, ich schwöre es beim heiligen Jacques! Lasst mich gehen, ich bitte Euch.«

»Herrgott, bring einer den Alten zum Schweigen, oder ich drehe ihm den Hals herum«, sagte Lefèvre.

»Setzt Euch hin, Fromony«, sagte Isabelle. »Mit Eurem Geschrei macht Ihr alles nur noch schlimmer. Macht ihm Platz«, befahl sie Lefèvre, der widerwillig ein Stück zur Seite rückte.

Baffour schien sie gar nicht zu hören. Er ließ von der Tür ab, stakste in der Zelle umher und warf die Hände in die Luft. »Was für eine Schande! Wenn meine Familie davon erfährt … Und meine Pfarrgemeinde! Wie kann ich jemals wieder meinen Nachbarn in die Augen blicken?«

»Euer Nachbar ist Fébus, und er sitzt in der Zelle nebenan«, meinte Isabelle. »Also habt Euch nicht so.«

»Mein guter Ruf. Meine Rechtschaffenheit. Alles dahin!«

»Jetzt reicht es.« Mit finsterer Miene stand Lefèvre auf und ballte die Fäuste. Isabelle wollte einschreiten, doch bevor Lefèvre auch nur in Baffours Nähe kam, griff sich der Alte plötzlich an die Brust. Er rang um Atem, seine Augen quollen schier aus den Höhlen, er taumelte zurück und sank auf die Knie.

»Bei allen Dämonen, was ist denn jetzt los?«, knurrte Lefèvre.

Baffour fiel mit dem Gesicht nach vorne zu Boden, zappelte

mit den Armen und blieb dann reglos liegen. Isabelle stürzte zu ihm und drehte ihn mit Odards Hilfe auf den Rücken. Das Gesicht des Alten war eine Grimasse, starre Augen glotzten zur Decke.

»Sagt bloß, er ist verreckt«, meinte Lefèvre.

Le Roux bekreuzigte sich. Isabelle rief nach den Wachen.

März 1225

Varennes-Saint-Jacques

Michel saß im Gesellschaftssaal seines Hauses und lauschte mit wachsender Bestürzung Eustaches und Isabelles Bericht von den Geschehnissen in Lagny-sur-Marne.

»Hauptsächlich war es Victors Schuld«, schloss der Gildemeister. »Hätte er die anderen nicht aufgestachelt, wäre es uns wahrscheinlich gelungen, sie zu beruhigen. Aber seinetwegen haben sie uns nicht mehr zugehört.«

»Victor war schon immer ein Eiferer und Hitzkopf«, sagte Duval, der gerade bei Michel zu Besuch gewesen war, als der Handelszug der Gilde heimkehrte. Der städtische Richter schüttelte fassungslos den Kopf. »Läuft knüppelschwingend über die Messe und geht vor allen Leuten auf Bellegrée los – man könnte meinen, der Mann war noch nie auf einem Markt. Habt Ihr ihn wenigstens für seine Dummheit bestraft?«

»Noch nicht, aber das hole ich gleich morgen nach«, erklärte Deforest. »Ich brumme ihm ein Bußgeld auf, dass ihm Hören und Sehen vergeht.«

»Ich nehme an, Lefèvre hat auch seinen Teil dazu beigetragen, dass es zu Handgreiflichkeiten kam?«, fragte Michel.

»Erstaunlicherweise war er der Einzige, der Eustache und mir geholfen hat«, sagte Isabelle.

»Tatsächlich?«

Deforest nickte. »Er scheint sich wirklich gebessert zu haben.«

Obwohl das inzwischen einige Schwurbrüder behaupteten,

fiel es Michel nach wie vor schwer, es zu glauben. Lefèvre war durch und durch verdorben. So etwas schüttelte man nicht mit Fasten und ein paar Gebeten ab. Aber das war im Augenblick seine geringste Sorge. »Wie ist die Sache schlussendlich ausgegangen?«, fragte er.

»Baffour ist tot«, antwortete Isabelle. »Im Gefängnis hat ihn der Schlag getroffen. Die ganze Aufregung war zu viel für ihn.«

Bestürzt sank Michel in den Stuhl. Fromony war nie sein Freund gewesen, tatsächlich hatte er den alten Heuchler und Geizkragen manches Mal verabscheut. Sein unerwarteter Tod traf ihn trotzdem.

»Wir haben ihn auf einem Friedhof in Lagny begraben«, sagte Deforest. »Seine Familie weiß Bescheid, ich habe ihr gleich eine Nachricht gesandt.«

Michel hatte plötzlich einen üblen Geschmack im Mund und spülte ihn mit einem Schluck Wein hinunter. Auch er war nicht mehr der Jüngste – das kam ihm stets zu Bewusstsein, wenn ein Schwurbruder oder Mitglied seiner Pfarrgemeinde starb. »Hat euch der Marktvogt hart bestraft?«, fragte er mit rauer Stimme.

»Es war nicht einfach«, erklärte Isabelle, »aber Eustache und ich konnten ihn überreden, davon abzusehen, uns vor das Marktgericht zu stellen. Er gab sich mit einer Geldstrafe zufrieden und ließ uns gehen, als wir ihm versprachen, Lagny sofort zu verlassen und erst nächstes Jahr wiederzukommen. Glück im Unglück, sozusagen.«

»›Glück‹ würde ich das nicht nennen«, meinte Duval. »Die ganze Handelsfahrt war umsonst. Die Verluste für die Gilde und die einzelnen Kaufleute müssen erheblich sein.«

Der Stuhl knarrte, als Deforest seinen massigen Leib von einer Seite auf die andere bewegte. »Das wären sie so oder so gewesen. Die meisten von uns hatten Salz mitgebracht, und das war dank der Metzer wertlos geworden.«

»Konntet ihr wenigstens einen Teil woanders verkaufen?«, fragte Michel ohne große Hoffnung.

»Winzige Mengen auf dem Wochenmarkt von Bar-le-Duc – nicht der Rede wert«, sagte Isabelle. »Die Bellegrées haben dafür gesorgt, dass der Salzpreis in der ganzen Region im Keller ist. Uns blieb nichts anderes übrig, als es wieder mit nach Hause zu nehmen. Ich schätze, wir müssen es einlagern und auf bessere Zeiten hoffen, so bitter das ist.«

Michel schlug mit der flachen Hand auf den Tisch und stand auf. »Ich bin ein Tropf, ein blauäugiger Tölpel. Ich hätte das voraussehen müssen!«

»Niemand hätte ahnen können, dass die Bellegrées so weit gehen würden, ein ganzes Vermögen zu verschleudern, nur um uns zu schaden«, sagte Deforest. »Überlegen wir besser, was wir jetzt unternehmen.«

Michel trat ans Fenster und fuhr sich durch den Bart. Die anderen schwiegen und blickten ihn erwartungsvoll an, als er sich zu ihnen umdrehte.

»Wir können diesen Handelskrieg nicht gewinnen – Metz ist zu stark für uns. Ich muss mit den Paraiges verhandeln. Vielleicht kann ich so das Schlimmste verhindern.«

»Du willst einlenken?«, fragte Isabelle.

»Was haben wir denn für eine Wahl? Einen Preiskampf können wir nicht lange durchhalten. Wir vier können uns vielleicht eine Weile mit anderen Geschäften und den Einkünften aus unserem Grundbesitz über Wasser halten, aber die meisten Mitglieder der Gilde stehen nicht so gut da. Sie sind auf den Salzhandel angewiesen. Wenn sie auf ihrem Salz sitzen bleiben, bricht ihnen das nach ein paar Monaten das Genick. Und welche Folgen das für die ganze städtische Wirtschaft haben wird, brauche ich euch nicht zu erklären. Nein. Ich sehe keine andere Möglichkeit. Zumal die Strafzölle auf Metzer Handelsgüter und die anderen Maßnahmen nicht das Geringste gebracht haben.«

»Ich fürchte, Michel hat recht«, sagte Duval. »Es ist besser, jetzt mit den Paraiges zu sprechen, statt zu warten, bis die ganze Stadt am Boden liegt und wir keinerlei Verhandlungsspielraum mehr haben. Wenn wir den Metzern Zugeständnisse machen, können wir vielleicht wenigstens die Messe retten.«

»Seht Ihr es auch so?«, wandte sich Michel an Deforest.

»Ich sage es nicht gern«, antwortete der Gildemeister, »aber ich schätze, es ist das kleinere Übel.«

Michel nickte knapp. »Morgen früh spreche ich mit dem Rat. Wenn die anderen keine Einwände haben, reite ich nach Metz und küsse Évrard den Arsch.«

Nachdem die Knechte die Ochsen ausgespannt und die Wagen in die Remise gebracht hatten, befahl Lefèvre ihnen müde: »Bringt das Salz runter in den Keller.«

Die Männer machten sich sogleich an die Arbeit. Einer der Tagelöhner, die ihm die Gilde zugeteilt hatte, ein Bursche von höchstens siebzehn Jahren, hob ein Fass allein hoch.

»Tragt sie immer zu zweit. So ruinierst du dir den Rücken.«

»Ich bin stark, Herr, ich schaff das schon«, prahlte der Junge.

»Mach doch, was du willst«, keifte Lefèvre und ging zur Treppe. Die gottverdammte Reise hatte ihn an Körper und Geist ausgelaugt, und er wollte nur noch schlafen. Als er gerade den Fuß auf die erste Stufe setzte, erklang Gepolter aus dem Keller. Mit einem Fluch auf den Lippen sah er nach, was geschehen war. Der junge Tagelöhner hielt sich den Arm. Das Fass hatte er fallen gelassen. Es lag geborsten am Fuß der Treppe, und das Salz hatte sich auf dem ganzen Kellerboden verteilt.

»Du dummer Tölpel!«, schrie Lefèvre, packte den Burschen am Kinn und presste seinen Kopf gegen die Wand. »Hab ich's dir nicht gesagt?«

»Es war ein Versehen, Herr, ich kehr das auf. Bitte bestraft mich nicht!«

»Ich sollte dich die ganze verdammte Rue de l'Épicier hinunterprügeln!«

»Es wird nicht wieder vorkommen. Ihr habt mein Wort!«

Obwohl alles in ihm danach schrie, dem Kerl die Nase zu brechen, ließ Lefèvre ihn los. Er nahm einen tiefen Atemzug und rief sich Pater Arnauts Worte ins Gedächtnis: *Wenn du ein besserer Mann und gottesfürchtiger Christ werden willst, musst du lernen, nachsichtig mit deinen Nächsten zu sein.*

»Hol dir eine Schaufel und einen Besen. Das saubere Salz tust du in ein leeres Fass, das verunreinigte in einen Eimer, vielleicht kann ich es den Gerbern verkaufen. Und wehe dir, das geschieht dir noch einmal!«

Der Tagelöhner eilte davon. Lefèvre schluckte seinen Zorn herunter und ging nach oben zu seiner Schlafkammer, wo er sich auf das Bett setzte, die Ellbogen auf den Oberschenkeln abstützte und sich mit den Fingern durch das Haar an den Schläfen fuhr.

Zwei Handelsfahrten in Folge ein Reinfall. In seinem Keller türmten sich wertloses Salz und unverkäuflicher Stahl. Die Rücklagen in seinen Schatullen schmolzen dahin wie Schnee in der Mittagssonne, trotz der Unterstützung der Gilde. Und alles nur wegen der Bellegrées und des verdammten Handelskriegs.

Jetzt schieb die Schuld nicht anderen zu. Die wispernde Stimme in seinen Gedanken klang verdächtig nach der seines Vaters. *Du allein bist dafür verantwortlich. Ein guter Kaufmann hätte es verstanden, seinen Vorteil aus dieser Situation zu ziehen, das Ruder herumzureißen. Du aber beklagst dich den ganzen Tag und gibst dich geschlagen, bevor du überhaupt richtig angefangen hast. Weil du ein Nichtsnutz bist, ein weinerlicher Versager.*

»Lass mich in Ruhe«, sagte Lefèvre.

Was habe ich für Opfer auf mich genommen, um dir ein besseres Leben zu ermöglichen. Ein Ritter hättest du werden können, ein Edelmann! Stattdessen bist du auf dem besten Weg, zugrunde zu richten, was dein Vater unter Mühen und Entbehrungen aufgebaut hat.

Lefèvre wusste, dass sein Vater nicht wirklich zu ihm sprach. Und doch klang die Stimme so real, als stünde sein alter Herr vor ihm und schimpfte ihn aus, wie er es früher ständig getan hatte.

Nichtskönner! Verlierer! Eine Schande für unseren Namen!

»Halt endlich dein Maul!«, fauchte Lefèvre, griff nach dem Wasserkrug und warf ihn gegen die Wand, als würde das irgendetwas bewirken. Tatsächlich verstummte die Stimme nur für wenige Herzschläge – um ihn anschließend umso wütender zu schelten.

Er riss die Tür auf und brüllte nach seinen Mägden.

»Bringt mir Wein«, befahl er.

Es half. Nachdem er den ersten Becher hinuntergestürzt hatte und sich ein wohliges Gefühl in seinem Magen ausbreitete, wurde die Stimme leiser. Er schenkte sich noch einen Becher ein, streckte sich auf dem Bett aus und stellte sich vor, wie er zum ersten Mal seit Jahren seinen geheimen Keller aufschloss, den nichtsnutzigen Tagelöhner auf einem Tisch festschnallte und sich an den Schreien des Burschen labte.

Metz

Roger Bellegrée hatte die Füße hochgelegt, nippte an seinem Wein und schaute den zwei Huren beim Liebesspiel zu. Das eine Mädchen war blond, das andere brünett, beide waren ausgesprochen schön und gebaut wie Dämoninnen der Lust, mit strammen Schenkeln, üppigen Brüsten und samtweicher Haut. Gerade räkelten sie sich auf dem Lammfell vor dem Kaminfeuer. Die Blonde leckte die Brünette zwischen den Beinen, die Brünette hatte den Kopf in den Nacken gelegt und stöhnte leise. Roger hatte viel Geld für ihre Dienste hingelegt, doch er befand, dass sie jeden Sou wert waren. Obwohl höchstens siebzehn Jahre alt, verstanden die Mädchen ihr Handwerk meisterlich. Aber das konnte man schließlich erwarten, wenn man ins beste Haus am Platz ging.

»Das reicht«, sagte Roger nach einer Weile. »Du – komm her.«

Die Brünette erhob sich und kam mit wiegenden Hüften näher. Ihre Brustwarzen waren steif und fest.

»Ihr wünscht, mein Gebieter?«

»Knie dich hin.«

Er hob sein Gewand und knüpfte die Bruche auf. Das Mädchen ergriff sein hartes Glied und begann es zu lecken, Roger krallte seine Hand in ihr Haar. Die Blonde spreizte derweil die Beine, rieb ihre Scham und blickte ihn dabei lasziv an. So dauerte es nicht lange, bis er seinen Samen verspritzte.

»Wart Ihr zufrieden mit uns, mein Gebieter?«, fragte das Mädchen, während er sich anzog.

»So zufrieden, wie ein Mann es nur sein kann. Hier – das ist für euch.« Bevor er die Kammer verließ, legte er zwei funkelnde Sous in die Silberschale auf dem Tischchen.

»Noch ein Bad zur Entspannung, Herr Bellegrée?«, erkundigte sich der Frauenwirt dienstbeflissen, als er zum Ausgang schlenderte.

Es wurde bereits dunkel. Eigentlich hatte Roger noch Arbeit zu erledigen, doch er entschied, dass sie bis morgen warten konnte. »Warum nicht? Bringt mir einen Becher Südwein und etwas Brot und Käse.«

»Sehr wohl, mein Herr.«

Kurz darauf saß Roger in einem Bottich mit dampfendem, nach Lavendel duftendem Wasser und lauschte der Musik zweier Spielleute. Die Speisen standen auf einem Brett, das quer über dem Zuber lag. Gelegentlich nahm er etwas davon und spülte den Bissen mit einem Schluck Wein hinunter.

Ein durch und durch erfolgreicher Monat lag hinter ihm.

Was in Lagny-sur-Marne geschehen war, hatte seine kühnsten Erwartungen übertroffen. Gewiss, er hatte nicht daran gezweifelt, dass es ihm gelingen würde, Varennes mit dem Preiskampf einen empfindlichen Schlag zu versetzen – aber dass diese Narren so töricht sein würden, seine Leute und ihn mitten auf der Messe anzugreifen, hätte er nicht im Traum gedacht. Ein Beweis dafür, dass seine Feinde mit dem Rücken zur Wand standen. Vermutlich dauerte es nicht mehr lange, bis ihr Widerstand zusammenbrach. Seine *fattori* und die Makler der Metzer Gilden verschleuderten das billige Salz inzwischen auf jedem bedeutenden Markt im Umkreis von zehn Tagesreisen. Wenn Fleury und seine Anhänger bei klarem Verstand waren, sahen sie ein, dass sie dagegen nichts ausrichten konnten – und würden aufgeben.

Zufrieden trank Roger seinen Wein. Das Wasser kühlte allmählich ab, doch die Bademagd las ihm seinen Wunsch von den Augen ab und füllte sogleich heißes nach.

Wenig später kam der Frauenwirt herein. »Draußen steht ein Bote des Bischofs. Darf ich ihn zu Euch lassen?«

Roger hatte nie ein Geheimnis aus seinen Besuchen im Hurenhaus gemacht. Insofern überraschte es ihn nicht, dass der Bote ihn hier ausfindig gemacht hatte. »Schickt ihn her.«

Der bischöfliche Bote war ein Bursche von etwa achtzehn Jahren, und wie es schien, hatte er noch nie ein Freudenhaus von innen gesehen, zumindest kein so teures. Die Augen quollen ihm schier aus den Höhlen, als er die Räumlichkeiten betrat und die knapp bekleideten Bademägde erblickte.

»Hör auf, die Mädchen anzuglotzen, und komm her«, befahl Roger. »Du hast eine Nachricht von Bischof Jean für mich?«

Der junge Hörige trat an den Bottich und überreichte ihm stumm ein gefaltetes Stück Pergament.

Jean d'Apremont war der Nachfolger von Konrad von Scharfenberg, der im vergangenen Dezember nach schwerer Krankheit gestorben war. Leider war es Rogers Vater nicht gelungen, die Bischofswahl zugunsten der Familie Bellegrée zu beeinflussen, weshalb nicht ihr Wunschkandidat das Rennen gemacht hatte, sondern ein Mann, der zwar kein ausgewiesener Feind der Familie war, aber auch nicht ihr Freund. Roger setzte große Hoffnungen in Bischof Jean, tat sich jedoch schwer damit, ihn einzuschätzen.

Er faltete das Pergament auseinander und las die wenigen Zeilen. Jean d'Apremont ließ ihn wissen, er wolle ihn in Vic-sur-Seille empfangen, um Rogers Antrag auf Annullierung seiner Ehe zu besprechen.

»Ich hoffe, es sind erfreuliche Nachrichten, Herr Bellegrée?«, fragte der Frauenwirt, der eben einem anderen Gast Wein und Essen reichte.

»Ausgesprochen erfreuliche«, sagte Roger lächelnd. »Bitte, mein Freund, bringt mir ein Handtuch und meine Kleider.«

»Dieser Turm«, murmelte Duval, »geht das nur mir so, oder erinnert er Euch auch an einen steifen Schwanz?«

Michel, der neben seinem alten Freund am Fenster der Herberge stand, verzog den Mund zu einem bitteren Lächeln. Das waren ungewöhnlich deftige Worte für Henri, doch sie fassten ihre gegenwärtige Lage treffend zusammen: Kaum war das kleine Varennes zu einer Schönheit erblüht, war das mächtige Metz aufgetaucht, hatte es aufs Kreuz gelegt und geschändet, damit es nicht vergaß, wo sein Platz war. Der Geschlechterturm der Bellegrées war gewissermaßen ein Stein gewordenes Sinnbild für die vergangenen Monate.

»Nein, alter Freund«, meinte Michel, »das geht nicht nur Euch so, mein Wort darauf.«

Kaum waren sie in Metz angekommen, hatte man sie spüren lassen, dass sie die Verlierer in diesem Zwist waren. Die Demütigungen folgten auf dem Fuße. Zuerst teilte man ihnen mit, dass man nicht gedachte, sie im Regierungspalast von Metz zu empfangen – dieser Ort sei würdigen Gästen von Rang und Namen vorbehalten. Das hatte der Bote der Treize jurés zwar nicht so direkt gesagt, aber unmissverständlich zwischen den Zeilen angedeutet. Dann ließ man sie wissen, dass Évrard Bellegrée sie in seinem Turmgemach sprechen wolle. Das war zum einen eine Demonstration seines gewaltigen Einflusses innerhalb der Republik Metz; zum anderen eine weitere Geringschätzung, denn Évrard brachte damit zum Ausdruck, dass er sie nicht für wichtig genug erachtete, ihretwegen seinen geliebten Turm zu verlassen.

Seitdem ließ man sie warten: erst eine Stunde, dann zwei, schließlich den ganzen Nachmittag. Eustache Deforest, Bertrand Tolbert und Guichard Bonet, die Michel und Henri Duval nach Metz begleitet hatten, wurden währenddessen immer wütender und belegten die Bellegrées mit den übelsten Attributen. Michel hoffte, dass sie in ihrem Zorn nicht frühzeitig die Verhandlungen platzen ließen, denn diesen Gefallen wollte er Évrard nicht tun.

Es konnte nicht mehr lange bis zur Vesper sein, als endlich ein Knecht erschien und ihnen mitteilte, Évrard und die anderen Oberhäupter der Paraiges hätten nun Zeit für sie. Schimpfend eilten Michel und seine Gefährten durch den Nieselregen, der die ganze Stadt mit grauen Schleiern verhüllte.

Als sie den Geschlechterturm betraten, entfuhr Michel ein Stöhnen. Keine Treppen, sondern Leitern führten von Stockwerk zu Stockwerk! Lebte der alte Évrard noch im vorletzten Jahrhundert? Fluchend machten sie sich an den Aufstieg.

Im vierten Stock verließen Eustache die Kräfte. Schnaufend wie ein Lungenkranker stand der feiste Gildemeister da und tupfte sich mit zitternder Hand den Schweiß von der Stirn. »…kann nicht mehr«, keuchte er. »Muss ausruhen … Geht ohne mich weiter …«

»Bring ihm einen Becher kühlen Wein«, wandte sich Michel an einen Hausbedienten.

»Ich werde sehen, was ich tun kann«, antwortete der Mann kurz angebunden und schlurfte davon.

Als sie endlich das oberste Turmgeschoss erreichten, schmerzten Michel Rücken und Arme. Doch er würde den Teufel tun, sich seine Erschöpfung anmerken zu lassen. Mit gemessenen Schritten trat er an den Tisch, an dem Évrard und die anderen fünf Oberhäupter der Paraiges saßen, und begrüßte die Männer mit einem knappen Nicken. Auch Roger war da. Er stand in einer Ecke des düsteren Raumes, lehnte an einem Mauervorsprung und grinste selbstgefällig.

»Gott zum Gruße, Bürgermeister Fleury, ihr Herren«, sagte Évrard, den wie eh und je eine Aura der Kälte umgab, als fließe Eiswasser anstelle von Blut durch seine Adern. »Seid willkommen in meinem Heim. Wir hörten, ihr wünscht mit uns zu verhandeln. Habt ihr endlich eingesehen, dass es zu nichts führt, uns herauszufordern?«

»Wir haben niemanden herausgefordert«, erwiderte Michel. »Ihr habt uns diesen Handelskrieg aufgezwungen, aus Gründen, die ich nach wie vor für unsinnig halte. Ginge es nur um die Gilde, würden wir euch so lange die Stirn bieten, bis ihr aufgebt – das schwöre ich euch. Wir haben schon ganz andere Gegner in die Knie gezwungen. Doch leider trifft dieser unselige Zwist auch die einfachen Bürger Varennes', die Bauern der Umgebung, ja, die Menschen in der ganzen Region. Und weil es uns im Gegensatz zu euch nicht gleichgültig ist, dass er Unzählige ins Elend stürzen wird, wenn er weitergeht, möchten wir ihm ein Ende machen und mit euch Bedingungen für einen Frieden aushandeln.«

»Ihr kennt unsere Bedingungen«, rief Roger durch die Turmkammer. »Stellt den Betrieb eurer rechtswidrigen Messe ein, und der Handelskrieg endet auf der Stelle.«

Évrard hob die Rechte. Es war nur eine kleine Geste, doch Roger verstummte augenblicklich und starrte seinen Vater finster an.

»Mein Sohn spricht ein wahres Wort«, sagte Évrard. »Es war eure Messe, deretwegen die alte Freundschaft zwischen Metz und Varennes zerbrochen ist. Es liegt also an euch, die nötigen Schritte einzuleiten, damit es wieder Frieden zwischen uns geben kann.«

»Unsere Messe bleibt bestehen«, erklärte Michel. »Kaiser Friedrich – Gott schütze ihn – hat sie uns höchstselbst geschenkt, Herzog Mathieu ist ihr Schirmherr. Solange uns diese beiden Fürsten ihre Gunst nicht entziehen, werden wir unseren Jahrmarkt weiterbetreiben. Wir sind aber zu Zugeständnissen bereit.«

»Zum Teufel mit euren Zugeständnissen!«, sagte Roger barsch. »Wenn ihr auf die verdammte Messe nicht verzichten wollt, sind wir hier fertig.«

»Roger, es reicht«, ermahnte ihn sein Vater ruhig, aber bestimmt. »Du sprichst nicht für unseren Paraige, also halte dich zurück. Was sind das für Zugeständnisse?«, wandte er sich an Michel.

Duval trat vor und entrollte ein Pergament. »Wir sind bereit, davon abzusehen, auswärtigen Gilden Sonderkonditionen für ihre Niederlassungen in Varennes zu gewähren, damit Metz nicht fürchten muss, seinen Status als Handelsknoten zwischen der Champagne und dem Reich zu verlieren«, las er vor. »Weiterhin werden die Kaufleute der Metzer Gilden bei ihren Besuchen in Varennes-Saint-Jacques für alle Zeiten von jeglichen Zöllen, Steuern und Marktgebühren befreit. Zusätzlich erhalten sie auf unserer Oktobermesse Vorkaufsrechte auf alle Waren, die in unserer Stadt hergestellt wurden oder von einheimischen Kaufleuten angeboten werden.«

»Das ist zu wenig«, sagte Jehan d'Esch, das Oberhaupt des Paraige de Jurue.

»Es sind sehr weitreichende Privilegien«, entgegnete Michel. »Sie werden unsere Stadt viel Geld kosten.«

»Wenn ihr eure Messe behalten wollt, müsst ihr eben einen

gewissen Preis zahlen«, erklärte Évrard. »Und um die Schäden zu kompensieren, die uns durch euren Jahrmarkt drohen, müsst ihr mehr bieten.«

»Auf die Gefahr hin, dass ich mich wiederhole, aber ich halte eure Angst vor unserer Messe für maßlos übertrieben – oder schlicht für einen Vorwand, uns zu erpressen«, sagte Michel.

»Das ist eine lächerliche Unterstellung«, meinte ein Mann namens Pierre Chauverson, der dem Paraige d'Outre-Seille vorstand. »Dergleichen haben wir nicht nötig.«

»Ich erwarte nicht, dass ein Mann einen Sachverhalt versteht, wenn seine Macht und sein Reichtum darauf beruhen, ihn nicht zu verstehen«, fuhr Michel mit harscher Stimme fort. »Aber da die Umstände nun einmal sind, wie sie sind, bieten wir euch des Weiteren an, innerhalb der Stadtmauern von Varennes zwei Lagerhallen zu bauen, die ihr das ganze Jahr über nutzen könnt. Sie werden euch helfen, eure Lager- und Transportkosten besonders während der Messe zu verringern. Ist das ein Angebot?«

»Der Bau erfolgt auf eure Kosten?«, hakte Chauverson nach.

»Auf unsere Kosten«, bestätigte Michel. In der Unterstadt gab es zwei heruntergekommene Schuppen, die sich für wenig Geld ausbauen ließen. Aber das brauchten die Metzer nicht zu wissen. »Im Gegenzug fordern wir, dass ihr alle Feindseligkeiten gegen uns einstellt und euer Salz zu marktüblichen Preisen anbietet. Außerdem dürfen wir unsere Niederlassungen in Metz wieder öffnen, die beschlagnahmten Waren und das Silber werden herausgegeben, und unsere *fattori* dürfen zurückkehren und weiterarbeiten, ohne dass sie fürchten müssen, belästigt zu werden.«

Évrard und die anderen Metzer steckten die Köpfe zusammen und berieten sich leise. Roger stand in seiner Ecke und schäumte vor Wut.

»Wir sind einverstanden«, sagte Évrard schließlich. »Allerdings haben wir zwei weitere Forderungen.«

»Die da wären?«, fragte Michel.

»Wenn Kaufleute eurer Gilde durch Metz ziehen, verpflichten sie sich, ihre Ware mindestens drei Tage lang auf dem Place de Chambre oder dem Place de Vésigneul zum Verkauf anzubieten, auch wenn die Ware nicht exklusiv für Metzer Kunden bestimmt ist.«

Michel nickte widerwillig. Viele Handelsstädte verschafften sich auf diese Weise Vorteile für ihre Märkte. Das war zwar ein Ärgernis für auswärtige Kaufleute, aber eines, mit dem man leben konnte. »Und die zweite Forderung?«

Évrard blickte Michel geradewegs in die Augen. »Der Rat von Varennes beteiligt die Paraiges an allen Einnahmen aus der Oktobermesse. Wir fordern zehn von hundert Teilen, die jedes Jahr an Allerheiligen zu entrichten sind.«

»Das ist ungeheuerlich!«, brauste Tolbert auf. »Wir haben euch schon mehr als genug Vergünstigungen in den Rachen geworfen! Nicht zu reden von all dem Geld, das wir euretwegen verloren haben. Wenn ihr uns vernichten wollt, sagt es einfach – dann wissen wir wenigstens, woran wir sind. Aber hört auf, so zu tun, als wolltet ihr verhandeln, wenn es euch in Wahrheit nur darum geht, wie Eroberer auf uns herumzutrampeln und immer neuen Tribut aus uns herauszupressen.«

Besser hätte Michel es nicht ausdrücken können. »Ich kann Bertrand nur zustimmen. Eure letzte Forderung ist inakzeptabel. Wenn ihr darauf besteht, ziehen wir alle anderen Zugeständnisse zurück. Ferner werden wir uns an König Heinrich wenden und ihn davon in Kenntnis setzen, dass ihr gezielt eine von seinem Vater Friedrich genehmigte Messe stört und mit euren Machenschaften den Handel im ganzen Osten des Reiches behindert. Ich nehme an, auch eine Stadt wie Metz kann es sich nicht erlauben, den König zu verärgern.«

Das war eine lahme Drohung, denn die Krone war schwach,

seit Kaiser Friedrich ständig in Süditalien weilte und der erst vierzehnjährige und obendrein unter der Vormundschaft des Kölner Erzbischofs stehende Heinrich auf dem Thron saß. Unwahrscheinlich, dass der junge König imstande wäre, ihnen gegen das mächtige Metz beizustehen. Michel ging jedoch davon aus, dass Évrard seine letzte Forderung nur erhoben hatte, weil er sehen wollte, wie weit er gehen konnte. Er musste wissen, dass er damit den Bogen überspannte.

Évrard starrte ihn an … und für einen Moment war Michel, als hätte ihm der alte Bellegrée einen Blick in seine Seele gewährt. Wo sich bei anderen Männern Gefühle, Erinnerungen und die Liebe zu Gott befanden, erstreckte sich bei Évrard eine graue Ödnis aus Zahlen, Bilanzen und kühlen Berechnungen. Aber vielleicht erwies sich genau das als Vorteil: Bellegrée wusste stets, wann eine Forderung angemessen erschien – und wann es klüger war, sie zurückzuziehen, weil er sich damit einen Todfeind schuf und die unkalkulierbaren Risiken den Nutzen weit überstiegen.

Évrard wandte sich ab und beriet sich abermals mit den anderen Köpfen der Paraiges.

»Ihr seid ein Ehrenmann, Bürgermeister Fleury«, sagte der Schöffenmeister anschließend. »Ihr habt das Gespräch mit uns gesucht, weil Ihr die Menschen Eurer Stadt vor Leid schützen wollt. So viel Vernunft verdient Anerkennung. Wir verzichten daher auf unsere letzte Forderung. Alle anderen Forderungen behalten jedoch ihre Gültigkeit, und wir verlassen uns darauf, dass der Rat von Varennes sein Wort halten wird. Wenn man uns unsere Privilegien verwehrt oder wir den Eindruck gewinnen, dass Ihr versucht, uns zu betrügen, wird es Euch teuer zu stehen kommen.«

»Wir stehen zu unserem Wort, wie man es von Varennes-Saint-Jacques und seinen Bürgern kennt«, sagte Michel.

»Dann lasst uns nun einander die Hände reichen, um das Ende unseres Zwists zu besiegeln.«

»Ich muss entschieden protestieren, Vater«, sagte Roger. »Diesen Männern ist nicht zu trauen. Wenn wir ihnen ihre Messe lassen, werden sie nicht eher ruhen, als bis sie unserem Paraige und unserer Stadt schweren Schaden zugefügt haben …«

»Danke, Roger«, unterbrach Évrard ihn kühl. »Dein Einwand ist zur Kenntnis genommen.«

»Dann handelt auch danach! Als Euer Sohn und Erbe muss ich darauf bestehen, dass Ihr alles unternehmt, um die Familie …«

»Genug jetzt.« Évrards Stimme klang gefährlich schneidend. »Ich habe dich gebeten, dich zurückzuhalten. Oder willst du, dass ich dich vor unseren Besuchern und den Ältesten der Paraiges zurechtweise?«

Roger schluckte seine Entgegnung hinunter, was ihn die allergrößte Mühe zu kosten schien. Er starrte seinen Vater an und bebte vor Zorn.

Derweil kam Évrard hinter dem Tisch hervor und reichte Michel die Hand. Dann umarmten sie einander, wie es seit jeher Sitte war, wenn ein Streit beigelegt wurde. Auch Michels Begleiter und die Oberhäupter der Paraiges schüttelten die Hände und tauschten Friedensküsse.

»Lasst uns nun miteinander trinken.« Évrard hob seinen Weinkelch. »Auf das Ende des Handelskrieges. Auf die neue Freundschaft zwischen Varennes und Metz!«

Als die Ältesten der Paraiges und die Gesandtschaft aus Varennes gegangen waren, setzte sich Évrard an den Tisch, befahl zwei Hausbedienten, das Geschirr abzuräumen, und widmete sich wieder seinen Geschäftsbüchern.

»Hast du mir noch etwas zu sagen, Roger?«, fragte er nach einer Weile.

»Ihr habt mich vor allen gedemütigt«, sagte Roger und verließ seine Ecke. »Mich, Euren Sohn! Wenn ich dereinst an der

Spitze unserer Familie stehe – wie sollen mich unsere Freunde und vor allem unsere Feinde ernst nehmen, wenn Ihr so mit mir sprecht?«

»Ich hatte dich gewarnt«, entgegnete sein Vater ruhig. »Du hast dir das also selbst zuzuschreiben. Sei in Zukunft beherrschter, dann bleibt dir das erspart.«

Roger fingerte am Griff seines Messers herum. Was, wenn er einfach zum Tisch ging, die Klinge zog und sie dem Alten in die Kehle stieß? Dann hätte Évrard ihn zum letzten Mal bloßgestellt, und die Tat konnte er gewiss einem Hausbedienten in die Schuhe schieben … Auf seltsame Weise beruhigte ihn dieser Gedanke. Zu wissen, dass er sich der Quelle seines Zorns jederzeit entledigen konnte, wenn er nur wollte – dass es allein in seiner Hand lag, ob Évrard lebte oder starb –, besänftigte ihn. Er nahm die Hand vom Messer und trat an den Tisch.

»Trotzdem bleibe ich dabei«, sagte er. »Es war ein Fehler, ihnen die Messe zu lassen. Ein Fehler, der sich noch rächen wird.«

Leise kratzte der Gänsekiel über das Pergament. »Wie kommst du zu dieser Annahme?«

»Bürgermeister Fleury besitzt die nahezu überirdische Gabe, sich von Rückschlägen zu erholen. Die Privilegien, die er uns gewähren musste, schmerzen Varennes, gewiss. Aber sie werden ihn nicht davon abhalten, neue Kräfte zu sammeln. Wartet ein paar Jahre. Dann sind wir wieder da, wo wir zu Beginn des Handelskrieges waren, und die ganzen Mühen waren umsonst.«

»Du bist also der Meinung, wir hätten Bürgermeister Fleury vernichten sollen?«

»Nicht nur Fleury – seine ganze verdammte Stadt.«

»Es ist sehr schwer, einen Gegner vollständig auszulöschen, auch wenn er vergleichsweise schwach ist«, erklärte Évrard. »Wenn man das nicht vermag, sollte man es gar nicht erst versuchen. Sonst wird aus einem bloßen Gegner ein erbitterter Feind, der einen noch in der Niederlage mit Zähnen und Klauen bekämpfen wird und vor nichts mehr zurückschreckt. Sich eines solchen Feindes zu erwehren, kostet unendlich viel Kraft. Und dieser Handelskrieg war schon jetzt außerordentlich teuer. Deshalb war es richtig, den Frieden zu suchen, bevor die Kosten den Lohn übersteigen.«

»Und was ist mit Fleury und der Gefahr, die von ihm ausgeht? Ihr verschließt davor die Augen!«

»Anders als du glaube ich nicht, dass er sich so bald von dieser Niederlage erholen wird. Die Zugeständnisse, die er uns machen musste, sollten gewährleisten, dass Varennes nicht mehr unkontrolliert wachsen kann. Es wird kein zweites Pisa werden.«

Damit war Roger entlassen.

In dieser Angelegenheit ist das letzte Wort noch nicht gesprochen, dachte er, als er kurz darauf die Leitern hinabkletterte.

Inzwischen hatte es aufgehört zu regnen, und er blieb draußen stehen und atmete die kühle Abendluft ein. Obwohl sie vom Gestank der Gassen durchsetzt war, erschien sie ihm nach dem Modergeruch des Geschlechterturmes wie eine Wohltat. Wie immer, wenn er das alte Gemäuer verließ, verspürte er das Bedürfnis, sich den Staub der Jahrhunderte abzuwaschen.

Die Glocken hatten eben erst zur Komplet geläutet. Es war noch früh genug, etwas zu erledigen, das er am besten so schnell wie möglich hinter sich brachte.

Wenig später saß er in seiner Sänfte und ließ sich zur anderen Seite von Metz bringen. Vor einem Steinhaus stieg er aus und betrachtete die erleuchteten Rundbogenfenster im Obergeschoss. Wie es schien, war sie zu Hause und trieb sich ausnahmsweise einmal nicht in der Stadt oder sonst wo herum.

Ein Diener ließ ihn herein und führte ihn hinauf zur Stube. Philippine saß am Kamin und las in einem Buch, war so darin vertieft, dass sie ihn nicht hereinkommen hörte. Roger verzog verächtlich den Mund. Bücher. Er hatte nie verstanden, was sie daran fand. Für ihn waren sie nichts als eine einzige Verschwendung von Geld und Zeit.

»Legt es weg«, sagte er. »Ich muss mit Euch reden.«

Widerwillig klappte sie das Buch zu und verstaute es so behutsam, als wäre es eine Reliquie, in einer Truhe im Nebenraum, wo sie all ihre Bücher aufbewahrte. Inzwischen mussten es dreißig oder vierzig sein. Wenn es sein Geld gewesen wäre, das sie damit verschleuderte, hätte er diesem Wahnsinn längst ein Ende gemacht. Aber sie bezahlte die Bücher von ihrem üppigen Wittum.

Roger erschien es, als würde ihre Besessenheit, was Handschriften und Codices anging, von Jahr zu Jahr schlimmer werden. Sie konnte an keinem Buch vorbeigehen, ohne darin zu blättern, und hatte inzwischen vermutlich jedes verdammte Skriptorium in Lothringen besucht. Einmal war sie ihm deswegen sogar in den Rücken gefallen. Bei der letzten Messe in Varennes, als die Metzer geschlossen die Stadt verlassen hatten, war sie geblieben, weil sie unbedingt diese Buchmalerwerkstatt besuchen wollte. Es ärgerte Roger noch heute, dass er sie nicht daran gehindert hatte. Aber damals hatte er noch nicht gewusst, dass die Werkstatt ausgerechnet von Fleurys Sohn betrieben wurde. Das hatte er erst einige Zeit später erfahren – und Philippine sogleich verboten, dort noch einmal hinzugehen.

Sie setzte sich wieder an den Kamin und wartete. Roger musterte sie unverwandt und fragte sich, wie er sich je hatte zu ihr hingezogen fühlen können. Gewiss, sie war alles andere als hässlich. Aber diese ganze Büchersache, ihr ärgerlicher Eigensinn, ihre Unfruchtbarkeit, die ihm und seiner Familie eine Enttäuschung nach der anderen beschert hatte – sie stieß ihn einfach ab.

»Ich habe Bischof Jean gebeten, unsere Ehe zu annullieren«, sagte er. »Er hat mir zugesichert, meinen Antrag zügig und wohlwollend zu prüfen.«

»Ich schätze, das sind gute Neuigkeiten, oder?«, meinte sie.

»Wenn wir nicht mehr vor Gott und der Kirche verheiratet sind, können wir endlich getrennter Wege gehen und brauchen uns nie mehr zu sehen. Wir können die Vergangenheit vergessen und nach vorne schauen. Ich weiß nicht, wie es Euch geht, aber ich halte das für die beste Lösung, nach allem, was Ihr meiner Familie angetan habt.«

Sie sagte nichts, nickte nicht, blickte ihn nur an. Keine Spur von Demut, wie es der Frau eines Patriziers gut zu Gesicht stünde. Roger spürte, dass er wieder zornig wurde.

»Allerdings bin ich auf Eure Mitwirkung angewiesen«, erklärte er. »Bischof Jean wird Euch befragen, damit er die Sachlage einschätzen kann. Ich wünsche, dass Ihr ihm genau Auskunft gebt über Eure Unfruchtbarkeit, denn darauf fußt das ganze Verfahren. Er wird Euch voraussichtlich noch diese Woche einbestellen. Also bleibt in der Stadt und treibt Euch nicht wieder in der Gegend herum wie eine streunende Katze. Kann ich mich darauf verlassen?«

»Ich werde alles dafür tun, dass diese Ehe bald der Vergangenheit angehört.«

Er nickte nur und griff nach seinem Mantel. An der Tür wandte er sich noch einmal zu ihr um. Sie saß da und blickte ins Kaminfeuer, der Flammenschein lag rot und orange auf ihrem Gesicht und verbarg, was immer sie gerade fühlte und dachte.

Ohne ein weiteres Wort verließ Roger das Haus.

Varennes-Saint-Jacques

Als Rémy beim ersten Licht des Tages in seine Werkstatt hinabstieg, war der ganze Raum dunkel und kalt. Kein Feuer im Kamin. Kein Morgenbrot auf dem Küchentisch. Und nirgendwo eine Spur von Olivier.

»Nichtsnutziger Bengel«, brummte er, zündete einen Kienspan an und stieß die Tür zu der kleinen Kammer neben der Küche auf. Tatsächlich – der Junge lag noch im Bett und schlief tief und fest.

Er gab Olivier einen Klaps auf die Wange. »Los, aufstehen!«

Der Junge blinzelte. Als er Rémy erkannte, weiteten sich seine Augen vor Entsetzen, er sprang aus dem Bett und sammelte hektisch seine Kleider auf.

»Was hab ich dir gesagt? Zum ersten Hahnenschrei stehst du auf, machst Feuer und Licht und richtest das Morgenbrot, damit wir essen können, wenn Dreux kommt. Herrgott, Junge, das ist doch nicht so schwer! Muss ich dich erst züchtigen, damit du begreifst?«

»Nein, Meister«, nuschelte Olivier. »Ab morgen werd ich's richtig machen, Ihr habt mein Wort.«

»Ich verlass mich drauf«, sagte Rémy. »Jetzt geh dich waschen und dann an die Arbeit.«

Er seufzte vernehmlich, als der Junge zur Wassertonne im Hof eilte. Olivier Fébus hatte seine Lehre vor einem knappen Monat begonnen, und er trieb Rémy schon jetzt zur Verzweiflung. Dabei war es nicht so, dass Olivier ein totaler Fehlgriff gewesen wäre. Tatsächlich hatte er einige Qualitäten, die Rémy sehr schätzte: Beispielsweise verfügte er über eine gute Auffassungsgabe und redete nicht viel – immerhin zwei begrüßenswerte Eigenschaften. Auch die Arbeit in der Werkstatt erledigte er meist zu Rémys Zufriedenheit. Leider jedoch musste man ihn dabei ständig beaufsichtigen. Überließ man Olivier sich selbst, stellte der verträumte Junge zwangsläufig Unfug an, schüttete Farbe über die Pergamente oder brachte es fertig, einen ganzen Satz neuer Pinsel in die Sickergrube zu werfen – der Teufel allein wusste, wie ihm das gelungen war. Mindestens einmal jede Woche stand Rémy kurz davor, ihn zu prügeln oder hinauszuwerfen. Er tat es letztlich nie, vielleicht, weil Olivier eine durch und durch sanftmütige Natur war. Also hatte er entschieden, ihm bis zum Sommer Zeit zu geben. Doch wenn Olivier sich bis Johanni nicht spürbar gebessert hatte, würde er mit Victor reden und das Lehrverhältnis auflösen.

Während Rémy das Morgenbrot vorbereitete, Brot aufschnitt und Milch warm machte, schürte der Bursche in der Werkstatt ein Feuer. »Kommst du zurecht?« In seinen Albträumen zündete Olivier das Haus an, weil er in seiner Träumerei den großen Werkzeugschrank mit dem Kamin verwechselte.

»Ich hab's gleich, Meister!«

Kurz darauf kam Olivier in die Küche. »Ein Brief für Euch. Jemand muss ihn heute Nacht unter der Tür durchgeschoben haben.«

Rémy faltete das Pergament auseinander – und sank auf einen Hocker. Eine Nachricht von Philippine. Jene Nachricht, die er insgeheim seit Monaten herbeisehnte.

Ich warte auf Dich – Du weißt, wo, lautete der letzte Satz.

Just in diesem Moment erschien Dreux. Rémy faltete den Brief zusammen, schob ihn hinter seinen Gürtel und beschloss, im Lauf des Tages darüber nachzudenken. Nachdem sie gemeinsam gegessen hatten, machten sie sich an die Arbeit. Rémy hielt Olivier mit verschiedenen Aufgaben beschäftigt und wies Dreux an, den Jungen im Auge zu behalten, während er den Miniaturen in einem Psalter den letzten Schliff gab.

Am frühen Nachmittag schließlich hielt er es nicht mehr aus. »Wir machen Schluss für heute«, wandte er sich an Olivier und Dreux. »Geht nach Hause.«

Das ließen sich die beiden nicht zweimal sagen. Rasch reinigten sie das Werkzeug, räumten auf und verabschiedeten sich. Auch Olivier ging, nachdem er die Werkstatt ausgefegt hatte. Unter der Woche wohnte er zwar bei Rémy, von Samstag auf Sonntag jedoch schlief er bei seinen Eltern.

Als endlich alle fort waren, setzte Rémy sich hin und las noch einmal Philippines Brief. Roger hatte also endlich die Auflösung ihrer Ehe beantragt und rechnete sich gute Chancen aus, dass der neue Bischof von Metz in seinem Sinne entscheiden würde. Rémy kritzelte das Pergament mit kleinen Figuren voll, während er versuchte, sich darüber klar zu werden, was er nun tun sollte.

Ich warte auf Dich. Immer wieder wanderte sein Blick zu diesem Satz.

Als es zur None schlug, war der Brief mit winzigen Rittern, Burgen und Ungeheuern übersät. Helden erschlugen Drachen. Jesus predigte den Aposteln. Märtyrer starben ein halbes Dutzend Tode. Und Rémy war immer noch nicht klüger. Er starrte auf das Pergament, die wenigen Zeilen, die Buchstaben, deren Eleganz Philippines Klugheit und Temperament widerspiegelten.

Was sagt dir dein Herz?

Er murmelte einen Fluch, holte Mantel und Armbrust und verließ das Haus.

Wenig später trabte er auf einem Zelter, den er sich von einem Nachbarn geliehen hatte, über die Moselbrücke, durch das Viertel der Bornknechte am anderen Flussufer und die Straße entlang gen Osten. In seiner Ungeduld ritt er immer schneller, sodass er noch vor Einbruch der Dunkelheit das Bauerndorf Damas-aux-Bois in den Hügeln erreichte. Von dort aus hielt er sich nördlich, bis er die Mühle des Erzbischofs passierte. Der Hof lag ganz in der Nähe am Rand eines kleinen Forstes. Kurz darauf sah er auch die alte Linde, die ihre gebogenen Äste über das Wohnhaus breitete, als wolle sie es vor dem Zorn des Himmels schützen. Das Firmament über dem Wäldchen glühte rostrot, und die Baumkronen ragten schwarz davor auf.

Als er abstieg und den Zelter an der Hofmauer festband, öffnete sich die Haustür. Philippine trat ins Freie.

»Du bist gekommen«, sagte sie.

»Bist du allein?«

»Die Knechte sind fort. Sie besuchen ihre Familien in Damas.«

Sie gingen ins Haus. In der Stube flackerte ein Feuer. Auf dem Tisch lag eine Handschrift, die sie offenbar gerade gelesen hatte. Rémy öffnete seine Tasche.

»Hier, dein Stundenbuch. Es ist endlich fertig.«

»Hab Dank.«

Schweigend setzten sie sich an den Kamin. Philippine blickte ihn an und wartete, dass er das Wort ergriff.

»Wie lange wird der Bischof für seine Entscheidung brauchen?«, fragte Rémy schließlich.

»Er muss Rogers Antrag erst dem Erzbischof von Trier vorlegen, der das letzte Wort hat. Einige Wochen, schätze ich. Aber darauf kommt es jetzt auch nicht mehr an.« Sie lächelte. »Bald bin ich frei. Nach all diesen Jahren. Ich habe schon nicht mehr daran geglaubt.«

Ihre Augen strahlten wie verzauberte Smaragde, und sie war Rémy noch nie so schön erschienen wie in diesem Moment, als sie in ihrer grünen Tunika am Feuer saß, die Hände im Schoß, das Haar hochgesteckt, wobei ihr eine einzelne Strähne auf die Wange fiel.

»Versprich mir eines«, sagte er. »Keine Lügen mehr. Keine Geheimnisse.«

»Keine Lügen und keine Geheimnisse. Nie mehr.«

Sie ergriff seine Hand, er spürte ihre Berührung am ganzen Körper. Er zog sie zu sich. Sie setzte sich mit gespreizten Beinen auf seinen Schoß. Er küsste sie, seine Lippen wanderten über ihre Wange, den Hals hinab. Ihr Atem ging schwer.

»Es wäre klüger zu warten«, flüsterte sie.

»Ja, das wäre es«, sagte Rémy, bevor er sie in die Schlafkammer trug.

April 1225

Varennes-Saint-Jacques und Metz

»Die Waren sind im Keller, dort könnt Ihr sie in Augenschein nehmen«, sagte Lefèvre. »Bitte folgt mir.«

Sein Gast stieg hinter ihm die Treppe hinab. Er war ein Kaufmann aus Schlettstädt, ein dicklicher und beinahe kahlköpfiger Kerl, der immerzu eine skeptische Miene zur Schau trug. Beim Willkommenstrunk hatte er sich vorgestellt, doch Lefèvre hatte seinen Namen schon wieder vergessen. Er hatte gestern Abend dem Wein zugesprochen, und heute war nicht sein bester Tag.

»Salz aus der hiesigen Saline und Stahl aus Minette, beides von bester Qualität. Worauf wartet Ihr? Öffnet ein Fass und überzeugt Euch selbst von der Güte der Ware.«

Lustlos folgte der Mann der Aufforderung, ließ etwas Salz durch seine Finger rieseln und kostete davon. »Wirklich nicht schlecht. Aber wie ich bereits sagte, ich habe schon mehr als genug Salz.«

»Ich kann Euch einen guten Preis machen.«

»Selbst wenn Ihr es mir schenktet, ich wüsste nicht, wohin damit. Mein Lagerkeller ist voll. Ich habe mich erst im Februar mit Salz eingedeckt. Vermutlich reicht es für das ganze Jahr.«

Herzlichen Dank, Bellegrée, dachte Lefèvre missmutig. »Verständlich. Aber gewiss kann ich Euch stattdessen für den Stahl begeistern.« Er hebelte eine Kiste auf und nahm eine Stange heraus. »Aus den Bergwerken der Zisterzienser. Bestens geeignet für Panzerhemden, Helme und Schwerter. Die

Waffenschmiede von Schlettstädt werden es Euch nur so aus den Händen reißen.«

Mit gerunzelter Stirn begutachtete der Kaufmann die Stange aus Rohstahl. »Was wollt Ihr dafür?«

Lefèvre nannte ihm seinen Preis. Wie sich zeigte, war sein Gast ein wahrer Meister in der Kunst des Feilschens, und er handelte Lefèvre auf eine Summe herunter, die nur knapp über dem Einkaufspreis lag. Lefèvre schlug trotzdem ein, denn er brauchte dringend Geld und konnte es sich nicht leisten, den Stahl noch länger hier herumliegen zu lassen. Wenigstens brachte er den Glatzkopf dazu, ihm alle Kisten bis auf zwei abzukaufen.

Während seine Knechte den Stahl nach oben schleppten, ging er mit seinem Gast zur Schreibstube, wo sie einen Kaufvertrag abschlossen.

»Es war mir ein Vergnügen, mit Euch Geschäfte zu machen.« Der Glatzkopf reichte ihm die Hand. »Der heilige Nikolaus schütze Euch, Herr Lefèvre.«

Wenig später saß Lefèvre allein in der Kammer und betrachtete die Schatulle mit dem Silber, das er soeben verdient hatte. Er beschloss, es morgen zu zählen. Heute war er dafür zu müde, außerdem brummte ihm der Schädel. Gewiss, es war eine Menge Geld, aber wenn man die Kosten für die fehlgeschlagene Kauffahrt im vergangenen November berücksichtigte, hatte er mit dem Geschäft Verlust gemacht. Wenn er Glück hatte, kam er mit dem Silber gerade einmal über die nächsten zwei, drei Monate, denn seine Ausgaben fraßen ihn allmählich auf. Der Gilde schuldete er seinen Beitrag für das letzte Jahr, der Stadt die Herdsteuer und seiner Pfarrei den Zehnten. All diese Abgaben hatte man ihm wegen seiner geschäftlichen Schwierigkeiten gestundet, aber lange würde er seine Gläubiger nicht mehr vertrösten können. Blieb zu hoffen, dass er danach noch genug für seinen Haushalt, die Bediensteten und die Saumtiere übrig hatte.

Er befahl der Köchin, ihm eine kräftige Eiersuppe zu machen. Nach dem Essen legte er sich ins Bett, obwohl es gerade einmal zur Vesper geläutet hatte. Er musste gründlich seine Lage überdenken, aber dafür brauchte er einen klaren Kopf.

In jener Nacht erschien ihm zum ersten Mal seit langer Zeit wieder der Mann im Spiegel.

»*Sieh es endlich ein, du bist nicht zum Kaufmann geboren*«, wisperte sein lächelndes Ebenbild, während Flammen das bronzefarbene Antlitz liebkosten. »*Rechnen, feilschen, lästigen Kunden Honig ums Maul schmieren – das ist nichts für dich. Du bist ein Mann des Schwertes, des Messers. Deine Begabung liegt in der Kunst der Zerstörung.*«

Schweißgebadet erwachte er in tiefster Dunkelheit. Obwohl er sich nicht im Mindesten erholt fühlte, verließ er die Bettstatt und stieg, nur in ein dünnes Untergewand gekleidet, in seinen geheimen Keller hinab. Er war lange nicht mehr hier gewesen, doch als er einen Kienspan anzündete und sich der Flammenschein warm auf die Steinwände legte und Ketten und Messer mit einer Patina aus Glut und Schatten überzog, fühlte er sich augenblicklich geborgen.

Als Kaufmann war er gescheitert. Das war die hässliche Wahrheit, es hatte keinen Sinn, sie noch länger zu leugnen. Wenn er nicht bald etwas unternahm, drohten ihm Ruin, Armut und Schmach.

Allein war er den anstehenden Schwierigkeiten nicht gewachsen. Er brauchte Hilfe, einen Verbündeten. Jemanden, der ihm in Zeiten der Not unter die Arme griff. Leider hatte er keine Familie, auf die er zählen konnte. Seine Sippschaft war nie sehr groß gewesen. Seit dem Tod seines Vaters war er der letzte noch lebende Lefèvre.

Familie … Da war ein Gedanke, der ihn seit einer Weile beschäftigte. Ein Gedanke, gegen den er sich lange Jahre gesträubt hatte. Aber vielleicht war es an der Zeit, seinen Widerstand dagegen aufzugeben.

Er spielte mit einem Messer, nahm die Spitze zwischen Daumen und Zeigefinger und klopfte mit dem Griff auf die Tischkante: *Pock-pock, pock-pock.*

Wenn du es klug anstellst, wäre das die Lösung für all deine Sorgen.

Ein Entschluss reifte in ihm heran. Als er den Keller schließlich verließ, graute bereits der Morgen. Er kleidete sich an und befahl seinen Hausbedienten, den Reisewagen fertig zu machen. Am späten Vormittag dann verließ er Varennes und fuhr auf der Römerstraße gen Norden, begleitet von seinen beiden zuverlässigsten Knechten.

Lefèvre erreichte Metz an einem herrlichen Frühlingstag, an dem die Luft erfüllt war von betörendem Fliederduft. Der lange Winter war endgültig vergessen, die Menschen in den Gassen trugen leichte Kleider und erfreuten sich an den Sonnenstrahlen auf ihren Gesichtern. An manchen Brunnen hing noch der Blumenschmuck des Osterfestes. Lefèvre suchte sich eine Herberge am Place de Chambre und wusch sich in einem nahen Badehaus den Schweiß und Schmutz von der Reise ab, während einer seiner Knechte mit einer Nachricht in der Hand davonschritt. Er hatte sich kaum abgetrocknet, da kam der Mann bereits zurück.

»Messere Gentina möchte Euch gleich heute Abend empfangen, Herr. Er erwartet Euch zur Vesper in seinem Turm.«

Lefèvre ließ sich vom Bader das Haupthaar stutzen und legte sein bestes Gewand an, ehe er sich auf den Weg zum Anwesen seines Gastgebers machte. Gentina bewohnte mit seiner Familie einen Geschlechterturm ähnlich dem der Belgrées, doch merklich kleiner und weniger wehrhaft. Dafür wirkte das Gebäude heller und freundlicher, und die Ausstattung der einzelnen Stockwerke – überall Tapisserien, Truhen aus Zedernholz, versilberte Türknäufe – bewies ausgeprägten Geschmack.

Gentina kam ihm auf der Treppe entgegen und taxierte ihn kurz, ehe er ihn mit aufgesetzter Freundlichkeit begrüßte. Der unscheinbare, grauhaarige Lombarde war Bankier und hatte Lefèvre einst gegen eine Gewinnbeteiligung geholfen, seine Darlehensgeschäfte abzusichern. Freunde waren sie jedoch keine gewesen, denn Gentina hatte sich in seiner Gegenwart nie wirklich wohlgefühlt. Auch jetzt wirkte er nicht eben glücklich, ihn zu sehen, obwohl er es trefflich verbarg.

»Gut seht Ihr aus, alter Freund«, sagte der Lombarde, als sie die Stufen emporstiegen. »Wie lange ist es jetzt her? Ein Jahr?«

»Anderthalb«, antwortete Lefèvre.

»Anderthalb! Beim heiligen Nikolaus, wie doch die Zeit vergeht! Ich hörte, Ihr habt Euch einstweilen im Salz- und Warenhandel einen Namen gemacht. Wie gehen die Geschäfte?«

»Ich kann nicht klagen. Gewiss, der Handelskrieg hat uns allen zugesetzt, aber davon abgesehen entwickelt sich mein Unternehmen prächtig.«

»Schön. Schön. Das freut mich zu hören. Ach, dieser unselige Zwist mit Varennes … Wir sind alle sehr froh, dass er endlich vorbei ist. Solche kleinlichen Streitereien nutzen doch niemandem, nicht wahr?«

Außer euch Lombarden, dachte Lefèvre. Wie alle Italiener, die in Metz im Bankgeschäft tätig waren, hatte auch Gentina vorgegeben, sich aus dem Handelskrieg herauszuhalten, aber glaubwürdigen Gerüchten zufolge die großen Metzer Familien derweil eifrig mit Krediten versorgt, damit die Paraiges stets über genug liquide Mittel für ihren Kampf gegen Varennes verfügten. Ohne diese Darlehen wäre der Preiskampf der Bellegrées beim Salz vermutlich gar nicht möglich gewesen, und an den Zinsen verdiente sich Gentina gewiss auf Jahre hinaus eine goldene Nase.

»Aber sagt – was führt Euch nach Metz?«, fragte der Bankier, als sie den Gesellschaftssaal betraten. »Geschäfte?«

»Ich habe ein Anliegen, das ich mit Euch besprechen möchte.«

»Überlegt Ihr, ins Kreditgeschäft zurückzukehren?«

»Nein. In Varennes ist für christliche Kaufleute kein Platz mehr im Geldhandel. Dafür hat der Rat gesorgt«, sagte Lefèvre mit mühsam verhohlener Bitterkeit.

»Ja, ich hörte, dass sich die Juden nun auch bei Euch breitmachen. Sie werden immer frecher, dasselbe hier in Metz. Es wird höchste Zeit, dass der Kaiser etwas gegen diese Plage unternimmt. Aber wisst Ihr, was er stattdessen zu tun gedenkt? Er will sie unter seinen Schutz stellen! Könnt Ihr Euch das vorstellen?«

Lefèvre verspürte nicht die geringste Lust, über Kaiser Friedrich zu sprechen, mit dem seine ganze Misere überhaupt erst angefangen hatte, damals in Amance. »Es ist, wie es ist«, sagte er. »Ich weine der Vergangenheit nicht nach. Ein Kaufmann sollte immer in die Zukunft blicken.«

»Recht so. Meine Rede. Um welches Geschäft handelt es sich also?«

»Kein Geschäft. Die Angelegenheit ist rein privater Natur.«

»Was haltet Ihr davon, wenn wir uns nach dem Essen zusammensetzen und in Ruhe darüber sprechen? Ist das ein Angebot, mein lieber Anseau?«

Lefèvre nickte. »Werden Eure Gemahlin und Eure bezaubernde Tochter mit uns speisen?«

»Sie werden uns Gesellschaft leisten. Meine Benedetta kann es gewiss kaum erwarten, Euch wiederzusehen.«

Das bezweifelte Lefèvre. Gentinas Weib ertrug es kaum, mit ihm im selben Raum zu sein, geschweige denn, ihm in die Augen zu blicken. Umso wichtiger, dass er sich heute von seiner besten Seite zeigte. Wenn er sein Ziel erreichen wollte, musste er nicht nur den alten Ottavio für sich gewinnen, sondern auch dic Herrin des Hauses.

Nachdem sie den Willkommenstrunk eingenommen hatten, erschienen Gentinas Frau und Tochter. Beide waren nicht gerade das, was man eine Augenweide nannte. Benedetta war mager wie ein Streifen Trockenfleisch und machte ein Gesicht, als leide sie immerzu an Kopfschmerzen. Was der Mutter an weiblichen Rundungen fehlte, hatte die Tochter im Übermaß: Flavia war schon immer dick gewesen, doch seit Lefèvre sie das letzte Mal gesehen hatte, hatte sie gewiss noch einmal zwanzig Pfund zugelegt. Und das Gesicht… Er hatte ganz vergessen, wie unfassbar hässlich das Mädchen war. Plötzlich kamen ihm erhebliche Zweifel an seinem Vorhaben. Vielleicht war die Gosse einem Leben mit dieser fetten Kröte vorzuziehen. Andererseits hatte er sich noch nie viel aus Frauen gemacht, und nach der körperlichen Liebe verlangte es ihn höchst selten. Er musste nur die Hochzeitsnacht hinter sich bringen. Anschließend konnte er Flavia in ihren Gemächern einsperren und brauchte sie nie wieder anzuschauen.

Galant wie ein Ritter verneigte er sich vor den beiden Frauen. »Benedetta. Es erfüllt mein Herz mit Freude, Euch wiederzusehen. Und Flavia… was soll ich sagen? Die Geschichten über Euch sind nicht übertrieben: Ihr seid wahrlich zu einer Rose erblüht, wie sie in dieser Stadt ihresgleichen sucht.«

Das Mädchen lief knallrot an und senkte züchtig den Blick.

Kurz darauf trugen die Diener das Essen herein. Einmal mehr zeigte sich, dass Sparsamkeit und Zurückhaltung Fremdworte für Gentina waren, wenn es um die Bewirtung seiner Gäste ging. Obwohl sie nur zu viert an der Tafel saßen, gab es Gänsekeulen, ein gefülltes Spanferkel, gesottenen Aal und in Schmalz gebackene Drosseln. Daneben standen Platten mit frischem Brot und dampfende Töpfe voller gekochter Weißrüben, Pastinaken, Möhren und Bohnen. Irdene Schalen enthielten Ingwer und getrocknete Nelken für den Wein sowie Salz, Kümmel, indischen Pfeffer und Paradieskörner für die Speisen. Lefèvre schätzte, dass man allein für die Gewürze auf dem Tisch einen ganzen Ochsen bekommen hätte.

Großer Gott, dachte er, als er Flavia essen sah. Das Mädchen stopfte Fleisch, Fisch, Brot und Gemüse in sich hinein, als sei es entschlossen, seinen Leibesumfang bis morgen noch einmal zu verdoppeln. Und was tat die Mutter? Statt Flavia zu bremsen, reichte sie ihrer Tochter zuvorkommend die Schüsseln und ermutigte sie, tüchtig zuzugreifen: »So ist es recht, mein Kind, lass es dir schmecken. Hier, trink noch etwas Wein. Der Koch hat es wieder gut gemeint mit dem Pfeffer, du musst schrecklichen Durst haben.«

Auch Lefèvre sprach dem Wein zu, denn anders ertrug er den Anblick nicht. Während er mit Gentina über dieses und jenes plauderte, saugte er sich Komplimente aus den Fingern und streute an den passenden Stellen galante Bemerkungen über die Schönheit und das freundliche Wesen Flavias ein. Irgendwann war sie so angetrunken, dass sie töricht loskicherte, als er ihre kleidsame Tunika lobte.

Denk an Gentinas Ländereien, seine Geschäftspartner in Mailand und Prato und an das Silber in seinen Schatullen, dachte er, als es ihm kaum noch gelang, seinen Abscheu zu verbergen. *Denk daran, was dir blüht, wenn der Abend danebengeht.*

Schließlich – Lefèvre dankte dem heiligen Jacques und allen Erzengeln – war das Essen überstanden. Benedetta und Flavia verabschiedeten sich mit einem Knicks und zogen sich in ihre Gemächer zurück. Lefèvre und Gentina füllten ihre Weinkelche und setzten sich ans Kaminfeuer.

»Nun lasst hören, Anseau«, begann der Lombarde. »Was ist das für eine Angelegenheit, die Ihr mit mir bereden wollt?«

»Es ist so«, sagte Lefèvre. »Ich bin jetzt fünfunddreißig Jahre alt. Ich habe ein erfolgreiches Unternehmen aufgebaut und mir einen Namen als Kaufmann gemacht. Ich denke, es ist an der Zeit, dass ich mir ein Weib suche und eine Familie gründe.«

»Ihr wollt heiraten«, stellte Gentina überflüssigerweise fest.

»So ist es. Ich bin es leid, allein durchs Leben zu gehen. Ich sehne mich nach einer guten christlichen Ehe, nach Kindern, einem Sohn.«

»Verständlich.«

»Ich will nicht lange um den heißen Brei reden, Ottavio. Wir kennen uns inzwischen gut genug, dass wir offen miteinander sprechen können. Ich habe Gefallen an Eurer Tochter gefunden. Ich möchte um Flavias Hand anhalten.«

Gentina nahm einen tiefen Schluck von seinem Wein.

»Nun – was sagt Ihr?«, fragte Lefèvre, als sich der Lombarde in Schweigen hüllte.

»Flavia ist noch sehr jung«, meinte Gentina.

»Sie ist siebzehn, nicht wahr? Das beste Alter für ein Mädchen, in die Ehe zu gehen.«

»Es ist auch eine Frage der Reife. Flavia ist in vielen Belangen noch recht … mädchenhaft. Ich weiß nicht, ob sie schon so weit ist, mein Haus zu verlassen.«

»Mir erscheint sie ausgesprochen klug und redegewandt für ihr Alter«, widersprach Lefèvre, obwohl Flavia während des Essens kaum ein Wort gesagt hatte. »Ich bin mir sicher, dass sie die erforderliche Reife für die Ehe besitzt. Gebt es zu«, sagte er gutmütig, »aus Euch spricht der besorgte Vater, der den Gedanken nicht erträgt, seinen Augenstern gehen zu lassen.«

»Das mag wohl sein.« Der Bankier lächelte unsicher.

»Ihr kennt mich – Ihr wisst, bei mir wäre sie in den besten Händen. Ich werde sie wie eine Prinzessin behandeln. Davon abgesehen wäre die Verbindung für uns beide von Vorteil. Wir könnten unsere Geschäfte vereinigen und ein Unternehmen aufbauen, das in Lothringen seinesgleichen sucht. Wir wären eine Ehrfurcht gebietende Macht auf den Märkten der Region.«

»Ich weiß nicht, Anseau, ich weiß nicht … Ich habe keine Erfahrung im Warenhandel. Ich glaube, es wäre nicht klug, in meinem Alter noch damit anzufangen.«

»Aber das müsst Ihr gar nicht! Ich kümmere mich um das eigentliche Kaufmannsgeschäft, Ihr betreibt weiter den Geldhandel. Gegenseitig versorgen wir uns mit frischem Silber. So tut jeder das, was er am besten kann. Ich bin sicher, auf diese Weise würden wir schon nach kurzer Zeit enorme Gewinne einfahren. Obendrein wären wir besser abgesichert gegen Schwankungen der Nachfrage und Unwägbarkeiten aller Art.«

Gentina nippte an seinem Kelch und blickte Lefèvre dabei nicht an. Seine freie Hand hatte sich in die Armlehne gekrallt.

»Zweifelt Ihr daran, ob ich Flavia ein standesgemäßes Leben ermöglichen kann?«, fragte Lefèvre. »Ihr habt mein Wort, dass es ihr an nichts mangeln wird. Ich habe Grundbesitz in Varennes und überall im Bistum Toul. Als Brautgabe kann ich Euch und Eurer Tochter ausgedehnte Ländereien, Fischteiche und Weinberge anbieten.«

»Das ist es nicht«, meinte Gentina. »Ich weiß, dass Ihr vermögend seid …« Er hob den Kopf und blickte Lefèvre in die Augen. »Nun, ich fürchte, es gibt keine Möglichkeit, Euch die Enttäuschung zu ersparen, also sage ich es rundheraus: Ihr seid ein Freund der Familie und ein guter Kaufmann, und Euer Antrag ehrt mich. Aber seit Flavias Geburt steht für Benedetta und mich fest, dass sie einmal einen Lombarden zum Mann nehmen wird. Am liebsten wäre uns ein Kaufmann aus unserer Heimatstadt Mailand. Deshalb, Anseau, muss ich Euren Antrag ablehnen, so leid es mir tut. Bitte versteht das nicht als Zurückweisung oder gar als Angriff auf Eure Ehre. Ich versichere Euch, diese Entscheidung ist vor langer Zeit gefallen. Sie hat nichts, aber auch gar nichts mit Euch zu tun.«

Er lügt, dachte Lefèvre. Gentina hatte ihn durchschaut, er hatte die Angst in den Augen des Lombarden gesehen. Gentina spürte die Dunkelheit in Lefèvres Innerem und fürchtete um das Wohl seiner Tochter, wenn sie ihn heiratete. Das allein war der Grund für die Abfuhr.

»Ich wusste es«, sagte der Bankier. »Ich habe Euch beleidigt.

Das war nicht meine Absicht, bitte nehmt meine Entschuldigung an.«

Lefèvre machte eine Handbewegung, die dieses oder jenes bedeuten konnte. »Sagt, Ottavio, habt Ihr schon einen Kandidaten, dem Ihr Flavia zur Frau geben wollt?«

»Noch nicht. Ich wollte noch ein oder zwei Jahre warten, ehe ich mich umhöre. Wie gesagt, ich denke, Flavia braucht noch etwas Zeit.«

»Fangt besser gleich damit an. Euch steht eine langwierige Suche bevor. Also besser keine Zeit vergeuden.«

»Wie meint Ihr das?«, fragte Gentina irritiert.

»Habt Ihr Euch das Mädchen in letzter Zeit einmal genauer angeschaut?«

»Ich verstehe nicht...«

»Sie ist hässlich wie die Nacht und fett wie ein Mastschwein. Jeder Mann, der halbwegs bei Verstand ist, wird schreiend die Flucht ergreifen, wenn Ihr sie ihm vorführt. Herrgott, beim Gedanken, mit ihr das Bett teilen zu müssen, kommt mir das Essen hoch.«

»Das... ist... unerhört«, ächzte der Lombarde. »Was erlaubt Ihr Euch?«

»Wenn ich Euch einen Rat geben darf«, fuhr Lefèvre fort, »denkt noch einmal über meinen Antrag nach. Denn ein anderer als ich wird sie Euch nicht abnehmen, mein Wort darauf. Es sei denn, Ihr weitet die Suche auf Blinde aus.«

Gentina schnellte hoch und stand stocksteif da. »Geht«, erklärte er. »Verlasst sofort mein Haus und wagt es nicht, mir noch einmal unter die Augen zu treten.«

»Ihr macht einen Fehler. So eine Gelegenheit kommt nie wieder.«

Kurz darauf fand sich Lefèvre in Begleitung mehrerer Knechte wieder, die ihm unsanft die Treppe hinunterhalfen. Oben stand Gentina und stieß einen Schwall italienischer Flüche und Obszönitäten aus.

»Hände weg, ihr Schwachköpfe!«

Man gab ihm einen Stoß, er stolperte nach draußen. Hinter ihm fiel die Tür des Geschlechterturms ins Schloss, ein Riegel wurde vorgeschoben.

»Fahr zur Hölle, du alter Narr!«, schrie Lefèvre und gab der Tür einen Tritt. »Und nimm deine hässliche Tochter und deine Mumie von einem Weib gleich mit!«

Er spuckte aus und stolzierte durch die Dunkelheit zu seiner Herberge.

Varennes-Saint-Jacques

Er hat dich an seiner Tafel bewirtet und dich einen Freund der Familie genannt«, sagte Pater Arnaut einige Tage später. »Du hast sein Brot gegessen und von seinem Wein getrunken. Es war nicht recht, ihn zu beschimpfen und seine Tochter zu beleidigen. Damit hast du dich abermals versündigt.«

»Gentina hat angefangen«, knurrte Lefèvre, der neben dem Beichtstuhl auf dem Boden kniete. »Er hat mich zuerst beleidigt. Es muss einem Mann doch erlaubt sein, sich zu wehren.«

»Er ließ dich lediglich wissen, dass er seine Tochter lieber mit einem Lombarden verheiraten möchte. Das ist sein gutes Recht als Vater. Es war gewiss nicht seine Absicht, dich zu kränken.«

»Hat er aber!«, brauste Lefèvre so heftig auf, dass Arnaut zusammenzuckte. »Ich bin nicht gut genug für ihn und seine Tochter – das wollte er mir damit sagen. Dabei sollte er froh sein, dass überhaupt jemand kommt und ihr einen Antrag macht. Ihr hättet sie sehen sollen, Pater. Fett wie eine schwangere Sau und ein Gesicht, als wäre es zwischen Hammer und Amboss geraten …«

»Das reicht jetzt«, ermahnte ihn der Pater. »Du bist in einem

Haus Gottes. Mit solchen Ausdrücken beleidigst du deinen Herrn und Schöpfer.«

»Vielleicht will ich das ja«, meinte Lefèvre. »Er hat mir nämlich einiges zugemutet in letzter Zeit, mein Herr und Schöpfer. Erst der Rückschlag in Troyes. Dann die Sache in Lagny-sur-Marne. Und jetzt das. Warum tut er mir das an? Was hat es für einen Sinn, ein guter Christ zu sein, wenn Gott einen doch nur immer weiter straft?«

»Es steht nicht in meiner Macht, den Willen des Allmächtigen zu ergründen. Vielleicht will er dich prüfen. Vielleicht will er herausfinden, wie gefestigt du im Glauben bist.«

»Wenn Ihr mich fragt«, meinte Lefèvre, »ist Gott ein hinterhältiger Schweinehund, der uns alle hasst und sich den Bauch hält vor Lachen, wenn wir ihm wieder einmal in die Falle tappen und auf dem Arsch landen.«

Hastig schlug Pater Arnaut ein Kreuz. »Bitte verzeih ihm, Herr. Er ist verwirrt und meint es nicht so.«

»Doch, das tue ich! Gott ist ein grausamer Bastard. Ein Menschenschinder! Und keinen Deut besser als Satan.«

»Bitte hüte deine Zunge, mein Sohn …«

Lefèvre packte den Geistlichen am Arm. »Ihr müsst mir helfen, Pater. Diese ständigen Enttäuschungen und Niederlagen – sie setzen mir zu. Die Träume werden wieder schlimmer. Der Mann im Spiegel ist zurückgekehrt.«

Arnaut saß da und wagte nicht, sich zu bewegen. »Der Mann im Spiegel? Wovon sprichst du, mein Sohn?«

»Ich glaube, er ist der Teufel. Er will, dass ich Dinge tue. Böse Dinge.«

»Du musst ihm widerstehen!«

»Wie, Pater? Meine Kräfte lassen nach. Die Dunkelheit in meiner Seele wird täglich stärker.«

Der Geistliche schluckte. Auf seiner Stirn glitzerte der Schweiß. »Versuch es mit Gebeten. Regelmäßigen Gebeten. Ja. Jedes Mal, wenn die Klosterglocken schlagen.«

»Das hilft nicht. Es muss doch noch etwas anderes geben!«

»F-fasten.«

»Fasten?«, wiederholte Lefèvre ungläubig. »Schon wieder? Ist das alles, was Euch einfällt?«

»Es ist ein machtvolles Werkzeug gegen die Versuchungen Satans.«

Ruckartig stand Lefèvre auf. Pater Arnaut wollte sich ebenfalls erheben, doch Lefèvre war schneller, hielt seine Arme fest und zwang ihn, sitzen zu bleiben. Lefèvre brachte sein Gesicht ganz nah an das Antlitz des schwitzenden Geistlichen.

»Wisst Ihr, was ich glaube? Ihr seid ein Scharlatan, Pater. Und ein schlechter dazu. Jeden Tag erzählt Ihr den gleichen Firlefanz, obwohl Ihr genau wisst, dass er nicht hilft. Meine Seelenqualen kümmern Euch einen Dreck, solange ich nur regelmäßig den Kirchenzehnt bezahle, richtig? Ob ich dereinst zur Hölle fahre, ist Euch herzlich egal.«

»D-das ist nicht wahr …«

»Ich bin fertig mit Euch. Mit Euch, Eurem höhnischen Gott und Eurer Kirche der Lügen.«

»So etwas darfst du nicht sagen, Anseau, das ist Blasphemie.«

»Blasphemie? Ich zeige Euch, was Blasphemie ist.« Lefèvre hob sein Gewand, holte seine Männlichkeit hervor und pisste auf den Kirchenboden. »Da. Da habt Ihr Eure Blasphemie.«

Er wandte sich ab, schritt durch das Portal der kleinen Pfarrkirche und betrat sie nie wieder.

Zu Hause schloss sich Lefèvre in seiner Schreibstube ein. Die Unruhe, die Wut, die Verzweiflung, die ihn quälten, waren bald so stark, dass er kaum noch einen klaren Gedanken fassen konnte.

Auf dem polierten Silber des Weinkelches erschien der Mann im Spiegel. »*Du weißt, was du zu tun hast*«, wisperte er.

»Nein«, flüsterte Lefèvre, doch sein Widerstand wurde immer schwächer. Er wippte mit dem Bein und führte den Kelch zum Mund.

»Hör auf, dich zu betäuben! Gib dem Verlangen nach. Nur so kannst du Frieden finden.«

Er knallte den Kelch auf den Tisch, schloss die Augen, spürte Tränen auf seinen Wangen.

Als es dunkel wurde, verlor er den Kampf. Kurz darauf durchströmte ihn ein befreiendes Gefühl der Erleichterung. Wie hatte der Mann im Spiegel ihn genannt? Einen Mann des Schwertes, des Messers. Ja, das war er. Warum es leugnen?

Er wartete bis zur Komplet und verließ das Haus durch die Hintertür, unbemerkt von seinen Bediensteten, das Antlitz in der Mantelkapuze verborgen. Verstohlen huschte er durch die Gassen, bis er zu *Les Trois Frères* kam, der übelsten Spelunke der Unterstadt. Dort verbarg er sich hinter einer Hausecke und beobachtete die Tür der Schenke.

Nach und nach gingen die letzten Gäste. Es waren Söldner, Fuhrknechte und Flussschiffer, die sich mit ihresgleichen trafen und ihre magere Barschaft versoffen. Lefèvre musste nicht lange warten, bis er ein geeignetes Opfer fand: Die Tür schwang auf, und ein dürrer, trübsinniger Kerl torkelte die Gasse entlang, in der Hand einen Bierhumpen, aus dem er gelegentlich trank. Wahrscheinlich ein Tagelöhner. Arm, einsam; niemand würde ihn vermissen. Lefèvre zückte seinen Knüppel und folgte ihm.

Einen Steinwurf von der Schenke entfernt, in einer dunklen Ecke oberhalb des Kanals, blieb der Betrunkene stehen, nestelte an seiner Bruche herum und urinierte an eine Schuppenwand. Lautlos pirschte sich Lefèvre an ihn heran und zog ihm den Knüppel über den Hinterkopf. Der Tagelöhner prallte gegen die Wand und sackte zu Boden. Lefèvre schleifte ihn von der Gasse weg, dann knebelte und fesselte er ihn mit geübten Handgriffen.

Am liebsten hätte er sein Opfer zu sich nach Hause gebracht, damit er in seinem Keller arbeiten konnte, doch das kam nicht infrage. Die Gefahr, unterwegs dem Nachtwächter zu begegnen oder die Bediensteten aufzuwecken, war zu groß. Glücklicherweise gab es ganz in der Nähe einen baufälligen Lagerkeller, der seit Jahren nicht benutzt wurde. Lefèvre beobachtete die Gasse, die dunkel und verlassen vor ihm lag. In keiner der Hütten brannte Licht. Die Bewohner schliefen samt und sonders.

Er warf sich den Bewusstlosen über die Schulter und trug ihn zu dem alten Lagerhaus, das am Rand des Gerberviertels stand. Der Gestank der Beizstoffe und Gerblohen brannte ihm in den Augen, als er sein Opfer auf den Treppenstufen ablegte und sich die Tür des Kellers anschaute. Sie war mit einer rostigen Kette und einem einfachen Vorhängeschloss versehen. Er holte ein Stemmeisen aus seinem Beutel und hatte sie in wenigen Augenblicken aufgebrochen. Ganz geräuschlos ging das nicht vonstatten, doch niemand würde ihn hören. In dieser Gasse standen lediglich Schuppen, Kornspeicher und Badehäuser. Menschen wohnten hier keine.

Er schleifte den Bewusstlosen in den unterirdischen Lagerraum, schloss die Tür hinter sich und zündete einen Kienspan an. Das flackernde Licht fiel auf bröckelndes Mauerwerk, spinnwebenverhangene Gewölbebögen und Stapel aus morschem Holz. Nicht so behaglich wie sein Keller zu Hause, aber er würde seinen Zweck erfüllen.

Wenig später lag sein Opfer auf einem behelfsmäßigen Tisch aus alten Kisten. Lefèvre schlug ihm gegen die Wange, bis er erwachte. Der Mann stierte ihn mit glasigen Augen an. Dann begann er zu zappeln und zu schreien, doch die Fesseln und der Knebel hielten. Nur gedämpfte Krächzlaute drangen durch den Lumpen.

»Hör auf damit.« Lefèvre legte ihm eine Hand auf die Brust. Der Tagelöhner erstarrte. »Es gibt nichts, was du tun kannst. Also spar dir deine Kräfte. Du wirst sie brauchen.«

Er zog ein gezacktes Messer. Sein Opfer begann zu wimmern.

»Gewiss fragst du dich gerade: ›Warum ich?‹ Nun, das ist schnell erklärt. Allein dem Zufall ist es zu verdanken, dass meine Wahl auf dich gefallen ist. Hättest du die Schenke eine Stunde früher verlassen, hätte es einen anderen getroffen. So einfach ist das. Alte Gewohnheiten wird man nur schwer los. Ich habe mich bemüht, aber es ist mir wohl nicht gegeben, ein gottesfürchtiger und rechtschaffener Christ zu sein. Der Mann im Spiegel hat andere Pläne mit mir.«

Lefèvre platzierte die Messerspitze auf der Wange des Tagelöhners und zog die Klinge langsam bis zum Kinn.

In seinen Gedanken jubelte der Mann im Spiegel triumphierend.

Vic-sur-Seille

Das Zwitschern der Amseln empfing Roger Bellegrée, als er die düsteren Flure des Palas verließ und hinaus in den Garten trat.

Die bischöfliche Festung lag in Vic-sur-Seille, einer Ortschaft anderthalb Tagesreisen südöstlich von Metz. Die Bischöfe hatten sich im vergangenen Jahrhundert hierher zurückgezogen, als die Auseinandersetzungen zwischen der Kirche und der Bürgerschaft um die Macht in Metz immer hitziger geworden waren. Manch ein Bischof hatte sich seitdem kaum je in Metz aufgehalten, weil er dort um sein Leben fürchten musste. Auch Jean d'Apremont weilte seit seinem Amtsantritt die meiste Zeit in Vic, wo er sich in Ruhe um die Verwaltung des Bistums kümmern konnte.

Dass Bischof Jean sich bereit erklärt hatte, Rogers Antrag auf Auflösung seiner Ehe wohlwollend zu prüfen, war mehr als eine persönliche Gefälligkeit – Roger und sein Vater werteten Jeans Entgegenkommen als eine politische Geste. Die Bellegrées gehörten zu den führenden Familien von Metz, sie hatten sich stets für einen Ausbau der Republik stark gemacht und mitgewirkt, die Macht des Bistums zu beschneiden. Zuletzt hatte es unter Konrad von Scharfenberg heftige Verwerfungen gegeben. Vielleicht wollte Bischof Jean einem weiteren Machtverlust vorbeugen, indem er den Frieden mit der Bürgerschaft suchte und einer der einflussreichsten Familien der Paraiges die Hand zur Versöhnung reichte.

Roger schritt den gepflasterten Pfad entlang, der sich durch den Festungsgarten schlängelte. Dass seit gut einer Woche die Sonne schien und nachts gelegentlich warmer Regen fiel, hatte den Pflanzen gutgetan. Überall begannen Blumen und Sträucher zu knospen, im üppigen Grün der Beete blitzten Farben auf – Gelb, Rot, Blau, Violett. Die Narzissen blühten bereits in voller Pracht und lockten ganze Schwärme von Bienen und Schmetterlingen an.

Roger jedoch hatte keinen Blick für die Schönheit um ihn herum. Er reckte den Hals, bis er eine rote Soutane zwischen den Büschen entdeckte. Bischof Jean beugte sich über einen akkurat zurechtgeschnittenen Buchsbaum und zupfte an den Zweigen herum.

»Exzellenz«, sagte Roger.

»Schaut Euch das an«, meinte der Bischof, ohne aufzublicken. »Alles voller Milben. Eine Schande ist das. Eine Schande. Dieser schöne Buchsbaum. Ich sollte ein ernstes Wort mit dem Gärtner reden. Er scheint seine Pflichten nicht sehr ernst zu nehmen.«

Roger wartete. Jean d'Apremont war ein gänzlich anderer Charakter als der verblichene Konrad – ein Gemütsmensch, der seinen Garten, gutes Essen und angenehme Gesellschaft schätzte. Doch die Gemütlichkeit, die er immerzu ausstrahlte, täuschte allzu leicht darüber hinweg, dass er über einen messerscharfen Verstand verfügte und in anderen Menschen lesen konnte wie in einem offenen Buch. Er war nur deshalb Bischof von Metz geworden, weil er imstande war, sich geschickt in den Labyrinthen der Macht zu bewegen. Das durfte man niemals vergessen, wenn man es mit diesem Mann zu tun bekam.

Ein Diener, der unauffällig auf der Wiese gewartet hatte, trat heran, als Bischof Jean von dem Buchsbaum abließ, und hielt ihm eine Schale hin. Jean wusch seine Hände im Wasser und trocknete sie ab, während er sich Roger zuwandte.

»Gott zum Gruße, mein Sohn.« Er streckte die Rechte aus, und Roger küsste den Ring. »Ihr überrascht mich, Roger. Als Bischof Konrad in Vic-sur-Seille residierte, ließ sich jahrelang kein Bellegrée blicken – aber Ihr besucht mich gleich zweimal innerhalb weniger Wochen. Ich möchte gerne glauben, dass das an der neu erwachten Liebe der Paraiges zu ihrem Bischof liegt.« Jean lächelte hintergründig. »Doch wie ich Euch kenne, werdet Ihr meine Hoffnungen sogleich enttäuschen und mir mitteilen, dass Ihr allein des Geschäfts wegen gekommen seid, nicht wahr?«

»Es geht um meinen Antrag, Exzellenz. Ich wollte mich erkundigen, wie der Stand des Verfahrens ist.«

»Euer Antrag, gewiss. Tatsächlich erhielt ich erst vor wenigen Tagen eine Nachricht aus Trier, in der mich Erzbischof Theoderich wissen ließ, dass er Euren Antrag geprüft habe. Ich wollte morgen einen Boten zu Euch schicken. Aber jetzt seid Ihr mir zuvorgekommen. Nun, machen wir uns diesen glücklichen Zufall zunutze und besprechen die Angelegenheit gleich hier und heute.«

Ein glücklicher Zufall war Rogers Besuch keineswegs. Er war nach Vic gekommen, weil er längst von der Nachricht des Erzbischofs wusste – sein Spitzel vor Ort, tüchtig wie eh und je, hatte es ihm gemeldet.

»Was rät Euch Erzbischof Theoderich?« Roger fiel es schwer, seine Ungeduld zu verbergen.

»Er gab mir eine Empfehlung, wie mit Eurer Ehe zu verfahren sei. Gehen wir ein paar Schritte.«

Sie schlenderten durch den Garten. Das Gelände war auf allen Seiten von Mauern umgeben. Da man die Pfade zwischen den Beeten geschickt angelegt hatte, konnte man eine Weile umhergehen, ohne ständig den immer selben Weg benutzen zu müssen. Roger entging nicht, dass in jeder Ecke des Gartens ein bischöflicher Waffenknecht stand, in der Faust einen Spieß mit blitzender Spitze. Offenbar hatte man Jean geraten, stets auf seine Sicherheit zu achten, sogar hier in Vic-sur-Seille, fernab von Metz und seinen rebellischen Bewohnern.

»Ihr wisst, dass der Erzbischof von Trier im ganzen Moseltal ausgedehnte Besitztümer sein Eigen nennt?«, fragte der Bischof unvermittelt.

»Das ist allgemein bekannt.«

»Dann werdet Ihr auch wissen, dass ihm nach wie vor die Saline von Varennes-Saint-Jacques gehört. Es gab zwar immer wieder Bestrebungen seitens des Rates, sie in den Besitz der Stadt zu bringen, doch bisher sind alle entsprechenden Bemühungen gescheitert.«

Ein ungutes Gefühl breitete sich in Rogers Magen aus. »Worauf wollt Ihr hinaus?«

Der Kirchenfürst streifte ihn mit einem Blick. »Ich fürchte, Ihr habt einen verhängnisvollen Fehler begangen. Euretwegen ist der Erzbischof sehr verärgert.«

»Inwiefern?«, fragte Roger, obwohl er die Antwort bereits zu kennen glaubte.

»Bei Eurem Preiskampf habt Ihr nicht bedacht, dass nicht nur die Kaufleute von Varennes mit dem Salz aus der erzbischöflichen Saline Handel treiben. Auch Theoderich selbst und seine Ministerialen bieten es auf den Märkten der Region feil. Während des Handelskriegs hat der Erzbischof fast dreihundert Pfund Silber verloren. Es heißt, er bekommt Wutanfälle, wenn er nur den Namen Bellegrée hört.«

Roger schwieg, bis die würgende Enge in seiner Kehle nachließ. »Ich nehme an, mein Antrag hat sich damit erübrigt.«

»Der Erzbischof hat die dringende Empfehlung ausgesprochen, ihn abzulehnen, ja.«

»Der Ihr natürlich folgen werdet.«

»Ihr werdet verstehen, dass ich keine andere Wahl habe. Ich bin erst wenige Monate im Amt. Sosehr ich mich danach sehne, neue freundschaftliche Bande zu Eurer Familie und den Paraiges zu knüpfen, kann ich es mir nicht erlauben, den Erzbischof deswegen zu brüskieren.«

Roger mahlte mit dem Kiefer. Was für ein törichter Fehler! Aber die Sache mit der Saline hatte er schlicht nicht bedacht – zu sehr hatte er sich in den Gedanken verbissen, Varennes zu vernichten. »Kann ich etwas tun, um seine Exzellenz milde zu stimmen?«

»Reist nach Trier und bittet ihn um Verzeihung, aber erwartet nicht, dass das ausreicht. Könnt Ihr ihm seinen Schaden ersetzen?«

Roger zog es vor, die Frage nicht zu beantworten. Der Handelskrieg hatte seine Familie viel Geld gekostet. Er hatte keine dreihundert Pfund zu verschenken – zumal er eine Ausgabe in dieser Höhe kaum vor seinem Vater würde rechtfertigen können. »Ich werde sehen, was ich tun kann«, meinte er schmallippig.

»Ich will offen zu Euch sein, Roger«, sagte Bischof Jean. »Ich würde mir keine allzu großen Hoffnungen machen. Selbst wenn Ihr ihm ganze Truhen voller Silber darbietet, wird er Euren Antrag nicht bewilligen. Theoderich ist ein nachtragender Mann. Ihr könnt froh sein, wenn er Eurer Familie und dem Paraige Porte-Muzelle deswegen nicht die Fehde erklärt.«

»Steht das zu befürchten?«

»Ich denke nicht. Theoderich will keinen Krieg. Er hat bereits genug Scherereien in der Eifel, und eine Fehde mit Euch würde die angespannte Lage in Metz nur verkomplizieren, zumal sie aller Voraussicht nach fruchtlos wäre. Gleichwohl würde ich mich darauf einstellen, dass er Euch von nun an jederzeit Steine in den Weg legen wird, wenn sich ihm die Möglichkeit dazu bietet.«

»Ich danke Euch für die Warnung«, sagte Roger knapp.

»Betrachtet es als eine Lektion in Demut«, erklärte der Bischof. »Der geschäftliche Erfolg hat Eure Familie verwöhnt. Darüber habt Ihr vergessen, dass man mit Geld und Macht nicht alles erreichen kann. Ihr tätet gut daran, Euch dies hin und wieder zu vergegenwärtigen.«

Roger biss sich auf die Zunge. Beinahe wäre ihm eine äußerst gehässige Bemerkung herausgerutscht.

»Ich sollte nun wieder hineingehen«, sagte Bischof Jean. »Die Amtsgeschäfte erledigen sich schließlich nicht von selbst, nicht wahr? Begleitet Ihr mich ein Stück?«

In der Eingangshalle des Palastes küsste Roger zum Abschied Jeans Ring.

»Nehmt es nicht so schwer«, erklärte der Kirchenfürst. »Viele Männer Eures Ranges sind in Ehen gefangen, die nicht eben erfüllend sind. Das bringen Stand und Reichtum nun einmal mit sich. Ihr habt immerhin das Glück, dass Eure Philippine mit scharfem Verstand und großer Schönheit gesegnet ist. Habt Geduld mit ihr und bittet den Herrn um Beistand. Vielleicht schenkt sie Euch doch noch den ersehnten Sohn.«

Bischof Jean zeichnete ein Kreuz in die Luft, stieg die Treppe hinauf und entschwand.

»Herzlichen Dank für den Ratschlag«, murmelte Roger. »Beten wir also um ein verdammtes Wunder.«

Viertes Buch

Patres et filii

August bis November 1227

August 1227

Varennes-Saint-Jacques

Michel schlug klatschend die Hände zusammen. Daneben. Die Stechmücke schwirrte davon, doch wenig später war sie wieder da und kreiste mit einem hohen, enervierenden *Bsssss* um seinen Kopf.

»Dieses Jahr ist es schlimm, was?«, meinte der städtische Baumeister, als sie in der Gluthitze des späten Vormittags über den Viehmarkt schlurften. »Die Mistviecher sind überall. Hab gestern Nacht drei Stück totgeschlagen und hatte heute früh trotzdem einen Haufen neuer Stiche, die jucken wie der Teufel. Es ist immer dasselbe nach einem Hochwasser, da kann man nichts machen.«

Der Frühsommer war ausgesprochen feucht gewesen. Vor Johanni hatte es zwei Wochen am Stück geregnet, sodass die Mosel schließlich über die Ufer getreten war. Glücklicherweise hatten die Dämme gehalten, und weder das Messegelände noch die Unterstadt waren überschwemmt worden. Leider jedoch waren die überfluteten Wiesen eine fruchtbare Brutstätte für Gewürm aller Art, besonders für Stechmücken, die Varennes seither heimsuchten wie eine biblische Plage.

Die Mücke landete auf Michels Handteller. Blitzschnell schlug er zu. »Hab ich dich.« Angewidert betrachtete er den pfenniggroßen Blutfleck – das Insekt war regelrecht geplatzt. Er säuberte sich die Hand, während er dem Baumeister durch das Tor der Markthalle folgte.

Das Gebäude war etwa zur Hälfte fertig. Mannshohe Mauern umgaben eine Fläche von zehn mal fünfzehn Klaftern; aus dem nackten Erdboden wuchsen Gerüste, auf denen die Maurer arbeiteten. Hölzerne Pfeiler zeigten an, wie hoch die Halle einmal werden würde. Die Tagelöhner, die Steine heranschafften, benutzten dafür die neuartigen Schubkarren. Wandernde Steinmetze und Zimmerleute hatten dieses Hilfsmittel aus Frankreich mitgebracht, wo der Bau neuer Kathedralen seit geraumer Zeit die Entwicklung fortschrittlicher Methoden beförderte. Da die Schubkarre die Arbeit ungemein erleichterte, hatte der Rat sie sogleich auf allen städtischen Baustellen eingeführt.

»Wir kommen zügig voran«, erklärte der Baumeister. »Ende des Monats sollte das Dachgerüst fertig sein, die Außenwände spätestens bis Mariae Geburt. Danach können die Dachdecker anfangen.«

»Können wir die Halle vor der Messe einweihen?«, fragte Michel.

»Mein Wort drauf, Herr Bürgermeister. Es kann sein, dass wir mit den Feinheiten nicht ganz fertig werden, aber das soll die Herren Kaufleute nicht davon abhalten, sie zu benutzen.«

»Feinheiten?«

»Eine Wand, die noch gestrichen werden muss, Halterungen für die Lampen und dergleichen. Nichts, was die Geschäfte behindern wird, keine Sorge.«

Michel träumte seit Jahren von einer Markthalle draußen auf dem Messegelände. Das Wetter im Oktober war mitunter rau und ungemütlich, und er wollte den auswärtigen Kaufleuten ermöglichen, ihrer Arbeit im Trockenen und Warmen nachzugehen. Das konnte dem Ruf ihrer Messe nur zuträglich sein. Obwohl der Stadt überall Geld fehlte, war es ihm gelungen, den Rat von seinem Vorhaben zu überzeugen. Sogar den ewigen Mahner und Sparer Deforest hatte er dafür gewonnen. Der Bau der Markthalle war gewissermaßen ein Zeichen des Trotzes gegen die erdrückenden Zugeständnisse, die sie Metz hatten machen müssen und die Jahr für Jahr viel Geld kosteten – eine entschlossene Geste, die Freund und Feind signalisierte: Jetzt erst recht! Wir lassen uns nicht unterkriegen.

Der Baumeister führte Michel herum. Nachdem er den Eindruck gewonnen hatte, dass die Männer gute Arbeit leisteten, überließ Michel ihn seinen Pflichten und schritt zur Stadt zurück.

In den Gassen staute sich die Hitze. Kein Lüftchen sorgte für Abkühlung. Michel hatte den ganzen Morgen viel zu wenig getrunken und fühlte sich ein wenig schwindelig. Auf dem Salzmarkt kaufte er sich bei einem fliegenden Händler einen Apfelmost. Den ersten Becher stürzte er in einem Zug hinunter, für den zweiten ließ er sich Zeit. Während er im Schatten an einem Fass lehnte und den Herbst herbeisehnte, sah er Rémy und dessen Lehrburschen Olivier den Platz überqueren. Er winkte ihnen.

»Gehst du zum Markt?«, fragte Michel, als die beiden zu ihm kamen.

»Philippe de Neufchâteau erwartet mich«, antwortete Rémy. »Sein Buch ist fertig.«

»Lass es mich sehen.«

Olivier öffnete die Tasche und reichte Michel das Werk. Es war eine in Leder gebundene Abschrift des *Parzival*. Romane wie dieser erfreuten sich bei den lesekundigen Patriziern Varennes' seit einigen Jahren wachsender Beliebtheit. Michel blätterte in den Seiten und stellte fest, dass sein Sohn wieder einmal hervorragende Arbeit geleistet hatte. Die Miniaturen und Initialen erstrahlten in herrlichen Farben und strotzten nur so vor Leben. »Sehr schön. Philippe wird begeistert sein.«

Olivier steckte das Buch wieder in die Tasche, und Rémy wies den Lehrburschen an, schon einmal vorauszugehen und Philippe das fertige Werk zu überreichen.

»Diese Hitze … Sie bringt einen noch um, was? Für mich

auch einen«, rief Rémy dem Händler zu, als Olivier davonschlenderte.

»Wie geht es mit dem Jungen?«, erkundigte sich Michel.

»Er macht sich. Es war die richtige Entscheidung, ihm Zeit zu geben. Er ist längst nicht mehr so verträumt wie am Anfang. Noch ein, zwei Jahre, und er wird ein anständiger Geselle.«

Da keiner von ihnen das Verlangen verspürte, die schattige Ecke zu verlassen und sich der Mittagssonne auszusetzen, blieben sie noch eine Weile und plauderten über die Vorkommnisse der letzten Tage. Als Rémy schließlich seinen Most ausgetrunken hatte und gehen wollte, sagte Michel: »Deine Mutter müsste morgen oder übermorgen von Speyer zurückkommen. Wollen wir am Samstagabend gemeinsam essen?«

»Ich kann leider nicht. Meister Rabel ist einige Tage in Épinal – wir haben vereinbart, dass wir uns dort treffen. Ich besuche euch, sowie ich wieder da bin.«

Rémy verabschiedete sich, und Michel blickte ihm nach, bis er zwischen den Häusern verschwand. Es war beileibe nicht das erste Mal, dass sein Sohn ihm diese Ausrede auftischte. Seit mehr als zwei Jahren nun verließ Rémy auffallend oft die Stadt. Mindestens zweimal im Monat schwang er sich auf sein Pferd, um, wie er kurz angebunden erklärte, jemanden zu besuchen oder auf den Wochenmärkten der benachbarten Städte neue Bücher für die Schule zu besorgen. Stets blieb er einige Tage fort. Da er dergleichen früher höchst selten getan hatte, vermutete Michel, dass er eine Geliebte hatte, die er regelmäßig besuchte. Dagegen gab es nichts einzuwenden. Aber dass er ein solches Geheimnis um die Dame machte, stimmte Michel nachdenklich. Wieso verbarg er sie vor seiner Familie und seinen Freunden? Warum traf er sich nicht in Varennes mit ihr? Weshalb nahm er sie nicht zur Frau? Michel konnte nur hoffen, dass Rémy nicht im Begriff war, eine Dummheit zu begehen.

Damit wäre er schließlich nicht der Erste in der Familie, dachte er verdrießlich. Er legte einen Hälbling auf das Fass und schritt die vor Hitze flirrende Grand Rue hinauf.

Als er an der Abtei Notre-Dame-des-Champs vorbeikam, sah er, dass sich zur Mittagsstunde wieder eine Schlange vor dem Tor gebildet hatte. Seit einigen Tagen machten nicht mehr nur Bettler und Versehrte von den Armenspeisungen der Klöster Gebrauch – auch Tagelöhner, Handwerksgesellen und ärmere Bürger baten die Mönche um Brei und Suppe. Schuld daran war die Getreideknappheit, die Varennes seit einer Weile zu schaffen machte. Brot war inzwischen Mangelware. Erklären konnte sich das niemand, denn die Ernte war trotz der schweren Regenfälle im Juni recht gut gewesen.

Michel beobachtete diese Entwicklung mit großer Sorge und hatte für den Abend eine Sitzung des Rates anberaumt. Noch drohte keine Hungersnot, aber sie mussten jetzt rasch handeln, damit sich die Lage nicht verschlimmerte.

Er betrat das Rathaus und freute sich über die angenehme Kühle in den Fluren – nur um kurz darauf festzustellen, dass es in seiner Amtsstube von Mücken nur so wimmelte.

»Bis morgen, Magister.«

Brav schritten die Schüler zur Tür, legten ihre Wachstafeln in die Kiste und verabschiedeten sich von ihrem Lehrer. Doch kaum hatten sie das Gebäude verlassen, war es mit der Ordnung vorbei, und sie stürmten lärmend in alle Richtungen davon. Lächelnd trug Will die Kiste mit dem Schreibwerkzeug nach hinten und machte sich daran, den Saal auszufegen.

In den Sommermonaten blieb er meist bis Einbruch der Dunkelheit in der Schule, denn hier war es kühl, was man von seinem Mietquartier am Heumarkt nicht behaupten konnte. Es lag direkt unter dem Dach und verwandelte sich im Hochsommer in einen Backofen. Manchmal war es in der kleinen

Kammer so heiß, dass man kaum schlafen konnte, weswegen er bereits die eine oder andere Nacht hier verbracht hatte.

Als er fertig mit Fegen war, beschloss er, das restliche Tageslicht zu nutzen, um den Unterricht für morgen vorzubereiten. In den vergangenen Tagen hatten sie hauptsächlich lateinische Grammatik geübt – höchste Zeit also, sich wieder der Arithmetik zu widmen.

Er holte das *Liber abbaci* von Leonardo Fibonacci aus der Kammer und machte sich einige Notizen, als jemand anklopfte. Einer seiner Schüler kam herein, ein zwölfjähriger Junge namens Urbain. Bei ihm war sein Vater, der Stadtknecht Richwin.

»Auf ein Wort, Magister Will«, sagte der bärtige Mann mit feierlichem Ernst.

Will legte die Wachstafel weg und trat zu ihm. »Guten Abend, Richwin. Was gibt es?«

»Ich sah gerade meinen Jungen aus der Schule kommen, da dachte ich, ich sollte Euch endlich einmal danken für alles, was Ihr für ihn getan habt.«

»Ich bitte Euch«, wehrte Will lächelnd ab. »Ich mache doch nur meine Arbeit.«

»Eure Bescheidenheit ehrt Euch, aber sie ist wahrlich fehl am Platz. Dank Euch kann Urbain inzwischen fließend Latein. Manchmal redet er daher wie Pater François. Wenn er beim Abendbrot erzählt, was er wieder bei Euch gelernt hat, komme ich mir manchmal geradezu einfältig vor. Er weiß Dinge, von denen habe ich noch nie gehört. Nicht mehr lange, und er ist klüger als sein Vater. Nicht wahr, Junge?«

Urbain lächelte schüchtern.

»Er ist ja auch ein gelehriger Bursche und einer meiner besten Schüler«, sagte Will.

»Eins steht fest«, fuhr Richwin fort. »Später einmal wird er nicht den ganzen Tag am Salztor Wache stehen müssen wie ich oder sich mit der Feldarbeit abplagen wie sein Großvater.

Er wird einen besseren Beruf ergreifen und Stadtschreiber oder Baumeister werden. Wer weiß, vielleicht bringt er es sogar zum Kaufmann? Jedenfalls ist das allein Euer Verdienst. Das wollte ich Euch nur sagen.«

»Ich danke Euch, Richwin.«

»Weiter so, Magister Will.« Der Stadtknecht schüttelte ihm die Hand und verließ mit seinem Sohn die Schule.

Nicht wenig gerührt, stand Will in der Tür und blickte den beiden nach. Ein solches Lob hob stets seine Stimmung und sorgte dafür, dass er am nächsten Morgen mit neuem Eifer zur Arbeit ging. Dabei sollte er allmählich daran gewöhnt sein – inzwischen bekam er beinahe jede Woche Zuspruch von Familien aus einfachen Verhältnissen, die ihm dankten, dass er ihren Kindern Lesen, Schreiben und Rechnen beibrachte und ihnen damit ermöglichte, etwas aus ihrem Leben zu machen.

Das war nicht immer so gewesen. Besonders in der Anfangszeit hatte man es ihm nicht leichtgemacht. Manch ein Bewohner von Varennes war ihm, dem Engländer, mit offenem Argwohn begegnet; einige hatten sich gar geweigert, ihre Söhne der Obhut eines Fremdländischen anzuvertrauen. Will hatte lange gebraucht, ihr Vertrauen zu gewinnen. Ohne die Unterstützung von Rémy und Bertrand Tolbert, die keine Mühen scheuten, ihn in die Gemeinschaft der Bürger einzuführen, wäre ihm das gewiss sehr viel schwerergefallen.

Mittlerweile musste er schmunzeln, wenn er an sein erstes Jahr in dieser Stadt zurückdachte. Obwohl ihm gegenüber manches unschöne Wort gefallen war, trug er den Leuten von Varennes nichts nach. Längst hatte er sie ins Herz geschlossen, spätestens, als er erkannt hatte, dass sie sich gar nicht so sehr von den Menschen seiner einstigen Heimat in Südengland unterschieden. Sie waren tugendhaft, gottesfürchtig und fleißig, und sie verloren nie den Mut angesichts der Härten des Lebens. Sie schätzten gutes Essen und fröhliche Feste und liebten ihre Familien. Gewiss, mitunter waren sie ruppig und streitlustig, aber alles in allem trugen sie das Herz am rechten Fleck. Will jedenfalls fühlte sich ausgesprochen wohl in ihrer Mitte und verspürte schon lange kein Heimweh mehr nach Paris oder Southampton.

Inzwischen war auch seine Position als Schulmeister gefestigt. Abbé Wigéric, der ihn anfangs bei jeder Gelegenheit schlechtgemacht und sogar öffentlich seine Fähigkeiten als Lehrer angezweifelt hatte, ließ ihn seit geraumer Zeit in Ruhe. Rémy vermutete, dass sich der Abt schlussendlich mit der Existenz der städtischen Schule abgefunden hatte. Offenbar war Wigéric endlich klar geworden, dass er nichts gegen sie ausrichten konnte.

Auch im Rat gab es niemanden mehr, der den Nutzen der Schule anzweifelte. Dabei hatte man noch im vergangenen Jahr mehrmals darüber nachgedacht, sie wegen der schwierigen wirtschaftlichen Lage zu schließen und Will zu entlassen. Dass man sich immer dagegen entschieden hatte, war zum einen der energischen Fürsprache der Handwerker im Rat zu verdanken – zum anderen der Tatsache, dass ganz Varennes spürbar von der Schule profitierte. Seit die ersten Jungen die Schule verlassen hatten, fanden Kaufleute viel leichter Handelsgehilfen, die trefflich auf die Arbeit in der Schreibstube vorbereitet waren. Steinmetze und Zimmerleute freuten sich über Lehrlinge mit soliden Rechenkenntnissen. Das war gut fürs Geschäft, sodass sich die Erkenntnis durchsetzte, dass jeder Sou, den der Rat in die Schule steckte, alsbald doppelt und dreifach zurückkam. Daraufhin waren die Kritiker verstummt. Sogar Eustache Deforest, der verbissene Kämpfer für niedrige Steuern und sinkende städtische Ausgaben, sprach sich inzwischen dafür aus, die Schule um jeden Preis zu erhalten.

Das waren Wills Gedanken, als er sich ans Pult setzte und das *Liber abbaci* las. Nach einer Stunde klopfte es abermals. Diesmal war es Rémy, der hereinkam.

»Herr im Himmel, du arbeitest ja immer noch. Jetzt leg schon den Griffel hin und komm mit in die Schenke.«

Rémy war ihm ein guter Freund geworden, und Will hätte nichts lieber getan, als mit ihm ein Bier zu trinken. Dennoch zögerte er. »Ich bin noch nicht fertig. Geh doch schon einmal vor. Ich komme später nach.«

»Das hättest du wohl gern. Wenn ich dich machen lasse, sitzt du wieder bis Mitternacht hier und lässt uns Lothringer aussehen wie arbeitsscheue Zechbrüder, die nur an ihr Vergnügen denken. Das kann ich nicht zulassen.« Rémy griff über das Pult und schlug das Buch zu. »Schluss für heute. Deinen Kreuzzug gegen Unwissenheit und Ignoranz kannst du morgen fortsetzen.«

»Wenn du mich überzeugen willst, dass ich meine heiligen Pflichten vernachlässige, musst du mir schon etwas bieten.«

»Na schön. Ich gebe einen aus.«

»Das wollte ich hören.«

»Alter englischer Pfennigfuchser. Nun beweg deinen gelehrten Hintern. Ich habe Durst.«

»Zu Befehl, mein spendabler lothringischer Freund.«

Bei Sonnenuntergang strömten die Ratsherren in den Saal und nahmen ihre Plätze an der Tafel ein. Sogleich eilten zwei Diener herbei und füllten ihre Kelche mit Wein.

Im Großen und Ganzen saßen dieselben Männer im Rat wie vor zwei Jahren, denn bei der Wahl im Sommer 1226 hatten sich nur wenige Wechsel ergeben. René Albert und Philippe de Neufchâteau wollten nicht mehr kandidieren, stattdessen waren Adrien Sancere und Victor Fébus in den Rat eingezogen. Jean-Pierre Cordonnier von den Schustern hatte den Vorsteher der Metzger, Schlachter und Kürschner abgelöst. Sowohl Adrien als auch Jean-Pierre waren vernünftige Männer, die ihre Sache gut machten. Victor hingegen sorgte mit seiner unbeherrschten und sturen Art nicht selten für unnötigen

Streit. Warum die Bürgerschaft ihn und nicht den umgänglichen Girard Voclain in den Rat gewählt hatte, war Michel ein Rätsel.

Nachdem er die Zusammenkunft eröffnet hatte, brachte Michel die Sprache auf die Getreideknappheit. »Bertrand, habt Ihr inzwischen herausgefunden, wie es dazu kommen konnte?«

»Ich habe mich bei meiner Bruderschaft umgehört«, antwortete Tolbert, der nach wie vor für die städtischen Bauern sprach. »Offenbar haben auswärtige Händler den größten Teil des Getreides aufgekauft, bevor es auf den Markt gekommen ist. Sie haben es buchstäblich vom Acker weggekauft, um die Marktgebühren zu umgehen.«

»Eine Schweinerei ist das!«, ereiferte sich Fébus. »So etwas gehört verboten. Das ist nicht nur unverschämt gegenüber der Marktaufsicht, es ist sogar gefährlich, wie man jetzt sieht.« Fluchend erschlug er eine Stechmücke, die sich auf seinem Arm niedergelassen hatte.

»Ich sage schon seit Jahren, dass wir den Handel mit Getreide und anderen Nahrungsmitteln besser überwachen müssen«, erklärte Tolbert. »Aber die Herren Kaufleute an dieser Tafel – allen voran Ihr, Eustache – haben sich immer wieder dafür eingesetzt, nicht in den heiligen Kreislauf von Angebot und Nachfrage einzugreifen. ›Zu viele Gesetze lähmen den Handel‹, hieß es. Jetzt seht Ihr, wohin das führt.«

»Ich bin nach wie vor der Meinung, dass Märkte am besten gedeihen, wenn man sie sich selbst überlässt«, erwiderte Deforest, der bei dieser Hitze aussah, als drohe er jeden Moment zu schmelzen. Immerzu tupfte er sich den Schweiß von der breiten Stirn – ein fruchtloses Unterfangen. »Aber das hier ist etwas anderes. Es darf nicht sein, dass eine ganze Stadt hungert, weil Einzelne jeglichen Anstand ihrer Geldgier opfern.«

Auch Michel war stets ein Verfechter des freien Handels gewesen. Doch hier war eine Grenze überschritten worden, und das rechtfertigte ein entschlossenes Eingreifen des Rates. »Was also unternehmen wir? Vorschläge?«

»Man sollte Getreide nur noch auf den städtischen Marktplätzen feilbieten dürfen«, sagte Adrien Sancere, der von René Albert die Leitung der Marktaufsicht übernommen hatte. »Damit können wir solche Raubkäufe in Zukunft unterbinden. Außerdem sollten meine Leute durchsetzen können, dass auswärtige Händler erst dann Getreide kaufen dürfen, wenn die Einheimischen ihre Einkäufe abgeschlossen haben – sagen wir, an jedem Markttag in der Stunde vor der Vesper.«

»Wenn wir schon dabei sind, sollten wir verbieten, dass frisch erworbenes Getreide auf demselben Markt weiterverkauft wird, um Preistreiberei zu unterbinden«, sagte Duval. »Außerdem sollten wir den Transport von Korn schärfer überwachen, falls irgendwelche Schlauköpfe versuchen, Adriens Männern ein Schnippchen zu schlagen.«

Damit war der Rat einverstanden. Michel ordnete an, dass entsprechende Bestimmungen im Ratsbuch niedergeschrieben und ab morgen eine ganze Woche lang auf den Marktplätzen verkündet wurden.

»Das ist alles schön und gut«, meinte Tolbert. »Aber mit diesen Maßnahmen richten wir rein gar nichts gegen die drohende Hungersnot aus. Unsere Kornspeicher bleiben trotzdem leer – und die Bäuche des Stadtvolkes auch.«

Michel nickte. »Wenn wir verhindern wollen, dass sich die Lage in der Stadt verschlimmert, müssen wir wohl oder übel sämtliche Klöster, Großbauern und Kaufleute zwingen, ihre Speicher zu öffnen und ihr Getreide zu Marktpreisen zu verkaufen – notfalls mit der Androhung von Strafen.«

»Das wird böses Blut geben«, gab Duval zu bedenken. »Außerdem weiß ich nicht, ob es viel nutzen wird. Die Klöster verbrauchen ihr Korn bei den Armenspeisungen, und unsere Schwurbrüder haben meines Wissens nicht viel eingelagert.«

»Es wäre immerhin ein Anfang«, beharrte Michel. »Falls die

Vorräte in der Stadt nicht ausreichen, müssen wir eben in Toul, Épinal und Saint-Dié Getreide einkaufen. Und was das böse Blut angeht: Das nehme ich gern in Kauf, wenn ich dafür eine Hungersnot abwenden kann. Also: Ist jemand dagegen, dass wir so vorgehen?«

Keiner der elf Ratsherren sprach gegen den Vorschlag. Abermals bat Michel den Stadtschreiber, eine entsprechende Verordnung aufzusetzen. Als er sich wieder den anderen zuwandte, näherte sich seinem Ohr ein allzu vertrautes Geräusch: *Bsssss*...

Damas-aux-Bois

Nachdem sie sich geliebt hatten, lag Rémy mit halb geschlossenen Augen auf dem Bett, ein Bein angewinkelt, das andere ausgestreckt, und strich Philippine über den Rücken. Ihre Wange ruhte auf seinem Arm, ihre Fingerkuppen spielten mit dem Haar auf seiner Brust und drehten es zu kleinen Locken, die sie anschließend wieder auseinanderzupfte. Das dünne Laken hing über dem Fußteil des Bettgestells. Sie hatten es abgestreift, denn es war sehr warm in der Schlafkammer, obwohl die Abendsonne bereits hinter den Baumkronen versank. Das Fenster stand offen, es duftete nach den letzten Blüten der Linde.

»Jeder Samstag sollte so ausklingen«, murmelte Rémy verschlafen.

»Wieso nur Samstage?« Philippine zupfte an seinem Brusthaar. »Auch alle anderen Tage.«

»Du bist unersättlich, weißt du das?«

»Ich? Wer von uns beiden will immer sofort ins Bett, kaum dass er zur Tür hereingekommen ist?«

»Na, du.«

»Untersteh dich! Ich bin eine Dame und überaus tugendhaft.«

»Ich erinnere dich daran, wenn du mir das nächste Mal die Kleider vom Leib reißen willst«, sagte er grinsend.

Sie gab ihm einen Klaps. »Erzähl mir von der Werkstatt. Arbeitest du immer noch am *Parcival*?«

»Ich bin vor ein paar Tagen damit fertig geworden. Seitdem ist es recht ruhig. Dreux macht mir Sorgen. Ich fürchte, der Bursche wird allmählich alt.«

»Was hat er denn wieder angestellt?«

»Er wird immer zerstreuter. Neulich Abend kam Victor Fébus herein und wollte mit mir über seinen Jungen sprechen. Kennst du Victor?«

»Nur dem Namen nach.«

»Sagen wir, er ist ein wenig … prüde. Jedenfalls unterhalten wir uns über Olivier, ich erzähle Victor, sein Sohn mache gute Fortschritte und versuche sich an seinen ersten Initialen. Victor glaubt mir nicht recht und will wissen, ob ich ein Buch dahätte, an dem Olivier mitgearbeitet hat, damit er sich selbst ein Bild machen kann. Also bitte ich Dreux, den Parcival zu holen, den wir gerade gebunden hatten – und was macht er? Verwechselt die Bücher, legt Victor deine Ausgabe der *Ars amatoria* hin und schlägt es ausgerechnet an einer Stelle auf, wo ein Paar beim Liebesspiel abgebildet ist.«

Philippine schlug sich die Hand vor den Mund und lachte, wie es ihre Art war: laut, undamenhaft und mit überbordender Fröhlichkeit. »Nein!«, rief sie.

»Victor wurde fuchsteufelswild und drohte, mich beim Bischof zu melden, weil ich seinen Sohn verderbe und sittenlose Schriften verbreite«, fuhr Rémy fort. »Ich musste ihn eine Stunde lang beknien, bis er mir glaubte, dass Dreux ihm das falsche Buch gegeben hatte. Als er endlich fort war, flehte Dreux mich mit Tränen in den Augen an, ihn nicht hinauszuwerfen, die Werkstatt sei sein Ein und Alles, ohne Arbeit müsse er betteln gehen und so weiter. Ein anstrengender Abend, das kannst du mir glauben.«

»Hast du ihn entlassen?«

»Du kennst mich doch – ich kann dem alten Knaben nie lange böse sein. Außerdem geschieht es Fébus recht. Ich kann den Kerl einfach nicht ausstehen. Seit er im Rat sitzt, ist er unerträglich geworden. Zum Glück kommt Olivier so gar nicht nach ihm. Er liest die *Ars amatoria* mit ehrlicher Neugier.«

»Du hast ihm das Buch *gegeben*?«

»Natürlich. Er ist im richtigen Alter. Und er soll bei mir auch etwas fürs Leben lernen.«

»Du bist unmöglich«, sagte Philippine.

»Wieso? Mir hat das Buch auch nicht geschadet.«

»Das kann man so oder so sehen.«

»Wie darf ich das verstehen?«

»Deine Fantasie wäre sicher weniger verdorben, wenn du nicht in jungen Jahren so viel Ovid gelesen hättest.«

»Das ist das erste Mal, dass du dich über meine Fantasie beklagst …«

Es klopfte an der Tür.

»Eben kam ein Bote, Herrin«, sagte Baudet, einer von Philippines Knechten, der diskret genug war, die Tür nicht zu öffnen.

Philippine griff nach ihrem Untergewand. »Was will er? Schickt ihn mein Gemahl?«

»Euer Herr Bruder.«

Rasch zog sie sich an. »Ich bin gleich wieder da«, sagte sie mit besorgter Miene und verließ die Kammer.

Währenddessen verhielt Rémy sich ruhig. Außer Baudet und Savin, den beiden Knechten, die das abgelegene Gehöft am Waldrand bewirtschafteten, wusste niemand, dass Philippine sich an den Wochenenden hier mit ihm traf – und das sollte so bleiben.

Er streckte sich auf dem Bett aus, schloss die Augen und lauschte dem Gesang der Buchfinken, die in Scharen die Äste der alten Linde bevölkerten. Die Liebe, dachte er, war ein

Mysterium. Sie ließ einen Mann jegliche Vernunft vergessen und brachte ihn dazu, Dinge zu tun, die er bei klarem Verstand niemals getan hätte. Seit über zwei Jahren mit einer verheirateten Frau zu schlafen, etwa.

Rémy hatte durchaus mit dem Gedanken gespielt, ihr heimliches Verhältnis zu beenden. Damals, als es Roger nicht gelungen war, die Ehe aufzulösen, wäre es im Grunde die einzig richtige Entscheidung gewesen. Doch er konnte es nicht. Die Vorstellung, Philippine das Herz zu brechen, sie nie wiederzusehen, war ihm unerträglich. Natürlich war es gefährlich, was sie taten, aber die Angst vor Entdeckung brachte ihn nicht gerade um den Schlaf. Roger machte es ihnen geradezu lächerlich einfach. Er scherte sich keinen Deut um Philippine. Mit seiner kolossalen Gleichgültigkeit ihr gegenüber forderte er sie regelrecht dazu auf, dass sie ihn betrog. Allenfalls drei-, viermal im Jahr bestand er darauf, dass sie ihn zu einem Festmahl der Gilde oder der Paraiges begleitete. Die übrige Zeit konnte sie tun und lassen, was sie wollte, ohne dass er je eine Erklärung von ihr verlangte. Vermutlich wusste er nicht einmal, dass sie sich ständig in ihrem Gehöft bei Damas-aux-Bois aufhielt, und selbst wenn er es gewusst hätte, würde er sich nie die Mühe machen, sie hier zu besuchen. Wieso auch? Roger war gottfroh, wenn er sie nicht sehen musste. Einstweilen wartete er darauf, dass sich doch noch ein Weg auftat, die verhasste Ehe mit ihr aufzulösen.

Ob ihm das irgendwann gelingen würde, stand in den Sternen. Philippine gab die Hoffnung nicht auf. Rémy hingegen glaubte nicht mehr daran. Er hatte sich längst darauf eingestellt, sie niemals heimzuführen, sondern sich weiter mit ihr in diesem einsamen Hof zu treffen, solange ihre Liebe währte. Wie es schien, war das ihre Bestimmung. An manchen Tagen empfand er tiefe Verbitterung deswegen und haderte mit Gott, weil er ihnen ein solches Schicksal auferlegte.

Aber nicht heute. Heute erfreute er sich am Gesang der

Vögel und dem Duft der Linde und dachte, dass Philippines Liebe alles war, was er brauchte. Dank ihr war er glücklich, und das war weit mehr, als viele andere Männer von sich behaupten konnten.

Philippine kam herein. Ihr Gesicht war aschfahl.

Rémy setzte sich auf. »Schlechte Nachrichten?«

»Mein Vater … Er ist sehr krank. Mein Bruder glaubt, dass er nicht mehr lange zu leben hat.«

Sie begann zu weinen. Rémy trat zu ihr und schloss sie in die Arme.

»Ich will nicht, dass er stirbt«, flüsterte sie. »Ich liebe ihn so sehr.«

»Er ist doch ein zäher alter Ritter, nicht wahr? Gewiss erholt er sich wieder.«

»Ich muss zu ihm.«

Er nickte. »Wann willst du aufbrechen?«

»Gleich morgen. Wer weiß, wie viel Zeit ihm noch bleibt.«

Sie legte den Kopf an seine Brust. Er strich ihr über das Haar und küsste ihre Stirn.

»Bitte entschuldige, dass du mich so sehen musst.«

»Hör auf mit dem Unsinn. Dafür bin ich doch da.«

Sie wischte die Tränen ab. »Da ist noch etwas. Der Bote übernachtet hier. Ich kann ihn nicht wegschicken. Das wäre zu auffällig.«

Rémy verstand. »Sobald es dunkel ist, verschwinde ich.«

»Übernachte in Damas. Ich möchte nicht, dass du so spät noch nach Varennes zurückreitest.«

»Mach ich.«

Mit einem Mal wirkte sie unendlich müde und erschöpft. »Diese ganze Heimlichtuerei, die ich dir zumute – manchmal hasse ich mich dafür.«

»Schon gut. Du hast jetzt andere Sorgen. Kümmere dich um den Boten, bevor er Verdacht schöpft.«

»Ich liebe dich.« Sie küsste ihn und verließ die Kammer.

Rémy zog sich an, schloss das Fenster und wartete auf die Nacht.

Varennes-Saint-Jacques

»Meine Leute haben sämtliche Getreidevorräte in der Stadt erfasst«, berichtete Adrien Sancere den Ratsherren. »Sie gehen schneller zur Neige, als wir dachten. Wenn kein Wunder geschieht, halten sie noch höchstens drei Tage.«

»Dann müssen wir auf Kosten der Stadt anderswo welches kaufen«, sagte Michel. »Bertrand, kümmert Ihr Euch darum?«

Tolbert nickte. »Ich schicke gleich morgen in aller Frühe Männer nach Nancy und Épinal.«

»Und von welchem Geld bezahlen wir das Getreide?«, gab Duval zu bedenken. »Ich habe heute Morgen mit dem Kämmerer gesprochen. Gut die Hälfte der Truhen unten in der Schatzkammer sind leer, und die anderen enthalten nur noch einen kläglichen Rest Silber, der obendrein schon für andere Vorhaben eingeplant ist.«

»Mit einem ›kläglichen Rest‹ kann ich nichts anfangen«, entgegnete Michel gereizt. Die angespannte Lage in der Stadt schlug ihm gehörig auf die Stimmung, und ihm fehlte die Geduld für Duvals Bedenkenträgerei. »Wie viel ist das genau?«

»Hunderteinundfünfzig Pfund.«

»Na also. Das ist mehr als genug. Wenn der Getreidepreis nicht in den letzten Wochen gestiegen ist, bekommen wir den Malter Korn überall im Bistum für sechs, sieben Sous. Mit zweihundert Maltern kommen wir eine Weile über die Runden. Macht siebzig Pfund. Ihr seht Schwierigkeiten, wo keine sind.«

»Nun ja, die Schwierigkeit, dass uns das Geld anderswo fehlen wird, zum Beispiel beim Bau der Markthalle, bilde ich mir ja nicht ein …«

»Ich bin jederzeit offen für bessere Vorschläge«, sagte Michel mit mühsam unterdrücktem Ärger. »Wenn Ihr einen habt, nur zu, lasst ihn hören.«

Duval schwieg gekränkt.

»Es wird eine knappe Woche dauern, bis das Getreide hier ist«, bemerkte Deforest. »So viel Zeit haben wir nicht mehr.«

»Ich weiß.« Michel verfluchte sich dafür, dass er zu lange mit dieser Entscheidung gewartet hatte. Aber er hatte nicht voraussehen können, dass die Getreidevorräte in der Stadt so schnell schwinden würden. Außerdem war es als Bürgermeister seine Pflicht, die Steuereinnahmen der Stadt auch in Zeiten der Not nicht unbedacht zu verschleudern. »Sagt Euren Männern, dass Eile geboten ist«, wandte er sich an Tolbert. »Wenn sie es schaffen, das Getreide in vier Tagen herzubringen, bekommt jeder eine Belohnung. Einstweilen müssen wir die restlichen Vorräte strecken, so gut es geht.«

Als jeder wusste, was er zu tun hatte, gingen sie auseinander.

Am nächsten Morgen kümmerte Michel sich um seine Geschäfte, damit Isabelle sich ausruhen konnte. Sie war erst kürzlich von Speyer heimgekehrt und hatte sich ein wenig Erholung verdient. Was sie von ihrem dortigen Handelshaus berichtete, war ein einsamer Lichtstreif in diesen sorgenvollen Tagen. Die Gewinne der Niederlassung stiegen von Jahr zu Jahr, vor allem aus dem Tuchhandel. Sieghart Weiß hatte sich zu einem hervorragenden *fattore* gemausert und führte die Geschäfte mit Umsicht und Geschick. Isabelle hatte deshalb entschieden, seinen Lohn großzügig zu erhöhen, damit er nicht auf die Idee kam, seine Stelle zu kündigen und ein eigenes Geschäft zu gründen. Einen derart fähigen Kaufmann wollten sie für alle Zeiten an sich binden.

Nicht nur in geschäftlichen Dingen machte Sieghart sie stolz. Im vergangenen Herbst hatte er eine Bürgerstochter aus gutem Hause geheiratet. Inzwischen war seine Frau guter

Hoffnung und würde Ende des Jahres ihr erstes Kind zur Welt bringen. Michel hatte beschlossen, die Geburt zum Anlass zu nehmen, Sieghart ein besonderes Geschenk zu machen. Er wusste nur noch nicht, was für eines. Einen Zuchthengst? Ein kostbares Buch? Er wollte mit Isabelle darüber sprechen. Sie kannte Sieghart inzwischen besser als er und würde wissen, womit man ihm eine Freude machen könnte.

Als hätte sie seine Absichten vorausgeahnt, kam sie just in diesem Moment in die Schreibstube. Sie wirkte besorgt.

»Etwas geht vor in der Stadt«, sagte sie. »Es scheint plötzlich wieder überall Brot zu geben.«

»Tatsächlich?«

»Marie war eben auf dem Markt – sie hat es gesehen.« Marie war eine junge Magd, Michel hatte sie im Frühjahr eingestellt. »Jeder Bäcker hat wieder welches.«

»Das ist großartig.«

»Nicht unbedingt. Weißt du, was sie dafür verlangen? Zwei Deniers für das Weizenbrot und einen Hälbling für den Laib Roggen.«

Das war das Doppelte der üblichen Marktpreise. »Das grenzt ja an Wucher«, sagte Michel.

Isabelle nickte. »Die Sache riecht nach einem Verbrechen. Du solltest dem nachgehen.«

Er rief nach Yves und Louis.

»Hört euch um«, wies er die beiden Knechte an, nachdem er ihnen von Maries Beobachtung erzählt hatte. »Ich will wissen, ob das nur einzelne Übeltäter sind oder ob sämtliche Bäcker die Preise erhöht haben. Und findet heraus, wo auf einmal das Getreide für die Brote herkommt.«

Yves und Louis blieben bis zum Nachmittag fort. Kurz nach der None kamen sie zurück. Michel war gerade im Stall und sprach mit dem Pferdeknecht über die Saumtiere.

»Fast alle Bäcker verkaufen so teuer«, berichtete Yves. »Und nicht nur sie – auch die Schenken und Garküchen langen ordentlich bei der Gersten- und Hirsegrütze zu. Aber die Schuld liegt nicht bei ihnen. Sie kaufen das Getreide teuer ein und müssen deshalb so viel verlangen.«

»Und wer verkauft ihnen das Getreide?«, fragte Michel. »Auswärtige Händler, die mit der Not der Leute Geld machen wollen?«

»Keine Auswärtigen«, antwortete Louis. »Lefèvre.«

»*Lefèvre?*«, wiederholte Michel.

»Wie es aussieht, hat er Korn gehortet und verkauft es den Bäckern und Müllern zu Wucherpreisen unter der Hand«, erklärte Yves. »Das haben wir jedenfalls gehört.«

Michel biss die Zähne zusammen, ballte die Rechte zur Faust und öffnete sie wieder. »Ich danke euch – das war gute Arbeit«, sagte er. »Richtet meiner Gemahlin aus, dass ich im Rathaus bin. Wir reden morgen«, versprach er dem Pferdeknecht, bevor er sich unter einem niedrigen Deckenbalken hindurchduckte und den Stall verließ.

»Dieser Saal«, sagte Lefèvre mit dünnem Lächeln, als er durch die Tür trat und vor der Ratstafel stehen blieb, »der Geruch nach Altmännerschweiß, die vor Zorn flirrende Luft, die vorwurfsvollen Blicke – es hat mir gefehlt. Es ist lange her, dass Ihr mich das letzte Mal vor den Rat zitiert habt, Herr Bürgermeister. Ich hatte schon Sorge, Eure Liebe zu mir wäre erkaltet.«

Lefèvre war nicht allein gekommen. Er hatte zwei Knechte mitgebracht, die jeweils einen Dolch am Gürtel trugen. Einen der Männer hatte Michel in unguter Erinnerung: Es war François, ein ehemaliger Gehilfe des Brunnenmeisters, den der Rat im Frühjahr entlassen hatte, weil er ständig betrunken zur Arbeit erschienen war. Offenbar hatte er bei Lefèvre eine neue Anstellung gefunden. Auch jetzt stank der bullige Mann nach Wein. Sein Kumpan und er blickten finster in die Runde.

»Der Rat hat in Erfahrung gebracht, dass Ihr Euch die gegenwärtige Getreideknappheit zunutze macht, um den Bürgern Korn zu Wucherpreisen zu verkaufen«, erklärte Michel. »Äußert Euch zu diesen Vorwürfen.«

»Sie sind falsch«, erwiderte Lefèvre.

»Erspart uns Eure Lügen!«, fuhr Tolbert auf. »Wir haben eindeutige Beweise, dass Ihr …«

»Sie sind falsch, weil unvollständig«, fiel Lefèvre ihm ins Wort. »Ich mache mir die Getreideknappheit nicht nur zunutze, ich habe sie ausgelöst. Vor einigen Wochen kaufte ich über Mittelsmänner einen Großteil der Ernte auf, um die Nachfrage nach Korn zu erhöhen. Meine Leute wandten sich an die acht größten Stadtbauern – Euch ausgenommen, Bertrand, aus naheliegenden Gründen – und verpflichteten sie, das Geschäft vertraulich zu behandeln. Ich lagerte es ein und verkaufe es nun, da der Bedarf nach Getreide merklich größer ist als noch vor zwei Wochen, zu lukrativen Preisen. ›Fürkauf‹ nennen die Lombarden dieses fortschrittliche Verfahren. Ihr solltet es studieren – es verspricht erfreuliche Gewinne«, fügte Lefèvre lächelnd hinzu.

Nach einem Augenblick schockierter Stille brach die Hölle los, als die Männer aufsprangen und durcheinanderschrien.

»Ich habe schon viele Wuchergeschäfte gesehen, aber das ist mit Abstand das abscheulichste!«

»Mit dem Hunger der Leute Geld zu machen – ist Euch denn gar nichts heilig?«

»Wir sollten Euch auf der Stelle hängen für diese Schandtat!«

Es kostete Michel einige Mühe, im Saal für Ruhe zu sorgen. Anschließend erklärte er mit schneidender Stimme: »Mit diesem ›Fürkauf‹, wie Ihr diese findige Variante des Wuchers nennt, habt Ihr Varennes an den Rand einer Hungersnot gebracht. Ist es Euch gleichgültig, dass das Stadtvolk Not leiden muss, solange nur ein hübscher Gewinn dabei herausspringt?«

»Ich habe mir nur ein Monopol gesichert, Herr Bürgermeister. Die Gilde tut seit zweihundert Jahren nichts anderes.«

»Das ist eine unverschämte Lüge!«, rief Deforest.

»Ach ja? Dann erklärt mir, warum die Gilde so erpicht darauf ist, dass nur ihre Mitglieder Handel im großen Stil treiben dürfen. Was passiert mit Handwerkern und Kleinkrämern, die gegen diese Vorschrift verstoßen? Ihr lasst ihre Ware beschlagnahmen und jagt sie aus der Stadt. Nennt das, wie Ihr wollt, aber für mich ist das ein Monopol.«

Als der Gildemeister zu einer wütenden Erwiderung ansetzte, gab Michel ihm mit einer Geste zu verstehen, ruhig zu bleiben. Lefèvre genoss seit jeher die Provokation, und Michel wollte ihm keine Bühne bieten.

Er musterte den einstigen Wucherer, der für seine Verhältnisse erstaunlich schlicht gekleidet war. Seit dem Handelskrieg mit Metz hatte Lefèvre geschäftlich viel Pech gehabt und war gezwungen gewesen, fast seinen gesamten Grundbesitz zu verkaufen. Michel hatte ihm nie recht abgenommen, dass er sich gebessert hatte. Wie es schien, hatte ihn sein Gespür nicht getäuscht: Lefèvre war noch derselbe Schweinehund wie eh und je.

»Wie dem auch sei«, sagte Michel. »Wir verbieten Euch hiermit, das Korn überteuert zu verkaufen. Der gängige Marktpreis sind sechs Sous für das Malter. Bietet es dafür an, und wir sehen davon ab, Euch vor Gericht zu stellen.«

Lefèvre war nicht beeindruckt. »Und auf welcher Grundlage wollt Ihr mir das verbieten, wenn ich fragen darf? Fürkauf ist in dieser Stadt nicht ungesetzlich. Nicht wahr, Herr Duval?«

»Nein, aber Wucher ist es, wie Ihr sehr wohl wisst«, erwiderte der städtische Richter. »Und es kostet mich so viel« – er schnippte mit den Fingern –, »um Eure Machenschaften als Wucher einzustufen. Ich rate Euch also dringend, dem Rat zu gehorchen. Andernfalls beschlagnahmen wir das Korn, begrenzen den Getreidepreis, stellen Euch noch heute Abend vor

Gericht und verurteilen Euch zu einer Strafe, bei der Euch Hören und Sehen vergehen wird – mein Wort darauf.«

»Das würde ich Euch nicht empfehlen«, entgegnete Lefèvre. »Ich bewahre das Getreide an einem geheimen Ort auf. Wenn ihr mich einsperrt oder anderweitig behindert, wird einer meiner Männer das Korn verbrennen – und dann habt ihr eure Hungersnot.«

»Das wagt Ihr nicht«, sagte Tolbert gepresst.

»An eurer Stelle würde ich es nicht darauf ankommen lassen. Wenn ihr mich nun entschuldigt – ich muss mich um meine Geschäfte kümmern.«

Niemand hielt Lefèvre auf, als er mit seinen Knechten aus dem Saal stolzierte.

Kaum war die Tür ins Schloss gefallen, sagte Michel: »Ich will, dass das verdammte Getreide gefunden wird – so schnell wie möglich. Bertrand und Adrien, eure Männer sollen die ganze Stadt danach absuchen. Wenn sie es gefunden haben, sichert es, damit Lefèvre es nicht vernichten kann.«

»Was macht Euch so sicher, dass er es in der Stadt versteckt?«, fragte Tolbert. »Ich glaube eher, dass er es außerhalb aufbewahrt.«

»Wenn er es erst in die Stadt bringen muss, bevor er es verkaufen kann, läuft er Gefahr, dass wir die Fuhrwerke an den Toren abfangen und sie zu dem Versteck zurückverfolgen. Es muss irgendwo innerhalb der Stadtmauern sein, damit er jederzeit unauffällig welches holen kann.«

»Trotzdem sollten wir zusätzlich jeden Wagen, jedes Saumtier und jedes Schiff durchsuchen«, riet der Schultheiß.

Michel nickte. »Die Stadtknechte sollen vor allem die Liegenschaften durchsuchen, bei denen nicht klar ist, wem sie gehören. Prüft vorher die Grundbücher. Lefèvre hat zwar den größten Teil seines Besitzes verkauft, aber vielleicht hat er noch irgendwo eine Parzelle zurückgehalten und versteckt das Korn dort.«

Duval tupfte sich den Schweiß von der Stirn. Das dünne blonde Haar klebte ihm am Schädel. »Ich fürchte, die Grundbücher sind uns keine Hilfe. Soweit ich weiß, hat Lefèvre dafür gesorgt, dass Teile seines Besitzes nirgendwo eingetragen wurden.«

»Macht es trotzdem. Wir dürfen nichts übersehen.«

»Sollen die Männer auch Lefèvres Haus durchsuchen?«, fragte Sancere.

»Ja. Ich glaube zwar nicht, dass er das Getreide ausgerechnet dort versteckt, aber es schadet nicht, ihm ein paar Unannehmlichkeiten zu bereiten.« Michel blickte in die Runde. »Meine Herren, ihr wisst, was ihr zu tun habt. An die Arbeit. Wir dürfen keine Zeit verlieren.«

»Glaubt der Rat wirklich, ich wäre so töricht, das Getreide in meinem Haus aufzubewahren?«, fragte Lefèvre.

»Wir haben unsere Befehle«, entgegnete einer der Stadtknechte vor seiner Haustür. »Lasst uns eintreten.«

»Ihr werdet nichts finden. Aber bitte – wenn ihr es nicht lassen könnt. Es ist nicht meine Zeit, die vergeudet wird.«

Die Büttel strömten herein, verteilten sich auf die einzelnen Stockwerke und begannen sogleich, alles auf den Kopf zu stellen. Lefèvre übte sich in Geduld und setzte sich mit einem Kelch Wein in den Gesellschaftssaal.

»Hast du keine Angst, sie könnten deinen Keller finden?«, fragte der Mann im Spiegel, der auf der polierten Wand des Silberkelches erschienen war.

»Diese Bauerntrampel und Dummköpfe?«, antwortete Lefèvre in Gedanken. »Wohl kaum. Die Geheimtür ist zu gut versteckt, keine Sorge.«

»Dass sie hier einfach so eindringen dürfen, als gehörte ihnen das Haus, ist eine Unverschämtheit. Du solltest dein Schwert holen und sie einen nach dem anderen erschlagen.«

»Ein verlockender Gedanke. Aber irgendwann würde jemand die Männer vermissen, und dann müssten wir uns lästige Fragen gefallen lassen. Lästige Fragen können wir uns momentan nicht erlauben.«

»*Zu schade.*«

»In der Tat.«

»*Ich hätte gerne gesehen, wie ihr Blut spritzt.*«

»Nicht nur du, mein Wort darauf.«

Der Mann im Spiegel war nun immer da, in der Nacht wie am Tag. Lefèvre hatte längst aufgehört, ihn zu fürchten. Tatsächlich war er ihm ein treuer Begleiter geworden, fast so etwas wie ein Freund. Gelegentlich erwiesen sich seine Ratschläge sogar als ausgesprochen hilfreich. Die Sache mit dem Fürkauf etwa war seine Idee gewesen.

Die letzten Jahre waren hart gewesen. Um sein Überleben zu sichern, hatte Lefèvre einige unangenehme Entscheidungen treffen müssen. Nur das Haus hatte sie überstanden – es war der klägliche Rest seines einst so ausgedehnten Grundbesitzes. Doch er war entschlossen, sich seinen einstigen Reichtum zurückzuholen. Mit dem Fürkauf würde es ihm gewiss gelingen, mehrere Hundert Pfund Silber zu verdienen. Abzüglich seiner Kosten für das Getreide blieb ihm zweifellos ein ordentlicher Batzen Geld, auf dem er ein neues Vermögen aufbauen konnte – weit, weit weg in einer fremden Stadt, wo niemand ihn kannte. Er hatte Varennes so satt.

Als es bereits dunkel wurde, kam einer der Stadtknechte herein. »Wir gehen jetzt«, sagte der Mann missmutig.

»Beim nächsten Mal hört ihr auf mich, wenn ich sage, dass ihr nichts finden werdet. Das erspart allen Beteiligten viel Ärger.«

Als die Büttel fort waren, machte Lefèvre einen Rundgang durch das Haus und seufzte beim Anblick des Durcheinanders. »Räumt auf«, befahl er dem Gesinde. »Wenn ich morgen früh herunterkomme, will ich, dass alles ordentlich ist, verstanden? François, du kommst mit mir.«

Sie zogen sich in seine Schreibstube zurück, Lefèvre holte ein Stück Pergament aus der Schublade des Pultes.

»Die nächste Nachricht für Jules und Adalbéron«, sagte er. »Versteck sie am üblichen Ort.«

»Wird gemacht«, brummte François.

Der Brief war in einer simplen Geheimschrift verfasst, die er Jules und Adalbéron, zwei weiteren Knechten, mit viel Geduld beigebracht hatte. Er enthielt die Anweisung, dass sie die nächsten Getreidesäcke heute Nacht auf dem Friedhof von Saint-Marie verstecken sollten, hinter einem der Beinhäuser. Dort würden François und die anderen Knechte sie in aller Frühe abholen. Die Orte, wo Jules und Adalbéron die Säcke deponierten, wechselten jede Nacht, damit man das Korn nicht zu seinem Versteck zurückverfolgen konnte.

»Pass auf, wenn du das Haus verlässt«, wies Lefèvre François an. »Tolberts Männer werden es beobachten. Achte darauf, dass dir niemand folgt.«

»Wenn es richtig dunkel ist, klettere ich hinten über die Hofmauer. Da sieht mich keiner.«

»Gut. Ich verlass mich auf dich.«

Es war ein anstrengender Tag gewesen. Kaum war François fort, ging Lefèvre zu Bett. Müde schloss er die Augen … und fand sich kurz darauf in einem allzu bekannten Traum wieder.

»Bitte gib mir etwas von dem Wasser, mein Junge.«

»Nenn mich nicht ›mein Junge‹. Du weißt, dass ich das nicht ausstehen kann.«

»Nun hab dich nicht so. Du bist mein Sohn, mein Ein und Alles. Was ist schlimm daran, dass ich dich ›mein Junge‹ nenne?«

»Dein Ein und Alles, ja? Früher hat das anders geklungen.«

»Ich weiß nicht, was du meinst …«

»›Versager‹. ›Nichtsnutz‹. ›Schande für unseren Namen‹. Kommt dir das bekannt vor?«

»Mag sein, dass ich gelegentlich etwas streng mit dir war. Aber ich wollte dich nur anspornen, besser zu sein als andere.«

»Die Wahrheit ist: Ich war dir nie gut genug. Ich war ein Schwächling in deinen Augen. Du hast mich verachtet. Weißt du, wie es sich anfühlt, wenn einen der eigene Vater verachtet?«

»Was redest du denn da, Anseau? Ich habe dich doch nicht verachtet. Ich liebe dich.«

»Lügner. Das sagst du jetzt, weil du alt und schwach bist und mich brauchst. Aber soll ich dir etwas verraten? Ich kann alte Männer, die im Bett liegen und von morgens bis abends jammern, auf den Tod nicht ausstehen. Allein dein Gestank – jedes Mal, wenn ich hereinkomme, könnte ich mich übergeben. Ich ertrage das nicht mehr.«

»Was machst du denn mit dem Kissen? Nicht, Anseau, bitte! Ich flehe dich an …«

»Tu uns beiden einen Gefallen und erspar mir das Gezappel. Desto schneller hast du es hinter dir …«

Keuchend fuhr er auf. Trotz des offenen Fensters war es heiß in der Kammer, und das Laken klebte an seiner Haut. Mit zitternden Händen streifte er es ab, zündete einen Kienspan an und setzte sich vor den bronzenen Spiegel an der Wand.

»Diese Träume … Ich will, dass sie verschwinden. Hilf mir dabei.«

»Ich fürchte, sie sind ein Teil von uns«, antwortete sein Spiegelbild. *»Wir müssen mit ihnen leben.«*

»Aber ich ertrage sie nicht mehr!«

»Wieso? Was ist so schlimm daran? Hast du etwa ein schlechtes Gewissen?«

Lefèvre schluckte trocken. Und nickte.

»Dafür gibt es keine Veranlassung. Der Alte hat dich dein Leben lang gequält. Er hat es nicht anders verdient.«

»Meinst du?«

»Natürlich. Niemand nennt dich ungestraft Versager. Wer dich schlägt, muss damit rechnen, dass du es ihm tausendfach heimzahlst. Der Alte wusste das und hat es trotzdem getan. Wer so dumm ist, dem ist nicht zu helfen.«

»Ja«, sagte Lefèvre mit belegter Stimme. »Er war selbst schuld, nicht wahr?«

»Richtig. Jetzt geh wieder ins Bett. Morgen wird ein harter Tag.«

Seit zwei Jahren plagten ihn die Träume mehrmals pro Woche, aber seit er mit dem Mann im Spiegel darüber sprach, fiel es ihm leichter, sie zu ertragen. »Hab Dank. Du bist ein wahrer Freund.«

»Werd bloß nicht rührselig«, meinte der Mann im Spiegel lächelnd.

Lefèvre löschte den Kienspan und sank in einen erholsamen Schlaf, sodass er bestens ausgeruht war, als er zur Terz erwachte. Gut gelaunt begrüßte er seine Hausbedienten, setzte sich in die Stube und genoss das Morgenbrot.

Eine Stunde später tauchte François auf und legte ihm eine pralle Geldkatze hin. »Wir haben das Getreide abgeholt und verkauft«, berichtete der Knecht, der gierig nach Lefèvres Weinkelch schielte. »Als wir auf dem Gottesacker von Saint-Marie waren, hätten uns beinahe zwei Büttel erwischt. Aber wir konnten sie rechtzeitig abschütteln.«

»Gute Arbeit, François. Jetzt geh ins Bett und schlaf dich aus.«

»Mach ich, Herr.«

Lefèvre öffnete die Geldkatze und begann, die schimmernden Münzen zu zählen.

Auf den ersten Blick sah der Markt aus wie immer. Händler boten beredt ihre Waren feil. Die städtischen Aufseher machten ihre Runden, prüften Gewichte, trieben Standgebühren ein. Kunden feilschten um Preise; Mägde und Bürgersfrauen trugen Körbe voller Eier, Fleisch und Gemüse nach Hause.

Aber der Schein trügt, dachte Michel, der am Fenster der Amtsstube stand und das geschäftige Treiben betrachtete. Die ärmeren Bewohner Varennes', die vielen Hundert Tagelöhner, einfachen Arbeiter und ihre Familien konnten sich das teure Getreide nicht mehr leisten. Die Schlangen vor den Abteien wurden länger und länger, die Vorräte der Klöster schwanden. Schon in wenigen Tagen konnte es zu einer Hungersnot kommen.

Leider hatten die Stadtknechte Lefèvres Getreide bislang nicht gefunden. Dabei suchten sie seit zwei Tagen die ganze Stadt ab, öffneten jedes Lagerhaus, prüften jeden Keller und sämtliche Wagen und Flusskähne, die von außerhalb kamen. Nirgendwo die kleinste Spur des Korns.

Michel erschlug eine Stechmücke, die vor seinem Gesicht herumschwirrte. Allmählich war er mit seinem Latein am Ende.

Es klopfte, und Tolbert kam herein. Der Schultheiß sah müde aus, das graue Haar klebte ihm am Schädel.

»Etwas Neues?«, fragte Michel.

»Nicht der Rede wert. Meine Leute haben wieder die ganze Nacht Lefèvres Haus beobachtet. Im Morgengrauen haben sie gesehen, wie François und ein anderer Knecht zu einer verlassenen Hütte in der Unterstadt gegangen sind. Dort luden sie mehrere Getreidesäcke auf einen Handkarren. Leider sind sie geflohen, bevor wir das Getreide beschlagnahmen konnten.«

»Wie haben sie das hingekriegt? Sie hatten einen Handkarren voller Getreide.«

»In der Unterstadt gibt es tausend Verstecke. Wer sich auskennt, kann jeden Verfolger abhängen.«

»Habt Ihr anschließend die Hütte durchsucht?«

»Natürlich. Aber da war kein Getreide mehr. Offenbar nutzen Lefèvres Leute sie nur als Zwischenlager.«

Michel vermutete, dass Lefèvre das Korn im Schutz der Nacht aus dem geheimen Lager schaffen und an wechselnden Orten deponieren ließ, wo seine Knechte es am nächsten Morgen holten. So stellte er sicher, dass die Büttel das Getreide nicht zum Versteck zurückverfolgen konnten, selbst wenn sie seine Leute Tag und Nacht beschatteten. Außerdem gelang es besonders François immer wieder, ihnen durch die Maschen zu schlüpfen. Für einen Trunkenbold war der Mann ausgesprochen geschickt, wenn es darum ging, der Obrigkeit ein Schnippchen zu schlagen.

Gestern hatten sie einen anderen Knecht Lefèvres festgenommen und versucht, ihn zu zwingen, das Versteck preiszugeben. Der Mann hatte beteuert, es nicht zu wissen. Bevor sie herausfinden konnten, ob er die Wahrheit sagte, war Lefèvre aufgetaucht und hatte gedroht, den gesamten Rat zu verklagen, wenn der Knecht noch länger festgehalten werde. Also war ihnen nichts anderes übrig geblieben, als ihn gehen zu lassen.

»Das ist alles, was wir sicherstellen konnten.« Tolbert legte eine Handvoll Gerste auf den Tisch. »Wir fanden es bei einem Müller, der Lefèvres Leuten kurz vorher ein halbes Malter abgekauft hatte.«

»Was ist mit dem Rest?«

»Den hatte er schon zu Mehl verarbeitet und weiterverkauft. Riecht daran«, sagte der Schultheiß.

Michel blickte ihn verwundert an, ehe er der Aufforderung nachkam.

»Fällt Euch etwas auf?«

»Es riecht muffig.«

»Genau.«

»Was hat das zu bedeuten?«

»Ich habe nicht die leiseste Ahnung. Wenn es neue Hinweise gibt, melde ich mich.«

Mit diesen Worten ging Tolbert.

Später, als er die Hitze in der Amtsstube nicht mehr ertrug, machte Michel einen Spaziergang durch die Gassen zwischen dem Rathaus und der Rue des Juifs. Draußen war es zwar nicht wesentlich kühler, aber Bewegung half ihm stets, seine Gedanken zu ordnen.

Er spürte, dass alle Hinweise auf das Versteck des Getreides deutlich erkennbar vor ihm lagen und er sie nur richtig zusammensetzen musste. Doch sosehr er sich auch bemühte, der zündende Einfall wollte nicht kommen. Vielleicht, weil die Hitze allmählich seinen Verstand lähmte.

Oder weil ich alt werde, dachte er verdrießlich.

Er hatte mit Isabelle vereinbart, mit ihr zu Mittag zu speisen. Als die Glocken von Notre-Dame-des-Champs zur Sext riefen, ging er nach Hause und trat wenig später durch das offene Tor in den Hof.

Die meisten Bediensteten saßen im Schatten und teilten sich eine leichte Mahlzeit aus Brot, Käse und Dünnbier. Isabelle stand an der Hintertür und sprach gerade mit Marie, der jungen Magd. Samuel saß neben ihr auf dem Boden und machte ein Gesicht, als wolle er seine Herrin mit Zähnen und Krallen beschützen, komme, was da wolle.

Sie begrüßte Michel lächelnd und wandte sich dann wieder an Marie. »Sei so gut und hol am Brunnen zwei Eimer Wasser. Dann kannst du etwas essen.«

»Schon erledigt, Herrin!«, rief das Mädchen und eilte davon.

Michel stand stocksteif da. Da war ein funkelnagelneuer Gedanke gewesen, doch er war ihm entschlüpft, bevor er ihn festhalten konnte.

»Was machst du denn für ein Gesicht?«, fragte Isabelle. »Du siehst aus, als hättest du ein Gespenst gesehen.«

»Was hast du eben gesagt?«

»Gesicht. Gespenst. Ist alles in Ordnung, Michel?«

»Nein, das davor!«

»Du meinst, als ich Marie zum Brunnen geschickt habe?«

»Brunnen!« Er hätte sich am liebsten mit der flachen Hand gegen die Stirn geschlagen. François, der ehemalige Gehilfe des Brunnenmeisters – es lag doch auf der Hand! »Natürlich! Heiliger Jacques in seiner Gruft, ich danke dir. Du hast uns alle gerettet. Iss allein. Ich muss sofort zu Bertrand.«

»Michel!«, rief sie, als er durch das Tor eilte, doch er hörte sie schon nicht mehr.

Warcq

Kurz vor ihrem Ziel bat Philippine den Fuhrmann, den Wagen anzuhalten.

»Fühlt Ihr Euch nicht wohl, Herrin?«, fragte ihre Magd, die mit ihr im Reisewagen saß.

»Mir geht es gut, Guiberge. Ich brauche nur einen Moment für mich, bevor wir zu Hause sind.«

Philippine stieg aus und hob den Saum ihres Gewandes, ehe sie auf die Straße trat, die ein Wolkenbruch am frühen Morgen aufgeweicht hatte. Während der Fuhrmann die Gelegenheit nutzte, um nach den Pferden zu sehen, setzten sich die beiden Knechte, die sie von Metz mitgebracht hatte, auf einen moosigen Felsen am Wegesrand, legten ihre Spieße ins Gras und teilten sich Wasser aus einem Schlauch.

Der Weg führte über eine kleine Anhöhe, auf der Birken, allerlei Farne und dürre Büsche wuchsen. Es roch nach Erde und feuchtem Holz, über den Pfützen aus Regenwasser ballten sich Mücken zu schwarzen Wolken. Philippine folgte der Straße, bis die Bäume den Blick auf die Ebene freigaben. Weit im Westen, verborgen hinter den bewaldeten Hügeln, lag Verdun, im Norden der Anhöhe die kleine Stadt Étain. Davor, zwischen ausgedehnten Feldern und Weiden, die mit einzelnen Höfen und Schäferhütten gesprenkelt waren, befand sich Warcq, der Sitz ihrer Familie – die Heimat ihrer Kindheit.

Es gab keine Burg, keine herrschaftliche Festung, nur einen Donjon, der ehrfurchtgebietend aus der Ebene aufragte. Mehrere Steingebäude umgaben den runden Wohnturm, darunter die Stallungen, das Gesindehaus und der Fronhof, wo die Hörigen der Familie ihre Abgaben ablieferten. Jenseits eines

Holzzaunes erstreckte sich das Dorf, eine Ansammlung von gut fünfzig Hütten um eine kleine Steinkirche. Winzige Gestalten streuten Heu zum Trocknen aus, fütterten Schweine, trugen Huckelkörbe mit Feuerholz.

Zahllose Erinnerungen und widerstreitende Gefühle rangen in Philippine miteinander, als sie das Rittergut betrachtete. Auf diesem kleinen Flecken Land hatte sie eine glückliche Kindheit verbracht, die jäh zu Ende gewesen war, als ihr Vater sie Roger Bellegrée versprochen hatte. Philippine erinnerte sich noch genau daran, wie Roger sie nach der Hochzeitszeremonie vor der Pforte des Donjon heimgeführt hatte. Es war ein Sommertag gewesen, beinahe so heiß und schwül wie heute, sie hatte im Reisewagen gesessen und während der Fahrt nach Metz kaum ein Wort gesagt. Sie hatte kein Heimweh verspürt, keine Verzweiflung, nicht einmal eine leise Traurigkeit – in ihr war nichts als eine gewaltige Leere gewesen, in der alles verschwand: ihre Vergangenheit, ihre Zukunft, ihr ganzes Leben.

Heute jedoch war sie ein anderer Mensch. Die Jahre mit Roger hatten sie stärker gemacht. Sie war nicht mehr das verschüchterte Mädchen von einst – sie hatte gelernt, ihren Verstand zu gebrauchen und sich zu wehren. Vor allem aber hatte sie die Liebe in ihr Leben zurückgeholt und einen Mann gefunden, der sich keine Titel und Würden von ihr erhoffte, sondern sie um ihretwillen liebte, ohne Bedingungen und Erwartungen. Das gab ihr Kraft und Zuversicht, trotz der Gefahren ihres heimlichen Verhältnisses, und sie wünschte sich mehr als alles andere, Rémy wäre jetzt bei ihr.

Sie war lange nicht hier gewesen. Sie sehnte sich danach, ihre Familie wiederzusehen, und fürchtete sich zugleich davor. Was erwartete sie in dem rußgrauen Turm da unten auf der Ebene?

Sie ging zurück. »Fahren wir«, wies sie den Fuhrmann an und stieg ein.

Kurz darauf rumpelte der Wagen durch das Dorf. Bauern

riefen ihr Grüße zu, die Kinder winkten. Aus der Nähe betrachtet, sah das Landgut weit weniger beeindruckend aus. Alles machte einen heruntergekommenen Eindruck, vor allem das Gesindehaus und der Fronhof. Die Kittel der Hausbedienten waren zerschlissen und schmutzig, sodass sich die Männer und Frauen kaum von den Leibeigenen draußen im Dorf unterschieden. Der Donjon selbst erschien ihr abweisend und düster wie ein Überbleibsel aus längst vergangenen Zeiten. Ihre Vorfahren waren Ministerialen des Herzogs gewesen, bevor sie vor hundert Jahren in den Ritterstand aufgestiegen waren. Drei Generationen lang war das Landgut gewachsen und gediehen, bis Philippines Großvater entschieden hatte, mit Barbarossa ins Heilige Land zu ziehen. Er hatte für sich und seine Männer die besten Waffen, Pferde und Rüstungen gekauft, denn er wollte dem Kaiser um jeden Preis gefallen. Dabei hatte er Schulden aufgehäuft und die Familie an den Rand des Ruins gebracht. Nach seinem Tod hatte Philippines Vater versucht, den Besitz und den guten Namen der Familie zu retten, mit mäßigem Erfolg.

Als der Wagen vor dem Donjon hielt und Philippine und Guiberge ausstiegen, kam ihnen Pater Bouchard entgegen.

»Philippine!«, rief der Kaplan aus. »Endlich seid Ihr da. Wir fürchteten schon, Ihr würdet es nicht rechtzeitig schaffen, bevor …« Ihm versagte die Stimme.

Bouchard war alt geworden. Das wenige verbliebene Haar stand ihm wirr vom knochigen Schädel ab, sein Rücken war gebeugt von der Last der Sorgen.

»Steht es so schlecht um ihn?«, fragte Philippine.

Der Schmerz in Bouchards wässrigen Augen war Antwort genug.

Während Guiberge und die Knechte ihre Truhen mit dem Gepäck ausluden, stiegen Philippine und der Geistliche die Steintreppe hinauf, über die man zum Donjon gelangte. Über der Spalte zwischen dem Treppenabsatz und dem Eingang des

Turms lag eine hölzerne Brücke, die bei Gefahr hochgezogen werden konnte. Ihre Schritte dröhnten wie Paukenschläge auf den Balken.

»Sind meine Mutter und mein Bruder bei ihm?«, erkundigte sie sich, als sie die düstere Eingangshalle durchquerten.

»Nur Eure Mutter«, antwortete Pater Bouchard. »Euer Herr Bruder ist heute früh ausgeritten, als es zu regnen aufhörte. Gewiss kommt er bald zurück.«

Philippine entspannte sich etwas. *Hoffentlich lässt er sich Zeit,* dachte sie. Sie war nicht unglücklich darüber, dass Laurent nicht zugegen war, wenn sie ihrem Vater gegenübertrat. Der Anblick seines kranken Körpers würde sie gewiss erschüttern. Um mit dem Schmerz fertigzuwerden, brauchte sie Ruhe und Harmonie, und weder das eine noch das andere würde sie von ihrem Bruder bekommen.

Pater Bouchard nahm einen Kienspan aus dem rostigen Klemmleuchter neben dem Kamin, und sie folgten einer engen Treppe, die sich in der fünf Ellen dicken Außenmauer des Donjons steil nach oben schraubte. Vor einer Tür aus uraltem Holz blieb der Kaplan stehen und machte sich ächzend daran zu schaffen.

»Lasst mich Euch helfen«, bot Philippine an.

»Es geht schon. Sie ist nur etwas verzogen. Euer Herr Vater wollte sie schon vor Monaten auswechseln lassen, aber wie das so ist, es fehlt überall am Geld …« Endlich gelang es Bouchard, die Tür aufzustoßen. Als Philippine das Gemach betrat, roch sie sofort den metallischen Gestank der Krankheit, der den Modergeruch der alten Mauern und den Rauch der Wandfackeln überlagerte, obwohl man beide Fenster geöffnet hatte.

Der Pater wartete neben der Tür. Mit zusammengekniffenen Lippen trat Philippine zur Bettstatt, die gehackten Binsen auf dem Boden knirschten unter ihren dünnen Ledersohlen. Ihre Mutter, die neben dem Schlaflager auf einem Schemel kauerte, stand auf und umarmte sie.

»Philippine, mein liebes Kind, wie gut, dass du da bist.« Ermengardes Wangen waren feucht.

Wie klein sie ist, dachte Philippine.

Die Jahre hatten es nicht gut gemeint mit ihrer Mutter. Das Gebende rahmte ein blasses Gesicht ein, in das der Kummer tiefe Linien gegraben hatte. Ihr einst so weiblicher Körper war abgemagert bis auf die Knochen.

Mit einem Gefühl der Enge in der Kehle betrachtete Philippine ihren Vater. Es war genauso schlimm, wie sie befürchtet hatte. Schweiß glänzte auf Balians eingefallenem Gesicht, sein Haar war stumpf, die Haut wächsern, beinahe durchsichtig; seine Finger krallten sich in das Laken. Hätte sie nicht gesehen, dass sich seine Brust kaum merklich hob und senkte, hätte sie angenommen, er wäre bereits tot.

Es dauerte lange, bis sie imstande war zu sprechen. »Was ist geschehen?«, brachte sie hervor.

»Ein Fieber«, antwortete Ermengarde. »Der Medicus sagt, die Säfte in seinem Leib seien faulig geworden. Vielleicht hat er üble Dämpfe eingeatmet oder sich bei einem Hörigen im Dorf angesteckt. Der Medicus hat ihn zur Ader gelassen und ihm verschiedene Tränke gegeben, aber es hat nicht geholfen.«

Philippine holte einen Schemel, und sie setzten sich ans Bett. Ihre Mutter tauchte einen Lappen in den Eimer zu ihren Füßen, wrang ihn aus und tupfte Balian Stirn und Wangen.

»Kann der Heiler noch etwas tun?«

Ermengarde biss sich auf die Lippe und senkte den Blick.

»Der Tod hat bereits die Hand nach ihm ausgestreckt.« Pater Bouchard trat neben sie. »Es ist nur noch eine Frage von Tagen, bis der Herr ihn zu sich holen wird. Beten wir, dass die Heiligen ihm den Übergang ins Jenseits erleichtern werden.«

Nachdem sie gemeinsam das Gebet gesprochen hatten, nahm Philippine das feuchte Tuch und kühlte ihrem Vater das Gesicht. Erst jetzt merkte sie, dass sie weinte. Die Tränen troffen ihr auf das Gewand, sie ließ ihnen freien Lauf.

»Wird er noch einmal zu sich kommen?«

»Es wäre ein Wunder«, sagte ihre Mutter. »Das letzte Mal war er vor vier Tagen wach. Seitdem ist er ohne Bewusstsein. Manchmal flüstert er etwas, aber es sind nur wirre Worte. Sein Verstand ist getrübt.«

Philippine hätte alles dafür gegeben, noch einmal mit ihm sprechen zu können. *Wäre ich in Metz gewesen und nicht in Damas, wäre der Bote früher bei mir gewesen, und ich hätte es vielleicht geschafft.* Der Schmerz wurde so stark, dass sich ihre Hand um den Lappen krampfte. Sie schloss die Augen.

Lange saßen sie schweigend da. Irgendwann fragte Philippine ohne echtes Interesse: »War Roger schon hier?«

Ermengarde schüttelte den Kopf. »Ich dachte, er würde vielleicht mit dir kommen.«

»Wohl kaum«, murmelte Philippine. Tatsächlich hatte sie sich nicht die Mühe gemacht, Roger zu fragen. Es war Jahre her, dass er das letzte Mal in Warcq gewesen war. Seit er erkannt hatte, dass ihm ihre Familie nicht länger von Nutzen sein würde, mied er sie, so wie er Philippine mied. Da der Bote zuerst bei ihm gewesen war, bevor er sich nach Damas-aux-Bois aufgemacht hatte, wusste er von der schweren Krankheit Balians und hätte ihn längst besuchen können. Wenig überraschend, hatte er nicht eingesehen, deswegen für einige Tage Metz, seine Geschäfte und seine Huren zu verlassen.

»Wir hätten dich niemals diesem Mann zur Frau geben dürfen«, murmelte Ermengarde. »Das war ein Fehler, der schlimmste meines Lebens.«

»Damals dachtet Ihr, es wäre das Beste für die Familie. Bitte macht Euch keine Vorwürfe, Mutter.«

»Hätte ich nur auf mein Herz gehört. Dann hätte ich erkannt, dass Roger schlecht für dich ist. Ich glaube, dein Vater hat es auch geahnt. Aber wir wollten es beide nicht wahrhaben. Kannst du uns verzeihen?«

»Da gibt es nichts zu verzeihen. Ihr habt nur getan, was Ihr für richtig hieltet. Jetzt lasst uns nicht mehr davon sprechen.«

Ermengarde weinte wieder. Philippine rückte ihren Hocker näher zu ihr hin und ergriff ihre Hand.

Irgendwann sank ihrer Mutter das Kinn auf die Brust. Sie musste eingenickt sein, denn plötzlich kippte sie zur Seite. Philippine fing sie im letzten Moment auf.

»Was ist mit ihr?«, fragte sie bestürzt.

»Sie ist zu Tode erschöpft«, erklärte Pater Bouchard. »Sie wacht seit zwei Tagen und Nächten am Lager Eures Vaters. Bringen wir sie nach oben, damit sie ein wenig schlafen kann.«

»Nach oben?«

»Die Mägde haben ihr in der Bibliothek ein Bett hergerichtet, damit sie nicht hier schlafen muss.«

Ihre Mutter war derart erschöpft, dass sie kaum zu sich kam, als Philippine und zwei kräftige Mägde sie nach oben brachten und ins Bett legten. Nachdem die Mädchen ihr das Gewand ausgezogen und das Gebende abgenommen hatten, schlief sie ganz ein.

»Ihr habt noch gar nichts gegessen«, bemerkte Pater Bouchard. »Sollen Euch die Mägde etwas Brot und Käse bringen?«

»Ich habe keinen Hunger. Nur einen Becher Wein, bitte.«

Kurz darauf war sie mit ihrer Mutter allein in der Turmkammer, die ihr Vater als Bibliothek nutzte. Beim Anblick des Lesetischchens und der beiden Bücherschränke überwältigten sie abermals die Erinnerungen.

Anders als die meisten Männer des Ritterstandes, war Balian äußerst belesen. Da man in seiner Familie seit jeher großen Wert auf Bildung legte, hatte er darauf bestanden, dass seine Kinder regelmäßig lasen und seine Büchersammlung studierten, kaum dass sie einige Sätze Latein konnten. Während ihr Bruder dies stets als lästige Pflicht empfunden hatte, bekam Philippine nicht genug davon. Beinahe jeden Tag verbrachte sie mehrere

Stunden in dieser Kammer, vertieft in ein Buch. Sie verschlang alles, was ihr Vater ihr gab: zuerst die Bibel und die Geschichten der Heiligen, später Versromane über Ritter und antike Helden, schließlich die Schriften der römischen Philosophen und großen christlichen Denker. Die Bibliothek umfasste etwa vierzig Bücher. Sowie sie alle gelesen hatte, ritt Balian zu einem nahegelegenen Kloster und lieh neue für sie aus. Wenn sie mit einem Buch fertig war, fragte er sie stets nach ihrer Meinung, woraufhin sie manchmal bis tief in die Nacht hier saßen und mit Tristan bei Kerzenschein über die Ansichten des Autors sprachen. Sie lächelte, als sie an die hitzigen Wortgefechte dachte, die sie den beiden Männern als junge Frau geliefert hatte. Ihr Vater hatte jene Abende genauso genossen wie sie.

Außer ihm und Tristan gab es nur eine Person, mit der sie je wieder so über Bücher hatte sprechen können: Rémy. Er hatte ihr das Glück ihrer Kindheit zurückgebracht, obwohl sie gedacht hatte, sie hätte es für immer verloren.

Vierzig Bücher – das war lange her. In den Jahren vor ihrer Heirat mit Roger, als die Not der Familie immer drückender und die Forderungen der Geldverleiher immer harscher geworden waren, hatte Balian viele Bände verkaufen müssen. Zuerst die kostbarsten Codices mit vergoldeten Einbänden und kunstvollen Miniaturen, dann auch die schlichteren. Inzwischen besaß ihre Familie nur noch wenige Bücher.

Was wird aus ihnen werden, wenn Vater nicht mehr ist? Würde ihr Bruder sie weggeben, damit er die Kammer anderweitig nutzen konnte?

Hinter ihr knarrte die Tür.

»Stell den Wein auf den Tisch«, sagte Philippine geistesabwesend. »Und bring mir auch ein wenig Wasser. Ich bin durstiger, als ich dachte.«

»Ich hätte mir denken können, dass du hier steckst. Vater liegt im Sterben, aber nicht einmal jetzt kannst du von den verdammten Büchern lassen.«

Ihr Bruder kam herein. Philippine stand auf und wappnete sich innerlich, wie sie es immer tat, wenn sie Laurent begegnete.

»Wir haben Mutter zu Bett gebracht. Ich wollte gleich wieder nach unten gehen«, erwiderte sie und ärgerte sich augenblicklich. Stets brachte ihr Bruder sie dazu, dass sie sich vor ihm rechtfertigte. Dabei hatte sie sich vorgenommen, sich nicht aus der Ruhe bringen zu lassen.

»Ich hörte, sie sei fast zusammengebrochen.« Laurent betrachtete die schlafende Gestalt unter dem dünnen Laken. »Nun, wen wundert es? Seit Vater krank ist, kümmert sie sich aufopferungsvoll um ihn. Sie würde alles für ihn und die Familie tun … was man nicht von jedem behaupten kann.«

»Was willst du damit sagen?«, fragte Philippine.

»Gar nichts.« Er kam näher. »Wir haben uns lange nicht gesehen, Schwester. Gib deinem Bruder einen Kuss.«

Er stank nach Leder, Schweiß und Pferd. Sie hauchte ihm einen flüchtigen Kuss auf die Wange.

Ihr Bruder war schon immer feist gewesen, doch seit sie ihn das letzte Mal gesehen hatte, war er noch dicker geworden. Das Gewand spannte sich über einem mächtigen Bauch, sein Kinn verschwand allmählich in den Fettwülsten um seinen Hals. Dabei bewegte sich Laurent den ganzen Tag, ging auf die Jagd, übte mit den Waffen. Woher er diese Veranlagung hatte, konnte sich niemand erklären – ihre Eltern waren beide schlank.

Die Magd brachte den Wein. Laurent kam nicht auf die Idee, das Getränk könnte für Philippine sein, er nahm den Kelch an sich und befahl dem Mädchen: »Bring ihr auch einen. Gehen wir nach nebenan, damit Mutter schlafen kann«, sagte er zu Philippine.

Leise zog sie die Tür hinter sich zu. Laurent trat ans Fenster seiner Kammer, trank einen Schluck und blickte über das Flachland, das sich zwischen Warcq und Étain erstreckte.

»Hat Mutter dir erzählt, wie es um die Familie steht?«

»Wir haben nur über Vater gesprochen.«

»Er hat den größten Teil der Schulden getilgt. Aber zwei Darlehen sind noch übrig, und die Zinsen wachsen uns allmählich über den Kopf. Bevor er krank wurde, hat er mit den Lombarden gesprochen. Sie sind nicht willens, uns die Rückzahlungen zu stunden.«

»Müssen wir ausgerechnet jetzt darüber reden?«

»Ja, müssen wir«, gab ihr Bruder harsch zurück. »Vater wird die nächste Woche nicht mehr erleben. Dann bin ich der Herr von Warcq und muss mich mit diesen Dingen herumschlagen. Von dir ist ja keine Hilfe zu erwarten.«

»Wie kannst du so etwas sagen? Du weißt genau, ich würde alles tun, um der Familie zu helfen.«

»So wie damals, als du die Bellegrées gegen uns aufgebracht hast? Herzlichen Dank. Auf diese Art von Unterstützung kann ich verzichten.«

Dieser Vorwurf war derart absurd und ungerecht, dass es ihr für einen Moment die Sprache verschlug. »Du scheinst vergessen zu haben, dass Roger sich von mir abgewandt hat, nicht ich mich von ihm.«

»Wer könnte es ihm verdenken, nach der Enttäuschung, die du ihm bereitet hast?«

»Du gibst mir die Schuld daran, dass meine Kinder gestorben sind?«, fragte sie fassungslos.

»Rogers Schuld war es jedenfalls nicht«, erwiderte Laurent und nippte an dem Kelch.

Ihre Augen brannten, doch sie kämpfte mit aller Macht gegen die Tränen an. Sie würde sich lieber aus dem Fenster stürzen, als ihm den Triumph zu gönnen, sie weinen zu sehen. »Wahrlich, du hast dich kein bisschen verändert«, sagte sie. »Kein Wunder, dass du keine Frau findest. Kein Weib kann so verzweifelt sein, sich mit einem wie dir einzulassen.«

Er fuhr so heftig herum, dass etwas Wein auf den Boden

schwappte. »Ich sage dir, warum ich keine Frau finde: Weil kein Vater, der bei Verstand ist, seine Tochter mit einem armen Schlucker verheiraten will, der bis zum Hals in Schulden steckt. Und wem habe ich das zu verdanken? Allein dir. Hättest du Roger nicht vergrault, hätten uns die Bellegrées längst geholfen.«

»Wie du meinst«, erwiderte Philippine. »Ich gehe wieder hinunter und kümmere mich um Vater. Gehab dich wohl, Bruder, und trink nicht so viel. Das ist schlecht für dich.«

»Ja, geh nur zu ihm. Vielleicht lindert das ein wenig das schlechte Gewissen, das dich quält.«

»Ich habe kein schlechtes Gewissen. Nicht im Geringsten.«

»Ach ja? Ich an deiner Stelle hätte eins, wenn ich wüsste, ich wäre verantwortlich dafür, dass er im Bett liegt und mit dem Tod ringt.«

Sie starrte ihn an und brachte nur ein einziges Wort hervor: »Was?«

»Vielleicht fragst du dich einmal, warum er so plötzlich krank geworden ist. Weil er all den Kummer nicht mehr ertrug. Kummer, der ihm allein deshalb zusetzte, weil ihn seine geliebte Tochter im Stich ließ.«

Mit drei schnellen Schritten war sie bei ihm und versetzte ihm eine schallende Ohrfeige. Laurent ließ den Weinkelch fallen und packte sie an den Oberarmen.

»Wage es ja nicht, mich zu schlagen!«, fauchte sie.

»Sonst…« Seine Lippen formten ein hässliches Grinsen. »…kommt dein treu sorgender Ehemann Roger und beschützt dich?«

Philippine riss sich los und eilte zur Tür, die Treppe hinab.

»Du bist eine Schande für diese Familie!«, rief Laurent ihr nach. »Wenn Mutter nicht so viel an dir läge, würde ich dich durch das Dorf prügeln und von meinem Land verjagen wie eine diebische Hure!«

Sie schlüpfte in die Kammer ihres Vaters, schob den Riegel vor und lehnte sich gegen die Tür. Sie konnte kaum noch atmen.

Jetzt kamen die Tränen.

Varennes-Saint-Jacques

»Es gibt drei ausgetrocknete Brunnen in Varennes«, erklärte der städtische Brunnenmeister, während er mit Michel, Tolbert, Duval und zwei Stadtknechten durch die Gassen schritt. »Sie sind alle am Heumarkt oder in der Nähe davon. Und Ihr seid sicher, dass das Getreide darin versteckt ist?«

»Es gibt Hinweise, die darauf hindeuten«, antwortete Michel. »Der muffige Geruch des Korns legt die Vermutung nahe, dass es an einem unterirdischen und feuchten Ort gelagert wird. Und dann ist da noch François, Euer ehemaliger Gehilfe, der jetzt in Lefèvres Diensten steht. Er kennt alle städtischen Brunnen und weiß gewiss auch, welche versiegt sind. Vielleicht hat er Lefèvre davon erzählt, woraufhin der beschlossen hat, das Getreide dort zu verstecken.«

»François ist ein tumber Trunkenbold«, knurrte der Brunnenmeister. »Er hat nicht genug Verstand im Kopf, um irgendwen auf solche Ideen zu bringen.«

»Mir erscheinen diese Hinweise auch recht dürftig«, meinte Tolbert.

»Solange Eure Leute keine besseren finden, gehen wir jeder noch so dünnen Spur nach«, erwiderte Michel gereizt. »Also: Wo ist der erste Brunnen?«

»Da drüben.« Der Brunnenmeister wies über den Heumarkt. »Aber ich kann mir kaum vorstellen, dass darin Platz für so viel Getreide ist. In Varennes beginnt das Grundwasser nur wenige Klafter unterhalb des Bodens. Deshalb ist kein Brunnen sonderlich tief. Ganze Wagenladungen Korn bringt man da nicht hinein.«

Die Stadtknechte hebelten den schweren Holzdeckel des Brunnens auf und leuchteten mit ihren Fackeln in den Schacht. Er war leer.

»Schauen wir uns auch die anderen an«, sagte Michel.

Wenig später hatten sie auch den zweiten und den dritten Brunnen geöffnet. Sie waren ebenso leer wie der erste. Keine Spur von Getreide.

»Ich kann mir das nicht erklären«, meinte Michel. »Ich war mir so sicher …«

»Es war einen Versuch wert.« Duval klopfte ihm auf die Schulter.

Vic-sur-Seille und Metz

Roger spuckte aus, als er aus dem Tor der Bischofsfestung trat. »Reiten wir«, befahl er seinen Männern, die bei den Pferden warteten. Kurz darauf saßen sie in den Sätteln und preschten die Straße nach Norden entlang.

Roger war mit geringen Erwartungen nach Vic-sur-Seille gekommen, doch selbst diese mageren Hoffnungen hatte Bischof Jean zerschmettert. Erzbischof Theoderich habe sein Gesuch auf Aufhebung der Ehe abermals abgelehnt, hatte der Kirchenmann ihn wissen lassen. In seiner Antwort deutete Theoderich an, ein neuer Antrag wäre vergebens, sofern kein Wunder geschehe. »Ich rate Euch, findet Euch mit Eurer Ehe ab«, hatte Bischof Jean gesagt. »Richtet Eure Mühen auf ein lohnenderes Ziel. Andernfalls leidet Euer Seelenfrieden.«

So hatten sie ihn abgefertigt. Ihn, den Sohn von Évrard Bellegrée. Das kommende Oberhaupt des Paraige Porte-Muzelle.

Als Roger anderthalb Tage später im Handelshaus seiner Familie eintraf, schloss er sich in seiner Schreibstube ein und überlegte, was er jetzt tun konnte.

Das Jahr nach dem Handelskrieg mit Varennes war überaus schwierig für die Familie gewesen. Erzbischof Theoderich hatte keine Gelegenheit ausgelassen, ihnen Steine in den Weg zu legen. Er hatte ihnen mehrere Geschäfte vereitelt und einmal sogar ihren *fattore* in Trier wegen einer Nichtigkeit in den Kerker werfen lassen. Inzwischen schien sein Zorn abgekühlt zu sein – zumindest ließ er die Familie seit einer Weile in Ruhe. Doch Roger hatte er noch lange nicht verziehen, das hatte er heute demonstriert.

Roger mahlte mit dem Kiefer und spielte gedankenverloren mit einem Gänsekiel. Theoderich war nicht mehr der Jüngste, er näherte sich seinem sechzigsten Sommer. Dessen ungeachtet erfüllte ihn eine nie versiegende Vitalität, wie seine ausdauernde Rachsucht bewies. Gut möglich, dass er sein Amt noch viele Jahre bekleidete. Und solange Theoderich Erzbischof von Trier und damit der mächtigste Kleriker von Metz war, würde Roger in seiner Ehe mit Philippine gefangen bleiben.

Aus der Traum von ritterbürtigen Söhnen, die der Familie zum Aufstieg in den alten Adel verhelfen würden.

Natürlich machte man allein Roger für das Scheitern dieses Vorhabens verantwortlich. Sein Vater sparte nicht mit spitzzüngigen Bemerkungen in dieser Richtung, wenn die Familie zusammenkam. Als ob Roger sich dieses fluchbeladene Weib selbst ausgesucht hätte.

Er warf den Gänsekiel auf den Tisch, riss die Tür auf und sprach den erstbesten Knecht an, der des Weges kam. »Ich muss mit Thankmar sprechen, dem Söldner. Weißt du, wo er wohnt?«

Der Mann nickte.

»Bring ihn her.«

Thankmar ließ nicht lange auf sich warten. Eine knappe Stunde später betrat der deutschstämmige Söldner die Schreibstube und baute sich vor dem Tisch auf.

»Ihr wünscht?«

»Setzt Euch. Wir müssen ein vertrauliches Geschäft besprechen.«

Thankmar war weder groß noch sonderlich stämmig, doch wer ihn deswegen im Kampf unterschätzte, machte einen tödlichen Fehler. Roger kannte nur wenige Männer, die besser mit dem Schwert umgehen konnten als dieser hagere Mann mit dem Raubvogelgesicht und den eingefallenen Wangen, auf denen stets ein bläulicher Bartschatten schimmerte. Sein Ruhm auf dem Schlachtfeld hatte ihm in den letzten Jahren zahlreiche lukrative Aufträge von den Gilden und den Paraiges eingebracht, auch Roger hatte bereits hier und da auf seine Dienste zurückgegriffen. Dank seiner besonderen Talente war Thankmar zu einem gewissen Reichtum gelangt, den er wie alle wohlhabenden Männer von niedriger Herkunft auf recht ordinäre Weise zur Schau stellte: An beinahe jedem Finger glitzerte eine protzige Abscheulichkeit, und sein Gewand war ganz gewiss doppelt so teuer gewesen wie das von Roger. Roger störte sich nicht an solchen Oberflächlichkeiten. Thankmar war sein Geld wert, und nur darauf kam es ihm hier und heute an.

»Es ist so«, begann er und senkte seine Stimme. »Eine gewisse Person ist mir hinderlich. Ich wünsche, dass sie verschwindet.«

Thankmar nickte kaum merklich. »Ihr kennt meinen Preis für Aufträge dieser Art?«

»Geld spielt keine Rolle.«

»Um welche Person handelt es sich?«

»Um meine Gemahlin Philippine.«

Falls Thankmar überrascht war, so zeigte er es nicht: Sein Gesicht blieb reglos. »Sagt, wann und wie«, meinte er nur, »und betrachtet den Auftrag als erledigt.«

»Das Wie überlasse ich Euch«, entgegnete Roger. »Lasst es nur möglichst schnell und schmerzlos geschehen und achtet darauf, dass nichts auf mich hinweist. Aber das brauche ich Euch ja nicht eigens zu erklären. Was das Wann angeht – irgendwann innerhalb der nächsten Wochen. Meine Gemahlin hält sich seit einiger Zeit recht oft auf ihrem Gehöft bei Damas-aux-Bois auf, besonders an den Wochenenden. Ich denke, es wäre am besten, es dort zu erledigen. Könnt Ihr es wie einen Überfall durch Räuber aussehen lassen?«

»Das lässt sich machen«, sagte der Söldner.

Roger griff in die Schatulle und schob einen Beutel mit Silber über den Tisch. »Das ist für Eure Unkosten. Den eigentlichen Lohn bekommt Ihr, wenn es getan ist.«

Sie besiegelten das Geschäft mit einem Handschlag.

Als sich die Tür hinter Thankmar schloss, verspürte Roger einen Stich in der Magengegend. Er setzte sich und nahm einen tiefen Atemzug.

»Das geht auf deine Kappe, Theoderich«, murmelte er. »Das geschieht, wenn man mich in die Enge treibt.«

Varennes-Saint-Jacques

Am Abend kam der Brunnenmeister noch einmal ins Rathaus.

»Gut, dass ich Euch noch hier antreffe, Herr Bürgermeister! Kann ich Euch kurz sprechen?«

»Was gibt es?«, fragte Michel, der gerade gehen wollte.

»Ich habe noch einmal über die Sache mit dem Getreide nachgedacht. Ich glaube, ich weiß jetzt, wo Lefèvre es versteckt hält.«

Michel blieb abrupt stehen. »Wo?«

Nachdem der Brunnenmeister es ihm erklärt hatte, schickte Michel Boten zu Tolbert und Duval und bat sie, mit vier Stadtknechten zum Salzmarkt zu kommen.

»Wir wissen jetzt, wo das Getreide ist – nicht in einem Brunnen, sondern woanders«, sagte Michel, als die Männer auftauchten. »Bitte, erklärt es ihnen«, forderte er den Brunnenmeister auf.

»Es muss kurz vor dem Krieg zwischen den Welfen und den Schwaben gewesen sein – ich war damals noch ein junger Bursche. In jenem Sommer grub man in der Rue des Juifs einen neuen Brunnen. Die Arbeiter stießen auf die Überreste einer alten Therme aus der Zeit der Römer. Sie mussten die Arbeit einstellen, denn darunter liegt ein Hiero … ein Histo …«

»Ein Hypokaustum«, kam Michel ihm zu Hilfe.

»Was ist das?«, fragte Tolbert stirnrunzelnd.

»Eine römische Kellerheizung«, erklärte Duval. »Ein unterirdischer Raum, der beheizt wurde, um das Wasser in den Becken der Therme zu erhitzen.«

»Ein Keller, vollgestopft mit Säulen, genau.« Der Brunnenmeister nickte. »Jedenfalls war der Brunnen deswegen nicht zu gebrauchen. Er wurde versiegelt, ein paar Jahre später war das Hierokaustum vergessen.«

»Hypokaustum«, sagte Michel, doch der Mann achtete nicht auf ihn.

»Als mich der Rat zum neuen Brunnenmeister ernannte, studierte ich den städtischen Brunnenplan, damit ich genau über alle Quellen und Wasserläufe Bescheid weiß. Auf dem Plan ist auch das Hierokaustum eingezeichnet. Ich war neugierig geworden und schaute es mir an. Leider kann man von der Öffnung des Brunnenschachtes aus nicht viel erkennen. Aber man sieht auf den ersten Blick, dass der Raum darunter sehr alt ist.« Der Brunnenmeister dachte nach. »Bestimmt zweihundert Jahre.«

»Guter Mann«, sagte Duval, »wenn das Hypokaustum aus der Zeit der Römer stammt, ist es mindestens fünfmal so alt.«

»Tausend Jahre? Nein. Ihr müsst Euch irren, Herr Duval. Dann hätte man es ja gleich nach der Sintflut gebaut.«

»Welches Jahr haben wir gerade?«, fragte Duval.

»Nun, zwölf-siebenundzwanzig nach Christi Geburt.«

»Nach Christi Geburt, richtig. Und wer hat Gottes Sohn gemordet?«

»Pontius Pilatus, das weiß doch jedes Kind.«

»Und Pilatus war …?«

»Statthalter von Judäa.«

»Vor allem war er Römer«, sagte Duval. »Ein Römer wie jene Männer, die das Hypokaustum bauten. Was schließt Ihr daraus?«

Der Brunnenmeister runzelte die Stirn. »Dass Pilatus das Hierokaustum errichtet hat?«

Duval warf Michel und Tolbert einen gequälten Blick zu.

»Habt Dank für den Geschichtsunterricht, Henri«, sagte Michel mit mühsam gezügelter Ungeduld. »Aber vielleicht sollten wir uns wieder unserer Aufgabe widmen. Irgendwann habt Ihr also auch Euren Gehilfen von dem Hypokaustum erzählt?«, fragte er den Brunnenmeister.

»So muss es gewesen sein. Jedenfalls denke ich, dass François so davon erfahren hat.«

»Und Ihr glaubt, dass Lefèvre das Getreide da unten versteckt?«, fragte Tolbert.

»Platz genug wäre dafür, denke ich. Und ein gutes Versteck wäre es obendrein, denn der tote Brunnenschacht wurde bestimmt seit dreißig Jahren nicht mehr geöffnet.«

»Schauen wir es uns an«, schlug Duval vor.

Sie gingen zur Rue de Juifs und von dort aus zu einer engen Sackgasse in der Nähe der Synagoge. Morsche Kisten und allerlei Unrat türmten sich zwischen den Hauswänden und Hofmauern auf. Der Müll war erst kürzlich beiseitegeräumt worden, um einen hölzernen Deckel im Boden freizulegen.

»Aufmachen«, befahl Tolbert den Stadtknechten. »Aber seid leise. Wenn das Getreide wirklich da unten ist, lässt Lefèvre es vermutlich bewachen.«

Die Büttel hebelten den Deckel auf. Darunter kam ein

runder Schacht zum Vorschein, in dem eine Leiter nach unten führte.

»Ich gehe voraus«, murmelte Tolbert. Er ließ sich von einem Stadtknecht die Fackel geben und stieg die Sprossen hinab, gefolgt von den anderen.

Der Schacht war etwa zwei Klafter tief, und seine Wände bestanden zum größten Teil aus dem Mauerwerk der alten römischen Therme. Er öffnete sich in einen dunklen Gewölbekeller mit Ziegelsteinwänden, die so verwittert waren, dass sie beinahe wie natürlich gewachsener Fels aussahen. Michel hatte sich noch nie vor der Finsternis gefürchtet, doch hier unten wirkte sie derart schwarz und bedrohlich, dass er kaum zu atmen wagte. Ihm erschien es, als hätten sie soeben den Vorhof einer heidnischen Unterwelt betreten.

Der Keller war nicht sehr groß. Als sich Tolbert einige Schritte von der Leiter entfernte, fiel das Fackellicht auf eine weitere Wand, in der ein enger Durchgang klaffte. Daneben lagen zwei Männer auf dem Boden und schliefen. Es waren zwei Knechte Lefèvres.

Tolbert machte eine Handbewegung. Die Büttel traten vor und zückten ihre Schwerter, einer stieß die Schlafenden mit dem Fuß an.

»Eine falsche Bewegung, und ihr seid des Todes«, bellte der Büttel, als die Knechte die Augen aufschlugen. »Langsam aufsetzen, na los. Und die Hände schön dalassen, wo wir sie sehen können.«

Die beiden Männer waren derart überrumpelt, dass sie keinen Widerstand leisteten. Sie verschränkten die Hände am Hinterkopf und starrten die Eindringlinge furchtsam an.

»Wie heißt ihr?«, fragte Tolbert.

»Jules«, antwortete der eine, »Adalbéron« der andere.

»Ihr dient Anseau Lefèvre?«

Sie nickten.

»Wo ist das Getreide, das er hortet?«

»Im Nebenraum.«

Michel nahm einem Stadtknecht die Fackel ab und schlüpfte geduckt in den Durchgang. Die Luft hier unten war erstaunlich frisch. Irgendwo musste es weitere Öffnungen nach oben geben, kleine Spalten im Mauerwerk der Decke, die man von der Judengasse aus kaum bemerkte.

Säulen tauchten auf, als die Fackel die Dunkelheit zurücktrieb, viereckige Pfeiler aus Ziegelsteinen, die eine kaum zwei Ellen hohe Decke trugen. Dazwischen stapelten sich prallvolle Säcke, gewiss viele Dutzend. Auf dem rissigen Steinboden hatten Lefèvres Männer Bretter ausgelegt, um das Getreide vor Feuchtigkeit und Moder zu schützen. Neben dem Durchgang erblickte Michel mehrere Flaschen. Vermutlich das Öl, mit dem Lefèvres Leute das Korn verbrennen sollten, falls man ihn einsperrte.

Mit einem Dankgebet auf den Lippen kehrte Michel in den Vorraum zurück. »Es ist da drin. Eure Männer sollen es nach oben bringen«, sagte er zu Tolbert. »Aber zuerst knöpfen wir uns Lefèvre vor.« Er blickte Duval an. »Diesmal reicht es doch für eine Anklage?«

Der Stadtrichter nickte grimmig. »Zehnfach.«

Neun Jahre, dachte Michel, als Lefèvre am nächsten Morgen in Ketten zur Gerichtslinde geführt wurde. Neun Jahre hatte er auf diesen Tag gewartet. Er war müde, denn er hatte schlecht geschlafen. Zu groß war seine Sorge, dass es Lefèvre abermals gelingen würde, sich seiner gerechten Strafe zu entziehen.

Aber das wird nicht geschehen.

Duval und er hatten bis spät in die Nacht zusammengesessen, akribisch die Anklage vorbereitet und am frühen Morgen die übrigen Ratsherren eingeweiht. Diesmal würde Lefèvre sich nicht herauswinden.

Michel und die anderen Schöffen saßen unter den ausladenden Ästen der Linde, auf dem Tisch vor ihnen lagen

Duvals Richterstab und das Schwert, seit jeher das Sinnbild für die städtische Gerichtsbarkeit. Es war ein herrlicher Sommermorgen, keine Wolke stand am saphirblauen Himmel, und fast die ganze Stadt war gekommen, um der Verhandlung beizuwohnen. Zu Hunderten und Tausenden standen Bürger, Patrizier und einfache Handwerker mitsamt ihren Familien auf der Wiese des Viehmarktes und johlten, als Lefèvre an ihnen vorbeigeführt wurde.

In einer feierlichen Prozession hatten die Domherren den Schrein mit den Reliquien des heiligen Jacques zur Gerichtslinde gebracht und vor dem Tisch aufgestellt. Vor der vergoldeten Truhe blieben die beiden Büttel stehen und hielten Lefèvre an den Armen fest. Links des Tisches warteten François, Jules, Adalbéron und Lefèvres übrige Knechte. Der Rat hatte darauf verzichtet, sie in Eisen legen zu lassen; lediglich zwei Stadtknechte bewachten sie. Man hatte den Männern Straffreiheit zugesichert, wenn sie gegen ihren Herrn als Zeugen aussagten.

Duval und die Schöffen erhoben sich. Die Menge kam zur Ruhe.

»Das Hohe Gericht der freien Stadt Varennes-Saint-Jacques ist heute zusammengetreten«, erklärte Duval, »um unter den unbestechlichen Blicken der Heiligen den Vorwurf des Wuchers gegen den Kaufmann Anseau Lefèvre zu untersuchen und ein gerechtes Urteil zu finden.«

Die Schöffen setzten sich.

»Anseau«, sprach der Richter Lefèvre an. »Ihr habt gleich nach der Ernte große Mengen Korn von verschiedenen Stadtbauern aufgekauft, es gehortet und so eine gefährliche Getreideknappheit in unserer Stadt erzeugt, um Eure Vorräte später zu Wucherpreisen verkaufen zu können. In Eurer Gier habt Ihr willentlich eine Hungersnot in Kauf genommen und die Not des Stadtvolkes ausgenutzt, um Euch zu bereichern. Als der Rat der Zwölf Euch aufforderte, diesen schändlichen

Fürkauf zu unterlassen, drohtet Ihr, das Korn zu vernichten. Ihr erhaltet nun die Gelegenheit, Euch zu diesen Vorwürfen zu äußern. Tretet zuvor an den Schrein mit den Reliquien des heiligen Jacques und schwört beim Heil Eurer unsterblichen Seele, vor diesem Gericht nichts als die Wahrheit zu sprechen.«

Mit klirrenden Ketten schritt Lefèvre zum Schrein, legte die Schwurfinger darauf und murmelte: »Ich schwöre.« Der Blick, mit dem er Michel dabei bedachte, war voller Hass.

»Lauter, damit alle es hören können«, forderte Duval mit schneidender Stimme.

»Ich schwöre«, wiederholte Lefèvre.

»Nun – bestreitet Ihr die Vorwürfe des Gerichts?«

»Sie entbehren jeglicher Grundlage«, antwortete Lefèvre. »In Varennes gibt es kein Gesetz, das Fürkauf verbietet. Ich kann mit meinen Handelswaren anstellen, was ich will. Ich habe nichts Strafwürdiges getan.«

»Das habt Ihr sehr wohl, denn Fürkauf entspricht Wucher, in diesem Fall sogar besonders schwerem.«

»Das ist Unsinn. Ich habe zu keiner Zeit gegen das Verbot der Zinsnahme verstoßen.«

»Es ist nicht die Zinsnahme, die Wucher auszeichnet«, widersprach Duval entschieden, »sondern der Umstand, dass sich Euer Geld von allein vermehrt hat. Ihr habt gewartet, bis die Not des Stadtvolkes so groß war, dass Ihr jeden Preis für Euer Korn verlangen konntet. Ihr ließt die Zeit für Euch arbeiten. Also ist es Wucher, denn die Zeit gehört Gott allein. Jedes Gericht der christlichen Welt würde dies bestätigen.«

»Das ist eine unerhörte Verdrehung…«, begann Lefèvre, doch Duval schnitt ihm scharf das Wort ab.

»Genug. Ihr habt Eure Sichtweise der Dinge dargelegt. Hören wir nun die Zeugen.«

Die Büttel ergriffen Lefèvre und führten ihn zur Seite. Duval rief François auf und befahl dem einstigen Gehilfen des Brunnenmeisters, seinen Eid abzulegen. Nachdem dies geschehen war, fragte Henri:

»Ist es richtig, dass dein Herr Anseau Lefèvre Getreide von den Feldern außerhalb der Stadt aufgekauft hat?«

»Ja, Herr – große Mengen Getreide«, antwortete François.

»Warum hat er das getan?«

»Damit es in den Wochen darauf zu einer Knappheit in der Stadt kommt.«

»Halt dein Maul, du verdammter Verräter!«, zischte Lefèvre.

»Schweigt«, befahl Duval. »Ich habe Euch nicht das Wort erteilt. Wenn Ihr noch einmal den Ablauf des Verfahrens stört, lasse ich Euch in den Hungerturm zurückbringen. Woher weißt du das?«, wandte er sich wieder an François.

»Weil er es mir gesagt hat«, antwortete der Knecht.

»Er hat dir seine Absichten dargelegt?«

»Ja, Herr.«

»Weshalb wollte dein Herr eine Getreideknappheit erzeugen?«

»Um sein Korn später, wenn Not in der Stadt herrscht, zu hohen Preisen verkaufen zu können.«

»Aus diesem Grund hat er es im Hypokaustum unter der alten römischen Therme versteckt und es so dem Zugriff der Obrigkeit entzogen?«

»Ja, Herr.«

»Stimmt es, dass er Vorbereitungen traf, es zu vernichten, falls man ihn verhaftete?«

François nickte. »Er wies uns an, Lampenöl ins Versteck zu bringen, damit Jules und Adalbéron das Korn jederzeit verbrennen können.«

»War deinem Herrn klar, dass er, wenn er wirklich so weit gegangen wäre, Varennes in eine Hungersnot gestürzt hätte?«

»Er sagte, wenn man ihn einsperrte, hätte die Stadt es nicht besser verdient.«

Ein aufgebrachtes Raunen ging durch die Menge. Lefèvre stand da wie versteinert.

»Ich bitte um Ruhe!«, rief Duval und wandte sich wieder an François. »Das Hypokaustum ist sehr alt – kaum jemand in Varennes erinnert sich daran. Wieso wusste dein Herr davon?«

»Ich habe ihm davon erzählt, als wir nach einem geeigneten Versteck für das Korn suchten.«

»Wie habt ihr das Getreide hineingeschafft, ohne dass euch jemand bemerkte?«

»Wir arbeiteten nachts.«

»Trotzdem muss euch jemand gesehen haben. Es ist so viel Getreide, ihr habt doch gewiss Stunden gebraucht, um es im Hypokaustum zu verstauen.«

»Mein Herr und seine Mittelsmänner kauften das Korn nicht auf einmal auf, sondern in einzelnen Chargen, verteilt auf eine ganze Woche. Deshalb mussten wir jede Nacht nur ein paar Säcke zum Versteck bringen. Das ging schnell.«

»Hab Dank, François, das war alles«, sagte Duval. Anschließend rief er Jules, Adalbéron, die übrigens Knechte und schließlich den Brunnenmeister als Zeugen auf. Sie alle bestätigten François' Geschichte.

Als die letzten offenen Fragen geklärt waren, erhoben sich die Ratsherren und zogen sich in das Zelt hinter der Gerichtslinde zur Beratung zurück.

»Das war gute Arbeit, Henri«, lobte Deforest. »Ihr habt ihm keine Gelegenheit gegeben, seine Spielchen mit uns zu treiben.«

Duval nickte nur. »Wir sollten die ganze Angelegenheit so kurz wie möglich halten. Finden wir rasch das Urteil, damit wir wieder vor das Stadtvolk treten können. Was haltet Ihr für angemessen?«

»Für solch eine Schandtat kann es nur eine Strafe geben«, tönte Victor Fébus. »Den Tod! Hängen wir ihn hier und heute auf.«

Einige Ratsherren nickten zustimmend, doch die meisten übten sich in Zurückhaltung. Selbst schwerer Wucher wurde in aller Regel nicht mit dem Tod bestraft.

»Wenn wir Lefèvre hinrichten wollen, wird er beim Oberhof Urteilsschelte einlegen«, gab Michel zu bedenken, »und dann laufen wir Gefahr, dass es ein neues Verfahren geben wird, auf das wir keinen Einfluss haben. Lieber verzichten wir auf die Todesstrafe, wenn wir dafür ein hieb- und stichfestes Urteil finden können.«

»Wenn Ihr erlaubt, mache ich einen Vorschlag«, sagte Duval.

Er schilderte die Strafe, die er für angemessen hielt. Alle waren damit einverstanden, nur nicht Fébus, der dem Rat vorwarf, er sei weich geworden. Doch da er auf verlorenem Posten stand, schenkte niemand seinen Beschwerden Gehör.

Geschlossen verließen die Ratsherren das Zelt.

»Tretet vor, Anseau«, befahl Duval. Als absolute Stille auf dem Viehmarkt herrschte, sagte er mit fester Stimme: »Das Gericht von Varennes-Saint-Jacques befindet Euch für schuldig, in äußerst schimpflicher Weise Wucher getrieben zu haben. Hört unser Urteil: Das Getreide, das Ihr gehortet habt, wird kostenlos an das Stadtvolk verteilt, um die von Euch verschuldete Not zu lindern. Euren Knechten wird die Freiheit geschenkt, da sie dem Gericht bereitwillig halfen, Euer Verbrechen aufzuklären.

Ihr aber«, fuhr Duval schneidend fort, »könnt nicht mit Milde rechnen – zu groß sind Eure gegenwärtigen und vergangenen Schandtaten. Wir verurteilen Euch zu einer Geldstrafe von einhundertfünfzig Pfund Silber und entziehen Euch das Bürgerrecht und alle damit verbundenen Privilegien. Außerdem wird man Euch für zwei Tage vor dem Marktkreuz in den Pranger schließen, damit ein jeder Bürger dieser Stadt sehen kann, dass Ihr der Infamie verfallen seid und Eure Ehre verloren habt. Ferner empfehlen wir der Kaufmannsgilde, Euch auszuschließen, damit Ihr keinen Handel mehr treiben könnt und das Stadtvolk fürderhin vor Euren Wuchergeschäften sicher ist.«

»Nein«, protestierte Lefèvre. »Dieses Urteil ist nicht gerecht. Das nehme ich nicht hin.«

»Dankt Eurem Schöpfer, dass wir Euer Leben schonen und Euch nicht für Eure Verbrechen aufs Rad flechten lassen«, donnerte Duval. »Fort mit ihm«, befahl er den Stadtknechten. »Schafft ihn zum Domplatz!«

Tosender Jubel brandete über den Viehmarkt.

Die zwei Tage am Pranger waren die längsten in Lefèvres Leben.

Beinahe jeder Bewohner Varennes', so erschien es ihm, kam zum Marktkreuz, um ihn zu verhöhnen, zu bespucken und mit Unrat zu bewerfen. Nicht nur der Pöbel, auch angesehene Patrizier und züchtige Bürgersfrauen hatten ihre Freude daran, ihm faule Eier und Küchenabfälle ins Gesicht zu schleudern. Stoisch ertrug er die Schmach und schluckte die Beleidigungen, die ihm auf den Lippen brannten. Er würde ihnen seinen Zorn nicht zeigen – diese Genugtuung würde er ihnen nicht geben.

Bald stank er so sehr, dass sich ihm schier der Magen umdrehte. Der Schmutz auf seiner Haut trocknete an, faulte in der Sonne und lockte Ungeziefer an, das unter seiner Kleidung herumkrabbelte. Es war entsetzlich heiß. Wäre nicht regelmäßig der Gehilfe des Henkers gekommen und hätte ihm etwas Wasser gegeben, er wäre verdurstet.

Irgendwann konnte er die Pisse nicht mehr halten, und sie rann an der Innenseite seiner Schenkel hinab. Wenig später auch die Scheiße.

Die Holzblöcke des Prangers lagen so eng um seinen Hals, dass er nur mit Mühe Luft bekam. Seine Hände waren bereits nach einer Stunde taub, und er fragte sich, ob sie absterben würden, bis nur noch schwarze, verwesende Stümpfe übrig wären.

Die Nacht brachte Linderung, denn es kühlte ab, und man

bewarf ihn nicht mehr mit Dreck. Er versuchte zu schlafen, doch es gelang ihm nicht – jeder Muskel im Leib schmerzte, als hätte man ihn mit dem Fleischklopfer bearbeitet.

Er dachte an den Mann im Spiegel und fragte sich, wo er steckte. »Warum lässt du mich im Stich?«, wisperte er mit aufgeplatzten Lippen.

Irgendwann verlor er das Bewusstsein. Als er wieder zu sich kam, stand die Sonne bereits hoch am Himmel. Etwas klatschte ihm ins Gesicht, jemand lachte, dann stank es nach Kuhscheiße. Der Tag zog dumpf an ihm vorüber, eine endlose Aneinanderreihung von Demütigungen, Schmerzen, neuen Demütigungen. Immer wieder wurde er ohnmächtig. Der Mann im Spiegel blieb beharrlich in seinem glutheißen Schlupfwinkel tief unter der Erde, und niemand sprach ihm Mut zu.

In der zweiten Nacht, als niemand ihn sah, weinte er. Es war ein trockenes Schluchzen, denn sein Leib war so ausgedörrt, dass seine Augen keine Tränen mehr hervorbringen konnten. Krampfartige Wellen durchliefen seinen Körper, bis er in einen dumpfen Dämmerzustand fiel.

Versager, wisperte sein Vater, *eine Schande für unseren Namen.*

Am nächsten Morgen wachte er keuchend auf, als man ihm einen Schwall Wasser über den Kopf schüttete.

»Heiliger Jesus am Kreuz, wie du stinkst!«, sagte eine raue Stimme. »Das hält ja kein Mensch aus. Macht ihn sauber, gottverdammt.«

Die Gehilfen des Henkers tauchten ihre Eimer in ein Fass auf einer Karrenpritsche und spritzten ihn von Kopf bis Fuß ab. Obwohl das eisige Wasser die Schmerzen in seinen Muskeln und Gelenken aufheulen ließ, erschien es ihm wie eine Wohltat, als es den Dreck, den Gestank und das Ungeziefer fortspülte.

Ein Schlüsselring klirrte – und plötzlich war er frei. Seine kraftlosen Beine konnten sein Gewicht nicht tragen, er fiel mit dem Rücken voran in die Pfütze aus Wasser und Unrat, rollte sich auf die Seite, hustete und rang nach Atem.

»Mach, dass du fortkommst«, knurrte der Henker. »Ich will dich hier nicht mehr sehen. Danke Gott, dass du's überstanden hast. Nicht jeder überlebt zwei Tage und Nächte am Pranger.«

Lefèvre biss die Zähne zusammen und schaffte es irgendwie, sich auf alle viere aufzurichten. Er betrachtete sein Spiegelbild in der Pfütze, es lächelte ihn an.

»Komm«, sagte es. *»Es ist nicht weit. Zu Hause bist du in Sicherheit.«*

»Wo warst du?«, murmelte Lefèvre laut.

»Ich war die ganze Zeit da. Aber wie hätte ich mich dir denn zeigen sollen, Dummkopf? Jetzt mach schon. Gleich fängt der Markt an, und du willst sicher nicht, dass die halbe Stadt dich so sieht.«

Lefèvre nahm den letzten Rest seiner Kraft zusammen und kroch über den Domplatz, vorbei an den Bauern und Kleinkrämern, die ihre Waren auspackten und über ihn lachten. Als das Gefühl in seine Beine zurückkehrte, richtete er sich auf und schleppte sich vorwärts, hielt sich an Hauswänden und Hofmauern fest, bis er zu seinem Anwesen kam. Er stieß die Tür auf, stolperte in den Eingangsraum und fiel zu Boden.

»Bringt mir Wasser«, wisperte er.

Ihm schwanden die Sinne.

Als er wieder aufwachte, fühlte er sich ein klein wenig kräftiger. Von draußen drang der Lärm der Rue de l'Épicier herein, im Haus selbst aber war es still.

»Diener!«, krächzte er.

Keine Antwort.

Stöhnend vor Schmerzen stand er auf, kämpfte sich Schritt für Schritt die Stufen hinauf und schlurfte durch den ersten Stock.

Niemand da. Das Haus war so verlassen wie eine Gruft.

Dass seine Knechte, die elenden Verräter, fort sein würden,

damit hatte er gerechnet. Aber wie es schien, waren auch die Mägde gegangen.

Er war so hungrig, dass er kaum klar denken konnte.

Er wankte zur Küche, riss die Tür der Vorratskammer auf und stopfte sich mit schmutzstarrenden Fingern wahllos Speisen in den Mund – Brot, Käse, geräucherte Wurst. Seinen brennenden Durst löschte er mit Wasser aus der Tonne. Zweimal tauchte er den Becher hinein und trank ihn in einem Zug leer. Danach fühlte er sich ein klein wenig besser.

Dieser Gestank, der ihm nach wie vor anhaftete – einfach widerwärtig. Er musste schleunigst die durchweichten Kleider ausziehen und sich waschen, sich mindestens eine Stunde lang baden und schrubben.

Als er sich einigermaßen sauber fühlte, schlüpfte er in ein frisches Gewand und stieg hinauf zur Schreibstube. Der Boden war mit Pergamenten übersät, sämtliche Truhen standen offen. Bevor sie ihn zum Pranger geschleift hatten, war Tolbert mit seinen Bütteln hier gewesen und hatte alles durchwühlt, hatte den letzten Rest seines Geldes beschlagnahmt und jeden Gegenstand von Wert mitgenommen, das Kupfergeschirr, die Gewänder, auch die Saumtiere. Das hatte nicht einmal ansatzweise ausgereicht, die Strafe zu tilgen: Lefèvre schuldete dem Rat noch mehr als hundert Pfund. Er würde das Haus verkaufen müssen, um die Geldbuße begleichen zu können. Andernfalls – daran hatte Tolbert keinen Zweifel gelassen – würde man ihn in den Hungerturm werfen und bis zum Jüngsten Tag in der dunkelsten Zelle behalten, damit er bei lebendigem Leib verrottete.

Erfüllt von einer seltsamen Teilnahmslosigkeit, betrachtete er das Durcheinander und die gähnend leeren Schatullen.

Er war ruiniert.

Vernichtet.

Lefèvre lächelte und wusste nicht einmal, weswegen.

September 1227

Metz

Roger war gerade im Handelshaus der Familie in der Rue du Changé und wies die Knechte an, die Waren für die Messe in Provins zu verladen, als ein Diener erschien. Roger sah sofort, dass der Bedienstete schlechte Nachrichten brachte: Der Mann war leichenblass, geradezu verstört.

Roger ging ihm entgegen, damit er nicht bei den Ochsenwagen mit ihm reden musste, wo die Knechte einen Höllenlärm veranstalteten.

Der Diener reichte ihm ein gefaltetes Pergament. »Von Eurer Mutter, Herr.«

Roger öffnete die Nachricht und las die wenigen Zeilen. Las sie noch einmal und ließ die Hand mit dem Pergament sinken. Er starrte den Diener an, öffnete den Mund, schloss ihn wieder und versuchte, sich zu sammeln. »Wie ist es geschehen?«, brachte er schließlich hervor.

»Er stand vom Morgenbrot auf und wollte zu seinem Gemach hinaufsteigen, als er plötzlich von der Leiter fiel. Er war sofort tot. Das Herz, sagt der Medicus. Es hätte mit einem Mal zu schlagen aufgehört.«

Roger bekreuzigte sich und nahm einen tiefen Atemzug, doch die Luft schien kaum seine Lungen zu erreichen, und einen schrecklichen Moment lang war ihm, als müsse er ersticken. Er blickte zu den Knechten und Handelsgehilfen, die emsig Fässer und Tuchballen über den Hof trugen, über die Schinderei fluchten und gar nicht ahnten, was soeben geschehen war. Ein unwirklicher Anblick wie aus einem Traum.

»Wie geht es meiner Mutter?«, wandte er sich wieder an den Diener.

»Ihr Herz ist schwer vor Trauer.«

Roger nickte fahrig. »Richte ihr aus, dass ich gleich komme.«

Nachdem der Diener gegangen war, schritt er zu dem Wagenzug zurück. »Hört mich an!«, rief er.

Augenblicklich kehrte Stille ein. Die Knechte stellten ihre Last auf den Boden. Die Handelsgehilfen auf den Wagenpritschen wandten sich zu ihm um. Die *fattori* streckten die Köpfe aus dem Fenster der Schreibstube.

»Die Fahrt nach Provins fällt aus«, sagte Roger. »Soeben hat der Allmächtige meinen Vater zu sich geholt. Betet für seine unsterbliche Seele.«

Zwei Dutzend Männer bekreuzigten sich und sanken auf die Knie.

Wenig später saß Roger am Bett seines Vaters, wo man den Leichnam des Alten aufgebahrt hatte. Die kleine Kammer im zweithöchsten Stock des Geschlechterturms war vollgestopft mit nahen und nicht ganz so nahen Verwandten. Alle Mitglieder der Familie Bellegrée, die gerade in Metz weilten, waren gekommen, um Évrard die letzte Ehre zu erweisen: zwei seiner Schwestern, mehrere Vettern und Basen, verschiedene Onkel und Tanten; darunter solche, die Roger seit Jahren nicht gesehen hatte.

Ernstlich zu trauern schien nur seine Mutter. Sie kauerte auf der anderen Seite des Bettes, das Gesicht grau und verweint, und betete gemeinsam mit dem Beichtvater der Familie. Die Übrigen standen herum und trugen betretene Mienen zur Schau, seine Schwestern verdrückten ein paar Tränen, die Übrigen schienen sich hauptsächlich um die Zukunft zu sorgen und sich zu fragen, was Évrards Tod für sie bedeutete.

Roger betrachtete seinen Vater, der da lag, als wäre er friedlich im Bett entschlafen, die Augen geschlossen, die Hände auf dem weißen Laken gefaltet. Jemand hatte sogar das Blut von der Kopfwunde abgewischt, die er sich beim Sturz von der Leiter zugezogen hatte. Roger horchte in sich hinein. All die Jahre, da ihm sein Vater das Leben schwergemacht hatte, hatte er gedacht, Évrards Tod würde ihn dereinst mit Genugtuung erfüllen, zumindest mit Erleichterung. Stattdessen fühlte er gar nichts, keine Freude, aber auch keinen Schmerz. Da war nichts in ihm als eine klaffende Leere, in der gelegentlich das Gefühl aufblitzte, dies sei alles nicht wirklich, in Wahrheit sei er in einem besonders bizarren Nachtmahr gefangen.

Dabei hatte er diesen Augenblick mehr als einmal herbeigesehnt.

Abermals überfiel ihn jene seltsame Atemnot, und er musste aufstehen. Mehrere Verwandte blickten ihn an.

Reiß dich zusammen. Du bist jetzt das Oberhaupt der Familie. Zeig ihnen, dass du der Lage gewachsen bist.

Er ging zum Tisch, goss sich etwas Wein ein und behielt den ersten Schluck lange im Mund, ehe er ihn herunterschluckte. Einer seiner Onkel trat zu ihm, ein Bruder seiner Mutter. Roger konnte den Kerl nicht leiden, er stank immerzu aus dem Mund, als würde er innerlich verfaulen.

»Ich weiß, dein Schmerz ist noch frisch und die Trauer gewiss so stark, dass du für viele Tage nicht fähig sein wirst, über die Zukunft nachzudenken. Aber ich wollte dich wissen lassen, dass ich dir vertraue, Roger. Ich bin sicher, du wirst die Familie und unseren Paraige mit Umsicht und Weisheit führen. Wenn ich dich unterstützen kann, zögere nicht, mich darum zu bitten.«

»Hab Dank«, meinte Roger schmallippig.

Glücklicherweise verbrannte der Priester just in diesem Moment neuen Weihrauch, der den stinkenden Atem seines Onkels überlagerte.

Am nächsten Morgen wurde Évrard von der Familie zu Grabe getragen. Über fünfhundert Menschen kamen zur Beerdigung auf dem Gottesacker der Pfarrei Saint-Étienne – Nachbarn, Freunde, die Schwurbrüder der Gilde und die Mitglieder aller Paraiges von Metz. Die Trauerfeier kostete ein Vermögen.

Am Ende der Woche nahm Roger den Platz seines Vaters im Kollegium der Treize jurés ein und schwor, Metz mit all seiner Kraft zu dienen, im Frieden wie im Krieg.

Tags darauf ordnete er an, den Geschlechterturm niederreißen zu lassen.

Varennes-Saint-Jacques

»Eben kam ein Brief von Robert Michelet«, sagte Isabelle, als sich die Familie zum Nachtmahl hinsetzte. »Er schreibt, Évrard Bellegrée sei gestorben.«

Michel, der soeben nach dem Brot greifen wollte, ließ die Hand sinken. »Wann?«

»Anfang letzter Woche, zwei Tage vor Mariae Geburt.«

»Hat Roger bereits sein Erbe angetreten?«

»Natürlich.«

Michel nahm einen tiefen Atemzug. »Gebe Gott, dass er seine Verantwortung für die Familie zum Anlass nimmt, sich zu mäßigen. Denn wenn nicht, kann uns das teuer zu stehen kommen.«

Die Mägde brachten das Essen herein, und der Duft nach gedünstetem Gemüse und scharf gewürztem Fleisch erfüllte die Stube.

»Du fürchtest, er könnte Varennes Schwierigkeiten machen?«, fragte Isabelle, während sie sich ein Bratenstück nahm.

»Roger war mit dem Frieden, den wir damals mit Évrard aushandelten, nie einverstanden. Wäre es nach ihm gegangen, hätte Metz uns in den Boden gestampft. Hoffen wir, dass er nicht auf die Idee verfällt, das nachzuholen.«

»Du machst dir wieder einmal zu viele Sorgen. Roger hat erst einmal genug mit dem Familiengeschäft zu tun und muss seine Stellung in der Stadt festigen. Durch einen neuen Streit mit uns würde er nichts gewinnen.«

Rémy hörte seinen Eltern schweigend zu. Auch ihm gefiel es nicht, dass Roger nun an der Spitze der Familie Bellegrée stand. Nach allem, was er von Philippine gehört hatte, schien Roger ein Mann zu sein, der mit Macht weder maßvoll noch vernünftig umgehen konnte. Doch mehr noch fragte er sich, was dies für Philippine und ihn bedeutete. Würde Roger seine neue Stellung nutzen, um die Auflösung seiner Ehe noch vehementer voranzutreiben?

Ein selbstsüchtiger Gedanke. Er schämte sich dafür. Aber nur ein wenig.

»Ist alles in Ordnung?«, sprach ihn seine Mutter an. »Du bist so still.«

»Es ist nichts, ich war nur in Gedanken.« Er lächelte sie an und machte sich über das Fleisch her.

Abbé Wigéric war der Letzte, der in der Kapelle eintraf. Seine Brüder hatten sich bereits zur Sext versammelt. Als er seinen Platz zwischen ihnen eingenommen hatte, trat der Vorsänger an den Altar, sprach den einleitenden Psalmvers und stimmte den Hymnus an, in den die Mönche sogleich einfielen.

Auch Wigéric sang mit, doch er war nicht mit dem Herzen dabei. Seine Sorgen lenkten ihn ab. Den ganzen Morgen hatte er mit dem Cellerar zusammengesessen und die schwierige wirtschaftliche Lage des Klosters besprochen. Das Skriptorium, einst das Herzstück der Abtei Longchamp und ein sprudelnder Quell üppiger Einkünfte, litt seit Jahren Not. Die Aufträge gingen stetig zurück und wurden obendrein schlechter bezahlt. Auch die Klosterschule bereitete ihm Kummer. Seit die Laien die Ratsschule besuchten, waren die Einnahmen aus dem Schulgeld merklich geschrumpft.

All das war nichts Neues. Inzwischen jedoch hatte sich die Notlage des Skriptoriums derart verschärft, dass es den dritten Monat in Folge Verlust machte. Die Anschaffung all der Schreibmaterialien, der teuren Farben und Pergamente lohnte sich nicht mehr. Der Cellerar, zuständig für den Haushalt des Klosters, drängte Wigéric daher, etwas zu unternehmen.

Im Grunde standen sie vor der Entscheidung, das Skriptorium zu schließen.

»*Oremus*«, sagte der Vorsänger. »Lasset uns beten.«

Wigéric war so in Gedanken gewesen, dass er das Ende des Chorals und die anschließende Psalmodie gar nicht mitbekommen hatte. Ächzend ging er auf die Knie, die heftig zu schmerzen begannen, als sein nicht unbeträchtliches Gewicht auf ihnen lastete. Er hatte gelernt, mit der Pein zu leben; er betrachtete sie als eine Prüfung, die Gott ihm auferlegte, um ihn an die Schwäche des Fleisches zu erinnern. Während er die Worte des Vorsängers nachsprach, kehrten seine Gedanken zurück zu den Nöten des Klosters.

Es lag auf der Hand, wem sie diese Misere verdankten: Rémy Fleury. Dieser dreiste Emporkömmling schnappte ihnen die besten Aufträge weg, drückte die Preise für Bücher und Schreibarbeiten und setzte alles daran, die Klosterschule zu ruinieren. Sein Busenfreund, dieser Engländer, war keinen Deut besser. Was sich tagtäglich in der städtischen Schule abspielte, grenzte an Ketzerei. Unbekümmert verbreitete dieser sogenannte Magister die falschen Lehren vorchristlicher Denker, ohne einen Gedanken daran, welchen Schaden er damit unschuldigen Kinderseelen zufügte.

Aber niemand unterband diese gottlosen Machenschaften. Die Obrigkeit ließ Rémy und William einfach gewähren. Schlimmer noch: Die Bürgerschaft feierte sie als Wohltäter, in gelehrten Kreisen rühmte man ihre Namen.

Wie es schien, fiel Wigéric die Aufgabe zu, ihnen Einhalt zu gebieten. Wer, wenn nicht er? Gegen Fleurys Schreibwerkstatt konnte er wahrscheinlich nichts mehr ausrichten, dafür war es zu spät. Damit hatte er sich inzwischen abgefunden. Die Schule aber würde er bis zum letzten Atemzug bekämpfen. Nur wie? Fleury und der Engländer standen unter dem Schutz des Rates. Dagegen war Wigéric machtlos, selbst wenn er das Domkapitel und die Äbte der anderen drei Klöster mobilisierte. Und auf die Unterstützung des Bischofs konnte er nicht zählen. Seine Exzellenz interessierte sich nur für seine Kathedrale. Für Wigérics Sorgen war er taub.

Fleury und der Engländer könnten einen Unfall erleiden.

Nein. So tief würde er nicht sinken. Er war ein Mann Gottes, kein Mörder. Davon abgesehen, würde es nichts nützen. Selbst wenn seine Feinde verschwänden, würde die Schule weiter bestehen. Er musste einen Weg finden, die Schule zu diskreditieren, indem er der Bürgerschaft zeigte, wie gefährlich sie war.

Das Gebet näherte sich dem Ende. Der Vorsänger sprach den abschließenden Vers, die Brüder antworteten, danach verließen sie die Kapelle.

Als Wigéric ins Freie trat, dachte er, dass er sich in Geduld üben musste. Das Recht war auf seiner Seite. Irgendwann würde der Herr ihm ein Werkzeug gegen die Schule in die Hand geben.

Alles, was er tun musste, war, auf den rechten Moment zu warten.

Lefèvre war das letzte Mal vor vielen Jahren in diesem Teil der Unterstadt gewesen. Als er die enge Gasse am Kanal betrat, wusste er wieder, warum er das Viertel seither gemieden hatte: Der Gestank der Gerbergruben in den Hinterhöfen war derart widerwärtig, dass ihm beinahe das Morgenbrot hochkam. »Bei allen Dämonen«, murmelte er, worauf ihn der Gerbermeister mit einem verächtlichen Blick streifte.

»Das ist noch gar nichts«, meinte der rotgesichtige Kerl, der kaum noch Haare auf dem Kopf hatte, dafür aber eine enorme Nase sein Eigen nannte. »Im Sommer stinkt's hier manchmal wie auf einem Schlachtfeld voll mit Leichen. Aber man gewöhnt sich dran. Man gewöhnt sich an alles, wenn man muss.«

Lefèvre hätte sich gern die Nase zugehalten, während er dem Gerber folgte, aber er musste den Karren mit seinen Habseligkeiten schieben. Zu allem Überfluss peinigte ihn sein Bein. Die Narbe der alten Wunde, die ihm einst Caboche zugefügt hatte, war durch den Aufenthalt am Pranger schlimmer geworden und schmerzte nun bei jedem Wetter, nicht nur bei Kälte und Nässe. Er konnte von Glück sagen, dass das Knie nicht steif geworden war.

Mehrere Gesellen und Tagelöhner arbeiteten im Hof des Gerberhauses. Sie schabten Fleischreste von frischen Häuten, holten bereits gegerbte aus den beiden Gruben und legten sie auf Holzgestellen zum Trocknen aus. Der Meister rief ihnen schroff einige Anweisungen zu, bevor er Lefèvre zu einem kleinen Verschlag neben dem Haupthaus führte.

»Das ist es«, erklärte er. »Es ist nicht groß, aber für Eure Zwecke wird's genügen, schätze ich. Außerdem ist es billig. Nur zwei Sous im Monat. Geht das in Ordnung?«

Anstelle einer Antwort öffnete Lefèvre die Tür und warf einen Blick hinein. Die Hütte stand auf der Uferböschung des Kanals, weshalb der hintere Teil des Raumes gut einen Klafter tiefer lag als der vordere und über eine Leiter zu erreichen war. Die Wände bestanden aus Stein und trugen ein löchriges Holzdach. Es gab zwei winzige Fensterschlitze, eine verstaubte Herdstelle, einen Tisch mit zwei Stühlen und ein Bett, dem man schon von Weitem ansah, dass es von Ungeziefer verseucht war.

Nun, es war nicht so, als hätte er eine Wahl gehabt. Sein Haus in der Rue de l'Épicier hatte er verkaufen müssen, um die

Strafe bezahlen zu können. Nun besaß er noch knapp zwanzig Pfund Silber, das war zu viel zum Sterben und zu wenig zum Leben. Ein neues Haus bekam man dafür jedenfalls nicht, nicht einmal in der Unterstadt, zumal niemand an ihn verkaufen wollte. Er war jetzt ehrlos, mit einem Mann wie ihm wollte niemand etwas zu tun haben. Man wollte ihm nicht einmal etwas vermieten – dieser Gerbermeister war die löbliche Ausnahme. »Anderthalb, und ich nehme es«, sagte er.

»Zwei. Dabei bleibt es. Wenn Euch das nicht passt, geht woanders hin. Ihr müsst auch an mich denken. Ich setze meinen guten Ruf aufs Spiel, wenn ich an Euch vermiete.«

»Wenn Euch Euer guter Ruf nur zwei Sous wert ist – bitte«, knurrte Lefèvre. »Aber dafür lasst Ihr mich in Ruhe. Keine unangemeldeten Besuche und dergleichen.«

»Solange Ihr jeden Monat pünktlich den Mietzins zahlt, bekommt Ihr mich nicht zu Gesicht.«

Lefèvre drückte ihm das Geld für den ersten Monat in die Hand, dann ließ der Gerber ihn allein. Er schob den Karren hinein und verriegelte die Tür hinter sich.

Das war jetzt also sein neues Heim. *Erbärmlich*, dachte er.

Er räumte seine Sachen aus. Zuerst löste er die Geldkatze von seinem Gürtel und legte sie auf den Tisch. Er würde ein gutes Versteck für das Geld finden müssen, damit der Gerber oder dessen Gesellen ihn nicht bestahlen. Am besten wäre, er vergrub es. Danach griff er in den Handkarren, holte ein Messer heraus und betrachtete die gezackte Klinge. Es war das einzige Folterwerkzeug, das er aufgehoben hatte – die übrigen Stücke hatte er bei Nacht und Nebel aus dem Keller geschafft und in die Mosel geworfen. Den geheimen Zugang des Kellers hatte er natürlich zugemauert, bevor er das Haus zum Verkauf anbot. Erworben hatte es letztlich der Kaufmann Philippe de Neufchâteau für einen Spottpreis. Hoffentlich fuhr der Kerl dereinst für seinen Geiz zur Hölle.

Lefèvre rammte das Messer in die Tischplatte und holte den

kleinen Bronzespiegel aus dem Karren. Sein Ebenbild lächelte verächtlich.

»Was für ein stinkendes Loch.«

»Was du nicht sagst.«

»So tief unten warst du noch nie, alter Freund. Ich hoffe, du vergisst nie, wem du dein Elend verdankst.«

»Fleury«, knirschte Lefèvre und rieb sein schmerzendes Bein.

»Richtig. Du hast einst geschworen, ihn zu vernichten, aber du bist weich geworden. Was kannst du tun, damit dir das nicht noch einmal passiert?«

»Meinen Racheschwur erneuern.«

»Sehr gut. Am besten jetzt gleich. Sprich mir nach, Anseau …«

Metz

»Eine Markthalle«, wiederholte Roger.

Der *fattore* nickte. »Sie bauen sie draußen auf dem Messegelände, gleich neben der Straße.«

»Und Ihr seid sicher, dass das Gebäude nicht einem anderen Zweck dient, vielleicht als Erweiterung der Herberge?«

»Ich habe mich bei den Steinmetzen erkundigt, Herr Bellegrée. Die Halle soll den Messebesuchern Schutz vor Wind und Wetter bieten, während sie Geschäfte machen.«

Roger konnte nicht länger sitzen. Er stand auf und ging in der Schreibstube umher. »Der Rat von Varennes hat doch sicher schon vor Monaten mit dem Bau angefangen. Wieso höre ich erst jetzt davon?«

»Ich nehme an, keiner von uns hat sie bisher gesehen. Wenn wir in Varennes sind, bleiben wir zumeist auf dem Marktplatz vor dem Dom. Dort und in der Saline wickeln wir den Löwenanteil unserer Geschäfte ab. Wenn gerade keine Messe stattfindet, gibt es eigentlich keinen Grund, zum Messegelände außerhalb der Stadtmauern zu gehen.«

»Aber Ihr wart dort.«

»Es war der Abend nach unserer Ankunft«, erklärte der *fattore*. »Ich vertrage lange Fahrten mit dem Flusskahn nicht mehr so gut wie früher. Die Enge, das Sitzen auf den unbequemen Bänken – meist schmerzt mir danach höllisch der Rücken. Ich brauchte Bewegung und vertrat mir am Moselufer die Füße.«

Roger blickte aus dem Fenster. Im Hof des Handelskontors luden die Männer gerade die Waren aus Varennes von den Wagen. Er nahm einen tiefen Atemzug. »Wird sie bis zur Oktobermesse fertig sein?«

»Davon gehe ich aus. Es fehlt nur noch das Dach.«

Roger nickte. »Habt Dank, dass Ihr mich benachrichtigt habt.«

Als sich der *fattore* zurückgezogen hatte, biss Roger die Zähne zusammen und klopfte mit der Faust langsam auf den Fenstersims. Es war genauso gekommen, wie er vorhergesagt hatte: Varennes hatte sich zügig von den Folgen des Handelskriegs erholt und strebte bereits nach neuem wirtschaftlichem Einfluss. Die Zugeständnisse, die der Rat den Paraiges hatte machen müssen, waren für Bürgermeister Fleury und seine Gefolgsleute allenfalls ein Ärgernis – ein lästiges, aber keineswegs unüberwindliches Hindernis auf ihrem Weg zur Macht im Moseltal. Aber Évrard, der alte Narr, hatte ja nicht auf ihn hören wollen. Nun war er tot, und Roger durfte sich mit den Folgen seiner törichten Nachsicht herumschlagen. *Herzlichen Dank, Vater.*

Einige Tage später besprach er die Angelegenheit mit den Oberhäuptern der Paraiges.

Er lud die Männer ins Gästehaus des Paraige Porte-Muzelle ein. Bei dem Gebäude handelte es sich um einen geräumigen und wohnlichen Palast, der dank seiner Zinnen und Türme obendrein leicht verteidigt werden konnte. Die anderen Paraiges verfügten über ähnliche Gästehäuser, doch jenes von Porte-

Muzelle war besonders prächtig. Wenn Roger nicht in seinem Haus oder im Handelskontor der Familie weilte, hielt er sich meistens hier auf. Er dachte sogar darüber nach, im Gästehaus dauerhaft seinen Wohnsitz zu nehmen, denn als Oberhaupt seines Paraige gebührte ihm das Privileg, die Hauptgemächer nach Belieben nutzen zu dürfen. Sein Vater hatte davon kaum je Gebrauch gemacht; Roger hingegen fühlte sich hier ausgesprochen wohl und hatte bereits begonnen, die Kammern nach seinem Geschmack einrichten zu lassen.

Zur Vesper trafen die Männer im Versammlungssaal ein. Wie bei solchen Anlässen üblich, hatte jeder ein Gewand in den Farben seines Paraige angelegt. Jehan d'Esch vom Paraige de Jurue trug einen Adler mit gespreizten Schwingen auf der Brust; Robert Gournais von Saint-Martin drei goldene Kugeln; Baptîste Renquillon von Port-Sailly ein goldenes Torhaus. Pierre Chauverson kleidete sich wie Roger in Gold und Blau, allerdings waren die Farben von Outre-Seille im Fischgrätenmuster angeordnet, nicht in Querstreifen wie bei Porte-Muzelle. Géraud Malebouche schließlich trug ein vergleichsweise schlichtes Gewand in Gelb und Schwarz, denn er führte den Paraige des Gemeinwohls, einen Verbund aus Kaufmannsfamilien, die noch recht jung waren und nicht zur städtischen Aristokratie der altehrwürdigen einhundertachtzehn Familien von Saint-Étienne gehörten.

Alle diese Männer standen nicht nur ihrem Paraige vor, sie saßen außerdem im Rat der Treize jurés und in verschiedenen anderen Kollegien und Behörden der Stadt. Sie waren die Köpfe der Republik Metz, ihre mächtigsten Repräsentanten – diese fünf musste Roger überzeugen, wenn er wollte, dass sich die Dinge in seinem Sinne bewegten. Dabei galt sein besonderes Augenmerk Robert Gournais, den die Wahlmänner nach Évrards Tod zum neuen Schöffenmeister ernannt hatten. Als Schöffenmeister war Gournais sogar noch mächtiger als die anderen Dreizehngeschworenen, denn er konnte im Alleingang durchsetzen, dass die Republik hart gegen ihre Feinde vorging, ihnen sogar den Krieg erklärte.

Ob das geschehen würde, stand freilich auf einem anderen Blatt. Mit seinen fünfundsechzig Jahren war Gournais der älteste Mann im Saal, er handelte stets zurückhaltend und besonnen. Waghalsige Abenteuer, die seinen Paraige und die Stadt Metz gefährden könnten, verabscheute er. Darüber hinaus war er ein Ausbund an Ehre und Rechtschaffenheit, dass einem schlecht werden konnte. Ihn zu überzeugen, würde nicht leicht werden.

Nachdem Roger von der Entdeckung seines *fattore* berichtet und seiner Besorgnis wegen der Markthalle Ausdruck verliehen hatte, ergriff Jehan d'Esch das Wort.

»Ich bin nicht sicher, ob ich Euch richtig verstehe, Roger«, sagte der grauhaarige Patrizier. »Der Rat von Varennes lässt auf dem Messegelände eine Markthalle bauen – und Ihr seht darin eine Gefahr für unsere Stadt? Weshalb?«

»Liegt das nicht auf der Hand? Varennes erstarkt wieder. Dieses Bauvorhaben beweist das. Es zeigt, dass wir unser Ziel, Varennes zu schwächen, verfehlt haben. Seit dem Friedensabkommen sind keine drei Jahre vergangen, und Varennes ist längst wieder da, wo es vor dem Handelskrieg war.«

»Das bezweifle ich«, meinte Gournais. »Die Stadt ist gerade mit knapper Not einer Hungersnot entronnen. Davon erholt sie sich nicht so bald.«

»Das sehe ich ähnlich«, stimmte d'Esch ihm zu. »Bei allem Respekt, Roger, aber ich finde, Ihr übertreibt. Es ist doch nur eine Markthalle. Kein Grund zur Beunruhigung.«

»Noch ist es nur eine Markthalle«, sagte Roger. »Nächstes Jahr dann eine zweite Messe und im Jahr darauf eine Zollburg an der Mosel, die den Warenverkehr nach Süden verteuert. Wieso sollen wir warten, bis Varennes uns ernstlich Schaden zugefügt hat, wenn wir das Übel jetzt mit geringem Aufwand an der Wurzel ausreißen können?«

»Ihr könnt nicht wissen, was die Zukunft bringt«, erwiderte Gournais. »Höchstwahrscheinlich bleibt es einfach bei der Markthalle. Wie gesagt, Varennes hat gerade andere Sorgen.«

»Umso besser für uns«, sagte Géraud Malebouche, ein steinreicher Tuchhändler, der etwa im selben Alter wie Roger war. »Solange Varennes schwach ist, sollte es uns nicht schwerfallen, den Rat zu zwingen, den Betrieb der Messe einzustellen, wie wir es schon damals hätten tun sollen. Roger sagt da nämlich ein wahres Wort. Ich will nicht verantworten, dass sich vor unserer Haustür ein Rivale breitmacht. Handeln wir jetzt. Wenn wir warten, treiben wir nur die Kosten der Auseinandersetzung in die Höhe.«

»Und uns allen dürfte klar sein«, ergänzte Roger, »dass die Auseinandersetzung mit allzu ehrgeizigen Nachbarn unvermeidlich ist, wenn wir verhindern wollen, dass es uns ergeht wie einst Amalfi.«

»Was zum Teufel hat Amalfi damit zu tun?«, schnarrte Gournais.

Pierre Chauverson nahm Roger die Aufgabe ab, es dem Schöffenmeister zu erklären. »Amalfi ließ zu, dass Pisa immer stärker wurde, bis Pisa schließlich Amalfi plünderte. Die Folgen dürften Euch bekannt sein.«

»Das ist hundert Jahre her, und die Umstände damals waren ganz andere«, sagte d'Esch. »Man kann Varennes kaum mit Pisa vergleichen und Metz schon gar nicht mit Amalfi. Ihr seht Gespenster, Roger.«

»Ich bin sicher«, entgegnete Roger mit dünnem Lächeln, »dass es in Amalfi damals ganz ähnlich zuging. Gewiss gab es im Stadtrat viele Männer von Eurer Sorte, Zauderer, die immerzu abwiegelten und die Gefahr herunterspielten, weil sie um ihre behagliche Ruhe fürchteten. Wie man wohl von ihnen dachte, als die Stadt in Flammen aufging?«

D'Esch stieg die Zornesröte ins Gesicht. »Dafür, dass Ihr

das erste Mal an dieser Versammlung teilnehmt, nehmt Ihr den Mund entschieden zu voll!«

Eine hitzige Debatte begann. Chauverson und Malebouche ergriffen für Roger Partei, bald darauf auch Baptîste Renquillon, der sich zunächst herausgehalten hatte. Doch obwohl sie ihren Widersachern zahlenmäßig überlegen waren, gelang es ihnen nicht, d'Esch und Gournais zu überzeugen.

»Dieser Disput führt zu nichts«, sagte Chauverson irgendwann. »Stimmen wir einfach ab, wie wir vorgehen, bevor wir uns noch die ganze Nacht streiten.«

»Ich denke, eine Abstimmung können wir uns sparen«, erklärte d'Esch mit eisiger Ruhe. »Roger, besteht Ihr auf Eurer Forderung, Varennes notfalls mit Gewalt zu zwingen, die Markthalle einzureißen und den Betrieb der Messe einzustellen?«

Roger wusste, was nun kam. »Ich habe nicht vor, sie zurückzuziehen«, erklärte er schmallippig.

D'Esch nickte knapp. »Ein solches Vorhaben fällt in die alleinige Zuständigkeit des Schöffenmeisters. Die Oberhäupter der Paraiges und die Treize jurés können ihn dabei allenfalls beraten – was hiermit geschehen ist. Robert, wie lautet Eure Entscheidung?«

Gournais blickte Roger nicht an, als er antwortete: »Wir lassen den Rat von Varennes seine Markthalle bauen und unternehmen vorerst nichts. Auch unsere Mittel sind begrenzt, und ich sehe nicht ein, sie in einem Konflikt zu verschleudern, dessen Nutzen mehr als fraglich ist. Sollte sich in den kommenden Jahren wirklich herausstellen, dass Varennes uns schaden will – was ich bezweifle –, können wir immer noch handeln … Wolltet Ihr etwas sagen, Roger?«

Roger schluckte seine beißende Erwiderung hinunter. »Heute Abend gibt es nichts mehr zu sagen.«

»Wenigstens was das angeht, sind wir einer Meinung.« Der Schöffenmeister erhob sich schwerfällig und griff nach seinem

Gehstock. »Ihr Herren, ich bin erschöpft und möchte mich zurückziehen. Gehabt euch wohl. Wir sehen uns bei der nächsten Zusammenkunft des Großen Rates.«

Damas-aux-Bois

Ein bisschen höher«, sagte Rémy und schob die Säule der Armbrust eine halbe Daumenbreite nach oben.

Philippine drückte die Abzugstange. Der Bolzen sauste durch die Luft und schlug in die Zielscheibe auf der anderen Seite der Waldlichtung ein.

»Mitten ins Schwarze! Du wirst immer besser.«

»Ich habe ja auch einen Meister als Lehrer.«

Wie gut es tat, sie lächeln zu sehen. Rémy wagte kaum zu hoffen, aber seit gestern erschien es ihm, als würde sie langsam ins Leben zurückfinden.

»Lass mich gleich noch mal.«

»Warte, ich lade sie dir nach«, sagte er.

»Das kann ich selbst machen.«

»Weißt du, wie es geht?«

Sie blickte ihn strafend an. »Man muss dafür nicht gerade ein Doctor der Universität Paris sein, weißt du?«

Lächelnd gab er ihr den Gürtel mit dem Spannhaken. Sie legte ihn sich um und spannte die Armbrust. Anschließend legte sie den Bolzen ein, drückte ab und traf abermals das Herz der Scheibe.

Sie wurde immer treffsicherer. Dabei war es gerade einmal eine Woche her, dass sie das erste Mal eine Armbrust benutzt hatte. Bei seinem letzten Besuch in Damas hatte er beschlossen, es ihr beizubringen, um sie wenigstens für ein paar Stunden von ihrer Trauer abzulenken. Das Schießen mit der Armbrust zwang einen, seine Gedanken ganz auf die Waffe und das Ziel zu richten, bis man alles um sich herum vergaß.

Nach seiner Erfahrung war das ein wirksames Mittel gegen jeglichen Schmerz. Tatsächlich halfen ihr die Stunden auf der Waldlichtung, zur Ruhe zu kommen und neue Kräfte zu sammeln. Beides hatte sie bitter nötig.

Sie hatte bis zum Ende am Sterbebett ihres Vaters gewacht, ihn eine Woche lang gepflegt und versucht, sein Leiden zu lindern. Rémy wusste, wie sehr sie ihn geliebt hatte, und konnte kaum ermessen, was sein Tod für sie bedeutete. Als wäre das nicht schlimm genug, war sie die ganze Zeit allein mit ihrer Trauer gewesen. Ihre Mutter, selbst gefangen in ihrem Schmerz, war nicht fähig gewesen, ihr Trost zu spenden. Und was ihren Bruder betraf … Philippine machte nur Andeutungen, doch Rémy hörte heraus, dass er ihr vorwarf, sie sei für die Misere der Familie verantwortlich. Offenbar war Laurent ein Scheusal vor dem Herrn, dem Rémy zu gern etwas Anstand beigebracht hätte.

Er bemerkte, dass Philippine alle Bolzen verschossen hatte. Er folgte ihr zur Zielscheibe und half ihr, sie herauszuziehen. Nur vier Bolzen waren danebengegangen – er fand sie unter den Farnen zwischen den Bäumen.

»Noch eine Runde?«, fragte sie.

»Gehen wir besser zurück. Es wird bald dunkel. Wir können morgen weitermachen.«

Die Zielscheibe ließen sie stehen, die übrige Ausrüstung nahm Rémy an sich, bevor sie das Wäldchen verließen. Während sie über die Wiese zum Gehöft schritten, hakte sich Philippine bei ihm unter. Plötzlich küsste sie ihn auf die Wange.

»Wofür war der?«

»Ich bin einfach froh, dass du da bist.«

Arm in Arm schlenderten sie zum Hoftor.

Als sie das Wohnhaus betraten, fiel Rémy auf, dass es eigentümlich still war. Sollte Baudet nicht das Abendbrot zubereiten? Er spähte in die Küche und sah, dass jemand auf dem

Boden lag, halb verdeckt durch den Tisch in der Mitte des Raumes. Der dunkle Fleck daneben – war das Blut?

Mit gerunzelter Stirn wollte Rémy näher herangehen. In diesem Moment packte ihn jemand von der Seite und wollte ihn in die Küche zerren. Rémy reagierte blitzschnell und schlug mit dem Kolben seiner Armbrust zu. Er traf den Angreifer am Brustbein, sodass dieser keuchend zurücktaumelte und gegen ein Regal prallte. Ehe Rémy zu Philippine herumwirbelte, sah er, dass der Mann ein Panzerhemd trug und ein blankes Schwert in der Hand hielt.

»Lauf!«, stieß er hervor.

Sie stürzten zur Vordertür, hasteten durch den Hof, rannten über die Wiese. Rémy warf einen flüchtigen Blick über die Schulter. Der Mann aus der Küche, ein hagerer Kerl, folgte ihnen. Außerdem waren zwei weitere Bewaffnete aus dem Haus gekommen, die ihnen ebenfalls nachsetzten.

»Was machst du?«, schrie Philippine, als er stehen blieb.

»Lauf weiter – tu, was ich sage!« Zögernd setzte sie sich in Bewegung, während Rémy mit geübten Handgriffen die Armbrust lud. Er legte an und schoss. Einer der Männer ging zu Boden. Die anderen würden bei ihm sein, bevor er einen zweiten Schuss abgeben konnte. Mit der Armbrust in der Hand wirbelte er herum und hetzte Philippine nach, die eben zwischen den Bäumen verschwand.

Er musste seinen Vorsprung so weit vergrößern, dass er genug Zeit gewann, um nachladen zu können. Glücklicherweise waren die Männer in ihren Rüstungen langsamer als sie. Am Waldrand wandte er sich noch einmal zu ihnen um – und das rettete ihm das Leben. Der Hagere mit dem Raubvogelgesicht hatte ein Wurfmesser gezogen und schleuderte es. Im letzten Moment zog Rémy den Kopf ein. Das Messer bohrte sich über ihm in den Baumstamm.

Der Hagere rief etwas und rannte Rémy nach, während sich sein Kumpan links hielt, offenbar um Philippine zu verfolgen.

Rémy lief weiter, sprang über Haufen aus totem Holz, duckte sich unter niedrigen Ästen. Er konnte Philippine nirgends entdecken, denn zu seiner Rechten war der Wald sehr dicht.

»Philippine!«, rief er und schalt sich sogleich für seine Dummheit. Wenn sie ihm antwortete, verriet sie ihrem Verfolger womöglich, wo sie entlanglief. Doch der Wald blieb still. Das konnte zweierlei bedeuten: Entweder war sie klug genug, nicht zu antworten – oder der Krieger hatte sie bereits erwischt.

Das kann nicht sein. Ihr Vorsprung ist groß genug. Er kämpfte gegen seine Furcht an und zwang sich, klar zu denken. Philippine kannte diesen Wald besser als er. Er musste darauf vertrauen, dass sie imstande war, den Verfolger abzuschütteln. Denn wie die Dinge standen, konnte er vorerst nichts für sie tun.

Der Hagere war zurückgefallen – Rémy hörte ihn mehr, als dass er ihn im Dämmerlicht des Waldes tatsächlich sah. Er schlug einen Haken nach links, sprang eine niedrige Böschung hinab und huschte geduckt durchs Geäst. Wenn ihn sein Gedächtnis nicht täuschte, gab es hier in der Nähe eine kleine Lichtung, überwuchert mit Farnen – er hatte sie neulich bei einem Spaziergang mit Philippine gesehen. Obwohl ihm bereits der Atem in der Kehle brannte, lief er so schnell, wie es der unwegsame Boden zuließ. Als er die Lichtung erreichte, machte er langsamer, watete einige Schritte durch den hüfthohen Farn und legte sich dann flach auf die Erde.

Wer sind diese Männer? Räuber? Vogelfreie?

Nein, dafür waren sie zu gut gerüstet. Egal – damit konnte er sich später befassen. Jetzt galt es, die Armbrust zu laden … was im Liegen nicht so einfach war. Er rollte sich auf den Rücken, hakte die Sehne im Spanngürtel ein, stellte den Fuß in den Eisenbügel am vorderen Ende der Armbrustsäule und streckte das Bein, bis die Sehne einrastete.

Geräusche näherten sich, das Knacken von Zweigen. Rémy

hielt den Atem an, wälzte sich so leise wie möglich auf den Bauch und legte den Bolzen ein.

Plötzlich, als wäre er aus dem Nichts aufgetaucht, stand der Hagere vor ihm. Bleckte die Zähne und holte mit dem Schwert aus. Rémy gelang es gerade noch, die Armbrust hochzureißen und abzudrücken. Der Bolzen bohrte sich in den Oberschenkel des Mannes, die Spitze trat hinten wieder aus. Der Hagere keuchte vor Schmerz und taumelte zwei, drei Schritte zurück. Rémy federte hoch, fing den ungeschickten Schwerthieb mit dem Fußbügel der Armbrust auf und rammte sie dem Mann ins Gesicht, sodass er rücklings in die Farne fiel.

Rémy rannte, so schnell er konnte. Zu spät bemerkte er, dass ihm beim Herumwälzen auf dem Waldboden fast alle Bolzen aus dem Köcher gerutscht waren. Nur noch zwei steckten darin.

Die Beinwunde schien den Hageren daran zu hindern, ihm zu folgen. Rémy lief in die Richtung, in der er Philippine vermutete. Nirgends eine Spur von ihr. Das Wäldchen war mehrere Morgen groß – sie konnte überall sein.

Er blieb stehen, lud die Armbrust nach und lauschte. Nichts.

Wo würde er sich an ihrer Stelle verstecken? Sie hatte ihm einmal erzählt, dass es am Fuß der Hügel im Osten Höhlen gab. Hatte sie dort Zuflucht gesucht?

Ein Schrei erklang. Philippines Stimme. Er hielt die Armbrust mit beiden Händen fest und rannte los.

»Rémy!«, rief sie.

Der Wald lichtete sich etwas. Vor einem mit Felsen übersäten Hang standen dürre Birken, dazwischen wuchsen Brennnesseln und Dornengestrüpp. Philippine hetzte die Böschung hinauf. Ihr Verfolger hatte sie fast eingeholt, streckte die Hand aus und bekam sie am Ärmel zu fassen. Sie fiel hin, der Krieger holte mit seiner Axt aus.

Rémy zielte mit der Armbrust. *Wenn ich ihn verfehle, ist*

sie tot. Er zwang sich zur Ruhe und drückte ab. Der Bolzen schoss so schnell zwischen den Baumstämmen hindurch, dass er mit bloßem Auge kaum zu sehen war – und traf den Krieger im Nacken. Der Mann ließ die Axt fallen und taumelte nach vorne. Philippine rollte sich zur Seite, als er ohne einen Laut zu Boden stürzte.

Rémy lief zu ihr. Sie war aufgestanden und starrte den Toten zu ihren Füßen an.

»Bist du verletzt?«

»Mir geht es gut. Und dir?«

Er nickte nur, dann bückte er sich nach der Streitaxt des Toten. »Nimm das. Komm.« Er ergriff ihre Hand, sie hasteten den Hang hinauf und rannten tiefer in den Wald, bis sie nicht mehr konnten. Am Fuß der Hügel versteckten sie sich im Unterholz.

Rémy legte den letzten Bolzen ein und beobachtete den Wald. Als er wieder Luft bekam, fragte er: »Was sind das für Männer?«

»Roger hat sie geschickt.«

»Bist du sicher?«

»Der Dürre mit dem eingefallenen Gesicht«, sagte Philippine, »das ist Thankmar, ein Söldner und Mörder. Er hat früher schon für Rogers Familie gearbeitet. Roger hat ihn angeheuert, damit er mich ihm vom Hals schafft. Wenn wir nicht im Wald gewesen wären, hätten sie uns beim Abendessen überrascht und umgebracht.«

»Warum haben sie nicht bis zur Nacht gewartet und uns einfach im Bett erschlagen?«

»Sie konnten ja nicht wissen, dass du da bist. Wahrscheinlich dachten sie, sie hätten leichtes Spiel mit mir.«

Rémy schluckte hart. Die Umgebung verschwamm vor seinen Augen. Erst jetzt wurde ihm bewusst, dass er zwei Männer getötet hatte. Es war das erste Mal, dass durch seine Hand jemand gestorben war. Gewiss, zwei gedungene Mörder, die kein Mitleid verdienten – und doch: Menschen mit einer Vergangenheit, einer Seele. Übelkeit stieg in ihm auf.

»Was machen wir jetzt?«, fragte Philippine nach einer Weile.

Rémy blinzelte und sammelte sich. »Wir müssen dich von hier wegbringen, falls dieser Thankmar Verstärkung holt. Am besten gehen wir nach Varennes, dort kann ich dich verstecken.«

»Das schaffen wir nicht mehr, bevor es dunkel wird.«

»Wir bleiben im Wald. Morgen früh gehe ich zum Hof und hole die Pferde.«

»Baudet und Savin – meinst du, sie sind tot?«

»In der Küche lag jemand. Ich glaube, es war Baudet. Wahrscheinlich haben sie ihn erschlagen. Hoffen wir, dass Savin mehr Glück hatte und rechtzeitig fliehen konnte.«

Das ganze Entsetzen der letzten Stunde brach über Philippine herein, und sie begann leise zu weinen. Rémy nahm sie in die Arme.

Währenddessen lag der Wald still vor ihnen. Entweder fand Thankmar sie hier nicht, oder er hatte die Suche wegen seiner Verletzung abgebrochen, was Rémy wahrscheinlicher erschien.

»Was wird Thankmar Roger erzählen?«, fragte Philippine, als sie sich beruhigt hatte.

»Unseretwegen?«

Sie nickte.

»Das hängt ganz davon ab, ob er mich erkannt hat.« Die Chancen hierfür standen gut – Rémy war der Sohn des berühmten Michel Fleury und inzwischen selbst ein bekannter Mann im Moseltal. »Und wie viel er gesehen hat! Wenn wir Glück haben, bin ich für ihn nur ein Kerl mit einer Armbrust. Ein Knecht, ein Besucher aus dem Dorf, was auch immer.«

»Wenn nicht, weiß Roger, dass wir ein Liebespaar sind.«

Welche Folgen das haben würde, wagte Rémy sich nicht auszumalen. »Daran denken wir jetzt nicht. Ein Schritt nach dem anderen. Morgen sehen wir weiter.«

In der Nähe gab es eine Quelle, an der sie ihren Durst stillten. Etwas zu essen fanden sie nicht, aber da sie beide keinen großen Hunger verspürten, war das nicht weiter schlimm.

Wenig später brach die Nacht herein. Rémy bestand darauf, Wache zu halten, während Philippine schlief. Mit der Armbrust in den Händen kauerte er da und lauschte in die Nacht. Unendlich langsam krochen die Stunden vorbei. Wenn er einzudösen drohte, schlug er sich selbst gegen die Wange oder ging ein paar Schritte zwischen den Bäumen umher.

Obwohl er die Gesichter der beiden getöteten Männer nur ganz flüchtig gesehen hatte, starrten sie ihn an, sowie er die Augen schloss.

Sie waren Mörder, verdammte Seelen, sagte er sich. *Die Welt ist ohne sie besser dran.*

Das half – ein wenig.

Wie laut der Wald bei Nacht war! Ständig knisterte und knackte etwas. Manchmal hielt Rémy die Geräusche für Schritte, die sich näherten. Dann hob er die Armbrust, bereit, abzudrücken, sowie er Thankmar erkennen konnte. Doch der Söldner tauchte nicht auf, und schließlich sickerte das erste Licht des Tages durch das Blätterdach.

Kurz darauf erwachte Philippine. Als sie sich aufsetzte, verzog sie das Gesicht. Offenbar schmerzte ihr der Rücken vom Liegen auf dem unebenen Boden. Verwirrt blickte sie sich um. Dann huschte ein Schatten über ihr Gesicht, als sie sich daran erinnerte, was geschehen war.

»Ich komme mit, wenn du zum Hof gehst«, sagte sie.

»Das ist zu gefährlich.«

»Ich lasse dich nicht allein gehen«, beharrte sie. »Außerdem ist es auch gefährlich, wenn ich hier auf dich warte.«

Er war zu erschöpft, um ihr zu widersprechen. Außerdem hatte sie nicht unrecht. Nachdem sie sich an der Quelle etwas Wasser ins Gesicht gespritzt hatten, machten sie sich auf den Weg.

Es war ein klarer Sonntagmorgen. Am Waldrand verbargen sie sich im Gebüsch und beobachteten das Gehöft. Nichts regte sich dort.

»Bleib dicht hinter mir.« Rémy ging mit der geladenen Armbrust voraus. »Wenn Thankmar auftaucht, lauf sofort in den Wald.«

Stille lag über den Gebäuden. Die Linde wiegte sich im Wind und streichelte mit ihren Zweigen das Dach. Vorsichtig überquerten sie den Hof und betraten das Wohnhaus.

Die stickige Luft im Innern roch nach Blut. Rémy schlich den Flur entlang, die Armbrust im Anschlag, und spähte in die angrenzenden Räume. Es war niemand mehr da. Er entspannte sich etwas und ging zu dem Körper, der nach wie vor in der Küche lag. Es war tatsächlich Baudet. Eine Wunde klaffte in seiner Brust. Philippine war aschfahl, sie kniff die Lippen zusammen und wandte den Blick ab.

Es dauerte nicht lange, bis sie auch Savin fanden: Der Knecht lag auf der Türschwelle zum Stallgebäude, ein Schwerthieb hatte ihm den Torso von der Schulter bis zum Bauch gespalten. Ganze Fliegenschwärme krabbelten auf dem blutigen Fleisch herum.

Philippine schlug sich die Hand vor den Mund, doch sie blieb gefasst.

Rémy biss die Zähne zusammen, ging zur Vorratskammer und stopfte etwas Brot, Käse und Räucherwurst in einen Beutel. Anschließend holte er ihre Geldkatzen aus dem Schlafgemach.

»Wir können sie doch nicht einfach so liegen lassen«, sagte Philippine.

»Wir wissen nicht, was Roger unternimmt, wenn Thankmar ihm Bericht erstattet. Es ist besser, dich so schnell wie möglich fortzubringen.«

»Trotzdem müssen wir den Schultheißen von Damas benachrichtigen. Sonst glaubt man womöglich noch, ich hätte etwas mit ihrem Tod zu tun, wenn die Leichen später gefunden werden. Außerdem bekommen sie so wenigstens ein christliches Begräbnis. Das dürfen wir ihnen nicht verwehren.«

Rémy fuhr sich durch das Haar am Hinterkopf. »Gut. Aber wir sagen ihm nicht, was wirklich geschehen ist. Erstens können wir nichts beweisen, zweitens …« Es fiel ihm schwer, klar zu denken. »Noch gibt es Hoffnung, dass Roger nichts von uns beiden weiß. Wenn du ihn aber beschuldigst, deinen Tod befohlen zu haben, werden Fragen gestellt. Es kommt zu einer Untersuchung, durch die Roger womöglich erst recht von uns erfährt. Es ist besser, wir lassen ihn in dem Glauben, du wärst geflohen.«

»Ich sage, Räuber hätten das Gehöft überfallen, während ich außer Haus war.« Sie machte eine Pause. »Was ist mit den beiden toten Söldnern?«

Als Philippine sie erwähnte, verspürte Rémy einen Stich in der Magengegend. »Ich kümmere mich um sie.«

Ihre Pferde standen noch im Stall. Nachdem sie ihnen frisches Futter gegeben hatten, sattelten sie Philippines Zelter.

»Mir ist nicht wohl dabei, dass du allein nach Damas reitest«, sagte Rémy.

»Es ist ja nicht weit.« Sie küsste ihn zum Abschied. »Wir treffen uns auf der Lichtung.«

Als sie fort war, führte Rémy sein Pferd zum Waldrand und band es fest. Die Leiche des ersten Söldners lag noch da, wo er den Mann niedergeschossen hatte – Thankmar hatte ihn nicht bewegt. Rémy konnte kaum atmen, als er sich dem Toten näherte.

Der Krieger lag auf dem Bauch. Der Bolzen hatte das Panzerhemd unterhalb des Schlüsselbeins durchschlagen und war zwischen den Schulterblättern ausgetreten. Der Klumpen Blut und Gewebe auf der Eisenspitze war schwarz von Ungeziefer.

Das war zu viel. Rémy erbrach sich ins Gras und kniete keuchend neben der Leiche, bis er imstande war, sich aufzurichten. »Reiß dich zusammen«, murmelte er, packte die Leiche an den Armen und zog sie in den Wald.

Vom Hof hatte er eine Schaufel mitgenommen, mit der er den Toten begrub. Er bekreuzigte sich, dann tarnte er die Stelle mit Laub und toten Zweigen, bevor er sein Pferd holte und tiefer in den Wald ritt. Es dauerte eine Weile, bis er den Hang wiederfand, auf dem er den zweiten Söldner erschossen hatte. Nachdem er auch diesen begraben hatte, begab er sich zu der Lichtung, auf der sie Schießen geübt hatten.

Philippine tauchte gegen Mittag auf. Rémy, der ein wenig gedöst hatte, stand auf und ging ihr entgegen.

»Hat er dir die Geschichte abgenommen?«

»Der Schultheiß war nicht da«, antwortete sie. »Ich habe mit einem seiner Büttel gesprochen. Sie haben Baudet und Savin zum Friedhof von Damas gebracht und versammeln gerade alle Männer, um die Räuber zu jagen.«

Rémy nickte. Wenn die Büttel nichts fanden, würden sie vermutlich annehmen, die Räuber seien weitergezogen. »Ich habe nachgedacht«, sagte er, während er sein Pferd losband. »Dich nach Varennes zu bringen, ist zu riskant. Sollte Roger von uns erfahren, wird er dort zuerst nach dir suchen. Es ist besser, du versteckst dich eine Weile in Épinal. Es müsste schon mit dem Teufel zugehen, wenn er dich dort findet.«

Zögernd nickte sie. »Einverstanden.«

»Hast du genug Geld?«

»Zehn oder zwölf Sous. Das sollte eine Weile reichen.«

Kurz darauf ritten sie querfeldein in Richtung Süden. Sie mieden Straßen und Gehöfte, bis sie weit genug von Damas entfernt waren, dass keine Gefahr mehr bestand, den Bütteln des Erzbischofs zu begegnen.

Die kleine Stadt Épinal lag im Schatten der Vogesen, rund eine Tagesreise zu Fuß von Varennes entfernt. Zu Pferd schaffte man die Strecke in einigen Stunden, wenn man sich beeilte. Früher war Rémy oft hier gewesen, um seine Tante Vivienne und seinen Onkel Bernier zu besuchen. In den letzten Jahren jedoch nicht mehr, denn Vivienne und Bernier waren nach Amiens in Frankreich gezogen, wo Bernier die Niederlassung eines flämischen Tuchhändlers leitete.

Sie erreichten Épinal in den frühen Abendstunden und machten sich auf die Suche nach einer Herberge, in der Philippine eine Kammer für sich allein anmieten konnte. Es dauerte eine Weile, bis sie fündig wurden, denn die meisten Herbergen waren entweder voll belegt oder hatten nur große Schlafsäle, in denen die Gäste zu zweit oder zu dritt in den Betten liegen mussten. Schlussendlich quartierte sich Philippine in einem kleinen Gästehaus am Ufer der Mosel ein. Das winzige Fenster ihrer Kammer unter dem Dach wies auf den Fluss. Gerade ruderten zwei Männer zu einem Mühlrad an der anderen Moselseite und entfernten mit langen Stöcken das Treibholz, das sich darin verfangen hatte.

»Hast du alles, was du brauchst?«, fragte Rémy.

»Ich denke schon.«

»Ich versuche, in Erfahrung zu bringen, was Roger weiß und was er vorhat. Sowie ich etwas herausgefunden habe, komme ich zu dir. Spätestens aber nächsten Samstag.«

Sie kniff die Lippen zusammen und blickte ihn an, das Gesicht blass, die Augen müde. Erst der Tod ihres Vaters – jetzt das. Er konnte nicht ermessen, wie sie sich fühlte.

»Bleibst du heute Nacht hier?«, fragte sie.

»Ich muss zurück. Wenn ich morgen früh nicht in der Werkstatt bin, gibt es Gerede. Das will ich nicht riskieren. Nicht ausgerechnet jetzt.«

»Es wird bald dunkel. Bitte sei vorsichtig.«

Er hätte ihr gerne gesagt, sie solle sich nicht sorgen, alles werde gut werden. Doch er glaubte selbst nicht daran. Also küsste er sie nur zum Abschied, bevor er die knarrende Treppe hinabstieg.

Als er sein Pferd losband, wurde es bereits dunkel. Selbst wenn er zügig ritt, würde er Varennes erst weit nach Mitternacht erreichen. Bürger der Stadt ließen die Wächter jedoch auch bei Dunkelheit hinein, vorausgesetzt, man zahlte ihnen ein kleines Handgeld für ihr Entgegenkommen, so spät noch das Tor zu öffnen. Rémy führte sein Pferd durch das Hoftor und wandte sich noch einmal zur Herberge um. Philippine kannte keine Menschenseele in dieser Stadt. War es richtig, sie hier zurückzulassen, allein mit ihrer Trauer und ihrer Furcht?

Sie ist stark. Sie wird zurechtkommen.

Mit einem harten Zug um den Mund stieg er in den Sattel und ritt zum Stadttor.

Bayon und Metz

Roger und seine Männer erreichten die Herberge am frühen Abend. Sie befand sich am Rand von Bayon, einer Ortschaft rund zwei Wegstunden nördlich von Varennes und etwa genauso weit von Damas-aux-Bois entfernt. Es war ein schäbiges Loch am Ufer der Mosel, eine Absteige für Flussschiffer und Fuhrleute, bestehend aus zwei länglichen Häusern mit strohgedeckten Dächern, windschiefen Stallungen und der Steinhütte des Wirts. Mehrere Kähne lagen am Steg unterhalb der Uferböschung, vor den Gebäuden standen verschiedene Karren kreuz und quer.

Roger hatte sechs Sergeanten der Treize jurés mitgenommen. Während einer der schwarz-weiß gekleideten Büttel die Pferde tränkte, betrat Roger mit den übrigen das vordere Haus.

Vier schmutzige Gestalten hockten am kalten Kamin, löffelten Haferschleim und ließen einen Humpen Dünnbier herumgehen. Sie glotzten Roger mit großen Augen an, denn mit seinem Gewand aus flandrischem Leinen, den blitzenden Ringen an den Fingern und der kecken Mütze auf dem Kopf passte er in etwa so gut hierher wie der Papst in ein Katharerkloster. Thankmar lag in einem der stinkenden Betten und setzte sich auf, als er Roger erblickte. Sein rechtes Bein war nackt, um den Oberschenkel trug er einen Verband.

»Schickt die Leute raus«, befahl Roger und trat zu Thankmars Bett.

»Habt Dank, dass Ihr gekommen seid«, meinte der Söldner.

Thankmar hatte zwei Flößer, die nach Metz unterwegs waren, zu Roger geschickt und ihm ausrichten lassen, dass er hier auf ihn warte – es habe »Schwierigkeiten« gegeben. Was genau geschehen war, wussten die Flößer nicht. Sie hatten Roger lediglich erzählt, Thankmar sei verletzt.

Die Sergeanten trieben die Fuhrleute unsanft nach draußen und verließen ebenfalls das Haus. Als sie die Tür hinter sich geschlossen hatten, fragte Roger: »Was ist passiert?«

»Die Sache ist nicht so gelaufen, wie wir uns dachten.« In knappen Worten berichtete Thankmar von den Ereignissen bei Philippines Hof. Roger hörte schweigend zu, obwohl er immer wütender wurde.

»Das ist nicht Euer Ernst«, sagte er schließlich.

»Genauso war es«, beteuerte Thankmar. »Mein Wort drauf.«

»Ein einzelner Schütze hat Euch das angetan? Ich bitte Euch.«

»Es war ein verdammt guter Schütze. Hab noch nie einen Mann gesehen, der so schnell seine Armbrust laden kann.«

»Wer war der Kerl? Ein Knecht? Geleitschutz, den sie für den Ritt nach Damas angeheuert hat?«

Thankmar zögerte und mied Rogers Blick.

»Heraus damit, Mann!«

»Ich dachte auch zuerst, es wäre ein Söldner. Aber hinterher ist mir eingefallen, dass ich ihn schon einmal gesehen habe, voriges Jahr in Varennes, als ich Euch zur Messe begleitet habe. Es war der Sohn des Bürgermeisters. Der Kerl, der diese Schule gegründet hat.«

»Rémy Fleury?«

»Genau der.«

Roger blinzelte. »Ihr müsst Euch irren. Das ergibt doch keinen Sinn.«

»Ich fürchte, das tut es sehr wohl. Da war nämlich noch mehr.«

»Was? Herrgott, lasst Euch doch nicht alles aus der Nase ziehen!«

»Als sie aus dem Wald kamen, legte er den Arm um Euer Weib, und sie küsste ihn.«

Roger starrte den Söldner an, seine Brust fühlte sich plötzlich an wie eingeschnürt. »Seid Ihr Euch ganz sicher?«

»Ich stand am Fenster und habe es mit eigenen Augen gesehen.«

Die würgende Enge pflanzte sich bis in seine Kehle fort. »Was war das für ein Kuss?«

»Nun, ein Kuss eben.«

»Ich meine, hat sie ihn geküsst, als wäre er ihr gottverdammter Liebhaber?«

»So sah es für mich aus, ja.«

Der Zorn wallte so jäh und heftig in Roger auf, dass er sich nicht mehr in der Gewalt hatte. »Diese billige Hure!«, schrie er und trat gegen einen Hocker, sodass der Schemel quer durch den Raum flog und gegen die Wand knallte. Ausgerechnet mit Fleurys Sohn! Diese Schande! Hatte ihm dieses Weib nicht schon genug angetan?

Doch Roger war nie sehr lange zornig. Selbst die größte Wut wich stets nach kurzer Zeit einer eisigen Kälte, die sein Inneres erfüllte, jegliche Gefühle betäubte und ihm ermöglichte, kühl und klar seine Lage zu durchdenken. So auch diesmal. Er warf seine Mütze auf eines der Betten, fuhr sich durch das Haar und presste die geballte Faust an die Lippen.

Sein erster Gedanke war gewesen, Philippine zu suchen und eigenhändig für diesen Verrat zu töten und Fleury gleich mit. Doch seinem Verlangen nach Rache freien Lauf zu lassen, wäre töricht, es brächte ihm rein gar nichts ein, abgesehen von einem flüchtigen Gefühl der Genugtuung. Nein, er musste versuchen, sich diesen Schicksalsschlag zunutze zu machen. Tatsächlich passte diese Wendung der Ereignisse ganz hervorragend in seine Pläne. Wenn er es klug anstellte, konnte er damit gleich zwei Fliegen mit einer Klappe schlagen. »Wo ist mein Weib jetzt?«, fragte er Thankmar.

»Ich weiß es nicht. Nachdem sie in den Wald geflohen war, habe ich sie aus den Augen verloren.«

»Aber Ihr wart später noch einmal beim Hof?«

»Ja. Aber da war niemand, und ich bin nicht lange geblieben. Ich hatte keine Lust, mich niederschießen zu lassen. Eine Verletzung hat mir vollauf gereicht.«

Roger dachte nach. Wo sich Philippine jetzt aufhielt und was sie unternommen hatte, hing davon ab, wie sie den Angriff einschätzte. Wenn sie ihn für einen Räuberüberfall hielt, hatte sie vermutlich einfach den Schultheißen benachrichtigt und war anschließend auf den Hof oder nach Metz zurückgekehrt. Wenn sie aber eins und eins zusammengezählt und begriffen hatte, was wirklich dahintersteckte – und davon ging Roger aus, Philippine war nicht dumm –, hatte sie gewiss längst das Weite gesucht.

Wo würde ich mich an ihrer Stelle verstecken? Ganz sicher nicht in Metz. In Varennes? Vielleicht. Sie wird nahe bei ihrem Liebhaber sein wollen. Aber gewiss nicht bei Fleury selbst – zu offensichtlich.

Er würde nach ihr suchen lassen, in Varennes, auf dem Gehöft bei Damas und sicherheitshalber auch in Metz. Er wusste, es war unwahrscheinlich, dass seine Männer sie finden würden. Aber das wäre nicht weiter schlimm. Zur Not konnte er seine Pläne auch ohne Philippines Mitwirkung verwirklichen.

Roger hob seine Mütze auf.

»Ich will trotzdem meinen Lohn«, sagte Thankmar. »Als

Entschädigung für die Unannehmlichkeiten, die ich erlitten habe.«

»Nein. Ihr habt versagt, und Versager bezahle ich nicht. Ich komme allenfalls für die Behandlung Eurer Verletzung auf und schicke Euch einen Wagen, der Euch nach Metz bringt. Hat sich schon jemand um die Wunde gekümmert?«

»Ja, ich selbst«, antwortete der Söldner missmutig.

»Braucht Ihr einen Wundarzt, oder reicht es, wenn ich in Metz nach einem Medicus schicke?«

»Metz ist früh genug.«

Roger nickte Thankmar zum Abschied zu. Nach einigen Schritten wandte er sich noch einmal um. »Eins noch: War mein Weib mit ihrer Magd in Damas? Ein dickes, hässliches Mädchen namens Guiberge.«

»Nein. Auf dem Hof waren nur die zwei Knechte.«

Roger verließ das Haus. Draußen befahl er zweien seiner Männer, nach Damas zu reiten und Philippine nach Metz zu bringen, falls sie sie fanden. Zwei weitere sandte er nach Varennes. Mit den Übrigen ritt er zurück nach Metz.

Gleich nach seiner Ankunft schickte er einen Sergeanten zu Philippines Haus. »Meine Gemahlin wird nicht dort sein, aber such trotzdem alles ab – sicher ist sicher. Anschließend bringst du Guiberge zu mir.«

Gegen Mittag kam der Mann zurück. Roger aß gerade etwas Brot und kalten Braten, als der Sergeant die Stube betrat.

»Eure Gemahlin war nicht da, Herr. Aber ich habe Euch die Magd gebracht.«

Guiberge stand in der Tür, glotzte ihn an wie ein verängstigtes Schaf und nestelte an ihrer Schürze herum.

Roger schickte den Sergeanten weg und forderte sie auf, sich zu setzen. Sie trippelte herein und ließ sich auf einem Stuhl nieder, der unter ihrem Gewicht knarrte. Roger schob die Platte zur Seite und spülte den letzten Bissen mit einem Schluck Wein hinunter. »Wo ist deine Herrin?«

»Ich nehme an, auf ihrem Hof bei Damas-aux-Bois, Herr.«

»Sie ist noch nicht zurückgekommen?«

Guiberge schüttelte den Kopf. Sie schwitzte beträchtlich, was Roger ausgesprochen ekelerregend fand.

»Wie lange ist sie denn inzwischen fort?«

»Über eine Woche.«

»So lange? Sorgst du dich nicht um sie?«

»Das ist ganz normal, Herr. Sie verbringt immer zwei aufeinanderfolgende Sonntage auf ihrem Hof, dann eine gute Woche in Metz, bevor sie wieder nach Damas aufbricht. Ein kürzerer Aufenthalt würde sich kaum lohnen, es ist ja ein weiter Weg.«

»Ich habe mich immer gefragt, was sie eigentlich in Damas treibt«, sagte Roger. »Kannst du mir vielleicht weiterhelfen?«

»Leider nicht, Herr. Sie nimmt mich nie mit. Wahrscheinlich ruht sie sich aus und genießt die gute Luft.« Guiberge zuckte mit den Achseln.

»Willst du damit sagen, sie reitet immer allein nach Damas?«

»Ja, Herr, genau das tut sie.«

»Sie nimmt keine Knechte oder bewaffneten Geleitschutz mit?«

»Nicht dass ich wüsste. Aber der Ritt ist ja nicht so gefährlich.«

»Nun ja, für eine einzelne Frau ist jede Reise über Land gefährlich.«

»Ich versuche ja jedes Mal, sie zu überreden, mit dem Wagen zu fahren, damit wenigstens der Fuhrmann bei ihr ist«, beteuerte Guiberge. »Aber sie hört nie auf mich!«

»Ich habe nicht nach dir geschickt, um dir Vorwürfe zu machen«, sagte Roger beruhigend. »Ich bin nur neugierig, das ist alles. Du warst also noch nie mit ihr in Damas?«

»Doch, aber das ist Jahre her.«

Hatte Philippine ihre Treffen mit Fleury tatsächlich all die Zeit vor Guiberge geheim gehalten? Roger konnte sich das schwerlich vorstellen. Früher war Guiberge stets eine enge Vertraute Philippines gewesen, die bestens über alle Angelegenheiten ihrer Herrin Bescheid wusste, wie es sich für eine gute Kammerdienerin gehörte.

Er legte beide Arme auf den Tisch, verschränkte die Hände und blickte die Magd fest an. »Ich werde dir jetzt eine Frage stellen und erwarte, dass du mir ehrlich antwortest. Wenn du mich belügst, werde ich sehr, sehr wütend werden. Fürchtest du meinen Zorn, Guiberge?«

Sie schluckte und nickte. Dabei schwitzte sie noch stärker, falls das überhaupt möglich war.

»Gut. Also sieh zu, dass es nicht geschieht – es liegt in deiner Hand. Meine Frage ist folgende: Hintergeht mich meine Gemahlin mit Rémy Fleury, dem Sohn des Bürgermeisters von Varennes?«

Guiberges Augen quollen schier aus den Höhlen. Das war im Grunde Antwort genug, doch Roger wollte die Wahrheit aus ihrem Mund hören.

»Bricht sie die Ehe – ja oder nein?«

Die Magd stand kurz davor, in Tränen auszubrechen.

»Rede!«, fuhr er sie an. »Oder ich lasse dich im Hof von den Knechten prügeln, du fette Kröte mit dem Verstand einer Schmeißfliege!«

»Nein«, antwortete sie unter Tränen. »Nicht mehr.«

»›Nicht mehr‹? Was soll das heißen?«

»Sie hat Euch einst hintergangen, das ist richtig. Aber das ist lange her. Sie hat damit aufgehört.«

Roger lehnte sich zurück. Wie es schien, wusste Guiberge tatsächlich nicht alles. Aber sie wusste immerhin etwas, wahrscheinlich genug, um Philippine ausreichend zu belasten. »Fangen wir ganz am Anfang an … Hör verdammt noch mal auf zu flennen, Weib, das hält man ja im Kopf nicht aus.« Er schenkte etwas Wein ein und schob ihr den Kelch zu. »Da. Trink das.«

Nachdem sie am Wein genippt und sich die Tränen abgewischt hatte, fragte er: »Wann hat sie Rémy Fleury das erste Mal getroffen?«

»Vor drei Jahren, während der Messe in Varennes.«

Das hatte er sich bereits gedacht. *Damals ging es ihr überhaupt nicht um die Schreibwerkstatt – oder höchstens am Anfang.* Sie hatte allein wegen Fleury darauf bestanden, länger in Varennes zu bleiben. Bei Gott, und er hatte nicht das Geringste geahnt, jahrelang. Nun, selbst schuld. Wenn er besser auf sie aufgepasst hätte, wäre das nicht passiert. Was ihm zwar eine böse Schmach erspart, ihn aber auch gewisser Möglichkeiten beraubt hätte. »Und seitdem treffen sie sich heimlich?«

»Keine Ahnung, Herr«, meinte Guiberge. »Ich weiß nur, dass sie zusammen nach Paris reisten.«

»Nach Paris? Was du nicht sagst.« Philippine hatte ihre Freiheit offenbar zu nutzen gewusst. »Was zum Teufel wollten sie da?«

»Die Universität besuchen. Sie wollte Meister Rémy helfen, einen Lehrer für seine Schule zu finden.«

»Was ist danach passiert?«

»Er fand heraus, dass sie mit Euch verheiratet ist. Es gab Streit, er beendete das Verhältnis und reiste ab.«

Die Familie Fleury, rechtschaffen und edelmütig wie eh und je. Nun, nicht ganz so edelmütig, schließlich war Fleury nicht bei seinem tugendhaften Entschluss geblieben, warum auch immer. »Und seither haben sie sich nicht mehr gesehen.«

»Ja, Herr.«

»Bist du schon einmal auf die Idee gekommen, dass deine Herrin dich belügt? Dass sie ihr ehebrecherisches Verhältnis mit Rémy Fleury fortsetzte, dich aber in dem Glauben ließ, es sei vorbei?«

»Ich weiß nicht, was Ihr meint, Herr.«

»Eine Frage, Guiberge: Warst zufälligerweise du es, die Meister Rémy verraten hat, dass deine Herrin eine verheiratete Frau ist?«

Neue Tränen kullerten über die rot glühenden Wangen. »Er hat mich gezwungen, es ihm zu sagen.«

Und deshalb hat Philippine es vorgezogen, dich nicht einzuweihen, als sie wieder mit ihm ins Bett stieg. Roger hatte genug gehört. »Das wäre alles. Demnächst werde ich dich auffordern, vor die Dreizehngeschworenen zu treten und deine Geschichte zu wiederholen.«

»Vor die Treize?«, fragte Guiberge erschrocken.

»Vor die Treize«, bestätigte er. »Und du wirst gehorchen, andernfalls werde ich mir eine unangenehme Strafe für dich ausdenken. Hast du verstanden? Gut. Geh jetzt. Bis ich entschieden habe, was mit dir geschehen wird, wirst du mein Haus nicht verlassen. Versuche nicht, mit meiner Gemahlin in Verbindung zu treten. Ich würde es herausfinden, und die Folgen für dich wären scheußlich. Da fällt mir ein: Angenommen, deine Herrin würde sich vor mir verstecken – wohin würde sie deiner Meinung nach gehen?«

»Ich weiß es nicht, Herr. Wirklich.«

»Denk noch einmal darüber nach. Wenn dir etwas einfällt, will ich es wissen.«

Guiberge nickte und schlurfte davon.

Varennes-Saint-Jacques und Épinal

Nach seiner Rückkehr aus Épinal hörte sich Rémy jeden Tag auf den Marktplätzen Varennes' um und sprach mit Kaufleuten aus dem Norden. Nichts. Keine Gerüchte aus Metz, die Familie Bellegrée betreffend. Niemand erwähnte einen großen Skandal um Unzucht und Ehebruch. Das konnte dreierlei bedeuten: Entweder waren entsprechende Nachrichten in der kurzen Zeit noch nicht bis nach Varennes gelangt. Oder Thankmar hatte Rémy nicht erkannt, sodass Roger nichts von Philippine und ihm wusste.

Oder aber Roger wusste es sehr wohl, hatte sich jedoch entschieden, sein Wissen für sich zu behalten, warum auch immer.

So oder so, Rémy blieb nichts anderes übrig, als weiter zu warten.

Eines Abends entdeckte er zwei Männer vor seinem Haus. Sie waren einfach gekleidet, doch irgendetwas an ihnen sagte ihm, dass es sich nicht um Bauern oder Knechte handelte. Sie drückten sich vor der Werkstatt herum und reckten die Hälse, um durch das Fenster zu spähen.

Rémy öffnete die Tür und fragte wenig freundlich: »Kann ich euch helfen?«

»Seid Ihr Meister Rémy?«

Er nickte knapp.

»Wir möchten für unseren Herrn ein Buch kaufen«, erklärte einer der Männer. »Dürfen wir hereinkommen?«

»Was für ein Buch sucht euer Herr?«

»Das Evangelium des Matthäus.«

»Ich habe schon geschlossen. Kommt morgen wieder.«

»Es ist aber dringend.«

»Dann kann ich euch nicht helfen. Ich habe kein Matthäus-Evangelium da, das zum Verkauf steht. Ich müsste erst eine Kopie anfertigen, und das dauert Wochen. Geht zur Abtei Longchamp. Dort findet ihr sicher, was ihr sucht.«

Ohne ein Wort des Abschieds marschierten die beiden Männer davon. Rémy ging hinein, schloss die Tür hinter sich ab und setzte sich mit einem Krug Dünnbier an den Küchentisch.

Selten einen so schlechten Lügner gesehen.

Er holte ein Stückchen Blei hervor und kritzelte auf einem Fetzen Pergament herum, doch seine aufgewühlten Gedanken wollten nicht zur Ruhe kommen.

In jener Nacht schlief er sehr schlecht. Beim ersten Licht des Tages stieg er in die Werkstatt hinunter und weckte Olivier.

»Dreux und du, ihr müsst euch heute und morgen allein um die Werkstatt kümmern. Ich muss für zwei Tage fort.«

Der Junge nickte. »Muss ich zu den laufenden Aufträgen etwas wissen?«

»Arbeitet vor allem am Stundenbuch für den Gildemeister weiter – das ist am dringendsten. Alle anderen Aufträge können warten.«

»Es ist doch nichts Schlimmes passiert?«, fragte Olivier besorgt.

»Nur eine Angelegenheit in der Familie. Nichts, weswegen ihr euch Gedanken machen müsst. Sag Dreux Bescheid, wenn er kommt.«

»Mache ich, Meister.«

»Übrigens«, meinte Rémy so beiläufig wie möglich, »gestern Abend waren zwei zwielichtige Gesellen hier. Sie gaben vor, ein Buch kaufen zu wollen, aber ich traue ihnen nicht.« Er beschrieb Olivier die Männer. »Wenn sie noch einmal auftauchen, schick sie weg. Sollten sie aufdringlich werden, melde sie der Wache. Lass sie auf keinen Fall in die Werkstatt.«

Olivier runzelte die Stirn. »Sind sie gefährlich?«

»Ich denke nicht. Wahrscheinlich nur zwei Langfinger, die es auf das Blattgold abgesehen haben. Sei trotzdem auf der Hut.«

Sein Lehrling verschonte ihn mit weiteren Fragen, und Rémy wusste einmal mehr, warum er ihn so schätzte. Er hängte sich die Armbrust um, holte sein Pferd aus dem Stall und führte es am Zügel durch die Gassen. Als er sicher war, dass niemand ihm folgte, stieg er auf und trabte wenig später durch das Salztor.

Er ritt ohne Rast und traf am frühen Nachmittag in Épinal ein. Philippine war nicht in der Herberge. Er fand sie auf dem kleinen Marktplatz, wo sie an den Ständen der Gewandschneider und Hutmacher vorbeischlenderte. Als sie ihn sah, huschte ein Lächeln über ihr Gesicht. Ein Lächeln, das die widersprüchlichsten Gefühle ausdrückte – Freude und Traurigkeit, Liebe und Angst.

Sie gingen zur Herberge zurück. Erst in ihrer Kammer wagten sie es, einander zu küssen.

»Es sieht nicht gut aus«, sagte Rémy. »Gestern sind zwei Fremde vor meinem Haus herumgeschlichen. Wahrscheinlich Rogers Leute, die nach dir suchen.«

Philippines Gewand raschelte leise, als sie sich ans Fenster setzte. »Also weiß er von uns.«

Rémy nickte. »Haben sie hier auch herumgeschnüffelt?«

»Nicht dass ich wüsste.«

Er ließ sich auf der Bettstatt nieder. »Aus Metz habe ich bislang nichts gehört, aber das muss nichts heißen. Möglich, dass Roger schon morgen vor meiner Tür steht, um mir ein paar unangenehme Fragen zu stellen.«

»Wenn das geschieht, was wirst du ihm sagen?«

»Natürlich werde ich alles abstreiten. Er kann ja nichts beweisen. Alles, was er hat, ist das Wort eines gedungenen Mörders.«

»Du kennst Roger nicht. Beweise, Zeugen – das kümmert ihn nicht. Wenn er sich an dir rächen will, wird er es einfach tun. Außerdem ist da noch Guiberge. Wenn er sie einschüchtert, wird sie ihm alles sagen, was sie weiß.«

Rémy rieb sich die Stirn. »Rogers vordringliches Ziel ist es, eure Ehe auflösen zu lassen, richtig?«

»Worauf willst du hinaus?«

»Ich frage mich gerade, ob wir die Dinge nicht völlig falsch einschätzen. Was, wenn Roger unser Verhältnis benutzt, um den Erzbischof endlich davon zu überzeugen, dass eure Ehe nicht weiter bestehen kann? Vielleicht haben wir Glück, und er lässt uns in Ruhe, wenn er sein Ziel erreicht hat.«

»Ich bezweifle, dass er uns diesen Gefallen tun wird«, sagte Philippine. »Gewiss, Roger ist berechnend, aber er ist auch rachsüchtig. Selbst wenn wir ihm ermöglicht haben, sich endlich von mir loszusagen – glaubst du ernsthaft, er wird uns deswegen dankbar sein? Er wird uns trotzdem bestrafen wollen, um der Ehre seiner Familie willen.«

»Bleibt die Frage, worauf er wartet. Er hätte mich längst zur Rede stellen können.«

»Sein Zögern kann viele Gründe haben.«

Rémy stützte die Ellbogen auf den Oberschenkeln ab, faltete die Hände vor dem Mund und dachte nach. »Hier kannst du jedenfalls nicht bleiben – das ist keine Lösung auf Dauer. Kannst du zu deiner Familie gehen?«

»Dann kann ich mich gleich Rogers Gnade ausliefern.«

»Ich dachte, deine Mutter …«

»Meine Mutter hat in Warcq nichts mehr zu sagen«, erklärte Philippine voller Bitterkeit. »Wenn mein Bruder erfährt, was ich getan habe, wird er mich fortjagen, vor lauter Angst, die Bellegrées gegen sich aufzubringen, wenn er zu mir hält. Falls er mich nicht sogar im Zorn tötet. Außerdem geht es hier nicht nur um mich«, fuhr sie sanfter fort. »Wir müssen auch darüber nachdenken, wie du dich vor Roger schützen kannst.«

»Es gibt nur einen Weg«, sagte Rémy. »Wir müssen gemeinsam fortgehen.«

»Wohin?«

»Nach Frankreich, nach Italien. Irgendwohin, wo Roger uns nicht findet.«

»Aber das hieße, alles aufzugeben, was du dir aufgebaut hast. Deine Werkstatt. Die Schule.«

»Ich kann anderswo neu anfangen. Ein Schreiber findet immer Arbeit. Und was die Schule angeht – ich habe genug dafür getan. Vielleicht ist es an der Zeit, dass andere fortführen, was ich begonnen habe.«

»Wie kannst du so etwas sagen?«, fragte sie bestürzt. »Sie ist dein Traum. Dein Ein und Alles.«

»Du bist mein Ein und Alles«, widersprach er.

Philippine stand auf und ging in der Kammer umher. »Ich

will nicht, dass du meinetwegen solch ein Opfer bringst. Es ist meine Schuld, dass es so weit gekommen ist. Ich habe dich in mein Unglück hineingezogen.«

»Unsinn. Es war meine Entscheidung, bei dir zu bleiben. Niemand hat mich zu etwas gezwungen.«

»Es muss einen anderen Weg geben«, beharrte sie.

»Ich bin offen für Vorschläge.«

Sie setzte sich neben ihn, schwieg, dachte nach.

»Siehst du? Es gibt keinen«, sagte er nach einer Weile. »Wir machen es so: Ich kehre nach Varennes zurück und warte, bis ich weiß, was Roger vorhat. Keine Angst, ich werde vorsichtig sein«, fügte er hinzu. »Solange ich die Stadt nicht verlasse, kann er mir nicht viel anhaben. Er wird es nicht wagen, mir in Varennes etwas anzutun. Währenddessen bereite ich alles für unsere Flucht vor und komme dich holen, wenn es so weit ist. Wohin wir gehen, entscheiden wir dann.«

»Rémy …« Sie schüttelte den Kopf.

»Es ist die einzige Möglichkeit.« Er stand auf. Ursprünglich hatte er vorgehabt, bis morgen in Épinal zu bleiben. Doch nun entschied er, schon jetzt nach Varennes zurückzukehren. Besser, sie verloren keine Zeit.

Philippine brachte ihn zur Tür.

»Bald sind wir frei«, sagte Rémy. »Das ist es doch, was wir immer wollten, nicht wahr?«

Sie zwang sich zu einem Lächeln. »Ja.«

Er küsste sie und stieg die Treppe hinab.

Später saß Philippine am Moselufer und betrachtete die vorbeifahrenden Treidelkähne, die Matronen mit ihren Waschbrettern und das Mühlrad auf der anderen Seite, das sich unablässig durch das moosgrüne Wasser wühlte. Ruhig strömte der Fluss dahin, gelegentlich pflügte ein Boot durch das Spiegelbild der Herberge.

Sie saß reglos da, die Hände lagen in ihrem Schoß. Nachdem Rémy gegangen war, war ihr erster Gedanke gewesen, das Pferd zu satteln und loszureiten, einfach auf und davon, ohne ihm zu sagen, wohin. Wenn sie allein fortginge, könnte er sein Leben weiterleben und müsste keine Entscheidungen treffen, die er irgendwann ganz gewiss bereute.

Aber wäre das wirklich eine Lösung?

Nein, dachte sie jetzt. Im Gegenteil, es wäre töricht und selbstsüchtig und würde alles nur noch schlimmer machen.

Was immer Roger vorhatte, er würde nicht damit aufhören, wenn sie verschwände. Wäre sie fort, würde er seinen Zorn an Rémy auslassen, ihn womöglich töten, ohne dass sie etwas dagegen tun konnte.

Rémy hatte recht: Sie mussten gemeinsam fliehen – es gab keinen anderen Weg. Gewiss, das bedeutete große Opfer für ihn, aber das war immer noch besser, als wenn Roger sein Leben zerstörte.

Das durfte sie nicht zulassen.

Nachdem sie diese Entscheidung getroffen hatte, fühlte sie sich seltsam leicht, geradezu unbeschwert. Bei Rogers Anschlag auf ihr Leben hatte sie alles verloren – aber ihre Freiheit gewonnen. Das wurde ihr mit einem Mal klar.

Sie stand auf, strich ihr Gewand glatt und ging zur nächsten Kirche, wo sie eine Kerze anzündete und für Rémys Sicherheit betete.

Metz

Nach seinem Gespräch mit Guiberge übte sich Roger in Geduld, bis einige Tage später die Sergeanten zurückkamen, die er nach Damas-aux-Bois und Varennes geschickt hatte. Weder die eine Gruppe noch die andere hatte Philippine gefunden.

Roger war nicht sonderlich enttäuscht deswegen. Zum einen hatte er von vornherein kaum mit einem Erfolg der

Männer gerechnet. Zum anderen war Philippines Anwesenheit in Metz für seine Pläne nur noch von untergeordneter Bedeutung. Es hätte die Angelegenheit abgerundet. Aber im Grunde brauchte er sie nicht mehr, nun, da er Guiberge hatte.

Als die Sergeanten gegangen waren, befahl er seinem Kammerdiener, seine besten Kleider zu holen. Kurz darauf saß er in seiner Sänfte und ließ sich vom Gästehaus seines Paraige zum Geschlechterturm des Schöffenmeisters bringen.

Es war der zweithöchste der Stadt und würde bald der höchste sein, wenn die Arbeiter den Turm der Bellegrées endlich niedergerissen hatten. Alles an dem imposanten Gebäude – die zahlreichen Bewaffneten, die Wappen über jeder Tür, die kostspielige Einrichtung – erinnerte Besucher daran, dass die Gournais zu den mächtigsten Geschlechtern von Metz gehörten und eine der ältesten der einhundertachtzehn Familien von Saint-Étienne waren. Der Legende nach reichte ihr Stammbaum sogar bis zur Ära Julius Cäsar zurück.

Roger war schon oft hier gewesen und ließ sich von dem ganzen Gepränge schon lange nicht mehr beeindrucken. Er war lediglich froh, dass es Treppen gab und man keine Leitern erklimmen musste, wenn man zu den oberen Stockwerken wollte.

Robert Gournais empfing ihn im Gesellschaftssaal. Ihr Streit bei der letzten Zusammenkunft der Paraiges schien ihm noch lebhaft im Gedächtnis zu sein. Entsprechend kühl fiel seine Begrüßung aus.

»Ich hoffe, Ihr seid nicht gekommen, weil Ihr hofft, mich umstimmen zu können«, erklärte der Schöffenmeister. »Mein Entschluss steht fest. Wir werden wegen dieser Markthalle nicht gegen Varennes vorgehen.«

»Das ist Eure Entscheidung, und ich respektiere sie. Inzwischen ist aber etwas geschehen, das ein ganz neues Licht auf die Angelegenheit wirft.«

»Roger …«, begann Gournais ungehalten, doch sein Besucher hob besänftigend die Hände.

»Bitte, Robert, hört mich an. Ich trete nicht als Mitglied der Paraiges vor Euch, sondern als ein Mann, der schweres Unrecht erlitten hat und Eure Hilfe braucht.«

»Nun gut. Sagt, was Ihr zu sagen habt. Aber verschwendet nicht meine Zeit mit Dingen, die wir bereits zur Genüge erörtert haben.«

»Das werde ich nicht, Ihr habt mein Wort«, versprach Roger. »Es geht um etwas vollkommen anderes. Um eine Frage der Ehre.«

Der Schöffenmeister ließ sich auf einem Stuhl am Kamin nieder und forderte Roger mit einer Geste auf, sich ebenfalls zu setzen. Gournais' Hand, an der mehrere schwere Ringe glitzerten, lag auf dem Knauf seines Gehstocks, während er seinem Besucher zuhörte.

»Ich nehme an, Ihr wisst, dass meine Ehe nicht eben glücklich ist. Mein Weib ist nicht imstande, mir lebensfähige Kinder zu gebären. Dabei wünsche ich mir sehnlichst einen Sohn. Ihr könnt Euch sicher vorstellen, wie dieses Schicksal auf meinem Gemüt lastet. Ich habe versucht, die Verbindung auflösen zu lassen, doch Erzbischof Theoderich verwehrt mir mein Recht.«

Gournais nickte nur. All das war in den Familien der Paraiges wohlbekannt.

»Nun bin ich in dieser Ehe gefangen«, fuhr Roger fort. »Ich versuche, das Beste daraus zu machen und meine Gemahlin anständig zu behandeln, obwohl sie meine Geduld mitunter auf eine harte Probe stellt ...«

»Nun ja«, meinte Gournais. »Ihr scheint mir auch nicht gerade ein Heiliger zu sein. Man hört so einiges über Euch. Eure Vorliebe für ein gewisses Gewerbe sorgt regelmäßig für Gerede.«

»Ich bestreite nicht, dass ich gelegentlich die Dienste von Hübschlerinnen in Anspruch nehme«, gab Roger zu. »Ich schäme mich dafür nicht. Ich bin ein Mann, und ich habe Bedürfnisse. Bedürfnisse, die zu befriedigen meine Gemahlin nicht mehr willens ist. Also verschaffe ich mir anderweitig Erleichterung. Jeder Mann in meiner Lage würde sich so verhalten.«

»Trotzdem ist es sündhaft«, sagte Gournais, der schlimmste Moralapostel in allen sechs Paraiges. »Sündhaft und wider Gottes Gesetz.«

»Wäre ich ein besserer Christ, wenn ich stattdessen mein Weib mit Gewalt nehmen würde?«

»Gewiss nicht.«

»Ich weiß, wie Ihr von mir denkt, Robert«, sagte Roger. »Ihr haltet mich für wollüstig und moralisch verkommen – und vermutlich habt Ihr sogar recht damit. Ich war nie sehr tugendhaft und kann Euch, was Anstand und Lauterkeit angeht, nicht das Wasser reichen. Trotzdem gibt das meinem Weib nicht das Recht, mich zu hintergehen.«

»Was hat sie getan?«, fragte Gournais.

»Wie ich vor einigen Tagen herausfand, bricht sie die Ehe. Seit Jahren betrügt sie mich mit ein und demselben Mann.«

Der Schöffenmeister war ernsthaft betroffen. »Das tut mir sehr leid. So etwas ist schrecklich. Das hat kein Mann verdient. Erlaubt Ihr mir die Frage, wer es ist? Niemand aus den Paraiges, hoffe ich.«

»Ihr kennt ihn. Es ist Rémy Fleury aus Varennes-Saint-Jacques.«

»Der Sohn des Bürgermeisters?«

»Kein Geringerer.«

Es dauerte einen Moment, bis Gournais seine Fassung zurückerlangte. »Und das geht seit Jahren, sagt Ihr? Wie habt Ihr es letztlich herausgefunden?«

»Ich will Euch nicht mit den Einzelheiten langweilen. Daher nur so viel: Einer meiner Söldner hat sie erwischt. Was er sah, ließ keine Fragen offen.«

»Was habt Ihr daraufhin unternommen? Ihr habt Eure Gemahlin hoffentlich nicht im Zorn erschlagen.«

»Nein, wobei nicht viel gefehlt hat, und ich hätte es getan. Bisher habe ich gar nichts unternommen. Ich wollte zuerst mit Euch sprechen. Außerdem ist mein Weib verschwunden.«

»Wie das?«

»Sie weiß, dass ich ihr auf die Schliche gekommen bin, und ist geflohen. Ich vermute, dass ihr Geliebter sie irgendwo versteckt.«

Gournais' Hand krampfte sich um den Knauf des Gehstocks; zwischen seinen Brauen formte sich eine tiefe Furche. Der Schöffenmeister war genau da, wo Roger ihn haben wollte. Für einen Mann wie Robert war weibliche Untreue eines der abscheulichsten Verbrechen, durch nichts zu entschuldigen.

»Ich nehme an, jetzt verlangt es Euch nach Rache.«

Roger nickte. »Ich will, dass mein Weib bestraft wird, damit meine Ehre wiederhergestellt ist. Aber das genügt mir nicht. Was Rémy Fleury getan hat, ist nicht allein eine Sache zwischen ihm und mir. Es zeigt, dass Varennes von Jahr zu Jahr unverschämter wird. Wir müssen diese Stadt endlich in ihre Schranken weisen.«

»Verstehe«, meinte Gournais. »Ich hätte mir denken können, dass unser Gespräch darauf hinausläuft.«

»Seht Ihr nicht, was hier geschieht, Robert? Der Sohn des Bürgermeisters schreckt nicht mehr davor zurück, sich an die Frau eines Metzer Ratsherrn heranzumachen. Die Bürger Varennes' haben jeglichen Respekt vor uns verloren. Wenn wir ihrem dreisten Gebaren nicht endlich Einhalt gebieten, werden sie bald zu einer ernsten Gefahr werden.«

»Mag sein. Allerdings kann ich mich des Eindrucks nicht erwehren, dass Euch dieser Vorfall ausgesprochen gelegen kommt.«

»Wollt Ihr andeuten, ich hätte das alles nur erfunden, um Euch für meine Pläne zu gewinnen?«

»Ist es denn so?«, fragte der Schöffenmeister rundheraus.

»Glaubt Ihr ernsthaft, ich würde solche Lügen verbreiten?

Es geht hier um meine Ehre und um die meiner Familie. Die setze ich nicht leichtfertig aufs Spiel, und wenn es hundertmal meinen Plänen nützte. Jedes Wort davon ist wahr. Ich kann es beweisen.«

»Wie?«

»Die Magd meiner Gemahlin weiß von ihrem Verhältnis mit Rémy Fleury. Sie hat sich bereit erklärt, unter Eid vor dem Großen Rat auszusagen. Ebenso Thankmar, der Söldner, der sie beobachtet hat.«

»Das war Thankmar? Steht er inzwischen dauerhaft in Euren Diensten? Ich dachte, er übernimmt nur noch außergewöhnlich gut bezahlte Aufträge.«

»Ich hatte ihn angeheuert, um eine wichtige Nachricht nach Saint-Dié-des-Vosges bringen zu lassen«, log Roger. »Außerdem gab ich ihm einen Brief für meine Gemahlin mit, die sich gerade in Damas-aux-Bois aufhielt. Das liegt auf dem Weg, deshalb bot sich das an.«

Dieselbe Geschichte würde Thankmar erzählen, wenn er vor die Treize jurés trat. Das hatte Roger bereits mit dem Söldner vereinbart. Thankmar würde unter Eid alles behaupten, solange die Bezahlung stimmte.

»Also habt Ihr zwei Zeugen, die Eure Vorwürfe bestätigen können«, sagte Gournais.

»Ja. Und sie sind glaubwürdig. Wenn Ihr Guiberge kennenlernt – das ist die Magd –, werdet Ihr feststellen, dass sie viel zu einfältig ist, um so etwas zu erfinden.«

Der Schöffenmeister versank in Schweigen. Roger ließ ihn in Ruhe nachdenken und seine eigenen Schlüsse ziehen.

»Ihr habt recht«, sagte er schließlich. »Das wirft tatsächlich ein neues Licht auf die Sache. Rémy Fleurys Verbrechen ist ein unverschämter Angriff auf die Würde der Paraiges – und damit auf ganz Metz. Das können wir nicht auf uns sitzen lassen. Ihr wolltet mich um Hilfe bitten, Roger. Was kann ich also für Euch tun?«

Roger sagte ihm, was nun getan werden musste.

Gournais nickte. »Ich spreche gleich heute Abend mit dem Großen Rat und den Sieben des Krieges.«

»Ist das nötig?«, fragte Roger. »Als Schöffenmeister könnt Ihr dergleichen allein veranlassen.«

»Es mag Euch überraschen, aber ich kenne meine Befugnisse. Trotzdem ziehe ich es vor, die Treize jurés und die Siebenschaften einzuweihen. Das sind wichtige Entscheidungen. Ohne eine Mehrheit im Rat laufen wir Gefahr, die Republik zu spalten.«

Gournais' übertriebene Vorsicht stellte Rogers Geduld erneut auf eine harte Probe. Trotzdem sah er davon ab, den Schöffenmeister zu bedrängen. Er hatte erreicht, was er wollte. Wenn er den Bogen überspannte, gefährdete er womöglich seinen mühsam errungenen Erfolg. »Bitte verzeiht«, sagte er. »Ich wollte Euch nicht belehren. Handelt, wie Ihr es für richtig haltet.«

»Ihr seid ungeduldig und wollt Ergebnisse sehen«, erklärte Gournais. »Das ist mehr als verständlich, nach allem, was Ihr erlitten habt. Aber seid unbesorgt: Der Rat wird uns keine Schwierigkeiten machen. Wenn die Oberhäupter der Paraiges hören, was man Euch angetan hat, werden sie wie ein Mann aufstehen und uns folgen. So war es immer in Metz. Wer einen von uns schädigt, bekommt den Zorn aller zu spüren.«

»Ich danke Euch, Robert«, sagte Roger ergeben. »Habt tausend Dank. Mögen die Heiligen Euch segnen.«

Kurz darauf verließ er höchst zufrieden den Geschlechterturm.

Oktober 1227

Varennes-Saint-Jacques

Sowie der letzte Ratsherr an der Tafel Platz genommen hatte, eröffnete Michel die Sitzung.

»In weniger als zwei Wochen beginnt die Messe«, sagte er. »Wir sollten uns also allmählich überlegen, wie wir die Standplätze in der neuen Markthalle vergeben wollen.«

»Ist sie denn inzwischen fertig?«, erkundigte sich Odard Le Roux, der erst heute Mittag aus Provins heimgekehrt war und daher noch keine Zeit gefunden hatte, die Markthalle zu besichtigen.

»So gut wie«, antwortete Duval. »Es fehlen nur noch die Türen und die Fensterläden. Ich habe heute Früh mit dem Baumeister gesprochen. Er geht davon aus, dass er sie morgen, spätestens übermorgen einsetzen lassen kann.«

»In der Halle ist Platz für etwa vierzig Verkaufsstände, dreißig ebenerdig und noch einmal zehn auf der Galerie«, fuhr Michel fort. »Es kann also bei Weitem nicht jeder auswärtige Kaufmann seine Waren dort ausstellen. Wollen wir die Plätze verlosen? Oder überlassen wir sie den Meistbietenden?«

»Den Meistbietenden«, sagte Deforest entschieden. »Ich darf Euch daran erinnern, wie es um den Inhalt unserer Schatullen bestellt ist. Wir brauchen jeden Denier, den wir bekommen können.«

»Was machen wir, wenn die Metzer Plätze haben wollen?«, fragte Guichard Bonet. »Wir haben sie von allen Marktabgaben befreit, auch von den Standgebühren.«

»Wenn sie einen Platz in der Markthalle wollen, zahlen sie dafür wie alle anderen«, entgegnete Michel. »Die Gebührenbefreiung gilt nur für die Marktplätze. So steht es in ihrem Privilegienbrief.«

»Das werden die hohen Herren anders sehen …«

Bonet verstummte, als es an der Tür des Ratssaales klopfte. Ein Stadtknecht kam herein.

»Bitte verzeiht die Störung, ihr Herren. Aber eben ist ein Gesandter des Schöffenmeisters von Metz gekommen«, meldete der Büttel. »Er verlangt, vor den Rat treten zu dürfen.«

»Wenn man vom Teufel spricht«, meinte Michel. »Schick ihn herauf.«

Die Ratsherren wechselten Blicke. Michel teilte ihre Besorgnis. Dass sich Robert Gournais so kurz vor der Messe an den Rat wandte, konnte nichts Gutes bedeuten.

Der Bote, der hereinkam, war ein Sergeant der Treize jurés, ein Büttel mit besonderen Befugnissen. An seinem Gürtel hing die silberne Rute, das Zeichen seines Amtes.

»Mein Herr, der Schöffenmeister der Republik Metz, Ratsherr der Treize jurés und Oberhaupt des Paraige de Saint-Martin, schickt Euch diese Nachricht und fordert Euch auf, sie vor dem Rat der Zwölf zu verlesen.«

»Er *fordert mich auf*?«, fragte Michel gedehnt, während er den Brief entgegennahm.

»Das waren seine Worte.«

»Euer Herr hat mir nichts zu befehlen. Er kann mich allenfalls bitten, seine Wünsche zu berücksichtigen. Richtet ihm das aus.« Michel brach das Siegel, faltete das Pergament auseinander und überflog die Zeilen.

»Was schreibt er?«, fragte Duval.

»Meine Herren«, sagte Michel in die Runde, »Gournais lässt uns wissen, dass er dem Wahnsinn anheimgefallen ist. Im Namen der Republik Metz, des Großen Rates und der Sieben des Krieges fordert er uns auf, sofort den Betrieb der Messe einzustellen und die Markthalle niederzureißen. Damit nicht genug: Wir sollen ihm außerdem meinen Sohn Rémy und Roger Bellegrées Gemahlin Philippine ausliefern, damit – ich zitiere wörtlich – die Treize jurés sie für ihre schimpfliche Unzucht zur Rechenschaft ziehen können. Weigern wir uns, nach Ablauf von drei Tagen diesen Forderungen nachzukommen, wird uns der Schöffenmeister die Fehde erklären und Varennes angreifen.«

Michel knallte das Pergament auf den Tisch. »Sagt – wann haben Roberts Wahnvorstellungen angefangen?«, fragte er den Sergeanten. »Als man ihn zum Schöffenmeister ernannte oder schon davor? Ist ihm womöglich die neue Macht zu Kopf gestiegen?«

»Sein Verstand ist so klar wie eh und je«, erwiderte der Sergeant. »Was soll ich ihm ausrichten? Werdet Ihr seine Forderungen erfüllen?«

»Ihr setzt Euch jetzt auf Euer Pferd, reitet zurück nach Metz und sagt ihm, dass ich übermorgen in den Schöffenpalast komme. Ich hoffe, dass er dann eine gute Erklärung für diesen grotesken Scherz hat. Denn dass es ein Scherz ist, daran kann niemand zweifeln, der alle fünf Sinne beisammenhat.«

Der Sergeant verneigte sich steif und stolzierte aus dem Saal.

»Ich kann es einfach nicht glauben«, sagte Duval. »Darf ich den Brief sehen?«

Michel schob ihm die Nachricht zu. Die Ratsherren erhoben sich von ihren Sitzen und blickten Duval über die Schulter, denn jeder wollte sich mit eigenen Augen davon überzeugen, dass es sich wirklich und wahrhaftig um einen Fehdebrief der Republik Metz handelte.

»Unerhört!«

»Ist das zu fassen?«

»Michel hat recht – Gournais muss den Verstand verloren haben, wenn er das ernst meint.«

Als alle den Brief gelesen hatten, sagte Deforest: »Ich denke, es dürfte klar sein, was hier gespielt wird. Das ist Rogers Werk. Er will nachholen, was sein Vater damals versäumt hat, und hat seinen neuen Einfluss im Großen Rat genutzt, um ganz Metz gegen uns aufzustacheln, kaum dass der alte Évrard unter der Erde war.«

»Und damit alle begreifen, wie verrucht wir sind, hat er ihnen weisgemacht, Michels Sohn würde mit seinem Weib die Ehe brechen«, ergänzte Duval.

Die anderen taten murmelnd ihre Zustimmung kund. Victor Fébus war drauf und dran, vor Zorn zu platzen.

»Nicht einmal vor den abscheulichsten Lügen schreckt Bellegrée zurück!«, ereiferte er sich und hieb auf den Tisch. »Kennt dieser Mann denn gar keine Scham?«

»Sind es denn Lügen?«, fragte Tolbert.

»Ich bitte Euch, Bertrand«, entgegnete Michel. »Mein Sohn und Rogers Weib? Das ist doch lächerlich. Ihr zieht hoffentlich nicht ernsthaft in Erwägung, dass an diesem absurden Vorwurf etwas dran sein könnte.«

»Ich weiß nicht«, meinte der Schultheiß. »Für mich ergibt das keinen Sinn. Warum sollte Roger so etwas erfinden? Er schadet damit seiner Ehre und der seiner Gemahlin.«

»Die Ehre seiner Gemahlin dürfte ihm herzlich egal sein«, sagte Deforest. »Wie ich hörte, will er sie loswerden und hat schon mehrmals versucht, die Ehe annullieren zu lassen.«

»Trotzdem«, beharrte Tolbert. »Das hätte er einfacher haben können, ohne Schaden für sich und seine Familie. Er hätte Gournais und den Treize jurés einfach erzählen können, wir hätten einen seiner Handelszüge überfallen und seine *fattori* ausgeraubt oder etwas in der Art. Damit hätte er dasselbe erreicht.«

»Worauf wollt Ihr hinaus?«, fragte Michel ungeduldig.

»Es liegt mir fern, Eurem Sohn etwas zu unterstellen – Ihr wisst, wie sehr ich Rémy schätze.« Tolbert blickte ihm geradewegs in die Augen. »Aber diese Geschichte ist brandgefährlich. Es geht um nichts weniger als unsere Existenz. Wenn wir Gournais zur Vernunft bringen wollen, müssen wir genau wissen, was hier vor sich geht. Bevor wir Rogers Vorwürfe als Lügen abtun, sprecht mit Rémy. Fragt ihn rundheraus, ob es stimmt, was Gournais behauptet.«

»Wenn ich es mir recht überlege, ist der Vorwurf so absurd nicht«, bemerkte Jean-Pierre Cordonnier. »Ich frage mich schon lange, warum Rémy nicht heiratet. Ständig verlässt er die Stadt und sagt keinem, was er treibt. Gut möglich, dass er eine Geliebte hat, oder?«

»Und der Apfel fällt nicht weit vom Stamm«, murmelte jemand.

Michel fuhr herum. »Wer war das?«

Bonet, Fébus, Le Roux und Sancere blickten ihn betreten an, doch keiner antwortete.

»Und dann wäre da noch diese Patrizierin, die vor ein paar Jahren in seiner Werkstatt gesehen wurde«, fuhr Cordonnier fort.

»Was für eine Patrizierin?«, fragte Michel.

»Rémy wollte es mir nicht sagen. Er hat ein ziemliches Geheimnis um sie gemacht. Wer weiß – vielleicht war es Rogers Weib.«

Michel musterte die Ratsherren. Mit ihrem Gerede hatten es Tolbert und Cordonnier geschafft, dass sogar Henri und Eustache an Rémys Redlichkeit zweifelten.

»Na schön«, blaffte er. »Wenn Ihr darauf besteht, rede ich mit ihm. Obwohl ich jetzt schon weiß, dass er mich auslachen wird. Derweil bitte ich Euch, nichts von alldem nach draußen zu tragen. Gerüchte in der Stadt sind das Letzte, was wir jetzt brauchen. Am besten halten wir den Fehdebrief geheim, bis ich von meiner Unterredung mit Gournais zurück bin.«

Michel nahm den Brief an sich und verließ den Saal.

Bei Einbruch der Dunkelheit saß Rémy in seiner Stube, vor sich einen angefangenen Brief an seine Eltern. Darin wollte er ihnen von Philippine erzählen und ihnen erklären, warum er Varennes verlassen würde. Er wollte seinen Vater bitten, sich um die Schule zu kümmern, das Haus zu verkaufen und Dreux und Olivier zu einer neuen Anstellung zu verhelfen. Rémy wusste genau, was er schreiben wollte, und doch kam er nicht über die ersten Zeilen hinaus. Stattdessen hatte er das Bleistückchen gezückt und bemalte das Pergament mit winzigen Engeln, Lindwürmern und Burgen.

Feige. Einen Brief auf den Tisch zu legen und klammheimlich zu verschwinden, war seiner unwürdig. Wenn kein Wunder geschah, würde er in wenigen Tagen der Heimat den Rücken kehren und seine Eltern möglicherweise nie wiedersehen. Sie hatten verdient, dass er vor sie trat und ihnen ins Gesicht sagte, was geschehen war. Sie hatten ein Recht darauf, dass er sich von ihnen verabschiedete.

Sie hatten vor vielen Jahren Ähnliches durchgemacht. Von allen Menschen, die er kannte, würden sie ihn am ehesten verstehen.

Er nahm den Brief und warf ihn ins Kaminfeuer. Gleich morgen würde er zu ihnen gehen und alles erklären.

Doch das Gespräch mit seinen Eltern war nur eine von vielen Sorgen, die ihn belasteten. Rémy setzte sich wieder an den Tisch, starrte in die Kerzenflamme und spielte mit dem Bleiklumpen. Sechs Tage war es jetzt her, dass er die beiden Fremden vor seiner Werkstatt gesehen hatte, doch Roger rührte sich nicht. Weder war er hier aufgetaucht, noch hatte er auf andere Weise verlauten lassen, dass er Rémy zur Verantwortung ziehen wolle. Er tat einfach gar nichts. Stellte sich tot.

Rémy wagte nicht, nach Metz zu gehen und sich vor Ort umzuhören. Roger hatte großen Einfluss in der Stadtrepublik. Die Gefahr, dass man Rémy von der Straße weg verhaftete, war zu groß. Es musste ihn nur ein Torwächter erkennen und Roger Bericht erstatten.

Wie es schien, blieb ihm nichts anderes übrig, als weiter zu warten und die quälende Ungewissheit noch länger zu ertragen.

Er klopfte mit dem Bleistückchen auf den Tisch, *tock-tock, tock-tock,* es klang wie ein pochendes Herz. Seine Gedanken wanderten zu Philippine, zum tausendsten Mal an diesem Abend. War er wirklich bereit dafür, alles hinter sich zu lassen und mit ihr fortzugehen?

War seine Liebe zu ihr groß genug?

Ja. Er hatte diese Entscheidung in Épinal getroffen, ohne lange zu überlegen. Sie war richtig, davon war er nach wie vor überzeugt. Wenn das der Preis dafür war, dass sie zusammen sein konnten, würde er ihn zahlen.

Ein Geräusch riss ihn aus seinen Gedanken: Jemand klopfte energisch an die Haustür. Rémy öffnete das Fenster. Unten stand sein Vater, in der Hand eine Laterne.

»Lass mich herein«, verlangte er.

Rémy ging hinunter, schloss die Tür auf und führte ihn hinauf zur Stube.

»Das trifft sich gut. Ich wollte ohnehin mit dir reden …«

Michel hörte ihm gar nicht zu. »Lies das«, kam er sogleich zur Sache und hielt ihm einen Brief hin, an dem die Reste des gebrochenen Siegels hafteten. Es bestand aus weißem Wachs, was darauf schließen ließ, dass es das Siegel einer freien Reichsstadt war. Rémy glaubte das Wappen von Metz zu erkennen. Mit einem engen Gefühl in der Kehle las er die Zeilen.

»Bitte sag mir, dass das nicht wahr ist.« Michels Stimme war drängend, beschwörend. »Das ist nichts als eine Lüge, richtig? Eine böswillige Intrige von Roger Bellegrée.«

Rémys Hand mit dem Brief sank herab. Endlich, endlich ergab Rogers Verhalten einen Sinn. Noch fühlte Rémy nichts. Es war, als sei er soeben über den Rand einer Klippe getreten und hätte noch nicht begriffen, dass unter ihm ein Abgrund gähnte.

Er blickte seinen Vater nicht an. »Du solltest dich besser setzen.«

Rémy schwieg lange, ehe er imstande war zu sprechen. »Es ist wahr«, sagte er schließlich.

»Philippine Bellegrée und du …«, begann sein Vater.

»Ja.«

»Großer Gott!« Michel stand ruckartig auf, ging in der Stube umher.

Rémy ballte die Rechte zur Faust und berührte seine Lippen. Gedankenfetzen tanzten durch seinen Verstand, wild, entfesselt, ohne jede Ordnung. Varennes und Metz standen vor einem Krieg – seinetwegen.

»Ausgerechnet Rogers Weib! Was hast du dir nur dabei gedacht?«

»Es ist kompliziert, Vater.« Dieselben Worte, die einst Philippine zu ihm gesagt hatte damals in Paris.

»Wie lange geht das schon?«

»Drei Jahre.«

»Drei Jahre! Herr im Himmel! Und du wusstest von Anfang an, wer sie ist?«

»Nicht von Anfang an, nein. Als ich es erfuhr, wollte ich es beenden …«

»Aber?«

»Ich konnte es nicht.«

»Du konntest es nicht«, echote Michel. »Obwohl sie die Frau eines Feindes ist. Des größten Feindes von Varennes. Du musst doch begriffen haben, wie gefährlich das ist.«

»Roger hat es uns leichtgemacht. Wir dachten, er würde die Ehe auflösen lassen.«

»Dummerweise ist euch Roger vorher auf die Schliche gekommen. Wusstest du davon?«

»Ich war dabei, als es geschah. Roger wollte sich Philippine vom Hals schaffen. Er gab einem Söldner den Auftrag, sie zu ermorden. Er hat uns zusammen gesehen.«

»Das wird ja immer besser.« Michel lachte kurz und freudlos. »Wann war das?«

»Vor etwa zwei Wochen.«

»Du weißt das seit zwei Wochen und hast es nicht für nötig gehalten, es mir zu sagen?«

»Wieso hätte ich das tun sollen? Was hätte das bewirkt?«

»Was das bewirkt hätte?« Als sein Vater bemerkte, dass er im Begriff war zu schreien, senkte er die Stimme. »Du hast Roger gerade einen Vorwand geliefert, uns zu vernichten. Nenn mich übereifrig, aber als Bürgermeister weiß ich es gern frühzeitig, wenn uns ein Krieg droht.«

»Ich hielt das für eine Sache zwischen Roger, Philippine und mir«, sagte Rémy. »Wie hätte ich ahnen sollen, dass so etwas dabei herauskommt?«

»Du weißt doch, wie es zwischen Metz und uns steht.«

»Wir haben seit über zwei Jahren Frieden. Für mich war die Sache ausgestanden.«

»Erst neulich haben wir beim Abendessen darüber gesprochen, was Évrards Tod für uns bedeutet. Hast du mir nicht zugehört?«

Rémy schwieg. Sein Vater hatte recht. Er hätte das vorhersehen müssen. Aber er war selbstsüchtig gewesen, hatte nur an sein eigenes Glück gedacht.

»Dieser Anschlag auf Philippine«, sagte Michel, »was genau ist da passiert?«

»Wir waren in ihrem Hof bei Damas-aux-Bois, als die Söldner kamen. Es waren drei. Zum Glück entdeckten wir sie rechtzeitig. Zwei habe ich getötet. Der dritte konnte fliehen.«

»Wo ist Philippine jetzt?«

»An einem sicheren Ort«, antwortete Rémy.

»Bring sie her«, befahl Michel.

»Du wirst sie nicht ausliefern.«

»Roger hat den Großen Rat gegen uns aufgehetzt. Ich muss Gournais und den Treize irgendwie den Wind aus den Segeln nehmen, wenn ich eine Chance haben will, diese Fehde zu verhindern. Aber dafür muss ich ihnen etwas anbieten. Ein Zeichen unseres guten Willens.«

»Roger wird sie töten.«

»Dann sag mir, was ich stattdessen tun soll. Sollen wir lieber dich ausliefern?«

»Wenn ich wüsste, ich könnte damit etwas bewirken, würde ich sogar freiwillig nach Metz gehen«, entgegnete Rémy. »Aber in Wahrheit schert sich Roger einen Dreck um mich. Lies doch den Fehdebrief. Er will unseren Ruin. Er ist entschlossen, uns zu vernichten, auf welche Weise auch immer. Nichts wird ihn davon abbringen.«

Michels Zorn wich tiefer Erschöpfung. Wie er da stand, die Augen trüb, das Gesicht von Falten zerfurcht, wirkte er zum ersten Mal alt auf Rémy. Er fuhr sich mit der Hand durch den Bart und sagte: »Morgen reite ich nach Metz, um mit Gournais zu verhandeln. Was soll ich ihm sagen?«

»Ich weiß es nicht, Vater. Ich weiß es einfach nicht.«

Michel starrte ihn an. »Bete, dass ich ihn zur Vernunft bringen kann. Denn wenn ich scheitere, dann gnade uns Gott.«

Mit diesen Worten ging er.

Noch lange nachdem Michels Schritte verklungen waren, saß Rémy reglos da. Die Kerze flackerte im Zug des offenen Fensters. Er betrachtete die Häuser auf der anderen Straßenseite und musste sich unwillkürlich vorstellen, wie sie brannten und in einem Meer aus Flammen, Rauch und Asche vergingen.

Épinal

Rémy verließ Varennes in aller Früh und erreichte Épinal zur Mittagszeit. Philippine saß gerade im Schankraum der Herberge und hob die Hand, als er sich suchend umblickte.

Sie gingen nach oben. Als sie die Tür ihrer Kammer geschlossen hatte, sagte Rémy: »Metz droht Varennes mit Krieg.«

Philippine starrte ihn an. »Was?«

»Robert Gournais hat meinen Vater und den Rat aufgefordert, sofort den Betrieb der Messe einzustellen und die neue Markthalle abzureißen. Weigern sie sich, will Gournais Varennes die Fehde erklären.«

»Das ist Rogers Werk«, murmelte Philippine.

»Er hat die Oberhäupter der Paraiges aufgehetzt, indem er ihnen von uns erzählte«, bestätigte Rémy. »In seinem Fehdebrief verlangt Gournais, dass der Rat uns beide ausliefert, damit wir in Metz für den Ehebruch und den Verrat an Roger bestraft werden können.«

Sie sank auf den Hocker am Fenster, als wäre sie plötzlich zu schwach zum Stehen. »Das ist allein unsere Schuld«, wisperte sie. »Wir haben das zu verantworten.«

Rémy setzte sich zu ihr und nahm ihre Hände in seine. »Hier geht es nicht um uns. Wir sind für Roger doch nur Mittel zum Zweck. Wären wir nicht gewesen, hätte er einen anderen Vorwand gefunden, um gegen Varennes vorzugehen«, sagte er, obwohl er insgeheim ähnlich wie Philippine dachte. Doch er hatte beschlossen, sich nicht von seinen Schuldgefühlen leiten zu lassen. Schuldgefühle halfen keinem. Nun kam es darauf an, die richtigen Entscheidungen zu treffen. Mit klarem Kopf.

»Was will der Rat jetzt unternehmen?«, fragte Philippine.

»Mein Vater ist gerade auf dem Weg nach Metz. Er will mit Gournais sprechen, in der Hoffnung, ihn umstimmen zu können.«

»Und Gournais' Forderungen?«

»Keine Angst, man wird uns nicht ausliefern. Das wird mein Vater nicht zulassen. Zumal es nichts nützte. Wenn der Rat auf die Forderungen eingeht, wird Roger Gournais früher oder später dazu bringen, neue Forderungen zu stellen, die unerfüllbar sind, damit Metz Varennes endlich vernichten kann. Mit nichts weniger wird sich Roger zufriedengeben. Wenn der Rat also klug ist, wird er den Metzern die Stirn bieten und ihnen klarmachen, dass Varennes sich nicht erpressen lässt.«

»Also wird es Krieg geben.«

»Wahrscheinlich«, sagte Rémy.

Philippine blickte ihm in die Augen. »Wenn das geschieht – was werden wir dann tun?«

»Wir können nicht fortgehen. Nicht jetzt. Ich muss nach Varennes zurückkehren und bei der Verteidigung der Stadt helfen.«

»Du willst kämpfen?«

Er nickte. »Wenn es sein muss.«

»Rémy...«, begann sie, doch er ließ sie nicht ausreden.

»Das bin ich meiner Stadt schuldig«, sagte er.

»Lass mich mit dir kommen.«

»Nein. Du bleibst hier. In Varennes bist du nicht sicher.«

»Stattdessen soll ich in dieser Kammer sitzen und beten, dass dir nichts zustößt? Das ertrage ich nicht, Rémy.«

»Mir wird nichts zustoßen. Du kennst mich – ich kann auf mich aufpassen.«

Er nahm sie in die Arme, und sie legte den Kopf in seine Halsbeuge.

»Sowie das alles überstanden ist, komme ich her, und wir sehen weiter. In Ordnung?«

Anstelle einer Antwort ergriff sie seine Hand und drückte sie.

Als Rémy abends wieder zu Hause war, richtete Olivier ihm aus, Jean-Pierre Cordonnier habe nach ihm gefragt. Er ging zu Jean-Pierres Werkstatt, wo ihm ein Lehrling sagte, der Obermeister sei gerade in der Kapelle der Bruderschaft.

Das Gotteshaus war klein und dunkel und enthielt einen klobigen Tisch, denn es diente der Bruderschaft auch als Versammlungsstätte. Bierfässer standen an einer Wand. Eine Truhe hinter dem Altar barg die Rolle mit den Statuten der Schwurvereinigung, die Rémy vor nunmehr dreizehn Jahren niedergeschrieben hatte. Jean-Pierre sprach gerade mit einem Gürtlermeister und dessen zwei Gesellen. Die Unterredung verlief hitzig; offenbar beklagte sich der Meister über das aufsässige Verhalten der Gesellen, die die Vorwürfe vehement abstritten. Jean-Pierre rief die jungen Männer ungeduldig zur Ordnung und ermahnte sie, ihrem Lohnherrn fortan zu gehorchen, andernfalls müsse die Bruderschaft sie maßregeln.

Als die Gürtler gegangen waren, wandte sich der Obermeister Rémy zu. »Ein Bier?«

»Danke, nein.«

Jean-Pierre füllte sich einen Krug und forderte Rémy auf, sich zu ihm an den Tisch zu setzen. Er wirkte gereizt und kurz angebunden.

»Bevor dein Vater heute früh nach Metz aufbrach, ließ er uns wissen, dass die Vorwürfe aus dem Fehdebrief wahr sind.« Cordonnier blickte ihm in die Augen. Als Rémy schwieg, fuhr er fort: »Du weißt, was ich tun muss, wenn ein Mitglied der Pfarrgemeinde die Ehe bricht.«

Rémy nickte. Anders als in Metz, wo die Treize jurés große Teile der geistlichen Gerichtsgewalt an sich gerissen hatten, war die Obrigkeit Varennes' allein für weltliche Verbrechen zuständig. Verstöße gegen das Kirchenrecht, auch schwere Vergehen wie Ehebruch, ahndete nach wie vor der Bischof. Jean-Pierre bekleidete das Amt eines Sendgeschworenen, und als solcher hatte er die Aufgabe, dem Bischof die Verfehlungen der Gemeindemitglieder zu melden, damit dieser zügig über die Sünder richten konnte.

»Ich werde morgen einen Boten nach Toul schicken«, erklärte Jean-Pierre. »Was soll er Bischof Eudes ausrichten?«

»Wie wäre es mit der Wahrheit?«

»Es gibt für Rogers Behauptungen keine Zeugen, zumindest nicht in Varennes. Ich rate dir, alles abzustreiten. Dann kommst du wahrscheinlich ungeschoren davon.«

»Ich bin nicht Lefèvre«, erwiderte Rémy. »Wenn ich einen Fehler mache, stehe ich dafür gerade.«

»Du kennst die Strafen für Ehebruch. Sie sind schmerzlich. Außerdem müsste ich dich für einen Verstoß gegen unsere Statuten belangen. Du hast gelobt, als Mitglied unserer Bruderschaft einen ehrbaren Lebenswandel zu pflegen. Wenn du alles zugibst, muss ich deinen Eid als gebrochen betrachten. Überleg dir also gut, was du jetzt sagst.«

Obwohl Rémy wusste, dass Jean-Pierre es nur gut mit ihm meinte, wurde er allmählich ärgerlich. »Roger sagt die Wahrheit. Damit hat es sich. Was du damit anstellst, ist deine Entscheidung.«

Der Obermeister seufzte. »Wie du willst. Morgen benachrichtige ich den Bischof, bei seiner nächsten Visitation wirst du sein Urteil hören. Was den Verstoß gegen die Statuten betrifft – die Strafe dafür beträgt zwanzig Sous.«

Rémy stand auf. »Ich gebe dir morgen das Geld. War das alles?«

Eine seltsame Mischung aus Mitleid und Ärger sprach aus Jean-Pierres Blick. »Ausgerechnet Rogers Weib. Ich hätte dich wirklich für klüger gehalten.«

Rémy verließ die Kapelle.

Metz

Zwei Sergeanten führten Michel, Bertrand und Henri in den großen Saal des Schöffenpalastes. Wachen standen vor den Ausgängen der Halle, bewaffnet mit Dreieckschilden und Speeren. Michel und seine Begleiter hatten ihrerseits ein halbes Dutzend Stadtknechte mitgebracht. Die Krieger beäugten einander feindselig.

Man ließ sie warten. Michel verschränkte die Arme hinter dem Rücken und betrachtete das große Wandgemälde an der Stirnseite des Saales. Es zeigte die glorreichen Truppen der Stadt Metz, die ein Dorf niederbrannten und die Bewohner erschlugen. Vermutlich handelte es sich um den Marktflecken Dieulouard, den Metz vor rund hundert Jahren dem Erdboden gleichgemacht hatte. Der Anlass des Massakers ging aus dem Bild nicht hervor, aber es hatte ohnehin nur den Zweck, Besuchern zu verdeutlichen, was allzu frechen Feinden der Republik blühte.

Irgendwann flog die hintere Doppeltür auf, und der Schöffenmeister stolzierte herein. Gournais' Gehstock klickte auf dem Boden, der mit Otterfell gefütterte Mantel bauschte sich hinter ihm auf. Nach ihm schwärmten gut zwei Dutzend Männer in den Saal: Sergeanten, Palastwachen und die übrigen Schöffen, Vertreter aller sechs Paraiges, die ihn berieten. Die Bewaffneten nahmen an den langen Wänden Aufstellung, während sich die Schöffen links und rechts des Sessels aufbauten, auf dem Gournais Platz nahm.

Herrisch blickte er seine Besucher an. Die goldene Amtskette funkelte.

Michel und seine Begleiter traten vor. Vermutlich erwartete Gournais von ihnen, dass sie sich verneigten. Michel tat ihm diesen Gefallen nicht.

»Bürgermeister Fleury«, sagte der Schöffenmeister schneidend. »Seid Ihr gekommen, um mir mitzuteilen, dass Ihr unsere Forderungen erfüllt habt? Wenn das der Fall ist, frage ich mich: Wo ist Euer Sohn? Wo Roger Bellegrées untreues Weib? Ich dachte, wir hätten deutlich gemacht, dass Ihr sie herbringen sollt, damit die Treize jurés sie für ihren schandbaren Ehebruch richten können.«

»Philippine Bellegrée ist verschwunden«, entgegnete Michel. »Selbst wenn ich wollte, könnte ich sie nicht herbringen. Und was meinen Sohn angeht – Ihr könnt nicht ernsthaft glauben, dass ich ihn Eurer Willkür überlassen würde.«

»Rogers Ehre wurde beschmutzt. Er fordert Genugtuung, und es ist meine Pflicht, sie ihm zu gewähren.«

»Wir wissen beide, dass es hier nicht um Rogers Ehre geht. Roger fürchtet Varennes. Er will uns vernichten, und dafür ist ihm jedes Mittel recht. Indem er sein Weib und meinen Sohn beschuldigte, die Ehe gebrochen zu haben, konnte er Euch und die anderen Oberhäupter der Paraiges für seine Pläne gewinnen.«

»Also bestreitet Ihr die Anschuldigungen gegen Euren Sohn?«, fragte Gournais. »Behauptet Ihr, Roger habe gelogen?«

»Ich behaupte gar nichts. Aber ich werde nicht gegen meinen Sohn sprechen, weder vor Euch noch vor den Treize jurés noch vor irgendeinem anderen Gericht dieser Welt. Ihr seid selbst Vater. Ihr solltet das eigentlich verstehen.«

Der Schöffenmeister musterte Michel unverwandt. »Wenn Ihr nicht willens seid, auf eine zentrale Forderung unsererseits einzugehen – wieso seid Ihr dann überhaupt hier?«

»Weil ich Euch als vernünftigen Mann kenne. Ihr seid niemand, der leichtfertig einen Krieg beginnt. Ich bin davon überzeugt, dass wir eine andere Lösung für diesen Zwist finden können.«

»Also seid Ihr wenigstens bereit, auf die Messe zu verzichten und die Markthalle einzureißen?«

»Gestattet mir eine Frage«, meldete sich Tolbert zu Wort.

»Was haben unsere Messe und die Markthalle eigentlich mit Rogers Ehre zu tun?«

»Sie sind Teil der Genugtuung, die Roger fordert«, antwortete Gournais harsch.

»Und wieso stellt das Rogers Ehre wieder her, die geschädigt wurde, weil sein Weib die Ehe gebrochen hat? Tut mir leid, Robert, aber das verstehe ich nicht.«

Der Schöffenmeister ignorierte Tolbert und wandte sich wieder an Michel. »Wie lautet Eure Antwort?«

»Beide Forderungen sind für uns nicht akzeptabel. Aber gewiss können wir Euch anderweitig entgegenkommen.«

»Nein. Wir haben genug von Euren Winkelzügen, die nur darauf abzielen, uns einzulullen. Entweder Ihr erfüllt unsere Bedingungen, oder wir haben Krieg. So einfach ist das.«

»Das ist töricht, und Ihr wisst es. Roger benutzt Euch. Könnt Ihr das nicht sehen?«

»Wenn das Euer letztes Wort ist, sind wir hier fertig«, bellte Gournais. »Wie es Sitte ist, werden wir Euch und Euren Begleitern freien Abzug gewähren. Aber wir fordern euch auf, Metz umgehend zu verlassen. Andernfalls werden wir euch in Gewahrsam nehmen. Wachen, geleitet sie hinaus.«

Bewaffnete nahmen Michel und seine Gefährten in die Mitte und führten sie aus dem Gebäude.

»Und nun?«, fragte Tolbert missmutig, als sich die Palasttore hinter ihnen schlossen.

»Wir haben alles versucht – mehr können wir nicht tun«, sagte Duval. »Reiten wir heim und benachrichtigen wir den Rat.«

»Zuerst müssen wir unsere *fattori* warnen.« Michel wandte sich an die Stadtknechte. »Geht zu allen Handelsniederlassungen, die die Gilde in Metz unterhält«, befahl er den Männern. »Berichtet, was geschehen ist, und fordert die *fattori* auf, sofort die Stadt zu verlassen und nach Varennes zu kommen. Macht ihnen klar, dass ihr Leben in Gefahr ist. Beeilt euch. Robert

Michelet könnt ihr mir überlassen. Ihn benachrichtige ich persönlich.«

Die Männer banden ihre Pferde los, stiegen auf und zerstreuten sich in alle Richtungen.

Mit zusammengebissenen Zähnen betrachtete Michel den Schöffenpalast, die Patrizierhäuser, die Geschlechtertürme ringsumher. Einst hatte er sich in dieser Stadt wohlgefühlt, hatte sie für ihre Freiheit, ihren Wohlstand bewundert. *Metz, das Mailand Lothringens,* hatte er gedacht. Doch das war lange her. Inzwischen erschien ihm Metz wie ein dunkler, brütender, nimmersatter Moloch, der wucherte und wucherte und in seiner Gier alles verschlang, was ihm in die Quere kam.

Uns wirst du nicht verschlingen. Das schwöre ich.

Er schwang sich in den Sattel und gab seinem Pferd die Sporen.

Als die Gesandtschaft aus Varennes gegangen war, berichtete Robert Gournais den Treize jurés und den Sieben des Krieges, dass die Verhandlungen gescheitert seien.

»Wenn sie sich weigern, unsere Forderungen zu erfüllen, kann es nur eine Antwort geben«, erklärte Pierre Chauverson vom Paraige d'Outre-Seille. »Und die heißt: Krieg! Rüsten wir zum Kampf, damit wir schnell und hart zuschlagen können, bevor sie ihre Stadt befestigen. Das wird sie lehren, uns fortwährend zu verhöhnen und einen der unseren aufs Schändlichste zu beleidigen!«

Lautstark stimmten die anderen Männer zu. Die Angelegenheit entwickelte sich zu Rogers Zufriedenheit. Doch er verbarg seine Genugtuung und trug stattdessen eine bittere Miene zur Schau. Schließlich hatte er eine Rolle zu spielen: die des gekränkten Ehemannes, der um seine Ehre kämpfte.

»Unsere Streitkräfte sollen sich bereit machen«, wandte sich Gournais an die Sieben des Krieges, kampferfahrene Männer aus den Reihen der Paraiges, die den Schöffenmeister bei militärischen Auseinandersetzungen berieten und als Hauptleute das Heer ins Gefecht führten. »Sorgt dafür, dass sich alle verfügbaren Reiter und Fußknechte binnen drei Tagen in der Stadt einfinden.«

»Außerdem müssen wir überlegen, was wir wegen Bürgermeister Fleury unternehmen«, ergänzte Roger.

»Was meint Ihr?«, fragte Gournais.

»Ihr alle kennt ihn – er ist ein Mann des Friedens. Er wird alles daransetzen, Gefahren für Varennes abzuwenden. Wie ich ihn einschätze, wird er versuchen, einen Vermittler einzuschalten, der einen Kompromiss zwischen uns aushandelt. Das ist seine letzte Chance, die Fehde noch abzuwenden. Ein Kompromiss ist aber nicht in unserem Sinne«, sagte Roger in die Runde. »Es gab eine Zeit für Verhandlungen – sie ist vorbei. Jetzt fordere ich Genugtuung mit dem Schwert!«

»Und die sollt Ihr bekommen!«, rief einer der Sieben des Krieges, woraufhin die Männer im Saal abermals in Jubel ausbrachen.

»Was also schlagt Ihr vor?«, fragte der Schöffenmeister.

»Bürgermeister Fleury wird sich an Herzog Mathieu wenden – er allein ist mächtig genug, in dieser Angelegenheit wirksam zu vermitteln. Wahrscheinlich wird Fleury schon kurz nach seiner Heimkehr, sowie er mit dem Rat gesprochen hat, nach Nancy aufbrechen, denn er wird keine Zeit verlieren wollen. Wir sollten daher Reiter auf allen Straßen postieren und ihn abfangen, bevor er den Herzog aufsuchen kann.«

»Ein Gesandter auf dem Weg zu einem Vermittler steht unter königlichem Schutz«, gab Jehan d'Esch zu bedenken. »Ihn gefangen zu nehmen, ist ein schweres Verbrechen.«

Bei den übrigen Anwesenden hingegen fand der Vorschlag Gefallen.

»Wenn sich unsere Männer als Gesetzlose verkleiden und kein Würdenträger der Republik bei dem Überfall in Erscheinung tritt, kann uns niemand nachweisen, dass wir die Hände im Spiel hatten«, sagte einer der Sieben des Krieges. »Wir bringen Bürgermeister Fleury an einen geheimen Ort und halten ihn dort bis zum Ende der Fehde fest. Das hat außerdem den Vorteil, dass die Bürgerschaft Varennes' ihren Anführer verliert. Das wird ihre Moral schwächen, sodass wir sie umso leichter in die Knie zwingen können.«

»So gehen wir vor«, entschied Gournais und befahl den Sieben des Krieges, sich der Sache anzunehmen. Schließlich ergriff der Schöffenmeister seinen Gehstock und erhob sich. »Brüder und Freunde«, sagte er, »große Aufgaben liegen vor uns. Geht nun nach Hause zu Euren Familien, rüstet Euch für den Kampf und betet für unseren Sieg.«

Varennes-Saint-Jacques

Zwei Tage später berichtete Michel dem Rat von ihrem Misserfolg in Metz.

»Sehen wir den Tatsachen ins Auge: Ein Krieg lässt sich kaum noch vermeiden«, sagte er. »Tatsächlich müssen wir davon ausgehen, dass Robert Gournais und die Sieben des Krieges just in diesem Moment einen Angriff auf Varennes vorbereiten. Bevor wir beratschlagen, was wir nun unternehmen, solltet Ihr wissen, was uns bevorsteht.

Metz ist ungeheuer stark. Allein die Stadt hat zwanzigtausend Einwohner. Hinzu kommen hundertdreißig Dörfer aus der Stadtmark, die der Republik Heerfolge leisten müssen. Gournais kann leicht tausend und mehr Krieger aufbieten. Einer solchen Streitmacht sind wir in einer Feldschlacht nicht gewachsen, selbst wenn wir alles ins Gefecht werfen, was wir haben. Das engt unseren Handlungsspielraum stark ein.«

»Uns bleiben zwei Möglichkeiten«, ergänzte Tolbert, dem als Schultheiß die Verteidigung der Stadt oblag. »Erstens: Wir gehen doch noch auf ihre Bedingungen ein. Da wir Meister

Rémy nicht ausliefern werden, können wir allenfalls die anderen beiden Bedingungen erfüllen und hoffen, dass ihnen das genügt. Zweitens: Wir ziehen uns in die Stadt zurück und verteidigen sie so lange, bis den Metzern die Lust am Kämpfen vergeht und sie an den Verhandlungstisch zurückkehren. Es liegt an Euch, was wir tun.«

»Wieso können wir Meister Rémy eigentlich nicht ausliefern?«, fragte Victor Fébus angriffslustig. »Er hat uns diese Suppe schließlich eingebrockt. Also soll er sie auch auslöffeln. Hier wird mit zweierlei Maß gemessen. Jeden anderen würden wir für solch ein Verbrechen zur Verantwortung ziehen. Aber er kommt ungeschoren davon, weil er der Sohn des Bürgermeisters ist.«

»Lest unsere Gesetze«, erwiderte Michel unwirsch. »Darin steht, dass kein Bürger Varennes' vor einem auswärtigen Gericht erscheinen muss. Das gilt auch für Rémy. Gewiss, er hat sich versündigt und das Gesetz gebrochen – niemand bestreitet das, am wenigsten er selbst. Aber es ist nicht Aufgabe der Treize jurés, ihn dafür zu belangen. Wenn ein Bürger dieser Stadt die Ehe bricht, fällt das immer noch in die Zuständigkeit des Bischofs. Und wenn Bischof Eudes ihn deswegen vor das Kirchengericht zitiert, wird er für seine Verfehlungen geradestehen.«

Jean-Pierre Cordonnier nickte. »Er hat gesagt, dass er alles gestehen wird.«

»Davon abgesehen, würde es nichts nutzen«, kam Duval Michel zu Hilfe. »Ich dachte eigentlich, das wäre inzwischen jedem klar, aber ich erkläre es gern noch einmal, Victor: Rémy ist für Roger nur Mittel zum Zweck. Wäre diese ganze Geschichte nicht passiert, hätte er früher oder später einen anderen Weg gefunden, den Großen Rat gegen uns aufzuhetzen.«

»Außerdem sollen wir auch Philippine Bellegrée ausliefern«, ergänzte Tolbert. »Aber da kein Mensch weiß, wo sie steckt, könnten wir diese Forderung ohnehin nur zur Hälfte erfüllen.«

Michel hatte dem Rat verheimlicht, dass Rémy wusste, wo Philippine sich aufhielt. Da ohnehin nicht ernsthaft zur Debatte stand, sie und Rémy auszuliefern, hielt er es für klüger, das für sich zu behalten.

»Ich kenne unsere Gesetze so gut wie Ihr«, entgegnete Fébus. »Aber hier geht es nicht um die Zuständigkeit irgendwelcher Gerichte, sondern um Politik. Uns droht ein Krieg, und wir müssen alles daransetzen, ihn zu verhindern.«

»Richtig«, erwiderte Michel. »Aber wer glaubt, dass die Metzer uns schonen werden, wenn wir meinen Sohn opfern, ist ein Dummkopf.«

Fébus schwieg beleidigt. Glücklicherweise war er der Einzige, der Rémy die Schuld an der gegenwärtigen Lage gab. Natürlich hatten auch die anderen Ratsherren geschimpft und gewettert, als Michel ihnen berichtet hatte, dass die Anschuldigungen aus dem Fehdebrief der Wahrheit entsprachen. Aber ihr Zorn auf Rémy war bald abgekühlt. Sie waren klug genug, Rogers Machenschaften zu durchschauen.

»Also – was tun wir?«, fragte Tolbert in die Runde. »Knien wir vor den Metzern, oder bieten wir ihnen die Stirn?«

»Eins dürfte klar sein«, sagte Deforest. »Selbst wenn wir den Betrieb der Messe einstellen und die Markthalle zerstören, verschaffen wir uns damit höchstens eine Atempause. Roger wird nicht eher ruhen, als bis er uns vernichtet hat. Beim nächsten Bauvorhaben, bei der nächsten großen Unternehmung des Rates wird er wieder gegen uns vorgehen.«

Gaillard Le Masson nickte grimmig. »Wir müssen diesem Mann ein für alle Mal zeigen, dass er so nicht mit uns umspringen kann.«

»Stimmen wir ab«, sagte Tolbert. »Wer ist dafür, dass wir Gournais' Forderungen nachgeben?«

Niemand meldete sich.

»Wer meint, dass wir kämpfen sollen?«

Zehn von zwölf Ratsherren hoben die Hand, einige entschlossen, andere zögerlich. Nur Victor Fébus und Michel enthielten sich. Fébus, weil er nach wie vor schmollte; Michel, weil er dem Rat einen Vorschlag unterbreiten wollte.

»Ich sehe es wie Ihr: Wir müssen uns wehren, Roger lässt uns keine Wahl«, erklärte er. »Aber Ihr alle wisst, wie ich zu Gewalt und Blutvergießen stehe. Es gibt nichts, was ich mehr verabscheue. Ich schlage daher vor, dass wir zweierlei tun: Während Ihr die Stadt befestigt, gehe ich zu Herzog Mathieu. Er war stets ein Freund Varennes', und es kann nicht in seinem Sinne sein, dass das Moseltal wegen einer sinnlosen Fehde verwüstet wird. Gewiss ist er bereit, zwischen Metz und uns zu vermitteln.«

Niemand sprach gegen den Vorschlag, nicht einmal Fébus.

Michel nickte. »Ich breche gleich morgen auf.«

Wie es die Statuten für diesen Fall vorsahen, übernahm der Schultheiß für die Dauer des Krieges die Führung des Stadtregiments. Zuerst entschied Tolbert, Eilboten zu allen befreundeten Handelsstädten zu schicken und sie wissen zu lassen, dass die Messe dieses Jahr ausfiel. Niemand wollte riskieren, dass auswärtige Kaufleute wegen der Fehde in Gefahr gerieten. Anschließend wies er die Handwerker im Rat an, die Bruderschaften über die bevorstehende Belagerung in Kenntnis zu setzen, damit sie die Verteidigung der Stadt vorbereiten konnten.

»Metz mag mächtig sein, aber wir sind ebenfalls stark«, verkündete er grimmig. »Unsere Mauern sind fest und unsere Bürger mutig. Wenn wir zusammenstehen, werden sie sich an Varennes die Zähne ausbeißen. Freunde, bereiten wir unseren Feinden einen heißen Empfang!«

»Der Kerl kommt aus Varennes, wir haben ihn am Stadttor aufgegriffen«, sagte der Sergeant. »Er will mit Euch reden. Er behauptet, Euch zu kennen.«

»Das stimmt. Wir kennen uns tatsächlich«, erwiderte Roger Bellegrée. »Habt ihr ihn nach Waffen durchsucht?«

»Er hatte nur einen Dolch bei sich. Den haben wir ihm abgenommen.«

»Gut. Lasst ihn los.«

Die beiden Sergeanten blieben an der Tür stehen, während Lefèvre Bellegrées Gemächer im Gästehaus von Porte-Muzelle betrat. Roger stand vor seinem Schreibpult und musterte ihn abschätzig. Dabei hatte Lefèvre sich für seinen Besuch in Metz eigens in Schale geworfen. Für mehr als einen einigermaßen ansehnlichen Rock hatte sein Geld allerdings nicht gereicht. Kein Vergleich mit Rogers prächtigen Gewändern aus feinem *panno pratese* in leuchtenden Farben.

»Schön habt Ihr es hier.« Lefèvre ließ seinen Blick über die Tapisserien, das Tafelsilber und die Wappenschilde an den Wänden gleiten. »Dieses Gästehaus ist ja ein richtiger Palast. War der Herzog schon einmal hier? Ich wette, er würde Euch darum beneiden.«

»Mein lieber Anseau, ich würde zu gern mit Euch über die Einrichtung meines Hauses plaudern. Aber wie es der Teufel will, steht uns ein Krieg ins Haus, und ich habe gerade alle Hände voll zu tun«, sagte Roger süffisant. »Also – was wollt Ihr?«

»Euch ein Geschäft vorschlagen. Einen Handel, der für beide Seiten überaus lukrativ ist.« Unaufgefordert setzte sich Lefèvre. Der Stuhl war ausgesprochen hübsch, er bestand aus dunklem Holz und war mit kunstvollen Schnitzmustern versehen. Lefèvre strich mit den Handflächen über die Armlehnen.

»Weiß der Rat von Varennes, dass Ihr hier seid?«

»Wohl kaum. Der Rat und ich … wir haben nicht eben das beste Verhältnis. Ich bin auf eigene Faust hier. In geheimer Mission, sozusagen.« Lefèvre lächelte dünn.

»Einen Handel«, wiederholte Roger. »Berichtigt mich, wenn ich falschliege, aber ich bezweifle, dass Ihr mir viel anzubieten habt. Wenn ich das so sagen darf, Anseau: Seit wir uns das letzte Mal sahen, seid Ihr ziemlich auf den Hund gekommen. Ich hörte, Ihr habt alles verloren – Euer Vermögen, Euer Haus, sogar das Bürgerrecht. Man erzählt sich, Ihr würdet jetzt in einer Hütte neben einer Gerbergrube hausen.«

»Das stimmt nicht ganz.«

»Ach nein?«

»Es sind sogar zwei Gerbergruben. Aber das ist nicht von Belang. Ich will Euch weder Geld noch Salz noch irgendeinen anderen Plunder anbieten. Davon habt Ihr ohnehin schon mehr als genug. Aber was Ihr in der gegenwärtigen Lage am dringendsten braucht, könnt Ihr Euch mit all Eurem Silber nicht kaufen. Und genau das biete ich Euch an.«

»Und das wäre?«, fragte Roger mit kaum verhohlener Ungeduld.

»Einen Freund.«

Sein Gastgeber hob eine Augenbraue. »Ihr wollt mir Eure Freundschaft antragen? Nehmt das nicht persönlich, aber ich pflege meine Freunde sehr sorgfältig auszuwählen. Gefallene Wucherer kommen üblicherweise nicht in die engere Auswahl.«

»Bitte lasst mich ausreden, bevor Ihr mein Angebot ausschlagt.«

Roger seufzte. »Na schön. Aber fasst Euch kurz.«

Lefèvre stützte die Ellbogen auf den Armlehnen ab und presste die Fingerkuppen gegeneinander. Er fühlte sich in diesem prächtigen Gästehaus pudelwohl, obwohl es ihn schmerzlich daran erinnerte, was er alles verloren hatte. Tatsächlich konnte er nicht abstreiten, dass er Roger beneidete. Dieser Mann war nicht nur märchenhaft reich, er verfügte außerdem über gewaltigen Einfluss in der mächtigsten Stadt Lothringens, und er schritt einher wie ein Fürst. Mit anderen Worten: Er führte genau das Leben, das sich Lefèvre seit seiner Kindheit erträumte.

»Wie Ihr richtig bemerkt habt«, begann er, »hatte ich viel Pech seit unserer letzten Begegnung. Aber ich bin nicht bereit, mich in mein Schicksal zu fügen. Was man mir nahm, will ich wiederhaben. Hier kommt Ihr ins Spiel.«

»Die Spannung ist kaum noch auszuhalten«, murmelte Roger.

»Ihr helft mir bei meinen Plänen«, fuhr Lefèvre fort. »Im Gegenzug werde ich ein treuer Freund der Republik Metz.«

»Wie treu?«

Lefèvre erklärte es ihm.

Endlich hatte er Rogers ungeteilte Aufmerksamkeit.

Varennes-Saint-Jacques

Rémy hatte eine Ecke seines Kellers freigeräumt und bat Olivier, die Kiste mit den Büchern dort abzustellen. »Sind das alle?«

»In der Werkstatt und Eurer Stube sind keine mehr«, antwortete der Junge.

»Gut. Verstau auch alles andere von Wert in einer Kiste und bring sie herunter. Vor allem das Blattgold und die Farbpigmente. Dreux soll dir helfen.«

Während Olivier nach oben eilte, griff Rémy nach der Laterne und blickte sich um. Sein Keller war nicht groß und obendrein vollgestellt mit Gerümpel, das sich im Lauf der Jahre angesammelt hatte: rostiges Werkzeug, leere Fässer, ein altes Schreibpult und dergleichen. Höchste Zeit, dass er das meiste davon wegwarf. Vorläufig begnügte er sich jedoch damit, es zur Seite zu räumen, um Platz für die anderen Kisten zu schaffen. Falls bei den Kämpfen um Varennes Feuer ausbrachen oder Feinde in die Stadt eindrangen, würden seine Bücher und die anderen Wertgegenstände hier sicherer sein als oben im Haus. Später würde er einen leeren Bücherschrank vor den Zugang zur Kellertreppe schieben, damit etwaige Plünderer die Tür übersahen.

Rémy war nicht der Einzige, der sich auf den Angriff der Metzer vorbereitete: Ganz Varennes rüstete sich für eine Belagerung. Die Bürger befestigten ihre Häuser und brachten ihre Wertsachen in Sicherheit, die Bruderschaften und die Pfarreien lagerten Vorräte ein. An jeder Straßenecke stellte man Fässer mit Löschwasser bereit. Der städtische Baumeister überprüfte die Stadtmauer und sämtliche Tore auf etwaige Schwachstellen und ließ die Maurer letzte Hand anlegen.

Wann die Metzer kommen würden, konnte niemand sagen. Vielleicht schon morgen, vielleicht erst nächste Woche. Sicher war nur: Wenn sie kamen, dann mit all ihrer Macht. Ob das kleine Varennes diesem Sturm standhalten würde, wusste Gott allein.

Erstaunlicherweise hatte die Bürgerschaft recht gelassen auf die bevorstehende Fehde reagiert. Obwohl sich die Menschen zweifellos fürchteten, war kaum jemand in blinder Panik aus der Stadt geflohen. Rémy erschien es, als hätten viele nach den Ereignissen der letzten Jahre damit gerechnet, dass es eines Tages zum Krieg mit Metz kommen würde; manch einer brannte gar darauf, den überheblichen Paraiges endlich all die Demütigungen der Vergangenheit heimzuzahlen. Eine knisternde Spannung erfüllte die Gassen, als stünde ein schweres Unwetter bevor. Gleichwohl gehorchten die Leute den Anweisungen der Obrigkeit und taten mit kühlem Kopf ihre Pflicht.

Rémy wuchtete gerade ein Fass zur Seite, als er von oben aufgebrachte Stimmen vernahm. Sicher wieder Dreux, der

Olivier herumkommandierte. Wenn Rémy nicht im Raum war, neigte der Alte dazu, Olivier wie seinen Untergebenen zu behandeln. Seufzend stieg er die Treppe hinauf. »Lass den Jungen in Ruhe, Dreux. Ich habe dir schon hundertmal gesagt, dass er mein Lehrling ist, nicht deiner …«

Doch wie es schien, traf Dreux ausnahmsweise einmal keine Schuld. Anlass des Streits war Victor Fébus, der in der Werkstatt stand und Olivier am Arm festhielt. Dreux hatte sich empört vor ihm aufgebaut.

»Er will den Jungen aus der Lehre nehmen!«, ereiferte sich der Alte. »Sagt ihm, dass er das nicht tun kann, Meister!«

Rémy wandte sich an den Ratsherrn. »Stimmt das?«

Der Blick, mit dem Fébus ihn bedachte, war voller selbstgerechter Abscheu. »Mein Sohn soll einmal ein ehrbarer Bürger und gottesfürchtiger Christ werden. Ich kann nicht zulassen, dass er unter dem Dach eines Sünders und Ehebrechers wohnt. Hiermit beende ich das Lehrverhältnis, in der Hoffnung, dass Ihr ihn noch nicht vollends verdorben habt.«

»›Sünder und Ehebrecher‹?«, rief Dreux. »Was erlaubt Ihr Euch? Meister Rémy ist nicht nur der beste Buchmaler weit und breit, er ist obendrein die Rechtschaffenheit in Person! Ihr solltet Euch schämen, solche Lügen über ihn zu verbreiten!«

»Dreux, bitte.« Rémy wandte sich an Fébus. »Olivier ist ausgesprochen talentiert. Er kann schon nächstes Jahr Geselle werden. Wenn Ihr ihn jetzt aus der Lehre nehmt, schadet Ihr ihm.«

»Ausgerechnet Ihr wollt mir erklären, was gut für meinen Sohn ist? Wenn Ihr nur einen Funken Anstand im Leib hättet, wärt Ihr in der Kirche und würdet Gott um Vergebung anflehen, statt großspurige Reden zu schwingen. Aber das kann man von einem Mann, der eine ganze Stadt ins Verderben stürzt, weil ihn die Wollust beherrscht, wohl nicht erwarten. Komm, Olivier. Wir gehen.«

»Ich will nicht«, protestierte der Junge.

Fébus versetzte ihm eine Ohrfeige. »Du tust, was dein Vater sagt, oder du lernst mich kennen.« Unsanft schob er Olivier zur Tür hinaus.

»Unternehmt doch etwas, Meister!«, sagte Dreux.

Es tat Rémy in der Seele weh, mit anzusehen, wie Fébus mit dem Jungen umsprang, doch ihm waren die Hände gebunden. Solange Olivier unmündig war, hatte sein Vater jedes Recht, die Lehre auch gegen den Willen seines Sohnes zu beenden und Olivier jeglichen Umgang mit Rémy zu verbieten. »Räum das Blattgold und die Farben in die Kiste«, sagte er stattdessen.

Dreux dachte nicht daran. Er schimpfte und wetterte und nannte Fébus einen Pharisäer von der schlimmsten Sorte. Als er sich endlich beruhigt hatte, wurde ihm bewusst, was der Ratsherr soeben gesagt hatte. »›Ein Mann, der eine ganze Stadt ins Verderben stürzt‹ – was hat er damit gemeint?«

»Woher soll ich das wissen? Wieso gehst du nicht nach Hause, Dreux? Dort gibt es doch bestimmt einiges zu tun.«

»Aber dann habt Ihr gar keinen mehr, der Euch mit diesen Sachen hilft.«

»Ich komme schon zurecht.«

Victor Fébus verfluchend, ergriff der Alte seinen Stock und schlurfte von dannen. Stumm dankte Rémy Gott, als die Tür ins Schloss fiel. Er hatte das dringende Bedürfnis, allein zu sein, und brauchte niemanden, der ihm unentwegt Fragen stellte oder ihm womöglich Vorhaltungen machte. Sein Gewissen quälte ihn auch so genug.

Gegen Mittag tauchte Will auf. Der Engländer hatte gestern die Schule geschlossen, damit die Kinder in diesen Tagen bei ihren Familien sein konnten. Außerdem mussten die älteren Jungen bei den Kriegsvorbereitungen helfen. Er hatte sich Rémys Handkarren geliehen, damit er die Lehrbücher herbringen konnte, denn sie wollten die kostbaren Handschriften und Enzyklopädien nicht in der Schule lassen. Gemeinsam verstauten sie die Bücher im Keller. Will war währenddessen ungewöhnlich schweigsam. Offensichtlich hatte er etwas auf dem Herzen. Als sie sich später in der Werkstatt einen Krug Dünnbier teilten, rückte er endlich mit der Sprache heraus.

»Es gibt da etwas, das du wissen solltest. Vielleicht hast du es auch schon gehört: In der Stadt redet man über dich.«

»Tatsächlich«, murmelte Rémy.

»Es gibt unschöne Gerüchte.« Es fiel Will sichtlich schwer, darüber zu sprechen. »Dass du schuld an der Fehde seist«, sagte er verlegen. »Es heißt, du hättest Roger Bellegrées Weib verführt und mit ihr die Ehe gebrochen.«

Es überraschte Rémy nicht sonderlich, dass diese Geschichte nun die Runde machte. Das verdankte er Victor Fébus ohne jeden Zweifel. Zwar hatte der Rat beschlossen, den genauen Inhalt des Fehdebriefes vorerst geheim zu halten, aber was kümmerte das Fébus, wenn sein heiliger Zorn entfacht war?

»Heute Morgen auf dem Salzmarkt haben zwei Stadtknechte davon gesprochen«, fuhr Will fort. »Später habe ich dasselbe auf dem Markt gehört. Mehrmals«, fügte er hinzu.

»Was denkst du darüber?«

»Ich hielt es für dummes Gerede … bis ich erfuhr, dass Rogers Weib Philippine heißt. Genau wie die Dame, die damals mit dir in Paris war.«

»Dann kannst du dir ja selbst ausrechnen, wie viel an der Geschichte dran ist.« Mehr gab es für Rémy nicht zu sagen. Er trank sein Bier.

Will schwieg lange. »Ich möchte, dass du etwas weißt«, begann er schließlich. »Was immer Philippine und du getan habt – ich verurteile dich dafür nicht. Auf unsere Freundschaft hat das keinen Einfluss. Und was das Gerede der Leute angeht: Darauf gebe ich nichts.«

»Hab Dank, Will. Ich weiß das zu schätzen.«

»Falls du mich brauchst, lass es mich wissen.« Mit diesen Worten verabschiedete sich der Engländer.

Rémy trank das Bier aus und ging nach oben. Es wurde Zeit, dass er nach seinen Waffen sah. Jean-Pierre Cordonnier hatte angekündigt, im Lauf des Tages nachzuprüfen, ob jeder Meister der Bruderschaft einen intakten Harnisch und mindestens eine kriegstaugliche Waffe vorweisen konnte. In der Stube legte Rémy die Armbrust auf den Tisch und holte die Kiste mit seinem Panzerhemd hervor. Er hatte es vor vielen Jahren angeschafft, aber noch nie im Gefecht getragen.

»Schauen wir mal, ob du mir überhaupt noch passt«, murmelte er.

Als er später wieder nach unten ging, stand Michel in der Werkstatt. Rémy verharrte auf der untersten Treppenstufe und musterte ihn einen Moment, ehe er zu ihm trat.

»Vater«, begrüßte er ihn knapp.

Michel nickte nur, und sie blickten einander schweigend an. Schließlich räusperte er sich und sagte: »Morgen reite ich nach Nancy. Ich wollte dich noch einmal sehen, bevor ich aufbreche.«

»Nancy? Weswegen?«

»Ich will mit Herzog Mathieu sprechen. Er soll zwischen Metz und uns vermitteln.«

Wieder sank Schweigen herab, bleischwer diesmal.

»Was ich getan habe, war unverzeihlich«, begann Rémy. »Du hast recht, zornig auf mich zu sein. Ich hätte besonnener sein müssen …«

Sein Vater hob beide Hände. »Ich bin nicht zornig auf dich. Nicht mehr. Mir ist klar geworden, dass ich wahrlich der Letzte bin, der das Recht hat, dir Vorwürfe zu machen. Außerdem ist mir unsere Abmachung wieder eingefallen.«

»Abmachung?«, echote Rémy.

»Wir haben vereinbart, uns nie mehr zu zerstreiten, erinnerst du dich?«

Rémy blickte seinen Vater forschend an. Ein Teil von ihm

wünschte sich, er würde ihn anbrüllen, ihn beschimpfen, wenigstens nicht so verdammt verständnisvoll sein.

»Diese Philippine – liebst du sie?«

»Mehr als mein Leben.«

»Ein langer und beschwerlicher Weg liegt vor euch. Du weißt, was deine Mutter und ich damals durchgemacht haben.«

»Das ist sie mir wert«, sagte Rémy.

»Das wollte ich hören.« Michel suchte nach Worten. »Warum ich hier bin: Du sollst wissen, dass deine Mutter und ich zu dir stehen. Was immer geschieht, du kannst auf uns zählen.«

»Obwohl ich euch enttäuscht habe?« Rémy lächelte schief.

»Du hast uns nicht enttäuscht. Wie kommst du darauf? Du bist unser Sohn. Du kannst uns nicht enttäuschen.«

Die Glocken von Saint-Julien läuteten.

»Ich muss jetzt gehen«, sagte Michel. »Vor der Reise gibt es noch viel zu tun. Wünsch mir Glück.«

»Das mache ich. Hab Dank, Vater.«

Sie umarmten einander, dann ging Michel.

Kurz darauf fing es an zu regnen. Rémy schlüpfte in seinen Mantel und schritt zum Treffen der Bruderschaft.

Moseltal

Sie waren irgendwo in den Wäldern bei Flavigny, als Michel einsah, dass die Pferde eine Rast brauchten. Bis Nancy war es nicht mehr weit, doch sie hatten die Tiere hart angetrieben, um die Zeit wettzumachen, die sie am Vormittag verloren hatten.

»Nur eine kurze Weile«, hatte Isabelle gesagt. »Auf eine Stunde mehr kommt es nicht an. Besser, als wenn sie uns im Wald erschöpft zusammenbrechen.«

Michel hatte schon vor langer Zeit gelernt, ihrem Gespür

für Tiere zu vertrauen, und so hatte er sich gefügt, wenn auch widerwillig. Normalerweise war die Strecke von Varennes nach Nancy in einem Tag zu schaffen, aber sie hatten Pech mit dem Wetter gehabt. In der vergangenen Nacht und am Morgen hatte es stark geregnet, und die Wassermassen hatten den Boden aufgeweicht. Auf manchen Straßen versank man bis zu den Knöcheln im Schlamm, sodass sie zunächst nur langsam vorangekommen waren. Ab Bayon war es zwar besser geworden, aber da hatten sie bereits viel Zeit verloren. Dabei zählte jede Stunde.

Michel nahm etwas Brot aus dem Beutel und kaute darauf herum, während seine Knechte die Pferde an einem nahen Bach tränkten. Außer Yves und Louis hatte er nur zwei bewaffnete Büttel mitgenommen, denn sämtliche Stadtknechte und Mitglieder des Rates wurden in Varennes gebraucht. Isabelle war auf eigenen Wunsch mitgekommen – sie wollte nicht tatenlos herumsitzen, während er mit Herzog Mathieu sprach. Michel war das nur recht. Möglicherweise griffen die Metzer während seiner Abwesenheit an, und der Gedanke, sie könnte ohne ihn in der belagerten Stadt eingeschlossen sein, war ihm unerträglich.

Sie trat zu ihm. »Ist noch etwas Brot da?«

Er reichte ihr den Beutel. Sie nahm den Kanten heraus und brach sich ein Stück ab. Statt es zu essen, musterte sie ihn besorgt.

»Wir kommen schon nicht zu spät«, sagte sie. »Gournais muss erst einmal ein Heer aufstellen und dann damit nach Varennes ziehen – das dauert. Wir sollten noch genug Zeit haben.«

»Der Herzog ist ein vielbeschäftigter Mann«, entgegnete Michel. »Es ist nicht gesagt, dass man uns gleich zu ihm vorlässt.«

»Wenn er erfährt, worum es geht, wird er uns sofort anhören. Außerdem hält er große Stücke auf dich. Er wird dich nicht warten lassen wie Krethi und Plethi.«

»Hoffen wir's.« Schweigsam aß er sein Brot und versuchte, die bleierne Erschöpfung und die Schmerzen in seinen Gliedern zu ignorieren. Er saß nun seit einer Woche mehr oder weniger ununterbrochen im Sattel und hatte sich Nacht für Nacht nur wenige Stunden Schlaf gegönnt. Noch vor zehn Jahren hätte er dergleichen mühelos weggesteckt, doch allmählich war er zu alt für solche Strapazen. Hinzu kam die Anspannung, die ihm zu schaffen machte. Was Varennes bevorstand, war die größte Bedrohung für die Stadt seit Menschengedenken. Der Schöffenmeister von Metz und die Treize jurés hatten die Macht, alles zu zerstören, was die Bürgerschaft in den vergangenen zwanzig Jahren aufgebaut hatte. Michel hatte sich stets für Frieden, Fortschritt und Vernunft starkgemacht, und nun drohte Varennes ein blutiger Krieg. Wenn er an all das Leid dachte, das seiner Heimat bevorstand, übermannte ihn schier die Verzweiflung.

So weit würde er es nicht kommen lassen. Auch wenn das hieß, dass er sich bis zur Besinnungslosigkeit verausgaben musste.

»Wieso legst du dich nicht hin und ruhst dich ein wenig aus?«, fragte Isabelle. »Du kannst ja kaum noch die Augen offen halten.«

»Weil ich Angst habe, dass ich dann einschlafe.«

»Und wenn schon. Wir wecken dich rechtzeitig auf. Bitte, Michel. Sei vernünftig.«

»Aber nur eine Stunde. Ich will, dass wir in Nancy sind, bevor es dunkel wird.«

Er suchte sich eine Stelle, wo der Waldboden einigermaßen trocken war, und legte sich auf eine Decke. Der Schlaf kam sofort und schlug mit schwarzen Wogen über ihm zusammen. Wenige Augenblicke später, so erschien es ihm, rüttelte ihn jemand an der Schulter.

»Wir müssen weiter«, sagte Isabelle.

Benommen stand er auf und faltete die Decke zusammen.

Obwohl der Schlaf sehr tief gewesen war, glaubte er sich zu erinnern, dass er geträumt hatte – von seinem Bruder. Es musste Jahre her sein, dass Jean ihm zuletzt im Traum erschienen war. Sie waren Kinder gewesen und hatten draußen vor der Stadt Kreuzritter und Sarazenen gespielt. Die ausgelassene Sorglosigkeit, die er damals verspürt hatte, hallte noch immer in ihm nach. Seltsam. Michel blinzelte und ging zu den Pferden, die bereits gesattelt auf dem Weg standen. Er stieg auf und rieb seinem nussbraunen Zelter Tristan die Mähne.

»Es ist nicht mehr weit, alter Junge. Bald hast du es geschafft«, murmelte er. »Wenn wir wieder zu Hause sind, darfst du dich eine ganze Woche lang ausruhen. Du hast mein Wort.«

»Wir sollten uns beeilen, Herr«, meinte Yves. »Das sieht mir verdammt nach Regen aus.«

Michel schmunzelte. Seit dem frühen Nachmittag schien beharrlich die Sonne. »Siehst du am Himmel auch nur eine Wolke?«

»Das hat nichts zu sagen. In spätestens einer Stunde schüttet es wieder. Ich spür's in den Knochen.«

»Wenn das so ist, dann mal los.«

Sie folgten dem schmalen Weg und ritten tiefer in den Wald hinein – und tatsächlich: Am frühen Abend begann es zu tröpfeln.

»Hab ich's nicht gesagt?«, rief Yves triumphierend. »Hab ich's Euch nicht gesagt?«

Der Wolkenbruch wurde heftiger, und kurz darauf schüttete es wie am Morgen. Obwohl das dichte Laub über dem Pfad einigen Schutz bot, waren Michel und seine Gefährten bald von der Mantelkapuze bis zur Stiefelspitze durchnässt. Notgedrungen ritten sie langsamer, damit die Pferde auf dem aufgeweichten Boden nicht strauchelten.

Als sie noch höchstens eine Wegstunde von Nancy entfernt waren, brachen plötzlich Männer aus dem Unterholz. Sie bedrohten Michel und seine Begleiter mit ihren Speeren, sodass sie die Pferde zügeln mussten.

Nein. Nicht auch noch das.

Die Männer trugen ärmliche Kittel, doch hier und da blitzte ein Kettenhemd auf, und ihre Waffen waren von bester Qualität. Das waren keine Strauchdiebe und Räuber, sondern Kriegsknechte. Ihre Feinde mussten irgendwie von ihrem Plan erfahren haben.

Er blickte sich um. Auch hinter ihnen waren Bewaffnete aufgetaucht. Man hatte sie eingekreist. Einige richteten ihre Armbrust auf sie.

Die beiden Stadtknechte waren im Begriff, die Schwerter zu ziehen.

»Nicht«, sagte Michel. »Es sind zu viele.«

Einer der Wegelagerer trat vor, in der schwieligen Hand eine Streitaxt. Regen perlte über ein Gesicht voller Pockennarben. »Absteigen und mitkommen«, bellte er.

»Wir sind Gesandte auf dem Weg zu Herzog Mathieu«, sagte Michel schneidend. »Wer uns aufhält, verletzt königliches Recht und macht sich eines schweren Verbrechens schuldig, das mit dem Tod bestraft wird.«

Die Drohung beeindruckte die Männer nicht im Geringsten. »Runter von den Pferden, oder wir machen Euch Beine«, befahl der Wortführer.

Isabelle, Yves, Louis und die Stadtknechte stiegen ab.

»Ihr auch – ich sage es nicht noch einmal!«, forderte der Anführer der Wegelagerer Michel auf.

»Wer hat Euch beauftragt? War es Robert Gournais? Roger Bellegrée?«

Mit gebleckten Zähnen packte der Soldat ihn am Arm und wollte ihn aus dem Sattel ziehen. Im selben Moment sprang Yves vor, umschloss den Kopf des Mannes mit seinen Prankenhänden und schleuderte ihn herum. Es knackte widerwärtig, als Yves ihm das Genick brach.

»Flieht, Herr!«, brüllte der Knecht. »Wir halten sie so lange auf!«

Plötzlich ging alles rasend schnell. Mehrere Wegelagerer schrien. Die Stadtbüttel rissen ihre Schwerter aus den Scheiden und warfen sich ins Gefecht. Louis entriss einem Armbrustschützen die Waffe und schoss dem Mann aus nächster Nähe ins Gesicht.

Michel begriff, dass ihm nur wenige Augenblicke blieben, um zu handeln. »Isabelle!«, stieß er hervor. Ihre Blicke trafen sich. Sie wollte nach den Zügeln ihres Pferdes greifen, doch verängstigt vom Geschrei und dem Klirren der Waffen, preschte das Tier davon.

Michel trieb Tristan an und streckte die Hand aus. Isabelle ergriff sie, er zog sie zu sich in den Sattel. Der Zelter tänzelte auf der Stelle, bis Isabelle sicher saß.

»Haltet sie!«, brüllte jemand. »Sie dürfen nicht entkommen!«

Michel bemerkte eine Bewegung zu seiner Linken und zog sein Schwert. Stahl prallte auf Stahl, als er den Hieb des Angreifers abwehrte. Yves erschien hinter dem Krieger, der hünenhafte Knecht hob seine Streitaxt und schlug sie dem Mann in den Rücken.

Schräg hinter ihnen wurde gekämpft. Flüchtig sah Michel, dass sich die beiden Stadtknechte gegen eine Übermacht von vier oder fünf Gegnern wehrten. Eben ging einer der beiden Männer zu Boden, als ihn ein Schwertstreich in der Halsbeuge traf. Louis war nirgends zu sehen.

Michel konnte nichts für seine Begleiter tun. Er musste fliehen, damit ihr Opfergang nicht vergebens sein würde. *Hilf ihnen, Herr,* betete er stumm, als er Tristan die Sporen gab.

Zu spät bemerkte er, dass sich auch von rechts ein Angreifer näherte. Eine Lanzenspitze zuckte und traf Michel zwischen Schulter und Achsel, sodass er beinahe aus dem Sattel geschleudert wurde. Jäher Schmerz überschwemmte sein Bewusstsein, doch schon einen Augenblick später breitete sich Taubheit in seinem Leib aus, erfasste erst die Schulter, dann den Arm, dann den ganzen Oberkörper. Isabelle rief etwas. Michel biss die Zähne zusammen und umklammerte die Zügel, und sie jagten querfeldein durch den Wald.

Etwas sirrte – das scharfe Geräusch eines Armbrustbolzens, der die Luft zerschnitt. Michel beugte sich nach vorne, um Isabelle mit dem Körper abzuschirmen. Die Geschosse verfehlten sie.

Er durfte nicht ohnmächtig werden. Er durfte auf keinen Fall ohnmächtig werden. Er musste weiterreiten, immer weiter.

Er konnte seinen rechten Arm nicht mehr bewegen, konnte kaum noch atmen. Tristan preschte durch den Wald, und die Kampfgeräusche hinter ihnen wurden immer leiser.

Kein hohes Pfeifen mehr. Kein weiterer Bolzen schoss durch die Luft.

Isabelle legte den Kopf zur Seite. »Was ist los?«, rief sie. »Was ist los, Michel?«

Er konnte nicht antworten. Seine Kraft schwand mit jedem Atemzug, er brauchte die letzten Reste davon, um die Zügel zu halten, um Tristan anzutreiben. Die Bäume bildeten einen Tunnel um sie herum, das Zwielicht des Waldes schien immer näher zu rücken, ihn regelrecht zu umschließen. Er vernahm ein rasselndes Keuchen und begriff, dass es sein eigener Atem war, den er hörte. Irgendwann, als die Taubheit den Schmerz in Schulter und Brust eingekapselt hatte, empfand er nur noch eine bleierne Müdigkeit. Die Spannung in seinen Schenkeln ließ nach. Tristan wurde langsamer, setzte schließlich nur noch lustlos einen Schritt vor den anderen, blieb stehen. Michels ganzer Körper erschlaffte, schien sich zusammenzufalten.

»Michel!«, hörte er Isabelle rufen. Ihre Stimme klang dumpf, als müsse sie erst dichte Nebelschwaden durchdringen.

Plötzlich kippte die Welt zur Seite.

Als er die Augen öffnete, war es stockdunkel. Er spürte den Waldboden unter sich. Sterne zwinkerten zwischen den Baumwipfeln über ihm.

Sein Mund war trocken, ein metallischer Geschmack klebte ihm am Gaumen. Seine ganze rechte Körperhälfte fühlte sich steif an, als hätte man seinen Leib in einen zu engen Sarg gezwängt. Er versuchte, sich aufzurichten, doch sofort heulte der Schmerz in Brust und Rücken auf.

»Nicht bewegen.« Isabelle erschien vor ihm, das Gesicht leichenblass. Sie wischte sich die Wangen ab und hielt ihm etwas hin, ein Blatt. »Hier. Versuch zu trinken.« Sie hielt das Blatt so, dass die Regentropfen darauf in seinen Mund perlten.

Was ist geschehen?, wollte er fragen, doch über seine Lippen kam nur ein Wispern, durchsetzt von rasselnden Atemzügen. Isabelle verstand ihn trotzdem.

»Wir haben sie abgeschüttelt, aber du bist schwer verletzt. Du musst so schnell wie möglich zu einem Medicus.«

»Yves«, wisperte er. »Louis.«

Sie presste die Lippen zusammen und schüttelte den Kopf. »Da vorn steigt Rauch auf«, sagte sie dann. »Vielleicht ein Bauerndorf oder ein Kohlenmeiler. Ich hole Hilfe.« Sie drückte seine Hand. »Ich bin gleich wieder da.«

Er blickte ihr nach, bis sie zwischen den Bäumen verschwand. Kurz darauf umfing ihn abermals Dunkelheit.

Man weckte Roger mitten in der Nacht.

»Die Männer sind zurück, Herr«, meldete der Sergeant.

Er warf sich einen Umhang über, schlug die Plane zur Seite und trat nach draußen. Das Heer von Metz lagerte auf der Allmende von Chaligny. Überall hatten die Soldaten Zelte errichtet, wie farbenfrohe Pilze sprossen die Unterkünfte aus der schlammigen Wiese. An zahlreichen Fahnenmasten flatterten die Banner der sechs Paraiges von Metz. Dünne Rauchfahnen stiegen von den erloschenen Herdfeuern empor. Die meisten

Krieger schliefen längst, nur die Wachen waren noch auf den Beinen.

Roger musterte den traurigen Haufen, der vor seinem Zelt Aufstellung bezogen hatte, und wusste augenblicklich, dass das Unternehmen gescheitert war. Vier Männer fehlten; drei weitere waren verwundet, einer so schwer, dass zwei Gefährten ihn stützen mussten.

»Was ist geschehen?«, fragte er harsch.

»Bürgermeister Fleury ist geflohen«, berichtete einer der Sergeanten, die nach wie vor als Gesetzlose verkleidet waren. »Als es dunkel wurde, haben wir seine Spur verloren.«

Roger holte aus und schlug ihm mit dem Handrücken ins Gesicht. Der Sergeant warf den Kopf zur Seite, doch er biss die Zähne zusammen, sodass ihm kein Schmerzenslaut über die Lippen kam.

»Es war ein einfacher, narrensicherer Auftrag«, zischte Roger. »Wie kann es sein, dass ihr trotzdem versagt habt?«

»Sie griffen uns an, obwohl wir ihnen fast drei zu eins überlegen waren. Wir wurden überrumpelt. Bürgermeister Fleury und sein Weib nutzten die Gelegenheit, um zu entkommen. Aber ich glaube, er wurde verwundet.«

»Wie schwer?«

»Das kann ich nicht sagen, Herr.«

»Wissen die anderen Gruppen Bescheid?«

Der Sergeant nickte. »Sie beobachten alle Straßen nach Nancy. Wenn Bürgermeister Fleury dort entlanggekommen wäre, hätten sie ihn gesehen. Wir vermuten daher, dass er nach Varennes zurückgekehrt ist.«

»Sie sollen auf ihren Posten bleiben, bis sie von mir hören.«

Roger ließ die Männer wegtreten und befahl einem seiner Leibwächter, einen Wundarzt zu holen, der sich um die Verletzten kümmerte.

Er ließ seinen Blick über das Lager schweifen. Er hätte sich wohler in seiner Haut gefühlt, wenn Fleury bis zum Ende der

Fehde in einem dunklen Kellerloch schmachten würde. Aber wenigstens hatten sie verhindert, dass er den Herzog benachrichtigte. Nun stand ihrem Angriff auf Varennes nichts mehr im Wege. Über tausend Soldaten hatten die Sieben des Krieges zusammengezogen: genug, um ihren lästigen kleinen Rivalen ein für alle Mal zu zerschmettern.

Roger kehrte in sein Zelt zurück und beschloss, noch ein paar Stunden zu schlafen, ehe die Streitmacht in aller Herrgottsfrühe das Lager abbrach.

Michel vernahm Stimmen und spürte, dass man ihn hochhob und woanders hinlegte. Blinzelnd schlug er die Augen auf. Eine Wagenpritsche. Inzwischen war die Taubheit zurückgegangen, und er konnte die Wunde spüren: ein klaffendes Loch in seiner Seite, der Quell der Schmerzen, die in immer neuen Wellen durch seinen Körper rollten.

Zwei Männer in schmutzstarrenden Lumpen nahmen auf dem Wagenbock Platz. Beiläufig bemerkte Michel, dass sie nach Rauch stanken. Isabelle kletterte neben ihn auf die Pritsche. Rumpelnd rollte der Wagen los. Tristan trottete hinterher.

»Wohin?«, brachte er hervor.

»Nancy. Dort finden wir am schnellsten einen Medicus.«

»Kein Medicus«, flüsterte Michel. Bei dem Gedanken, ein Arzt werde ihn traktieren, stieg enormer Widerwille in ihm auf, mehr noch: ein Gefühl umfassender Sinnlosigkeit. Obwohl er nur mit Mühe denken konnte, wusste er mit seltsamer Klarheit, dass kein Heiler der Welt ihn jetzt noch retten könnte.

»Die Wunde muss behandelt werden«, sagte Isabelle.

»Kein Medicus«, wiederholte er mit Nachdruck. »Nach Hause.«

Sie blickte ihn lange an, ihr Adamsapfel bewegte sich auf und ab, ihr Mund öffnete sich einen Spalt und schloss sich wieder. »Michel«, flüsterte sie.

Er bewegte die Rechte, berührte ihre Hand. »Bring … mich … nach Hause – bitte«, wisperte er.

Isabelle schluckte noch einmal. Dann wandte sie sich an die Männer auf dem Wagenbock. Michel schloss die Augen und lauschte ihren Stimmen.

»Er will nicht nach Nancy. Bringt uns nach Varennes.«

»Das ist ein ganzer Tag mit dem Wagen. Wird er so lange durchhalten?«

»Er will es so.«

»Was ist mit dem Heer der Metzer?«

»Wenn wir uns beeilen, sind wir vor ihnen da.«

»Wie Ihr wünscht. Also nach Varennes …«

Varennes. Michel lächelte, als er erneut in Schwärze versank.

Varennes-Saint-Jacques

Ich übernehme«, sagte Rémy. »Geh nach Hause, Bruder.«

Der Seiler, der den ganzen Nachmittag auf dem Greifenturm Wache gehalten hatte, zog sich den Lederriemen mit dem Signalhorn über den Kopf und reichte es Rémy. Dann ergriff er seinen Speer, verabschiedete sich und kletterte umständlich die Leiter hinab.

Rémy trat an die Zinnen, legte seine Armbrust auf die Mauerkrone und ließ den Blick über die Wiesen und Felder schweifen. Es war früh am Abend, und die Wolken, die in der Nacht aufgezogen waren, wurden immer dichter. Wie ein Gebirge türmten sie sich über den bewaldeten Hügeln auf – ein Gebirge, das sich, unvorstellbaren Kräften ausgesetzt, unaufhörlich veränderte. Die Bäume wiegten sich im Wind. Abermals lag Regen in der Luft.

Rémy trug sein Panzerhemd über dem Gambeson aus weichem Leintuch. Allmählich gewöhnte er sich an das Gewicht der Rüstung. Es war seine erste Wache. Die Gesetze Varennes' verlangten, dass jeder Bürger im Falle eines Krieges bei der Verteidigung der Stadt half. Die Bruderschaften übernahmen dabei jene Teile der Wehrmauer, die an ihr jeweiliges Wohnviertel angrenzten. Die Schuster, Gürtler und Seiler waren für den Mauerabschnitt zwischen Greifen- und Wagenturm ganz im Süden Varennes' zuständig.

Rémy blickte zum Heutor zu seiner Rechten, durch das schon den ganzen Tag Menschen in die Stadt strömten, hauptsächlich Bauern aus der Stadtmark mit ihren Familien und ihrem Vieh. Seit die Kundschafter gemeldet hatten, dass das Heer der Metzer nur noch anderthalb Tagesmärsche entfernt war, flohen die Bewohner der umliegenden Dörfer scharenweise nach Varennes, aus Angst vor Plünderern und marodierenden Söldnern. Die Pfarreien kümmerten sich um sie. Außerdem hatte der Rat Zelte aufstellen lassen, damit die Leute nicht unter freiem Himmel schlafen mussten. Jeder freie Platz wurde genutzt, um die Flüchtlinge unterzubringen. Manche Kirchhöfe waren schon jetzt völlig überfüllt.

Wenn bei den Kämpfen Feuer ausbrechen, dann gnade uns Gott!

Noch anderthalb Tage. In der Bruderschaft glaubte kaum noch jemand, dass es seinem Vater gelingen würde, den Krieg zu verhindern. Trotzdem hörten die Menschen nicht auf zu hoffen. Jeden Tag beteten sie, Herzog Mathieu möge sich für den Frieden einsetzen.

Rémys Blick schweifte nach Norden. Irgendwo dort oben lag Nancy. Vielleicht war sein Vater just im Moment dabei, unter Aufbietung all seines Verhandlungsgeschicks Herzog Mathieu als Schlichter zu gewinnen. Rémy lächelte in seinen Bart. Wenn einer das Zeug dazu hatte, einen Châtenois an die Wand zu reden, dann sein alter Herr.

Er wandte sich um, als die Leiter knarrte. Hugo kam herauf. Rémy seufzte innerlich. »Solltest du nicht auf deinem Posten sein?« Der Schuster war zum Wachdienst auf dem Wagenturm eingeteilt.

»Die Metzer kommen frühestens übermorgen – heute Abend passiert doch nichts mehr.« Hugo trat zu ihm an die Brüstung. »Also dachte ich, ich komme mal auf ein Schwätzchen rüber.«

Rémy konnte Hugo nicht ausstehen – und das hatte nur am Rande damit zu tun, dass der ihm einst Eugénie ausgespannt hatte. Seit Hugo seinen Meister gemacht hatte und eine eigene Schusterwerkstatt betrieb, war er unausstehlich geworden, immerzu missgelaunt, pedantisch und streitlustig.

»Glaubst du, wir können die Metzer zurückschlagen?«

»Abwarten«, antwortete Rémy einsilbig.

»Es heißt, sie hätten über tausend Mann. So ein großes Heer ist das letzte Mal durch das Moseltal gezogen, als Kaiser Friedrich gegen Thiébaut kämpfte. Das wird verdammt hart, sage ich dir. Mit so einer Streitmacht kann man jede Festung im Sturm nehmen. Der junge Kaiser hat's damals vorgemacht.«

Rémy erwartete, Hugo würde wieder damit prahlen, wie er seinerzeit für den Kaiser gekämpft hatte – das tat er bei jeder Gelegenheit. Doch das Gespräch nahm eine andere Wendung.

»Wie fühlt es sich eigentlich an«, fragte Hugo gedehnt, »zu wissen, dass man einen Krieg verschuldet hat? Nicht besonders angenehm, stelle ich mir vor. Ich an deiner Stelle hätte jedenfalls ein verteufelt schlechtes Gewissen. Wahrscheinlich würde ich mich nicht mehr aus dem Haus trauen.«

Deshalb also war Hugo gekommen: um ihm Vorhaltungen zu machen. Das sah ihm ähnlich. »Was willst du jetzt von mir hören?«, entgegnete Rémy.

»Ich schätze, für den Anfang wäre eine Erklärung nicht schlecht.« Der Schuster starrte ihn von der Seite an. »Wenn wir in ein paar Tagen abgeschlachtet werden, will ich wenigstens vorher wissen, was dich geritten hat, als du mit Bellegrées Weib ins Bett gestiegen bist.«

Rémy hatte nicht die Absicht, sich vor Hugo zu rechtfertigen. »Das sind Dinge, die du nicht verstehst«, sagte er barsch.

»Oh, ich verstehe sehr gut. Du warst schon immer von Wollust getrieben. Aber eine Frau richtig zu lieben – dazu bist du nicht imstande. Damit hast du ja auch Eugénie vergrault. Stattdessen gibst du dich der Sünde hin. Und wir alle dürfen die Folgen deiner Verkommenheit ausbaden. Ginge es nach mir«, keifte Hugo, »hätte man dir den Schandstein um den Hals gebunden und dich mit Stockschlägen aus der Stadt gejagt. Dann würden uns die Metzer vielleicht in Ruhe lassen. Aber du bist ja der Sohn des großen Michel Fleury. Du kommst immer mit einem blauen Auge davon, nicht wahr? Dein Vater weiß ja, dass wir anderen schon den Kopf für dich hinhalten …«

Rémy hatte genug. Er fuhr herum und schlug Hugo die Faust ins Gesicht. Der Schuster taumelte zurück, sein Kopf schnellte nach hinten, er griff sich mit beiden Händen nach der blutenden Nase.

»Du Schweinehund!«, krächzte er. »Du verdammter Scheißkerl! Meine Nase – du hast sie mir gebrochen!«

»Was ist hier los?«

Erst jetzt bemerkte Rémy, dass Jean-Pierre Cordonnier den Kopf durch die Luke streckte.

»Dieses Stück Dreck hat mich geschlagen!«, kreischte der Schuster, dem das Blut auf das Panzerhemd troff.

Jean-Pierre kletterte die Leiter herauf. »Stimmt das? Hast du ihn wirklich geschlagen?«

»Er hat es darauf angelegt«, erwiderte Rémy.

»Du hast ihm Vorwürfe gemacht, richtig?«, wandte sich Jean-Pierre an Hugo. »Ich habe dir doch gesagt, du sollst auf Fébus' Gerede nichts geben. Der Mann verbreitet Lügen. Rémy trägt keine Schuld an diesem Krieg. Er wird benutzt. Das habe ich euch bei der letzten Versammlung lang und breit erklärt, Herrgott noch mal.«

»Das ist trotzdem kein Grund, mir die Nase zu brechen«, jammerte Hugo. »Ich will, dass er bestraft wird!«

»Darum kümmern wir uns später. Erst einmal haben wir andere Sorgen.« Jean-Pierre räusperte sich und blickte Rémy in die Augen. Dabei änderte sich seine Miene, der Klang seiner Stimme – einfach alles. »Weswegen ich hier bin … Dein Vater ist zurück. Er ist schwer verletzt. Du sollst sofort kommen.«

Es musste Jahre her sein, dass er das letzte Mal im Schlafgemach seiner Eltern gewesen war. Rémys Blick glitt über die Kleidertruhen, die Kerzenleuchter und all die anderen Einrichtungsgegenstände, die ihm vertraut waren und gleichzeitig seltsam fremd erschienen.

Wie von äußeren Kräften gelenkt, trat er zum Bett, in dem sein Vater lag, die Augen bis auf einen Spalt geschlossen. Kaum merklich hob und senkte sich seine Brust. Isabelle, Robert Michelet und Pater Arnaut, der Pfarrer seiner Eltern, saßen daneben. Der Geistliche murmelte leise und schaute Rémy kurz an, ohne dabei sein Gebet zu unterbrechen. Zwei Mägde standen am Fenster, den Blick gesenkt. Am Tisch wusch ein Medicus seine Hände und trocknete sie mit einem Tuch. Kater Samuel saß auf einer Truhe und beobachtete das Geschehen, während sich seine Schwanzspitze hin und her bewegte.

»Rémy«, flüsterte seine Mutter.

Er ließ sich auf einem Hocker nieder, setzte sich vorsichtig, darauf bedacht, mit keinem überflüssigen Geräusch die Stille zu stören. Musterte seinen Vater, dessen Gesicht bleich und wächsern war. »Was ist geschehen?«

»Wir wurden in den Wäldern überfallen«, antwortete seine Mutter. »Ein Angreifer hat ihn mit dem Speer verletzt.«

»Räuber?«

»Soldaten aus Metz.«

Er blickte sie fragend an, doch sie schwieg. Sie hielt Michels Hand und strich ihm mit dem Daumen über die Haut, die Fingerknöchel.

»Wie steht es um ihn?« Als Isabelle nicht antwortete,

wandte sich Rémy an den Medicus. »Sagt – wie schlimm ist es?«

»Die Lanze hat seine Lunge durchbohrt und sein Herz gestreift«, erklärte der Heilkundige. »Gegen innere Verletzungen kann ich kaum etwas ausrichten. Ich konnte lediglich die Wunde verbinden und die Blutung stillen. Außerdem hat er Mohnblumensaft gegen die Schmerzen bekommen.«

Rémy erhob sich. »Mehr könnt Ihr nicht für ihn tun?«

Der Medicus legte ihm die Hand zwischen die Schulterblätter, schob ihn sanft vom Bett weg und senkte die Stimme. »Ich sage Euch, wie es ist, Meister Rémy: Euer Vater ist dem Tode geweiht. Er hat allenfalls noch einige Stunden, wenn kein Wunder geschieht. Ich rate Euch, nehmt Abschied von ihm, damit er in Frieden gehen kann.«

Rémy schloss die Augen und kniff sich in die Nasenwurzel. Dann blickte er den Medicus an, der vor ihm verschwamm wie ein Spiegelbild auf unruhigem Wasser. Die ganze Welt schien zu schwanken, zu taumeln, sich aufzulösen. Er musste sich an der Stuhllehne festhalten. »Kann er mich überhaupt hören?«

»Er sollte wach sein. Er ist nur benommen vom Mohntrunk.«

Rémy setzte sich wieder ans Bett.

»Vorhin hat er nach dir gefragt«, sagte Isabelle leise.

Rémy richtete den Blick auf das bleiche Gesicht auf dem Daunenkissen, schluckte hart und sagte: »Vater.«

Michel drehte den Kopf, und der Spalt unter seinen Lidern weitete sich etwas. »Rémy«, flüsterte er leise, kaum hörbar. Seine Lippen formten ein Lächeln. »Du bist … gekommen.«

Rémy rückte näher an das Bett heran. »Vater. Bei Gott, wie konnte das geschehen?«

»Das ist … unwichtig.« Die Stimme seines Vaters wurde kräftiger, sein Blick klarer. »Meine Zeit ist gekommen.«

»Aber die Metzer …«

Michel bewegte die Hand, hob sie ein wenig an. »Der Herr wollte es so. Hadere nicht damit. Das … steht uns nicht zu.«

Rémy schluckte noch einmal. Seine Kehle fühlte sich rau und heiß an, als wäre sie wund wie entzündet. »Es ist meine Schuld«, brachte er hervor. »Meinetwegen ist das passiert.«

»Nein«, sagte Michel. »Das darfst du niemals denken. Versprich mir das.«

Rémy war nicht imstande zu sprechen. Sein Vater tastete nach seiner Hand, ergriff sie. »Versprich es mir«, wiederholte er.

»Ich verspreche es«, flüsterte Rémy.

Michel ließ seine Hand los und schloss die Augen. Das kurze Gespräch schien ihn tief erschöpft zu haben. Sein Atem klang rasselnd. »Varennes stehen harte Zeiten bevor«, murmelte er nach einer Weile. »Kümmere dich … um unsere Stadt. Lass nicht zu, dass man uns wegnimmt … was wir geschaffen haben.«

»Du kannst auf mich zählen.«

Wieder lächelte Michel. »Du bist der beste Sohn … den ein Vater sich wünschen kann. Vergiss das niemals. Deine Mutter und du … ihr seid ein Geschenk. Euretwegen bin ich ein glücklicher Mann.«

Er begann zu husten. Blutstropfen verfingen sich in seinem Bart und glitzerten wie die winzigen Splitter eines Rubins. Isabelle tupfte ihm die Lippen ab.

»Nehmt noch etwas Mohnsaft, wenn Euch die Schmerzen quälen«, sagte der Medicus.

»Nein«, murmelte Michel. »Keinen Mohnsaft mehr. Mein Verstand … soll klar sein … wenn der Herr mich ruft.«

Die Stille, die plötzlich die Kammer ausfüllte, war dicht und schwer. Es dauerte einen Moment, bis Rémy begriff, dass Pater Arnaut aufgehört hatte zu beten.

»Es wird Zeit«, sagte der Geistliche, »dass er seine Sünden beichtet und das Abendmahl einnimmt.«

Donnergrollen rollte über die Stadt. Kurz darauf brach das Gewitter los.

Rémy reichte seinem Vater ein Kruzifix. Michel hielt es in den Händen, während er sein Gewissen erleichterte und Pater Arnaut all seine kleinen und großen Verfehlungen anvertraute. Regen prasselte gegen den Leinwandbezug des Fensters, die Mägde stellten Kerzen auf und hielten damit die heranrückende Dunkelheit in Schach.

Nachdem Pater Arnaut Michel die Absolution erteilt hatte, spendete er ihm die Kommunion. Inzwischen waren die Ratsherren und Schwurbrüder der Gilde eingetroffen, durchnässte Gestalten in triefenden Gewändern, die sich an der Tür und am Fußende des Bettes drängten, die Gesichter grau, die Schultern gebeugt. Auch Will war gekommen. Robert Michelet gesellte sich zu ihnen, gemeinsam stimmten die Männer Psalmen an und sprachen Fürbitten. Michel war zu schwach, um mit ihnen zu sprechen, doch sein Lächeln zeigte, wie froh er über ihr Kommen war.

Stunde um Stunde verstrich. Das Unwetter wollte nicht aufhören, ständig zerrissen Donnerschläge die Nacht, und Blitze flackerten auf. Rémy tupfte seinem Vater Stirn und Wangen ab und benetzte seine Lippen mit verdünntem Wein. Er war nicht fähig, Gebete zu sprechen und Psalmen zu singen. Sein Inneres war wie versteinert. So saß er nur da und wünschte, er könnte die Zeit anhalten oder sie wenigstens langsamer verstreichen lassen, damit das Unvermeidliche aufgeschoben wurde. Er hatte kaum je bewusst darüber nachgedacht, aber plötzlich wurde ihm klar, dass er im Grunde nie für möglich gehalten hatte, sein Vater könnte eines Tages von ihnen gehen. Gewiss, er hatte sich dann und wann um die Gesundheit seines alten Herrn gesorgt – aber wirklich und wahrhaftig seinen Tod gefürchtet? Nein. Sein Vater war ein unverwüstlicher Teil seiner Welt, so selbstverständlich wie der Boden unter seinen Füßen. Er konnte nicht einfach sterben. Das war nicht möglich.

Und doch – nun lag er da und wartete auf das Ende.

Ein Zitat von Seneca kam ihm in den Sinn: »*Ignis quo clarior fulsit, citius extinguitur. – Je heller ein Feuer leuchtet, desto leichter ist es gelöscht.*« Als alle ihn anblickten, wurde ihm klar, dass er die Worte laut ausgesprochen haben musste.

Die Glocken schlugen gerade zur Matutin, als Michel noch einmal sprach. Seine letzten Worte galten Isabelle. Als er die Augen öffnete und die Lippen bewegte, beugte sie sich über ihn. Er flüsterte kaum hörbar. Rémy konnte es dennoch verstehen.

Ich liebe dich.

Isabelle küsste ihn auf den Mund, auf die Stirn. Seine Züge entspannten sich.

»›*Doch bei dir ist Vergebung*‹«, sagte Pater Arnaut. »›*Meine Seele wartet auf den Herrn. Denn beim Herrn ist Erlösung in Fülle.*‹«

Er schloss Michel die Augen.

Rémy stand auf und bekreuzigte sich. Alle bekreuzigten sich.

»Ein großer Mann ist gegangen«, sagte Henri Duval. »Der größte, den Varennes je hervorgebracht hat.«

Wenig später läutete Pater Arnaut die Totenglocke.

Sie bahrten Michel bis zum Abend des nächsten Tages im Schlafgemach auf, damit alle von ihm Abschied nehmen konnten. Sie kamen in Scharen – Freunde, Nachbarn, flüchtige Bekannte und völlig Fremde, die ihm danken wollten für alles, was er für Varennes getan hatte. Zu Hunderten traten sie an das Bett, erwiesen Michel die letzte Ehre und trauerten mit Rémy und Isabelle.

Am frühen Abend dann, als es endlich aufgehört hatte zu regnen, wurde er auf dem Friedhof von Saint-Pierre beigesetzt. Rémy, Robert Michelet, Henri Duval, Eustache Deforest, Odard Le Roux und Bertrand Tolbert trugen den Leichnam durch die Gassen. Zweitausend Menschen folgten ihnen auf dem Fuß, viel zu viele, als dass der winzige Gottesacker alle hätte aufnehmen können. So drängten sich die Leute an den Friedhofsmauern, in den Straßen und den Höfen der benachbarten Häuser und lauschten der Messe, die der Priester für Michels Seele las.

Die Domherren hatten Isabelle und Rémy angeboten, ihn im Dom zu bestatten, in der Gruft unweit des Schreins mit den Gebeinen des heiligen Jacques – eine Ehre, die bisher nur den Bischöfen Varennes' zuteilgeworden war. Doch Michel hatte wenige Stunden vor seinem Tod den Wunsch geäußert, er wolle in der geweihten Erde von Saint-Pierre begraben werden, wo bereits sein Vater und sein Bruder ruhten. *Ein einfaches Grab für einen einfachen Bürger* – das waren seine Worte gewesen.

Ein Begräbnis wie jenes hatte Varennes noch nicht gesehen. Als Michels Leichnam in die Grube hinabgelassen wurde, weinten zahllose Menschen, darunter solche, die Rémy nicht einmal dem Namen nach kannte. Will führte seine Schüler zum Grab und ließ sie einen Psalm anstimmen. Andere fielen ein, und bald erklang das Lied aus zweitausend Kehlen und stieg mit dem Rauch der Fackeln und Kerzen zum Abendhimmel auf, während der Priester den Leichnam mit Weihwasser besprenkelte. Isabelle, das Gesicht hinter einem Schleier verborgen, ergriff die Schaufel und streute Erde in die Grube. Rémy tat es ihr nach und ihm viele andere: zuerst Robert Michelet, dann die Ratsherren, dann die Schwurbrüder der Gilde und die Obermeister der Bruderschaften. Die Menschen sangen unermüdlich weiter, sie sangen selbst dann noch, als die Predigt längst zu Ende war und der Totengräber das Grab zuschaufelte.

Es dauerte lange, bis sich die Menge zerstreute. Die Leute

gingen nicht nach Hause, sie strömten in die Schenken und die Hallen ihrer Bruderschaften, füllten ihre Krüge und erzählten von Michel und seinen Taten. Rémy, Isabelle und Michels engste Freunde blieben am Grab zurück, hielten sich an den Händen und spendeten einander Trost. Als es bereits auf Mitternacht zuging und es abermals zu regnen anfing, verabschiedeten sich Henri, Eustache und Odard; kurz darauf auch Will und Robert.

»Lass uns gehen, Mutter«, murmelte Rémy und ergriff ihre Hand.

»Ich bleibe noch«, sagte Isabelle.

Er holte ihr einen Mantel und eine Decke, damit sie nicht fror. Die ganze Nacht kniete sie am Grab, das Haupt gesenkt, eine reglose Gestalt in weißen Gewändern. Sie sprach nicht, sie weinte nicht, nur manchmal nahm sie etwas frische Erde in die Hand und zerrieb sie zwischen den Fingern.

Als Rémy beim ersten Licht des Tages auf den Friedhof kam, kauerte sie noch immer da, durchnässt und zitternd vor Kälte.

»Komm«, sagte er.

»Lass mich«, meinte sie harsch und schüttelte seine Hände ab.

Er nahm ihr die Decke von den Schultern, ersetzte sie durch eine trockene und wies zu Hause Marie an, ihr etwas Wein und zu essen zu bringen. Das Mädchen stellte die Speisen neben seiner Herrin auf die Erde. Isabelle rührte sie nicht an.

Die Nacht wich dem Morgen, der Morgen dem Mittag, doch sie ging nicht fort.

Isabelle kniete an Michels Grab, bis das Heer der Metzer vor den Mauern erschien.

Rémy saß in der Schreibstube seines Vaters und spielte mit einem Gänsekiel, hielt das angespitzte Ende zwischen Daumen und Zeigefinger und strich mit der Feder über den Handteller seiner Linken. Er hatte zwei Nächte in Folge kaum geschlafen; seine Augen brannten, seine Schläfen pochten, seine Kehle war wie ausgedörrt. Trotzdem wollte er nicht zu Bett gehen. Er wollte hier sitzen, in dieser Kammer, in der sein Vater einen bedeutenden Teil seines Lebens verbracht hatte.

Er betrachtete die Truhen und Schatullen, das Schreibpult mit dem Hauptbuch darauf, die Landkarten an den Wänden. Obwohl in den letzten Jahren hauptsächlich Isabelle die Geschäfte geführt hatte, schien jeder Gegenstand in diesem Raum von Michels Wesen durchdrungen zu sein. Hier hatte er seine Fahrten geplant, Verträge aufgesetzt und Waren verwaltet. Bis zuletzt war er Kaufmann mit Leib und Seele gewesen, davon überzeugt, dass es keine mächtigere Kraft auf Erden gab als den Handel – denn der Handel festigte den Frieden, verbreitete den Fortschritt und brachte die Menschen einander näher, wie er stets zu sagen pflegte.

Als Rémy ein Heranwachsender gewesen war, hatte Michel sich mehr als alles andere gewünscht, er werde dereinst in seine Fußstapfen treten und das Geschäft weiterführen. Doch Rémy hatte einen anderen Weg gewählt. Es hatte viel Streit deswegen gegeben und Verbitterung auf beiden Seiten, sie hatten sich entzweit und sich wieder versöhnt.

All das war viele Jahre her und längst vergessen, und auf dem Sterbebett hatte Michel gesagt: *Du bist der beste Sohn, den ein Vater sich wünschen kann.*

Trotzdem fragte sich Rémy, was geschehen wäre, wenn er damals auf ihn gehört hätte.

Ich wäre jetzt ein Kaufmann. Ich hätte nie die Schule gegründet. Und nie Philippine getroffen. Alles wäre ganz anders gekommen.

Er wäre noch am Leben.

Weder an Michels Sterbebett noch bei der Beerdigung war Rémy fähig gewesen zu weinen. Doch plötzlich war ihm, als löse sich der Klumpen in seiner Brust, als breche etwas in ihm auf, und der ganze Schmerz flute nur so heraus. Ein raues Schnauben drang aus seiner Kehle, dann schluchzte er in krampfhaften Schüben und vergrub das Gesicht in den Händen.

Irgendwann vernahm er ein Geräusch, bei dem sich die Härchen an seinen Armen aufstellten. Ein dunkles, lang gezogenes *A-Uuuuuuu.*

Ein Signalhorn.

Er riss die Tür auf und eilte nach unten. Im ersten Stock schlossen sich ihm Robert Michelet und die Hausbedienten an. Gemeinsam hasteten sie durch die Gassen, bahnten sich ihren Weg durch die Menschenmassen, die wenig später die Straßen und Plätze füllten. Die ganze Stadt schien auf den Beinen zu sein, beinahe jeder Mann trug eine Waffe, alle strömten sie zu den Toren und Türmen der Stadtmauer.

Von überall her erklang nun das tiefe Blöken der Hörner.

A-Uuuuuuu.

A-Uuuuuuu.

Eigentlich wäre es Rémys Pflicht gewesen, sich beim ersten Anzeichen von Gefahr bei seiner Bruderschaft einzufinden. Doch er lief geradewegs zur Grand Rue und von dort aus zum Nordtor der Stadt. Irgendwie gelang es Robert und ihm, trotz des Gedränges auf der Treppe zum Wehrgang des Torhauses zu gelangen. Dieser Teil der Stadtmauer wurde von der Bruderschaft der Zimmerleute, Tischler, Dreher und Wagner verteidigt, aber es waren auch Leute aus benachbarten Vierteln hier, außerdem Frauen mit Säuglingen, Greise und Bauern von außerhalb. Der Vorsteher der Bruderschaft versuchte, für Ordnung zu sorgen und alle wegzuschicken, die nichts auf seiner Mauer zu suchen hatten. Ohne auf sein Gebrüll zu achten, drängten sich die Leute an den Zinnen, reckten die Köpfe und beobachteten das Heer, das von Norden heranmarschierte.

Es war beeindruckend. Schwer gepanzerte Krieger auf Schlachtrössern ritten voraus. Ihnen folgten Fußknechte, Speerträger und Armbrustschützen, insgesamt mehrere Hundertschaften. Die Wappen der Paraiges flatterten über den behelmten Köpfen. Ein endloser Wagenzug beförderte Waffen, Verpflegung, Zelte und Belagerungsmaschinen.

Rémy erblickte eine Gruppe von Reitern, die prächtige Harnische und wallende Mäntel trugen. Sie waren noch zu weit weg, als dass er Einzelheiten hätte erkennen können. Doch zweifellos handelte es sich um Robert Gournais, die Treize jurés und die Sieben des Krieges.

Unruhe machte sich unter den Leuten breit. Angesichts der Stärke der feindlichen Streitmacht schlug manch einer furchtsam die Hand vor den Mund.

»Das haben wir dir zu verdanken!«, schrie jemand.

Rémy wandte sich um. Wer immer das gerufen hatte, verbarg sich feige in der Menge.

Die Stadtknechte schlossen das Tor, hoben mit vereinten Kräften einen mächtigen Balken hoch und legten ihn von innen vor.

»Ich sage es jetzt zum letzten Mal!«, keifte der Obermeister der Zimmerleute. »Wer nicht hier ist, um die Mauer zu verteidigen, verschwindet auf der Stelle, oder meine Leute werfen ihn in den Hungerturm!«

Bewegung kam in die Menge. Rémy nickte Robert zu, und sie stiegen die Treppe hinab.

Die Metzer verloren keine Zeit. Während der Hauptteil der Streitmacht noch damit beschäftigt war, am Waldrand ein Lager zu errichten, schwärmten Reiter aus und schleuderten Öl und Fackeln in die Markthalle und die Herberge auf dem Messegelände. Zwar wurden sie dabei von den Verteidigern des Salztores beschossen, doch die Reiter hüteten sich, der Stadtmauer zu nahe zu kommen, sodass die Pfeile und Armbrustbolzen keinen Schaden anrichteten.

Vom Greifenturm aus beobachtete Rémy, wie die Gebäude lichterloh in Flammen aufgingen.

Inzwischen war es den Vorstehern der Bruderschaften gelungen, für Ordnung zu sorgen, sodass nur noch die Verteidiger der jeweiligen Viertel und Tolberts Stadtknechte auf den Mauern standen. Wer eine Rüstung besaß, hatte sie angelegt; ein jeder hielt eine Waffe in den Händen. Rémy trug wieder sein Panzerhemd, dazu einen Helm. Die Armbrust lehnte an der Brüstung.

Nach dem Angriff auf das Messegelände herrschte erst einmal mehrere Stunden lang Ruhe. Die Metzer luden ihre Belagerungsmaschinen, die sie für den Transport in ihre Einzelteile zerlegt hatten, von den Ochsenwagen und bauten sie am Waldrand zusammen. Es waren Konstruktionen des Schreckens, die dort im Schatten der Bäume in die Höhe wuchsen: Wurfmaschinen verschiedenster Art, ein ganzes Rudel kleiner Mangen, daneben fünf Bliden: haushohe Hebelgeschütze, die kopfgroße Steinkugeln zweihundert Klafter weit schleudern konnten. Des Weiteren brachten die Metzer Kriegswagen, Mauerbohrer, überdachte Rammböcke und Sturmleitern in Stellung.

Ein wahrhaft furchterregendes Arsenal.

Die Metzer Zimmerleute arbeiteten schnell. Bevor der Abend dämmerte, waren die Katapulte einsatzbereit. Männer ergriffen Taue und zogen das Kriegsgerät über die Wiesen zur Stadt. Doch nicht nur die Metzer verfügten über Wurfmaschinen: Bertrand Tolbert hatte hinter jedem Stadttor Katapulte aufstellen lassen, fortschrittliche und zielgenaue Ballisten, insgesamt sechs an der Zahl. Als die Angreifer die Hälfte der Strecke zwischen ihrem Lager und der Stadtmauer zurückgelegt hatten, sah Rémy, dass die Stadtknechte die beiden Geschütze hinter dem Heutor spannten und mit Steinbrocken luden. Jean-Pierre Cordonnier, der neben ihm an der Brüstung stand, beobachtete angespannt die anrückenden Feinde. Rémy wusste, dass Cordonnier versuchte, die Entfernung der Metzer zur Stadtmauer zu schätzen. Wenig später setzte der Schustermeister das Signalhorn an die Lippen und stieß hinein.

Die Wurfarme der beiden Katapulte schnellten vor. Steine flogen in hohem Bogen über die Stadtmauer. Einer verfehlte sein Ziel. Der andere traf eine Mange und beschädigte sie schwer.

»Das ist für Bürgermeister Fleury, ihr Schweinehunde!«, schrie ein Gürtelmacher unten auf dem Wehrgang.

Andere griffen den Ruf auf. »Für Bürgermeister Fleury!«, brüllten sie aus Dutzenden von Kehlen. »Für Bürgermeister Fleury!«

In Rémy verkrampfte sich alles. Er packte Jean-Pierre am Arm. »Sag ihnen, dass sie damit aufhören sollen.«

»Wieso? Es macht ihnen Mut«, meinte der Schustermeister. »Und Mut können sie gerade gut gebrauchen.«

»Mein Vater hat Krieg gehasst. Er hätte nicht gewollt, dass die Leute in seinem Namen kämpfen.«

Jean-Pierre beugte sich über die Brüstung. »Ruhe!«, bellte er. »Seid still, verdammt noch mal. Für Jubel ist es zu früh.«

Es half nichts. Die Rufe wurden immer lauter und breiteten sich auf andere Mauerabschnitte aus, sodass bald alle Verteidiger Varennes' wie aus einem Mund brüllten: »Für Bürgermeister Fleury! Für Bürgermeister Fleury!«

Rémy biss die Zähne zusammen und schaute zu den Feinden. Während Tolberts Knechte die Ballisten nachluden, brachten die Metzer ihre Wurfmaschinen in Stellung und bestückten sie mit tödlichen Geschossen: Felsbrocken, die die Kriegsknechte aus dem nahen Steinbruch heranschafften. Jemand rief einen Befehl. Wurfarme schnellten vor, Gegengewichte sackten nach unten und rissen Lederschlingen in die Luft. Ein Schwarm aus Steinbrocken schoss auf Varennes zu.

Die Jubelrufe der Verteidiger verwandelten sich in Schreie des Entsetzens.

Épinal

In Épinal brodelte die Gerüchteküche.

Jeden Tag brachten Flussschiffer, Händler und fahrendes Volk neue Nachrichten über die Kämpfe um Varennes in die Stadt. Vieles davon war blödsinniges Gerede, manches derart überzogen, dass es sich unmöglich um die Wahrheit handeln konnte – trotzdem ging Philippine jeden Mittag auf den Marktplatz und lauschte den Geschichten der Reisenden aus dem Norden, und waren sie noch so haarsträubend. Vielleicht, so hoffte sie, hörte sie auf diese Weise etwas von Rémy.

Leider widersprachen die Berichte einander ständig. Ein nach Wein stinkender Wundarzt behauptete, Metzer Truppen hätten Varennes schon am ersten Tag erstürmt und gebrandschatzt – er habe die Feuersbrunst am Horizont mit eigenen Augen gesehen. Ein Schustergeselle auf Wanderschaft hingegen sagte, die Stadt werde nach wie vor belagert. Andere wiederum erzählten, es werde gar nicht gekämpft, denn Bürgermeister Fleury hätte mit Herzog Mathieus Hilfe im letzten Moment einen Frieden ausgehandelt.

»Unsinn«, sagte ein Kaufmann, der behauptete, noch wenige Stunden vor Beginn der Belagerung in Varennes gewesen zu sein. Bürgermeister Fleury sei tot; Wegelagerer hätten ihn erschlagen, bevor er mit dem Herzog habe sprechen können.

»Keine Wegelagerer«, widersprach ihm ein anderer Händler. »Ich habe gehört, es waren Soldaten aus Metz. Der Schöffenmeister soll seinen Tod befohlen haben.«

So ging das jeden Tag. Und niemand hatte etwas von Rémy gehört. Mehr als einmal erwog Philippine, ihr Pferd zu satteln und nach Varennes zu reiten, um sich selbst ein Bild von der Lage zu machen. Natürlich tat sie es nicht. Es wäre viel zu gefährlich gewesen, nutzlos, einfach töricht.

Also blieb sie in Épinal und hoffte auf eindeutigere Nachrichten.

Nie zuvor hatte sie sich derart hilflos gefühlt.

Varennes-Saint-Jacques

Ein ohrenbetäubendes Krachen riss Rémy höchst unsanft aus dem Schlaf.

Er fuhr auf, griff unwillkürlich zu seiner Armbrust, die immer neben dem Bett lag, und stürzte nackt zum Fenster. Seit dem Beginn der Belagerung nächtigte er in der Küche, wo er vor dem Katapultbeschuss besser geschützt war als oben in der Schlafkammer, die direkt unter dem Dach lag. Es war früher Morgen, trübes Dämmerlicht lag über der Stadt. Er hörte aufgeregte Stimmen und reckte den Hals. Die Kornkammer, die am Ende der Gasse stand, war von einem Schleuderstein getroffen worden.

Rasch zog er sich an und eilte nach draußen.

»Jemand verletzt?«, fragte er Jean-Pierre Cordonnier, der mit einigen Männern der Bruderschaft vor der zerstörten Kornkammer stand. Der Schustermeister war blass und hatte dunkle Ringe unter den Augen. Wie sie alle war er vollkommen übermüdet.

»Nein. Niemand«, sagte er. »Hilf uns, das Getreide wegzubringen.«

Während sie sprachen, sausten weitere Geschosse durch die Luft und schlugen irgendwo in der Stadt ein. Seit vier Tagen beschossen die Metzer Varennes ohne Unterlass. Stunde um Stunde, auch bei Nacht, schleuderten ihre Mangen und Bliden Steine über die Wehrmauer, zentnerschwere Brocken, die Türme, Dächer und Menschen zerschmetterten. Es gab kaum ein Viertel, das keine Schäden erlitten hatte. Lediglich die Unterstadt und das neue Viertel auf der anderen Moselseite waren verschont geblieben, denn sie waren selbst für die größten Katapulte zu weit entfernt.

In den ersten beiden Tagen hatten Tolberts Wurfmaschinen eifrig zurückgeschossen und so manchen Feind getötet. Doch inzwischen waren die Ballisten nur noch Haufen aus zersplittertem Holz – wohlgezielte Treffer der feindlichen Bliden hatten sie zu Klump geschossen.

Bisher hatten die Metzer keinen Sturm auf die Mauern Varennes' unternommen. Gournais plante offenbar, die Verteidiger mit beharrlichem Dauerbeschuss zu zermürben, bevor er mit seinen Fußtruppen angriff. Ein Ziel, dem er stündlich näher kam. Viele Männer aus Rémys Bruderschaft hatten seit Tagen kaum ein Auge zugetan und waren inzwischen so erschöpft, dass sie bei ihrer Wache im Stehen einschliefen.

Auch Rémy saß die Erschöpfung tief in den Gliedern. Er unterdrückte ein Gähnen und stieg über die Trümmer der Kornkammer, um den anderen zu helfen, die Getreidesäcke herauszuholen.

Plötzlich zog ihm etwas von hinten den Fuß weg. Er stolperte und fiel der Länge nach hin, wobei er sich die Hand an einem gesplitterten Balken blutig schrammte.

»Pass auf, wo du hintrittst«, sagte Hugo, der neben ihm auftauchte und verschlagen grinste. »Beim nächsten Mal brichst du dir vielleicht das Genick, und wir wollen doch nicht unseren besten Schützen verlieren.«

Der Schuster spuckte aus und stolzierte davon.

Vier Tage, hatte Roger Bellegrée gesagt. Vier Tage waren nun vorüber.

»Du hast nur dieses schäbige Messer«, sagte der Mann im Spiegel, der auf der polierten Klinge des gezackten Dolches erschienen war. *»Besorg dir wenigstens ein Schwert.«*

»Ich brauche kein Schwert«, sagte Lefèvre. »Ich werde auch so mit ihnen fertig.«

»Überschätzt du dich nicht ein wenig?«

»Wohl kaum. Ich bin immer noch der beste Kämpfer dieser Stadt.«

»Das warst du vielleicht einmal. Jetzt hast du ein Hinkebein.«

»Trotzdem sind diese Männer keine Gegner für mich«, beharrte Lefèvre, obwohl sein Bein just im Moment wieder zu schmerzen anfing. »Es sind Stadtknechte. Bauerntölpel und Tagelöhner, die zum ersten Mal im Leben einen Speer in der Hand halten.«

»Ich sage ja nur, dass du vorsichtig sein sollst.«

»Deine Fürsorglichkeit rührt mich zu Tränen.«

Lefèvre legte das Messer auf den Tisch und wartete, bis die Glocken zur Matutin riefen. Dann löschte er die Kerze, verließ leise seine Unterkunft und schlich durch den Hof, vorbei an den stinkenden Gerbergruben.

In der Unterstadt schlief alles, obwohl die Katapulte der Metzer nach wie vor schossen. Zehn- bis zwanzigmal in der Stunde schlug irgendwo ein Steinbrocken ein, und Geschrei hallte durch die Gassen. Auf dieser Seite des Kanals jedoch war man sicher vor dem tödlichen Hagel, weshalb sich viele Bewohner der besseren Viertel in die Unterstadt geflüchtet hatten. In Scharen bevölkerten sie die Lager- und Bootshäuser am Fischmarkt, sie schliefen in Schuppen und Hinterhöfen, manche nächtigten gar in den Gassen. Tagsüber gingen die Brüder von Saint-Denis herum und versorgten sie mit Suppe, Decken und tröstenden Worten; des Nachts hingegen waren sie sich selbst überlassen, ein gefundenes Fressen für das Diebsgesindel der Unterstadt. Um sich vor Belästigungen und Überfällen zu schützen, hatten die Leute Wachen aufgestellt, die mit Laternen und Spießen die Schlafplätze abschritten. Lefèvre, der sein Antlitz in der Kapuze seines schäbigen Umhangs verbarg, machte einen weiten Bogen um die übereifrigen Nachtwächter. Ungesehen huschte er durch die Gassen, bis er zur Moselbrücke kam.

Das Tor, durch das man zur Brücke gelangte, war verriegelt. Da man vom anderen Flussufer nicht mit einem Angriff rechnete – das Heer der Metzer lagerte vollständig auf der anderen Seite Varennes' –, wurde es nicht so schwer bewacht wie die übrigen Stadttore: Lediglich zwei Büttel standen oben auf dem Wehrgang und behielten die Brücke im Auge.

Lefèvre zückte den Dolch und schlich die Treppe neben dem Tor hinauf.

Der erste Stadtknecht war tot, bevor er begriff, wie ihm geschah: Lefèvre presste ihm von hinten den Arm aufs Gesicht und schnitt ihm die Kehle durch. Röchelnd sank der Mann zu Boden. Der andere fuhr herum und packte seinen Speer mit beiden Händen. Lefèvre war jedoch bereits so nah bei ihm, dass er die Waffe nicht einsetzen konnte. Lefèvre trat ihm in den Schritt, sodass der Stadtknecht zurücktaumelte und den Speer fallen ließ, und rammte ihm die Klinge mit drei kurzen Stößen in den Unterleib, die Nierengegend, die Stelle unter dem Adamsapfel. Das scharfe Messer glitt durch den Gambeson wie eine glühende Nadel durch einen Klumpen Fett, Blut schoss aus den Wunden, und der Mann brach zusammen.

Lefèvre hielt den Atem an. Kein Alarmgeschrei. Keine rasch näher kommenden Schritte. Nur das ferne Krachen der einschlagenden Felsbrocken.

Sein Bein protestierte schmerzend, doch er bemerkte es kaum. Er schloss die Augen und nahm einen tiefen Atemzug. Ein Gefühl des Glücks durchströmte ihn. Es war eine Ewigkeit her, dass er das letzte Mal ein Leben genommen hatte. Wie sehr ihm das gefehlt hatte!

Doch jetzt war nicht der richtige Moment, um die Früchte seiner Bluttat auszukosten. Die Wachen der Bürgerwehr machten Rundgänge auf der Stadtmauer – er musste handeln, bevor die nächste auftauchte und Alarm schlug. Er biss die Zähne zusammen, ignorierte den Schmerz im Knie und stieg die Treppe hinab. Unten angekommen, öffnete er die kleine

Pforte, die in einen Torflügel eingelassen war, trat hinaus auf die Brücke und kletterte über das Geländer. Obwohl die Brücke hier am Ufer gerade einmal drei bis vier Ellen hoch war, kostete es ihn einige Mühe, bis er endlich auf der Böschung stand. Er verfluchte sein Bein – es würde ihn doch nicht ausgerechnet jetzt im Stich lassen!

Zu seiner Rechten strömte die Mosel dahin, ein glitzerndes Band, das leise über die Steine am Ufer hinwegspülte. Geduckt schlich er am Ufer entlang zu den Fischteichen. Vor ihm ragten die Mauern der Königspfalz auf, schwarze Blöcke vor dem bewölkten Nachthimmel. Der Rat hatte den Gebäudekomplex unbewacht gelassen, denn Tolbert brauchte alle verfügbaren Männer innerhalb der Stadtmauern und wäre nicht imstande gewesen, die kaum befestigte Pfalz zu verteidigen.

Lefèvre holte eine Zunderbüchse hervor und zündete die Fackel an, die er sich hinter den Gürtel geschoben hatte. Im Schutz der Bäume schwenkte er sie mehrmals hin und her.

Die Metzer ließen nicht lange auf sich warten. Gestalten schälten sich aus der Schwärze und eilten verstohlen über die Wiese, kaum mehr als Phantome in der Nacht. Es waren rund fünfzehn Krieger, Sergeanten der Treize jurés und Söldner der Familie Bellegrée.

»Anseau Lefèvre?«, fragte einer der Männer leise.

»Ebender. Kommt«, entgegnete Lefèvre knapp.

Er warf die Fackel in den Fluss und führte die Krieger zur Brücke. Rasch kletterten sie nach oben, schlüpften durch die Pforte und durchquerten nahezu lautlos das angrenzende Viertel.

Das Nordtor wurde wesentlich besser bewacht als jenes zur Moselbrücke: Mehrere Stadtknechte und Männer der Bürgerwehr standen auf dem Wehrgang, den flankierenden Türmen und am Tor selbst. Trotzdem hatten die Wachen Lefèvre und seinen Handlangern wenig entgegenzusetzen, denn der nächtliche Überfall überrumpelte sie. Eine Salve von Armbrustbolzen streckte einige nieder, die Übrigen sahen sich jeweils zwei oder drei schwer bewaffneten und gepanzerten Angreifern gegenüber, die keine Gnade kannten. Deshalb war es kein Kampf, was sich am Nordtor abspielte – es war ein Gemetzel. Erbarmungslos machten Lefèvre und die Metzer die Wachposten nieder, durchbohrten sie mit Schwertern, hieben Gliedmaßen ab, schlitzten Bäuche auf. Es ging schnell, aber nicht schnell genug. Einige schrien, bevor sie starben. Einem gelang es gar, ins Horn zu stoßen, ehe Lefèvre ihn niederstach.

»Schnell, das Tor!«, sagte er.

Mit vereinten Kräften entfernten sie den Querbalken und öffneten beide Torflügel. Einer der Sergeanten blies dreimal sein Horn – das vereinbarte Signal. Kurz darauf hörten die Katapulte auf zu schießen.

Im nächsten Moment erfüllten huschende Bewegungen, Stimmen, Geräusche die Dunkelheit auf ihrer Seite des Tores. Alarmiert vom Geschrei der Sterbenden und dem Laut des Horns, eilten von allen Seiten Stadtknechte und Männer der Bruderschaften herbei und stürzten sich auf die Eindringlinge. Lefèvre nahm einem Toten Streitaxt und Schild ab und zog sich mit den Metzern ins Torhaus zurück, wo sie einen dichten Schildwall bildeten, dessen einziger Zweck es war, die Verteidiger Varennes' so lange in Schach zu halten, bis das Heer der Paraiges das Tor erreichte.

Die Übermacht war gewaltig. Ständig strömten neue Bewaffnete herbei und setzten Lefèvre und seinen Gefährten erbittert zu. Neben ihm wurde ein Sergeant von einer Lanze durchbohrt und sackte zu Boden. Sofort nahm ein Söldner den Platz des Sterbenden ein, sodass der Schildwall geschlossen blieb. Lefèvre spürte sein Bein taub und steif werden, er umklammerte den Haltegriff des Schildes, wehrte Hiebe und Stöße ab und hackte mit seiner Axt auf die dicht gedrängten Körper ein. Währenddessen kannte er nur einen Gedanken: *Nicht zurückweichen! Auf keinen Fall zurückweichen!*

Weitere Söldner und Sergeanten fielen, Lefèvre erlitt einen Schnitt am Arm, doch der Schildwall hielt.

Mit Gebrüll stürmten die Fußknechte der Metzer heran und drangen in die Stadt ein. Lefèvre und die anderen pressten sich an die Seitenwände des Torhauses und machten ihnen Platz, um nicht niedergetrampelt zu werden. Lefèvre brannte der Atem in der Kehle, er bekam kaum noch Luft. Er warf den Schild weg, taumelte die Treppe des Torhauses hinauf und sank erschöpft auf die Stufen.

Geschafft. Der Mann im Spiegel sollte es noch einmal wagen, seine Fähigkeiten anzuzweifeln.

Er schloss die Augen. Geschrei und das Klirren der Waffen erfüllten die Nacht.

Überall in der Stadt blökten die Signalhörner.

Rémy setzte sich im Bett auf, noch ganz gefangen in seinem Albtraum. Obwohl er seit Beginn der Belagerung stets nur wenige Stunden schlief, suchten ihn Nacht für Nacht dunkle Träume heim. Diesmal war es etwas mit seinem Vater gewesen, der ihm eine dringende Botschaft überbringen wollte. Doch sosehr sich Rémy auch bemüht hatte, es war ihm nicht gelungen, die wispernde Stimme zu verstehen.

Er lauschte den Signalhörnern. Irgendetwas Schreckliches war geschehen. Rémy schüttelte die Schlaftrunkenheit ab und öffnete das Küchenfenster. Er hörte Schreie – sie kamen vom Domplatz. Die Gassen waren erfüllt vom Schein vieler Fackeln.

»Sie sind in der Stadt!«, brüllte jemand. »Sie haben das Nordtor genommen! Zu den Waffen! Alle zu den Waffen!«

Augenblicklich war Rémy hellwach. Kurz darauf verließ er sein Haus, nur in ein Gewand gekleidet. Das Panzerhemd hatte er oben gelassen, es hätte zu lange gedauert, es anzulegen. Mit der gespannten Armbrust in der Hand lief er zur Straßenkreuzung im Zentrum des Viertels, wo sich zahlreiche Menschen versammelt hatten. Nicht nur die Männer der Bruderschaft, auch Frauen mit ihren Kindern, Alte, Flüchtlinge von außerhalb. Furcht und Verwirrung standen in den übernächtigten Gesichtern, die Leute redeten durcheinander. Niemand sorgte für Ordnung.

Rémy legte alle Kraft in seine Stimme. »Herhören!«, donnerte er. »Wer nicht kämpfen kann oder keine Waffe hat, geht sofort zurück in seine Unterkunft. Verrammelt Fenster und Türen und lasst niemanden hinein. Die Männer bleiben bei mir und verteidigen das Viertel.«

Das half. Die Menge zerstreute sich. Türen wurden zugeschlagen. Zurück blieben etwa anderthalb Dutzend Männer.

»Wo sind die anderen?«, fragte Rémy. »Wo ist Jean-Pierre?«

»Keine Ahnung«, meinte ein junger Schuster. »Vielleicht sollte jemand in der Kapelle nachsehen …«

Just in dem Moment erschien am Ende der Gasse eine Gestalt und rannte auf sie zu. Es war Will.

»Sie kommen!«, schrie der Engländer. »Sie kommen!«

Er trug einen Spieß, denn wie alle Bürger war er verpflichtet, zu Hause eine Waffe aufzubewahren und im Falle eines Angriffs bei der Verteidigung der Stadt zu helfen. Rémy bezweifelte jedoch, dass sein Freund bei einem Kampf auf Leben und Tod groß von Nutzen sein würde. Will hielt den Spieß so ungelenk, dass man froh sein konnte, wenn er sich nicht selbst verletzte.

»Ist es wahr?«, fragte Rémy. »Haben die Metzer wirklich das Nordtor genommen?«

»Ich weiß es nicht. Aber im Schmiedeviertel und auf dem Domplatz wird überall gekämpft.« In Wills Augen stand das Grauen. »Die Leute werden nur so abgeschlachtet.«

Rémys Gedanken rasten. Mit so wenigen und derart erschöpften Kriegern konnte er unmöglich das ganze Viertel verteidigen. Es gab zu viele Zugänge, durch die der Feind eindringen konnte. Alles in ihm schrie nach Flucht. Doch er konnte seine Nachbarn und Freunde und all die anderen Bewohner dieser Gassen nicht einfach im Stich lassen. »Hört zu«, wandte er sich an die verängstigten Männer. »Steigt auf die Dächer und beschießt den Feind mit Pfeilen, bewerft ihn mit Steinen. Versteckt euch in den Höfen und legt ihm Hinterhalte. Jeder, der unsere Häuser plündern und unseren Familien Gewalt antun will, soll lernen, dass ihn das teuer zu stehen kommt …«

Weiter kam er nicht, denn in diesem Moment erschienen Bewaffnete am Ende der Gasse. Einige von ihnen trugen Fackeln, doch wie viele es waren, konnte er nicht abschätzen. Mehr als sie, das stand fest.

»Geht und tut, was ich gesagt habe – na los!«, fuhr Rémy seine Brüder an.

Die Männer zerstreuten sich und verschwanden in Dreier- und Vierergruppen in der Dunkelheit. Will blieb bei Rémy, der zwei Armbrust- und einen Bogenschützen um sich geschart hatte. Während die feindlichen Krieger in die Gasse strömten, führte er die Männer zu einem teilweise eingestürzten Haus, wo sie sich zwischen den Trümmern versteckten.

Sie legten auf die Metzer an und schossen. Mehrere Feinde gingen zu Boden, die übrigen suchten Deckung hinter einer Hausecke und schossen zurück. Bolzen und Pfeile schwirrten durch die Luft. Der Bogenschütze aus Rémys Gruppe, ein bärtiger Schuster, wurde in den Hals getroffen, weil er nicht rechtzeitig den Kopf einzog. Mechanisch drückte Rémy ab, spannte die Waffe, lud nach – und wieder von vorne. Er musste drei oder vier Feinde niedergeschossen haben, als die übrigen begriffen, dass sie in der Gasse nur schwache Gegenwehr erwartete. Brüllend und mit erhobenen Schilden stürmten sie vor. Ein Hagel aus Steinen prasselte von den Dächern auf sie nieder. Das verschaffte Rémy und seinen Gefährten genug Zeit, um die Ruine zu verlassen und sich zurückzuziehen.

Als sie durch die Gassen hasteten, auf der Suche nach einem neuen Versteck, erschien es Rémy, als werde überall gekämpft.

Entweder hatte sich der feindliche Trupp aufgeteilt, oder eine zweite Gruppe war anderswo in das Viertel eingedrungen. Waffen klirrten in der Dunkelheit. Ein Mann taumelte auf Rémy zu und klammerte sich an seinem Gewand fest, ehe er zu Boden sank. In seinem Rücken steckte eine Axt.

Er schüttelte die Hände des Sterbenden ab. Aus der Richtung, aus der der Mann gekommen war, erklangen Schreie und Kampfgeräusche.

»Da entlang – kommt!«

Sie trafen auf drei Männer ihrer Bruderschaft, die hart von sechs oder sieben Metzern bedrängt wurden. Einer lag bereits am Boden – es war Hugo. Ein Waffenknecht stand über ihm, die Axt zum tödlichen Schlag erhoben. Rémy legte an und schoss dem Krieger in die Brust. Seine Gefährten töteten zwei weitere Metzer. Die anderen flohen und machten sich auf die Suche nach leichteren Opfern.

Rémy half Hugo auf. Der Schuster blickte erst ihn an, dann den toten Kriegsknecht, dem ein gefiederter Bolzen aus der Brust ragte.

»Hab Dank«, murmelte er.

Rémy nickte nur. »Am besten bleiben wir zusammen und ziehen uns in den Hof da zurück. Den können wir leicht verteidigen, falls Feinde in der Gasse auftauchen.«

Sie huschten durch das Tor und postierten sich hinter der Mauer. Rémy lud die Armbrust nach und spähte am Torbogen vorbei in die Finsternis.

»Ich glaube, da drüben sind noch welche«, knurrte jemand. »Greift sie euch.«

Schwere Schritte näherten sich. Jemand trat schmatzend in eine Schlammpfütze. Kettenhemden klirrten. Mehrere schwarze Gestalten erschienen.

Rémy erschoss die vorderste.

Will kauerte geduckt hinter der Hofmauer, umklammerte seinen Spieß und beobachtete, wie Rémy und dessen Gefährten Bolzen um Bolzen in die Dunkelheit schossen. Er fühlte sich nutzlos und hätte gerne dabei geholfen, die Feinde zurückzuschlagen. Gleichzeitig erfüllte ihn die Vorstellung, gegen schwer gerüstete Soldaten zu kämpfen, seine Waffe in lebendige Körper zu stoßen, mit Ekel und Entsetzen. Er war ein Mann des Geistes, kein Krieger – Gewalt verabscheute er mehr als alles andere. Vermutlich war er gar nicht imstande, einen Menschen zu töten. So saß er da und flehte den Herrn an, dem Morden ein Ende zu machen.

Plötzlich verstummten die Schmerzensschreie von der anderen Seite des Hoftores. Will hielt den Atem an. Hatte Gott seine Gebete erhört?

»Sind sie weg?«, flüsterte Hugo.

Mit schlafwandlerischer Sicherheit lud Rémy seine Waffe nach. Dann spähte er nach draußen. »Ich kann nichts sehen«, berichtete er. »Es ist zu dunkel.«

Will vernahm Schritte. Leise Stimmen. »Was ist da los?«

Rémy riskierte noch einen Blick. »Ich glaube, sie haben sich in der Gasse da drüben verschanzt und bekommen gerade Verstärkung. Macht euch bereit.«

Die drei Armbrustschützen bezogen wieder links und rechts des Tores Stellung, ihre Waffen im Anschlag. Will schlug das Herz bis zum Hals, während er die Ohren spitzte. Von überall her hallten schreckliche Geräusche durch die Nacht, sodass er nicht hören konnte, was außerhalb des Hofes vor sich ging.

Plötzlich ertönte Gebrüll, als die Feinde auf das Tor zustürmten. Es musste eine ganze Horde sein. Rémy und seine Gefährten schossen sofort, doch diesmal waren die Angreifer zu zahlreich, als dass drei Armbrustbolzen sie hätten aufhalten können. Söldner und Sergeanten quollen durch das Tor, schwangen Äxte und Schwerter. Einer der Armbrustschützen wurde erschlagen, ehe sich Hugo und die anderen Männer der Bruderschaft den Angreifern entgegenwarfen.

Will sprang auf und wollte seinen Gefährten beistehen, doch die Furcht lähmte seine Beine und verwirrte seine Gedanken. Außerdem konnte er in der Finsternis kaum etwas erkennen. Alles war voller wimmelnder Körper und schreiender Männer, man konnte Freund nicht von Feind unterscheiden. *Hilf mir, Herr!*, betete er stumm und richtete die Spitze seines Speeres mal hierhin, mal dorthin.

Plötzlich tat sich eine Lücke zwischen den Kämpfenden auf, und er sah, dass Rémy am Tor gegen einen Kriegsknecht focht. Er hatte seine Armbrust verloren und eine Streitaxt an sich gebracht, mit der er verzweifelt die Hiebe seines Gegners abwehrte. Der Kriegsknecht war ihm im Nahkampf jedoch deutlich überlegen und entwaffnete ihn rasch. Rémy schrie vor Schmerz, als ihn der Streitkolben am Oberarm traf und gegen die Hofmauer schleuderte.

Der nächste Schlag, erkannte Will, würde Rémy niederstrecken, ihn womöglich töten. Plötzlich war die Furcht wie weggeblasen, und er kannte nur noch einen Gedanken: seinen Freund um jeden Preis zu retten. Schreiend rannte er los, sprang über einen reglosen Körper und umklammerte den Spieß mit beiden Händen, bereit, den Kriegsknecht zu durchbohren. Dieser bemerkte ihn und hob seinen Schild, während er herumwirbelte. Die Speerspitze schrammte über Eisen und Holz, Will wurde vom eigenen Schwung nach vorne getragen und spürte einen Schlag im Rücken, der ihm die Luft aus den Lungen presste. Er stürzte und schlug hart auf dem Boden auf. Bevor ihm die Sinne schwanden, hörte er noch, wie jemand brüllte: »Ergebt euch! Runter mit den Waffen …!«

»Herrin! Ihr müsst aufwachen!«

Isabelle blinzelte. Ihr Schlaf war tief und traumlos gewesen wie in den Nächten zuvor: ein schwarzer Kokon, der sie umschloss und erst wieder freigab, wenn ihr Körper sich einigermaßen erholt hatte. Deshalb brauchte sie jedes Mal lange, um zu sich zu kommen, wenn man sie vor der Zeit weckte.

Da war ein Licht. Und die Stimme von Marie, der Magd.

»Die Metzer sind in der Stadt, Herrin.«

Isabelles Hand wanderte zur Seite. Doch da war kein Bett, kein warmer Körper. Nur rauer Boden. Plötzlich fiel ihr alles wieder ein. Michel lag nicht neben ihr. Er würde nie mehr neben ihr liegen.

Stockend holte sie Luft und setzte sich auf. »Was?«, brachte sie hervor.

»Es heißt, sie plündern und morden«, sagte Marie. »Gewiss kommen sie auch bald zu uns.«

Isabelle zwang sich, die Benommenheit abzuschütteln und klar zu denken, was ihr ausgesprochen schwerfiel. *Sollen sie,* kam es ihr in den Sinn. *Sollen sie mich doch erschlagen. Wen kümmert es?* Dann gewann die Vernunft die Oberhand. Dies war ihr Haus – sie hatte die Pflicht, die Bewohner zu schützen.

Sie streifte die Decke ab und stand auf. Sie hatte in ihren Kleidern geschlafen, denn seit dem Beginn der Belagerung nächtigte der gesamte Haushalt im Keller, wo man sicher vor den Geschossen der feindlichen Katapulte war, und hier unten war es kalt. Sie nahm Marie die Laterne aus der Hand und trat von dem kleinen Lagerraum, wo die Mägde ihr eine Bettstatt hergerichtet hatten, in den Hauptraum des Gewölbekellers. Die anderen waren bereits wach. Robert Michelet, wie immer das Pflichtbewusstsein in Person, redete beruhigend auf die Hausbedienten ein. Die Knechte und er hatten sich mit Schwertern und Äxten bewaffnet.

»Was ist geschehen?«, wandte sich Isabelle an den *fattore.*

»Niemand weiß etwas Genaues«, antwortete Robert. »Im Westen der Stadt scheint es überall Kämpfe zu geben. Plünderer ziehen durch die Gassen. Ich schlage vor, dass wir uns im Keller einschließen, für den Fall, dass sie ins Haus eindringen.«

Isabelle dachte nach. Was hätte Michel an ihrer Stelle getan? »Nein, im Keller sind wir nicht sicher. Wenn sie ihn aufbrechen, sitzen wir in der Falle. Wir verstecken uns im Dachboden der Wagenremise. Von dort aus können wir leicht fliehen.«

Die Mägde schluchzten und klammerten sich aneinander fest. Isabelle befahl ihnen, sich zusammenzureißen; dann führten Michelet und sie die Gruppe nach oben.

Grauenerregende Geräusche drangen von draußen herein. Isabelle schluckte hart. Sie wagte sich nicht vorzustellen, was sich gerade in den Gassen abspielte. *Bleib ruhig.* Vorsichtig öffnete sie die Hintertür und spähte in den Hof. Niemand zu sehen. Der Reihe nach schlüpften die Mägde an ihr vorbei und hasteten zur Wagenremise.

Der geräumige Schuppen war das einzige Gebäude des Anwesens, das während der Belagerung keine Schäden erlitten hatte. Der Stall und das Haupthaus hingegen waren mehrmals von schweren Wurfgeschossen getroffen worden. Gestern hatte Isabelle einen Rundgang gemacht und sich alle Zerstörungen angesehen. Sie waren beträchtlich. Im Dach des Wohnhauses etwa klafften zwei große Löcher. Der Stall war teilweise eingestürzt; glücklicherweise waren die Tiere mit dem Schrecken davongekommen.

Als die letzte Magd gerade in der Remise verschwunden war, vernahm Isabelle raue Stimmen. Im nächsten Moment erschütterte ein Stoß das Hoftor.

»Kommt schnell!«, raunte Isabelle Robert und den Knechten zu.

»Geht voraus«, sagte der *fattore*. »Wir halten sie auf. Vielleicht geben sie auf, wenn wir ihnen nur lange genug Widerstand leisten.«

»Robert …«

»Ich bestehe darauf.« Michelets Miene war wie aus Stein gehauen.

Ein zweiter Schlag traf das Hoftor. Ein dritter.

»Ihr seid einer der mutigsten Männer, die ich kenne.« Isabelle drückte Roberts Hand und eilte zur Remise. Als sie die Leiter im Innern des Wagenschuppens erklomm, hörte sie das Bersten von Holz, gefolgt von Geschrei und dem Klirren von Stahl auf Stahl.

Sie versteckte sich bei den Mägden im Heu, schloss die Augen und sprach ein Gebet.

»Der hier lebt noch.«

Will erwachte, als man ihn an den Armen hochhob und über den Boden schleifte. Er schmeckte Blut. Sein Rücken, seine Schultern, sein ganzer Körper schmerzte.

Nach einigen Schritten ließ man ihn fallen. Will fing den Sturz mit den Händen ab und blieb liegen. Lange konnte er nicht bewusstlos gewesen sein, denn es war immer noch dunkel, und er befand sich immer noch in dem Hof, den sie verteidigt hatten. Man hatte eine Fackel angezündet. In seiner Nähe standen zwei schwarze Gestalten und stützten sich auf ihre Lanzen.

»Will«, sagte eine vertraute Stimme. »Hörst du mich?«

Stöhnend rappelte er sich auf. Trotz der Schmerzen schien er nicht ernsthaft verletzt zu sein. Zumindest konnte er die Arme, die Beine, den Kopf bewegen. Allmählich erinnerte er sich, was geschehen war. Hatte er tatsächlich versucht, einen feindlichen Krieger mit dem Speer zu durchbohren? Ein Wunder, dass man ihn nicht erschlagen hatte. Er berührte seine Lippen. Blut klebte an seinen Fingern. Wenn das alles war, konnte er sich glücklich schätzen.

Zu seiner Linken kauerten Hugo und zwei Männer der Bruderschaft; sie hielten die Köpfe gesenkt. Zu seiner Rechten saß Rémy und lächelte ihn an.

»Gott sei Dank, du lebst. Ich habe schon mit dem Schlimmsten gerechnet.«

Will blickte sich um. Man hatte ihnen die Waffen abgenommen und sie zu einer Ecke des Hofes gebracht. Mehrere Söldner und Sergeanten bewachten sie. Am Hoftor, am äußersten Rand des Fackelscheines, lagen mehrere reglose Körper. Wills Kehle verengte sich.

»Ich schätze, ich muss dir danken«, murmelte Rémy.

»Wofür?«

»Du hast mir das Leben gerettet. Wärst du nicht gewesen, hätte mir der Kerl sicher den Schädel zertrümmert.«

»Maul halten!«, bellte eine der Wachen.

Will wusste nicht, wie lange sie auf dem kalten Boden saßen. Mit der Zeit ließen seine Schmerzen nach, bis ihm nur noch die Stelle zwischen den Schulterblättern wehtat, wo ihn der Hieb gestreift hatte. Irgendwann kamen andere Männer durch das Hoftor und redeten leise mit den Sergeanten.

»Aufstehen und mitkommen«, befahl die Wache.

»Wo wollt Ihr hin?«, fragte der Sergeant barsch.

»Ich muss wissen, ob meine Mutter wohlauf ist«, sagte Rémy.

»Zum letzten Mal, Ihr dürft das Haus nicht verlassen. Jetzt geht von der Tür weg, oder Ihr lernt uns kennen.«

»Was wollt ihr tun – mich verprügeln?«

»Wenn es sein muss«, meinte der Sergeant und befingerte die silberne Rute an seinem Gürtel.

»Darf ich wenigstens meine Werkstatt aufräumen?«

»Nein. Ihr setzt Euch hin und lasst die Hände da, wo wir sie sehen können.«

Es hatte keinen Zweck. Die beiden Sergeanten, die an der Vordertür Wache standen, und die Männer hinten im Hof hatten vermutlich von Roger Bellegrée persönlich den Befehl bekommen, ihn hier festzuhalten. Rémy setzte sich und betrachtete mit müden Augen das Durcheinander in der Werkstatt. Der Raum, die Küche und die Vorratskammer glichen einem Trümmerfeld. Marodierende Kriegsknechte und Söldner hatten jede Truhe, jeden Schrank aufgerissen und die Einrichtung in blinder Zerstörungswut zerschlagen. Rémy war noch nicht oben gewesen, doch er ging davon aus, dass die Plünderer auch in seinen Wohnräumen gewütet hatten. Trotz allem hielt sich der Schaden in Grenzen, denn den Keller, wo er seine Bücher und Wertsachen versteckte, hatten sie nicht gefunden.

Er betastete seinen Oberarm, wo ihn die Kriegskeule getroffen hatte. Das Fleisch war geschwollen und schmerzte höllisch. Trotzdem konnte er sich glücklich schätzen, denn andere Verletzungen hatte er keine erlitten, abgesehen von verschiedenen Schrammen und Prellungen. Ein Wunder, wenn man bedachte, wie brutal man seine Gefährten und ihn überwältigt hatte.

Er musste sich eingestehen, dass ihr Widerstand letztlich sinnlos gewesen war. Die Feinde waren zu zahlreich gewesen und hatten das Viertel einfach überrannt. Die überlebenden Verteidiger, darunter auch er, Will und Hugo, hatten sie auf einem Kirchhof zusammengetrieben. Beim ersten Licht des Tages dann hatte man Rémy von den anderen getrennt und zu seinem Haus gebracht.

Draußen auf der Gasse sah er Sergeanten und feindliche Kriegsknechte. Varennes war gefallen, so viel stand fest. Darüber hinaus konnte er nur mutmaßen, was sich in der Nacht ereignet hatte. Was war in den anderen Stadtvierteln geschehen? Waren seine Mutter, Dreux, Olivier und seine Freunde aus der Bruderschaft noch am Leben? Er wusste es nicht. Alles, was er tun konnte, war, für sie zu beten.

Die Klosterglocken schlugen zur Terz. Das Geläut erschien Rémy grotesk wie ein schlechter Scherz. Eben erst hatten die Metzer die Stadt erobert, ihre Krieger hatten zahllose Männer erschlagen, Frauen geschändet und unvorstellbares Leid über Varennes gebracht – doch die Mönche versammelten sich zum Stundengebet, als wäre dies ein Morgen wie jeder andere.

Er hob den Kopf, als die Tür knarrte. Roger Bellegrée kam herein. Zwei weitere Sergeanten folgten ihm, während er gemessenen Schrittes die Werkstatt durchquerte, auf dem Kopf eine gefiederte Bundhaube, auf den Lippen ein Lächeln: ein Eroberer, der seinen Triumph in vollen Zügen genoss.

Rémy stand auf und schob den Stuhl zur Seite.

»Meister Rémy«, sagte Roger. »Endlich lernen wir uns kennen. Es war höchste Zeit, meint Ihr nicht auch?«

Sein Blick wanderte über die zertrümmerten Schränke und Schreibpulte.

»Das ist also die berühmte Werkstatt, in der all diese Bücher entstehen, in die Philippine so vernarrt ist. Wenn ich mir vorstelle, ich müsste den lieben langen Tag hier sitzen und Psalter kopieren – die Langeweile würde mich umbringen. Was findet Ihr daran, Pergament vollzuschreiben und kleine Bildchen von Engeln und Aposteln zu malen? Das ist doch keine Arbeit für einen Mann.«

»Seid Ihr nur hergekommen, um mir das zu sagen?«, fragte Rémy.

»Tatsächlich hat mein Besuch verschiedene Gründe.«

»Wollt Ihr zu Ende bringen, was Ihr in Damas angefangen habt?«

»Ich weiß nicht, wovon Ihr sprecht.« Roger lächelte wölfisch.

»Lasst mich Eurem Gedächtnis auf die Sprünge helfen: Eure Leute haben versucht, Philippine und mich zu ermorden. Was ihnen aber nicht gut bekommen ist. Kann Thankmar inzwischen wieder gehen? Oder hat ihn die Beinverletzung gezwungen, sich eine andere Arbeit zu suchen?«

»Zunächst einmal«, sagte Roger, »möchte ich etwas tun, das mir seit einer Weile auf der Seele brennt.« Er gab seinen Sergeanten einen Wink. Die beiden Männer traten vor und packten Rémy an den Armen. Roger legte seinen Mantel ab, holte aus und rammte ihm die Faust in den Bauch. Rémy krümmte sich und keuchte durch die zusammengebissenen Zähne. Die Sergeanten rissen seinen Oberkörper nach hinten, sodass Roger ihn noch einmal in die Magengrube schlagen konnte.

»Das ist unterhaltsamer, als ich dachte«, sagte der Metzer. Der dritte Fausthieb traf Rémy am Kinn und schleuderte seinen Kopf zur Seite. Die Sergeanten ließen ihn los, er torkelte rückwärts und sackte zu Boden, fing den Sturz jedoch mit den Händen ab. Als er wieder Luft bekam, krächzte er: »An Eurer Stelle hätte ich auch Thankmar vorgeschickt. Ein halb verhungerter Leprakranker schlägt härter zu als Ihr.«

Roger lachte, bevor er den Sergeanten befahl, Rémy aufzuhelfen und ihn auf den Stuhl zu setzen. »Ich nehme an, Ihr könnt Euch denken, wofür das war. Nun, da ich mir Genugtuung verschafft habe, können wir in Ruhe plaudern.«

»Falls Ihr Philippine sucht – ich weiß nicht, wo sie ist«, sagte Rémy. »Hier in Varennes ist sie jedenfalls nicht.«

»Seid Ihr Euch da sicher? Könnt Ihr ausschließen, dass sie sich nicht in meiner Gewalt befindet?« Rogers Blick schien ihn zu durchbohren, ehe der Metzer mit sanfterer Stimme fortfuhr: »Na schön. Das war grausam von mir. Ihr könnt beruhigt sein: Ich weiß auch nicht, wo sie steckt. Tatsächlich kümmert es mich einen Dreck, wo sie sich herumtreibt. Ihr könnt sie haben, wenn Ihr sie noch wollt. Ich habe keine Verwendung mehr für sie. Bevor dieser Monat zu Ende geht, wird unsere unselige Ehe der Vergangenheit angehören.«

»Also habt Ihr den Erzbischof endlich herumgekriegt«, bemerkte Rémy.

»Noch nicht. Aber diesmal kann er meinen Antrag nicht ablehnen. Philippine ist eine Ehebrecherin. Unter diesen Umständen muss er die Verbindung auflösen. Niemand kann von einem Mann verlangen, ein sündiges und treuloses Weib an seiner Seite zu dulden. Sollte er sich aus unerfindlichen Gründen dennoch weigern … Nun, ich habe bei der Plünderung

Varennes' viel Beute gemacht. Wenn ich ihm den größten Teil davon spende, vergisst er gewiss seinen alten Groll gegen mich.« Er lächelte wieder. »Wenn Ihr Philippine das nächste Mal seht, richtet ihr aus, dass sie sich in Zukunft besser von Metz fernhält. Die Strafe, die ihr droht, wenn man sie in der Stadtmark erwischt, ist ausgesprochen unangenehm. Fragt Eure Mutter. Sie kann Euch das gewiss bestätigen. Davon abgesehen gibt es in Metz nichts Lohnenswertes mehr für sie. Ich habe ihren Besitz eingezogen, wie es mein Recht als betrogener Ehemann ist. Was Euch betrifft – Ihr solltet Metz ebenfalls meiden. Die Treize jurés haben auch Euch wegen Ehebruch verurteilt. Gewiss, ich könnte ohne besondere Mühe durchsetzen, dass man die Strafe auch hier vollstreckt, nun, da sich Varennes in unserer Gewalt befindet. Aber was hätte ich davon? Ich habe alles erreicht, was ich wollte, und man soll nicht gierig sein, nicht wahr?«

»Seid Ihr endlich fertig?«

»Verzeiht. Wenn sich die Dinge zu meiner Zufriedenheit fügen, werde ich gerne redselig. Worauf ich hinauswill, Meister Rémy: Ich danke Euch. Ohne Euch und Eure unfreiwillige Unterstützung hätte es sehr viel länger gedauert, den Großen Rat, den Schöffenmeister und die Sieben des Krieges für meine Pläne zu gewinnen. Aber so war es ein Kinderspiel. Ich wollte, dass Ihr das wisst.«

»Das heißt, Ihr hättet sie früher oder später in jedem Fall überzeugt?«

»Fragt Ihr das, um Euer Gewissen zu beruhigen?« Als Rémy nicht antwortete, sagte Roger: »Nun gut – ich bin kein Unmensch. Ich will Euch den Gefallen tun. Natürlich hätte ich sie früher oder später überzeugt. Wenn ich einmal einen Plan gefasst habe, gebe ich niemals auf. Ich erreiche immer mein Ziel. Dank Euch ging es nur ein wenig schneller. Aber das Ergebnis wäre so oder so dasselbe gewesen.« Roger legte seinen Mantel an. »So, genug geplaudert. Es wird Zeit, dass ich mich zum Rathaus begebe. Der Schöffenmeister will entscheiden, wie wir weiter mit Varennes verfahren. Gehabt Euch wohl, Meister Rémy. Ich hoffe, Ihr werdet glücklich mit Philippine.«

An der Tür blieb er kurz stehen und streifte Rémy mit einem Blick. »Übrigens – dass Euer Vater starb, bedaure ich. Das lag nicht in meiner Absicht. Sein Tod war ein Unfall.«

Unwillkürlich ballte Rémy die Rechte zur Faust. »Verschwindet, Bellegrée. Raus aus meinem Haus.«

Kurz darauf war Roger fort und mit ihm seine Sergeanten. Rémy öffnete die Faust, schloss sie wieder und nahm einen tiefen Atemzug. Dann holte er seinen Mantel und ging zum Haus seiner Eltern.

Lefèvre stand an einem der Doppelfenster des Ratssaales und betrachtete den Domplatz. Hier waren die nächtlichen Kämpfe besonders heftig gewesen. Als er zum Rathaus gegangen war, hatten überall um das Marktkreuz herum Tote gelegen. Gerade wuchteten zwei Stadtknechte die letzte Leiche auf den Karren, überwacht von mehreren Sergeanten.

Das Plündern und Morden hatte erst zur Mittagsstunde aufgehört. Inzwischen waren die Schreie verstummt, und Stille lag über Varennes wie ein Leichentuch. Obwohl sich längst alle Obermeister der Bruderschaften im Namen ihrer Stadtviertel ergeben hatten, patrouillierten Sergeanten und Kriegsknechte in den Gassen und stellten sicher, dass der Widerstand der Bürgerwehr nicht doch noch einmal aufflammte. Wen sie mit einer Waffe am Körper erwischten, den knüpften sie kurzerhand am nächsten Baum auf. Deshalb verkrochen sich die Leute in ihren Häusern und harrten angstvoll der Dinge, die da kamen.

Lefèvre blickte dem Karren mit den Leichen nach, bis der Wagen in der Grand Rue verschwand. Er war ausgesprochen zufrieden mit sich. Er hatte am Vormittag einige Stunden geschlafen und danach ein ausgedehntes Bad genommen und fühlte sich so frisch wie lange nicht. Roger hatte ihm ein Gewand geliehen, damit er nicht in seinem schäbigen Kittel vor den Schöffenmeister und die Sieben des Krieges treten musste. Es war eine Tunika aus grüner Wolle, weich, elegant geschnitten und überaus bequem. Sie erschien ihm wie ein Vorgeschmack auf das schöne Leben, das ihn erwartete.

Die Tür öffnete sich, und zwei Sergeanten führten Bertrand Tolbert herein. Der Schultheiß ging an einer Krücke, denn sein Bein war verletzt. Im Gegensatz zu den meisten anderen Ratsherren hatte Tolbert sich nicht in seinem Haus versteckt, als die Metzer kamen, sondern bis zuletzt an der Seite seiner Büttel gefochten.

Mit finsterer Miene musterte er Roger Bellegrée, Robert Gournais und die Sieben des Krieges. Da fiel sein Blick auf Lefèvre. »Was hat er hier verloren?«

»Das hat Euch nicht zu kümmern«, entgegnete Gournais. »Wir haben Euch einbestellt, um mit Euch einen Frieden zwischen der Republik Metz und Varennes-Saint-Jacques auszuhandeln. Hier sind unsere Bedingungen.« Auf seinen Befehl hin trat ein Schreiber vor und reichte Tolbert ein Pergament.

»Ich kann nicht für den Rat der Zwölf sprechen. Das kann nur der Bürgermeister. Es gibt aber gerade keinen Bürgermeister.«

»Ihr habt die Bürgerschaft Varennes' während der Fehde geführt«, sagte Gournais. »Insofern könnt Ihr die Stadt auch bei den Friedensverhandlungen vertreten. Lest das Dokument.«

Tolbert setzte sich an die Ratstafel, legte die Krücke quer über seine Knie und entrollte das Schriftstück. Von Roger wusste Lefèvre, welche Forderungen es enthielt. Die Treize jurés verlangten nicht nur, dass Varennes für alle Zeiten darauf verzichtete, eine Messe auszurichten. Daneben bestanden sie auf umfassenden Handels- und Steuerprivilegien für Metzer Kaufleute. Außerdem sollten die Ratsherren ihrer Ämter enthoben, der Rat aufgelöst und die Stadt einem Bevollmächtigten der Paraiges unterstellt werden, einem Statthalter mit umfassenden Befugnissen, der Varennes im Auftrag der Treize und des Schöffenmeisters verwaltete. Die wichtigsten städtischen Ämter wie das des Schultheißen würden mit Mitgliedern der Paraiges besetzt werden. Damit sichergestellt wurde, dass sich die Bürgerschaft diesen Forderungen fügte und auch in Zukunft nicht dagegen aufbegehrte, sollte jede Bruderschaft sowie die Kaufmannsgilde jeweils ein Mitglied auswählen, das nach Metz gehen und fortan als Geisel bei den Paraiges leben würde.

Tolbert knallte das Pergament auf den Tisch. »Eure Forderungen sind infam und über alle Maßen unverschämt. Ihr müsst mich für einen Dummkopf und Narren halten, wenn Ihr glaubt, dass ich dieses Machwerk unterzeichne.«

»Ganz im Gegenteil«, sagte Roger sanft. »Wir kennen Euch als einen vernünftigen und klarsichtigen Mann, der seine Heimatstadt über alles liebt. Deshalb ist es geradezu Eure Pflicht, den Friedensvertrag zu unterzeichnen. Denn Eure Weigerung käme die Bürgerschaft teuer zu stehen.«

»Inwiefern?«, fragte Tolbert.

»Wir haben dreißig Gefangene gemacht«, erklärte Gournais, »ausnahmslos Männer aus den führenden Familien Varennes' – darunter die Ratsherren Henri Duval, Eustache Deforest, Adrien Sancere und Gaillard Le Masson. Sie befinden sich in der Gildenhalle. Lehnt Ihr unsere Forderungen ab, werden wir von nun an jede Stunde zwei Gefangene auswählen und vor dem Marktkreuz enthaupten.«

»Ihr Leben liegt in Eurer Hand«, ergänzte Roger.

Tolberts Haltung verkrampfte sich. »Das ist bestialisch. Ihr seid Ungeheuer allesamt.«

»Ihr habt diese Fehde verschuldet und sie obendrein schmählich verloren«, blaffte einer der Sieben des Krieges. »Dem Verlierer steht es nicht zu, über den Sieger zu urteilen.«

Gournais winkte den Schreiber herbei, der Tolbert Tinte

und einen Gänsekiel brachte. »Ihr solltet nicht allzu lange zögern«, sagte der Schöffenmeister. »Wenn die Glocken zur None schlagen, ist die erste Stunde um. Zwingt mich nicht, zwei geachtete Bürger dieser Stadt dem Henker zu übergeben.«

»Dieser Statthalter«, brachte Tolbert hervor, »steht schon fest, wer den Posten bekommen wird?«

»Gewiss«, antwortete Gournais. »Die Wahl fiel auf unseren treuen Freund und Vasallen Anseau Lefèvre.«

»Lefèvre? Das kann nicht euer Ernst sein. Der Mann ist der leibhaftige Teufel – und obendrein wahnsinnig. Er wird Varennes zugrunde richten!«

»Anseau hat uns gute Dienste geleistet«, sagte Roger. »Wir wissen, dass wir uns auf ihn verlassen können. Da ist es nur gerecht, dass wir ihn angemessen belohnen.«

Brennender Hass sprach aus dem Blick, den Tolbert Lefèvre zuwarf. »›Unser treuer Freund, der uns gute Dienste geleistet hat.‹ Ihr wart es, der die Metzer und ihre Mordbrenner in die Stadt gelassen hat, richtig? Bei Gott und allen Heiligen, ich wünschte, wir hätten Euch im Sommer aufgehängt.«

Lefèvre würdigte das nicht mit einer Antwort. Er lächelte den Schultheißen lediglich schmallippig an.

Roger tauchte den Gänsekiel in die Tinte und hielt ihn Tolbert hin, der ihm die Feder aus der Hand riss und den Friedensvertrag unterschrieb.

»Wir sind noch nicht fertig«, sagte Gournais, als der einstige Ratsherr aufstehen wollte. »Bevor Ihr geht, schwört Ihr im Namen der Bürgerschaft, allzeit die Bedingungen dieses Vertrages zu achten und die Herrschaft der Republik Metz über Varennes-Saint-Jacques anzuerkennen.«

Man legte ein Kruzifix auf den Tisch. Tolbert berührte es mit den Schwurfingern und blaffte: »Ich schwöre.« Dann klemmte er sich die Krücke unter den Arm und hinkte zur Tür, wo er sich noch einmal zu den Männern umwandte. »Dies ist ein Tag der Schande für ganz Lothringen. Möge der Herr euren Seelen gnädig sein.«

Mit diesen Worten verließ er den Saal.

Ein Diener hatte derweil mehrere Weinkelche gefüllt. Gournais ergriff einen Silberbecher und hob ihn hoch. »Meine Herren – auf unseren glorreichen Sieg!«

Im Lagerkeller hatten die Plünderer besonders schlimm gewütet. Die Gewürze und Tuche hatten sie zum größten Teil mitgenommen, die übrigen Handelswaren lagen verstreut herum. Was die Kriegsknechte nicht hatten tragen können oder was keinen Wert für sie besaß, hatten sie zertrampelt, zerrissen, auf dem Boden verteilt. Das Wenige, das Rémy retten konnte, tat er in den hinteren Kellerraum. Die zerschlagenen Kisten stapelte er in einer Ecke. Den Rest – Scherben, schmutziges Salz, zerfetzte Wolle – fegte er zusammen und schaufelte ihn in einen Eimer, den er nach oben in den Hof trug.

Er hörte die Mägde im ersten Obergeschoss arbeiten. Sie räumten gerade den Gesellschaftssaal auf. Wie alle Patrizierhäuser im Stadtkern war auch das Anwesen seiner Mutter vom Keller bis zum Dachstuhl verwüstet worden. Es würde Wochen dauern und Unsummen kosten, alle Schäden zu beseitigen. Glücklicherweise besaß Isabelle noch den größten Teil ihres Geldes. Sie hatte zwei Schatullen voller Silbermünzen zu Beginn der Belagerung im Garten vergraben und sie so vor den Plünderern gerettet.

Zu Rémys grenzenloser Erleichterung hatte sie die Kämpfe unbeschadet überstanden. Ebenso die Mägde. Nicht jedoch Robert Michelet und die Knechte. Die Metzer hatten sie erschlagen, als sie versuchten, das Haus zu verteidigen. Rémy hatte Michelet nicht sonderlich gut gekannt, dennoch erfüllte ihn sein Tod mit Trauer. Der *fattore* hatte bereitwillig sein Leben gegeben, um Isabelle und die Mägde vor den Mordbrennern zu schützen.

Als er wieder in den Keller gehen wollte, sah er einen Mann im offenen Hoftor stehen.

»Louis!« Rémy lief auf den Knecht zu und legte ihm die Hände auf die Schultern. »Wir dachten, ihr seid tot! Was ist geschehen? Wo ist Yves?«

Der alte Knecht wirkte tief erschöpft, seine Kleidung war schmutzig und voller Blutflecken. Eine schlecht verheilte Schnittwunde zog sich über seinen Handrücken. »Ihr wisst, was passiert ist?«, fragte er, während sie zum Haus gingen.

»Meine Mutter hat mir alles erzählt.«

»Als Eure Eltern entkommen waren, konnten wir fliehen. Allerdings war Yves schwer verletzt. Er starb kurz darauf. Ich begrub ihn im Wald bei Chaligny.«

Rémy bekreuzigte sich. Er hatte nicht damit gerechnet, die beiden Knechte wiederzusehen – seine Mutter war davon überzeugt gewesen, dass man sie erschlagen hatte. Trotzdem empfand er tiefe Trauer, als er von Yves' Tod hörte. Dass Louis gegen alle Erwartung lebte, erschien ihm gleichzeitig wie ein Wunder in diesen trostlosen Tagen. Rémy war hin- und hergerissen zwischen Freude und Schmerz und konnte erst wieder sprechen, als sie im Eingangsraum die Treppe hinaufstiegen.

»Wo warst du so lange?«

»Draußen vor der Stadt. Wegen der Belagerung konnte ich nicht hinein. Wo sind Eure Eltern?«

»Meine Mutter ist oben. Sie schläft.«

»Und Euer Vater?« Louis' Stimme war leise und brüchig, als wolle er in Wahrheit keine Antwort auf seine Frage. »Stimmt es, was man sich in der Stadt erzählt?«

»Er ist gestorben«, sagte Rémy knapp. »Seine Verletzungen waren zu schwer.«

Der alte Knecht blieb auf der obersten Stufe stehen und starrte ins Nichts. Vierzig Jahre hatte er Michel gedient. Die beiden Männer waren mehr gewesen als Lohnherr und Knecht – eine tiefe Freundschaft hatte sie verbunden, über alle Grenzen des Standes hinweg. Rémy konnte nur vermuten, was der Verlust für Louis bedeutete. Louis war kein Mann, der seine Gefühle zeigte.

»Komm.« Rémy legte ihm die Hand auf den Rücken. »Sehen wir zu, dass wir dir etwas zu essen auftreiben. Du musst hungrig sein.«

»Ist das Louis?« Marie, die junge Magd, stürzte aus dem Gesellschaftssaal, als sie in den Korridor traten. »Beim heiligen Jacques, du lebst!« Sie warf sich dem Knecht an die Brust und rief: »Kommt alle her! Es ist Louis! Er ist wohlauf!«

Kurz darauf war Louis von Mägden umringt, die ihn weinend umarmten und mit Küssen überschütteten. Samuel strich ihm mit erhobenem Schwanz um die Füße.

Lächelnd stieg Rémy die Treppe hinauf. Er hatte beschlossen, seine Mutter zu wecken. Wenn sie Louis' Heimkehr verschlief, würde sie ihm das nie verzeihen.

Niemand vermochte zu sagen, wie viele Menschen während der Kämpfe um Varennes getötet worden waren. Hundertfünfzig, schätzten die Bruderschaften; zweihundert, sagten die Pfarreien. Jeden Tag lasen die Priester von früh bis spät Totenmessen und schafften es doch nicht, all die Leichen zu bestatten. So war man schließlich gezwungen, die ärmeren Leute in Massengräbern beizusetzen, bevor sie auf offener Straße verwesten.

Bei den Gefallenen handelte es sich keineswegs nur um Stadtknechte oder Männer der Bürgerwehr. Die Metzer hatten wahllos gemordet und Frauen, Kinder und Alte erschlagen. Auch hochgestellte Bürger wie die Ratsherren Guichard Bonet und Odard Le Roux sowie mehrere Kaufleute, darunter René Albert, waren ihrer Mordlust zum Opfer gefallen. Viele andere waren bei den Kämpfen so schwer verwundet worden, dass sie keiner Arbeit mehr nachgehen konnten und fürderhin auf die Barmherzigkeit ihrer Familien und Bruderschaften angewiesen sein würden.

Auch die wirtschaftlichen Schäden der Fehde waren immens: kaum ein Haushalt, der nicht ausgeraubt und verwüstet worden war. Besonders die Kaufleute hatte es hart getroffen. Die Plünderer hatten ihnen Kisten voller Silber, kostbare Tuche und wertvolle Gewürze gestohlen. Die Mitglieder der Gilde waren sich einig, dass es Jahre dauern würde, bis man sich davon erholt haben würde. Einige Schwurbrüder dachten deshalb darüber nach, Varennes zu verlassen und anderswo ihr Glück zu suchen.

Das blieb nicht ohne Folgen. Bereits wenige Tage nach der Belagerung wurden die Nahrungsmittel knapp. Überall fehlte es am Notwendigen. Varennes standen harte Zeiten bevor.

Die Metzer überließen die Stadt ihrem Schicksal. Nach vier Tagen zog der Hauptteil des Heeres ab und nahm ganze Wagenzüge voller Beutegut mit. Mit der Streitmacht der Paraiges verließen auch die Geiseln Varennes. Fünfzehn Männer gingen in Gefangenschaft, einer von jeder Bruderschaft. Die Kaufmannsgilde hatte per Los entschieden, welches ihrer Mitglieder nach Metz gehen würde. Das Schicksal wählte Henri Duval. Die Zukunft der Geiseln war ungewiss. Ob sie je wieder freikommen würden, stand in den Sternen.

Von nun an gehörte Varennes Lefèvre, und er gedachte mit harter Hand zu herrschen, daran ließ er keinen Zweifel. Gleich am ersten Abend nach dem Abzug der Metzer ließ er zwei Gesellen verhaften, die in der Schenke seinen Namen geschmäht hatten. Zwei Sergeanten schlossen die jungen Burschen im Pranger fest und prügelten sie halbtot.

»So ergeht es jedem, der gegen die Republik Metz und ihren Statthalter Anseau Lefèvre aufbegehrt!«, rief der Hauptmann der Sergeanten der Menge auf dem Domplatz zu. »Ferner wird jeder bestraft, der eine Waffe trägt, sich den Befehlen des Statthalters widersetzt oder das Stadtvolk zum Aufruhr anstiftet, gleichgültig, ob Mann, Frau oder Kind. Geht jetzt nach Hause und dankt Gott, dass eure neuen Herren so gnädig waren, diese verkommene Stadt nicht zu schleifen.«

Während sich die Menge zerstreute, stand Lefèvre an einem Fenster des Rathauses und lächelte dünn.

Épinal

Rémy hielt es für zu riskant, nach Épinal zu reiten, solange Roger Bellegrée in Varennes weilte. Zwar hatte Roger behauptet, er habe nicht die Absicht, Philippine etwas anzutun, aber darauf wollte er sich nicht verlassen. Roger war rachsüchtig und launenhaft. Wenn er mitbekam, dass Rémy Philippine aufsuchte, änderte er womöglich seine Meinung und beschloss, ihm zu folgen, um sie aufzuspüren und nach Metz zu verschleppen.

Also wartete Rémy, bis das Heer der Metzer Varennes verlassen hatte, ehe er nach Épinal aufbrach. Den Sergeanten, die am Salztor Wache standen, zeigte er sein Exemplar der *Brevitate vitae* und machte ihnen weis, er müsse es einem Patrizier in Saint-Dié-des-Vosges bringen, der seit Tagen auf das Buch warte. Die Männer nahmen ihm die Lüge ab: Niemand folgte ihm, als er am Ufer der Mosel gen Süden ritt.

Er erreichte Épinal bei Einbruch der Dunkelheit, kurz bevor man die Stadttore schloss. Der Schankraum der Herberge war so gut wie leer. An einem Tisch saßen zwei elsässische Kaufleute und unterhielten sich leise, als planten sie eine Verschwörung; an einem anderen kauerte ein einsamer Fuhrmann und hielt sich an seinem Humpen fest. Die übrigen Tische waren verwaist.

Die Tür von Philippines Kammer im Obergeschoss stand offen. Philippine saß am Fußende ihres Schlaflagers und flickte mit Nadel und Faden einen Schuh. Ein Kienspan spendete ihr flackernd Licht. Als sie ihn hereinkommen hörte, sprang sie auf und fiel ihm um den Hals.

»Heilige Muttergottes, du lebst! Ich hatte solche Angst um dich. Ich dachte, dir wäre etwas zugestoßen.« Sie überschüttete ihn mit Küssen.

Er schloss sie in die Arme. »Ich konnte nicht früher kommen. Roger war bis heute Morgen in Varennes, ich wollte nicht riskieren, ihn zu dir zu führen.«

Er schloss die Tür, und sie setzten sich aufs Bett.

»Dein Vater«, begann sie zögernd. »Ist es wahr, was man sich erzählt?«

»Was hast du gehört?«

»Dass er bei den Kämpfen gefallen sein soll.«

»Man hat ihm aufgelauert, als er zum Herzog ritt. Soldaten aus Metz. Er konnte fliehen, aber dabei wurde er schwer verletzt. Zwei Tage später starb er.«

»Oh, Rémy.« Sie ergriff seine Hand, küsste ihn auf die Wange und legte den Kopf auf seine Schulter. Ihre Nähe ließ die Trauer nicht verschwinden, linderte sie nicht einmal. Und doch war ihm zum ersten Mal seit Tagen leichter ums Herz.

»Konntest du dich von ihm verabschieden?«

»Ja.«

»Das ist gut.« Sie streichelte seine Hand.

Seine Stimme klang rau und belegt. Er schluckte den Kloß in der Kehle herunter. »Ich kann nicht mit dir fortgehen. Nicht nach allem, was geschehen ist. Das käme mir wie Verrat an meinem Vater vor.«

Philippine nickte, und er wusste, dass sie ihn verstand. »Kann ich mit dir nach Varennes gehen?«

»Das halte ich für zu gefährlich. Man hat uns wegen Ehebruch verurteilt. Roger hat mir zwar gesagt, dass man die Strafe nicht vollstrecken will, solange wir uns von Metz fernhalten. Aber ich bezweifle, dass wir uns auf sein Wort verlassen können.«

»Du hast ihn getroffen?«

»Er hat mich aufgesucht, nachdem die Stadt gefallen war.«

»Er hat dir doch nichts angetan?«

»Er hat nur geredet«, beruhigte Rémy sie. Die Einzelheiten jener unerfreulichen Begegnung musste sie nicht erfahren. »Jedenfalls halte ich es für das Beste, dass du vorerst hierbleibst.«

»Sucht er noch nach mir?«

»Ich denke nicht. Aber sicher ist sicher.«

»Meinen Besitz hat er eingezogen, nehme ich an.«

Rémy nickte.

»Dieser Bastard«, murmelte Philippine. Sie wandte den Blick ab und kaute auf der Unterlippe.

»He«, meinte er und legte ihr die Hände auf die Schultern. »Wir finden eine Lösung für all das. Vertrau mir.«

»Ich muss dir etwas sagen, Rémy. Es wird dir nicht gefallen.« Sie blickte ihm in die Augen. »Ich bin schwanger.«

Er dachte, er hätte sich verhört. »Schwanger?«, echote er.

»Ich vermute es seit einer Weile, aber erst seit gestern bin ich sicher.«

Rémy saß da wie vom Donner gerührt. »Aber das ist nicht möglich«, brachte er schließlich hervor. »Du kannst keine … ich meine …«

»Ja«, sagte sie. »Das dachte ich auch all die Jahre. Offenbar lag ich falsch. Ich irre mich nicht«, fügte sie hinzu. »Ich kann spüren, wie es sich bewegt.«

Er stand auf, ging in der Stube umher und fuhr sich durch das Haar am Hinterkopf.

»Ich weiß, der Moment könnte nicht ungünstiger sein. Es tut mir leid«, sagte sie leise.

Er ging vor ihr auf die Knie, nahm ihre Hände in seine. »Das ist doch nichts, was dir leidtun muss. Es ist … wundervoll.«

»Ist es das?«

»Natürlich. Wir bekommen ein Kind. Das ist die beste Nachricht seit Langem.« Trotz all der Trauer, trotz all der Sorgen, die ihn bedrückten, fühlte Rémy warme Freude in sich aufsteigen.

»Aber das macht alles noch schwieriger.«

»Wir schaffen das.«

Endlich lächelte auch sie. »Komm her.«

Er setzte sich neben sie, und sie legte seine Hand auf ihren Bauch.

»Kannst du es spüren?«

»Ich weiß nicht …«

»Abends ist es besonders lebhaft. Aber manchmal muss man eine Weile warten, bis man etwas spürt …«

»Da!«, rief er. »Da ist es.«

»Ja.« Philippine strahlte.

»Unser Kind.« Ein unerhörter Gedanke. Ein wunderbarer Gedanke. »Wann wird es zur Welt kommen?«

»Im Februar oder März, wenn es gesund ist.«

»Also müssen wir spätestens zu Lichtmess heiraten.«

»Wie soll das gehen, du dummer Kerl?«

»Roger wird uns nicht im Weg stehen. Er will den Ehebruch benutzen, um endlich die Scheidung durchzusetzen.«

»Das ändert nichts daran, dass ich der Infamie verfallen bin. Wenn du mich heiratest, bringst du Schande über dich.«

»Das ist mir egal. Unser Kind braucht eine Familie. Das ist wichtiger als alles andere.«

»Du bist noch verrückter, als ich dachte.«

Rémy rieb sich die Nase. Die Nachricht von ihrer Schwangerschaft hatte ihn derart aus der Fassung gebracht, dass er seine Gedanken ordnen musste.

»Wie geht es jetzt weiter?«, fragte Philippine.

»Ich muss zurück nach Varennes, einige Dinge klären.«

»Ist es dort für dich nicht genauso gefährlich wie für mich?«

»Wenn Roger sich an mir rächen wollte, hätte er es längst getan. Mach dir meinetwegen keine Sorgen. Es wird auch nicht lange dauern, höchstens zwei, drei Tage. Kannst du so lange warten?«

»Ich komme schon zurecht. Ich wünschte nur, ich hätte ein Buch, um mir die Zeit zu vertreiben.«

Rémy öffnete seine Tasche und reichte ihr die *Brevitate vitae.* »Du kennst es zwar schon, aber besser als nichts.«

»Das Buch, mit dem alles anfing, nicht wahr?«, murmelte sie und strich mit den Fingerkuppen über den Ledereinband. »Willst du gleich aufbrechen?«

»Wenn ich Ende der Woche zurückreite, ist das früh genug. Die nächsten Tage gehöre ich ganz dir.«

Er nahm sie in den Arm, und so saßen sie lange da.

»Darf ich noch mal?«, fragte er schließlich.

Lächelnd legte sie seine Hand auf ihren Bauch.

Varennes-Saint-Jacques

Der Dreckmeister und seine Gehilfen hatten sauber gearbeitet. Sie hatten die zerschlagene Einrichtung fortgeschafft, alle Spuren der Kämpfe beseitigt, die Räume ausgefegt. Das Haus war blitzblank vom Dachstuhl bis zum Keller. Lefèvre beschloss, noch heute seine behelfsmäßige Unterkunft im Rathaus zu räumen und in sein altes Heim in der Rue de l'Épicier zurückzukehren. Hier fühlte er sich immer noch am wohlsten.

Das Beste war: Er konnte einfach einziehen, ohne sich mit dem vormaligen Besitzer herumschlagen zu müssen. Philippe de Neufchâteau, der ihm das Haus vor einigen Wochen abgekauft hatte, war tot. Die Metzer hatten den Kaufmann und dessen Weib erschlagen, als sie das Anwesen plünderten. Da Philippe keine Erben hatte, fiel sein gesamter Besitz an die Stadt, mithin an ihren neuen Herrn.

Er streifte durch die Kammern und überlegte sich, was von Philippes Einrichtung er behalten wollte. Das Bett sah ausgesprochen bequem aus – er entschied, es nicht durch ein neues zu ersetzen. Die meisten anderen Räume waren wegen der Plünderung recht kahl. Sie neu einzurichten, würde viel Geld kosten. Außerdem musste er die Kriegsschäden beseitigen – die Wagenremise war von Schleudersteinen getroffen und zerstört worden –, neue Hausbediente einstellen und sich Gewänder schneidern lassen. Der Statthalter von Varennes-Saint-Jacques brauchte schließlich standesgemäße Kleidung für jeden Anlass.

Seinen geheimen Keller nicht zu vergessen. Er konnte es kaum erwarten, ihn zu öffnen und neu zu bestücken.

Leider war er immer noch knapp bei Kasse.

Er begab sich zum Rathaus. Da die Metzer den Rat der Zwölf aufgelöst hatten, gab es zurzeit nur eine behelfsmäßige städtische Verwaltung. Den Frieden wahrten Sergeanten, sie standen an den Toren und schritten in kleinen Gruppen durch die Gassen. Die schwarz-weiß gekleideten Büttel gehörten zu einer Truppe von hundertzwanzig Mann, die Robert Gournais zurückgelassen hatte, um die Stadt gegen Unruhen und Aufstände zu sichern. Unterstützt wurden sie dabei von jenen einheimischen Stadtknechten, die die Kämpfe überlebt hatten. Lefèvre hielt es für unklug, seine Herrschaft allein auf Soldaten von außerhalb zu stützen, deren Treue im Zweifelsfall den Treize jurés galt. Er brauchte Männer, die ihm und nur ihm loyal ergeben waren. Also hatte er durchgesetzt, dass man den Stadtknechten die Waffen zurückgab und ihnen gestattete, weiter ihren Dienst zu versehen. Im Gegenzug hatten sie ihm die Treue geschworen und beim Heil ihrer Seelen gelobt, niemals das Schwert gegen die neuen Herren aus Metz zu erheben.

Einen Schultheißen gab es derzeit nicht, auch keinen Münzmeister und keinen obersten Zöllner. Die Metzer würden die wichtigsten städtischen Ämter in den kommenden Wochen mit Männern aus den Reihen der Paraiges besetzen. Bis dahin führte Lefèvre das Stadtregiment allein. Damit die Verwaltung Varennes' handlungsfähig blieb, hatten die Metzer all die Beamten, die keine wichtigen Befugnisse hatten, nicht entlassen und durch ihre Leute ersetzt. Der Stadtschreiber, die Ausrufer, die Marktaufseher und die vielen anderen niederen städtischen Bediensteten durften ihre Posten behalten, solange sie schworen, Lefèvre, dem Schöffenmeister von Metz und den Treize jurés treu zu dienen.

Einer dieser Amtsträger war der Kämmerer. Lefèvre rief zwei Stadtknechte zu sich und suchte ihn in seiner Stube auf, wo der Mann seit dem Fall der Stadt saß und Steuereinnahmen zählte, als wäre nichts geschehen.

»Führt mich zur Schatzkammer.«

»Gewiss, Herr.« Der Kämmerer nahm den Schlüsselring vom Haken und ging voraus. Im Keller des Rathauses betraten sie einen Gewölberaum, der mit einer eisenbeschlagenen Tür gesichert war und mehrere große Schatullen enthielt. Lefèvre wies den Kämmerer an, die Truhen aufzuschließen. Die meisten waren leer.

»Wo ist das ganze Silber hin?«

»Nun, die Verteidigung der Stadt hat viel Geld gekostet«, erklärte der Kämmerer. »Außerdem haben die Metzer einen großen Batzen mitgenommen.« Er spähte auf seine Liste. »Fast hundert Pfund, um genau zu sein.«

Vier Schatullen waren etwa halb voll. Lefèvre deutete auf jene, die die meisten Münzen enthielt. »Bringt sie zu meinem Haus«, befahl er den Stadtknechten.

»Was habt Ihr mit dem Geld vor, wenn Ihr mir meine Neugier gestattet?«, fragte der Kämmerer zögernd.

»Ich muss verschiedene Anschaffungen tätigen, mein Haus einrichten, Gewänder kaufen und dergleichen«, antwortete Lefèvre ungehalten. »Oder erwartest du, dass der Statthalter von Varennes herumläuft wie ein Bettelmönch?«

»Aber dieses Geld ist für bestimmte Zwecke vorgesehen.

Wir müssen damit die städtischen Bediensteten bezahlen. Außerdem wurde die Stadtmauer während der Belagerung beschädigt. Sie auszubessern wird gewiss teuer …«

Lefèvre musste den Kämmerer nur anblicken, damit er den Mund hielt.

Die beiden Stadtknechte hoben die Schatulle an und trugen sie nach oben.

Will bewunderte die Menschen von Varennes. Obwohl sie Schreckliches erlebt hatten, verloren sie niemals den Lebenswillen. Gewiss, sie verfluchten ihr Schicksal und haderten mit Gott, aber sie gaben sich nicht auf. Sie beweinten ihre Toten und beseitigten die Zerstörungen; anschließend kehrten sie in die Werkstätten und auf die Felder zurück und verrichteten ihre Arbeit, sodass schon bald wieder so etwas wie Alltag in Varennes herrschte.

Natürlich saß vielen das Grauen noch tief im Leib. Hinter vorgehaltener Hand verteufelten sie Lefèvre, die Paraiges und jene Männer, die ihnen die Freiheit genommen hatten. Doch mit jedem Tag, der ins Land zog, sprachen sie seltener über die Fehde und jene Blutnacht, als ihre Heimat zum ersten Mal seit Menschengedenken von einem feindlichen Heer erobert worden war. Sie schauten nach vorne und versuchten, die Vergangenheit zu vergessen.

Wären die zahlreichen zerstörten Gebäude nicht gewesen, einem Besucher aus der Fremde wäre nicht aufgefallen, dass Varennes erst kürzlich Schauplatz blutiger Kämpfe gewesen war. Die Schuster machten Schuhe, die Schmiede Hufeisen und die Weber Kleider. Kinder spielten in den Höfen. Das Vieh blökte und schiss in den Straßenschlamm. Die Leute gingen zum Markt, fütterten die Hühner und tratschten mit den Nachbarn. Nur ein wachsamer Beobachter bemerkte all die kleinen Spuren vergangener Schrecken. Die abgespannten Gesichter. Die Gespräche, die plötzlich verstummten, wenn

Sergeanten des Weges kamen. Die kaum verheilten Wunden, die sich unter Kitteln und Bruchen verbargen.

Will wollte seinen Beitrag leisten, dass das Leben bald wieder seinen gewohnten Gang ging und die Menschen mit Zuversicht in die Zukunft blicken konnten. Also machte er sich eines Morgens auf zum Marktplatz und suchte den städtischen Ausrufer, der üblicherweise um diese Tageszeit wichtige Neuigkeiten verkündete.

Der Mann wollte gerade mit seiner Arbeit beginnen und stieg auf sein Podest. »Gott zum Gruße, Magister Will. Was kann ich für Euch tun?«

»Ab morgen halte ich wieder Unterricht. Könnt Ihr bekanntgeben, dass sich meine Schüler zur Prim in der Schule einfinden sollen?«

»Gewiss.«

Der Allmächtige hatte den Ausrufer mit einer dröhnenden Stimme gesegnet, sodass es ihm mühelos gelang, das lärmende Treiben an den Marktständen zu übertönen. Nachdem er einige Nachrichten der Gilde und der Bruderschaften verkündet hatte, rief er Wills Anliegen aus. Zum Dank steckte Will ihm einen Denier zu.

Anschließend ging er zum Salzmarkt und schloss die Schule auf. Die Eingangstür war neu. Rémy hatte sie vor einigen Tagen eingesetzt, denn Plünderer hatten die alte aufgebrochen und zerschlagen. Die Schule selbst hatten sie verwüstet, doch da es hier nichts von Wert gab, waren sie abgezogen, ohne ernstlichen Schaden anzurichten. Inzwischen hatten Will und Rémy alles aufgeräumt und die Bücher zurückgebracht, denn sie beide klammerten sich an die Hoffnung, dass die Schule weiterbestehen würde.

Bisher war Will nichts Gegenteiliges zu Ohren gekommen. Niemand hatte ihn entlassen, und gestern im Rathaus hatte man ihm anstandslos seinen Wochenlohn ausbezahlt. Wie es schien, stand er nach wie vor als Lehrer in städtischen Diensten. Natürlich hätte er sich bei der Obrigkeit erkundigen können, wie es um die Schule stand, doch er wollte keine schlafenden Hunde wecken. Er hielt es für klüger, einfach mit dem Unterricht weiterzumachen, als wäre nichts geschehen. Wenn das den neuen Herren Varennes' nicht passte, würden sie es ihn schon wissen lassen.

Er zündete einen Kienspan an, setzte sich mit der *Ars minor* und einer Wachstafel ans Pult und begann, die morgige Lectura vorzubereiten.

Es war noch dunkel, als seine Schüler erschienen. Müde begrüßten sie ihn, nahmen ihre Talglichter aus der Kiste und schlurften zu ihren Plätzen. Will wartete, bis sich der Saal gefüllt hatte, ehe er die Jungen durchzählte.

»Wo sind Jacques und Honoré?«

Es meldete sich ein Junge, der in derselben Gasse wie die beiden wohnte. »Sie … werden nicht kommen, Magister«, erklärte er stockend, und als Will den Schmerz in dem blassen Kindergesicht sah, verengte sich seine Kehle. Er schloss für einen Moment die Augen.

»Lasst uns für ihre Seelen beten«, sagte er mit zitternder Stimme. Will faltete die Hände, senkte das Haupt und sprach einen Bußpsalm.

»›Doch bei dir ist Vergebung. Meine Seele wartet auf den Herrn. Denn beim Herrn ist reiche Erlösung.‹«

Die Schüler wiederholten die heiligen Worte. Als die letzten Silben verklungen waren, herrschte Stille im Saal. Sechsunddreißig Augenpaare blickten zu ihm auf.

Will räusperte sich und schlug das Buch auf. »Wir beginnen mit der Lehre der Wortarten aus der *Ars minor* von Donatus. Sprecht mir nach …«

Bald erfüllte vielstimmiges Murmeln den Raum. Will schritt durch die Reihen und ließ seine Schüler die Sätze und Wörter so oft wiederholen, bis sie Rhythmus und Aussprache verinnerlicht hatten. Die monotone Wiedergabe der lateinischen Phrasen zwang die Jungen, an nichts anderes zu denken. Die kühle Logik jener uralten Sprache hatte für Will seit jeher etwas Tröstliches – ihre Grammatik folgte einer strengen Ordnung, die einen vergessen ließ, dass die Welt chaotisch, unberechenbar und grausam war. Sogleich spürte er, wie ihm ein wenig leichter ums Herz wurde, wie die Erinnerungen an die Blutnacht wenigstens für den Moment ihre Macht verloren.

Und wenn ihm die Lectura half, half sie gewiss auch seinen Schülern.

Gleichförmig verstrichen die Tage. Die letzte Oktoberwoche brachte Varennes feuchte Kälte und einen zähen Nebel, der vom Fluss heraufzog und sich in den Gassen und Höfen festsetzte wie ein lästiger Gast, der seine Abreise ständig hinausschob.

Isabelle bemerkte von alldem kaum etwas. Ziellos streifte sie durch Kammern und Flure, verweilte mal im Schlafgemach, mal in der Schreibstube, von der aus sie auf die Straße hinausblickte, ohne wirklich etwas zu sehen. Was kümmerte sie die Wirklichkeit? Ihre Erinnerungen waren so viel lebendiger.

Sie dachte an ihre erste Begegnung mit Michel, als er von Mailand heimgekehrt war, damals, vor vierzig Jahren. An all die heimlichen Treffen und gestohlenen Küsse jenes Sommers, der ihr inzwischen wie ein rauschhafter Traum erschien. Es war der Beginn ihrer Liebe gewesen, einer Liebe, die nie wieder erloschen war, allen Hindernissen zum Trotz.

Das Schicksal hatte sie getrennt und wieder zusammengeführt, es hatte ihnen Rémy geschenkt und dieses Haus in der Rue de l'Épicier. Hier hatten sie geheiratet, sich geliebt, gestritten und sich wieder versöhnt. Hier hatten sie Pläne für die Zukunft geschmiedet und über die Fehler der Vergangenheit gelacht. Sie hatten immer viel gelacht, wenn sie zusammen waren.

So viele Bilder. So viele Erinnerungen …

Manchmal ertappte Isabelle sich dabei, wie sie mit Michel sprach. Ein Teil von ihr weigerte sich zu begreifen, dass er nicht mehr da war. Wenn die Hausbedienten das mitbekamen, taten sie stets so, als hätten sie nichts gehört. Meist brachte ihr Marie kurz darauf etwas heißen Wein und bot an, ihr das Haar zu bürsten.

Michel und sie hatten ihr ganzes Leben miteinander verbracht. Sie wusste nicht, was sie ohne ihn tun sollte.

Sie musste Entscheidungen treffen. Was würde jetzt mit dem Haus geschehen? Mit dem übrigen Besitz? Dem Gesetz nach erbte Rémy alles, doch er hatte bereits angedeutet, dass er sein Erbe ihr überlassen würde, damit sie das Geschäft weiterführen konnte. Wollte sie das überhaupt? Sie war jetzt achtundfünfzig Jahre alt. Hatte sie noch die Kraft und die Ausdauer, Handel zu treiben, durch das Land zu reisen und Konkurrenten die Stirn zu bieten?

Vielleicht sollte sie bei den Beginen eintreten. Diese Gemeinschaft von Frauen lebte in Gebet, Armut und Keuschheit, ohne jedoch ein Ordensgelübde abgelegt zu haben. Sie unterhielten einen Hof in Varennes, in dem Isabelle in jungen Jahren einige Zeit zugebracht hatte. Wenngleich sie der Kongregation damals nicht ganz freiwillig beigetreten war, dachte sie gern an jene Jahre zurück. Die grauen Schwestern hatten ihr Freundschaft geschenkt und Verständnis entgegengebracht, als die ganze Stadt mit dem Finger auf sie zeigte, weil sie ihre Ehre verloren hatte. Gewiss würde sie dort auch diesmal Trost und Geborgenheit finden.

Sie musste darüber nachdenken. Sie brauchte Zeit, um Klarheit darüber zu gewinnen, was sie mit ihrem Lebensabend anfangen wollte. Sie war jetzt Witwe und hatte noch lange nicht begriffen, was das hieß.

Das waren ihre Gedanken, als Louis anklopfte. Samuel, den sie gerade gestreichelt hatte, sprang von ihrem Schoß, setzte sich in die Fensternische und begann, sich zu putzen.

»Meister Rémy ist da«, sagte der Knecht.

Erst jetzt spürte Isabelle, wie kalt es in der Stube war. Sie schürte das Feuer und schloss die Fenster. Man konnte förmlich spüren, wie sich die Dunkelheit gegen die Läden presste und der Nebel nach Ritzen im Holz suchte.

Rémy kam herein und umarmte sie zur Begrüßung.

»Louis, bring uns etwas Würzwein. Wo warst du die letzten Tage?«, fragte Isabelle ihren Sohn.

»Bei Philippine.«

»Wie geht es ihr?«

Rémy überging ihre Frage. Er wirkte ernst und konzentriert. »Wir müssen etwas bereden, Mutter. Es wird schmerzlich für dich werden, aber ich kann dir das leider nicht ersparen.«

Sie nickte. »Setzen wir uns.«

Sie nahmen am Kaminfeuer Platz. Seine Mutter trug das weiße Trauergewand, das sie seit Michels Begräbnis kaum je ablegte. Rémy erschien es, als wäre sie in den letzten zwei Wochen um Jahre gealtert. Der Kummer hatte tiefe Linien in ihr Antlitz gegraben.

»Der Überfall auf euch«, begann er, »wie genau ging er vonstatten?«

»Wieso willst du das wissen?«

»Die Metzer haben das Fehderecht gebrochen. Wenn es mir gelingt, das zu beweisen, kann ich Roger und Robert Gournais für den Mord an Vater zur Rechenschaft ziehen.«

»Vor welchem Gericht? Allein der König ist mächtig genug, sie zu strafen.«

Rémy nickte. »Ich will vor der Hofkanzlei Anklage erheben. Aber dafür brauche ich hieb- und stichfeste Beweise.«

»Es gibt keine.«

»Erzähl mir genau, was passiert ist«, beharrte er.

»Wir durchquerten gerade einen Wald, vielleicht eine Wegstunde vor Nancy, als sie auftauchten. Sie brachen aus dem

Unterholz und umzingelten uns, ein knappes Dutzend Männer, gekleidet wie Gesetzlose. Aber unter ihren Lumpen trugen sie Rüstungen.« Es fiel ihr sichtlich schwer, über diesen schrecklichen Augenblick zu sprechen, in der Erinnerung alles noch einmal zu durchleben.

»Woher wusstet ihr, dass es Soldaten aus Metz waren?«

»Wer soll es sonst gewesen sein?«

»Ich brauche keine Vermutungen, sondern Tatsachen. Kannst du zweifelsfrei bezeugen, dass es Handlanger der Treize waren? Gaben sie sich als Sergeanten zu erkennen? Hast du wenigstens Abzeichen an ihren Waffenröcken gesehen?«

»Nein.«

»Denk noch einmal gründlich nach. Bitte, Mutter.«

»Das habe ich schon hundert Mal«, entgegnete Isabelle unwirsch. »Wenn es eindeutige Beweise gäbe – glaubst du, ich würde hier herumsitzen? Ich hätte längst Himmel und Hölle in Bewegung gesetzt, um die Mörder deines Vaters an den Galgen zu bringen.«

Rémy verfiel in Schweigen. All das reichte bei Weitem nicht aus, um die Metzer beim König anzuklagen, zumal unabhängige Zeugen für den Vorfall fehlten. Zwar hatte Roger ihm gegenüber mehr oder weniger zugegeben, den Angriff befohlen zu haben – *»Dass Euer Vater starb, bedaure ich. Das lag nicht in meiner Absicht …«* –, allerdings war dieses Geständnis wertlos, denn Roger würde kaum so dumm sein, es vor dem König zu wiederholen.

Nein. Auf diese Weise kam er ihren Feinden nicht bei.

»Gräme dich nicht«, sagte seine Mutter, sanfter nun. »Irgendwann werden wir einen Weg finden, uns zu rächen. Gott ist gerecht – er wird nicht zulassen, dass Michels Tod auf ewig ungesühnt bleibt.«

Rémy wünschte, er hätte ihr Gottvertrauen. Schweigend starrte er ins Kaminfeuer. Nach einer Weile sagte er: »Philippine erwartet ein Kind.«

Isabelle blickte auf. »Ach.«

»Sie kann sich das nicht erklären.« Er schüttelte den Kopf. »Es muss ein Wunder sein.«

»Nun ja«, meinte seine Mutter. »Ich halte es für wahrscheinlicher, dass der Medicus, der sie damals untersucht hat, einfach unfähig ist. Und war in diese Sache nicht auch ein Priester verwickelt? Diese Leute sind nicht gerade dafür bekannt, dass sie etwas vom weiblichen Körper verstehen.«

»Wie auch immer. Ich werde Vater. Wer hätte das gedacht?«

»Ich hatte die Hoffnung schon aufgegeben.« Sie ergriff seine Hand und lächelte zum ersten Mal seit vielen Tagen. »Das ist wundervoll, Rémy. Bei Gott, ich werde Großmutter!«

»Ich brauche deinen Rat«, sagte er. »Ich will für Philippine da sein. Für unser Kind. Aber ich weiß nicht, wie. Ich fürchte, wenn wir zusammen sein wollen, werden wir fortgehen müssen.«

»Was hält euch auf?«

»Ich habe Vater ein Versprechen gegeben. Daran fühle ich mich gebunden, nun mehr denn je, da sein Lebenswerk in Trümmern liegt.«

»Du meinst das Versprechen, dich um Varennes zu kümmern.«

Rémy nickte. »Vater hat geahnt, was uns bevorsteht. Er wollte, dass ich alles tue, um Varennes die Freiheit zurückzugeben.«

»Das hat er nicht gesagt.«

»Aber darauf läuft es hinaus, oder?«

Isabelle blickte ihn an. »Ist es wirklich das Versprechen, das dich hier hält? Nicht vielmehr die vermeintliche Schuld, die du verspürst?« Als er nicht antwortete, sagte sie: »Damit ist keinem gedient, Rémy, am wenigsten dir selbst. Deshalb wollte dein Vater, dass du dich nicht länger damit quälst. Er wollte, dass du nach vorne schaust.«

»Dann sag mir, was ich tun soll.«

»Bürde dir keine Verpflichtung auf, die zu groß ist für einen Mann. Hast du gedacht, du könntest die Leute zum Widerstand gegen die Sergeanten aufstacheln? Lefèvre bekämpfen? Das ist doch abwegig. Wir sind besiegt. Es steht nicht in deiner Macht, die Metzer zu verjagen.«

Das waren genau die Überlegungen, die er auch schon angestellt hatte. Nun, da seine Mutter sie aussprach, erkannte Rémy, wie töricht sie waren. »Aber irgendetwas muss ich tun können.«

»Wie hat dein Vater immer gesagt? ›*Wenn eine Aufgabe so schwierig ist, dass sie undurchführbar erscheint, zerleg sie in einzelne Schritte.*‹«

»›*Geh einen nach dem anderen und fang mit dem ersten an.*‹« Lächelnd rieb Rémy sich die Nase. Ja, das hatte sein alter Herr oft und gern gesagt. Er konnte förmlich hören, wie Michel ihn belehrte, Herausforderungen stets mit Logik und Wirklichkeitssinn zu begegnen.

»Was also ist dein erster Schritt?«, fragte Isabelle.

»Ich suche für Philippine eine Unterkunft in der Nähe, damit ich sie jeden Tag sehen kann.«

Seine Mutter nickte. »Wir haben Land, das wir nicht nutzen. Dort bauen wir ihr eine Hütte.«

»Es muss Land außerhalb der Stadtmark sein, damit Rogers Leute sie nicht finden.«

»Es gibt ein Feld bei Savigny, eine Stunde mit dem Pferd entfernt. Ein wenig abgelegen, sodass man es vom Dorf aus nicht sehen kann. Wir verpachten es gerade nicht – du kannst es haben.«

»Hab Dank, Mutter.«

»Und dein zweiter Schritt?«

»Vater wollte, dass ich den Menschen in dieser Zeit der Not beistehe. Ich werde helfen, die zerstörten Häuser wiederaufzubauen, damit die Bewohner wieder eine Unterkunft haben, bevor der Winter kommt.«

Isabelle lächelte. »Siehst du? Das war doch gar nicht so schwer. Und was alles andere betrifft – es wird sich finden. Momentan mag unsere Lage aussichtslos erscheinen, aber das wird nicht so bleiben. Irgendwann wirst du wissen, wie du mehr tun kannst. Hab Geduld.«

Es war richtig gewesen, seine weise und lebenskluge Mutter um Rat zu fragen: Zum ersten Mal seit vielen, vielen Tagen fühlte sich Rémy den Herausforderungen der Zukunft gewachsen.

Er blickte wieder ins Kaminfeuer, bis die Flammen herabsanken und kaum mehr als Glut übrig war.

»Bitte den rechten Arm ausstrecken«, sagte der Schneider und legte den Zollstock an.

»Welchen Stoff empfehlt Ihr?« Lefèvre stand halb nackt in der Stube, nur in eine Bruche gekleidet.

»Italienischen Damast oder *panno pratese*. Immerhin ist das Gewand für öffentliche Anlässe gedacht, und der Stadtherr sollte sich von der Menge abheben. Allerdings sind diese Tuche nicht eben billig. Falls Ihr etwas Preiswerteres wünscht, kann ich gewiss etwas Schönes aus flandrischem Leinen fertigen.«

»Am Geld soll es nicht scheitern«, erklärte Lefèvre zufrieden.

Der Schneider vermaß ihn von Kopf bis Fuß und beriet ihn dabei über verschiedene Schnitte und Tuchfarben. Kaum dass sie fertig waren, kam einer der neuen Knechte herein, die Lefèvre vor einigen Tagen eingestellt hatte.

»Abbé Wigéric von der Abtei Longchamp möchte Euch sprechen, Herr.«

Lefèvre runzelte die Stirn. Seit er gegenüber Pater Arnaut den Allmächtigen geschmäht hatte, wurde die Kirche nicht müde, ihn öffentlich zu verdammen. Manch ein Kleriker hielt ihn gar für den leibhaftigen Antichristen. Dass sich der Vorsteher des mächtigsten Klosters Varennes' genötigt sah, ihn persönlich aufzusuchen, konnte nur eines bedeuten: Der Mann brauchte etwas, was ihm nur der Stadtherr geben konnte. »Führ ihn herauf«, befahl er dem Bediensteten und schlüpfte in sein Gewand.

Als Abbé Wigéric die Stube betrat, neigte er den Kopf in einer widerwilligen Geste der Ehrerbietung, wodurch sein Kinn in den Speckfalten am Hals versank. Im trüben Morgenlicht, das durch das Fenster kroch, wirkte der Abt bleich und kränklich, aber vielleicht war er wirklich nicht ganz gesund. Ein derart fetter und aufgedunsener Mann litt gewiss an tausend kleinen Gebrechen, zumal bei diesem scheußlichen Wetter.

»Euer Gnaden«, sagte Lefèvre kühl. »Wie komme ich zu dieser Ehre?«

Es gelang Wigéric nur unzureichend, seine Abscheu vor ihm zu verbergen. »Es geht um eine Angelegenheit von höchster Wichtigkeit. Können wir ungestört sprechen?«

Lefèvre schickte den Schneider und den Knecht hinaus und schloss die Tür. Die Treppen zu erklimmen, hatte Wigéric sichtlich erschöpft, und er schielte zu den Stühlen vor dem Kamin. Lefèvre bot ihm nicht an, sich zu setzen.

»Wie kann ich Euch helfen?«

»Es geht um Rémy Fleury, den Buchmaler«, erklärte der Abt.

»Euren besonderen Freund.« Lefèvre lächelte dünn.

»Der Mann ist ein Sünder und ein Ehebrecher«, sagte der Kirchenmann. »Trotzdem habt Ihr ihn bislang nicht für seine Verfehlungen zur Rechenschaft gezogen. Er läuft frei herum und verhöhnt die braven Christen Varennes' mit seiner bloßen Anwesenheit.«

»Keine Angst, ich habe nicht vor, ihn davonkommen zu lassen. Beim nächsten Gerichtstag ist er fällig.«

Eigentlich war für Vergehen wie Ehebruch der Bischof zuständig, aber die Treize jurés hatten entschieden, jegliche

Gerichtsgewalt in Varennes an sich zu reißen, auch die geistliche. Natürlich war Bischof Eudes damit nicht einverstanden, doch die Metzer schenkten seinen Beschwerden kein Gehör. Sie waren mächtig genug, einen Streit mit ihm einfach auszusitzen.

Lefèvre war somit der einzige Gerichtsherr von Varennes, denn die Treize hatten ihm versichert, ihm freie Hand zu lassen, solange er den Bogen nicht überspannte. Zunächst war er unschlüssig gewesen, ob er Rémy Fleury kraft seiner neuen Macht verurteilen sollte. Immerhin hatte Roger mit der Großmut des siegreichen Eroberers verfügt, den Mann laufen zu lassen. Nach dem Abzug der Metzer hatte Lefèvre jedoch entschieden, sich darüber hinwegzusetzen – ihn lockte das hohe Bußgeld, das ein Prozess wegen Ehebruch nach sich zog. Dass das seine Freundschaft mit Roger beeinträchtigte, konnte er sich schwerlich vorstellen. Letztlich war Meister Rémys Schicksal Roger vollkommen gleichgültig.

»Welche Strafe werdet Ihr verhängen?«, erkundigte sich Wigéric.

»Eine Geldbuße, wie es in solchen Fällen üblich ist.«

»Das ist viel zu mild!«, wetterte der Abt. »Dieser Mann gehört in den Kerker, besser noch an den Galgen, nach allem, was er angerichtet hat!«

Lefèvre lachte leise. »Warum sprechen wir nicht offen miteinander, Euer Gnaden? Euch geht es doch gar nicht um seine Sünden. Der Mann ist Euer schärfster Konkurrent – Ihr wollt ihn vernichten und die Schule gleich mit. Dafür braucht Ihr Euch nicht zu schämen. Das sind Bedürfnisse, für die ich volles Verständnis habe. Ein Wort von Euch, und Fleury verschwindet auf Nimmerwiedersehen. Und was die Schule angeht – ich hatte ohnehin vor, sie zu schließen. Diese unsinnige Unternehmung hat schon genug Geld verschlungen.«

»Das würdet Ihr tun?«, hakte Wigéric nach.

»Es kostet mich so viel.« Lefèvre schnippte mit den Fingern. »Was jedoch nicht heißt, dass ich keinen Lohn für meine Bemühungen haben will. Was würde für mich dabei herausspringen?«

Der Abt blickte ihn stechend an. »Es ist kein Geheimnis, dass Euch die Höllenfurcht quält. Ich könnte mich beim Erzbischof für einen Ablass einsetzen.«

»Er würde mir alle Sünden erlassen?«

»Alle, die Ihr bis zum heutigen Tag begangen habt, ja.«

Das war ein attraktives Angebot. Zwar hatte sich Lefèvre mit dem Mann im Spiegel arrangiert, doch die Furcht vor den Qualen der Hölle plagte ihn noch immer. »Ich will Euer Wort, Abbé. Mit bloßen Versprechungen lasse ich mich nicht abspeisen. Die Kirche hat mich schon zu oft im Stich gelassen.«

»Ich schwöre, dass ich alles in meiner Macht Stehende tun werde, damit Euch Erzbischof Theoderich einen umfassenden Sündenablass gewährt.«

Damit gab sich Lefèvre fürs Erste zufrieden. »Ich kann Fleurys Tod anordnen, wenn Ihr das wünscht«, sagte er. »Ich empfehle aber, dass wir subtiler vorgehen. Seine Familie hat nach wie vor großen Einfluss in der Stadt. Wenn wir ihn einfach verschwinden lassen, gibt es einen Aufstand.«

»Was ratet Ihr mir?«

»Es gäbe eine elegante Möglichkeit, ihn zu vernichten und gleichzeitig die Schule zu diskreditieren, sodass niemand es wagen wird, Einspruch zu erheben, wenn wir sie schließen. Allerdings müsste hierfür auch dieser Schulmeister über die Klinge springen.«

»Dieser Mann verbreitet seit Jahren ketzerisches Gedankengut«, erklärte Wigéric. »Es ist nur recht und billig, dass er endlich bestraft wird.«

»Ketzerei – genau darauf will ich hinaus«, sagte Lefèvre mit wölfischem Lächeln und schilderte Wigéric seinen Plan.

Richwin polierte einen Helm und war erst zufrieden, als der letzte Rostfleck verschwunden war. Anschließend legte er ihn zu den anderen und nahm sich den nächsten vor.

Man hatte ihn zum Dienst in der Rüstkammer eingeteilt. In den Gewölben des Rathausturmes war es dunkel, feucht und kalt, doch Richwin machte es nichts aus, hier unten zu sitzen. Immer noch besser, als den lieben langen Tag in den nebligen Gassen herumzuschlurfen und sich von den Sergeanten schikanieren zu lassen. In der Rüstkammer hatte er seine Ruhe, er konnte so schnell – oder so langsam – arbeiten, wie er wollte. Während er den Helm abrieb, summte er ein trauriges Lied.

Früher war er mit Leib und Seele Stadtknecht gewesen. Die Arbeit war anständig bezahlt und überaus sinnvoll gewesen – man bewachte die Tore, schützte den Marktfrieden und half dem Schultheißen, üblem Gesindel das Handwerk zu legen. Wenn er mit seinem Spieß in der Hand durch die Straßen schlenderte, wurde Varennes ein klein wenig sicherer. Dank ihm und den anderen Stadtknechten konnten die Bürger tagsüber ungestört ihren Geschäften nachgehen und nachts beruhigt schlummern.

Das hatte sich mit der Machtübernahme der Metzer schlagartig geändert. Nun diente er keinem gewählten Rat mehr, sondern einer Verbrecherbande, die nichts als Verderben und Leid über seine Stadt gebracht hatte. Statt Recht und Gesetz zu wahren, schützte er den größten Schurken von allen. Gewiss, er hätte Lefèvre die Gefolgschaft verweigern können, aber was wäre dann aus seiner Familie geworden? Er hatte mehrere Mäuler zu stopfen, er konnte nicht einfach alles hinwerfen und hoffen, dass er schon eine andere Arbeit finden würde. Die Zeiten waren hart. Also hatte er seinen Stolz geschluckt und Lefèvre die Treue geschworen, obwohl er diesem Verräter am liebsten ins Gesicht gespuckt hätte.

Seitdem hasste er die Arbeit, die er einst so geliebt hatte. Er tat nur noch das, was man ihm befahl, und rührte ansonsten keinen Finger. So oft wie möglich ließ er sich für die Rüstkammer einteilen, denn solange er hier unten werkelte, zwang ihn niemand, die eigenen Leute zu gängeln oder irgendwelche armen Teufel zu verhaften, die Lefèvre ein Dorn im Auge waren.

Wie immer, wenn ihn die Bitterkeit überkam, dachte er an seinen Sohn. Urbain war sein ganzer Stolz. Just in diesem Moment saß der Junge in der Schule und lernte eifrig Latein und Arithmetik. Seine Auffassungsgabe war enorm. Magister Will musste eine Sache nur einmal erklären, und schon hatte der Junge sie begriffen. Und das war gut so, denn Richwin hatte fest vor, ihn bei einem Kaufmann in die Lehre zu geben, sobald er mit der Schule fertig war. Aber nicht hier, sondern in Épinal oder Toul oder anderswo, Hauptsache, weit weg von Lefèvre und den Metzern mit ihren Sergeanten. Denn Varennes war am Ende. Hier konnte ein junger Mann nichts aus seinem Leben machen, und wenn er noch so klug war.

Kurz darauf hörte er Schritte auf der Treppe. Richwin seufzte. Nun war es vorbei mit der Ruhe. Mit zusammengekniffenen Lippen polierte er den Helm und tat so, als wäre er mit Feuereifer bei der Sache.

Sylvain, ein anderer Stadtknecht, kam herein. »Leg den Lappen weg und komm mit«, sagte er. »Es gibt Arbeit.«

»Ach ja?«, brummte Richwin.

»Der Herr ist da. Wir sollen zwanzig Männer zusammenrufen. Jetzt beweg deinen Hintern. Er macht uns die Hölle heiß, wenn wir ihn warten lassen.«

»Zwanzig Männer? Was hat er denn schon wieder vor?«, fragte Richwin, während er Sylvain die Stufen hinauffolgte.

»Weiß der Teufel. Es geht wohl um Meister Rémy und den Engländer. Anscheinend hat man sie in Verdacht, in der Schule ketzerische Bücher zu verstecken. Du weißt schon – Schriften der Katharer und solches Zeug. Jedenfalls hat Abbé Wigéric so etwas angedeutet.«

Richwin ließ sich seine Erschütterung nicht anmerken. »Wir sollen sie verhaften?«

»Davon gehe ich aus.«

»Was hat Abbé Wigéric damit zu tun?« Richwin ließ seine Stimme gelangweilt klingen.

»Keine Ahnung. Er ist mit dem Herrn gekommen. Vielleicht hat er das mit den Büchern rausgefunden.«

Sie traten in den Eingangsraum des Rathauses. Am oberen Ende der Treppe, die zum großen Saal führte, standen Lefèvre und Abbé Wigéric und unterhielten sich leise.

»Ich hol die Männer vom Fischmarkt«, sagte Sylvain. »Gehst du zum Salztor?«

Richwin nickte. »Mein Junge ist gerade in der Schule.«

»Ja und?«

»Wenn wir Magister Will festnehmen, wird's womöglich gefährlich. Ich muss ihn heimschicken, bevor es losgeht.«

»Mach das. Aber lass dir eine gute Ausrede einfallen. Nicht, dass der Engländer Wind von der Sache bekommt.«

Kurz darauf eilte Richwin die Grand Rue hinab. Er war vielleicht nicht so gebildet wie Magister Will, aber er war auch kein Dummkopf – er konnte sich zusammenreimen, was da gespielt wurde. Ketzerische Schriften, einfach lachhaft. Ganz Varennes wusste, dass die Schule dem Abbé ein Dorn im Auge war. Jetzt hatte er endlich einen Weg gefunden, sie zu schließen und gleichzeitig einen lästigen Konkurrenten zu vernichten. Sicher war es nicht schwer gewesen, Lefèvre mit irgendwelchen Versprechungen einzuspannen.

Diese Schweinehunde! Diese niederträchtigen Teufel!

Richwins Gedanken rasten. Stand es in seiner Macht, diesen Plan zu durchkreuzen? Nein, das überstieg seine Möglichkeiten. Aber wenigstens konnte er Magister Will warnen, damit er und Meister Rémy die Stadt verließen, bevor die Falle zuschnappte. Zwar verletzte er damit seine Pflichten und verstieß streng genommen sogar gegen seinen Treueeid. Doch so viel war er Magister Will schuldig, nach allem, was der Engländer für seinen Jungen getan hatte.

Er erreichte die Schule und achtete darauf, dass niemand ihn beobachtete, als er in die Gasse zwischen dem Gebäude und der Mauer der Judengasse schlüpfte. Er wollte die Tür aufreißen, als ihm klar wurde, dass es besser war, wenn auch die Schüler ihn nicht sahen. So öffnete er die Tür nur einen Spalt und spähte hinein. Magister Will stand am Pult und hielt gerade einen Vortrag in lateinischer Sprache.

»Magister Will!«, zischte Richwin.

Der Engländer wandte sich zu ihm um und runzelte die Stirn. »Wir sind gerade mitten in der Lectura. Wenn es also nicht wirklich wichtig ist …«

»Auf ein Wort – bitte«, sagte Richwin beschwörend.

Magister Will trat nach draußen und wollte eine Erklärung fordern, als Richwin die Tür zuzog. »Ihr seid in Gefahr. Lefèvre hat den Befehl gegeben, Euch zu verhaften. Gleich werden Stadtknechte auftauchen und Euch in den Hungerturm werfen.«

»Ist das ein Scherz? Falls ja, kann ich nicht darüber lachen.«

»Kein Scherz. Es ist todernst.«

Der Schulmeister starrte ihn mit aufgerissenen Augen an. »Aber warum denn, bei allen Erzengeln?«

»Abbé Wigéric verdächtigt Euch, verbotene Schriften in der Schule zu verstecken. Man will Euch und Meister Rémy der Ketzerei anklagen.«

»Verbotene Schriften? Das ist doch absurd. So etwas besitze ich nicht. Sie werden hier nichts finden.«

Magister Will war eine Seele von Mensch und ungeheuer klug, aber gleichzeitig auch schrecklich naiv. »Versteht Ihr denn nicht? Lefèvre und Wigéric wollen die Schule schließen und Euch vernichten. Dafür ist ihnen jedes Mittel recht«, erklärte Richwin. »Deshalb *werden* sie etwas finden.«

»Ihr meint … sie wollen mir ketzerisches Material unterschieben?«

»Entweder verstecken sie es hier oder bei Euch zu Hause oder in Meister Rémys Werkstatt. Irgendein ahnungsloser Stadtknecht wird das Schriftstück aufspüren, und dann haben sie alles, um Euch den Prozess zu machen.«

»Aber was soll ich denn jetzt tun?«, fragte Magister Will verzweifelt.

»Flieht, so schnell Ihr könnt. Warnt Meister Rémy und verlasst die Stadt. Ihr habt nicht viel Zeit. Allenfalls eine halbe Stunde, bevor man überall nach Euch sucht.«

»Ich kann doch nicht einfach so fortgehen!«

Richwin packte den Engländer bei den Schultern. »Ihr habt keine Wahl. Wenn Ihr bleibt, brennt Ihr auf dem Scheiterhaufen.«

Magister Will fuhr sich durch das Haar und atmete stoßweise. Die Nachricht hatte ihn derart schockiert, dass Richwin fürchtete, er würde zusammenbrechen. Glücklicherweise ermannte er sich. »Einverstanden«, murmelte er. »Ich gehe sogleich zu Rémy. Ich sage nur rasch den Kindern …«

»Dafür ist keine Zeit. Ihr müsst *jetzt* gehen.«

»Wie sollen wir die Stadt verlassen? An den Toren wird man uns verhaften.«

»Geht durch das Heutor. Die Wachen dort wissen noch nicht Bescheid.« Bevor Richwin Magister Wills Arm losließ, sagte er: »All das wisst Ihr nicht von mir. Ich war niemals hier.«

»Gewiss. Gewiss.« Der Schulmeister hob den Saum seines Gewandes und eilte davon.

Richwin schlug das Herz bis zum Hals. Was nun? Drinnen wurden die Kinder unruhig. Er beschloss, sie sich selbst zu überlassen und die Männer vom Salztor zu holen, damit er keinen Ärger bekam. Und dann? Wenn Lefèvre feststellte, dass Magister Will und Meister Rémy verschwunden waren, würde er vermuten, dass jemand die beiden gewarnt hatte. Sylvain würde sogleich Richwin verdächtigen, aber es stand nicht zu befürchten, dass der ihn verriet. Sylvain war sein Freund seit fünfzehn Jahren, er hasste Lefèvre genauso sehr wie alle anderen Stadtknechte. Wenn Richwin ihn darum bat, würde er seinen Mund halten.

Richwin machte einen kleinen Umweg durch die Gassen, damit es für die Männer am Salztor nicht so aussah, als käme er von der Schule.

»Was gibt's, Richwin?«, fragte eine der Wachen.

»Ruft alle verfügbaren Männer und kommt zum Rathaus.«

In der Gasse, wo Rémy wohnte, waren während der Belagerung mehrere Gebäude beschädigt worden. Das Haus eines betagten Schusters schräg gegenüber hatte besonders schwer gelitten. Gleich zweimal war es von Schleudersteinen getroffen worden. Ein Geschoss hatte das Dach durchschlagen, das zweite eine Wand zum Einsturz gebracht. Seit Tagesanbruch waren vier Männer der Bruderschaft damit beschäftigt, die Schäden zu beseitigen. Unermüdlich schleppten sie Steine heran und arbeiteten mit ihren Maurerkellen.

»Hilf uns«, rief einer der Männer, als Rémy vor seinem Haus aus dem Sattel stieg. »Je mehr wir sind, desto schneller geht's.«

»Ich muss gleich wieder fort. Ich helfe euch, wenn ich zurück bin«, versprach Rémy und band sein Pferd neben der Tränke am Hoftor fest.

Just in diesem Moment kam Hugo des Weges. Der Schuster schob einen Karren voller Steine und grüßte ihn mit einem Nicken. Seit Rémy ihm das Leben gerettet hatte, herrschte eine Art Waffenstillstand zwischen ihnen. Zumindest nahm Hugo davon Abstand, ihn bei jeder Gelegenheit zu attackieren. Auch der Rest der Stadt ließ ihn seit geraumer Zeit in Ruhe. Niemand beschimpfte ihn mehr oder zeigte mit dem Finger auf ihn. Sogar Victor Fébus hatte aufgehört, gegen ihn Stimmung zu machen. Jean-Pierre Cordonnier behauptete, das sei sein Verdienst, schließlich habe er die Bruderschaft aufgefordert, sich schützend vor Rémy zu stellen. Rémy hingegen hielt es für wahrscheinlicher, dass sich der Zorn des Stadtvolks einfach ein anderes Ziel gesucht hatte und nunmehr ausschließlich Lefèvre galt.

Er betrat die Werkstatt und hängte seinen Mantel an den Haken. An einem der Tische saß Dreux, vor sich einen dampfenden Napf, und löffelte Hafergrütze. Zu Rémys Erleichterung hatte der Alte die Kämpfe ohne einen Kratzer überstanden. Seither erzählte er jedem, der sich nicht rechtzeitig in Sicherheit brachte, abenteuerliche Geschichten, wie er der Bürgerwehr geholfen hatte, die Unterstadt gegen die eindringenden Metzer zu verteidigen.

»War jemand da?«

»Niemand«, antwortete der Alte kauend.

Rémy hatte mit nichts anderem gerechnet. Zurzeit war die Auftragslage ausgesprochen schlecht. Die Leute hielten das Geld zusammen und gaben es ganz bestimmt nicht für Schreibarbeiten aus. »Ist noch etwas von dem Brei da?«

»Ich habe Euch eine Portion mitgekocht.«

Rémy ging in die Küche und füllte sich einen Napf. Er kam gerade von Savigny, wo er sich das Stück Land angeschaut hatte, von dem seine Mutter gesprochen hatte. Tatsächlich war es bestens geeignet für seine Zwecke. Es gab sogar eine alte Schäferhütte, die er mit überschaubarem Aufwand für Philippine und ihr Kind ausbauen konnte. Später wollte er nach Épinal reiten, um ihr von seinen Plänen zu berichten, doch zuerst musste er etwas essen. Es war schon fast Mittag, und ihm knurrte der Magen.

Er wollte gerade den Löffel in die Grütze tauchen, als die Tür aufflog. Will stürzte herein.

»Rémy!« Der Engländer war außer Atem, als wäre er durch die halbe Stadt gerannt. »Wir müssen … sofort … fliehen!«

»Was redest du da?« Als Will keine Antwort gab, füllte Rémy einen Krug und schob ihn über den Tisch. »Trink einen Schluck.«

Der Engländer rührte das Bier nicht an. Er stützte sich mit den Händen auf einer Stuhllehne ab, atmete mehrmals tief durch und sagte: »Man will uns wegen Ketzerei verhaften. Lefèvre will uns häretische Schriften unterschieben, damit er einen Vorwand hat, die Schule zu schließen.«

Rémy starrte ihn an. »Bist du dir da ganz sicher?«

Will nickte. »Ein Stadtknecht hat mich gewarnt. Sie werden gleich hier sein. Wir müssen Varennes so schnell wie möglich verlassen.«

»Das ist ungeheuerlich!«, rief Dreux. »So können sie doch nicht mit euch umspringen!«

Der Alte wetterte und schlug dabei mit der flachen Hand auf den Tisch. Rémy stand auf, presste die Faust gegen die Lippen und ging in der Werkstatt umher.

»Sei still, Dreux, bitte. Ich muss nachdenken.«

Das war Wigérics Werk, zweifellos, denn Lefèvre selbst hatte keinen Grund, auf diese Weise gegen Will, ihn und die Schule vorzugehen. Wigéric hingegen hatte erkannt, dass er sich die veränderten Machtverhältnisse in Varennes zunutze machen konnte, um Rémy ein für alle Mal zu vernichten und die verhasste Schule in Misskredit zu bringen, sodass ihre Schließung unumgänglich erschien.

Was geschehen würde, wenn man sie festnähme, konnte er sich lebhaft vorstellen: Man würde sie zur Schule führen und im Beisein vieler Zeugen das Gebäude durchsuchen. Natürlich würde der ersehnte Fund nicht lange auf sich warten lassen, vermutlich würde man hinter einem Bücherschrank die *Interrogatio Johannis* oder eine andere blasphemische Schrift entdecken. Das wäre Beweis genug, ihnen den Prozess zu machen und sie auf dem Scheiterhaufen zu verbrennen, ohne Aussicht auf Gnade, denn Ketzer waren Feinde Gottes und darob wie Mörder zu behandeln. Danach würde es Jahrzehnte dauern, bis wieder ein Bürger den Mut fände, eine weltliche Schreibwerkstatt zu betreiben oder eine neue städtische Schule zu gründen. Es wäre ein triumphaler Sieg für Wigéric. *Schlau,* dachte Rémy. *Wirklich ausgesprochen gerissen. Meinen Glückwunsch, Abbé.*

Blieb die Frage: Wie konnte er diese Intrige abwehren? Die Antwort war ebenso simpel wie bitter: gar nicht. Es gab nichts, was er in der verbliebenen Zeit tun konnte. Und mit einem fairen Prozess konnten sie nicht rechnen. Ihr Tod stand fest, seit es Wigéric gelungen war, Lefèvre für seine Machenschaften zu gewinnen.

Will hatte recht: Ihnen blieb nur die Flucht.

»Rémy«, drängte der Engländer.

»Wie viel Zeit haben wir noch?«

»Allenfalls Minuten.«

Rasch kritzelte er eine Nachricht auf einen Fetzen Pergament und drückte ihn Dreux in die Hand. »Gib das meiner Mutter und sag ihr, was geschehen ist. Wenn man dir diesen Brief wegnehmen will, isst du ihn auf, verstanden?«

»Ich werde mich dafür einsetzen, dass Euch Gerechtigkeit widerfährt!«, verkündete Dreux entschlossen.

»Jetzt geh schon, na los!«

Während der Alte davonschlurfte, blickte Rémy sich in der Werkstatt um. Seine Gedanken überschlugen sich schier. Was brauchte er zum Überleben in der Wildnis? Seine Armbrust – nein. Es gab keine Armbrust mehr. Die Sergeanten hatten alle Kriegswaffen beschlagnahmt. *Eine Decke. Mein Messer. Vorräte,* dachte er und stopfte alles in einen Beutel. »Wir müssen uns überlegen, wie wir aus der Stadt kommen«, sagte er währenddessen. »Sämtliche Tore werden bewacht. Wir müssen einen anderen Weg finden.«

»Die Wachen am Heutor werden uns durchlassen.«

»Woher weißt du das?«

»Sagt der Stadtknecht, der mich gewarnt hat.«

Rémy konnte nur hoffen, dass Will damit richtiglag. Andernfalls wäre ihre Flucht rasch zu Ende.

Sie verließen das Haus, banden das Pferd los und stiegen auf. Noch waren keine Stadtknechte in Sicht. Rémy betrachtete ein letztes Mal sein Haus. Die Werkstatt, die Schule – alles, was er sich über viele Jahre aufgebaut hatte, musste er zurücklassen, ohne zu wissen, was damit geschehen, ob er es je wiedersehen würde. Seine Kehle verengte sich. Er hatte keine Wahl. Nun zählte allein ihr nacktes Leben. Hart trieb er das Pferd an. Will, der nicht eben der weltbeste Reiter war, klammerte sich mit beiden Armen an ihm fest.

Kurz darauf preschten sie über den Heumarkt. Am Stadttor waren keine Büttel oder Sergeanten zu sehen – vermutlich hatten sie im Wachhaus Zuflucht vor dem ungemütlichen Wetter gesucht. Stumm dankte Rémy Gott und gab dem Pferd die Sporen. Schlamm spritzte von den Hufen, als sie durch das Tor jagten.

»Wohin reiten wir?« Will war kaum zu verstehen, der Wind riss ihm die Worte von den Lippen.

»In den Wald. Ich weiß einen Ort, wo wir uns verstecken können.«

Die Gesichter in den Mantelkapuzen verborgen, galoppierten sie durch den Nebel, den Bäumen entgegen, die dunstverhangen jenseits der Äcker aufragten, und der Forst nahm sie schützend in sich auf, gerade als ein Trupp Stadtknechte die Schule umstellte und ein zweiter Rémys Haus stürmte.

November 1227

Épinal

Isabelle bat ihre Knechte, bei den Pferden zu warten, ehe sie die Herberge betrat. So früh am Abend war im Schankraum wenig los. Zwei Flussschiffer saßen an den Tischen sowie mehrere fahrende Spielleute – erkennbar an den bunten Flickenkleidern und den kahlgeschorenen Schädeln –, die lärmend zechten. Weiter hinten erblickte sie eine junge Frau in einem grünen Kleid, die ein Buch las. Isabelle betrachtete ihr herzförmiges Gesicht und das dunkelrote Haar und trat zu ihr.

Die junge Frau war so in ihre Lektüre vertieft, dass sie keine Notiz von ihr nahm.

»Philippine?«

Sie hob den Kopf, in ihren moosgrünen Augen flackerten Furcht und Misstrauen auf. »Wer will das wissen?« Ihre Hand kroch über den Tisch und berührte den Griff des Messers, das neben dem Buch lag.

»Isabelle Fleury. Rémys Mutter.«

Philippine schwieg, starrte sie nur an.

»Ich bin es wirklich. Schaut mich an. Rémy ist mir wie aus dem Gesicht geschnitten.«

Das Misstrauen in Philippines Augen schwand. Sie schlug das Buch zu. Es war *De brevitate vitae* von Seneca. »Wie habt Ihr mich gefunden?«

»Rémy hat mir gesagt, wo Ihr Euch versteckt. Keine Angst. Niemand sonst weiß es.«

»Ist er in Schwierigkeiten?«, fragte Philippine alarmiert.

»Ja. In großen Schwierigkeiten.«

»Wegen Roger?«

»Roger hat damit nichts zu tun. Darf ich mich setzen?«

Philippine nickte. Rémy hatte einmal mehr guten Geschmack bewiesen: Sie war eine große Schönheit, wenngleich sie müde und abgespannt wirkte, zermürbt von der Untätigkeit, zu der sie seit Wochen verdammt war. Noch war ihr Bauch flach, aber Isabelle konnte trotzdem erkennen, dass sie guter Hoffnung war. Da war dieses Leuchten in ihren Augen, diese besondere Aura von Lebendigkeit, die alle schwangeren Frauen hatten. Dass diese fremde Person ihr Enkelkind unter dem Herzen trug, war ein seltsamer Gedanke.

»Was ist geschehen?« Philippines Stimme war drängend.

»Der neue Stadtherr von Varennes wollte Rémy gestern festnehmen lassen. Man wirft ihm Ketzerei vor.«

Es dauerte einen Moment, bis Philippine die Sprache wiederfand. »Was?«

Isabelle erzählte ihr alles, was sie wusste. Rémys Botschaft war sehr kurz gewesen. Er hatte ihr lediglich geschrieben, dass Will und er Opfer einer bösartigen Intrige geworden waren; dass sie Philippine benachrichtigen solle; wo sie sich verstecken würden. Isabelle war es jedoch nicht schwergefallen, sich den Rest zusammenzureimen, zumal Dreux ihr das eine oder andere gesagt hatte.

Philippine schwieg erschüttert. »Wo ist er jetzt?«

»In den Wäldern außerhalb der Stadtmark. Sie verstecken sich in einem verborgenen Tal, das kaum jemand kennt.«

Philippine ballte die Hand zur Faust, presste sie gegen die Lippen, dachte nach.

»Leider ist das nicht alles«, sagte Isabelle. »Lefèvre will ihnen bald den Prozess machen. Wenn sie nicht vor Gericht erscheinen, wird er sie mit der Acht belegen.«

Was das bedeutete, musste sie Philippine nicht erklären. Geächtete waren Feinde des Königs und des Volkes, rechtlos und vogelfrei, ein jeder durfte sie töten, wenn er ihrer ansichtig wurde. Sie waren daher gezwungen, in der Wildnis zu leben, fernab jeder christlichen Gemeinschaft, weshalb die meisten von ihnen den ersten Winter nicht überlebten. Fortzugehen war zwecklos, denn die Obrigkeit schickte Beschreibungen der Geächteten an alle Gerichtssprengel in der Umgebung, damit der Bann auch dort wirksam wurde.

»Sorgt Euch nicht«, sagte Isabelle. »Ich werde ihm helfen, so gut ich kann.«

Philippine rann eine Träne über die Wange. Die Bewegung, mit der sie sie wegwischte, war ruckartig, beinahe zornig. »Was wird er jetzt tun?«

»Ich konnte noch nicht mit ihm sprechen. Alles, was ich habe, ist diese Nachricht.« Isabelle legte den Pergamentfetzen auf den Tisch. »Ich nehme an, dass er vorläufig in den Wäldern bleiben wird.«

Vorläufig? Wenn Rémy sein Leben lieb war, würde er sich bis ans Ende seiner Tage verstecken müssen. Doch daran wollte Isabelle nicht denken – die Vorstellung war zu schrecklich. Sie klammerte sich an die Hoffnung, dass sie irgendwann einen Weg finden würde, seine Unschuld zu beweisen und die Männer, die für die Intrige verantwortlich waren, zur Rechenschaft zu ziehen.

Philippine betrachtete Rémys Nachricht, las die hastig hingeworfenen Wörter. »Ich muss zu ihm«, erklärte sie. »Könnt Ihr mich hinführen?«

»Seid Ihr sicher, dass Ihr das wollt?«

»Er braucht mich. Und unser Kind braucht ihn.«

»Wenn herauskommt, dass Ihr bei ihm lebt, wird man Euch ebenfalls ächten.«

»Ich bin eine verurteilte Ehebrecherin, die sich ihrer Strafe entzogen hat. Früher oder später wird das ohnehin geschehen.«

Vielleicht war es töricht, was Philippine vorhatte, doch ihr

Mut und ihre Entschlossenheit beeindruckten Isabelle. »Ich bringe Euch zu ihm. Gleich morgen.«

»Habt Dank«, flüsterte Philippine.

Isabelle griff nach ihrer Hand und drückte sie.

Bois de Varennes

»Du hast mir eine Hütte versprochen«, murrte Will, während sie durch den Wald stapften.

Rémy hob einen Ast und führte das Pferd am Zügel darunter hindurch. Er tat es vorsichtig, damit die Tautropfen nicht auf ihn fielen. Nicht, dass es einen Unterschied gemacht hätte: Er war schon jetzt völlig durchnässt. »Geduld. Das Tal kann nicht mehr weit sein.«

»Das hast du gestern schon gesagt. Warst du überhaupt schon einmal dort?«

»Als junger Bursche. Aber das ist zwanzig Jahre her. So ein Wald verändert sich eben. Die ganze Gegend sieht anders aus als früher.«

Will blieb stehen.

»Was?«, fragte Rémy gereizt.

»Wir haben uns verlaufen, richtig?«

»Haben wir nicht. Das Tal ist einfach gut versteckt. Wir müssen eben weitersuchen.«

»Ich habe aber keine Lust mehr zu suchen. Ich bin müde. Ich muss mich ausruhen und irgendwo aufwärmen, bevor ich mir noch den Tod hole.«

Will lamentierte bereits den ganzen Morgen; Rémy konnte es nicht mehr hören. »Du kannst dich ausruhen, wenn wir im Tal sind. Aber wenn du eine bessere Idee hast – nur zu. Ich bin für jeden Vorschlag offen.«

Endlich hielt der Engländer den Mund. Mit sauertöpfischer Miene duckte er sich unter den Ästen hindurch. Seine Mantelkapuze blieb an einem Zweig hängen, was zur Folge hatte, dass ein Schauer aus Tautropfen auf ihn herabregnete. *»Goddamn!«*, entfuhr es ihm.

Das Tal, das sie suchten, lag tief in den Wäldern. Der ideale Ort also, um sich vor Lefèvres Schergen zu verstecken, Kräfte zu sammeln und in Ruhe Pläne für die Zukunft zu schmieden. Leider konnte sich Rémy nur noch vage an den Weg dorthin erinnern, weshalb sie seit zwei Tagen durch den nebelverhangenen Forst irrten, erschöpft und zitternd vor Kälte. In der vergangenen Nacht hatten sie kaum ein Auge zugetan, denn es hatte ununterbrochen geregnet. Eine weitere Nacht unter freiem Himmel würden sie vermutlich überstehen, selbst bei diesem Wetter; vielleicht sogar eine dritte. Aber spätestens in der Nacht darauf, das stand fest, würden Kälte, Nässe und Erschöpfung ihnen so sehr zusetzen, dass sie eine leichte Beute für Raubtiere wären. Und wilde Tiere gab es hier ohne jeden Zweifel: Gelegentlich hörten sie in der Ferne Wölfe heulen.

Doch Rémy gab die Hoffnung nicht auf. Er hatte sich nicht verlaufen, mochte Will noch so entschieden das Gegenteil behaupten. Das Tal war hier irgendwo – das sagte ihm sein Orientierungssinn, der ihn noch nie im Stich gelassen hatte.

Seit ihrer Flucht bewegten sie sich nach Südwesten, weg von der Stadt. So weit von den Pfaden und Unterkünften der Holzfäller und Köhler entfernt, war der Wald dicht und wild. Undurchdringliche Dornenhecken wucherten zwischen den uralten Bäumen, totes Holz türmte sich mannshoch auf und blockierte ständig den Weg. Rémy hielt nach Felsen Ausschau, denn er erinnerte sich, dass das Tal von welchen umgeben war. Leider konnte man in diesem Gestrüpp allenfalls einige Klafter weit sehen.

Er zerrte das störrische Pferd eine Anhöhe hinauf. Oben angekommen, erblickte er eine Felswand, die vor ihm zwischen den Fichten aufragte. Mit einem Lächeln auf den Lippen wandte er sich um. »Komm schnell, Will. Da vorne ist es!«

Keuchend schloss der Engländer zu ihm auf. »Bist du sicher? Sind wir hier nicht schon einmal vorbeigekommen?«

Anstelle einer Antwort schritt Rémy voraus, führte das Pferd die Böschung hinab zu der Felswand, die weit größer war, als es zunächst den Anschein gehabt hatte. Nachdem er das Pferd festgebunden hatte, machte er sich auf die Suche nach dem Zugang. Es dauerte eine Weile, doch schließlich fand er die Felsspalte. Sie war kaum anderthalb Ellen breit und hinter hohem Farn und Dornenranken verborgen.

Sie schlüpften hindurch und betraten das verborgene Tal.

Es war nicht sehr groß und dämmerte in grünem Zwielicht dahin, zu allen Seiten von Felsen, steilen Hängen und dichtem Gestrüpp geschützt. Ein verwunschener Ort, den gewiss seit Ewigkeiten keine Menschenseele betreten hatte. Nur wenige Personen wussten von seiner Existenz, neben Rémy allenfalls seine Mutter und einige der älteren Handwerker Varennes'. Hier hatten sich einst die Obermeister der Bruderschaften versteckt, als sie gegen Aristide de Guillory gekämpft hatten, einen früheren Stadtherrn. Ihre alten Hütten standen noch, zumindest einige davon. Wie uralte Grabhügel aus rußgrauen Steinen kauerten sie zwischen den Birken und Brombeerhecken.

Rémy lächelte. »Na, habe ich dir zu viel versprochen?«

Will ging zur vordersten Hütte und machte sich an der Tür zu schaffen, die morsch in der Öffnung hing und fast auseinanderfiel, als er sie öffnete. Spinnweben zogen sich in die Länge. Der Raum dahinter war dunkel und eng, aber erstaunlich sauber. »Nicht gerade ein Palast, aber für unsere Zwecke wird es genügen, schätze ich.«

Rémy betrat eine andere Hütte. »Hier drin lagert trockenes Feuerholz.«

»Das ist die beste Nachricht, die ich heute gehört habe!«

Wenig später prasselte in der Hütte ein Feuer. Während draußen auf der Wiese das Pferd graste, wärmten sie sich auf, aßen von ihrer Wegzehrung und warteten, dass ihre Kleider trockneten. Rémy spürte, dass seine Lebensgeister wiedererwachten. Sie hatten ein gutes Versteck, ein Dach über dem Kopf und genug Feuerholz für mehrere Tage – das Schlimmste war vorerst überstanden.

Wie geht es jetzt weiter?

Falls sie länger hierbleiben würden – und davon ging er aus –, würden sie Vorkehrungen treffen müssen. Die Hütten winterfest machen. Neues Holz trocknen. Auf die Jagd gehen und Vorräte anlegen. Er beschloss, darüber nachzudenken, sowie er etwas Schlaf nachgeholt hatte.

Die Strapazen der vergangenen Tage forderten ihren Tribut: Will fielen bereits die Augen zu. Als es in der Hütte wohlig warm war, zog er sich bis auf die Bruche aus, hängte seine Kleider an einem Deckenbalken auf und legte sich neben dem Feuer hin. Kurz darauf war er eingeschlafen.

Rémy überlegte, es ihm gleichzutun, als er Geräusche hörte. Raschelndes Gebüsch, das Knacken von Zweigen. Sofort war er hellwach und griff nach dem Messer.

»Will! Wach auf! Da draußen ist jemand.«

Hatten Lefèvres Schergen sie etwa gefunden? Wenn ihnen jemand gefolgt wäre, hätte er es doch bemerkt. Mit dem Messer in der Hand schlüpfte er nach draußen und verbarg sich im Gebüsch bei den Hütten, bereit, aus dem Hinterhalt anzugreifen, falls Gefahr drohte.

Zwischen den Hecken bei der Felsspalte erschien seine Mutter. Also hatte sie seine Nachricht bekommen. *Dreux, ich danke dir, alter Junge.* Rémy ließ den angehaltenen Atem entweichen und gab sich zu erkennen.

»Rémy!« Sie eilte zu ihm und schloss ihn in die Arme. »Dem heiligen Jacques sei Dank, du bist wohlauf!« Es gelang ihr nur mit Mühe, die Tränen zurückzuhalten. »Wo ist Will?«

Er nickte zur Hütte. Der Engländer hatte sich angezogen und trat soeben ins Freie, noch reichlich benommen.

»Was ist seit unserer Flucht geschehen?«, fragte Rémy. »Haben sie mein Haus durchsucht?«

»Dein Haus und die Schule. Offenbar haben die Stadtknechte gefunden, was sie finden sollten – der Ausrufer hat später verkündet, dass ihr der Ketzerei angeklagt werdet. Lefèvre will euch mit der Acht belegen, wenn ihr nicht zum Prozess erscheint.«

»Allmächtiger Gott«, flüsterte Will.

Rémy presste die Lippen zusammen. *Vom angesehenen Buchmaler zum gejagten Vogelfreien in gerade einmal zwei Tagen. Du kannst stolz auf dich sein, Wigéric.* »Die Schule wird geschlossen, nehme ich an.«

»Davon gehe ich aus.«

»Mein Haus – was geschieht jetzt damit?«

»Lefèvre hat deinen gesamten Besitz beschlagnahmt«, erklärte Isabelle. »Ich werde versuchen, so viel wie möglich zu retten. Wenigstens deine Bücher.«

Rémy atmete tief ein und aus. »Hast du schon mit Philippine gesprochen?«

Seine Mutter nickte. »Sie wollte unbedingt herkommen.«

»Was?«

»Ich konnte sie nicht davon abbringen.« Sie gab ihm mit einer Geste zu verstehen, hier zu warten, und schlüpfte durch die Felsspalte. Kurz darauf kam sie mit Philippine zurück, die eine graue Stute am Zügel führte.

Rémy küsste sie. »Du hättest in Épinal bleiben sollen.«

»Du erwartest allen Ernstes, dass ich in dieser siebenmal verfluchten Herberge sitze, während du dich in der Wildnis versteckst? Nein, Rémy. Und jetzt hör auf, mich so vorwurfsvoll anzustarren. Ich habe mich entschieden, und damit hat es sich.«

»Du willst bleiben«, stellte er fest.

»Ja, das will ich.«

»Und unser Kind? Soll es in der Wildnis zur Welt kommen?«

»Immer noch besser, als wenn es ohne Vater aufwachsen muss. Außerdem sehe ich keine Wildnis. Sondern ein kleines Dorf, in dem wir uns einrichten können, wenn wir uns Mühe geben.« Philippine blickte sich um. »Ein gutes Versteck. Ohne deine Mutter hätte ich dich niemals gefunden.«

Rémy schüttelte den Kopf. Woher nahm sie nur diese Zuversicht? Lag das an der Schwangerschaft? Er hatte gehört, dass manche Frauen eine ganz neue Stärke in sich entdeckten, wenn sie ein Kind erwarteten.

»Du wirst Vater?«, fragte Will verlegen. »Ich schätze, da sind Glückwünsche angebracht. Auch an die Mutter.«

Isabelle ging zu der grauen Stute und reichte Rémy eine Armbrust sowie einen Köcher mit Bolzen. »Die habe ich in Épinal gekauft – du wirst sie sicher brauchen. In den Satteltaschen sind frische Kleider, Decken und Vorräte für ein paar Tage.«

Will blickte in die Runde. »Also ist es beschlossene Sache, dass wir hierbleiben?«

»Ich wüsste nicht, wohin wir sonst gehen sollen«, meinte Rémy.

»Wir könnten versuchen, uns nach England durchzuschlagen, zu meiner Familie.«

»Zu gefährlich. Spätestens übermorgen weiß jede Stadt und jeder Ritter im Umkreis von drei Tagesreisen, dass wir Geächtete sind. Wir kämen nicht einmal bis Toul.«

»Dieses Tal ist momentan der sicherste Ort für euch«, stimmte seine Mutter zu. »Ich werde dafür sorgen, dass es euch an nichts mangelt. Ich bringe euch Werkzeug, damit ihr euch in den Hütten einrichten könnt.«

Sie trugen die Sachen in eines der Häuschen und setzten sich ans Feuer. Es herrschte Schweigen, als jeder seinen Gedanken nachhing. *Ein Tal im tiefsten Wald, eine halb zerfallene Hütte, und das höchste Glück ist ein prasselndes Feuer,* kam es Rémy in den Sinn, während er in die Flammen starrte. *Das ist jetzt mein Leben.*

»Michel oder Isabelle«, sagte Philippine unvermittelt.

Rémy hob den Kopf. »Hm?«

»So soll unser Kind heißen. Michel, wenn es ein Junge ist. Isabelle bei einem Mädchen.«

»Ich fühle mich geehrt«, murmelte seine Mutter lächelnd.

»Was sagst du dazu?«, fragte Philippine.

»Michel oder Isabelle.« Er nickte. »Ja. Das wäre angemessen.«

Rémy blickte nach draußen und stellte sich vor, wie sein Sohn auf der Wiese herumtollte. *Michel.* Kurz darauf fielen ihm die Augen zu.

Fünftes Buch

Proscriptus

Februar bis Juni 1232

Februar 1232

Moseltal

Auf einem Hügel stieg der Ordensritter aus dem Sattel und betrachtete das Land, das vor ihm lag. Der Schnee war bereits geschmolzen, nur hier und da bedeckten schmutzig-weiße Fladen die Erde und trotzten den spärlichen Sonnenstrahlen. Der lange Winter hatte den Wiesen schwer zugesetzt. Das Gras war matt und gelblich und würde lange brauchen, um sich zu erholen. Im Norden stieg Rauch auf: dichter Qualm von den Siedehütten der Saline, die sich in einer Talsenke verbarg. Der Wind roch nach frischem Salz.

Der Ordensritter fror. Obwohl es längst nicht mehr so eisig wie vor einigen Tagen war, machte ihm die Kälte zu schaffen. Nach all den Jahren in der Gluthitze Palästinas war er den harten lothringischen Winter nicht mehr gewohnt. Der Atem seines Pferdes dampfte, sein eigener ebenfalls, und er zog sich den Wollmantel enger um die Schultern. Darunter trug er den weißen Waffenrock seines Ordens, auf seiner Brust prangte das rote Tatzenkreuz. Er reiste mit wenig Gepäck: Neben der Kleidung am Leib hatte er nur eine Wolldecke, etwas Wegzehrung und den Futterbeutel für das Pferd bei sich. Seine Rüstung, den Großteil seiner Waffen und seine anderen Schlachtrösser hatte er im Heiligen Land zurückgelassen, in der Hafenstadt Akkon – so wollte es der Ordensmeister. Nur ein Schwert hatte man ihm zugestanden. Zahllosen Sarazenen hatte die Klinge den Tod gebracht. Wie vielen genau, wusste er nicht. Er hatte schon vor langer Zeit zu zählen aufgehört.

Er war ein Armer Ritter Christi und des salomonischen Tempels zu Jerusalem – ein kämpfender Mönch, der den wahren Glauben mit der Waffe verteidigte. Als junger Mann war er dem Templerorden beigetreten und kurz darauf mit seinen neuen Brüdern ins Heilige Land gezogen. Sechzehn Jahre war das her. Sechzehn Jahre, in denen er fern der Heimat gelebt und gekämpft hatte.

Lothringen hatte ihm gefehlt. Das grüne, das liebliche Lothringen.

Der Ordensritter ließ seinen Blick über die Hügel und Wälder des Moseltals schweifen. Alles erschien ihm fremd und vertraut zugleich. Er kam von Osten, von Straßburg und den Vogesen. Heute Morgen war er auf dem ehemaligen Lehen seiner Familie gewesen, das jetzt einem Ministerialen gehörte. Der neue Herr des Rittergutes hatte ihm einen Becher Wein angeboten und sich höflich nach der Lage im Heiligen Land erkundigt. Gleichwohl hatte der Ordensritter gespürt, dass er nicht willkommen war. Er hatte dem Ministerialen in aller Form für den Wein gedankt; dann war er in den Sattel gestiegen und davongeritten, das Herz schwer vor Kummer.

Er gab seinem Pferd die Sporen. Bald kam Varennes-Saint-Jacques in Sicht, und er erblickte das Stadtviertel am Ostufer der Mosel. Als er damals fortgegangen war, war jener Teil Varennes' noch recht neu gewesen. Die Bornknechte und Arbeiter der Saline wohnten dort. Es war Nachmittag. Sein Zeitgefühl sagte ihm, dass soeben die None begonnen hatte. Allerdings hörte er kein Glockengeläut von der Stadt. Warum schwiegen die Klosterglocken?

Am Wegesrand stieg er aus dem Sattel, kniete auf der Erde nieder und sprach sieben Gebete des Herrn, wie es die Regel seines Ordens vorschrieb. Als er fertig war und die Augen öffnete, sah er, dass ihm von der Stadt ein Krämer entgegenkam. Der dürre und kahlköpfige Mann schritt neben seinem Wagen, den ein magerer Klepper zog. Fässer und Körbe standen auf der Karrenpritsche und schlugen klappernd gegeneinander. Der Ordensritter erhob sich.

»Gott zum Gruße. Sagt, Freund, warum läuten die Klosterglocken nicht? Versammeln sich die Mönche nicht mehr zum Gebet, wenn die neunte Stunde des Tages begonnen hat?«

Der Krämer musterte ihn von Kopf bis Fuß, und Ehrfurcht weitete seine Augen, als er das achtspitzige Kreuz unter dem Mantel erblickte. »Doch, das tun sie, Herr Ritter. Jeden Tag kommen sie zum Gebet zusammen, zur Prim, zur Terz, zur None und auch in den Abendstunden. Aber sie dürfen keine Glocken läuten. Keine Kirche in Varennes darf das. So hat's der Erzbischof angeordnet.«

»Was ist geschehen?«

»Das sind Dinge, über die man besser nicht spricht, Herr. Ich rate Euch, macht einen Bogen um diese Stadt. Wenn Ihr mich fragt, ist sie verflucht. Gute Christen sollten sich von ihr fernhalten. Ich geh nur dorthin, wenn meine Geschäfte mir keine Wahl lassen.«

Der Krämer zog weiter. Der Ordensritter runzelte die Stirn und betrachtete die Türme und die Dächer der Stadt. Dann ergriff er die Zügel und führte sein Pferd die Straße entlang.

Varennes-Saint-Jacques

Varennes hatte sich verändert. Überall bemerkte der Ordensritter die Stigmata von Armut, Elend und Furcht. Beinahe jedes Gebäude wirkte heruntergekommen. Die Menschen waren abgemagert und trugen zerschlissene Kleider. Hohlwangige Kinder spielten im Dreck. Bewaffnete Stadtknechte standen an jeder Ecke und beobachteten das Geschehen argwöhnisch. Niemand lachte. Gewöhnliche Leute sprachen leise und huschten durch die Gassen wie Verbrecher, die verstohlen ihrem sündigen Treiben nachgingen.

Der Ordensritter kam an einer kleinen Kirche vorbei und betrachtete den Gottesacker hinter der niedrigen Mauer. Unkraut und Dornbüsche wucherten überall, manche Grabsteine waren umgestürzt und halb im Erdreich versunken. Hier war schon Jahre niemand mehr begraben worden. Die Kirche wirkte so einsam und verlassen wie eine alte Ruine tief in den Wäldern. Dabei war sie einst das Zentrum des neuen Viertels gewesen.

Dies ist nicht mehr die blühende Handelsstadt von Bürgermeister Fleury und dem Rat der Zwölf, dachte der Ordensritter. Etwas Schreckliches musste geschehen sein.

Er hielt eine Matrone an, die einen gewaltigen Huckelkorb auf dem Rücken trug, und erkundigte sich, wer der Herr dieser Stadt sei. Die Alte antwortete wispernd, als zische sie einen blasphemischen Fluch: Anseau Lefèvre. Herzog Lefèvre, der Günstling von Metz.

Reglos stand der Ordensritter da, als die Vettel davonschlurfte. Seine Rechte krampfte sich um den Schwertgriff. In seinem Orden galt Disziplin über alles, er hatte schon vor vielen Jahren gelernt, seine Gefühle zu bändigen. So sah niemand den Zorn, der wie Gift in seiner Kehle aufstieg.

Lefèvre. Herzog Lefèvre.

Doch der Ordensritter verspürte nicht nur Wut. Tief im Innern war er erleichtert, ja freudig erregt. Lefèvre war nicht tot, wie er befürchtet hatte. Er lebte.

Er überquerte die Moselbrücke und ging zur Rue de l'Épicier. Dort betrat er den Hof des größten Kaufmannsanwesens und fragte nach der Herrin des Hauses. Er solle hier warten, beschied ihm ein Knecht, man werde die Herrin holen.

Kurz darauf trat sie aus dem Durchgang. Alt war sie geworden, alt und grau, aber nicht wie die hässliche Vettel bei der verlassenen Kirche, ganz und gar nicht. Sie war würdevoll gealtert und auf ihre Weise noch immer eine Schönheit. Das weiße Kleid, das sie trug – war das ein Trauergewand?

Als sie ihn erblickte, blieb sie abrupt stehen, wich sogar

einen Schritt zurück und schlug sich die Hand vor den Mund. Dann begriff sie.

»Ihr seid es«, murmelte sie. »Bei Gott, ich dachte eben, Euer Vater wäre von den Toten auferstanden. Gehen wir hinauf. Ihr seid gewiss durstig.«

»Habt Dank«, sagte Nicolas de Bézenne und folgte Frau Isabelle ins Haus.

Sie führte Nicolas zum Gesellschaftssaal und wies die Mägde an, Wein und Speisen aufzutragen. Während er das Brot und die Reste des Bratens vom Mittagsmahl aß, musterte Isabelle den Ordensritter. Sie hatte ihn das letzte Mal vor vielen Jahren gesehen, kurz bevor er dem Templerorden beigetreten war. Damals war er ein junger Mann gewesen, ein Hitzkopf mit wildem Temperament und scharfem Verstand, der seinen Vater stolz machte und ihm zugleich reichlich Kummer bereitete. Inzwischen musste er sechsunddreißig, siebenunddreißig Jahre alt sein und war Renouart wie aus dem Gesicht geschnitten. Kein Wunder, dass ihr vor Schreck beinahe das Herz stehen geblieben wäre.

Sauber geschnittenes Haar und einen gepflegten Bart hatte er. Seine Augen, sein ganzes Wesen verströmten eine tiefe Ruhe. Renouart war nicht glücklich darüber gewesen, dass sich sein erstgeborener Sohn den Templern anschließen wollte. Eines Abends hatte er ihr und Michel deswegen sein Herz ausgeschüttet. Gewiss, dass Nicolas einem mächtigen Ritterorden beitrat und das Kreuz nahm, mehrte das Ansehen der Familie. Renouart jedoch wäre es lieber gewesen, wenn Nicolas sein Nachfolger geworden wäre. Damals hatte Renouart noch nicht geahnt, welch ein Schicksal ihm und seiner Familie bevorstand.

Beiläufig kraulte sie Samuel, der ihr um die Beine strich. Isabelle konnte es noch immer nicht recht glauben. Als man ihr sagte, ein Besucher sei gekommen, hatte sie gedacht, es sei Sieghart Weiß aus Speyer, den sie seit Tagen erwartete. Stattdessen saß nun Nicolas de Bézenne an ihrer Tafel. Dabei hatte sie nicht damit gerechnet, den Ordensritter in diesem Leben noch einmal wiederzusehen.

Er verzehrte den Braten bis auf den letzten Bissen. »Varennes hat sich verändert«, sagte er mit seiner tiefen Stimme, die so vertraut klang. Hätte Isabelle ihm mit geschlossenen Augen gelauscht, sie hätte Renouart vor sich gesehen. »Man sagte mir, die Stadt sei verflucht. Was ist geschehen?«

»Verflucht«, wiederholte sie. »Vielleicht lastet wirklich ein böser Zauber auf uns. Das würde manches erklären.«

»Die Glocken schweigen, und die Kirchen sind verschlossen. Hat der Erzbischof die Stadt mit einem Interdikt belegt?«

Isabelle nickte. »Man straft uns für den Mord an vier Mönchen der Abtei Longchamp. Stadtknechte erschlugen sie vor zwei Jahren an der Klosterpforte. Bis dieses Verbrechen gesühnt ist, darf kein Priester in Varennes die Messe lesen und die Sakramente spenden. Kinder werden nicht getauft, Ehen nicht gesegnet, Tote ohne jede Zeremonie in der Erde verscharrt. Gott hat diesen Ort verlassen, Nicolas, und vielleicht kehrt er nie mehr zurück.«

»Eine Stadt, in der Männer der Kirche ermordet werden«, sagte der Ordensritter selbstgerecht, »verdient es nicht besser.«

»Vielleicht solltet Ihr die Geschichte bis zum Ende anhören, bevor Ihr uns verdammt«, entgegnete Isabelle harsch. »Die Büttel, die den Mord begingen, unterstehen Lefèvre. Ja, dem Wucherer. Er herrscht jetzt über Varennes. Einen gewählten Rat gibt es schon lange nicht mehr. Lefèvre hatte es sich in den Kopf gesetzt, dass es sein Recht als Stadtherr ist, von den Klöstern Steuern zu verlangen. Als sie sich weigerten, seiner Forderung nachzukommen, ließ er sie plündern. Dabei wurden die Mönche erschlagen. Die Bürger Varennes' hatten damit nicht das Geringste zu tun, und doch sind sie es, die unter dem Interdikt leiden. Denn Lefèvre schert sich nicht um die Folgen seines Verbrechens und weigert sich, die Sühne zu bezahlen.«

»Davon wusste ich nichts«, sagte Nicolas. »Bitte verzeiht mir.«

Er sprach diese Worte derart aufrichtig, dass ihr Ärger verflog. Sie nickte. »Diese Stadt hat viel Leid erfahren, während Ihr fort wart. Urteilt nicht vorschnell über uns, ehe Ihr die genauen Umstände kennt.«

»Wie kommt es, dass Lefèvre Varennes beherrscht? Wer hat ihn zum Herzog erhoben?«

»Er selbst«, antwortete Isabelle verächtlich. »Die Macht ist ihm zu Kopf gestiegen. Er hält sich für einen Fürsten, dabei sind die Treize jurés von Metz die wahren Herren Varennes'. Lefèvre ist nur ihr Handlanger. Er kann kaum etwas entscheiden, ohne zuvor Roger Bellegrée, Robert Gournais und den Rest der Verbrecherbande um Erlaubnis zu fragen. Das hindert ihn aber nicht daran, uns zu unterdrücken und auszupressen. Kleinste Vergehen lässt er hart bestrafen. Wer seine Steuern nicht pünktlich bezahlt oder auch nur schlecht über ihn spricht, wird ausgepeitscht oder in den Hungerturm geworfen. Er selbst versteckt sich in seinem Haus und wähnt überall Feinde.«

Nicolas hörte ihr schweigend zu und vermied es, sie anzublicken. Isabelle wusste, es lag nicht daran, dass er schüchtern wäre oder sie nicht mochte. Er lebte keusch, und die Ordensregel der Templer verbot ihm, das Antlitz einer Frau zu betrachten. Daran hielt er sich, obwohl sie alt war und ganz gewiss nicht mehr begehrenswert.

Nun runzelte er die Stirn. »Die Treize jurés von Metz?«

»Vor einigen Jahren gab es Krieg zwischen unseren Städten«, erklärte sie. »Wir waren den Paraiges zu mächtig geworden, also beschlossen sie, uns zu vernichten. Sie besiegten uns, verleibten sich Varennes ein und ernannten ihren Günstling Lefèvre zum Statthalter.«

»Euer Gemahl…«, begann der Ordensritter und suchte nach den richtigen Worten.

»Er wurde bei der Fehde getötet. Die Metzer lauerten uns auf, als wir nach Nancy ritten, um Herzog Mathieu um Hilfe zu bitten. Bei der Flucht wurde Michel so schwer verletzt, dass er wenige Tage später starb.«

Nicolas bekreuzigte sich. »Er war ein guter Mann. Einer der besten, die mir je begegnet sind. Sein Tod ist ein schrecklicher Verlust für die Christen dieser Stadt. Ich trauere mit Euch.«

Sie schwiegen lange.

»Warum seid Ihr hier, Nicolas?«, fragte Isabelle schließlich.

Er zog einen Brief hinter dem Gürtel hervor, faltete ihn auseinander und legte ihn auf den Tisch. »Ich habe Eure Nachricht bekommen.«

»Erst jetzt?« Sie konnte sich kaum noch an den Brief erinnern. Isabelle betrachtete die Zeilen, die sie im September des Jahres 1220 geschrieben hatte, kurz nach Renouarts Tod. Sie erschienen ihr wie eine Botschaft aus einem anderen Leben.

»Schon vor drei Jahren.«

»Aber ich habe den Brief vor fast zwölf Jahren abgeschickt. Wo war er all die Zeit?«

»Der Ordensmeister hat ihn mir vorenthalten. Es waren harte Zeiten im Heiligen Land, und er fürchtete, Euer Brief könnte meinen Glauben erschüttern.«

Sie öffnete den Mund, um ihrer Empörung Luft zu machen, doch Nicolas sagte ruhig:

»Der Meister hat richtig entschieden. Diese Nachricht hat mich tatsächlich in einige Unruhe versetzt. Deshalb gab er sie mir erst nach dem Frieden von Jaffa, als die Kreuzfahrerstaaten unsere Kampfkraft nicht mehr benötigten.«

Der Friede von Jaffa war ein freudiges Ereignis für die ganze Christenheit gewesen. Isabelle konnte sich gut daran erinnern, wie die Bewohner Varennes' trotz des Elends in ihrer Stadt auf den Straßen gefeiert hatten, als sie davon hörten. Im Februar des Jahres 1229 war Kaiser Friedrich mit einem Kreuzfahrerheer in Palästina gelandet. Nach klugen Verhandlungen mit dem Sultan von Ägypten hatte er erreicht, dass den Christen die biblischen Städte Jerusalem, Bethlehem, Lydda und Nazareth zurückgegeben wurden. Im Gegenzug sah der Kaiser davon ab, mit seiner Streitmacht gegen die Festungen des Sultans zu ziehen. Außerdem überließ er den Sarazenen den Tempelberg in Jerusalem. Der Vertrag beendete das Blutvergießen im Heiligen Land und verhalf beiden Seiten zu ihrem Recht. Ganz ohne einen Schwertstreich hatte Friedrich einen glanzvollen Sieg errungen.

»Als ich Euren Brief las«, fuhr Nicolas fort, »beschloss ich, in die Heimat zurückzukehren und die Ehre meiner Familie wiederherzustellen. Der Hochmeister ließ mich jedoch erst zwei Jahre später ziehen, nachdem ich dem Orden geholfen hatte, unsere Angelegenheiten im Heiligen Land zu ordnen.«

»Was man Eurer Familie angetan hat, liegt viele Jahre zurück«, sagte Isabelle. »Wie wollt Ihr nach all der Zeit für ihre Ehre einstehen?«

Darauf antwortete Nicolas nicht. »Wo sind meine Mutter und meine Schwester Catherine?« Der Ordensritter blickte ihr zum ersten Mal in die Augen. Seine Stimme klang belegt, er konnte das Zittern darin nicht verbergen. »Sind sie am Leben?«

»Ja«, antwortete Isabelle. »Sie haben ein Gelübde abgelegt und leben in der Abtei Andlau in den Vogesen. Ich besuche sie einmal im Jahr. Es geht ihnen gut.«

»Ein Gelübde«, wiederholte er.

»Sie haben Schlimmes durchgemacht nach dem Tod Eures Vaters. In der Abgeschiedenheit des Klosters fanden sie ihren Frieden.«

Sie konnte nicht ermessen, was der Ordensritter in diesem Augenblick empfand – sein Gesicht war eine Maske, die jegliche Regungen verbarg. Lediglich die Augen gewährten einen Blick auf den Tumult in seiner Seele, und sie erblickte ein Übermaß an Schmerz, Zorn und Sorge. Doch Nicolas war kein Mann, der leicht die Beherrschung verlor. Er saß einfach da und schwieg.

Nach einer Weile stand er auf. »Bitte führt mich zum Grab meines Vaters«, bat er sie.

Abtei Andlau

Drei Tage später stieg Nicolas vor den Toren von Kloster Andlau aus dem Sattel.

Es war ein kalter und trüber Morgen. Die Sonne glich einem abgegriffenen Silberpfennig, sie vermochte kaum den Wolkendunst über den Bergen zu durchdringen. Die Bergulmen am Wegesrand streckten ihre kahlen Äste nach Nicolas aus, als er sein Pferd anband. Bei einigen Nonnen, die unter den Bäumen Reisig und Feuerholz sammelten, brachte er sein Anliegen vor. Man bat ihn, hier zu warten, während eine der Schwestern davoneilte.

Nicolas widerstand dem Drang, rastlos auf und ab zu gehen, obwohl er so angespannt war wie seit seiner Abreise aus dem Heiligen Land nicht mehr. Nein, mehr als angespannt: Er fühlte sich geradezu verloren. Den größten Teil seines Erwachsenenlebens hatte er in Häusern des Ordens verbracht, wo jeder Tag nach einer strengen Ordnung verlief. Siebenmal zwischen Sonnenaufgang und Mitternacht kamen die Brüder zum Gebet zusammen, dreimal speisten sie gemeinsam. Dazwischen erledigten sie die ihnen zugewiesenen Arbeiten, bildeten die Novizen aus und übten sich an den Waffen. Wenn der Meister es verlangte, ritten sie aus, schützten die heiligen Stätten und fochten gegen die Feinde der Christenheit. Stets gehorchten sie den Befehlen des Meisters, auch wenn diese verlangten, für den Orden in den Tod zu gehen. Jeder Bruder akzeptierte das. Ihr Leben gehörte ihnen nicht mehr, sie hatten es dem Allmächtigen geweiht. Der Orden allein verfügte über ihr Schicksal.

So hatte Nicolas siebzehn Jahre verbracht. Es war ein hartes Leben gewesen, aber auch ein schlichtes, ein gutes. Keine Entscheidungen, die er treffen musste. Keine Zweifel, die ihn quälten.

Doch jetzt war er plötzlich auf sich allein gestellt. Niemand ordnete seinen Tag. Kein Meister sagte ihm, was er tun sollte. Er musste selbst herausfinden, welchen Weg er gehen musste, was richtig war und was falsch.

Das war schwer. Viel schwerer, als er gedacht hatte. Während er vor dem Klostertor wartete, fühlte er sich nackt, verwirrt, ausgeliefert.

Er freute sich auf das Wiedersehen mit Mutter und Schwester und fürchtete sich zugleich davor. Catherine ... Bevor er sich dem Orden angeschlossen hatte, war sie ihm das Liebste gewesen. Sie hatten einander ihre Träume anvertraut, ihre Ängste und Sorgen. Catherine war es gewesen, der er erzählt hatte, er wolle Tempelritter werden, lange bevor er den Mut gefunden hatte, darüber mit seinem Vater zu sprechen. Sie hatte ihn in seinem Vorhaben bestärkt, ihn davon überzeugt, seinem Herzenswunsch beharrlich zu folgen. Obwohl erst vierzehn Jahre alt, hatte sie über mehr Reife und Weisheit als so mancher Erwachsene verfügt. Schon damals hatte sie begriffen, dass es nicht sein Schicksal war, in Lothringen zu bleiben und dereinst das Rittergut der Familie zu führen. Sie hatte gespürt, dass er für Größeres ausersehen war. Dass er fortgehen musste, weil seine Bestimmung in der Fremde lag.

Der Abschied von ihr war hart gewesen. An jenem Morgen, als er im Begriff gewesen war, zum Ordenshaus in Metz aufzubrechen, hatten sie beide viele Tränen vergossen. Catherine versprach, jeden Tag für ihn zu beten. Er umarmte sie und war nicht fähig, ihr zu danken – der Schmerz hatte ihm die Stimme geraubt.

Catherine, seine kleine Schwester, seine Seelenverwandte. Als sie ihn am dringendsten gebraucht hatte, war er nicht für sie da gewesen.

Gleich würde sie durch dieses Tor treten. Er wusste, dass sie sich verändert hatte. Sie war kein Mädchen mehr, sondern eine erwachsene Frau von dreißig Jahren. Eine Frau, die Schreckliches erlebt hatte. Isabelle hatte ihm alles erzählt. Was Lefèvre ihr angetan hatte. Dass sie seitdem nicht mehr sprach.

Da – die Pforte öffnete sich. Zwei Nonnen traten heraus, kamen auf ihn zu. Nicolas' Herz klopfte so heftig, dass er das Pochen in der Kehle spürte.

»Mein Junge«, flüsterte seine Mutter. »Du bist es wirklich.«

Ihre Fingerkuppen berührten sein Gesicht, tasteten über seine Wangen, als müsse sie sich vergewissern, dass es wirklich Nicolas war, der vor ihr stand. Wie alt sie geworden war, alt und gebeugt. Doch er spürte auch die Kraft, die in diesem zerbrechlichen Körper wohnte. Eine Kraft, aus großer Ruhe geboren.

Felicitas umarmte ihn und begann zu schluchzen. Auch Nicolas wollte weinen, doch er konnte es nicht. Die Gefühle, die er empfand, saßen tief in ihm fest und fanden keinen Weg nach draußen. Er hatte zu viel Grausames gesehen im Heiligen Land, dabei war sein Herz hart geworden.

»Catherine«, wisperte er und wandte sich seiner Schwester zu. Die Jahre hatten ihre Anmut keineswegs vermindert. Ihr Gesicht war so schön wie das, das er gleich einem Schatz in seinen Erinnerungen verwahrte, noch schöner sogar. Er wünschte, sie würde ihn begrüßen, seinen Namen sagen, damit er ihre Stimme hören konnte. Doch alles, was sie tat, war, ihn anzulächeln.

»Catherine«, sagte er noch einmal und nahm sie in die Arme.

Unter den Bergulmen setzten sie sich auf die Erde. Das Gras war feucht, und Nicolas breitete seine Decke aus. Schweigend musterten sie einander, studierten gegenseitig ihre Gesichter, suchten darin nach Spuren von Glück und Leid.

»Warum bist du heimgekehrt?«, fragte seine Mutter.

»Ich habe gehört, was geschehen ist.« In knappen Worten erzählte er von Isabelles Brief, den er nach vielen Jahren erhalten hatte. Von seinem Entschluss, die Ehre der Familie wiederherzustellen. Vom Frieden zwischen Kaiser und Sultan, der es ihm ermöglicht hatte, Palästina zu verlassen.

»All das liegt lange zurück«, sagte Felicitas. »Es ist vergeben und vergessen. Es ist besser, die Vergangenheit ruhen zu lassen.«

»Das kann ich nicht.«

»Wir haben hier unseren Frieden gefunden. Wir sind glücklich. Bitte mach das nicht zunichte, nur weil du das Verlangen nach Rache verspürst.«

Er starrte seine Schwester an. Sie ertrug seinen Blick nur kurz, dann schaute sie zu Boden.

»Ich weiß, was Lefèvre ihr angetan hat«, sagte Nicolas. »Frau Isabelle hat es mir erzählt.«

»Wir sprechen darüber nicht.« Der Blick seiner Mutter war beinahe flehend. »Wir versuchen, all das zu vergessen.«

»Aber es gelingt euch nicht, richtig? Ihr seid nicht glücklich – ihr versteckt euch.«

»Nicolas …«, begann sie in dem Versuch, ihn zu besänftigen, doch es fruchtete nicht. Mit jedem Wort, das er sprach, wuchs sein Zorn, wurde seine Stimme harscher und lauter.

»Lefèvre hat Vater entehrt und ermordet. Er hat euch wie Sklaven gehalten. Er hat Catherine … Er hat ihr schreckliches Leid zugefügt. Und er wurde nie dafür bestraft. Wie kannst du nur von mir verlangen, darüber hinwegzusehen?«

Seine Mutter schwieg. Sie weinte wieder.

Ihre Tränen bestärkten ihn in seinem Entschluss, ließen den letzten Rest seiner Zweifel verschwinden. »Der Wucherer wird für all das bezahlen. Erst dann könnt ihr Frieden finden.«

»Was willst du tun?«, fragte Felicitas.

»Das weiß ich noch nicht«, sagte er. »Es wird sich ergeben.« Gott würde ihm einen Weg zeigen. Daran glaubte er mit ganzer Seele.

Catherine ergriff seine Hand und drückte sie. Dabei lächelte sie wieder.

Varennes-Saint-Jacques

Bitte entschuldigt die Verspätung«, sagte Sieghart Weiß, während er seine Handschuhe auszog. »Ich wollte eigentlich schon vorige Woche da sein, aber die Verhandlungen wegen des Städtebundes haben sich in die Länge gezogen. Ich konnte erst aus Speyer fort, als die Verträge unterschrieben waren.«

Isabelle lächelte und reichte ihm zur Begrüßung die Hand. »Das macht nichts. Ich brauche die Waren nicht sonderlich dringend. Willkommen in Varennes, Sieghart.«

Der Wagenzug passte gerade so in den Hof ihres Hauses. Die Zugochsen brüllten, ihr Atem dampfte in der Kälte. Es wimmelte von Knechten und Fuhrleuten, denen die Strapazen der neuntägigen Reise ins Gesicht geschrieben standen. Isabelles Mägde eilten davon, um ihnen Suppe und heißen Most zu bringen. Nachdem Sieghart die Männer angewiesen hatte, die Waren in den Keller zu schaffen, folgte er Isabelle ins Haus.

Im Saal nahmen sie den Willkommenstrunk ein: heißen Südwein, gewürzt mit Honig und Minze. Währenddessen erzählte Sieghart von seinen Geschäften in Speyer. Er war jetzt ein Mann in der Blüte seiner Jahre und hatte kaum noch Ähnlichkeit mit dem sommersprossigen Burschen, den sie vor einer halben Ewigkeit in den Rang eines *fattore* erhoben hatte. Er hatte vor einigen Jahren geheiratet und war Vater zweier Kinder, und sein Ruf als Kaufmann war ausgezeichnet. In Speyer hatte man längst erkannt, dass er nicht nur einen scharfen *senno* besaß, sondern auch politisches Gespür. Folgerichtig hatte ihn die Bürgerschaft im vergangenen Jahr in den Rat gewählt.

Es hatte viele Gründe, warum Isabelle sich letztlich entschlossen hatte, das Geschäft weiterzuführen und sich nicht im Beginenhof zur Ruhe zu setzen. Einer davon, vielleicht der wichtigste, saß eben vor ihr. Dank Sieghart Arbeit warf die Niederlassung in Speyer jedes Jahr üppige Gewinne ab, in manchen Monaten erwirtschaftete er gar höhere Umsätze als sie selbst. Nur ihm war es zu verdanken, dass sie trotz der schwierigen Lage in Varennes über die Runden gekommen war und nicht längst aufgegeben hatte.

Zwei Knechte betraten den Saal und stellten eine Schatulle auf den Tisch. Sieghart streifte sich die Kette mit dem Schlüssel über den Kopf und schloss die Truhe auf. Hunderte von Silbermünzen nahmen das Kerzenlicht auf und funkelten verheißungsvoll.

»Der Reingewinn der letzten sechs Monate«, erklärte der *fattore*. »Fast zwanzig Pfund. Ich habe das Hauptbuch mitgebracht. Ich lasse es holen, damit Ihr es prüfen könnt.«

»Das hat Zeit«, sagte Isabelle. »Erzählt mir lieber von diesem Städtebund. Was hat es damit auf sich?« Sie hatte Gerüchte über die jüngsten Entwicklungen in Speyer gehört, wusste jedoch nichts Genaues.

Sieghart schloss die Schatulle und schickte die Knechte weg. »Wir nennen ihn den mittelrheinisch-wetterauischen Bund. Mainz, Bingen, Worms, Frankfurt und einige andere Städte haben sich vor sechs Jahren zusammengeschlossen, damit sie einander in Zeiten der Not beistehen können. Jetzt ist auch Speyer beigetreten. Wir erhoffen uns davon einen besseren Schutz vor unseren Feinden und einen Ausbau der Handelswege. Das ist zwar die Aufgabe der Landesherren, aber Ihr wisst selbst, dass sie die Straßen allzu gern vernachlässigen und ihr Geld lieber für Fehden und neue Burgen ausgeben.«

»Und die Fürsten dulden solch ein Bündnis?«

»Sie haben bereits Widerstand angekündigt. Der Bischof von Mainz hat sich bei König Heinrich über uns beschwert, und Heinrich will die Rechtmäßigkeit des Bundes genau prüfen. Soll er«, erklärte Sieghart grimmig. »Wir lassen uns nicht aufhalten. Wenn er nicht imstande ist, die Reichsstädte und ihre Kaufleute vor der Willkür des Adels und der Kirche zu schützen, müssen wir das eben selbst in die Hand nehmen.«

»Das sind interessante Neuigkeiten«, sagte Isabelle. »Seid so gut und haltet mich auf dem Laufenden.«

»Das mache ich.«

Sie bat die Knechte, die Schatulle und Siegharts Geschäftsbücher nach oben in die Schreibstube zu bringen. Anschließend trat sie ans Fenster und blickte hinab in den Hof. Siegharts Männer hatten inzwischen die Waren im Keller verstaut und stärkten sich mit Suppe und Most.

»Schauen wir uns an, was Ihr mir Schönes gebracht habt«, sagte sie lächelnd und ging mit Sieghart zum Lagerkeller.

Sieghart blieb nicht lange in Varennes. Nachdem er sich einen Tag ausgeruht hatte, deckte er sich mit Salz aus der Saline ein. Dann trat er die Heimreise an, denn er sehnte sich nach seiner Familie.

Am nächsten Morgen kehrte Nicolas zurück. Isabelle war gerade im Hof, als er vom Pferd stieg.

»Ich muss mit Euch reden«, erklärte er. »Unter vier Augen.«

»Gehen wir nach oben.« Obwohl Nicolas wie eh und je Härte und Unnahbarkeit zur Schau stellte, konnte sie spüren, dass er im Innern aufgewühlt war.

Er überließ sein Schlachtross dem Pferdeknecht und folgte ihr zum Saal, wo sie die Tür hinter ihnen schloss.

»Was hat der Wucherer mit seinem Haus angestellt?«, fragte er.

»Was meint Ihr?«

»Die Zugbrücke. Die vergitterten Fenster. Die Eisenspitzen auf der Hofmauer. Das ist kein Wohnhaus, das ist eine Festung.«

»Wie ich schon sagte, Lefèvre sieht sich von Feinden umgeben«, erklärte Isabelle. »Hinter jeder Ecke wähnt er gedungene Mörder. Deshalb hat er sein Haus umbauen lassen. Der Mann ist nicht ganz richtig im Kopf.«

»Inwiefern?«

»Er führt Selbstgespräche und geht kaum noch vor die Tür. Es heißt, er höre böse Stimmen, die ihm Grausamkeiten einflüstern.«

Nicolas stand mit dem Rücken zu ihr am Fenster. Während er zu Lefèvres Haus schräg gegenüber spähte, presste er die Fingerkuppen so fest auf den Fenstersims, dass sie sich weiß verfärbten.

»Was kümmert Euch Lefèvres Haus?«

»Es wird Zeit, dass dieser Mann für seine Verbrechen bezahlt«, antwortete Nicolas.

»Ihr wollt Rache«, stellte sie fest.

»Ja.«

Das kam nicht eben überraschend für sie. Die Ehre seiner Familie bedeutete Nicolas alles, darin glich er Renouart. Was Lefèvre seiner Familie angetan hatte, konnte er keinesfalls ungesühnt lassen. All das konnte Isabelle gut verstehen. Gleichwohl hielt sie das Vorhaben für blanken Irrsinn. »Wie wollt Ihr das anstellen?«, fragte sie rundheraus.

Der Ordensritter wandte sich um. »Ich fordere ihn zum Zweikampf.«

»Mit Verlaub, Nicolas, aber das wäre ausgesprochen töricht. Warum sollte Lefèvre darauf eingehen? Er ist sich keiner Schuld bewusst, und es gibt weit und breit kein Gericht, das ihn zwingen könnte, sich Euch zu stellen. Soll ich Euch sagen, was geschehen wird, wenn Ihr das tut? Lefèvre wird Euch auslachen und Euch bei der nächsten Gelegenheit einen Messerstecher schicken, der Euch im Bett die Kehle durchschneidet.«

»Dann stelle ich ihn, wenn er das nächste Mal sein Haus verlässt«, erwiderte Nicolas stur. »Ich überrumple ihn, sodass er gar keine andere Wahl hat, als gegen mich zu kämpfen.«

»Habt Ihr mir nicht zugehört? Er lässt sich kaum je in der Stadt blicken. Höchstens einmal in der Woche geht er zum Rathaus, wenn es sich nicht vermeiden lässt, und dann hat er stets ein halbes Dutzend Bewaffnete bei sich. Sie würden Euch in Stücke hauen, bevor Ihr auch nur Euer Schwert ziehen könntet.«

»Gut«, knurrte der Ordensritter. »Sagt Ihr mir, wie ich es angehen soll.«

»Ihr wollt meine Meinung hören? Lasst diesen Plan fallen, wenn Euch Euer Leben lieb ist. Vergesst Lefèvre und geht Eures Weges.«

»Das kann ich nicht.«

»Aber er ist längst verdammt! Was kümmert es Euch, ob er noch ein paar Jahre dahinvegetiert, bevor der Teufel seine Seele holt?«

»Er muss auch in dieser Welt gerichtet werden. Und er muss durch meine Hand sterben. Das bin ich meinem Vater schuldig.«

Isabelle seufzte. »Was ich auch sage oder tue, ich werde Euch diese Sache nicht ausreden können, richtig?«

»Ich werde den Wucherer töten, ob Ihr mir helft oder nicht.«

»Ihr seid ein sturer Ochse, genau wie Renouart. Hat Euch das schon einmal jemand gesagt?«

»Ich höre das gelegentlich«, meinte Nicolas nur.

Sie lachte kurz und trocken. »Auch das hätte von ihm sein können.«

»Ich denke, damit ist alles gesagt. Ich danke Euch für Eure Gastfreundschaft, Frau Isabelle.« Er neigte den Kopf zum Abschied und ging zur Tür.

»Wartet. Ich mag Euch, Nicolas. Ich will nicht, dass Ihr Euch umbringt, für nichts und wieder nichts.«

Der Ordensritter blieb stehen.

»Allein habt Ihr nicht den Hauch einer Chance gegen Lefèvre«, sagte sie. »Aber vielleicht kann ich Euch … Verbündete verschaffen.«

»Verbündete?«, wiederholte er stirnrunzelnd.

Ihr war ein Gedanke gekommen – ein Gedanke, von dem sie noch nicht wusste, wohin er führte. Möglicherweise war er abwegig. »Es wird Zeit«, sagte sie, »dass Ihr jemanden trefft.«

März 1232

Bois de Varennes

Die Büttel trieben sich seit dem Morgengrauen im Wald herum. Sie suchten die Umgebung des alten Hügelgrabes ab und kamen dabei nah an das verborgene Tal heran. Zu nah für Rémys Geschmack.

Es waren fünf Stadtknechte und ein Sergeant, die durch den nebelverhangenen Forst stapften, in den Händen ihre Spieße. Rémy und seine Gefährten kauerten auf einer Hügelkuppe hinter einem Felsen und beobachteten die Männer. Sie suchten den jungen Steinmetzgesellen, den Rémys Wachen in aller Früh aufgelesen und ins Tal gebracht hatten. Der Bursche hatte am Abend zuvor zu viel getrunken und auf dem Nachhauseweg abwechselnd schmutzige Lieder gegrölt und lautstark Lefèvre geschmäht. Als die Büttel ihn holen kamen, war er, beseelt vom Mut der Verzweiflung, in den Kanal der Unterstadt gesprungen und unter der Stadtmauer hindurchgetaucht – eine Leistung, die bei dieser Kälte nur ein Betrunkener zuwege brachte. Vom Fluss aus hatte er sich irgendwie in den Wald gerettet, wo sie ihn schließlich gefunden hatten – ein zitterndes, halb erfrorenes Häufchen Elend. Vermutlich stand ihm die Erkältung seines Lebens bevor.

Der ausgedehnte Wald im Westen Varennes' war schon immer ein Schlupfwinkel für Vogelfreie und Ausgestoßene gewesen. Lefèvres Leute wussten das und verfolgten flüchtige Verbrecher manchmal bis in die tiefsten Tiefen des Forstes. Normalerweise bekamen sie ihr Opfer frühzeitig zu fassen oder gaben auf, ohne auch nur in die Nähe der geheimen Zuflucht zu kommen. Diesmal war es anders. Gutes Gespür oder ein vermaledeiter Zufall hatte die sechs Männer in diesen Teil des Waldes geführt. Wenn sie weiter in diese Richtung gingen, würden sie womöglich auf den Zugang des Tales stoßen.

Das durfte Rémy unter keinen Umständen zulassen.

Leise spannte er seine Armbrust; seine drei Gefährten taten es ihm nach. Es waren erstklassige Waffen, die sie bei sich trugen, robust und treffsicher. Da die Handwerker Varennes' kein Kriegsgerät mehr an die Bürger verkaufen durften, hatte seine Mutter die Armbrüste anderswo besorgt und ein Dutzend davon in den Wald geschmuggelt. Rémy hatte viel Zeit darauf verwendet, seine Leute im Armbrustschießen auszubilden. Das hatte Früchte getragen: Inzwischen gab es einige passable Schützen im Tal.

Einer seiner Begleiter, ein Schmied namens Robert, legte auf den Sergeanten an. Die Metzer hatten seine Schwester getötet, seitdem hasste er sie aus tiefster Seele.

»Warte«, murmelte Rémy.

»Wir müssen sie erledigen, bevor sie das Tal finden«, gab Robert leise zurück.

Rémy war dagegen, die Büttel zu töten. Nicht, dass er Skrupel gehabt hätte. Wenn die Umstände es erforderten, zögerte er nicht, Feinde zu vernichten. Der hehre Grundsatz seines Vaters, Gewalt stets zu vermeiden, ließ sich vielleicht in einer zivilisierten Stadt verwirklichen, aber ganz gewiss nicht in der Wildnis, wo tausend Gefahren drohten, nicht zuletzt durch gnadenlose Gesetzeshüter. Und die vergangenen Jahre hatten Rémy hart gemacht, hart und mitleidslos, denn anders hätten sie nicht überlebt. Doch er hielt das, was Robert vorhatte, schlicht für zu gefährlich. »Wenn wir fünf Stadtknechte und einen Sergeanten töten, wird Lefèvre alle seine Männer ausschicken und versuchen, uns zu finden. Oder er lässt in Varennes Unschuldige dafür büßen. Nein. Es ist besser, wenn wir sie weglocken.«

»Wie willst du das anstellen?«, fragte Robert. Der Schmied nannte Rémy schon lange nicht mehr »Meister«. Im Tal gab es keine Unterschiede in Rang und Stand. Hier draußen waren sie alle gleich.

»Lass das meine Sorge sein. Ihr geht zurück zum Tal und behaltet die Zugänge im Auge. Falls die Büttel doch dort auftauchen, tötet sie. Wenn ich bis Mittag nicht zurück bin, kommt mich suchen.«

Die Männer nickten.

»Viel Glück.« Robert klopfte ihm auf die Schulter.

Rémy spähte zu den Bütteln, die auf der Lichtung unterhalb der Anhöhe stehen geblieben waren und leise miteinander sprachen. Offenbar waren sie unschlüssig, wie sie weiter vorgehen sollten. Mit der Armbrust in der Hand schlich er die Hügelflanke hinab, umrundete geduckt die Lichtung und ging hinter einer Eiche in Deckung. Eben setzten sich die sechs Männer in Bewegung. Er zielte mit der Armbrust und drückte ab. Der Bolzen durchschnitt die Luft mit einem scharfen Sirren, streifte Zweige und schlug keine Elle neben dem Kopf des Sergeanten in einem Baumstamm ein. Der Mann keuchte vor Schreck und stolperte zur Seite. Rémy trat hinter der Eiche hervor und gab sich kurz zu erkennen, ehe er herumwirbelte und davonhastete.

»Da drüben!«, brüllte einer der Stadtknechte.

»Schnappt ihn euch!«

Der Fisch hatte angebissen. Er hörte, dass die Männer die Verfolgung aufnahmen.

Rémy rannte nach Norden, weg vom Tal, sprang über totes Holz, schlug Haken, duckte sich unter Ästen hindurch. Obwohl er mit seinen einundvierzig Jahren kein junger Mann mehr war, war er um einiges zäher und ausdauernder als früher, denn das Leben in der Wildnis hatte seinen Körper gestählt.

Er konnte lange laufen, ohne zu ermüden, und im Gegensatz zu seinen Verfolgern trug er kein schweres Rüstzeug. Wenn er gewollt hätte, hätte er die Büttel jederzeit abhängen können. Er beabsichtigte jedoch, sie mindestens eine halbe Wegstunde vom Tal wegzuführen. Also lief er gerade so schnell, dass sie ihn nicht verloren. Keiner von ihnen hatte einen Bogen oder eine Armbrust bei sich, er musste daher nicht fürchten, hinterrücks niedergeschossen zu werden.

Allmählich erwachte der Wald aus seinem Winterschlaf. Seit einigen Tagen herrschte Tauwetter, das den Boden aufweichte und jeden Baum, jeden Busch, jeden Grashalm mit einem Film aus Feuchtigkeit überzog. Klammer Dunst krallte sich in Tälern und Senken fest. Bald war Rémy klatschnass, und sein erhitzter Körper schien zu dampfen, während er über Stock und Stein hastete. Hinter ihm fluchten und schimpften die Büttel, wenn sie in Schlammlöcher traten oder an dornigen Ranken hängen blieben. Rémy, der sich blind im Wald auskannte, wählte einen Weg, der es den Männern anfangs leichtmachte, ihn zu verfolgen: wenig Strauchwerk, genug Platz zwischen den Bäumen. Als er die unmittelbare Umgebung des Tales hinter sich gelassen hatte, hielt er sich in nordwestlicher Richtung, wo der Forst dichter wurde. Rémy ließ die Männer bis auf fünfzehn, zwanzig Klafter an sich herankommen und machte einige ungeschickte Bewegungen, damit sie die Hoffnung nicht verloren, ihn doch noch fassen zu können.

»Schneller, verdammt noch eins!«, peitschte der Sergeant die Stadtknechte auf. »Holt euch den Scheißkerl! Einen Sou für denjenigen, der ihn fängt!«

Die Männer fassten neuen Mut und verfolgten Rémy tief in das Dickicht hinein. Inmitten des unübersichtlichen Gewirrs aus steilen Abhängen, kleinen Schluchten und Wällen aus Dornenhecken ließ er jegliche Zurückhaltung fahren und rannte, so schnell er konnte.

»Ihm nach!«, schrie der Sergeant. »Lasst ihn nicht entkommen!«

Der Befehl verfehlte die gewünschte Wirkung. Die Büttel waren bereits zu erschöpft, um mit Rémy mithalten zu können; außerdem machte ihnen das unwegsame Gelände zu schaffen. Immer wieder mussten sie Hindernisse umgehen, was seinen Vorsprung noch vergrößerte. Er schlüpfte durch das Gestrüpp und verbarg sich hinter einem vom Blitz gespaltenen Baum, wo er Atem schöpfte. Mit einem dünnen Lächeln auf den Lippen lauschte er den wütenden Schimpftiraden der Männer, die verstreut durch das Dickicht irrten, ohne die geringste Aussicht, ihn einzuholen. Sie befanden sich nun mitten im tiefsten Wald. Hier lebte weit und breit niemand, nicht einmal Köhler oder Holzfäller. Vermutlich hatten sie sich völlig verlaufen und würden Stunden brauchen, um zur Stadt zurückzufinden.

Zufrieden mit sich, überließ Rémy sie ihrem Schicksal und machte sich auf den Weg zurück zum Tal.

An der Westseite des geheimen Tales traf er sich mit Robert und den anderen. Am Zugang wurden sie von den beiden Wächtern begrüßt.

»Sind sie weg?«, fragte einer der Männer, die ebenfalls Armbrüste trugen.

»Rémy hat sie ins Dickicht im Norden gelockt«, berichtete Robert grinsend. »Es wird Abend, bis sie heimfinden.«

»Gute Arbeit«, lobte der Wächter.

»Es war nicht sehr schwer«, sagte Rémy.

»Sie lernen nie, dass sie uns hier draußen nicht gewachsen sind, was?« Der Mann lachte und schlug ihm auf die Schulter.

Rémy schlüpfte durch die Spalte und betrat die Zuflucht im Innern des Tales. In der Senke zwischen den Felswänden und den dicht bewachsenen Hängen standen gut zwanzig Hütten, einfache Unterkünfte aus Holz, Stroh und Steinen, die einen kleinen Platz mit einem Backhaus umgaben. Hühner, Gänse und Schweine trieben sich auf den Wegen herum und fraßen die Abfälle, die man ihnen hinwarf. Im Osten des Tales, in der Nähe des anderen Zugangs, entsprang ein Bach, der einen Tümpel nährte, bevor er rauschend in den Tiefen einer Erdspalte verschwand. Er versorgte die Zuflucht mit frischem Wasser.

Die Bewohner der Hütten, gut hundert an der Zahl, kochten Essen, hüteten die kleinen Gemüsegärten und gingen verschiedenen Arbeiten nach. Manche hackten Holz, andere flickten das Dach einer Kate oder kümmerten sich um den Kohlemeiler. Ein unbedarfter Beobachter hätte die Ansiedlung vermutlich für ein gewöhnliches Dorf gehalten und die geschützte Lage bewundert, nicht ahnend, dass die meisten Menschen in diesem Tal Vogelfreie und Ausgestoßene waren, denen harte Strafen drohten, wenn sie den Wald verließen.

Anfangs hatten Rémy, Will, Philippine und der kleine Michel allein hier gelebt. Es hatte jedoch nicht lange gedauert, bis sie Gesellschaft bekamen. Da Lefèvre Varennes mit harter Hand beherrschte, hatten nicht wenige Menschen gute Gründe, die Stadt zu verlassen und sich hier zu verstecken. Von Jahr zu Jahr wurden es mehr. Inzwischen bekam die kleine Gemeinschaft bald jeden Monat Zuwachs. Viele Bewohner hatten hier Zuflucht gesucht, um dem Kerker oder dem Galgen zu entgehen. Doch das traf bei Weitem nicht auf alle zu. Mehr als die Hälfte dieser Menschen hatte das Elend in Varennes schlicht nicht mehr ausgehalten und war in der Hoffnung auf ein besseres oder zumindest erträglicheres Leben gekommen. Bei den meisten handelte es sich um ehemalige Bewohner der Unterstadt, die am schlimmsten unter Lefèvre litt. Viele von ihnen hatten wegen der schlechten wirtschaftlichen Lage keine Arbeit mehr gefunden und monatelang gehungert. Sie waren gezwungen gewesen, zu stehlen und zu betteln.

Außerdem hatte ihnen die Furcht vor dem Dämon zugesetzt, der angeblich in der Unterstadt umging. Rémy konnte nur Vermutungen darüber anstellen, was es mit dieser Geschichte auf sich hatte. Seit einigen Jahren verschwanden in jenem Teil Varennes' regelmäßig Menschen; manchmal fand man sie Tage später tot und verstümmelt in der Mosel oder auf dem Grund einer alten Sickergrube. Da es sich stets um Bettler, Huren und dergleichen handelte, riss sich der Schultheiß nicht gerade ein Bein aus, um die Morde aufzuklären. Viele Bewohner der Unterstadt schworen Stein und Bein, dass ein Dämon diese armen Seelen geholt hatte, ein Schatten in schwarzen Gewändern, der nachts durch die Gassen huschte, auf der Jagd nach neuen Opfern. Einige hielten das Phantom keineswegs für eine Ausgeburt der Hölle – sie vermuteten vielmehr, dass sich unter der Kutte kein anderer als Lefèvre verbarg, der seiner Mordlust freien Lauf ließ, seit er das Gesetz nicht mehr fürchten musste.

Rémy wusste nicht, was er von alldem halten sollte. Diese Geschichte erschien ihm reichlich übertrieben: ein Schauermärchen, in dem die abergläubische Furcht der einfachen Leute vor ihrem grausamen Stadtherrn einen Ausdruck fand. Andererseits war Lefèvre offensichtlich nicht ganz richtig im Kopf. Rémy traute ihm inzwischen alles zu.

Er näherte sich gerade dem Platz vor den Hütten, als ihm der junge Steinmetzgeselle entgegenkam, den sie gestern im Wald gefunden hatten. Jemand hatte ihm trockene Kleider gegeben, und er wirkte wieder halbwegs lebendig.

»Meister Rémy«, sprach der Bursche ihn an.

»Nur Rémy. Und komm mir nicht mit ›Ihr‹ und ›Euch‹. Wir nennen uns alle beim Vornamen und sagen ›du‹ zueinander.«

Der Geselle nickte. »Die Männer, die mich suchen …«, begann er.

»Mach dir ihretwegen keine Sorgen. Du bist hier sicher.«

»Sind sie weg?«

»Ja. Und ich denke nicht, dass sie so bald wiederkommen werden.«

Dem Burschen stand die Erleichterung ins Gesicht geschrieben. Er wischte sich mit dem Ärmel die tropfende Nase ab. Spätestens morgen würde er krank sein, das war ausgemachte Sache. »Man hat mir gesagt, wenn ich hierbleiben will, soll ich mit Euch … mit dir sprechen.«

»Hast du dir das gut überlegt?«

»Ja.«

»Kannst du nirgendwo anders hin?«

»Wohin denn? Meine ganze Familie lebt in Varennes. Außerdem wird Lefèvre todsicher dafür sorgen, dass man mich ächtet. Dann sind mir auch alle anderen Städte verwehrt.«

»Wie heißt du?«, fragte Rémy.

»Géraud. Géraud Le Masson.«

»Wie der Ratsherr?«

»Gaillard ist mein Onkel.«

»Es ist so, Géraud«, erklärte Rémy. »Das Leben im Wald ist hart. Alles ist knapp, vor allem Essen, Kleider und Unterkünfte. Es gibt keinen Medicus und keine Bruderschaft, die dich durchfüttert, wenn du nicht arbeiten kannst.«

»Ich werde arbeiten«, sagte Géraud entschieden. »Ich habe mich umgehört – ich bin der einzige Steinmetz hier. Ich kann euch helfen, bessere Hütten zu bauen.«

»Das reicht nicht. Du musst auch auf die Jagd gehen, dich um die Gärten kümmern und einmal in der Woche Wache halten. Kannst du mit einer Armbrust umgehen?«

»Ein wenig.« Der Geselle grinste schüchtern. »Gewiss nicht so gut wie du.«

»Das macht nichts. Ich werde dich ausbilden. Wir treffen uns jeden Sonntagmorgen draußen am Hügelgrab und üben gemeinsam bis zur Mittagsstunde. Kann ich mich darauf verlassen, dass du mitmachst, ohne zu murren?«

»Natürlich.«

Der Bursche war kein Dummkopf, so viel stand fest. Er schien sich das alles gründlich überlegt zu haben. Obwohl jeder weitere Esser eine Belastung für ihre Gemeinschaft darstellte, konnten sie Männer wie ihn – jung, kräftig, zu allem entschlossen – gut gebrauchen. »Es gibt noch mehr Regeln«, fuhr Rémy fort. »Was die Gemeinschaft beschließt, ist für jeden bindend. Wer sich nicht daran hält, muss gehen. Das gilt auch für denjenigen, der die Bewohner dieses Tals bestiehlt oder ihnen anderweitig schadet. Wir können nur überleben, wenn wir zusammenhalten. Wirst du diese Regeln achten?«

»Mein Wort darauf.«

»Schwör's bei deiner Seele.«

Géraud hob feierlich die Rechte. »Ich schwör's bei meiner Seele.«

Rémy nickte. »Herzlich willkommen. Melde dich bei Will. Er wird dir einen Schlafplatz zuweisen und dir erklären, wo du dich nützlich machen kannst.«

»Tausend Dank! Ich werde dich nicht enttäuschen«, sagte der Bursche grinsend, bevor er mit triefender Nase davoneilte.

Rémy blickte ihm nach. Noch einer, der ihn für einen Helden hielt … Er schüttelte kaum merklich den Kopf. So viel hatte sich verändert in den letzten vier Jahren, dass ihm sein altes Leben als Buchmaler manchmal wie ein Traum erschien, unwirklich und fern. Damals war seine größte Sorge die Schule gewesen. All das zählte heute nicht mehr. Er war ein anderer Mann, und dies waren andere Zeiten. Sein ganzes Streben galt allein der Sicherheit seiner kleinen Familie und dem Schutz dieser Menschen, die ihm vertrauten – und ihm gehorchten.

Ja, die Bewohner des Tales betrachteten ihn als ihr Oberhaupt. Es hatte nie einen entsprechenden Beschluss der Gemeinschaft gegeben, auch keine Wahl oder dergleichen. Es handelte sich vielmehr um eine stille Übereinkunft, an die sich jeder hielt. Es gab Tage, da fand Rémy diesen Gedanken befremdlich, geradezu unerhört. Er, der Eigenbrötler, der wortkarge Schreiberling – ein Anführer? Doch die vergangenen vier Jahre hatten bewiesen, dass er imstande war, anderen Menschen Hoffnung zu geben und sie sicher in die Zukunft zu geleiten. Niemand hatte diese Feststellung mehr überrascht als ihn selbst.

Er hatte nie um diese Verantwortung gebeten, hatte sie manches Mal sogar verflucht. Irgendwann in den vergangenen vier Jahren jedoch hatte er seinen Frieden damit gemacht, hatte seine neue Aufgabe akzeptiert und versuchte seither, sie nach bestem Wissen und Gewissen zu erfüllen. Er hatte entschieden, dass er auf diese Weise dem Versprechen nachkam, das ihm einst sein Vater abgenommen hatte. Zwar konnte er seiner Heimatstadt die Freiheit nicht zurückgeben, aber er konnte sein Bestes tun, um den geknechteten Flüchtlingen aus Varennes eine sichere Zuflucht zu schaffen und ihnen Hoffnung zu spenden.

Er ging zu seiner Hütte.

Im Gestrüpp hinter der Kate tollten einige Kinder herum, darunter sein Sohn Michel. Der Junge wurde nächste Woche vier, und trotz der schwierigen Umstände, unter denen er aufwuchs, gedieh er prächtig. Offenbar hatte er die zähe Natur seiner bäuerlichen Vorfahren väterlicherseits geerbt, sodass ihm Kälte und karge Ernährung nicht allzu viel ausmachten. Seit seiner Geburt war er kein einziges Mal ernsthaft krank gewesen, und er war ebenso groß wie gleichaltrige Kinder, die ihre ersten Lebensjahre in der geschützten Umgebung der Stadt verbracht hatten.

Rémy beobachtete den Jungen lächelnd, obwohl ihm der Anblick innerlich einen Stich versetzte. Manchmal, wenn Michel lachte oder einen bestimmten Gesichtsausdruck trug, sah er Rémys Vater dermaßen ähnlich, dass es schmerzte. Rémy bedauerte zutiefst, dass sein alter Herr den Jungen nicht mehr hatte kennenlernen können. Er hätte seinen Enkel ganz gewiss vergöttert.

Rémy betrat die Hütte, in der ein wärmendes Feuer flackerte. Neben der Herdstelle kauerte Dreux, wie immer in so viele Decken und Felle gehüllt, dass man den alten Kauz darunter kaum erkennen konnte.

»Wenn das nicht Meister Rémy ist«, krächzte der einstige Schreibergehilfe. »Ich kann ihn am Klang seiner Schritte erkennen. So schreitet nur einer einher.«

»Hör auf zu zappeln«, rügte ihn Philippine, die gerade Dreux' schlimmen Fuß versorgte. »Wenn du nicht endlich stillhältst, werden wir nie fertig.«

Sie unterbrach ihre Arbeit, um Rémy zu küssen. »Gut, dass du da bist. Ich habe mir schon Sorgen gemacht.«

»Ach, wir waren nie ernstlich in Gefahr.« Er wollte ihr berichten, wie er die Büttel in die Irre geführt hatte, doch Dreux krächzte in seiner unnachahmlichen Art dazwischen.

»Philippine und ich haben gerade über die Werkstatt gesprochen. Wir sind uns einig, dass wir wieder mehr Bücher kopieren sollten. Vor allem reich illustrierte Psalter und Evangelien, die wir teuer verkaufen können. Mit Briefen und Verträgen verdienen wir viel zu wenig.«

»Du hast recht«, entgegnete Rémy. »Das wäre wohl am besten. So machen wir es.« Es hatte keinen Zweck, Dreux darauf hinzuweisen, dass es keine Werkstatt mehr gab. Der Alte war nicht nur blind und gebrechlich, die Last der Jahre hatte außerdem seinen Verstand getrübt. Die meiste Zeit lebte er in der Vergangenheit und ahnte nicht einmal, dass er sich nicht mehr in der Stadt befand. Vor zwei Jahren, als er noch einigermaßen klar im Kopf gewesen war, hatte er Isabelle gebeten, ihn zur Zuflucht der Geächteten zu bringen, denn ohne Rémys Werkstatt wusste er in Varennes nichts mit sich anzufangen. Da er keine Familie hatte, machten ihm obendrein Einsamkeit und Armut zu schaffen, und er wollte seinen Lebensabend bei seinem Meister verbringen. Rémy und Philippine fühlten sich für den Alten verantwortlich und hatten ihn bei sich aufgenommen. Seitdem wohnte Dreux in ihrer Hütte und redete den lieben langen Tag von jenen glorreichen Zeiten, als er Rémys Gehilfe gewesen war, wenn er nicht gerade in seiner Ecke hockte und döste.

Während Dreux vor sich hinplapperte, rieb Philippine seinen Fuß mit Salbe ein und machte ihm einen frischen Verband. Seit Michels Geburt hatte sie sich ausgiebig mit Kräuterkunde befasst und sich beträchtliches Wissen in der Heilkunst angeeignet. Ihr Können auf diesem Gebiet war inzwischen so umfangreich, dass sämtliche Bewohner des Tals mit ihren Gebrechen und Verletzungen zu ihr kamen.

»Versuch den Fuß ruhig zu halten. Bald beginnt die Salbe zu wirken, dann sollten die Schmerzen nachlassen.«

Dreux antwortete ihr nicht. Er war eingeschlafen und schnarchte vernehmlich. Philippine wusch sich die Hände.

»Ich fürchte, Géraud bekommt einen bösen Schnupfen«, sagte Rémy. »Besser, du siehst einmal nach ihm.«

Sie runzelte die Stirn. »Géraud?«

»Der junge Steinmetz, den wir heute früh gefunden haben. Er will bei uns bleiben.«

»Mach ich.« Sie nahm einige Kräuter, die zum Trocknen von der Decke hingen, und tat sie in ihren Korb, zusammen mit ihrem Mörser und den Salben und Heiltrünken. »Wo finde ich den Jungen?«

»Ich habe ihn zu Will geschickt, damit er eine Unterkunft für ihn sucht.«

Philippine küsste ihn noch einmal, ehe sie mit ihrem Korb die Hütte verließ. Rémy setzte sich an den klobigen Tisch unter dem winzigen Fensterloch und begann, seine Armbrust zu putzen. Währenddessen kam Michel herein, Gesicht und Hände wie immer schwarz vor Schmutz. Er setzte sich auf den Stapel Feuerholz und schaute ihm zu.

»Ich will auch schießen«, sagte der Junge.

»Wenn du älter bist, zeige ich dir, wie es geht. Jetzt bist du dafür noch zu klein. Aber du kannst mir helfen, sie zu putzen. Komm.«

Rémy nahm Michel auf den Schoß und erklärte ihm, wie man die Waffe sauber machte und die Mechanik einfettete. Obwohl das Leben hier draußen hart war und sie den ganzen Tag ums Überleben kämpften, bemühte Rémy sich, so oft wie möglich für seinen Sohn da zu sein. Denn mit der Liebe war es wie mit dem Lesen: Was man nicht in jungen Jahren lernte, lernte man nie.

Varennes-Saint-Jacques

Zieht das über«, sagte Isabelle.

Nicolas nahm den schlichten grauen Umhang an sich und blickte sie fragend an.

»Euer Waffenrock ist zu auffällig. Es ist besser, wenn man Euch für einen Mann von niedrigem Stand hält.«

Der Ordensritter tat wie ihm geheißen, und kurz darauf verließen sie die Stadt. Isabelle lenkte den Ochsenwagen, ihre Knechte und Nicolas gingen zu Fuß.

Als sie das Salztor durchquerten und der Straße folgten, betrachtete der Templer stirnrunzelnd die kleine Festung, die auf dem einstigen Messegelände stand, nur wenige Klafter vom Stadtgraben entfernt. Banner mit den Wappen der sechs Paraiges flatterten auf dem großen Rundturm, hinter den Zinnen der Wehrgänge standen schwarz-weiß gekleidete Sergeanten.

»Die Treize jurés haben sie gebaut, um die Stadt und den Warenhandel aus der Champagne zu kontrollieren«, erklärte Isabelle. »Damit wir ja nicht auf den Gedanken kommen, uns gegen sie zu erheben.«

Diesen Zweck erfüllte die Zwingburg ausgezeichnet. Die Metzer hatten sie auf den Trümmern der Markthalle und der Herberge errichtet und in weniger als drei Jahren hochgezogen, als eindrucksvolles Symbol ihrer Macht. Obwohl nicht sonderlich groß – die Festung bestand lediglich aus dem Turm, einer Ringmauer, dem Torhaus und einem Wohngebäude für die Sergeanten –, genügte ihre bloße Existenz, um jeden Gedanken an Rebellion als töricht abzustrafen. Käme es in Varennes zum Aufstand, würden sich die Metzer sofort in die Burg zurückziehen. Tatsächlich hielt sich schon jetzt ein Großteil ihrer Soldaten dauerhaft innerhalb der schützenden Mauern auf; nur der Schultheiß und einige andere Beamte wohnten noch in der Stadt. Dank der eingelagerten Vorräte konnten sie dort so lange ausharren, bis die Treize jurés Verstärkung schickten. Mit den Katapulten auf dem Turm und dem Torhaus konnten sie die Aufständischen beschießen. Eine kleine Stadt wie Varennes wäre kaum imstande, sie zu belagern und gleichzeitig ein Entsatzheer der Metzer zurückzuschlagen.

Nicolas beobachtete die Zwingburg mit dem wachen Auge des erfahrenen Kriegsmannes und schien sich jede Einzelheit einzuprägen, während sie das Messegelände überquerten.

Als Varennes außer Sicht und weit und breit niemand zu sehen war, verließen sie die Straße und bogen in den Wald ein. Isabelle stieg vom Wagen und befahl ihren Knechten, den Inhalt einiger Kisten und Fässer in die Huckelkörbe umzupacken.

»Louis und Tancrède, ihr kommt mit uns. Ihr anderen bleibt hier und passt auf den Wagen auf.«

»Ihr habt mir noch immer nicht verraten, warum sich Euer Sohn im Wald versteckt«, sagte Nicolas.

»Er musste vor einigen Jahren fliehen«, erklärte Isabelle.

»Weswegen?«

»Er hat es gewagt, sich für den Fortschritt einzusetzen.«

Abermals zog der Ordensritter die Stirn in Falten.

»Kommt«, sagte sie ungeduldig. »Ich erkläre Euch alles unterwegs.«

Am Nachmittag, als Rémy gerade Holz hackte, kam Will zu ihm.

»Deine Mutter ist da. Du sollst zum westlichen Zugang kommen.«

»Warum haben die Wachen sie nicht hereingelassen?«

»Sie möchte zuerst etwas mit dir bereden.«

Verwundert schlug Rémy die Axt in den Block und schritt zum Eingang der Zuflucht. Seine Mutter kam beinahe jede Woche ins Tal, um ihn zu besuchen und den Bewohnern Essen und dergleichen zu bringen. Sämtliche Wachen kannten sie; sie konnte in der Zuflucht ungehindert ein und aus gehen. Warum war sie nicht einfach zu seiner Hütte gekommen, wenn sie mit ihm sprechen wollte?

Will folgte ihm, als er durch die Felsspalte schlüpfte. Wenn Rémy der Anführer ihrer kleinen Gemeinschaft war, so war der Engländer seine rechte Hand, dessen Rat er stets einholte, wenn schwierige Entscheidungen anstanden. Denn Wills Klugheit und Besonnenheit hatten sie schon manches Mal vor Gefahren und Entbehrungen gerettet. Dabei hatte es anfangs nicht so ausgesehen, als würde es ihm je gelingen, sich an das raue Leben in der Wildnis anzupassen. Ein Stadtmensch durch und durch, war es ihm überaus schwergefallen, auf die Annehmlichkeiten der Zivilisation zu verzichten und jene Fertigkeiten zu erlernen, ohne die man hier draußen unweigerlich zugrunde ging. Doch das war Jahre her. Inzwischen konnte er genauso gut Nahrung aufspüren, Fährten verfolgen und Hütten bauen wie Rémy. Nur an der Armbrust war er nach wie vor ein hoffnungsloser Fall. Es störte sich jedoch niemand daran, dass er sich weder an den Schießübungen noch am Wachdienst beteiligte, denn es gab genügend andere Aufgaben, für die er weit besser geeignet war – und die er stets bereitwillig übernahm. Beispielsweise kümmerte er sich um die Kinder der Gemeinschaft und unterrichtete sie, sooft er konnte, in Latein und Bibelkunde, damit sie allen widrigen Umständen zum Trotz lernten, dass sie keine Wilden waren, sondern zivilisierte Christen.

Isabelle wartete draußen unter den Bäumen. Wie üblich hatte sie das weiße Trauergewand an. Gelegentlich versuchte Rémy, sie zu überreden, wieder normale Kleidung zu tragen, schließlich hatte sie lange genug um seinen Vater getrauert. Doch davon wollte sie nichts hören.

Bei ihr waren Louis und ein anderer Knecht. Beide Männer trugen Huckelkörbe, vollgepackt mit Kleidern und anderen Dingen, die die kleine Gemeinschaft brauchte.

»Ich muss euch jemanden vorstellen«, erklärte sie. »Ich wollte ihn nicht herbringen, ehe ich weiß, ob etwas aus der Sache wird.«

»Wen meinst du?«

»Wenn ich dir das sage, glaubst du mir nicht. Kommt einfach mit.«

Je älter seine Mutter wurde, desto mehr fand sie Gefallen an Heimlichtuerei und unsinnigen kleinen Geheimnissen. Rémy bat ihre Knechte, den Inhalt der Körbe an die Leute zu verteilen, ehe Will und er ihr durch den Wald folgten.

»Du weißt, dass mir die Geduld für deine Rätsel fehlt. Jetzt sag schon – wer ist es?«

Sie antwortete erst nach einigem Zögern. »Nicolas de Bézenne, Renouarts Sohn. Er ist aus dem Heiligen Land zurückgekehrt und will mit dir sprechen.«

Rémy war nicht wenig überrascht. Es war viele Jahre her, dass Nicolas Lothringen verlassen hatte. Rémy hatte schon ewig nicht mehr an ihn gedacht. »Was will er von mir?«

»Das soll er dir selbst sagen.«

Sie gingen nach Nordosten, in Richtung Varennes. Dies war der Weg, den Isabelle üblicherweise nahm, wenn sie das Tal besuchte. Da zu befürchten stand, dass Lefèvres Schergen ihr nachstellten, kam sie nie direkt von Varennes hierher. Stattdessen tat sie so, als würde sie nach Épinal, Toul oder Nancy aufbrechen, um dann weit außerhalb der Stadt in einem unbeobachteten Moment die Straße zu verlassen und in den Wald zu gehen. Den Wagen mit den Handelswaren hatte sie vermutlich am Waldrand zurückgelassen, gut versteckt und bewacht von weiteren Knechten.

Sie traten auf die Lichtung mit dem alten Hügelgrab, wo Nicolas auf sie wartete. In seinem weißen Waffenrock unter dem Umhang hob sich der Tempelritter deutlich sichtbar von dem Grün des Grases und dem Braun und Schwarz der Bäume und Schatten ab. Er hatte die muskulösen Arme vor der Brust verschränkt.

Sie begrüßten einander mit einem Nicken. Nicolas sah Rémy unverwandt an. Als der Ordensritter keine Anstalten machte, sich zu erklären, sagte Isabelle:

»Nicolas ist heimgekehrt, um die Ehre seiner Familie wiederherzustellen. Er will Lefèvre für seine Verbrechen zur Verantwortung ziehen.«

»Wie wollt Ihr das bewerkstelligen?«, sprach Rémy den Ritter an.

»Er kann das nicht allein tun«, antwortete seine Mutter an Nicolas' Stelle. »Deshalb ist er hier: weil er dich und deine Leute um Hilfe bitten will.«

Nicolas starrte Rémy so durchdringend an, als wolle er die dunkelsten Tiefen seiner Seele ergründen. Rémy begann sich über diesen Mann zu ärgern.

»Er will meine Hilfe, aber nicht mit mir reden? Tut mir leid, Mutter, aber für so etwas habe ich keine Zeit.«

Als er sich abwenden wollte, fragte Nicolas unvermittelt: »Seid Ihr ein Ketzer?«

»Wie bitte?«

»Eure Mutter sagte, man hätte Euch zu Unrecht der Ketzerei angeklagt. Ich muss wissen, ob das die Wahrheit ist, bevor ich in Erwägung ziehe, Euch um Hilfe zu bitten.«

»Ich habe Euch doch schon erklärt, was damals geschehen ist«, sagte Isabelle, die kein Hehl aus ihrem Unmut machte. »Genügt das nicht?«

»Ich muss es von ihm selbst hören«, erklärte Nicolas starrsinnig.

Rémy lachte zynisch. »Jetzt will er mich auch noch verhören? Großartig. Und dafür bin ich durch den halben Wald gestiefelt? Nein. Das höre ich mir nicht länger an. Komm, Will. Wir gehen.«

»Jetzt sag es ihm schon«, rief Isabelle ihm nach. »Was ist denn dabei?«

Rémy verlangsamte seine Schritte. Seine Mutter nahm Woche für Woche erhebliche Gefahren auf sich, um die Bewohner des Tals mit Essen, Werkzeug und Arznei zu beliefern. Im Gegenzug verlangte sie nie etwas von Rémy, obwohl ihr Leben in Varennes alles andere als einfach war. Wenn ihr so viel daran lag, dass er mit Nicolas sprach, konnte er ihr diese Bitte nicht abschlagen. Seufzend wandte er sich um.

»Ich bin kein Ketzer«, erklärte er. »Und Will ist auch keiner. Die Anklage beruht auf einer Intrige von Abbé Wigéric. Unsere Schule war ihm ein Dorn im Auge. Er wollte uns ein Verbrechen anhängen, um uns zu Fall zu bringen und einen Vorwand zu haben, die Schule zu schließen. Aber wir haben es nicht begangen.«

»Könnt Ihr das beschwören?«, fragte Nicolas.

Rémy blickte wütend zu seiner Mutter.

»Es ist die Wahrheit«, sagte Will an seiner Stelle. »Die ketzerischen Schriften, die man in der Schule und in Rémys Werkstatt gefunden hat, hat man uns untergeschoben. Rémy und ich haben uns stets von solchen Machwerken ferngehalten. Ihr habt mein Wort.«

Nicolas nickte. Damit schien die Angelegenheit für ihn

bereinigt zu sein. »Ihr müsst verstehen, dass ich darauf beharren musste. Wenn ich mich mit einem Ketzer zusammentue, verrate ich alles, wofür mein Orden einsteht.«

Rémy schwieg und überließ Nicolas den nächsten Zug. Er hatte den ersten Schritt getan; er würde ganz gewiss nicht auch noch den zweiten tun.

»Eure Mutter sagt, Ihr würdet hundert Gesetzlose anführen«, begann der Ordensritter.

»Nicht alle sind Gesetzlose. Die meisten sind Menschen, die dem Elend entflohen sind. Und jene, die Ihr ›Gesetzlose‹ nennt, sind einfach nur Männer, die gegen unsinnige und ungerechte Gesetze verstoßen haben. Keine Verbrecher, sondern Opfer eines tyrannischen Stadtherrn.«

»Wie viele davon sind kampffähige Männer?«

»Etwa dreißig. Worauf wollt Ihr hinaus?«

»Allein komme ich nicht an den Wucherer heran. Dafür brauche ich Euch und Eure Männer.«

»Ich sehe nicht, warum wir Euch bei Eurer Rache behilflich sein sollen«, sagte Rémy. »Sosehr ich Lefèvre den Tod wünsche, aber das ist eine Sache, die uns nichts angeht.«

Wieder nickte der Ordensritter. »Natürlich biete ich Euch eine Gegenleistung für meine Hilfe an.«

»Was für eine?«

»Ihr helft mir, den Wucherer zur Strecke zu bringen – dafür helfe ich Euch, Varennes die Freiheit zurückzugeben.«

Rémy lachte kurz auf und rieb sich die Nase. »Das dürfte unsere Möglichkeiten um einiges übersteigen.«

»Ich denke, wir können es schaffen«, widersprach Nicolas.

»Wie?«, fragte Will. »Mit dreißig Männern kann man kaum eine Stadt erobern. Außerdem ist da noch die Zwingburg.«

»Es ist keine fünf Jahre her, dass ich mit weniger Männern eine Sarazenenfestung genommen habe. Es ist alles eine Frage der Vorgehensweise.«

»Wir sind keine Soldaten oder Tempelritter«, sagte Rémy.

»Will war Schulmeister, ich Buchmaler. Die anderen sind Tagelöhner, Knechte, Handwerker. Wir können uns zur Not verteidigen, mehr aber nicht.«

»Ich werde sie am Schwert, am Schild und an der Lanze ausbilden. In sechs Wochen sind sie Krieger, die es mit jedem Stadtbüttel aufnehmen können. Wenn ich sie anführe, kann nichts und niemand sie aufhalten. Ich bin der beste Kämpfer im Umkreis von zwei Tagesreisen, und ich verstehe mehr von der Kriegskunst als jeder andere Mann in diesem Bistum.«

Diese unverhohlene Arroganz ließ neuen Ärger in Rémy aufwallen. Dabei wusste er, dass Nicolas' Selbstbewusstsein vermutlich mehr als gerechtfertigt war. Die Ritter des Templerordens galten zu Recht als die schrecklichsten Krieger der Christenheit, als nahezu unbesiegbar. Wenn jemand eine Chance gegen Lefèvre und dessen Handlanger hatte, dann dieser Mann, der da vor ihnen auf der Lichtung stand.

»Trotzdem halte ich das für aussichtslos«, sagte er. »Selbst dreißig bestens ausgebildete Männer mit Euch als Anführer können gegen Lefèvre und die Metzer nicht bestehen.«

»Das heißt, Ihr wollt mir nicht helfen?«

»Ich bin für diese Menschen verantwortlich. Ich kann sie nicht einer solchen Gefahr aussetzen.«

»Ist das Euer letztes Wort?«, fragte Nicolas.

»Mein letztes«, antwortete Rémy.

Der Ordensritter schwieg lange. Schließlich sagte er: »Ich danke Euch, dass Ihr mich angehört habt. Gott schütze Euch, Meister Rémy.«

»Wartet«, sagte Isabelle, als der Templer Anstalten machte, sich zu entfernen. »Kann Nicolas eure Leute nicht trotzdem ausbilden? Das kann doch auf keinen Fall schaden.«

»Ich bezweifle, dass er das tun möchte, wenn dabei nichts für ihn herausspringt«, entgegnete Rémy.

»Eure Familie hat viel für meine getan«, erklärte Nicolas. »Ich stehe tief in Eurer Schuld. Natürlich würde ich das tun.«

Rémy zögerte mit einer Antwort. Vermutlich setzte Nicolas darauf, ihn doch noch umstimmen zu können, wenn er erst das Vertrauen der anderen Bewohner der Zuflucht gewonnen hatte. Aber ihn nur wegen dieser vagen Befürchtung abzuweisen, erschien Rémy kleinlich. Zumal es der Gemeinschaft tatsächlich zugutekäme, wenn ein Meister wie Nicolas ihre Kampfkraft stärkte. »Was meinst du?«, fragte er Will.

»Warum nicht«, meinte der Engländer.

»Also gut«, wandte sich Rémy an den Ordensritter. »Aber das heißt, dass Ihr bei uns leben müsst.«

»Gewiss.« Nicolas nickte.

»Ihr müsst Euch den Regeln der Gemeinschaft beugen.«

»Sofern sie nicht den Regeln meines Ordens widersprechen, sehe ich darin keine Schwierigkeit.«

»Außerdem müsst Ihr mir Euer Wort geben, keinem Außenstehenden von unserem Versteck zu erzählen.«

»Ich darf keinen Eid ablegen«, sagte Nicolas. »Die Gebote des Ordens verbieten mir das.«

»Aber von mir verlangen, dass ich schwöre?«, erwiderte Rémy gereizt.

»Das war etwas anderes.«

»Mein Sohn fordert keinen Eid von Euch«, mischte sich Isabelle ein, bevor Rémy aufbrausen konnte. »Nur ein Versprechen. Das könnt Ihr ihm doch geben.«

»Ihr könnt Euch darauf verlassen, dass ich niemandem das Versteck verrate«, erklärte Nicolas.

Rémy starrte den Ordensritter an. »Wahrscheinlich ist das ein Fehler, den ich noch bereuen werde«, murmelte er, ehe er sich abwandte und in den Wald stapfte. »Zum Versteck geht es da entlang …«

Als sie wenig später in der Zuflucht ankamen, stellte Rémy den Ordensritter seinen Leuten vor und erzählte ihnen von Nicolas' Ansinnen, sie an den Waffen auszubilden. Der Vorschlag wurde wohlwollend aufgenommen. Da die Bewohner des Tals in ständiger Furcht vor wilden Tieren, Räubern und Lefèvres Bütteln lebten, begrüßten sie das Vorhaben.

Warum Nicolas wirklich hier war, behielt Rémy für sich – sollte der Ordensritter es selbst erzählen, wenn er es für richtig hielt.

Insgesamt wurde Nicolas freundlich, aber distanziert aufgenommen. Besonders den einfachen Leuten flößte der Templer gehörigen Respekt ein. Entsprechend vorsichtig behandelten sie ihren neuen Gefährten: Es gab argwöhnische Blicke und geflüsterte Mutmaßungen zuhauf. Falls Nicolas sich daran störte, so zeigte er es nicht.

Tatsächlich begann er sogleich mit seiner Arbeit. Nachdem man ihm einen Schlafplatz zugewiesen hatte, ließ er sich die Waffen der Gemeinschaft vorführen. Lediglich die Armbrüste bestanden vor seinem kritischen Auge; die wenigen Schwerter, Streitäxte und Speere, allesamt alt und rostig, verdammte er als unbrauchbar. Isabelle erklärte sich daraufhin bereit, bei den reicheren Bürgern Varennes' Geld zu sammeln und davon bessere Ausrüstung für die Ausgestoßenen zu beschaffen.

An jenem Abend gingen Rémy und Philippine spät zu Bett. Nachdem sie sich geliebt hatten, lagen sie wach. Ein Vorhang aus Flicken und Stoffresten trennte sie vom Hauptraum der Hütte, in dem Michel und Dreux schliefen; Letzterer träumte von verlorenen Bücherschätzen und hielt murmelnd Zwiesprache mit Seneca, Ovid und anderen Geistesgrößen vergangener Zeiten. Die Glut des Herdfeuers erlosch langsam. Rémy hatte den Arm um Philippine gelegt. Sie schmiegte sich an ihn und fuhr sanft mit den Fingerkuppen über seinen Bauch.

»Dieser Nicolas ist schon ein seltsamer Kauz«, meinte sie leise.

»Findest du?«

»Er hat mich kein einziges Mal angeschaut. Ich bin Luft für ihn. Dabei stand ich gleich neben dir, als er mit dir sprach.«

»Vergiss nicht, dass der Mann ein Mönch ist. Wahrscheinlich fürchtet er, eine Schönheit wie du könnte ihn daran erinnern, was er verpasst.«

»Weiß er, dass wir nicht verheiratet sind und trotzdem das Bett teilen?«

»Gott bewahre! Wenn es nach mir geht, wird er es auch nicht erfahren.« Rémy lächelte. »Sonst drohen uns anklagende Blicke und Vorträge über christliche Moral.«

»Dass er euch an den Waffen ausbilden will«, sagte Philippine nach einer Weile, »was verspricht er sich davon?«

»Er hofft, uns damit für seine Pläne zu gewinnen.«

»Die da wären?«

»Rache. Er will Lefèvre zur Verantwortung ziehen für das, was er seiner Familie angetan hat. Im Gegenzug will er uns ermöglichen, die Metzer zu verjagen.«

»Und darauf hast du dich eingelassen?«

»Nein, ich habe abgelehnt.«

»Trotzdem ist er hier.«

»Keine Sorge«, sagte Rémy. »Ich werde nichts tun, was dich, Michel oder einen unserer Freunde in Gefahr bringt.«

»Das weiß ich doch, mein Liebster. Mein liebster Rémy…«, murmelte sie und schlief wenig später in seinen Armen ein.

Rémy dagegen lag noch lange wach. Schon den ganzen Tag fragte er sich, warum Nicolas gekommen war – warum er wirklich hier war. Hatte Gott den Ritter gesandt? Als himmlisches Werkzeug, mit dem Rémy seiner Heimat die Freiheit zurückgeben konnte?

Lange dachte er darüber nach, bis schließlich auch ihn der Schlaf umfing. In jener Nacht träumte er von den letzten Stunden seines Vaters, von der goldenen Inschrift über dem Portal des Rathauses und von einem Buch, dessen Seiten in Flammen aufgingen, als er es aufschlug.

Am nächsten Morgen verließ Rémy in aller Frühe die Zuflucht und ging zu einer Wiese unweit des Tales. Er musste seine Gedanken ordnen und über Verschiedenes nachdenken, und das konnte er nach wie vor am besten, wenn er dabei mit seiner Armbrust auf die Zielscheibe schoss.

Obwohl die Bäume zu knospen begannen und man überall den nahenden Frühling spürte, war es ein kalter Morgen. Sein Atem dampfte in der frostigen Luft. Feiner Bodennebel wallte auf, als er auf die Lichtung trat. In den Weißdornsträuchern raschelte etwas, huschte davon. Vielleicht ein Fuchs, den er aufgestört hatte.

Die Scheibe stand rund fünfzehn Klafter entfernt auf der anderen Seite der Wiese. Der lange Winter hatte ihr zugesetzt, die Farbringe waren ausgebleicht. Aber sie erfüllte ihren Zweck. Geübt spannte Rémy die Armbrust, legte einen Bolzen ein und schoss.

Nachdem die ersten acht Bolzen ihr Ziel gefunden hatten, hörte er das Knacken von Schritten und wandte sich um. Es war Nicolas, der zwischen den Bäumen erschien. Er hatte seinen Waffenrock gegen ein graues Gewand von einfacher Machart getauscht, denn solange er privaten Geschäften nachging, wollte er nicht die Farben des Ordens tragen. Er war seit dem ersten Licht des Tages auf den Beinen. Rémy hatte ihn bei dem mannshohen Kreuz gesehen, vor dem sich die Bewohner des Tales jeden Sonntag zur gemeinsamen Andacht versammelten. Nicolas hatte sich hingekniet und pflichtbewusst die Prim gesprochen, das erste Gebet des neuen Morgens.

»Die Wachen haben mir gesagt, dass Ihr hier draußen seid«, sprach er Rémy an.

»Was gibt es?«

»Die Waffen, die Eure Mutter bringen will – wie lange wird das dauern?«

Remy legte mit der Armbrust an und zielte. »Ihr könnt es

kaum erwarten, meine Leute in mordgierige Soldaten zu verwandeln, was?«

Wie üblich antwortete Nicolas darauf mit Schweigen.

Rémy schoss. Der Bolzen bohrte sich mitten ins Schwarze. »Ich weiß es nicht. Ein paar Tage vielleicht. Sie muss dafür nach Épinal reisen. In Varennes kommt man kaum noch an Waffen.«

Er legte einen weiteren Bolzen ein. Nicolas sah ihm dabei zu, wie er zielte und abermals das Herz der Scheibe traf.

»Wie Robyn Hode«, sagte der Ordensritter unvermittelt.

»Wer?«

»Englische Kreuzfahrer haben mir von ihm erzählt. Ein Gesetzloser, der in den Wäldern bei Nottingham lebte, andere Ausgestoßene um sich scharte und mit seinem Langbogen gegen die Obrigkeit kämpfte. Genau wie Ihr.«

»Ich kämpfe nicht gegen die Obrigkeit«, sagte Rémy, während er einen neuen Bolzen aus dem Köcher zog. »Außerdem ist das eine Armbrust, kein Langbogen.«

»Robyn Hode soll ein Meisterschütze gewesen sein«, fuhr Nicolas fort. »Einmal schoss er auf eine Scheibe, in der bereits ein Pfeil steckte, und er traf so präzise in die Mitte, dass er den anderen Pfeil der Länge nach spaltete.«

Nicolas' Gerede lenkte Rémy ab. Sein Bolzen verfehlte das Schwarze und schlug am äußersten Rand der Scheibe ein. »Einen Pfeil spalten«, wiederholte er gereizt. »Kein Mensch vermag das. Es ist einfach nicht möglich. Man hat Euch eine Kindergeschichte aufgetischt.«

»Die Engländer schworen Stein und Bein, dass es die Wahrheit sei«, beharrte der Templer.

Plötzlich verspürte Rémy das Verlangen, sich mit diesem Mann zu messen, ihm seine Grenzen aufzuzeigen. Er drückte Nicolas die Armbrust in die Hand. »Hier. Zeigt, was Ihr könnt. Beweist mir, dass Ihr wirklich etwas von der Kriegskunst versteht und nicht nur große Reden schwingt.«

Nicolas begutachtete die Waffe gründlich und prüfte, wie sie in der Hand lag. Rémy, der den Eindruck gewann, dass sein neuer Gefährte Zeit schinden wollte, setzte nach: »Jeder erwachsene männliche Bewohner des Tales muss imstande sein, eine Armbrust zu handhaben. So verlangen es unsere Regeln. Ihr habt versprochen, die Regeln zu achten.«

Der Templer ließ sich den Spannhaken geben und lud die Armbrust. Er zielte lange, bevor er endlich die Abzugsstange drückte. Der Bolzen verfehlte die Scheibe um eine halbe Elle und verschwand im Gebüsch.

Rémy hob eine Augenbraue. »Erstaunlich. Auf diese Entfernung hätte sogar mein vierjähriger Junge getroffen.«

»Das ist keine Waffe für einen Ritter.« Nicolas warf die Armbrust ins Gras und ging.

Rémy schüttelte den Kopf und lachte leise, während er sie aufhob.

Varennes-Saint-Jacques

»Er ist gut gestorben«, sagte der Mann im Spiegel.

Nirgendwo im Keller gab es eine spiegelnde Fläche, auf der er sich hätte offenbaren können. Die Messer waren allesamt mit Blut besudelt. Aber auf solche Hilfsmittel war der Mann im Spiegel schon lange nicht mehr angewiesen. Lefèvre vernahm seine Stimme nun jeden Tag und jede Nacht, nahezu ununterbrochen wisperte sie in seinen Gedanken. Oft plapperte sie nur Unsinn und verwirrte ihn mit ihrem Gerede. Manchmal aber gab ihm der lächelnde Dämon gute Ratschläge oder ließ sich gar – wie jetzt – zu einer gesitteten Unterhaltung herab.

»Er hat geheult wie ein Säugling und sich vollgepisst«, erwiderte Lefèvre, der das blutige Bündel auf seinem Tisch betrachtete, in der Hand eine Zange. Er atmete schwer. Die

Arbeit war überaus befriedigend gewesen, aber sie hatte ihn auch tief erschöpft.

»So mag ich es. Von dieser Sorte will ich mehr.«

»Du hast fürs Erste genug.«

»Es ist nie genug!«, fauchte der Mann im Spiegel. *»Ich will mehr! Mehr!«*

»Nächsten Monat vielleicht. Wenn wir zu gierig sind, kommen sie uns noch auf die Schliche. Du willst doch nicht, dass sie uns auf die Schliche kommen, oder?«

Die Stimme wurde leiser, und Lefèvre vernahm nur noch Wortfetzen: *»Dein Vater … Was würde dein Vater sagen? Geh in die Kirche, Junge! … Émile, der kleine graue Hase … Nicht Émile! Bitte nicht Émile …«*

Lefèvre ließ ihn reden und begann, die Messer zu säubern, das Blut aufzuwischen und die Leichenteile in einen Sack zu stopfen. Er hatte schon vor langer Zeit gelernt, wann er dem Mann im Spiegel seinen Willen aufzwingen konnte und wann er ihm besser gehorchte. Heute war der lächelnde Dämon vergleichsweise milde gestimmt – das Opfer hatte ihn besänftigt, seinen Hunger gestillt. Das war beileibe nicht immer der Fall. Die Stimme war ein strenger Meister, der immer neue Opfer forderte. Das war der Preis für den Beistand, den sie Lefèvre gewährte, für das Versprechen, seine Seele dereinst nicht ins Fegefeuer zu schicken. Verweigerte Lefèvre dem Dämon aber seinen Lohn, musste er mit schmerzlichen Strafen rechnen: Albträume und Ängste, die ihn peinigten; Dunkelheit, die sein Gemüt verdüsterte. Daher war es am klügsten, sich ihm zu fügen.

Das war nicht eben einfach. Er musste allein arbeiten, damit die Metzer nichts von seinen verruchten Vorlieben erfuhren. Niemand half ihm, neue Opfer aufzuspüren, sie zu überwältigen und in aller Heimlichkeit in den Keller zu schaffen. Außerdem verließ er sein Haus nur noch ungern. Er hatte zahllose Feinde, sie lauerten überall, warteten auf einen

Moment der Schwäche seinerseits. Allein für seinen treuen Freund, den Mann im Spiegel, nahm er es auf sich, hin und wieder durch die Gassen zu streifen, im Schutz der Nacht auf die Jagd zu gehen. Es kostete ihn jedes Mal all seinen Mut.

Die Stimme in seinem Kopf war zu einem kaum hörbaren Flüstern herabgesunken.

Manchmal überkam ihn eine seltsame Verwirrung, wenn das geschah. Dann erfüllte neblige Mattigkeit seine Gedanken. Heute nicht. Heute blieb sein Verstand erfreulich klar. Obwohl sein schlimmes Bein schmerzhaft protestierte, schleifte er den Sack mit der Leiche in eine Ecke des Kellers. Er würde ihn heute Nacht verschwinden lassen. Anschließend hängte er die Schlachterschürze an den Haken, schlüpfte in frische Kleider, löschte alle Lichter und öffnete die getarnte Tür einen Spalt. Niemand da – der vordere Keller war dunkel und still.

Er verließ seinen geheimen Schlupfwinkel, ging nach oben und durchquerte den einstigen Eingangsraum, der inzwischen als Lager für Wein, Salz, Lampenöl und dergleichen diente. Die frühere Vordertür des Hauses hatte er zumauern lassen. Nach seiner Ernennung zum Statthalter Varennes' hatte er das Haus umgebaut und sich dabei die wehrhaften Geschlechtertürme von Metz zum Vorbild genommen. Das war seine Antwort auf die vielfältigen Gefahren, denen er sich in dieser Stadt der Mörder und Verräter ausgesetzt sah. Man konnte das Haus jetzt nur noch über eine schmale Außentreppe betreten. Eine Zugbrücke, die über der Kluft zwischen Treppe und Tür lag, gewährte zusätzlichen Schutz vor unerwünschten Eindringlingen. Außerdem hatte er die Hofmauer verstärken und die Fenster mit Gittern versehen lassen. Schwer gerüstete Söldner bewachten die Zugänge der einzelnen Stockwerke, insbesondere seine Wohngemächer im zweiten Stock.

Dorthin war er auf dem Weg, als ihn einer seiner Hausbedienten ansprach.

»Der Schultheiß ist da, Euer Gnaden. Er wartet im Saal auf Euch.«

Lefèvre hatte ganz vergessen, dass er den Mann einbestellt hatte. Die Arbeit im Keller hatte ihn den ganzen Morgen über völlig beansprucht. Er betrat den Saal, wo Guérin d'Esch am Tisch saß, vor sich einen Becher Wein.

Die Treize jurés von Metz hatten alle wichtigen städtischen Ämter Varennes' mit Verwandten und Günstlingen besetzt, auch das des Schultheißen. Guérin war der Neffe von Jehan d'Esch, dem Oberhaupt des Paraige de Jurue – ein blasierter Kerl mit einer Vorliebe für protzige Ringe. Lefèvre konnte ihn nicht ausstehen.

Guérin machte sich nicht die Mühe aufzustehen, als Lefèvre hereinkam. Mit übereinandergeschlagenen Beinen saß er da und schaute ihn auf seine herablassende Art an. Kein Wort des Grußes kam über seine Lippen. Also hielt sich auch Lefèvre nicht mit Höflichkeiten auf.

»Habt Ihr den Steinmetz gefasst?«

»Ich fürchte, er ist meinen Männern entwischt. Sie wurden im Wald angegriffen und verloren seine Spur.«

Wie alle Metzer weigerte sich Guérin beharrlich, ihn »Euer Gnaden« zu nennen. Dabei hatte Lefèvre schon vor Jahren klargestellt, dass er ein Herzog sei und wie ein solcher behandelt werden wolle.

»Angegriffen? Von wem?«

»Ein einzelner Armbrustschütze, der in den Wald floh. Alles ging sehr schnell, und keiner hat ihn richtig gesehen.«

»Könnte es Rémy Fleury gewesen sein?«

»Möglich«, antwortete Guérin gelangweilt.

»Ich sage Euch, was passiert ist«, erklärte Lefèvre mit wachsendem Zorn. »Der Steinmetz ist bei Fleurys Bande. Sie haben ihn aufgenommen und verstecken ihn vor Euch.«

»Das halte ich für wahrscheinlich«, räumte der Schultheiß ein.

»Man hat Euch zum Narren gehalten. Wollt Ihr nichts dagegen unternehmen?«

»Ich wüsste nicht, was.«

»Schart all Eure Männer um Euch, durchkämmt den Wald und räuchert ihr Nest aus, verdammt noch eins!«

»Das wäre reichlich übertrieben«, erwiderte Guérin. »Herrgott, der Mann ist kein Mörder oder Ketzer. Er hatte nur zu viel getrunken und wusste nicht mehr, was er sagt. Lasst ihn doch laufen.«

»Er hat mich geschmäht«, grollte Lefèvre. »Vor der ganzen Stadt! Wenn ich ihm das durchgehen lasse, findet er Nachahmer, und niemand nimmt mich mehr ernst.«

»Ihr habt ihn geächtet – damit ist er wahrlich genug gestraft. Wahrscheinlich überlebt der arme Kerl nicht einmal den nächsten Winter.«

»Fleury wird ihm schon unter die Arme greifen.«

»Was kümmert es Euch? Er ist fort und wird nie mehr zurückkehren.« Der Schultheiß stand auf und griff nach Mantel und Handschuhen. Dabei schlug die goldene Amtskette klirrend gegen seine schmale Brust.

»Wo wollt Ihr hin?«, fragte Lefèvre.

»Zurück in meine Amtsstube. Ich habe noch etwas anderes zu tun, als diesen Trunkenbold zu jagen. Habt Dank für den Wein.«

»Zuerst sprechen wir über die Vogelfreien.«

»Dazu ist alles gesagt«, meinte Guérin.

»Seht Ihr nicht, dass sie uns verhöhnen? Ich will, dass Ihr sie findet und auslöscht.«

Der Schultheiß seufzte vernehmlich. »Die Wälder um Varennes sind groß. Niemand kennt alle Täler und verborgenen Schluchten. Selbst wenn meine Männer wochenlang nach ihnen suchten, würden sie sie wahrscheinlich nicht finden. Außerdem ist es zu gefährlich. Die Vogelfreien würden uns Fallen stellen und Hinterhalte legen. Sie haben mehrfach bewiesen, dass sie sich wehren können, wenn sie sich bedroht fühlen. Und sie kennen sich viel besser in den Wäldern aus als wir. Nein. Das ist es mir nicht wert.«

»Ich bin der Statthalter von Varennes«, schnappte Lefèvre. »Wenn ich Euch einen Befehl erteile, habt Ihr zu gehorchen!«

»Zuallererst gehorche ich dem Schöffenmeister der Republik Metz, und Robert Gournais hat mich angewiesen, die Männer vor Euren Launen zu beschützen. Wenn Euch das nicht passt, beschwert Euch bei den Treize jurés.«

Lefèvre kochte innerlich vor Zorn. Immerzu mussten ihm d'Esch und die anderen Metzer unter die Nase reiben, dass sie die wahren Herren Varennes' waren und er nur ihr Handlanger.

»Ihr seht müde aus, Anseau. Vielleicht solltet Ihr Euch einige Tage ausruhen. Reitet aus. Geht auf die Jagd. Das wird Euch guttun und Euch auf andere Gedanken bringen«, meinte Guérin und ging zur Tür.

Das Wispern in Lefèvres Kopf wurde lauter, wütender. Er versuchte, es nicht zu beachten. »Es gibt jemanden, der weiß, wo sich die Vogelfreien verstecken«, sagte er. »Fleurys Mutter.«

»Das ist nicht gesagt«, entgegnete der Schultheiß.

»Natürlich weiß sie es. Sie vergöttert ihren Sohn – sie lässt ihn doch nicht einfach im Stich. Wahrscheinlich beliefert sie die Vogelfreien seit Jahren mit Vorräten und Waffen.«

»Angenommen, Ihr habt recht. Was wollt Ihr tun? Sie in den Hungerturm werfen und es aus ihr herausprügeln?«

»Wenn sie Vogelfreien hilft, verletzt sie königliches Gesetz und muss bestraft werden.« Alles andere hatte Lefèvre bereits versucht. Er hatte sie heimlich verfolgen und beobachten lassen, ohne den kleinsten Hinweis auf das Versteck der Vogelfreien. Das Weib war einfach zu gerissen.

»Es ist eine Sache, Gesindel aus der Unterstadt zu foltern«, erklärte Guérin schneidend, »aber eine völlig andere, dasselbe einer Patrizierin anzutun. Isabelle Fleury ist eine bekannte und angesehene Bürgersfrau. Mehr noch: Ganz Varennes verehrt sie. Wenn Ihr ihr auch nur ein Haar krümmt, gibt es einen Aufstand. Ihr werdet sie in Ruhe lassen, habt Ihr verstanden?«

Damit ging der Schultheiß und ließ Lefèvre zornig und gedemütigt zurück.

»Ich habe es dir gesagt«, flüsterte der Mann im Spiegel. *»Du hast überall Feinde. Sogar deine vermeintlichen Freunde sind gegen dich. Nur mir kannst du vertrauen. Nur mir …«*

Abbé Wigéric schritt voran, als die Brüder die Kapelle verließen und zum Friedhof der Abtei Longchamp gingen. Es war ein trüber und kalter Morgen. Seit dem Sonnenaufgang nieselte es, und sie alle hatten ihre Kapuzen aufgezogen: dreißig Gestalten in schwarzen Kutten, die sich um die Gräber versammelten.

Hier lagen sie, jene Brüder, die feige gemordet worden waren, als Stadtbüttel in das Kloster eindrangen, um seine Reichtümer zu stehlen. Heute war der zweite Jahrestag dieses blasphemischen Verbrechens, und sie waren zusammengekommen, um der Opfer zu gedenken. Gemeinsam beteten sie.

Für Bruder Célestin, der zwanzig Jahre im Skriptorium gearbeitet und so manche herrliche Miniatur geschaffen hatte.

Für Bruder Thibaut, der fast noch ein Kind gewesen war, als man ihn erschlug.

Für Bruder Raoul, ihren alten Küchenmeister.

Für Bruder Adhemar, den gelehrtesten von ihnen allen.

Wigéric hatte Tränen in den Augen, als er das Gebet sprach. Tränen der Trauer und der Wut. Der Zorn, den er verspürte, galt Lefèvre, vor allem aber sich selbst. Als die Metzer die Macht an sich rissen und den verhassten Rat der Zwölf auflösten, hatte er sich tatsächlich eingebildet, er könnte sich die neuen Verhältnisse zum Wohle der Abtei zunutze machen. Wie leichtsinnig! Wie töricht! Lefèvre war ein durch und durch verkommenes Geschöpf, eine Kreatur mit schwarzer Seele. Ein Bündnis mit ihm glich einem Pakt mit dem Teufel. Kaum hatte der Mann bekommen, was er wollte – einen umfassenden Sündenablass, den Wigéric für ihn erwirkt hatte, nachdem Rémy Fleury vernichtet und die Schule geschlossen war –, hatte er sich gegen seinen Verbündeten gewandt und Steuern von der Abtei verlangt. Seit der Gründung des Klosters vor zweihundert Jahren hatte das außer dem König noch kein weltlicher Herr gewagt. Folglich hatte sich Wigéric geweigert, der Forderung nachzukommen, nicht ahnend, dass er damit Tod und Verderben über ihre Gemeinschaft bringen würde.

Er hatte Lefèvres Bosheit unterschätzt. Vier Brüder hatten seinen Irrtum mit dem Leben bezahlt.

Célestin. Thibaut. Raoul. Adhemar.

Er hatte den Wucherer am nächsten Morgen aufgesucht, hatte ihm mit Exkommunikation gedroht, mit den schlimmsten Qualen der Hölle – und was war geschehen? Nichts! Lefèvres Herren in Metz ermahnten ihn scharf und befahlen ihm, die geraubten Schätze zurückzugeben. Damit war die Sache für sie erledigt. Lediglich der Erzbischof bemühte sich, Lefèvre zu strafen, doch seine Macht war begrenzt. Er schloss ihn aus der Kirche aus und verhängte den Bann über Varennes, in der Hoffnung, Lefèvre in die Knie zu zwingen, damit er endlich Buße tat. Doch darauf warteten sie bis heute. Die drohende Verdammnis schien den Wucherer nicht mehr zu schrecken. Im Gegenteil: Er wurde von Tag zu Tag bösartiger.

Der Mann war wahrlich ein Dämon in Menschengestalt. Sagte man ihm nicht sogar nach, er führe Zwiesprache mit Satan?

Die Brüder beendeten das Gebet und zerstreuten sich. Wigéric blieb allein auf dem Friedhof zurück, doch seine Gedanken weilten schon lange nicht mehr bei den vier toten Mönchen. Voller Inbrunst flehte er den Herrn an, Gerechtigkeit walten zu lassen und Lefèvre endlich zu vernichten.

Er blickte zum Himmel auf. Tropfen perlten über sein Gesicht, während er auf ein Zeichen wartete. Doch da war nichts, kein Blitz, kein Donnergrollen. *Hast du uns verlassen, o Herr?*

Der Regen wurde stärker. Wigéric bekreuzigte sich und stapfte über die schlammige Erde zu seinen Gemächern.

Bois de Varennes

Da sämtliche Unterkünfte im Tal voll belegt waren, hatten Nicolas und Géraud in den ersten beiden Nächten in einem Schuppen geschlafen. Das war auf Dauer keine Lösung. Also hatte die Gemeinschaft beschlossen, eine neue Hütte zu bauen. Hierzu mussten erst einige Bäume gefällt und die Wurzeln ausgegraben werden. Anschließend errichteten die Männer unter Gérauds fachkundiger Anleitung Wände und ein Dach, das sie mit Grassoden deckten.

Rémy packte mit an und kam deshalb erst wieder nach Abschluss der Arbeiten dazu, auf der Lichtung mit der Armbrust zu üben. Als er eines Morgens hinausging, stellte er fest, dass die Bäume hier draußen bereits Blätter austrieben. Im Tal selbst ließ sich der Frühling wie immer einige Tage länger Zeit.

Er ging zur Zielscheibe und rammte einen Bolzen ins Schwarze. Dann schritt er zum anderen Ende der Lichtung, legte mit der Armbrust an und schoss.

Der erste Bolzen prallte vom Pfeil in der Scheibe ab und fiel ins Gras. Der zweite riss dem Pfeil eine Feder ab und bohrte sich dicht daneben ins Stroh. Der dritte knickte ihn lediglich etwas zur Seite.

Rémy sah sich das Ergebnis aus der Nähe an.

»Wusste ich's doch«, murmelte er voller Genugtuung. »Ein Märchen für leichtgläubige Narren, nichts weiter.«

Vielleicht, wenn er die Entfernung verkürzte. Er beschloss, einen letzten Versuch zu wagen, rückte den Bolzen im Herzen der Scheibe gerade und kniete sich zwei Klafter entfernt auf das Gras. Er zielte so konzentriert, dass er Nicolas erst bemerkte, als dieser neben ihm stand.

»Herrgott!« Rémy sprang auf. »Müsst Ihr mich so erschrecken!«

Nicolas betrachtete die Zielscheibe und den Bolzen in der Mitte, das Gesicht wie immer bar jeder Regung. Trotzdem hätte Rémy schwören können, dass für einen winzigen Augenblick Nicolas' Mundwinkel zuckten.

»Ich wollte nur etwas ausprobieren«, sagte Rémy und bereute es sogleich.

»Wart Ihr erfolgreich?«, erkundigte sich der Ordensritter höflich.

»Unwichtig.« Rémy riss die Bolzen aus der Scheibe und steckte sie in seinen Köcher. »Dieser Robyn Eudes …«

»Hode.«

»Was wurde aus ihm?«

»Der Sheriff von Nottingham nahm ihn gefangen und hängte ihn auf.«

»Er wurde nicht als Held gefeiert?«

»Nein. Er starb zuckend am Galgen.«

»Was ist das für eine dumme Geschichte, die so endet?«, fragte Rémy.

»Es ist keine Geschichte«, entgegnete Nicolas. »Es ist wirklich geschehen. Auch die Sache mit dem gespaltenen Pfeil«, fügte er hinzu.

»Ich glaube Euch kein Wort.«

»Robyn Hode war eben ein Meisterschütze.«

»Natürlich«, meinte Rémy säuerlich.

»Eure Mutter ist gerade gekommen«, erklärte der Templer. »Sie hat die Waffen gebracht.«

Rémy schulterte die Armbrust, und sie gingen zurück zum Tal.

Am Abend desselben Tages begann Nicolas, die Männer an Lanze, Schwert und Schild auszubilden.

Isabelles Knechte trugen die Kisten zur Wiese bei der Quelle, und Nicolas verteilte die Waffen sogleich an die Männer. Rémy nahm ein Schwert an sich, schwang es ein paar Mal, beschrieb mit der Klinge eine auf der Seite liegende Acht. Die Waffe war leichter, als sie aussah; sie wog allenfalls zweieinhalb Pfund. Ein geübter Krieger konnte damit gewiss mehrere Stunden kämpfen, ohne dass ihm der Arm lahm wurde.

Auch Will hielt ein Schwert, und er sah nicht eben glücklich aus. Ratlos betrachtete er die Klinge in seiner Hand, als hätte er so etwas nie zuvor gesehen.

»Muss er wirklich mitmachen?«, wandte sich Rémy leise an Nicolas. »Er kann keiner Fliege etwas zuleide tun. Wenn er eine Waffe trägt, ist eher zu befürchten, dass er sich selbst verletzt.«

»Ich habe ihn zu nichts gezwungen«, entgegnete der Ordensritter. »Er hat darauf bestanden, genauso behandelt zu werden wie alle anderen.«

»Aber Ihr wisst doch, wie sehr ihm Gewalt zuwider ist. Könnt Ihr ihm das nicht ausreden?«

»Wie soll ich das anstellen, ohne ihn zu kränken?«

»Lasst Euch eben etwas einfallen.«

Nicolas dachte einen Augenblick nach, ehe er Will zu sich rief. »Gebt mir das«, forderte er ihn auf.

»Stimmt etwas nicht?«, fragte der Engländer, während er Nicolas das Schwert reichte.

»Ich fürchte, ich kann Euch nicht an der Waffe ausbilden.«

»Wieso denn nicht?«

»Ihr habt in Paris studiert, richtig?«

»Ja, aber was hat das damit zu tun?«

»Als Absolvent der Universität gehört Ihr dem Klerus an. Für einen Mann der Kirche geziemt es sich nicht, das Kriegshandwerk zu erlernen und Waffen zu tragen. Es tut mir leid.«

Will stand die Erleichterung ins Gesicht geschrieben, doch

die Ehre zwang ihn zu protestieren, zumal einige Männer dem Disput zuhörten. »Wisst Ihr, ich bin kein Geistlicher im eigentlichen Sinne …«, erwiderte er lahm.

»Für mich seid Ihr einer. Daher muss ich Euch bitten, den Kampfplatz zu verlassen.«

»Ich werde meinen Mann stehen. Ich kann es Euch beweisen!«

»Daran zweifle ich nicht. Trotzdem: Meine Entscheidung steht fest.«

Glücklicherweise waren die Anwesenden so klug, keinen Scherz auf Wills Kosten zu machen. Herausfordernd blickte er in die Runde, ehe er sagte: »Wenn das so ist, gehe ich eben. Aber ich bin nicht einverstanden, damit Ihr es wisst!«

Er stolzierte davon.

»Gut gemacht«, murmelte Rémy lächelnd.

Nicolas nickte nur. Er trat zurück und hob Schwert und Schild. »Los. Zeigt, was Ihr könnt.«

Rémy griff ihn an.

Einen Herzschlag später lag er stöhnend im Gras.

Metz

»Ihr trinkt nicht. Ihr spielt nicht«, sagte Roger Bellegrée, während er Wein in seinen Kelch goss. »Ihr geht nicht ins Hurenhaus. Was seid Ihr nur für ein Mann, Henri?«

Sie saßen in einer Kammer des Gästehauses von Porte-Muzelle. Roger langweilte sich, und Henri Duval leistete ihm Gesellschaft, gezwungenermaßen. Da er das Haus nur unter bestimmten Umständen verlassen durfte, gelang es ihm nicht immer, Roger aus dem Weg zu gehen.

»Ich trinke grundsätzlich nicht«, sagte Duval. »Als Kind musste ich mit ansehen, wie der Wein meinen Vater zugrunde richtete. Das Verlangen nach berauschenden Getränken saß ihm wie ein Dämon im Nacken. Erst in hohem Alter gelang es ihm, davon loszukommen.«

Roger lehnte sich zurück, kostete von seinem Wein und drehte den Silberkelch in seinen langen Fingern. Ein Lächeln umspielte seine Lippen. »Wie bei allen Lastern kommt es auch beim Wein darauf an, das rechte Maß zu finden. Vielleicht war Euer Vater ein schwacher Mann, weil er das nicht konnte.«

»Er hat zwanzig Jahre lang beharrlich für Varennes' Freiheit gekämpft. Er war einer der stärksten Männer, die diese Stadt je hervorgebracht hat.«

»Schon gut, Henri. Ich wollte ihn nicht herabsetzen. Es war nur so dahergesagt. Seht es mir nach. Aber was ist mit den Huren? Sehnt Ihr Euch nicht nach einer Frau? Es muss doch Jahre her sein, dass Ihr Eure Hände auf zwei schöne pralle Brüste gelegt und Euren Saft in eine feuchte Punze gespritzt habt.«

»Ihr werdet Euch erinnern, dass ich verheiratet bin«, entgegnete Duval kühl. »Bloß weil ich gerade nicht bei meinem Weib sein kann, gibt mir das nicht das Recht, sie zu hintergehen.«

Roger lachte. »Ihr seid wahrlich ein Heiliger, Henri. Ich könnte das nicht. Mindestens einmal alle zwei Tage muss ich meinen Schwanz in ein passendes Loch stecken, sonst werde ich verrückt. Mein Sack fängt an wehzutun, und ich denke nur noch an Titten und Punzen. Wie soll ich unter diesen Umständen meine Arbeit tun?«

Duval enthielt sich jeder Bemerkung. Selbst in nüchternem Zustand war Roger ihm zuwider. Wenn der Metzer getrunken hatte, bereitete seine Anwesenheit Henri beinahe körperliche Schmerzen.

Roger beugte sich vor. Dabei schwappte etwas Wein aus dem Kelch. Er griff nach einem Lappen und zerknüllte ihn in seinen feuchten Fingern. »Euch ist klar, dass Ihr Euer geliebtes Weib so bald nicht wiedersehen werdet? Vielleicht nie mehr.

Ihr bleibt so lange Gast in diesem Haus, bis wir geruhen, Euch nach Hause zu schicken.«

»Ich bin mir dessen bewusst, ja«, entgegnete Duval. Daran brauchte Roger ihn wahrlich nicht zu erinnern. Seit fast viereinhalb Jahren lebte er nun als Geisel der Paraiges in Metz. Da er ein Ehrenmann war und geschworen hatte, nicht zu fliehen, durfte er sich im Gästehaus frei bewegen. Er durfte sich sogar in die Stadt begeben, wenn er dies wünschte, allerdings unter der Aufsicht zweier Sergeanten. Die Dienerschaft sorgte dafür, dass es ihm an nichts mangelte; er bekam das beste Essen und die schönsten Gewänder. Im Grunde führte er ein angenehmes Leben in Metz. Trotzdem hasste er jeden neuen Tag in dieser Stadt und sehnte sich mit ganzer Seele nach Varennes zurück.

»Na also«, meinte Roger. »Eure Treue als Ehemann in Ehren, aber unter diesen Umständen würde Euch niemand verteufeln, wenn Ihr einmal eine Ausnahme macht. Kommt schon, geht mit mir ins Hurenhaus. Ich kenne eines, das gerade neue Mädchen hereinbekommen hat. Eine schöner als die andere und allesamt so verdorben wie die Sünde selbst. Ihr werdet es nicht bereuen. Simon von Leiningen kommt gewiss auch mit, wie ich ihn kenne.«

»Danke, ich verzichte«, sagte Duval.

Roger blickte ihn stechend an. »Ihr seid ein Langweiler, wisst Ihr das? Neben Euch wirkt sogar Papst Gregor wie ein bigotter Pharisäer. Herrgott! In Eurer Gegenwart habe ich jedes Mal das Bedürfnis, zu einem Priester zu gehen und meine Sünden zu beichten.« Mit finsterer Miene schlürfte er seinen Wein.

Glücklicherweise beendete in diesem Moment ein Diener das unerfreuliche Beisammensein.

»Simon von Leiningen ist soeben eingetroffen, Herr«, meldete der Mann. »Soll ich ihn herbringen?«

»Führt ihn in den Saal, ich treffe ihn dort. Entschuldigt mich«, knurrte Roger, an Duval gewandt, und verließ die Kammer.

Die Leininger waren ein mächtiges Geschlecht aus Deutschland, und Simon, ein bedeutendes Mitglied dieser Familie, besaß vielfältige Verbindungen zum lothringischen Hochadel. Sein Besuch wurde seit Tagen voller Spannung erwartet. Duval hatte jedoch nicht herausfinden können, was Roger mit diesem geheimnisvollen Treffen bezweckte. Zweifellos wollte er eine Allianz mit den Leiningern schmieden oder andere Machenschaften politischer Natur vorantreiben.

Es konnte nicht schaden, mehr darüber in Erfahrung zu bringen.

Henri wartete, bis Rogers Schritte verklungen waren. Dann verließ er die Kammer und begab sich zum Saal, wo Roger wichtige Gäste zu empfangen pflegte. Der Allmächtige hatte Duval nicht mit gutem Aussehen gesegnet. Tatsächlich war er wegen seiner kränklichen Blässe und dem dünnen Haar, das sich jedem Kamm widersetzte, alles andere als ein schöner Anblick. Henri hatte sich daher schon in jungen Jahren ein unscheinbares Auftreten angeeignet. Gepaart mit seinem scharfen Verstand und seiner guten Beobachtungsgabe, machte ihn das zu einem hervorragenden Spion. Seit er im Gästehaus von Porte-Muzelle lebte, hatte er die entsprechenden Fertigkeiten zur Meisterschaft gebracht. Denn im Reich von Roger Bellegrée lebte der Unauffällige angenehmer.

Duval blieb am oberen Ende der Treppe stehen und lauschte den beiden Stimmen. Roger und ein anderer Mann, gewiss Simon von Leiningen. Als eine Tür ins Schloss fiel, huschte Henri die Stufen hinab. Er überzeugte sich davon, dass kein Diener zugegen war, ging nahe an die Tür heran und spitzte die Ohren.

»Dieses Treffen ist längst überfällig«, sagte Simon von Leiningen, als sie allein waren. »Gewisse Angelegenheiten sind zu heikel, um sie Briefen und Boten anzuvertrauen.«

»Niemand ahnt etwas von unseren Absichten«, versicherte

Roger ihm. »Wenn Bischof Jean oder der Herzog Wind davon bekommen hätten, wüsste ich das.« Sie sprachen Deutsch, das Roger wie die meisten Metzer Patrizier fließend beherrschte, denn sein Gast konnte neben seiner Muttersprache nur einige wenige Brocken Latein.

Simon stand am Fenster und betrachtete das Gewirr aus Gassen, Höfen, Bürgerhäusern, Werkstätten, Badehäusern und Kapellen, das sich über die Hügelflanke bis zum Ufer der Mosel ausbreitete, rauchverhangen und summend vor geschäftigem Lärm. Dem Vernehmen nach hasste dieser Mann große Städte. Doch falls er eine Abneigung gegen Metz verspürte, so ließ er es sich nicht anmerken. »Dieser Gierschlund von einem Bischof gibt sich nicht mit dem Dagsburger Lehen zufrieden«, knurrte er. »Er hat nun auch die Burgen Turquestein und Herrenstein eingezogen.«

»Ich habe es gehört.«

Simon wandte sich zu Roger um. Er war wahrlich kein schöner Mann. Auf seinem hageren, hochgeschossenen Leib saß ein viel zu großer Kopf, der obendrein eine seltsam längliche Form aufwies – Roger fühlte sich an eine Rübe erinnert. Darüber hinaus war Simon mit Hängebacken, dünnem Haar und einem krummen Rücken gestraft. Ungeachtet seiner schlaffen Körperhaltung besaß er jedoch einen unbeugsamen Charakter und hatte sich mutig in vielen Schlachten hervorgetan. »Dieser gottverdammte Pfaffe bringt mich noch um mein ganzes Erbe. Ihr müsst mir helfen, ihn aufzuhalten, Roger. Allein bin ich ihm nicht gewachsen.«

Roger füllte zwei Kelche mit schwerem Südwein. »Euer Zorn ist nur zu verständlich. Hier, trinkt das. Das wird Euch guttun.«

Simon hatte sich hilfesuchend an ihn gewandt, weil er dringend Freunde vor Ort brauchte, Verbündete gegen seinen mächtigen Widersacher. Der Leininger stand im Mittelpunkt einer politischen Auseinandersetzung, die verzwickt genug war, ganz Lothringen in einen Krieg zu stürzen. Wie so oft ging es dabei um Erbstreitigkeiten. Simon hatte vor rund zehn Jahren Gertrude de Dabo geehelicht, Herzog Thiébauts Witwe. Nun war Gertrude gestorben und hatte Simon das Dagsburger Lehen sowie andere Ländereien in Lothringen und dem Elsass hinterlassen. Es handelte sich um ein ausgedehntes Gebiet mit zahlreichen Dörfern, Burgen und Klöstern – wer es beherrschte, verfügte über Reichtum und Macht. Das wusste auch Bischof Jean d'Apremont von Metz, weshalb der Kirchenfürst alte Ansprüche auf das Dagsburger Lehen angemeldet und es kurzerhand in sein Bistum eingegliedert hatte. Simon fühlte sich hintergangen und versuchte seitdem, seine Rechte als Gertrudes Alleinerbe durchzusetzen – leider ohne Erfolg. Um das zu ändern, war er nach Metz gekommen.

Der Leininger umklammerte den Weinkelch mit seinen knochigen Fingern, doch er trank nicht daraus. »Die Paraiges von Metz sind die einzige Macht in Lothringen, die imstande ist, den Bischof in die Schranken zu weisen. Deshalb habe ich mich an Euch gewandt. Ihr seid ein einflussreicher Mann. Die Führer der anderen Paraiges hören auf Euch, seit Ihr Varennes in die Knie gezwungen habt. Ihr könnt sie davon überzeugen, mir beizustehen.«

Im Grunde hatte Roger längst entschieden, Simon zu helfen. Der Bischof von Metz war seit jeher ein Gegner der Paraiges, und in den letzten Jahren hatten sich die Konflikte mit ihm aus verschiedenen Gründen zugespitzt – es war an der Zeit, Jean d'Apremont zurechtzustutzen, bevor seine Großmannssucht überhandnahm. Dennoch gab sich Roger zögernd. Simon sollte sich seine Unterstützung einiges kosten lassen. »Vielleicht kann ich das«, sagte er. »Vielleicht aber auch nicht. Ihr wisst um die angespannte Lage in Metz, Simon. Wenn wir uns auf Eure Seite stellen und Bischof Jean davon erfährt, wird der schwelende Zwist mit ihm in Gewalt münden. Das ist so sicher wie nur irgendetwas. Und Robert Gournais, Jehan d'Esch und die anderen sind vorsichtige Männer. Sie gehen solche Risiken nicht leichtfertig ein.«

»Auch wenn Ihr nicht eingreift, wird es zu Blutvergießen kommen. Eine andere Sprache versteht dieser Raffzahn von Gottes Gnaden nicht. Er hat doch längst bewiesen, dass Verträge und gute Worte an ihn verschwendet sind.«

»Aber für uns macht es einen gewaltigen Unterschied, ob die Gewalt im Elsass losbricht – oder auf unseren Straßen.«

»Wenn wir entschlossen handeln und an einem Strang ziehen, werden wir den Bischof überwältigen, ohne dass Eure Stadt in Mitleidenschaft gezogen wird.«

Roger lächelte dünn. »Wenn Jean so leicht zu übertölpeln wäre, hätten wir ihn längst verjagt. Er ist gerissen und stark. Gerade Ihr könnt ein Lied davon singen.«

Simon erwiderte das Lächeln. Es war kein schöner Anblick, wie seine verschorften Lippen eine schmale Spalte formten und gelbe Zähne erkennen ließen. »Ich durchschaue Euch – Ihr wollt Euren Preis hochtreiben. Das habe ich nun davon, dass ich mich mit einem Kaufmann eingelassen habe. Nun denn, verhandeln wir. Was kostet Eure Unterstützung?«

»Macht mir ein Angebot.«

»Wenn ich mein Erbe zurückgewonnen habe, beteilige ich die Paraiges von Metz monatlich an allen Einnahmen aus dem Dagsburger Lehen und der Vogtei.«

»In welcher Höhe?«

»Zehn von hundert Teilen.«

»Zwölf, und wir kommen ins Geschäft.«

Simon nickte. »Also gut. Zwölf.«

»Außerdem ermöglicht Ihr mir, in Eure Familie einzuheiraten«, sagte Roger.

»Ihr wisst, dass ich keine Nachkommen habe.«

»Das Grafengeschlecht derer von Leiningen ist groß und verzweigt. Irgendwo findet sich gewiss eine heiratswillige Tochter, deren Vater bereit ist, sein Haus an eine mächtige Familie des Metzer Patriziats zu binden.« Seit es ihm gelungen war, die Scheidung von Philippine zu erwirken, wartete Roger sehnlichst auf eine Gelegenheit, wieder zu heiraten. An Angeboten aus den anderen Paraiges mangelte es ihm nicht, doch eine Ehe mit einer Patrizierin war nicht das, was ihm vorschwebte. Er wollte endlich in den echten Adel aufsteigen. Dank Simon rückte dieses Ziel nun in greifbare Nähe.

»Ich werde mich umhören«, versprach der Leininger. »Einige meiner Anverwandten sind überreich mit Töchtern gesegnet. Wenn Ihr nicht allzu wählerisch seid, was das Aussehen Eurer Zukünftigen angeht, sollte Euer Begehren keine allzu große Schwierigkeit darstellen.«

Solange seine künftige Gemahlin dem Hochadel entstammte und einen fruchtbaren Schoß hatte, war Roger ihr Aussehen herzlich egal. Philippine war eine große Schönheit gewesen, und was hatte es ihm eingebracht? »Habt Dank«, sagte er aufrichtig.

»Im Gegenzug«, fuhr Simon fort, »überzeugt Ihr die Köpfe der anderen Paraiges und besonders den Schöffenmeister, mir mit Truppen und Nachschub beizustehen, wenn ich darangehe, den Bischof aus der Grafschaft Dagsburg zu vertreiben.«

»Unter der Bedingung, dass Bischof Jean davon nichts erfährt. Wenn wir Euch Männer zur Verfügung stellen, müssen sie Waffenröcke in den Farben der Leininger tragen.«

»Das versteht sich von selbst.«

Roger nickte. »Betrachtet es als so gut wie getan.«

Sie hoben die Kelche und tranken auf ihr geheimes Bündnis.

Die Tür war aus dickem Holz, und Duval verstand nicht jedes Wort, das die beiden Männer sprachen. Er hörte jedoch genug, dass er sich den Rest zusammenreimen konnte. Roger und Simon hatten soeben einen Pakt gegen Bischof Jean geschmiedet. Wenn es Roger gelang, die Treize jurés von seinen

Plänen zu überzeugen, würde es im Elsass und dem Norden Lothringens zum Krieg kommen.

Interessant, dachte Duval. *Überaus interessant.* Er musste dafür sorgen, dass diese Nachricht umgehend nach Varennes gelangte. Wenn seine Freunde in der Heimat es geschickt anstellten, konnten sie diese neue Entwicklung vielleicht zu ihrem Vorteil nutzen.

Gerade sprachen Roger und Simon über die Feinheiten ihres Bündnisses: Größe der Truppen, Zeitpläne und dergleichen. Henri versuchte, Einzelheiten zu verstehen, doch just in dem Moment hörte er Schritte auf der Treppe. Vermutlich ein Diener, der Rogers Gast etwas zur Stärkung brachte. Duval huschte unauffällig davon und kehrte auf Umwegen zu seiner Kammer zurück.

Dort rührte er frische Tinte an, glättete einen Bogen Pergament und schrieb nieder, was er soeben gehört hatte. Der Brief war für Isabelle Fleury bestimmt. Ihr fiel seit jeher die Aufgabe zu, Deforest, Tolbert und die anderen ehemaligen Ratsherren über seine Beobachtungen aus dem Gästehaus von Porte-Muzelle in Kenntnis zu setzen.

Henri lächelte. Er hatte ihr schon oft Briefe geschickt, aber eine derart brisante Nachricht hatte sie noch nie von ihm erhalten.

Am nächsten Morgen – es hatte gerade zur Terz geschlagen – sagte er einem Hausbedienten, er wolle zum Markt auf dem Place de Chambre gehen. »Bis Ostern ist es nicht mehr lang. Ich möchte mir ein neues Gewand schneidern lassen, damit ich mich im Dom sehen lassen kann.«

»Gewiss«, sagte der Diener. »Ich rufe rasch zwei Sergeanten.«

Kurz darauf verließ Duval in Begleitung zweier Aufpasser das Gästehaus. Die Nachricht verwahrte er, zu einem kleinen Briefchen gefaltet, sicher im Ärmel seines Gewandes. Die beiden Sergeanten folgten ihm unauffällig, um ihm das Gefühl zu geben, er sei ein Gast Rogers, kein Gefangener. Nun zahlte es sich aus, dass er all die Jahre die gehorsame Geisel gespielt und an Flucht nie auch nur laut gedacht hatte. Solange er nicht versuchte davonzulaufen – wofür er mit seinen siebenundvierzig Jahren ohnehin zu alt war –, ließen ihm seine Begleiter alle Freiheiten.

So schlenderte er über den Markt, plauderte mit den Händlern, begutachtete hier einen Tuchballen, kostete da von einer Süßspeise und erfreute sich an den Gerüchen, die von den Auslagen der Gewürzhändler aufstiegen. Henri liebte den Markt – das bunte Treiben erinnerte ihn an seine Handelsfahrten in die Champagne, an das Leben als Kaufmann, das hinter ihm lag. Er ließ sich Zeit, und die Sergeanten drängten ihn nicht zur Eile. Er sprach mit verschiedenen Gewandschneidern und holte ihre Angebote ein. Dann gab er vor, hungrig vom vielen Feilschen zu sein, und ging zu einer Garküche, wo er sich mit Bier und Erbseneintopf stärkte.

Anschließend schritt er wie zufällig zum Stand eines Kleinkrämers, der Messer und Wetzsteine feilbot. Er kannte den Mann von früher – der Krämer wanderte von Frühjahr bis Spätherbst durch das Moseltal und kam etwa einmal im Monat nach Varennes, wo er mit der Gilde Geschäfte machte. Genauso oft war er in Metz auf dem Place de Chambre. Vor zwei Jahren, nach langen Monaten voller Andeutungen und geflüsterter Gespräche, war es Duval gelungen, ihn für seine Sache zu gewinnen. Seitdem beförderte der Krämer für ein geringes Entgelt zuverlässig seine Nachrichten nach Varennes.

Duval redete mit seinem alten Bekannten, erkundigte sich nach dessen Frau und Kindern, tauschte Belanglosigkeiten mit ihm aus. Als der rechte Moment gekommen war – die Sergeanten begafften gerade zwei üppige Huren –, schob er das Briefchen mit einer Schillingmünze über den Tisch. Der

Krämer steckte blitzschnell beides ein, ohne seinen Sermon über sein kränkelndes Weib zu unterbrechen.

Wenig später verabschiedete sich Henri und ging weiter zu den Ständen der Gewandschneider. Zunächst war es nur ein Vorwand gewesen, doch jetzt entschied er, sich wirklich einen neuen Rock machen zu lassen.

Er hatte sich eine kleine Belohnung verdient.

April 1232

Bois de Varennes

Dass Rémy besser wurde, merkte er daran, dass Nicolas ihn nicht bereits mit dem ersten Angriff zu Boden streckte, sondern erst mit dem dritten.

Diesmal war es eine besonders hinterhältige Attacke gewesen. Nicolas hatte ihn mit einem wuchtigen Stoß seines Schildes zurückgetrieben und mit dem Schwert einen seitlichen Hieb angetäuscht. Rémy war darauf hereingefallen und hatte den Streich pariert, ohne auf Nicolas' Füße zu achten. Der Ordensritter hatte einen flinken Schritt zur Seite gemacht und ihm die Beine weggetreten. Nun lag Rémy zum wiederholten Mal an diesem Abend im Gras und zählte die prasselnden Sterne, während Nicolas die Schwertspitze auf seine Kehle richtete.

»In einem echten Kampf wärt Ihr jetzt tot«, erklärte der Templer und fügte hinzu: »Schon wieder.«

Rémy blinzelte die Benommenheit weg. »Danke für den Hinweis«, ächzte er. »Darauf wäre ich nie gekommen.« Er schob die Klinge von seinem Hals weg, rappelte sich auf und griff nach seinem Schwert. Sie übten erst seit einer Stunde, doch er fühlte sich bereits zerschlagen und zu Tode erschöpft. Nicolas hingegen wirkte immer noch so aufgeräumt und entspannt, als käme er gerade aus dem Badehaus.

»Noch eine Runde mit Lanzen?«

»Später. Ich brauche eine Pause.«

Rémy schlurfte zur Quelle, rammte das Schwert in den Boden, löste den Schild von seinem Arm und spritzte sich kaltes Wasser ins Gesicht, bevor er sich an eines der beiden Feuer setzte. Nicolas ging derweil zu den anderen Männern, die zu beiden Seiten des Bachlaufs in Zweiergruppen gegeneinander kämpften – manche mit Holzwaffen, die erfahreneren mit echten. Der Ordensritter schritt an ihnen vorbei und wies harsch auf falsche Beinarbeit und offensichtliche Lücken in der Deckung hin. Er war ein strenger Lehrer, der keine Fehler duldete, doch man musste ihm zugutehalten, dass er nie versuchte, seine Schüler zu demütigen. Er gab sich redlich Mühe. Selbst die weniger Begabten unterwies er geduldig im Gebrauch von Lanze, Schwert und Schild und übte so lange mit ihnen, bis sie spürbar sicherer wurden.

Sein Vorgehen trug allmählich Früchte. Seit knapp vier Wochen bildete er die Männer der Zuflucht nun in der Kunst des Nahkampfes aus, jeden Abend maßen sie sich auf der Wiese bei der Quelle. Anfangs war es ein erbärmliches Herumgestolpere gewesen, und manch einer hatte im Handgemenge böse Schnitte und Prellungen erlitten. Es erschien Rémy wie ein Wunder, dass niemand ernstlich verletzt worden war. Inzwischen jedoch wussten die Männer, wie man Hiebe abwehrte, den Gegner auf Abstand hielt und gefährliche Streiche austeilte. Nicolas sagte, die besten von ihnen seien allmählich so weit, es mit Stadtknechten und Sergeanten aufzunehmen.

Natürlich hatte dieser Erfolg seinen Preis: Rémy fiel jede Nacht wie betäubt ins Bett, und Philippine kam kaum nach, all seine blauen Flecken, Schrammen und schmerzenden Gliedmaßen zu behandeln.

Eben erlaubte Nicolas einem der Männer, sich auszuruhen, und forderte dessen Gegner zum Zweikampf. Es war Géraud, der junge Steinmetz. Der Bursche hatte sich als Naturtalent mit Schwert und Schild erwiesen – er war mit Abstand der beste Kämpfer des Tales. Freudig nahm er Nicolas' Herausforderung an und kreuzte mit ihm die Klingen. Die beiden

Männer tanzten regelrecht über die Wiese, Angriff folgte auf Verteidigung, Stahl traf klirrend auf Stahl. Die anderen unterbrachen ihre Übungen und schauten dem Zweikampf zu, feuerten Géraud an. Kühn sprang der Steinmetz über den Bach und brachte Nicolas' mit einem gewagten Angriff ins Straucheln, als dieser ihm nachsetzte. Doch letztlich konnte auch die Unterstützung der jubelnden Menge nicht verhindern, dass der Ordensritter ihn entwaffnete und zu Fall brachte. Keiner von ihnen war Nicolas gewachsen, auch Géraud nicht. Der Bursche nahm die Niederlage hin wie ein Ehrenmann, er ergriff Nicolas' Hand, gelangte auf die Füße und klopfte seinem Bezwinger lachend auf die Schulter. Der Templer erwiderte die Freundlichkeit nicht; stattdessen belehrte er Géraud, was er falsch gemacht hatte.

»Herrgott, er hat sich doch gut geschlagen!«, ereiferte sich Rémy. »Könnt Ihr ihn nicht wenigstens ein Mal loben?«

»Ich lobe ihn, wenn er mich bezwingt«, entgegnete der Ritter steif. »Bis dahin muss er noch viel lernen.«

Nicolas' Verbissenheit konnte einen zur Weißglut treiben. »Es ist nie genug, was? Egal, wie sehr wir uns anstrengen, Ihr habt immer etwas auszusetzen …«

»Schon gut, Rémy, er hat ja recht«, mischte sich Géraud ein. »Es war wirklich ein unnötiger Fehler. Ich muss mir noch mehr Mühe geben.«

»Das ist die richtige Einstellung«, sagte Nicolas.

Rémy dachte an etwas, was Yves einst über Robert Michelet gesagt hatte. »Sogar der Pflock in seinem Arsch hat einen Pflock in seinem Arsch«, murmelte er verdrießlich.

Der Templer blickte ihn fragend an.

»Nichts. Ich habe nur laut gedacht.«

Nicolas wandte sich den Männern zu und klatschte in die Hände. »Weitermachen! Wir sind noch lange nicht fertig für heute. Ihr auch«, sagte er zu Rémy. »Ihr habt Euch genug ausgeruht.«

Missmutig zog Rémy sein Schwert aus dem Boden. Sein Rücken schmerzte. Er war zu alt, um noch ein guter Kämpfer zu werden, doch solche Ausflüchte ließ Nicolas nicht gelten. Also biss er die Zähne zusammen und übte weiter.

Glücklicherweise tauchten kurz darauf Philippine und Isabelle auf und erlösten ihn.

»Mutter«, sagte Rémy verwundert. »Was machst du denn hier?« Da sie zuletzt vor zwei Tagen im Tal gewesen war, hatte er erst wieder nächste Woche mit ihr gerechnet.

»Es ist etwas geschehen«, erklärte sie. »Können wir uns unterhalten?«

»Natürlich.« Erleichtert schob Rémy das Schwert in die Scheide.

»Ihr kommt am besten auch mit«, sagte Isabelle zu Nicolas. Der Ordensritter befahl den Männern, ohne ihn weiterzumachen, und sie gingen zu Rémys und Philippines Hütte, wo sie Will trafen.

Obwohl es bereits dunkel wurde, spielte Michel noch mit seinen älteren Freunden auf dem Platz vor dem Backhaus. Philippine schickte ihn ins Bett, doch der Junge war viel zu aufgeregt, um zu schlafen. Mit großen Augen beobachtete er die Erwachsenen, die sich ans Herdfeuer setzten, ahnend, dass Geheimnisse in der Luft lagen. Also lugte er unter der Decke hervor, um ja kein Wort zu verpassen.

Dreux hingegen bekam von der Zusammenkunft nichts mit. Er saß in seinem Stuhl, das Kinn auf die Brust gesunken, und döste vor sich hin.

»Heute kam eine Nachricht von Henri«, sagte Isabelle und reichte Rémy ein zerknittertes Stück Pergament. Er las Duvals Zeilen und gab den Brief dann an Philippine, Will und Nicolas weiter, die ihn ebenfalls studierten.

»Intrigen und Kriegstreiberei«, murmelte Philippine verächtlich. »Die Jahre vergehen, aber Roger bleibt sich treu. Wann erstickt er endlich an seiner Machtgier?«

»Wieso zeigst du uns das?«, fragte Rémy.

»Ich frage mich, ob wir uns diese Sache zunutze machen können«, antwortete seine Mutter.

Nicolas gab ihr den Brief zurück. »Inwiefern zunutze machen?«

Eine alte Frau von dreiundsechzig Jahren anzusprechen, konnte er mit der Regel seines Ordens offenbar gerade noch vereinbaren. Philippine hingegen würdigte er nach wie vor keines Blickes.

»Aristoteles«, krächzte Dreux, der soeben aufgewacht war. »Im *Organon* findet man die Antwort auf alle Fragen. Auf alle, Herr Ritter! Nicht wahr, Meister?«

»Gewiss«, sagte Rémy. »Wir schauen gleich nach.«

»Rémy hat deutlich gemacht, dass er es für aussichtslos hält, gegen Lefèvre vorzugehen«, beantwortete Isabelle Nicolas' Frage, während Dreux kichernd vor sich hinplapperte. »Das sehe ich ähnlich, so wie die Dinge liegen. Nicolas ist zwar der Ansicht, dass dreißig Männer genügen, um die Stadt zu erobern. Doch selbst wenn er Erfolg hätte, würde die Vergeltung der Metzer nicht lange auf sich warten lassen. Und ich bezweifle, dass wir Varennes lange gegen ihre Streitmacht halten könnten – zumal wir zuvor mit der Zwingburg fertigwerden müssten.« Sie klopfte auf den Brief. »Wenn es uns aber gelingt, Bischof Jean gegen die Paraiges aufzustacheln, müssten sich die Metzer mit einem mächtigeren Gegner herumschlagen. Derweil könnten wir unsere Position festigen.«

Rémy dachte darüber nach. Er war nicht restlos von ihrer Idee überzeugt. Doch was sie sagte, erschien ihm immerhin durchführbarer als Nicolas' Vorhaben. »Du willst Bischof Jean also auf das Bündnis zwischen Roger und Simon von Leiningen aufmerksam machen, in der Hoffnung, dass es dadurch zum Krieg zwischen ihm und der Republik Metz kommt?«

Isabelle wandte sich an Philippine, die am besten über die

Machtverhältnisse in ihrer früheren Heimatstadt Bescheid wusste. »Wie siehst du das? Hätte das Aussicht auf Erfolg?«

»Ich bin mir nicht sicher«, antwortete Philippine. »Die Lage in Metz mag angespannt sein, aber man darf nicht vergessen, dass keine Seite Interesse an einem Krieg hat. Sowohl Bischof Jean als auch Roger und seine Leute haben zu viel zu verlieren. Und Jean d'Apremont ist ein besonnener Mann, der Waffengewalt nach Möglichkeit vermeidet. Wenn er von Rogers Bündnis mit Simon erführe, würde er wahrscheinlich nur bei den Treize jurés Protest einlegen, woraufhin Roger gezwungen wäre, das Bündnis aufzulösen.«

»Und wenn wir nachhelfen, dass sich der Konflikt schneller zuspitzt?«, fragte Rémy. »Von Roger wissen wir, dass er alles andere als besonnen ist. Wenn er sich bedroht fühlt, schlägt er schnell und unerbittlich zu. Angenommen, er erfährt, dass Bischof Jean von seinem Bündnis mit Simon Wind bekommen hat und heimlich Vorbereitungen trifft, die Paraiges zu entmachten – was würde er tun?«

»Du kennst Roger doch«, sagte Philippine. »Er würde alles in seiner Macht Stehende unternehmen, um das zu verhindern.«

»Würde er gewaltsam gegen den Bischof vorgehen?«

»Wenn er die Republik bedroht wähnt? Darauf kannst du Gift nehmen.«

»Das sind doch alles nur Gedankenspiele, die nirgendwo hinführen«, sagte Nicolas. »Eure Gemahlin hat doch gerade erklärt, dass sie es für unwahrscheinlich hält, dass der Bischof einen Krieg riskieren würde.« Er dachte tatsächlich, dass Rémy und Philippine verheiratet waren, und sie ließen ihn wohlweislich in dem Glauben.

»Es ist nicht nötig, dass Bischof Jean handelt«, ergriff Will das Wort. »Es genügt, wenn wir Roger glauben machen, dass ihm ein Angriff droht. Das ist es, was du sagen willst, richtig?«, wandte er sich an Rémy.

Er nickte. »Ich fälsche ein Schriftstück, das wir Roger zuspielen. Sagen wir, einen Brief des Bischofs, in dem er Herzog Mathieu von seinen Kriegsplänen gegen die Paraiges berichtet und den Herzog um Hilfe bittet. Ich kann den Brief täuschend echt aussehen lassen – ich habe so etwas früher schon gemacht. Wenn Roger ihn bekommt, werden die Treize nicht lange fackeln und gegen Bischof Jean losschlagen. Und dann sind sie genau da, wo wir sie haben wollen.«

»Das ist schlichtweg brillant«, lobte seine Mutter. »Was brauchst du, um diesen Brief anfertigen zu können?«

»Ein beliebiges Dokument des Bischofs, damit ich seine Handschrift nachahmen kann. Am besten einen Brief oder eine Urkunde.«

»Ich schaue in der Archivkammer des Rathauses nach. Vielleicht findet sich dort etwas.«

»Denk daran, dass ich ein Original brauche, keine Abschrift.«

»Vorsicht mit allzu neuen Abschriften!«, warnte Dreux. »Die Kopisten arbeiten schlampig heutzutage. Kaum noch ein Strich, der richtig sitzt. Es ist eine Schande. Wären wir damals so nachlässig gewesen, der Stadtschreiber hätte uns mit der Zuchtrute geprügelt!«

»Wir gehen folgendermaßen vor: Wir spielen Roger den gefälschten Brief zu und warten ab, was geschieht«, sagte Rémy. »Wenn es zwischen dem Bischof und den Paraiges zum Krieg kommt, schlagen wir gegen Lefèvre los. Seid Ihr damit einverstanden?«, wandte er sich an Nicolas.

Der Ordensritter saß breitbeinig da und stützte die Hände auf den Oberschenkeln ab. »Was Ihr da vorschlagt, ist schändlich und niederträchtig«, erklärte er. »Ihr wollt einem Mann der Kirche schweren Schaden zufügen. Wie könnt Ihr ernsthaft glauben, dass ich so etwas gutheiße?«

»Natürlich«, meinte Rémy. »Der erste vernünftige Plan überhaupt, aber unser Herr Ritter hat wieder etwas daran auszusetzen. Nun gut. Wenn Ihr dagegen seid – was schlagt Ihr stattdessen vor? Gewiss habt Ihr eine viel bessere Idee, nicht wahr?«

»Intrigen und Komplotte sind nicht meine Stärke«, entgegnete Nicolas mit enervierender Gelassenheit. »Das überlasse ich anderen.«

»Dem niederen Pöbel – Schwächlingen wie mir. Das meint Ihr doch, richtig? Herrgott! Manchmal frage ich mich, warum ich Euch nicht einfach zum Teufel jage …«, begann Rémy, doch seine Mutter legte ihm beschwichtigend die Hand auf den Arm.

»Hört auf zu streiten. Das führt zu nichts.« Sie wandte sich an Nicolas. »Natürlich tun wir unser Möglichstes, dass Bischof Jean nicht zu Schaden kommt. Wenn die Paraiges zum Angriff rüsten, warnen wir ihn, damit er sich in Sicherheit bringen kann.«

»Aber das ist doch widersinnig«, sagte der Templer. »Wenn er flieht, gibt es keinen Krieg.«

»Ich bezweifle, dass er unter diesen Umständen den Paraiges das Feld überlassen wird. Er kann es sich nicht leisten, klein beizugeben – dann würde er seinen letzten Rest von Einfluss in Metz verlieren. Er wird sich zurückziehen, seine Kräfte sammeln und dann mit aller Macht zurückschlagen. Es ist doch so«, erklärte Isabelle. »Wenn wir Roger gewähren lassen, kommt es so oder so zum Krieg zwischen dem Bischof und den Paraiges – nur dass Bischof Jean nicht weiß, dass er auch Metz gegen sich hat, wenn er Simon von Leiningen bekämpft. Wir setzen ihn lediglich unter Zugzwang. Das ist nicht die feine Art, das gebe ich zu. Aber dank uns lernt er seine wahren Feinde kennen und erhält die Chance, sich frühzeitig zu wehren. Eine Chance, die er ohne uns nicht hätte.«

Nicolas dachte lange über ihre Worte nach. »Trotzdem ist es intrigant und wenig ehrenhaft, so vorzugehen«, sagte er schließlich, doch sein Widerstand gegen den Plan hatte merklich an Schwung verloren.

»Nennt es eine Kriegslist, wenn Ihr Euch damit wohler fühlt«, bemerkte Rémy.

»Also – seid Ihr einverstanden?«, fragte Isabelle. »Bitte, Nicolas«, sagte sie, als der Ordensritter zögerte. »Wir brauchen Euch. Und Ihr braucht uns. Anders wird es Euch nie gelingen, Euren Vater zu rächen.«

»Versprecht mir, dass wir genauso vorgehen und den Bischof nicht schlimmer täuschen als unbedingt nötig«, wandte sich Nicolas an Rémy.

Rémy schluckte seinen Ärger herunter und nickte. »Ihr habt mein Wort.«

»Gut«, sagte der Ordensritter. »Dann bin ich dabei.«

»Bleibt das Problem, dass Varennes sich nicht dauerhaft gegen Metz behaupten kann«, meinte Philippine. »Wenn es in Metz zum Krieg kommt, gewinnen wir sicher etwas Zeit. Aber auch der schlimmste Krieg ist irgendwann zu Ende. Was dann? Wie verhindern wir, dass Metz Varennes ein zweites Mal überrennt und einfach einen neuen Statthalter einsetzt?«

»Ich habe lange darüber nachgedacht«, antwortete Isabelle. »Dank Sieghart hat sich vielleicht ein Weg für uns aufgetan, wie wir uns dauerhaft vor Metz schützen können.« Sie schilderte ihre Überlegungen.

»Eine ausgezeichnete Idee«, sagte Will begeistert. »Dass wir darauf nicht schon viel früher gekommen sind!«

»Meinst du, dass Eustache das hinbekommt?«, fragte Rémy.

»Deforest war lange Ratsherr und ist seit fast zwanzig Jahren unser Gildemeister«, antwortete seine Mutter. »Man kennt und schätzt ihn in ganz Lothringen. Wenn er es nicht schafft, schafft es keiner.«

Rémy rieb sich die müden Augen. »Sprich mit ihm. Währenddessen kümmere ich mich um den Brief. Anschließend sehen wir weiter. Einverstanden?«

Diesmal nickten alle, sogar Nicolas.

Rémy stand auf. »Sehen wir zu, dass wir ins Bett kommen. Wie ich die Sache sehe, werden die nächsten Tage hart.«

Nicolas griff nach Schild und Wehrgehänge und wünschte den anderen eine gute Nacht.

»Wartet, Meister«, krächzte Dreux. »Bevor Ihr zu Bett geht, müssen wir noch klären, wie wir dem jungen Albertus helfen – der Student aus Lauingen, der durch das Land wandert. Er sucht Arbeit.«

»Schon gut«, sagte Rémy. »Ich habe längst mit Albertus gesprochen.«

Der Alte runzelte die Stirn. »Tatsächlich?«

»Schon vor zwölf Jahren.« Rémy klopfte Dreux auf die Schulter. »Schlaf jetzt, alter Freund.«

Varennes-Saint-Jacques

Lefèvre duldete keine Versammlungen. Wenn zwei oder mehr Bürger zusammenkamen, wähnte er eine Verschwörung gegen seine Person. Bei den Treffen der Gilde waren stets zwei Sergeanten anwesend, die sicherstellten, dass die Schwurbrüder keine Intrigen gegen ihn spannen. So blieb Isabelle nichts anderes übrig, als Deforest in einem unbeobachteten Moment abzupassen und zwischen Tür und Angel mit ihm zu sprechen. Sie zogen sich in einen Lagerraum unter den Arkaden der Gildenhalle zurück. Dort zeigte Isabelle ihm Duvals Nachricht und erzählte ihm von den Plänen, die sie mit Rémy und den anderen geschmiedet hatte.

Von allen ehemaligen Ratsherren litt Eustache Deforest vielleicht am meisten unter dem Niedergang Varennes'. Dieser einst so stattliche und unerschütterliche Mann war nur noch ein Schatten seiner selbst. Er hatte viel Gewicht verloren, denn die Gilde durch diese schwierige Zeit zu führen, verlangte ihm alles ab und zehrte an seiner Gesundheit. Regelmäßig machten ihm Magenkrämpfe zu schaffen und setzten ihn manchmal tagelang außer Gefecht.

Heute jedoch schien es ihm vergleichsweise gut zu gehen, und als Isabelle ihre Pläne darlegte, hellte sich seine Miene auf. »Vielleicht ist das die Gelegenheit, auf die wir all die Jahre gewartet haben«, sagte er. »Ihr traut Rémy und Nicolas wirklich zu, es mit Lefèvre und den Sergeanten aufzunehmen?«

»Ihr solltet sie sehen. Nicolas hat aus den Männern der Gemeinschaft binnen weniger Wochen eine kampfstarke Truppe geformt.«

»Aber was tun wir, wenn die Metzer zurückschlagen? Ich sehe nicht, warum ein Krieg mit ihnen anders ausgehen sollte als beim letzten Mal.«

»Hier kommt Ihr ins Spiel.« Isabelle erklärte ihm ihren anderen Einfall. Auch davon war Deforest angetan.

»Denkt Ihr, Ihr schafft das?«, fragte sie.

»Einige dieser Männer schulden mir noch etwas. Auch die anderen sollten nicht allzu schwer zu überzeugen sein. Immerhin gewinnen alle bei dieser Sache. Wann soll ich aufbrechen?«

»So bald wie möglich. Je eher wir wissen, woran wir sind, desto besser.«

»Ich reite gleich morgen los. Ich tarne es als Handelsfahrt, damit niemand Verdacht schöpft.«

Sie hatte die Tür nur angelehnt, und von draußen kamen Stimmen näher.

»Ich gehe jetzt besser. Ihr hört von mir«, flüsterte der Gildemeister und huschte davon.

Isabelle atmete tief durch. Der erste Schritt war getan. Blieb zu hoffen, dass Deforest nicht seine angeschlagene Gesundheit im Stich ließ.

Sie verließ den Lagerraum, schloss die Tür hinter sich ab und schritt zum Rathaus.

Louis stellte die Kisten mit Rémys Werkzeug auf den Tisch.

»Ich hatte Glück«, sagte Isabelle. »Im Rathaus liegen tatsächlich mehrere Schriftstücke von Bischof Jean. Vor Jahren wollte er sich für eine Kirchweihe den Reliquienschrein mit den Gebeinen des heiligen Jacques ausleihen und schrieb dem Rat und dem Domkapitel mehrere Briefe. Ich habe dir einen mitgebracht.«

»Hat dich jemand gesehen?«, fragte Rémy.

»Niemand. Die Archivkammer verstaubt. Weder Lefèvre noch die Metzer kümmern sich darum.«

Er legte den Brief auf den Tisch und betrachtete ihn konzentriert. Jean d'Apremonts Handschrift war geschwungen und ausladend und wies zahlreiche Eigenheiten auf. Umso besser: Je prägnanter ein Schreibstil war, desto leichter ließ er sich nachahmen.

Michel stürmte herein und berichtete aufgeregt von dem Spiel, das er sich gerade ausgedacht hatte.

»Dein Vater muss arbeiten. Du darfst ihn jetzt nicht stören«, sagte Isabelle und nahm den Jungen auf den Arm. »Komm, wir gehen nach draußen. Dann kannst du es mir zeigen.«

Kurz darauf war Rémy allein in der Hütte. Dreux hatte sich zunächst geweigert, seinen geliebten Sessel zu verlassen, doch Philippine hatte darauf bestanden; der Alte kam ohnehin viel zu selten an die frische Luft. Rémy holte sein Werkzeug aus der Kiste und begutachtete jedes Stück. Es war in tadellosem Zustand, denn seine Mutter hatte die Sachen sorgfältig verwahrt. Seine Hände wurden feucht. Mehr als vier Jahre war es jetzt her, dass er das letzte Mal etwas geschrieben hatte. War er nach all der Zeit überhaupt noch imstande, mit ruhiger Hand eine Feder zu führen? Oder hatte ihm das raue Leben in der Wildnis seine einstige Kunstfertigkeit ausgetrieben?

Rémy, der Buchmalermeister – gab es diesen Mann noch?

Er rührte frische Tinte an, glättete einen Bogen Pergament und linierte ihn mit dem Bleigriffel. Das Herz schlug ihm bis zum Hals. Doch als er den Gänsekiel auf das Pergament setzte, verschwand die Anspannung. Plötzlich war alles wieder da, so als hätte er in den vergangenen viereinhalb Jahren nichts anderes getan als zu schreiben, zu zeichnen, Gedanken Worte werden zu lassen. Ein Hochgefühl durchströmte ihn.

Nachdem er den Brief des Bischofs zweimal abgeschrieben hatte, gelang es ihm, Jean d'Apremonts Handschrift täuschend echt nachzuahmen. Auch sein Duktus war ihm nun vertraut. Mit größter Sorgfalt verfasste er die Botschaft, deren Wortlaut Philippine und er sich am gestrigen Abend ausgedacht hatten: In dem Brief wandte sich der Bischof von Metz an Herzog Mathieu und beschwerte sich wortgewaltig über das Bündnis der Paraiges mit Simon von Leiningen. Mathieu solle ihm helfen, die Bellegrées, die Gournais und alle anderen führenden Familien der Republik Metz zu entmachten, um die Gefahr für die Kirche durch die renitente Bürgerschaft ein für alle Mal zu bannen.

Zufrieden mit sich, begutachtete Rémy das Ergebnis seiner Arbeit. Der Brief war rundum gelungen. Angesichts einer solchen Bedrohung musste Roger einfach handeln.

Als die Tinte getrocknet war, nahm er sich das bischöfliche Siegel vor. Vorsichtig löste er das Bändchen, mit dem es an dem Brief aus der Archivkammer befestigt war, reinigte die Wachsscheibe mit den Insignien Jeans von Staub und Spinnweben und befestigte sie an der gefälschten Nachricht, indem er die Schnur durch ein Loch im Pergament zog. Derart ein amtliches Siegel zu missbrauchen, war ein schweres Verbrechen, doch daran verschwendete er keinen Gedanken. Wenn Bischof Jean den Betrug durchschaute, würde das Rémys geringste Sorge sein.

Als er fertig war, ging er nach draußen, schirmte seine

schmerzenden Augen vor der Mittagssonne ab und rief nach den anderen.

»Meisterhaft«, lobte Philippine, als sie den Brief gelesen hatte. »Nicht einmal der Bischof selbst würde erkennen, dass das eine Fälschung ist.«

»Du hast dich wieder einmal selbst übertroffen«, sagte seine Mutter lächelnd.

Nicolas hatte die Arme vor der Brust verschränkt und rührte den Brief nicht an. Seine Miene ließ keinen Zweifel daran, dass ihm all das höchst zuwider war und er damit so wenig wie möglich zu tun haben wollte.

Isabelle verstaute die Nachricht in einem ledernen Futteral. »Jetzt brauchen wir nur noch jemanden, der den Brief Roger zuspielt.«

»Das mache ich«, sagte Will.

Rémy wollte ihn darauf hinweisen, dass diese Aufgabe nicht eben ungefährlich war, doch der Engländer ließ ihn nicht zu Wort kommen.

»Ich habe mir das gut überlegt«, erklärte er entschieden. »Wenn ich schon im Kampf nicht von Nutzen bin, will ich wenigstens so meinen Beitrag leisten.«

»Besteht die Gefahr, dass Roger Euch erkennt?«, fragte Isabelle.

»Schwerlich. Ich habe ihn zwar schon einige Male in Varennes gesehen und er möglicherweise auch mich, aber gesprochen haben wir nie miteinander.«

»Was ist mit den Sergeanten, die uns damals gefangen nahmen?«, gab Rémy zu bedenken.

»Das ist über vier Jahre her. Ich bezweifle, dass sich in Metz irgendwer an mich erinnert.«

»Ich glaube, wir müssen uns keine Sorgen machen«, sagte Isabelle. »Will ist der richtige Mann für diese Aufgabe.«

Keine Stunde später brachen der Engländer und sie nach Norden auf.

Als seine Mutter fort war, bat Rémy Nicolas, mit ihm zu seiner Hütte zu kommen.

»Was gibt es?«

»Ich muss Euch etwas zeigen und wüsste gern Eure Meinung dazu.«

»Noch mehr Intrigen und Betrügereien?«, fragte der Ordensritter argwöhnisch.

»Keine Sorge.« Rémy lächelte dünn. »Diesmal geht es um ehrenhaftes Blutvergießen und achtbaren Mord, ganz nach Eurem Geschmack.«

In seiner Hütte holte er eine Kiste hervor und stellte sie auf den Tisch. Sie enthielt einige seiner Bücher, die seine Mutter ihm vor Jahren gebracht hatte, nachdem es ihr gelungen war, sie Lefèvres gierigen Händen zu entreißen. Rémy zog einen der ledergebundenen Folianten heraus und schlug ihn an der markierten Stelle auf.

»Was ist das?«, fragte Nicolas.

»Das *Liber ignium* – das Buch des Feuers. Als wir gestern darüber sprachen, wie wir die Zwingburg überwinden könnten, musste ich daran denken.«

Damit hatte er Nicolas' Aufmerksamkeit. »Enthält es hilfreiche Belagerungstechniken?«

»Genau das will ich von Euch wissen«, antwortete Rémy und legte ihm das aufgeschlagene Buch hin.

Natürlich waren Nicolas' wahre Absichten den Bewohnern der Zuflucht nicht verborgen geblieben. Die mutigeren von ihnen, allen voran der junge Géraud, hatten ihn schon vor Wochen rundheraus gefragt, warum er gekommen war und was er sich davon versprach, die Männer im Kampf auszubilden. Wie üblich war der Ordensritter recht einsilbig gewesen. »Weil ich eines Tages eure Hilfe brauchen werde. Und ihr meine«, hatte er lediglich geantwortet und sich darüber hinaus in Schweigen gehüllt. Das hatte den Gerüchten um seine Person jedoch nur neue Nahrung gegeben, und die meisten Mutmaßungen kamen der Wahrheit recht nahe.

So überraschte es niemanden, als Rémy am Abend eine Versammlung aller Bewohner des Tales einberief und ihnen ihre Pläne darlegte. Angespannte Stille herrschte auf der Wiese unter dem Kreuz, als er erklärte, Nicolas wolle Lefèvre zur Strecke bringen und Rémy helfen, Varennes von den fremden Herren zu befreien. Einmal mehr wünschte er, er wäre ein so guter Redner wie einst sein Vater und besäße die Gabe, Begeisterung in die Herzen seiner Zuhörer zu pflanzen. Aber da er nun einmal Rémy, der mundfaule Eigenbrötler war, der noch nie gern vor einer Menschenmenge gesprochen hatte, versuchte er gar nicht erst, eine flammende Ansprache zu halten. In schlichten und aufrichtigen Worten legte er die Tatsachen dar und hoffte, dass das genügte, seine Zuhörer zu überzeugen.

»Meine Mutter und Will sind vor einigen Stunden nach Metz aufgebrochen. Was sie dort tun werden, kann ich euch nicht sagen – es muss unter allen Umständen geheim bleiben. Aber wenn sie Erfolg haben, wird es zwischen den Paraiges und Bischof Jean d'Apremont zum Krieg kommen. Wenn die Kräfte der Metzer im Norden gebunden sind, werden wir gegen Lefèvre losschlagen. Wir werden die Überraschung auf unserer Seite haben und hoffen, dass wir so Lefèvres Leute überwältigen können, bevor sie sich zur Verteidigung der Stadt formieren. Aber ich will euch nichts vormachen: Das Vorhaben ist gefährlich, und niemand kann voraussehen, ob es gelingen wird. Vielleicht scheitern wir, vielleicht verlieren viele von uns dabei ihr Leben.«

Rémy ließ seinen Blick über die Menge schweifen. »Deshalb stelle ich es jedem von euch frei, ob er sich uns anschließen will. Jedes Schwert ist uns willkommen. Aber wenn ihr euer Leben nicht aufs Spiel setzen wollt, verstehe ich das. Wenn das der Fall ist, müsst ihr nichts weiter tun, als jetzt zu eurer Hütte zu gehen. Ich verspreche euch: Niemand wird euch anschließend der Feigheit bezichtigen.«

Er ließ seine Worte verklingen. Die Stille war so vollkommen, dass er das Knistern der Kienspäne hören konnte, die sie rings um den Platz angezündet hatten.

»Ich sage: Jagen wir Lefèvre und den Abschaum aus Metz zum Teufel!«, rief Robert und schwenkte sein Schwert.

»Zum Teufel mit ihnen!«, brüllten die übrigen Männer, deren Selbstbewusstsein gehörig gewachsen war, seit Nicolas sie ausbildete. »Holen wir uns unsere Stadt zurück!«

Niemand kehrte Rémy den Rücken und ging zu seiner Hütte. Stattdessen jubelte die gesamte Menge und schrie aus hundert Kehlen ihre Begeisterung hinaus.

»Nieder mit Lefèvre!«

»Für Varennes! Für die Freiheit!«

Philippine, die neben Rémy und Nicolas stand, lächelte hintergründig. »Gut gemacht. Es steckt wohl doch mehr von deinem Vater in dir, als du denkst.«

Nicolas nickte. »Wahrlich eine gute Rede.«

»Ein Lob?« Rémy hob eine Augenbraue. »Aus Eurem Mund? Nimm dich in Acht, Philippine. Als Nächstes erzählt er womöglich einen schweinischen Witz.«

»Unwahrscheinlich«, meinte der Ordensritter.

Rémy trat nach vorne. »Habt Dank! Ich danke euch!«, rief er und hob die Arme, woraufhin die Menge verstummte. »Nicolas wird euch nun mit den Einzelheiten des Vorhabens vertraut machen.«

Er überließ das Wort dem Templer, dessen sonore Stimme mühelos das Knistern der Fackeln und das Rascheln des Windes in den Baumkronen übertönte.

»Ich habe dreißig von euch ausgebildet und zu fähigen Kämpfern mit Schwert und Lanze gemacht«, sagte Nicolas. »Jeder von euch kann es nun mit den Sergeanten aufnehmen und muss keinen Zweikampf mehr fürchten.«

Neuer Jubel schloss sich den Worten an.

»Gleichwohl«, rief der Ordensritter gegen den Lärm an, »lässt sich nicht leugnen, dass wir nur wenige sind. Lefèvre und der Schultheiß von Varennes verfügen über sechzig Stadtknechte und dreißig Sergeanten. Hinzu kommen eine unbekannte Anzahl Söldner, die in Lefèvres Diensten stehen. Selbst wenn wir die Verteidiger der Stadt bei Nacht und Nebel überrumpeln, sind sie uns mindestens drei zu eins überlegen. Glücklicherweise sind wir nicht allein. Bertrand Tolbert und die Männer seiner Bruderschaft werden uns bei unserem Kampf beistehen.«

Isabelle hatte mit allen Obermeistern der Bruderschaften und mit den einstigen Ratsherren gesprochen, doch nur Deforest und Tolbert hatten den Mut gefunden, ihnen zu helfen. Die anderen fürchteten Lefèvre und die Metzer zu sehr. Tolbert war heute Abend hier. Er stand in der vordersten Reihe, die Arme vor der Brust verschränkt, und nickte grimmig, als Nicolas ihn beim Namen nannte. Alt und grau war er geworden, doch die Jahre hatten seinen eisernen Willen und seine körperliche Zähigkeit keineswegs vermindert.

»Bertrand und seinen Männern fällt die Aufgabe zu, Guérin d'Esch und die anderen Mitglieder der Paraiges in Varennes gefangen zu nehmen«, erklärte Nicolas. »Wir brauchen möglichst viele Gefangene, die führenden Metzer Familien entstammen, damit wir sie später gegen Henri Duval und die anderen Geiseln austauschen können. Ich werde derweil mit einem kleinen Trupp in die Stadt eindringen und Lefèvre zur Strecke bringen«, fuhr der Ordensritter fort.

»Wir haben Freunde bei den Stadtknechten, die uns helfen wollen«, erklärte Tolbert. »Sie werden Nicolas und seinen Mitstreitern das Tor öffnen und gegebenenfalls die Sergeanten überwältigen, die mit ihnen Wache halten.«

»So weit, so gut«, sagte Géraud. »Aber was ist mit der Zwingburg? Wenn wir sie nicht einnehmen, ist ein Sieg über

Lefèvre nichts wert. Dann werden die Metzer Varennes mit ihren Katapulten in Schutt und Asche legen.«

»Während ich in die Stadt eindringe, wird Rémy mit den restlichen Männern die Zwingburg zerstören und die Besatzung überwältigen«, erwiderte Nicolas.

»Die Zwingburg zerstören? Wie sollen wir das anstellen ohne Rammen und Wurfmaschinen?«, fragte Robert skeptisch.

»Das wird Rémy euch erklären.« Obwohl Nicolas die entsprechende Passage im *Liber ignium* selbst gelesen hatte, war er nach wie vor nicht gänzlich von Rémys Idee überzeugt.

»In einem alten Buch habe ich eine alchemistische Rezeptur gefunden«, wandte sich Rémy an die Menge. »Es handelt sich um eine besondere Substanz, ein schwarzes Pulver, mit dem sich Blitz und Donner herbeirufen lassen. Nicolas hat gehört, dass die Völker im fernen Kathai so etwas besitzen. Auch die Byzantiner haben früher mit ähnlichen Mitteln Krieg geführt. Wir glauben, dass dieses Donnerkraut stark genug ist, um ein Loch in die Mauern der Zwingburg zu schlagen.«

Rémy konnte die Zweifel seiner Zuhörer überdeutlich spüren. Bei einigen regte sich gar abergläubische Furcht.

»Wo finden wir dieses Zauberpulver?«, fragte Tolbert.

»Wie gesagt, im *Liber ignium* ist die Rezeptur genau beschrieben. Ich werde es herstellen und seine Wirksamkeit prüfen. Ich weiß, wie sich das für euch anhört«, fügte Rémy hinzu. »Aber wir müssen es versuchen, auch wenn es unwahrscheinlich klingt. Es ist unsere einzige Möglichkeit, die Zwingburg einzunehmen.«

»Nun wisst ihr über alles Bescheid«, sagte Nicolas. »Geht jetzt nach Hause und schlaft euch aus, damit ihr ausgeruht seid, wenn wir losschlagen. Wir lassen es euch wissen, wenn die Paraiges auf unsere List hereingefallen sind.«

Kurz darauf zerstreute sich die Menge. Rémy, Nicolas, Philippine und Bertrand blieben allein auf der Wiese zurück. Zischend erloschen die ersten Fackeln.

»Hoffentlich habt Ihr ihnen mit diesem Donnerkraut nicht mehr Angst gemacht, als die Sache wert ist«, meinte Nicolas, ehe er zu seiner Hütte schritt.

Metz

Sind wir uns schon einmal begegnet?«, fragte Roger seinen Besucher.

»Gut möglich, Herr. Der Bischof schickt mich oft nach Metz. Vielleicht haben wir uns auf dem Place de Chambre gesehen oder im Palast des Domkapitels. Im vergangenen Jahr ging ich dort beinahe wöchentlich ein und aus.«

Argwöhnisch musterte Roger seinen Besucher. Der Mann, der vor ihm stand, war vielleicht fünfunddreißig Jahre alt und recht unscheinbar mit seinen rot-braunen Locken und dem grauen Wollgewand. Ein Allerweltsgesicht ohne besondere Merkmale … und doch wurde Roger das Gefühl nicht los, dass er es schon einmal gesehen hatte. Dass es nicht hierher gehörte. Nun, das musste nichts heißen. Als Kaufmann und Ratsherr der Treize jurés hatte er jeden Tag mit vielen Fremden zu tun, mit den meisten nur einmal und danach nie wieder, und er machte sich nur selten die Mühe, sich ihre Gesichter und Namen einzuprägen. *Es fällt mir schon wieder ein,* dachte er. *Und wenn nicht, ist es nicht wichtig genug.*

»Du bist ein Bote von Bischof Jean d'Apremont, richtig?«

»Ich überbringe Botschaften Seiner Exzellenz und reite für ihn durch das Land. Das ist meine Arbeit seit nunmehr fünfzehn Jahren.«

»Man sagte mir, du hättest eine Nachricht für mich.« Die Redseligkeit dieses Mannes begann, Rogers Geduld zu strapazieren.

»Nun, eigentlich nicht für Euch. Wie soll ich sagen …?« Der Bote errötete leicht und rieb sich die Nase.

»Heraus damit! Du vergeudest meine Zeit, Mann.«

»Es ist eine Nachricht meines Herrn an Herzog Mathieu. Aber ich dachte mir, dass Ihr sie gewiss lesen wollt. Es ist nämlich so, dass sie Euch betrifft und obendrein ausgesprochen … heikel ist.«

»Damit ich dich richtig verstehe«, meinte Roger. »Du willst mir einen vertraulichen Brief deines Herrn geben, der für den Herzog bestimmt ist? Du weißt, dass das Verrat ist?«

»Verrat ist so ein garstiges Wort.« Der Bote lächelte seltsam. »Ihr würdet ohnehin von dieser Sache erfahren. Ich will nur dafür sorgen, dass Ihr frühzeitig im Bilde seid und Euch vorbereiten könnt.«

»Aus purer Nächstenliebe, nehme ich an.«

»Ihr seid ein mächtiger Mann – ich will mir Eure Freundschaft verdienen. Gegen einen Beutel Silber hätte ich auch nichts einzuwenden. Ich habe es satt, tagaus, tagein für einen machtgierigen Bischof durch das Land zu reiten. Ich will mir eine leichtere Arbeit suchen und vielleicht zuvor zwei, drei Monate die Füße hochlegen.«

»Geld, natürlich«, sagte Roger schmallippig. »Wie viel willst du?«

»Ich dachte an zehn Pfund. Damit komme ich eine Weile über die Runden.«

»Das ist ein ganz schöner Batzen Silber für einen Fetzen Pergament.«

»Aber dieser Fetzen hat es in sich, Herr. Mein Wort darauf.«

Roger schloss eine der Truhen auf und legte einen prall gefüllten Beutel auf den Tisch. Der Bote langte blitzschnell danach und ließ ihn in seinem Kittel verschwinden.

»Wenn der Brief es nicht wert ist, dann gnade dir Gott.«

Wortlos öffnete der Bote das Lederfutteral, das von seinem Gürtel baumelte, und reichte Roger die Nachricht. Sie trug das Siegel des Bischofs, und als er das Pergament auseinanderfaltete, erblickte er Bischof Jeans unverkennbare Handschrift, die ihm aus vielen Urkunden vertraut war. Zumindest war der Bote kein Schwindler.

»Bitte, lest«, drängte der Kurier. »Überzeugt Euch selbst davon, dass Euer Silber gut angelegt ist.«

Tatsächlich – Rogers Atem stockte, als er die Zeilen überflog. Das konnte nicht sein. Er musste sich irren. Er las den Brief noch einmal, gründlicher diesmal.

Doch am Inhalt der Nachricht bestanden keinerlei Zweifel: Jean d'Apremont hatte von seinem Bündnis mit Simon von Leiningen erfahren und wandte sich empört an Herzog Mathieu. Dieser dreiste Hund, dieser verschlagene Bastard bat den Herzog, ihm zu helfen, die Paraiges zu entmachten.

Roger ließ den Brief sinken und starrte ins Nichts. Gewiss rüstete Bischof Jean just in diesem Moment zum Angriff, lechzte danach, ihn, Robert Gournais, Jehan d'Esch und all die anderen niederzuwerfen. Eine groß angelegte Verschwörung gegen die führenden Köpfe der Paraiges war im Gange.

All die Jahre hatte er gewusst, dass dieser Tag dereinst kommen würde, und er hatte ihn gefürchtet.

»Nun, was sagt Ihr? Habe ich Euch zu viel versprochen?«

Roger blickte den Boten an. Er hatte beinahe vergessen, dass er nicht allein in der Kammer war. »Nein. Hab Dank«, sagte er zerstreut. »Heute hast du einen mächtigen Freund gewonnen. Sag – wie heißt du?«

»Guillaume, Herr.«

»Geh nach unten, Guillaume. Man wird dir einen Krug Wein und etwas zu essen geben.«

Der Kurier rührte sich nicht von der Stelle.

»Was denn noch?«

»Der Brief, Herr. Wenn ich ihn nicht abliefere, wird der Bischof Verdacht schöpfen.«

Roger nickte zerstreut und reichte ihm die Nachricht. Der Bote verneigte sich und schlurfte davon.

Roger griff nach seinem Mantel. Der Zorn wütete so stark

in ihm, dass seine Hände zitterten, aber wie immer war die Erregung nur von kurzer Dauer und wich sogleich eisiger Ruhe. Es ging um das Schicksal seiner Familie, der Paraiges, der gesamten Republik Metz. Er musste einen kühlen Kopf bewahren und handeln, musste zuallererst den Schöffenmeister benachrichtigen, damit sie Vorbereitungen zur Verteidigung der Stadt treffen konnten.

Eilends verließ er seine Schreibstube und brüllte nach den Sergeanten.

Will dachte nicht daran, hinunter zur Küche zu gehen und seinen Becher Wein abzuholen. Kaum waren Roger Bellegrée und die wachhabenden Sergeanten verschwunden, machte er sich auf die Suche nach Henri Duval. Falls man ihn fragen würde, was er hier oben täte, würde er sagen, er habe sich in den verzweigten Sälen und Treppenfluchten verlaufen. Es war nicht zu erwarten, dass man eine Erklärung von ihm fordern würde. Im Gästehaus von Porte-Muzelle gingen ständig Fremde ein und aus, und das Gesinde scherte sich nicht um unbekannte Gesichter.

Als er allein auf dem Gang war und die Anspannung von ihm abfiel, lief ihm ein Schauder über den Rücken. Roger gegenüberzutreten, hatte einen beinahe körperlichen Widerwillen in ihm ausgelöst. Diese Arroganz. Diese tief sitzende Grausamkeit. Diese kaum verhohlene Verachtung für Männer niedrigeren Standes. Umso befriedigender war es gewesen, ihn zum Narren zu halten. Dabei war es keineswegs Wills Art, andere zu täuschen, zu betrügen. Es fiel ihm schwer, sein wahres Wesen zu verbergen und anderen etwas vorzugaukeln. Die Rolle des bischöflichen Boten hatte ihm alles abverlangt. Als Domschüler hatte er vor vielen Jahren beim Mysterienspiel seines Pfarrsprengels Herodes verkörpert und seine Sache gut gemacht. Daran hatte er unentwegt gedacht, als er den verräterischen Kurier spielte. Wenn er wollte, konnte er schauspielern. Es kostete ihn allerdings beträchtliche Überwindung.

Aber Roger war auf den Schwindel hereingefallen, das allein zählte. Sein Erfolg versetzte Will in Hochstimmung. Beschwingt schritt er durch die Gänge des Gästehauses, bis er zu jenem Trakt kam, in dem Henri Duval untergebracht war; zumindest vermutete das Frau Isabelle. Will klopfte an die erstbeste Tür und wartete. Nichts. Auch bei der zweiten blieb alles still. Die dritte hingegen wurde geöffnet. Es erschien Duval, der ihn mit gerunzelter Stirn anblickte.

»Magister Will?« Der einstige Ratsherr war für einen Moment sprachlos vor Überraschung.

»Pssst, nicht so laut!«, zischte Will und blickte sich ängstlich um.

»Was macht Ihr hier, bei allen Heiligen?«

»Man darf uns nicht zusammen sehen. Hier, lest das. Da steht alles drin.« Will drückte Duval einen Brief von Frau Isabelle in die Hand. »Bald seid Ihr frei und könnt nach Varennes heimkehren. Geduldet Euch nur noch ein paar Wochen.«

Mit diesen Worten ließ er Duval stehen und eilte davon.

Isabelle hätte viel Geld dafür gegeben zu erfahren, was in den beiden Tagen nach Wills Treffen mit Roger Bellegrée in den Patrizierhäusern am Place Saint Jacques und den Gästehäusern der Paraiges vor sich gegangen war. Ganz Metz schien zu summen vor Geschäftigkeit. Boten und Sänften eilten hin und her. Auf den Plätzen wimmelte es von Sergeanten, Söldnern und Waffenknechten. Der Schöffenmeister ließ die Zeughäuser öffnen, Waffen wurden verteilt. Es gab keinen Zweifel daran, dass Metz zum Krieg rüstete.

Auf den Marktplätzen und in den Schenken der Stadt holte Isabelle unauffällig Erkundigungen ein. Obwohl die Kleinkrämer und Wirte nichts Genaues wussten und allerlei haarsträubende Gerüchte kursierten, mehrten sich bald die Hinweise, dass die Paraiges nicht anstrebten, Simon von Leiningen Truppen zu senden. Vielmehr holten sie zum vernichtenden

Schlag gegen ihren alten Feind Bischof Jean d'Apremont aus und bereiteten einen Kriegszug gegen dessen Festung in Vic-sur-Seille vor.

Mehr musste Isabelle nicht wissen. Mit einem zufriedenen Lächeln auf den Lippen kehrte sie zu ihrer Herberge zurück. Philippine hatte recht gehabt: Wenn Roger dachte, Bischof Jean würde mit dem Herzog gegen die Paraiges paktieren, würde er sich verhalten wie ein in die Enge getriebenes Wiesel und wild um sich beißen.

Am nächsten Morgen verließ sie Metz in aller Frühe und fuhr nach Vic-sur-Seille.

Bois de Varennes

Rémy hatte die Anleitung zur Herstellung von Donnerkraut im *Liber ignium* so oft gelesen, dass er sie inzwischen auswendig konnte: *Nimm ein Pfund Schwefel, zwei Pfund Kohlen von der Linde oder der Weide und sechs Pfund Salpeter, stoße alles zusammen in einem marmornen Mörser und fülle alles in eine Hülle zum Platzen.*

Da sie im Tal einen eigenen Kohlenmeiler hatten, kam Rémy jederzeit an Kohle in ausreichender Menge heran. Den marmornen Mörser sowie eine Waage und ein feines Sieb hatte ihm Bertrand Tolbert aus Varennes mitgebracht. Kopfzerbrechen bereiteten ihm hingegen der Schwefel und der Salpeter. Was den Schwefel betraf, wusste Philippine Rat: »Schwefel ist ein Heilmittel gegen Blattern und den Rotlauf«, klärte sie ihn auf. »Jeder Medicus und jeder Wundarzt sollte welchen haben. Bertrand kann auch zu den Kerzenziehern gehen, die benutzen Schwefel zum Bleichen.«

Von Salpeter hatte leider auch Philippine noch nie etwas gehört. Im Buch des Feuers hieß es hierzu: *Salpeter ist ein Mineral der Erde und wird aus Ausblühungen auf Steinen gefun-*

den. Wenn diese Substanz in kochendem Wasser aufgelöst, gereinigt und filtriert ist, koche sie einen Tag und eine Nacht lang, bis sie sich verfestigt und als transparente Salzplatte den Boden des Gefäßes bedeckt.

Rémy hörte sich bei den Bewohnern des Tales um. Lediglich Géraud konnte ihm weiterhelfen. »Ich glaube, ich weiß, was das ist«, sagte der junge Steinmetz. »Eine Art Salz. Man findet es manchmal an den Wänden von Brauhäusern und Färberwerkstätten oder in der Erde unter Viehställen. Sieht ein bisschen aus wie schmutziger Schnee.«

Später am Tag, als Tolbert auftauchte, sprach Rémy ihn darauf an und bat ihn, in seinen Ställen nachzusehen, ob der Boden darunter von Salpeter durchsetzt sei. »Wenn das der Fall ist, grabt die Erde aus und bringt mir so viel wie möglich davon. Fragt auch die Männer Eurer Bruderschaft.«

Der Vorsteher der Stadtbauern machte kein Hehl daraus, dass er dieses Ansinnen reichlich befremdlich fand. Dennoch versprach er, sein Bestes zu tun.

Am nächsten Morgen brachte er einen Sack voll weißlicher Erde. Rémy dankte ihm und trug den Sack zu seiner Hütte, vor der er drei große Kessel aufgestellt hatte. Philippine half ihm, die Erde in die Kessel zu schaufeln. Sie hatten in den Stallungen der Zuflucht nachgesehen und dort ebenfalls Spuren der salzartigen Substanz im Boden gefunden. Aber die Erde, die sie ausgegraben hatten, reichte bei Weitem nicht aus, um sechs Pfund Salpeter daraus zu gewinnen. Mit der Erde aus Varennes schafften sie es vielleicht.

»Ihr wisst, dass das nichts anderes als Schweinepisse ist?«, fragte Tolbert.

»Und wenn schon«, murmelte Rémy. »Waffen aus Pisse für einen Feind, der zum Himmel stinkt. Irgendwie passend, meint Ihr nicht?«

Das ganze Dorf, so erschien es ihm, lief auf dem Platz vor der Hütte zusammen und schaute ihnen dabei zu, wie sie die

Kessel mit Wasser auffüllten und darunter Feuer machten. Es dauerte lange, bis die schlammige und nicht sehr angenehm riechende Mischung zu kochen anfing. Als die Leute begriffen, dass es nicht viel zu sehen gab, gingen sie wieder nach Hause und ließen Rémy die Kessel bewachen. Er wartete, bis sich die Erde vollständig aufgelöst hatte. Dann filterte er die Sandkörner mit dem Sieb heraus. Bei Einbruch der Nacht übernahm Géraud die Aufgabe, dafür zu sorgen, dass die Feuer nicht ausgingen und das Wasser immerzu kochte.

Als Rémy beim ersten Licht des Tages erwachte, kam ihm das ganze Vorhaben töricht vor. Ein Feuerpulver, gewonnen aus Kohle und Pisse? Einfach lächerlich. Er war auf eine Fantasterei hereingefallen, hatte sich in ein Hirngespinst verrannt. Leise, um Philippine, Michel und Dreux nicht zu wecken, verließ er die Hütte.

Géraud war eingeschlafen, die Holzscheite unter den Kesseln glühten nur noch. Er weckte den jungen Steinmetz, der ruckartig auffuhr. »Oje«, murmelte Géraud. »Ich habe alles verdorben.«

»Ich glaube nicht.« Rémy spähte in die Kessel. »Das Wasser ist vollständig verkocht, und übrig geblieben sind Salzplatten – so, wie es im *Liber ignium* geschrieben steht.«

Sie kratzten den Salpeter heraus. Der Lärm, der dabei entstand, weckte Philippine und die Nachbarn, und kurz darauf hatte sich abermals eine schaulustige Menge eingefunden.

»Und jetzt?«, fragte Nicolas.

»Mischen wir alle Zutaten im Verhältnis eins zu zwei zu sechs.« Rémy tat Schwefel, Kohle und Salpeter in den Mörser und zerkleinerte das Gemenge. Das schwarze Pulver füllte er in ein flaschenförmiges Gefäß – hoffentlich eine geeignete »Hülle zum Platzen« –, das ein Töpfer der Zuflucht eigens für diesen Zweck gemacht hatte. »Fertig.«

»Es wirkt nicht«, sagte Robert.

»Woher willst du das wissen?«

»Weil's nicht donnert.«

»Abwarten. Philippine, Nicolas und Géraud – ihr kommt mit«, sagte Rémy. »Ihr anderen wartet hier.«

»Aber wir wollen es auch sehen!«, beschwerte sich Robert.

»Zu gefährlich. Wir wissen nicht, wie sich das Donnerkraut verhält, wenn man es anzündet.«

Rémy und seine Begleiter verließen das Tal und marschierten eine Weile durch den Wald, bis sie zu einer Senke in den Tiefen des Forstes kamen. Rémy hatte diese Stelle ausgewählt, um das Donnerkraut auszuprobieren. Die Senke war an drei Seiten von Felswänden umgeben – vielleicht ein Steinbruch aus grauer Vorzeit.

Er steckte die Flasche in einen Schutthaufen unter einer der Klippen, nachdem er mit dem schwarzen Pulver eine Spur quer durch die Senke gestreut hatte. Nicolas hatte derweil einen Kienspan angezündet. Rémy hielt die Fackel an das Pulver, das so plötzlich in Flammen aufging, dass er zusammenzuckte.

»Es klappt! Es klappt!«, keuchte Philippine.

»In Deckung!«, stieß Rémy hervor.

Sie verbargen sich hinter einer Ansammlung von Felsbrocken und beobachteten, wie die Flamme zischend, rauchend und Funken sprühend die Spur entlangwanderte wie ein lebendiges Wesen, dabei gefräßig das Donnerkraut verzehrte und nichts als Asche hinterließ.

Rémy wurde abwechselnd heiß und kalt. Plötzlich hatte er ganz und gar nicht mehr das Gefühl, einem Hirngespinst aufgesessen zu sein. Im Gegenteil, ihn packte die Angst, weil ihm klar wurde, dass sie mit Kräften hantierten, denen kein Mensch gewachsen war.

Die Flamme erreichte die Flasche und verschwand darin. Nichts geschah. Rémy biss sich auf die Lippe.

»Vielleicht haben wir nicht genug …«, begann Philippine.

Da zerriss ein ohrenbetäubender Donnerschlag die Luft,

lauter als alles, was Rémy jemals gehört hatte. Feuerblitze schossen in alle Richtungen. Er fiel auf den Rücken, obwohl er nicht zu sagen vermochte, was ihn getroffen hatte: eine Riesenfaust aus purer, verdichteter Luft, so erschien es ihm. Im nächsten Moment regnete es Steinsplitter und Erde. Rémy und seine Gefährten machten sich so klein wie möglich und schützten den Kopf mit den Armen, bis der Hagel aufhörte.

Danach: Stille.

Jemand hustete. Rémy hörte das Geräusch so gedämpft, als hätte man ihm Wolle in beide Ohren gestopft. Benommen setzte er sich auf und blickte sich um. Keiner seiner Gefährten war verletzt, doch ihnen allen saß das Entsetzen tief im Leib.

Er spähte zur Felswand, wo sich eben der Rauch verzog. Der Schutthaufen war verschwunden. An seiner Stelle befand sich ein beachtlicher Krater. Steine prasselten von der Felswand. Der Donnerschlag hatte ein Loch hineingerissen und Brocken von der Größe eines Mühlrades bewegt.

»Großer Gott«, flüsterte Géraud.

Philippine und der junge Steinmetz bekreuzigten sich.

Rémy schluckte einmal, zweimal. Allmählich konnte er wieder richtig hören. »Was sagt Ihr?«, wandte er sich an Nicolas.

Der Ordensritter war aufgestanden und hatte die Arme vor der Brust verschränkt. Sein Haar und sein Bart waren voller Staub. Mit zusammengekniffenen Augen betrachtete er die Rauchschwaden über dem Krater. »Nicht schlecht für den Anfang«, sagte er und spuckte aus.

Vic-sur-Seille

Seine Exzellenz ist im Garten. Wartet hier. Ich frage ihn, ob er Euch empfangen möchte.« Der Diener verschwand durch eine Tür im rückwärtigen Teil des Saales und kam kurz darauf zurück. »Ihr könnt zu ihm gehen.«

Isabelle trat in den Garten, der sich an den Palas der Festung anschloss. Die Sträucher, die Beete, die Ranken an den Mauern, alles grünte und blühte, als feierten die Pflanzen den endgültigen Tod des Winters und warfen mit Farbenpracht nur so um sich. Bischof Jean stand vor einer wild wuchernden Hecke und gab seinem Gärtner gerade die Anweisung, sie zurechtzuschneiden, damit sie den Blumen nicht das Licht wegnahm.

»Exzellenz«, sagte Isabelle und küsste den dargebotenen Ring. Jeans Finger rochen nach feuchter Erde und bitteren Pflanzensäften.

»*Pax tecum.* Mit wem habe ich das Vergnügen?«

»Isabelle Fleury aus Varennes-Saint-Jacques. Habt Dank, dass Ihr mir einen Moment Eurer Zeit gewährt.«

»Gehen wir einige Schritte«, schlug Jean d'Apremont vor. »Seid Ihr in Trauer?«, erkundigte er sich, während sie den Pfad entlangschritten.

»Mein Gemahl ist gestorben.«

Der Bischof musterte sie von der Seite. »Ach, Ihr seid Bürgermeister Fleurys Witwe. Verzeiht, dass ich Euch nicht gleich erkannt habe. Euer Gemahl war ein großer Mann. Ein Mann mit Visionen. Und eine ständige Herausforderung für die Kirche«, fügte er mit hintergründigem Lächeln hinzu. »Mein Beileid.«

»Habt Dank.« Isabelle hatte nicht viel übrig für Männer der Kirche, doch dieser freundliche Bischof erschien ihr einigermaßen verträglich.

»Aber liegt sein Tod nicht schon einige Jahre zurück?«, fragte Jean.

»Viereinhalb.«

»Und noch immer trauert Ihr?«

»Gewiss. Ich habe meinen Mann geliebt.«

»Daran zweifle ich nicht«, entgegnete der Bischof aufrichtig. »Aber seid Ihr sicher, dass Euer Gemahl das gewollt hätte?

Wäre es nicht in seinem Sinne, allmählich mit der Vergangenheit abzuschließen?«

»Um was zu tun? Nach vorne zu schauen? Neu anzufangen?«, entgegnete Isabelle mit kaum verhülltem Spott.

»Damit Ihr die Jahre, die Euch noch bleiben, auskosten könnt, frei von Gram und Schmerz.«

»Ich bin eine alte Frau, Exzellenz. Das Leben hält nicht mehr viele Freuden für mich bereit. Ich ziehe es vor, in Gedanken bei meinem Gemahl zu weilen, damit mir die Zeit nicht lang wird, bis wir wieder vereint sind.«

Er lächelte in sich hinein.

»Erheitert Euch meine Trauer?«, fragte sie ungehalten.

»Keineswegs. Ich denke nur, dass Ihr Euch etwas vormacht. Ihr seid keine alte Frau. Alt ist allenfalls Euer Äußeres. Eure Seele hingegen – ich spüre, dass sie frisch und voller Kraft ist. Sprecht nicht vom Tod. Ihr seid noch nicht bereit dafür. Der Herr hat noch Pläne mit Euch.«

Tief drinnen verspürte Isabelle einen Stich, doch sie beschloss, sich nicht aus der Ruhe bringen zu lassen. Dieser Pfaffe hatte kein Recht, sie zu belehren, was ihr Leben anging. »Ich bin nicht gekommen, um über den Tod meines Mannes zu sprechen«, sagte sie kühl.

Der Bischof nickte. »Gewiss. Verzeiht mir. Die Macht, die mit meinem Amt einhergeht, lässt mich anfällig werden für Hochmut und Stolz. Und stolze Männer neigen bekanntlich dazu, zu allem und jedem ungefragt ihre Meinung kundzutun. Zögert das nächste Mal nicht, mich zu unterbrechen, wenn ich es zu weit treibe«, erklärte er lächelnd. »Nun sagt – was führt Euch zu mir?«

So viel Selbsterkenntnis fand man selten bei hohen Herren der Kirche. Isabelle war versöhnt. »Ich war gerade in Metz«, antwortete sie. »Dort habe ich erfahren, dass Roger Bellegrée die Paraiges und den Schöffenmeister gegen Euch aufgestachelt hat. Sie rüsten just zum Krieg gegen Euch.«

Jean d'Apremont blieb stehen, blickte sie erschrocken an. »Ach ja?«

»Sie haben sich mit Simon von Leiningen zusammengetan und planen, Euch zu vernichten.«

»Woher wisst Ihr das?«

»Mehrere Bürger Varennes' weilen als Geiseln in Metz; sie leben bei führenden Familien der Paraiges. Einer von ihnen arbeitet als Spitzel für den früheren Rat Varennes'. Er hat von Rogers Bündnis mit Simon von Leiningen erfahren und uns benachrichtigt.«

»Und an den Absichten der Paraiges bestehen keine Zweifel?

»Sie stellen gerade ein Heer auf. Ich habe es mit eigenen Augen gesehen.«

Die gelassene Fröhlichkeit des Bischofs war grüblerischem Schweigen gewichen. Seine Miene wurde hart und sorgenvoll, als er in Richtung Palas ging. »Ich lasse das nachprüfen.«

»Ich fürchte, dafür ist keine Zeit«, sagte Isabelle. »Eure Feinde werden in wenigen Tagen hier sein. Ich rate Euch, Vic-sur-Seille noch heute zu verlassen. Habt Ihr einen Freund, bei dem Ihr Schutz suchen könnt?«

»Der Graf von Bar ist meiner Familie seit jeher eng verbunden. Er würde mich gewiss aufnehmen.«

»Geht zu ihm«, insistierte sie. »Verliert keine Zeit. Euer Leben könnte davon abhängen.«

An der Tür zum Palas blieb Jean noch einmal stehen. »All das betrifft Varennes nicht, und doch habt Ihr mich gewarnt. Warum?«

»Wie Ihr wisst, sind die Metzer nicht eben unsere Freunde. Wir meinen, es ist an der Zeit, dass jemand ihnen die Stirn bietet. Jemand, der mächtig genug ist. Jemand wie Ihr.«

»Ich danke Euch, Frau Isabelle. Wenn ich mich je für Eure Freundschaft erkenntlich zeigen kann, lasst es mich wissen.«

Isabelle überlegte einen Augenblick. »Es gibt da tatsächlich etwas, was Ihr für uns tun könnt ...«

Diesmal gingen Rémy und Nicolas am oberen Rand der Senke in Deckung, ehe sie die Pulverspur anzündeten. Sie duckten sich hinter einem mächtigen Felsen und pressten sich die Hände auf die Ohren. Trotzdem ging ihnen der Donnerschlag, als die Flasche blitzend in die Luft flog, durch Mark und Bein.

Als sich der Staub gelegt hatte, sah Rémy, dass sie diesmal ein weitaus größeres Loch in die Felswand gesprengt hatten. Es war Philippines Idee gewesen, das Mischungsverhältnis der verschiedenen Zutaten zu verändern und etwas mehr Salpeter und Kohle zu nehmen – und tatsächlich: Das Donnerkraut entfaltete nun noch mehr zerstörerische Wucht als beim ersten Versuch.

»Wird das reichen, eine Bresche in die Mauern der Zwingburg zu schlagen?«

»Schwer zu sagen«, meinte Nicolas. »Die Burgmauern sind stark. Machen wir noch einen Versuch. Dann kann ich es besser abschätzen.«

»Lieber nicht«, entgegnete Rémy. »Der Himmel ist sehr klar. Bei diesem Wetter tragen Geräusche weit. Möglich, dass man den Donnerschlag bis Varennes hören kann. Ich will Lefèvre nicht warnen.«

»Dann müssen wir es darauf ankommen lassen.«

»Es wird schon klappen.« Rémy schulterte den Rucksack mit seinen Sachen und blieb stehen, als Nicolas ihm nicht folgte. Der Ordensritter stand da und betrachtete mit ausdrucksloser Miene das Bild der Verwüstung, das die Senke inzwischen bot.

»Was ist?«

»Wenn sich diese Waffe dereinst durchsetzt, ist das das Ende des Ritterstandes.«

»Und kluge Köpfe wie ich werden die Schlachtfelder beherrschen. Wahrlich ein furchtbarer Gedanke«, meinte Rémy grinsend.

Schweigend schloss Nicolas zu ihm auf.

»Das Donnerkraut wird sich nicht so bald durchsetzen«, sagte Rémy, während sie durch den Wald stapften. »Wenn all das überstanden ist, sorge ich dafür, dass die Rezeptur verschwindet, damit sie nicht in falsche Hände fällt.«

»Andere werden Euch nacheifern. Es ist nur eine Frage der Zeit.«

Es war nicht Rémys Absicht gewesen, Nicolas zu kränken. Doch er wusste nicht, was er sagen konnte, um ihn zu besänftigen. Also schwiegen sie den Rest des Weges.

In den vergangenen Tagen hatte Rémy seine Meinung über den Ordensritter manches Mal revidiert. Was er zunächst für Arroganz und an Fanatismus grenzenden Starrsinn gehalten hatte, war letztlich nichts als Verlorenheit. Nicolas hatte den größten Teil seines Erwachsenenlebens in Häusern seines Ordens verbracht, wo jeder Augenblick des Tages nach strengsten Regeln verlief. Er war es nicht gewohnt, eigene Entscheidungen zu treffen. Ohne seine Brüder und seinen Meister musste er sich einsam und hilflos fühlen, einer chaotischen Welt ausgeliefert. Kein Wunder, dass er sich verbissen an die Ordensregeln und seine Ehrvorstellungen klammerte. Dabei war er tief in seinem Innern ein empfindsamer und kluger Mann – auch das hatte Rémy erkannt.

Sie erreichten das Tal und schlüpften durch den Eingang.

»Deine Mutter ist da«, ließ ihn die Wache wissen.

Sie stand mit Philippine vor Rémys Hütte. Die beiden Frauen schauten Michel zu, der mit einem bunten Lederball über den Platz tollte. Rémy hatte ihm den Ball nicht gemacht; seine Mutter musste ihn Michel geschenkt haben. Sie vergötterte den Jungen und brachte ihm ständig Spielzeug mit.

Er küsste Isabelle. »Wo hast du Will gelassen?«

»Er ist in Metz geblieben, damit er uns benachrichtigen kann, wenn etwas Unvorhergesehenes geschieht. Hier wäre er ohnehin nicht von Nutzen.«

Philippine erkundigte sich nach dem Donnerkraut: »Seid ihr zufrieden mit der neuen Mischung?«

Nicolas nickte. »Die Wirkung ist beeindruckend.«

»Du hattest recht«, erklärte Rémy. »Wenn man mehr Salpeter und Kohle nimmt, ist das Donnerkraut merklich stärker.«

»Ich habe auch gute Nachrichten«, sagte Isabelle. »Roger hat angebissen. Metz rüstet zum Krieg gegen den Bischof.«

»Weiß Jean d'Apremont Bescheid?«, fragte der Ordensritter.

»Ich habe ihn gewarnt. Er hat Vic-sur-Seille verlassen und wird den Grafen von Bar und Herzog Mathieu bitten, mit ihm gegen Metz zu ziehen. Es kann nur noch wenige Tage dauern, bis die Kämpfe beginnen.«

Rémy musterte seine Mutter, blickte in ihr ernstes Gesicht. »Also geht es los.«

»Ja.«

»Heute Nacht greifen wir an«, entschied Nicolas.

Bei Einbruch der Dunkelheit versammelten sich die Männer auf dem Dorfplatz, alle dreißig, um sich von ihren Familien zu verabschieden. Lanzenspitzen, Helme und Schildbuckel glühten im Flammenschein, als hätte man Waffen und Rüstzeug eben erst aus der Esse geholt. Frauen umarmten ihre Gatten, Schwestern ihre Brüder, Mütter ihre Söhne. Manche Männer lachten übermütig und prahlten bereits mit Taten, die sie noch gar nicht vollbracht hatten. Andere schwiegen angespannt, während ihre Lieben sie küssten, segneten und zur Vorsicht mahnten. Doch echte Furcht entdeckte Rémy in keinem der Gesichter. Die Männer brannten darauf, Lefèvre herauszufordern und ihrer Stadt die Freiheit zu bringen, und sie vertrauten auf ihre Anführer Nicolas und Rémy.

Rémy war entschlossen, sie nicht zu enttäuschen. Wieder und wieder hatte er mit Philippine, seiner Mutter und Nicolas ihr Vorhaben durchgesprochen. Sie hatten keine Lücken in ihrem Plan gefunden, und Rémy war zuversichtlich. Gleichwohl ließ sich nicht leugnen, dass es viele Unwägbarkeiten gab. War das Donnerkraut stark genug, die Mauern der Zwingburg zu durchschlagen? Würde es ihnen gelingen, Lefèvre zu überraschen? Konnten sie sich darauf verlassen, dass Tolberts Männern im Angesicht der Gefahr nicht der Mut sank? Was das betraf, blieb Rémy nichts anderes übrig, als auf Gott und sein Glück zu vertrauen.

Er stand bei Philippine, die Michel auf dem Arm hielt. Mit großen Augen betrachtete der Junge die versammelten Krieger. Er hatte so etwas noch nie gesehen und kam aus dem Staunen nicht heraus. Isabelle war nicht bei ihnen. Sie war schon vor Stunden zur Stadt zurückgekehrt, um Tolbert und die Torwächter zu benachrichtigen.

Wie Philippine da stand, umgarnt von Feuerschein und Schatten, erschien sie ihm schöner denn je. »Ich wünschte, ich könnte mit dir gehen«, sagte sie.

»Ich brauche dich hier. Die Leute werden Angst bekommen, wenn wir fort sind. Du musst dich um sie kümmern.«

Sie blickte ihn an, und ihre Augen glitzerten dunkel. Er dachte an ihre erste Begegnung in seiner Werkstatt, als sie ihn auf Anhieb in den Bann geschlagen hatte. Das war viele Jahre her, er war nun ein anderer Mann und sie eine andere Frau. Auch ihre Liebe zueinander hatte sich gewandelt, doch sie war noch genauso stark wie eh und je.

»Versprich mir, dass du gesund zurückkommst. Michel braucht dich. Und ich brauche dich auch.«

Obwohl er wusste, dass er ihr das nicht versprechen konnte, tat er es trotzdem: »Du hast mein Wort.«

»Ich meine es ernst, Rémy. Tu nur, was wir besprochen haben. Die Heldentaten überlässt du Nicolas.«

»Nur zu gern.« Er lächelte. »Er eignet sich ohnehin besser zum Helden als ich.«

Nicolas rief etwas, und Unruhe kam in die Menge.

»Es wird Zeit«, sagte Rémy.

»Ich liebe dich.« Ihre Stimme war kaum mehr als ein Flüstern. »Denk immer daran.« Sie küssten einander. Er strich seinem Sohn über das Haar; dann nahm er seine Armbrust und den Sack mit den Gefäßen voller Donnerkraut und schritt mit den Männern durch die Gasse, die sich in der Menge für sie auftat.

Vielleicht siehst du sie nie wieder. Rémy schob diesen Gedanken fort. *Dir wird nichts zustoßen,* sagte er sich. *Du hast es ihr schließlich versprochen.*

Er spürte ihren Blick im Rücken, bis er durch die Felsspalte schlüpfte und die Finsternis des Waldes ihn aufnahm.

Philippine drückte Michel an sich, während die Männer einer nach dem anderen in der Felsspalte verschwanden. Sie hatte sich vorgenommen, unter keinen Umständen zu weinen, doch nun war sie auf dem besten Weg, diesen Vorsatz zu brechen.

Was, wenn Rémy verletzt wurde? Wenn er starb?

Sie kämpfte gegen die Tränen an, die mit aller Macht nach draußen drängten. *Sei keine dumme Gans und reiß dich zusammen!* Sie entstammte einer Familie von Edelleuten, von Rittern. Wie oft hatten ihre weiblichen Vorfahren mit angesehen, wie die Männer in den Krieg zogen. Sollte sie nicht gelernt haben, ihre Tränen vor der Welt zu verbergen?

Andere Frauen hatten keine derartigen Hemmungen und schluchzten ungeniert los. Kinder klammerten sich an ihren Müttern fest, die Augen aufgerissen. Es kam genauso, wie Rémy gesagt hatte: Kaum waren die Krieger fort, machten sich im Dorf Angst und Verzweiflung breit.

In den vergangenen Jahren hatte Philippine gelernt, an Rémys Seite die Dorfbewohner zu führen, und sie wusste, was zu tun war. »Hört mich an!«, rief sie und legte so viel Entschlossenheit in ihre Stimme, wie sie aufbrachte. »Ich weiß, dass ihr Angst habt. Ich fürchte mich auch. Aber wenn wir hier herumstehen und jammern, ist unseren Männern nicht geholfen. Gehen wir zur Wiese und beten wir für sie. Das ist das Mindeste, was wir tun können.«

Die Verlorenheit, die sie eben noch verspürt hatte, war verschwunden. Sie war für diese Menschen verantwortlich, sie durfte sich keine Schwäche erlauben. Sie setzte Michel ab und ergriff seine kleine Hand. »Kommt«, sagte sie und schritt voraus.

Zunächst folgten ihr nur wenige, dann immer mehr, schließlich alle – sogar Dreux und die anderen Gebrechlichen, die man beim Gehen stützte.

Wenig später kniete die Dorfgemeinschaft auf der Wiese unter dem Kreuz. Niemand weinte mehr. Stattdessen sangen die Menschen, priesen Gottes Herrlichkeit und baten den heiligen Jacques, die Krieger der Zuflucht zu schützen.

Varennes-Saint-Jacques

Sie hatten sich bis auf Bogenschussweite an die Zwingburg herangepirscht und verbargen sich im Gebüsch neben der Straße. Finsternis umgab sie, doch da es eine sternklare Nacht war, konnte Rémy die nahen Mauern und Türme Varennes' deutlich erkennen. Seit seiner Ächtung hatte er sich nicht mehr so nah an die Stadt herangewagt. Ihr Anblick war fremd und vertraut zugleich und weckte widersprüchliche Empfindungen in ihm: Zorn und ein schmerzhaftes Gefühl des Verlustes.

»Ihr wisst, was ihr zu tun habt«, wandte er sich an die Männer.

»Endlich geht's los«, flüsterte einer, und die anderen pflichteten ihm leise bei. Ihr Tatendrang war wie ein Knistern, ein Summen in der Luft.

Sie hatten die Männer in drei Gruppen aufgeteilt. Jetzt scharten sich die Krieger um ihre Anführer. Rémy und Robert führten die ersten beiden Gruppen, Nicolas und Géraud die dritte. Jede Gruppe bekam eine oder zwei Flaschen voller Donnerkraut. Es waren bauchige Tongefäße von der Größe eines menschlichen Kopfes. Rémy hatte die Männer penibel im Umgang mit der tödlichen Substanz unterwiesen und ihnen in blumigen Bildern beschrieben, welches Ende ihnen drohte, falls sie das Pulver falsch handhabten.

»Der heilige Jacques sei mit euch. Viel Glück«, sagte er zu Nicolas.

»Euch auch, Rémy Hode«, erwiderte der Templer.

Für einen längeren Abschied war keine Zeit. Nicolas' und Gérauds Gruppe eilte über die Äcker zum Heutor. Robert und seine Männer umrundeten die Zwingburg in einem weiten Bogen. Rémy und seine Gefährten verließen das Versteck in den Büschen und huschten über das frühere Messegelände. Einen Steinwurf von der Südmauer entfernt befahl er den Männern, hier zu warten. Anschließend legte er sich auf den Boden und kroch den Rest der Strecke. Das Gefäß in seinem Rucksack schlug leise gegen die Armbrust, während er Elle um Elle vorwärtsrobbte.

Auf dem Turm der Zwingburg stand eine Wache. Er erahnte die Umrisse des Mannes vor dem Sternenhimmel. Auf der Ringmauer dagegen schien sich niemand aufzuhalten, zumindest nicht auf seiner Seite der Burg. Gut so.

Er presste sich mit dem Rücken gegen die Mauer, hielt den Atem an und holte das Gefäß aus dem Rucksack. Er vergrub es im Erdreich am Mauerfundament, sodass nur noch der Hals herausschaute. Dann holte er einen Beutel mit Donnerkraut hervor und streute eine Pulverspur von der Mauer weg, während er auf allen vieren über die Wiese kroch.

Als ihm das Donnerkraut ausging, war er etwa zehn Klafter von der Mauer entfernt. Er vergewisserte sich noch einmal, dass niemand ihn gesehen hatte. Dann schlug er seine Feuersteine gegeneinander, bis das Pulver Feuer fing. Die Flamme schoss auf die Mauer zu. Rémy rannte, als wäre der Leibhaftige hinter ihm her. Flüchtig hörte er, dass der Turmwächter etwas rief – offenbar hatte er etwas gesehen.

Zu spät. Der Donnerschlag war so heftig, dass die Woge verdichteter Luft, die ihm folgte, Rémy von den Füßen riss. Er fiel der Länge nach hin und schützte instinktiv den Kopf mit den Händen. Ein Hagel aus Steinen und Erde prasselte auf ihn nieder, doch kein Brocken war groß genug, um ihn zu verletzen. Mit klingelnden Ohren setzte er sich auf. Rauch umwaberte die Wehrmauer. Als sich die Schwaden lichteten, sah er, dass der Wall weitgehend intakt war.

Das Donnerkraut hatte es nicht vermocht, eine Bresche hineinzuschlagen. Es war zu schwach gewesen.

Derb fluchend rannte Rémy zu seinen Männern zurück.

In der Stadt schrie jemand, kreischte vor Entsetzen, vor nacktem Grauen. Sämtliche Hunde Varennes' fingen an zu bellen.

In der Kapelle der Bruderschaft war es so still wie bei einer Totenandacht. Die Männer wagten kaum zu sprechen. Nur manchmal hustete einer oder trat unruhig von einem Fuß auf den anderen. Obendrein war es stockdunkel, denn sie hatten kein Licht angezündet, damit der Nachtwächter sie nicht bemerkte. Lediglich etwas Mondlicht fiel durch die schmalen Buntglasfenster.

Bertrand Tolbert hatte rund vierzig Männer um sich geschart – hauptsächlich Stadtbauern der Bruderschaft, aber auch andere Freiwillige, darunter Louis, Isabelles Knecht, und Olivier Fébus, den früheren Buchmalerlehrling, der seinem alten Meister beistehen wollte. Es waren samt und sonders zähe und mutige Männer, und doch waren sie nicht gänzlich frei von Furcht. Auf Rebellion stand die Todesstrafe. Jeder in der Kapelle wusste: Wenn das Vorhaben scheiterte, würden sie hängen.

Es wird nicht scheitern, sagte sich Bertrand wieder und wieder. *Es kann nicht scheitern. Wir haben alles bedacht.*

»Wie lange dauert das denn?«, murrte einer der Männer. »Ich steh mir schon die Beine in den Bauch.«

»Es wird gleich losgehen«, beruhigte Bertrand ihn leise. »Sie wollen gegen Mitternacht angreifen.«

War es bereits Mitternacht? Er wusste es nicht. Wegen des verdammten Interdiktes läuteten die Klosterglocken nicht mehr, und man konnte nie abschätzen, wie die Zeit verging. Es war zum Verrücktwerden.

Nach einer halben Ewigkeit, so erschien es Bertrand, vernahm er einen Donnerschlag. Obwohl der Lärm vom fernen Messegelände kam, hörte er ihn überdeutlich. Zweifellos diese schreckliche neue Waffe. Die Härchen an seinen Armen stellten sich auf.

»Allmächtiger«, flüsterte jemand.

Die Männer rings um Bertrand bekreuzigten sich.

»Das ist das Ende der Welt«, murmelte ein älterer Bauer. »Der Antichrist naht!«

»Unfug«, sagte der junge Fébus. »Das ist Meister Rémy. Kommt. Helfen wir ihm!«

Bertrand gab den Befehl zum Abmarsch, die Männer griffen nach Heugabeln, Sensen, Äxten und Knüppeln und strömten aus der Kapelle.

»Zusammenbleiben!«, sagte er und führte die Schar zur Grand Rue.

»Was ist los?«, fragte einer der Männer, als Rémy zu ihnen kam. »Wieso ist die Mauer noch da?«

»Es hat nicht geklappt – das ist los!«, erklärte er atemlos. »Das Donnerkraut war nicht stark genug.«

Bestürzt starrten die Männer ihn an.

»Was machen wir jetzt?«

»Beten, dass die anderen mehr Glück haben.«

Just in diesem Moment zerrissen zwei weitere Feuerblitze die Nacht.

Kichernd packten die Teufel ihn mit ihren Krallen, zerrten ihn durch die glühenden Tunnel, verspotteten ihn, leckten ihm mit gespaltenen Zungen über das Gesicht. Er wollte sich wehren, wollte sich befreien, doch der Griff der ledrigen Hände war unnachgiebig, und die Dämonen waren taub für sein Wehklagen. Immer tiefer ging es hinab, schwarze Schlünde mit steilen Treppen führten zu den unteren Kreisen der Hölle. Er erblickte verdammte Seelen, die in schwefligem Morast steckten und ihm verzweifelt die Hände entgegenreckten; sah die Flammen des Fegefeuers und Heerscharen gefallener Engel. Erst auf dem Grund des neunten Höllenkreises war seine Reise zu Ende, dort, wo die Erzverräter Judas, Brutus und Cassius auf ewig in Eis eingefroren waren.

Der Mann im Spiegel trat aus den Schatten. »Willkommen in meinem Heim, Anseau.« Natürlich lächelte er. Er lächelte immer.

»Warum?«, jammerte Lefèvre. »Ich habe dir Opfer gebracht! Ich habe alles getan, was du wolltest!«

»Trotzdem bist du ein Mörder, ein Verräter und ein Wucherer«, sagte der Mann im Spiegel. »Zehntausend Sünden lasten auf dir. Deine Seele ist verdammt. Ich muss meine Pflicht tun.«

»So war das nicht abgemacht! Du hast mich betrogen!«

Das Lächeln wuchs in die Breite. »Sag bloß, das überrascht dich.«

Ein Donnerschlag ließ die gewaltige Halle erzittern.

»Komm, Anseau«, sagte der Mann im Spiegel. »Es wird Zeit.«

Noch ein Donnerschlag.

»Es wird Zeit …«

Noch einer.

»Zeit …«

Keuchend schreckte Lefèvre auf. Seine Brust fühlte sich eng

an, wie von Ketten eingeschnürt, und er konnte kaum atmen. Es dauerte eine Weile, bis er begriff, dass er nicht in der Hölle weilte, sondern in seinem Haus, in seinem Schlafgemach. Er war in Sicherheit. Keine Teufel zerkratzten ihm die Haut. Kein Fegefeuer versengte ihm das Haar.

Erst jetzt hörte er die Schreie.

Obwohl es mitten in der Nacht war, schien die ganze Rue de l'Épicier auf den Beinen zu sein. Er befreite sich aus dem durchgeschwitzten Laken und trat nackt ans Fenster. Menschen drängten sich auf der Straße. Viele weinten, andere knieten nieder und flehten den Himmel um Gnade an.

Jemand klopfte energisch gegen die Tür. »Euer Gnaden! Herr, Ihr müsst aufwachen!«

Lefèvre zog den Riegel zurück und ließ den Mann herein. Es war einer seiner Leibwächter, bleich vor Entsetzen. Dabei war der Mann ein hartgesottener Söldner und hatte schon so manche Grausamkeit gesehen.

»Irgendetwas ist geschehen draußen bei der Zwingburg. Es gab drei Feuerblitze und Donnerhall, als wäre die Erde geborsten.«

Donnerhall … Ein eiskalter Schauder lief Lefèvre über den Rücken. Er hatte das nur geträumt – oder doch nicht? »Was redest du da, Mann?«, fuhr er den Söldner an. »Was ist passiert?«

»Wissen wir nicht.«

»Dann finde es heraus, verdammt noch eins. Geh und hol den Schultheißen, aber schnell!«

Der Söldner eilte davon. Lefèvre suchte nach seinen Kleidern und nach seinem Schwert. Seine Feinde, sie kamen ihn holen, er wusste es. Das war der Moment, vor dem er sich all die Jahre gefürchtet hatte. Und der Mann im Spiegel? Ließ ihn ausgerechnet jetzt im Stich. Hatte sich tief in seinem Kopf verkrochen und brabbelte nur Unsinn.

Er fand sein Schwert und riss die Klinge aus der Scheide.

Trotz seines lahmen Beins war er nach wie vor ein hervorragender Kämpfer. Sollten sie kommen. Er würde sein Leben teuer verkaufen.

Er eilte vorbei an seinen erschrockenen Hausbedienten und stieg hinab in den Keller.

Isabelle stand auf dem Dachboden an der Öffnung für den Lastkran und beobachtete die Feuerblitze. Turmhoch schossen die Flammen bei der Zwingburg empor, und die Donnerschläge erschütterten sie im Innern. Obwohl sie gewusst hatte, was auf sie zukam, verstörte sie das Ereignis zutiefst. *Was für eine furchtbare Waffe …* Wie musste es erst den armen Menschen gehen, die von dem infernalischen Lärm aus dem Schlaf gerissen wurden? Wohlweislich hatte Isabelle ihre Bediensteten gebeten, diese Nacht im Keller zu verbringen, damit sie den Donnerhall nicht hörten. Das Entsetzen hätte sie andernfalls um den Verstand gebracht.

Überall in der Stadt flammten Lichter auf, und die Gassen füllten sich mit verwirrten, verängstigten Menschen. Stumm sprach Isabelle ein Stoßgebet: *Bitte, heiliger Jacques, schütze Rémy und seine Gefährten. Hilf ihnen bei ihrem Kampf.* Mehr konnte sie im Augenblick nicht für ihren Sohn tun.

Sie stieg die Treppen hinab, verließ das Haus durch die Hoftür und betrat das Stallgebäude. Die Ochsen, die Pferde, sämtliche Saumtiere blökten und wieherten vor Panik. Die armen Geschöpfe so leiden zu sehen, tat ihr in der Seele weh.

»Schsch«, machte sie und strich einem Pferd über die Mähne. »Euch geschieht nichts. Ihr seid hier sicher. Alles wird gut.«

Sie ging zu jedem einzelnen Tier und redete leise auf es ein, bis es sich beruhigte.

Nicolas und seine Männer verbargen sich im Gestrüpp am Stadtgraben und spähten zur Zwingburg. Ob die Feuerblitze genug Schaden angerichtet hatten, dass die anderen in die Festung eindringen konnten, vermochte er nicht zu erkennen. Er konnte nur hoffen, dass Rémy die Menge des Pulvers richtig geschätzt hatte.

Die Donnerschläge mussten ganz Varennes aus dem Schlaf gerissen haben. Dem Geschrei nach zu urteilen, war in der Stadt die Hölle los.

»Kommt!«, befahl er, und sie eilten über den Damm, der über den Stadtgraben zum Heutor führte.

Jemand öffnete die kleine Pforte, die in einen Flügel des Tores eingelassen war. Eine Gestalt erschien, in der Hand eine Fackel. Kein Sergeant, sondern ein Stadtknecht. Trotzdem zog Nicolas sein Schwert.

»Richwin?«

»Ich bin Sylvain. Aber Richwin ist auch da.«

Eine zweite Gestalt trat neben den Büttel. Nicolas sah, dass sie lächelte.

»Nicolas?«

»Ebender.«

»Immer herein mit Euch, Herr Ritter.«

Der Templer und seine Männer schlüpften durch die Pforte. Mehrere Stadtknechte hielten sich im Torhaus auf, bewaffnet mit Spießen. Ein halbwüchsiger Bursche war bei ihnen, er trug einen Knüppel und war Richwin wie aus dem Gesicht geschnitten.

In einer Ecke kauerten zwei Sergeanten. Die Büttel hielten sie in Schach.

»Gut gemacht – ich danke euch«, lobte Nicolas.

»Zeigt Euch erkenntlich, indem Ihr Lefèvre für uns in den Arsch tretet«, sagte Richwin. Er musterte die Männer. »Sollen wir mitgehen?«

»Es ist besser, wenn ihr bei den Gefangenen bleibt und das Tor offen haltet. Falls Rémys Leute zu uns stoßen wollen.«

»Viel Glück, Herr Ritter. Gott segne Euch.«

Panisch stürzte Abbé Wigéric aus dem Bett, stolperte zum Stuhl und griff nach seiner Kutte. Ausgerechnet heute Nacht quälte ihn die Gicht besonders schlimm, und es dauerte eine Ewigkeit, bis er das Gewand übergestreift und seine steifen Glieder in die Ärmel gezwängt hatte.

Dieser grässliche Donner … Was, bei Jesus und allen Heiligen, ging dort draußen vor sich? Das war kein Gewitter, so viel stand fest. Menschen schrien und weinten, in den Gassen herrschte das Chaos. Vielleicht eine neue Schandtat Lefèvres, eine Teufelei, die alles bisher Dagewesene in den Schatten stellte. Oder aber der Herr hatte entschieden, diese verfluchte Stadt voller Sünder endlich vom Erdboden zu tilgen, und soeben öffnete sich ein Höllenschlund, um ganz Varennes zu verschlingen.

Er musste seine Brüder warnen. Sie mussten gemeinsam beten und den Allmächtigen anflehen, wenigstens seine rechtschaffenen Diener in den Klöstern zu verschonen. Er musste jetzt stark sein im Glauben, durfte sich nicht der Furcht ergeben. *Herr, führe mich.* Wigéric kämpfte gegen das Entsetzen an und riss die Tür auf. Im ganzen Gebäude war es stockfinster, aber es würde zu lange dauern, ein Licht anzuzünden.

Mit einer Hand an der Wand tastete er sich zur Treppe vor. Er hatte jegliches Gespür für die Abmessungen des Flurs verloren.

Obwohl er diesen Weg schon tausend Mal gegangen war und sich normalerweise blind zurechtfand, trat er plötzlich ins Leere. Ruderte mit den Armen. Suchte mit dem Fuß nach Halt und verhedderte sich im Saum seiner Kutte. Hart schlug er auf der Treppe auf, stöhnte, spürte, dass er sich überschlug. Noch ein Aufprall, schmerzhafter als der erste. Etwas knackte wie ein trockener Ast, den man über dem Knie zerbrach. Dann lag er still. Der Schmerz war verschwunden. Er spürte gar nichts mehr, nur noch eine würgende Enge in seiner Brust. Er konnte die Beine nicht mehr bewegen. Auch die Arme nicht.

Ein Licht näherte sich.

»Euer Gnaden! Abbé! Allmächtiger Gott im Himmel …«

Die Stimme entfernte sich, verklang wie Wispern im Nebel, als Wigérics Bewusstsein erlosch.

Rémys Erleichterung hätte nicht größer sein können, als er mit seinen Gefährten die andere Seite der Zwingburg erreichte. Robert war es gelungen, eine gewaltige Bresche in die Nordmauer zu sprengen und obendrein das Torhaus zu zerstören. Jener Teil der Festung sah aus, als wären Blitze aus himmlischem Zorn hineingefahren. Eben stiegen die Männer mit blanken Waffen über die Trümmer.

Rémys Gruppe schloss sich ihnen an.

Der Hof der Zwingburg war übersät von Steinbrocken und gesplittertem Holz; hier und da glomm Feuer in den Staubschwaden. Ein Mann, dem ein Bein fehlte, versuchte fortzukriechen, ehe ihn die Kräfte verließen. Rémy scharte sämtliche Krieger um sich und führte sie zu dem Gebäude, in dem die Burgbesatzung untergebracht war.

Bevor sie die Pforte erreichten, flog die Tür des Turmes auf. Mehrere Sergeanten strömten ins Freie, Schwerter und Kriegskolben gezückt, und rannten brüllend die Außentreppe hinab.

Den vordersten schoss Rémy mit der Armbrust nieder.

Im nächsten Moment klirrte Stahl auf Stahl.

Bertrand hatte seine Männer in zwei Gruppen aufgeteilt. Louis führte den größten Teil der Schar zum Viertel um den Hungerturm, wo die meisten Metzer Amtsträger wohnten. Der Rest folgte Bertrand zum Haus des Schultheißen am Salzmarkt.

Guérin d'Esch verkroch sich feige in seinem Anwesen und hatte alle Zugänge verrammeln lassen. Doch die Vordertür hielt Bertrands Männern nicht lange stand. Mehrere Axthiebe, und sie stiegen über das gesplitterte Holz in den Eingangsraum.

Bertrand vernahm ein Sirren und spürte einen Luftzug. Neben seinem Kopf bohrte sich ein Armbrustbolzen in die Wand. Am oberen Ende der Treppe erblickte er zwei Knechte, die sich in den Korridor zurückzogen. »Greift sie euch!«, rief er, bevor er an der Spitze seiner Schar die Stufen hinaufstürmte, in der Hand seine Axt.

Die beiden Knechte leisteten Widerstand, wurden jedoch rasch überwältigt. Kurzerhand warfen sie die Männer aus dem Fenster.

»Guérin!«, brüllte Bertrand. »Zeig dich, du Memme!« Jahrelang aufgestauter Zorn brach sich Bahn. Er wollte Blut sehen.

Sie rissen alle Türen auf. Eine war verriegelt. Dahinter wimmerte eine Frau. Bertrand und der junge Fébus warfen sich dagegen, bis sie nachgab.

Der Schultheiß und sein Weib kauerten nackt im Bett. Zitternd richtete Guérin eine Dolchspitze auf die Eindringlinge.

»Zurück!«, kreischte er. »Zurück mit euch!«

Bertrand schlug ihm die Waffe aus der Hand, ohrfeigte ihn hart und zerrte ihn aus dem Bett. Die Mordlust sang in ihm wie eine Horde Dämonen. »Du Sauhund! Jetzt wirst du büßen, was du uns angetan hast. Ich lass dich bluten. Ich schlachte dich ab …« Als er mit der Axt zum Schlag ausholte, wurde er zurückgerissen. Schnaufend fuhr er herum. Wer wagte es, ihn aufzuhalten?

»Nicht!«, rief der junge Fébus. »Wir brauchen ihn. Wenn wir ihn töten, was wird dann aus den Geiseln?«

Bertrand war drauf und dran, dem Jungen den Schädel zu spalten, ehe die Worte in seinen Verstand sickerten. Die Geiseln, natürlich. Beinahe hätte er die Geiseln vergessen. Trotzdem musste er seine gesamte Willenskraft aufbieten, um seinen Blutdurst zu bändigen. Er ließ die Axt sinken.

»Fesselt ihn und das Weib«, befahl er den Männern schwer atmend. »Fesselt sie und nehmt sie mit.«

Mit blitzschnellen Handgriffen lud Rémy die Armbrust nach. Er war keinen Herzschlag zu früh damit fertig, denn just stürmte ein Sergeant auf ihn zu, die Zähne gebleckt, das Schwert zum Schlag erhoben. Rémy legte an und jagte ihm einen Bolzen in die Brust. Lautlos ging der Mann zu Boden.

Er blickte sich nach weiteren Gegnern um, doch da war niemand mehr. Seine Männer, die den Sergeanten drei zu eins überlegen gewesen waren, hatten soeben den letzten niedergestreckt. Sie selbst hatten lediglich Blessuren erlitten, wenn überhaupt. Nicolas' harter Drill hatte sich ausgezahlt. Nur einer lag am Boden und rührte sich nicht mehr.

»Ist es ernst?«, fragte Rémy die beiden Krieger, die sich um ihn kümmerten.

»Schwer zu sagen. Hat wohl einen Schlag gegen den Kopf bekommen.«

Rémy wünschte, Philippine wäre hier. Sie hätte gewusst, was zu tun wäre. »Ihr zwei bleibt bei ihm und seht, ob ihr ihm helfen könnt. Ihr anderen kommt mit.«

Sie rannten zum Wohngebäude und stürmten in die Quartiere der Sergeanten. Der Großteil der schlaftrunkenen und zu Tode verängstigten Männer war noch damit beschäftigt, Kleider und Stiefel anzuziehen. Nur eine Handvoll von ihnen hielt bereits Waffen in den Händen.

»Ergebt euch, und euch wird nichts geschehen!«, donnerte Rémy.

»Den Teufel werd ich«, knurrte ein Sergeant, ein wahrer Schrank von einem Mann. Mit einem martialisch aussehenden Streitkolben in der Faust stampfte er durch den Raum.

Rémy hob seine Armbrust. »Einen Schritt weiter, und du kannst dich über ein drittes Nasenloch freuen. Nur zu. Ich habe heute schon zwei von euch getötet. Auf einen mehr kommt's mir nicht an.«

Der Hüne ließ den Streitkolben fallen und wich zurück.

»Treibt sie zusammen und fesselt sie«, befahl Rémy.

Die Männer schwärmten an ihm vorbei und machten sich an die Arbeit. Rémy lehnte sich gegen eine Wand, schloss die Augen und atmete mehrmals tief ein und aus. Als die Anspannung von ihm abfiel, breitete sich bleierne Erschöpfung in seinen Gliedern aus.

Sie hatten es geschafft – die Sergeanten waren überwältigt, die Zwingburg gefallen. Mehr konnten sie nicht tun. Alles Weitere lag nun in den Händen von Bertrand und Nicolas.

In der Stadt stießen Nicolas und seine Gefährten auf ein Hindernis, mit dem sie nicht gerechnet hatten. Überall strömten panische Menschen aus ihren Häusern, verstopften die Gassen und eilten zu den Kapellen, um vor der nahenden Apokalypse Schutz zu suchen. Mehrmals kamen die Männer deswegen nicht weiter und mussten einen Umweg nehmen. So dauerte es viel zu lange, bis sie endlich den Domplatz erreichten, wo das Durcheinander obendrein am schlimmsten war. Hunderte Menschen, so erschien es Nicolas, irrten zwischen den Marktständen umher. Vereinzelte Stadtknechte versuchten ohne großen Erfolg, sie nach Hause zu schicken.

Unsanft bahnten sie sich einen Weg durch die Menge zur Rue de l'Épicier. Dort nahm sich Nicolas einen Moment Zeit, das Haus des Wucherers zu betrachten. Die Zugbrücke hatte man hochgezogen, vor den Fenstern befanden sich Gitter. Eisendornen wuchsen aus der Hofmauer. Mehr denn je erschien ihm das Gebäude wie eine kleine Festung. Abweisend, uneinnehmbar.

»Schafft die Leute weg«, befahl er, woraufhin Géraud und die anderen begannen, die Menschen auf der Straße zu verjagen. Die meisten hatten sich längst in die nahe Pfarrkirche geflüchtet. Die wenigen, die noch umherirrten, waren so verängstigt, dass sie die Flucht ergriffen, als die Männer brüllend die Waffen schwenkten.

Kurz darauf war die Straße wie leer gefegt. Nicolas holte die

Tonkugel aus seinem Beutel, streute eine Pulverspur zu Lefèvres Haus und legte das Gefäß in einen Winkel zwischen der Mauer und einem Wandvorsprung. Mit seiner Fackel zündete er das Donnerkraut an und ging mit den Männern im Hof des Nachbarhauses in Deckung.

Der Feuerblitz erhellte die Rue de l'Épicier vom Kanal bis zum Domplatz. Mauerstücke und Holzsplitter flogen durch die Luft wie tödliche Geschosse. Das Getöse war kaum verklungen, als Nicolas und seine Gefährten bereits durch den Rauch hasteten.

Das Schwarzpulver hatte ein klaffendes Loch in die anderthalb Ellen dicke Mauer des Erdgeschosses geschlagen. Auch die Balkendecke war beschädigt worden. Durch die Bresche konnte Nicolas in den ersten Stock sehen. Als er mit dem Schwert in der Hand über die Trümmer stieg, trat er auf etwas Weiches, das ein fleischiges Geräusch von sich gab. Er senkte die Fackel. Überall lagen blutige Brocken. Offenbar hatte es einen Wächter oder Diener erwischt. *Hoffentlich nicht den Wucherer.*

Sie durchquerten den verwüsteten Eingangsraum und erklommen die Treppe. Nicolas öffnete die Tür, hinter der sich ein Gang auftat. Alles war still … bevor aus mehreren Durchgängen plötzlich brüllende Männer stürzten, schwer gerüstete Krieger mit Streitäxten und Panzerhemden. Er sah sofort, dass sie es mit geübten Kämpfern zu tun hatten, gestählt in vielen Schlachten. Doch seine Gefährten standen ihren Mann und setzten um, was er ihnen beigebracht hatte, wehrten sich mit Schwert und Schild. Keinen Herzschlag später herrschte im Gang und den angrenzenden Räumen ein Chaos aus Schreien, Leibern und zuckenden Waffen.

Nicolas rammte einem Feind die Fackel ins Gesicht, trat ihm gegen die Brust, sodass er zu Boden stürzte, und spaltete einem zweiten den Oberschenkel. Rasch riss er das Schwert aus der Wunde und spürte kaum das warme Blut, das ihm entgegenspritzte, bevor er über die niedergestreckten Leiber seiner Gegner stieg und sich einen dritten Krieger vornahm. Der Mann war erfahren im Schwertkampf und lieferte ihm ein hartes Gefecht, doch letztlich war er Nicolas nicht gewachsen. Mit einem klaffenden Schnitt in der Kehle sackte er zusammen.

Nicolas blickte sich um. Auch seine Gefährten hatten ihre Gegner bezwungen, allerdings hatten sie einen hohen Preis für den Sieg bezahlt. Drei Männer waren tot, das sah er auf den ersten Blick, drei weitere verletzt und kaum noch einsatzfähig. Lediglich Géraud hatte das Handgemenge ohne einen Kratzer überstanden.

»Sichert das Haus«, befahl Nicolas dem jungen Steinmetz. Während die Männer das Stockwerk durchsuchten, ging er zu einem Söldner, der noch bei Bewusstsein war, und packte den Sterbenden am Kragen des Panzerhemdes. »Wo ist der Wucherer?«

Er bekam nur ein Röcheln zur Antwort.

»Dein Herr – wo versteckt er sich?«

»Keller …«, wisperte der Mann.

Von der Fackel lösten sich Pechtropfen und regneten zischend zu Boden, als Nicolas in den Eingangsraum zurückkehrte und die Kellertreppe hinabstieg. Unten erwartete ihn ein wahres Labyrinth aus Gewölbekammern, vollgestopft mit Kisten, Fässern und Plunder. Es war so dunkel und still wie in einer Gruft.

Nicolas durchsuchte alles. Keine Spur von Lefèvre.

War er geflohen? Es erschien ihm wahrscheinlicher, dass sich der Wucherer irgendwo versteckte, in einem geheimen Winkel, wo er seit jeher seinem gottlosen Treiben nachging. Nicolas türmte im größten Raum einige Kisten und Fässer auf, fand etwas Lampenöl, das er auf den Haufen goss, und zündete das verstaubte Holz an. Sofort füllte sich der Keller mit beißendem Qualm. Nicolas ging die Treppe hinauf und postierte sich im Eingangsraum.

Er musste nicht lange warten. Jemand hustete. Schritte knirschten auf der Treppe. Eine Gestalt taumelte aus dem Rauch, in der Hand ein Schwert.

Der Wucherer sah erbärmlich aus. Bleich und eingefallen war er, wie von einem zehrenden Leiden gezeichnet. Das einst volle schwarze Haar klebte ihm in grauen Strähnen am Schädel. Seine Augen glühten fiebrig. Es war der Wahnsinn, der in ihnen leuchtete. Nicolas hatte so etwas schon früher gesehen: bei Kriegern im Blutrausch oder bei Männern, die so viele Schrecknisse erfahren hatten, dass ihre Seele krank und faul geworden war.

Der Ordensritter hob die Fackel, sodass ihr Licht auf sein Gesicht fiel. »Erkennt Ihr mich?«

»Renouart?«, krächzte der Wucherer.

»Renouarts Sohn. Der Einzige der Familie de Bézenne, der Euren Verbrechen entronnen ist.«

»Was zum Teufel wollt Ihr von mir?«

»Ich werde Euch bezahlen lassen«, erklärte Nicolas ruhig. »Euch zur Rechenschaft ziehen für das, was Ihr meinen Eltern und meiner Schwester angetan habt.«

»Nach all den Jahren? Ihr seid reichlich nachtragend, wisst Ihr das?«

»Ihr habt Euch viel zu lange der Gerechtigkeit entzogen. Ich schicke Euch jetzt zu einem Richter, den Ihr nicht täuschen könnt.«

Der Wucherer legte den Kopf schief, als würde er einer Stimme lauschen, die nur er hören konnte. Er fing an zu kichern. »Der Mann im Spiegel sagt, ich soll Euch von Eurem Schwesterchen grüßen. Sie hat gestöhnt wie eine brunftige Kuh, als ich sie auf dem Waldboden nahm. Als ich mit ihr fertig war, bettelte sie nach mehr. Wenn ich im Bett liege und an mir herumspiele, stelle ich mir gern ihre Stimme vor: ›Bitte, Anseau, mach's noch mal. Nur noch einmal.‹«

Nicolas griff ohne Vorwarnung an. Beinahe gelang es ihm,

den Wucherer mit dem ersten Hieb niederzustrecken, doch Lefèvre riss im letzten Moment das Schwert hoch und parierte den Angriff. Obwohl der Mann vom Wahnsinn ausgezehrt war und die Lunge voller Rauch und ein lahmes Bein hatte, war er ein ausgezeichneter Schwertkämpfer. Er hatte von den Besten gelernt, das stand fest. Nicolas setzte ihm hart zu, versuchte ihn mit Finten zu täuschen, ihn mit heftigen Streichen zu entwaffnen. Aber Lefèvre war zu erfahren für derlei Hinterlist und wehrte jede Attacke ab.

Langsam wich er zurück, erklomm rückwärts die Treppe, ohne auch nur für einen Wimpernschlag seine Deckung zu öffnen. »Du kannst mich nicht schlagen!«, zischte er. »Der Mann im Spiegel schützt mich!«

»Wer soll das sein – dein Lustknabe?«

»Der Teufel!«

»Luzifer hat Besseres zu tun, als schäbigen Wucherern beizustehen.«

»Ich bin kein Wucherer mehr. Ich bin jetzt Herzog – Herzog von Varennes-Saint-Jacques!«

»Du bist allenfalls Roger Bellegrées Lakai«, erwiderte Nicolas.

Lefèvres hohlwangiges Gesicht verzerrte sich zu einer Grimasse des Hasses, und er führte einen blitzschnellen Hieb gegen Nicolas' Kopf. Der Ordensritter konnte den Angriff parieren, doch er taumelte dabei zwei Stufen zurück. Lefèvre nutzte die Gelegenheit, zog sich in den Korridor zurück und warf die Tür zu.

Nicolas riss sie auf. Der Gang glich einem Schlachthaus. Überall Blut und übel zugerichtete Leichen. Der Wucherer war verschwunden.

»Lefèvre!«

Einer der Vogelfreien erschien im Durchgang zum Gesellschaftssaal. »Er ist nach oben gerannt.«

Nicolas sah, dass sie die Verwundeten in den Saal gebracht

hatten. In einer Ecke kauerten außerdem Lefèvres Knechte und Mägde, allesamt wie gelähmt vor Grauen. »Wo sind Géraud und die anderen?«

»Sie durchsuchen gerade den zweiten Stock.«

Nicolas lief die Treppe hinauf, nahm immer drei Stufen auf einmal. Oben angekommen, hörte er das Klirren von Schwertern. Am Ende des Korridors fochten Géraud und zwei weitere Vogelfreie gegen den Wucherer. Lefèvre gelang es erstaunlich mühelos, die drei Männer in Schach zu halten, denn geschickt nutzte er die Enge des Ganges für sich aus.

»Aufhören!«, brüllte Nicolas. »Er gehört mir.«

Die Männer gehorchten und wichen zurück. Lefèvre kletterte die schmale Stiege zum Dachboden hinauf.

»Geht zu den anderen«, befahl Nicolas seinen Gefährten knapp, ehe er dem Wucherer nachsetzte. Wachsam erklomm er Sprosse um Sprosse – er wartete nur darauf, dass Lefèvre von oben einen Hieb gegen seinen Kopf führte, und machte sich bereit, sich zu ducken, sich notfalls sogar fallen zu lassen.

Doch nichts geschah. Er gelangte auf den Dachboden, ohne dass sich der Wucherer zeigte. Es war ein dunkler Raum voller Staub und Spinnweben. Unter den Dachbalken türmten sich Kisten und alte Möbelstücke. In den Winkeln und Spalten zwischen den Stapeln verdichtete sich die Finsternis.

Nicolas leuchtete mal nach links, mal nach rechts, während er sich langsam vorarbeitete. »Du sitzt in der Falle«, sagte er. »Zeig dich.«

Ein Kistenstapel kippte um und traf ihn mit voller Wucht an der Schulter. Nicolas verlor das Gleichgewicht, prallte gegen Gerümpel, das unter seinem Gewicht nachgab, und stürzte. Etwas Hartes, Eckiges bohrte sich schmerzhaft in seine Seite; gleichzeitig fielen Kisten auf ihn. Dabei rutschten ihm das Schwert und die Fackel aus der Hand.

Lefèvres bleiches Gesicht tauchte über ihm aus der Dunkelheit auf wie die Fratze eines Dämons. Stahl blitzte im Schein der Fackel. Nicolas überließ sich ganz seinen Reflexen und rollte zur Seite. Etwas krachte, Holz barst splitternd.

»Verrecken sollst du!«, keuchte der Wucherer und holte zum nächsten Hieb aus.

Nicolas schleuderte eine Kiste. Der Wurf war schlecht gezielt und die Kiste obendrein viel zu unhandlich, um als Geschoss zu dienen, und sie streifte Lefèvre lediglich am Bein. Der Stoß bewirkte immerhin, dass er für einen Herzschlag wankte und seinen Angriff nicht ausführen konnte. Nicolas hob die Fackel auf, schwang sie und traf seinen Gegner am Bauch, beschmierte dessen Gewand mit brennendem Pech. Sofort leckten Flammen an dem Leinenstoff.

Panisch klopfte sich Lefèvre auf Bauch und Brust, versuchte, den Brand auf diese Weise zu löschen. »Fegefeuer! Fegefeuer! Fegefeuer!«, keuchte er so schnell, dass er einzelne Silben verschluckte.

Nicolas fand sein Schwert und rappelte sich auf. Der Wucherer war noch mit seinen schwelenden Kleidern beschäftigt, sodass er Nicolas' Angriff zu spät bemerkte. Er parierte den Stoß, konnte jedoch nicht verhindern, dass die Klinge des Ordensritters über seinen Oberarm schrammte und Tuch und Fleisch aufschlitzte. Lefèvre schrie. Der Schmerz holte ihn ins Hier und Jetzt zurück. Sogleich ging er zum Gegenangriff über und deckte Nicolas mit einer Serie von ungezielten, aber heftigen Streichen ein. Nicolas wehrte alle bis auf einen ab, der ihm eine leichte Schnittwunde am Oberschenkel zufügte.

Lefèvre lachte höhnisch. Immer mehr Blut strömte aus der Wunde an seinem Arm, die damit einhergehende Benommenheit schien ihn trunken und übermütig zu machen. »Gib auf. Du bist mir nicht gewachsen. Die Macht der Hölle führt meinen Schwertarm.«

Sein nächster Stoß war so schlecht gezielt, dass Nicolas ihm ohne Mühe ausweichen konnte. Der Wucherer wurde vom eigenen Schwung nach vorne getragen, Nicolas schlug ihm die Faust ins Gesicht. Knirschend brach Lefèvres Nase.

»Die Macht der Hölle ist auch nicht mehr das, was sie mal war.«

Ächzend wankte Lefèvre rückwärts und stieß einen Stapel leerer Salzfässer um. Blut rann ihm aus der Nase und troff auf sein versengtes Gewand. Er hatte kaum noch genug Kraft, sein Schwert zu heben.

»Hilf mir«, wisperte er. »Wo bist du? Antworte!«

»Was ist?«, fragte Nicolas. »Hat dich der Mann im Spiegel im Stich gelassen?«

Lefèvre versuchte, seine verbliebenen Kräfte zu sammeln, und hielt sein Schwert so, dass er den nächsten Angriff parieren konnte. Sein Arm zitterte. Nicolas schlug ihm die Klinge aus der Hand.

»Ich ergebe mich«, sagte der Wucherer.

»Du bettelst um Gnade?«

»Ja. *Ja!*« Lefèvre sank auf die Knie. »Habt Erbarmen. Schickt mich nicht in die Hölle.«

»Luzifer hat sich deine Seele längst geholt. Keine Macht der Welt kann das rückgängig machen.«

»Ich kann mich bessern«, jammerte Lefèvre. »Ich kann Buße tun.«

»Deine Reue kommt zehn Jahre zu spät.«

Nicolas stieß ihm das Schwert in die Brust, durchbohrte ihn unterhalb des Brustkastens, wo keine Knochen den Stahl aufhielten. Blut schoss Lefèvre aus dem Mund, in seinen Augen flackerte ein letztes Mal der Wahnsinn auf. Nicolas setzte ihm den Fuß auf die Brust und zog das Schwert heraus. Der Wucherer kippte zur Seite und rührte sich nicht mehr.

Schwer atmend stand der Ordensritter da und betrachtete die Leiche. Sein Kopf war leer, sämtliche Gedanken hatten sich irgendwo verkrochen. Nicolas wischte sein Schwert an Lefèvres Gewand ab, schob es in die Scheide und zertrat die heruntergebrannte Fackel auf dem Boden. Dann hob er den Leichnam auf, legte ihn sich über die Schulter und kletterte die knarrende Stiege hinab.

In der Morgendämmerung, als in Varennes so etwas wie Ruhe eingekehrt war, ging Rémy zu Lefèvres Haus. Kurz betrachtete er das schwer beschädigte Anwesen, ehe er durch das klaffende Loch im Erdgeschoss stieg.

Es roch nach Schwefel und Blut. Auf einem Tisch in der Mitte des Raumes lag ein Körper. Rémy ging näher heran. Es war Lefèvre, so tot wie ein Türknopf. Rémy konnte nicht verhehlen, dass ihm der Anblick der Leiche nicht wenig Befriedigung verschaffte. Endlich hatte Lefèvre bekommen, was er verdiente. Es hatte lange genug gedauert.

In einer Wandhalterung steckte eine brennende Fackel. Daneben kauerten Géraud und noch ein Mann.

»Wo ist Nicolas?«

»Unten im Keller«, antwortete Géraud und fügte zögernd hinzu: »Geh da besser nicht hin. Es ist furchtbar.«

Rémy runzelte die Stirn, doch der junge Steinmetz schien zu müde zu sein, um seine letzte Bemerkung zu erklären. Er zog einen Kienspan aus einem Fass neben der Treppe, zündete ihn an der Fackel an und betrat den Keller.

Die Räume waren rauchverhangen. Im größten hatte offenbar ein Feuer gebrannt, der warmen Asche und den angekohlten Holzstücken auf dem Boden nach zu schließen. Rémy folgte dem Lichtschein, der aus einem Winkel kam. Dort stand eine Tür halb offen. Es war keine gewöhnliche Tür. Sie war so geschickt in die Wand eingearbeitet, dass man sie nicht sehen konnte, wenn sie geschlossen war. Ein Meisterwerk der Baukunst.

Dahinter befand sich ein weiterer Kellerraum. Was er enthielt, ließ Rémy schier das Blut in den Adern gefrieren. Er hatte in jener Nacht viel Schreckliches gesehen, doch das übertraf alles. Ketten. Messer. Zangen. Folterwerkzeuge. Jedes Instrument, das je ein kranker Verstand ersonnen hatte, um Menschen zu quälen. Eine kleine, private Hölle. Ein Spielzimmer des Teufels.

»Die Leute hatten recht. Lefèvre war wirklich ein Dämon. Und wir waren so töricht, das als Aberglauben abzutun.«

Es war Nicolas, der das sagte. Rémy bemerkte ihn erst jetzt. Der Ordensritter kniete im Raum und war offenbar im Gebet versunken gewesen. Jetzt stand er auf und gürtete sich das Schwert um.

Es dauerte einen Moment, bis Rémy die Sprache wiederfand. »Diese Wunde am Bein – sie sieht böse aus.«

»Es geht schon.«

»Ein Medicus sollte sie sich ansehen.«

Nicolas winkte ab.

Obwohl Rémy den übermächtigen Drang verspürte, diese Folterkammer zu verlassen, rührte er sich nicht von der Stelle. Der Raum erfüllte ihn mit morbider Faszination, mit Fassungslosigkeit darüber, dass es so etwas im beschaulichen Varennes gab.

»Wie ist die Lage in der Stadt?«, unterbrach Nicolas seine Gedanken.

Rémy zwang sich, den Blick von dem grausigen Werkzeug abzuwenden. »Wir haben die Sergeanten überwältigt und alle Mitglieder der Paraiges gefangen genommen. Bertrand hat sie zum Hungerturm gebracht. Die Stadtknechte haben sich widerstandslos ergeben, als sie das hörten. Varennes gehört uns.«

»Hat sich das Stadtvolk inzwischen beruhigt?«

»Meine Mutter hat die Obermeister aller Bruderschaften benachrichtigt. Sie versammeln gerade ihre Leute und erklären ihnen, was geschehen ist.«

Nicolas nickte nur und schwieg einen Moment. »Wir sollten dieses Haus einreißen. Auf dem Grundstück sollte eine Kapelle gebaut werden.«

»Ja.« Rémy hatte bereits einen ähnlichen Gedanken gehabt.

»Ich habe Hunger. Schauen wir, dass wir etwas zu essen finden.«

Mit diesen Worten verließ Nicolas den Keller, und Rémy folgte ihm.

Zwei Tage später ging Rémy zu seinem Haus im Viertel der Schuster, Gürtler und Seiler. Seit Lefèvre es damals beschlagnahmt hatte, stand es leer. Der Schlüssel war verloren gegangen, also blieb ihm nichts anderes übrig, als die Vordertür aufzubrechen.

Er betrat die Werkstatt und wirbelte bei jedem Schritt Staub auf. Die Schreibpulte und Schränke lagen auf dem Boden, teilweise zertrümmert. Sämtliche Gegenstände von Wert, die seine Mutter nicht hatte retten können, hatten Lefèvres Handlanger gestohlen. Das gesamte Haus enthielt nur noch Plunder, Schmutz und Spinnweben.

Auch das Gebäude selbst hatte beträchtlich gelitten in den letzten Jahren. Putz bröckelte von den Wänden, überall regnete es herein. Die Treppe war derart morsch, dass er nicht wagte, zum oberen Stock hinaufzusteigen. Wenn sie das Haus wieder bewohnbar machen wollten, stand ihnen viel Arbeit bevor.

Rémy richtete ein Schreibpult auf und musste husten, als eine Staubwolke aufwallte. Er setzte sich auf einen Hocker und stellte sich vor, er würde Texte kopieren und Miniaturen anfertigen wie in alten Zeiten. Fühlte sich das richtig an? Schwer zu sagen. Die Stadt verwirrte ihn. Der ständige Lärm, die Enge, die vielen Menschen – er war das nicht mehr gewohnt.

Er wartete, horchte in sich hinein, spürte seinen Gefühlen nach.

Ja. Ja, er wollte wieder Buchmaler sein.

Jemand klopfte gegen die offen stehende Tür. Es war Nicolas. Bei ihm war sein neuer Schatten, Géraud, der dem Ordensritter kaum noch von der Seite wich.

»Hier habt Ihr früher gewohnt?«, fragte Nicolas, während er sich umblickte.

»Das ist die Werkstatt.« Rémy stand auf und ging von dem Schreibpult weg. Aus Gründen, die er nicht recht verstand, war es ihm ein wenig peinlich, dass Nicolas ihn so gesehen hatte. »Die Wohnräume sind oben.«

»Ein gutes Haus für eine Familie. Geräumig. Ein bisschen schmutzig vielleicht.«

Rémy lachte leise. »Seid Ihr deshalb hier? Um mich auf Mängel bei der Sauberkeit hinzuweisen?«

»Herr Deforest ist zurück«, sagte Nicolas. »Eure Mutter bittet Euch, ins Rathaus zu kommen.«

Kurz darauf schritten sie durch die Gassen. In Varennes war Ruhe eingekehrt, nachdem die Leute begriffen hatten, dass ihnen nicht die Apokalypse drohte und auch kein Antichrist aus der Hölle heraufstieg. Die Sergeanten und die Mitglieder der Paraiges schmachteten im Hungerturm. Die einheimischen Stadtknechte hatten den Befehl erhalten, zu Hause zu bleiben, bis sich ein neues Stadtregiment konstituiert hatte. Derweil hielten Rémys Männer und die Bruderschaften an den Toren Wache und sorgten in den Gassen für Ordnung.

Die Leute waren froh über Lefèvres Ende und ihre neue Freiheit, doch feiern wollte vorerst niemand. Solange nicht klar war, was die nächsten Tage und Wochen bringen würden, herrschte angespannte, abwartende Ruhe in der Stadt.

Rémy, Nicolas und Géraud waren die Letzten, die im Ratssaal eintrafen. Isabelle, die Obermeister der Bruderschaften und die Schwurbrüder der Gilde waren bereits da: Will, der heute Morgen von Metz zurückgekommen war, ebenfalls. Eustache Deforest saß am Tisch und stärkte sich mit Most, Brot und Käse. Er schien eben erst aus dem Sattel gestiegen zu sein und wirkte verschwitzt und erschöpft von seiner Reise.

»Berichtet uns, was Ihr erfahren habt«, bat Isabelle ihn.

Der Gildemeister spülte den letzten Bissen mit einem

Schluck Most hinunter und wischte sich Mund und Bart mit dem Ärmel ab. »Jean d'Apremont hat sich mit Herzog Mathieu und dem Grafen von Bar zusammengetan. Sie haben ein Heer aufgestellt und ziehen gerade nach Norden. Ich habe es bei Nancy gesehen. Eine beeindruckende Streitmacht. Sie werden Metz belagern.«

Die Nachricht wurde begeistert aufgenommen.

»Also haben wir von Metz vorerst nichts zu befürchten?«, fragte Gaillard Le Masson, als sich der Jubel gelegt hatte.

»Wir können davon ausgehen, dass die Metzer in nächster Zeit alle Hände voll zu tun haben werden, ihre Stadt zu verteidigen«, antwortete Deforest.

»Was haben Eure Verhandlungen mit den anderen Städten ergeben?«, fragte Isabelle.

»Ich war in Verdun, Toul, Hagenau und Colmar und habe mit den jeweiligen Räten und Stadtschöffen gesprochen. Sie alle sind einverstanden und wollen Unterhändler herschicken, damit wir einen Vertrag ausarbeiten können. Ich bin zuversichtlich, dass ich auch Straßburg und Schlettstädt für das Unternehmen gewinnen kann. Isabelle, meine Herren«, wandte sich Deforest nicht wenig stolz an die Anwesenden, »spätestens nächsten Monat werden wir an dieser Tafel sitzen und den elsässisch-lothringischen Städtebund aus der Taufe heben. Wir werden Geschichte schreiben!«

»Ich wusste, wenn einer das schaffen kann, dann Ihr«, sagte Isabelle lächelnd.

Auch die anderen lobten Eustaches Einsatz überschwänglich.

»Wenn die Metzer in Zukunft fürchten müssen, im Fall eines Krieges sämtliche Reichsstädte im Umkreis von drei Tagesreisen gegen sich zu haben, werden sie es sich zweimal überlegen, uns noch einmal anzugreifen«, erklärte Tolbert grimmig. »Nicht einmal ein Gigant wie Metz kann gegen solch eine Übermacht bestehen.«

»Einige dieser Städte sind unsere Rivalen«, sagte Adrien Sancere. »Wie ist es Euch gelungen, sie zu überzeugen, mit uns gemeinsame Sache zu machen?«

»Das war nicht sonderlich schwer«, antwortete Deforest. »Tatsächlich rannte ich überall offene Türen ein. Die anderen Städte haben genau verfolgt, was Metz uns angetan hat. Sie mussten nur zwei und zwei zusammenzählen, um zu erkennen, dass sie die Nächsten sein können, wenn sie Roger Bellegrée, Robert Gournais oder wem auch immer zu stark werden. Ihnen allen ist klar, dass ein Städtebund, bei dem die einzelnen Mitglieder füreinander einstehen, der einzige Weg ist, Metz und andere übermächtige Feinde dauerhaft in Schach zu halten. Der Vertrag ist nur noch eine Formalität.«

»Freunde, ihr wisst, was das heißt«, donnerte Tolbert. »Wir haben gesiegt – auf der ganzen Linie!«

Jubel schloss sich Bertrands Worten an. Kelche wurden gefüllt, man stieß miteinander an und trank auf den gemeinsamen Triumph, auf das Ende der Knechtschaft. Die Männer feierten Rémy, Isabelle, Nicolas, Will und Eustache, denn alle wussten, wem sie diesen Sieg verdankten.

»Schickt die Ausrufer in die Stadt!«, sagte Deforest. »Die Bürger sollen wissen, dass die Zeit der Furcht zu Ende ist. Sie sollen mit uns feiern!«

So geschah es. Die Domherren setzten sich über das Interdikt hinweg und läuteten die Glocken der Kathedrale. Wirte öffneten ihre Keller und verteilten kostenlos Bier und Wein an jeden, der des Weges kam. Die Menschen versammelten sich auf Plätzen und Kirchhöfen, priesen den heiligen Jacques und tanzten auf den Gassen bis tief in die Nacht.

Am nächsten Tag wählte die Bürgerversammlung einen neuen Rat, den ersten seit über vier Jahren.

Es war ein scheußlicher Morgen, kalt, windig und verregnet, ein letztes Aufbäumen des Winters, bevor ihm der Frühling den Todesstoß versetzte. Trotzdem strömten die Leute zu Hunderten auf den Domplatz. Jeder wahlberechtigte Mann trat an die Urnen und gab seine Stimmen ab, obwohl nicht wenige von ihnen verkatert waren von den Ausschweifungen der letzten Nacht und kaum die Augen aufbekamen. Doch sie waren fest entschlossen, von ihrem Bürgerrecht Gebrauch zu machen, sodass nicht einmal das kommende Weltende sie aufgehalten hätte.

Rémy kandidierte für seine Bruderschaft, obwohl er sich zunächst beharrlich geweigert hatte, sich zur Wahl zu stellen. Politik war seine Sache nicht. Der Gedanke, künftig jede Woche mindestens einen Abend im Ratssaal sitzen und langwierige Debatten führen zu müssen, weckte in ihm den Wunsch, sich tief im Wald zu verstecken. Doch die anderen, allen voran seine Mutter, Philippine, Will und Eustache, bearbeiteten ihn und erinnerten ihn an seine Verantwortung für das Gemeinwesen. Er habe Varennes in die Freiheit geführt, sagten sie, er sei ein Vorbild, zu dem die Bürger aufsähen, er könne sich jetzt nicht zurückziehen und andere die Arbeit tun lassen. Er müsse seine Pflicht tun und helfen, der gedemütigten Stadt ein neues Selbstbewusstsein zu verschaffen, schließlich sei er der Sohn seines Vaters.

»Ich bin immer noch ein Geächteter«, entgegnete er lahm. »Unsere Gesetze verbieten es, dass verurteilte Verbrecher für den Rat kandidieren.«

»Das ist eine Ausrede, und du weißt es«, sagte seine Mutter unerbittlich. »Die erste Amtshandlung des neuen Rates wird sein, die Ächtung aufzuheben und Will und dich von allen Vorwürfen freizusprechen. Also lass den Unsinn und hör auf, dich zu zieren. Was würde dein Vater von dir denken?«

Rémy gab sich geschlagen und klammerte sich an die Hoffnung, dass niemand ihn wählen würde. Zu seinem Verdruss bekam er unter allen Kandidaten die meisten Stimmen.

Der Tradition gehorchend, zog sich der neu gewählte Rat

in den Dom zurück und verbrachte die Nacht im Gebet. Am nächsten Morgen – es regnete immer noch – schritten die zwölf Männer zum Rathaus und begaben sich zu ihrer ersten Sitzung in den großen Saal.

»Ich bin das älteste Mitglied des Rates«, erklärte Deforest. »Mir fällt die Aufgabe zu, die Zusammenkunft zu leiten, bis alle Ämter besetzt sind. Zuerst muss dieses ehrwürdige Kollegium einen Bürgermeister wählen, der den anderen als *Primus inter Pares* vorsteht. Wer möchte sich zur Wahl stellen?«

Elf Augenpaare wandten sich Rémy zu.

»Nein«, sagte er entschieden. »Auf keinen Fall. Ich sitze im Rat, das muss reichen. Gebt Euch damit zufrieden. Eustache soll es machen. Er ist viel besser geeignet.«

»Aber Euer Herr Vater …«, begann Gaillard Le Masson.

»Wenn Ihr oder sonst wer noch einmal meinen Vater erwähnt«, fiel Rémy ihm ins Wort, »nehme ich noch heute das Kreuz und wandere ins Heilige Land aus, mein Wort darauf. Ist das klar?«

Eingeschüchtert versank Le Masson in seinem Stuhl.

»Würdet Ihr es machen wollen?«, wandte sich Tolbert an Deforest.

»Wenn mir jemand die Aufsicht über die Münze abnimmt, werde ich gerne Bürgermeister.«

Adrien Sancere erklärte sich bereit, von nun an die städtische Münze zu führen. Daraufhin wurde Eustache Deforest einstimmig zum Bürgermeister gewählt.

Anschließend wurden die übrigen Ämter besetzt. Rémy hielt sich für den Rest der Zusammenkunft bedeckt und sagte kein Wort mehr, und bis endlich jemandem auffiel, dass er auch noch am Tisch saß, waren sämtliche Ämter bereits an andere Männer vergeben.

Metz

Zwei Tage später ritten Rémy und drei weitere Ratsherren nach Metz und verschafften sich vor Ort einen Eindruck von der Belagerung.

Bischof Jean und seine Verbündeten griffen die Stadt von mehreren Seiten gleichzeitig an. Jenseits der Seille standen Wurfmaschinen aller Art, Ballisten, leichte Katapulte und riesige Bliden, die die Wehrmauer mit Felsbrocken und massiven Eisenkugeln beschossen. Im Süden, keine zwanzig Klafter von der Wehrmauer entfernt, erstreckten sich mehrere einander überlappende Reihen von Sturmwänden aus Weidengeflecht, hinter denen sich Armbrustschützen verbargen. Auch auf der anderen Seite der Mosel wurde gekämpft. Ritter und Fußkrieger rückten über eine der Brücken vor, trotzten dem Hagel aus Steinen und Pfeilen und attackierten das Tor mit einem Sturmbock. Mehrere Kähne auf dem Fluss, jeder mit Kriegern bestückt, sorgten dafür, dass die Verteidiger keinen Nachschub in die Stadt schaffen konnten.

»Allmächtiger«, murmelte Guérin d'Esch und bekreuzigte sich, als er sah, in welch einer Lage sich seine Heimatstadt befand. Sie hatten darauf verzichtet, den Metzer in Eisen zu legen, denn er hatte ihnen sein Wort als Ehrenmann gegeben, nicht zu fliehen.

Rémy konnte erkennen, dass viele Gebäude in den Außenbezirken beschädigt waren. An zwei Stellen schienen Brände zu wüten; schwarze Rauchsäulen stiegen zum wolkenverhangenen Himmel auf. Das Zentrum um die Kathedrale hingegen wirkte unbehelligt von den Kämpfen, beinahe friedlich. Wegen der ungeheuren Größe von Metz konnten selbst die mächtigsten Wurfmaschinen die Patrizierhäuser und Geschlechtertürme im Stadtkern nicht erreichen. Während Kriegsknechte, Söldner und Männer der Bürgerwehr auf den Mauern ihr Leben riskierten, mussten Roger Bellegrée und die Seinen allenfalls um ihren Wohlstand fürchten.

Sie ritten hinunter zum Heerlager am Ufer der Seille und fanden das Zelt des Herzogs, wo Mathieu, der die Streitmacht anführte, gerade mit Bischof Jean und dem Grafen von Bar die nächsten Angriffe plante. Rémy und seine Gefährten mussten bis zum Abend warten, bis man sie endlich vorließ. Deforest erklärte ihr Anliegen und erreichte, dass Mathieu die Angriffe zumindest auf dieser Seite der Mosel für einige Stunden unterbrach, damit die Gesandtschaft aus Varennes gefahrlos in die Stadt hineingelangen konnte.

Es war bereits dunkel, als sie zu einem der Stadttore schritten. Fackeln brannten auf dem Wehrgang, unsteter Feuerschein lag auf dem beschädigten Mauerwerk und ließ die Schatten tanzen.

»Eustache Deforest, Bürgermeister von Varennes-Saint-Jacques, und die Ratsherren Rémy Fleury, Bertrand Tolbert und Adrien Sancere!«, rief Deforest zu den Zinnen hinauf. »Wir wünschen, mit dem Schöffenmeister der Republik Metz und den Treize jurés zu sprechen.«

»Varennes hat keinen Bürgermeister und auch keinen Rat!«, bekam er zur Antwort.

»Seit einer Woche gibt es wieder einen, und ich habe den Vorsitz.«

»Das ist nicht möglich. Anseau Lefèvre …«

»… ist tot, und die Männer der Paraiges schmachten im Kerker. Lasst uns herein, oder es wird ihnen schlecht ergehen.«

Flüsternde Stimmen erklangen. Schritte trampelten auf der Treppe. Ein anderer Mann rief:

»Verhandelt Ihr für Bischof Jean und Herzog Mathieu?«

»Nein«, antwortete Deforest, der allmählich die Geduld verlor und dies deutlich zeigte. »In eigener Sache. Es geht um die Freiheit Varennes' und um unsere Geiseln. Jetzt lasst uns endlich zu euren Herren vor, oder ich lasse Guérin d'Esch aufhängen!«

Knarrend öffnete sich die kleine Ausfallpforte, die in einen Flügel des mächtigen Tores eingelassen war. Mehrere schwer gerüstete Kriegsknechte erschienen und geleiteten die Ratsherren und ihr Gefolge durch die Gassen.

Diesmal wurden die Unterhändler Varennes' nicht wie unerwünschte Bittsteller in der finsteren Dachkammer eines Turmes empfangen. Man führte sie zum Palast des Großen Rates und bewirtete sie mit bestem Frankenwein und eingelegten Früchten, während man nach den Oberhäuptern der Paraiges und den übrigen Dreizehngeschworenen schickte. Roger Bellegrée, Robert Gournais und Jehan d'Esch waren die Ersten, die eintrafen. Die drei Männer schäumten vor Wut.

»Was muss ich hören?«, geiferte der Schöffenmeister und stampfte mit seinem Gehstock auf. »Lefèvre tot und unsere Leute im Kerker? Ich verlange eine Erklärung für diese Ungeheuerlichkeit!«

»Es ist ganz einfach«, erwiderte Deforest ruhig. »Varennes untersteht nicht länger der Herrschaft der Paraiges. Ihr werdet uns hier und heute wieder in die Eigenständigkeit entlassen und uns unsere Geiseln übergeben, wenn euch das Leben eurer Angehörigen lieb ist.«

»Habt ihr den Verstand verloren?«, fauchte Gournais. »Guérin, was hat das zu bedeuten?«

Deforest forderte ihren Gefangenen auf vorzutreten. »Erzählt, was geschehen ist.«

In knappen Worten berichtete Guérin d'Esch von der Rebellion in Varennes, der Zerstörung der Zwingburg und Lefèvres Ende.

»Das sind doch alles Lügen!«, schnappte der Schöffenmeister. »Sie haben Euch gezwungen, uns das zu erzählen, richtig? Ich glaube kein Wort davon.«

»Genauso hat es sich zugetragen«, entgegnete Guérin. »So wahr ich hier stehe.«

Jehan d'Eschs Antlitz war grau vor Sorge um seinen Neffen. »Wie ist es dir ergangen? Haben dich diese Barbaren gefoltert? Haben sie Isabeau Gewalt angetan?«

»Isabeau und den Kindern geht es gut. Sie sitzen im Hungerturm, aber davon abgesehen sind sie wohlauf. Die anderen auch. Man hat uns anständig behandelt.«

Jehan streckte die Hände aus. »Komm her zu mir.«

»Ich kann nicht, Onkel«, sagte Guérin. »Ich muss zu meinem Wort stehen.«

»Außer Guérin befinden sich elf Männer und Frauen und acht Kinder aus führenden Metzer Familien in unserer Gewalt«, erklärte Deforest. »Außerdem sämtliche Sergeanten, die die Kämpfe überlebt haben. Wir sind bereit, ihnen die Freiheit zu schenken, wenn ihr im Gegenzug unsere Geiseln gehen lasst. Des Weiteren verzichtet ihr auf alle Handelsprivilegien, die ihr uns einst aufgezwungen habt, und schwört, euch nie wieder in die Belange von Varennes-Saint-Jacques einzumischen. Wir haben unsere Bedingungen in einem Vertrag niedergelegt. Ihr müsst ihn nur noch unterzeichnen.«

Rémy trat vor und hielt den Metzern das Schriftstück hin.

»Eine Gesandtschaft, der Ketzer und Geächtete angehören«, höhnte Roger und blickte Rémy geradewegs in die Augen. »Ich weigere mich, mit solchem Abschaum zu verhandeln.«

»Nehmt das zurück und entschuldigt Euch bei mir für diese Beleidigung«, verlangte Rémy.

»Den Teufel werde ich tun.«

»Ich warne Euch, Roger«, sagte Deforest schneidend. »Herr Fleury ist ein ehrbarer Bürger Varennes' und ein rechtmäßig gewähltes Mitglied unseres Rates. Wenn Ihr ihn beleidigt, wird Guérins Familie dafür büßen.«

»Entschuldigt Euch!«, zischte Jehan d'Esch. »Nun macht schon!«

Roger knirschte mit den Zähnen. Er blickte Rémy nicht an. »Verzeiht«, presste er schließlich hervor. »Ich habe im Zorn gesprochen. Das war nicht recht.«

Mit einem dünnen Lächeln auf den Lippen ging Rémy an ihm vorbei und gab den Vertrag Robert Gournais, der ihm das Pergament aus der Hand riss.

»Ich unterzeichne diesen Fetzen«, sagte der Schöffenmeister. »Aber rechnet nicht damit, dass dieses infame Machwerk lange Bestand haben wird.«

»Sowie die gegenwärtige *crisis* überstanden ist, werden wir Varennes für diesen Verrat zur Rechenschaft ziehen«, fügte Roger hinzu. »Dann gnade Euch Gott.«

»Davon solltet Ihr Abstand nehmen«, erklärte Deforest. »Wir haben uns mit Verdun, Toul, Hagenau und Colmar zu einem Städtebund zusammengetan. Zur Stunde verhandeln wir außerdem mit Schlettstädt und Straßburg, und ich bin zuversichtlich, dass wir sie für die Allianz gewinnen können. Fürderhin wird sich jeder, der einem Mitglied des Bundes Schaden zufügt, die Feindschaft aller anderen Städte zuziehen.«

»Eine lächerliche Drohung«, schnappte Roger. »Diese Städte sind eure Rivalen. Sie würden euch niemals beistehen.« Doch ganz sicher schien er sich seiner Sache nicht zu sein, denn er blickte zu Guérin.

»Es ist die Wahrheit«, bestätigte dieser. »Ich war dabei, als Ratsherren von Verdun und anderen Städten ins Rathaus kamen und den Bündnisvertrag unterzeichneten.«

Der Schöffenmeister und Roger Bellegrée erstickten schier an ihrem Zorn. Doch schließlich unterzeichneten sie und Jehan d'Esch stellvertretend für alle Paraiges und Dreizehngeschworenen den Vertrag.

Ohne ein Wort des Dankes nahm Deforest das Schriftstück an sich. »Ich denke, damit wären wir hier fertig.«

»Noch nicht ganz«, sagte Rémy und wandte sich an Roger.

»Ihr werdet Philippine ihren Besitz zurückgeben und Euch bei den Treize jurés dafür einsetzen, dass die Verurteilung wegen Ehebruch aufgehoben wird, damit sie sich vor einem Gericht verantworten kann, das weniger parteiisch ist.«

Roger starrte ihn hasserfüllt an, ehe er fragte: »Ist das eine Bedingung für den Vertrag?«

»Ja«, antwortete Rémy. Mit ihrem Schweigen bekundeten Deforest und die anderen ihre Zustimmung.

»Das Urteil wurde rechtmäßig gefunden«, sagte Roger. »Wir können es nicht einfach so aufheben.«

»Es war für Euch doch nur Mittel zum Zweck. Ihr hattet doch nie die Absicht, Philippine zu bestrafen. Ihr habt sie ja nicht einmal geächtet, als sie nicht zum Prozess erschienen ist.«

Als Roger noch mit seinem Zorn rang und nach Worten suchte, erklärte Jehan d'Esch an seiner Stelle: »Betrachtet das Urteil als null und nichtig. Was Philippines Besitz angeht: Sie wird ihn zurückerhalten. Dafür sorgen wir.«

»Ich verlasse mich auf Euer Wort.« Rémy und die anderen Männer der Gesandtschaft wandten sich zum Gehen. Zum Abschied sprach er noch einmal Roger an.

»Ich soll Euch übrigens von ihr grüßen. Wusstet Ihr, dass wir einen Sohn bekommen haben? Michel ist gerade vier geworden. Ein prächtiger Junge.«

»Weiß der Teufel, wo dieses Kind herkommt«, schnappte Roger, »aber ganz bestimmt nicht von Philippine. Sie ist verflucht – sie kann keine gesunden Kinder gebären.«

»Doch, sie kann. Michel ist der lebende Beweis dafür. Vielmehr deutet alles darauf hin, dass der Fluch auf Euch lastet. Nehmt es nicht so schwer. Das kommt in den besten Familien vor.«

Rémy klopfte ihm auf die Schulter und verließ mit seinen Gefährten den Saal.

Robert Gournais hielt Wort und ordnete sogleich die Freilassung der Geiseln an. Auf dem Platz vor dem Palast kam es zu einem Wiedersehen mit Henri Duval und den Männern der Bruderschaften. Lachend umarmten sie einander. Viereinhalb Jahre war es nun her, dass die Männer Varennes verlassen hatten, und manch einer konnte die Tränen nicht zurückhalten.

»Ich habe schon nicht mehr daran geglaubt. Aber Ihr habt es möglich gemacht – Ihr und Eure Mutter.« Duval packte Rémy bei den Schultern, und er schämte sich nicht dafür, dass er weinte. »Ich weiß nicht, wie ich Euch danken soll.«

»Wir müssen Euch danken für das Opfer, das Ihr Varennes gebracht habt«, sagte Rémy. »Kommt, Henri. Bringen wir Euch nach Hause. Ich nehme an, Ihr könnt diese Stadt nicht mehr sehen.«

»Bei Gott, Ihr könnt Euch nicht vorstellen, wie sehr sie mir zuwider ist. Hoffentlich schießt der Herzog sie zu Klump, damit sie nie mehr mein Auge beleidigt.«

Kaum hatte sich das Stadttor hinter ihnen geschlossen, setzten die Katapulte ihren Beschuss fort, und Armbrustbolzen sirrten durch die Luft. Eilig verließen Rémy und seine Gefährten das Kampfgebiet und schritten durch die Dunkelheit zum Heerlager.

»Meint Ihr, Roger ahnt, dass Ihr hinter alldem steckt?«, fragte Duval.

»Er ist nicht dumm«, erwiderte Rémy. »Er wird irgendwann dahinterkommen.«

»Habt Ihr keine Angst, dass er dann zu Bischof Jean geht?«

»Der Bischof wird ihm nicht glauben nach allem, was vorgefallen ist. Außerdem kann Roger ohne den Brief nichts beweisen.«

Henri lächelte versonnen und blieb unvermittelt stehen.

»Das Lager ist schon da vorn«, sagte Rémy.

»Ich weiß. Geht schon einmal vor. Ich brauche einen Augenblick für mich.«

Während Rémy und die anderen zum Heerlager schritten, wandte Henri Duval ihnen den Rücken zu, ein regloser Schemen am Flussufer, der zum Sternenhimmel aufblickte.

Mai 1232

Metz

Hafergrütze? Willst du mich auf den Arm nehmen?«, meinte Roger. »Bring mir Fleisch, Herrgott noch mal! Und was ist das für eine Pissbrühe? Haben wir keinen anständigen Südwein mehr im Haus?«

»Ich fürchte, er ist uns gestern ausgegangen, Herr«, erklärte der Diener.

»Dann kauf welchen!«

»Die Weinhändler haben keinen mehr. Auch Fleisch und Fisch ist rar geworden. Der Koch sagt, für ein Huhn zahlt man inzwischen einen ganzen Sou, falls man überhaupt eins bekommt …«

»Scher dich zum Teufel.« Lustlos stocherte Roger in seiner Grütze. Es lag an der verdammten Belagerung. Sie ging in die vierte Woche, und allmählich zermürbte sie die Stadt. Es war nicht so, dass die Angriffe der Belagerer irgendetwas bewirkt hätten. Die Mauern von Metz waren stark, und bisher hatten sie jeder Attacke getrotzt. Doch Bischof Jean und seine Verbündeten verfügten über tückischere Waffen als Katapulte und Sturmleitern: Sie hießen Hunger, Stumpfsinn und Verzweiflung, und langsam, aber sicher zwangen sie die stolze Stadtrepublik in die Knie.

Roger aß den Brei und spülte den letzten Löffel mit einem Schluck Dünnbier hinunter. Er entschied, ins Hurenhaus zu gehen. Etwas anderes war mit diesem trübsinnigen Tag schließlich nicht anzufangen. Und eine feuchte Punze und zwei feste Brüste hatten ihn noch immer auf andere Gedanken gebracht.

Doch aus dem Vorhaben wurde nichts – der Schöffenmeister höchstselbst durchkreuzte es. Gerade als Roger seine Gemächer im Gästehaus verlassen wollte, kam Robert Gournais herein und bat um ein Gespräch.

»Hat das nicht bis heute Abend Zeit?«, fragte Roger missmutig.

»Wir müssen wichtige Entscheidungen treffen. Das duldet keinen Aufschub.«

Roger seufzte in sich hinein. Keine steifen Nippel – dafür die Gegenwart dieses Langweilers. Gott meinte es heute wahrlich nicht gut mit ihm. »Ich würde Euch ja einen Krug Wein anbieten, aber er ist uns leider ausgegangen.«

Der Schöffenmeister ging nicht darauf ein und nahm auch nicht auf dem Stuhl Platz, den Roger ihm anbot. »Ihr sollt wissen«, begann er ohne Umschweife, »dass unsere Geheimverhandlungen mit Herzog Mathieu und dem Grafen von Bar allmählich vorankommen.«

Roger horchte auf. Das wäre die erste gute Nachricht seit Wochen. »Sie sind bereit, sich auf unsere Seite zu schlagen?«

»So weit sind wir noch nicht. Aber es sieht gut aus, ja. Sie haben diese Belagerung genauso satt wie wir, und Jean d'Apremont bietet ihnen nichts als vage Versprechungen und himmlisches Wohlwollen für ihren Beistand. Wir dagegen haben ihnen einen handfesten Lohn in Aussicht gestellt, wenn sie sich von Jean abwenden.«

»Silber«, stellte Roger fest.

Gournais nickte. »Sehr, sehr viel Silber.«

»Wie viel genau?«

Der Schöffenmeister machte eine unbestimmte Handbewegung. »Im Gespräch ist eine gewaltige Summe. Ein Betrag, den wir nicht allein aus den Schatullen des Großen Rates aufbringen können. Jeder wird einen Beitrag leisten müssen, die

Paraiges, die Gilden, die einfachen Bürger. Ganz Metz wird bluten müssen.«

»Das soll es uns wert sein, wenn wir damit den Bischof zum Teufel jagen können«, sagte Roger.

Gournais' Blick war stechend, bohrte sich regelrecht in Rogers Schädel. »Es ist ein Rückschlag für die Republik. Der schlimmste seit Jahrzehnten. Dass wir in diese Lage geraten sind … Man gibt Euch die Schuld daran.«

»Ach ja?«, meinte Roger. »Wer ist ›man‹? Die Treize jurés?«

»Die Treize. Die Meister der Paraiges. Viele Mitglieder des Großen Rates.«

»Ihr auch?«

Darauf gab Gournais keine Antwort. »Was sagt Ihr dazu?«

Roger ging am Tisch entlang, strich über die Stuhllehnen und streifte den Schöffenmeister mit einem Blick. »Es ist Unsinn. Das sage ich dazu. Jean d'Apremont hat uns in diese Lage gebracht, nicht ich. Er hat sich schließlich das Dagsburger Lehen unter den Nagel gerissen.«

Roger blieb stehen und musterte seinen Besucher forschend. Tatsächlich sprach einiges dafür, dass man ihn in eine Falle gelockt hatte. Dieser Brief von Jean d'Apremont war vermutlich eine Fälschung, die man ihm zugespielt hatte, um ihn zu einer unüberlegten Aktion zu verleiten. Leider ließ sich das ohne den Brief schwerlich beweisen. Er wünschte, er hätte die verdammte Nachricht seinerzeit behalten, statt sie dem Boten zurückzugeben.

Die entscheidende Frage war: Wie schätzte der Schöffenmeister diese Sache ein? Leider gab seine Miene nicht das Geringste preis.

»Ihr habt vor dem Rat durchgesetzt, dass wir uns mit Simon von Leiningen verbünden«, sagte Gournais. »Ihr habt Euch damals dafür stark gemacht, dass wir gegen Varennes vorgehen. Euretwegen haben wir jetzt diesen Krieg am Hals – und einen Städtebund, der uns noch viel Ärger machen wird. Von der schmählichen Niederlage, die Varennes uns zugefügt hat, will ich gar nicht anfangen. Ohne Euch wäre nichts davon passiert. Deshalb …«

»Robert …«, fiel Roger ihm ins Wort, doch der gebot ihm mit einer herrischen Geste, ihn ausreden zu lassen.

»Deshalb erwarten wir von Euch, dass Ihr all Eure Ämter niederlegt und die Führung des Paraige Porte-Muzelle einem fähigeren Mann überlasst. Ihr habt genug Schaden angerichtet. Es ist an der Zeit, dass Ihr Euch aus dem Stadtregiment zurückzieht.«

Roger fing an zu lachen. Zunächst nur leise, dann immer lauter, immer höhnischer.

»Wie darf ich Eure plötzliche Heiterkeit verstehen?«, fragte Gournais indigniert.

»Noch vor einem Monat hingen die Ratsherren an meinen Lippen, wenn ich einen Antrag einbrachte. Als ich vorschlug, Simon von Leiningen zu unterstützen, konnten sie mir gar nicht schnell genug ihren Beistand aussprechen. Und wisst Ihr, wieso? Aus nackter Habgier. Jeder einzelne dieser Heuchler dachte nur an die Ländereien und Adelstitel, die Simon ihren Familien verschaffen würde. Und jetzt? Jetzt sind sie wütend, weil es nicht so einfach ist, wie sie dachten. Weil es ein paar Schwierigkeiten gibt. Aber statt dass sie sich auf ihre fetten Ärsche setzen und Lösungen finden, suchen sie einen Schuldigen. Ich soll den Sündenbock spielen, dem sie ihr Elend in die Schuhe schieben können. Aber diesen Gefallen tue ich ihnen nicht. Ich bin kraft meiner Herkunft Oberhaupt meines Paraige und Mitglied der Treize jurés. Niemals werde ich meinen Platz freiwillig räumen.«

»Man bietet Euch eine gütliche Einigung und einen ehrenvollen Rückzug an«, sagte der Schöffenmeister. »Ich rate Euch dringend, diese Gelegenheit zu ergreifen.«

»Wenn Ihr wollt, dass ich verschwinde«, schrie Roger, »dann kämpft gegen mich!«

»Das ist nicht klug, Roger.« Mit diesen Worten empfahl sich Gournais.

Diesmal gelang es Roger nicht, seinen Zorn abzuschütteln. Die kühle Ruhe, die stets auf den Furor folgte und ihn befähigte, seine Möglichkeiten zu durchdenken, wollte sich nicht einstellen. Die Wut auf Gournais, d'Esch und die anderen Verräter war einfach zu groß. Er musste ihr freien Lauf lassen, musste sie im Hurenhaus abbauen. Wenn er gut bezahlte, gab ihm der Frauenwirt gewiss ein Mädchen, das er züchtigen konnte, bis das Blut floss.

Er riss die Tür auf und brüllte nach seinen Sänftenträgern.

Am Abend des nächsten Tages brachte der Diener tatsächlich eine Flasche Südwein an. »Ich habe die ganze Stadt abgesucht, war auf alle Märkten«, berichtete er. »Das ist die Letzte, die ich finden konnte. Ich habe ein kleines Vermögen dafür bezahlt …«

»Gib sie schon her«, knurrte Roger, entfernte den Pfropfen und füllte seinen Zinnkelch bis zum Rand. Es war ein schwerer Tropfen aus dem Süden Frankreichs, rot wie Herzblut und herrlich duftend. Er verhieß seltene Freuden, und vor allem: Vergessen. Roger beschloss, die Flasche sogleich zu trinken. Wenigstens einen Abend lang wollte er nicht an die Belagerung und das ganze Elend denken.

Doch als er den Kelch an die Lippen setzte, kamen ihm Bedenken. Die letzte Flasche Südwein in ganz Metz – dubios. Was, wenn man sie vergiftet und dem Diener untergeschoben hatte? Das wäre genau jene Hinterhältigkeit, die seine Feinde im Rat auszeichnete.

»Trink das«, befahl er und hielt dem Diener den Kelch hin.

»Das ist teurer Wein, Herr. Es steht mir nicht zu …«

»Trink!«

Zögernd nippte der Mann an dem Becher.

»Trink mehr. Trink den ganzen Kelch aus.«

Der Diener gehorchte und leckte sich genießerisch die Lippen.

»Wie schmeckt er?«

»Überaus köstlich.«

»Fühlst du dich irgendwie schlecht? Rumort es in deinem Magen?«

»Ganz und gar nicht. Habe mich noch nie so gut gefühlt.«

Roger wartete. Nichts geschah. Beruhigt schickte er den Diener fort und nahm sich die Flasche vor. Es war tatsächlich ein vorzüglicher Tropfen, den der Diener ihm da gebracht hatte. Wie Ambrosia perlte er seine Kehle hinab, füllte seinen Leib mit wohliger Wärme und vertrieb alle bösen Gedanken.

»Gournais, d'Esch, Renquillon, Chauverson, Malebouche – ich scheiß auf euch«, murmelte er mit schwerer Stimme. »Der Teufel soll euch holen.«

Er goss den restlichen Flascheninhalt in den Kelch, trank ihn aus und dachte dabei an die Huren, mit denen er sich gestern vergnügt hatte. »Euch hab ich's besorgt. Tüchtig besorgt«, kicherte er, bevor er einschlief.

Irgendwann – die Kerze war längst heruntergebrannt – weckte ihn sein Diener.

»Ich bringe Euch ins Bett, Herr.«

Roger wedelte mit der Hand. »Ich kann allein gehen. Ich bin doch kein alter Krüppel.«

Schwankend stand er auf und torkelte durch den Raum. Der Wein war stark gewesen. Roger war so betrunken wie lange nicht. Er schloss die Tür hinter sich, zündete mit dem Kerzenstummel einen Kienspan an und machte sich umständlich an seinem Gewand zu schaffen. Es wollte ihm einfach nicht gelingen, den Gürtel zu öffnen.

Jemand packte ihn von hinten und presste ihm eine Hand auf den Mund. Roger wehrte sich unbeholfen, bis er die Spitze eines Dolches an der Kehle spürte. *Wer seid Ihr?*, wollte er fragen, brachte jedoch nur einen grunzenden Laut zustande. Die

Finger, die auf seinem Gesicht lagen, stanken nach Schweiß und Zwiebeln.

»Ihr hättet gehen sollen, als man Euch die Möglichkeit dazu bot. Warum musstet Ihr nur so dumm sein, Roger?«

Diese Stimme. Der deutsche Zungenschlag. War das Thankmar, der Söldner?

Roger brachte den Gedanken nicht zu Ende. Die Dolchklinge fraß sich in seinen Hals, durchtrennte Haut, Muskeln, Sehnen. Ein Schwall Blut platschte zu Boden. Die Hände gaben ihn frei, er fiel der Länge nach hin, mitten in die Lache.

»So dumm«, sagte Thankmar. »So dumm …«

Juni 1232

Varennes-Saint-Jacques

Der Sommer kam früh in diesem Jahr. Zwei Tage nach Pfingsten war es bereits so heiß und trocken, dass manche Brunnen kaum noch Wasser führten. Zur Mittagsstunde unterbrachen viele ihre Arbeit, um in der Mosel zu baden und sich ein wenig Erfrischung zu verschaffen. Der Gehilfe des Dreckmeisters erlitt einen Hitzschlag, weil er in der prallen Sonne einen Eselkadaver wegschaffen wollte. Obwohl man ihm die verbrannte Stirn kühlte und ihm reichlich zu trinken gab, redete er den Rest des Tages wirr und wähnte sich auf dem Tempelberg in Jerusalem. Manch einer prophezeite gar eine Wiederkehr der Höllenglut von 1227, als es zu einer Dürre gekommen war und die Stechmücken einen schier aufgefressen hatten.

Für den Rat gab es in jenen Wochen viel zu tun. Rémy und die anderen Ratsherren sahen die Gerichtsakten der letzten Jahre durch und verfügten, dass jeder, der unter Lefèvre in Acht und Bann gefallen war, nach Varennes zurückkehren dürfe, sofern er sich keines wirklichen Verbrechens schuldig gemacht hatte. Rémy persönlich überbrachte den Bewohnern der Zuflucht die frohe Botschaft und führte sie aus dem Wald in ihre alte Heimat.

Auch Will und er waren nun keine Geächteten mehr. Kurz nach der Wahl hatte der neue Rat einstimmig entschieden, sie vom Vorwurf der Ketzerei freizusprechen, die Acht aufzuheben und ihnen ihr Bürgerrecht sowie ihren Besitz zurückzugeben.

Derweil revanchierte sich Bischof Jean d'Apremont für ihre Hilfe und setzte sich bei Erzbischof Theoderich dafür ein, dass das Interdikt aufgehoben werde. Kurz darauf kam ein Gesandter aus Trier nach Varennes und ließ den Rat wissen, Theoderich sei bereit, die Kirchenstrafe zurückzunehmen, wenn sich die Bürgerschaft bereit erkläre, für den Mord an den vier Mönchen der Abtei Longchamp Sühne zu leisten. Bürgermeister Deforest reiste nach Trier und handelte aus, dass Varennes zehn Jahre lang jährlich fünfzig Pfund Silber an die Erzdiözese zahlen werde; danach sei jegliche Schuld abgegolten. So wurde es mit Brief und Siegel vereinbart. Daraufhin kam ein Archidiakon Theoderichs nach Varennes und nahm in einem feierlichen Akt das Interdikt von der Stadt. Noch am selben Abend öffneten alle Kirchen, und sämtliche Glocken begannen zu läuten, zum ersten Mal seit zweieinhalb Jahren.

In den darauffolgenden Tagen strömten die Leute in die Gotteshäuser und forderten die Sakramente ein, die man ihnen so lange verwehrt hatte. Die Priester kamen kaum nach, all die Kinder zu taufen, Messen zu lesen und heiratswilligen Paaren den Segen zu spenden.

Die Auswirkungen waren beträchtlich – wer durch die Gassen ging, spürte den Wandel an jeder Ecke. Es war, als wäre ein Schatten von Varennes gewichen. Die Menschen bangten nicht mehr tagaus, tagein um ihr Seelenheil, sie lachten wieder und freuten sich ihres Lebens. Bischof Jeans Name wurde allerorten gepriesen, man betete für seine Seele und zündete im Dom Kerzen für ihn an.

Die Liebe der Bürger Varennes' konnte freilich nicht verhindern, dass sich das Kriegsglück gegen ihn wendete. Als sich Herzog Mathieu und der Graf von Bar von ihm abwandten, musste er die Belagerung von Metz abbrechen und sich zurückziehen. Niemand wusste, wie es ihm seither erging. Gerüchte besagten, er verschanze sich in einer seiner Festungen, wo ihm die Streitmacht der Metzer heftig zusetze.

Eine Woche vor Johanni tauchte plötzlich Herzog Mathieu in Varennes auf. Er kam mit großem Gefolge, quartierte sich in der Königspfalz ein und verlangte den Rat zu sprechen. Wie sich herausstellte, gefiel ihm der neue Städtebund ganz und gar nicht. Er zeigte sich jedoch verhandlungsbereit. Rémy und die anderen Ratsherren saßen drei volle Tage mit ihm zusammen, um ihn davon zu überzeugen, dass das Bündnis keine Gefahr für ihn und seine Vasallen darstelle. Pausenlos wurde geredet, beschwichtigt und geschachert – Rémy dröhnte bereits nach einer Stunde der Kopf, und bald überließ er die Arbeit jenen Männern, die an derlei Tätigkeiten Gefallen fanden.

Es waren die Kaufleute um Eustache Deforest, die Mathieu schließlich besänftigten. Man vereinbarte eine Sondersteuer für alle Mitglieder des Städtebundes und schwor bei den Gebeinen des heiligen Jacques, die Allianz niemals zum Schaden des Herzogs einzusetzen. Nachdem auch Verdun, Straßburg und die anderen beteiligten Städte diese Bedingungen akzeptiert hatten, bestätigte der Fürst die Rechtmäßigkeit des Bündnisses und genehmigte es in aller Form. Die Urkunde wurde zum Rathaus gebracht und in derselben eisernen Schatulle verstaut, die bereits die Privilegienbriefe Kaiser Barbarossas, König Philipps und Kaiser Friedrichs II. enthielt.

Am nächsten Morgen herrschte ein emsiges Treiben in der Pfalz – das herzogliche Gefolge verstaute das Gepäck auf den Wagen, sattelte die Pferde und machte sich bereit für die Abreise. Zuvor jedoch wollte der Herzog noch einmal mit Rémy sprechen. Zu Rémys Verwunderung bestellte Mathieu ihn nicht in die Königspfalz ein, sondern bat ihn, zur Zwingburg zu kommen.

Der Fürst stand vor der Ruine und sah den Arbeitern zu. Es war eine der ersten Amtshandlungen des neuen Rates gewesen, die Schleifung der Zwingburg anzuordnen. Die Arbeiten waren bereits weit fortgeschritten, es standen nur noch der Turm und Reste der Mauern.

Zwei Diener hielten einen tragbaren Baldachin, der Mathieu Schatten spendete. Zwei Ritter wachten über das Leben ihres Herzogs, die armen Kerle schwitzten beträchtlich in ihren Rüstungen.

»Euer Gnaden.« Rémy verneigte sich.

»Ich stehe vor einem Rätsel, Herr Fleury«, sagte der Fürst, ohne den Blick von der Ruine zu nehmen. »Vielleicht könnt Ihr mir helfen, es zu lösen.«

»Ich werde mein Bestes versuchen.«

»In jener Nacht, als sich die Bürgerschaft Varennes' gegen den Statthalter aus Metz erhob, scheint sich etwas höchst Seltsames zugetragen zu haben. Mehrere Augenzeugen berichten von Feuerblitzen, die um die Zwingburg herum aufflammten. Offenbar war außerdem ein grässlicher Lärm zu hören: Donnerschläge, so laut, dass sie die Mauern zum Einsturz brachten. Ihr spieltet eine nicht unwichtige Rolle bei den Ereignissen dieser Nacht. Darum frage ich Euch: Wisst Ihr etwas darüber?«

»Ich fürchte nicht, Euer Gnaden«, sagte Rémy.

Der Herzog starrte ihn an. »Ich warne Euch, Herr Fleury. Haltet mich nicht zum Narren.«

»Es war dunkel, überall wurde gekämpft, die Leute hatten Angst. Ich weiß nicht, was sie gesehen oder gehört haben, aber ich würde nicht allzu viel darauf geben.«

»Das mag sein. Aber dass die Burg schwer beschädigt wurde, ist eine Tatsache. Wie erklärt Ihr Euch das?«

»Es gab ein Gewitter«, sagte Rémy. »Ich nehme an, dass der Blitz eingeschlagen hat.«

»Gleich an drei Stellen?«

»Es war ein sehr heftiges Gewitter. So etwas habe ich noch nicht erlebt. Es war so schlimm, dass die Leute fürchteten, das Ende der Welt stünde bevor.«

Herzog Mathieu begann zu lachen und schüttelte den Kopf. »Das ist die lächerlichste Lüge, die ich je gehört habe.«

»Manchmal ist die Wahrheit verrückter als jede Geschichte«, erwiderte Rémy. »Mitunter geschehen Dinge, die sich nicht einmal der größte Fantast ausmalen könnte.«

Mathieu legte ihm die Hand auf den Rücken und senkte die Stimme. »Unter uns: Da war doch eine neuartige Waffe im Einsatz, richtig?«, raunte er Rémy zu. »Es gibt Gerüchte von einem mysteriösen Pulver, ›Donnerkraut‹ genannt. Es soll große Zerstörungskraft besitzen.«

»Davon höre ich zum ersten Mal.«

»Ich beschwöre Euch: Wenn Ihr davon wisst, müsst Ihr es mir sagen. Solch eine Waffe darf nicht in falsche Hände geraten. Sie gebührt allein den Fürsten und dem Kaiser und darf nur zum Schutz des Reiches und der Christenheit eingesetzt werden, niemals sonst!«

»Ich fürchte, ich kann Euch nicht helfen, Euer Gnaden.«

»Strengt Euer Gedächtnis an. Ihr müsst doch etwas gehört haben.«

»Es tut mir aufrichtig leid. Wäre das alles, Euer Gnaden?«, fragte Rémy. »Wenn Ihr gestattet, möchte ich gehen. Ich muss mein Haus erneuern, und es gibt noch viel Arbeit, bis ich mit meiner Familie einziehen kann.«

»Ihr enttäuscht mich, Herr Fleury. Bitte. Geht. Kümmert Euch um Euer Haus, wenn Euch das wichtiger ist, als Eurem Fürsten einen Dienst zu erweisen. Solltet Ihr eines Tages Eure Meinung ändern, lasst es mich wissen. Ich werde Euch zu einem reichen Mann machen, wenn Ihr mich in das Geheimnis des Donnerkrauts einweiht.«

Rémy verneigte sich und schritt davon.

Unter den argwöhnischen Blicken der Mönche durchsuchten Rémy und Will die Büchertruhen der Abtei Longchamp.

»Hier ist es!«, rief der Engländer triumphierend, hielt die *Metamorphosen* von Ovid in die Höhe und legte das Büchlein zu den anderen in den Handkarren.

»Fehlt nur noch Ciceros *De inventione*, dann haben wir alle«, sagte Rémy und machte sich sogleich auf die Suche.

Nach der Schließung der städtischen Schule vor viereinhalb Jahren hatte Abbé Wigéric sämtliche Lehrbücher beschlagnahmt und zur Klosterbibliothek bringen lassen, wo sie seitdem herumlagen und Staub ansetzten. Nun hatte der neue Rat in aller Deutlichkeit klargestellt, dass die Handschriften Eigentum der Schule seien, und ihre Herausgabe gefordert. Die Mönche hatten sich der Anordnung gefügt, allerdings höchst widerwillig. Ein knappes Dutzend Bücher, darunter einige rare Schriften, waren ein großer Schatz, den niemand gern aus der Hand gab.

Wäre Wigéric noch am Leben gewesen, wäre dies zweifellos der Auftakt zu einer neuen Fehde zwischen Rémy und ihm gewesen. Doch Abbé Raphael, den die Mönche nach Wigérics Tod zu ihrem neuen Vorsteher gewählt hatten, war ein gänzlich anderer Charakter als sein Vorgänger: ein besonnener und früh ergrauter Gelehrter, durch und durch vernünftig und vor allem: friedfertig. Gegenüber Rémy hatte er bereits angedeutet, dass er seine Werkstatt und die städtische Schule künftig tolerieren werde und nicht gedachte, ihm und Will Steine in den Weg zu legen.

Schließlich entdeckte Rémy das Buch in einem der Schränke und legte es in den Karren. Nachdem sich Abbé Raphael davon überzeugt hatte, dass sie kein Eigentum der Abtei Longchamp stahlen, ließ er sie ziehen und rang sich sogar dazu durch, ihnen viel Glück für die Zukunft zu wünschen.

Sie brachten die Bücher zur Schule. Das Gebäude, das seit der Schließung leergestanden hatte, war in einem schlechten Zustand gewesen, voller Moder, Schmutz und Ratten. Es zu erneuern, war harte Arbeit gewesen. Rémy und Will hatten drei Wochen gebraucht, um die verzogenen Türen zu richten, die Löcher im Dach zu flicken und die Wände zu verputzen. Glücklicherweise mangelte es nicht an willigen Helfern. Der

Stadtknecht Richwin und dessen Sohn Urbain hatten mit angepackt, außerdem einige andere ehemalige Schüler Wills, die ihren Beitrag leisten wollten, dass der Unterricht bald weitergehen konnte. Das meiste hatte jedoch Olivier Fébus getan. Olivier, inzwischen ein kräftiger junger Mann und ganz und gar nicht mehr linkisch, arbeitete wieder für Rémy und war fest entschlossen, seine Lehre zum Buchmaler noch in diesem Jahr abzuschließen. Sein Vater war freilich dagegen – für Victor Fébus war und blieb Rémy ein Sünder und Ehebrecher, ungeachtet der Tatsachen. Doch da Olivier im vergangenen Jahr mündig geworden war, konnte er tun, was er wollte, und scherte sich nicht darum, dass sein Vater schrie und tobte und drohte, ihn zu enterben.

Olivier war in den vergangenen Wochen fast jeden Tag von früh bis spät in der Schule gewesen. Eben kehrte er den Saal aus und bereitete alles für den Unterricht am nächsten Morgen vor.

Will und Rémy räumten die Bücher in die Truhen. Sie waren bester Laune, und die Scherzworte flogen nur so umher. Als sie gerade das Stehpult nach vorne trugen, tauchte Philippine mit Dreux auf. Der Alte stützte sich auf seinen Stock, klammerte sich an ihrem Arm fest und ging mit Trippelschritten.

»Als er hörte, dass die Schule fertig ist, wollte er unbedingt herkommen«, erklärte Philippine.

Rémy klopfte sich den Staub von den Ärmeln. »Wo ist Michel?«

»Er spielt mit seinen Freunden. Ich wollte ihn nicht stören. Deine Mutter passt auf sie auf.«

Obwohl Michel in der Wildnis aufgewachsen war und bis vor wenigen Wochen nur das Dorf in der Zuflucht gekannt hatte, gewöhnte er sich erstaunlich schnell an das Leben in der Stadt. Schon jetzt waren ihm die Gassen des Viertels so vertraut, als hätte er nie etwas anderes gesehen, und er hatte längst

Freundschaft mit den Nachbarskindern geschlossen. Rémy beneidete seinen Sohn ein wenig um das enorme Tempo, mit dem er sich anpasste. Er selbst hatte sehr viel länger gebraucht, sich nach all den Jahren fernab der Zivilisation wieder in Varennes wohlzufühlen. Die Stille und Abgeschiedenheit des Waldes fehlten ihm manchmal noch immer.

»Könnt Ihr mich etwas herumführen, Meister?«, krächzte Dreux. Er hatte offenbar einen seiner seltenen klaren Momente.

Rémy lieh ihm seinen Arm und beschrieb ihm die neue Schule. Da der Alte nichts davon sehen konnte, wollte er alles ganz genau wissen.

»Haben die verdammten Mönche endlich die Bücher herausgerückt?«

»Will und ich haben sie eben geholt – sie sind hinten in der Kammer.«

»Wenn ich sie nur sehen könnte«, murmelte Dreux wehmütig.

Rémy legte eines der Bücher aufgeschlagen auf den Tisch, sodass sein alter Freund mit den Fingerkuppen über das Pergament tasten konnte. Seine blinden Augen füllten sich mit Tränen.

Dreux war erst zufrieden, als Rémy ihm auch alle anderen Handschriften gezeigt hatte. Anschließend war er so erschöpft, dass er sich setzen musste.

»Diese Schule ist wahrlich einzigartig in der Christenheit. Ihr und Magister Will, Ihr werdet Geschichte schreiben. Geschichte schreiben …«, murmelte der Alte und schlief ein.

Philippine legte Rémy die Arme um den Oberkörper und schmiegte sich an ihn. »Ich muss dir etwas sagen«, raunte sie ihm zu. »Michel wird Gesellschaft bekommen.«

»Du bist schwanger?« Er strahlte. Das war die beste Neuigkeit seit Langem.

»Die letzten Tage war ich mir nicht sicher. Aber heute Morgen habe ich gespürt, wie sich das Kind bewegt.«

Rémy küsste sie auf den Mund, hob sie hoch und drehte sich lachend mit ihr im Kreis. »Habt ihr das gehört?«, rief er. »Philippine erwartet ein Kind!«

Will und Olivier eilten herbei und umarmten die glücklichen Eltern.

»Wie schön! Ich freue mich für euch.«

»Der Herr segne Euch, Meister.«

Rémy konnte gar nicht aufhören zu lächeln, als er die Glückwünsche seiner Freunde entgegennahm.

»Weiß Mutter es schon?«, fragte er Philippine.

»Ich wollte, dass du es zuerst erfährst.«

Er ergriff ihre Hand. »Komm. Sagen wir es ihr. Sie wird ganz aus dem Häuschen sein.«

In der Tat: Isabelle weinte vor Glück, als sie die freudige Nachricht vernahm.

Toul

Einige Tage später wurden sie schließlich von ihrer Vergangenheit eingeholt: Der Bischof zitierte Rémy und Philippine nach Toul, um sie endlich für ihre Verfehlungen zu richten. Überraschend kam das nicht. Obwohl Jean-Pierre Cordonnier in seiner Eigenschaft als Sendgeschworener dem Bistum bereits vor fast fünf Jahren Meldung gemacht hatte, war es nie zu einem Prozess wegen des Ehebruchs gekommen. Zuerst hatte die Fehde den Bischof davon abgehalten, die Ermittlungen aufzunehmen. Dann hatten ihm die Treize jurés die Gerichtsgewalt streitig gemacht, und in dieser Frage war es zwischen Metz und Toul nie zu einer Einigung gekommen. Außerdem war Rémy wenige Wochen nach der Belagerung in die Wälder geflohen.

Nun also wollte der Bischof dieses Versäumnis nachholen und sie kraft seines Amtes für ihre Sünden zur Rechenschaft ziehen.

Henri Duval begleitete Rémy und Philippine nach Toul, um ihnen mit seinen Kenntnissen der Rechte beizustehen. Ein Kapitular nahm sie im Hof der Bischofspfalz in Empfang und führte sie hinauf zu den Gemächern des Kirchenherrn. Da Eudes de Sorcy vor einiger Zeit gestorben war, stand ein neuer Oberhirte an der Spitze der Diözese, ein hagerer und energischer Mann namens Rogier de Marcey.

Es war ein kurzer Prozess, denn Bischof Rogier wollte sich nicht mit einem öffentlichen Verfahren aufhalten. In der Anwesenheit zweier Kapitulare und eines Schreibers konfrontierte er Rémy mit Cordonniers Anzeige und forderte ihn auf, sich zu den Vorwürfen zu äußern. Rémy blieb seinem vor langer Zeit gefassten Vorsatz treu und gestand alles; Philippine ebenfalls. Bevor der Bischof die Buße festsetzen konnte, führte Duval einige mildernde Umstände an. Philippines Verhalten sei zwar falsch gewesen, aber verzeihlich, erklärte er, schließlich habe ihr Ehemann sie geschlagen und regelmäßig mit Huren betrogen. Rémy habe außerdem dazu beigetragen, die gerechte Herrschaft in Varennes wiederherzustellen und der Kirche die Gerichtsgewalt bei geistlichen Fragen zurückzugeben – eine beachtliche Leistung, die Bischof Rogier gegen Rémys Verfehlungen anrechnen müsse.

»Gleichwohl ist Ehebruch eine Todsünde und ein Verbrechen gegen die christliche Ordnung«, sagte der Kirchenfürst. »Daher ist eine schmerzliche Buße unumgänglich. Rémy, du wirst eine Strafe von dreißig Sous zahlen und noch in diesem Jahr zum Dreikönigsschrein in Köln pilgern, um dort den Herrn um Vergebung zu bitten. Außerdem wirst du sieben Jahre lang jedes Jahr unentgeltlich ein Buch für das Bistum Toul anfertigen. Welches, entscheidet jeweils das Domkapitel von Varennes.«

Das war eine recht milde Strafe, und Rémy nahm sie schweigend hin. Seine Sorge galt Philippine, die erwartungsgemäß nicht so glimpflich davonkam.

»Dein Ehemann mag dich schlecht behandelt haben, aber das gab dir nicht das Recht, den heiligen Bund zwischen euch zu verletzen«, erklärte Bischof Rogier streng. »Als mildernden Umstand erkenne ich allenfalls an, dass das Weib wegen seiner leichten Verführbarkeit empfänglicher ist für die Lust des Fleisches. Du wirst deine Verfehlungen sühnen, indem du am Festtag des heiligen Jacques ein grobes Gewand aus Ziegenhaaren überstreifst, darin an der Prozession teilnimmst und später in der Pfarrkirche vor der Gemeinde deine Sünden bekennst. Des Weiteren wirst du sieben Jahre lang jedes Jahr nach Notre-Dame de Thierenbach pilgern und dort einen Tag und eine Nacht beten. Deinen Hof bei Damas-aux-Bois, wo der schimpfliche Ehebruch stattgefunden hat, wirst du an die Diözese abtreten.«

Philippine wollte protestieren, doch Duval brachte sie mit einem warnenden Blick zum Schweigen.

»Nimmst du diese Buße hin?«, fragte der Kirchenfürst.

»Ja, Exzellenz«, erklärte sie demütig.

Bischof Rogier schaute sie beide an. »Zu guter Letzt verlange ich, dass ihr heiratet, damit euer unkeuscher Lebenswandel baldmöglichst ein Ende hat.«

»Das war ohnehin unsere Absicht, Exzellenz«, sagte Rémy. »Schon nächste Woche werden wir heiraten.«

Der Geistliche nickte und zeichnete ein Kreuz in die Luft. »Nun geht und tut Buße, damit ihr rasch in die Gemeinschaft der Gläubigen zurückkehren könnt.«

Als sie die Pfalz verlassen hatten, sagte Duval zu Philippine: »Die Strafe mag Euch hart erscheinen. Aber es hätte weitaus schlimmer kommen können.«

Sie lächelte traurig. »Hauptsache, ich kann endlich mit der Vergangenheit abschließen.«

Sie ergriff Rémys Hand, und sie schritten zu den Pferden.

Am Abend vor der Hochzeit probierte Rémy verschiedene Gewänder an. Will und Nicolas hatten die Aufgabe, ihn zu beraten, doch keine der Tuniken fand Gnade vor Wills kritischem Auge. Soeben legte Rémy die dritte an. Er breitete die Arme aus und drehte sich im Kreis.

»Na?«

Will schüttelte den Kopf. »Nein.«

Rémy stöhnte. »Was hast du diesmal auszusetzen?«

»Viel zu schlicht. Das Gewand sollte auffälliger sein. Farbenfroher. Du gehst schließlich zu deiner eigenen Hochzeit, nicht zu einem Trinkgelage deiner Bruderschaft.«

»Was meint Ihr? Sagt doch auch einmal etwas!«, wandte sich Rémy gereizt an Nicolas, der bislang geschwiegen hatte.

»Magister Will hat recht«, erklärte der Ordensritter kurz angebunden. »Grau passt nicht zu einem solch festlichen Anlass.«

Rémy öffnete den Gürtel und zog das Gewand aus. »Ich höre da eine gewisse Missbilligung in Eurer Stimme. Was habe ich jetzt wieder verbrochen?«

»Ihr habt mich getäuscht.«

»Ach ja?«

»Ihr habt mich im Glauben gelassen, Ihr wärt bereits verheiratet«, sagte Nicolas. »Dabei habt Ihr die ganze Zeit Unzucht getrieben.«

»Darauf hättet Ihr von selbst kommen können«, entgegnete Rémy, als er nur noch in der Bruche dastand. »Ihr wisst genau, dass Geächtete nicht heiraten dürfen.«

»Freunde …«, begann Will, doch niemand beachtete ihn.

»Ich dachte, Ihr hättet schon vorher geheiratet.«

»Wie denn? Als Roger Bellegrée endlich die Scheidung erwirkte, lebten wir schon Monate im Wald.«

»Also habt Ihr auch noch die Ehe gebrochen«, stellte Nicolas fest.

»Sieht ganz so aus«, meinte Rémy schmallippig. »Ihr habt Euch mit einem Wüstling und Sünder eingelassen. Damit müsst Ihr wohl leben.«

»Ihr hättet es mir sagen müssen.«

»Hätte das etwas geändert? Hättet Ihr Euch dann einen anderen für Euren Rachefeldzug gegen Lefèvre gesucht?«

Der Ordensritter verfiel in Schweigen. Rémy legte die nächste Tunika an. Es war die letzte.

»Euer Junge wird es einmal schwer haben«, sagte Nicolas unvermittelt.

»Weil er unehelich geboren ist? Das weiß ich selbst«, entgegnete Rémy, während er in die Ärmel schlüpfte.

»Ihr solltet versuchen, beim Bischof einen Dispens zu bekommen. Andernfalls wird er nie ein anständiges Handwerk erlernen und in Eure Fußstapfen treten können.«

»Ebendas hatte ich vor.« Rémy wollte in den nächsten Wochen, wenn es seine Pflichten als Ratsherr zuließen, nach Trier reisen und dem Erzbischof sein Anliegen vorbringen. Ein Dispens würde Michel vom Makel der unehelichen Geburt befreien, sodass er fortan vor dem Gesetz als legitimes Kind galt. Der Erzbischof ließe sich das gewiss teuer bezahlen, aber das war Rémy die Zukunft seines Sohnes wert.

Er schloss den Gürtel und wandte sich Will zu. »Bitte sag mir, dass dir dieses Gewand gefällt.«

Der Engländer nickte. »So muss ein Ratsherr und Bräutigam aussehen.«

»Ich danke euch, ihr Erzengel und Heiligen!«, seufzte Rémy.

Es gab keinen lärmenden Festzug durch die Gassen, kein rauschendes Bankett mit Dutzenden von Freunden und Nachbarn, nur eine schlichte Zeremonie, den Umständen angemessen. Rémy hätte am liebsten vor Saint-Pierre geheiratet, in Sichtweite des Friedhofs, auf dem sein Vater begraben lag. Doch der Priester der Pfarrkirche, ein Freund des verblichenen Abbé Wigéric, hatte sich rundweg geweigert, ihm, dem Sünder und Ehebrecher, den Segen zu erteilen. Also waren sie in die Ratskapelle ausgewichen, und Rémy tröstete sich mit dem Gedanken, dass sein Vater ihm ohnehin zuschauen würde, gleichgültig, wo die Zeremonie stattfand. Die Trauung vollzog Pater Bouchard, der Kaplan von Philippines Familie. Der greise Kleriker war sogleich nach Varennes gekommen, als er Philippines Nachricht erhalten hatte, natürlich unter einem Vorwand, denn ihr Bruder durfte den wahren Anlass der Reise nicht erfahren. Mitgebracht hatte er Philippines Mutter Ermengarde, die die Hochzeit ihrer Tochter auf keinen Fall verpassen wollte. Das Wiedersehen der beiden Frauen war überaus tränenreich gewesen. Zu Rémys Erleichterung fiel kein böses Wort zwischen ihnen. Andere Mütter an Ermengardes Stelle hätten Philippine gewiss Vorwürfe gemacht, sie hätte Schande über die Familie gebracht – Ermengarde hingegen war einfach froh, dass ihre Tochter endlich den Richtigen gefunden hatte, alles andere kümmerte sie nicht.

Es war ein strahlender Sommermorgen, als sich die Hochzeitsgesellschaft vor dem Kirchenportal einfand. Die Sonne lugte hinter einigen Wölkchen hervor und wärmte das Brautpaar und die Gäste. Außer Will, Nicolas und Ermengarde waren lediglich Olivier Fébus, Bertrand Tolbert und Jean-Pierre Cordonnier gekommen, Letztere mit ihren Familien. Dreux saß auf seinem Stuhl, hatte den Stock quer über die Knie gelegt und verschlief den größten Teil der Zeremonie. Rémys Mutter hatte zum ersten Mal seit langer Zeit kein Trauergewand an, sondern eine grüne Tunika aus feinstem Leinen. Auch Philippine trug ein festliches Kleid, auf Schmuck hatte sie jedoch verzichtet – es hätte sich nicht geziemt bei ihrer Vergangenheit. Für Rémy war sie trotzdem schöner denn je, als sie an seiner Seite in den Kreis der Gäste trat.

»Willst du, Rémy Fleury, Philippine de Warcq als dein Eheweib lieben und ehren und die Ehe nach Gottes Gebot führen, bis der Tod euch scheidet, so antworte mit Ja«, forderte Pater Bouchard ihn feierlich auf.

»Ja«, sagte Rémy.

»Und willst du, Philippine de Warcq, Rémy Fleury als deinen Gemahl lieben und ehren und die Ehe nach Gottes Gebot führen, bis der Tod euch scheidet, so antworte mit Ja.«

»Ja«, sagte sie.

Pater Bouchard nickte Michel zu, und der Junge trat vor. Schon den ganzen Morgen war er schrecklich aufgeregt, aber er machte seine Sache ausgezeichnet. Mit großem Ernst hob er das Kissen, auf dem die Ringe lagen. Herrliche Goldringe waren es, versehen mit dem alten Eheversprechen *mane in fide*. Lächelnd strich Rémy seinem Sohn über das Haar, ehe Philippine und er die Ringe tauschten. Pater Bouchard schwenkte das Weihrauchfässchen und sprach den Segen. Isabelle und Ermengarde tupften sich die Tränen von den Wangen.

»Ich liebe dich«, flüsterte Philippine, und sie küssten einander.

In diesem Moment erwachte Dreux mit einem schnaufenden Grunzlaut. »Meister!«, krächzte er. »Ich glaube, da ist ein Kunde an der Tür. Rasch, bittet ihn herein, bevor er es sich anders überlegt. In diesen schlimmen Zeiten brauchen wir jeden Denier! Jeden Denier …«

Sie begleiteten Nicolas und Géraud zum Nordtor und gingen einige Schritte mit ihnen die Römerstraße entlang. An der Königspfalz schließlich war der Moment des Abschieds gekommen.

»Ihr wollt wirklich gehen?«, fragte Rémy. »Wir können Euch nicht aufhalten?«

»Es wird höchste Zeit für mich«, sagte Nicolas, der nun wieder den weißen Waffenrock seines Ordens trug. »Ich habe dem Meister mein Wort gegeben, nur so lange fortzubleiben, bis ich meine Angelegenheiten geregelt habe. Im Grunde hätte ich schon vor zwei Monaten aufbrechen müssen.«

»Jetzt seid nicht so streng mit Euch«, meinte Philippine lächelnd. »Ihr wart immerhin verletzt.«

»Die Wunde ist längst verheilt. Damit habe ich endgültig keine Ausrede mehr, hier zu verweilen. Außerdem liegt mir dieser Bursche hier ständig in den Ohren. Wenn ich ihn nicht bald in den Orden einführe, zieht er noch ohne mich los.«

Géraud grinste verlegen. »Ich kann es eben nicht mehr erwarten.« Er hatte entschieden, sein altes Leben hinter sich zu lassen und als Nicolas' Knappe in den Templerorden einzutreten. Alle erforderlichen Fertigkeiten besaß er, das hatte Nicolas ihm bescheinigt.

»Du bist sicher, dass das die richtige Entscheidung ist?«, fragte Rémy den ehemaligen Steinmetz.

»Voll und ganz. Das Stadtleben ist nichts für mich. Das habe ich in den letzten Monaten gelernt. Ich will etwas von der Welt sehen. Abenteuer erleben. Für eine gute Sache einstehen.«

»Wenn du ehrlich wärst, würdest du zugeben, dass du kämpfen willst.« Nicolas ließ ein seltenes Lächeln sehen, das sein Bart nahezu verbarg. »Aber die Zucht im Ordenshaus wird dir die Abenteuerlust schon noch austreiben.«

»Nun, wenn das so ist«, sagte Isabelle, »bleibt uns wohl nur noch, Euch zu danken, Nicolas – für alles, was Ihr für uns getan habt. Das werden wir Euch nie vergessen.«

»Ich muss euch danken – euch allen«, entgegnete der Ordensritter. »Ohne Eure Hilfe wäre ich machtlos gegen den Wucherer gewesen.«

»Also ist die Geschichte letzten Endes doch gut ausgegangen – die Geschichte von den Vogelfreien, die mit ihren Bögen gegen den Tyrannen kämpfen«, sagte Rémy grinsend. »Niemand kam an den Galgen. Wer hätte das gedacht?«

Nicolas nickte. »Wenn ich wieder einmal Kreuzritter von den Britischen Inseln treffe, werde ich ihnen vom lothringischen Robyn Hode erzählen – und dass er erfolgreicher war als sein englischer Bruder. Obwohl er keinen Pfeil spalten kann«, fügte er hinzu.

Rémy lachte.

»Wohin werdet Ihr gehen?«, fragte Will.

»Zuerst zu meiner Mutter und zu meiner Schwester. Sie müssen erfahren, dass Lefèvre tot ist, damit sie endlich ihren Frieden finden können. Danach melden wir uns im Ordenshaus in Metz. Und dann – wer weiß. Das entscheidet der Meister. Vielleicht schickt er uns ins Heilige Land.«

»Das will ich doch schwer hoffen«, murmelte Géraud kaum hörbar.

Nun war alles gesagt. »Habt Dank für die Gastfreundschaft«, brach Nicolas schließlich das Schweigen, und sie umarmten einander.

»Lebt wohl, mein Freund.« Rémy spürte ein Kribbeln in den Augen. Er vermisste den Ritter schon jetzt. Kaum zu glauben.

»Lebt wohl, Rémy Hode, Magister Will.« Zum Schluss wandte sich Nicolas Philippine zu. Zum ersten Mal blickte er ihr in die Augen. »Ich wünsche Euch alles Gute für Euer ungeborenes Kind. Möge der Herr Euch schützen.«

»Ich danke Euch.« Philippine hielt die Tränen nicht zurück.

Und dann gingen Nicolas und Géraud. Sie schritten die staubige Straße entlang, die vor Hitze flirrende Luft trieb ihren Schabernack mit den beiden Männern, machte sie mal groß, mal klein und stellte sie sogar auf den Kopf, bis sie schließlich in der Ferne verschwanden.

»Vor dem Dom verkauft ein Händler in Honig eingelegte Trauben«, sagte Rémy. »Wer möchte welche?«

»Iiiiich!«, rief Michel und sprang auf und ab. »Ich! Ich! Ich!«

Rémy lachte, nahm den Jungen bei der Hand, und sie gingen zur Stadt zurück.

Epilog

Oktober 1248

Varennes-Saint-Jacques

Die Oktobermesse wurde von Jahr zu Jahr größer. Als Rémy und Philippine sich durch das Gewühl zwischen den Verkaufsständen der Salz-, Tuch- und Viehhändler kämpften, erschien es ihm, als wären diesmal noch mehr auswärtige Kaufleute gekommen als im Jahr davor. Ihre Buden standen dicht an dicht, Waren aus aller Welt türmten sich haushoch auf, die Markthalle glich einem Bienenstock, der summte vor Geschäftigkeit. Um des Ansturms Herr zu werden, kaufte der Rat immer neues Land auf – inzwischen erstreckte sich das Messegelände bis hinunter zur Richtstätte und darüber hinaus. Während der Jahrmärkte im Frühjahr und Herbst verwandelte es sich stets für eine Woche in ein Labyrinth aus Zelten, Kistenstapeln, Viehgehegen und Garküchen, in dem sich jeden Tag Hunderte Besucher verliefen und mit vollen Händen ihr Silber ausgaben.

Der Lärm war unbeschreiblich. Rémy und Philippine zwängten sich an einigen Kaufleuten vorbei, augenscheinlich Metzer Patrizier, die mit dem Marktvogt stritten, arrogant wie eh und je. Das Gesicht des Aufsehers war rot vor Zorn. Aus Gründen, die sich Rémy nicht erschlossen, verdonnerte er die Metzer zu einer empfindlichen Geldstrafe, woraufhin sich ein großes Geschrei erhob und der Marktvogt seine Büttel rief, um seine Forderung zu bekräftigen. Zerknirscht fügten sich die Metzer und zückten ihre Geldkatzen.

»Das hält man ja im Kopf nicht aus«, sagte Philippine. »Bringen wir den Kindern rasch das Essen, und dann nichts wie nach Hause.«

»Du nimmst mir die Worte aus dem Mund«, meinte Rémy.

Die Stände der hiesigen Gilde befanden sich im Zentrum des Messegeländes. Um die Markthalle herum war das Gedränge am schlimmsten, und sie brauchten fast eine halbe Stunde für eine Strecke von nicht einmal hundert Klaftern. Michels Zelt stand am Ende der Gasse, der Junge wurde gerade von mehreren Engländern umlagert, die sich für sein Salz interessierten. Obwohl gerade einmal zwanzig Jahre alt, galt Michel bereits als fähiger Händler. Er schlug ganz nach seinem Großvater, von dem er nicht nur den Namen, sondern auch das überragende kaufmännische Talent geerbt hatte. Gekonnt schwatzte er den Engländern viel mehr Salz auf, als sie eigentlich haben wollten, und besiegelte das Geschäft freudestrahlend mit einem Handschlag.

»Vater«, begrüßte er Rémy. »Wurde auch Zeit. Wir sind schon am Verhungern. Heute Morgen war so viel los, dass wir es nicht einmal geschafft haben, zur Garküche da drüben zu gehen.«

Philippine legte ihren Beutel auf den Tisch und öffnete ihn. »Ich habe genug mitgebracht, dass es bis heute Abend reicht.« Sie holte Brot, Wurst, Käse und zwei Tonkrüge mit Dünnbier hervor.

»Dem heiligen Jacques sei Dank, der Magen hängt mir schon auf den Knien«, sagte Balian, Michels jüngerer Bruder, als er mit seiner Zwillingsschwester Blanche aus dem hinteren Teil des Zeltes kam, wo sie Geld gezählt hatten. Heißhungrig machte er sich über die Speisen her. Die beiden waren gerade sechzehn geworden, und der Junge konnte essen wie drei Holzfäller.

»Sei nicht so gierig«, rügte ihn Michel. »Lass uns auch etwas übrig.«

Balian antwortete mit vollem Mund: »Mutter sagt, es ist genug für alle da.«

»Aber nicht, wenn du alles wegfutterst.«

»Lass mich. Ich muss noch wachsen.«

Michel lachte. »Du bist groß genug. Ein Vielfraß und Gierschlund bist du, nichts weiter.«

Kauend zuckte Balian mit den Achseln und griff nach einem Stück Wurst, doch seine Schwester schnappte es ihm weg. Blanche ließ sich nichts gefallen, weder von ihm noch von Michel. Sie hatte früh gelernt, sich gegen ihre mitunter recht ruppigen Brüder zu behaupten. Sie war ein hübsches Mädchen, das alle vorteilhaften Attribute ihrer Mutter und ihrer Großmutter in sich vereinte. Rémy wollte bald einen Mann für sie suchen, doch zuerst sollte sie die Lehre beenden, die sie vor zwei Jahren in seiner Werkstatt begonnen hatte. Als er erkannt hatte, dass sie großes Talent für die Buchmalerei besaß, hatte er beschlossen, sie auszubilden. Blanche war weit und breit die erste Frau in diesem Beruf und wurde deswegen nicht selten angefeindet, doch das spornte ihren Ehrgeiz nur noch mehr an. Und wenn die Angriffe überhandnahmen, war stets Balian zur Stelle, der sie gegen alle Kritiker verteidigte, notfalls mit den Fäusten, wenn es sein musste. Zwischen den Zwillingen gab es ein besonderes Band, eine tiefe Verbindung, die über normale Geschwisterliebe weit hinausging.

Während die Kinder aßen, griff Isabelle nach ihrem Gehstock und stemmte sich von ihrem Stuhl hoch.

»Bleib sitzen, Mutter«, sagte Rémy. »Ich bringe dir etwas.«

»Das kannst du machen, wenn ich lahm und gebrechlich bin«, gab sie zurück. »Solange ich noch laufen kann, hole ich mir mein Essen selbst, herzlichen Dank.«

Mit ihren fast achtzig Jahren war sie möglicherweise der älteste Mensch des Bistums. Ihr Verstand hingegen war noch genauso scharf und ihre Zunge genauso spitz wie eh und je. Tatsächlich hatte sie noch bis vor zwei Jahren die Geschäfte geführt, freilich von ihrer Schreibstube aus, denn die mühsamen und gefährlichen Handelsreisen überließ sie schon lange ihren Fuhrleuten und *fattori*. Erst als Michel alt genug gewesen war, sich allein um die Geschäfte zu kümmern, hatte sie sich allmählich zurückgezogen. Allerdings bestand sie nach wie vor darauf, den Jungen vor schwierigen Unternehmungen zu beraten.

»Soll ich dir etwas Wurst schneiden, Großmutter?«, fragte Balian.

»Lass nur, mein Junge, ich mach das schon selbst«, antwortete sie merklich sanfter. Obwohl sie es nie zugegeben hätte, spürte Rémy, dass seine Mutter Balian von allen Enkeln am innigsten liebte – vielleicht weil der Junge die meiste Unterstützung benötigte. Er war ihr Sorgenkind. Obwohl klug und aufgeweckt, packte er nichts richtig an und ließ sich treiben. Die Buchmalerei war nichts für ihn, wie Rémy sich nach einigen leidvollen Jahren hatte eingestehen müssen, das kaufmännische Handwerk auch nicht. Zwar half er Michel und seiner Großmutter im Geschäft, doch jedermann sah, dass er das nur tat, weil es von ihm erwartet wurde, aber ohne Herzblut, ohne jede Begeisterung. Rémy fragte sich jeden Tag, was aus dem Jungen werden sollte.

Als sie gegessen hatten, sagte er: »Hier ist es uns zu laut. Wir gehen nach Hause. Möchtest du mitkommen, Mutter?«

»Ich bleibe, bis sie am Samstag zur Vesper den letzten Stand abbauen. Wer weiß, was nächstes Jahr ist. Das ist vielleicht meine letzte Messe.«

»Das sagst du jedes Jahr.« Balian rollte mit den Augen.

»Diesmal stimmt es gewiss«, beharrte sie. »Gott schenkt den Menschen höchstens siebzig Jahre, und ich habe meinen Kredit schon weit überzogen. Schon morgen kann ihm sein Irrtum auffallen.«

»Gott irrt sich nie«, sagte Rémy. »Das hat schon alles seine Richtigkeit. Er holt dich nicht zu sich, weil er noch ein paar Jahre seine Ruhe haben will. Wer könnte es ihm verdenken?«

Sie drohte ihm mit dem Stock. Lachend verabschiedeten sich Rémy und Philippine von ihrer Familie.

In der Stadt war nicht viel weniger los als auf dem Messegelände. Sämtliche Herbergen und Gästehäuser waren voll belegt, geschäftstüchtige Bürger vermieteten Kammern und Ställe an auswärtige Kaufleute. Der Schultheiß und seine Büttel hatten alle Hände voll zu tun, die Ordnung zu wahren, denn die vielen fremdländischen Gäste mit ihren bisweilen absonderlichen Sitten sorgten in den Gassen und Schenken für gehörigen Trubel.

»Ich muss kurz zur Schule. Begleitest du mich?«

»Gern.« Philippine hakte sich bei Rémy unter, und sie schlenderten über den Salzmarkt.

Die Schule war nun viel größer als in der Anfangszeit. Vor einigen Jahren war es Rémy und Will gelungen, den Rat zu überzeugen, die benachbarten Parzellen aufzukaufen und anzubauen, damit Will und seine Hilfslehrer doppelt so viele Schüler wie vorher unterrichten konnten – der Bedarf an Lateinlektionen in der Stadt war gewaltig. In den neuen Trakten hatten sie zwei weitere Lesesäle sowie verschiedene Studierzimmer eingerichtet, außerdem eine kleine Bibliothek, in der die Lehrbücher lagerten. Inzwischen besaß die Schule über sechzig verschiedene Handschriften, darunter einige kostbare Prachtcodices, von denen es in Lothringen nur wenige Exemplare gab.

Heute und die ganze restliche Woche hatte die Schule freilich geschlossen, denn während des Jahrmarktes mussten viele Schüler ihren Vätern in den Familiengeschäften helfen. Trotzdem herrschte im ganzen Gebäude lebhaftes Treiben, denn zur Messe kamen stets zahlreiche Gelehrte nach Varennes, um die Schulbibliothek zu besuchen. Sie lasen in den Studierzimmern oder diskutierten diverse Fragen theologischer und philosophischer Natur. Wills Gehilfen kümmerten sich um sie und sorgten für Ruhe, wenn die Debatten allzu hitzig gerieten.

Rémy wollte nur rasch etwas in den *Etymologiae* des Isidor von Sevilla nachschlagen. Er arbeitete gerade an einer Weltchronik, der ersten ihrer Art in lothringischer Sprache, und musste sein Wissen über die frühen Weltalter auffrischen. Als Philippine und er zur Bibliothek schritten, kam ihnen ein aufgeregter Will entgegen.

»Ihr glaubt nicht, wer eben zur Tür hereingekommen ist! Albertus Magnus!«

»*Der* Albertus Magnus?«, fragte Rémy.

»Kein Geringerer. Er steht da drüben.«

Rémy pfiff leise durch die Zähne. Albertus Magnus war einer der klügsten Köpfe der Christenheit, ein Universalgelehrter, der sich als Alchemist, Theologe, Philosoph und Jurist betätigte. Zuletzt hatte er in Paris an der Universität gelehrt. Was hatte ihn nach Varennes verschlagen?

»Nun mach schon – sprich ihn an!«, drängte Philippine, die Albertus' Werke über Natur- und Pflanzenkunde geradezu verschlungen hatte.

Rémy trat zu der hochgewachsenen, grauhaarigen Gestalt, die in einem Folianten blätterte. »Albertus? Ich bin Rémy Fleury, der Gründer dieser Schule. Ich möchte Euch im Namen der ganzen Stadt willkommen heißen. Es ist uns eine Ehre.«

»Ich muss sagen, es hat sich viel getan seit meinem letzten Besuch«, erklärte Albertus. »Erstaunlich, was Ihr aus der Schule gemacht habt. Wirklich erstaunlich. Meinen Glückwunsch, Meister Rémy.«

Bei meinem letzten Besuch? Rémy lächelte zögernd und sah sich seinen Gast genauer an. Das hagere Gesicht, die vorspringende Nase, das markante Kinn – er hatte dieses Antlitz schon einmal gesehen. Erinnerungen stiegen in ihm auf, fast dreißig Jahre alt, an einen jungen Gelehrten, der sich einst um die Stelle des Schulmeisters beworben hatte. »Albertus von Lauingen, Sohn des Markward«, sagte er und musste lachen. »Allmächtiger Gott. *Ihr* seid Albertus Magnus?«

Bescheiden neigte der Philosoph das Haupt. »Zu Euren Diensten.«

»Warum so förmlich, alter Freund? Kommt an meine Brust.« Rémy breitete die Arme aus, und sie umarmten einander lachend. »Wie sehr ich mich freue, Euch wiederzusehen!«

»Die Freude ist ganz meinerseits.«

»Das ist Philippine, mein Weib. Sie ist eine große Bewunderin Eures Werkes.«

Albertus begrüßte sie mit geschliffener Höflichkeit. »Und wieder einmal wäre bewiesen, dass die Frau dem Manne nicht nur an Schönheit und Reinheit überlegen ist, sondern oftmals auch an Verstand.«

»Was führt Euch nach Varennes?«, erkundigte sich Rémy.

»Tatsächlich suche ich Euren Rat. Man hat mich nach Köln gerufen, um die neue Klosterschule zu leiten. Ihr seid der einzige Mann, den ich kenne, der Erfahrung im Aufbau einer Schule hat. Gewiss könnt Ihr mir erläutern, wie ich am besten an diese Aufgabe herangehe.«

»Es wäre mir eine Ehre«, sagte Rémy. »Das ist übrigens Magister William. Er leitet unsere Schule seit vielen Jahren.«

Albertus lächelte den Engländer an. »Also seid Ihr der Glückliche, der den Posten bekommen hat, den ich so gerne gehabt hätte. Es ist mir eine Ehre, Magister William.«

Will war in Ehrfurcht erstarrt und brachte kein Wort heraus.

Rémy wies auf einen Durchgang. »Suchen wir uns ein Studierzimmer, wo wir uns in Ruhe unterhalten können.«

»Alles zu seiner Zeit. Wir müssen nichts überstürzen«, entgegnete Albertus schmunzelnd. »Zeigt mir doch zuerst die Schule. Ich möchte mir ansehen, was Ihr geschaffen habt.«

Rémy führte den Gelehrten herum. Will, der endlich seine Sprache wiedergefunden hatte, erklärte ihm den Ablauf des Unterrichts, den sie jeden Tag in diesen Sälen abhielten. Albertus zeigte sich beeindruckt.

»Bemerkenswert. Varennes kann stolz auf Euch sein.«

»Dies ist nicht allein mein Verdienst«, sagte Rémy. »Viele

haben mir geholfen. Mein Vater, Philippine, Will, nicht zuletzt Ihr.«

»Trotzdem. Solch ein Unterfangen kann nur gedeihen, wenn sich ein Mann mit Leib und Seele der Sache verschreibt. Leidenschaftliche Christen wie Ihr sind wie ein Licht in der Finsternis. Sie sind das Licht der Welt. Ich wünschte, es gäbe mehr Menschen wie Euch. Wartet … Fast hätte ich es vergessen. Ich habe ja ein Geschenk für Euch.« Er öffnete seine Tasche und reichte Rémy ein in Leder gebundenes Büchlein.

Rémy schlug es auf. *De arte venandi cum avibus,* stand auf der ersten Seite, »Von der Kunst, mit Vögeln zu jagen«. Offenbar widmete sich das Werk der Vogelkunde, speziell der Beizjagd. Er kannte zahllose Bücher, aber dieses hatte er noch nie gesehen. »Von wem ist es?«

»Von Kaiser Friedrich höchstpersönlich.«

Rémy war nicht wenig erstaunt. »Der Kaiser hat ein Buch geschrieben?«

Albertus nickte. »Und ein äußerst gelehrtes dazu. Wenn Ihr es gelesen habt, werdet Ihr die Schöpfung mit neuen Augen betrachten, selbst wenn Ihr Euch nicht für Vögel interessiert. Gebt gut darauf acht. Es existieren nur wenige Abschriften.«

»Habt Dank, Albertus. Ich werde es in Ehren halten.« Rémy strich über den Einband und dachte an jenen Tag vor dreißig Jahren, als er Friedrichs Bibliothek besucht und mit Walther von der Vogelweide und Leonardo Fibonacci debattiert hatte. Damals hatte alles angefangen. Er lächelte. »Habt Ihr Durst?«

»Tatsächlich könnte ich einen Schluck vertragen.«

»Die Schenke, in der wir damals so manchen Abend verbracht haben – erinnert Ihr Euch? Es gibt sie noch. Kommt. Ich lade Euch ein.«

»Das ist der beste Vorschlag, den ich heute gehört habe«, sagte Albertus Magnus, und sie traten hinaus in die Stadt, die sie umfing mit ihrem Gewühl, ihrer Zuversicht, ihrem Hunger nach Leben.

Anmerkungen zum historischen Hintergrund

Der Krieg zwischen Friedrich II. und dem lothringischen Herzog Thiébaut I., mit dem der Roman beginnt, hat tatsächlich stattgefunden. Er gipfelte in der Zerstörung von Nancy und endete im Mai 1218 in der Ortschaft Amance, wo der junge Stauferkönig seinen Widersacher belagerte und zur Kapitulation zwang. Thiébauts Strafe für seinen Verrat fiel verhältnismäßig milde aus: Wie im Roman geschildert, musste er lediglich einige Lehen abgeben und sich bis November 1218 an Friedrichs Hof aufhalten. Aus dramaturgischen Gründen entschied ich mich, ein wenig von den historischen Fakten abzuweichen und ihn früher nach Lothringen zurückkehren zu lassen. Der Hausarrest in Nancy ist ebenfalls meine Erfindung. Zwei Jahre nach diesen Ereignissen starb Thiébaut unter nicht genau geklärten Umständen. Sein jüngerer Bruder Mathieu wurde der neue Herzog Oberlothringens und blieb es bis zu seinem Tod 1251.

Friedrich II., der Enkel Barbarossas, war seit 1212 deutscher König und wurde 1220 zum Kaiser des Heiligen Römischen Reiches gekrönt. Da er seine Kindheit und Jugend in Sizilien verbracht hatte, gaben ihm Zeitgenossen den Spitznamen »der apulische Knabe«. Außerdem nannte man ihn *stupor mundi*, »das Staunen der Welt«, denn sein Wissensdurst, seine Bildung und seine Begabung für Sprachen waren schon zu seinen Lebzeiten legendär. Er interessierte sich für die Naturwissenschaften, umgab sich mit Gelehrten, Philosophen und Dichtern und besaß eine für mittelalterliche Maßstäbe riesige Bibliothek, die er auf seinen Reisen in Teilen mit sich führte. Auch er selbst griff gelegentlich zur Feder: Sein Buch über die Falknerei und Beizjagd, genannt *De arte venandi cum avibus,* gilt Kennern noch heute als sachkundiges Werk zu diesem Thema. Da das Originalmanuskript bereits 1248 verloren ging, wurde das »Falkenbuch« erst längere Zeit nach Friedrichs Tod einem breiteren Publikum bekannt. Ob schon früher Abschriften des Textes existierten, lässt sich heute nicht mehr feststellen. Ich habe mir die dichterische Freiheit erlaubt, Rémy am Ende des Romans trotzdem ein Exemplar zukommen zu lassen.

Einiges spricht dafür, dass sich der Minnesänger Walther von der Vogelweide einige Zeit an Friedrichs Hof aufhielt. Walther verfasste politische und propagandistische Schriften für den Herrscher und bekam von diesem um 1220 ein Ritterlehen. Er hinterließ der Nachwelt mehrere bekannte Werke, darunter das berühmte Liebeslied *Under der linden.* Über sein Leben und seine Person hingegen weiß man nur wenig.

Auch der Rechenmeister Leonardo da Pisa, genannt Fibonacci, weilte am kaiserlichen Hof. Seinen Ruf als wichtigster Mathematiker des Mittelalters verdankt er seinem Buch *Liber abbaci,* in dem er der abendländischen Leserschaft unter anderem die Null als eigenständiges mathematisches Zeichen vorstellte.

Friedrich II. pflegte ein für damalige Verhältnisse sehr liberales Verhältnis zum Islam. Als er 1228 im Rahmen des Fünften Kreuzzuges nach Palästina reiste, ging er nicht mit Waffengewalt gegen die muslimischen Feinde der Kreuzfahrerstaaten vor – er verhandelte mit dem ägyptischen Sultan und erreichte auf diplomatischem Weg die Herausgabe Jerusalems, Bethlehems und anderer biblischer Orte. Dieses revolutionäre Abkommen ging als »Friede von Jaffa« in die Geschichte ein.

Jahrmärkte und internationale Messen waren von großer Bedeutung für den Handel im mittelalterlichen Europa. Zu den größten und wichtigsten Märkten gehörten die Champagnemessen, die an wechselnden Orten in Ostfrankreich stattfanden und unter der Schirmherrschaft der Grafen von Blois standen. Auch andere Handelsstädte richteten Jahrmärkte aus; Voraussetzung hierfür war jedoch stets die Genehmigung eines Fürsten oder des Königs.

Nicht minder wichtig für die mittelalterliche Wirtschaft war der Geldverleih. Wucher – das Erheben von Zinsen auf Kredite – wurde zwar von der Kirche verdammt und von der weltlichen Obrigkeit bestraft, doch gab es zahlreiche Ausnahmen von diesem Verbot; einige macht sich der Geldverleiher Anseau Lefèvre in diesem Roman zunutze. Außerdem gab es verschiedene Gruppen, die vom Zinsverbot ausgenommen waren, etwa lombardische und jüdische Bankiers, die sich im Hochmittelalter verstärkt in den Städten des Reiches ansiedelten. Als »Wucher« bezeichnete man übrigens nicht nur die Vergabe von Darlehen gegen Zinsen, sondern jedes Geschäft, dem der Ruch der Unmoral und der Habgier anhaftete. Hierzu zählten Spekulationsgeschäfte wie der »Fürkauf«, den Lefèvre später betreibt. Die Obrigkeit versuchte stets, solche dubiosen Praktiken zu verbieten.

Wie jede/r Leser/in historischer Romane weiß, hatten es Frauen in der mittelalterlichen Gesellschaft schwer. Sie unterstanden der Munt des Ehemannes oder eines männlichen Verwandten und konnten kaum eigenständige Entscheidungen treffen. Leider wird häufig übersehen, dass es zahlreiche Ausnahmen von diesem Klischee gab. Besonders im Warenhandel gelang es Frauen immer wieder, zu Reichtum und Einfluss aufzusteigen – etwa weil sie die Geschäfte ihres verstorbenen Mannes weiterführten, aber auch als Alleinstehende oder Verheiratete. Isabelle Fleury verdankt ihre Existenz also nicht nur den Konventionen der Unterhaltungsliteratur; vielmehr gibt es für diese Figur zahlreiche historische Vorbilder, beispielsweise Agnes Praun aus Nürnberg oder die überaus erfolgreiche Gewürzhändlerin Greta zom Barde aus Köln, um nur zwei zu nennen.

Metz war eine der größten Städte des Heiligen Römischen Reiches und hatte bereits im 12. Jahrhundert politische Eigenständigkeit erlangt. Es war eine Stadtrepublik, regiert von mächtigen Patrizierfamilien mit aristokratischem Selbstverständnis. Die führenden Familien schlossen sich zu Geschlechterverbänden zusammen, den *Paraiges*. Die *Treize jurés*, die Dreizehngeschworenen, standen an der Spitze der Regierung; des Weiteren gab es den Großen Rat, sogenannte »Siebenschaften« für verschiedene Aufgabenbereiche sowie einen Schöffenmeister, der die Stadt im Krieg führte. Ihm und den Treize jurés unterstand ein kaum überschaubares Geflecht aus Behörden, Institutionen und städtischen Würdenträgern; die stets in Schwarz und Weiß gekleideten Sergeanten dienten den Paraiges als Ordnungshüter, Gerichtsdiener und Leibwächter. All dies wirkt bürokratisch und kompliziert. Gleichwohl arbeitete die Republik überaus effizient, Metz erblühte im Hochmittelalter wirtschaftlich, lockte zahlreiche Künstler und Gelehrte an und behauptete sich bis in die frühe Neuzeit erfolgreich gegen alle äußeren Feinde. Gegen wirtschaftliche und politische Rivalen gingen die Paraiges stets rücksichtslos vor. So zerstörten sie den Marktflecken Dieulouard im Jahre 1111 wegen einer Nichtigkeit. Der Konflikt zwischen Metz und Varennes-Saint-Jacques, der sich an der neuen Messe entzündet, ist meine Erfindung. Er hätte sich aber so zutragen können, wenn Metz in Lothringen einen ernst zu nehmenden Konkurrenten gehabt hätte.

Nach dem Tod Konrads von Scharfenberg – den ich aus dramaturgischen Gründen von März auf Dezember 1224 verlegt habe – wurde Jean d'Apremont neuer Bischof von Metz. Sein schwelender Zwist mit der Metzer Bürgerschaft entlud sich 1232, als Jean das Dagsburger Lehen einzog und sich die Republik auf die Seite seines Gegners Simon von Leiningen schlug. Es kam zum Krieg, der in der geschilderten Weise verlief, freilich ohne das Zutun von Rémy Fleury und dessen Freunden. Bischof Jean, Herzog Mathieu und der Graf von Bar belagerten Metz, bis es der reichen Metzer Bürgerschaft gelang, Mathieu und Graf Henri II. gegen Jean aufzustacheln; vermutlich waren zuvor gewaltige Bestechungssummen geflossen. Jean musste sich zurückziehen und in seiner Festung verschanzen, belagert von seinen einstigen Verbündeten. Folgerichtig nennen französische Historiker diesen Konflikt, der sich durch ständig wechselnde Bündnisse auszeichnete, den *Guerre des Amis*, den »Krieg der Freunde«. Nach seiner Niederlage verlor Jean d'Apremont den letzten Rest seines Einflusses in Metz. Er starb 1238.

Auch Eudes de Sorcy hat wirklich gelebt; er war Bischof von Toul von 1219 bis 1228. Während seiner Amtszeit wurde der alte romanische Dom zu Toul abgerissen und mit dem Bau einer neuen – gotischen – Kathedrale begonnen.

Die Kunst der Buchmalerei und das Handwerk des Schreibens waren lange Zeit das Monopol der Kirche, speziell der Klöster. Die größtenteils in lateinischer Sprache gehaltenen Bücher waren selten und teuer, lesen konnte außerhalb des Klerus nur eine winzige Minderheit – noch im Hochmittelalter waren sogar viele Kaufleute de facto Analphabeten. Wer ein Schriftstück entziffern oder einen Brief aufsetzen wollte, musste sich daher an einen Geistlichen wenden. Das änderte sich allmählich im 13. Jahrhundert, als die ersten weltlichen Schreiber und Buchmaler in Erscheinung und mit den Klöstern in Konkurrenz traten, indem sie kommerzielle Schreibwerkstätten eröffneten. So hat auch Rémy Fleury zahlreiche historische

Vorbilder, etwa den berühmten Buchmaler Maître Honoré, der Ende des 13. Jahrhunderts in Paris lebte und arbeitete.

Etwa zur selben Zeit kamen die ersten städtischen Schulen auf, beispielsweise 1260 in Worms oder 1281/82 in Hamburg und Hannover. Anders als die zahlreichen Dom-, Kloster- und Pfarrschulen unterstanden jene Lehreinrichtungen nicht der Kirche, sondern den Stadträten, die damit auf das gestiegene Bildungsbedürfnis der kaufmännisch geprägten städtischen Oberschicht reagierten. In den sogenannten »Ratsschulen« wurde hauptsächlich Latein sowie Lesen und Schreiben gelehrt, aber auch Rechnen, Musik und Bibelkenntnisse. Beim Lateinunterricht kamen unter anderem die Schriften der alten römischen Philosophen zur Anwendung, man befasste sich mit Seneca, Cicero, Donatus und Ovid, obwohl Letzterer wegen seiner »Liebeskunst« gelegentlich als Verführer zur Unzucht verdammt wurde.

Überhaupt – Bücher, Prachtcodices, Lesen und Schreiben im Mittelalter: Zu diesem faszinierenden Themenkreis gäbe es noch viel, viel mehr zu sagen. Wer sich eingehender damit befassen will, dem sei »Das mittelalterliche Buch« von Christine Jakobi-Mirwald ans Herz gelegt. Es war mir bei meinen Recherchen eine große Hilfe.

Schwarzpulver – oder »Donnerkraut«, wie man es im Mittelalter nannte – wurde erstmals im frühen 14. Jahrhundert militärisch genutzt; Rémy und Nicolas sind ihrer Zeit also einige Jahrzehnte voraus. Bekannt war Schwarzpulver jedoch schon sehr viel länger. Das *Liber ignium ad comburendos hostes,* das »Buch des Feuers«, existiert tatsächlich, es stammt vermutlich aus dem 11. Jahrhundert und enthält verschiedene Rezepte zur Herstellung dieser explosiven Substanz. Roger Bacon und Albertus Magnus, die um 1250 wissenschaftliche Studien über Schwarzpulver anfertigten, kannten das *Liber ignium* und bezogen sich bei ihrer Arbeit darauf. Es erscheint also nicht allzu unwahrscheinlich, dass ein kluger Kopf schon knapp zwanzig Jahre früher Donnerkraut herstellte – zumal man die wichtigste Zutat, Salpeter, etwa ab 1230 in Europa kannte.

Das 13. Jahrhundert war das Jahrhundert der Städtebünde. Den Anfang machte 1226 der mittelrheinisch-wetterauische Städtebund, dem auch meine Heimatstadt Speyer angehörte. Er wurde wenige Jahre nach seiner Gründung von König Heinrich VII. verboten, doch ihm folgten weitere Allianzen, etwa der Erste Rheinische Städtebund, der bald über siebzig Mitglieder hatte. Mit einer klugen Bündnispolitik schützten sich die freien Städte erfolgreich vor den Fürsten und anderen übermächtigen und allzu aggressiven Nachbarn. Der elsässisch-lothringische Städtebund von 1232 ist ein Produkt meiner Fantasie, doch sein Zweck und sein Aufbau entsprechen dem Geist jener Ära.

Gewiss für manchen überraschend, da es dem Klischee des finsteren Mittelalters zuwiderläuft: Folter als Werkzeug der Rechtsfindung wurde im Hochmittelalter kaum angewandt. Die »peinliche Befragung« kam erst um 1250 auf, im Rahmen der Ketzerprozesse; nördlich der Alpen gar erst um 1320. Vorher stützten sich weltliche und kirchliche Autoritäten bei der Überführung von Missetätern auf Gottesurteile, Zeugenaussagen und Eide. In diesem Roman wird mehrfach geschildert, wie damals ein Strafprozess ablief – und wie hilflos die Gerichte mitunter waren, wenn eindeutige Beweise für die Schuld eines Verbrechers fehlten. Gleichwohl gab es zu allen Zeiten Sadisten wie Anseau Lefèvre, für die Folter ein perverses Vergnügen war.

Eine letzte Bemerkung zu Albertus Magnus: Fast alle Informationen zu seiner Person, die in diesem Buch zu finden sind, entsprechen den Tatsachen. Albertus von Lauingen, Sohn des Markward, studierte tatsächlich ab 1222 in Padua. Seinen

Magister in Theologie erwarb er in Paris an der Sorbonne, wo er anschließend drei Jahre lang lehrte, ehe er 1248 nach Köln zurückkehrte, um die dortige Klosterschule zu leiten. Seinen Beinamen verdankt er der Tatsache, dass er einer der größten Denker des Hochmittelalters war: Er verfasste wissenschaftliche Werke zu diversen Themen, mit denen er bewies, dass er seiner Zeit weit voraus war.

Albertus' Biografie weist einige Lücken auf, über die wir nur wenig wissen. Diese Leerstellen habe ich mit fiktiven Ereignissen gefüllt. So war er in jungen Jahren vermutlich nicht in Lothringen und hat sich dort auch nicht als Hauslehrer verdingt. Zweifellos aber inspirierte er zahlreiche Menschen zu reger Geistestätigkeit und galt dank seiner umfassenden Bildung als *doctor universalis* – als Universalgelehrter.

Daniel Wolf
August 2014

Glossar

Accisa: (mlat. »Ungeld«) mittelalterliche Verbrauchssteuer; Vorläufer der Mehrwertsteuer

Acht bzw. Ächtung: mittelalterliche Strafe, die Verbannung, Enteignung und Rechtlosigkeit beinhaltete

Allmende: Weide-, Acker- und Waldland, das von den Bewohnern eines Dorfes gemeinschaftlich genutzt wurde

Archidiakon: kirchlicher Titel; Oberhaupt der Diakone und Stellvertreter eines (Erz-)Bischofs

Artes liberales: (lat.) die »Sieben Freien Künste«, ein Kanon aus Studienfächern, bestehend aus Grammatik, Rhetorik und Dialektik (das *Trivium*) sowie Arithmetik, Geometrie, Musik und Astronomie (das *Quadrivium*)

Balliste: Wurfmaschine, die zu Belagerungszwecken eingesetzt wurde

Begine: Mitglied einer Frauenkongregation, das ein Leben in Gebet, Armut und Keuschheit führte, ohne jedoch ein Nonnengelübde abgelegt zu haben

Beizjagd: ein anderer Begriff für Falknerei, also das Abrichten eines Greifvogels zum Zwecke der Jagd

Bildwirkerei: Webetechnik zur Herstellung von Wandteppichen mit bildlichen Darstellungen, sogenannten Tapisserien

Blide: fortschrittliche Wurfmaschine, Hebelgeschütz

Bornknecht: Arbeiter in einer Saline

Bruche: (auch »Brouche«) mittelalterliche Beinkleidung und Unterhose

BRUDERSCHAFT: Zusammenschluss von Handwerkern einer Fachrichtung, Vorläufer der Zunft

BUCHSCHMUCK: Bezeichnung für Initialen, Miniaturen, Ornamente und andere grafische Verzierungen in einer mittelalterlichen Handschrift

BÜRGERRECHT: Sammlung von Rechten, die im Mittelalter jedem Bürger (jedoch nicht jedem Bewohner!) eines städtischen Gemeinwesens zustand

BYZANZ: andere Bezeichnung für das Oströmische Reich, das bis 1453 Bestand hatte

CELLERAR: der Verwalter eines Klosters, Domkapitels und Gutshofes, zuständig für wirtschaftliche Belange und die Bevorratung von Speisen und Getränken

CHAMPAGNEMESSEN: Jahrmärkte, die an wechselnden Orten in der Champagne abgehalten wurden; besaßen im Hochmittelalter große Bedeutung für den Handel

CHÂTENOIS: lothringisches Adelsgeschlecht, die Familie der Herzöge Oberlothringens

CODEX (pl. Codices): eine mittelalterliche Handschrift oder Sammlung von Texten in einem Buch

DECHANT: Mitglied eines > Domkapitels

DENIER: (franz.) siehe Pfennig

DISPENS: im Mittelalter eine vom Papst oder einem Bischof gewährte (oft nachträgliche) Befreiung von einem strafwürdigen Verbot

DOCTOR: im Hochmittelalter der höchste akademische Titel

DOMKAPITEL: Kollegium von Geistlichen an einer Bischofskirche, das den Bischof berät und bei der Leitung des Bistums unterstützt

DONJON: ein stark befestigter Wohnturm

DONNERKRAUT: mittelalterliche Bezeichnung für Schwarzpulver

DORMITORIUM: Schlafsaal eines Klosters

Dreckmeister: städtischer Angestellter im Mittelalter, zuständig für die Sauberkeit in der Stadt

Dreizehngeschworene: siehe Treize jurés

Eideshelfer: bezeugten bei mittelalterlichen Gerichtsverhandlungen den Leumund und die Glaubwürdigkeit einer Prozesspartei, traten jedoch nicht als Zeugen im modernen Sinne auf

Elle: Längenmaß, hier etwa 50 cm (die Maße wichen regional teilweise voneinander ab)

Eswardour: Vollstreckungsbeamter im mittelalterlichen Metz

Evangeliar: mittelalterliche Handschrift, die die Texte der vier Evangelien enthält

Fattore: (ital.) Bevollmächtigter eines Kaufmanns, Leiter einer Handelsniederlassung

Fehde: kriegerische Auseinandersetzung zwischen Personen oder Parteien, die in der Theorie innerhalb enger gesetzlich geregelter Grenzen stattfinden sollte, in der Praxis jedoch oftmals zu unkontrollierter Gewalt führte

Felonie: vorsätzlicher Bruch der Lehns- und Treuepflicht durch den Vasallen; in der mittelalterlichen Welt ein schweres Verbrechen, das hart bestraft wurde

Feuerprobe: eine Variante des > Gottesurteils

Frauenwirt: Betreiber eines Bordells und Vorsteher der Prostituierten

Freisasse: Gutsherr/Bauer, der von Abgaben und anderen Lehnspflichten befreit war

Fuder: Raummaß, meist etwa 1000 l. Das Fuder Salz beträgt 25 kg

Fürkauf: Spekulationsgeschäft, das im Mittelalter als Wucher angesehen und mit Verboten belegt wurde

Gambeson: gepolstertes Hemd, das unter einem Kettenpanzer getragen wurde oder einfachen Soldaten als Schutzkleidung diente

GEBENDE: mittelalterliche Kopfbedeckung für Damen von Stand

GILDE: Schwurvereinigung der Kaufleute einer Stadt

GOTTESURTEIL: auch »Ordal« genannt; spezielles, für den Betroffenen meist gefährliches oder schmerzhaftes Ritual, das zum Zweck der Rechtsfindung ein göttliches Zeichen herbeiführen sollte (siehe Feuerprobe); häufig auch als Zweikampf zwischen den am Rechtsstreit Beteiligten ausgetragen

HÄLBLING: Silbermünze; ein halber > Pfennig

HANDHAFTE TAT: ein Verbrechen, bei dem der Täter auf frischer Tat ertappt und festgenommen wurde

HEILIGES LAND: mittelalterliche Bezeichnung für Palästina und weitere »biblische« Gebiete an der Levante

HEILIGES RÖMISCHES REICH (lat. *Sacrum Imperium*): Herrschaftsbereich der römisch-deutschen Könige bzw. Kaiser, dessen Gebiet im 13. Jahrhundert ungefähr das heutige Deutschland, die Schweiz, Liechtenstein, Österreich, Norditalien, die Beneluxländer, Tschechien, Slowenien und natürlich (Ober-)Lothringen umfasste

HERDSTEUER: jährliche Steuer, die sich nach der Größe eines Haushalts und dem Vermögen des Hausherrn bemisst

HOHENSTAUFEN: siehe Staufer

HÖRIGER: siehe Leibeigener

HOFKANZLEI: die Behörde des deutsch-römischen Königs, bestehend aus Juristen und Notaren und zuständig für Beurkundungen und den königlichen Schriftverkehr

HÜBSCHLERIN: alter Begriff für Prostituierte

HYPOKAUSTUM: ein Heizraum, der unter dem Boden eines Wohnhauses oder einer römischen Therme liegt

ILLITERALITÄT: Analphabetismus

INITIALE: ein kunstvoll verzierter Buchstabe, der meist am Anfang eines Textes oder Textabschnittes steht

INTERDIKT: Kirchenstrafe, die gegen Einzelpersonen, aber

auch gegen Städte und ganze Landstriche verhängt werden konnte und in der Verweigerung kirchlicher Dienste bestand

KAPITULAR: (auch »Domherr«) Geistlicher, Mitglied des > Domkapitels

KANTER: Pferdegangart, ein leichter Galopp

KATHAI: mittelalterliche Bezeichnung für China

KATHARER: Anhänger einer Glaubensbewegung im Hoch- und Spätmittelalter, die von der Kirche als Ketzer verfolgt wurden

KLAFTER: altes Längenmaß, etwa 1,70 m

KOMPLET: siehe Stundengebete

KONTOR: Bezeichnung für einen Handelshof oder gar ein ganzes Kaufmannsviertel

LAIE: Mitglied der katholischen Kirche, das nicht dem Klerus angehört

LECTURA: (lat.) Vorlesung in einer Schule oder Universität

LEIBEIGENER: unfreier Bauer, Handwerker oder Arbeiter, der einem adligen Herrn unterstand (entspricht weitgehend dem > Hörigen)

LEKTIONAR: eine Sammlung liturgischer Texte

MAGISTER: akademischer Titel; bezeichnete im Mittelalter einen Absolventen der Artistenfakultät, der sich an der Universität als Lehrer betätigte

MALTER: altes Volumen- und Getreidemaß; entspricht in Varennes-Saint-Jacques 130 Litern

MANGE: Katapult

MATUTIN: siehe Stundengebete

MEDICUS: mittelalterliche Bezeichnung für einen Arzt

MEILE: Längenmaß; die sogenannte »Deutsche Meile« entspricht ca. 7,5 km

METODO ITALIANO: (ital.) Bezeichnung für die Kunst der doppelten Buchführung, die im Mittelalter in Norditalien entwickelt wurde

Mikwe: rituelles Badehaus einer jüdischen Gemeinde

Minette: ein Eisenerz, das besonders in Lothringen vorkommt

Ministeriale: Lehnsmann und/oder Beamter eines weltlichen oder geistlichen Herrn

Morgen: altes Flächenmaß, hier etwa 2000–2500 m² (die Maße wichen regional teilweise voneinander ab)

Münze: Kurzform für mittelalterliche Münzprägeanstalt

Münzregal: das Recht, eigene Münzen prägen zu dürfen (vgl. »Regal«)

Munt / Muntgewalt: mittelalterlicher Rechtsbegriff, bezeichnet die Herrschafts- und Gerichtsgewalt des Hausherrn über Ehefrau, Kinder, unmündige Geschwister und häusliches Gesinde

None: siehe Stundengebete

Oberhof: ein Gericht, das besondere juristische Kompetenz besaß und daher im Rahmen einer > Urteilsschelte als höhere Instanz angerufen werden konnte

Obermeister: Vorsteher einer Handwerksbruderschaft

Ordal: siehe Gottesurteil

Outremer: (altfranz. »jenseits des Meeres«) mittelalterliche Bezeichnung für die vier Kreuzfahrerstaaten im Heiligen Land

Palas: Wohngebäude einer Burg

Panno pratese: eine bestimmte Stoffart aus der italienischen Stadt Prato

Paraiges: lothringische Bezeichnung für die führenden Patriziergeschlechter der Republik Metz im Mittelalter; ein Paraige bestand aus mehreren Familien der städtischen Aristokratie

Patrizier: Angehöriger der reichen Oberschicht einer mittelalterlichen Stadt; der Begriff »Patriziat« bezeichnet die Gesamtheit aller Patrizier einer Stadt

Pax tecum: (lat.) »Der Friede sei mit dir«

Pfalz: (auch »Königspfalz«) eine befestigte Palastanlage, in der die deutsch-römischen Könige bei ihren Reisen Quartier bezogen und Hof hielten

Pfennig (franz. »Denier«): im europäischen Hochmittelalter gebräuchlichste Silbermünze

Pfund: Geldeinheit, entspricht 240 > Pfennigen

Prälat: ein Kleriker, der höhere kirchliche Ämter innehat, etwa ein Abt

Prim: siehe Stundengebete

Primus inter Pares (lat. »Erster unter Gleichen«): bezeichnet ein Mitglied einer Gruppe, das keine besonderen Privilegien genießt, jedoch eine höhere Ehrenstellung innehat

Quadrivium: siehe Artes liberales

Regal: (pl. Regalien; lat. »königliches Recht«) vom König verliehenes Hoheitsrecht, beispielsweise das Recht einer Stadt, eigene Befestigungsanlagen bauen zu dürfen

Reichsacht: siehe Acht

Römisches Recht: das Recht der römischen Antike, das im Hoch- und Spätmittelalter wiederentdeckt wurde

Rubrikator: ein Schreiber und Buchmaler, zuständig für die farbliche Hervorhebung von > Initialen und Überschriften in der mittelalterlichen Handschrift

Sacrum Imperium: lateinische Bezeichnung für das > Heilige Römische Reich

Sarazenen: alte abendländische Bezeichnung für Muslime und Araber, oft abwertend gebraucht

Sarwürker: mittelalterliche Bezeichnung für Rüstungsmacher

Saumtier: andere Bezeichnung für Trag- und Packtier

Schilling: (franz. »Sou«) Geldeinheit, entspricht 12 > Pfennigen

Scholar: fahrender Student oder Gelehrter

Scholasticus: Leiter einer Schule und/oder Aufseher über das städtische Schulwesen

SCHULDKNECHTSCHAFT: Knechtschaft, in die ein Schuldner fallen konnte, wenn er seinen finanziellen Verpflichtungen nicht nachkam

SCHULTHEISS: Amtsträger oder Gemeindevorsteher mit niederen polizeilichen Befugnissen

SCHWERTFEGER: ein Schmied, der auf die Herstellung von Schwertern und anderen Waffen spezialisiert war

SCHWERTLEITE: Zeremonie, bei der ein Knappe zum Ritter geschlagen wurde

SENDGERICHT: kirchliches Sittengericht, das über sexuelle Verfehlungen und Verstöße gegen das Kirchenrecht richtete

SENDGESCHWORENER: Mitglied eines Pfarrsprengels, das die Aufgabe hatte, sittliche und kirchenrechtliche Verstöße dem Bischof zu melden

SENNO: (ital.) kaufmännischer Verstand, Geschäftssinn, Gespür für Risiken

SEXT: siehe Stundengebete

SIEBEN FREIE KÜNSTE: siehe Artes liberales

SIEBENSCHAFT: Ministerium oder Behörde der mittelalterlichen Republik Metz mit genau umrissener Zuständigkeit; beispielsweise gab es die »Sieben des Krieges« und die »Sieben der Tore«

SKRIPTORIUM: die Schreibstube eines Klosters, in der Handschriften kopiert wurden

SOU: (franz.) siehe Schilling

STADTMARK: Umland einer Freien Stadt, das von dieser beherrscht und verwaltet wird

STADTREGIMENT: die Verwaltung und Regierung einer mittelalterlichen Stadt; Gesamtheit aller Räte, Kollegien und Behörden

STAUFER: schwäbisches Adelsgeschlecht, das im Hochmittelalter mehrere deutsche Könige und Kaiser hervorbrachte, darunter Friedrich Barbarossa, Heinrich VI. und Friedrich II.

STUNDENBUCH: mittelalterliche Handschrift, die Stundengebete, Psalmen und andere geistliche Texte enthält

STUNDENGEBETE: kirchliche Zeiteinteilung, die den Tag strukturierte. Im Mittelalter fand die Prim gegen 6:00 Uhr statt, die Terz um 9:00 Uhr, die Sext um 12:00 Uhr, die None um 15:00 Uhr, die Vesper um 18:00 Uhr, die Komplet um 21:00 Uhr, die Matutin um 24:00 Uhr und die Laudes um 3:00 Uhr, wobei die Zeiten je nach Jahreszeit variierten

TERZ: siehe Stundengebete

THURIFERAR: (lat.) ein Ministrant, der bei der Messe das mit Weihrauch gefüllte Rauchfass schwenkt

TREIZE JURÉS: (franz.) die > »Dreizehngeschworenen«, Kollegium der höchsten Richter und Ratsherren in der mittelalterlichen Republik Metz

TRIC TRAC: auch »Wurfzabel« genannt; ein mittelalterliches Brettspiel

TRIVIUM: siehe Artes liberales

TRUCHSESS: Küchenmeister einer Burg oder eines herrschaftlichen Anwesens

UNGELD: siehe Accisa

URTEILSSCHELTE: Beschwerde gegen ein rechtswidriges oder als ungerecht empfundenes Gerichtsurteil

VASALL: adliger Gefolgsmann eines Fürsten, der diesem Treue schwören und Kriegsdienst leisten musste

VESPER: siehe Stundengebete

VISITATION: Besuch des Bischofs in den Pfarrgemeinden seiner Diözese u. a. zum Zweck der Rechtsprechung

VITA: (lat.) im Mittelalter Bezeichnung für die Biografie eines Heiligen

VOGELFREI: Bezeichnung für eine Person, die durch die Strafe der > Acht aus der mittelalterlichen Gemeinschaft ausgestoßen und damit rechtlos wurde

VOGT / STADTVOGT: meist adliger Beamter eines Bistums oder Stifts mit richterlichen und polizeilichen Befugnissen

Volgare: italienisch-lateinischer Dialekt, der im Mittelalter in Sizilien und Süditalien gesprochen wurde

Vorwerk: Befestigungsanlage, einer Burg zugehörig

Wegstunde: Längenmaß, etwa 5 km

Welfen: deutsches Adelsgeschlecht, im Hochmittelalter mit den > Staufern verfeindet

Wittum: Erbanteil der Witwe, über den die Frau nach dem Tod ihres Ehemannes – unter Umständen auch schon vorher – weitgehend frei verfügen konnte

Wucher: bezeichnet im Mittelalter jegliche Zinsnahme auf einen Kredit; Wucher wurde von der Kirche verdammt und war verboten

Wurfzabel: siehe Tric Trac

Zille: Lastkahn für die Binnenschifffahrt

Danksagung

Die meisten Verfasser mittelalterlicher Handschriften verzichteten aus Demut darauf, am Ende des fertigen Textes ihren Namen zu nennen. Wenn sie es doch taten, achteten sie peinlich darauf, keinesfalls stolz oder dünkelhaft zu erscheinen, denn Hochmut galt als Sünde. Zu diesem Zweck setzte der Schreiber die eigene Person herab, indem er sich selbst als »niedrigen Diener«, »schlechten Künstler« oder »unverdient eingesetzten Priester« betitelte. Für uns Autoren des 21. Jahrhunderts gelten glücklicherweise andere Regeln. Wir dürfen schamlos unseren Namen hinausposaunen und müssen uns auch nicht mehr »schlechter Künstler« nennen, das überlassen wir den Rezensenten gewisser Internetseiten. (Als »unverdient eingesetzten Priester« hat mich dort allerdings noch keiner bezeichnet.)

Es geziemt sich jedoch für den modernen Autor, nicht nur die eigene Person hervorzuheben, sondern auch all jene freundlichen und kompetenten Menschen namentlich zu nennen, die zur Entstehung des jeweiligen Textes beigetragen haben. In meinem Fall sind das:

Mein Literaturagent Bastian Schlück und meine Lektorinnen Barbara Heinzius und Eva Wagner, die mich stets unterstützten und viel Geduld mit mir hatten, als klar wurde, dass ich einige Monate länger als geplant für diesen Roman brauchen würde;

Markus Opper, Natalja Schmidt, Uschi Timm-Winkmann, Oliver Plaschka und Irena Brauneisen, die das Manuskript akribisch lasen, Fehler aufspürten und wertvolle Verbesserungsvorschläge machten;

Monika Mann, die sich ebenfalls als Probeleserin betätigte und außerdem einen längeren (und sehr kniffligen) französischen Text übersetzte, was meine Recherchen zum mittelalterlichen Metz ungeheuer erleichterte;

Dr. Kay Peter Jankrift, der mir wieder mit seinem Fachwissen zur Seite stand;

Thomas Roeder, der viele, viele Stunden investierte, um das Manuskript auf Stimmigkeit und historische Genauigkeit zu überprüfen, und mich damit vor einigen Dummheiten bewahrte (wobei ich gestehen muss, dass ich nicht immer auf ihn gehört habe);

und natürlich meine Frau Sandra, meine erste Leserin, ohne deren Hilfe keines meiner Bücher auch nur halb so gut wäre.

Ohne all diese Menschen und ihre unermüdliche Unterstützung hätte ich »Das Licht der Welt« nicht schreiben können. Höchste Zeit also für ein fettes Dankeschön!